# BELLE DU SEIGNEUR

ALBERT COHEN

# BELLE DU SEIGNEUR

roman

GALLIMARD

A MA FEMME

# PREMIÈRE PARTIE

# I

Descendu de cheval, il allait le long des noisetiers et des églantiers, suivi des deux chevaux que le valet d'écurie tenait par les rênes, allait dans les craquements du silence, torse nu sous le soleil de midi, allait et souriait, étrange et princier, sûr d'une victoire. A deux reprises, hier et avant-hier, il avait été lâche et il n'avait pas osé. Aujourd'hui, en ce premier jour de mai, il oserait et elle l'aimerait.

Dans la forêt aux éclats dispersés de soleil, immobile forêt d'antique effroi, il allait le long des enchevêtrements, beau et non moins noble que son ancêtre Aaron, frère de Moïse, allait, soudain riant et le plus fou des fils de l'homme, riant d'insigne jeunesse et amour, soudain arrachant une fleur et la mordant, soudain dansant, haut seigneur aux longues bottes, dansant et riant au soleil aveuglant entre les branches, avec grâce dansant, suivi des deux raisonnables bêtes, d'amour et de victoire dansant tandis que ses sujets et créatures de la forêt s'affairaient irresponsablement, mignons lézards vivant leur vie sous les ombrelles feuilletées des grands champignons, mouches dorées traçant des figures géométriques, araignées surgies des touffes de bruyère rose et surveillant des charançons aux trompes préhistoriques, fourmis se tâtant réciproquement et échangeant des signes de passe puis retournant à leurs solitaires activités, pics ambulants auscultant, crapauds esseulés clamant leur nostalgie, timides grillons tintant, criantes chouettes étrangement réveillées.

Il s'arrêta, et voici, ayant baisé à l'épaule le valet, il lui prit la valise de l'exploit, et il lui ordonna d'attacher les rênes à cette branche et de l'attendre, de l'attendre aussi longtemps qu'il faudrait, jusqu'au soir ou davantage, de l'attendre jusqu'au

11

sifflement. Et dès que tu entendras le sifflement, tu m'amèneras les chevaux, et tout l'argent que tu voudras tu l'auras, par mon nom! Car ce que je vais tenter, nul homme jamais ne le tenta, sache-le, nul homme depuis le commencement du monde! Oui, frère, tout l'argent que tu voudras! Ainsi dit-il, et de joie il châtia sa botte avec sa cravache, et il alla vers son destin et la maison où cette femme vivait.

Devant la villa cossue du genre chalet suisse et qui semblait en acajou tant elle était astiquée, il considéra les cupules de l'anémomètre qui tournaient lentement sur les ardoises du toit, se décida. Valise à la main, il poussa avec précaution la grille du jardin, entra. Dans le bouleau penchant sa tête en feu, des oiselets faisaient leur petit vacarme imbécile en hommage à ce monde charmant. Pour éviter le bruyant gravier, il fit un bond jusqu'aux plates-bandes d'hortensias protégées par des rocailles. Arrivé devant la grande baie, il regarda, dissimulé par le lierre. Dans le salon de velours rouges et de bois dorés, elle jouait, assise devant le piano. Joue, ma belle, tu ne sais pas ce qui t'attend, murmura-t-il.

Grimpé sur le prunier, il se hissa jusqu'au balcon du premier, posa son pied sur la chaîne d'encoignure puis sa main sur une pièce de bois en saillie, fit un rétablissement, atteignit l'appui de la fenêtre du deuxième étage, écarta les volets à demi fermés puis les rideaux, entra d'un bond dans la chambre. Voilà, chez elle, comme hier et avant-hier, mais aujourd'hui il se montrerait à elle et il oserait. Vite, préparer l'exploit.

Le torse nu, penché sur la valise ouverte, il en retira un vieux manteau délabré et une toque de fourrure mitée, s'étonna de la cravate de commandeur que sa main venait de rencontrer. Autant la mettre puisqu'elle était là, rouge et belle. Se l'étant nouée autour du cou, il se campa devant la psyché. Oui, beau à vomir. Visage impassible couronné de ténèbres désordonnées. Hanches étroites, ventre plat, poitrine large, et sous la peau hâlée, les muscles, souples serpents entrelacés. Toute cette beauté au cimetière plus tard, un peu verte ici, un peu jaune là, toute seule dans une boîte disjointe par l'humidité. Elles seraient bien attrapées si elles le voyaient alors, silencieux et raide dans sa caisse. Il sourit de petit bonheur, reprit son errance, de temps à autre soupesant son pistolet automatique.

Il s'arrêta pour considérer le petit compagnon trapu, toujours prêt à rendre service. La balle s'y trouvait déjà qui plus tard, oui, plus tard. Non, pas la tempe, risque de rester vivant et aveugle. Le cœur, oui, mais ne pas tirer trop bas. La bonne place était à l'angle formé par le bord du sternum et le troisième espace intercostal. Avec le stylo qui traînait sur un guéridon, près d'un flacon d'eau de Cologne, il marqua l'endroit propice, sourit. Là serait le petit trou étoilé, entouré de grains noirs, à quelques centimètres du mamelon que tant de nymphes avaient baisé. Se débarrasser dès à présent de cette corvée ? En finir avec le gang humain, toujours prêt à haïr, à médire ? Fraîchement baigné et rasé, il ferait un cadavre présentable, et commandeur de surcroît. Non, tenter d'abord l'entreprise inouïe. Bénie sois-tu si tu es telle que je crois, murmura-t-il cependant que le piano continuait en bas ses délices, et il baisa sa main, puis reprit sa marche, à demi nu et absurde commandeur, contre ses narines tenant le flacon d'eau de Cologne sans cesse respiré. Devant la table de chevet, il s'arrêta. Sur le marbre, un livre de Bergson, des fondants au chocolat. Non, merci, pas envie. Sur le lit, un cahier d'école. Il l'ouvrit, le porta à ses lèvres, lut.

« J'ai résolu de devenir une romancière de talent. Mais ce sont mes débuts d'écrivain et il faut que je m'exerce. Un bon truc sera d'écrire dans ce cahier tout ce qui me passera par la tête sur ma famille et sur moi. Ensuite, les choses vraies que j'aurai racontées, une fois que j'aurai une centaine de pages, je les reprendrai pour en tirer le début de mon roman, mais en changeant les noms.

« C'est avec émotion que je commence. Je crois que je peux avoir le don sublime de création, du moins je l'espère. Donc chaque jour écrire au moins dix pages. Si je ne sais pas me tirer d'une phrase ou si ça m'embête, adopter le style télégraphique. Mais dans mon roman je ne mettrai naturellement que de vraies phrases. Et maintenant, en avant !

« Mais avant de commencer, il faut que je raconte l'histoire du chien Spot. Elle n'a rien à voir avec ma famille mais c'est une histoire très belle et qui témoigne de la qualité morale de ce chien et des Anglais qui s'en sont occupés. Il est possible d'ailleurs que je m'en serve aussi dans mon roman. Il y a quelques jours j'ai lu dans le Daily Telegraph (je l'achète de temps en temps pour ne pas perdre contact avec l'Angleterre) que Spot, un bâtard noir et blanc, avait l'habitude de venir attendre son maître tous les soirs à six heures, à l'arrêt de l'autocar, à Sevenoaks. (Il y a trop de à. Phrase à revoir.) Or, un mercredi

13

soir, son maître n'étant pas descendu de l'autocar, Spot ne bougea pas de l'arrêt et attendit toute la nuit sur la route, dans le froid et le brouillard. Un cycliste qui le connaissait bien, et qui l'avait vu la veille un peu avant six heures, le revit le lendemain à huit heures du matin, toujours assis à la même place, attendant patiemment son maître, pauvre chou. Le cycliste fut tellement touché qu'il partagea ses sandwiches avec Spot puis alerta l'inspecteur de la Société protectrice des animaux (R. S. P. C. A.) de Sevenoaks. On fit donc une enquête et on apprit que le maître de Spot était mort subitement à Londres le jour précédent, terrassé par une crise cardiaque. Il n'y avait pas d'autres détails dans le journal.

« Angoissée par la souffrance de ce pauvre petit qui était resté quatorze heures à attendre son maître, j'ai télégraphié à la R. S. P. C. A. (dont je suis membre bienfaiteur) que j'étais prête à adopter Spot et je l'ai priée de me l'envoyer par avion, à mes frais. Le même jour j'ai reçu la réponse : « Spot déjà adopté.» Alors j'ai télégraphié :« Spot a-t-il été adopté par une personne de confiance ? Donnez tous détails. » La réponse, par lettre, a été parfaite. Je la transcris pour montrer combien les Anglais sont merveilleux. Je traduis : « Chère madame, en réponse à votre question, nous avons le plaisir de vous informer que Spot a été adopté par Sa Grâce l'archevêque de Cantorbéry, primat d'Angleterre, qui nous semble offrir toutes garanties de moralité. Le premier repas de Spot dans le palais archiépiscopal a été pris de bon appétit. Sincèrement vôtre. »

« Maintenant, ma famille et moi. Je suis donc née Ariane Cassandre Corisande d'Auble. Les Auble c'est ce qui se fait de mieux à Genève. Originaires de France, ils sont venus rejoindre Calvin en 1560. Notre famille a donné à Genève des savants, des moralistes, des banquiers terriblement distingués et réservés, et un tas de pasteurs, de modérateurs de la Vénérable Compagnie. Et puis il y a eu un ancêtre qui a fait des choses scientifiques avec Pascal. L'aristocratie genevoise, c'est mieux que tout, sauf la noblesse anglaise. Grand-maman était une Armiot-Idiot. Parce qu'il y a les Armiot-Idiot qui sont des gens bien et les Armyau-Boyau qui sont peu de chose. Naturellement, le second nom, Idiot ou Boyau, n'existe pas pour de vrai, c'est seulement pour qu'on ne soit pas obligé d'épeler les dernières lettres. Dommage, notre nom va bientôt s'éteindre. Tous les Auble ont claqué, sauf oncle Agrippa qui est célibataire et donc sans descendants. Et moi, si j'ai un jour des enfants, ce ne sera jamais que des Deume.

« Il faut maintenant que je parle de Papa, de Maman, de mon frère Jacques et de ma sœur Éliane. Maman est morte en donnant le jour à Éliane. Il faudra changer cette phrase dans le roman, ça fait bête. De Maman, je ne me rappelle rien. Ses photos ne sont pas très sympathiques, une tête sévère. Papa donc pasteur et professeur à la Faculté de théologie. Lorsqu'il est mort, nous étions encore très jeunes, Éliane cinq ans, moi six ans et Jacques sept ans. La femme de chambre m'expliqua que Papa était au ciel et ça me fit peur. Papa était très bon, très imposant, je l'admirais. D'après ce que m'en a dit oncle Agrippa, il était froid en apparence par timidité, scrupuleux, droit de cette droiture morale qui est la gloire du protestantisme genevois. Que de morts dans notre famille ! Éliane et Jacques tués dans un accident d'automobile. Je ne peux pas parler de Jacques et de mon Éliane. Si j'en parlais, je pleurerais et je ne pourrais pas continuer.

« En ce moment à la radio on joue le « Zitto, zitto » de la Cenerentola de l'horrible Rossini, ce petit âne qui ne s'intéressait qu'aux cannelloni qu'il confectionnait lui-même. Tout à l'heure, c'était Samson et Dalila, de Saint-Saëns. Encore pire. A propos de radio, l'autre soir on y a retransmis une pièce d'un certain Sardou, intitulée Madame Sans-Gêne. Affreux ! Comment peut-on être démocrate après avoir entendu les rires et les applaudissements du public ? La joie de ces idiots à certaines reparties de Madame Sans-Gêne, duchesse de Dantzig. Par exemple lorsque, à une réception de la cour, elle dit avec un accent populo : « Me v'là ! » Pensez, une duchesse ancienne blanchisseuse et fière de l'avoir été ! Oh, sa tirade à Napoléon ! Je méprise de tout mon cœur ce monsieur Sardou. Naturellement, la mère Deume a beaucoup aimé. Affreuses aussi à la radio les clameurs vulgaires du public des matches de football. Comment ne pas mépriser ces gens-là ?

« Après la mort de Papa, nous allâmes tous trois habiter chez sa sœur Valérie que nous appelions Tantlérie. Dans le roman, bien décrire sa villa de Champel, pleine de mauvais portraits d'un tas d'ancêtres, de versets bibliques et d'anciennes vues de Genève. A Champel il y avait aussi le frère de Tantlérie, Agrippa d'Auble, que j'appelais oncle Gri. Il est très intéressant mais je le décrirai une autre fois. Pour le moment je ne parlerai que de Tantlérie. C'est un personnage que j'utiliserai sûrement dans mon roman. Elle a fait de son mieux, durant sa vie, pour me témoigner le moins possible son affection, qui

15

était profonde. Je vais essayer de la décrire vraiment, comme si c'était le début du roman.

« Valérie d'Auble était fort consciente d'appartenir à l'aristocratie genevoise. A vrai dire, le premier des Auble avait été marchand drapier sous Calvin, mais il y avait longtemps et à tout péché miséricorde. Ma tante était une haute personne majestueuse, au beau visage régulier, toujours vêtue de noir et qui professait pour la mode le plus vif dédain. C'est ainsi qu'elle portait toujours, lorsqu'elle sortait, un étrange chapeau plat, une sorte de grande galette, ornée par-derrière d'un court voile noir. Son ombrelle violette, dont elle ne se séparait jamais, qu'elle tenait devant elle comme une canne et en s'y appuyant, était célèbre à Genève. Très charitable, elle partageait le plus gros de ses revenus entre des institutions de bienfaisance, les missions évangéliques en Afrique et une association qui avait pour but de sauvegarder l'ancienne beauté de Genève. Elle avait aussi fondé des bourses de vertu pour jeunes filles pieuses. « Et pour les jeunes gens, tante ? » Elle m'avait répondu : « Je ne m'occupe pas des chenapans. »

« Tantlérie faisait partie d'un groupe, maintenant presque disparu, de protestants particulièrement orthodoxes, qu'on appelait les Tout Saints. Pour elle, le monde se partageait en élus et en réprouvés, la plupart des élus étant genevois. Il y avait bien quelques élus en Écosse, mais pas beaucoup. Elle était cependant loin de croire que le fait d'être genevois et protestant suffisait à sauver. Il fallait encore, pour trouver grâce aux yeux de l'Éternel, remplir cinq conditions. Primo, croire à l'inspiration littérale de la Bible et par conséquent qu'Ève avait été tirée de la côte d'Adam. Secundo, être inscrit au parti conservateur, appelé national-démocratique, je crois. Tertio, se sentir genevois et non suisse. (« La République de Genève est alliée à des cantons suisses, mais à part cela nous n'avons rien de commun avec ces gens. ») Pour elle, les Fribourgeois (« Quelle horreur, des papistes ! »), les Vaudois, les Neuchâtelois, les Bernois et tous les autres Confédérés étaient des étrangers au même titre que les Chinois. Quarto, faire partie des « familles convenables », c'est-à-dire celles, comme la nôtre, dont les ancêtres avaient fait partie du Petit Conseil avant 1790. Étaient exceptés de cette règle les pasteurs, mais uniquement les pasteurs *sérieux*, « et non de ces jeunets libéraux tout rasés qui ont le front de prétendre que Notre Seigneur n'était que le plus grand des prophètes ! » Quinto, ne pas être « mondain ». Ce mot avait pour ma tante un sens tout particulier. Par exemple, était mondain à ses yeux tout pasteur gai, ou portant faux col mou, ou revêtu d'un costume sportif, ou chaussé de souliers de teinte claire, ce qu'elle avait en horreur. (« Tss, je t'en prie, des bottines jaunes ! ») Était également mondain tout Genevois, même de bonne famille, qui allait au théâtre. (« Les pièces de théâtre sont des inventions. Je ne me soucie pas d'écouter des mensonges. »)

« Tantlérie était abonnée au Journal de Genève parce que c'était une tradition dans la famille et que, de plus, elle « croyait » en posséder des actions. Elle ne lisait cependant jamais cet organe respectable, le laissait intouché sous sa bande parce qu'elle en désapprouvait, non certes la ligne politique, mais ce qu'elle appelait les parties inconvenantes, entre autres : la page de la mode féminine, le feuilleton du roman au bas de la deuxième page, les annonces matrimoniales, les nouvelles du monde catholique, les réunions de l'Armée du Salut. (« Tss, je te demande un peu, de la religion avec des trombones ! ») Inconvenantes aussi les réclames de gaines et les annonces de « cabarets », ce mot étant le nom générique qu'elle donnait à tous établissements suspects, tels que music-halls, dancings, cinémas, et même cafés. En passant, pour que je n'oublie pas : sa réprobation lorsqu'elle apprit qu'oncle Agrippa, ayant grand-soif, était entré un jour dans un café pour la première fois de sa vie et s'y était courageusement fait servir du thé. Quel scandale ! Un Auble au cabaret ! En passant aussi, indiquer quelque part dans mon roman que Tantlérie, de toute sa vie, n'a jamais dit le moindre mensonge. Vivre dans la vérité était sa devise.

« Très économe quoique généreuse, elle n'a jamais fait vendre un seul de ses titres, non par attachement aux biens de ce monde, mais parce qu'elle ne se considérait que dépositaire de sa fortune. (« Tout ce qui me vient de mon père doit aller intact à ses petits-enfants. ») J'ai dit plus haut qu'elle « croyait » avoir des actions du Journal de Genève. En effet, peu compétente en matière financière, elle considérait ses actions et ses obligations comme des choses nécessaires mais basses qu'il fallait mentionner le moins possible et dont il ne convenait pas de s'occuper. Elle s'en rapportait aveuglément à messieurs Saladin, de Chapeaurouge et Compagnie, banquiers des Auble depuis la disparition de la banque d'Auble et gens parfaitement respectables, bien qu'elle les soupçonnât de lire le Journal de Genève. (« Mais je suis tolérante, je comprends que c'est une nécessité pour ces messieurs de la banque, il faut qu'ils se tiennent au courant. »)

« Il va sans dire que nous ne voyions que des gens de notre espèce, tous follement pieux. A l'intérieur de la tribu protestante *bien* de Genève, ma tante et ses congénères formaient un petit clan d'ultras. Pas question pour nous de jamais fréquenter des catholiques. Un souvenir de moi à onze ans, lorsque oncle Gri nous avait emmenées, Éliane et moi, pour la première fois à Annemasse, petite ville française près de Genève. Dans le coupé à deux chevaux de Tantlérie, conduit par notre cocher Moïse — calviniste de stricte observance, lui aussi, malgré son prénom — l'excitation des deux petites à l'idée de voir enfin des catholiques, cette peuplade bizarre, ces indigènes mystérieux. Durant le parcours, nous chantions sur l'air des lampions : « On va voir des catholiques, on va voir des catholiques ! »

« Je reviens à Tantlérie. En chapeau plat suivi du court voile noir, elle sortait tous les matins à dix heures dans son coupé, conduit par Moïse en haut-de-forme et bottes à revers. Elle allait visiter sa chère cité, voir si tout était en place. Si quelque imperfection la choquait, rampe descellée, ferrure menaçant de tomber ou fontaine publique tarie, elle « montait voir un de ces messieurs », c'est-à-dire qu'elle allait tancer un des membres du gouvernement genevois. Le prestige de son nom et de son caractère, renforcé par ses libéralités et ses alliances, était tel que ces messieurs s'empressaient de lui donner satisfaction. A propos du patriotisme genevois de Tantlérie : elle avait rompu avec une princesse anglaise, aussi pieuse qu'elle, mais qui dans une lettre avait risqué une plaisanterie sur Genève.

« Vers onze heures, elle était de retour dans sa belle villa de Champel, son seul luxe avec son coupé. Très charitable, comme je l'ai dit, elle dépensait fort peu pour elle-même. Je revois encore ses robes noires, de grande allure, avec un peu de traîne derrière, mais toutes vieilles, lustrées et soigneusement raccommodées. A midi, premier coup de gong. A midi et demi, deuxième coup, et il fallait se rendre immédiatement à la salle à manger. Aucun retard n'était toléré. Oncle Agrippa, Jacques, Éliane et moi nous tenions debout en attendant celle qu'entre nous nous appelions parfois la Cheffesse. Nous ne prenions naturellement place que lorsqu'elle était assise.

« A table, après les grâces, on s'entretenait de thèmes décents, tels que fleurs (« il faut toujours écraser le bout de la tige des tournesols pour qu'ils durent ») ; ou teintes d'un coucher de soleil (« j'en ai tellement joui, j'étais si reconnaissante de toute cette splendeur ») ; ou variations de la température (« j'ai eu une impression de froid ce matin en me levant ») ; ou dernier sermon d'un pasteur aimé (« c'était fortement pensé et joliment exprimé »). On parlait aussi beaucoup des progrès de l'évangélisation au Zambèze, ce qui fait que je suis très calée en tribus nègres. Par exemple, je sais qu'au Lessouto le roi s'appelle Lewanika, que les habitants du Lessouto sont des Bassoutos et qu'ils parlent le sessouto. Il était par contre mal vu de parler de ce que ma tante appelait des sujets matériels. Je me rappelle qu'un jour où j'eus l'étourderie de dire que le potage me semblait un peu trop salé, elle fronça les sourcils et me congela par ces mots : « Tss, Ariane, je t'en prie. » Même réaction la fois où je ne pus m'empêcher de louer la mousse au chocolat qui venait de nous être servie. Je n'en menais pas large lorsqu'elle me regardait de ses yeux froids.

« Froide et pourtant profondément bonne. Elle ne savait pas témoigner, exprimer. Ce n'était pas insensibilité mais noble réserve, ou peut-être peur du charnel. Presque jamais un mot tendre, et les rares fois où elle m'embrassait c'était du bout des lèvres qu'elle effleurait mon front. Par contre, lorsque j'étais malade, elle se levait plusieurs fois dans la nuit et elle venait, en vieux peignoir majestueux, voir si je n'étais pas réveillée ou découverte. Tantlérie chérie, vous que je n'ai jamais osé appeler ainsi.

« Mettre quelque part dans mon roman mes blasphèmes quand j'étais petite. J'étais très pieuse et pourtant, en prenant ma douche, je ne pouvais m'empêcher de dire tout à coup : Sale Dieu ! Mais tout de suite après je criais : Non non, je ne l'ai pas dit ! Dieu est bon, Dieu est très gentil ! Et puis ça recommençait, voilà que je blasphémais de nouveau ! J'en étais malade, je me frappais pour me punir.

« Un autre souvenir me revient. Tantlérie m'avait dit que le péché contre le Saint-Esprit était le plus grave de tous. Alors, quelquefois dans le lit, le soir, je ne résistais pas à l'attrait de chuchoter : eh bien moi, je pèche contre le Saint-Esprit ! Bien sûr, sans savoir ce que cela signifiait. Mais tout de suite après, j'étais épouvantée et je me fourrais sous les couvertures, et j'expliquais au Saint-Esprit que c'était seulement pour plaisanter.

« Ma pauvre Tantlérie ne se doutait pas des angoisses qu'elle nous causait, à Éliane et à moi. Par exemple, elle croyait agir au mieux de nos intérêts spirituels en nous parlant souvent de la mort, pour nous préparer à ce qui seul importait, la vie éternelle. Nous ne devions pas avoir plus de dix et onze ans qu'elle nous lisait déjà des récits d'enfants modèles, ago-

nisants et illuminés, qui entendaient des voix célestes, se réjouis-
saient de mourir. Alors, hantise neurasthénique de ma sœur et
de moi. Je me rappelle notre terreur en lisant dans un calendrier biblique le texte du dimanche prochain : « Tu mourras
et tu seras caché en Dieu. » Une petite cousine Armiot nous
ayant invitées, Éliane et moi, à un goûter pour ce dimanche-là,
je lui avais dit que nous n'étions pas sûres de pouvoir venir,
que nous serions peut-être cachées en Dieu. Depuis, bien que
je n'aie en somme pas vraiment perdu la foi, j'ai gardé une
horreur des cantiques, surtout de celui qui commence par Au
pays de la gloire éternelle. Cafard lorsque j'entends à l'église
ces gens assemblés qui le chantent avec une fausse joie, avec
une exaltation maladive et qui se persuadent qu'ils seront
ravis de mourir alors qu'ils appellent le médecin au moindre
bobo.

    « Quelques autres souvenirs, en vrac et en peu de mots,
simplement pour ne pas oublier. Je les développerai dans le
roman. Tantlérie, son ouvrage de broderie sur filet, après le
culte du matin et du soir. Au culte, nous finissions souvent
par le cantique Comme un cerf brame, ce qui me donnait un
fou rire que je retenais. Mais Tantlérie priait beaucoup seule,
trois fois dans la journée, toujours aux mêmes heures, dans
son boudoir, et il fallait se garder de la déranger. Une fois, je
l'ai regardée par le trou de la serrure. Elle était à genoux, la
tête baissée, les yeux fermés. Tout à coup, elle eut un sourire
qui m'impressionna, étrange et beau. Dire aussi quelque part
qu'elle n'a jamais voulu avoir recours à un médecin, même pas
à oncle Gri. Elle croyait à la guérison par la prière. A propos
de sa peur du charnel dont j'ai parlé plus haut, mentionner
ses serviettes dans la salle de bains. Il y en avait pour les diverses parties du corps. Celle pour le milieu ne devait jamais
servir pour le visage. Peur inconsciente du péché, séparation
du sacré et du profane. Non, cette histoire de serviettes je ne
la dirai pas dans le roman : je ne veux pas qu'on risque de se
moquer d'elle. J'ai oublié de dire que jamais elle n'a lu de
romans, toujours pour la même raison, l'horreur du mensonge.

    « Rien que du style télégraphique maintenant. Après la mort
de Jacques et d'Éliane, plus que Tantlérie et moi à la villa car
oncle Gri parti comme médecin missionnaire en Afrique. Ma
neurasthénie religieuse. Je ne croyais plus ou plutôt je croyais
que je ne croyais plus. Dans notre milieu, on appelait ça une
crise desséchante. Décision de préparer une licence ès lettres.
A l'Université, je fis la connaissance de Varvara Ivanovna,

une jeune Russe émigrée, fine, intelligente. Bientôt nous devînmes amies. Je la trouvais très belle. J'aimais baiser ses mains, ses paumes rosées, ses tresses lourdes. Je pensais à elle tout le temps. En somme, c'était de l'amour.

« Tantlérie mécontente de cette amitié. « Une Russe, tss, je t'en prie ! » (Le « prie » très étiré, comme une longue fuite de vapeur. ) Elle ne me permit pas de lui présenter Varvara, mais elle ne me défendit pas de continuer à la voir, ce qui était déjà beaucoup. Mais un jour, enquête de la police chez nous sur la nommée Sianova, titulaire d'un permis provisoire de séjour. Je n'étais pas à la maison. Par le policier, Tantlérie apprit deux choses terribles. D'abord que mon amie avait fait partie d'un groupe de mencheviks, enfin des révolutionnaires russes. Ensuite, qu'elle avait été la maîtresse du chef de ce groupe, expulsé de Suisse. A la fin de l'après-midi, lorsque je rentrai, elle m'ordonna de rompre immédiatement avec cette personne de mauvaise vie, surveillée par la police, et révolutionnaire par-dessus le marché. Je me révoltai. Abandonner ma Varinka ? Jamais ! Après tout, j'étais majeure. Le soir même, je fis mes bagages, aidée par Mariette, la vieille bonne. Tantlérie, enfermée dans sa chambre, refusa de me voir et je partis. Est-ce que je pourrai tirer un roman de tout ça ? Continuons.

« Je m'installai en ville avec mon amie dans un petit appartement meublé assez lamentable. J'avais très peu d'argent à moi, Papa ayant perdu presque toute sa fortune dans une complication de finance qu'on appelle un krach. Heureuses, elle et moi. Nous allions ensemble à l'Université, moi aux Lettres, elle aux Sciences sociales. Une vie d'étudiantes. Les petits restaurants. Je commençai à me poudrer un peu, ce que je n'avais jamais fait chez Tantlérie. Mais du rouge aux lèvres, je n'en ai jamais mis et je n'en mettrai jamais. C'est sale, vulgaire. Je commençai à apprendre le russe, pour pouvoir le parler avec elle, pour être plus intimes. Nous dormions ensemble. Oui, c'était de l'amour, mais pur, enfin presque. Un dimanche, j'appris par Mariette, qui venait souvent me voir, que ma tante allait partir pour l'Écosse. J'en eus le cœur serré, sentant bien que c'était à cause de la vie que je menais qu'elle s'exilait en somme.

« Quelques mois plus tard, c'était pendant les vacances de Pâques, Varvara m'avoua qu'elle était atteinte de tuberculose et qu'elle ne pouvait plus aller à l'Université. Elle m'avait caché son état pour ne pas m'inquiéter et aussi pour ne pas aggraver notre situation financière par des séjours à la montagne. Son médecin que j'allai voir aussitôt me dit d'ailleurs qu'il était trop tard pour l'envoyer dans un sanatorium, qu'elle en avait au plus pour un an.

« Durant cette dernière année de sa vie, je n'ai pas été bien. Certes, j'avais renoncé à mes études pour me consacrer entièrement à elle. Je la soignais, je préparais les repas, je faisais les lavages et les repassages. Mais quelquefois, le soir, j'avais tout à coup envie de sortir, d'accepter une invitation de camarades d'Université, pas des filles et des garçons de mon milieu, des étrangers en général. Je sortais donc parfois pour un dîner, pour un bal d'étudiants ou pour aller au théâtre. Je la savais gravement malade et pourtant je ne résistais pas à l'envie de me distraire. Varinka, ma chérie, pardonne, j'étais si jeune. En rentrant, j'avais honte, d'autant plus qu'elle ne me faisait jamais de reproches. Un soir pourtant, rentrée d'un bal à deux heures du matin, comme je lui disais je ne sais quoi pour me justifier, elle me répondit calmement : « Oui, mais moi je vais mourir. » Je n'oublierai jamais ce regard fixé sur moi.

« Le lendemain de sa mort, j'ai regardé ses mains. Rien qu'à les voir, on les sentait lourdes comme le marbre. Elles étaient mates, d'une blancheur terne, les doigts enflés. Alors, je compris que c'était fini, que tout était fini.

« Après le cimetière, ma peur dans ce petit appartement où elle avait attendu mes retours, la nuit. Alors, je décidai d'aller à l'hôtel Bellevue. Adrien Deume, qui venait d'être nommé à la S. D. N. et que ses parents n'avaient pas encore rejoint, était dans ce même hôtel. Un soir, je m'aperçus que je n'avais presque plus d'argent. Impossible de payer la note de la semaine. Seule au monde, personne à qui m'adresser. Mon oncle au centre de l'Afrique et ma tante quelque part en Écosse. D'ailleurs, même si j'avais su son adresse, je n'aurais pas osé lui écrire. Les gens de mon milieu, cousins, parents éloignés, connaissances, m'avaient lâchée depuis ma fugue et ma vie avec « la révolutionnaire russe ».

« Je ne sais pas exactement ce qui s'est passé après avoir pris tous ces cachets de véronal. J'ai dû ouvrir la porte de ma chambre puisque Adrien, en rentrant chez lui, m'a trouvée étendue dans le couloir. Il m'a soulevée, m'a portée dans ma chambre. Il a vu la boîte vide des cachets. Médecin. Lavage d'estomac, piqûres de je ne sais quoi. Il paraît que j'ai été entre la vie et la mort pendant plusieurs jours.

« Convalescence. Visites d'Adrien. Je lui parlais de Varvara, d'Éliane. Il me réconfortait, me faisait la lecture, m'apportait des livres, des disques. Le seul être au monde qui s'occupait de moi. J'étais engourdie. L'empoisonnement avait abîmé ma tête. Il m'a demandé un soir si je voulais l'épouser et j'ai accepté. J'avais besoin de quelqu'un de bon, s'intéressant à moi, m'admirant, alors que je savais bien que j'étais une déclassée. Et puis pas d'argent et désarmée dans la lutte pour la vie, ne sachant rien faire, incapable même d'être une secrétaire. Nous nous sommes mariés avant l'arrivée de ses parents. Sa patience quand je lui ai dit que j'avais peur des choses qui se passent entre un homme et une femme.

« Peu après mon mariage, mort de Tantlérie en Écosse. Convocation chez son notaire. Par son testament, fait pourtant après le scandale de ma fugue, j'héritais de tout, sauf de la villa de Champel, léguée à oncle Agrippa. Arrivée des parents d'Adrien. Ma neurasthénie. Pendant des semaines, je suis restée dans ma chambre à lire, couchée, Adrien m'apportant mes repas. Puis j'ai voulu quitter Genève. Il a demandé plusieurs mois de congé sans traitement. Nos voyages. Sa bonne volonté. Mes humeurs. Un soir, je l'ai renvoyé parce que ce n'était pas Varvara qui était là. Puis je l'ai rappelé. Il est revenu, si doux, si bon. Alors je lui ai dit que j'étais une méchante femme mais que maintenant c'était fini, que je serais gentille désormais et qu'il devait reprendre son travail. Nous sommes rentrés à Genève et j'ai fait de mon mieux pour tenir ma promesse.

« A notre retour, j'ai invité des amies d'autrefois. Elles sont venues avec leurs maris. Depuis, fini, plus eu de leurs nouvelles. Elles ont vu la mère Deume et son petit mari, ça leur a suffi. Mes cousins, les Armiot et les Saladin entre autres, m'ont bien invitée, mais seule, sans mentionner mon mari. Je me suis naturellement abstenue.

« Il faudra que je tire un personnage du petit père Deume que j'aime bien et aussi un personnage de la mère Deume, la fausse chrétienne avec ses grimaces pieuses. L'autre jour, cette sale bête m'a demandé comment se portait mon âme et m'a dit qu'elle était à ma disposition si je voulais avoir une conversation sérieuse avec elle. Dans son langage, conversation sérieuse veut dire conversation religieuse. Une fois, elle a osé me demander si je croyais en Dieu. Je lui ai répondu que pas toujours. Alors, pour me convertir, elle m'a expliqué que Napoléon croyait en Dieu et que par conséquent je devais croire aussi. Tout cela, c'est des tentatives de domination. Je la déteste. Elle n'est pas une chrétienne, elle est tout le contraire. Elle est une vache et un chameau. Oncle Agrippa, oui, est un vrai chrétien. Parfaitement bon, un saint. Les vrais protestants, c'est ce qui se fait de mieux. Vive Genève! Tantlérie aussi était bien. Sa foi était un peu Ancien Testament, mais noble, sincère. Et puis le langage de la Deume est affreux. Pour dire gaspiller, elle dit vilipender. Pour dire joli, elle dit jeuli, pour dire milieu, elle dit miveu, pour dire souliers, elle dit souyiers, et pour dire s'il te plaît, elle dit s'il te polaît. Et tous les endéans qu'elle fourre partout.

« Dans mon roman, il faudra que je parle de son talent de faire des remarques perfides avec des sourires, toujours précédés d'un raclement de gorge. Quand elle se racle la gorge je sais qu'il y a une doucereuse méchanceté qui se prépare. Par exemple, hier matin, en descendant j'entends le claquement terrifiant de ses bottines! Elle est sur le palier du premier! Trop tard pour m'échapper! Elle me prend par le bras, me dit qu'elle a quelque chose d'intéressant à me dire, me conduit dans sa chambre, m'invite à m'asseoir. Raclement de gorge, puis le terrible sourire lumineux d'enfant de Dieu, et elle commence : « Chère, il faut que je vous raconte quelque chose de tellement jeuli, je suis sûre que cela vous fera plaisir. Imaginez-vous que tout à l'heure, avant de partir pour son bureau, Adrien est venu s'asseoir sur mes genoux et il m'a dit en me serrant dans ses bras : Mammie chérie, tu es ce que j'aime le plus au monde! N'est-ce pas, chère, que c'est jeuli? » Je l'ai regardée et je suis partie. Si je lui avais dit qu'elle me dégoûtait, je sais si bien ce qui se serait passé. Elle aurait porté sa main à son cœur, genre martyre livrée aux lions, et elle m'aurait dit qu'elle me pardonnait et même qu'elle prierait pour moi. Quelle veinarde tout de même cette méchante qui croit dur comme fer à la vie éternelle et qu'elle volettera tout le temps autour de l'Éternel. Elle prétend même qu'elle se réjouit de mourir, ce qu'elle appelle en son jargon « recevoir sa feuille de route ».

« Quelques détails encore en vue de mon roman. La Deume est née Antoinette Leerberghe, à Mons, Belgique. Revers de fortune après la mort du père, un notaire, je crois. A quarante ans, dotée de peu de chair et d'attraits mais de beaucoup d'os et de verrues, elle parvint à se faire épouser par le brave et faible Hippolyte Deume, un tout petit bourgeois d'origine vaudoise, ancien comptable dans une banque privée de Genève. De nationalité belge, elle devint donc suisse par son mariage avec le gentil Hippolyte, petit barbichu moustachu. Adrien est le neveu de l'Antoinette. La sœur de celle-ci, donc la mère

24

d'Adrien, avait épousé un dentiste belge nommé Janson. Les parents d'Adrien étant morts lorsqu'il était tout jeune, sa tante assuma courageusement le rôle de mère. D'une dame Rampal dont elle était la demoiselle de compagnie et qui passait une grande partie de l'année à Vevey, elle hérita d'une villa dans cette petite ville suisse. Elle la transforma en pension de santé pour convalescents religieux et végétariens. Pour se changer les idées, Hippolyte Deume, âgé alors de cinquante-cinq ans et propriétaire d'un bon petit immeuble de rapport à Genève, vint y faire un séjour après la mort de sa femme. Antoinette s'occupa beaucoup de lui, le soigna lorsqu'il tomba malade. Guéri, il lui apporta un bouquet de fleurs. La vierge de quarante ans défaillit, se laissa tomber dans les bras du petit bonhomme effaré, susurra qu'elle acceptait parce qu'elle sentait que c'était la volonté de Dieu. Grâce à la protection d'un vague cousin de la Deume, un van Offel, important au ministère belge des affaires étrangères, Adrien, qui préparait sa licence ès lettres à Bruxelles, fut nommé au Secrétariat de la Société des Nations à Genève. J'ai oublié de dire que, quelques années auparavant, le couple Deume avait adopté le cher orphelin qui devint ainsi Adrien Deume.

« J'ai oublié aussi de dire plus haut que dès son installation à Genève la mère Deume a senti le besoin spirituel de faire partie du groupe dit d'Oxford. Depuis son entrée dans cette secte religieuse (qu'elle adore car on y peut tutoyer sur-le-champ et appeler par leur prénom des dames tout à fait bien socialement) elle n'a cessé d'avoir des « directions », ce qui dans l'argot oxfordien signifie recevoir en droite ligne des ordres de Dieu. Aussitôt membre du groupe, la Deume a eu la direction d'inviter des consœurs de la bonne société à goûter ou à déjeuner. (Elle préfère dire lunch, qui lui semble plus distingué et qu'elle prononce lonche.) Cologny où se trouve la villa Deume étant un quartier bien, ces dames ont eu la direction d'accepter. Mais ayant fait la connaissance du petit père Deume, lors d'une première visite, elles ont eu la direction de refuser les invitations suivantes. Il n'y a eu qu'une certaine madame Ventradour à avoir la direction d'accepter deux ou trois autres invitations à goûter. O mon Père, ma tante Valérie, mon oncle Agrippa, mes nobles chrétiens, si vrais, si sincères, si purs. Oui, vraiment, il n'y a rien de plus beau moralement que les protestants genevois de grande race. Je suis fatiguée, assez. Je continuerai demain. »

Sonnerie du téléphone en bas. Il ouvrit la porte, sortit sur le palier, se pencha sur la rampe. Il écouta. La voix de la vieille, sûrement.

— Non, mon Didi, ne te fais pas de souci d'être en retard, tu pourras rester à déjeuner au Palais des Nations ou bien aller à ce restaurant de la Perle du Lac que tu aimes bien, vu qu'il y a un grand changement dans nos plans. J'allais justement te téléphoner pour te dire la grande nouvelle. Imagine-toi, mon chéri, que Papi et moi nous venons à l'instant d'être invités à l'improviste pour le lonche chez chère madame Ventradour! C'est la première fois pour un repas, ce qui va bien consolider nos rapports, enfin pied d'intimité. Comme je te disais, ça fait grand changement dans nos plans, primo parce qu'il faut que je téléphone tout de suite à chère Ruth Granier pour renvoyer à demain notre thé-méditation prévu pour cet après-midi, et secundo parce que j'avais projeté des rougets grillés pour midi et je ne sais pas si même au frigo ils pourront résister jusqu'à demain midi, vu que ça serait dommage d'en manger le soir surtout après le grand lonche que nous aurons tout à l'heure, mais tant pis on les mangera ce soir, et la quiche lorraine de ce soir on la mangera demain à midi vu qu'une quiche craint moins que des rougets. Maintenant pour t'en revenir avec l'invitation il faut que je te raconte comment ça s'est fait, mais vite, j'ai juste le temps, enfin tant pis, nous irons prendre un taxi à la station, il faut que je te raconte, ça te fera plaisir. Tout à l'heure donc, il n'y a pas dix minutes, j'ai eu l'inspiration ou plutôt la direction de téléphoner à chère madame Ventradour pour lui recommander un livre tellement bienfaisant sur Helen Keller, tu sais, cette admirable aveugle et sourde-muette toujours tellement joyeuse, parce que tu comprends je tiens à garder contact, et voilà que d'une chose à l'autre, toujours sur un plan élevé, elle m'a parlé de ses difficultés domestiques, comme tu sais, elle a grand personnel chez elle, cuisinière, fille de cuisine, femme de chambre stylée grand genre, jardinier faisant chauffeur. Elle reçoit demain un consul général et son épouse qui viennent passer quelques jours chez elle et naturellement elle tient à ce que tout soit tiptop. C'était prévu dans ses plans qu'aujourd'hui ça serait le nettoyage de ses vitres de ses trente fenêtres dont vingt de façade, mais voilà que la femme habituelle qui vient pour les gros travaux est tombée subitement malade, comme il faut s'y attendre avec cette espèce,

26

elles n'en font jamais d'autres, et toujours au dernier moment naturellement sans jamais vous laisser le temps de vous retourner. Forcément, chère madame Ventradour était toute désorientée, ne sachant plus où donner de la tête. Alors, n'écoutant que mon cœur, j'ai eu l'inspiration de lui dire que je lui prêterais volontiers ma Martha tout l'après-midi aujourd'hui pour ses vitres, dont dix en vitraux japonais modern style, tu te rappelles quand nous y sommes allés pour le thé en janvier. Elle a accepté avec reconnaissance, elle m'a beaucoup remerciée, elle était tout émue. Je suis contente d'avoir eu cette inspiration, un bienfait n'étant jamais perdu. Je lui ai donc dit que je lui amènerais Martha illico, la pauvre fille ne pouvant se débrouiller toute seule pour trouver la superbe campagne Ventradour. Alors spontanée comme elle est, elle a poussé un cri, mais écoutez, venez déjeuner avec votre époux, à la fortune du pot! Penses-tu, fortune du pot, c'est toujours parfait chez elle, d'après chère Ruth Granier, rien que du fin! Et servi selon les règles! Donc nous voilà invités à part entière! Comment? Mais à une heure, tu sais bien que c'est l'heure grand genre pour le lonche. Je dois dire que je suis bien contente de pouvoir utiliser Martha cet après-midi parce qu'elle n'aurait pas eu grand-chose à faire, vu que maintenant avec la machine à laver tout est fini de bonne heure le matin, et puis ça me la dressera un peu de voir du personnel stylé grande maison. Je lui ai fait comprendre que ça sera un honneur pour elle de nettoyer les vitres d'une châtelaine. Naturellement, en allant à la station des taxis, nous la ferons marcher à quelques pas derrière nous, à cause des voisins. Je le lui demanderai très gentiment. D'ailleurs, ça la gênerait de marcher à côté de nous, elle ne se sentirait pas à sa place. Alors voilà, je te quitte sur cette bonne nouvelle, mon chéri, il faut que je change de robe, que je téléphone à chère Ruth Granier, et puis que je vérifie un peu l'habillement de Papi, lui faire des recommandations, surtout pour le potage, il fait de ces bruits! A propos, madame Ventradour m'a demandé très gentiment de tes nouvelles, elle s'est beaucoup intéressée à tout ce que je lui ai dit de tes obligations officielles, je peux lui faire tes messages, n'est-ce pas? Comment? Que je lui dise tes hommages plutôt? Oui c'est vrai, c'est plus fin, c'est une personne tellement distinguée. Pardon? Bon, comme tu voudras. Je vais lui dire de venir, elle est naturellement à son piano, attends un moment. (Un silence, puis la voix de nouveau.) Elle te fait dire qu'elle ne peut pas venir à l'appareil vu qu'elle ne peut pas interrompre sa sonate. Oui, mon chéri, c'est comme ça qu'elle a dit. Écoute, mon Didi, ne te donne pas la peine de rentrer, déjeune tranquillement à la Perle du Lac, au moins on s'occupera de toi. Maintenant je te laisse, il faut nous dépêcher. Alors au revoir, mon chéri, à ce soir, tu trouveras toujours ta Mammie fidèle au poste, tu sais que sur elle tu peux compter.

De retour dans la chambre, il s'étendit sur le lit, huma l'eau de Cologne cependant que du salon montaient les Scènes d'enfants de Schumann. Joue, ma belle, joue, tu ne sais pas ce qui t'attend, murmura-t-il, et il se leva brusquement. Vite, le déguisement.

Il endossa l'antique manteau déteint, si long qu'il descendait jusqu'aux chevilles et recouvrait les bottes. Il se coiffa ensuite de la misérable toque de fourrure, l'enfonça pour dissimuler les cheveux, noirs serpenteaux. Devant la psyché, il approuva le minable accoutrement. Mais le plus important restait à faire. Il enduisit les nobles joues d'une sorte de vernis, appliqua la barbe blanche, puis découpa deux bandes de sparadrap noir, les plaqua sur ses dents de devant, à l'exception d'une à gauche et d'une à droite, ce qui lui fit une bouche vide où luisaient deux canines.

Dans la pénombre, il se salua en hébreu dans la glace. Il était un vieux Juif maintenant, pauvre et laid, non dépourvu de dignité. Après tout, ainsi serait-il plus tard. Si pas déjà enterré et pourrissant, plus de beau Solal dans vingt ans. Immobile soudain, il écouta. Des bruits de pas dans l'escalier, puis l'air de Chérubin. Voi che sapete che cosa è amor. Oui, chérie, je sais ce qu'est amour, dit-il. S'emparant de la valise, il s'élança, se dissimula derrière les lourds rideaux de velours.

# II


Entrée en fredonnant l'air de Mozart, elle s'approcha de la psyché, baisa sur la glace l'image de ses lèvres, s'y contempla. Après un soupir, elle alla s'étendre sur le lit, ouvrit le livre de Bergson, le feuilleta tout en dégustant des fondants au chocolat. Après quoi, elle se leva et se dirigea vers la salle de bains attenante à la chambre.

Grondement des eaux, divers petits rires, gazouillis incompréhensibles, puis un silence, suivi du choc d'un corps brusquement immergé, puis la voix aux inflexions dorées. Les rideaux écartés, il s'approcha de la porte entrebâillée de la salle de bains, écouta.

— J'adore l'eau trop chaude, attends chérie attends, on va en faire couler juste un filet pour que le bain devienne brûlant sans qu'on s'en aperçoive, quand je suis gênée il paraît que je louche un peu pendant quelques secondes mais c'est charmant, la Joconde a une tête de femme de ménage, je ne comprends pas pourquoi on fait tant de chichis pour cette bonne femme, est-ce que je vous dérange madame ? mais non pas du tout monsieur, seulement tournez-vous parce que je ne suis pas très visible en ce moment, à qui ai-je l'honneur monsieur ? je m'appelle Amundsen madame, vous êtes norvégien je suppose ? oui madame, très bien très bien j'aime beaucoup la Norvège, y êtes-vous allée madame ? non mais je suis très attirée par votre pays, les fjords les aurores boréales les phoques débonnaires et puis j'ai bu de l'huile de foie de morue dans mon enfance elle venait des îles Lofoten j'aimais beaucoup l'étiquette de la bouteille, et votre prénom monsieur c'est quoi ? Eric madame, moi c'est Ariane, est-ce que vous êtes marié monsieur ? oui madame j'ai six enfants dont un petit nègre, très bien monsieur

29

mes compliments à votre femme et est-ce que vous aimez les bêtes ? certainement madame, alors nous nous entendrons monsieur, avez-vous lu le livre de Grey Owl ? c'est un métis indien du Canada un homme admirable qui a voué sa vie à la nation castor je vous enverrai son livre je suis sûre que vous l'aimerez, mais les Canadiens blancs je les déteste à cause de leur chanson vous savez alouette gentille alouette alouette je te plumerai, dire gentille alouette et tout de suite après je te plumerai c'est révoltant, et de plus ils disent je te ploumerai ce qui est ignoble, ils sont fiers de cette sale chanson c'est presque leur chanson nationale, je demanderai au roi d'Angleterre qu'il l'interdise, oui oui le roi fait tout ce que je veux il est très gentil avec moi, je lui demanderai aussi de créer une grande réserve de castors, est-ce que vous faites partie de la Société protectrice des animaux ? hélas non madame, c'est regrettable en effet monsieur eh bien je vous enverrai un bulletin d'adhésion, moi j'en suis membre bienfaiteur depuis mon enfance j'avais exigé qu'on m'en mette, dans mon testament j'ai légué des sommes d'argent à la Société protectrice des animaux, puisque vous insistez je vous dirai Eric mais restez tourné s'il vous plaît, prénom oui familiarité non, attention ne pas enlever la croûte parce que après ça saigne, je suis tombée l'autre jour et je me suis fait une écorchure au genou alors ça a fait une petite croûte de sang séché et il faut que je me surveille pour ne pas l'enlever, c'est exquis de l'enlever mais alors ça saigne et puis la croûte se reforme et je l'arrache de nouveau, quand j'étais petite j'arrachais la croûte tout le temps c'était délicieux mais aujourd'hui défense d'arracher, oh ce n'est pas laid c'est une toute petite croûte de rien du tout qui ne défigure pas mon genou, quand je serai habillée je vous la montrerai, et est-ce que vous aimez les chats ? oui madame je les adore, j'en étais sûre Eric, quelqu'un de bien ne peut pas ne pas les aimer, je vous montrerai une photo de ma petite chatte vous verrez comme elle était exquise, Mousson elle s'appelait, un joli nom, n'est-ce pas ? c'est moi qui l'ai trouvé il m'est venu subitement quand on me l'a apportée, elle avait deux mois des yeux bleus angéliques toute mousseuse sage comme une image les yeux levés vers moi, je lui ai donné mon cœur tout de suite, hélas non Eric elle n'est plus de ce monde, on a dû l'opérer et la pauvre petite n'a pas supporté l'anesthésie parce qu'elle avait une lésion au cœur, elle est morte dans mes bras après un regard vers moi un dernier regard de ses beaux yeux bleus, oui dans la fleur de l'âge, elle n'avait que deux ans, elle n'a même pas connu les joies de la maternité, c'est d'ailleurs parce qu'elle ne pouvait pas avoir d'enfants que j'avais après bien des scrupules accepté de la faire opérer, je me le reproche souvent, c'est depuis peu que j'ai le courage de regarder ses photographies, c'est affreux n'est-ce pas qu'à la longue on puisse souffrir moins du départ d'un être que l'on a profondément aimé, elle a été pour moi une amie incomparable, c'était une âme d'élite d'une délicatesse de sentiments, et si parfaitement bien élevée, par exemple lorsqu'elle avait faim elle courait vers le frigidaire de la cuisine pour me faire comprendre que l'heure de son repas était arrivée puis elle revenait vite au salon me demander si gentiment à manger avec tant de grâce mon Dieu elle me suppliait poliment elle ouvrait et refermait sa petite gueule rose sans nul bruit sans nul miaulement c'était une supplique délicate si courtoise, oui une aimable compagne une amie incomparable, quand je me baignais elle venait sur le rebord de la baignoire pour me tenir compagnie, quelquefois on jouait je sortais mon pied et elle essayait de l'attraper, je ne veux plus en parler c'est trop douloureux, demain si vous voulez bien Eric nous irons ensemble voir mon écureuil, il me donne du souci il avait une expression si triste hier, il est touchant quand il sort sa petite litière pour l'aérer au soleil ou bien quand il épluche ses noisettes, je les lui donne toujours sans la coque pour qu'il ne risque pas de se casser les dents, Eric voulez-vous que je vous dise mon rêve ? oh oui madame cela me ferait grand plaisir madame, eh bien mon rêve serait d'avoir une grande propriété où j'aurais toutes sortes de bêtes, d'abord un bébé lion avec de grosses pattes pelotes des pattes boulouboulou que je toucherais tout le temps et quand il serait grand il ne me ferait jamais de mal, le tout c'est de les aimer, et puis j'aurais un éléphant un grand-père exquis, si j'avais un éléphant ça ne m'ennuierait pas de faire des courses même d'acheter des légumes au marché il me porterait sur son dos et avec sa trompe il me passerait les légumes je mettrais l'argent dans sa trompe pour qu'il paye la marchande, et puis j'aurais des castors dans ma propriété je leur ferais faire une rivière rien que pour eux et ils construiraient leur maison en paix, c'est triste de penser qu'ils sont en voie de disparition cela m'angoisse le soir lorsque je me couche, les femmes qui portent des fourrures de castor méritent la prison vous ne trouvez pas ? oh oui madame absolument, c'est agréable de causer avec vous Eric nous sommes d'accord sur tout, et puis des koalas aussi j'aurais, ils ont un petit nez tellement chou, malheureusement ils ne peuvent vivre qu'en Australie parce qu'ils ne se nourrissent que de feuilles d'un eucalyptus spécial, autrement j'en aurais déjà fait venir un couple, voilà moi j'aime toutes les bêtes même celles que les gens trouvent laides, quand j'étais petite chez ma tante j'avais une chouette chevêche apprivoisée si aimante une charmante petite âme, elle se réveillait au coucher du soleil et vite elle venait se percher sur mon épaule, pour me regarder elle faisait pivoter sa tête sans que son corps bouge, ou plutôt bougeât je crois, elle me contemplait fixement avec ses beaux yeux dorés et puis tout à coup elle venait encore plus près et elle me donnait un baiser avec son nez rentré de vieux notaire, une nuit que je n'arrivais pas à dormir j'ai voulu aller bavarder un peu avec elle et je ne l'ai pas trouvée dans la petite hutte que je lui avais arrangée au grenier, j'ai passé une nuit terrible dans le jardin à l'appeler par son nom, Magali, Magali! hélas je ne l'ai pas trouvée, je suis sûre qu'elle ne m'a pas quittée de son propre mouvement parce qu'elle m'était très attachée, c'est sûrement un rapace qui me l'a enlevée, enfin elle ne souffre plus maintenant, pourvu qu'on ne m'enterre pas vivante, j'ai peur de ça, des bruits de pas au-dessus de ma tombe les pas se rapprochent je crie dans mon cercueil j'appelle au secours je tâche de défoncer le couvercle, les pas s'éloignent les vivants ne m'ont pas entendue et moi j'étouffe, mais non je n'étouffe pas je suis dans mon bain, oh oui j'aime toutes les bêtes, les crapauds par exemple sont émouvants, le chant du crapaud la nuit lorsque tout est calme c'est une noble tristesse une solitude, lorsque j'en entends un la nuit mon cœur se serre de nostalgie, l'autre jour j'en ai ramassé un qui avait une patte écrasée pauvre chou il se traînait sur la route, je lui ai badigeonné la patte avec de la teinture d'iode, quand je la lui ai bandée avec un pansement il s'est laissé faire parce qu'il comprenait que je le soignais, son pauvre petit cœur qui battait fort et il n'a même pas ouvert les yeux tellement il était éreinté, dis-moi quelque chose crapaud, allons mon chéri fais-moi risette, il n'a pas bougé mais il a relevé sa paupière et il m'a lancé un regard si beau comme pour me dire je sais que vous êtes une amie, après je l'ai mis dans un carton avec du coton rose pour qu'il se sente dans une ambiance accueillante, et puis je l'ai caché à la cave pour que la Deume ne s'en aperçoive pas, il va mieux Dieu merci et il s'en tirera sûrement, je sens que je m'attache toujours plus à lui, quand je descends à la cave pour refaire son pansement, il a une si belle expression de reconnaissance, oh dans le jardin ce vieux pavillon qui ne sert à personne, je vais le transformer j'en ferai mon domaine à moi où j'irai *réfléchir*, j'y mettrai mon crapaud jusqu'à ce qu'il soit guéri, ainsi il passera sa convalescence dans un cadre plus gai peut-être qu'il s'attachera tellement à moi qu'il ne voudra plus me quitter, maintenant un gros mot mais que je ne dis pas à haute voix, j'ai froid fais couler de l'eau chaude s'il te plaît, ça suffit merci, c'est bien que j'aie fait mettre ces rideaux épais dans ma chambre, on peut mieux croire aux histoires qu'on se raconte, mon ermite il est plus vrai quand il fait sombre, c'est une gaffe d'avoir fait mettre mon armoire ici dans la salle de bains ça va abîmer mes robes, dès demain la faire remettre dans ma chambre bon c'est réglé, oui devenir une romancière célèbre on me suppliera d'aller signer mes livres à des ventes de bienfaisance mais je refuserai ce n'est pas mon genre, mes jambes sont exquises les autres femmes sont toutes poilues toutes un peu singesses mais moi oh moi plus lisse qu'une statue oui ma chérie tu es très belle, et mes dents donc, imaginez-vous Eric que mon dentiste trouve que j'ai des dents merveilleuses, chaque fois que j'y vais il me dit madame c'est extraordinaire il n'y a jamais rien à faire à vos dents elles sont impeccables, alors vous voyez votre privilège mon cher? seulement voilà je ne suis pas heureuse, heureusement qu'on fait chambre à part, mais le matin je l'entends quand il se lève il siffle la Brabançonne, les Auble c'est la grande aristocratie genevoise et me voilà maintenant dans une famille de petits bourgeois, oui vous avez raison Eric je suis très bien faite, mes yeux sont piqués d'or vous avez remarqué? tout le reste est parfait joues mates ambrées voix délicieuse front pas populaire nez un peu grand mais vraiment très beau, visage honnête et non fardé et puis terriblement élégante, c'est affreux d'être tout le temps une grande personne, tout à l'heure j'irai prendre mes bêtes ça me fera du bien, quand on se connaîtra mieux je vous les montrerai, il y a des moutons des canetons un chaton en velours vert mais il est malade il a une perte de sciure des ours blancs des vaches en bois des ours pas blancs des chiens en verre filé des petits godets en papier ondulé vous savez pour les petits fours c'est pour le bain de mes ours, soixante-sept bêtes en tout je les ai comptées, le grand ours c'est le roi mais à vous je peux bien le dire le vrai roi le roi secret c'est le petit éléphant qui a perdu une patte, sa femme c'est le canard, le prince héritier c'est mon petit bouledogue taille-crayon qui dort dans la coquille Saint-Jacques on dirait un détective anglais, enfin c'est des histoires de crétine, maintenant allez-vous-en s'il vous plaît parce que je vais sortir de mon bain et je ne tiens pas à être vue, au revoir Eric, entre nous soit dit vous êtes un peu idiot vous ne savez que dire oui madame, donc filez jeune crétin, je vais m'habiller somptueusement pour mon propre et privé plaisir.

De nouveau dissimulé derrière les rideaux, il l'admira lorsqu'elle apparut, haute et de merveilleux visage, incroyablement bien construite, en noble robe du soir. Suivie par une traîne onduleuse, elle se promena orgueilleusement, lançant de temps à autre des regards furtifs vers la glace.

— La plus belle femme du monde, déclara-t-elle, et elle s'approcha de la glace, s'y décerna une tendre moue, s'y considéra longuement, la bouche entrouverte, ce qui lui donna un air étonné et même légèrement imbécile. Oui, tout est terriblement beau, conclut-elle. Le nez peut-être un peu fort, non ? Non, pas du tout. Juste bien. L'Himalaya maintenant. Allons mettre notre chapeau secret tibétain.

Revenue de la salle de bains, coiffée d'un béret écossais qui s'accordait peu avec la robe du soir, elle arpenta la chambre du pas sûr et pesant des alpinistes expérimentés.

— Voilà, je suis sur les chères montagnes maternelles de l'Himalaya, je gravis les hauteurs du pays de la nuit sans humains où les derniers dieux se tiennent sur des cimes entourées de vents effroyables. Oui, l'Himalaya c'est ma patrie. Om mani padme houm ! O le joyau dans le lotus ! C'est notre formule religieuse à nous autres, Tibétaines bouddhistes. Voilà, maintenant je suis arrivée au lac Yamirok ou Yamrok, le plus grand lac du Tibet ! Victoire aux dieux ! Lhai gyalo ! Maintenant, inclinons-nous un peu devant ces drapeaux de prière ! Oh là là, je suis tout essoufflée, six heures de marche dans cet air raréfié, je n'en peux plus ! Et puis, l'embêtant d'être une Tibétaine, c'est qu'on a plusieurs maris. Moi j'en ai quatre, ce qui fait quatre gargarismes le soir, quatre ronflements la nuit et quatre hymnes nationaux tibétains le matin. Je vais répudier mes maris un de ces jours. Oh, comme je suis mal dans ma peau.

Elle déambula, les bras croisés, les mains aux épaules, se berçant d'une mélopée lugubre, trouvant plaisir à en accentuer l'idiotie, essayant une marche niaise, les pieds en dedans. Devant la glace, elle s'arrêta et fit la gâteuse, les yeux ronds, la bouche grande ouverte, la langue pendante, les pieds toujours en dedans. Vengée d'elle-même, elle sourit, redevint belle, remisa le béret écossais, s'étendit sur le lit, ferma les yeux, rêvassa.

34

— Oui, me calmer avec mon truc, voilà je me lance avec
une force terrible contre le mur et dzin et dzan, très bien, encore
plus fort, à toute vitesse contre le mur, comme un obus, dzan,
très bien, ma tête est un peu fêlée, ça fait du bien, très agréable,
ça va mieux, chic, personne dans la maison, libre jusqu'à ce
soir, je me demande si mon crapaud sera bientôt rétabli, ça
n'allait pas ce matin, oui lui remettre de la teinture d'iode,
pauvre chouquet si gentil si patient, il ne se plaint pas, pourtant
ça doit le brûler, que veux-tu mon chéri c'est pour ton bien que
je te mets la vilaine teinture d'iode, il est si faible encore, je
lui donnerai quelque chose de fortifiant à manger, je le prendrai
avec moi au jardin après ma sieste, tu verras comme tu seras
content, on prendra le thé ensemble, on pique-niquera sur
l'herbe, ou bien être une dompteuse de tigres formidable,
j'entre en bottes dans la cage un coup de fouet magistral les
yeux dominateurs lançant des flammes et les douze tigres
épouvantés reculent en rougissant pardon en rugissant et puis
bref des applaudissements fantastiques, ou plutôt un chef
d'orchestre sublime et tout le monde m'applaudit et moi je ne
salue même pas je reste immobile un peu dédaigneuse et puis
je m'en vais d'un air désabusé, seulement c'est pas vrai, quand
j'avais dix onze ans je devais me lever à sept heures pour être
à l'école à huit heures mais je mettais le réveil sur six heures
pour avoir le temps de me représenter que je soignais un soldat
héroïque, on va prendre deux aspirins, je les aime mieux mâles,
ça me fera dormir, d'accord ? d'accord chérie, mais oui tu es
ma petite chérie parfaitement, non pas besoin d'aspirins j'ai
déjà sommeil, chic il fait sombre, on y voit à peine, j'adore ça
je suis davantage avec moi dans la pénombre, je suis bien dans
mon lit je promène mes jambes à droite à gauche dans mon lit
pour bien me sentir seule sans husband sans iram, je sens que
je vais dormir en robe du soir, tant pis, l'important c'est de
dormir, quand on dort on n'est pas malheureux, gentil le pauvre
Didi, l'autre jour tout rayonnant de m'apporter ce bracelet
de diamants, mais j'ai été très bien aussi je ne lui ai pas dit que
je n'aime pas les diamants, très gentil mais il me touche tout
le temps c'est agaçant, moi remuante en ce moment et plus
tard une immobilité dans une boîte et de la terre dessus pas
moyen de respirer on étouffe, croire à l'immortalité de l'âme
sapristi, bien la peine d'avoir eu un tas de pasteurs dans la
famille, censément qu'il y aurait ici dans ma chambre dix
koalas très mignons dormant en rond chacun dans sa corbeille
leurs petites pattes en croix sur leur poitrine chacun avec son

bon gros nez tellement sympathique et avant de les coucher je leur ai donné leur dîner de feuilles d'eucalyptus, je ne peux plus garder les yeux ouverts c'est le véronal de cette nuit qui agit encore j'en ai trop pris, je devrais au moins ôter mes jolis souliers de satin blanc, non tant pis, trop fatiguée trop sommeil, je peux bien les garder ils ne me gênent pas, oh assez parlé, bonne nuit chérie fais de beaux rêves.

# III

Assise sur le bord du lit, elle grelottait dans sa robe du soir. Un fou, avec un fou dans une chambre fermée à clef, et le fou s'était emparé de la clef. Appeler au secours ? A quoi bon, personne dans la maison. Maintenant il ne parlait plus. Le dos tourné, debout devant la psyché, il s'y considérait dans son long manteau et sa toque enfoncée jusqu'aux oreilles.

Elle tressaillit, s'apercevant que dans la glace il la regardait maintenant, lui souriait tout en caressant l'horrible barbe blanche. Affreuse, cette lente caresse de méditation. Affreux, ce sourire édenté. Non, ne pas avoir peur. Il lui avait dit lui-même qu'elle n'avait rien à craindre, qu'il voulait seulement lui parler et qu'il partirait ensuite. Mais quoi, c'était un fou, il pouvait devenir dangereux. Brusquement, il se retourna, et elle sentit qu'il allait parler. Oui, faire semblant de l'écouter avec intérêt.

— Au Ritz, un soir de destin, à la réception brésilienne, pour la première fois vue et aussitôt aimée, dit-il, et de nouveau ce fut le sourire noir où luisaient deux canines. Moi, pauvre vieux, à cette brillante réception ? Comme domestique seulement, domestique au Ritz, servant des boissons aux ministres et aux ambassadeurs, la racaille de mes pareils d'autrefois, du temps où j'étais jeune et riche et puissant, le temps d'avant ma déchéance et misère. En ce soir du Ritz, soir de destin, elle m'est apparue, noble parmi les ignobles apparue, redoutable de beauté, elle et moi et nul autre en la cohue des réussisseurs et des avides d'importances, mes pareils d'autrefois, nous deux seuls exilés, elle seule comme moi, et comme moi triste et méprisante et ne parlant à personne, seule amie d'elle-même, et au premier battement de ses paupières je l'ai connue. C'était elle, l'inattendue et l'attendue, aussitôt élue en ce soir de destin, élue au premier battement de ses longs cils recourbés. Elle, Boukhara divine, heureuse Samarcande, broderie aux dessins délicats. Elle, c'est vous.

Il s'arrêta, la regarda, et ce fut encore le sourire vide, abjection de vieillesse. Elle maîtrisa le tremblement de sa jambe, baissa les yeux pour ne pas voir l'horrible sourire adorant. Supporter, ne rien dire, feindre la bienveillance.

— Les autres mettent des semaines et des mois pour arriver à aimer, et à aimer peu, et il leur faut des entretiens et des goûts communs et des cristallisations. Moi, ce fut le temps d'un battement de paupières. Dites-moi fou, mais croyez-moi. Un battement de ses paupières, et elle me regarda sans me voir, et ce fut la gloire et le printemps et le soleil et la mer tiède et sa transparence près du rivage et ma jeunesse revenue, et le monde était né, et je sus que personne avant elle, ni Adrienne, ni Aude, ni Isolde, ni les autres de ma splendeur et jeunesse, toutes d'elle annonciatrices et servantes. Oui, personne avant elle, personne après elle, je le jure sur la sainte Loi que je baise lorsque solennelle à la synagogue devant moi elle passe, d'ors et de velours vêtue, saints commandements de ce Dieu en qui je ne crois pas mais que je révère, follement fier de mon Dieu, Dieu d'Abraham, Dieu d'Isaac, Dieu de Jacob, et je frissonne en mes os lorsque j'entends Son nom et Ses paroles.

« Et maintenant, écoutez la merveille. Lasse d'être mêlée aux ignobles, elle a fui la salle jacassante des chercheurs de relations, et elle est allée, volontaire bannie, dans le petit salon désert, à côté. Elle, c'est vous. Volontaire bannie comme moi, et elle ne savait pas que derrière les rideaux je la regardais. Alors, écoutez, elle s'est approchée de la glace du petit salon, car elle a la manie des glaces comme moi, manie des tristes et des solitaires, et alors, seule et ne se sachant pas vue, elle s'est approchée de la glace et elle a baisé ses lèvres sur la glace. Notre premier baiser, mon amour. O ma sœur folle, aussitôt aimée, aussitôt mon aimée par ce baiser à elle-même donné. O l'élancée, ô ses longs cils recourbés dans la glace, et mon âme s'est accrochée à ses longs cils recourbés. Un battement de paupières, le temps d'un baiser sur une glace, et c'était elle, elle à jamais. Dites-moi fou, mais croyez-moi. Voilà, et lorsqu'elle est retournée dans la grande salle, je ne me suis pas approché d'elle, je ne lui ai pas parlé, je n'ai pas voulu la traiter comme les autres.

« Une autre splendeur d'elle, écoutez. Une fin d'après-midi, des semaines plus tard, je l'ai suivie le long du lac, et je l'ai vue qui s'est arrêtée pour parler à un vieux cheval attelé, et elle lui a parlé sérieusement, avec des égards, ma folle, comme à un oncle, et le vieux cheval faisait des hochements sagaces. Ensuite, la pluie a commencé, et alors elle a cherché dans la charrette, et elle en a sorti une bâche, et elle a recouvert le vieux cheval avec des gestes, gestes de jeune mère. Et alors, écoutez, elle a embrassé le vieux cheval sur le cou, et elle lui a dit, a dû lui dire, je la connais, ma géniale et ma folle, elle a dû lui dire, lui a dit qu'elle regrette mais qu'elle doit le quitter parce qu'on l'attend à la maison. Mais sois tranquille, elle a dû lui dire, lui a dit, ton maître va venir bientôt et tu seras au sec dans une bonne écurie bien chaude. Adieu, mon chéri, elle a dû lui dire, lui a dit, je la connais. Et elle est partie, une pitié dans le cœur, pitié pour ce vieux docile qui allait sans jamais protester, allait où son maître lui commandait, qui irait jusqu'en Espagne si son maître l'ordonnait. Adieu, mon chéri, elle lui a dit, je la connais.

« Hantise d'elle, jour après jour, depuis le soir de destin. O elle, tous les charmes, ô l'élancée et merveilleuse de visage, ô ses yeux de brume piqués d'or, ses yeux trop écartés, ô ses commissures pensantes et sa lèvre lourde de pitié et d'intelligence, ô elle que j'aime. O son sourire d'arriérée lorsque, dissimulé derrière les rideaux de sa chambre, je la regardais et la connaissais en ses folies, alpiniste de l'Himalaya en béret écossais à plume de coq, reine des bêtes d'un carton sorties, comme moi de ses ridicules jouissant, ô ma géniale et ma sœur, à moi seul destinée et pour moi conçue, et bénie soit ta mère, ô ta beauté me confond, ô tendre folie et effrayante joie lorsque tu me regardes, ivre quand tu me regardes, ô nuit, ô amour de moi en moi sans cesse enclose et sans cesse de moi sortie et contemplée et de nouveau pliée et en mon cœur enfermée et gardée, ô elle dans mes sommeils, aimante dans mes sommeils, tendre complice dans mes sommeils, ô elle dont j'écris le nom avec mon doigt sur de l'air ou, dans mes solitudes, sur une feuille, et alors je retourne le nom mais j'en garde les lettres et je les mêle, et j'en fais des noms tahitiens, nom de tous ses charmes, Rianea, Eniraa, Raneia, Aneira, Neiraa, Niaera, Ireana, Enaira, tous les noms de mon amour.

« O elle dont je dis le nom sacré dans mes marches solitaires et mes rondes autour de la maison où elle dort, et je veille sur son sommeil, et elle ne le sait pas, et je dis son nom aux arbres confidents, et je leur dis, fou des longs cils recourbés, que j'aime et j'aime celle que j'aime, et qui m'aimera, car je l'aime comme nul autre ne saura, et pourquoi ne m'aimerait-elle pas, celle qui peut d'amour aimer un crapaud, et elle m'aimera, m'aimera, m'aimera, la non-pareille m'aimera, et chaque soir j'attendrai tellement l'heure de la revoir et je me ferai beau pour lui plaire, et je me raserai, me raserai de si près pour lui plaire, et je me baignerai, me baignerai longtemps pour que le temps passe plus vite, et tout le temps penser à elle, et bientôt ce sera l'heure, ô merveille, ô chants dans l'auto qui vers elle me mènera, vers elle qui m'attendra, vers les longs cils étoilés, ô son regard tout à l'heure lorsque j'arriverai, elle sur le seuil m'attendant, élancée et de blanc vêtue, prête et belle pour moi, prête et craignant d'abîmer sa beauté si je tarde, et allant voir sa beauté dans la glace, voir si sa beauté est toujours là et parfaite, et puis revenant sur le seuil et m'attendant en amour, émouvante sur le seuil et sous les roses, ô tendre nuit, ô jeunesse revenue, ô merveille lorsque je serai devant elle, ô son regard, ô notre amour, et elle s'inclinera sur ma main, paysanne devenue, ô merveille de son baiser sur ma main, et elle relèvera la tête et nos regards s'aimeront et nous sourirons de tant nous aimer, toi et moi, et gloire à Dieu.

Il lui sourit, et elle eut un tremblement, baissa les yeux. Atroce, ce sourire sans dents. Atroces, ces mots d'amour hors de cette bouche vide. Il fit un pas en avant, et elle sentit le danger proche. Ne pas le contrarier, dire tout ce qu'il voudra, et qu'il parte, mon Dieu, qu'il parte.

— Devant toi, me voici, dit-il, me voici, un vieillard, mais de toi attendant le miracle. Me voici, faible et pauvre, blanc de barbe, et deux dents seulement, mais nul ne t'aimera et ne te connaîtra comme je t'aime et te connais, ne t'honorera d'un tel amour. Deux dents seulement, je te les offre avec mon amour, veux-tu de mon amour ?

— Oui, dit-elle, et elle humecta ses lèvres sèches, essaya un sourire.

— Gloire à Dieu, dit-il, gloire en vérité, car voici celle qui rachète toutes les femmes, voici la première humaine !

Ridiculement, il plia le genou devant elle, puis il se leva et il alla vers elle et leur premier baiser, alla avec son noir sourire de vieillesse, les mains tendues vers celle qui rachetait toutes les femmes, la première humaine, qui soudain recula, recula avec un cri rauque, cri d'épouvante et de haine, heurta la table de chevet, saisit le verre vide, le lança contre la vieille face. Il porta la main à sa paupière, essuya le sang, considéra le sang sur sa main, et soudain il eut un rire, et il frappa du pied.

— Tourne-toi, idiote! dit-il.

Elle obéit, se tourna, resta immobile avec la peur de recevoir une balle dans la nuque, cependant qu'il ouvrait les rideaux, se penchait à la fenêtre, portait deux doigts à ses lèvres, sifflait. Puis il se débarrassa du vieux manteau et de la toque de fourrure, ôta la fausse barbe, détacha le sparadrap noir qui recouvrait les dents, ramassa la cravache derrière les rideaux.

— Retourne-toi, ordonna-t-il.

Dans le haut cavalier aux noirs cheveux désordonnés, au visage net et lisse, sombre diamant, elle reconnut celui que son mari lui avait, en chuchotant, montré de loin, à la réception brésilienne.

— Oui, Solal et du plus mauvais goût, sourit-il à belles dents. Bottes! montra-t-il, et de joie il cravacha sa botte droite. Et il y a un cheval qui m'attend dehors! Il y avait même deux chevaux! Le second était pour toi, idiote, et nous aurions chevauché à jamais l'un près de l'autre, jeunes et pleins de dents, j'en ai trente-deux, et impeccables, tu peux vérifier et les compter, ou même je t'aurais emportée en croupe, glorieusement vers le bonheur qui te manque! Mais je n'ai plus envie maintenant, et ton nez est soudain trop grand, et de plus il luit comme un phare, et c'est tant mieux, et je vais partir! Mais d'abord, femelle, écoute! Femelle, je te traiterai en femelle, et c'est bassement que je te séduirai, comme tu le mérites et comme tu le veux. A notre prochaine rencontre, et ce sera bientôt, en deux heures je te séduirai par les moyens qui leur plaisent à toutes, les sales, sales moyens, et tu tomberas en grand imbécile amour, et ainsi vengerai-je les vieux et les laids, et tous les naïfs qui ne savent pas vous séduire, et tu partiras avec moi, extasiée et les yeux frits! En attendant, reste avec ton Deume jusqu'à ce qu'il me plaise de te siffler comme une chienne!

— Je dirai tout à mon mari, dit-elle, et elle eut honte, se sentit ridicule, mesquine.

— Bonne idée, sourit-il. Duel au pistolet, et à six pas pour qu'il ne me manque pas. Qu'il ne craigne rien, je tirerai en l'air. Mais je te connais, tu ne lui diras rien.

— Je lui dirai tout, et il vous tuera!

— J'adore mourir, sourit-il, et il essuya le sang de la paupière qu'elle avait blessée. Les yeux frits, la prochaine fois! sourit-il encore, et il enjamba la fenêtre.

— Goujat! cria-t-elle, et de nouveau elle eut honte.

La terre détrempée le reçut et il enfourcha le pur-sang

blanc qui piaffait, maintenu par le valet. Éperonné, le cheval chauvit des oreilles, se cabra, puis se rua au galop, et le cavalier eut un rire, sûr qu'elle était à la fenêtre. Un autre rire, et il lâcha les rênes, se mit debout sur les étriers, bras écartés, haute statue de jeunesse, riant et essuyant le sang de la paupière qu'elle avait blessée, sang répandu en traînées sur le torse nu, bénédictions de vie, ô le cavalier ensanglanté, riant et encourageant sa monture et lui disant des mots d'amour.

Revenue de la fenêtre, elle écrasa du talon les débris du verre, puis arracha des pages au livre de Bergson, puis lança son petit réveil contre le mur, puis tira à deux mains sur le décolleté de sa robe, et le sein droit jaillit hors de la longue déchirure. Oui, aller voir Adrien, tout lui raconter, et demain le duel. Oh, demain voir le vilain blêmir sous le pistolet de son mari et s'abattre mortellement blessé. Remise en état de décence, elle s'approcha de la psyché, examina longuement son nez dans la glace.

# IV

Armé de sa lourde canne à corbin d'ivoire, conscient de ses guêtres claires et de ses gants jaunes, satisfait du délicieux déjeuner qu'il venait de faire à la Perle du Lac, il allait à grands pas importants, charmé de ses toxines brûlées par cette longue promenade de digestion.

Arrivé devant le Palais des Nations, il le savoura. Levant la tête et aspirant fort par les narines, il en aima la puissance et les traitements. Un officiel, il était un officiel, nom d'un chien, et il travaillait dans un palais, un palais immense, tout neuf, archimoderne, mon cher, tout le confort! Et pas d'impôts à payer, murmura-t-il en se dirigeant vers la porte d'entrée.

Ennobli de sociale importance, il répondit au salut de l'huissier par un hochement protecteur et s'engagea dans le long couloir, humant la chère odeur d'encaustique et saluant avec féminité tous supérieurs rencontrés. Entré dans l'ascenseur, il se contempla dans la glace. Adrien Deume, fonctionnaire international, confia-t-il à son image, et il sourit. Oui, géniale, cette idée qui lui était venue hier de fonder une société de conférences littéraires. Ce serait le bon truc pour augmenter son capital de relations. Dans le comité d'honneur, toutes les huiles du Secrétariat, décida-t-il en sortant au quatrième étage. Oui, avoir des contacts avec des huiles à l'occasion de trucs non administratifs, des trucs un peu mondains et artistiques, c'était le joint pour arriver à des rapports personnels. Offrir la présidence d'honneur au grand patron avec qui il aurait des entretiens fructueux. Et plus tard, devenu intime, action astucieuse en vue de promotion au grade A!

— Et la vice-présidence d'honneur au Solal de mes fesses! ricana-t-il en poussant la porte de son bureau.

Aussitôt entré, son premier regard fut, comme toujours, pour la caissette des entrées. Nom de Dieu, quatre nouveaux dossiers! Seize en tout avec les douze d'hier! Et tous pour action! Pas un seul pour information! Charmante réception pour quelqu'un qui revenait de congé de maladie. Oui, d'accord, certificat de complaisance, mais enfin Vévé n'en savait rien, croyait qu'il avait été vraiment malade! Quel manque d'humanité! Salaud de Vévé! (Son chef, le Jonkheer Vincent van Vries, directeur de la section des mandats, signait ses notes de ses initiales. Entre eux, ses subordonnés l'appelaient donc Vévé.)

— Cochon! cria-t-il à son chef.

Après avoir ôté ses gants de pécari et son manteau marron pincé à la taille, il s'assit et examina aussitôt les quatre nouveaux venus, l'un après l'autre. Si le travail subséquent sur un dossier lui était douloureux, la première prise de contact lui en était agréable. Il aimait à en suivre les péripéties et les voyages sur les minutes de gauche où s'échangeaient les brèves correspondances de collègue à collègue; à déceler, sous les formules courtoises, des ironies, des aigreurs, des hostilités; ou même, plaisir raffiné, à deviner et déguster ce qu'il appelait des crasses ou des coups de Jarnac. Bref, l'arrivée de nouveaux dossiers, aussitôt feuilletés avec avidité, lui apportait un peu d'air du dehors, était un événement piquant, une distraction, une diversion, et en quelque sorte la visite de touristes de passage à un solitaire cafardeux en son île déserte.

La lecture du quatrième dossier terminée, il s'offrit le plaisir de mettre en marge de la minute, devant une faute grammaticale d'un membre A, un point d'exclamation anonyme et vengeur. Il referma le dossier, soupira. Fini, le plaisir.

— Au travail! annonça-t-il, son veston du dehors dûment remplacé par un vieux aux manches lustrées.

Avec les dents de devant, pour s'amuser, il croqua un morceau de sucre, puis saisit ses lunettes par la barre de liaison, les ôta d'un geste brusque pour ne pas en déformer les branches, en essuya les verres avec la peau de chamois qu'il gardait dans une tabatière d'écaille, les chaussa, s'empara d'un dossier sans en regarder le titre, l'ouvrit. Pas de veine, c'était le Syrie (Djebel Druze), un dossier antipathique. Barrage mental pour le moment. A reprendre tout à l'heure. Il le referma, se leva et alla faire un brin de causette chez Kanakis avec qui il échangea de prudentes médisances sur Pei, le Chinois récemment promu A.

De retour quelques minutes plus tard, il rouvrit le Syrie

(Djebel Druze), se frotta les mains, prit une provision d'air.
Allons, au travail! Il salua la solennelle décision en déclamant
les vers de Lamartine.

> O travail, sainte loi du monde,
> Ton mystère va s'accomplir,
> Pour rendre la glèbe féconde,
> De sueur il faut l'amollir.

Lutteur se préparant au combat, il retroussa ses manches,
se pencha sur le Syrie (Djebel Druze), le referma. Non, décidément, il n'avait pas d'atomes crochus avec ce dossier. A revoir
ultérieurement lorsqu'on serait dans l'état d'esprit adéquat!
Il le fourra dans le dernier tiroir de droite, qu'il appelait le
purgatoire ou encore la léproserie, réceptacle des dossiers écœu-
rants dont il ne s'occupait que les jours de courage.

— Au suivant de ces messieurs! Au petit bonheur! Pas de
préférences!

Le second dossier, pris au hasard, se trouva être le
N/600/300/42/4, Correspondance avec l'Association des Femmes
juives de Palestine, déjà feuilleté la veille. Toujours à se plaindre
de la Puissance mandataire, celles-là! Mince de culot, vraiment!
Il y avait tout de même une différence entre une association
de youpines et le gouvernement de Sa Majesté Britannique!
Les faire attendre un mois ou deux, ça leur apprendrait. Ou
même ne pas leur répondre du tout! Aucun danger, c'était du
privé. Allez, hop, au cimetière! Il lança le maigre dossier dans
le dernier tiroir de gauche, réservé aux travaux qui pouvaient
être oubliés à jamais et sans risque.

Il s'étira en gémissant, sourit à la montre-bracelet achetée
le mois dernier mais toujours nouvelle à son cœur. Il l'examina
à l'endroit et à l'envers, en frotta le verre, l'aima d'être parfaitement étanche. Neuf cents francs suisses, mais ça valait
le coup. Encore plus belle que celle de Huxley, le snob qui ne
vous saluait qu'une fois sur deux. Il s'adressa en pensée à son
copain de Bruxelles, ce pauvre licencié ès lettres de Vermeylen
qui en ce moment enseignait la grammaire à des moutards,
moyennant un traitement de famine, quelque chose dans les
cinq cents francs suisses.

— Dis donc, Vermeylen, regarde-moi un peu cette montre-
bracelet, une Patek Philippe, la meilleure marque suisse, mon
vieux, chronomètre de première classe, mon cher, avec bulletin
officiel de marche, et sonnerie de réveil, tu vois, si tu veux
je te la fais sonner, et cent pour cent étanche, tu peux te baigner

avec, tu peux même la savonner si ça te fait plaisir, et pas du plaqué or, de l'or massif, dix-huit carats, tu peux vérifier le poinçon, deux mille cinq cents balles suisses, mon vieux!

Il eut un petit ricanement de plaisir et pensa avec sympathie à ce brave Vermeylen et à sa grosse montre en acier. Pas veinard, le pauvre Vermeylen, brave type vraiment, il l'aimait bien. Dès demain, il lui enverrait une grande boîte de chocolats fins, le plus grand format. Vermeylen serait ravi de les déguster en compagnie de sa pauvre tuberculeuse de femme dans leur sombre petite cuisine. C'était agréable de faire le bien. Il se frotta les mains à la pensée du plaisir qu'aurait Vermeylen, ouvrit un autre dossier.

— Zut, encore l'accusé Cameroun!

Increvable, cet accusé! Il en avait marre d'accuser réception de ce mémoire du gouvernement français sur des histoires de trypanosomiase au Cameroun! Il s'en foutait bien des bicots du Cameroun et de leur maladie du sommeil! Et pourtant c'était urgent, cet accusé, il s'agissait d'un gouvernement. Faudrait le concocter aujourd'hui sans faute. Il y avait des semaines qu'il traînait, ce sacré dossier. C'était la faute à Vévé qui le lui avait retourné un tas de fois, pour corrections. Et chaque fois il avait fallu tout refaire. La dernière fois à cause des en ce qui concerne. Depuis que le chef de cabinet du S. G. avait dit à van Vries qu'il n'aimait pas les en ce qui concerne, Vévé faisait la chasse aux en ce qui concerne. Mentalité d'esclave! Qu'est-ce qu'il voulait, cette fois? Il lut la note de son chef sur la feuille-minute. « M. Deume. Veuillez modifier le dernier paragraphe de votre projet. Il contient quatre fois le mot *de*. De quoi aurions-nous l'air vis-à-vis du gouvernement français? V. V. » Il relut le dernier paragraphe : « J'ai l'honneur de vous en remercier très sincèrement et de vous prier, Monsieur le Ministre, d'agréer les assurances de ma haute considération. »

— Oui, évidemment, reconnut-il. Salauds de bicots du Cameroun! Qu'ils crèvent tous de leur maladie du sommeil et qu'on n'en parle plus!

Languissant et tristement rêveur, la tête affalée de côté sur la table, les yeux blancs, il ouvrit et referma à plusieurs reprises le dossier ennemi, chaque fois mélancoliquement prononçant un très gros mot. Enfin, il se redressa, relut le paragraphe à refaire, gémit. Bon, d'accord, on allait s'y mettre tout de suite.

— Tout de suite, bâilla-t-il.

Il se leva, sortit, se dirigea vers le havre des toilettes, petit passe-temps légitime. Pour y justifier sa présence, il tenta puis feignit de les utiliser, debout devant la faïence ruisselante. Cela fait, il alla se regarder dans la grande glace. Le poing sur la hanche, il s'y aima. Ce complet à petits carrés marron clair faisait vraiment épatant et le veston dessinait bien la taille.

— Adrien Deume, homme chic, confia-t-il une fois de plus à la glace tout en peignant tendrement ses cheveux chèrement lotionnés chaque matin à l'eau de quinine.

Il alla d'un pas guerrier. Passant devant le bureau de van Vries, il ne manqua pas d'informer son supérieur hiérarchique, à voix basse et en termes dépourvus de distinction, que ce salaud était le fils d'une femme de mauvaises mœurs. Content de lui-même, il fit un rire étouffé de cancre, un succédané de rire, un condensé et symbole de rire qui consistait, lèvres closes, à racler son arrière-nez. Puis, comme la veille, il entra dans un des patenôtres, ascenseurs sans portes, en mouvement perpétuel de descente et de montée, précieuse ressource pour les fonctionnaires qui s'ennuyaient. Arrivé au cinquième étage, il sortit et prit l'ascenseur de descente. Au rez-de-chaussée, il sortit d'un air affairé et s'en fut prendre l'ascenseur de montée.

De retour dans sa cage, il décida de rattraper le temps perdu. Pour se mettre en train, il exécuta consciencieusement des mouvements de gymnastique respiratoire. (S'aimant beaucoup, il était à l'affût de perfectionner sa chère santé, adorait les fortifiants qui se succédaient à quelques semaines d'intervalle, le dernier étant tellement plus efficace que le précédent vite tombé dans l'oubli. C'est ainsi qu'il se bourrait actuellement d'un tonique anglais dont il disait merveilles. « Ce Metatone est formidable, déclarait-il à sa femme, je me sens transformé depuis que je le prends. » Deux semaines plus tard il devait abandonner le Metatone en faveur d'un miraculeux complexe de vitamines. A peine changée, la formule devint : « Ce Vitaplex est formidable, je me sens transformé depuis que je le prends. »)

— Parfait, dit-il à la vingtième et dernière expiration. Félicitations, mon cher. Et maintenant, au boulot, mon petit vieux!

Mais auparavant un coup d'œil sur la Tribune, juste pour se tenir au courant. Bien dressé, le vieil huissier, de lui apporter la Tribune et Paris-Soir tous les jours à quatre heures recta! Eh oui, il était comme ça, lui, il savait se faire obéir! Il ouvrit le journal genevois du soir, en marmonna les titres.

47

Élections belges, nouvelle victoire du parti rexiste. Parfait. Degrelle était un type épatant. Oui, il se sentait des atomes crochus avec Degrelle qui débarrasserait bientôt la Belgique de la maffia judéo-maçonnique. Esprit dissolvant, ces Juifs. Ce Freud, avec ses théories à la noix de coco, on ne savait plus où on en était! Bon, maintenant au travail!

Il s'assit devant son bureau, remplit d'essence son briquet qui n'en avait nul besoin, ayant déjà reçu son plein la veille, mais il aimait ce petit compagnon, se plaisait à l'entourer de soins. Ce passe-temps épuisé, il se regarda de nouveau dans son miroir de poche pour avoir une compagnie. Il aima son rond visage enfantin, ses yeux bleus convaincus qu'encadraient les grosses lunettes à monture d'écaille, approuva sa petite moustache en pinceau et sa barbe en collier courte et soignée, une barbe d'intellectuel en somme, mais d'intellectuel artiste. Parfait. La langue, chargée? Non, normale, rose à souhait. Parfait.

— Pas mal, le sieur Deume. Bel homme vraiment, elle n'a pas à se plaindre, la légitime.

Il referma le miroir dans son étui de crocodile, bâilla. Mardi aujourd'hui, jour lugubre, jour sans espoir. Encore trois jours et demi à tirer. Pour se consoler, il considéra sa montre-bracelet. Entre quatre murs, sûr du secret, il lui donna un petit baiser. Chouchou, lui dit-il. Puis il pensa à Ariane. Eh oui, il était le mari d'une belle femme, il avait le droit de la toucher partout, la poitrine, le bas du dos, comme il voulait, quand il voulait. Une belle femme rien que pour lui. Vraiment, ça avait du bon, le mariage. Oui, ce soir, sans faute. Enfin, pour le moment, au travail, puisque c'était la sainte loi du monde. Par quoi commencer? Oh nom de Dieu, il avait complètement oublié, le mémo britannique, bien sûr, puisque commentaires d'extrême urgence! Salaud de Vévé! Toujours des urgences! Il feuilleta l'épais document. Deux cents pages, les cochons! Ils en avaient du temps à perdre au Colonial Office! Quelle heure? Bientôt quatre heures vingt. Plus qu'une heure et quarante minutes jusqu'à six heures. En une heure et demie plus ou moins il n'aurait pas le temps de lire deux cents pages simple interligne. Ce qu'il aimait, lui, c'était d'avoir une belle tranche de temps devant lui, quatre heures au moins pour pouvoir en mettre vraiment un coup, et savoir qu'il pourrait terminer ce qu'il avait commencé, bref faire du boulot sérieux. D'ailleurs, c'était nécessaire de la lire d'un seul coup, cette saloperie, pour avoir une vue d'ensemble. D'ailleurs quoi, extrême

48

urgence, même souligné, ça ne voulait pas dire le jour même. Deux cents pages, nom de Dieu! Perfide Albion! Bon, on lirait la saloperie demain matin, d'un seul trait!

— Promis et juré, demain matin sans faute! A partir de neuf heures tapantes, tu verras ça, mon vieux! Ah là là, quand le nommé Deume s'y met, ça barde et ça fait trembler les vitres!

Il referma le mémorandum britannique. Mais l'épaisseur lui en étant attristante, il l'enferma dans la léproserie, fit claquer sa langue. Pour cette fin d'après-midi, il lui fallait un travail léger, quelque chose de rafraîchissant. Voyons un peu. L'accusé de réception Cameroun? Non, trop peu de chose parce qu'il avait tout de même plus d'une heure devant lui. Réserver le Cameroun pour un bouche-trou plutôt. Oui, mais cet accusé Cameroun était urgent aussi. Bon, on préparerait ça tout à l'heure.

— Oui, tout à l'heure, dit-il avec un accent bourguignon pour se désennuyer, tout à l'heure, quand on sera dans l'attitude intérieure appropriée.

Mais ce mémo britannique enfermé, il serait capable de l'oublier! Or, c'était une toute première priorité. Eh là, pas de blague! Il ouvrit la léproserie, en sortit le mémorandum, le déposa courageusement dans la corbeille des urgents, s'en félicita. Ça, c'était tout de même la preuve qu'il était de bonne foi, fermement décidé à s'occuper de ce mémo demain à la première heure. Peu après il en atténua la désobligeante présence en le recouvrant de sa Tribune de Genève.

Rasséréné, il bourra sa pipe, l'alluma, tira une bouffée. Excellent, ce mélange hollandais, très aromatique, en envoyer à Vermeylen. Tout en tétant le tuyau, il fit des calculs sur un bloc-notes et se plut à convertir les francs-or de son traitement en francs belges, puis en francs français, pour en mieux savourer l'importance. Formidable, en somme, ce qu'il gagnait! Dix fois plus de pèze que le sieur Mozart!

(Le ricanement qui suivit requiert explication. La veille de son départ en congé de maladie, il avait lu une biographie de Mozart et il avait été vivement intéressé par le chapitre consacré aux pauvres gains du compositeur, mort dans la misère et jeté dans la fosse commune des indigents. Après une enquête auprès de la section économique sur le pouvoir d'achat de diverses monnaies européennes entre 1756 et 1791, il en était venu à la conclusion que lui, Adrien Deume, gagnait dix fois plus d'argent que l'auteur des Noces de Figaro et de Don Juan.)

— Pas débrouillard, en somme, le sieur Wolfgang Amadeus!
ricana-t-il de nouveau. C'est pas lui qui aurait pu se payer une
montre de neuf cents balles suisses!

Lancé, il fit de nouveaux calculs. Un membre A à son plafond gagnait seize fois plus que Mozart, un premier secrétaire
d'ambassade idem, un directeur de section vingt fois plus que
Mozart, un ministre plénipo idem, enfin à peu près, et un ambassadeur quarante fois plus que Mozart! Quant à Sir John,
nom d'un chien, cinquante fois plus que Mozart, si on tenait
compte des frais de représentation! En somme, le secrétaire
général de la Société des Nations gagnait plus que Beethoven, Haydn, Schubert et Mozart réunis! Quelle institution
tout de même, la Société des Nations! Ça vous avait une
allure!

De plaisir, il sifflota un air sublime du pas débrouillard dont
une symphonie avait été, la veille, respectueusement écoutée
puis avec ferveur applaudie par la bande des débrouillards,
membres B et membres A, directeurs de section, ministres et
ambassadeurs, tous mélomanes mais malins.

— Bref, mon vieux Mozart, tu es baisé, conclut-il. Bon,
d'accord. Et maintenant, occupons-nous un peu de nos rapports
sociaux.

Oui, un coup de fil à cette chère Pénélope, épouse Kanakis,
ça se devait. D'ailleurs, d'après le guide mondain, il fallait
remercier le lendemain du dîner. Ainsi fit-il. Le téléphone à la
Kanakis terminé, il soupira. Ah là là, cette Ariane qui le forçait
à raconter des blagues de migraine parce qu'elle ne gobait pas
les Kanakis, des amis charmants pourtant. Bon, maintenant
un coup de fil soigné à M^me Rasset qui n'était pas de la crotte
de bique, fille du vice-président du Comité international de
la Croix-Rouge! Ça avait bien marché hier soir avec elle chez
les Kanakis. Ça, pour lui plaire, il lui avait plu, c'était visible à
l'œil nu. N'empêche qu'il y avait quatre mois que les Rasset
ne leur avaient pas fait signe, et pourtant ils avaient beaucoup
reçu ces mois derniers, un tas de gens intéressants, même une
princesse, d'après Kanakis. Tout ça, bien sûr, parce qu'on ne
leur avait pas rendu leur dîner. D'où représailles, et ils avaient
bien raison au fond. Du moment que les Deume ne leur faisaient pas connaître des gens intéressants, pourquoi est-ce qu'ils
en feraient connaître aux Deume? Tout ça, c'était la faute
d'Ariane qui ne les gobait pas non plus. Il fallait d'urgence
rétablir la situation avec les Rasset, précieux au point de vue
capital mondain.

Il composa le numéro, racla sa gorge, se prépara à avoir un accent distingué.

— Madame Rasset ? (Puis, d'un ton très doux, feutré, calfeutré, confidentiel, ecclésiastique, soigneux, insinuant, pénétrant, qu'il imaginait être le summum du charme mondain, il s'annonça :) Adrien Deume. (Il était inexplicablement fier de son nom.) Bonjour, chère petite madame, comment allez-vous ? Bien rentrée hier soir ? (Avec une intention de flirt :) Avez-vous fait de jolis rêves ? Y figurais-je ? (Il sortit sa langue effilée, puis la rentra d'un mouvement vif, comme il en avait l'habitude lorsqu'il faisait le mondain spirituel.)

Et caetera. Il raccrocha, se leva, boutonna son veston, se frotta les mains. Ça y était ! Les Rasset à dîner mardi vingt-deux mai ! Parfait, parfait. Eh oui, ça marchait rudement bien, les rapports sociaux ! Ascension foudroyante mon cher ! Très relationnés, les Rasset ! Adrien Deume, lion mondain ! s'écria-t-il et, de bonheur, il se dressa d'un trait, pirouetta, s'applaudit, s'inclina pour remercier, se rassit. Par lui-même charmé, il se redit les phrases fines et cultivées qu'il avait servies à la petite Rasset et de nouveau sa langue surgit en rouge éclair, aussitôt cachée après preste humectation de la lèvre supérieure.

Parfait, félicitations. Maintenant, songer à inviter d'autres couples s'harmonisant avec les Rasset. Les Kanakis en tout cas. C'était dû. Vévé aussi, se tenir bien avec ce salaud. Pour les autres couples, on verrait ça ce soir à la maison en consultant les fiches d'adresses. En somme, une bonne idée serait de mettre sur ces fiches des cavaliers de couleurs différentes selon l'importance sociale. Par exemple, des cavaliers rouges sur les fiches des gens vraiment chic. Ça faciliterait la composition des invitations. Les rouges rien qu'avec des rouges, les bleus rien qu'avec des bleus. Si un B était promu A, il n'y aurait qu'à enlever le cavalier bleu et mettre un rouge à la place, et lorsque le fichier aurait une majorité de cavaliers rouges, on se débarrasserait des fiches à cavaliers bleus. Au panier, les bleus !

— Bon, assez perdu de temps. Au boulot, maintenant. Mais d'abord un petit tour, juste deux minutes pour se dégourdir les jambes et s'aérer les méninges, avant de s'y remettre.

Dans le parc, se joignant à un groupe de quatre collègues sortis dans le même but, il prit aussitôt part à la conversation qui porta sur les trois sujets capitaux. Il fut d'abord question de succulents projets de voyage pour les vacances proches, communiqués et écoutés avec un égal intérêt par les cinq fonctionnaires communiant en un ravissant sentiment de caste et d'alliance dans le privilège. Ensuite, affectueux complices en veinardise et s'aimant de partager une même vie de confort, ils s'informèrent réciproquement, optimistes et charmés, de la marque déjà choisie de leur prochaine voiture.

Enfin, passant au dernier sujet, ils discutèrent avec ardeur des promotions injustes qui pointaient à l'horizon. Garraud, un B de la section économique, parla du concours sur titres qui venait d'être affiché pour un poste A. Les qualifications requises, en matière de nationalité et de connaissances linguistiques, étaient telles qu'il était clair comme le jour que le concours avait été fabriqué tout exprès pour Castro, le Chilien B de la section. On s'indigna. Cousu de fil blanc, ce concours! Et naturellement, tout ça parce que Castro était le petit chéri de sa délégation! Dégoûtant, pur favoritisme! s'écria Adrien. Sur quoi, Garraud déclara que si vraiment Castro était nommé, il demanderait illico son transfert dans une autre section! Être sous les ordres d'un Castro, non et non! Parfaitement, son transfert! Ils n'auraient qu'à se débrouiller sans lui!

— Messieurs, je vous quitte, dit Adrien. Le devoir avant tout. J'ai un gros boulot qui m'attend.

De retour dans son bureau, il considéra ses ongles, soupira. Un incapable comme Castro! Il ricana en se rappelant un projet de lettre que cet ignorant avait commencé par un Vous n'êtes pas sans ignorer et terminé par un pallier à ces inconvénients! Et on allait faire de ça un membre A, avec fauteuil de cuir, bibliothèque vitrée fermant à clef et tapis d'Orient! Décidément on aurait tout vu dans cette boîte.

Puisant de temps à autre dans la boîte de fondants sortie de la léproserie, il médita rêveusement sur l'achat d'un monocle. Huxley avait un chic fou avec son monocle. Tant pis si c'était moins commode que des lunettes, il pourrait s'y habituer. Seulement voilà, comment faire avaler le verre par les collègues? En le voyant débarquer tout à coup avec, ils rigoleraient, surtout les premiers jours. Huxley, ce n'était pas la même chose, on l'avait toujours vu avec un monocle, dès son entrée au Secrétariat, et puis quoi, c'était un parent de Lord Galloway. Heller aussi faisait rudement chic avec son monocle. Ils en avaient de la veine, ces deux. D'après Kanakis, Heller était baron, un ancêtre ayant été anobli par l'empereur d'Autriche. Baron de Heller. Baron Deume, c'est ça qui ferait bien, hein?

— Faudrait trouver un joint pour faire digérer le monocle. Dire que l'oculiste a trouvé que je ne vois mal que de l'œil droit? Peut-être, oui, mais c'est prématuré. Attendre que je sois A, j'aurai plus de culot. Et puis d'ailleurs un monocle, ça risquerait de déplaire à ce Solal de mon derrière. Comment est-ce qu'il a fait, celui-là, pour se faire bombarder sous-secrétaire général ? Un youpin né en Grèce et naturalisé français, c'est du propre ! Évidemment, la confrérie du sécateur ! En tout cas si vraiment c'est vrai que Castro va être promu A, par pur et ignoble piston, je réagirai ! Grève perlée, parfaitement ! Réduction de cinquante pour cent de ma production !

Après le dernier fondant, il émit un petit hennissement de plaisir. Après-demain, séance d'ouverture de la dixième session de la Commission permanente des mandats ! Il aimait ça, les sessions de la C. P. M. Plus besoin de rester enfermé dans son bureau, on assistait aux débats, on était en pleine politique avec intrigues de couloir, tuyaux confidentiels, et puis Vévé ne vous embêtait plus avec des projets de lettres, ne vous envoyait plus de dossiers, on ne s'occupait plus que de la commission, c'était amusant, ça faisait théâtre, allées et venues, vite chercher un document, revenir s'asseoir à la droite de Vévé, dire un mot à l'oreille d'un bonze de la commission, faire des sourires entendus, apprécier un coup de Jarnac, et puis surtout causer d'égal à égal, enfin presque, avec les délégués pendant les suspensions de séance, les mains dans les poches, aller redire à Vévé telle confidence de tel délégué, enfin la grande politique. Pas mal sa combine concernant Garcia. Le coup de génie, c'était de s'être procuré la dernière plaquette de poèmes du délégué argentin et d'en avoir appris un par cœur.

— Monsieur l'ambassadeur, je prends la liberté de vous dire combien j'ai admiré les Galions du Conquistador, et là alors lui réciter sa saloperie, la réciter les yeux baissés, genre émotion, ça fera sincère, bref une bonne couche de pommade et que l'Académie française s'est honorée en le couronnant et caetera. Il aime ce que je lui dis, on parle littérature, on se revoit, on déjeune ensemble, et à la troisième rencontre je lui glisse que je plafonne B ! Il en parle à Sir John et le tour est joué !

Il fit un ricanement théâtral de traître victorieux, puis posa son front sur la table et gémit, puis se redressa et ouvrit le dossier Cameroun. Les yeux vagues, il le feuilleta tout en chantonnant des bâillements, puis le referma, sortit son briquet, le fit fonctionner. Est-ce que la flamme n'était pas un peu courte ? Il examina la mèche, estima non sans regret qu'elle avait la bonne longueur, sortit ensuite la pierre de ferrocérium, la trouva bien usée, en mit une neuve, chantonna. C'était agréable d'avoir une pierre toute neuve dans son briquet. Tu peux pas

53

te plaindre, je te soigne bien, dit-il au briquet. Puis il fronça les sourcils. Eh non, ce n'était pas sûr que ça réussirait son truc avec Garcia, pas sûr du tout.

En somme, la seule protection efficace, c'était l'intervention d'une huile de la maison. Eh oui, les huiles savaient comment manier la machinerie des promotions, les trucs du budget, les combines de virements de postes d'une section à l'autre, et ainsi de suite. Et l'huile la plus appropriée, c'était le Solal qui décidait de tout dans cette boîte. En cinq minutes, ce cochon-là pouvait vous transformer en A. Ah là là, dire que son sort dépendait d'un youpin!

— Comment le faire intervenir en ma faveur?

Il prit sa tête entre ses mains, appuya de nouveau son front sur la table, resta longtemps immobile, son nez respirant l'odeur déprimante de la moleskine. Soudain, il se redressa. Héhé, s'écria-t-il à l'apparition de l'idée qui venait de surgir. Héhé, s'il allait se balader aux alentours du cabinet du sous-secrétaire général? S'il s'y postait assez longtemps, il finirait bien par le voir passer. Alors, il le saluerait et, qui sait, le youp s'arrêterait peut-être cette fois, et on échangerait des propos.

— D'accord, je suis d'accord, c'est à tenter. La décision est prise, messieurs, déclara-t-il en se levant et en boutonnant son veston avec énergie.

Aussitôt dit, aussitôt fait. Il se recoiffa, peigna son collier de barbe, se regarda dans son miroir de poche, perfectionna sa cravate, déboutonna son veston, en tira les pans, le reboutonna et sortit, en proie à un grand sentiment vague.

— Struggle for life, murmura-t-il dans l'ascenseur.

Débarqué au premier étage, il s'offrit une crise morale. Était-ce digne de se balader dans l'espoir de rencontrer le sous-secrétaire général? Sa conscience lui répondit aussitôt que c'était son devoir de lutter. Il y avait des types qui étaient A et qui ne le méritaient pas. Lui, il le méritait. Par conséquent, en essayant d'attirer sur lui l'attention du S. S. G., il luttait pour la justice. Et puis, s'il était promu A, il pourrait rendre de plus grands services à la cause de la Société des Nations car alors il serait sûrement chargé de missions vraiment politiques, de tâches à sa taille. Et puis, avec un traitement plus élevé, il pourrait faire le bien autour de lui, donner un coup de main à ce brave Vermeylen. Et puis quoi, il s'agissait de l'honneur de la Belgique.

En règle avec sa conscience, il fit les cent pas dans le couloir, s'assurant de temps à autre de la décence de son pantalon. Tout à coup, il s'arrêta. Si on le surprenait à se balader, les mains vides, de quoi aurait-il l'air ? Il courut à son bureau, en revint tout essoufflé, un gros dossier sous le bras, ce qui faisait sérieux, occupé. Oui, mais se balader lentement faisait oisif. Il alla donc d'un pas vif d'une extrémité du couloir à l'autre. Si le S. S. G. apparaissait, eh bien il ferait celui qui se rend en hâte chez quelque collègue, le dossier justificateur sous le bras. Oui, mais si le S. S. G. le surprenait au moment délicat où, arrivé au bout du couloir, il faisait demi-tour pour aller en sens inverse ? Selon le calcul des probabilités, peu de risques. D'ailleurs, s'il était surpris durant la seconde périlleuse du demi-tour, il trouverait bien une explication. Oui, voilà, il dirait qu'il avait changé d'avis, qu'avant d'aller voir X, il avait pensé qu'il était préférable de consulter Y. Il commença ses allées et venues frénétiques. Transpirant, il espérait.


— Oh, bonjour Rianounette, quelle bonne surprise, comme c'est gentil de me téléphoner. Pardon, chérie, un instant. (Il feignit de s'adresser à un collègue censément entré dans son bureau et dit d'une voix hautaine et la bouche près du récepteur pour être bien entendu par sa femme : Je regrette, mon cher, je n'aurai pas le temps de vous recevoir aujourd'hui. Si j'ai un instant de libre demain, je vous ferai signe.) Excuse-moi, chérie, c'était Huxley qui venait me demander un renseignement, tu sais c'est le type qui s'en croit, mais avec moi ça ne prend pas. (Huxley, le chef de cabinet de Solal, était l'Anglais le plus chic et le plus insolent du Secrétariat. Adrien l'avait choisi comme victime parce qu'il était sûr, hélas, de n'être jamais invité chez Huxley. Il n'y avait donc nul risque qu'Ariane s'aperçût qu'il pouvait, en d'autres circonstances, être très aimable avec ce snob.) Alors chérie, quel bon vent m'apporte ta délicieuse voix ? (Coup de langue effilée, sortie et aussitôt rentrée, tic imité de Huxley.) Tu veux venir me voir ? Mais c'est magnifique, j'en suis ravi ! Voyons, il est maintenant quatre heures cinquante. Prends la voiture et tâche de venir tout de suite, hein ? Je te montrerai ma petite Brunswick, tu sais, je t'en avais parlé, la meule à crayons perfectionnée que j'avais commandée au matériel avant le départ pour Valescure, le messager vient de me l'apporter. Je ne l'ai pas encore essayée mais je crois qu'elle est assez formidable.

Pas de réponse, elle avait déjà raccroché. Il essuya ses lunettes. Drôle de numéro, sa Rianounette, mais quel charme, hein ? Oui, baisemain quand elle entrerait, ça ferait délicat et chic.

Ensuite, lui faire signe de s'asseoir, avec un geste un peu Quai d'Orsay. L'embêtant, c'était que sa main n'indiquerait qu'une chaise ordinaire au lieu d'un fauteuil de cuir. Ah là là, vous n'êtes pas sans ignorer! Et pallier à des inconvénients! Enfin, patience.

— Quoi? Mais mon vieux, moi j'y peux rien, j'ai fait de mon mieux pour le rencontrer, ce Solal de malheur non moins que de mes fesses. Qu'est-ce que tu veux que j'y fasse, c'est pas ma faute si ce sacré cochon de Huxley est passé devant moi en me regardant d'un drôle d'air, forcément se demandant ce que je fichais là avec mon gros dossier. Alors, qu'est-ce tu veux, j'ai dû partir, il y avait rien d'autre à faire. Je recommencerai demain, quoi. Bon, d'accord, fous-moi la paix, et puis d'ailleurs, c'est pas tout ça, faut encore voir comment se comporte notre petite Brunswick. Viens, ma chérie.

Non sans émotion, il introduisit le premier crayon dans l'orifice, tourna délicatement la manivelle, en aima le roulement huilé, retira l'opéré. Parfaite, cette pointe. Une bonne petite travailleuse, cette Brunswick, on ferait bon ménage ensemble.

— Je t'adore, lui dit-il. Et maintenant au suivant de ces messieurs! annonça-t-il en s'emparant d'un autre crayon.

Quelques minutes plus tard, le téléphone sonna. Il retira le septième crayon de la meule et décrocha. C'était l'huissier de la porte principale qui demandait si madame Adrien Deume pouvait monter. Il répondit qu'il était en conférence et qu'il téléphonerait dès qu'il serait libre. Le récepteur raccroché, il sortit le bout de sa langue, le rentra aussitôt. Ça faisait bien d'être en conférence et de la faire un peu attendre!

— En conférence, articula-t-il souverainement, et il remit le crayon dans la meule, donna trois tours, le sortit, l'examina, le trouva à point, s'en picota la joue pour en déguster l'acuité. Une merveille. On continuerait demain. Bon, les préparatifs, maintenant. Il mit à la bonne place la chaise où elle s'assiérait. Hélas, humble et inconfortable, cette chaise, squelettique, cette chaise, faisant petit fonctionnaire! Et le Castro qui allait s'appuyer un fauteuil de cuir pour visiteurs! — Bon, refaisons-nous une beauté, et tout d'abord chassons toutes pellicules éventuelles.

Son miroir de poche posé contre le Statesman's Year Book, il brossa le col de son veston, puis son collier de barbe, lissa ses sourcils, serra sa cravate, inspecta ses ongles, les déclara propres, scruta ses rondes joues, découvrit un comédon.

— On va le presser, ce petit salaud.

Le petit salaud extirpé, il le considéra avec satisfaction puis s'en débarrassa en l'écrasant sur le buvard. Après un coup de chiffon sur ses souliers, il vida le cendrier dans la corbeille à papiers, souffla sur son bureau, ouvrit trois dossiers pour faire occupé, recula son fauteuil. Oui, un peu loin du bureau, de manière à pouvoir croiser les jambes. Enfin, il introduisit son mouchoir dans sa manche gauche, comme Huxley. Ça faisait Oxford, élégance négligente, un peu pédé, mais pédé chic. Paré, on pouvait la faire monter, la conférence était terminée. Non, en somme non, ne pas téléphoner à l'huissier, descendre la chercher, ce serait plus galant, plus Foreign Office. Et puis on pourrait lui faire visiter le Palais puisque c'était la première fois qu'elle y venait depuis que le Secrétariat s'y était installé. Elle serait épatée.

— Adopté, on va l'épater, dit-il, et il se leva, boutonna son veston, respira un grand bol d'air pour se sentir viril.

# V

— Cabinet du sous-secrétaire général français, souffla Adrien Deume en désignant d'un coup d'œil craintif une haute porte. Solal, tu sais, ajouta-t-il à voix encore plus basse, comme si de prononcer ce nom recélait des dangers, constituait une infraction. Il paraît que l'intérieur est somptueux, il y a des Gobelins, don de la France. (Il se repentit de son « il paraît » qui faisait subordonné et prouvait qu'il n'avait jamais mis les pieds dans le sanctuaire. Pour en détruire l'effet, il se racla martialement la gorge et alla plus vite, d'un pas décidé.)

Tout au long des couloirs et des escaliers, il présenta à sa femme les splendeurs de son cher palais. Important et copropriétaire, épris de son noble fromage, s'attachant à en marquer l'émouvant caractère officiel, il mentionna fièrement les dons des divers pays : les tapis de la Perse, les bois de la Norvège, les tapisseries de la France, les marbres de l'Italie, les peintures de l'Espagne et toutes les autres offrandes, en en expliquant chaque fois l'exceptionnelle qualité.

— Et puis c'est immense, tu comprends. Mille sept cents portes, tu te rends compte, chacune avec quatre couches de peinture pour que le blanc soit impeccable, je suis au courant, tu penses bien, je suis souvent venu pendant les travaux pour voir où ça en était, et note bien, toutes les portes avec cadre en métal chromé. Et puis mille neuf cents radiateurs, vingt-trois mille mètres carrés de linoléum, deux cent douze kilomètres de fils électriques, mille cinq cents robinets, cinquante-sept hydrants, cent soixante-quinze extincteurs! Ça compte, hein? C'est immense, immense. Par exemple, combien crois-tu que nous ayons de water-closets?

— Je ne sais pas.

— Mais dis un chiffre, à ton idée.

— Cinq.

— Six cent soixante-huit, articula-t-il, maîtrisant une fière émotion. Et ils sont vraiment bien compris, tu sais. Ventilation mécanique par machines renouvelant l'air huit fois par heure et chasse d'eau automatique toutes les trois minutes à cause des gens distraits ou pas consciencieux. Si tu veux, je peux t'en faire visiter un.

— Une autre fois. Je suis un peu fatiguée.

— Bon, bon, bon, une autre fois. Eh bien, voilà, nous sommes arrivés. After you, dear Madam, dit-il en poussant la porte. C'est mon petit repaire, tu vois, sourit-il, la gorge un peu serrée d'émoi. Qu'est-ce que tu en dis ?

— C'est très bien.

— Évidemment, ce n'est pas le grand luxe, mais enfin c'est coquet, et puis pratique comme installation.

Soucieux de lui en démontrer l'excellence et d'en partager les délices, il expliqua avec empressement les divers agréments de sa nouvelle cage, scrutant chaque fois l'effet produit. Il termina par l'éloge de l'armoire métallique, si pratique avec ses deux cintres, un pour le pardessus et un pour le veston, et puis clef Yale, donc pas de risque de vol, et ce petit tiroir sous le rayon du haut, c'était bien commode pour renfermer des choses personnelles : l'aspirine, la teinture d'iode, les pastilles digestives, la benzine pour détacher. Il eut un petit rire. Il avait oublié de lui montrer le principal ! Eh bien oui, son bureau, donc ! Tout neuf, comme elle pouvait voir, au fond presque le même modèle que pour les membres A, très fonctionnel, vraiment bien conçu.

— Tu vois, en fermant à clef le tiroir du milieu, je bloque d'un seul coup les tiroirs de gauche et de droite, douze en tout. C'est assez formidable, tu ne trouves pas ? La clef, c'est une Yale aussi, donc ce qui se fait de mieux.

Content de s'être acquis de la considération, il prit place dans son fauteuil, dont il signala qu'il était du plus récent modèle à pivot et qu'il soutenait bien les reins, posa ensuite ses pieds contre le bord de la table, comme van Vries, et imprima à son fauteuil un mouvement de bascule, comme van Vries. Ainsi, par lui-même bercé dans la grandeur et la puissance, mains jointes derrière la nuque à la manière de van Vries, ce futur cadavre trouva un joint pour raconter comme quoi, au cours d'une récente discussion avec son chef, il avait été audacieux, d'une indépendance farouche et fécond en reparties mordantes.

59

A la brusque pensée que ce supérieur hiérarchique pouvait entrer à l'improviste, il retira ses pieds et cessa de se balancer. Sa pipe sur la table lui offrit une compensation de virilité. Il s'en empara, la vida en la tapant fort contre le cendrier, ouvrit sa blague à tabac.

— Sapristi, il ne me reste plus de tabac! Écoute, je file en acheter au kiosque, j'en ai pour deux minutes. A tout de suite, hein?


— Excuse-moi, j'ai été retardé malgré moi, dit-il, entré en coup de vent et brûlant de raconter l'événement inouï. (Il aspira largement pour maîtriser son émotion et avoir un ton calme.) C'est parce que je viens de rencontrer le S. S. G.

— Qui est-ce?

— Le sous-secrétaire général, articula-t-il avec lenteur, un peu froissé. Monsieur Solal, ajouta-t-il après s'être muni d'une nouvelle provision d'air. S. S. G. est l'abréviation habituelle, je te l'ai déjà expliqué plusieurs fois. (Un temps.) Je viens d'avoir un entretien avec lui.

— Ah?

Il la regarda avec curiosité. Un simple ah, à propos d'un entretien avec le bras droit de Sir John! Décidément, aucun sens des valeurs sociales! Enfin, tant pis, elle était comme ça, toujours dans la lune. Lui raconter la chose maintenant, mais attention, en parler froidement, ne pas avoir l'air d'y attacher trop d'importance. Il se racla la gorge pour que l'étonnante nouvelle ne fût pas gâchée par une voix enrouée.

— Je viens donc d'avoir un entretien avec le sous-secrétaire général de la Société des Nations, un entretien à l'improviste. (Petit spasme aux lèvres, bizarre envie de sangloter.) On a causé, lui et moi. (Prise d'air pour supprimer le début de sanglot.) Il s'est même assis dans un fauteuil. Preuve qu'il ne voulait pas se débarrasser de moi. Enfin, je veux dire qu'il avait vraiment envie de me parler. Pas une simple question de politesse, tu comprends. Il est vraiment formidable d'intelligence. (La dyspnée d'émoi l'empêchait de faire de longues phrases.) Voilà comment c'est arrivé. Je suis donc descendu au rez-de-chaussée, bon. Une fois mon Amsterdamer acheté au kiosque, il m'est venu l'idée, je ne sais pas pourquoi, de revenir par le couloir qui passe devant le bureau du S. S. G, enfin son cabinet plutôt, une drôle d'idée puisque ça me faisait un détour. Enfin, bref, juste à ce moment voilà qu'il sort de chez lui, et imagine-toi en costume d'équitation, ça lui arrive quelquefois. Ça lui va rudement bien, soit dit en passant. Mais alors c'est la première fois que je lui ai vu un monocle, et un monocle noir, imagine-toi, comme pour cacher quelque chose à l'œil. Il paraît qu'il a eu un accident cet après-midi, une chute de cheval, d'où blessure à l'œil. C'est Kanakis qui me l'a dit, je viens de le rencontrer en remontant, il revenait de chez miss Wilson, la secrétaire du S. S. G. donc, il est en bons termes avec elle, alors confidentielle-ment elle lui a tout raconté. Ça s'est passé il y a à peine quelques heures, il est arrivé à cheval avec un valet, c'est une habitude qu'il a, il vient souvent à cheval et puis le valet remmène le cheval, enfin c'est le gentleman, alors elle a vu tout de suite qu'il avait l'œil en sang, enfin la paupière plutôt, une blessure, il a dû tomber sur quelque chose de coupant, mais il n'a pas voulu de soins, il a seulement demandé à miss Wilson d'envoyer tout de suite acheter des monocles noirs chez un opticien, il paraît que ça se trouve facilement. Il est un peu coquet, hein ? (Il eut un petit rire charmé, attendri.) Il a pensé tout de suite à un monocle, c'est amusant. Enfin, j'espère que ce n'est pas grave, cette blessure. Tu sais, c'est lui qui dirige tout ici, c'est un as. (Nouveau petit rire aimant.) Ça lui va rudement bien, ce monocle noir, ça fait hautain, grand seigneur, tu vois ce que je veux dire. Pas bête, Kanakis, hein ? Il flatte miss Wilson à fond. Tu comprends, ça facilite les choses d'être bien avec la secrétaire d'une huile, ça facilite pour tout, si tu veux être vite reçu par l'huile, si tu veux avoir la primeur des nouvelles, si tu veux apprendre un tuyau confidentiel, et caetera. Enfin, pour en revenir à l'essentiel, il allait assez vite, le S. S. G. donc, et voilà que les pompiers qu'il tenait à la main, pardon, les papiers, sont tombés par terre. Alors je les ai ramassés. Je l'aurais fait naturellement pour n'importe qui, simple question de courtoisie. Alors il s'est arrêté et il m'a remercié très genti-ment. Merci, Deume, il m'a dit. Enfin tout était dans le ton. Comme tu vois, il s'est rappelé mon nom, c'est tout de même assez capital. Je dois dire que ça m'a fait plaisir de sentir qu'il sait qui je suis, enfin le sentiment que j'existe pour lui. C'est important, tu comprends ? Et alors c'est donc à ce moment-là qu'il s'est assis dans un fauteuil et qu'il m'a indiqué genti-ment le fauteuil d'en face. Parce que juste devant son cabinet il y a une petite salle des pas perdus, avec des sièges très confor-tables, forcément. Alors lui, d'une gentillesse, tu ne peux pas t'imaginer, me demandant dans quelle section je travaillais, de quoi je m'occupais spécialement, si mon travail me plaisait, enfin s'intéressant à moi. Tu vois que ça valait le coup que je revienne ici en retard! Une conversation de presque dix minutes! Au point de vue conséquences administratives, tu te rends compte! Et lui, très simple, tu sais, cordial, ne me faisant pas sentir la différence de grade, tous les deux assis, l'un en face de l'autre. Enfin, absolument charmant. Moi, très à mon aise, tu sais, parlant. Et imagine-toi que Vévé a passé par là et qu'il nous a vus causer ensemble, le S. S. G. et moi, compère et compagnon! Tableau! Il doit être furieux, ce bon Vévé.

— Pourquoi furieux?

— Jalousie, bien sûr, sourit-il en haussant les épaules, au comble de la félicité. Et puis frousse aussi. C'est toujours dangereux pour un directeur de section qu'un de ses collaborateurs soit en bons termes avec une grande huile. Ça peut lui jouer un sale tour! Tu comprends, le type peut dire à l'huile, en passant, sans en avoir l'air, il peut lui dire ce qu'il pense de son boss, faire des critiques indirectes, suggérer une réorganisation de la section, se faire valoir, quoi, au détriment de son boss, ou même, si tu veux, des critiques directes, selon l'accueil de l'huile, tu comprends, y allant carrément s'il sent que l'huile n'est pas tellement bien disposée à l'égard du boss, du boss du type, enfin de Vévé par exemple, bref s'il sent qu'il peut y aller à fond, tu comprends?

— Oui, sûrement.

— Mais je connais mon Vévé, il avalera sa bile en douce et demain il sera tout sucre tout miel. Mon cher Deume par ci, mon cher Deume par là, si ça ne vous dérange pas trop, car je sais combien vous avez à faire, et ainsi de suite, et des sourires! Mentalité d'esclave, quoi. Je deviens dangereux, il faut me ménager! Donc, on a causé ensemble assez longtemps, environ dix minutes! Ce monocle noir, je me suis demandé s'il fallait lui en parler, lui demander s'il avait mal à l'œil. Dans le doute, je me suis abstenu. Est-ce que tu crois que j'ai bien fait?

— Oui.

— Oui, je crois aussi, ça aurait été un peu familier. A la fin de la conversation, il s'est levé, il m'a serré la main, vraiment un chic type, tu sais. C'est chic qu'il se soit arrêté pour me parler, hein? D'autant qu'il allait voir le S. G. qui l'avait convoqué, tu te rends compte? En somme, à cause de moi il a fait attendre Sir John! Qu'est-ce que tu en dis?

— C'est très bien.

— Je pense bien que c'est très bien! Tu te rends compte, une conversation avec une huile qui se balade bras dessus bras dessous avec Sir John! Et note bien, une conversation pas dans le bureau du S. S. G., pas officielle, mais dans le couloir, assis tous les deux dans des fauteuils du même genre, donc conversation privée, quoi, d'égal à égal! Si c'est pas une amorce de rapports personnels, alors qu'est-ce qu'il te faut! Oh, et puis j'oubliais le principal, imagine-toi que quand il s'est levé pour partir il m'a tapé sur l'épaule, ou plutôt sur le dos, enfin près de l'épaule mais sur le dos, une forte tape, tu sais, très cordiale. Je trouve que c'est le plus gentil de tout, cette tape, c'était intime, spontané, camarade, quoi. De la part tout de même de quelqu'un qui a été ministre en France, qui est commandeur de la Légion d'honneur, tu te rends compte, après tout l'homme le plus important du Secrétariat après Sir John! Tu me diras moins important que le secrétaire général adjoint, eh bien pas du tout, plus important que le secrétaire général adjoint qui est plus haut en grade, d'accord, mais entre nous... (Après un regard méfiant de tous côtés, à voix basse :) Entre nous, sans aucune influence, il y a un tas de papiers qu'on ne lui passe pas, et il ne proteste jamais, tu te rends compte! (Il la regarda. Oui, elle était impressionnée par la tape.) Tout ça entre nous, hein? Et naturellement beaucoup plus important que les deux autres sous-secrétaires généraux qui sont de la crotte de bique à côté. La preuve c'est que quand on dit le S. S. G. on sait que c'est de lui qu'il s'agit. Et puis des égards pour lui! Il est le seul sous-secrétaire général à avoir un chef de cabinet! Tu te rends compte? (A voix plus basse encore :) Je dirais même, très entre nous, qu'il est en réalité plus important que le secrétaire général. Parfaitement! Parce que Sir John, c'est le golf et puis le golf, et à part ça, garniture de cheminée, disant amen à tout ce que décide le S. S. G. ! Donc tu vois l'importance de la tape. (Il eut un sourire rêveur, féminin :) Et puis, je ne sais pas, il a un charme fou, cet homme. Un sourire d'une séduction! Et puis le regard chaud, pénétrant. Je comprends que les femmes se toquent de lui. Même ce monocle noir lui va tellement bien, ça lui donne un air, je ne sais pas moi, romantique. Et puis cette allure en costume de cheval! Le gentilhomme, quoi. Évidemment, tout le monde au Secrétariat ne peut pas se permettre d'arriver à cheval. Naturellement, ce serait... (Il faillit dire « un sousfifre », mais se ravisa, soucieux de ne pas se dévaloriser.)... un fonctionnaire d'un grade moins élevé, ça ferait scandale. Tu te rends compte, l'effet que ça ferait si Vévé débarquait en bottes un de ces quatre matins! Mais le S. S. G., on trouve ça tout naturel. Soixante-dix mille balles-or, plus les frais de représentation! Il paraît qu'il a un appartement grand luxe à l'hôtel

Ritz, avec deux salons. A propos, que je n'oublie pas. A Kanakis
naturellement je n'ai rien dit de mon entretien avec le S. S. G.,
c'est plus prudent. Enfin je te dis ça à toutes fins utiles, si
jamais tu le rencontrais. Deux salons, tu te rends compte?
Ça doit lui faire une de ces notes d'hôtel! Enfin, c'est le grand
seigneur, quoi, très chic, très élégant, de la branche. Enfin
bref, là n'est pas la question. C'est un type formidable d'intelligence. Et en plus, il y a ce charme, indéfinissable, tu sais,
quelque chose de doux et puis d'un peu cruel en même temps,
c'est connu que Sir John l'adore, on les voit souvent bras dessus
bras dessous qui discutent, lui très à l'aise, il paraît qu'il lui
dit John, tout bonnement, tu te rends compte? Et il paraît que
Lady Cheyne l'adore encore plus! D'ailleurs c'est connu qu'il
est un Don Juan, toutes les filles du Secrétariat sont en extase.
Et la comtesse Kanyo donc, la femme donc du ministre de
Hongrie à Berne qui est mort il y a deux ans, c'est sa maîtresse,
elle est folle de lui, c'est connu. Kanakis l'a vue une fois ici
en train de baiser la main du S. S. G.! Tu te rends compte?
Follement cultivée, il paraît. Très belle, encore jeune, dans les
trente-deux, trente-trois, très élégante, et puis très riche, il
paraît, conclut-il avec fierté. (Avec l'index, elle lui effleura
la joue.) Pourquoi tu fais ça?
— Parce que tu es mignon.
— Ah bon, dit-il, vaguement vexé.
Être mignon ne lui plaisait qu'à demi. Il préférait être
l'homme catégorique, la pipe au bec et les yeux froids, un dur
à cuire. Pour montrer qu'il n'était pas si mignon que cela, il
tendit son menton en avant. Cette pose d'homme décidé à
vivre dangereusement, il la prenait devant sa femme chaque
fois qu'il y pensait. Mais il n'y pensait pas souvent.
(Si l'homme fort, sacrément viril et casse-cou, était l'idéal
habituel d'Adrien Deume, il en avait d'autres, tout différents,
archétypes contradictoires et interchangeables. Tel jour, par
exemple, ébloui par Huxley, il tâchait d'être le diplomate un
peu efféminé, de courtoisie légèrement glacée, très mondain, un
chef-d'œuvre de civilisation, quitte à muer le lendemain, après
avoir lu la biographie d'un grand écrivain. Il devenait alors,
selon le cas, exubérant et force de la nature, ou sardonique et
désabusé, ou tourmenté et vulnérable, mais toujours pour peu
de temps, une heure ou deux. Puis il oubliait et redevenait
ce qu'il était, un petit Deume.)
Le menton dictatorial et trop tendu lui faisant mal à la nuque,
il lui redonna une position pacifique, puis regarda sa femme et

64

attendit la réaction, assoiffé de commenter avec elle le merveilleux événement, d'en discuter longuement, de supputer ensemble les perspectives ouvertes.

— Alors, chérie, qu'est-ce que tu en dis ?

— Eh bien, c'est encourageant, dit-elle après un silence.

— Voilà, sourit-il avec gratitude, prêt aux développements. Tu as dit le mot. C'est juste, c'est un entretien encourageant. Je ne dis pas qu'on en est déjà à des rapports personnels, mais enfin c'est le commencement de quelque chose qui peut aboutir à des rapports personnels. Surtout que ça s'est terminé par la tape. (Il cligna des yeux pour arriver à une définition subtile, pour parvenir jusqu'au fond de la tape.) Cette tape, c'était, comment dirais-je, un signe d'intimité, de sympathie. Un contact humain, voilà. Surtout qu'elle était forte, tu sais, cette tape, j'ai failli tomber. Enfin, tout ça peut être capital pour mon avenir, tu comprends ?

— Oui, je comprends.

— Écoute, chérie, j'ai à te parler sérieusement. (Il alluma sa pipe pour bien introduire le sujet, pour faire tension dramatique, et surtout pour se sentir important et parler de manière convaincante.) Chérie, j'ai quelque chose d'assez important à te dire. (Cet « assez » était pour faire homme fort qui se garde d'expressions excessives.) Voilà, cette nuit, je n'ai pas beaucoup dormi et j'ai ruminé une idée dans mon lit. Je voulais ne t'en parler que ce soir, mais autant le faire tout de suite parce que ça me tracasse. Eh bien voilà, mon idée c'est de profiter de ce que Papi et Mammie vont s'absenter pour un mois à partir de vendredi prochain, d'en profiter, dis-je, pour commencer à avoir une vie vraiment sociale, pas un peu et au hasard comme on a fait jusqu'à présent, mais une vie sociale à fond, planifiée, en établissant un plan bien mûri, un plan écrit de dîners et de cocktails. J'ai beaucoup à te dire à ce sujet, d'autant que j'ai l'intention de me séparer de Papi et de Mammie pour avoir mes coudées franches. Je t'en parlerai tout à l'heure ainsi que de quelques grands dîners que je médite. Mais parlons d'abord des cocktails qui constituent l'aspect le plus urgent du problème. Mon idée c'est de préparer dès ce soir une liste de gens à inviter pour un premier grand cocktail.

— Pour quoi faire ?

— Mais, ma chérie, commença-t-il, se forçant à la patience, parce que dans ma situation je dois avoir un minimum de vie sociale. Tous mes collègues se débrouillent pour faire des cocktails de vingt, trente personnes. Kanakis en a eu jusqu'à soixante-dix chez lui et tous des gens intéressants, ayant de la surface. Nous, on est mariés depuis cinq ans et on n'a rien fait encore de concerté, selon un plan établi d'avance. Il y a en tout premier lieu des cocktails que nous devons rendre. Si nous ne les rendons pas, les gens enregistreront et ne nous inviteront plus. Déjà les invitations aux cocktails ont fortement diminué. C'est un signal d'alarme qui me préoccupe. Dans la vie. ma chérie, on n'arrive à rien sans relations, et il n'y a rien de plus commode que les cocktails pour se faire des relations. D'un seul coup, on peut inviter un tas de gens sympathiques qui alors vous rendent votre cocktail, ce qui vous donne l'occasion d'en connaître d'un seul coup un tas d'autres faisant boule de neige, et ça vous permet de faire votre choix pour des invitations de nouvelles relations à des cocktails subséquents, parce que bien entendu, il s'agit de sélectionner, de se borner à ceux avec qui on a des atomes crochus, des sympathiques. Et note bien que du point de vue de l'inviteur ça coûte bien moins cher qu'un dîner et au fond ça revient presque au même. Je dis presque car au point de vue rapports personnels rien ne vaut tout de même les dîners, et il faudra bien que nous commencions à inviter à dîner aussi, en ce qui concerne les plus sympathiques, en écartant résolument Papi et Mammie, donc même avant la séparation que j'envisage pour un avenir proche. Mais restons sur le plan cocktails. A ce sujet, j'irai jusqu'au bout de ma pensée. Voilà, mon plan, quelque peu revu et augmenté depuis mon entretien de tout à l'heure, c'est d'inviter en tout premier lieu le S. S. G. à notre premier cocktail. Il viendra sûrement, vu la tape. Et si je peux dire qu'il vient, j'aurai tout ce qui se fait de mieux non seulement au Secrétariat mais encore aux délégations permanentes! Sois tranquille, je ne m'amuserai pas à inviter du menu fretin. Donc, en ce qui concerne le S. S. G., cocktail comme première approche, puis plus tard, dîner grand gala. Ça te goûte? (Petite expression de Mammie qui lui échappa tant il était pris par son sujet.)

— Il ne m'est pas sympathique. Pourquoi tiens-tu tellement à l'inviter?

— Ma chérie, dit-il avec une douceur sentencieuse qui recouvrait un début d'agacement, je te répondrai primo, qu'une huile n'a pas à être sympathique pour être invitée; secundo, que pour ma part j'ai toujours trouvé le S. S. G. extrêmement sympathique; tertio, que si je tiens tellement à l'inviter, comme tu dis, c'est pour la très bonne raison que je dépends de van Vries et que van Vries dépend justement du S.S.G. Depuis sept mois je plafonne B et van Vries ne fera rien, tu entends, rien pour que je devienne A! Il ne fera rien parce que c'est un froussard! Froussard parce que se disant que sa proposition de promotion sera peut-être mal accueillie par les hautes sphères et lui fera en conséquence du tort. Par contre, il agira s'il apprend que je suis dans les bonnes grâces du S. S. G., et ça tu penses bien que si ça se confirmait je me chargerais de le lui faire assavoir en douce! D'ailleurs, je n'aurais même pas à le lui faire assavoir puisque à mon grand cocktail il verrait que le S. S. G. est venu et qu'il en tirerait toutes conclusions appropriées, ce qui fait qu'il aurait alors le courage de me proposer A parce qu'il sentirait que sa proposition serait reçue sympathiquement et ne comporterait nul danger pour lui. Que dis-je, le courage, il aura du plaisir à le faire, il se dépêchera de me proposer à fond, avec l'accent de la sincérité, un tas de fleurs sur moi, parce que ça le fera bien voir du S. S. G.! Tu comprends la manigance de la chose?

— Tu as dit toi-même que cela a agacé ton chef que tu aies parlé avec ce monsieur.

— Excuse-moi, chérie, mais tu n'y connais rien, dit-il avec bonhomie. Moi, je suis du sérail et j'en connais les détours. Ça l'a agacé, bien sûr, il me déteste, bien sûr. Mais, je te l'ai dit, ça ne l'empêchera pas de me faire mille mamours. Et lorsqu'il saura que c'est de l'amitié solide, c'est-à-dire que je reçois le S. S. G. chez moi, que le S. S. G. mange chez moi, il sera à mes pieds, littéralement! Ça a très bien commencé avec S. S. G. mais il faut battre le fer pendant qu'il est chaud et consolider cette sympathie qu'il m'a fait l'honneur de me témoigner, oui, l'honneur, je ne crains pas de le dire! Mais pour ça, il faut qu'il me connaisse davantage. Un cocktail où je l'inviterais, ça amorcerait des rapports, je causerais avec lui, il m'apprécierait. Vois-tu, des rapports personnels avec les supérieurs hiérarchiques, c'est l'alpha et l'oméga de la réussite. Mais les rapports personnels, ça ne commence vraiment que dans le domicile personnel, quand on reçoit chez soi, sur un pied d'égalité. Et c'est tout naturel que je l'invite. La tape dans le dos a été forte, tu sais. L'inviter tout de go à dîner, ce serait un peu trop, un peu osé. Mais un grand cocktail ferait transition et préparation pour le dîner ultérieur. Le cocktail, on ferait ça assez grandiose. Cartes gravées pour l'invitation. Il faut savoir dépenser quand il le faut. Avec R. S. V. P. en bas à droite, enfin tout à fait comme ça se fait, quoi. Et note bien, si je tiens à avoir le S. S. G. chez moi, c'est surtout au fond parce que je l'ai trouvé vraiment sympathique. Il gagne à être connu. Bien entendu, s'il me donne un coup de main au point de vue promotion, tant mieux, mais enfin, ce n'est pas la raison principale. Il me serait antipathique, il n'y aurait rien à faire, je ne songerais pas à l'inviter, mais je me sens des affinités avec lui, tu comprends ? Et pour te dire le fond de ma pensée, ça me fait mal pour mon pays de penser qu'à part Debrouckère il n'y a pas un seul autre Belge qui soit A. La Belgique mérite mieux. On le doit à un pays qui a tant souffert ! Sa neutralité violée en quatorze, une neutralité garantie par les traités de 1839 ! La destruction de Louvain ! Le calvaire de l'occupation allemande ! Et tu sais pour le cocktail, je m'occuperai de tout, extras en veste blanche, consommations, sandwiches, canapés. Tout ce que tu auras à faire, toi, ce sera de t'habiller épatamment et d'être aimable avec tous, y compris le S. S. G.

Il se tut, s'épongea le front, sourit à des visions. Parfaitement, un cocktail grand genre ! Le coup de Trafalgar serait d'avoir l'ambassadeur de Belgique qui devait rappliquer bientôt pour la Quatrième. Oui, se faire présenter par Debrouckère et inviter l'ambassadeur au cocktail. La combine serait de dire à l'ambass, comme chose acquise, qu'il y aurait le S. S. G., alors l'ambass accepterait sûrement, et puis après inviter le S. S. G. en glissant qu'il y aurait l'ambass ! Ce jour-là, une cinquantaine d'autos garées devant la villa ! Tableau ! Les voisins seraient estomaqués !

De plaisir, il croqua un morceau de sucre à la manière des lapins. Lui, conversation animée avec le S. S. G., cigare au bec, un martini ou un porto flip à la main tous les deux, des plaisanteries d'égal à égal. Juste avant l'arrivée des invités, un demi-verre de whisky pur pour avoir de l'assurance et du brio. Non, ne pas lui parler tout de suite d'avancement au cocktail, ne pas lui donner l'impression d'une invitation intéressée. Un peu de patience. Les huiles s'agaçaient vite lorsqu'on parlait promotion. Ne glisser le plafond B que lorsqu'on serait devenus amis.

Oui, désormais vie sociale à fond ! Cartes de Nouvel-An à toutes ses connaissances ! Mais rien au-dessous de membre de section ! Cartes de vœux chères pour les A et au-dessus ! Et avec quelques mots écrits à la main ! Ça rapportait ! Des relations, nom de Dieu ! L'homme ne valait que par ses relations ! Bien plus, l'homme était ses relations ! D'urgence, louer une villa

avec cuisinière et valet de chambre faisant maître d'hôtel!
Tous les jours, des invités de calibre à déjeuner et à dîner,
c'était le secret de la réussite! Le maître d'hôtel servant en
gants blancs! Des dépenses de ce genre, ça rapportait! Cuisine
extra fine, ça rapportait aussi! On mange très bien chez les
Adrien Deume! Faire abattre le mur entre deux pièces pour avoir
un salon immense, il n'y avait rien de tel pour vous poser!
Et au centre du salon, un piano à queue, pour le standing! Et
une fois par semaine, bridge! Avec le bridge non seulement on
se faisait des relations mais encore on les gardait! Et une
chambre d'amis luxueusement installée! A chaque session de
l'Assemblée, à chaque réunion du Conseil, inviter le délégué belge le plus important à venir loger chez lui! Plus agréable qu'à l'hôtel, mon cher ministre! Et un soir, après le dîner,
en se promenant dans le jardin, la brusque confidence d'une
voix douce et triste, au clair de lune, que voulez-vous, mon
cher ministre et ami, il y a ixe ans que je plafonne A. Et puis
un soupir, simplement, rien d'autre. Et avec la protection con-
jointe et coordonnée du premier délégué belge et du S. S. G. le
petit Adrien subitement promu conseiller ou même directeur
de section!

La serveuse étant entrée pour enlever le plateau du thé, il
la taquina galamment sur sa permanente. Puis il s'excusa auprès d'Ariane de devoir s'absenter un instant et sortit, tout
rayonnant de cocktails futurs, d'invitations subséquentes et
de fructueux délégués belges couchant dans la chambre d'amis.
Dans le couloir, il alla rapidement. Il avait envie de courir,
de crier, de baiser passionnément ses mains. Douloureux de
joie, retenant les cris qui voulaient sortir, il s'aimait à la folie.
O mon Adrien, ô mon trésor, je t'adore, murmurait-il.

— Tape dans le dos, tape dans le dos! s'écria-t-il, entré
dans les toilettes désertes. Adrien Deume vainqueur! claironna-
t-il, campé devant l'urinoir aux eaux perpétuelles.

De retour auprès de sa femme, il s'assit gravement, croisa
ses mains derrière sa nuque, appuya ses pieds contre le bord
de la table et imprima de nouveau à son fauteuil un mouvement de bascule, comme van Vries, tout en faisant une tête
impassible comme le sous-secrétaire général. Mais de nouveau,
à la pensée soudaine de Vévé entrant en coup de vent, il ôta
ses pieds du bord de la table et cessa de se balancer. Pour compenser la perte du bénéfice des pieds désinvoltes, il avança de
nouveau la lèvre inférieure et le menton comme le dictateur italien, le cou raidi.

— Dis donc, tu sais, réflexion faite, je crois qu'on pourrait carrément l'inviter à dîner, ou enfin à déjeuner, directement, sans passer par le cocktail, vu la tape, tu comprends? C'est tout de même plus gentil qu'un cocktail. Plutôt à dîner, on a plus de temps pour la conversation après le repas. Je verrais assez un dîner aux bougies, comme chez Kanakis, ça classe. A propos, il faudra voir si tout est en règle chez nous au point de vue services, assiettes, couteaux, fourchettes, verres de diverses tailles, nappes, serviettes, et caetera. Parce qu'il faudrait que tout soit parfait, il est habitué à ce qui se fait de mieux, tu comprends? (Il résista à l'envie d'introduire son index dans son nez, se contenta d'un substitut de curetage en se caressant les narines.) Au fond, ce Hitler, c'est une brute, hein, et puis il va fort avec ces pauvres Israélites qui sont des humains comme les autres, avec des défauts et des qualités. D'ailleurs, Einstein, quel génie! Maintenant, pour en revenir à la question table, il y aura une décision à prendre, dans l'hypothèse invitation du S. S. G. à dîner ou à déjeuner, c'est le problème nappe. Je me demande s'il ne vaudra pas mieux renoncer à la nappe parce que j'ai l'impression que ça ne se fait plus beaucoup dans les grands dîners. Tu me diras que chez les Kanakis il y a toujours une nappe, mais ce qui m'a mis la puce à l'oreille c'est que dans Art et Décoration, tu sais la revue chic à laquelle j'ai fait abonner le service des périodiques, j'ai vu des photos de salles à manger grand luxe avec tables en bois précieux, eh bien sans nappe, rien qu'un napperon sous chaque assiette, ça faisait vraiment formidable. Enfin, on en discutera à tête reposée.

La sonnerie du téléphone le fit sursauter et remettre son menton en position moins impérieuse. Il soupira de lassitude excédée, dit qu'on ne pouvait jamais être tranquille dans cette boîte, décrocha.

— Deume. Oui, monsieur le directeur, certainement je l'ai, je vous l'apporte tout de suite. (Il se leva, boutonna son veston.) C'est Vévé, ce qu'il peut m'embêter, ce coco-là, il veut le verbatim de la troisième C. P. M., je ne suis tout de même pas l'archiviste de la section, il commence à me courir sérieusement. (Il déboutonna son veston et se rassit courageusement. Faire attendre Vévé deux ou trois minutes ne comportait pas un réel danger et Ariane verrait qu'il n'était pas l'esclave qui accourt dès qu'on l'appelle. Il expliquerait à van Vries que la recherche de ce vieux verbatim lui avait pris beaucoup de temps. Et puis zut quoi, il y avait eu la tape.) Eh bien donc, haute et puissante dame, reprit-il, que penses-tu de ce grand dîner aux bougies en l'honneur de ce cher sous-secrétaire général ?

— Je vais te dire, commença-t-elle, décidée à tout lui révéler.

— Un instant, chérie, je t'arrête. Je réfléchis à quelque chose. (Vévé n'aimait pas attendre et son ton lui avait semblé plus sec que d'habitude. Et puis ça ferait mauvaise impression s'il lui disait qu'il avait dû chercher longtemps le verbatim. Ça ferait fonctionnaire désordonné, ne sachant pas où il fourrait sa documentation. Il se leva, ouvrit un classeur, en sortit un document, boutonna son veston.) Écoute, chérie, réflexion faite, j'aime mieux y aller maintenant. Quoique, en général, j'éprouve un malin plaisir à faire attendre ce bon Vévé. Mais cette fois, je veux pouvoir rester un peu tranquille à deviser avec toi, alors autant m'en débarrasser tout de suite. Donc j'y vais et je reviens illico. Quel casse-pieds ! Alors, à tout de suite, hein ? sourit-il, et il se dirigea vers la porte avec lenteur pour maquiller sa capitulation.

Aussitôt dans le couloir, il courut vers la tuile qu'il pressentait. Le ton de van Vries n'avait pas été bon. Devant la porte de son supérieur hiérarchique, il prépara un sourire, frappa doucement, ouvrit avec précaution.

# VI

Il entra, désinvolte et sifflotant. Il s'assit, pianota sur la table, referma les trois dossiers, lui sourit.

— Qu'est-ce qui ne va pas?

— Mais rien, répondit-il d'un air innocent. Tout va bien, au contraire. J'ai un peu mal au foie, c'est tout, dit-il après un silence, et il se leva, appuya sa main sur le côté droit, sourit de nouveau.

— Tu sais bien que tu finiras par me dire. C'est ton chef?

Il se laissa retomber sur son fauteuil, dirigea vers elle un regard de naufragé.

— Il m'a passé un savon. C'est à cause du mémorandum britannique. Parce que je ne lui ai pas encore envoyé mes commentaires. S'il croit que c'est commode de travailler quand on est tout le temps dérangé. (Il s'arrêta, espérant des questions. Comme elle se taisait, il continua.) Voilà, il va mentionner mes retards dans mon rapport annuel, enfin ce qu'il appelle mes retards. Ce qui entraînera la suppression de l'augmentation annuelle et pourra provoquer peut-être la sanction de réprimande ou même de blâme par le secrétaire général. Voilà, voilà où j'en suis. (Sur la table, ses doigts firent des gammes de désespoir stoïque.) Naturellement ça va me couper toute chance de promotion, ça fera casier judiciaire. Ce rapport me suivra toute ma vie. Ma tunique de Nessus, quoi. Pourtant, j'ai fait de mon mieux, je lui ai dit que je lui enverrais mes commentaires demain matin à la première heure. Il m'a dit que c'était trop tard, et puis il a parlé aussi de l'accusé Cameroun. Cinglant, il a été cinglant. Enfin, voilà, c'est la catastrophe. (De nouveau, pianotement de tragique acceptation du destin.) Je ne voulais rien te dire, être seul à souffrir. (En silence, il tourna tristement

72

la manivelle de la meule à crayons.) Oh, c'est un coup de vengeance, je suis sûr que c'est parce qu'il m'a vu parler avec le S. S. G., il m'a rattrapé au tournant. Jalousie, je te l'avais bien dit. Ça n'a pas tardé. (Il la regarda, espérant un réconfort.) Une note pareille dans un rapport annuel, c'est la guillotine sèche, la mort sans phrases, B à perpétuité. Enfin, voilà, je suis perdu, c'est la fin de ma vie administrative, conclut-il avec un sourire courageux.

— Tu te fais des idées, ce n'est pas si grave, dit-elle, sentant qu'il exagérait à dessein la gravité de la situation pour provoquer des paroles de réconfort.

— Pourquoi ? demanda-t-il avidement. Explique.

— Si tu lui remets ce travail demain, il ne sera plus fâché.

— Tu crois ? Dis, tu crois vraiment ?

— Mais bien sûr. Tu feras ce travail à la maison ce soir.

— Deux cents pages, soupira-t-il, et il remua la tête plusieurs fois, en écolier accablé. Ça me prendra toute la nuit, tu te rends compte ?

— Je te ferai du café très fort. Je te tiendrai compagnie, si tu veux.

— Alors tu crois vraiment que ça va s'arranger ?

— Mais bien sûr, voyons. D'ailleurs, tu as un protecteur maintenant.

— Tu veux dire le sous-secrétaire général ? (Il savait bien que c'était à ce dernier qu'elle faisait allusion, mais il tenait à une confirmation. De plus, il lui était doux de prononcer en entier le titre prestigieux et d'évoquer ainsi, par les puissantes syllabes, une ombre tutélaire. De la magie, en somme.) Le sous-secrétaire général ? répéta-t-il, et il sourit faiblement, avança son fauteuil, accrocha sa main à la jupe de sa femme.

— Mais oui, d'après ce que tu m'as raconté, il a été très gentil avec toi, tout à l'heure.

— Le sous-secrétaire général, oui, sourit-il de nouveau, et il prit machinalement sa pipe, en renifla le foyer éteint, la reposa sur la table. C'est vrai, très gentil.

— Il t'a demandé dans quelle section tu travaillais, je crois.

— Très gentiment, alors, tu sais, voulant savoir de quoi je m'occupais spécialement, si mon travail me plaisait, enfin s'intéressant, et puis me disant Deume.

— Et puis il t'a invité à t'asseoir, vous avez causé.

— En égaux, tu sais, ne me faisant pas sentir la différence de grade.

— Et puis il y a eu la tape.

— Oui, la tape, sourit-il, épanoui, et il vida sa pipe, la bourra.

— Elle était forte, je crois, cette tape?

— Très forte, là, tu sais. Je suis sûr que c'est encore tout rouge à l'épaule, tu veux voir?

— Non, ce n'est pas la peine, je te crois.

— Et venant de quelqu'un qui est plus important que le secrétaire général adjoint!

— Et même que le secrétaire général, renchérit-elle.

— Absolument! Parce que, tu sais, Sir John, c'est le golf, le golf, et puis le golf, et à part ça, garniture de cheminée, disant amen à tout ce que décide le S. S. G.! Donc tu vois l'importance de la tape!

— Oui, je vois, dit-elle, et elle se mordit la lèvre.

Il alluma sa pipe, tira une bouffée calme et délicieuse, puis se leva et arpenta le petit bureau, entouré de nuages de tabac, une main dans la poche et l'autre tenant le fourneau de la pipe.

— Tu chais, Rianounette, énonça-t-il en gardant sa pipe entre ses dents, ce qui lui donna la prononciation de la grosse van Geelkerken, je chuis perchuadé que mon Vévé che tiendra tranquille, il a aboyé mais jil ne mordra pas, ne t'en fais pas, va, et même ch'il me fait un chale rapport, je m'en contrebalanche, il ne me fait pas peur, che chalaud, les chiens jaboient, la caravane pache! (Il se rassit, mit ses deux pieds contre la table et se balança, la pipe toujours mordue avec désinvolture et, de temps à autre, des suçotements mouillés.) Et puis dis donc, le charme qu'il a, hein? Tu l'as chûrement remarqué à la réchépchion bréjilienne. Un mélange indéfinichable, tu ne trouves pas? Chet air dichtrait quand on lui parle, chette tête de marbre, méprijante en chomme, et puis choudain che chourire tellement gentil, un chourire chéduijant, hein? Un charmeur, quoi. En tout cas, la comtèche Kanyo est de mon avis, je te prie de le croire. Est-che que je t'ai raconté de la bonne de Petrechco?

— Non, dit-elle. (Il déposa sa pipe éteinte dans le cendrier.)

— C'est intéressant, j'ai oublié de t'en parler. Oui, Petresco habite donc à Pont-Céard, tout près du château de la comtesse.

— Je connais Pont-Céard. Il n'y a pas de château.

— Enfin, une maison très chic, disons. Bref, là n'est pas la question. La bonne de Petresco est très amie avec la femme de chambre de la comtesse, ça fait que Petresco sait un peu tout ce qui se passe chez la comtesse. Il l'a raconté à Kanakis qui me l'a raconté très confidentiellement. Il paraît que la comtesse attend tous les soirs le S. S. G. (Secret, excité, malicieux, coupable, délicieusement scandalisé par ce commérage quelque peu osé, il sortit sa langue pointue.) Il paraît qu'elle s'habille en extra-luxe tous les soirs, repas somptueux préparé, fruits formidables, fleurs, enfin tout. Elle reste des heures à l'attendre. (Il regarda machinalement autour de lui, baissa le ton.) Il paraît que le plus souvent il ne vient pas. Tous les soirs, elle se prépare comme s'il devait venir, elle reste des heures à la fenêtre pour voir s'il arrive dans sa Rolls, et puis rien. Significatif, hein?

Elle se leva, regarda les titres des livres rangés sur un rayon, bâilla artificiellement.

— Tu l'as vue, cette baronne?

— Comtesse, rectifia-t-il. C'est plus haut en grade. Vieille noblesse hongroise, un tas de diplomates dans la famille. Bien sûr que je l'ai vue, elle vient toujours à l'Assemblée, aux séances du Conseil, aux commissions, enfin partout où il est, elle le mange des yeux. Ça ne m'étonnerait pas qu'elle soit en bas en ce moment, aux pas perdus, d'autant qu'elle connaît tout le gratin, tu penses bien, avec la situation qu'avait son père. Qu'est-ce qu'il y a, chérie?

— Rien. Je trouve déplaisantes ces liaisons, c'est tout.

— Que veux-tu, il est célibataire, elle est veuve, ils sont bien libres.

— Ils n'ont qu'à se marier.

— Oh, tu sais, il y a des gens très bien qui ont des liaisons. Louis XIV et madame de Maintenon, qu'est-ce que tu en fais?

— C'était un mariage morganatique.

— En tout cas, Aristide Briand a une liaison, tout le monde le sait, et il est respecté par tous.

— Pas par moi.

Il la regarda de ses bons gros yeux, derrière ses lunettes. Quelle mouche la piquait? Préférable de changer de conversation.

— Alors, noble dame de haut lignage, mon petit repaire ne vous déplaît pas trop? Evidemment, il n'y a pas de Gobelins, comme chez ce cher S. S. G., mais enfin c'est gentil, non? Si tu voyais les bureaux des ministères en Belgique, tu te rendrais compte comme c'est chic ici. Et puis quoi, on a une vie assez privilégiée. Ici c'est le genre diplomatique, tu comprends, par exemple au point de vue horaire. L'après-midi, nous commençons en général à trois heures et même plus tard, mais s'il le faut nous restons facilement jusqu'à des sept huit heures du soir, genre Quai d'Orsay, Foreign Office. Ici, c'est une tout autre atmosphère qu'au Bureau international du Travail, où les types sont obligés de bosser, enfin, je dis obligés, ils adorent ça, c'est un tout autre milieu, tu comprends, des syndiqués, des gens de gauche. Ici c'est la vie diplomatique, la vie agréable. Tu vas voir, je vais te faire le compte des jours où je ne travaille pas. (Déjà ravi, il se munit d'un porte-mine et d'un bloc-notes, passa sa langue sur ses lèvres.) D'abord, chaque mois, le jour d'absence dont tout fonctionnaire peut bénéficier sans certificat médical, article trente et un du statut du personnel. Tu penses bien que j'en profite. (Il nota.) Ci, douze jours de repos supplémentaire par an!

(Une explication est nécessaire. Ledit article trente et un visait en fait certaine indisposition féminine, mais les pudiques rédacteurs du statut du personnel n'avaient pas osé le spécifier. En conséquence, les fonctionnaires mâles avaient aussi le droit d'être indisposés un jour par mois, sans avoir à fournir de justification médicale.)

— Ci, répéta Adrien Deume, douze jours de repos supplémentaire par an. Tu es d'accord? (Avec son joli porte-mine en or il écrivit soigneusement, tout souriant d'aise et de confort, le chiffre douze.) Puis, deux fois par an, je me débrouille pour partir en congé spécial de maladie moyennant certificat médical. Surmenage, quoi. A propos, elle n'était pas mal, hein, la formule du dernier certificat. Dépression réactionnelle, c'était bien trouvé, non? Deux congés maladie de quinze jours chacun seulement pour ne pas trop tirer sur la corde. Ci, trente jours de repos supplémentaire! Trente et douze font bien quarante-deux, n'est-ce pas, nous sommes d'accord? Ci, quarante-deux! (Ayant noté ce chiffre, il le salua d'un pom-pom bien senti.) Puis nous avons les trente-six jours ouvrables du congé annuel officiel, le congé normal, honnête quoi, article quarante-trois du statut. Bon. Mais attention, ouvrables! cria-t-il avec enthousiasme. Donc, en réalité, ça nous fait bien plus que trente-six jours de congé! Il y a cinq jours et demi ouvrables par semaine! La chose des trente-six jours ouvrables de congé annuel, ça nous fait donc en réalité quarante-cinq jours de ne rien fiche! Nous en étions à quarante-deux jours de repos supplémentaire. Plus quarante-cinq de repos honnête, ça nous fait quatre-vingt-sept! C'est juste, n'est-ce pas, je crois? (Empressé :) Veux-tu calculer en même temps que moi, chérie? (Il lui passa une feuille et un crayon. Il était l'amabilité même.) Ci, quatre-vingt-sept jours de relaxation! Ensuite, chuchota-t-il en petit coupable badin, il y a les cinquante-deux samedis matins, ouvrables en théorie mais fériés en pratique et durant lesquels le sieur Deume Adrien savoure un doux farniente! (Emporté par son délice, oubliant la nécessité du prestige et de la gravité virile, il fit son fou rire mécanique de cancre, par raclage de l'arrière-nez.) Et c'est bien légitime, avoue-le, on ne peut rien faire de bon en une heure ou deux. C'est vraiment pas la peine de faire tout le chemin depuis Cologny jusqu'au Palais pour deux heures de travail au maximum, parce que même ceux qui viennent le samedi, ils filent à midi! Alors? Et puis d'ailleurs, Vévé ne vient jamais le samedi, il file en avion le vendredi soir déjà pour soigner ses huiles de La Haye et d'Amsterdam, pour faire la lèche, quoi. Alors pourquoi est-ce que je me gênerais? Donc cinquante-deux samedis matins équivalent en fait, je dis bien en fait, à vingt-six jours de petit congé un peu spécial. Quatre-vingt-sept plus vingt-six, ça nous fait cent treize, si je ne suis pas trop mauvais en mathématiques. Tu ne veux pas faire les additions de ton côté pour me contrôler? s'empressa-t-il. Bon, d'accord, comme tu voudras. Nous en étions donc à ce cher cent treize. (Pointant sa langue, il nota le chiffre.) Ci, cent treize! chantonna-t-il. Et puis, attention, il y a les cinquante-deux samedis après-midi et les cinquante-deux dimanches. Mais soyons précis : j'en ai déjà compté six de chaque dans mon calcul de congé normal et quatre de chaque dans mon calcul de congé maladie. Tu me suis?

— Oui.

— Donc, disons cinquante-deux dimanches moins dix, quarante-deux. Nous en étions à cent treize. Cent treize plus quarante-deux, nous arrivons à cent cinquante-cinq jours de repos, plus cinquante-deux samedis après-midi moins dix, quarante-deux, ce qui nous fait encore vingt et un jours de repos. Cent cinquante-cinq plus vingt et un, cent soixante-seize jours de petit moi se tournant les pouces! Vie diplomatique, tu te rends compte?

— Oui.

— Mais maintenant nous avons encore les jours fériés officiels! Noël, Vendredi Saint, et caetera, douze jours fériés, article quarante-neuf! Cent soixante-seize plus douze, cent quatre-vingt-huit jours de repos. C'est tout, je crois?

— Oui.

— Non, chérie! cria-t-il, illuminé, et il frappa la table. Et les jours de gratification qu'on nous donne après l'Assemblée, qu'est-ce que tu en fais? Deux en général et, si ça a été très dur, trois. Cent quatre-vingt-huit plus deux, tu vois, je suis modéré, nous arrivons à cent quatre-vingt-dix. Qu'est-ce que tu en dis?

— Ci, dit-elle.

— Pardon ? demanda-t-il, interloqué.

— Ci.

— Si quoi ?

— Ton ci. Le ci que tu dis toujours, je l'ai dit d'avance

— Ah bon, bon. (Elle l'avait embrouillé. Il recommença ses calculs.) C'était bien juste. Ci, cent quatre-vingt-dix jours de repos reposant ! (Il entoura de rayons solaires le chiffre exquis de cent quatre-vingt-dix. Et soudain, il eut un ricanement satanique.) Chérie, ce n'est pas tout ! (Coup de poing sur la table.) Il y a les missions ! Les missions, nom d'une pipe ! En moyenne, deux missions de quinze jours par an, comportant chacune deux jours de travail effectif, parce que, tu sais, pendant les missions, on ne se la foule pas, on est son maître, personne pour vous surveiller, on fait ce qu'on veut, et le travail des missions ça consiste surtout à inviter à des gueuletons fins ! En conséquence, quatre jours de travail effectif pour les deux missions, ça nous laisse, contredis-moi si j'ai tort, ça nous laisse un bénéfice de vingt-six jours de repos et amusements divers, vingt-six jours que nous allons joindre gaillardement aux cent quatre-vingt-dix jours ci-dessus ! Ci, deux cent seize jours de repos par an !

Victorieux, il releva la tête, rayonnant d'une joie si pure et enfantine que, de l'index, elle lui effleura la main, envahie par une sorte de pitié. Il regarda sa chère femme, les yeux brillants de gratitude.

— Attends, chuchota-t-il, je vais te montrer un secret.

Du tiroir central, il sortit une immense feuille quadrillée, couverte de colonnes de chiffres microscopiques, tracés avec une minutie exquise. On eût dit des régiments de fourmis.

— C'est un calendrier pour trente années, expliqua-t-il non sans quelque embarras. J'ai mis des semaines pour le faire. Tu vois, chaque colonne c'est une année. Trente colonnes de trois cent soixante-cinq jours, sauf les bissextiles, bien entendu. Les jours barrés, c'est ceux que j'ai déjà faits ici. Tu vois, plus de cinq ans de tirés ! Ce que ce sera chic tout de même quand j'en serai là, dit-il en montrant le bas de la trentième colonne. Il me reste donc un peu moins de vingt-cinq ans à faire, donc neuf mille jours à peu près à barrer encore. Chaque jour, tu comprends, je barre un chiffre. Mais voilà, il y a le problème des fins de semaine : quand dois-je barrer le samedi et le dimanche ? Le vendredi soir ou le lundi matin, à ton avis ? Je dis le vendredi soir parce que, comme tu sais, pour les raisons susdites, je m'abstiens de venir le samedi matin. Bref, barrer d'avance ou après coup ? Qu'est-ce que tu en dis ? (Elle secoua la tête en signe d'ignorance.) Tout de même, à ton avis, le vendredi soir ou le lundi matin ?

— Le lundi, dit-elle par gain de paix.

A travers ses lunettes, il la remercia du regard.

— Oui, moi aussi j'ai pensé que lundi serait mieux. Ça commence bien la semaine. Dès que j'arrive le matin, dzan, je barre le samedi et le dimanche ! Deux jours de moins, allez, hop ! Ça réconforte ! (Il soupira.) Mais évidemment la solution du barrage le vendredi soir avant de partir, ça n'est pas mal non plus. Parce que, alors, j'ai le plaisir d'en barrer trois d'un coup : le vendredi, le samedi et le dimanche ! Et ça clôture la semaine de travail ! On sort le vendredi un peu plus tôt que d'habitude, l'âme légère ! (Sur ses lèvres, petits vents de méditation.) Réflexion faite, je choisis tout de même le barrage du lundi à cause de la chose du réconfort, et puis c'est ton idée, ça me fait plaisir d'adopter ton idée. (Il lui sourit, attendri. C'était bon tout de même de tout partager avec sa femme.) Attends, je vais te montrer quelque chose. (Il ouvrit le tiroir à fiches, posa sur les cartes une main tendrement propriétaire.) Tu vois ça ? Eh bien, tous mes territoires sous mandat sont là. Là, répéta-t-il avec la fierté du bon artisan. (Caressante, sa main fit une promenade érotique le long de ses fiches.) Tout ce qui concerne. (Il tiqua. Tant pis, ce n'était pas dans une lettre.) Tout ce qui concerne les indigènes de mes territoires a été mis en fiches par ton serviteur !

— Est-ce qu'on les traite bien, ces indigènes ?

— Bien sûr qu'on les traite bien. Sois tranquille, va, ils sont plus heureux que nous, ils dansent, ils n'ont pas de soucis. J'aimerais bien être à leur place.

— Comment savez-vous qu'on les traite bien ?

— Eh bien, les gouvernements nous envoient des informations.

— Vous êtes sûrs qu'elles sont exactes ?

— Bien sûr qu'elles sont exactes. Elles sont officielles.

— Et après ? Que faites-vous de ces informations ?

Il la regarda avec curiosité. Quelle mouche la piquait ?

— Eh bien, nous les soumettons à la Commission permanente des mandats. Et ça, c'est ma petite mitrailleuse, tu vois, ajouta-t-il en montrant sa belle machine à agrafer. Je suis le seul de la section à avoir ce modèle.

— Qu'est-ce qu'elle fait, cette commission, pour le bien des indigènes ?

— Eh bien, elle étudie la situation, elle félicite la Puissance mandataire de son action civilisatrice.

— Mais si les indigènes sont maltraités?

— Ça n'arrive pratiquement jamais.

— Mais j'ai lu un livre de Gide où il était question d'abus.

— Ah oui, je sais, fit-il d'un ton boudeur. Il a bien exagéré tout ça. D'ailleurs, c'est un pédéraste.

— Il y a donc eu de mauvais traitements. Alors dans ce cas que fait cette commission?

— Eh bien quoi, elle émet des vœux, disant qu'elle fait confiance à la Puissance mandataire, qu'elle espère que tel incident ne se renouvellera pas, voilà, et qu'elle accueillerait avec gratitude toutes informations que les autorités compétentes estimeraient opportun de lui fournir sur les récents développements. Oui, parce que en cas d'abus ou de sévices, rapportés d'ailleurs plus ou moins exactement par la presse, nous employons de préférence le terme « développements » qui fait plus convenable, plus nuancé. Tu vois, c'est une véritable Bostitch. Quarante agrafes à la minute!

— Mais si les vœux ne servent à rien? Si on continue à maltraiter les indigènes?

— Ah, qu'est-ce que tu veux? On ne peut quand même pas froisser un gouvernement. C'est très susceptible, les gouvernements. Et puis quoi, ils alimentent notre budget. Mais en général tout va très bien. Les gouvernements font leur possible. Nous avons des rapports très cordiaux avec leurs représentants. Quarante agrafes à la minute, tu vas voir, dit-il, et son poing s'abattit sur son agrafeuse.

En proie à une sainte ivresse, frénétique et rayonnant, enthousiaste et guerrier, il frappait. Implacable et frémissant, il frappait. Lunettes secouées, inhumain et inspiré, il frappait sans pitié cependant que dans le couloir, de toutes parts accourus, ses collègues assemblés écoutaient, connaisseurs et charmés, les détonations du transpirant fonctionnaire en transe.

— Je vais faire un tour dans le parc, dit-elle. Je serai de retour dans quelques minutes.

Lorsqu'elle eut refermé la porte derrière elle, il repoussa la machine à agrafer, brusquement dégrisé. Il n'aurait pas dû. C'était un travail manuel, une occupation de secrétaire. Et puis il n'aurait pas dû lui confier ses petites combines de supplément de vacances, ça faisait subordonné, ça faisait tricheur. En somme, il s'était déconsidéré. Et tout ça à cause de ce

besoin de tout partager avec elle, de tout lui dire, de s'enthou-
siasmer ensemble.

— Je l'aime trop, voilà.

Il leva la main droite en signe de serment. Désormais plus
de confidences, plus de familiarités. Ça lui coûterait, mais tant
pis. L'important était de garder l'estime de sa femme. Ou bien
alors, pour combattre l'impression trop fonctionnaire de tout
à l'heure, s'il lui racontait ce soir ou demain qu'il avait des
hallucinations, qu'il avait l'impression d'être suivi par des
crabes ? Ça ferait antidote. Seulement, voilà, c'était un peu
trop fort de café, elle ne marcherait pas. Simplement être désormais réservé, laconique, un peu lointain pour être admiré,
voilà. Tout à l'heure, quand elle reviendrait, lui parler du projet
de roman, ça compenserait l'agrafeuse. En passant, lui dire que
si ça lui chantait un matin d'arriver au Palais à dix heures,
dix heures et demie, libre à lui, personne n'avait rien à lui dire,
il était un fonctionnaire supérieur. Ça compenserait aussi. Et
puis lui dire que les fonctionnaires de la S. D. N. étaient bien
mieux payés que ceux du B. I. T. qui arrivaient tous à l'heure,
et puis qui bossaient, bossaient. Aucune comparaison. Nous,
c'est la vie diplomatique, tu comprends, chérie.

— Maintenant au travail, se mettre au mémo. Nom d'une
pipe, six heures et quart, comme le temps a passé.

# VII

Lorsqu'elle entra, il se leva d'un bond, l'embrassa sur les deux joues.

— Écoute, il y a une chose inouïe qui vient de m'arriver. Tout de suite, laisse-moi souffler. Quel bonheur que je ne sois pas encore parti, ça lui fera une bonne impression de voir que je suis resté après l'heure réglementaire. C'est à toi que je le dois puisque tu es revenue en retard, Dieu merci. Eh bien voilà, dit-il en espaçant ses mots pour dissimuler son essoufflement, il y a juste dix minutes, à six heures vingt, son chef de cabinet m'a téléphoné, du S. S. G. donc. Tu te rends compte s'il ne m'avait pas trouvé! Je dois me présenter chez lui à sept heures et quart, chez le S. S. G., pas chez le chef de cabinet. A dix-neuf heures quinze, donc. (De la poche spéciale de son gilet, il sortit son chronomètre de réserve, l'y remit sans l'avoir consulté.) Je suis allé tout de suite te chercher dans le parc pour te dire la chose, mais tu n'y étais pas, alors je suis remonté. Ça ne fait rien. (Il essaya de sourire calmement.) Dis, mon costume va?

— Oui.

— Pas de poussière?

— Non.

— Pas de plis au veston, derrière? (Il lui tourna le dos.)

— Non.

— C'est parce que hier j'ai oublié de mettre mon veston de travail. Alors en m'asseyant, on ne sait jamais. (Sur la manche de son veston il découvrit une tache de graisse. Eh, mon Dieu, quelle horreur! murmura-t-il fémininement. De la petite armoire il sortit le flacon de Détachol, frotta la manche. Mais le regard de sa femme qui l'observait le gêna et il reboucha le flacon.) Voilà, c'est fait, la tache est partie. Six heures trente-trois déjà, encore quarante-deux minutes. Écoute, j'aimerais en somme rester un peu seul à réfléchir à tout ça, mais ce serait gentil si tu m'attendais en bas, au premier donc, dans le petit hall qui est devant son cabinet, enfin tu verras bien, c'est là où il y a deux huissiers assis. Comme ça je pourrai... (Il s'arrêta. Ne pas dire qu'il pourrait ainsi la voir une dernière fois, avant d'entrer chez le S. S. G.) Parce que tu comprends, comme ça je pourrai te dire tout de suite après comment ça s'est passé. Je serai en bas un peu à l'avance. Sois-y à sept heures, sept heures cinq au plus tard, pour qu'on puisse se parler encore un moment, se dire les dernières choses. (Il inséra machinalement une feuille sous l'agrafeuse, frappa quelques coups mous, considéra le résultat puis sa femme.) Dis, à ton avis, c'est pourquoi qu'il me convoque ?

— Je ne sais pas.

— Tu ne sais pas, murmura-t-il, hébété. (Il resta un instant la bouche entrouverte, puis alluma une cigarette, en tira une bouffée, l'écrasa fort dans le cendrier pour se donner du courage.) Alors, comme je t'ai dit, donc rendez-vous au premier à sept heures cinq, sept heures plutôt, à toutes fins utiles, pour qu'on ait le temps de se concerter, le cas échéant. Alors, au revoir, chérie.

Dès qu'elle eut refermé la porte, il fonça sur le Détachol, en versa sur son mouchoir, frotta vigoureusement sa manche. La tache enfin disparue, il fila au bar où, puant la benzine, il se fit servir deux cocktails qu'il avala l'un après l'autre. Plus chers qu'en ville, ces cocktails. Tant pis, l'heure était grave. Aller à l'infirmerie demander un comprimé de maxiton ? Ça donnait de la vigueur intellectuelle, le maxiton. Mais ça ferait peut-être mauvais ménage avec les cocktails. Dans le doute, s'abstenir, le mieux étant l'ennemi du bien.

Dans son bureau, il inspecta la manche. Zut, une auréole. Tant pis, il tiendrait le bas du bras un peu dissimulé. Cette convocation, c'était évidemment quelque chose d'important, mais d'important en bien ou en mal ? S'il téléphonait à miss Wilson pour savoir de quoi il retournait ? Non, il ne la connaissait pas assez, elle le ferait à la discrétion. En dire un mot à Vévé ? Non, gaffe. Si cette convocation était un sale coup de Vévé qui serait allé se plaindre de ses retards ? Le mémo britannique ? Un savon verbal du S. S. G. avant l'envoi officiel de la réprimande ou même du blâme ? (Il se récita le passage terrible du règlement du personnel.) Sanction communiquée en double exemplaire au fonctionnaire qui en renvoie un exemplaire après y avoir apposé ses initiales! Nom de Dieu! Il s'essuya le front avec le mouchoir encore moite de benzine.

Mais bientôt, les cocktails agissant, il se rassura. Non, Vévé n'oserait pas prendre le risque de se plaindre d'un type qu'il avait vu causant avec le S. S. G., assis dans un fauteuil. Et puis tout de même quoi, il y avait eu la tape! Une tape vraiment forte, il avait failli tomber! C'était clair, tout allait bien. Le S. S. G. allait peut-être lui faire une proposition intéressante, peut-être lui demander de faire partie de son cabinet, au centre du pouvoir en somme! Nom d'un chien, ils étaient forts, ces cocktails, la tête lui tournait. Mais ce n'était pas désagréable, pas désagréable du tout, sourit-il amoureusement.

— Oui, mon cher, c'est pour une bonne chose qu'il me convoque, crois-moi, mon vieux, tu verras, je te garantis que tout se passera bien. Après tout quoi, je suis un intellectuel. Donc, plan d'action, j'entre, je salue en m'inclinant, mais pas trop, hein, je souris, un léger sourire, rien d'obséquieux. Il me dit de m'asseoir, je m'assieds, je croise les jambes, on cause. Tout ira bien, tu verras. Je mettrai la conversation sur l'Agence juive pour la Palestine, ça l'intéressera. Non, ça pourrait le froisser, il pourrait y voir une allusion. L'important, vois-tu, c'est de me rendre sympathique, un peu d'humour, une repartie fine, de l'à-propos, une citation latine pour montrer que je ne suis pas le premier venu. Quis, quid, ubi, quibus auxiliis, cur, quomodo, quando. Avoir conscience de ma valeur, voilà. On ne croit qu'en ceux qui s'en croient. Aimable, oui, mais avec un léger ton d'autorité pour qu'il se rende compte que je peux diriger une section. Mon avis personnel, monsieur le sous-secrétaire général, est que la politique de cette affaire pourrait être résumée comme suit.

C'était long à dire, ce sacré titre de sous-secrétaire général, attention à ne pas s'embrouiller. Le dire le plus vite possible, mais tout de même sans supprimer des syllabes. Six heures cinquante-cinq, c'était le moment de prendre la précaution indispensable. Se libérer aussi complètement que possible, afin d'être en pleine possession de ses facultés.

— Allons, vite!

Campé devant la blanche porcelaine, les jambes écartées, souriant d'aise et les yeux brumeux d'alcool, il déclama avec de petits frissons de soulagement : monsieur le sous-secrétaire général, je suis heureux de l'occasion qui m'est donnée de vous exposer mes idées sur la régénération des races indigènes. Il recommença cette phrase en remplaçant idées par conceptions personnelles. Sur quoi, ayant terminé sa besogne, il vérifia à deux reprises s'il était absolument correct en une certaine partie de son vêtement. Il déboutonna même pour être bien sûr qu'il reboutonnait à fond, s'appliqua à être conscient de la fermeture de chaque bouton pour n'avoir pas, juste avant d'entrer chez le S. S. G., quelque paralysante angoisse.

— Boutonné, absolument boutonné, murmura-t-il. Vu, constaté et officiellement contrôlé.

De retour chez lui, la panique le saisit de nouveau. Faire vite une note en deux parties ? Petit a, réponses possibles en cas d'engueulade. Petit b, thèmes à développer en cas de non-engueulade. Oui, sur un petit bout de papier qu'il tiendrait dissimulé. Non, sept heures trois, plus le temps !

— Après tout, il ne peut pas me révoquer, j'ai un contrat permanent. Le pire que je risque, c'est un blâme, si jamais il y a eu plainte de Vévé. Dorénavant, exécution immédiate de tous travaux.

En grande fièvre, il se coiffa et se brossa. Après s'être rebenziné, il tira sa pochette, puis la rentra, puis la tira de nouveau et en considéra l'effet dans la vitre de la fenêtre. Il sortit enfin, un sourire malade aux lèvres et les jambes faibles. Tout odorant de benzine, il était si troublé qu'il ne songea même pas à saluer d'un sourire ou d'une inclinaison, selon les grades, les fonctionnaires qu'il rencontrait, sa règle de vie étant qu'il fallait être bien avec tout le monde, que la politesse ne coûte rien et peut rapporter beaucoup.

# VIII

Arrivé au premier étage, il prit une provision d'air lorsqu'il l'aperçut, assise. Sept heures quatorze, j'y vais, lui dit-il en passant, sans s'arrêter, et il se dirigea vers l'huissier-chef, confortable en son fauteuil, qui se délectait d'un roman policier. « Vous avez audience ? » demanda Saulnier d'un ton à la fois aimable et méfiant. La réponse ayant été affirmative, il sourit affectueusement car il aimait les fonctionnaires qui avaient audience. Tandis qu'Adrien retournait vers elle, il se leva et alla, prêtre affable, poétisé d'importance et de respect, annoncer M. Deume au chef de cabinet. Elle prit la main de son mari pour arrêter le mouvement par lequel il boutonnait et déboutonnait son veston. Il ne s'en aperçut même pas.

— Quelle intuition as-tu, dis ? demanda-t-il.

Il n'entendit pas la réponse, négative d'ailleurs. Sept heures dix-sept. Il sentit soudain que le S. S. G. avait dû apprendre ses absences du samedi matin. De panique, il s'assit près d'elle, sur un des fauteuils de cuir tressé, offerts par l'Union Sud-Africaine. Le genou tremblant, il se murmura imperceptiblement qu'il était assis sur de la peau d'hippopotame, peau d'hippopotame, peau d'hippopotame. Et puis il y avait le congé de maladie à Valescure ! Quelqu'un l'avait peut-être vu jouant à la roulette de Monte-Carlo et avait cafardé !

Sept heures dix-neuf. L'huissier se dirigeant vers lui, il se leva, paupières battantes, déférent devant cet inférieur qui voyait le S. S. G. tous les jours et qu'éclairaient les rayons du maître. « Alors, voilà, j'y vais, dit-il à Ariane, tu m'attends, n'est-ce pas ? » Il tenait à avoir auprès de lui, à l'issue de l'entrevue, une consolatrice ou un public admiratif, selon le cas. Mais Saulnier lui demanda seulement de patienter, monsieur

le sous-secrétaire général étant encore en conférence avec
monsieur l'ambassadeur de Grande-Bretagne, mais ce ne
serait sûrement pas long, monsieur l'ambassadeur devant ensuite aller voir monsieur le secrétaire général. Devant tant de
grandeurs, Adrien Deume sourit humblement à Saulnier,
l'entendit à travers un brouillard qui lui parlait du temps
magnifique qu'il avait fait aujourd'hui, puis de la jolie petite
maison de campagne qu'il venait d'acheter à Corsier. Ah, la
nature, il n'y avait que ça de vrai, le grand air c'était essentiel
pour la santé, et puis pas de bruit. L'huissier tenait à être aimable avec ce jeune homme qui était peut-être en passe d'être
attaché au cabinet. Adrien écoutait, sans les comprendre, les
aimables propos de Saulnier qui, s'étant assuré un allié futur
et un protecteur possible, retourna à son roman.

Quelques minutes plus tard, une sonnerie sourde déclencha
l'huissier qui tressaillit de dévouement et se précipita vers le
cabinet du sous-secrétaire général. Il en ressortit presque
aussitôt, tenant ouverte la porte de l'arche sainte. « Monsieur
Deume », appela-t-il avec une gravité bénigne mais importante,
accompagnée d'un sourire ecclésiastique et complice dont la
signification semblait être : « On s'entend bien, nous deux, vous
savez que je vous ai toujours beaucoup aimé. » Il tenait, de sa
main droite, la poignée de la porte et, légèrement incliné, faisait
de la main gauche un geste pénétré et rond par lequel il paraissait dire à ce jeune homme si apprécié qu'il était heureux de le
laisser entrer, bien plus, qu'il se ferait un plaisir de l'aider à entrer.

S'étant aussitôt levé, Adrien Deume ressentit un besoin. Mon
Dieu, il avait encore envie ! Tant pis, tenir. Il boutonna une
dernière fois son veston, le boutonna pour diverses raisons
qu'il ignorait — parce que le veston ainsi fermé lui donnait
davantage la bizarre certitude d'être mondain ; parce que,
lorsqu'il essayait un complet chez son tailleur, il finissait
toujours par trouver que le veston boutonné, dessinant mieux
sa chère taille, lui conférait plus de séduction ; parce qu'un
veston fermé constitue une ultime enveloppe protectrice ;
parce que, au cours d'une lutte, l'homme dont les vêtements
flottent est en état d'infériorité ; parce que, lorsqu'il avait
six ans, Adrien avait été terrorisé par une semonce de sa tante
qui l'avait surpris faisant « de vilaines manières » avec la petite
fille des voisins ; parce qu'il n'osait pas procéder, en ce moment
solennel, à une dernière vérification et que, si par extraordinaire il était en état inattendu d'indécence, le vêtement boutonné cacherait le scandale.

En marche vers son destin, il donna machinalement plus de charme à sa cravate en en pinçant le nœud. Ignorant sa femme, l'esprit vidé par la frousse et un sourire virginal aux lèvres, les pâleurs de la mort sur un visage que de toutes ses forces agonisantes il voulait spirituel mais grave, distingué mais vif, cultivé mais volontaire, sérieux mais charmé, respectueux mais digne, intéressant mais plus encore intéressé déjà par les opinions nobles, considérables, fécondes, dignes d'être immédiatement notées et de servir de loi, opinions sacrées qu'allait émettre le supérieur hiérarchique à la cause duquel il était dévoué, ainsi qu'à toutes causes et questions internationales, le jeune fonctionnaire se hâta, en toute déférence et mondanité, vers le lieu sacré, avec une aimable expression de vitalité administrative et le bas-ventre tenaillé par une envie incompréhensible et inopportune et véritablement par trop injuste.

Dieu, que cette porte était éloignée! Inconscient, la tête tournoyante, passionné d'esclavage, Adrien Deume accéléra son allure, plein de foi en la coopération internationale mais également prêt à se passionner sur-le-champ à tels autres sujets divins ou humains, frivoles ou tragiques, qu'il plairait à celui qui tenait entre ses mains d'abondance la manne des promotions, des missions et des congés spéciaux ainsi que les craquantes foudres de l'avertissement, de la réprimande, du blâme, de la réduction du traitement dans le grade, de la rétrogradation, de la révocation et du renvoi sans préavis. Adorant et troublé, flottant, absolument abstrait, il entra, leva les yeux, aperçut au fond de l'immense cabinet le sous-secrétaire général et se sentit perdu.

Saulnier ferma pieusement la porte, fit quelques pas, sourit à Ariane, personne charmante puisqu'elle accompagnait un fonctionnaire sympathique et doué. Soudain, s'étant retourné, il s'aperçut que la porte était restée entrebâillée. Il s'élança, tira à lui le battant chéri avec des précautions de mère. Sourcils jupitériens, il passa son mécontentement sur Octave, son subordonné et souffre-douleur, un grêle et long garçon anémique aux gestes mous.

— Petit salaud, souffla-t-il à voix basse et la bouche tordue de haine, pourquoi que tu m'as pas averti? Alors, c'est moi que je dois tout faire attention à tout? Et si le patron s'enrhume, tu t'en fous, toi?

Et tout en souriant de nouveau à Ariane, il appuya fortement son pied sur le cor d'Octave qui éloigna sa chaise sans protester et continua, au ralenti, ses cocottes de papier, plus petites, comme de juste, que celles de son chef. Elle se leva, demanda à ce dernier de dire à son mari qu'elle l'attendrait en bas, dans le grand hall. Sacerdotal, Saulnier s'inclina avec une infinie compréhension, s'assit et s'épongea car il était fatigué. Il passa ensuite son peigne de poche sur ses cheveux en brosse, penché sur une feuille destinée à recueillir les pellicules. Lorsque celles-ci furent en nombre suffisant, il s'en réjouit et souffla dessus. Ensuite, pris d'une folâtre envie de travailler, il introduisit un crayon dans une Brunswick grand modèle qu'Octave se mit en devoir de faire tourner. Le chef arrêtait de temps à autre son serf et vérifiait la pointe du crayon. Enfin, la trouvant à son goût, il leva la main gauche, articula un « stop » napoléonien et posa le crayon sur la table.

— Trois cent cinquante, annonça-t-il, car il tenait compte du nombre de crayons qu'il avait taillés depuis son entrée au Secrétariat général de la Société des Nations.

La porte du cabinet s'ouvrit et Adrien osa refuser de passer le premier, puis osa obéir. Suivis par les regards des huissiers dont les cocottes avaient disparu, les deux fonctionnaires se promenèrent dans le hall, le grand parlant et le petit écoutant, tête adorante vers Solal qui soudain le prit par le bras.

Chaste et timide, bouleversé par ce sublime attouchement et par tant de bonté, l'esprit délicieusement en déroute, Adrien Deume allait immatériellement aux côtés du chef, allait et tremblait de s'embrouiller dans sa marche et de mal régler son pas sur le pas auguste. Sentimental et confus, souriant et transpirant, éperdu d'être palpé par une main hiérarchique, trop troublé pour sentir toute la douceur d'un tel contact, il allait d'un pas glissant et distingué, écoutant de toute son âme et ne comprenant rien. Séduit et féminin, frémissant et léger, spiritualisé, vierge bouleversée et timide épousée conduite à l'autel, il allait au bras du supérieur, et son sourire de jouvencelle était délicatement sexuel. Intime, il était intime avec un supérieur, avait enfin des rapports personnels! O bonheur de son bras tâté! C'était la plus belle heure de sa vie.

# IX

Resté seul, Adrien Deume fut abordé par Saulnier qui, plus
que jamais suave, transmit le message de Madame. Encore
souriant d'une tendresse destinée au supérieur hiérarchique,
le jeune fonctionnaire descendit comme en rêve. Arrivé au
rez-de-chaussée, toujours souriant et fantôme de bonheur, il
passa devant sa femme sans la voir. Son bras touché par elle,
il se retourna, la reconnut.
— A, dit-il.
Il la prit par le bras, fit effort pour ne pas crier de fantastique
joie. Regardant avec plus d'amour que de coutume deux diplomates attardés qui conversaient — car il en était, il en était
plus que jamais! — il la conduisit vers l'ascenseur, oublia de la
laisser passer la première, appuya sur le bouton, ferma les
yeux.
— A, redit-il.
— Qu'y a-t-il? Tu te sens mal?
— Membre de section A, expliqua-t-il d'une voix étranglée.
Non, pas ici, pas dans l'ascenseur. Dans mon bureau, dans
l'intimité.


— Eh bien, voilà, commença-t-il, calé dans son fauteuil et
tirant sur sa pipe pour lutter contre l'émotion, voilà, c'est un
vrai conte de fées. Mais il faut que je te raconte bien tout depuis
le commencement. (Il s'entoura de fumée. Ne pas pleurer, être
le vainqueur insensible. Ne pas trop la regarder car l'admiration
qu'il lirait dans ses yeux risquerait de faire monter les sanglots
tout prêts dans son diaphragme.) Donc, j'entre, cabinet ultra-
splendide, Gobelins, et caetera. Lui donc, imposant devant son

bureau grand style, un visage de marbre, le regard pénétrant, et alors tout à coup un sourire. Je t'assure que j'ai eu le coup de foudre, il a un charme fou. Oh, je sens que je me jetterais au feu pour un type comme ça! Donc, le sourire et puis silence, mais un silence d'une durée, peut-être deux minutes! Je t'avoue que je n'étais pas tout à fait à mon aise, mais quoi, je ne pouvais pas parler du moment qu'il réfléchissait, bref, j'attendais. Et puis tout à coup quelque chose de pas ordinaire. Imagine-toi qu'il me demande à brûle-pourpoint si j'ai quelque chose à lui dire. Moi étonné je lui dis naturellement que non. Alors, il me dit que c'est bien ce qu'il pensait. A vrai dire, je n'ai pas compris ce qu'il voulait dire par là, mais ça n'a pas d'importance. Alors moi, pas bête, avec une présence d'esprit peu ordinaire, tu voudras bien le reconnaître, je saisis l'occasion par les cheveux et je dis qu'en somme j'ai bien quelque chose à lui dire, et c'est que je suis heureux de l'occasion qui m'est offerte de lui dire toute la joie que j'éprouve à servir sous ses ordres — quoique de loin, ajouté-je finement, tu comprends l'allusion au truc de faire partie de son cabinet? Bref, du joli baratin. Là-dessus on parle de choses et autres, politique internationale, dernier discours de Briand, moi disant chaque fois mon mot, bref conversation. Et conversation dans son bureau somptueux, devant les Gobelins, donc conversation d'égal à égal, mondaine en quelque sorte. Bon, mais attends, c'est pas fini, il y a mieux. Imagine-toi que brusquement il prend une feuille et il écrit dessus, moi je regarde du côté de la fenêtre pour n'avoir pas l'air indiscret. Et alors, il me passe la feuille. Elle était adressée à la section administrative! Tu sais ce qu'il y avait dessus? Eh bien, je vais te le dire. Ma promotion! (Il respira largement, ferma les yeux, les rouvrit, ralluma sa pipe pour déglutir un début de sanglot, tira plusieurs bouffées pour rester viril et lutter contre les spasmes des lèvres en émoi.) Bref, par décision du secrétaire général, monsieur Adrien Deume promu membre de section A à dater du premier juin! Voilà! Il me reprend la feuille, il la signe et il la lance dans la boîte des sorties! Pour moi, il n'a même pas consulté Sir John! Bref, choix direct, procédure exceptionnelle! Alors qu'est-ce que tu en dis?

— C'est magnifique.

— Je te crois que c'est magnifique! Tu te rends compte, bombardé A tout d'un coup! Et note bien, sans que j'aie rien demandé! Tu te rends compte, le type que c'est, hein, jugeant quelqu'un en quelques minutes, parce que enfin, après tout, cet après-midi, je ne lui avais pas parlé plus de quatre ou cinq minutes maximum, eh bien ça lui a suffi, il a vu à qui il avait affaire, et il en a tiré les conclusions! C'est un fin psychologue, hein? Et puis un caractère noble! Tu sais, qu'on soit antisémite, ça, moi, je dois dire que je ne comprends pas, ça me dépasse! Une race qui a des Bergson, des Freud et des Einstein! (Coup de pipe, avec suçotements mouillés.) Oui, oui, il a vu à qui il avait affaire! Alors, on me félicite?

— Oui, naturellement, je te félicite de cette nomination. Si méritée, ajouta-t-elle après un silence.

Épanoui, il eut un large sourire qui accentua la rotondité du visage où des gouttes de sueur perlaient sous le collier de barbe. De tout son cœur il l'embrassa, puis se moucha. Ah, que c'était chic d'avoir une chic femme! Le mouchoir au Détachol rentré, il se carra dans son fauteuil.

— Dis donc, dommage que tu ne sois pas restée au premier à m'attendre, si tu nous avais vus lorsqu'on est sortis de son cabinet, nous baladant et conversant tous les deux, compère et compagnon, lui me tenant par le bras! Tu te rends compte, le même bras qui prend le bras de Sir John, le même bras a pris le bras de ton serviteur! Ah, à propos, quand il m'a quitté, il m'a demandé de te présenter ses hommages. Oui, oui, il a dit ses hommages. C'est gentil, je trouve, puisque en somme il ne te connaît pas. Bref, c'est le gentleman bien élevé. (Il la tapota sur la joue.) Donc, ma Rianounette, à partir du premier juin, membre A! Premier juin, question de budget, le poste A en question n'étant vacant que dans un mois, c'est Sundar qui part, il rentre en Inde où il dirigera le bureau de correspondance, avec le grade de directeur forcément, une sinécure, le veinard! A, tu te rends compte? Dis donc, vingt-deux mille cinq cent cinquante petites balles en or par an, pour débuter, parce que naturellement il y aura les augmentations annuelles! Et puis du point de vue moral, c'est énorme! Parce que A, ça signifie tapis d'Orient, fauteuil de cuir rembourré pour visiteurs, bibliothèque vitrée fermant à clef et pas des rayonnages comme pour les B! Ça fait haut fonctionnaire! (Il était très excité, feuilletait un dossier sans même s'en apercevoir, le refermait, en ouvrait un autre.) Fauteuil de cuir parce que, tu comprends, un A reçoit beaucoup plus, c'est déjà un poste à responsabilités politiques, conversations, tours d'horizon. Et, tu comprends, maintenant je pourrai me permettre d'avoir un ou deux tableaux modernes au mur! Un A peut tout se permettre! Pas figuratifs, les tableaux, abstraits! Et une boîte damasquinée sur mon bureau pour les cigarettes de luxe à offrir aux visiteurs! Ça fait chef de service.

Et sur la table une photo du S. S. G. avec dédicace! Je lui demanderai ça en douce. Un type qui se promène avec moi en me prenant par le bras, je peux bien à l'occasion lui demander sa photo, tu ne crois pas?

— Oui, peut-être.

— Peut-être, seulement?

— Je voulais dire sûrement.

— Ah, bon. Donc tu crois que je pourrais éventuellement lui demander sa photo?

— Oui, je crois.

— D'accord. Et puis, tu te rends compte, dans mes rapports avec les membres de la Commission permanente des mandats, j'aurai un standing tout différent. Si je parle avec Volpi, donc le président, un marquis, ce sera avec un autre prestige. Et les missions qui vont rappliquer! Parce qu'à un A on donne des jobs politiques, nécessitant tact et diplomatie, nuances, idées générales! (Il se donna une forte tape sur le front.) Oh, mais dis donc, j'ai oublié le principal! Voyant qu'il était bien disposé, j'ai battu le fer pendant qu'il était chaud, je l'ai invité à dîner! Pour qu'il accepte, je me suis permis de lui dire que tu en serais très heureuse, et caetera, j'ai même dit que sachant que j'allais le voir tu m'as dit d'insister pour l'avoir à dîner, bref j'ai fait en quelque sorte appel à sa galanterie. Pas bête comme idée, hein? Qu'est-ce que tu veux, quelquefois il faut bien faire un peu de diplomatie. Sur quoi, il a accepté, mais pour le premier juin seulement, dans un mois donc, il n'était pas libre avant, tu penses bien qu'on se l'arrache! A moins qu'il n'ait choisi le premier juin parce que ça sera mon premier jour A, ce qui serait assez délicat comme pensée, tu ne trouves pas? Dis donc, il faudra un vin différent pour chaque plat. Dans mes fiches, j'ai une liste des meilleures années. Et toi, chouquette, habillée en gala, robe du soir, enfin quoi, en épouse A! A table, lui à ta droite forcément et toi en grand décolleté, ravissante! Contente, ma Rianounette, de recevoir un grand personnage à dîner? Tu ne me dis rien?

— J'ai mal à la tête, il faut que je rentre, dit-elle en se levant.

— Mais oui, bien sûr, je te ramène en vitesse.

— Non, j'ai besoin de rester seule. Je vais être peu bien.

Il n'insista pas. Il savait qu'il fallait être prudent lorsqu'elle prononçait la phrase redoutable, mensuel signal de danger, présage de susceptibilités, d'humeurs, et de pleurs à tout propos. Elle n'était pas à prendre avec des pincettes, surtout le jour d'avant. Se tenir coi, dire amen à tout, se faire bien voir.

— D'accord, chérie, dit-il, prévenant et discret comme nous tous en pareille occasion, et comme nous tous, mes frères, soumis devant l'arrivée imminente du mystérieux dragon de féminité.

— Tu as raison, mon ange, ça te fera du bien de rentrer à la maison, de prendre un bain. Heureusement que tu es venue avec la voiture. Tu ne voudrais pas prendre un peu d'aspirine avant de partir peut-être, parce que j'en ai ici. Non ? Très bien, chérie, tout à fait d'accord. En ce cas, moi, je reste encore un peu ici, c'est huit heures cinq mais que faire ? Il faut tout de même que je m'attaque à ce mémo. Je rentrerai très tard, onze heures, minuit peut-être, mais tant pis. Noblesse A oblige! (Langue sortie, puis rentrée.) Je t'accompagne jusqu'en bas ?

— Non, merci.

— D'accord. Alors, au revoir, chérie. Dis à Mammie et à Papi que je suis retenu ici pour raison de force majeure mais ne leur parle pas de ma promotion, je veux être le premier à la leur annoncer.

Sa femme sortie, il se pencha sur le mémorandum britannique. Mais à la quatrième page, il releva la tête. La photo dédicacée du S. S. G. sur son bureau ici ou bien à la maison, dans le salon ? Sur son bureau, ça fermerait le bec à Vévé, mais évidemment qu'à la maison, dans le salon ça ferait rudement bien, les visites se rendraient compte du genre de relations qu'il avait. Chaque solution avait du bon. Lui demander deux photos dédicacées ? Non tout de même, ça ferait bizarre.

— Eurêka!

Mais oui, bien simple, les soirs où il attendrait du monde à la maison, il emporterait la photo du bureau, dissimulée dans sa mallette, et il l'accrocherait au salon avant l'arrivée des visites, et le lendemain matin il la remporterait au bureau! D'une pierre deux coups! Quelle heure ? Huit heures dix-neuf.

Il referma le mémorandum. Non, décidément, non, il avait une faim épouvantable. Il n'allait tout de même pas mourir d'inanition pour se plier aux fantaisies du sieur Vévé. Il y avait tout de même plus important que toutes ces élucubrations du Colonial Office de son derrière. Il y avait la tête que Papi et Mammie feraient lorsqu'ils apprendraient! En arrivant à la maison, faire d'abord le désespéré, dire qu'on l'avait rétrogradé, qu'il n'était plus que membre de section auxiliaire, et puis tout à coup crier la nouvelle! Embrassades! Pleurs de Mammie! Champagne! Quant au mémo, il pouvait attendre! Après tout, dans quatre semaines, il serait A! Moralement, il était déjà A! Et cambronne pour Vévé! Il lui donnerait ses commentaires, mais à son heure, à l'heure A! Il décrocha le récepteur, composa le numéro du concierge.

— Un taxi pour monsieur Deume, tout de suite, ordonna-t-il d'un ton rogue, et il raccrocha avec énergie.

Le feutre en bataille, il fit claquer la porte en sortant. Dans le couloir, il croisa un collègue B, un grand bûcheur, récemment transféré du B. I. T., qui en avait gardé les habitudes et qui restait au Palais jusqu'à des huit et neuf heures du soir. Il le salua avec une particulière amitié, sut résister à l'envie de lui annoncer la grande nouvelle, en souffrit. Mais prudence, on ne savait jamais. Aussi longtemps qu'une promotion n'était pas affichée au tableau des mouvements du personnel, on n'était sûr de rien, elle pouvait être annulée. Donc, pour le moment, motus et bouche cousue, ne rien dire à personne pour ne pas risquer de susciter des intrigues et des protestations. A partir du premier juin, on se rattraperait. Et alors on se débarrasserait de la Chrysler et on achèterait une Cadillac! Et pour Ariane, une petite Fiat rien que pour elle! Elle avait été très gentille aujourd'hui, non? Eh oui, les femmes aimaient les victorieux, c'était bien connu.

— Tu vois ça? souffla-t-il à son image dans la glace de l'ascenseur. Ça, mon cher, c'est un membre A!

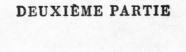

DEUXIÈME PARTIE

# X

Adrien Deume soupira d'aise, fier d'avoir rangé d'emblée sa voiture entre les deux Cadillac. Il retira la clef du contact, s'assura que les vitres étaient bien relevées, sortit, ferma la porte à clef, tira à plusieurs reprises la poignée pour plus de certitude, considéra sa voiture avec tendresse. Épatante, sa Chrysler, des reprises foudroyantes. Douce mais nerveuse, voilà. Sa grosse canne sous le bras, portant gravement sa mallette de fonctionnaire distingué, il s'en fut d'un pas guilleret. Mardi vingt-neuf mai, aujourd'hui. Dans trois jours, le premier juin, membre A à vingt-deux mille cinq cent cinquante balles-or comme début, avec augmentations annuelles jusqu'au plafond de vingt-six mille! Pas à dédaigner, hein?

Arrivé dans le grand hall, il se dirigea d'un air indifférent vers le tableau des mouvements du personnel, s'assura que personne ne l'observait et, comme les jours précédents, se reput des mots merveilleux qui proclamaient sa promotion. Ébloui et transpercé, mystique devant une présence sacrée, il resta plusieurs minutes à les contempler, à les comprendre à fond, à s'en pénétrer, les fixant jusqu'au vertige. Oui, c'était lui, c'était bien lui, ce Deume-là, ce membre de section A, avec effet dès le premier juin. Dans trois jours, membre A! Était-ce possible? Eh oui, la promesse était là, devant lui, auguste, officielle!

— Trésor, dit-il à son visage dans la glace de l'ascenseur qui le conduisait à ses travaux.

Lorsqu'il en sortit au quatrième étage, il aperçut au loin Garraud et se délecta des compliments qu'il allait en recevoir. Mais ce pauvre B de Garraud ne se sentit pas le courage de feindre et fit demi-tour pour n'avoir pas à le féliciter. Par contre, les congratulations de Castro, récemment promu A et rencontré peu après, furent chaleureuses. Les deux A, le nouveau et l'imminent, conversèrent amicalement, Castro se plaignant de terribles migraines et Adrien lui conseillant aussitôt son médecin, le meilleur de Genève, comme tout ce qui lui appartenait. Puis on critiqua prudemment les hautes sphères du Secrétariat et leur manie de perpétuelle réorganisation. La section culturelle, supprimée l'année passée, voilà qu'on venait de la rétablir, pour la supprimer probablement de nouveau l'année prochaine. On se sourit d'un air entendu et on se serra cordialement la main.

— Brave type, en somme, ce Castro, très sympathique, murmura Adrien en fermant derrière lui la porte de son bureau.

Oui, mettre Castro sur la liste des gens à inviter d'urgence. Par contre, y barrer tous les B, désormais déclassants. Sauf Kanakis, neveu de ministre, d'ailleurs il serait sûrement bientôt A, ce petit cochon. Il ouvrit la petite armoire pour prendre son veston de travail, se ravisa. Non, un homme qui dans trois jours serait membre A n'avait pas à s'affubler d'un vieux veston. Un A se devait d'être constamment imposant. Il fit un tour sur lui-même, puis s'assit et contempla son bonheur.

— Nomination officielle, nom d'un chien, affichée, nom d'un chien, pas moyen de revenir en arrière maintenant, je les ai eus! Je peux bien te le dire maintenant, mon vieux, j'ai eu la frousse aussi longtemps que ma promosse n'était pas affichée! Tu comprends, on ne sait jamais, hein, des intrigues du dernier moment! Mais maintenant, mon vieux, c'est affiché, sûr et certain! Rien à faire, mon cher Vévé, la pilule faut que tu l'avales. Et de plus, mon cher, le S. S. G. vient dîner chez moi le premier juin! Dans trois jours, tu entends, Vévé? Est-ce qu'il vient dîner chez toi? J'en doute fort! Encore un peu de café, mon cher sous-secrétaire général? Non, ça va pas, trop familier, c'est la première fois tout de même. Encore un peu de café, cher monsieur? Non, ça va pas non plus. Encore un peu de café? Oui, avec un sourire aisé, entre gens du même monde. L'embêtant, c'est qu'il y aura Mammie et Papi au dîner. Nom de Dieu, pas brillante leur idée d'avancer leur retour de Bruxelles! Ils feront des gaffes, Papi sûrement en tout cas. Eh bien tant pis, ça montrera au S. S. G. que je suis un self-made man. Enfin, il y aura Ariane, ça compensera. Allons, au travail!

La main faible, il attira à lui le mémorandum britannique, le repoussa. Non, décidément, il ne pouvait pas se mettre à ce gros travail ce matin, c'était une question d'état d'esprit. Rien à faire, obstacle de force majeure. Et puis c'était presque onze heures moins vingt. Trop tard pour aborder un travail de cette envergure. Il se rattraperait cet après-midi. Mais dorénavant, mon vieux, arriver à l'heure le matin, jamais plus tard que neuf heures et quart. D'accord, adopté. Mais si, pour des raisons impératives, une arrivée exceptionnellement tardive, laisser chapeau, canne et mallette dans la voiture. Ainsi, passé le cap de la porte d'entrée, fonctionnaire impeccable. Également adopté. Maintenant aller faire une petite balade dans les couloirs, histoire de trouver une inspiration de travail léger, une babiole qui s'harmoniserait avec son état d'esprit. D'ailleurs, il avait peut-être besoin d'aller aux toilettes. On verrait ça sur place. Il sortit donc et alla lentement avec une mélancolie dans le regard, car il souffrait sincèrement de ne pas travailler, était hanté par le mémorandum britannique qui attendait sur son bureau, inexorable et massif.

Aux toilettes, comme toujours très fréquentées, il se trouva être le voisin de Johnson, le directeur de la section économique, qui le salua d'un cordial bonjour. Une aimable égalité régnait dans ce lieu de délassement où les huiles, en leur station devant les eaux perpétuelles, souriaient amicalement à leurs subordonnés, soudain leurs pairs et compagnons. De cette réunion semi-circulaire de célébrants, debout et graves en leurs vespasiennes, communiant dans le recueillement et parfois mécaniquement traversés par un frisson de déperdition, se dégageait une ambiance complice d'alliance et de concorde, d'unisson d'âmes, de convent viril, de secrète fraternité. Bref, Adrien en sortit ragaillardi et décidé à en mettre un bon coup.

Et maintenant l'accusé Cameroun! annonça-t-il aussitôt de retour dans son bureau. Assis devant sa table, il déclama que le travail était la sainte loi du monde, puis ouvrit le dossier Cameroun avec énergie. Ses mains collées contre ses oreilles, il se concentra. Comment commencer? Par j'ai l'honneur d'accuser réception et caetera ou bien par je vous remercie très vivement et caetera? Pour trouver la note juste, il ferma les yeux. Mais deux coups furent frappés et Le Gandec entra, muni de ses yeux éplorés et de sa lavallière. Soucieux de plaire et se voulant badin, il salua militairement.

— Onze heures, mon général, c'est l'heure solennelle, annonça-t-il, et en prononçant le dernier mot il tordit ses lèvres pour faire amusant et coquin. On va prendre un petit café?

— Excellente idée, dit Adrien qui referma aussitôt le dossier et se leva. Allons reprendre des forces par le truchement d'un cafeton sustentatoire!

Comme tous les matins à la même heure, ils allèrent d'un pas martial vers la récréation. Ils étaient heureux, tous les deux. Le Gandec parce qu'il était vu en la compagnie classante d'un futur A, Adrien parce qu'il se sentait délicieusement supérieur lorsqu'il était avec Le Gandec, simple membre de section auxiliaire. La présence du pauvre bougre l'excitait, faisait de lui un gentilhomme charmeur, spirituel, impertinent, se plaisant souvent à feindre l'inattention pour humilier son humble compagnon et l'obliger à répéter ses questions. En quoi il infligeait au brave Le Gandec les mortifications que lui-même recevait de Huxley, grand spécialiste en surdité insolente.

A la cafeteria, ils prirent place à la table des deux jolies secrétaires de la section. Émoustillé par leur présence, Adrien commanda, l'œil pétillant, « un espresso très fort, s'il vous plaît, pour augmenter mon potentiel cérébral », puis réussit un doublé de calembours, puis cita Horace pour faire contrepoids. Se sentant admiré, il taquina les deux subordonnées, pouffantes et flattées, fit l'espiègle et le Don Juan, but une gorgée à la tasse de l'une, pour deviner ses pensées, mordit à la brioche de l'autre, par manière de flirt. Bref, il brilla, tout gonflé de la déférence des trois, baignant dans la volupté d'être l'important. C'est tout ragaillardi qu'à onze heures vingt, après avoir insisté pour régler les consommations de ces demoiselles, il se leva brusquement, prince du quatuor, et donna le signal du départ.

— O travail, sainte loi du monde, ton mystère va s'accomplir, sourit-il aux deux secrétaires.


Assis devant son bureau, il gonfla ses joues et s'amusa à faire des vents enfantins avec ses lèvres. Ensuite, il posa son front sur le sous-main et fit basculer sa tête de part et d'autre, gémissant une mélodie cafardeuse. Ensuite, il plia un bras sur la table, y coucha sa joue gauche, ferma les yeux et rêvassa à mi-voix, s'interrompant de temps à autre pour puiser un fondant, tête toujours couchée de côté.

— Elle s'est bien comportée au dîner Heller Petresco, de la blague que Vévé était déjà pris, il m'en veut de ma promesse, je m'en fous il y a eu la tape, Kanakis c'était sincère que déjà pris, l'embêtant c'est les Rasset qui sont pas venus à cause du claquement de la tante, c'était sincère aussi j'ai vu l'avis mortuaire, elle a bien choisi son moment pour claquer celle-là, comme sens de l'à-propos je la retiens, apprendre le bridge d'urgence parce que alors on peut inviter des gens au-dessus de vous, monsieur le directeur nous avons un bridge dimanche après-midi, voudriez-vous être des nôtres, et le tour est joué, après ça c'est à leur tour de nous inviter, le bridge c'est bien, pas besoin de faire tout le temps de la conversation, mais en même temps ça fait intimité rapports personnels et puis milieu cultivé élégant quoi, elle est pas toujours commode ces temps-ci, cette scène quand je lui ai dit que je voulais téléphoner à Dietsch qu'est-ce qu'on lui a fait à ce type pour qu'il vienne plus, dommage il connaît beaucoup de monde et puis ça pose de recevoir un chef d'orchestre elle a dû le froisser, faire deux fichiers alphabétiques des choses à emporter en voyage, fichier A objets à mettre dans les bagages, fichier B objets déjà mis, sur chaque fiche inscrire l'objet à emporter avec des abréviations indiquant le bagage où l'objet devra être mis, un cavalier rouge pour les objets indispensables à emporter même pour un petit voyage, un cavalier noir pour les objets utiles seulement pour un long voyage, alors le jour du départ chaque fois que je mets un objet dans le bagage approprié je sors du fichier A la fiche dudit objet et je la transfère dans le fichier B ça me permet un contrôle, on s'y mettra cet après-midi je demanderai deux fichiers métal, et puis un corps de déesse mon vieux je peux la voir nue quand je veux et ça vaut le coup je te prie de le croire, conseiller ça vous a une autre gueule que membre A, les bureaux des conseillers ça a deux fenêtres, avec deux fenêtres on se sent quelqu'un, oui pas moisir A, conseiller et que ça saute.

Il releva la tête, jeta des regards vagues, croqua un petit-beurre pour chasser l'idée soudaine de sa mort, consulta sa montre. Onze heures cinquante. Quarante minutes à tuer. Aller à l'infirmerie faire prendre sa pression ? Non, plutôt un petit tour aux pas perdus. C'était la Sixième qui se réunissait aujourd'hui, une commission très politique, un tas d'importants.

— Viens, chouchou, on va faire des connaissances.

# XI

Dans la salle des pas perdus, les ministres et les diplomates circulaient, gravement discutant, l'œil compétent, convaincus de l'importance de leurs fugaces affaires de fourmilières tôt disparues, convaincus aussi de leur propre importance, avec profondeur échangeant d'inutiles vues, comiquement solennels et imposants, suivis de leurs hémorroïdes, soudain souriants et aimables. Gracieusetés commandées par des rapports de force, sourires postiches, cordialités et plis cruels aux commissures, ambitions enrobées de noblesse, calculs et manœuvres, flatteries et méfiances, complicités et trames de ces agonisants de demain.

Le premier délégué de Suède s'inclinait tristement, haute grue mécanique devant Lady Cheyne qui buvait immatériellement une tasse de thé puis dénouait avec une aisance dégingandée ses longs bras élastiques et ocres. Grandes oreilles élégamment dégénérées, souriant et frileux, dos voûté, long vautour bossu et acteur romantique à haut faux col rabattu, Lord Robert Cecil expliquait un coup extraordinaire de golf à un petit président du conseil français, radical et ventru, qui ne pigeait que dalle mais appréciait électoralement. Le jeune marquis de Chester avait des sourires d'une timidité de bon aloi et bégayait pudiquement des suggestions bien élevées, if I may say so, à Benès qui, pour être aimable et ne pas compromettre l'emprunt, montrait des dents trop régulières. Haut cheval surplombant, Fridtjof Nansen approuvait l'envoyé spécial du Times en remuant fortement sa tête à tombantes moustaches pour compenser son inattention. Lady Cheyne distribuait équitablement des courtoisies graduées selon l'importance de l'interlocuteur, souriait avec les deux rides de la richesse méprisante, des narines aux commissures. Des inférieurs écoutaient des supérieurs avec une avidité charmée. Quinteux et barbichu, un ministre des affaires étrangères répétait que c'était inadmiffible et que son pays ne confentirait vamais. Enturbanné d'or, les mains de cendre et les yeux sanguinolents, un radjah rêvait. Mouche compétente du coche international, une journaliste américaine interviewait un ministre des affaires étrangères qui lui disait que cette année serait cruciale et marquerait un tournant dans la politique internationale. Bayadère obèse aux lunettes d'épaisse écaille, sonnaillante de bracelets et de camées, poétesse et trente ans auparavant initiatrice d'un jeune roi timide, la déléguée bulgare exhalait des parfums repoussants, citait le supplément d'âme de Bergson, puis insistait, mamelles roulantes, auprès du délégué grec qu'elle tenait par un bouton du veston pour mieux le convaincre. Nez piqué d'insolation, la belle secrétaire du secrétaire général laissait derrière elle des senteurs de poirier en fleur. De jeunes loups polyglottes et soyeux riaient avec des hardiesses. Hygiénique et savonnée, son lorgnon agrafé au corsage, la déléguée du Danemark écoutait, vierge et morale, un premier ministre qui répondait tardivement à des saluts empressés puis disait que cette année serait cruciale et marquerait un tournant dans la politique internationale, ce que notait subrepticement un journaliste aux aguets. Le secrétaire général adjoint fermait un œil et gonflait ses joues pour mieux déceler le sens caché des phrases courtoises de Titulesco, imberbe gardien de harem. S'efforçant au ton camarade, Benedetti, le directeur de la section d'information, répétait ses instructions à son adjoint manchot que surveillait de loin sa jalouse secrétaire qui en attendait le mariage depuis des années. Presque blanc, le délégué de Haïti rôdaillait seul, cardant tristement la laine de ses cheveux. Faune banlieusard, Albert Thomas remuait une langue écarlate dans les broussailles de sa barbe de pope où les verres de ses lunettes étincelaient de malice. La déléguée bulgare allait et venait, passionnément cliquetante, un sillage de chypre suivant sa croupe formidable, et soudain s'élançait vers Anna de Noailles apparue et mourante, l'embrassait en rugissant. Un ministre luxembourgeois, n'en revenant pas d'être pris au sérieux, dégustait profondément, la main en cornet contre l'oreille, les remarques du délégué allemand dont un tic découvrait les effrayantes canines. Deux ennemis se promenaient bras dessus bras dessous et se pelotaient réciproquement les biceps. Condor poitrinaire, le ministre polonais des affaires étrangères recevait rageusement les félicitations du délégué du Libéria. Spaak au grand cœur croyait à la fidélité d'un souriant ambassadeur belge sans cesse approbateur. Assis et bossu, le mégot éteint sur la lippe pendante, Aristide Briand informait un rédacteur en chef ébloui de gratitude que cette année serait cruciale et marquerait un tournant dans la politique internationale, puis levait ses yeux morts et appelait d'un doigt mou un secrétaire d'ambassade qui, frémissant de sa chance, accourait sur la pointe des pieds, avec des grâces de danseuse comblée, se penchait, tendait avec amour l'oreille, savourait l'ordre confidentiel. Affalé en un fauteuil de foie gras et savourant une longue cigarette, Volpi, le nouveau président de la Commission permanente des mandats, méditait une combinaison propre à lui procurer une plaque de grand officier.

Adrien Deume entra, le dos modeste et l'œil aux aguets pour repérer quelque important de sa connaissance. Apercevant le marquis Volpi, il s'arrêta, tordit ses lèvres pour mieux réfléchir. Après tout, quoi, à la dernière session, il lui avait remis des documents et même il lui avait expliqué un point de procédure, sur quoi vifs remerciements. L'occasion était à saisir, d'autant plus que le président était seul, en train de fumer. Donc y aller sans en avoir l'air, saluer et présenter ses respects, ce qui donnerait l'occasion d'un entretien, amorce possible de rapports personnels. On tâcherait d'amener la conversation sur Léonard de Vinci ou sur Michel-Ange. Il boutonna son veston et se dirigea vers le gros gibier en faisant mine de ne l'avoir pas encore vu, afin que la rencontre semblât due au hasard et non préméditée. Arrivé devant la proie convoitée, il fabriqua une expression mondaine d'étonnement ravi, sourit et salua profondément, tenant prête sa main droite. Le marquis Volpi l'ayant considéré sans répondre, le jeune fonctionnaire regarda ailleurs en feignant de sourire à une idée charmante et fila.

Réfugié à l'autre bout de la salle, debout contre le mur et mains derrière le dos, humble et mélancolique, attendant une occasion de capture, Adrien Deume contemplait les allées et venues politiciennes, fasciné par ces désirables influents qui discutaient considérablement et qui pouvaient, par une seule phrase murmurée à l'oreille de Sir John, magiquement transformer un membre de section A en conseiller, de loin les respectant et même douloureusement les aimant, amoureux et mendiant, infime et dédaigné, humant en sa basse station les relents d'une vie puissante dont il n'était pas, palaces, frais de représentation, échanges de vues et tours d'horizon. Contre son mur, solitaire et chétif, il souffrait de ne connaître aucun de ces hauts personnages à portée de sa main, offerts et interdits. Il aurait tant aimé aller serrer des mains, dire hello how are you, nice to see you, causer avec ces rois de la vie, briller par des reparties à la fois spirituelles et sérieuses, et surtout se faire taper fort sur l'épaule par un important. Hélas, personne de connu, pas un seul délégué qui aurait pu le présenter, pas même un conseiller technique à se mettre sous la dent. Le faire au culot, aller se présenter lui-même à Spaak, son compatriote après tout ? Il y pensait sans cesse, n'osait pas.

Après une longue espérance, toujours déçue, nul considérable ne l'ayant reconnu ni même regardé, il quitta son poste de pêche, alla vaguer plus loin, les yeux chercheurs, mais ne trouvant rien à harponner. Les gros poissons, ministres et ambassadeurs inconnus, étaient trop gros pour lui. Le reste, dans un coin, n'était que de la blanchaille sans intérêt, interprètes, secrétaires, journalistes plaisantins se tapant réciproquement le dos avec des camaraderies dégourdies, importants d'être mal informés trois heures avant le grand public. Solitaire et ignoré, le correspondant d'une agence télégraphique juive sourit au jeune officiel avec la tendresse des isolés et lui tendit la main. Sans s'arrêter, Adrien le tint à distance par un bonjour pressé, et alla plus vite.

Il était contre un autre mur de guet lorsqu'il aperçut, sortant de la salle du Conseil, le secrétaire général qui faisait le cordial rigoleur avec l'ambassadeur du Japon, un vieux petit garçon ridé aux lunettes cerclées d'or, dont il tâtait le biceps brachial en témoignage de sincère amitié. Soudain, il transpira, persuadé que Sir John Cheyne avait froncé les sourcils en rencontrant son regard. Épouvanté d'avoir été repéré oisif en ce lieu de grandeurs où il n'avait que faire, il fit demi-tour et se dirigea vers la sortie d'un pas qu'il voulut décidé et honnête, modeste mais sans reproche, en service commandé. Sain et sauf dans le couloir, il se hâta vers le doux refuge de sa cage.

# XII

Les voici, les Valeureux, les cinq cousins et amis fieffés, tout juste arrivés à Genève, les voici, les grands discoureurs, Juifs du soleil et du beau langage, fiers d'être demeurés citoyens français en leur ghetto de l'île grecque de Céphalonie, fidèles au noble pays et à la vieille langue.

Voici Saltiel des Solal, l'oncle du beau Solal, vieillard de parfaite bonté, ingénu et solennel, maintenant âgé de soixante-quinze ans, si sympathique avec son fin visage rasé aux petites rides aimables, sa houppe de cheveux blancs, sa toque de castor posée de côté, sa redingote noisette toujours fleurie, ses courtes culottes assujetties par une boucle sous le genou, ses bas gorge-de-pigeon, ses souliers à boucles de vieil argent, son anneau d'oreille, son col empesé d'écolier, son châle des Indes qui protège ses épaules frileuses, son gilet à fleurs dans les boutons duquel il passe souvent deux doigts, féru qu'il est de Napoléon non moins que de l'Ancien Testament et même, en grand secret, du Nouveau.

Voici Pinhas des Solal, dit Mangeclous, dit aussi Capitaine des Vents, faux avocat et médecin non diplômé, long phtisique à la barbe fourchue et au visage tourmenté, comme toujours en haut-de-forme et redingote croisée sur sa poitrine velue, mais en ce jour chaussé de souliers à crampons, par lui déclarés indispensables en Suisse. Et voilà pour lui.

Voici Mattathias des Solal, dit Mâche-Résine, dit aussi Veuf par Économie, homme sec, calme, circonspect et jaune aux yeux bleus, pourvu d'oreilles pointues, mobiles appendices toujours à l'affût de profitables bruits. Il est manchot et son bras droit se termine par un gros crochet de cuivre avec lequel il gratte son crâne tondu lorsqu'il suppute la solvabilité d'un emprunteur.

Voici le transpirant et majestueux quinquagénaire, Michaël des Solal, huissier chamarré du grand-rabbin de Céphalonie, bon géant et grand dégustateur de dames. Dans son île lorsqu'il se promène dans les ruelles tortueuses du quartier juif, une main sur la hanche et de l'autre tenant sa pipe à eau, il se plaît à chanter de sa voix de basse, accrochant les regards serviles des jeunes filles qui admirent sa haute taille et ses grosses moustaches teintes.

Voici enfin le plus jeune des Valeureux, Salomon des Solal, vendeur d'eau d'abricot à Céphalonie, petit chou dodu d'un mètre cinquante, touchant avec son rond visage imberbe, constellé de rousseurs, son nez retroussé, son épi frontal toujours dressé. Un ange qui toujours admire et respecte, que tout éblouit et transporte. Salomon, cœur pur, mon petit ami intime, les jours de nausée.

— Voici messieurs, commença l'oncle Saltiel le poing sur la hanche et les mollets cambrés. Avec l'aide de la patronne j'ai obtenu l'ajustement électrique de l'engin porteur des voix humaines avec l'engin correspondant de la Société des Nations et j'ai dit à une voix raffinée du sexe opposé que je voulais parler à mon neveu. Alors a surgi comme une fleur une autre voix de dame encore plus raffinée et mélodieuse, un vrai loucoum, qui m'a dit être la détentrice des secrets politiques de mon neveu et à laquelle j'ai expliqué que nous venions d'arriver aujourd'hui trente et unième de mai à Genève selon les prescriptions de mon Sol, et que notre toilette étant achevée par des bains complets pris en ce Modest' Hôtel, nous étions à la disposition du bon plaisir de Son Excellence, ajoutant même pour faire sourire la charmante que Salomon avait oint de vaseline son épi et toupet dans l'espoir insensé de le rabattre. Apprenant que j'étais l'oncle maternel, la voix d'or filé m'a expliqué alors que mon neveu a retardé son retour à Genève, ayant dû se rendre d'urgence en diverses capitales pour affaires secrètes.

— Elle a dit secrètes ? demanda Mangeclous, légèrement agacé.

— Non, mais le ton le faisait deviner. Il sera de retour demain et il a eu l'attention de laisser hier par téléphone lointain une note verbale pour moi !

— D'accord, d'accord, on a compris que tu es le grand préféré ! dit Mangeclous. Sors la note verbale et finissons-en de ces longueurs de discours !

— La communication transmise par la dame cultivée, qui doit gagner un argent considérable d'après sa voix, est que je suis invité à venir seul demain, premier de juin à neuf heures, à l'hôtel de luxe Ritz.

— Comment seul? s'indigna Mangeclous.

— Seul a-t-elle dit, et qu'y puis-je s'il veut me voir en intimité? dit Saltiel qui puisa dans sa tabatière et prisa finement. Vous serez reçus sans doute un des jours suivants, ajouta-t-il non sans perfidie.

— Bref, j'ai pris un bain pour rien, dit Mangeclous. Saltiel, tu me le rembourseras, car tu penses bien que ce n'est pas pour moi que j'ai affronté ce trempage total! Cela dit, je vais sortir car la neurasthénie me prend quand je suis enfermé.

— Où iras-tu? demanda Salomon.

— Déposer en gants blancs une carte chez le recteur de l'Université de Genève, simple obligation de courtoisie en ma qualité d'ancien recteur de l'Université israélite et philosophique de Céphalonie que je fondai avec le succès que vous savez.

— Quelle Université? demanda Mattathias cependant que l'oncle Saltiel haussait les épaules. C'était dans ta cuisine et tu étais le seul professeur.

— La qualité importe et non le nombre, mon cher, répliqua Mangeclous. Mais il suffit et trêve à l'envie. J'ai donc confectionné la carte de visite en dessinant joliment mon nom en caractères d'imprimerie. Après les indications de mes anciennes fonctions, j'ai mis simplement « de confrère à confrère, avec distinction », et j'ai ajouté l'adresse de notre hôtel s'il veut venir déposer une carte à son tour et m'inviter à une conversation courtoise entre recteurs devant le mets suisse appelé fondue, à base de fromage, d'ail, de vin blanc, de muscade, et de kirsch versé au dernier moment. Tout dépendra de son éducation. Adieu, messieurs.

# XIII

Le concierge de l'hôtel Ritz considéra avec méfiance les bas gorge-de-pigeon du petit vieillard qui se tenait devant lui, un anneau d'or à l'oreille, une toque de castor à la main et un imperméable sur le bras, cependant que les trois petits grooms, sagement assis sur une banquette et balançant leurs pieds, commentaient à voix basse, presque sans remuer les lèvres.

— Vous avez rendez-vous ?

— Rendez-vous dans l'œil de ta sœur! répondit tranquillement l'étrange personnage en se recoiffant de sa toque. Sache, ô janissaire, sache, ô redingote brune avec de l'or inutile dessus, sache que je suis l'oncle, un point c'est tout, et tu n'as pas à savoir si j'ai un rendez-vous ou non, quoique j'en aie un, donné hier à l'engin téléphone par la dame à voix raffinée, pour ce jour d'hui, premier de juin à neuf heures, mais j'ai pensé que huit heures serait mieux, car ainsi nous prendrons le café du matin ensemble.

— Alors, vous avez rendez-vous pour neuf heures ?

Ivre de bonheur et rendu insolent par la présence proche de son neveu, Saltiel n'entendit même pas.

— Je suis l'oncle, poursuivit-il, et si tu veux que je te montre mon passeport authentique et non contrefait, tu constateras que mon nom est Solal, comme le sien! Son oncle, propre frère de sa propre mère, qui était une Solal également, mais de la branche cadette, qui est la branche aînée en réalité! Mais laissons cela. Et quand je dis son oncle, c'est son père que je devrais dire car il m'a toujours préféré à son auteur selon la nature! Ainsi est la vie, mon ami, et les inclinations du cœur ne se commandent pas! Tel est fait pour être aimé, tel autre pour être moins aimé! Tel est chef en la Société des Nations par l'effet de son cerveau,

111

tel autre est concierge d'hôtel, esclave de tout arrivant et tendant la main à tout partant! Que Dieu le console en sa basse station! Bref, je viens le voir en dehors du rendez-vous de neuf heures parce que mon plaisir est de prendre le petit café du matin en sa compagnie car je le tins sur mes genoux lors de son entrée dans l'Alliance, en son huitième jour, et mon plaisir est également de causer avec lui sur divers sujets élevés, tout en savourant son luxe, mais non sans amertume car on lui demande sûrement trop cher dans cet hôtel où je constate que les lampes électriques sont encore allumées à huit heures du matin, ce qui augmente les frais généraux! Et qui les paie? Lui! Or, qui touche à son portefeuille me vole personnellement! Et est-ce que cela te trouerait le ventre d'éteindre les électricités alors qu'il fait dehors un soleil de Pharaon?

— Qui dois-je annoncer? demanda le concierge qui décida de ne pas expulser immédiatement le fou car c'était peut-être vrai, après tout, qu'il était un parent, et avec ces étrangers on ne savait jamais.

— Puisqu'il te faut justifier tes gains et les deux clefs dorées de ton col, annonce Saltiel des Solal, son oncle unique et descendu vivant d'une machine volante frétée à Londres où je fus pour étudier les mœurs et coutumes britanniques, après bien d'autres voyages, soit par truchement de locomotives, soit par voie de nuages, soit par routes marines, toujours en vue de l'augmentation des connaissances et de l'exploration du cœur humain. Mais maintenant me voici en ce lieu, convoqué par mon neveu et fils de l'âme! J'ai dit, et fais maintenant ton devoir de serviteur!

Récepteur en main, le concierge annonça la visite, écouta la réponse, raccrocha, fit un sourire aimable et pria le visiteur de bien vouloir prendre la peine de monter. Alors, Saltiel croisa les bras à la manière d'un amiral

— Sois bien vu du roi, énonça-t-il, et l'arrogante vipère fera retentir les chants humbles du canari! Ainsi suis-je, mon ami, gracieux avec les gracieux, mais rugissant avec les rugissants et lion avec les hyènes! Mais pitié pour les subalternes et oublions le passé! Dis-moi le numéro de sa chambre.

— Appartement trente-sept, monsieur, mais un chasseur va vous conduire.

Sur un signe de son chef, un des grooms se leva et Saltiel considéra avec curiosité l'uniforme rouge du petit garçon si bien peigné, les épaulettes d'or tressé, les boutons étincelants de la courte veste, les galons d'or du pantalon et des manches.

« Chassant déjà à cet âge! pensa-t-il. Quelles mœurs! Et de plus, vêtu comme le prince de Galles! Autre augmentation des frais généraux!» Se mordant la lèvre pour garder son sérieux, le groom l'invita à le suivre. Mais à deux mètres de l'ascenseur, Saltiel s'arrêta, troublé par une pensée soudaine. Tous ces domestiques allaient maintenant faire courir le bruit que l'illustre client avait un oncle sans courtoisie et qu'il appartenait en conséquence à une famille sans distinction. Eh bien, il allait montrer à ces Européens qu'il savait se conduire et qu'il avait l'habitude du grand monde.

— Après vous, sourit-il aimablement au minuscule domestique en gants blancs qui se tenait immobile devant l'ascenseur.

Le groom obéit, cramoisi d'hilarité contenue, et Saltiel le suivit avec la démarche à la fois glissante et ondulée qui lui semblait le summum des manières diplomatiques.

— Retournez à vos travaux, enfant, dit-il lorsque l'ascenseur se fut arrêté au troisième étage. Inutile de m'accompagner, je trouverai tout seul l'appartement numéroté. Voici dix centimes suisses pour vous acheter une friandise ou en faire offrande à votre mère de bon renom, selon que votre cœur dira.

Il fut choqué par l'ingratitude du petit effronté qui n'avait même pas remercié. Qu'avait-il fait d'autre, ce fils de roi, que d'appuyer sur un bouton de cette locomotive verticale ? Et que lui fallait-il comme pourboire, à ce jeune seigneur ? Deux sous, d'accord, mais suisses, autrement dit deux gouttes d'or!

Son indignation calmée, il sourit dans le couloir désert et se félicita d'avoir su se débarrasser du prince de Galles. Ainsi, il pourrait préparer tranquillement son entrée et faire bonne impression. Il sortit une glace de poche et s'y mira. Le col rabattu était bien, très propre et très empesé. Bonne idée d'avoir repassé sa redingote ce matin. L'œillet rouge à la boutonnière s'harmonisait avec le gilet à fleurs et d'ailleurs les ministres anglais avaient toujours la boutonnière fleurie. Il lissa sa fine houppe de cheveux blancs, puis pencha sa toque sur l'oreille car il avait remarqué que lorsque son neveu était en habit il mettait son beau haut-de-forme toujours un peu de côté.

— Oui, la toque un peu de travers fait plus moderne, plus gai, et puis plus important aussi.

Il fit descendre le petit miroir, l'arrêta en face des genoux. Les culottes étaient bien assujetties par la boucle de vieil argent. Hier soir, Mangeclous avait critiqué ces culottes de l'ancien temps. Jalousie, évidemment. Il avait toujours porté des culottes et ce n'était pas à son âge qu'il allait changer. Bref, il était présentable. Il eut un grand soupir souriant. Dire que son neveu était là, derrière cette porte, qui pensait à lui et l'attendait. Oui, dès qu'il entrerait, il l'embrasserait et puis il le bénirait. Il chassa un chat de sa gorge et, son vieux cœur scandant fort, il s'approcha de la porte émouvante, frappa doucement. Pas de réponse. Il osa frapper plus fort.

La porte s'ouvrit et Solal en somptueuse robe de chambre se pencha, baisa la main de Saltiel dont les jambes fléchirent. Ce baisemain le bouleversait et il ne trouvait rien à dire. Il n'osa pas embrasser son neveu, trop grand d'ailleurs, qui le considérait en souriant. Pour se donner une contenance, il frotta ses mains l'une contre l'autre, puis demanda à Sol s'il allait bien. La réponse ayant été affirmative, il se frotta de nouveau les mains.

— Dieu soit loué. Moi aussi, je vais très bien, merci. Il fait un temps superbe aujourd'hui, ajouta-t-il après un silence.

Enfin, Solal eut pitié et mit fin à l'embarras du petit oncle en l'embrassant sur ses joues si bien rasées. Saltiel rendit les baisers, se moucha, murmura une bénédiction, regarda autour de lui, s'épanouit.

— Beau salon, mon fils. Que tu en jouisses longtemps, mon chéri. Mais je vois que la fenêtre est ouverte, fais attention aux courants d'air, mon enfant, et sache qu'un peu de vaseline mentholée dans les narines préserve des rhumes. Alors, Sol, la politique, tout va bien ? Tu es content des diverses nations ?

— Elles se conduisent bien, répondit gravement Solal.

Il y eut un nouveau silence que Saltiel n'osa pas troubler. Sol devait remuer dans sa tête des pensées importantes et préparer peut-être quelque discours difficile. Il décida de le laisser tranquille un moment, pour ne pas lui faire perdre le fil. Il croisa les bras et se tint sage, suivant du regard son neveu qui arpentait le salon. Comme il était haut ! Et dire qu'il l'avait tenu sur ses genoux le jour de la circoncision ! C'était un bébé qui pleurait, et maintenant un seigneur, chef des nations. Louange à Dieu qui savait ce qu'Il faisait ! Oui, certainement, c'était la raison. S'il parlait peu, c'était qu'il était préoccupé par son discours ou peut-être par une décision d'où allait dépendre le sort de quelque pays. Et dire que la décision, c'était l'Anglais de malheur, le censément supérieur de Sol, qui irait à droite et à gauche s'en dire l'auteur et en tirer profit ! Ce sous devant secrétaire général était une arête dans son gosier et il n'arrivait pas à l'avaler. Mais quand diable cet Anglais se déciderait-il à donner sa démission et à laisser la place à un homme vraiment capable ? Certes, il ne souhaitait pas la mort de cet inutile Anglais, mais s'il plaisait à Dieu de l'affliger de quelque rhumatisme qui l'obligerait à prendre sa retraite, eh bien, que faire, ce serait la volonté de l'Éternel.

— Oncle, le dîner de ce soir, chez ces Deume, irai-je ou n'irai-je pas ? Décidez.

— Que te dirai-je, mon fils ? Je ne suis pas compétent. Si c'est ton plaisir, il faut y aller.

Solal ouvrit un tiroir, en sortit des billets de banque, les tendit à son oncle qui les compta, puis regarda le donateur avec fierté, les yeux brillants de larmes surgies. Ce fils de roi qui vous offrait dix mille francs suisses comme s'il s'agissait d'un bonbon à la menthe !

— Béni sois-tu, mon enfant, et merci du fond de l'âme, mais je n'en ai nul besoin. Je suis trop vieux pour tant d'argent et qu'en ferais-je ? Garde l'argent de tes sueurs, mon chéri, mais pas dans un tiroir, même fermant à clef, car une clef peut être contrefaite et c'est le destin des clefs. Enfonce ces billets dans ta poche et mets des épingles doubles, car les poches s'entrouvrent et c'est leur habitude. Et maintenant, mon trésor, sache que rien ne m'échappe et j'ai bien vu que tu as besoin d'être seul pour réfléchir au dîner de ce soir. Alors, moi, je vais aller en bas et je m'installerai dans un fauteuil et je ne m'ennuierai pas, sois tranquille, je regarderai les allées et venues des personnalités, c'est un passe-temps. Tu me feras rappeler quand tu auras fini de réfléchir. A tout à l'heure, mes yeux, Dieu avec toi.

Arrivé dans le hall, l'angoisse le reprit. En somme, il avait un peu insulté le concierge tout à l'heure. Ce félon serait capable de se venger de l'oncle sur le neveu, en détruisant quelque lettre importante, ou Dieu sait quelle autre perfidie ! Il fallait absolument entrer dans les bonnes grâces du traître et calmer sa soif de vengeance.

Il s'approcha du petit bureau, s'accouda d'un air bénin et dit au concierge : « Mon neveu m'a parlé de vous, il vous estime beaucoup. » Le concierge ahuri remercia et Saltiel fit un sourire charmeur au méchant neutralisé, chercha une autre amabilité pour augmenter la sympathie. « Vous êtes citoyen suisse, je suppose ? » Le concierge dit oui à regret, choqué qu'un gros bonnet de la Société des Nations pût être le neveu de ce toqué en culottes. Évidemment, avec ces étrangers il fallait s'attendre à tout, et on ne savait pas trop d'où ça sortait, tout ça.

— Félicitations, dit Saltiel. La Suisse est un sage et noble pays, elle a vraiment tout pour plaire, et c'est de tout cœur que je forme des vœux pour sa prospérité, bien qu'elle n'en ait nul besoin car elle mène très bien sa barque. Et cet hôtel est fort bien tenu, et après tout on peut laisser l'électricité allumée, c'est plus gai. (Après un silence, il se dit que quelques détails sur Sol pourraient intéresser ce morne individu et finir de l'amadouer.) Imaginez-vous, cher concierge, que comme tous les premiers-nés de la branche aînée des Solal, mon neveu a Solal pour prénom! C'est une tradition! Et même sur l'acte rabbinique de naissance il est inscrit comme Solal XIV des Solal, fils du révéré grand rabbin de Céphalonie et descendant du grand prêtre Aaron, frère de Moïse! Intéressant, n'est-ce pas? Apprenez en outre, agréable concierge, que mes quatre cousins et moi-même avons l'honneur d'appartenir à la branche cadette! Après quelques siècles de vie parfois délicieuse, parfois moins délicieuse, dans diverses provinces françaises, nous sommes venus en l'an 1799 rejoindre en l'île grecque de Céphalonie la branche aînée qui s'y était réfugiée en 1492 à la suite de l'expulsion des Israélites d'Espagne! Maudit Torquemada! Vomissons-le! Mais sachez que nous cinq, les Solal Cadets, dits les Valeureux de France, sachez que nous avons été faits citoyens français parfaits par l'effet du charmant décret de l'Assemblée nationale du vingt-sept septembre 1791 et que nous sommes demeurés fièrement citoyens français, immatriculés au consulat de Céphalonie, parlant avec émotion le doux parler du noble pays mais agrémenté de mots anciens du Comtat Venaissin de nous seuls connus, et durant les veillées d'hiver lisant en pleurs Ronsard et Racine, et sachez enfin, estimable concierge, que Mangeclous et Michaël ont fait leur service au cent quarante et unième d'infanterie à Marseille, les trois autres dont moi-même n'ayant pas été reconnus aptes aux fatigues militaires, ce qui fut une déception, mais que faire?

La sonnerie du téléphone l'interrompit et le concierge, ayant raccroché, l'informa que son neveu le réclamait. « Très heureux de cet entretien, et par faveur veuillez accepter un bonbon à l'anis », dit Saltiel qui tendit au concierge sa petite boîte de douceurs, s'inclina avec grâce et s'en fut, satisfait de sa ruse. Désormais plus de danger pour Sol, il avait charmé le concierge! C'est aimablement qu'après une offre de bonbon à la réglisse « plus adapté à votre âge », il refusa l'ascenseur à l'autre possible ennemi contrecarré, le petit prince vêtu de rouge et boutonné d'or. Cette cage montante et descendante ne lui disait rien qui vaille. Le câble pouvait se rompre et il avait ses doutes sur la vie future.

— Suprême, ce café de luxe, il m'a conforté l'âme, dit Saltiel, et il se versa une deuxième tasse qu'il huma puis sirota avec les petits bruits indispensables de dégustation. Le plateau, les deux pots et les cuillers sont en argent, je vois les poinçons, Dieu soit loué en vérité. Ah, si ta pauvre maman pouvait te voir au milieu de toute cette argenterie! A propos, j'ai oublié de te raconter qu'après notre visite de l'année passée, lorsque nous t'avons quitté, imagine-toi, nous sommes allés dans une montagne nommée Salève, tout près de Genève, une idée de Mangeclous. Huit cents mètres de dimension quant à la hauteur! Des précipices, mon enfant, et des vaches en liberté! Avec des cornes d'un mètre, sans exagération! Et des regards d'une bêtise et d'un manque de sentiment incroyable! Tous ces Gentils qui paient pour se faire encorner dans des montagnes, pour y mourir de froid et trébucher sur des pierres en grande fatigue, cela passe mon entendement! Oui, je veux bien une autre tasse de café puisqu'il en reste et à quoi bon leur en laisser, ils te le font payer assez cher. Merci, mon fils, que l'Éternel te garde et qu'Il te soit gracieux. Ah, mon fils, quel bonheur de te savoir à Genève, petite république mais grande par le cœur, patrie de la Croix-Rouge et de la bonté! Quelle différence avec l'Allemagne! A propos, imagine-toi qu'hier après-midi Mangeclous est venu me dire en grande confidence qu'il veut acheter des chiens enragés à l'Institut Pasteur pour les introduire secrètement en Allemagne afin qu'ils mordent quelques Allemands qui, pris de rage à leur tour, mordront d'autres Allemands et ainsi de suite jusqu'à ce que tous ces maudits se mordent les uns les autres. Je lui ai formellement interdit une abomination pareille, lui expliquant que justement nous ne sommes pas des Allemands, nous! Enfin nous avons beaucoup discuté et il s'est reconnu vaincu! Après, je suis sorti avec Salomon pour respirer l'air du lac, et nous nous sommes promenés en nous tenant par le petit doigt. Après, nous sommes allés voir le Mur de la Réformation qui est magnifique. Nous nous sommes découverts devant les quatre grands Réformateurs et nous avons observé une minute de silence parce que le protestantisme est une noble religion, et d'ailleurs les protestants sont très honnêtes, très corrects, c'est connu. Il fallait voir Salomon, tout droit comme un soldat, très sérieux, avec son petit chapeau de paille à la main. Il a même voulu une minute de silence de plus. Je trouve que le seigneur Calvin a un peu le caractère de notre maître Moïse, enfin un peu seulement

117

car notre maître Moïse est incomparable, il a été le seul ami de l'Éternel, et il n'y en a pas eu d'autre, alors tu penses! Mais enfin ce Calvin me plaît beaucoup, sévère mais juste, et on ne plaisante pas avec lui! Après, nous sommes allés regarder l'Université qui est juste en face. J'ai appris par cœur la devise qui est gravée au-dessus de la grande porte, je vais te la dire, tu vas voir : « Le peuple de Genève, en consacrant cet édifice aux études supérieures, rend hommage aux bienfaits de l'instruction, garantie fondamentale de ses libertés. » N'est-ce pas que c'est beau ? Cette phrase, c'est un grand peuple qui l'a pensée, crois-moi! J'ai essuyé une larme furtive, je dois l'avouer. Quant à Salomon, il a ôté son chapeau et il a voulu faire une autre minute de silence, devant l'Université, cette fois! Voilà, je t'ai raconté ma journée d'hier. A propos, mon chéri, ton chef, cet Anglais, va toujours bien ?

— Très bien, sourit Solal.

— Grâce à Dieu, dit Saltiel, et il soupira. Mais pourtant, c'est une personne d'un âge avancé.

— Il a une santé de fer.

— Grâce à Dieu, dit Saltiel, et il toussota. Donc, tu es satisfait de la politique mondiale. Mais fais attention, si ce Hitler t'invite à déjeuner, refuse! Naturellement, si tu es obligé d'accepter à cause de ta situation, vas-y, mais explique-lui que tu as mal au foie et que tu ne dois rien manger. Il m'est revenu qu'il a une armoire pleine de poisons. Donc, ne mange rien chez lui, pour l'amour du ciel, et s'il se fâche, tant pis! Qu'il se fâche et qu'il crève et maudit soit son nez! Mets-toi bien avec les Français et les Anglais, voilà. Dans les lettres, flatte-les un peu, haute considération et ainsi de suite. Et alors, mon fils, qu'as-tu décidé pour ce dîner de ce soir ?

— J'irai.

— De hautes personnalités, je suppose ?

— Elle est belle, et Ariane est son nom.

— Israélite, mon fils ?

— Non. Une dernière fois la voir ce soir et après fini, je la laisse tranquille. Au revoir, oncle.

Il le coiffa de sa toque, lui baisa l'épaule, le conduisit jusqu'à la porte, et le pauvre Saltiel se trouva, égaré, dans le couloir aux lumières tamisées. Il descendit lentement l'escalier, frottant son nez, grattant son front. Une vraie manie, décidément! Cet enfant ne trouvait plaisantes que les filles des Gentils! D'abord il y avait eu la consulesse, puis la cousine de la consulesse, cette dame Aude qui était morte, la pauvre, et Dieu savait combien d'autres ensuite, et maintenant cette Ariane! Bien sûr, toutes ces personnes blondes étaient charmantes, mais enfin il y avait aussi des Israélites charmantes, instruites et récitant des poésies. Que leur manquait-il donc, à part la blondeur?

Après un salut mélancolique au concierge, il sortit dans la rue où des mouettes à l'œil antisémite volaient en rond et criaient sottement, furieuses de faim. Il s'arrêta devant le lac. Quelle belle eau, si propre, on paierait pour en boire. Ils en avaient de la chance, ces Suisses. Se remettant en marche, il s'adressa à son neveu.

— Note bien, mon chéri, que je n'ai rien contre les Chrétiens et j'ai toujours dit qu'un bon Chrétien vaut mieux qu'un moins bon Juif. Mais tu comprends, avec une des nôtres, tu es en famille, tu peux parler de tout avec elle, frère et sœur pour ainsi dire. Tandis qu'avec une Chrétienne, même la plus charmante et de sang doux, il vaut mieux ne pas parler de certaines choses pour ne pas l'ennuyer ou l'offenser, et puis elle ne les comprendra jamais comme nous, nos malheurs, nos tribulations. Et puis vois-tu, même si elle est charmante, dans ses yeux il y aura toujours un petit coin qui t'observera et qui pensera quelquefois une pensée pas aimable, un jour de dispute, une pensée contre les nôtres. Ils ne sont pas méchants, les Gentils, mais ils se trompent. Ils pensent mal de nous en croyant que c'est vrai, les pauvres. Il faudra que j'écrive un livre pour bien leur expliquer qu'ils ont tort. Et puis, vois-tu, tous les vingt ou trente ans, enfin dans chaque vie d'homme, il nous arrive une catastrophe. Avant-hier les pogromes en Russie et ailleurs, hier l'affaire Dreyfus, aujourd'hui la grande méchanceté des Allemands, demain Dieu sait quoi. Alors ces catastrophes il vaut mieux les passer avec une bonne Juive qui sera toute avec toi. Ah, mon chéri, pourquoi m'as-tu renvoyé sans me laisser le temps de te raisonner?

Perdu dans ses réflexions, il allait, frottant son nez, grattant son front. Évidemment, Sol avait promis de laisser tranquille cette personne Ariane. Mais malheureusement elle lui plaisait, il l'avait dit. Alors, lorsqu'il la verrait ce soir à ce dîner elle serait tellement délicate et blonde qu'il oublierait sa résolution, et voilà, il la regarderait d'une certaine façon profonde, il lui montrerait ses dents, et la malheureuse serait capturée, car il avait le sang doux, il leur plaisait. Ce démon n'avait-il pas, en sa seizième année, enlevé une superbe consulesse française, longue et large? Il soupira.

— Une seule chose à faire, lui trouver une des nôtres.

Il battit des mains. Oui, mettre cette demoiselle Ariane en concurrence avec une vierge israélite parfaite, avec beauté, santé, robes de luxe, poésies, piano, bain tous les jours et glissades modernes sur la neige. La candidate une fois trouvée, il en vanterait les délices à son neveu, il lui tiendrait un discours convaincant et sa langue serait comme le burin d'un scribe expert. Bref, on l'embrouillerait un peu et on le marierait vite, et assez de ces fantaisies!

— En avant chez le rabbin! Voyons un peu ce qu'il a à nous offrir!

## XIV

A deux heures de l'après-midi, M^me Deume et son fils adoptif s'installèrent au salon, elle en cache-corset saumon et lui en pantalon de golf. Nouées à leurs souliers, des semelles amovibles en feutre étaient destinées à la protection des parquets.

— Alors, mon chéri, comment s'est passée ta première matinée de membre A au Palais? demanda l'osseuse dame à tête de dromadaire sentencieux, au cou de laquelle pendait un court ligament de peau, terminé par une petite boule charnue, insonore grelot sans cesse balancé.

— Très bien, dit simplement Adrien qui tenait à faire le désinvolte et l'habitué. Très bien, répéta-t-il, sauf que la serrure de ma bibliothèque vitrée était défectueuse. A vrai dire, elle fonctionnait, mais il fallait un effort chaque fois, tu penses si j'ai dit son fait au petit bonhomme du matériel, il m'a envoyé tout de suite un serrurier. Un membre A, ça se soigne.

— Bien sûr, mon chéri, approuva M^me Deume, et elle sourit, ses longues incisives supérieures reposant obliquement sur le mol coussinet de la lèvre inférieure. Écoute, j'espère que tu excuseras ce pauvre petit lonche de sandwiches qui n'est vraiment pas digne d'un membre A, mais que veux-tu, un jour pareil, j'ai eu autre chose en tête, et puis tu n'en auras que plus d'appétit ce soir. (Elle se tut brusquement, roula entre ses doigts sa boulette, vivante breloque dont, en ses moments de méditation, elle aimait éprouver l'élastique densité.) Qu'est-ce qu'il y a, mon Didi? Tu as tout à coup ta tête soucieuse. C'est à cause d'elle? Confie-toi à ta Mammie.

— C'est ce sacré billet à sa porte. Toujours cette rengaine, qu'elle dort et qu'il ne faut pas la réveiller. Une sale habitude, ces somnifères qu'elle prend.

121

Elle porta de nouveau sa main à son pendentif viandu, le mania entre deux doigts experts, soupira, mais estima que ce n'était pas le moment de dire tout ce qu'elle pensait. En ce jour solennel où l'on allait avoir à dîner monsieur le sous-secrétaire général de la Société des Nations, Didi avait besoin de toute son énergie.

— Que veux-tu, elle aurait besoin d'un intérêt dans la vie, ne put-elle pourtant s'empêcher de dire. Ah, si elle pouvait s'occuper un peu du ménage! C'est de rester des heures dans sa chambre à lire des romans qui lui donne des insomnies, la pauvre chère.

— Je lui parlerai sérieusement demain quand on n'aura plus le souci de l'invitation, dit Adrien. Et ce somnifère, tu te rends compte, c'est parce qu'on est rentrés à minuit de chez les Johnson. A propos, je n'ai pas eu le temps ce matin de te raconter comment ça s'est passé, ce dîner. Très chic, grand luxe, on était dix-huit. Service impeccable. Tout du grand monde. C'est à mon A que je dois cette invitation. Tu comprends, j'existe pour Johnson maintenant. Le S. S. G. était là, très élégant, mais il n'a presque pas parlé. Juste un peu avec Lady Haggard qui est une intime des Johnson, ils s'appellent par leurs prénoms, les Johnson lui disant Jane à tout bout de champ. Elle est donc la femme du consul général de Grande-Bretagne mais qui a rang de ministre plénipotentiaire, vu l'importance du poste de Genève, ça se fait quelquefois, il n'était pas là, parce qu'il est grippé. Elle est jolie, beaucoup plus jeune que son mari, dans les trente-deux maximum, elle mangeait des yeux le S. S. G. Quand on a passé au salon, enfin au plus grand, parce qu'il y en a une enfilade de trois, tu te rends compte...

— Chez les van Offel aussi il y a trois salons en enfilade, interrompit Mme Deume avec un sourire modeste, et elle respira fortement par le nez.

— Oui donc, quand on a passé au salon, Lady Haggard s'est assise à côté du S. S. G., et elle n'a fait que lui parler, vraiment elle lui faisait la cour, et alors imagine-toi que comme on parlait d'une grotte qu'il y a dans la campagne des Johnson, elle lui a proposé de la lui montrer. Ce qui s'est passé dans la grotte, moi je n'en sais rien. Motus! Et puis en partant elle lui a proposé de le reconduire au Ritz dans sa voiture, parce qu'il n'avait pas la sienne, en réparation peut-être, quoique ça m'étonnerait, c'est une Rolls. Ce qui s'est passé entre eux, hein, moi je ne garantis rien, mystère et boule de gomme! J'ai oublié, il y avait aussi le conseiller de la légation de Roumanie, à gauche de

madame Johnson donc, le S. S. G. étant à sa droite. Tu vois
dans quel monde mon A me fait entrer, hein ?

— Oui, mon chéri, dit M^{me} Deume, heureuse des succès mondains de son fils adoptif, mais ulcérée de ne pas les partager et
peu soucieuse d'avoir des détails sur ce grand monde qui l'ignorait.

— Bon, assez bavardé. Dis-moi, Mammie, il y a une petite
chose qui me tracasse. Ce pauvre Papi est monté tout triste dans
son cagibi après le déjeuner, tu l'as tout de même un peu trop
expédié, tu sais.

— Mais pas du tout, je lui ai expliqué gentiment que je devais
discuter tranquillement avec toi des préparatifs pour ce soir, je
lui ai même dit mon cher Hippolyte, alors tu vois.

— Oui, mais il se sent mis de côté.

— Mais pas du tout, il a son guide des convenances. C'est
vrai, j'ai oublié de te dire, imagine-toi qu'il a filé en ville dare-
dare ce matin pour s'acheter un livre de savoir-vivre, et sans
m'avertir, note bien, sans me consulter! Monsieur a voulu me
placer devant le fait accompli! Je sais bien que c'est sur son
argent de poche, mais tout de même, il devrait avoir un peu plus
d'égards. Enfin, je lui ai pardonné de bon cœur. Si au moins ça
le faisait tenir tranquille, mais toute la sainte matinée, pendant
que tu étais au Palais, il m'a suivie pour me lire son livre que je
n'écoutais que d'une oreille, je te prie de le croire, ayant bien
d'autres choses en tête.

— Enfin, tâche de le faire participer un peu. Il n'a pas dit un
mot à table, il se sent exclu, le pauvre.

— Mais bien sûr que je le fais participer. Ce matin, je l'ai fait
aller et venir dans le corridor, il n'y a rien de mieux que ces semelles de feutre pour donner une finition au parquet. Il était
tout content de rendre service.

— Bon. (Il ponctua ce monosyllabe en vidant sa pipe d'un
geste brusque d'homme d'action que M^{me} Deume admira. Oui,
son Didi tenait d'elle, un vrai Leerberghe. Mais elle fit une note
mentale :« Faire nettoyer le cendrier par Martha, et qu'elle repasse l'aspirateur sous le guéridon. ») Alors, Mammie, où en
sommes-nous de ces préparatifs ? Notre invité arrive donc à
sept heures et demie. J'aurais d'ailleurs dû lui dire huit heures.

— Pourquoi ?

— Ça fait plus chic. Chez les Kanakis, les dîners sont toujours
à huit heures, chez les Rasset et les Johnson aussi. Tu comprends, j'étais un peu ému tout de même lorsque j'ai lancé mon
hameçon d'invitation. (Il aima cette image.) Enfin, tant pis, ce

123

qui est fait est fait. L'important, c'est que je suis le seul de ma section à avoir le S. S. G. à dîner. A moins que Vévé, non, je ne crois pas. Bon. Alors, dis-moi un peu où nous en sommes, ce qui a été fait et ce qui reste à faire, bref, un petit rapport de la situation, que je puisse m'orienter un peu, mais vite parce qu'il est déjà deux heures vingt et j'ai un tas de courses en ville. Si j'avais pu, j'aurais pris congé ce matin aussi, mais avec l'humeur de Vévé, ces temps-ci. Tu comprends, il ne peut pas digérer mon A, d'autant que maintenant il voit sûrement en moi un successeur possible.

— Oui, mon Didi, dit-elle en le chérissant du regard.

— Enfin, c'est encore heureux que j'aie pu avoir congé cet après-midi, et tu comprends, je ne pouvais pas lui dire que c'est à cause du dîner S. S. G., parce que c'est pour le coup qu'il ne pourrait plus me sentir.

— Oui, mon chéri, bien sûr. Mais quelles courses as-tu à faire ?

— Bougies, entre autres. On dînera aux bougies. Ça se fait beaucoup maintenant.

— Mais, mon chéri, nous en avons des bougies !

— Non, dit-il d'un ton sans réplique. (Il ralluma sa pipe, en tira une bouffée magistrale.) Elles sont à torsades, ça fait vieux jeu. Il en faut des toutes simples, comme chez les Rasset. (Mᵐᵉ Deume fit une tête de marbre, les Rasset ne l'ayant jamais invitée.) Et puis, ce n'est pas tout, je vais changer les vins. Imagine-toi que Goretta m'a envoyé du bordeaux 1924 et du bourgogne 1926. Ce sont d'assez bonnes années et il a cru que ça passerait. Mais moi je vais exiger du saint-émilion 1928, du château-lafite 1928 également, et du beaune 1929, qui sont de très très grandes années, je dirais même des années suprêmes. (Compétence récente, puisée dans un ouvrage sur les vins, acheté la veille.) Plutôt que de téléphoner, je vais y aller moi-même et faire le changement illico. Ils ont cru me posséder mais ils vont voir à qui ils ont affaire !

— Oui, mon chéri, fit Mᵐᵉ Deume, titillée par la virilité de son Didi.

— Et puis il faudra des fleurs.

— Mais on en a dans le jardin, j'allais justement en cueillir !

— Non, il faut des fleurs à tout casser !

— Quelles fleurs, mon chéri ? demanda-t-elle tout en arrangeant la cravate de son mâle.

— Je verrai. Des orchidées peut-être. Ou encore des nénuphars qu'on laisse flotter dans un vase rempli d'eau au milieu de la table.

— Mais ça ne fera pas drôle ?

— A ses dîners priés, Lady Cheyne met toujours des fleurs flottantes au milieu de la table, Kanakis me racontait justement ça l'autre jour.

— Il est invité chez elle ? demanda-t-elle, tigresse.

— Oui, répondit-il après s'être raclé la gorge.

— Mais il n'est pas plus que toi pourtant ?

— Non, mais son oncle est ministre. Ça donne des entrées.

Il y eut un silence et M^me Deume manipula une fois de plus sa boulette, soudain mélancolique à la pensée de l'humble mari dont le sort l'avait dotée. Elle soupira.

— Tu ne peux pas imaginer ce que ce pauvre Papi a été insupportable ce matin, toujours à me suivre et à me lire son savoir-vivre. A la fin, j'ai dû le consigner dans la chambre d'amis, enfin j'en ai fait sa chambrette depuis notre retour pour qu'il me laisse un peu tranquille. Si au moins il pouvait un peu te soulager en faisant quelques courses pour toi. Mais il n'est bon à rien, ce pauvre homme, il fait tout de travers. Enfin, sans oncle ministre, tu as su avancer par ta propre valeur.

Elle ôta un grain de poussière sur le veston de son fils adoptif.

— Chut ! Un moment ! Je réfléchis !

Elle respecta la méditation d'Adrien, profita du silence pour passer le doigt sur le guéridon, en examina l'extrémité. Oui, Martha avait bien fait la poussière. Par la porte ouverte entra la voix de M. Deume déclamant en son premier étage un passage palpitant du guide des convenances : « Lorsque le convive déplie sa serviette, il pose son pain à gauce ! Tu as entendu, Antoinette ? » Elle chantonna : « Oui, merci ! » De nouveau, la voix du petit père : « Le pain se rompt et ne se coupe pas au couteau. Les morceaux sont détacés au fur et à mesure. On ne doit pas en préparer plusieurs à l'avance ! »

— Tu vois, Didi, ça a été comme ça toute la matinée. Tu te rends compte, la patience qu'il m'a fallu.

— Écoute, Mammie, je veux que ce soit un dîner grand chic ! Eh bien, je décide de lui laisser le choix pour les vins ! Or, le grand chic, c'est du champagne sec durant tout le dîner ! Je suis pratiquement sûr qu'il préférera ça, et ça fera bonne impression, tu sais. Alors, au début du dîner, je me tourne vers lui, en tout naturel. Que préférez-vous, monsieur le sous-secrétaire général, la manière classique ou tout champagne ? Enfin, je trouverai la formule. S'il choisit le champagne, les bordeaux et bourgogne nous serviront pour une autre occasion. Tu es d'accord qu'on ne regarde pas à la dépense ?

125

— Je pense bien. Une occasion pareille !

— Tout champagne, ça fait élégant, voilà ! Six bouteilles pour ne pas risquer d'en manquer ! Au cas où il serait grand buveur, quoique je ne croie pas, mais enfin on ne sait jamais. Oh, caramba de caramba de caramba !

— Qu'est-ce qu'il y a, mon chéri ?

Il se leva, alla vers la fenêtre, revint vers sa mère adoptive et la considéra, les mains dans les poches, souriant de gloire.

— Il y a une idée ! Et j'ose dire une idée de génie !

A ce moment, boitillant gracieusement, M. Deume entra, petit phoque barbichu aux gros yeux ronds et saillants, comme effarés derrière les verres du lorgnon, s'excusa de déranzer, ouvrit le guide mondain à la page maintenue par son index, rajusta son lorgnon que retenait un cordonnet passé autour du cou, se mit à lire.

— Quand on arrive à table, attendre que le premier plat soit offert pour commencer à manzer du pain. Il est incorrect d'en grignoter dès l'arrivée. (De l'index agité à la manière d'un bâton de chef d'orchestre, il souligna l'importante phrase suivante.) C'est une incorrection également de manzer entre çaque plat de nombreuses boucées de pain, montrant ainsi une précipitation affamée qui manque de retenue.

— Oui, mon ami, très bien, dit M<sup>me</sup> Deume, tandis qu'Adrien, qui s'était rassis, rongeait son frein, impatient de dire son idée merveilleuse. Monte chez toi maintenant.

— C'est que z'ai pensé que ça pourrait rendre service. (Il se décida à affronter le danger.) Vu que quelquefois tu manzes du pain entre les plats.

— Sois tranquille, mon cher ami, répondit M<sup>me</sup> Deume avec un sourire bienveillant, je puis me comporter d'une certaine façon en famille et d'une autre façon dans le monde. Mon père, Dieu merci, recevait. (Elle fit une aspiration de salive de la plus haute distinction.) Allons, va mettre ton smoking, qu'on n'ait pas de surprises au dernier moment, et puis ça t'occupera. Je te l'ai bien élargi, vu que mon cher père n'avait pas de ventre, lui. (Vaincu, le phoquet sortit sans bruit sur ses patins de feutre. Elle se tourna vers son Didi.) Tu vois ce qu'a été ma vie toute la matinée. Alors, mon chéri, qu'est-ce que tu disais de ton idée ?

— Voici l'idée, annonça-t-il et, se levant pour en souligner l'importance, il se campa devant elle, les poings aux hanches à la manière du dictateur italien. Voici l'idée, redis-je. Le champagne c'est bien, c'est même très bien, mais enfin c'est lui qui décidera. Mais une chose que je décide, moi, c'est le caviar ! (Il se sentit admiré, projeta son menton en avant, narines frémissantes.) Le caviar! s'écria-t-il, lunettes lyriques. Le caviar, qui est le nec plus ultra des mets et le plus cher! (Il déclama :) Il y aura du caviar au dîner qu'offre ce soir monsieur Adrien Deume, membre de section A, à son supérieur hiérarchique, monsieur le sous-secrétaire général de la Société des Nations!

— Mais c'est affreusement cher! modula-t-elle, frêle femme devant l'homme aimé.

— Je m'en fiche! Je tiens à des rapports amicaux avec le S. S. G.! Et puis, c'est une manière de garder notre standing social! Sois tranquille, c'est de l'argent bien placé!

— Mais c'est que nous commençons déjà par un potage bisque! C'est du poisson!

— Je m'en fiche! On supprimera la bisque! La bisque, c'est du caca à côté du caviar! Il n'y a rien de plus chic que le caviar! Toasts, beurre, citron! Et du caviar en quantités industrielles! Encore un peu de caviar, monsieur le sous-secrétaire général? Ce n'est pas tous les jours qu'on reçoit le type le plus important après Sir John!

— Mais, chéri, c'est qu'après il y aura le homard zermidor.

— Thermidor, rectifia-t-il.

— Je croyais qu'en anglais...

— Thermidor, du grec thermê, chaleur, et dôron, don ou cadeau. Attention, Mammie, hein, ne va pas dire zermidor ce soir devant notre invité!

— Ça fera trop de produits de mer les uns après les autres.

— Le caviar n'est jamais de trop! Non, non, je reste sur mes positions! Je suis inébranlable! Caviar, caviar, et re-caviar! Je ne sacrifierai pas le caviar à un simple homard! Tu comprends, Mammie, dans les grands dîners on mange très peu de tout. Quelques cuillerées de potage, une bouchée de homard. Laisse-moi faire! Le caviar fera un effet bœuf! S'il y a quelqu'un qui s'y connaît ici, c'est moi! D'ailleurs, s'il n'a pas envie de homard, eh bien, il le refusera! Pour montrer que je me rends compte, je glisserai une petite plaisanterie. Menu peut-être un peu trop marin, monsieur le sous-secrétaire général. Enfin, je réfléchirai à la formule. Du caviar, du caviar! Et pas du pressé, pas du noir, nom d'un chien! Du frais, du gris, du tout droit de chez Staline!

Il arpenta avec violence le salon, les mains au gilet, enthousiaste, habité par un dieu, le caviar.

— Je crois que Papi m'appelle. Une seconde, chéri, je reviens.

Dans le corridor, elle leva la tête vers son mari penché sur la rampe de l'escalier, lui demanda avec une douceur mortelle ce qu'il désirait.

— Écoute, Bicette, ze regrette de déranzer. Ze suis d'accord que tu ne me dises pas le menu pour avoir la surprise ce soir, mais il y a quand même une çose que z'aimerais savoir, est-ce qu'il y aura de la soupe pour commencer ?

— Non. On ne sert pas de soupe à un dîner prié. (Elle avait appris cette expression la veille au cours d'un entretien avec Adrien qui l'avait lui-même récemment pêchée chez les Kanakis.) Écoute, j'ai encore des choses importantes à discuter avec Didi et j'ai besoin de calme, à cause de mes terribles fatigues de tête. Tu n'as pas d'autres questions à me poser ?

— Non, merci, répondit tristement M. Deume.

— Alors, monte chez toi et tâche de t'occuper à quelque chose d'utile.

Le petit père gravit lentement l'escalier et s'en fut chercher du réconfort au water-closet du premier étage. Assis sans nul autre but sur le siège molletonné, il plia à petites fronces parallèles une feuille de papier hygiénique, en fit un éventail japonais qu'il agita devant son visage tout en remâchant son humiliation. Enfin, il haussa les épaules, se leva et sortit en faisant le salut fasciste.


— Allons, dépêchons, dit Adrien. Résume-moi la situation pour que je parte un peu tranquille. Une note d'orientation, en quelque sorte.

— Donc, salon et salle à manger faits à fond, cirés et bloqués. Aspirateur partout, y compris les tentures. La même chose pour le corridor, enfin partout où notre invité passera. Martha a lavé à fond les verres cristal et la vaisselle à filet d'or, la Leerberghe donc, de ton grand-père. Les couverts ont été polis et toute l'argenterie. J'ai bien inspecté. Enfin, tout a été fait, sauf la table qui n'a pas été mise, c'est l'extra qui la mettra, ils ont leurs habitudes. J'ai fermé à clef la salle à manger. Il faudra la rouvrir forcément quand l'extra sera là, mais je l'interdirai à Papi pour qu'il n'aille pas y faire des siennes et me mettre tout sens dessus dessous. Quand nous en aurons fini ici, au salon, je fermerai à clef aussi.

— Et le cabinet de toilette d'en bas ? Si jamais il veut se rafraîchir avant de passer à table ?

— Tu penses bien que j'y ai pensé. Tout est reluisant, lavabo, robinets, glace, faïences, enfin impeccable. Après inspection, j'ai fermé à clef le cabinet de toilette, ça fait que nous, point de vue buen retiro, on se servira de celui du premier, et point de vue se débarbouiller, le robinet de la cuisine ou alors ta salle de bains.

— Au cabinet de toilette, les serviettes ont été changées ?

— Mais pour qui me prends-tu, mon chéri ? J'ai mis les toutes
neuves qui n'ont jamais servi, rafraîchies d'un coup de fer pour
ôter les faux plis, et puis du savon anglais tout neuf aussi, acheté
exprès, la même marque que chez les van Offel.

— Écoute, Mammie, je pense à une chose. Est-ce que c'est
bien de le laisser se laver les mains dans le cabinet de toilette
d'en bas où il y a un water, ça pourrait le choquer. Est-ce qu'il
ne vaudrait pas mieux le faire monter à ma salle de bains ?

— Mais Didi, tu n'y penses pas ! De quoi ça aurait l'air de
lui faire monter deux étages pour qu'il se lave juste les mains ?
Écoute, c'est bien simple, au-dessus du siège du water, je mettrai mon joli tissu indien broché argent, tu sais le cadeau de
chère Élise pour me faire une liseuse. Ça recouvrira le water et
ça fera élégant.

— Bon, d'accord, mais dis donc, n'oublie pas de rouvrir à
temps le cabinet de toilette, hein ? Ça serait la catastrophe si
on devait introduire la clef dans la serrure devant lui !

— Je rouvrirai à sept heures et quart. J'ai mis le réveil de la
cuisine en conséquence. A ce moment-là, pas de risque, j'aurai
Papi sous les yeux.

— Pour le maître d'hôtel, tout est bien fixé ?

— A vues humaines, oui. J'ai donc retéléphoné ce matin à
l'agence pour bien leur mettre dans la tête que l'extra doit être
ici sans faute à cinq heures et demie pour qu'il ait le temps de
s'y reconnaître, mettre la table selon les règles, et ainsi de suite.

— C'est quelqu'un de confiance ?

— Ce n'est jamais qu'un domestique. Mais l'agence est
sérieuse, c'est chère madame Ventradour qui me l'a recommandée. En tout cas, j'ai bien dit à Martha qu'elle ne quitte pas
l'extra d'une semelle, à cause de l'argenterie.

— Et le traiteur ?

— Le dîner sera apporté à six heures. Ils prétendaient ne
l'apporter qu'à sept heures, mais j'ai dit six heures pour qu'on
ait le temps de protester, cas de retard. C'est leur meilleur cuisinier
qui apportera tout en voiture et qui restera ici pour les préparations du dernier moment, les réchauffages, les sauces. Je leur
retéléphonerai à quatre heures pour leur rappeler six heures
tapantes et pas six heures cinq. Je me suis fait un petit horaire
que j'ai mis dans ma chambre.

— Très bien, j'y vois clair maintenant. Un petit perfectionnement, si tu permets. En plus du réveil réglé pour sept heures

129

et quart, en mettre deux autres, le tien et le mien. En régler un pour cinq heures et demie et l'autre pour six heures. Ainsi, si les deux bonshommes ne sont pas arrivés à l'heure fixée, vite téléphoner.

— D'accord, mon chéri, très bonne idée. Oh, mon Té, voilà qu'il appelle encore! (Le « mon Té », camouflage pieux de « mon Dieu ».)

Dans le vestibule, ils levèrent la tête. M. Deume, encaqué dans sa chemise empesée, gémissait d'une voix qui semblait sortir d'un cachot : « Ze ne peux pas me dépêtrer de ma cemise parce qu'elle est collée de partout! » Après de dramatiques mouvements de brasse, le petit phoque parvint à sortir sa tête et, souriant, s'excusa d'avoir déranzé. Mais quelques minutes plus tard, alors qu'Adrien ouvrait la porte pour partir, un nouvel appel au secours fut lancé : « Ze n'arrive pas à mettre mon faux col! C'est parce que z'ai grossi! »

— Écoute, mon chéri, dit Mme Deume à voix basse, va lui donner un coup de main. Ce sera un souci de moins s'il est prêt à l'avance et qu'il n'y ait pas de drames au dernier moment.

— D'accord, mais je passe d'abord un moment chez Ariane voir si elle est réveillée.

— Courage, mon Didi, sois fort. Moi je vais aller faire ma sieste bien en retard, mais il le faut, c'est mon devoir vu que j'aurai besoin aujourd'hui de toutes mes forces à cause de mes grandes responsabilités que j'aurais bien voulu partager avec ta chère épouse. Mais enfin, il faut savoir se sacrifier avec joie et aimer quand même, conclut-elle avec un effrayant sourire angélique.


De toute sa bonne volonté, M. Deume, en smoking trop étroit, se tenait immobile pour faciliter le travail d'Adrien qui essayait de lui boutonner son faux col. Mais ce n'était guère facile. Les yeux levés au ciel, le petit vieux murmurait férocement : « Oh, si ze le ténais, l'inventeur du faux col! » Il s'arc-boutait avec tant de sincérité qu'il fit tomber un pot de fleurs qui se brisa. A la hâte, les deux hommes cachèrent le corps du délit. Elle n'avait sûrement pas entendu puisque le pot était tombé sur le tapis. « Qu'est-ce qu'on a cassé là-haut? » cria Mme Deume. M. Deume osa répondre que c'était un fauteuil qui s'était renversé, puis confia son tourment à Adrien qui s'escrimait de nouveau sur le faux col : devait-il s'incliner devant leur invité avant de lui être présenté?

— Non, seulement lorsque je vous présenterai.

— M'incliner beaucoup ou un peu ?

— Un peu seulement.

— Ze me connais, dit M. Deume, toujours au garde-à-vous pour faciliter le travail d'Adrien. Ze serai tellement impressionné dès que ze le verrai que ze ne pourrai pas m'empêcer de m'incliner tout de suite. Enfin, z'espère bien que de faire la courbette ou de parler à table, ça ne le fera pas sauter, ce sacré faux col. Parce que tout de même, il faudra que ze fasse un peu conversation. Attention, tu m'étrangles!

— Voilà, ça y est, c'est boutonné.

— Merci, tu es bien zentil. Et alors, au point de vue de la courbette, qu'est-ce qu'il faudrait à ton avis comme profondeur ? Si ze m'incline comme ça, par exemple, ça suffirait ? Et puis, dans ce sacré livre mondain, il y a encore un passaze qui me tourmente. Ze vais te le lire. (Pour ne pas gêner la confection du nœud de cravate par Adrien, le petit phoque éleva son guide des convenances au-dessus de la tête de son fils adoptif et lut : « Dans un salon, le ton de voix élevé suppose plus d'aisance, de bonne éducation et de modernisme. ») A ton avis, un ton de voix élevé, ça serait ça ? demanda-t-il, et il poussa un petit cri inarticulé.

— Peut-être, fit distraitement Adrien qui pensait à l'étrange façon dont Ariane lui avait répondu à travers la porte tout à l'heure.

— Ou bien comme ça ? cria M. Deume.

— Papi, ne bougez pas, je n'arrive pas à faire votre nœud.

— Alors vraiment tu penses que ce n'est pas trop fort comme ça, par exemple ? brailla M. Deume. (Et pour s'habituer à cette étrange coutume du grand monde, il continua de vociférer :) Monsieur le sous-secrétaire zénéral, Didi est en train de faire mon nœud de smoking!

— Qu'est-ce qu'il y a ? glapit en bas M^{me} Deume. Pourquoi cries-tu comme ça ?

— Ze fais conversation mondaine! clama M. Deume qui était dans un de ses moments d'audace. C'est pour faire preuve d'aisance et de modernisme! Mais écoute, Didi, tu ne trouves pas que ça fera un peu étranze ? Parce qu'enfin, si nous nous mettons tous les cinq à crier comme ça, ça sera une assemblée de fous, il me semble. Enfin, puisque c'est le bon ton, moi ze veux bien, on ne s'entendra pas parler, voilà tout. C'est vrai que de crier comme ça, ça donne du couraze, on se sent important. (Adrien ôta ses lunettes, passa sa main sur ses yeux.) Tu as des ennuis, Didi ?

131

— Elle a eu une drôle de façon de me parler à travers la porte. Je lui ai demandé quelle robe elle comptait mettre ce soir pour le dîner. (Il se moucha, regarda son mouchoir.) Alors, elle m'a répondu : mais oui, mais oui, d'accord, je mettrai ma plus belle robe pour ce monsieur !

— Eh bien, ce n'est pas une mauvaise réponse, il me semble.

— Il y avait le ton. Elle était agacée, voilà.

Du geste qui lui était familier, M. Deume accentua la retombée de ses moustaches qui allèrent rejoindre la barbichette, mit son cerveau en activité, chercha une réflexion réconfortante.

— Tu sais, Didi, les zeunes femmes sont quelquefois un peu nerveuses et puis ça leur passe.

— Au revoir, Papi. Je vous aime bien, vous savez.

— Moi aussi, Didi. Ne te fais pas de soucis, va. Au fond, elle est très zentille, ze t'assure.

Lorsque la voiture de son fils adoptif eut disparu, M. Deume remonta dans sa chambrette, en ferma la porte à clef. Après avoir posé par terre un coussin et relevé son pantalon pour le préserver d'une bosse aux genoux, il s'agenouilla, assujettit son dentier et demanda à l'Éternel de protéger son fils adoptif et de donner un petit enfant à sa chère Ariane.

Lorsqu'il eut achevé sa prière qui ne fut pas la moins belle de celles qui s'élevèrent en ce jour, et certainement plus belle que les pieuses requêtes de son épouse, cet ange barbichu se leva, certain que tout irait bien dans neuf mois, ou même bien avant, parce que dès qu'Ariane saurait qu'elle attendait un bébé elle serait calme et douce, sûrement. Rasséréné, il remit le coussin en place, brossa son pantalon et s'installa dans le fauteuil. Ses yeux globuleux de caméléon collés au guide mondain et ses lèvres remuant studieusement en silence, il reprit sa lecture, tout en caressant la tache lie-de-vin qu'il appelait son gros grain de beauté.

Mais il se lassa vite, referma le livre, se leva et chercha une occupation. Aiguiser les ciseaux de la maison ? Facile à faire, il n'y avait qu'à couper avec les ciseaux une feuille de papier d'émeri et ça y était en un rien de temps. Oui, mais Antoinette dirait que ce n'était pas le moment. Bon, on ferait ça demain quand on en aurait fini avec cette sacrée invitation où il faudrait crier pour être mondain.

Il se rassit, bâilla. Oh, qu'il se sentait mal dans ce smoking de monsieur Leerberghe. Le cher petit homme défit les deux premiers boutons du pantalon qui le serrait trop, tapa avec force sur son ventre rondelet pour passer le temps et imaginer qu'il était un chef nègre convoquant sa tribu à coups de tam-tam.

## XV

Dans la rue du Mont-Blanc les passants se retournaient pour considérer la toque de castor, les culottes et les bas gorge-de-pigeon du petit vieillard, sans trop s'étonner pourtant, habitués qu'ils étaient à la faune de la Société des Nations. Que faire ? se demandait l'oncle Saltiel allant à petits pas, parfois s'arrêtant pour tapoter la joue d'un enfant, puis reprenant sa marche et ses pensées, le dos courbé.

— En somme, oui.

En somme oui, ce qu'il fallait, c'était opposer à cette demoiselle chrétienne une concurrente israélite de premier choix. Mais où la trouver ? Il n'avait pas pu voir le rabbin qui était malade, et à la synagogue cet imbécile de bedeau n'avait en stock que la fille d'un boucher, donc démunie de poésies et ne sachant sûrement pas glisser sur la neige. Se rabattre sur Céphalonie ? Voyons un peu, qu'y avait-il comme filles à marier là-bas ? Il les passa en revue, les comptant sur ses doigts. Huit, mais seulement deux de possibles. L'arrière-petite-fille de Jacob Meshullam qui avait une agréable dot et qui n'était pas mal, sauf qu'il lui manquait une dent, et malheureusement c'était une dent de devant. On pourrait la mener vite chez le dentiste. Non, impossible de fournir à Sol une fiancée à dent postiche. Il ne restait plus que la fille du grand rabbin, mais elle n'avait pas de dot, cette idiote.

— A vrai dire, quel besoin a-t-il de dot ? J'ai calculé qu'il lui tombe un napoléon d'or toutes les trois minutes dans la poche de son pantalon. D'ailleurs, entre nous, ces deux filles sont des poux quant au visage et cette demoiselle Ariane n'a qu'à souffler dessus.

De dégoût, il cracha sur les deux candidates et décida d'aller dès demain à Milan inspecter un peu la fille d'un grand bijoutier

**133**

dont un cousin de Manchester rencontré à Marseille lui avait dit du bien. Et puis, un bijoutier, c'était toujours intéressant. Mais non, une fille de bijoutier, ce n'était pas le genre de Sol. Cette disgraciée ne saurait que lui parler de rubis et de perles. Et puis, les filles de bijoutiers étaient toujours grasses. Tandis que la demoiselle Ariane était d'une grande beauté, sûrement. Yeux de gazelle et ainsi de suite. Bref, pour lutter contre elle il fallait trouver une fille d'Israël parfaite comme la lune en sa plénitude et rondeur. Oui, une belle Israélite, absolument! L'Éternel n'avait-il pas interdit à son peuple les filles étrangères pour épouses, au chapitre trente-quatrième de l'Exode?

— Mais où est-elle, où la trouver cette parfaite en Israël?

Il alla, toujours méditant. Un gendarme étant apparu, il changea de trottoir en prenant un air innocent et non concerné, ce qui faillit le faire écraser. Bien sûr, il n'avait rien à se reprocher, ayant toujours suivi la voie de droiture, mais avec ces diables de la police, savait-on jamais? Devant la gare Cornavin, il s'arrêta brusquement, pointa son front car une idée merveilleuse venait de le visiter.

— Mais oui, mon cher, une annonce dans des journaux israélites!

Au buffet des troisièmes, les mains tremblantes d'impatience, il demanda « du papier blanc, de l'eau du lac, par faveur, et un loucoum ». Ce dernier mot ayant provoqué l'ironie hostile du garçon, il se contenta d'un café noir, « mais bien sucré, par bonté ». La première gorgée avalée, il chaussa ses vieilles lunettes de fer dont les verres éraillés troublaient sa vue perçante, puis suça la pointe d'un crayon retrouvé dans ses basques.

— Ceins ton glaive, ô héros, se murmura-t-il à lui-même, et en selle pour défendre la pureté du peuple!

Après quelques ronds préliminaires tracés dans l'air et destinés à appeler l'inspiration, il se mit à écrire, s'arrêtant parfois pour approuver avec des hochements ou pour, d'un air charmé, puiser dans sa tabatière une pincée de tabac à priser. Son œuvre achevée, il la relut à mi-voix, souriant d'aise et admirant son écriture. Oui, pour la calligraphie, il ne craignait personne!

« Un Oncle Célibataire désire marier son Neveu d'une Grande Beauté Situation Splendide bien plus qu'Ambassadeur, ce n'est rien à côté! Situation méritée et une Cravate de Commandeur! Je ne dis pas la couleur de la Cravate par Discrétion! N'ayant comme petit défaut à sa Grande Beauté qu'une petite cicatrice à la paupière, chute de cheval, il m'a expliqué! Ayant l'habitude mondaine du cheval! Mais cette cicatrice est une chose de rien! Une petite ligne blanche ne se remarquant pas! Il a fallu l'œil d'un oncle pour la voir! Mais enfin par honnêteté je dis la cicatrice! C'est son seul défaut! Un défaut ayant du charme! A part cela il est Superbe! La candidate doit être Saine et sans Tares Cachées! Jeune! D'une Beauté Extraordinaire! Yeux de biche! Dents comme un troupeau de brebis tondues remontant de l'abreuvoir! Cheveux comme une bande de chèvres suspendues aux flancs de Galaad! Joues comme des moitiés de grenade! Et tout le reste! Mais très Sérieuse aussi! N'ayant pas eu des amourettes avec celui-ci puis celui-là! L'Oncle n'aimant pas cela! D'une famille Israélite Bien Connue et Honorable! Croyant en Dieu naturellement! Vertueuse et Raisonnable! Ayant beaucoup de Jugement et pouvant donner de Bons Conseils et même qu'elle le Gronde un peu quelquefois! Cela ne fait rien pourvu que ce soit aimablement! Bref une Colombe et inutile de faire des feintes et prétendre qu'elle est Colombe si elle n'est pas Colombe car l'Oncle est Psychologue et il les passera toutes au Filtre de la Perspicacité! La Dot n'est pas nécessaire car le Neveu gagne des Sommes! Peu nous importe l'argent! Il nous faut Vertu et Beauté! Réponse à la Poste Restante de Genève aux initiales S. S.! Envoyez une photographie récente et non d'il y a dix ans car il nous la faut Jeune et Charmante! Bonne ménagère aussi et économe! Pas tout le temps à acheter des robes de Paris! Mais enfin s'il y a une dot nous ne la refuserons pas! Surtout dans l'intérêt de la Jeune Fille pour qu'elle ait son Indépendance et qu'elle n'ait pas l'Humiliation de tout le temps l'assourdir de Demandes d'Argent avec Voix de Perroquet disant je n'ai pas ceci et je n'ai pas cela et il me faut un Nouveau Chapeau! Mais enfin ce n'est pas du tout indispensable! L'important étant qu'elle soit Vertueuse et Raisonnable! Et qu'elle sache aussi se tenir Un Peu Tranquille et ne pas bavarder à tort et à travers comme Certaines Riches Assourdissantes! Mais tout de même qu'elle soit Instruite et qu'elle puisse tenir des Conversations Intéressantes! Musique! Poésies diverses! Enfin qu'elle ait un peu le Genre Moderne tout en allant à la Synagogue! Et que le porc n'entre jamais chez eux! Pas d'escargots et pas d'huîtres! D'ailleurs c'est malsain! Et qu'elle ne parle pas toujours de ses grandes relations comme font certaines de notre religion! Nous devrions inviter la femme du Préfet et ainsi de suite! Qu'elle ne lui casse pas la tête car il est lui-même une Grande Relation et n'a pas besoin d'un Préfet! Chaque fois qu'il voit un Préfet il crache! Et qu'elle le laisse tranquille avec les cours de la Bourse! C'est vulgaire pour une femme! Et pas tous les soirs aller au Théâtre ou Danser! Et pas se pomponner tout le temps! Pas de rouge aux lèvres! Un peu de poudre suffit! Donc une Jeune Fille Parfaite!»

— L'Ariane est battue à plate couture! conclut-il.

Il se sentit soudain très las, appuya son front contre sa main, ferma les yeux et s'endormit brusquement, car il était vieux. Il se réveilla presque aussitôt, relut son annonce, comprit qu'elle ne servirait de rien. Qui pouvait lutter contre la plus belle des Chrétiennes, une vierge qui était comme la pleine lune sur la mer calme par une nuit d'été et qui de plus devait savoir par cœur un grand nombre de poésies? La solution, oui, c'était de faire de cette demoiselle chrétienne une fille d'Israël! Eh bien, il s'en chargerait! Il lui parlerait d'une manière émouvante, il lui dirait la sainteté des Commandements, la grandeur des prophètes, les malheurs du peuple élu et surtout il lui expliquerait que Dieu était vraiment Un, et voilà, elle se convertirait sincèrement!

— Voilà, Sol, j'ai beaucoup réfléchi, et je suis d'accord! Puisque c'est ton destin, épouse cette demoiselle! Ton bonheur avant tout, que veux-tu, et c'est peut-être la volonté de Dieu. Qui sait, qui peut savoir? Et après tout, notre roi Salomon a bien épousé des demoiselles qui n'étaient pas de notre peuple. Donc je suis d'accord et si tu veux, en qualité de père spirituel, comme tu disais dans ta belle lettre, je la garde toujours sur moi, tu sais, dans mon portefeuille, oui, si tu veux, j'irai parler aux parents, leur notifier ma décision positive et mon autorisation, justement en qualité de père spirituel, et alors demander la main en ton nom, c'est plus convenable, et puis discuter de certaines questions. Je m'habillerai comme il se doit, gants blancs, bouquet, tout en règle. Et si tu permets, pendant les fiançailles, je lui parlerai un peu, je la raisonnerai. Et qui sait, enfin, tu comprends, Dieu aidant, une bonne chose peut arriver.

Qui sait, peut-être même qu'elle lui demanderait de lui apprendre l'hébreu. Il hocha la tête, sourit aux charmantes leçons de langue sacrée et aux pieux entretiens. Chaque jour, deux heures de leçons, une heure d'hébreu, une heure de Bible, avec développements sur les Saints Commandements, lui expliquant bien tout. Elle assise à côté de lui, écoutant avec ferveur, et lui éloquent, émouvant. Comment ne se convertirait-elle pas, avec le beau visage qu'elle avait? Donc mariage à la synagogue, les deux fiancés sous le dais nuptial, elle délicate et rougissante!

Il obtiendrait sûrement l'autorisation de célébrer le mariage à la place du rabbin. N'en savait-il pas autant qu'un rabbin ? Il se vit buvant le vin de la coupe rituelle, puis donnant à boire à Sol et à la charmante confuse, puis prononçant la bénédiction en hébreu. A voix basse, il récita.

— Que ce couple uni par les sentiments les plus purs se réjouisse comme Adam et Ève dans le jardin d'Éden. O Dieu, que bientôt on entende dans les rues de Jérusalem la voix de la joie, les voix du fiancé et de la fiancée sortant du festin. Sois loué, Éternel, qui réjouis et fais prospérer les mariés !

Il sortit son mouchoir pour essuyer de douces larmes, renifla, sourit. Après la bénédiction, il goûterait de nouveau le vin, en donnerait à Sol et à la jeune ravissante toute en dentelle blanche, puis il répandrait le vin et il casserait le verre en mémoire de Jérusalem perdue. Ensuite, il les accompagnerait jusqu'au train du voyage de noces, il les bénirait encore, il les embrasserait. Oui, il embrasserait respectueusement la jeune dame, sa nièce après tout.


Sorti du buffet de la gare, il alla à petits pas le long de la rue de Chantepoulet, le dos courbé, remuant d'agréables pensées. Un baiser sur les deux joues donc. Merci pour tout, cher oncle, lui dirait-elle. Que Dieu vous protège, ma chère enfant, et attention à tout, pas d'imprudences, ne pas sauter, surtout à partir du troisième mois. Et neuf mois après la cérémonie, le premier serait là, et puis il y en aurait un deuxième et un troisième. Deux garçons et une fille. Le deuxième s'appellerait peut-être Saltiel, si la maman était d'accord. Enfin, on verrait. S'en remettre à la volonté de Dieu.

Dieu, comme Dieu était grand ! Le Dieu d'Abraham, d'Isaac et de Jacob ! Ce soir il irait à la synagogue pour saluer la venue du sabbat, pour chanter à l'Éternel avec des frères, pour baiser la sainte Loi de l'Éternel ! Quel bonheur et quel honneur d'être du peuple de Dieu ! Et quelle chance ! D'enthousiasme, il tapa du pied très fort et trois fois, sans se préoccuper des regards curieux ou moqueurs.

Sans se préoccuper des regards curieux ou moqueurs, il allait en sa voie, invincible et chantant l'Éternel, invincible et chantant que l'Éternel était sa force et sa tour et sa force et sa tour, chantant de tout son cœur, tapant du pied de toute son âme, parfois soulevant sa toque devant les passants dont la tête lui plaisait, et leur souriant parce que Dieu était sublime dans son cœur, et de nouveau tapant du pied et chantant la louange de l'Éternel.

# XVI

La chambre à coucher du couple Deume, de jour exclusivement occupée par Madame, ses fatigues de tête requérant solitude et concentration.

Une odeur composite de camphre, de salicylate de méthyle, de lavande et de naphtaline. Sur le dessus de la cheminée, une pendule en bronze doré, surmontée d'un soldat porte-drapeau mourant pour la patrie ; une couronne de mariée sous globe de verre ; des immortelles ; un petit buste de Napoléon ; un mandoliniste italien en terre cuite ; un paysan chinois tirant la langue ; un coffret en velours bleu incrusté de coquillages, souvenir du Mont-Saint-Michel ; un petit drapeau belge ; une voiturette en verre filé ; une geisha de porcelaine ; un marquis en faux Saxe ; un petit soulier métallisé, bourré de velours porte-épingles ; un gros galet, souvenir d'Ostende. Devant la cheminée, un écran peint à l'huile où deux petits chiens se disputaient un croissant. Aux murs, un immense cœur en bois découpé, parsemé de petits cœurs contenant les photos des van Offel, des Rampal, de divers Leerberghe, d'Hippolyte Deume nu à l'âge de six mois, de Joséphine Butler et du cher Dr Schweitzer ; des éventails japonais ; un châle espagnol ; un carillon Westminster ; des versets bibliques pyrogravés, ou phosphorescents, ou brodés au point de plumetis ; deux tableaux à l'huile représentant, l'un, un petit ramoneur jouant aux billes avec un petit pâtissier, et l'autre un cardinal déjeunant et taquinant un mignon chat blanc. Au-dessus du lit, un agrandissement de la première Mme Deume, grassouillette et souriante, avec les dates de sa naissance et de sa mort. Çà et là, des napperons ; des dessous de lampes ; des abat-jour à glands ; des appuis-tête au crochet ; des tabourets pour les pieds ; des chancelières ; des chaufferettes; des paravents contre les courants d'air et les vents coulis; un jeu de brosses à dos d'écaille; des coffrets à gants; une jardinière de mousse verte piquée de fleurs artificielles; des fougères; des cache-pot en étain repoussé; des verreries de Gallé; un nain chauve porte-allumettes; des pèse-lettres; des sels anglais; des pastilles pectorales à la guimauve.

Interminable et osseuse, étendue sur son lit, ses mains aux brunes verrues croisées sur sa poitrine, M^{me} Deume faisait sa sieste tardive, ronflant avec certitude et légitimité, ses dents obliques couchées sur le pâle traversin de la lèvre inférieure. Brusquement réveillée, elle se débarrassa de la courtepointe et, accompagnée de ses ongles incarnés, se leva en déshabillé peu galant mais judicieux. En effet, le temps fraîchissant toujours vers le soir, elle avait jugé prudent de se démunir des habituels pantalons en madapolam et de s'empaqueter dans de flasques caleçons de laine masculins qui lui arrivaient aux chevilles et la moulaient fort peu; lesquels caleçons, fendus devant et derrière, étaient molletonnés à l'intérieur et leur couleur extérieure était celle, si pratique, de la moutarde, la place du séant étant consolidée par un fond de percale à fleurs mauves.

Après avoir exécuté quelques exercices de yoga pour se mettre en harmonie avec l'Universel (elle avait lu récemment un livre vaguement bouddhiste, n'y avait pas compris grand-chose, mais cet Universel-là lui avait beaucoup plu) elle s'étendit sur le tapis, leva les pieds et les posa sur un tabouret afin de se relaxer, puis ferma les yeux et appela à elle des pensées apaisantes et constructives, entre autres le vif intérêt que Dieu ressentait pour elle. A quatre heures et demie, elle se leva car c'était le moment de se préparer, l'extra devant arriver dans une heure. Après avoir chéri sur les rayons de son armoire à glace ses amples réserves en linge de maison et de corps, elle passa un cache-corset tango, puis un jupon, et enfin sa robe neuve à incrustations. La montre de tante Lisa dûment agrafée à sa poitrine, elle inséra un mouchoir parfumé de lavande dans sa chaste gorge, spongieuse et mollette, puis s'orna d'une longue châtelaine à laquelle étaient suspendues diverses breloques d'or : un trèfle à quatre feuilles, un chiffre 13 dans un carré, un petit fer à cheval, un bicorne de général, une minuscule lanterne. Harnachée, elle descendit majestueusement l'escalier, plus convenable qu'une reine mère.

Après une courte visite de la cuisine où elle ne manqua pas de gratifier la bonne d'une remarque condescendante (« On voit bien, ma pauvre fille, que vous sortez d'un miyeu populaire ») aussitôt suivie de l'habituel sourire inexorablement décidé à pratiquer l'amour du prochain, elle alla inspecter le salon où tout lui parut parfait. Elle déplaça néanmoins trois fauteuils et les rapprocha du canapé pour faire coin intime. Donc elle et Hippolyte sur le canapé, l'invité sur le fauteuil du milieu, le plus confortable, Didi et sa femme sur les deux autres fauteuils. Entre le canapé et les fauteuils, le joli guéridon marocain avec les liqueurs, les cigarettes et les cigares de luxe. Oui, tout était en règle. Elle passa l'index sur le guéridon, l'examina. Pas de poussière. Une fois tous assis, elle proposerait du café ou du thé et puis on ferait la conversation. Un bon sujet serait les van Offel. « Des amis de longue date, d'une grande finesse de sentiments. » Cette ébauche de répétition générale fut interrompue par M. Deume qui, du haut de son premier étage, demanda s'il pouvait descendre un moment, ajoutant qu'il ne risquerait pas de salir « vu que z'ai gardé mes protèze-parquets».

— Que veux-tu encore, mon ami? dit-elle, déjà excédée, lorsqu'il entra, manquant de glisser sur le parquet trop encaustiqué.

— Z'ai réfléci et vraiment ze crois qu'il faut commencer par une soupe. Il aime ça peut-être.

— Qui, il? demanda-t-elle par petit sadisme.

— Eh bien, le supérieur de Didi.

— Tu pourrais te donner la peine de lui donner son titre.

— C'est que c'est tellement long que ze m'embrouille dedans. Tu comprends, il aime peut-être la soupe. (Le petit hypocrite pensait à lui plus qu'à l'invité d'honneur. Il adorait la soupe, disait souvent de lui-même qu'il était « un gros soupier ».)

— Je t'ai déjà dit qu'il n'y en aurait pas. La soupe, c'est vulgaire.

— Mais nous en manzeons tous les soirs!

— Au point de vue du style, gémit-elle. On ne dit pas soupe, on dit potage. On ne sert pas de soupe à une personnalité. Ce soir nous aurons un potage bisque.

— Ah, bon. Et c'est bon?

— C'est servi dans les dîners royaux.

— Il y a quoi dedans? demanda-t-il après avoir avalé sa salive.

— C'est à base de toutes sortes de choses, répondit-elle prudemment. Tu verras ce soir.

Sur quoi, prenant son courage à deux mains, il dit qu'il aimerait connaître le menu de ce soir en entier. Oui, il savait bien qu'il avait demandé lui-même qu'on ne lui fît pas connaître la composition du dîner « pour avoir la surprise, comme à l'hôtel quand on va en vacances ». Mais c'était décidément au-dessus de ses forces. Il fut charmé par la bienveillance avec laquelle elle accéda à son désir. Elle ouvrit un tiroir, en retira délicatement un long rectangle de bristol.

— C'est une surprise pour Adrien, j'ai pris sur moi de faire imprimer le menu, en genre gravure, tu vois, et puis en doré, c'est dix pour cent de plus de supplément, mais ça vaut la peine. Il y en a cinquante. Cinq pour mettre à table et les autres, nous les garderons en cas d'autres dîners pour les relations de Didi, en tout cas pour les montrer, cas échéant. Ça coûtait la même chose d'en faire cinquante ou d'en faire cinq, alors autant profiter. Tu peux regarder, si tu as les mains propres.

Potage bisque
Homard Thermidor
Ris de veau princesse
Bécassines sur canapé
Foie gras Colmar
Asperges sauce mousseline
Salade composée Pompadour
Meringues glacées
Fromages
Fruits exotiques
Bombe glacée Tutti Frutti
Petits fours
Café
Liqueurs
Cigares Henry Clay et Upmann

Ayant lu avec un émoi non dépourvu d'affolement, il relut plus calmement, ses lèvres modelant chaque mot pour bien s'en pénétrer, cependant qu'elle se repaissait de l'admiration qu'elle croyait lire sur le visage de son mari. Elle était fière de cette œuvre qu'elle avait composée en picorant son inspiration dans les menus royaux découpés dans des journaux et dont elle faisait collection. Il sentit qu'il fallait la complimenter, mais il tempéra son éloge par une remarque qui amena un froncement de sourcils.

— Tu ne crois pas que c'est un peu trop ? Du homard, puis du ris de veau, puis des bécassines, puis du foie gras. Ça fait lourd. Et puis deux fois des çoses glacées, les meringues et puis la bombe.

141

— Le menu a été approuvé par Adrien, et ça me suffit. Et d'ailleurs, tu ignores sans doute que dans les grands dîners politiques on mange très peu de chaque plat. Quelques cuillerées de potage, une bouchée de homard, et ainsi de suite. C'est l'usage.

— Bien sûr que si Adrien a approuvé, c'est en règle.

— Enfin, sauf le foie gras vu que c'est aussi une surprise que je lui fais, je l'ai commandé à mes frais, et je te prie de croire que ce n'est pas bon marché, mais enfin c'est du fin, il y avait du foie gras Colmar à l'Élysée au dîner pour le shah de Perse. Donc tu vois, nous avons toutes garanties. Dans le menu imprimé il manque le caviar qu'on servira tout au commencement, vu qu'Adrien vient seulement de le décider tout à l'heure, mais tant pis, monsieur le sous-secrétaire général remarquera bien, comme que comme.

— Et les cigares, ça se met sur les menus?

— Ils coûtent sept francs pièce. Didi m'a dit que c'est ce qu'on trouve de mieux à Genève.

— Ah bon. Et qu'est-ce que c'est, ce homard zermidor?

— On dit thermidor. Ce n'est pas un mot anglais, c'est un mot grec de la Révolution française. J'espère que tu n'iras pas dire zermidor devant notre invité.

— Avec quoi c'est fait?

— C'est une préparation compliquée. On en a servi au château royal de Laeken à Sa Majesté le roi d'Angleterre. Écoute, j'ai beaucoup trop à faire pour entrer dans la composition de tous les plats.

— Alors zuste une çose. Comment ça se manze, le caviar?

— Tu n'auras qu'à regarder comment notre invité fera et puis moi aussi naturellement. Je n'ai pas le temps de t'expliquer maintenant.

— Écoute, une dernière çose. On se placera comment à table?

D'un tiroir, elle sortit gravement cinq petits cartons.

— C'est une autre surprise pour Didi. Tu vois, tant qu'à faire j'ai commandé aussi des cartes avec nos noms imprimés. Tout à l'heure, quand la table sera mise, je les placerai selon les préséances. (Elle savoura ce dernier mot comme un bonbon, puis aspira de la salive avec distinction.)

— Mais pour ce monsieur, il y a seulement le sous-secrétaire zénéral, c'est pourquoi?

— Parce que c'est plus correct.

— Où est-ce que nous allons le mettre?

— A la place d'honneur.

— Et c'est où ?

— Toujours à la droite de la maîtresse de maison. Toutes les personnes appartenant à un certain miyeu le savent. (Nouvelle aspiration de salive.) Donc il sera à ma droite. Toi à ma gauche, c'est la deuxième place d'honneur. Ariane à côté de lui, étant la femme. Enfin, si cette princesse se décide à descendre, sinon bon débarras. Adrien et moi, nous nous chargeons de la conversation. Et Adrien à côté de toi.

— Tu sais, moi, ça m'est égal la deuxième place d'honneur. Parce que, étant en face de ce monsieur, ça va me forcer à lui parler. Mets Adrien à ta gauce, comme ça c'est lui qui causera avec son cef, étant zuste en face.

— Non, vu l'âge, c'est toi qui as droit à la deuxième place, c'est réglé, on n'en parle plus. Voilà, je crois que tu es au courant de tout maintenant.

— Écoute, dans mon livre, on dit que l'assiette de soupe...

— De potage.

— On dit qu'elle doit être remplie à moitié seulement.

— Je sais, je sais, mon ami, dit M^me Deume qui enregistra cette utile information. Et maintenant, j'aimerais rester seule, ajouta-t-elle pudiquement.

Il comprit qu'elle voulait prier et il sortit. Dans son grenier, il déambula tout en lisant son guide des convenances. Soudain, il blêmit car la façon de manger mondainement les asperges était terrible. C'était vraiment affreux, il fallait les saisir avec une pince munie de trois anneaux rigides dans lesquels on devait glisser les trois premiers doigts de la main ! Il descendit, alla écouter à la porte du salon. Aucun bruit. Elle priait encore, sûrement. Il décida d'attendre et alla fébrilement de long en large, consultant à tout moment son épaisse montre à clef. A la dixième minute, il décida qu'elle avait eu bien le temps de tout dire et que d'ailleurs Dieu n'avait pas besoin de tant d'explications. Pas très rassuré, il frappa à la porte du salon, osa passer la tête. A genoux devant le canapé, elle se retourna, avec l'air effarouché d'une vierge surprise à la sortie du bain.

— Qu'y a-t-il ? soupira-t-elle, languissante et quelque peu martyre, mais encore trop près de Dieu pour ne pas pardonner ce viol d'une douce intimité.

— Ze regrette beaucoup, mais écoute, il faut des pinces pour les asperzes !

S'appuyant sur le canapé, elle se mit lentement debout,

comme quittant à regret un rendez-vous clandestin. Elle se retourna et projeta sur lui un regard encore céleste.

— Je le sais, mon ami, dit-elle avec un air de douce patience. Aux dîners des van Meulebeke, de l'aristocratie belge, avec lesquels j'étais très liée avant mon mariage, nous nous servions toujours de pinces à asperges. (Mélodieuse, elle considéra avec nostalgie ce cher passé brillant.) J'en ai acheté avant-hier une demi-douzaine.

— Tu penses à tout, cérie. Seulement voilà, ze saurai pas m'en servir, moi, de ces sacrées pinces.

— Hippolyte, veux-tu t'exprimer convenablement, s'il te polaît ?

— C'est qu'avec toute cette affaire de passer les doigts dans des anneaux, ze vais m'y perdre, z'oublierai sûrement les doigts qu'il faut.

— Tu me regarderas faire, dit-elle avec un radieux sourire, en enfant de Dieu décidée à aimer, à aimer toujours et malgré tout. Maintenant, pourrais-tu me laisser, s'il te polaît ? Je n'ai pas encore fini, ajouta-t-elle, les yeux baissés et chastement adultères.

Il sortit sur la pointe des pieds. Sur le palier il médita, accentuant la retombée de ses moustaches pour mieux les mêler à la maigre barbiche. Non, décidément, il ne s'en sortirait pas avec ces pinces. Le mieux serait de profiter d'un moment où il trouverait Martha seule pour lui demander de mettre de côté sa part d'asperges pour demain.

— Et demain, ze vous garantis que ze m'en régalerai en les manzeant avec les doigts !

# XVII

Répondant au strident appel, il entra, tout effaré, dans la chambre où, de nouveau en cache-corset et s'étant mise en position de souffrance imméritée, son épouse respirait des sels anglais.

— Qu'est-ce qui se passe, cérie ?

— Il se passe que cette personne dont tu raffoles...

— Moi, ze raffole d'une personne ?

— Oui, l'aristocrate ! Je reviens de chez elle ! Enfin, c'est une façon de parler parce qu'elle ne m'a pas fait l'honneur d'ouvrir ! Elle était en train de jouer du piano, naturellement ! J'ai frappé poliment et sais-tu ce qu'elle m'a répondu ? Qu'elle ne pouvait pas ouvrir parce qu'elle était nue ! Textuel ! Tu vois ça, jouer du Chopin toute nue ! C'est peut-être l'habitude dans l'aristocratie de Genève ! Nue, à cinq heures de l'après-midi ! Et alors, moi, madame Antoinette Deume, née Leerberghe, j'ai supporté l'affront de parler derrière une porte ! Je l'ai supporté dans l'intérêt de Didi parce que tu penses bien que s'il n'y avait pas ce pauvre enfant en jeu, je ne me laisserais pas faire, toute d'Auble qu'elle soit ! Je lui ai donc dit très gentiment : (Elle prit une voix angélique.) « Est-ce que vous serez bientôt prête ? » Tu connais mon caractère, ma douceur, mon éducation. Eh bien, sais-tu ce qu'elle m'a répondu, cette personne pour qui tu n'as jamais assez de sourires et qui est si charmante, paraît-il ? (Elle se regarda dans la glace de l'armoire.) Elle m'a répondu textuellement : (Elle fit une affreuse grimace et prit une voix aigre.) « Je ne me sens pas bien. Je ne sais pas si je pourrai descendre dîner ce soir. » Avec un ton que je ne peux pas refaire, ce n'est pas dans ma nature. Enfin, la princesse hautaine ! N'empêche qu'il y a des d'Auble qui tirent le diable par la

145

queue et qui d'ailleurs ne la reçoivent pas! Enfin, pas des d'Auble, mais des cousins, soi-disant de la haute! Oh, j'avais bien prévu que ce mariage tournerait mal! Tout l'argent qu'elle lui fait dépenser! Les voyages Côte d'Azur! Les cadeaux qu'il lui apporte! Est-ce que j'en demande, moi, des cadeaux? Retiens bien ce que je te dis, elle le ruinera! Rappelle-toi la salle de bains rien que pour Madame! Quand on est entrés ici, il y avait deux salles de bains, une au premier pour nous, une au deuxième pour le jeune couple, c'était bien assez, il me semble! Mais non, Madame n'a pas voulu partager avec son mari, ça la dégoûte peut-être! Madame a voulu sa salle de bains à elle! Bref, la princesse! Chambre à part, salle de bains à part! Total quatre mille trois cent nonante-cinq francs que le pauvre enfant a dû débourser pour cette troisième salle de bains! Quand je pense à ces pauvres miséreux de l'Inde qui vivent dans la rue! Eh bien, qu'est-ce que tu en dis?

— Comme tu dis, cérie. Forcément que deux çambres de bains ça aurait suffi.

— Chambre de bains, c'est du mauvais français. Les personnes instruites disent salle de bains, je te l'ai dit plusieurs fois déjà. C'est une question de bonne éducation, de miyeu. Enfin, bref. Et les restaurants chers où il l'emmène! Eh bien, tu ne dis rien?

Il déglutit, toussota, s'exécuta.

— C'est un fait que quand on a un cez-soi, on ne va pas au restaurant, ça ze suis bien d'accord.

— Ah, c'est du joli, cette personne! Je me demande à quoi elle lui sert! En tout cas, pour les avantages qu'il en a retirés! Dire qu'elle ne lui fait connaître personne, tu entends, personne de son soi-disant grand miyeu! Qu'est-ce que tu en dis?

— Le fait est.

— Exprime-toi. Le fait est quoi?

— Ce que tu as dit.

— Hippolyte, j'ai le regret de constater que tu ne me donnes jamais satisfaction au sujet de cette créature.

— Mais oui, Bicette, ze te donne satisfaction.

— En ce cas, précise ta pensée, s'il te polaît.

— Eh bien, ze précise que tu as raison.

— Raison en quoi?

— Que c'est du zoli, ce qu'elle fait, dit le malheureux en s'épongeant le front.

— Eh bien, tu y as mis le temps. Pauvre enfant qui s'est laissé embobiner! Voilà ce que c'est de ne pas avoir été là quand il a fait sa connaissance. Parce que je te prie de croire que si j'avais été là ce mariage ne se serait pas fait ! Je lui aurais vite ôté les écailles des yeux et il ne serait pas tombé dans le piège !

— Très zuste, dit M. Deume, et il se promit d'acheter dès demain un cadeau pour sa belle-fille, un joli coupe-papier en ivoire qu'il lui remettrait en cachette.

— Et qu'est-ce que tu en dis de cette idée de ne pas descendre dîner ce soir ?

— Qu'est-ce que tu veux, si elle est malade...

— Si elle était malade, elle ne jouerait pas du Chopin toute nue ! Je constate que tu es encore à la défendre !

— Mais pas du tout, cérie.

— Enfin, j'espère que tu m'approuveras aussi le jour où je me mettrai à jouer du Chopin toute nue !

— Mais ze n'approuve rien du tout.

— Il est vrai que moi je ne suis pas une d'Auble ! Je suis seulement d'une famille où il n'y a jamais eu de scandale ! Je sais ce que je dis ! (Elle respira avec force ses sels anglais, puis le foudroya du regard.) Il y a eu une d'Auble qui a fait des siennes dans le temps ! Je n'en dirai pas plus pour ne pas salir ma bouche ! (Et ta sœur avec le pharmacien ? osa lui dire intérieurement M. Deume.) D'ailleurs, elle n'est pas du tout malade ! C'est pour nous faire enrager, pour nous montrer qu'une d'Auble n'est pas impressionnée par la visite d'un homme éminent.

— Qui gagne septante mille francs-or par an, dit M. Deume, désireux de se faire bien voir.

— Là n'est pas la question. Il est éminent. Il ne gagnerait rien qu'il serait tout aussi éminent.

— Bien sûr, approuva M. Deume. Écoute, z'irai parler à Ariane, moi.

— C'est ça, va vite la flatter ! Je t'interdis, tu entends ! Il ne sera pas dit que monsieur Hippolyte Deume se sera mis à genoux devant une petite pimbêche dont une parente, après tout, enfin, je sais ce que je sais ! Si elle ne vient pas dîner, eh bien on se passera d'elle ! Dieu merci, il y aura Didi pour la conversation.

— Et puis toi aussi, Bicette, tu ne crains personne pour la conversation, dit le petit lâche. Tu as touzours la réponse qu'il faut. Et puis du çarme.

Elle soupira délicatement, prit son expression mélancolique de distinction, posa le flacon de sels anglais.

— Allons, ne pensons plus à cette personne, elle n'en vaut

pas la peine. Viens que j'arrange ta cravate, elle est toute de travers.

— Mais dis-moi, pourquoi est-ce que tu as ôté ta zolie robe de cérémonie qui te va si bien ?

— J'ai constaté que derrière elle était froissée. Martha est en train de me la repasser.

Entendant la sonnerie de la porte d'entrée, elle passa en hâte un kimono où des dragons lançaient des flammes, courut vers le palier. Appuyant ses mains boulonnées de verrues sur la rampe, elle se pencha, demanda ce que c'était. Échevelée, suante et les yeux exorbités, la bonne s'arrêta à l'avant-dernière marche, dit que c'était le « monsieur tu tîner ». A ce moment, le réveil se mit à sonner et Mme Deume comprit.

— Vous voulez dire le maître d'hôtel ?

— Oui, matame.

— Qu'il attende. Écoutez, Martha, ajouta-t-elle à voix basse, n'oubliez pas ce que je vous ai dit, ne le quittez pas d'une semelle. Compris ?

Après un bref séjour dans ce qu'elle appelait le buen retiro, elle descendit tandis que la demie de cinq heures sonnait à la pendule neuchâteloise, possession précieuse de M. Deume qui s'enorgueillissait de ce que Napoléon avait, disait-on, regardé cette pendule lors d'un passage en Suisse. Forte de son rang social, Mme Deume entra dans la cuisine avec la majesté d'un cuirassé. Dès qu'elle vit l'extra, un quinquagénaire mal rasé en train de retirer son frac d'une valise de carton, elle sentit en lui un ennemi et décida de le mettre immédiatement au pas.

— Le dîner devra être servi à huit heures. Notre invité arrivera à sept heures et demie. C'est monsieur le sous-secrétaire général de la Société des Nations. Lorsque vous ouvrirez la porte, vous vous conduirez comme il convient avec un grand personnage. (L'extra resta impassible et elle lui trouva l'air sournois. Pour le remettre à sa place et lui montrer à qui il avait affaire, elle lui tendit un des menus. Lorsqu'il eut fini de lire, il posa le bristol sur la table, sans un mot, avec la même tête de bois. Quel insolent bonhomme. Eh bien, il pourrait toujours l'attendre, son pourboire.) Sauf le caviar qui n'est pas marqué sur le menu et que nous commandons à part, on apportera le tout à six heures de chez le traiteur Rossi, une maison très renommée.

— Je connais, Madame.

— Le nécessaire pour réchauffer au dernier moment sera fait par l'employé de chez Rossi. Vous n'aurez donc qu'à servir.

148

— Évidemment, Madame. C'est mon métier.

— Vous pouvez déjà mettre la table, selon les règles, naturellement. Nous serons donc cinq, y compris monsieur le sous-secrétaire général. J'ai remis la clef de la salle à manger à la femme de chambre qui vous aidera. Les serviettes comme d'habitude, faisant éventail.

— Pardon, Madame ?

— Je dis les serviettes pliées en éventail, comme nous faisons toujours lorsque nous recevons.

— Pliées en éventail ? Bien, Madame. Je ferai toutefois remarquer à Madame que ça ne se fait plus depuis longtemps. Pour le déjeuner, la serviette est simplement pliée et posée sur l'assiette. Pour le dîner, elle est posée sur la petite assiette à pain, toujours simplement pliée et fourrée du petit pain, à gauche de l'assiette de potage servie à l'avance. En tout cas, c'est toujours ainsi que l'on faisait chez Son Altesse Royale Monseigneur le duc de Nemours où j'ai eu l'honneur de servir pendant dix ans. Mais si Madame y tient, je peux lui plier ses serviettes en fantaisie, en éventail, en parasol, en portefeuille, en roue de bicyclette, en cygne ou même en imitation chameau. C'est comme Madame voudra. Je suis à ses ordres.

— Je n'attache pas d'importance à ces petites choses, dit M^me Deume, rouge brique. Faites comme vous voudrez. Ce sont des vétilles.

Dents projetées en avant, elle sortit en pompe et majesté de possédante, corsetée de dignité et la tête haut levée, passant trois fois sa main sur son arrière-train comme pour le caresser, geste machinal sans doute destiné à s'assurer qu'elle s'était bien remise en état de décence et que son kimono n'était pas resté soulevé à la suite de sa station dans le lieu que son mari appelait « le petit endroit » ou encore « la cambrette où les rois ne vont pas à ceval ».

— C'est de la foutaise, son menu, dit l'extra à Martha. Jamais rien vu de pareil. De la bisque et puis du homard, et du caviar en plus, à ce qu'il paraît ! Et puis du ris de veau et puis des bécassines et puis du foie gras ! Ils ont foutu n'importe quoi après n'importe quoi, on voit tout de suite que ça n'a pas l'habitude. Un dîner, ça se compose, faut de la logique. Et ce menu imprimé pour cinq couverts ! Il y a à rigoler ! Et ça me fait venir à cinq heures et demie pour un dîner de huit heures ! Ah là là ce qu'il faut voir dans la vie !

Apercevant un écriteau encadré au-dessus de l'évier, il mit ses lunettes et s'approcha de la petite œuvre littéraire calligraphiée en belle ronde par M. Deume et que, sur les instructions de Madame, la bonne devait lire tous les matins.

> Dans la cuisine comme à la plaine,
> L'œil de Dieu nous voit et nous suit.
> N'épargnons donc pas notre peine,
> La récompense vient de Lui :
> C'est la santé dans la famille,
> C'est le bonheur dans la maison.
> A l'œuvre donc, ô jeune fille,
> Qui sème bien récolte bien en sa saison!
>
> (Vers de M<sup>me</sup> T. Combe.)

— Alors, c'est pour vous, cette poésie?
— Oui, monsieur, dit Martha qui, de sa main, cacha un sourire édenté et honteux.
Il s'assit, croisa ses jambes, déplia son journal et se mit à lire la page des sports.

Ulcérée par les serviettes du duc de Nemours et les digérant avec difficulté, elle stationnait dans le corridor du rez-de-chaussée à seule fin de savoir quand l'individu se déciderait à obéir. Pour justifier ce guet, elle faisait d'inutiles rangements, la rage au cœur d'avoir à attendre le bon plaisir d'un domestique. Elle était là depuis dix minutes au moins et l'individu n'était pas encore allé mettre la table! Bel exemple pour Martha qui verrait qu'on pouvait impunément désobéir! Retourner à la cuisine répéter son ordre? Le voyou serait capable de répondre que rien ne pressait, qu'il n'était pas encore six heures. C'est alors qu'elle perdrait tout prestige aux yeux de Martha. Téléphoner à l'agence et leur demander d'envoyer un autre maître d'hôtel? Ils répondraient probablement qu'ils n'avaient pas d'autre extra sous la main. D'ailleurs, le téléphone étant dans le corridor, l'individu entendrait la conversation et deviendrait encore plus impossible pour se venger. Elle était ligotée, à la merci d'une espèce d'ouvrier à valise de carton. En imitation chameau, c'était une allusion venimeuse, évidemment. Vive Mussolini, vraiment!
Une fois de plus, la petite tête ronde aux yeux saillants et à barbichette apparut à la rampe du premier et annonça que le potage se prenait discrètement, la cuillère remplie à demi seulement. Décidée à sévir mais ne voulant pas d'esclandre dans

l'escalier, elle gravit les marches deux à deux, s'empara de la main de son mari qu'elle tira, ahuri, jusqu'à la chambre à coucher. La porte refermée, elle se mit en devoir de le faire payer pour l'extra et pour les serviettes ducales.

— Je commence à en avoir assez! dit-elle, les dents serrées. Tu vas me faire le plaisir de débarrasser le plancher! Ote tes protège-parquets et file au jardin! Tu y resteras jusqu'à ce que je te rappelle!

Le pauvre petit expulsé n'erra pas longtemps dehors. Si des gens passaient, de quoi aurait-il l'air en smoking dans un jardin! Il alla dans le petit pavillon désaffecté, s'y enferma, n'y trouva rien à faire. Pour passer le temps, assis sur une brouette et mignon comme tout, il fredonna « Sur nos monts quand le soleil », puis « Roulez, tambours », puis « O monts indépendants », puis « Rocs dans les airs », puis « Le vieux chalet ». Sa provision de chants patriotiques épuisée, il décida d'aller à la cave — où il y avait toujours quelque chose d'intéressant à faire. Il guigna par la porte entrebâillée, s'assura que la route était déserte, détala.

Dans la cave, il trouva en effet des occupations utiles. Les conserves n'étant pas logiquement rangées, il les classa par genres et par dimensions, ce qui lui prit passablement de temps. Ensuite, il ôta des toiles d'araignée avec un vieux balai. Enfin, il s'assit sur une marche de l'escalier intérieur et dit son fait à Antoinette.

Il tendit l'oreille. Oui, c'était elle. « Hippolyte, où es-tu? Houhou, Hippolyte, houhou! » Le houhou, c'était toujours signe de bonne humeur. Il ouvrit la porte extérieure de la cave, sortit dans le jardin et s'élança, sans plus de fiel qu'un poulet, content de rentrer dans sa chère maison. « Voilà, z'arrive! » cria-t-il.

Sur le seuil de la porte d'entrée, imposante dans sa robe bruissante, douairière de par le ruban de velours noir qui lui enserrait le cou, elle l'accueillit aimablement parce qu'elle s'était trouvée plaisante dans sa glace. Il ne fut donc pas question de la récente mise en quarantaine, et même elle le prit par le bras. Lui, il avait un peu honte, après tout ce qu'il lui avait sorti.

Dans la chambre à coucher, elle lui fit remarquer sans acrimonie qu'il avait passablement sali son smoking. Il expliqua les rangements qu'il avait faits à la cave et elle l'en approuva.

Elle poussa même la douceur jusqu'à le brosser soigneusement, petite boule de chair oscillant hors du ruban de cou. Il se laissa faire, physiquement charmé. Elle avait du bon, son Antoinette.

— Ce que tu es ravissante dans cette robe, Bicette. Tu as une tournure de zeune fille.

Elle prit son air idéal et mélancolique, brossa plus énergiquement.

— Tu sais, le cuisinier est arrivé. Un garçon charmant, bien élevé, enfin au-dessus de sa condition. Quelle différence avec l'extra. A propos, je ne t'ai pas dit la dernière de cet individu. Il s'est donc décidé à mettre la table.

— Les serviettes en éventail, tu lui as dit ?

— Ça ne se fait plus depuis longtemps, mon cher, c'est vieux jeu. Le bon usage, c'est la serviette simplement pliée et fourrée du petit pain, à gauche de l'assiette de potage servie à l'avance. Bon, je reviens au chenapan. Comme je disais quand tu m'as interrompue, il s'est donc décidé à mettre la table. Un peu après, je vais jeter un coup d'œil à la salle à manger pour voir si tout est en règle et alors imagine-toi que je trouve monsieur en train de se balancer sur mon fauteuil à bascule ! Le fauteuil de tante Lisa !

— Quelle horreur !

— Tourne-toi, que je te fasse bien le dos maintenant.

— Et alors, qu'est-ce que tu as fait ?

— Je suis allée demander une direction.

— Et alors ?

— J'ai eu la direction de ne rien faire pour n'avoir pas un scandale du dernier moment, vu qu'il est trop tard pour trouver un remplaçant. C'était mon idée aussi ! J'avais senti d'avance la volonté de Celui qui sait tout ! Ah, mon pauvre Hippolyte, tout ce que nous devons supporter des basses classes ! Voilà, tu es tout parfait, conclut-elle en reposant la brosse.

— Merci beaucoup, dit-il, et il baisa la main de son épouse qui, touchée par cette galanterie, reprit son air doucement endeuillé.

— Mais la situation a changé du tout au tout dès que Didi est entré dans la salle à manger ! claironna-t-elle soudain. Aussitôt qu'il a vu l'homme de la maison, l'olibrius s'est levé et je te prie de croire qu'il s'est empressé de filer à la cuisine ! C'est qu'Adrien a de la prestance, lui, de l'autorité. Ah, quel bonheur de pouvoir m'appuyer sur le membre viril de la famille !

— Alors Adrien est rentré de ses courses ?

— Quelle horreur, c'est vrai, j'ai oublié de te le dire! Oui, quand tu étais à la cave.

— Il a vu Ariane?

— Oui, il paraît qu'elle est bien lunée et qu'elle est en train de s'habiller en grand gala. Une vraie girouette. Enfin. Adrien est parfait dans son smoking neuf, d'une distinction! Il s'est donné une peine, le pauvre enfant! Il en a apporté des choses! Les bougies pour l'éclairage a giorno! Six chandeliers en étain pour les bougies! Une merveille, comme au théâtre, tu sais, les réceptions de luxe. Et des fleurs bleues, blanches et rouges, notre invité étant français. C'est joli, comme idée, n'est-ce pas?

— Sûrement, dit M. Deume, mal à l'aise.

— Et puis donc les vins qu'il a changés! Il a exigé la catégorie supérieure! C'est qu'il ne s'en laisse pas conter, monsieur Adrien Deume! Et je te prie de croire qu'ils n'ont pas repipé! Et puis six bouteilles de champagne, du plus fin, et un grand seau pour la glace, et de la glace, bien entendu! Il a pensé à tout, le pauvre chéri. Et puis du caviar! De l'extra! Et du pain anglais pour les toasts! Il a même pensé aux citrons, pour le caviar donc, comme ça se fait. A propos, le caviar n'est pas marqué sur le menu imprimé. Tu vas m'ajouter ça tout en haut, en imitant l'imprimerie. Ou plutôt non, tant pis, il verra bien qu'il y a du caviar. C'est joli aussi comme idée, le caviar, n'est-ce pas?

— Sûrement, dit M. Deume.

— Son chef sera touché. Enfin, Didi lui doit bien ça.

# XVIII

Non je ne descendrai pas non je ne veux pas voir le type
tant pis si scandale oh je suis bien dans mon bain il est trop
chaud j'adore ça tralala dommage j'arrive pas à siffler vraiment
bien comme un garçon oh je suis bien avec moi les tenant à
deux mains je les aime j'en soupèse l'abondance j'en éprouve
la fermeté ils me plaisent follement au fond je m'aime d'amour
Éliane et moi à neuf dix ans on partait pour l'école l'hiver on
se tenait par la main dans la bise glacée la chanson que j'avais
inventée on la chantait lugubrement on chantait voici qu'il
gèle à pierre fendre sur les chemins et nous pauvres devons
descendre de bon matin voilà c'était tout et puis on recommençait voici qu'il gèle à pierre fendre oh une belle femme nue qui
serait en même temps un homme pas bien ça ou plutôt oui je
oui je descendrai je ferai scandale à table je l'insulterai je dirai
ce qu'il a fait je lui lancerai une carafe à la tête oui qui serait
en même temps un homme j'aimerais fumer un cigare une fois
pour voir attention c'est un vilain mot je veux pas le dire j'ai
envie de le dire non je le dirai pas ne le dirai pas tralala j'aimerais un bonbon au chocolat quand j'en mange un je le regarde
avant de le mettre dans la bouche le mettre dans la bouche je le
tourne de tous les côtés et puis je le mange un peu et puis je
recommence je le regarde je le tourne de tous les côtés et puis
crac je remords remords les cadeaux qu'il m'apporte son bon sourire et moi souvent méchante demander à Dieu un coup de main
pour être épouse modèle oh le regard chien quand il commence à
être chien quand il me regarde sérieux soucieux chien myope avec
des intentions enfin quand il veut se servir de moi affreux ce
qui est drôle c'est qu'il éternue quand ça lui vient quand il va
faire le chien ça ne manque jamais il éternue deux fois atchoum

atchoum et alors je me dis ça y est c'est le chien je n'y coupe pas il va faire sa gymnastique sur moi et en même temps j'ai envie de rire quand il éternue et en même temps angoisse parce que ça va venir il va monter sur moi une bête dessus une bête dessous mais la dernière fois il a inauguré un système comique il me mordille d'abord ça me fait penser à un pékinois qui joue c'est très désagréable mais pourquoi est-ce que je lui dis pas de pas me mordiller c'est pour pas l'offenser ne ne ne faut dire les ne mais aussi parce que je déguste le grotesque comme dans l'autobus quand je suis envoûtée attirée par un visage affreux alors je le regarde mais c'est peut-être aussi par méchanceté que je le laisse faire parce qu'il est ridicule oh de quel de quel droit cet étranger de quel droit il me fait mal me fait-il mal surtout au début comme un fer rouge oh j'aime pas les hommes ne ne et puis quelle drôle d'idée quelle imbécillité de vouloir introduire ce cette ce cette chose chez quelqu'un d'autre chez quelqu'un qui n'en veut pas à qui ça fait mal c'est du joli les voluptés des romanciers est-ce qu'il y a vraiment des idiotes qui aiment cette horreur oh affreux son haha canin sur moi comment est-ce que ça peut le captiver tellement et en même temps envie de rire quand il bouge sur moi tellement rouge affairé si occupé soucieux les sourcils froncés puis ce haha canin si intéressé est-ce que c'est si palpitant ce va-et-vient c'est c'est comique et puis ça manque de dignité oh il me fait mal cet imbécile et en même temps pitié de lui pauvre studieux qui bouge tellement là-dessus qui se donne tellement de peine et qui ne se doute pas que je le regarde que je le juge je ne veux pas l'humilier en moi-même mais je ne peux pas m'empêcher chaque fois de dire Didi Didi pour battre la mesure pour scander son va-et-vient scander les mouvements du malheureux de dessus scander les mouvements stupides incroyables d'arrière en avant d'avant en arrière si inutiles Didi Didi Didi je répète intérieurement j'ai honte je me déteste c'est un pauvre gentil mais j'y je n'y peux rien et ça dure ça dure lui sur moi Ariane d'Auble on dirait un fou un sauvage oh comme c'est laid pardon je regrette pardon pauvre chou affreux son haha canin mon mariage va canin cana tout ça la faute de mon suicide raté agacée agacée tout le temps et lui se doutant de rien ne ne et moi trop pitié pour lui dire assez filez ça dure ça dure sur moi déshonorée et enfin ça y est c'est l'épilepsie la drôle d'épilepsie du monsieur qui s'occupe des territoires sous mandat il pousse des cris de cannibale sur moi parce que c'est la fin et que ça a l'air de lui plaire beaucoup et puis il tombe près de moi tout essoufflé c'est fini jusqu'à la prochaine fois non pas fini d'ailleurs parce que alors il se colle contre moi tout collant poisseux et il me dit des tendresses écœurantes et c'est pire oh j'en ai assez assez de tout assez de ses histoires promotion cocktails coup de Trafalgar et pourtant touchant le pauvre pur dans sa petite boue un peu d'eau chaude maintenant s'il te plaît assez merci mais il m'agace fais attention chérie il a plu les routes sont glissantes conduis lentement et puis toujours à m'ennuyer que pas assez couverte et puis sa manie de me toucher tout le temps ça m'exaspère déjà il y a les nuits ça devrait suffire et puis sa manie de me demander tout le temps conseil et puis et puis l'autre jour la brosse à dents à la main il est venu la bouche pleine de mousse dentifrice Rianounette tu as pensé à prendre ton tonique ça m'exaspère notre voyage embêtant en Égypte lui prenant des notes sur les monuments les dynasties pour faire l'intellectuel et puis briller ensuite avec ses crétins Kanakis Rasset odieuse architecture égyptienne bric-à-brac colonnes indigestes pyramides stupides et on s'extasie devant ça S lamentable dans un autre genre I think I am quite abnormal je ne sais même pas ma table de multiplication surtout les huit fois sept les neuf fois six pour ceux-là faut que je fasse des additions Papa que je respecte tant Papa affreux sur Maman la maniant aussi comme une bête Papa poussant aussi des cris de chien haha haha comment est-ce possible évidemment tous les gens puisqu'il y a tout le temps des naissances monsieur et madame Turlupin ont la joie de vous part de la naissance faire part de la naissance de leur petite Turlupette quel toupet d'avouer ainsi publiquement et tout le monde trouve naturel convenable cet avis de naissance oui tous font ces horreurs et neuf mois après ils n'ont pas honte de l'annoncer tous même des gens respectables le jour habillés et aussi ces ministres qui font des discours à la Société des Nations sur la paix mondiale de jour ces ministres sont sérieux habillés et la nuit déshabillés ils gigotent sur leurs pauvres femmes mais personne ne semble se douter de cette bouffonnerie et on les écoute sans éclater de rire annoncer tout habillés qu'au nom de leur gouvernement et caetera les rois aussi et on s'incline devant comme s'ils ne gigotaient jamais et les reines sourient saluent comme si jamais elles ne sont gigotées maniées j'avons bien fait bien fouet cravache sur le dos nu ça fait relief blanc bien fait de lui avoir pas dit du goujat sans ça duel et claquement du pauvre Didi pauvre Didi chaque fois qu'il y en a un qui claque son regard monte là-haut et ça fait une étoile de plus voilà c'est comme ça mon marri et pas mon mari j'aime pas le tutoyer ça me vient pas naturellement je dois me forcer la Haggard sûrement quand dans la grotte oncle Gri bientôt mon oncle chéri un vrai chrétien la mère Deume c'est de l'ersatz oncle Gri est un saint ne plus les toucher Tantlérie je l'aimais elle était noble et puis drôle aussi mais ma fille il n'y a que les athées et les papistes qui aillent dans les cafés elle a jamais voulu n'a jamais voulu aller au théâtre parce que c'est des mensonges les cabotines de théâtre interviewées à la radio disent toujours exactement au lieu de dire oui elles pensent que exactement fait plus assuré plus précis plus enjoué plus spirituel que oui et puis si on les interroge sur leurs projets et si pas de contrat en vue elles l'avouent jamais elles disent oh vous savez j'ai avant tout besoin de me reposer à la campagne ou bien elles disent il y a un grand projet mais je ne veux pas le dire parce que je suis superstitieuse ou bien elles disent avec un ton malicieux coquet coquin ah c'est un petit secret pour le moment encore un peu d'eau chaude maintenant j'adore quand trop chaud le sale type toujours à l'hôtel même pas une maison à lui un sans feu ni lieu les cabotines à la radio ne disent pas qu'elles ont eu du succès elles disent que le pubis le public a été très gentil elles disent toujours le nom du grand acteur qui a joué dans la même pièce elles disent toujours c'est un camarade délicieux pour montrer qu'il les traite en égales un Juif errant en somme si on leur demande leur rôle dans la prochaine pièce elles répondent moi je suis l'affreuse épouse adultère ou bien moi je suis une charmante jeune fille très sage et alors l'affreux petit rire spirituel c'est fou ce que je me raconte dans le bain les pires c'est les vedettes de la chanson les gueulantes passionnées à petite cervelle sûrement quand elle a proposé le raccompagner en voiture sûrement sont allés dans son Ritz pour des hommeries femmeries ensemble inquiet pauvre Didi quand je rentre en retard il va sur la route m'attendre arriver c'est que chérie j'étais tellement inquiet j'avais peur d'un accident ça m'exaspère tsch tsch attention jamais en parler d'ailleurs lamentable l'âme en table dorénavant épouse parfaite la Haggard voulez-vous que je vous montre cette grotte il y a des stalactites faisant sa mignonne lui parlant tête penchée voix plaintive faisant sa petite incapable interrogeante avide s'instruire puis extasiée quand il répondait oh ce regard chérisseur ignoble qu'elle avait ave Caesar faisant la peureuse pour lui plaire je méprise les femmes je suis très peu femme au Ritz nue dégoûtante pendant que son mari grippé c'est affreux cette envie de dire des vilains mots pourtant je suis bien élevée c'est peut-être à cause de ça moi oh moi moi moi indépendante

vierge farouche mon costume le du bal masqué tu sais en Diane
chasseresse je l'ai gardé Éliane chérie c'est toi qui l'avais combiné cousu et puis ensemble on est allées au bal des Armiot tu te
rappelles toi en Minerve moi en Diane je le mets tu sais quand
cafard croissant de lune sur la tête tunique courte jambes nues
sandales bandelettes entrecroisées et je me balade dans ma
chambre carquois à l'épaule reine des forêts jetant Actéon aux
chiens dévorants moi moi moi les cavales aimées par les vents
dans la Scythie la plus lointaine ne sont plus tristes ni plus
farouches que moi le soir quand l'aquilon s'est apaisé moi moi de
toute façon on pourra toujours se l'Antoinette quand elle dit
houitt au lieu de huit tirer sa boulette pendelette et puis lâcher
pour voir si ça fait ressort élastique oh oui sûrement ça taperait
fort dzin contre le cou ou bien la cordelette viandelette craquerait
volupté à jamais interdite ou bien avec un pistolet braqué la forcer
à danser une valse chaloupée oh assez oh moi dans ma chambre
toute seule Électre aussi je suis et sa complainte à Mycènes
Brunehilde aussi je abandonnée dans l'île de feu Yseult je aussi
implorante une idiote aussi je suis Éliane aussi quelquefois
enfin un peu bécasse avec ses rires intimidés insolents tant pis
c'est la vérité ridicules nos scènes de théâtre au grenier moi
Phèdre brûlante Éliane la confidente moi Desdémone la crétine
elle Othello oh vraiment crétine la Desdémone toujours à pleurnicher sans savoir se défendre moi je l'aurais mis au pas Othello
sale moricaud bamboula vous ne vous rendez pas compte que
c'est Iago qui a tout combiné vous en avez une couche mon cher
pas pu lui dire il tient tellement à sa situation il serait catastrophé il était si content que le type lui ait parlé et puis pitié quand
son chef l'a grondé et après pas le courage de lui gâcher sa promotion mon nez est très beau espèce de voyou idiot avec son
histoire d'yeux frits une carafe sur la tête tout à l'heure sale
menteur mon nez est absolument normal il a du caractère un
point c'est tout tandis que votre nez à vous est énorme enfin si
le pif synagogal plaît à la Haggard qu'elle le couvre de baisers
sur toute toute sa longueur et grand bien lui fasse elle en aura
pour une heure à le traverser à moins qu'elle ne s'y accroche
ferrée comme un poisson quelquefois Éliane faisait Hippolyte
quelquefois Œnone l'autre une seule fois oui acceptable enfin
tout juste mais après fort peu acceptable je suis anormale mais
si si si c'est à cause de l'amitié au moins ça dans ma vie et aussi
l'orgueil bête d'être désirée par quelqu'un qu'on c'est un gros
mot par quelqu'un que l'on oui un peu divorcer non pauvre
petit il souffrirait trop un grand-père qui me consolerait merveil-

leusement j'irais le trouver dans une maison où il habiterait seul une maison entourée de pins sur la falaise au bout d'une allée d'arbres étranges mon grand-père secret s'arrêterait de jouer l'harmonium qui gémirait encore tout seul quelques instants il soulèverait sa calotte tellement poli ce bon vieux un peu d'eau chaude encore s'il te plaît on gèle dans ce bain elle dit toujours s'il te pot lait je m'assiérais sur ses genoux il passerait sa main ridée sur les cheveux de sa chère petite-fille non une grand-mère plutôt dans la maison solitaire oh oh oh c'est très mal c'est très vilain mais j'ai tellement envie de dire ce mot de le crier fort de le crier à la fenêtre oui à moins qu'elle ne s'y accroche ferrée comme un poisson le chic serait de le cravacher et qu'il hurle de douleur hurle mon cher hurle oui qu'il hurle et qu'il me supplie de m'arrêter tout en larmes avec des grimaces tellement comiques je vous en supplie madame je vous demande pardon à genoux et moi je rirai oh là là à genoux et sans monocle il me supplie les mains jointes avec une expression abjecte de terreur mais moi dzin et dzan en plein dans la figure oh là là ces grimaces qu'il fait non mon ami pas de pitié seulement je le ferai bien enchaîner pour qu'il ne me fasse pas mal pour le cravacher à mon aise en mangeant des truffes au chocolat après chaque coup de cravache une truffe pour moi oui c'est ça chaînes aux mains aux pieds aussi et pour plus de sûreté une bonne grosse au milieu du corps bien scellée au mur et dzin et dzan il me supplie mais moi implacable oh les larmes coulent de ses yeux dzin et dzan sur les larmes pas de pitié les larmes sillonnaient les joues de Yaourt ben Solal ben Zouli Tapis mais la courageuse jeune femme le cravachait sans répit et sur l'ignoble visage de Yaourt les raies rouges devenaient blanches bien en relief et il suppliait à fendre l'âme mais la belle jeune femme impavide cravachait sans trêve et dzin et dzan ça vous apprendra mon bonhomme à avoir un tel pif lui disait l'admirable jeune femme avec une ironie mordante oh ce qu'il en a reçu il est à bout de forces il ne peut même plus pleurer une vraie loque voilà je lui ôte ses chaînes allez hop à la synagogue allez faire panser vos blessures par des gros nez sur des petites pattes son nez pas énorme malheureusement de l'eau chaude s'il te plaît merci chérie maniant sa boulette viandelette pour faire sa mignonne idéale pour dire au cas où elle dit au cas que ou même cas que et puis pour s'il vous plaît elle dit s'il vous polaît ou quelquefois s'il vous pelaît au fond ses prières c'est des ordres malgré le ton elle commande à Dieu elle lui ordonne qu'il fasse beau qu'elle ne soit pas malade qu'il fasse avancer Didi et surtout

159

elle lui ordonne de lui donner l'ordre à elle de faire les choses
qu'elle veut faire quand elle demande à Dieu si elle doit accepter
la présidence de cette œuvre on peut être sûr que Dieu lui répondra oui chère amie accepte idem quand elle demande à Dieu si
elle a le droit moral d'aller se reposer à la montagne Dieu lui
répond toujours bien sûr que tu as le droit pauvre Antoinette
avec toutes tes fatigues de tête bref Dieu fait tout ce qu'elle
veut et elle est très satisfaite de ses services Dieu est son bon à
tout faire oncle Agrippa n'est pas comme ça du tout oh oh pendant que son mari quarante de fièvre et lui pendant que sa
comtesse à la fenêtre pauvre comtesse élégante attendant tous
les soirs à sa fenêtre toute sa vie est d'attendre et puis à minuit
plus d'espoir il ne viendra pas alors elle se débarrasse de sa robe
du soir elle la laisse tomber par terre oh la pauvre sans même
faire sa toilette de nuit elle se jette sur le lit et l'oreiller est le
confident de ses larmes toutes ces fleurs tous ces fruits pour rien
et demain ça recommencera mais quelquefois il arrive à cheval et l'idiote se jette contre sa poitrine paupières mourantes
et c'est le grand baiser noir battant l'aile mais après il l'insulte
la jette par terre la roue de coups Dietsch admirait l'horrible
Maupassant comment peut-on il y a un tas de choses affreuses
qu'on admire le nez grec qui donne un air imbécile le sourire
idiot de la Joconde pourquoi diable deux m à Mammie réponse
les deux m c'est pour mieux te manger mon enfant oh je me
suffis à moi-même avec mes pensées accourant de toutes parts
agneaux vers le sel du berger moi seule et c'est assez cétacé
d'ailleurs j'ai mon ermite pour me tenir comp mon cher ermite
je le fais venir quand je veux oh je suis mal dans ma peau elle
est trop étroite descendre et le gifler un seul f oh faut me calmer
essayer mon truc du mur non plutôt le truc de sauter je suis
donc tout en haut au septième je saute par la fenêtre voilà j'ai
sauté ça y est je suis dans l'air oh là là dans le vide ça y est
tombée sur le ciment dur dur plouf je me suis rien cassé mais
mal partout ça fait du bien le truc du bonhomme maintenant
mais les yeux fermés pour bien croire attention c'est la nuit en
hiver neige silence devant moi le petit bourgeois correct en
melon il gravit la route montante je suis derrière lui mon pistolet je le sors je ferme un œil je vise bien le petit bourgeois
tombe sans bruit sur la neige je lui marche dessus c'est mou ça
calme mais ça dure pas me faudrait toute une série de petits
bourgeois ce petit cheval du maraîcher à trois heures du matin
dans le froid humide les genoux pourris de sommeil il trottine
sagement avec des hochements de tête appliqués sage conscien-

cieux va où le maître veut il trotterait en aller retour toute la nuit sur la même route sans protester si le maître voulait pauvre petit cheval oh l'autre soir chez les Johnson pour dire c'était avant mon mariage j'ai dit c'était avant mon marécage luc luc non tais-toi c'est vilain je ne veux pas luc luc non ce n'est pas gentil oh écoute encore une fois et après plus jamais luc luc c'est en spéculant que Papa a perdu sa fortune c'est oncle Gri qui me l'a dit comment est-ce qu'on fait pour spéculer on s'adresse sûrement à une banque mais qu'est-ce qu'on leur dit de faire oh spéculer c'est un mot qui a une tête indécente grossière espèce de Haggard va te faire spéculer la statue du sphinx femelle à l'entrée de l'hôtel de Russie rue du Mont-Blanc quand j'allais à ma leçon de piano je m'arrêtais pour regarder cette lionne assise à tête et buste de femme elle avait des seins lourds qui me troublaient je devais avoir treize ans j'y pensais la nuit dans mon lit quand on avait seize dix-sept ans avec Éliane on adorait Jean-Christophe de Romain Rolland il y avait là-dedans tout ce qu'il fallait à ces deux petites protestantes païennes puritaines il y avait la musique il y avait une religion vague donc acceptable il y avait une sensualité artiste il y avait des règles de vie noble et puis surtout il y avait le génie musical de ce crétin de Jean-Christophe qu'on admirait follement bref deux petites idiotes Serge mais enfin pas le grand enthousiasme d'ailleurs c'est seulement avec mon ermite que et caetera et aussi avec Varvara mais je ne me rendais pas compte que avec Varvara c'était une sorte de et caetera Serge est intelligent mais pas follement parfois en moi je lui dis qu'il déraille je n'ai jamais aimé les baisers qu'avec Varvara j'aimais toucher sa poitrine je croyais que c'était de l'affection quelle couche oh mais avec mon ermite ça marche la mère Deume est plus laide qu'un tournesol oh les horribles tournesols aimés des vieilles filles la mère Deume dit Napoléyon oh oh luc voilà je l'ai dit une seule fois j'ai été sage mon rima mon marri oui avec deux r son truc horriblement raté avant de commencer à le lire il m'a dit mais ça ne t'ennuiera pas je lui ai dit pas du tout au contraire il m'a dit merci ma chérie parce que au fond tu sais c'est pour toi que j'écris alors je commence assieds-toi confortablement il a dit confortablement pour que j'écoute bien que je ne perde rien de sa merveille et aussi peut-être pour que j'écoute avec bienveillance et puis il a raclé sa gorge et puis avec ses lunettes il s'est assuré du recueillement de son public et il a commencé à lire religieusement son truc avec une voix psalmodiante efféminée il appuyait sur les consonnes sifflantes sur les dentales il allon-

**161**

geait la fin des mots pour faire distingué il lançait de temps à autre un regard vérificateur sur moi j'écoutais avec un malheur souriant sur mes lèvres pauvre petit quand il croyait sentir une rupture d'intérêt il lisait plus vite mais du même ton monotone berceur pauvre petit c'est affreux je n'ose pas lui avouer ce serait une catastrophe s'il l'apprenait j'ai beaucoup de tendresse pour lui à la quatrième page il s'est arrêté pour allumer sa pipe en réalité dans l'espoir d'un compliment oh quand il a fini tout content de mes félicitations il a voulu oh tellement comique le genre taureau pressé soucieux qu'il prend à ces moments-là ce que j'aime c'est me raconter toute seule des histoires pas vraies en fumant j'aime bien me raconter que je ou bien le contraire c'est encore pire quand une cigarette s'éteint je la garde éteinte dans ma bouche ça fait ouvrier électricien une fois j'ai entendu un ouvrier sur la route dire bordel de Dieu ça m'a donné des rêveries charmantes six fois neuf cinquante-trois ou cinquante-quatre enfin on n'en est pas à un chiffre près Tantlérie les cinémas elle les appelait des cabarets de l'eau chaude vite les étoiles c'est les yeux des anciens morts chaque fois qu'il y a quelqu'un qui claque son regard monte là-haut et ça fait une étoile de plus voilà c'est comme ça quand j'étais petite j'avais peur du Christ à cause du Jugement dernier une frousse terrible qu'il arrive la chauve-souris de l'autre nuit s'appelait peut-être Zolette où volez-vous donzelle Zolette où volez-vous j'ai un petit j'ai deux petits j'ai trois petits au jardinet je vole au jardinet avec mes pattelettes je prends trois mouchelettes pour un petit pour deux petits pour trois petits mourir ne serait pas une mauvaise idée le lac sera encore là quand moi plus là dommage de lui avoir pas crevé l'œil quand j'étais petite je disais panthères pour dire pommes de terre je disais Aïane a manzé panthères oh Varvara j'adorais dormir avec elle l'embrasser c'était exquis et puis l'autre chose mais on ne se rendait pas compte que oh oh oh j'en ai assez de ses coups de Trafalgar de ses relations personnelles avec les huiles le truc des étoiles qui sont les yeux des claqués je l'ai dit deux fois oh être la petite qui manzait des panthères et puis au cirque quand les clowns sont entrés j'ai sangloté et j'ai poussé des cris quand on a forcé l'éléphant à s'agenouiller oh être plate j'aimerais tellement voilà je suis plate et mon ermite me plie en deux puis en quatre comme une étoffe m'enferme dans sa besace c'est un homme mais sans poils et quand on arrive près de la source des ombrages il ouvre sa besace et il me déplie c'est tellement bon oh je ne fais rien il me faudrait un travail les pauvres ont de la chance ils travaillent tout le temps ou bien fonder un ordre pour le relèvement des jeunes filles perdues ça s'appellerait les chevalières de pureté moi supérieure de l'ordre les chevalières toutes très belles rendre la vertu aimable uniforme épatant mais cheveux en arrière pour faire sévère crétinerie comme d'habitude fort peu pour moi remettre dans le droit chemin les dactylos avec ongles vernis et trois millimètres de crasse dessous et puis leurs conversations qu'elles aiment bien madame Bovary parce que c'est un joli film et puis Anna Karénine aussi parce que c'était avec Greta Garbo un petit cheval grand comme mon doigt tellement mignon musclé galopant en rond sur le guéridon il viendrait chercher sa récompense voilà mon petit chou prends le sucre non pas tout entier c'est beaucoup trop pour toi tu ne pourrais pas le digérer sur moi bougeant intéressé captivé ne plus jamais scander son va-et-vient avec son prénom enfin son petit nom ne plus jamais penser à Papa Maman faisant ça oh ça fait trop mal ça me dégoûte comment est-ce possible que Papa et pourtant c'est sûr puisque Éliane puisque moi dans la nuit Papa sur Maman c'est épouvantable les parents ne devraient jamais Varvara c'est peut-être pour ça que je l'ai tant aimée drôle je ne pense presque jamais à mon frère une grand-mère voilà ce qu'il me faudrait une petite reinette ridée très bonne dans la maison solitaire en haut de la dune j'irais la voir pour qu'elle me console avec du café au lait le vent dehors hurlant mais on serait bien au chaud qu'est-ce que tu as Ariane je sais pas grand-mère je suis malheureuse j'ai besoin de quelque chose de quoi ma chérie d'une vraie amie voilà une amie à qui je raconterais tout que j'admirerais pour qui je me tuerais et pas être violée par un étranger oui ma pauvre petite je comprends je te comprends mais tu la rencontreras peut-être cette grande amitié prends un chocolat en attendant pas envie grand-mère alors va jouer un peu dehors va promener ta poupée non je veux être heureuse mais quand on est jolie comme toi on doit être heureuse à quoi ça me sert d'être jolie je ne sers à rien je rêvasse c'est tout oh tout le temps se raconter des histoires pas vraies c'est pas drôle alors faire cette thèse sur Amiel pas envie Amiel limace embêtante ridicule avec ses combinaisons pour un mariage bien alors me retirer du monde un chalet à la montagne et chercher Dieu Himalaya plutôt non trop froid et on a de la peine à respirer et puis qu'est-ce que je ferais toute seule là-haut dans les romans français le type va toujours se laver dans un cabinet de toilette jamais dans une salle de bains alors quoi ils ne se lavent jamais odeur femelle des iris les fleurs c'est une chambre à cou-

163

cher avec une dame et plusieurs messieurs toutes les veines la
Deume elle savoure sa vie future sa fie vuture se réjouit de
voleter dans l'au-delà en caleçons moutarde je les ai vus ses
caleçons d'homme suspendus au jardin à sécher elle a toutes
les veines puisqu'elle saura jamais que pas de survie puisque
une fois claquée elle pourra pas savoir qu'elle est claquée pour
de bon et pas du tout survivante et que ça n'a servi à rien de
tellement prier oh les matous courtisant la chatte des voisins
autrefois j'étais horrifiée par les amours des chats maintenant
je trouve ça a de l'allure les combats des matous soupirants
ballets au ralenti duels de guerriers japonais c'est fascinant
pas de batailles tout est en attitudes menaçantes une grâce
dangereuse chez les Johnson ils se sont tous arran chacun s'est
arrangé pour dire en passant le nom d'une relation importante
mais pas le monocle noir n'a presque rien dit faisant le dédaigneux s'ennuyant agitant en silence des pensées censément
profondes oh cette bande d'idiots chez les Johnson contents
de savoir que le ministre anglais s'est mis en colère et a tapé
sur la table c'est si important tas de domestiques vie vide je
suis la fée Vivide une propriété priétépro rien que pour moi avec
des chevrettes naines n'a presque rien dit en tout cas vous ne
serez jamais reçu dans la H. S. P. sauf par la porte de service
peut-être imbésilencieux si on les persécute tellement non non
pas le dire pas juste au fond c'est un nom de pharmacie presque
deux comprimés de solal évidemment ça fait génial de montrer
qu'on s'ennuie oh vraiment qu'une femme puisse être attirée
par ce genre d'homme louche ténébreux avec ses yeux de danseuse turque c'est incroyable j'aimerais pas le rencontrer au
coin d'un souk elle prenait une voix de petite fille pour lui plaire
cette tête penchée quand elle a proposé de le reconduire elle
avait envie de faire des horreurs avec lui oh l'idiote Haggard
chez les Johnson toute la soirée à faire la mignonne incapable
interrogeante pour qu'il se sente supérieur pour lui plaire et
s'il disait un mot elle était pendue à ses dents d'ailleurs que les
femmes soient attirées par les hommes en général ça me dépasse
ces poils sur les bras et puis chaque monsieur sait mieux que
l'autre les hommes ont des mamelles petites qui ne servent à
rien pourtant complètes avec mamelons celles des femmes sont
bien plus belles ils nous imitent mais c'est raté tandis que nous
on ne leur a rien emprunté tout est à nous oh un petit bébé qui
tomberait gentiment par terre et moi je le ramasserais après
il ramperait sur le tapis très animé froufrou froufrou et il trouverait quelque chose sur le tapis une boîte et il la prendrait

avec ses petites mains et il me la montrerait gâde maman gâde
il me dirait enfin quoi que ça serve ces gymnastiques de la nuit
les idées noires sur ma vie viennent beaucoup plus quand je
brosse mes dents parfaites inutiles alors avant de les brosser je
pose un livre sur la planchette du lavabo et je lis en brossant
mes dents je lis je lis en brossant pour m'embrouiller l'esprit
pour pas voir les idées noires pour les détruire non pas les détruire
mais au moins les recouvrir allons chienne ramasse quand il
laisse tomber son monocle exprès et elle aime ça j'ai la tête tout
étirée c'est qu'il y a un bras qui s'étire dans ma tête on pourra
toujours se suicider à la rigueur j'aimerais baiser mes seins la
pointe longtemps mais c'est pas possible on attraperait un tor-
ticolis d'accord décision prise le faire venir mais de l'eau chaude
d'abord pour être bien confortable voilà ça suff maintenant
fermer les yeux pour être tout à fait avec moi bien me raconter
tout surtout pas de changements sinon ça marche pas donc moi
dans l'enclos toujours seule passant des journées à l'attendre
toute nue mais purement parce que c'est plus sacré il y a des
semaines que pas venu je guette à la fenêtre le voilà je le vois
là-bas dans sa robe blanche il va vite sur la route poudreuse
aveuglante on dirait qu'il ne pose pas ses pieds nus par terre le
voilà plus près moi très pure toute nue mais pas plate c'est pas
le moment ça y est il a poussé la barrière il est saint il est royal
c'est le seigneur ermite moi à genoux très grave disciple fidèle
maintenant il devant moi mais ne me regarde pas m'ignore très
important faut qu'il me dédaigne un peu sinon ça marche pas
je ne suis rien à côté de lui juste un regard de bonté une seule
fois une sorte de sourire et après il ne daigne plus c'est émouvant
cette bonté et ce sourire une seule fois du dédaigneux et alors
je suis follement sa servante pourtant il y a une intimité mystérieuse puisque à la fin il accepte que mais en ce moment sans
me regarder il parle de Dieu avec ce regard ailleurs il m'enseigne
le chemin la vérité et la vie moi j'écoute à genoux très pure
il ne parle plus maintenant il reste debout devant moi parce
qu'il sait ce qui va venir je suis très émue je m'incline je fais
une révérence grand respect maintenant je me lève je vais chercher l'aiguière d'eau parfumée l'huile parfumée serait plus
sacramentelle mais ça poisse les mains ça serait bête d'aller se
savonner pendant le rite ça couperait le charme donc eau parfumée d'accord voilà je suis revenue nue avec l'aiguière moi
très religieuse lui toujours royal il m'ignore faut qu'il m'ignore
alors moi à genoux je verse doucement l'eau sur ses pieds nus
poudreux de la route tout doucement je dénoue mes cheveux

ils sont très longs dans le rite avec mes longs cheveux j'essuie les pieds sacrés je le fais longtemps longtemps oh c'est bon il me laisse faire parce que tout lui est dû j'adore ça encore encore maintenant je baise les pieds il me laisse faire il ne me châtie pas de mon audace lèvres collées sur les pieds sacrés longtemps longtemps maintenant je lève la tête et c'est son sourire merveilleux son sourire qui accepte que je oh je tremble en approchant je vais puisqu'il permet que oui je oh c'est bon encore encore me oh me encore ô mon seigneur encore encore de vous encore seigneur en moi

# XIX

A sept heures moins dix les trois Deume s'installèrent au salon, graves et honorables. Aussitôt assise, fleurant la naphtaline et les joues enflammées par l'alcool de lavande dont elle les avait frottées, M<sup>me</sup> Deume déclara que l'invité ne devant arriver que dans quarante minutes, à sept heures trente, il fallait en profiter pour bien se reposer, bien se relaxer dans les fauteuils, en fermant les yeux si possible. Mais ce sage conseil fut vite oublié et ce ne furent bientôt qu'allées et venues nerveuses et artificiellement souriantes.

On ne faisait que s'asseoir et se relever. On se relevait pour avancer une table, pour écarter un peu plus les tentures de velours, pour reculer un guéridon, pour ranger les bouteilles de liqueurs par ordre de taille, pour remettre les tentures comme avant parce que décidément ça faisait mieux, pour voir si c'était une tache là-bas ou simplement une ombre, pour déplacer un cendrier, pour mieux mettre en valeur les boîtes de cigares et de cigarettes, Adrien se spécialisant dans le désordre artiste, sans cesse perfectionné, de ses livres de luxe à tirage limité.

Pour sa part, M<sup>me</sup> Deume sortit à sept reprises : pour « des recommandations à la domesticité » ; pour s'assurer que le vestibule ne sentait pas le potage bisque ; pour se remettre un peu de poudre ; pour jeter un dernier coup d'œil à la table de la salle à manger et au cabinet de toilette ; pour rajuster son ruban de velours ; pour ôter un surplus éventuel de poudre et se lisser les sourcils ; et, enfin, pour prendre d'ultimes précautions, suivies d'un bruit de chasse d'eau. De retour et caressant le bas de ses reins, elle conseilla à Hippolyte et à Didi de suivre son exemple, l'un après l'autre.

— Quelle heure ? demanda-t-elle pour la troisième fois.

— Sept heures treize, dit Adrien.

— Plus que dix-sept minutes, dit M. Deume qui continua à se réciter intérieurement les prescriptions du guide des convenances.

Ne pas saucer l'assiette avec un bout de pain, d'accord, ça c'était facile. C'était au supérieur d'entamer la conversation, d'accord aussi. Mais alors si ce monsieur n'entamait pas, ils ne devaient rien dire, eux ? Ça serait quand même drôle, tous ces zens muets à se regarder, attendant que ce monsieur se décide à entamer. Et puis quoi encore ? Ah oui, au début d'une présentation, parler de relations communes. Mais il n'en avait pas, lui, de relations communes avec ce monsieur. Enfin oui, il y avait Didi. On parlerait de Didi. Mais il ne saurait pas trop quoi dire, à part qu'il aimait bien Didi. Au fond on aurait dû rester un peu plus longtemps à Bruxelles, ne pas retourner si vite à Zenève pour ce sacré dîner de gala. C'était sa faute à elle, ça la démanzeait de faire la grande dame.

— Didi, il est bien entendu que ta femme descendra dès qu'il sera arrivé ?

— Oui Mammie, j'ai donné les instructions en conséquence à Martha. Elle montera l'appeler dès qu'il sera là.

— A propos de Martha, dit M<sup>me</sup> Deume, c'est elle qui ouvrira la porte, je viens de lui en donner l'ordre.

— Mais pourquoi pas le maître d'hôtel ? Ça fait plus chic.

— Il verra bien le maître d'hôtel puisque c'est le maître d'hôtel qui servira à table. Mais je veux qu'il voie la bonne aussi, enfin la femme de chambre puisqu'elle mettra le petit tablier brodé et le bonnet blanc que je lui ai achetés hier. Du moment qu'il y a ici femme de chambre et maître d'hôtel, autant les montrer tous les deux. J'ai fait toutes les recommandations à Martha, comment ouvrir, comment dire bonsoir, comment le débarrasser de son chapeau, comment l'introduire au salon où nous nous tiendrons. (Le petit père eut un frisson.) Je lui ai acheté aussi des gants de fil blanc, comme chez madame Ventradour. Je les lui ai fait déjà mettre pour qu'elle ne risque pas de les oublier au dernier moment. Avec la cervelle qu'elle a ! Enfin, sauf imprévu toujours à redouter, tout est en règle.

— Écoute, Mammie, j'ai une idée, dit Adrien qui s'arrêta d'arpenter, les mains dans les poches. Vois-tu, ce qui me tracasse, c'est ce vestibule qui est un peu nu. Mon tableau abstrait qui est chez moi, je vais vite l'accrocher dans le vestibule, il est d'un peintre très coté en ce moment. Il fera bien à la place de cette gravure qui ne veut rien dire.

— Mais Didi, on n'a pas le temps!

— Oh écoute, il est sept heures vingt exactement, ça ne prendra tout de même pas dix minutes.

— Et s'il arrive en avance?

— Une huile n'arrive jamais à l'avance. Allons-y!

— En tout cas, je ne veux pas que tu portes toi-même ce tableau, il est trop lourd, c'est un travail pour Martha.

A sept heures vingt-quatre, juchée sur un tabouret placé sur une chaise, Martha essayait d'accrocher le grand tableau plein de spirales et de ronds, tandis que Mme Deume la maintenait fortement par ses épaisses chevilles.

— Attention de ne pas tomber! cria M. Deume.

— Qu'est-ce que tu as à parler fort comme ça? demanda Mme Deume sans se retourner.

— Pardon, ze m'excuse, dit M. Deume qui n'osa pas avouer que c'était pour prendre l'habitude d'être mondain.

A sept heures vingt-sept, alors que le tableau venait d'être suspendu, la sonnette d'entrée tinta et Mme Deume eut un grand tressaillement qui fit dégringoler Martha, tandis que du fond du corridor un beuglement s'éleva, courroux du central téléphonique reprochant à l'abonné le récepteur non raccroché. M. Deume ramassa Martha dont le nez saignait cependant qu'Adrien remettait en hâte la chaise et le tabouret en place, que la sonnette faisait des sautillés d'impatience, que le téléphone mugissait et que, dans la cuisine, le maître d'hôtel et le cuisinier de chez Rossi se tapaient les cuisses.

— Tu vois, il est venu en avance! chuchota Mme Deume. Mouchez-vous, idiote, ça saigne! souffla-t-elle à Martha affolée qui tourna sur elle-même et claironna du sang dans le mouchoir qui lui était tendu. Voilà, ça suffit, ça ne saigne plus! Changez de tablier, vite, il est plein de sang! Un autre tablier! Souriez! Excusez-vous du retard, dites qu'il y a eu un petit accident! Souriez, idiote!

Les trois Deume filèrent au salon, en fermèrent la porte et s'y tinrent debout, le cœur battant, essayant un sourire immobile, déjà prêts à une haute considération. C'est ton idée de tableau au dernier moment, murmura Mme Deume. Ayant dit, elle refit son sourire, furieuse. La porte s'ouvrit, mais ce fut Martha qui entra, le tablier de travers, et dit que c'était seulement la « pompe » glacée. Mme Deume poussa un ouf! Bien sûr, la bombe glacée, elle avait oublié!

— Qu'est-ce que vous faites plantée ici, vous? Allez vite vous laver le nez! Et puis le tablier, devant! Rendez-moi mon mouchoir! Ou plutôt non, mettez-le au sale, pas dans le panier, dans le sac des choses délicates! Allons, filez et recoiffez-vous! Tu sais, toi, Adrien, avec ton idée de tableau au dernier moment, je te retiens! Enfin, ça aurait pu être pire. Pourvu qu'elle n'ait pas une jambe cassée maintenant, il ne manquerait plus que ça, que nous ayons un accident avec cette fille et être obligés de lui payer l'hôpital. Quelle heure?

— Sept heures vingt-neuf.

— Dans une minute, dit M. Deume, la gorge serrée.

Mᵐᵉ Deume examina ses deux hommes. S'étaient-ils salis pendant l'incident? Non, Dieu merci. M. Deume ruminait son angoisse. Il était sûr qu'il s'embrouillerait pour dire qu'il était çarmé quand Adrien le présenterait. Et puis dans le guide mondain il y avait un embrouillamini sur les princes et les grands personnazes et qu'alors ils étaient cez eux et on devait les mettre à la place du maître de maison. Ce monsieur c'était un grand personnaze, alors il fallait peut-être ne pas le mettre à la droite d'Antoinette. Et puis, il y avait la conversation à table. Le guide disait qu'il ne fallait zamais parler de politique, mais de littérature. C'était très zoli, ça, mais il n'y entendait rien à la littérature, lui, et puis quoi, la politique, ça devait intéresser ce monsieur, vu ses fonctions, non? Enfin, si on parlait de littérature, il écouterait et il approuverait, voilà. Et puis Antoinette, est-ce qu'elle s'y entendait tellement en littérature, au fond? Enfin, il y aurait Didi et Ariane.

Les trois se tenaient debout, n'avaient pas le courage de s'asseoir et d'être normaux. Ils attendaient en silence, factices et amènes. Les minutes passaient mais les sourires demeuraient. Enfin, Mᵐᵉ Deume demanda l'heure.

— Trente-neuf, répondit Adrien. Dès qu'il sonnera, ajouta-t-il, tout raide et d'une voix imperceptible, lèvres remuant à peine, je compterai jusqu'à quinze pour laisser le temps à Martha d'ouvrir et de le débarrasser. Et puis j'irai le recevoir dans le corridor, c'est plus aimable. Vous deux, vous resterez au salon.

— Tu me le présentes d'abord, la femme étant censée être la supérieure, chuchota Mᵐᵉ Deume, droite et empesée.

— Mais pourquoi veux-tu qu'il te le présente? souffla M. Deume, tout rigide aussi et dont les lèvres seules bougeaient. Tu sais bien que c'est monsieur Solal, puisque nous l'attendons, nous ne parlons que de lui depuis un mois.

— Quelle heure? demanda Mᵐᵉ Deume sans daigner répondre.

— Sept heures quarante-trois, dit Adrien.

— Moi, z'ai quarante-quatre, dit M. Deume.

— J'ai l'heure de la radio, dit Adrien.

Il leva la main, tendit l'oreille. Un grondement lointain d'automobile qui bientôt se rapprocha et couvrit le bruit du vent s'engouffrant dans les peupliers. Ça y est, souffla M. Deume avec une voix de chez le dentiste, juste avant l'extraction. Mais l'automobile ne s'arrêta pas. Debout, l'oreille aux aguets, épluchant les rumeurs du dehors, les trois Deume attendaient courageusement.

— La règle est de venir avec un peu de retard, dit M^me Deume. Quelle heure est-il?

— Quarante-neuf, répondit Adrien.

— Oui, poursuivit-elle, les gens bien élevés viennent toujours avec un peu de retard, au cas que l'hôte ne serait pas tout à fait prêt, c'est une attention, une délicatesse.

Égaré, M. Deume répéta intérieurement « au cas que l'hôte » qui devint bientôt ocaclotte, ocaclotte. Les trois restaient debout et attendaient, figés dans la distinction souriante et malheureuse.

Silencieux en leurs fauteuils, ils semblaient las. Le petit père Deume chantonnait imperceptiblement pour faire naturel. Posé sur sa pointe, le soulier droit d'Adrien tremblait convulsivement. Les yeux baissés, M^me Deume considérait ses ongles longs et taillés carré, à affreuse blanche bordure de cinq millimètres, résultat d'un curage au canif.

— Quelle heure maintenant? demanda-t-elle.

— Huit heures dix, dit Adrien.

— Moi, j'ai huit heures onze, dit M. Deume.

— Je répète que j'ai l'heure de la radio, articula Adrien.

— Tu es bien sûr que c'est à sept heures et demie qu'il t'a dit qu'il viendrait? demanda M^me Deume.

— Oui, mais il m'avait dit qu'il serait peut-être un peu en retard, mentit Adrien.

— Ah bon, j'aime mieux ça, tu aurais dû m'avertir.

Ils se remirent à attendre, humiliés et se le dissimulant les uns aux autres. A huit heures vingt-trois, Adrien tendit l'oreille, leva la main. Une portière d'auto claqua.

— Cette fois, ça y est, dit M. Deume.

— Debout! ordonna M^me Deume qui, aussitôt levée, passa sa main sur son derrière pour un ultime contrôle. Tu me le présentes en premier.

Sonnerie de l'entrée. Souriant déjà, Adrien rectifia sa cravate et commença à compter pour sortir à quinze et accueillir l'émouvant invité. Il en était à douze lorsque la suante Martha entra, d'avance coupable, et annonça aux trois statues que c'était un monsieur pour les voisins, un monsieur qui s'était trompé.

— Mettez-le au chaud, dit M^me Deume, perdant tous ses moyens.

La bonne sortie, les trois se regardèrent. Prévenant la question qui allait venir, Adrien dit qu'il était presque huit heures vingt-cinq. Puis il sifflota, alluma une cigarette qu'il écrasa aussitôt. Des autos passèrent mais aucune ne s'arrêta.

— Il y a sûrement quelque çose, dit le petit père.

— Adrien, téléphone-lui au Palais, dit M^me Deume après avoir roulé entre ses doigts sa boulette de chair. Une heure de retard, c'est trop, même pour une personne haut placée.

— Il n'est sûrement pas au Palais à cette heure, c'est plutôt à son hôtel qu'il faudrait téléphoner.

— Eh bien, téléphone à son hôtel, puisque hôtel il y a, dit M^me Deume, et elle fit une inspiration signifiant qu'elle trouvait bizarre qu'un monsieur si important n'eût pas de chez-soi.

— C'est un peu gênant, dit Adrien.

Eh bien, puisque les hommes manquaient de courage, elle en aurait, elle! Laissant derrière elle un énergique sillage d'antimite, elle se dirigea d'un pas décidé vers le téléphone du vestibule. Durant tout l'entretien, les deux hommes se tinrent immobiles et muets, le petit père se bouchant les oreilles, tant il avait honte. A son retour, M^me Deume se composa une expression importante.

— Alors? demanda Adrien.

— Alors, tu es un étourdi, dit-elle presque de bonne humeur. C'est un gros malentendu. Il m'a dit que tu l'as invité pour vendredi prochain! Toute cette peine que je me suis donnée pour rien! Enfin, il va venir à dix heures, après un grand dîner qu'il a, dès qu'il pourra se sauver, ce qui est quand même de la considération, vu que ça doit sûrement déranger ses plans. Vraiment, Adrien, je ne comprends pas que tu sois distrait à ce point!

Il ne protesta pas, mais il n'était pas dupe. Cousue de fil blanc, la justification du S. S. G. Avant-hier encore, il avait remis à miss Wilson un mot pour le S. S. G., rappelant le dîner de ce soir, un pro memoria, comme les Heller. Heureusement qu'il n'en avait rien dit à Mammie. Le S. S. G. avait oublié, voilà tout. Oui, ne rien dire, mieux valait passer pour un distrait qu'être un type dont on a oublié l'invitation. L'embêtant, c'était les deux cents grammes de caviar, et du frais encore. Enfin, il venait, c'était le principal.

— C'est lui qui t'a répondu ? demanda-t-il.

— Un laquais d'abord, dit M<sup>me</sup> Deume avec sensibilité, puis on m'a passé monsieur le sous-secrétaire général. Il a été charmant, je dois dire, une voix très agréable, bien timbrée, un peu grave et puis d'une politesse! Donc, d'abord les explications du malentendu, puis ses excuses et ses regrets, si bien dits, d'une manière, enfin grand miyeu. Heureusement que j'ai eu l'inspiration de lui téléphoner, c'était le dernier moment, il allait justement sortir pour se rendre à un dîner de gala.

— Il t'a dit ça comme ça ? demanda Adrien.

— Enfin, je suppose bien que c'est un dîner de gala puisque c'est avec la délégation argentine. Il m'a donc dit qu'il s'excuserait auprès de la délégation, expliquant le malentendu, et qu'il partirait tout de suite après le dîner pour venir chez nous. Enfin, absolument charmant! Il m'a conquise, je dois dire. Et puis enfin il faut reconnaître qu'il se donne de la peine, c'est quand même de la bonne volonté de venir tout de suite après le dîner de ces messieurs du gouvernement argentin, c'est flatteur pour nous. C'est drôle, je me sentais tellement à l'aise en causant avec lui. Je peux dire que nous avons déjà fait connaissance, conclut-elle virginalement.

— Eh bien, on manze tard cez les Arzentins, dit M. Deume qui mourait de faim.

— Plus c'est grand genre et plus on dîne tard, dit M<sup>me</sup> Deume que sa conversation téléphonique avait emplie de bienveillance. Enfin, maintenant on sait à quoi s'en tenir, je dois dire que ça m'a ôté un poids, c'est clair, c'est net, il m'a dit qu'il sera chez nous à dix heures précises. Maintenant, la première chose à faire, c'est de liquider ce maître d'hôtel, je ne veux plus voir cette tête par ici, on s'arrangera avec Martha pour les rafraîchissements. Hippolyte, va dire à cet acrobate que le dîner est annulé, et au cuisinier aussi. Donne-leur quelque chose pour n'avoir pas d'histoires, trois francs chacun, c'est bien assez, vu que. Tu te feras rembourser par Didi.

— Écoute, z'ose pas.

— J'irai, dit Adrien, et en même temps j'informerai Ariane de la situation.

— Ah, mon pauvre Didi, décidément tu auras eu toutes les corvées. Enfin, tu es l'homme de la maison. Et envoie-moi Martha à la salle à manger, s'il te polaît.

173

Entré dans la salle à manger à la suite de son épouse, M. Deume fut ébloui par la table somptueusement dressée, ennoblie de fleurs, de bougies et de champagne. Il renifla de bonheur. On allait pouvoir manzer un tas de bonnes çoses en famille, sans être surveillés par ce monsieur important, et les asperzes on les manzerait sans pinces! Ses gros yeux ronds émus, il se frotta les mains.

— Alors, on se met à table?

— Je pense bien que non, dit M<sup>me</sup> Deume. Nous avalerons un morceau debout, rapido presto. Martha, vous apporterez du pain et du fromage et les trois sandwiches jambon de midi qui restent. Vous mettrez tout ça sur le buffet et vous desservirez la table. Allons, ma fille, dépêchez-vous et emportez-moi tout à la cuisine pour le moment. Point de vue rangement définitif, je viendrai tout à l'heure vous donner les instructions pour, et attention à ma nappe, repliez-la-moi comme il faut, qu'il n'y ait pas de faux plis. Le dîner servira pour les Rampal juniors, dit-elle en se retournant vers son mari. Je leur téléphonerai demain matin, première heure.

— Comment les Rampal? Ils sont à Zenève?

— Oui, c'est vrai, avec toutes nos circonstances, j'ai oublié de te dire. Ils m'ont téléphoné cet après-midi pour me dire qu'ils venaient d'arriver. Charmants, comme toujours. J'ai eu bien envie de les inviter illico pour ce soir étant qu'il y aurait eu de quoi et profiter de ce menu et puis ça aurait montré à monsieur le sous-secrétaire général le genre qu'on fréquente.

— Ils restent longtemps?

— Trois ou quatre jours, ils sont venus pour ce que tu sais, comme d'habitude. Bien forcés avec ces affreux impôts qu'il y a en France. Elle y a fait joliment allusion au téléphone, disant qu'elle allait se faire des durillons à la main à force de se servir des ciseaux. Tu n'as pas l'air de comprendre, c'est pourtant bien clair, c'était une allusion aux coupons qu'ils vont couper tous les deux à la banque, tu sais, dans ces jolis petits salons de la salle des coffres. Alors, comme je disais quand tu m'as interrompue, j'ai eu bien envie de les inviter pour ce soir, mais Adrien n'étant pas là et ne sachant pas ce qu'il en penserait, je n'ai pas osé vu que sûrement d'un point de vue il voudrait avoir un contact intime avec son supérieur pour la première fois, alors je suis restée dans le vague, disant que je les rappellerai demain, ayant une grosse grosse réception ce soir, ce n'est pas mal qu'ils le sachent, et ne sachant où donner de la tête avec nos préparatifs. Donc je leur téléphone demain matin première heure.

— Mais, Bicette, tu ne crois pas que ça sera tout sec demain ?

— Je prendrai les mesures pour. Avec le frigidaire on peut être tranquille, et réchauffé, ce sera tout aussi bon.

— Oui, murmura sans enthousiasme M. Deume.

— Ce menu de gala tombe juste, vu que les Rampal sont de l'aristocratie, dit M$^{me}$ Deume à l'intention de Martha qui d'ailleurs n'y comprit rien.

— De la vieille noblesse française, compléta machinalement M. Deume.

(Depuis plusieurs générations, les parents Leerberghe léguaient à leurs enfants le respect des Rampal qui possédaient en Belgique des propriétés gérées de père en fils par les Leerberghe, fidèles hommes liges. La fortune, le château et les chasses à courre des Rampal faisaient depuis plus d'un siècle l'objet de longues causeries leerberghiennes au coin du feu, l'hiver. A l'âge de trois ans déjà, comparant les Rampal à Adèle, la bonne de ce temps-là, le petit Adrien criait avec une gravité convaincue : « Dèle, caca! Ampal, yentil, pas caca, oh non!» Comme on voit, il promettait. M$^{me}$ Deume avait vite contaminé son mari qui ne citait jamais à ses connaissances genevoises le nom éblouissant des Rampal sans ajouter, avec un petit tremblement de la gorge et les yeux modestement baissés, « de la vieille noblesse française».)

— Enfin j'en discuterai avec Didi demain matin. Je le laisse tranquille ce soir pour qu'il soit bien en forme pour son supérieur. S'il estime préférable que nous invitions ces fameux Rasset que je n'ai jamais vus, ce sera à lui de décider. De toute façon, nous faisons grand dîner demain soir, soit les Rampal, soit les Rasset, soit à la rigueur M$^{me}$ Ventradour, je dis à la rigueur parce qu'elle n'a quand même pas la même surface, et puis tout ce caviar pour une seule invitée, ce serait trop dommage. A vrai dire, je crois que je préférerais les Rasset, ce serait une occasion de faire connaissance en grand genre. Allons, Martha, dépêchez-vous, un peu de nerf, s'il vous polaît ! A propos, écoutez-moi bien, Martha. Cette personnalité viendra donc à dix heures, mais pour plus de sûreté tenez-vous bien à l'avance tout près de la porte en gants blancs, toute droite, prête à ouvrir, cas que cette personnalité arriverait plus tôt. Tenez-vous près de la porte à partir de neuf heures et demie, bien droite, n'oubliez pas les gants blancs, et attention de pas me les salir, votre tablier aussi attention, il doit rester impeccable. Donc dès que la personnalité sonnera vous ouvrirez la porte en souriant, puis vous prendrez son chapeau en souriant, mais pas trop, modestement, enfin comme une domestique, et ensuite vous viendrez ouvrir la porte du salon où nous serons et vous annoncerez à haute voix monsieur le sous-secrétaire général de la Société des Nations, mais alors sans sourire, comme ça se fait dans les grandes réceptions, vous avez compris ?

— Mais Antoinette, Adrien a dit que c'est lui qui ira le recevoir dans le vestibule, quinze secondes après le coup de sonnette.

— C'est juste, j'ai oublié. D'ailleurs, j'aime mieux ça, vu que d'annoncer à haute voix c'est plutôt l'affaire d'une personne stylée, ayant une certaine éducation. Ça n'aurait pas été dans vos cordes, n'est-ce pas, ma pauvre Martha, vu que vous sortez d'un miyeu où on ne reçoit pas souvent des personnalités ! Oh, je ne vous en fais pas reproche, ce n'est pas de votre faute si vous êtes d'humble extraction, conclut-elle avec son sourire lumineux.

Adrien revenu annonça qu'Ariane n'avait pas faim et qu'elle ne descendrait que lorsque l'invité serait là. M. Deume s'approcha du buffet, prit une bouchée de pain sur laquelle il posa un petit morceau de gruyère. Hippolyte! admonesta M^{me} Deume. Il comprit, remit le pain et le fromage à leur place, attendit que sa femme eût rendu grâce. Pourtant vraiment faire la prière zuste pour un morceau de fromaze et debout encore!

— Seigneur, commença M^{me} Deume, debout devant le buffet et les yeux clos, nous Te remercions d'avoir voulu et préparé Toi-même cette soirée que nous allons passer avec monsieur le sous-secrétaire général de la Société des Nations. Oui, merci, Seigneur, merci. (Comme elle ne trouvait rien d'autre à dire, elle répéta « merci » à plusieurs reprises sur un ton toujours plus tendre et plus mou pour remplir le vide en attendant l'inspiration d'autres phrases.) Merci, merci, merci, oh merci, merci. Nous Te rendons grâce aussi de ce que Tu as, dans Ta grande sagesse, placé notre cher enfant sur le chemin de ce cher supérieur hiérarchique. Oh, fais que cette merveilleuse rencontre de ce soir soit une abondante source de bénédictions pour notre cher Adrien et qu'il y trouve des occasions toujours renouvelées d'un avancement moral et d'un enrichissement spirituel. Amen.

Pour me réconforter de la mère Deume, je vais écrire au cher pasteur Georges-Émile Delay, de Cuarnens, dans le canton de Vaud, un homme parfaitement pur et bon, un vrai chrétien, un frère. Mon frère chrétien, c'est ainsi qu'en moi-même je l'appelle.

# XX

— Passons au salon, dit avec distinction M^me Deume, craquante en son taffetas changeant à incrustations.

— Oui, passons au salon, répéta son petit mari qui la suivit en boitillant, les mains derrière le dos, lui-même suivi par Adrien.

Ils prirent place et M^me Deume extirpa aussitôt, par divers gazouillis, les particules de jambon qui s'étaient logées entre ses dents. Puis, elle demanda l'heure. Les deux hommes sortirent leur montre et Adrien dit qu'il était neuf heures vingt. M. Deume retarda son oignon d'une minute.

— Il m'a dit très nettement qu'il sera là à dix heures précises, annonça une fois de plus M^me Deume.

— Donc dans quarante minutes, dit M. Deume.

— Bonne idée d'avoir obligé Martha à se friser au petit fer, dit M^me Deume. Elle est tout à fait présentable avec son tablier de batiste et son bonnet idem. Heureusement que j'ai eu l'inspiration d'acheter deux tabliers de femme de chambre. Sans ça, avec le saignement de nez de cette fille nous aurions été dans de beaux draps ! Enfin, tout est en règle.

Oui, tout avait été prévu. On avait bien fait la leçon à Martha et on lui avait fait réciter toutes ses consignes. A son intention une répétition avait été faite, Didi jouant le rôle de monsieur le sous-secrétaire général sonnant à la porte, puis entrant et remettant son chapeau et même une canne, à tout hasard, bien qu'Adrien eût dit que ce n'était pas le genre de son chef. L'invité aussitôt entré au salon, Martha devait en avertir Ariane et la prier de descendre. Enfin, dix minutes exactement plus tard, elle devait apporter au salon trois sortes de boissons chaudes : thé, café normal, café décaféiné. L'invité n'aurait qu'à choisir. On lui proposerait ensuite des liqueurs ou même du

champagne s'il préférait. Il en resterait bien assez pour les
Rampal ou les Rasset. Maintenant si, contrairement à l'avis
de Didi, son chef préférait de la tisane, on pourrait vite lui en
faire, on en avait de toutes sortes — verveine, camomille,
tilleul, menthe, anis. Oui, vraiment, tout était en règle. Elle
promena un regard autour d'elle, eut un soupir de satisfaction.
— Le salon est vraiment bien, dit-elle. (Elle prononça
« bian».)
Tandis que Martha, frisée et déguisée en femme de chambre,
se tenait déjà debout et en gants blancs près de la porte d'entrée,
prête à ouvrir et mourant de peur, les trois Deume attendaient
avec délicatesse. Raides et comme en visite chez eux, ils
n'osaient pas s'asseoir confortablement. Les oreilles déjà à
l'affût des bruits du dehors, ils cherchaient ou entretenaient
sans vigueur de pâles sujets de conversation, flammes toujours
ranimées et toujours mourantes. Par une sorte d'obscure dignité,
ils évitaient de parler de l'invité, maintenant que son arrivée
était proche. Ils ne voulaient pas s'avouer qu'ils ne pensaient
qu'à lui et que leur âme se gonflait à l'idée de recevoir un si
haut personnage, fût-ce à dix heures du soir. De temps en
temps pourtant, une petite allusion au sous-secrétaire général,
pour avoir l'air naturel. Le plus souvent, c'était un silence
empreint de gentillesse réciproque et d'une paradoxale mélancolie heureuse, M$^{me}$ Deume vérifiant la propreté de ses longs
ongles, ou faisant bouffer son jabot de dentelle, ou souriant
avec bonté, ses obliques dents jaunes reposant précieusement sur le mol coussinet de la lèvre inférieure. L'éminent
personnage ayant dit qu'il serait chez elle à dix heures précises,
elle était sûre de la réussite et respirait avec satisfaction. Elle
était si heureuse qu'à plusieurs reprises elle témoigna sa tendresse à son fils adoptif par un « Bonjour, toi! » accompagné
de petites tapes sur la main. Pour passer le temps, Adrien
ayant apporté une photographie de Solal découpée dans un
journal parisien, elle déclara que leur invité avait une tête de
conducteur d'hommes, éloge suprême dans sa bouche.
Les minutes étaient nobles et on se sentait les intimes du
cher sous-secrétaire général non moins que des Rampal. On
attendait délicieusement en toute sécurité et amabilité. De
temps à autre, on se levait pour ôter de la main une impression
de poussière, pour changer de place un guéridon ou un bibelot,
pour voir si le thermomètre marquait une température digne
d'un conducteur d'hommes, pour refermer le couvercle du
piano à queue, puis pour le rouvrir car cela faisait mieux en

**179**

somme et jetait une note d'élégante négligence. A tour de rôle, les deux hommes allèrent à la fenêtre pour, le dos tourné à la dame de céans, vérifier discrètement certains boutons.

— Le salon est vraiment bian, répéta M^{me} Deume, souriant d'aise sociale. Il y aura peut-être une amélioration à faire plus tard, tu sais, Didi : devant la baie, mettre des rideaux en reps, avec des grandes fleurs de toutes les couleurs peintes à la main sur le reps, et alors derrière mettre des ampoules électriques cachées qu'on allumerait le soir quand les rideaux seraient tirés, enfin comme chez Emmeline Ventradour, ça ferait artistique. Naturellement, quand il y aurait des invités. Enfin, on en reparlera. Bonjour, vous, dit-elle cette fois à son Didi, tout en lui pinçant coquettement le poignet, qu'elle agita en tous sens.

Après avoir perfectionné ses épluchages dentaires à l'aide de pépiements fins et du cure-dents de poche que son mari lui prêta, puis curé de nouveau le bord effrayant de ses ongles à l'aide du « canif pour » d'Hippolyte, elle éprouva le désir d'une conversation sur des sujets élevés, de rigueur en cette heure. Tout en exhalant des vapeurs de menthe par l'effet de pastilles suçotées, elle parla d'un livre « si bien écrit », intitulé « Histoire de ma Vie », et qu'elle avait eu soin de poser, bien en vue, sur une des petites tables roulantes qu'elle appelait des « servir-boys ». Elle ouvrit cet ouvrage dû à la plume de la reine Marie de Roumanie, lut à haute voix une phrase qui l'avait beaucoup frappée : « Bénie, trois fois bénie, la faculté que Dieu m'a donnée de ressentir profondément la beauté des choses, de m'en réjouir ! »

— N'est-ce pas que c'est jeuli ? C'est d'une finesse !

— Oui, c'est vrai, c'est très fin, fit M. Deume.

— C'est d'une reine, mon cher, c'est tout dire.

Gracieuse, elle eut un sourire délicat car elle se sentait solidaire de la reine de Roumanie, et d'autant plus que monsieur le sous-secrétaire général allait bientôt arriver, haut personnage qui devait sûrement être reçu par cette chère reine qu'en conséquence elle fréquentait aussi, en quelque sorte, par personne interposée. Bref, elle se sentait ce soir du même miyeu. Il fut ensuite question d'une photographie qu'elle avait vue dans un hebdomadaire illustré, celle d'une autre reine qui, au cours d'une cérémonie officielle, n'avait pas craint d'ôter à demi son pied de son soulier pour le reposer. Tout comme n'importe quelle femme ! Oh, c'était trop jeuli !

M^{me} Deume s'attendrit enfin sur une troisième reine qui

avait tenu à aller en autobus, une fois, pour voir, parce qu'elle n'était jamais allée en autobus! En autobus, une reine qui pouvait s'offrir des carrosses et des automobiles de luxe, en autobus, comme c'était jeuli! Non, c'était trop jeuli! Et les enfants royaux d'Angleterre qui avaient voulu aller en métro pour voir comment c'était! En métro, des petits princes! C'était trop chou! sourit-elle avec sentiment. Et puis, c'était démocratique, déclara M. Deume. Revenant à la reine de l'autobus, M^me Deume en cita un autre trait touchant.

— Lorsqu'elle a visité une petite ville, eh bien elle est allée serrer gentiment la main d'un adjoint du maire, un épicier invalide qui avait dû rester en arrière, dans sa chaise roulante. Elle s'est dérangée, elle est allée jusqu'à lui, qui était à plusieurs mètres! Un épicier! Quelle bonté! C'est trop jeuli! Lorsque j'ai lu ça dans le journal, j'en ai eu les larmes aux yeux! Il paraît qu'elle a un charme magnétique, et puis tellement à l'aise avec les humbles! Ah, elle mérite bien sa haute position! Comme toutes les reines, d'ailleurs, elles sont toutes si fines, si charitables!

Le stock des reines étant épuisé, il y eut un silence. On toussota, on se débarrassa de chats de gorge. Puis Adrien consulta sa montre. Neuf heures trente-sept. Encore vingt-trois minutes, dit M. Deume qui étouffa un bâillement de nervosité. Enfin, pensa-t-il, la visite de ce grand personnaze — de l'individu, rectifia-t-il pour se venger — serait terminée à minuit en tout cas et on pourrait aller tranquillement se coucer sans plus avoir à faire des conversations en criant pour montrer qu'on était mondain, et sans parler de ci et de ça, et en attendant que l'individu vous parle. Soudain, M^me Deume donna une tape sur le genou d'Adrien.

— Écoute, mon Didi, parle-nous un peu de ce monsieur, je veux dire au point de vue privé, son caractère, enfin que nous fassions un peu connaissance. Voyons, est-ce qu'il est croyant?

— Ma foi, ça je ne sais pas. Ce que je sais c'est deux choses qui montrent que c'est un type formidable. Castro m'a raconté ça pas plus tard que ce matin, il faudra que je le raconte à Ariane, c'est Lady Cheyne qui a raconté ça à Castro qui fréquente chez elle, donc c'est authentique. A propos, il faudra que j'invite à dîner Castro un de ces jours, c'est un type très bien, très cultivé.

— Alors qu'est-ce que c'est, ces deux choses?

— Primo, l'incendie de cet hôtel à Londres. Il paraît qu'il a sauvé des flammes deux dames au péril de sa vie.

— Oh, que c'est jeuli! s'écria M<sup>me</sup> Deume. Oh, il est sûrement croyant!

— Et puis ici à Genève, une pauvre naine qui jouait de la guitare dans les rues, une mendiante quoi, eh bien il l'a tirée de la misère, il lui a loué un petit appartement, et puis il paraît qu'il lui a fait une rente, et maintenant elle ne mendie plus, elle est bénévole à l'Armée du Salut, enfin quoi, il a transformé la vie de cette pauvre fille.

— Je sens que nous allons sympathiser ! s'écria M<sup>me</sup> Deume.

— Il paraît qu'on les voit se promener ensemble quelquefois, lui donc très grand, et elle toute petite, les jambes tordues, avec l'uniforme des salutistes.

— Un brave homme quoi, dit M. Deume qui donna un coup à ses moustaches pour les abaisser. N'est-ce pas, Antoinette?

— J'approuve toujours la charité, dit-elle. Sauf que dans sa position, il ne devrait quand même pas se promener avec une personne qui n'est pas de son rang, et puis qui a fait de la mendicité.

Le petit père fredonna tout bas pour s'occuper, puis sortit du gilet de son smoking un cigare bon marché, étroit et noir, qu'il se disposa à allumer non pour le plaisir de fumer — il était trop troublé par la perspective de la présentation — mais pour avoir une contenance lorsque l'invité entrerait. Sa femme lui ôta du bec le cigare qu'elle enferma dans un tiroir.

— Un Brissago, c'est vulgaire.

— Mais z'en fume un tous les soirs après le souper!

— C'est le tort que tu as, ça fait employé des postes. Adrien, tu mettras la conversation sur « Histoire de ma Vie », donc de Sa Majesté la reine de Roumanie, et puis sur le cher docteur Schweitzer aussi. Ça fera sujet pour moi. La bombe glacée! s'écria-t-elle sans transition.

— Que veux-tu dire, Mammie?

— On pourra lui proposer de la bombe tutti frutti!

— Mais, Mammie, ce n'est pas possible, on ne peut pas offrir de la bombe glacée à dix heures du soir. De quoi est-ce que ça aurait l'air?

— Oui, évidemment, tu as raison, Didi. Mais c'est tellement dommage, elle ne tiendra pas jusqu'à demain soir, elle sera toute fondue, malgré le frigo. Il faudra que nous en achetions un à congélateur si on nous donne une bonne reprise du nôtre. Écoute, Hippolyte, va dire à Martha qu'elle peut manger de la bombe glacée autant qu'elle voudra, ça fera plaisir à cette pauvre fille, et puis c'est une bonne action.

M. Deume s'empressa d'obéir et courut annoncer la bonne nouvelle à Martha. Dans la cuisine, il se bourra en hâte de bombe glacée, et si copieusement qu'il en grelotta. De retour au salon, dissimulant ses frissons, il osa demander à Antoinette s'il pouvait prendre un petit verre de cognac « vu que z'ai une impression de froid, ze ne sais pas pourquoi ».

A neuf heures cinquante, M<sup>me</sup> Deume estima opportun de se rendre dans sa chambre pour se refaire une laideur. Après avoir oint ses deux bandeaux de brillantine à l'héliotrope, elle passa sur son visage, à l'aide d'une boulette de coton, une poudre blanche, dénommée « Carina », qui ne servait que dans les grandes occasions et qu'elle enfermait dans le tiroir à secret de son bureau. Ensuite, elle se remit derrière les oreilles quelques gouttes de « Floramye », un parfum âgé d'une quarantaine d'années. Séduisante et ragaillardie, elle descendit et fit son entrée dans le salon, morale, sociale et odorante, avec l'air douloureux de la distinction.

— Quelle heure ? demanda-t-elle.

— Neuf heures cinquante-sept, dit Adrien.

— Dans trois minutes, dit M. Deume, plus raide qu'une bougie.

Maintenant ils attendaient sans oser se regarder. Pour remplir le vide, de temps à autre, retentissait une phrase sonnant faux sur la température, sur l'excellence de la chasse d'eau d'en bas depuis qu'elle avait été réparée, sur les mérites comparés des thés de Chine et de Ceylan, le premier ayant un arôme plus distingué et le second plus de corps. Mais les âmes et les oreilles étaient ailleurs. « Oui, récitait intérieurement M<sup>me</sup> Deume à l'intention des amies qu'elle verrait lundi prochain à la réunion de couture pour les convertis du Zambèze, l'autre soir nous avons veillé très tard, oh, une petite soirée intime, tout à fait entre nous, il n'y avait que le sous-secrétaire général de la Société des Nations. Ça a été un vrai régal intellectuel. C'est un homme charmant, très cordial, très simple, enfin, très simple avec nous, en tout cas. »

Dix heures sonnèrent en même temps à la pendule neuchâteloise et aux trois autres pendules de la villa, fort bien réglées par M. Deume. Adrien se leva et son père adoptif l'imita. La minute était auguste. La maîtresse de maison caressa son cou pour s'assurer de la parfaite mise en place de son ruban de velours, puis se mit en position d'attente raffinée, sourit avec l'air douloureux susdit, ses obliques incisives toujours placées en évidence.

— Tu ne te lèves pas, cérie?

— La dame reste assise pour recevoir un monsieur, répondit la cérie, paupières baissées compétentes.

Ayant repeigné son collier de barbe, Adrien estima tout à coup préférable de mettre en ordre géométrique les exemplaires de luxe achetés la veille. Puis il les remit en désordre parce que tout de même, ça faisait mieux, ça faisait intellectuel. Mme Deume tressaillit et la boulette viandelette se balança, gracieux pendentif.

— Qu'est-ce que c'est? demanda-t-elle.

— Rien, répondit M. Deume.

— J'avais cru entendre un bruit d'auto.

— C'est le vent, dit Adrien.

M. Deume ouvrit la fenêtre. Non, pas d'auto.

A dix heures dix, il fut déclaré que le dîner argentin avait commencé sans doute en retard et qu'il fallait s'y attendre avec ces Sud-Américains. De plus, le sous-secrétaire général avait peut-être entamé quelque conversation importante avec ces messieurs, comme il était d'usage au moment du café et des cigares. Il ne pouvait évidemment pas tout planter là, au moment où une décision grave allait être prise, dit Mme Deume. Absolument, approuva M. Deume.

A dix heures douze, Ariane fit son apparition en robe de crêpe noir. Après avoir distribué des sourires, elle demanda, paupières ingénument battantes, si on attendait monsieur le sous-secrétaire général. Elle voyait bien qu'on l'attendait, répondit Adrien qui fit saillir ses muscles maxillaires pour donner à son visage l'expression d'une énergie indomptable. Il y avait eu un petit malentendu, expliqua M. Deume. Quand viendrait monsieur le sous-secrétaire général? demanda-t-elle en détachant soigneusement les syllabes du long titre. Aux environs de dix heures, répondit sèchement Mme Deume.

— Je vais attendre avec vous, dit aimablement Ariane.

Elle s'assit. Puis elle croisa les bras et dit qu'il faisait un peu froid dans ce salon. Puis elle croisa ses jambes. Puis elle se leva, s'excusa, dit qu'elle allait chercher une fourrure. Lorsqu'elle revint, son manteau de vison sur les épaules, elle se rassit paisiblement, les yeux baissés. Puis elle soupira. Puis, sage comme une image, elle croisa de nouveau les bras. Puis, les décroisant, elle bâilla poliment.

— Si vous êtes fatiguée, vous pouvez aller vous reposer, dit Mᵐᵉ Deume.

— Merci, madame. J'avoue que d'attendre ainsi dans le froid me fatigue un peu, en effet, et d'ailleurs j'ai sommeil. Alors, bonne nuit, madame, sourit-elle. Bonne nuit, Papeli, bonne nuit Adrien. J'espère que ce monsieur viendra bientôt.

A dix heures vingt-sept, Adrien remit les livres de luxe en ordre, puis fit remarquer que le vent soufflait plus fort. M. Deume ajouta qu'à son avis un orage se préparait, que le temps avait fraîchi en effet et que peut-être ce serait une bonne idée de faire une petite flambée dans la cheminée. Mᵐᵉ Deume dit qu'il n'y avait plus de bois à la cave et que d'ailleurs faire du feu un premier juin, vraiment. A dix heures trente, elle annonça qu'elle avait mal au dos. Chut, une auto! avertit M. Deume. Mais les automobiles ne s'arrêtaient jamais devant la villa. A dix heures trente-deux, une Marseillaise endiablée retentit au piano du deuxième étage et se déchaîna à travers la villa. Puis ce fut un air écœurant du ballet de Coppélia. Drôle de manière d'avoir sommeil, dit Mᵐᵉ Deume.

A dix heures trente-cinq, le petit père déroba un cinquième petit four qu'il laissa fondre en contrebande dans sa bouche fermée. Pour la déglutition, il s'arrangea tant bien que mal. A dix heures quarante, il en mangea un neuvième avec plus de bravoure, Mᵐᵉ Deume ayant les yeux douloureusement clos. Du deuxième étage, la marche funèbre de Chopin descendit lourdement, tandis que le silence s'épaississait dans le salon, que le vent gémissait dehors, que le petit père Deume mâchait avec une volupté triste des petits fours de moins en moins bons et que, près de la porte d'entrée, la grelottante Martha en soubrette de comédie montait la garde. Le vent redoublant de violence, Adrien dit à son tour qu'un orage se préparait. Puis ce fut le silence de nouveau, et M. Deume frissonna. Aller prendre un manteau? Non, ça la fâcherait.

— A propos, Antoinette, demanda-t-il peu après, les dépenses pour cette réception, nous les mettrons dans quel poste du budzet?

— Dans dépenses personnelles d'Adrien, dit-elle en se levant. Bonne nuit, je vais me coucher.

A dix heures quarante-cinq, il n'y avait plus au salon que deux hommes et six petits fours. M. Deume, maintenant empaqueté dans son gros manteau de laine, suggéra qu'il était temps d'aller se coucher, ajoutant qu'il avait mal aux jambes et l'estomac un peu barbouillé. Adrien dit qu'il resterait encore

185

quelques minutes, à tout hasard. M. Deume lui souhaita bonne nuit, se dirigea vers la porte, accompagné d'une impression de sciatique. Arrivé sur le seuil, il se retourna.

— Pour moi, il y a eu quelque çose, dit-il.

Après avoir envoyé Martha se coucher, il se fit une bonne bouillotte bien chaude pour se consoler, vérifia les divers verrouillages de la porte d'entrée, ferma le compteur du gaz et décida que pour ne pas déranger Antoinette il irait dormir dans la chambre d'amis. En réalité, il avait un peu peur d'elle, ce soir, et préférait se tenir à distance.

Plaisir de M. Deume de s'insinuer entre les draps frais. Joies petites, et par conséquent complètes et sans désillusions, d'ordonner à ses orteils une petite danse délassante, puis de chercher la bouillotte avec les pieds et de jouer un peu avec elle, puis de retirer les pieds pour avoir froid juste un moment, puis de mettre un pied sous la bouillotte et de la soulever un peu, ce qui faisait un petit changement. Et puis tant pis si ce monsieur n'était pas venu. Lui, il était bien dans son lit.

Soudain, dehors, illuminations des éclairs sitôt disparus, colères des tonnerres successifs, puis bousculade d'une immense pluie. Un vrai oraze, murmura le petit père, et il sourit de confort. Qu'on était bien chez soi, au sec, abrité par la chère villa. Pauvres vagabonds sans feu ni lieu, pensa-t-il en mettant ses pieds sur la bouillotte qui était juste bien, chaude mais pas brûlante. Oui, pauvres vagabonds errant en ce moment sur les routes, s'abritant sous des arbres, les malheureux. Il soupira de sincère compassion cependant que dans la chambre voisine son épouse contemplait sur la courtepointe les actions Nestlé au porteur qu'elle avait achetées en secret.

Il boucha ses oreilles avec les boules de cire de M<sup>me</sup> van Offel, éteignit la lampe de chevet et se tourna du côté du mur en souriant. Oh oui, il jouissait d'une bonne santé. Une vingtaine d'années encore en tout cas. Dire demain à Martha qu'il avait beaucoup de sympathie pour les socialistes. Ainsi, en cas de révolution, elle pourrait témoigner en sa faveur. De nouveau, il sourit. Oui, ça avait bien réussi, sa peinture blanche sur les tuyaux de la cuisine. C'est qu'il avait employé la meilleure qualité et puis mis trois couches. Demain matin, il irait voir si la troisième était sèche. Elle était peut-être déjà sèche maintenant. Et s'il y allait, juste une minute, pour voir ?

Dans la cuisine, en chemise de nuit et chaussons, il se pencha sur un des tuyaux, l'effleura de l'index. Eh oui, c'était bien sec ! Il sourit aux tuyaux éblouissants de blancheur, les aima d'amour.

Debout dans le salon, Adrien Deume dénoua sa cravate, avala un whisky, grignota le dernier petit four, consulta une fois de plus sa montre. Onze heures dix. Rester encore une minute ou deux. Oh, il savait bien que le type n'allait pas rappliquer, mais c'était pour le cas où il téléphonerait. Ce serait tout de même quelque chose vis-à-vis de la famille s'il téléphonait pour s'excuser, pour expliquer au moins, bon Dieu.

— Un lapin de ce calibre, vraiment, c'est trop fort de café. A moins qu'il ne soit mort.

Évidemment, s'il était mort, c'était une excuse valable. En ce cas aller à son enterrement, il lui devait bien ça. Aux enterrements des huiles, il y avait des occasions de connaissances intéressantes. Mais il n'était même pas mort d'ailleurs, il sentait ça, c'était pas un type à claquer tout d'un coup, il faisait jeune encore. Le mystère, c'était qu'il avait dit à Mammie qu'il viendrait sûrement. Alors quoi, nom de Dieu, quoi ? On n'avait pas le droit de faire des coups pareils ! D'abord, il ne venait pas dîner, tout ce caviar, nom de Dieu, ensuite il promettait formellement d'être ici à dix heures, et rien du tout ! Non, non, ce n'était pas admissible !

— A moins qu'il n'ait oublié l'adresse ?

Non, ça ne tenait pas debout. Quand on oubliait une adresse, on consultait l'annuaire du téléphone. Donc, pas d'excuse, à moins que claqué. D'ailleurs, il sentait bien qu'il ne téléphonerait pas. Nom de Dieu, on ne faisait pas des coups pareils, même si on était le pape. Enfin, il était membre A. Tiens, fini l'orage. Membre A, oui.

A onze heures et quart, après un deuxième whisky, il sortit du salon, gravit lentement l'escalier, ponctuant chaque marche d'un mot malodorant cependant que retentissaient les ronflements courroucés de Mammie. Sur le palier du deuxième étage, il s'arrêta. Aller discuter de la chose avec Ariane ? Ce serait un réconfort, il pourrait voir avec elle ce qu'il y aurait lieu de faire demain matin si le S. S. G. ne le convoquait pas pour lui donner une explication et surtout pour le charger de ses excuses auprès de Mammie et d'Ariane, deux dames, quoi. Des excuses sauveraient la face. Oui, si demain à midi pas convoqué par le S. S. G., demander à le voir, ce serait facile, il était bien avec la Wilson, il lui avait apporté des calissons, au retour de Valescure. Frapper chez Ariane ? Elle devait déjà dormir, elle n'aimait pas être réveillée. Non, ne pas y aller. Surtout qu'elle n'était pas commode, ces temps-ci.

— Le chic, ça serait qu'il ait eu une crise cardiaque avec étouffements et caetera, c'est ça qui liquiderait le lapin, et même si c'est une blague, on s'en fout, pourvu que ça fasse excuse honorable vis-à-vis de la famille, et puis vis-à-vis de moi aussi, par rapport à lui, pour qu'il ne me méprise pas. Nom de Dieu, qu'il me raconte une blague, c'est tout ce que je lui demande. Demain, lui demander tout de suite si un malaise subit l'a empêché de venir, ça lui donnera l'idée de la blague, alors mon honneur sera sauf. Oui, mais si je demande à le voir après ce lapin, ça aura peut-être l'air d'aller lui faire des reproches. Oh là là, zut alors.

Dans sa chambre, il jeta son smoking neuf sur une chaise, avec dégoût. Son vieux pyjama endossé, il resta devant le lit à regarder son malheur, les yeux immobiles. Après tout quoi, il avait bien le droit de la réveiller, c'était une circonstance exceptionnelle. Il revêtit un bon pyjama, fraîchement repassé, chaussa des mules neuves, donna un coup de peigne à son collier de barbe. Onze heures vingt-six. Oui, en somme y aller.

— Après tout, je suis son mari, quoi.

## XXI

Sortie du bain, elle se séchait en hâte car il fallait absolument être au lit avant onze heures et demie, dernier délai, sans quoi catastrophe. (Cette fille de riches était d'une longue lignée de délicats habitués à s'observer et à accorder une grande importance à la fatigue, au repos qui la répare, au sommeil qui apporte le repos. Un principe reçu pour évident par la tribu des Auble était que si l'on se couchait après onze heures du soir, on risquait une insomnie, petite abomination de la désolation. Cette crainte du coucher tardif, transmise de génération en génération, touchait à la hantise chez les Auble femelles, plus oisives que les mâles et par conséquent plus adonnées à l'introspection inquiète, plus préoccupées de ce qu'elles appelaient leur santé nerveuse, et qui veillaient à ne pas se surmener, à prendre de fréquentes vacances pour se faire du bien, comme elles disaient, et surtout à ne pas se coucher trop tard. C'est ainsi que le soir, après le dîner, la conversation de bon ton au salon était souvent interrompue par une de ces dames qui, lâchant soudain tapisserie ou broderie, s'écriait en sursaut : « Quelle horreur, onze heures moins vingt, juste le temps de faire notre toilette! » Il va sans dire que le lendemain matin, au petit déjeuner, la première pensée de ces dames était de s'informer réciproquement, avec un vif et aimable intérêt, de la qualité de leur sommeil, avec force détails et de subtiles nuances de spécialistes, telles que : « Oui, j'ai bien dormi, mais peut-être pas très bien, en tout cas pas aussi profondément qu'avant-hier soir. » Durant son enfance et son adolescence, Ariane d'Auble avait scrupuleusement observé la règle sacrée des onze heures, tant de fois répétée par sa tante Valérie. Ce respect enfantin ne l'avait pas quittée. Cependant, depuis sa majorité et peut-être sous

189

l'influence de son amie russe, elle avait estimé, en fille évoluée, pouvoir retarder d'une demi-heure le moment du coucher. Mais après onze heures et demie, c'était la panique de l'insomnie probable.)

Soulagée de n'avoir pas dépassé la limite extrême, elle s'introduisit dans son lit à onze heures vingt-neuf, éteignit aussitôt. Dans l'obscurité, elle sourit. Pas de sonnette à la porte d'entrée depuis qu'elle était remontée. Donc le goujat n'était pas venu. Penauds, les Deume.

— Bien fait, murmura-t-elle, et elle se pelotonna.

Elle se disposait à entrer dans le sommeil lorsque deux coups légers furent frappés à la porte. C'était lui, sûrement. Que lui voulait-il encore ? Elle décida de ne pas répondre. Ainsi, il penserait qu'elle dormait et il n'insisterait pas. En effet, elle l'entendit peu après qui regagnait sa chambre et en refermait la porte. Sauvée. De nouveau pelotonnée, elle referma les yeux. Zut, le voilà qui revenait. Deux coups plus forts. Mon Dieu, ne pouvait-il pas la laisser tranquille ? Autant répondre et en finir.

— Qu'est-ce que c'est ? gémit-elle, feignant d'être réveillée en sursaut.

— C'est moi, chérie. Est-ce que je peux entrer ?

— Oui.

— Tu ne m'en veux pas de te déranger ? demanda-t-il en entrant.

— Non, dit-elle, et elle esquissa un sourire douloureux.

— Je n'en ai pas pour longtemps, tu sais. J'aimerais seulement savoir ce que tu en penses, enfin qu'il n'est pas venu.

— Je ne sais pas. Il a dû être empêché.

— Oui, mais ce qui est étrange, tu comprends, c'est qu'il n'ait même pas téléphoné pour avertir, enfin pour s'excuser plus ou moins. D'après toi, qu'est-ce que je devrais faire demain ? Aller le voir ?

— Oui, aller le voir.

— Mais c'est que ça peut le mettre en rogne, tu comprends, ça ferait reproche, comme si je lui demandais de se justifier.

— Alors ne pas le voir.

— Oui, mais d'un autre côté, je ne peux pas laisser les choses comme ça. De quoi est-ce que j'aurai l'air si je le rencontre et qu'il ne me dise rien ? Tu comprends, du point de vue dignité. Qu'est-ce que tu en penses ?

— Alors le voir.

— Tu es ennuyée que je sois venu ? demanda-t-il après un silence.

190

— Non, mais j'ai un peu sommeil.

— Je regrette, j'ai eu tort de venir. Excuse-moi, je m'en vais. Alors, bonne nuit, chérie.

— Bonne nuit, sourit-elle. Dors bien, ajouta-t-elle pour le remercier de partir.

Arrivé devant la porte, il se retourna, revint vers elle.

— Écoute, est-ce que je peux rester deux minutes encore?

— Oui, bien sûr.

Il s'assit sur le rebord du lit, lui prit la main. Épouse modèle, elle posa sur ses lèvres un sourire immobile tandis qu'il la regardait avec des yeux de chien derrière ses lunettes, attendant d'elle le réconfort. Les paroles qu'il espérait ne venant pas, il voulut les provoquer.

— Tu comprends, c'est un sale coup pour moi.

— Oui, je comprends, répondit-elle, et de nouveau ce fut le sourire peint.

— Alors, qu'est-ce que tu me conseilles?

— Je ne sais pas. Attendre ses excuses.

— Oui, mais s'il ne m'en fait pas?

— Je ne sais pas, dit-elle, et elle lança un regard vers la pendule de la cheminée.

Dans le silence, il la regardait, attendait. Elle ne pensait qu'aux minutes qui tombaient, une à une, dans le silence. S'il restait encore, elle perdrait son sommeil et ce serait une nuit blanche. Il avait promis qu'il ne resterait que deux minutes et il était là, à la regarder sans arrêt depuis plus de deux minutes. Pourquoi ne tenait-il pas sa promesse? Elle savait bien ce qu'il voulait. Il voulait être rassuré. Mais si elle commençait à le consoler, on n'en finirait plus. Il ferait des objections à ses consolations pour être consolé plus à fond, et la comédie durerait jusqu'à deux heures du matin. Cette main transpirante qui collait à la sienne était désagréable. Les menus retraits qu'elle entreprit n'ayant pas eu d'effet, elle dit qu'elle avait des fourmis, retira sa main et regarda la pendule.

— Je reste encore une minute et je m'en vais.

— Oui, sourit-elle.

Il se leva d'un trait.

— Tu n'es pas très gentille avec moi.

Elle se dressa dans son lit. C'était trop injuste! Elle lui avait répondu gentiment, n'avait cessé de lui sourire, et voilà qu'il lui faisait des reproches!

— En quoi? demanda-t-elle, le regard droit. En quoi est-ce que je ne suis pas gentille?

191

— Tu n'as qu'une envie, c'est de me voir partir, et pourtant tu sais que j'ai besoin de toi.

Ces derniers mots la mirent hors d'elle. Cet homme qui avait tout le temps besoin d'elle!

— Il est minuit moins dix, articula-t-elle.

— Mais alors, si une fois je tombe malade et qu'il faille me veiller, qu'est-ce que tu feras?

Cette fois, ce fut la vision d'une veille toute la nuit qui la mit en rage contre cet homme qui ne pensait qu'à lui. Elle fit sa tête de marbre, butée et dure. Elle était maintenant une froide folle, insensible à tout ce qui n'était pas son sommeil menacé, épouvantée par la perspective d'une nuit d'insomnie. Il posa de nouveau la question.

— Je ne sais pas, je ne sais pas! cria-t-elle. Je ne sais pas ce que je ferai! Il est minuit moins huit, voilà ce que je sais! Pourquoi cet interrogatoire au milieu de la nuit? Pourquoi ces arguties au sujet d'une maladie future? (Elle eut envie d'ajouter qu'il y avait des infirmières pour veiller les malades, se ravisa.) Je ne pourrai plus dormir maintenant, à cause de ton égoïsme!

Elle regarda avec haine cet homme qui choisissait d'avoir besoin d'elle à minuit. Oh, cette manie qu'il avait de dépendre d'elle pour tout!

— Chérie, sois bonne avec moi, je suis si malheureux.

Elle fit de nouveau sa tête implacable, la tête qu'il connaissait bien, et il fut épouvanté. Cette tête de sourde du cœur, c'était sa femme, celle qu'il avait choisie, la compagne de sa vie. Il s'assit sur une chaise, près du lit, se concentra, s'efforça de penser à son malheur pour arriver à pleurer. Enfin, les larmes arrivèrent et il tourna son visage du côté de sa femme pour les lui faire bien voir et n'en pas perdre le bénéfice. Elle baissa la tête car les femmes n'aiment guère les hommes qui pleurent, surtout si c'est à cause d'elles.

— Chérie, sois bonne, répéta-t-il pour attirer son attention car il s'agissait de profiter des larmes pendant qu'elles étaient encore là, avant leur évaporation.

— Ce qui veut dire que je suis méchante?

— Tu n'es pas très bonne en ce moment.

— Ce n'est pas vrai, je suis bonne! cria-t-elle. Je suis très bonne! C'est toi qui es méchant! Il est minuit!

Folle à l'idée que maintenant tout était perdu, qu'elle aurait une nuit blanche et que demain elle serait une loque, avec une migraine épouvantable, elle sauta hors du lit, revêtue de sa seule veste de pyjama, alla furieusement de long en large, élancée sur ses longues cuisses nues. Déjà accablé, prévoyant les reproches qui allaient venir, il se laissa choir sur le bord du lit, ce qui la scandalisa. De quel droit cet homme s'asseyait-il sur son lit, son lit à elle, le lit de son adolescence ? De rage, elle prit un crayon, le cassa en deux. Puis, se tournant vers l'oppresseur, enflammée d'indignation, décidée à défendre la victime qu'elle était, elle s'arma pour le combat en boutonnant sa courte veste et elle commença à protester, en quoi elle n'était pas sans compétence.

— C'est une honte, c'est une indignité ! cria-t-elle pour se faire la main et prendre de l'élan, dans l'attente de l'inspiration et d'un thème approprié. Ainsi donc, je suis méchante ! Est-ce parce que, pendant une demi-heure, j'ai fait preuve de patience et de douceur ? Est-ce parce que j'ai supporté sans rien dire, au risque de mon sommeil, ton manque de parole ? Oui, manque de parole ! Tu avais promis que tu ne resterais que deux minutes ? Tu m'as trompée, tu m'as attirée dans un traquenard ! Tu es resté une demi-heure et je n'ai pas protesté contre ce manquement à la foi jurée ! (Il leva un regard impuissant vers elle. Manquement à la foi jurée ! Elle avait de ces mots ! Il n'avait rien juré du tout, elle le savait bien. Mais à quoi bon se défendre ? De toute façon, il serait balayé.) Non, reprit-elle, je n'ai pas protesté, au contraire j'ai souri avec douceur, et c'est ce que tu appelles être méchante, j'ai souri, oui, j'ai souri pendant une demi-heure, espérant que tu te rendrais compte enfin de la torture que tu m'infligeais, espérant qu'un peu de bonté te viendrait à la fin, un peu de pitié, un peu d'amour !

— Mais tu sais bien que je t'aime, murmura-t-il, les yeux baissés.

— Mais pourquoi avoir pitié d'une esclave ? continua-t-elle, sans prêter attention à ce qui ne lui convenait pas.

— Parle plus bas, supplia-t-il. Ils vont entendre.

— Qu'ils entendent ! Qu'ils sachent comment tu me traites ! Oui, pourquoi avoir pitié d'une esclave ? reprit-elle, frémissante d'ardeur guerrière car elle tenait le thème à grand rendement. Une esclave doit tout accepter ! S'il plaît au maître de venir la réveiller à une heure du matin, elle doit accepter ! S'il prend fantaisie au tyran de lui parler toute la nuit, elle doit accepter ! Et gare à elle si elle ne dissimule pas sa fatigue et son besoin de sommeil ! Gare à elle si elle ne file pas doux, si elle ose vouloir dormir ! On la traitera alors d'égoïste et de méchante ! Gare à elle si elle a l'audace de vouloir être traitée en être humain et

non en chienne que l'on peut réveiller à toute heure de la nuit !
Et pourquoi ai-je commis le crime de vouloir dormir ? Pour être
prête à te servir demain, dès le matin ! Car une esclave doit être
toujours prête et disponible ! C'est une honte, cette conception
du mariage ! La femme, propriété du mari ! On ne lui laisse même
pas le droit de s'appeler de son vrai nom ! Elle doit porter,
imprimée au fer rouge sur son front, la marque de propriété du
mari ! Comme une bête ! L'égoïste c'est toi qui t'arroges le droit
d'avoir besoin de moi à toute heure de la nuit, le méchant c'est
toi qui exiges que je prenne d'ores et déjà l'engagement de te
veiller toute la nuit en cas de maladie, de n'importe quelle
maladie, même légère ! Bien, j'accepte d'être la servante, la
femme de ménage ! Mais une femme de ménage a tout de même
le droit de dormir !

Poursuivant gaillardement son discours, elle passa ensuite
en revue divers aspects de sa vie de martyre. Après avoir rappelé
les délits de lèse-féminité déjà mentionnés lors de scènes précédentes, elle énuméra au pauvre mâle ahuri, avec toutes préci-
sions de lieu et de date, d'autres infractions qu'il apprenait
soudain avoir commises au cours de leur mariage. Inlassable,
pas loque du tout, fort animée, elle allait et venait dans sa veste
blanche à pois rouges, cuisses nues, allait et venait et discourait
avec une ivresse sacrée et sans doute quelque joie de victoire,
cependant que, l'esprit faible et embrouillé par la vengeresse
éloquence, le mari assistait, bouche bée, au défilé vertigineux
mais ordonné de ses péchés insoupçonnés.

Ce fut un beau réquisitoire. Comme tous les orateurs de
classe, elle était sincère, croyait à ce qu'elle disait. Noblement
indignée, elle était sûre de la justice de sa cause. C'était sa
grande force et qui lui permettait, par une combativité et un
mordant réellement admirables, d'écraser l'adversaire moins
doué. De plus, elle était habile. Aussi ingénieuse qu'un procureur général de qualité, elle savait disposer son argumentation
dans un clair-obscur favorable, en éliminer tout ce qui pouvait
la desservir, donner aux actes et aux paroles du mari coupable
les torsions, gauchissements et grossissements nécessaires. Toute
cette mauvaise foi en parfaite bonne foi, car elle était honnête.

Il écoutait confusément l'infatigable et il savait qu'elle l'accusait injustement, avec des apparences de raison, comme toujours. Mais il savait aussi qu'il ne pourrait pas l'en convaincre,
qu'il n'avait pas assez de talent, pas assez de vitalité et trop
de chagrin pour se défendre avec efficacité. Parce que c'était
la vérité, il ne saurait que lui répéter qu'elle était méchante

et injuste, à quoi elle rétorquerait sans fin et victorieusement. Non, il n'était pas de taille. Elle avait plus d'armes que lui. Il rendit donc les siennes et sortit sans dire mot, ce qui impressionna la jeune femme et fit monter les actions de son mari.

En effet, le malheureux n'était pas de taille. Durant ce terrible mois de mai, chaque fois qu'il avait essayé de tenir tête à sa femme et de la convaincre de ses torts par des preuves irréfutables, elle n'avait pas cédé. De leurs discussions, elle sortait toujours victorieuse, soit parce qu'elle l'interrompait en parlant plus fort que lui qui restait alors bouche entrouverte, impuissant et triste, à regarder défiler les divers chefs d'accusation ; soit parce qu'elle le pulvérisait par des répliques irréelles mais percutantes, traitant par exemple ses honnêtes arguments de « sarabande d'habiletés et d'arguties » ; soit parce qu'elle faisait dévier la discussion et l'embrouillait ; soit parce qu'elle ne prêtait nulle attention à tout ce qu'il pouvait dire et continuait de plus belle à amonceler des griefs incompréhensibles et par conséquent incontestables.

Au mieux, s'il arrivait à lui faire entendre jusqu'au bout ses propres griefs et si elle se sentait en mauvaise posture, elle s'en tirait par le refuge dans les pleurs et la douleur d'une frêle femme maltraitée, ou par le refus de répondre et par la tête de marbre s'il la suppliait de reconnaître ses torts, ou encore par le recours à la tactique du « je ne comprends rien à ce que tu racontes », tactique inlassablement répétée s'il reprenait son argumentation et recommençait à lui expliquer consciencieusement, aussi clairement que possible, en quoi elle avait mal agi. (C'était une manie chez ce pauvre bougre. Il croyait en la vertu résolvante des explications. Il eut mieux fait de n'être pas un mari, c'était là son seul péché.) En tel cas, elle le laissait parler sans l'interrompre mais lorsqu'il avait terminé et qu'il la regardait avec espoir, sûr d'avoir bien expliqué cette fois et de l'avoir enfin convaincue, l'indomptable criait de nouveau qu'elle n'avait rien compris, absolument rien compris à ce qu'il racontait !

Et gare à lui si, exaspéré par cette mauvaise foi triomphante et criante, gare à lui s'il avançait vers elle, les poings fermés, gare à lui, car elle le traitait alors de brute et de lâche qui veut battre une femme, criait sa terreur, une terreur même pas feinte, ce qui était diabolique, et elle appelait au secours, ameutait les voisins. Un soir, peu avant le retour des Deume, parce qu'il lui avait ordonné de ne plus crier et qu'il avait levé le bras, sans nulle intention de la gifler, elle avait arraché sa veste de pyjama et couru dans le jardin, toute nue de rage. Le soir suivant, parce qu'il s'était laissé aller à dire à voix trop haute qu'elle était méchante avec lui, elle l'en avait puni en criant qu'il était un monstre et un tyran qui la torturait, puis en arrachant le papier de la tapisserie, puis en descendant s'enfermer à clef dans la cuisine où elle avait campé jusqu'à quatre heures du matin cependant qu'il tremblait à l'idée qu'elle allait peut-être se suicider au gaz.

Et ce n'était pas tout, elle avait d'autres armes que le malheureux connaissait bien, les représailles des lendemains de scènes : entre autres, les migraines, les grèves de réclusion dans sa chambre, les paupières enflées portant témoignage des pleurs dans la solitude, les malaises divers, les tenaces mutismes, le manque agressif d'appétit, la fatigue, les oublis, les regards mornes, tout le terrible attirail d'une faible femme invincible.

## XXII

Le mieux serait un suicide. Donc tirer un coup de revolver, mais pas n'importe où, pas dans l'armoire à glace ou au plafond, viser un endroit où ça ne ferait pas trop de dégâts, viser le lit, voilà. La balle se logerait dans le matelas sans trop de dommage. Le bruit la ferait accourir et il lui expliquerait que sa main avait tremblé et que le coup avait dévié. Alors elle comprendrait enfin la vie qu'elle lui faisait, combien elle le faisait souffrir.

— Non, ça n'ira pas.

Non, ça n'irait pas. Malgré les boules de cire, Papi et Mammie pourraient entendre la détonation. Et même s'ils n'entendaient pas, comment expliquer ensuite le trou dans les couvertures, les draps, le matelas ? Surtout que Mammie avait l'œil à tout. Faire une crise cardiaque, genre suffocation, causée par la souffrance ? Non, il ne saurait pas, ce serait trop difficile. Et puis une suffocation, ça ne ferait pas assez de bruit, ça ne l'alerterait pas. Ne pas lui parler pendant plusieurs jours et même tâcher de ne pas manger ? Ça n'irait pas non plus. Mammie comprendrait tout de suite qu'il y avait quelque chose, l'interrogerait, et ça serait toute une histoire alors. Non, la seule vraie solution était de faire tout son possible pour ne plus l'aimer. Voilà, accepter de vivre sans amour, se dire qu'elle était une étrangère avec laquelle il fallait vivre, mais ne plus rien attendre d'elle, et dès à présent la déshériter et tout léguer à Papi et Mammie.

Il venait de s'asseoir pour écrire son testament lorsque des coups légers furent frappés. Il jeta un coup d'œil dans la glace, ôta ses lunettes et alla ouvrir. Une noble coupable en peignoir de soie blanche s'avança, douce prêtresse, dit qu'elle regrettait d'avoir perdu pied, d'avoir manqué de maîtrise, de s'être affolée.

— C'est moi qui ai eu tort, dit-il. Je n'aurais pas dû venir si tard. Pardonne-moi, chérie.

Chez elle, devant son lit, il la trouva si touchante de repentir qu'il la serra contre lui. Sentant la fermeté des seins, il lui murmura à l'oreille. Entrée dans le lit, elle ferma les yeux pour ne pas le voir qui ôtait son pyjama. Il souleva la couverture et s'étendit auprès d'elle, éternua deux fois. Ça y était, pensa-t-elle, c'était le chien. Idiote, idiote d'avoir eu pitié, idiote d'être allée demander pardon. Il fallait payer maintenant.

En de telles circonstances, Adrien Deume passait sans transition de la continence à une avidité taurine et pressée. Mais il avait lu le Kâma Soutra quelques semaines auparavant, et il y avait appris l'utilité de certaines préparations. Il se mit donc sans autre à mordiller son épouse. Le pékinois maintenant, pensa-t-elle, et elle ne put s'empêcher de japper intérieurement. Elle s'en voulait du fou rire qu'elle maîtrisait tandis que le membre de section A mordillait studieusement, elle avait honte, mais elle continuait ses petits aboiements secrets, ouaou, ouaou. Après d'autres gracieusetés recommandées par le livre indien et exécutées avec application, ce qui devait avoir lieu eut lieu.


Étendu auprès d'elle et calmé, il lui disait des mots tendres, faisait de nobles commentaires, et elle se retenait de lancer des ruades. Non, non, c'était trop, c'était trop de faire l'idéaliste et le sentimental maintenant qu'il s'était servi d'elle, c'était trop de la payer en paroles poétiques et en sentiments élevés après l'avoir associée à cette bestialité. Ne pouvait-il pas cuver son viol en silence?

Et puis il se tenait trop contre elle, il transpirait, il était collant, et chaque fois qu'elle s'écartait, il se rapprochait et de nouveau disait des joliesses, osait en dire, le cannibale remueur de tout à l'heure! De quel droit, de quel droit restait-il auprès d'elle, de quel droit se collait-il maintenant qu'il avait fini, qu'elle ne lui servait plus de rien? Ne pouvait-il pas s'en aller, maintenant qu'il avait eu son épilepsie? Affreux, elle était un instrument. O Varvara si fine, si délicate, comme c'était exquis de dormir avec elle, dans ses bras.

— Ça va être bon de dormir auprès de toi, sourit-il, béat, en digestion de rassasiement. C'est curieux, ajouta-t-il après avoir bâillé, je n'arrive à dormir qu'en chien de fusil.

Très intéressant, merci du renseignement. Maintenant le monsieur chien ne halète plus, il est en train de sécher. Un étranger à côté de moi, nu et poisseux, un étranger qui me tutoie et que je dois tutoyer. Et un imbécile par-dessus le marché, un pauvre imbécile qui ne se rend compte de rien. Maintenant, il considère le gros grain de beauté qu'il a sur le ventre, il le chérit, il le touche. Étrange, cette haine qui me vient pour ce pauvre homme inoffensif, cette haine parce qu'il touche ce grain de beauté, qu'il le caresse. Maintenant, parce qu'il a chaud de s'être sottement remué, il s'est découvert jusqu'aux genoux, il montre sans honte son organe, son affreux organe. Oh, cette horreur et cette peur de cet organe qu'il exhibe grossièrement, dont il est fier sans doute, oh que c'est laid et vulgaire, et canin, oui. O Varvara, ma chérie, ma perdue. Maintenant il remue une de ses pattes d'en bas parce qu'il a toujours besoin de ramer avec sa patte pour s'endormir.

Eh oui, elle savait bien qu'elle était impossible, qu'elle était odieuse. Il lui faisait pitié, il l'attendrissait, et souvent elle l'aimait bien, mais en ce moment envie de lui donner des coups de pied parce qu'il ramait avec sa patte droite. Le laisser dormir auprès d'elle ? Ce serait une bonne action. Mais il ronflerait, et elle ne pourrait pas dormir. O Varvara. Et puis si elle le laissait rester toute la nuit, comme tant de fois à cause de cette atroce pitié haineuse, demain lorsqu'il se réveillerait il ferait sa plaisanterie accoutumée et il s'écrierait Ciel, une femme dans mon lit ! Et il la regarderait pour voir si elle appréciait. Elle se força à lui caresser le front.

— Écoute, je suis fatiguée, je ne pourrai pas dormir si je ne suis pas seule.

— Oui, chérie, je vais aller, tu as besoin de te reposer. Dis, c'était beau, n'est-ce pas ? murmura-t-il tout bas, genre communion et noble secret partagé.

— Oui, très beau. (Va-t'en, file, pensa-t-elle.)

Il se leva, remit son pyjama, lui baisa la main. Dans l'obscurité, elle fit une grimace. Un baisemain après avoir été maniée comme une bête par une bête ! Il sortit sur la pointe des pieds car il craignait l'espionnage de Mammie.

Dans sa chambre, il se fit un clin d'œil dans la glace, se battit la poitrine à deux mains. Très beau, avait-elle dit. Héhé, très beau ! Ça, elle l'avait dit.

— Voilà comme je suis, mon cher, dit-il à son image.

## XXIII

Le lendemain matin, levée tôt et de bonne humeur, elle courut lui dire bonjour avant de prendre son bain, l'embrassa sur les deux joues. Héhé, pensa-t-il, ça avait de l'importance pour les femmes, les rapports physiques. Il leur fallait ça, quoi. Il y avait longtemps qu'elle ne l'avait embrassé de si bon cœur. Héhé, douce comme un agneau! Bon, on prenait note.

Tandis qu'elle se penchait à la fenêtre pour respirer l'air du jardin, il bomba le torse, se félicita de lui avoir baisé la main, cette nuit, avant de la quitter. Ça faisait égards délicats, ça faisait gentilhomme, cet hommage après une intimité où la femme, après tout, quoi, était l'inférieure, la dominée. D'accord, mon vieux, d'accord, elle n'avait pas manifesté cette nuit lorsque enfin bref, mais elle avait savouré en silence, c'était clair, elle avait savouré, il avait senti ça, oui, oui, elle avait savouré. Seulement, c'était pas une femme à faire des démonstrations, c'était une aristo, se gênant d'exprimer ses sensations, enfin la pudeur, quoi. D'ailleurs elle avait dit que ça avait été très beau! Venant d'elle, si réservée, c'était même assez formidable d'avoir osé dire ça, ça prouvait qu'elle avait fortement savouré. Héhé, la puritaine silencieuse, elle crachait pas dessus, elle aimait ça avec son air de pas y toucher, elle aimait ça, mon vieux, elle trouvait ça très beau! Eh bien, on lui en donnerait! Maintenant, quid? Lui demander si elle avait bien dormi, si elle n'était pas trop fatiguée, avec sourire significatif?

Il était en train de peser le pour et le contre lorsque le social fit soudain irruption et recouvrit le physiologique. Le fonctionnaire prit la place du Don Juan et se mordilla les ongles.

— Ne pense plus à ce faux bond, dit-elle, revenue vers lui.

De l'index, il tapota la pointe de sa langue.

— Tout de même, qu'est-ce que tu veux, c'est ennuyeux de ne pas savoir à quoi s'en tenir, enfin quoi, il nous a posé un lapin de dimension, sapristi.

— Tu verras, il te fera ses excuses.

— Oh, je n'en demande pas tant.

— Enfin, qu'est-ce qui te préoccupe?

— C'est que voilà c'est embêtant qu'il y ait quelque chose qui cloche avec un chef. Je ne me sens pas à mon aise, voilà.

— Tout s'arrangera, tu verras.

— Tu crois vraiment?

Cet index qui pianotait sur le bout de la langue était pitoyable. Elle décida d'utiliser l'argument massif.

— Ne t'occupe pas de vétilles. L'important, c'est ton travail personnel. Ton vrai travail, le seul qui compte. (Elle rougit de malaise honteux.)

— Tu veux dire mon activité littéraire?

— Oui, bien sûr, dit-elle, gênée par le regard reconnaissant qu'il lui lança. Après tout, tu es promu.

Il sourit. Oui, c'était vrai, le lapin ne lui ôterait pas son A. Et en somme que pouvait-il attendre d'autre du S. S. G. pour le moment? Rien. Il ne pouvait tout de même pas passer directeur de section avant au moins deux ans. D'ici deux ans, on aurait le temps de voir venir.

— Écoute, chérie, je te quitte. Malgré que ce soit samedi, je tiens à aller au Palais. Il y a là une question d'obligation morale, tu comprends. Après tout, ce n'est que mon deuxième jour A. Et puis si jamais il me convoquait pour me donner une explication.

Dans son bain, il sifflota. Eh oui, elle avait raison, nom d'un chien, le Secrétariat, c'était pour la matérielle, mais sa vraie vie, c'était la littérature, et on verrait ce qu'on verrait! Chercher un bon sujet de roman au bureau tout à l'heure, sans faute. Voyons, qu'est-ce qui ferait original?


Deux heures plus tard, installés au salon, elle tricotant et lui remplissant des fiches de recettes culinaires et de conseils pratiques, les époux Deume s'entretinrent pour la troisième fois de l'incident de la veille.

— Enfin, espérons que ce monsieur aura la décence de s'excuser par écrit, conclut la dame dromadaire. D'ailleurs, comme relations nous avons les van Offel et les Rampal qui le valent bien. Et puis, tu sais, je me suis toujours tenue sur mes gardes au fond, vu que c'est un étranger, et les étrangers ça n'est jamais bien fameux.

— C'est vrai que les étranzers on les aime nulle part, dans aucun pays, preuve qu'il y a bien quelque çose à dire.

— Et puis surtout, c'est un Juif. Rappelle-toi ce Jacobson, le pharmacien de ma pauvre sœur, elle a beaucoup souffert de ce faux pas, c'est encore une chance que la famille ait pu vite avant que ça se voie arranger un mariage avec ce gentil veuf, monsieur Janson, un peu voûté, enfin un peu bossu, mais très convenable. Heureusement que j'ai eu la direction de ne jamais rien en dire à Didi. Pauvre petit, s'il pouvait se douter. Enfin il a du sang des Leerberghe, Dieu merci.

— Et le pharmacien, alors?

— Il a été emporté par une méningite foudroyante quelques jours après la séduction. Comme passe le tourbillon, ainsi disparaît le méchant, Proverbes, chapitre dix, verset vingt-cinq. Bref, tu vois que les Juifs il faut toujours s'en méfier.

— Mais les apôtres c'était des Zuifs quand même. Et puis aussi...

— Oui, mais c'était il y a longtemps, coupa court M^me Deume. A propos, pour les conseils dans ton fichier, tu mettras une idée que m'a donnée chère Emmeline Ventradour, l'autre jour. Avec mes fatigues de tête, je risque d'oublier. (Alléché, M. Deume se pencha, le crayon prêt.) Dans la machine à laver, avant d'y mettre des choses délicates, cache-corsets avec garniture dentelle ou napperons fins ou mouchoirs batiste ou écharpes craignant, les enfermer dans une taie d'oreiller pour les protéger des mouvements du tambour. C'est joli de sa part, n'est-ce pas? Parce qu'enfin rien ne la forçait à me dire son procédé. En remerciement je lui ai dit le mien pour mes caleçons de laine usés aux genoux, mes caleçons d'hiver donc.

— Ze le connais pas, ton procédé! s'écria M. Deume, toujours à l'affût de connaissances nouvelles.

— Eh bien, avec la partie supérieure qui est donc encore en parfait état je me fais des culottes courtes pour l'entre-saison, printemps ou automne, puis je démaille la partie des genoux qui est usée et j'en fais un peloton pour une de mes pauvres, mais bien entendu je garde le bas du caleçon qui est en bon état, je tricote un bord pour le haut, pour le bas je tricote un pied avec une laine se rapprochant point de vue couleur, et ça me fait des chaussettes pour toi, tu en as déjà trois paires comme ça.

— Ze savais pas, dit M. Deume ravi.

202

Il se disposait à noter ces deux nouveaux procédés lorsque Ariane entra avec un sourire rayonnant qui intrigua M^me Deume et enchanta son époux.

— Bonjour madame, bonjour Papeli. J'espère que vous avez bien dormi, madame.

— Moyennement, répondit M^me Deume, non sans froideur.

— Moi aussi, moyennement, dit le petit courtisan, soucieux d'être du côté du pouvoir établi.

— J'ai été peu bien hier soir, dit Ariane. Pour essayer de calmer ma migraine, j'ai fait un peu de musique et je crains de vous avoir dérangée, madame. Je vous présente mes excuses.

— A tout péché miséricorde, dit M^me Deume impassible.

Sur quoi, Ariane dit qu'elle avait profité de ce qu'elle s'était levée tôt pour aider un peu Martha à la cuisine. Elle en ferait de même demain, ce qui lui donnerait le temps de brosser tous les complets d'Adrien. Elle s'excusa de partir déjà, mais elle voulait préparer pour Adrien un cake dont elle venait de trouver la recette dans un journal religieux et qui par conséquent devait être excellent. Elle sortit avec le même sourire et M^me Deume toussa, puis manipula sa boulette en silence.

Une heure plus tard, de retour au salon, cette jeune femme parfaite cousait en compagnie des Deume qui faisaient leurs comptes, répartis sous divers postes, madame lançant de temps à autre un regard pénétrant sur sa belle-fille.

— A votre idée, Ariane, la çose d'hier soir, enfin que ce monsieur n'est pas venu, à quoi c'est que nous devons l'attribuer? demanda M. Deume, son épouse faisant un visage impénétrable et non concerné.

— Il est peut-être tombé subitement malade.

— Espérons-le, dit M^me Deume.

On s'entretint ensuite de sujets aimables tels que les effets du tétrachlorure sur les taches de graisse et de la prière sur les verrues. Ariane approuva de tout son cœur puis demanda conseil à M^me Deume. Que devait-elle faire pour obtenir un tricot plus mince que le point mousse, mais tout de même très souple?

— Eh bien, je vous conseille le point de riz, dit M^me Deume. Une maille à l'endroit, une maille à l'envers, et à l'aiguille suivante, une maille à l'envers, une maille à l'endroit, et toutes les combinaisons à partir de ce principe, par exemple, au lieu d'alterner à chaque aiguille, vous pouvez alterner toutes les deux aiguilles.

— Merci infiniment, madame, ce conseil me sera très utile, il y a si longtemps que je n'ai pas tricoté. Si vous aviez d'autres conseils à me donner, j'en serais très reconnaissante.

— Eh bien, si vous êtes sans pratique depuis longtemps, je vous conseillerais de commencer par un tricot de petite dimension pour ne pas vous décourager, par exemple, quelque chose pour un bébé de pauvre, des chaussons pour commencer.

— C'est que je voulais faire un cardigan pour Adrien, dit Ariane, les yeux modestement baissés.

— Oh mais alors, ce n'est pas le point de riz qu'il vous faut! Faites tout simplement un point jersey! Enfin, si c'est votre idée, le point de riz, après tout, pourquoi pas? Ce sera une expérience. En tout cas, si j'ai une recommandation à vous faire, c'est d'acheter en une fois toute la laine qui vous sera nécessaire pour ne pas vous trouver dans la catastrophe de ne pas pouvoir réassortir la couleur exacte, il n'y a rien de plus contrariant. Par prudence, prenez-en même un peu plus qu'il ne faut.

— C'est en effet très judicieux, merci mille fois de vos bons conseils, madame.

— Et puis, puisque vous êtes un peu rouillée, entraînez-vous à tricoter sans regarder, il n'y a rien de tel.

— Je m'y efforcerai, madame. Et maintenant, il est temps que j'aille faire quelques courses pour Adrien. Puis-je en faire pour vous aussi?

— Eh bien, merci, vous pourriez peut-être payer la note du téléphone, vu que cet après-midi je n'aurai pas le temps. Je vais à Coppet rendre visite aux chers Rampal, donc les juniors bien entendu.

— De la vieille noblesse française, dit M. Deume, et il lissa ses maigres moustaches comme s'il voulait les essuyer, puis renifla avec quelque importance.

— C'est vrai que vous ne savez pas les événements. Hier vendredi, j'ai donc eu un téléphone charmant des Rampal qui sont venus pour quelques jours à Genève, pour affaires de banque. Après accord avec Didi, je leur ai téléphoné donc ce matin pour les inviter à dîner, vous pensez bien qu'il faut utiliser toutes ces provisions.

— Absolument, madame, c'est indispensable.

— Malheureusement, je suis arrivée trop tard comme m'a dit spirituellement chère Corinne Rampal junior, ajoutant gentiment qu'elle aurait voulu nous donner la préférence, mais entre-temps ils ont dû accepter d'autres invitations, ces chers amis étant si recherchés, et ils sont pris à déjeuner et à dîner jusqu'à mardi, et mardi soir ils repartent donc pour Paris, mais enfin ce n'est que partie remise pour leur prochain séjour en décembre, vu les nouvelles rentrées de coupons. Mais chère Corinne, pour compenser, m'a gentiment invitée cet après-midi dans leur superbe propriété de Coppet, vu qu'elle ne sera pas occupée par des affaires bancaires cet après-midi, les banques étant fermées. Il y aura thé de dames, sourit-elle de ses longues incisives obliques et elle aspira de la salive avec distinction. Oh, je me réjouis tellement de revoir chère Corinne! Elle est si développée spirituellement, si intérieure, ayant ses pauvres qu'elle gâte, leur donnant des souyiers presque pas portés malgré qu'ils ne soient pas assez reconnaissants, enfin c'est une âme, je jouis toujours beaucoup avec elle, nous avons des conversations profondes, avec contacts intérieurs dans son superbe salon de Coppet, douze mètres sur sept. Je dois dire que j'ai beaucoup plus de rapports intimes avec elle qu'avec son cher mari qui est certes poli et aimable mais forcément un peu réservé, étant diplomate. Où est-ce que j'en étais? J'ai perdu le fil. Ah oui, alors Adrien voyant qu'on ne pouvait pas avoir les Rampal n'a fait ni une ni deux, il a pris le taureau par les cornes, et avant de partir pour le Palais, ce matin donc, il a téléphoné bravement à ses amis Kanakis, donc chez eux, pour avoir tout de suite l'accord des deux intéressés, donc de madame aussi. Alors voilà c'est réglé, oh avec notre Didi ça ne traîne pas, c'est arrangé pour un dîner prié chez nous demain soir, monsieur Kanakis étant donc neveu d'un ministre.

— Du royaume de Grèce, précisa M. Deume qui rabattit ses moustaches et les envoya rejoindre la barbichette.

— C'est une chance qu'ils aient pu accepter déjà pour demain, pris comme ça à l'improviste, avec une invitation un peu à brûle-pourpoint, vous ne trouvez pas?

— C'est magnifique, madame.

— Il fallait voir l'aisance de Didi parlant à madame Kanakis, lui disant petite madame, enfin l'élégance de l'homme du monde, le comportement. En tout cas, je suis bien soulagée, mon dîner est sauvé, ça m'aurait fait mal au cœur de devoir manger entre nous tous ces plats recherchés, surtout le caviar. Et puis on pourra se servir du menu imprimé. Après ça, Adrien a téléphoné aussi aux Rasset, mais alors là, mystère, pas de réponse! Il m'a téléphoné tout à l'heure depuis le Palais, parce qu'il tient sa Mammie au courant de tout ce qu'il fait, oui donc il m'a téléphoné qu'il a retéléphoné plusieurs fois aux Rasset, mais toujours pas de réponse, je pense qu'ils doivent être absents, en voyage, c'est dommage, madame étant donc la fille du vice-président de la Croix-Rouge.

— Comité international de la Croix-Rouge, précisa M. Deume.

— C'est en effet très regrettable, dit Ariane.

— D'autant que nous aurions eu de quoi, point de vue quantité. Enfin aux Kanakis on leur offrira plusieurs fois du caviar, vu que ce n'est pas de conservation.

— C'est une bonne idée, dit Ariane.

— D'un point de vue, c'est dommage, vu le prix du caviar, mais il vaut mieux ça que de le perdre, au moins on fait des heureux, vous ne trouvez pas, Ariane ?

— C'est très juste, en effet. Et ne puis-je pas faire d'autres courses pour vous, madame ?

— Eh bien, vous pourriez peut-être me rapporter une livre de thé, brisures anglaises à neuf vingt-cinq, et une idem de café, mais du Colombie.

— Qui est plus corsé que le Brésil, dit M. Deume.

— Avec plaisir, madame.

— Merci beaucoup, Ariane, dit Mme Deume qui, dans un élan, prit les deux mains de sa belle-fille merveilleusement transformée et la regarda avec une forte expression de spiritualité. Vous pourriez m'acheter aussi une plaque de Palmina qui est bien plus à profit que le beurre de cuisine.

Ariane lui ayant demandé si elle pouvait rendre quelque autre service, elle la pria, si cela ne la dérangeait pas trop, de passer au bureau des objets perdus et d'y remettre un trousseau d'épingles de sûreté qu'elle avait trouvé dans le tram avant-hier, il y en avait deux douzaines, toutes neuves, c'était peut-être une pauvre femme du peuple qui les avait perdues, et cela la tourmentait. Ariane dit que cette course ne la dérangerait pas du tout, car elle devait justement passer au Bourg de Four pour s'informer d'un cours de cuisine auquel elle envisageait de s'inscrire. Mme Deume prit bonne note et eut un sourire survolant.

— En ce cas, vous seriez bien gentille de passer aussi chez madame Replat, une connaissance de la réunion de couture, qui habite justement au six Bourg de Four, ça ne vous allongera pas, pour lui dire que je lui ai menti, quelle horreur, sans le vouloir bien entendu, mais enfin ça me pèse, et j'aimerais bien n'avoir plus ce souci qui a été peut-être pour quelque chose dans mon mauvais sommeil. Oui, je lui avais dit que Saint-Jean d'Aulph était à neuf cent quarante mètres. Et voilà qu'hier au soir, j'ai vérifié, je me suis trompée de cent mètres ! Saint-

Jean d'Aulph est seulement à huit cent quarante mètres! Voulez-vous le lui dire?

— Volontiers, madame.

— Merci, chère, merci. Voyez-vous, je ne peux pas vivre dans le mensonge. Par exemple, si j'écris une lettre à des amis, eh bien je ne pourrais pas mettre amitiés d'Hippolyte sans lui avoir demandé son accord! Cas qu'il serait absent, je ne mettrais pas ses salutations, même si j'écrivais à ses meilleurs amis! La vérité en toutes choses, n'est-ce pas, dans les grandes comme dans les petites! Merci encore beaucoup beaucoup, chère, sourit $M^{me}$ Deume dont les verres de lunettes fulgurèrent d'amour.

Sa belle-fille sortie, elle regarda son mari qui fit un visage neutre, ni pour ni contre. En lui-même, il frétillait de joie, fier qu'il était de sa chère Ariane. Mais on ne savait jamais et la prudence s'imposait.

— Qu'en penses-tu? demanda-t-elle.

— Eh bien, il me semble que.

— Enfin, espérons que ça continuera. Pour moi, elle doit faire une poussée de religion. Tu as remarqué que la recette de son gâteau, elle l'a trouvée dans un journal religieux, je me demande lequel, en tout cas c'est bon signe. Tu te rappelles qu'elle m'avait demandé la petite chambre d'en bas pour s'en faire un petit salon, avec son piano et ainsi de suite. J'avais refusé parce que cette chambrette est un vrai trésor pour mes débarras, mais tant pis, j'y renonce. Je lui dirai à midi qu'elle peut en prendre possession. Oh, ce sera une grosse privation pour moi, une épreuve, mais je crois qu'une fois que ce sera fait, je me réjouirai de m'être sacrifiée.

## XXIV

Honteux de n'avoir pas encore dit ses prières du matin, l'oncle Saltiel se lava en hâte les mains, chanta les trois louanges, puis se couvrit la tête du châle rituel et entonna les versets prescrits du psaume XXXVI. Il se disposait à mettre les phylactères lorsque la porte s'ouvrit avec violence et livra passage à Mangeclous glissant sur ses crampons à glace.

— Compère et cousin, dit-il, me voici en ta chère présence afin d'émettre en confidence des paroles de bon sens à toi seul destinées. Je commence donc. Fidèle ami, compagnon de mes vicissitudes, jusques à quand durera ce supplice ?

— Quel supplice ? demanda calmement Saltiel tout en pliant son châle de prière.

— Prête l'oreille à ma langue et tu sauras ! Or donc, venus de Londres par voie céleste, nous abordâmes en cette Genève à la frêle aurore du trente et unième jour de mai, et c'est aujourd'hui mardi, cinquième de juin. Est-ce exact ? Pas d'avis contraire ? Adopté. Nous sommes donc à Genève depuis cinq jours et je n'ai point encore vu ton seigneur neveu ! Toi, tu l'as vu en grand égoïsme tous les jours sans me révéler le secret de vos entretiens, y trouvant sans doute quelque plaisir de supériorité facile. Tu t'es borné à venir mystérieusement cette nuit me réveiller, interrompant ainsi mon sommeil innocent, pour m'informer sataniquement que tu venais de passer des heures délicieuses en compagnie dudit seigneur et m'annoncer ensuite en quelques mots, dont la brièveté ulcéra mon âme, qu'il viendrait nous rendre visite ce matin à dix heures en cette auberge, mot dont l'étymologie est allemande. Sans rancune, pratiquant le pardon des offenses, étranglant en mon âme le lion de l'indignation ainsi que l'hyène de l'envie, je me contentai de sourire d'un cœur pur, tout à la joie désintéressée de voir enfin ton neveu qui après tout m'est aussi lié par le sang! Je l'ai donc attendu en grande impatience du cœur depuis le lever du soleil...

— Pourquoi lever du soleil puisqu'il a dit à dix heures?

— Par tempérament passionné! Et maintenant, il est dix heures et demie, et pas le moindre petit ongle de neveu! Ainsi, les jours passent, mélancoliques et improductifs! Cette situation ne peut durer, et je me morfonds dans la stérilité! Depuis que je suis en cette Genève, qu'ai-je fait de grandiose, de piquant, de digne d'être légué aux générations futures? Rien, ami, rien à part la carte de visite joliment manuscrite que je déposai chez ce malappris de recteur de l'Université de Genève, homme sans distinction qui ne m'a même pas remercié! Bref, ma vie s'écoule languissante en cette cité de l'attente éternelle et des imbéciles mouettes aux cris jaloux. Depuis cinq jours, ami, je mène une existence sans signification, sans poésie, sans idéal! Je me promène en grand marasme et accablement, je regarde les devantures, je mange et je dors! Pour tout dire, une vie purement animale, sans inventions, sans rebondissements, sans péripéties, sans profits inattendus, sans une seule action illustre! Et comme résultat, le soir venu, n'ayant rien à faire et à réussir, pâle et l'œil éteint, je me mets au lit douloureusement de bonne heure, dès le crépuscule, lorsque la nuit s'avance, suivie de ses voiles de veuve! Est-ce une vie, je te le demande? Bref, ton neveu nous néglige, et j'en ai grande nervosité dans les orteils. Il a promis, il n'a pas tenu, et je le juge avec sévérité! Il manque de sens familial, voilà mon opinion! A toi la réplique!

— Effronté, qui es-tu pour le juger? Où sont tes diplômes, où tes grandes fonctions?

— Ancien recteur!

— Et taille-cors! Ne comprends-tu pas qu'il a eu sûrement quelque affaire mondiale à régler ce matin au dernier moment? Manque de sens familial, en vérité! Et les trois cents napoléons d'or d'une lourdeur inimaginable qu'il m'a forcé à accepter hier soir pour être partagés également entre nous cinq, ainsi que je t'en ai avisé dès mon retour à l'hôtel, et tu as exigé remise immédiate de ta part, soit soixante napoléons, ô avide, ô lion dévorant!

— C'était pour les mettre en toute innocence sous mon oreiller et en entendre dans mon sommeil la glissante musique!

— Manque de sens familial, en vérité! Soixante napoléons, monnaie courante en Suisse!

— Courante et libératoire, d'accord! Mais que m'importent les napoléons et leur joie, si je n'ai point celle de créer, d'agir et d'être admiré? Moi, ce qu'il me faut, c'est une existence mouvementée, avec discussions et stratagèmes! Enfin, un peu de vie avant beaucoup de mort! Sois raisonnable, ô Saltiel, et comprends mon angoisse. Nous sommes à Genève, ville des réceptions de luxe, et je n'en suis pas! Enfin, est-ce que ton neveu a l'intention de me garder en cage dorée et de me conduire à l'anémie pernicieuse? Je n'en peux plus, j'ai des vapeurs d'inertie et cette vie de solitude me transforme en algue desséchée!

— Et quelle serait ta conclusion, ô parleur?

— Que nous sommes des imbéciles, moi excepté! Et que, puisque ton neveu n'est pas venu à nous, nous allions à lui, en son château des nations!

— Non, il serait fâché de nous voir arriver à l'improviste. Je vais lui parler par le conduit électrique et lui rappeler que nous l'attendons.

— Mais s'il vient ici, quel plaisir? gémit Mangeclous, révélant le fond de sa pensée. C'est au milieu des ministres et des ambassadeurs que nous devons le voir, notre âme se dilatant alors, car elle a besoin de ministres et d'ambassadeurs, de personnalités en un mot, et de causeries animées avec lesdites! Allons, Saltiel, vivons un peu dangereusement et allons lui rendre visite en ce lieu exquis des influences! De l'audace! Plaçons-le devant le fait accompli! Après tout, mon grand-père était cousin de son grand-père! Et puis, mon cher, il y a des postes vacants et gras en cette Société des Nations, des occasions! Qui sait ce que nous réserve le sort si nous y allons aujourd'hui? Peut-être y ferai-je connaissance amicale avec Lord Balfour! D'ailleurs, j'ai lu dans la gazette de cette ville que le comte de Paris, héritier des quarante rois qui en vingt siècles firent la France, se trouve à Genève! Il est peut-être en ce moment au château des nations et je désire faire sa connaissance et m'acquérir sa sympathie par quelques propos royalistes, soucieux que je suis de prendre mes précautions au cas où la monarchie serait rétablie en France! Crois-moi, Saltiel, ton neveu sera heureux de nous voir à l'improviste et sa langue éclatera de joie, parole d'honneur! En avant, Saltiel, viens te rassasier de ton neveu et le regarder dans ses importances afin que ta poitrine s'élargisse et la mienne aussi!

Il parla encore longtemps et le pauvre Saltiel se laissa enfin convaincre parce qu'il était vieux, affaibli en sa soixante-quinzième année, et qu'il aimait son neveu. Il se dressa donc sur ses jambes tremblantes et Mangeclous rayonnant ouvrit aussitôt la porte et convoqua à grand fracas Salomon et Michaël qui attendaient dans le couloir l'issue des pourparlers.

— Branle-bas de mondanités, messieurs! leur cria-t-il. L'ordre du jour est visite à Son Excellence! Habillements sublimes et tenues de soirée de rigueur! Faisons honneur à notre île chérie et par nos toilettes éblouissons un peu tous ces Gentils! A cette fin, mes chéris, dépensez hardiment les napoléons que l'oncle tient à votre disposition de la part du munificent! Qui ne sera pas grandiose en sa vêture ne sera pas admis à contempler les ministres et les ambassadeurs! J'ai dit! Quant à moi, à l'aide de mes soixante napoléons de poche et avant que les magasins de luxe ne ferment, je cours me procurer en ville hardes neuves, accessoires et colifichets de bon goût, le tout à grandes dépenses, payant fort et à paume ouverte, tous prix acceptés avec indifférence, le ciel étant la limite! Allons, mes adorés, faites-en autant!


A deux heures de l'après-midi, le poing sur la hanche, Mangeclous s'admira dans la petite glace de sa chambre. Frac neuf à beaux revers soyeux. Chemise empesée. Cravate lavallière à pois jetant une note dilettante. Chapeau panama, vu la chaleur. Souliers de plage, à cause de la délicatesse de ses orteils. Raquette de tennis et canne de golf pour faire diplomate anglais. Gardénia à la boutonnière. Lorgnon érudit, solennisé d'un ruban noir que ses longues dents mordillaient galamment. Enfin, tenue en réserve dans ses basques, la grande surprise qu'il sortirait au bon moment, juste avant d'être reçu par le seigneur Solal. Oui, il était plus prudent de placer devant le fait accompli ce bon Saltiel qui faisait un peu trop le tatillon.

Peu après entrèrent Mattathias et Michaël. Ce dernier avait gardé son uniforme d'huissier synagogal : gilet doré de petits boutons et de soutaches, fustanelle tuyautée, babouches à pointe recourbée et surmontée du pompon rouge, large ceinture d'où sortaient les crosses damasquinées de deux antiques pistolets. Mangeclous approuva. Très bien, on prendrait Michaël pour son officier d'ordonnance! Quant à Mattathias, il s'était borné à ôter les passepoils de son costume de croque-mort (obtenu d'un de ses débiteurs de Céphalonie, héritier d'un employé des pompes funèbres) et il s'était de plus coiffé d'un chapeau melon havane, trouvé dans l'avion Londres-Genève. Assez terne, ce Mattathias, pensa Mangeclous, mais tant mieux, le contraste serait en sa faveur. Les deux cousins s'étonnant des reflets noirs de sa barbe fourchue, il expliqua que n'ayant pas retrouvé sa brillantine, il l'avait remplacée par une touche de cirage, ce qui allait tout aussi bien.

Sur ces entrefaites, Salomon fit son entrée, rougissant dans le costume qu'il venait d'acheter à l'Enfant Prodigue. Comme il n'en avait pas trouvé à sa taille exiguë, il s'était décidé pour le complet de première communion qu'un vendeur astucieux ou plaisantin lui avait vivement conseillé. Il était particulièrement fier du brassard blanc à franges de soie dont, tout comme les trois autres Valeureux, il ignorait le caractère religieux. Il s'enorgueillissait aussi du petit veston Eton sans basques et s'arrêtant à la taille, que Mangeclous baptisa aussitôt de « gèle-derrière ».

Enfin, Saltiel entra et Mangeclous se réjouit de constater que l'oncle avait gardé sa redingote noisette. Parfait, il serait le seul à briller, le seul supérieur et occidental, et il ferait figure de chef de la délégation. D'un œil napoléonien, Saltiel inspecta ses cousins. Seul Michaël trouva grâce.

— Salomon, ôte ce brassard qui ne veut rien dire. Mattathias, tête nue, si tu n'as pas d'autre chapeau. Quant à toi, Mangeclous, quel est ce carnaval ? Frac, d'accord, garde-le. Mais débarrasse-toi des abominations restantes. Sinon j'agirai et tu ne seras point reçu.

Le ton était tel que Mangeclous dut obéir. La raquette de tennis, la canne de golf, le panama et les souliers de plage furent respectivement remplacés par une serviette de fin maroquin, une canne à pommeau doré, un haut-de-forme gris et des escarpins vernis — tous accessoires qu'il fallut courir acheter d'urgence, l'oncle étant intraitable. Mais pour ce qui était de la lavallière, du gardénia et du lorgnon, Mangeclous tint bon, cria à la tyrannie, se lamenta qu'on voulait le déshonorer. Par gain de paix, Saltiel se résigna.

— En avant vers le délice des importances ! cria Mangeclous.


Le fiacre s'arrêta devant l'entrée principale du Palais des Nations et Mangeclous descendit le premier. Après avoir lancé un louis d'or à la tête du cocher, il entra, suivi des autres Valeureux, dans le grand hall, désert en ce début d'après-midi, et se rendit aussitôt aux toilettes. A la stupéfaction des cousins il en sortit peu après, la poitrine barrée du grand cordon de la Légion d'honneur. Pour prévenir toute protestation, il se hâta de neutraliser Saltiel.

— Fait accompli, mon cher! Trop tard pour s'indigner! Tu ne vas pas faire du scandale ici et me gâcher ma royauté! D'ailleurs, cette décoration est non seulement méritée mais encore authentique, achetée qu'elle fut à Paris, et fort cher, en une boutique spécialisée où je me rendis secrètement avant notre départ pour Marseille. Donc silence et en avant, messieurs, qui m'aime me suive! Ralliez-vous à mon grand cordon rouge!

Au premier étage, Saulnier se leva avec empressement, ébloui par l'importante décoration, habitué au surplus à la faune étrange des délégations exotiques. Un chef d'État, président de quelque petite république sud-américaine, pensa-t-il, quelque peu décontenancé pourtant par la lavallière bleue à pois blancs et par les bizarres vêtements des adjoints. Mais le grand cordon et la crainte de la gaffe primèrent toute autre considération. Il sourit donc frileusement et attendit.

— Délégation, dit Mangeclous en faisant tournoyer sa canne à pommeau doré. Pourparlers avec le sieur Solal!

— Votre Excellence est attendue, je suppose, monsieur le président? (Pour toute réponse, le grand-croix fit un sourire méprisant, canne tournoyant en sens inverse.) Qui dois-je annoncer, monsieur le président?

— Incognito, répondit Mangeclous. Négociations et secrets politiques. Qu'il te suffise, ô laquais, de lui dire le mot de passe, qui est Céphalonie. Va, cours! ordonna-t-il à l'huissier qui se précipita.

De retour, tout essoufflé, Saulnier informa monsieur le président que monsieur le sous-secrétaire général, en conférence avec monsieur Léon Blum, priait monsieur le président et ces messieurs de bien vouloir attendre quelques instants. Il conduisit l'étrange troupe dans le petit salon réservé aux visiteurs de distinction.

— Sache, mon cher, que je n'attendrai pas plus de cinq minutes, lui dit Mangeclous. C'est une règle que j'ai toujours suivie dans ma vie officielle. Avertis-en qui de droit ou de fait.

Aussitôt que la porte fut refermée, Saltiel leva un index de commandement et somma le fripon d'enlever sur-le-champ cette décoration mensongère. « Sur-le-champ, infâme! » Mangeclous ricana mais il obéit, sentant bien que le puissant neveu n'aimerait pas beaucoup ce grand cordon qui, au surplus, avait fait son effet. Et puis ne pas risquer des complications avec ce Leon Blum qu'on rencontrerait peut-être et qui, étant président du Conseil, devait sûrement connaître tous les grands-croix de France. Il se débarrassa donc de l'écharpe rouge, la baisa pieusement, l'empocha et se rassit après un clin d'œil à Saltiel.

— Et maintenant, messieurs, dit ce dernier, que votre devise soit silence et bonne éducation, car derrière cette porte capitonnée deux grandes têtes discutent du bonheur de l'humanité. En conséquence, que je n'entende pas voler une mouche, même naine !

Impressionnés par la magnificence du salon, les Valeureux se tinrent tranquilles. Salomon croisa les bras pour montrer sa bonne éducation. Michaël cura ses ongles avec la pointe d'un des poignards et ne protesta pas lorsque, s'apprêtant à fumer, il se vit arracher la cigarette de la bouche par Saltiel silencieux. Mattathias examina le mobilier, tâta la laine du tapis et fit des additions mentales.

Dans le silence, Saltiel souriait. Peut-être que Sol le présenterait à monsieur Blum. En ce cas, si l'atmosphère était favorable, il glisserait respectueusement que les ouvriers faisaient tout de même un peu trop de grèves en France. Et peut-être conseillerait-il à monsieur Blum de ne pas rester trop longtemps chef des ministres pour ne pas susciter des jalousies. En politique, les israélites devaient se tenir un peu en arrière, c'était plus prudent. Ministre, d'accord, mais Premier ministre, c'était trop. On se rattraperait plus tard en terre d'Israël, Dieu voulant. En tout cas, il allait bientôt voir Sol dans son superbe cabinet et, qui sait, peut-être que Sol donnerait des ordres brefs au téléphone devant les cousins émerveillés. Il les considéra avec un sourire aimant et délicat, attendant le bonheur d'entrer bientôt. Et, qui sait, peut-être que Sol lui baiserait la main, à la grande admiration des autres. Ainsi rêvait-il tandis que Salomon préparait un compliment en vers à réciter tout à l'heure et que Mangeclous, moins assuré depuis qu'il n'était plus grand-croix, émettait des bâillements nerveux terminés en pointe aiguë.

La porte s'ouvrit, et les Valeureux se levèrent, et Salomon oublia son compliment, et la main de Saltiel fut en effet baisée. Sur quoi, le petit vieillard sortit un mouchoir à carreaux et s'y moucha en grand affaiblissement. Solal indiqua des sièges et les Céphaloniens s'assirent, Salomon épouvanté par la suavité du fauteuil dans lequel il s'enfonça et faillit disparaître.

— Bonne conversation, Sol, avec monsieur le président du Conseil ? demanda Saltiel après une petite toux de préparation.

— Il s'agit de secrets d'État dont je ne puis parler, dit Solal qui savait la réponse propre à plaire.

— Très juste, Haute Excellence, dit Mangeclous qui avait hâte d'intervenir et de se faire bien voir. En toute humilité, très juste.

— Et dis-moi, Sol, vous vous êtes quittés en bons termes, monsieur le président du Conseil et toi ?

— Nous nous sommes embrassés.

L'oncle feignit la surdité pour faire répéter la phrase et être sûr qu'elle avait été bien entendue. Il toussa, observa l'effet sur les quatres faces valeureuses.

— Vous vous êtes embrassés, le Premier ministre et toi, très bien, très bien, dit-il d'une voix forte, à l'intention de Mattathias, parfois dur d'oreille. Et dis-moi, mon enfant, cette Cité du Vatican, je trouve qu'elle est bien petite, bien mesquine, cela me fait de la peine pour le seigneur pape qui a un si bon visage. La Société des Nations ne pourrait-elle pas lui agrandir un peu son domaine car après tout il est un souverain. Enfin, je te dis cela pour que tu y réfléchisses à l'occasion car, vois-tu, j'ai une grande sympathie pour Sa Sainteté. Bien, tu verras si tu peux faire quelque chose, ce sera une bonne action. Donc, mon fils, ainsi que je l'ai appris hier, tu as aussi la commanderie de Léopold II, le riche, celui du Congo. — J'avais oublié de vous le dire, messieurs, fit-il en se tournant vers les cousins silencieux. — En conséquence, tu es double commandeur, commandeur français et commandeur belge. J'ai toujours eu beaucoup d'estime pour la Belgique, un pays de grand bon sens. À propos, mon enfant, ajouta-t-il en prenant un air innocent, est-ce que le président de la République t'aurait peut-être offert ces temps derniers une Légion supérieure à commandeur ? Non ? C'est curieux. D'ailleurs, il a une tête qui ne m'a jamais beaucoup plu.

Solal ayant proposé des rafraîchissements, Saltiel suggéra un petit café noir, si cela ne dérangeait pas trop. D'une voix enrouée, Salomon osa dire qu'il aimait bien le sirop de framboise, puis s'épongea le front, mort de honte. Michaël indiqua sa préférence pour deux jaunes d'œuf battus dans du cognac. Après avoir déposé sa résine sur le bras du fauteuil, Mattathias dit qu'il n'avait pas soif mais qu'il accepterait la contre-valeur d'une consommation à prendre plus tard, en ville.

— Quant à moi, Altesse, dit Mangeclous, un rien me suffirait, en toute humilité. Quelques tranches de jambon, qui est la partie pure et israélite du porc. Avec moutarde et pains mollets, si possible.

— N'écoute pas ces mal élevés! s'écria Saltiel qui ne put se contenir plus longtemps. O maudits, ô grossiers, de quelles mères sans manières sortîtes-vous et où vous croyez-vous? Dans un buffet de gare ou dans une taverne? Sol, si tu leur pardonnes, un café pour chacun et c'est tout! (Les bras croisés et se sentant chez lui, il toisa les malappris l'un après l'autre.) Sirop de framboise, en vérité! Jaunes d'œuf! Contre-valeur! Et cet autre infâme, véritable franc-maçon avec son jambon!

— O cœur de tigre, murmura Mangeclous. Un innocent breakfast mineur, et il me l'ôte de la bouche!

Quelques minutes plus tard, miss Wilson — à laquelle Solal s'était plu à présenter cérémonieusement les Valeureux, en spécifiant ses liens de parenté — déposa cinq tasses de café devant ces choquantes personnes et sortit sans mot dire, plus dénuée de fondement que jamais, à tel point que Mangeclous se permit de demander de quel côté était l'endroit de cette évidente vierge et de quel côté l'envers. Sur quoi, Saltiel le foudroya du regard. C'était bien la dernière fois qu'il amènerait ce démon en des lieux respectables! Le démon, encouragé par le sourire de Solal, croisa ses jambes afin de révéler et faire valoir ses escarpins vernis, huma son gardénia, caressa sa barbe, ce qui noircit ses doigts, et prit la parole.

— Chère Excellence, demanda-t-il d'un air fin et sous-entendu, y aurait-il chez vous un poste vacant pour un chef de cabinet réellement capable?

— En somme, dit Solal, vous seriez le plus intelligent que j'aie jamais eu.

— Affaire faite, Excellence! interrompit Mangeclous en se levant. J'accepte! L'accord des volontés étant réalisé, le contrat devient parfait et synallagmatique quoique verbal! Merci, du fond des entrailles! Vous me remettrez le firman à votre bonne volonté, car j'ai toute confiance en votre loyauté et tenue de parole! A tout à l'heure, aimable Excellence, dit-il en se dirigeant vers la porte, et soyez assuré que je saurai me rendre digne de votre confiance!

— Où vas-tu, malheureux? s'écria Saltiel qui lui barra le chemin.

— Annoncer ma nomination à la presse, répondit Mangeclous, faire la connaissance de mes inférieurs, procéder à quelques tours d'horizon, échanger des vues, donner des ordres, promettre des recommandations et percevoir quelques petites taxes!

— Je te défends de sortir! Sol, empêche cet homme de noir-

216

cir ton nom! Explique-lui qu'il n'est pas nommé! Chef de cabinet,
en vérité! Ne sais-tu pas qu'il va tout démolir ici? Assieds-toi,
fils de Satan! Sol, partout où cet homme va, c'est la faillite
immédiate! Promets que tu ne le nommeras pas!

— Je ne peux pas promettre puisque je l'ai déjà nommé, dit
Solal pour donner une fiche de consolation à Mangeclous. Mais
selon votre désir, oncle, je le révoque.

A voix basse, Mangeclous souhaita un érysipèle à Saltiel,
puis se réconforta à la pensée des cartes de visite qu'il allait
commander d'urgence et où figurerait son titre d'ancien chef
de cabinet à la Société des Nations! Il croisa donc les bras et
à son tour toisa Saltiel cependant que Solal écrivait tout en
souriant — car il venait de trouver le moyen d'embellir les dernières années de Saltiel.

— Oncle, pourrais-je vous charger d'une mission officielle,
au nom de la Société des Nations?

Saltiel pâlit. Mais il sut rester digne et répondit qu'il était à
la disposition d'une organisation qu'il estimait depuis longtemps
et que si ses faibles lumières et caetera. Bref, il fut très content
de sa réponse. Après un regard indifférent du côté de Mangeclous, regard paisible de l'homme fort habitué aux succès et
que rien n'émouvait, il demanda, le cœur battant, en quoi
consistait cette mission. Il lui fut alors expliqué que le rabbin
de Lausanne venait d'informer le Secrétariat qu'il organisait
une série de conférences sur la Société des Nations. La première
avait lieu justement cet après-midi à quatre heures et demie.
Ce serait une aimable attention d'envoyer un représentant
spécial de la Société des Nations qui, muni de pleins pouvoirs
et dûment accrédité par la présente lettre officielle, honorerait
cette conférence de sa présence et apporterait les vœux du
secrétaire général. L'oncle accepterait-il de se rendre à Lausanne?

— A l'instant, mon fils, dit Saltiel en se levant. Lausanne
est tout près de Genève. Je vais vite prendre le train. Donne
la lettre de créance. Merci. Adieu, mon enfant, je cours à la gare.

— Attendez, dit Solal qui donna en anglais un ordre au téléphone, raccrocha, sourit au petit vieillard. Oncle, vous serez
conduit à Lausanne en voiture officielle qui vous ramènera à
Genève, une fois votre mission accomplie. La voiture vous
attend. L'huissier vous conduira.

Une fois de plus, Saltiel dirigea vers Mangeclous le regard
tranquille du victorieux. Sa lettre de mission à la main, il proposa aux cousins de l'accompagner en qualité de conseillers,

étant toutefois entendu qu'il aurait seul le droit, en tant que plénipotentiaire, de parler au rabbin. Les Valeureux acceptèrent, à l'exception de Mangeclous qui, croisant une fois de plus les bras, informa Saltiel qu'il n'avait pas l'habitude de fonctions subalternes et qu'au surplus une mission auprès d'un simple rabbin, probablement ignorant, lui paraissait dépourvue d'intérêt.

Penché à la fenêtre, Solal assista au départ de l'oncle devant lequel un chauffeur en livrée, casquette à la main, ouvrit la portière de la Rolls. Le chargé de mission entra lestement, le front baissé à la manière des ministres préoccupés, suivi de Mattathias et de Michaël qui s'assirent en face de lui tandis que Salomon prenait place à côté du chauffeur. La voiture disparue, Solal sourit de sa bonne action. La pauvre petite mission était sans danger et même si l'oncle faisait des gaffes, le rabbin serait indulgent. Entre Juifs, on s'arrangeait toujours.

— Altesse, dit Mangeclous en désignant le canapé de cuir, asseyons-nous sur le divan de l'intimité et devisons en confiance maintenant que nous sommes entre gens du monde. Altesse, j'ai une question à vous poser en toute franchise. Ne pourriez-vous pas me conférer quelque petit titre de noblesse afin que je puisse garder mon rang ? Par exemple, en votre qualité de chef adjoint du monde, ne pourriez-vous faire de moi un lord juridique avec perruque, mettant sur sa tête le sac noir lorsqu'il condamne à mort ? Non ? Peu importe, Altesse. Et combien de sous-secrétaires généraux y a-t-il ?

— Trois.

— Ne pourriez-vous pas souffler à l'oreille de votre supérieur anglais d'en mettre quatre, chiffre porte-bonheur, et habilement lui insuffler que j'envisagerais de partager avec lui mon traitement, s'il est homme à comprendre les choses ? En tel cas, vous lui diriez en sa langue « fifty fifty » afin qu'il comprenne bien. Non ? Peu importe, Altesse. L'adversité ne m'a jamais abattu. En ce cas, en ma qualité d'ancien chef de cabinet y aurait-il au moins quelque petite pension de retraite que je pourrais toucher tranquillement, réversible sur mes trois petits orphelins ? Non ? Eh bien, c'est regrettable. Maintenant, il y aurait une autre petite combinaison. La Société des Nations disposant d'immunités diplomatiques écartant toutes indiscrétions douanières, je serais prêt à organiser en toute simplicité une innocente affaire de contrebande, en qualité de courrier diplomatique. Qu'en dites-vous, Altesse ? demanda-t-il, l'index contre le nez. Non ? Je comprends vos scrupules et ils vous honorent. N'en parlons plus, je n'ai rien dit. (Coriace, le neveu de Saltiel, pensa-t-il.)

Solal sonna de nouveau, car il désirait tourmenter miss Wilson en lui imposant la vue de son impossible parent. Lorsqu'elle fut devant lui, il fallut bien lui donner un ordre. Il demanda donc une sténographe tandis que, les yeux au plafond, Mangeclous cherchait une nouvelle combinaison. Presque aussitôt une princesse russe entra, fatale et ondulante, munie d'un derrière insistant et d'une petite machine à sténotyper. Ornée de grands cils, elle s'assit et attendit, paupières battantes et cambrant ses seins à toutes fins utiles.

— Vous êtes prête ?

— Je suis toujours prête, sourit-elle.

— La lettre est à adresser à madame Adrien Deume, Cologny.

Pendant la dictée, la pianotante princesse ne cessa de le regarder en souriant, afin de lui montrer sa maîtrise en sténotypie et aussi, désireuse qu'elle était d'obtenir de l'avancement, pour lui faire comprendre qu'elle était à sa disposition pour tous travaux non sténotypiques. Durant ce temps, Mangeclous prit l'attitude de l'homme d'honneur qui s'oblige à ne pas écouter. A cette fin, il se tint debout, les yeux au plafond, son haut-de-forme gris à la main, dans une immobilité digne, compréhensive, solennelle et discrète. Mais, naturellement, il ne perdit pas un mot de la dictée.

Celle-ci terminée, Solal pria la princesse de lui faire apporter la lettre par Saulnier. Furieuse de ne pouvoir la lui remettre et être revue avec balancement de hanches, elle sourit gracieusement et ondula vers la porte tout en combinant, primo, d'inviter à son prochain cocktail ce couple Deume avec lequel le sous-secrétaire général était en si bons termes et, secundo, d'être désormais très aimable avec le petit Deume lorsqu'elle irait sténotyper chez lui.

— Altesse, reprit Mangeclous en s'éventant avec son gibus, pourrais-je au moins, moi qui vous tins dans mes bras attendris en votre petite enfance, jouir grâce à votre munificence de quelque privilège, passeport diplomatique ou coupe-file ? Ou à mon tour bénéficier de quelque mission que j'accomplirais avec la dignité de l'éléphant, la fidélité garantie pure d'un chien loyal et la célérité du cerf traqué ou de l'anguille interdite par notre religion et pourtant excellente lorsque convenablement fumée ? Par exemple, cher neveu de mon ami intime Saltiel, je serais tout disposé à apporter moi-même à la dame Deume cette lettre que vous venez de dicter et dont, m'étant forcé à la surdité, j'ignore le contenu ? A votre bonne volonté, Altesse! Afin d'avoir à mon tour une petite mission! Par pitié, cher coreligionnaire, et que la solidarité humaine ne soit pas un vain mot! Haute Excellence, une urgence intestinale et imprévue m'oblige à vous présenter mes hommages pressés. A bientôt, en toute finesse et considération, sourit-il, et il s'inclina avec grâce puis sortit, se tenant délicatement le ventre à deux mains.

Quelques minutes plus tard, de retour et muni de plusieurs arguments nouveaux, il trouva Solal penché sur la lettre que Saulnier venait d'apporter. Debout, il attendit discrètement, soudain attristé à la pensée que le roi d'Angleterre ne serait sans doute bientôt plus empereur des Indes. Quel dommage, un si beau titre! Un effronté, ce Gandhi, mais que pouvait-on attendre d'un homme qui ne mangeait presque jamais? Ayant signé, Solal leva la tête.

— L'insurrection intestine est heureusement résolue, Altesse. D'ailleurs, c'était une fausse alerte, les boyaux étant parfois trompeurs. A ce propos, je me permets de féliciter la Société des Nations de ces toilettes de somptueuse aisance, véritablement enchanteresses! Ah, si nous en avions de pareilles à Céphalonie, j'y passerais ma vie! Cela dit, voici en quelques mots mon émouvante péroraison! Altesse, songez que lorsque je retournerai à Céphalonie et qu'on m'interrogera sur ce que j'ai accompli à Genève, de confusion je tomberai raide mort! Car enfin que pourrai-je leur dire en toute véracité? Rien, Altesse! Rien! répéta-t-il en se prenant le front à deux mains. Lorsque, me morfondant dans une oisiveté forcée, je m'en fus avant-hier à Berne, petite capitale remplie d'énormes femmes vêtues de noir et dévorant de gros gâteaux, n'essuyai-je point un refus humiliant de cet employé stupide du gouvernement à qui j'exprimai le désir pourtant flatteur d'être naturalisé suisse, tout en restant français bien entendu, lui proposant même de payer le prix qu'il faudrait, à sa convenance et bonne volonté! Mais enfin que me trouves-tu de mal et à redire? lui ai-je crié, enflammé d'indignation. Allons, dis ton prix! Mais il fut intraitable! O Altesse exaltée, laissez-moi à mon tour accomplir quelque mission officielle et ce pour trois raisons. Primo, afin de me venger de l'employé et lui donner rougeur de front lorsque j'irai l'en informer et lui dire voilà qui tu as perdu comme concitoyen! Secundo, pour ne pas perdre la face devant Saltiel! Tertio, afin que de la mission que vous m'aurez confiée je puisse m'adoucir la langue en la racontant à la population réunie de cette île verdoyante où vous vîtes le jour pour la première fois! Il était cinq heures du matin, déjà l'aurore au loin glaçait le ciel de rose, et l'horizon était empli de frais rayonnements! Moi j'étais là, anxieusement assis sur les marches du palais du vénéré grand rabbin, votre auteur, j'étais là, chien dévoué, les poings serrés aux tempes, attendant avec angoisse l'annonce d'une heureuse délivrance! Ah, quel ne fut pas mon attendrissement lorsque j'appris enfin votre chère arrivée en ce monde et quelles larmes de joie ne versai-je point alors! Ne vous ai-je point amolli, Altesse? Alors, écoutez encore celle-ci! Les rois ont tant de bonheur, Excellence, toujours au premier plan de la scène mondiale et moi, toujours dans l'obscurité! Mon cœur saigne quand je lis des réceptions somptueuses, le roi salué par l'hymne national et la foule applaudissant et les imbéciles soldats présentant les armes! Et quand il est reçu par le pape, tout cet attirail, ces gardes suisses, ces princes noirs et respectueux, ces cardinaux en rang d'oignons et souriants, cette amabilité du pape pour le roi! Et pour moi, rien! Pour moi, pas d'amour des foules, pas de soldats au port d'armes, pas de pape aimable! Et pourtant j'adorerais qu'on me présente les armes, moi saluant avec bienveillance, et ensuite aller converser avec le pape, amicalement quoique avec un certain respect. Qu'a-t-il fait, ce roi, pour tant de bonheurs en sa vie? Il est né, c'est tout! Eh bien, ne suis-je pas né aussi, et plus que lui riche en joies, désespoirs, sublimités du cœur et grandeurs de cervelle? Et après, c'est le dîner somptueux chez le pape en l'honneur du roi, mille bougies allumées, et saumon fumé à discrétion! Mais pour moi, pauvre Mangeclous, des cafards dans ma cave et si j'ai faim, des pommes de terre tout en lisant à chaudes larmes le menu de la réception! Et à la fin du dîner, le roi s'étant rempli de saumon fumé, la partie du haut étant meilleure parce que moins salée, le pape lui caresse paternellement la joue, lui demande s'il n'aimerait pas encore un peu de saumon ou de ce gâteau au chocolat tellement crémeux, et puis il lui donne la grand-croix d'une décoration, comme si ce chanceux n'en avait pas déjà assez, ce chanceux né d'un germe pareil au mien! Et les jouets magnifiques pour les enfants du roi, pourtant tellement moins intelligents que mes trois mignons qui ne reçoivent rien du pape, eux, même pas une pistache salée! Et le pape reconduit le roi jusqu'à la porte avec considération et embrassades! Si je vais voir le pape, est-ce qu'il me reconduira, est-ce qu'il m'embrassera? Ne suis-je point homme pourtant, né d'une femme, comme le roi? Voyez mes larmes, délicieux Effendi, constatez-les pendant qu'elles y sont et avant

221

qu'elles ne s'évaporent, séchées par les pommettes qu'enflamme un mal qui ne pardonne point! La conclusion de mon discours, seigneur chéri, est en conséquence de vous supplier de me confier une mission de la Société des Nations, laquelle me faisant enfin sortir de l'obscurité, mettra un point final à l'injustice de ma vie, car être un grand homme n'est rien si on ne peut le paraître, et subsidiairement me permettra de fermer le bec à Saltiel lorsqu'il reviendra de Lausanne, criant avec des cris de mouette à tous les points cardinaux son titre de chargé de mission ou même d'affaires, ce que je ne saurais raisonnablement supporter! Oh, vous souriez, Altesse! Oh, je sens que vous fléchissez! Oh, soyez béni!

En effet, il souriait à Mangeclous, un des siens, un de son peuple, et il l'aimait, et il le revendiquait, et il s'en glorifiait autant que des grands et des nobles de sa race, sublimes et innombrables le long des siècles, porteurs de mission. De son peuple, il aimait tout, voulait aimer tout, les travers et les beautés, les minables et les princes. Tel est l'amour. Peut-être était-il le seul en ce monde à aimer son peuple, d'un véritable amour l'aimer, l'amour aux tristes yeux qui savent. Oui, montrer ce minable à la fille des Gentils, afin qu'elle sût d'où il sortait, lui. Il tendit la lettre à Mangeclous qui s'en empara aussitôt. Désormais en position de force, la lettre en sécurité dans ses basques, l'escogriffe s'assit, croisa financièrement ses jambes et prit un ton changé et tout pratique.

— Il nous reste le côté matériel à régler, si vous voulez bien, chère et amicale Excellence. Oui, la petite question des frais de représentation afin de vous faire honneur, à savoir frais de voitures, chapeau claque mieux adapté à la circonstance, chaussettes de soie, provision pour coupe de cheveux.

— Vous n'avez plus de cheveux, Mangeclous.

— Si fait, Excellence, il m'en reste quelques-uns très fins, et visibles si l'on s'approche! Donc, friction chez le coiffeur, shampooing de la barbe, manucure, parfum coûteux dans le but d'exhalaisons diplomatiques, cravates multiples afin que je puisse choisir la meilleure après étalement sur mon lit, perfectionnements vestimentaires divers, bref quelques dandysmes! A votre bonne volonté, Excellence, car j'aurai beaucoup de dépenses.

— O bey des menteurs, ô imposteur, tu sais bien que tu n'en auras aucune, dit Solal.

— Cher seigneur, commença Mangeclous après une quinte de toux destinée à trouver une repartie, votre perspicacité a transfixé ma toux dans son cartilage et, muet de honte, j'avoue avec humilité! En effet, je n'aurai point de dépenses! En conséquence, tout en vous remerciant d'un tutoiement inattendu et de bon augure, j'attends dans le repentir non plus des frais de représentation innocemment mensongers mais quelque don charmant d'une paume généreuse, l'affection devant répondre à l'affection! sourit-il, irrésistible, ravissant et soudain féminin, et lançant de trois doigts un baiser au seigneur. Merci, et soyez béni, dit-il en s'emparant du billet de banque. Belle, la jeune dame? ajouta-t-il avec un sourire de paternité attendrie, pour finir sur une note d'intimité.

— Comment sais-tu qu'elle est jeune?

— Connaissance du cœur humain, cher seigneur, et sensibilité frémissante. Belle, Excellence?

— Terriblement. Cette lettre, c'est pour la regarder une dernière fois. Après, fini.

— J'ose ne pas vous croire, Altesse, répliqua finement Mangeclous qui s'inclina et sortit en s'éventant avec le billet de banque.


Dehors, la précieuse lettre à la main, il combina d'économiser un taxi pour aller à Cologny. Une bonne idée serait d'arrêter la première automobile qui passerait, d'expliquer qu'il avait oublié son porte-monnaie et qu'il devait d'urgence aller voir un beau-frère qu'il aimait comme un frère, et qu'on était en train d'opérer en ce moment dans une clinique de Cologny, ablation d'un rein! Non, en somme, le gain ne serait pas suffisant. Et d'ailleurs, quel besoin de gains? Le billet du seigneur était de mille francs et il lui restait encore divers louis d'or. Donc, prendre un de ces taxis, là-bas, et en avant vers ce Cologny! Mais passer d'abord à l'hôtel pour y reprendre la raquette de tennis et la canne de golf qui feraient bonne impression sur la jeune dame. Et puis changer de couvre-chef, mettre le haut-de-forme noir qui ferait plus protocolaire. Parfait. Il alla, sifflotant, haut-de-forme gris de côté et canne virevoltante, maître de lui comme de l'univers, chargé de mission.

Au coin d'une rue, assis sur un pliant contre le mur d'un garage, un aveugle jouait maladivement de l'accordéon pour personne. Mangeclous s'arrêta, fouilla dans sa poche, jeta un louis dans la sébile que le caniche du mendiant tenait dans sa gueule, s'éloigna, s'arrêta de nouveau, interrogea son nez, fit demi-tour, déposa le billet de banque, caressa le chien. Puis, pressé d'être un plénipotentiaire, il courut, lavallière flottante, vers la station de taxis. Mais pourquoi diable tous ces imbéciles le regardaient-ils avec tant de curiosité ? N'avaient-ils jamais vu un frac ?

# XXV

La porte ouverte, M. Deume recula devant l'impressionnante apparition, un long personnage en habit, la poitrine barrée du grand cordon des présidents de la République, qui lui tendait son haut-de-forme.

— Vestiaire, dit Mangeclous. Mon huit-reflets au vestiaire selon les diplomatic customs en anglais, by appointment, expliqua-t-il au petit barbichu effaré dont, du premier coup d'œil, il jaugea l'innocence. Avec précaution, ne l'abîmez pas, car il est neuf. Comment allez-vous? Moi, je me porte bien. Tel que vous me voyez, mon cher, continua-t-il avec une étonnante vélocité et tout en faisant tournoyer sa canne de golf, je suis le chef des cabinets particuliers de mon auguste maître Son Excellence Solal of the Solals, et mon appellation dans le domaine mondain et londonien est Sir Pinhas Hamlet, A. B. C., G. Q. G., C. Q. F. D., L. S. K., exquis usage anglais des initiales honorifiques qui font de vous un grand personnage, mais je suis aussi grand maréchal de la Maison du Roi, suscitant ainsi d'innombrables cabales et jalousies, et en outre premier pair ex æquo du royaume, oui mon cher, tel que vous me voyez, et de plus possesseur en pleine propriété de la moitié du Shropshripshire, et en deçà d'une rivière dont j'ai oublié le nom s'étend mon superbe parc personnel et privé dont le nom anglais est le Gentleman's Agreement and Lavatory, en abrégé le Lavatory, célèbre par son gigantesque château dressant avec orgueil ses quarante beffrois, cher château de mes ancêtres où je prends mes innombrables œufs au jambon du matin sur un fauteuil Louis XIV et sous un tableau de maître, et ensuite, bien rempli, je fais en une heure le tour du Lavatory sur un destrier gris pommelé, ô Shropshripshire de mon enfance oligarchique, noble Shropshripshire où je fis mes chères études en mignonne veste d'Eton, col blanc et chapeau haut de forme dont j'ai gardé l'habitude comme vous voyez, allons, brave homme, ne baissez pas honteusement la tête et ne soyez pas un ombrageux animal, et de plus je suis décoré de l'ordre de la Jarretière se trouvant sous mon pantalon, mon club préféré étant le Crosse and Blackwell Marmalade où je converse familièrement avec l'archevêque de Cantorbéry, ou Canterbury en ma chère langue natale, et une douzaine de pairs du royaume, mes égaux et élégants amis, adresse habituelle dix Downing Street et numéro onze même rue chez le Chancelier des Échecs, mon ami Lord Robert Cecil que j'appelle Bob, et lui parlant toujours anglais de même qu'à ma gracieuse souveraine que j'accompagne en tube gris aux courses élégantes de chevaux que nous adorons, elle et moi, Royal Ascot, Derby of Epsom, that is the question, Bank of England and House of Lords in tomato sauce, fish and chips in Buckingham Palace, yours sincerely, God Save the King, n'est-ce pas votre avis ?

— C'est que ze n'ai pas compris, dit M. Deume avec un sourire égaré qui plut au gentleman et dont il fut récompensé par une tape sur l'épaule.

— Ne vous troublez point, mon enfant, c'est notre mignon travers, à nous autres aristocrates anglais, de parler tout à coup sans y penser dans la langue que Shakespeare illustra mais qu'ignorent les personnes sans instruction. Soyez donc assuré de mon indulgence et venons-en au fait. Voici, sortie des basques de mon frac, une lettre de mon seigneur qui est prince en son palais et dont je suis le hautain vassal. Vous pouvez examiner l'enveloppe officielle témoignant de son origine et provenance suprême, les trois mots Société des Nations en relief de luxe ! Regardez, mais sans toucher ! Comme vous voyez, elle est adressée à la dame Adrien Deume. La preuve de ma véracité ayant été fournie, allez dire à cette personne que j'attends ici sa comparution personnelle pour remise protocolaire en main propre, en même temps que quelques badinages de bon goût. (Charmé par lui-même, il s'éventa avec sa raquette de tennis.) Allons, courez me la chercher sans plus barguigner !

— Ze regrette beaucoup, monsieur, mais c'est qu'elle est sortie pour des courses.

— Fort bien, j'aviserai après étude de la situation. Faisons d'abord connaissance. Qui êtes-vous ? Un maître d'hôtel en négligé ?

— Ze suis monsieur Deume, donc le beau-père, fut la réponse craintive, suivie d'une déglutition.

— Ah? Un membre de la famille? Quelles décorations?

— Ze regrette, ze n'en ai pas, dit le petit père qui humecta ses lèvres puis, honteusement, essaya de sourire.

— Regrettable, en effet, constata le grand-croix. Je vous fais néanmoins confiance et vous remets la lettre pour la charmante du sexe nommément désignée. Dès son retour, donnez-la-lui sans la salir, et inutile de l'ouvrir hors de sa présence par gestes illicites et contraires à l'ordre public. Compris?

— Oui, monsieur.

Mangeclous examina le petit bonhomme, immobile et déférent, qui tenait la lettre du bout des doigts, de peur de l'abîmer. Que faire maintenant? Lui emprunter dix francs pour le taxi du retour en lui expliquant qu'une personne de rang ne devait jamais porter d'argent sur elle, sous peine de vulgarité? Non, trop gentil, ce pauvre vieux. Brusquement, une idée se mouvementa dans les eaux profondes de son esprit. Pour l'encourager à sortir, il frotta vigoureusement son sillon crânien et elle surgit, ruisselante et belle.

— La remise de la lettre n'est que la première partie de ma mission, dit-il. Il y a plus et mieux. En effet, n'ayant pu venir manger chez vous l'autre soir pour des raisons d'État, comme il me le disait en badinant familièrement avec l'intime que je suis, mon suzerain m'a délégué à ce même effet de mangement selon l'habitude du grand monde, et consultez les ouvrages de protocole au chapitre intitulé « De l'envoyé plénipotentiaire en mangerie ». Bref, Son Altesse m'a chargé, moi le susnommé, d'une représentation mangeuse et mandat de dégustation, ce qui veut dire en langage vulgaire, mieux compris de la plèbe, que je viens me sustenter quelque peu à sa place, afin de lui rendre compte et faire rapport. C'est ce qui se pratique dans les cercles autorisés et les sources bien informées. Mon maître comptait m'envoyer pour prendre part au lunch de midi, ce qui eût été plus approprié, mais au dernier moment nous avons été retenus par le devoir de réconforter ce pauvre empereur d'Éthiopie pleurant à chaudes larmes. D'ailleurs, soyez tranquille, je ne me restaurerai que symboliquement. Maintenant, beau-père, si vous n'êtes pas au courant des goûters par procuration ou si vous éprouvez de l'avarice, je puis fort bien m'en aller à jeun. C'était de la part de mon maître une gracieuseté pour vous favoriser d'un honneur. A vous la parole!

227

— Ze suis très toucé, monsieur le cef de cabinet, dit le petit père qui avait quelque peu repris ses esprits.

— Vous pouvez me dire tout simplement milord.

— Ze suis très toucé, milord, et merci beaucoup, mais malheureusement ze suis tout seul à la maison, les deux dames sont sorties et puis on n'a plus de bonne depuis hier, elle a dû partir pour cez elle vu qu'elle était souffrante, ça fait que forcément ze vais être oblizé de vous faire un peu attendre pour la çose du goûter.

— Triste réception mondaine, dit Mangeclous, tout en agitant vigoureusement son petit doigt dans l'entrée de son oreille. Mon cher, je constate que vous n'avez guère l'habitude des raouts élégants, mais peu importe et je suis indulgent. Je guiderai donc vos pas illettrés et nous irons ensemble à la cuisine voir un peu de quoi il retourne. Mon Excellence fait fi du protocole et vous aidera de son mieux, les aristocrates s'entendant toujours avec les plébéiens. Chassez donc ces noires pensées et allons composer un menu de five o' clock à la bonne franquette. Mais apportez-moi mon huit-reflets, un air froid régnant en ce triste corridor.

Coiffé de son haut-de-forme, il entra dans la cuisine, suivi de M. Deume auquel il ordonna de s'asseoir pendant qu'il étudierait les possibilités. Son frac ôté pour plus de liberté dans les mouvements, mais la poitrine toujours barrée du grand cordon de la Légion d'honneur, il se dirigea vers le frigidaire, essaya de l'ouvrir. M. Deume expliqua aussitôt, non sans gêne, que son épouse avait fait mettre une serrure et que c'était elle qui gardait la clef. Vraiment, il regrettait beaucoup. Devinant bien des choses, Mangeclous le réconforta par une tape sur la joue, dit qu'on se débrouillerait tout de même.

— Ne vous inquiétez pas, mon cher, je vais perquisitionner et j'arriverai à mes fins. J'ai l'habitude.

Assis, le tourneboulé petit phoque suivit du regard les allées et venues du sifflotant grand-croix dans ses recherches méthodiques, ouvrant les tiroirs, inspectant les armoires et annonçant, l'une après l'autre, ses trouvailles. Trois boîtes de sardines! Une de thon! Assez ordinaire comme hors-d'œuvre, mais tant pis! Un pain entier! Des biscuits à la noix de coco! Un pot de confiture! Une boîte de tripes à la milanaise! Une de cassoulet!

Quelle aventure, pensait M. Deume. Évidemment, les Anglais nobles et riches étaient tous des excentriques, il l'avait toujours entendu dire. Excentrique, ce monsieur, d'accord, mais en tout cas important, ça se voyait, son genre, sa manière de parler, et

228

puis la même décoration que le président de la République. Donc, le laisser faire, ne pas le fâcher, d'autant que ça pourrait faire tort à Didi. Oh là là, c'était l'émotion sûrement.

— Ze m'excuse, milord, ze reviens dans quelques minutes.

— Allez, mon cher, prenez tout votre temps. En attendant, je mettrai à chauffer les tripes et le cassoulet.


En ce qu'il appelait le petit endroit, M. Deume méditait. Vraiment, quelle aventure. Original, bien sûr, mais gentil aussi tout de même, prenant les choses du bon côté, voulant aider. Et pourtant, un monsieur de la haute, fier et en même temps pas fier, vous mettant à l'aise. Il n'aurait quand même pas pensé qu'un lord anglais saurait s'occuper de tripes et de cassoulet, et puis de chercher partout dans les armoires, et de bonne humeur encore. Ces Anglais tout de même. Un goûter avec des conserves, c'était quand même drôle. Enfin, c'était vrai que les Anglais aimaient bien les petits déjeuners copieux, c'était peut-être la même chose pour les goûters. Un goûter par procuration, drôle aussi, mais évidemment c'était vrai que c'était connu que les grands personnages se faisaient représenter aux enterrements, aux mariages, aux banquets, il l'avait souvent lu dans le journal. N'empêche, ce monsieur aurait mieux fait de venir hier soir pour la chose de la procuration, il aurait trouvé tout prêt, pas à l'improviste comme aujourd'hui. Évidemment, ces messieurs importants étaient si occupés qu'ils faisaient tout à la va vite, juste quand ils avaient le temps. Si au moins Antoinette avait laissé la clef du frigidaire, il aurait proposé à ce monsieur de manger le reste de caviar. Enfin, le laisser faire à son idée, surtout à cause de Didi.


A son retour dans la cuisine sentant bon les tripes et le cassoulet, il trouva le monsieur décoré, toujours en bras de chemise et haut-de-forme, en train de couper d'épaisses tranches de pain tout en surveillant les deux casseroles dont il remuait de temps à autre le contenu avec une cuiller de bois. La table était mise, recouverte d'une belle nappe damassée. Tout était en règle, couverts, serviettes joliment pliées, verres de cristal, sardines et thon dans le plat à hors-d'œuvre, et même fleurs au milieu de la table, eh oui, les fleurs du salon! Eh bien, il avait pensé à tout, ce milord, et puis expéditif! Mais qu'est-ce qu'elle dirait, Antoinette, si jamais elle arrivait?

229

— Ze pourrai vous aider à couper le pain, milord?

— Restez tranquille, beau-père, asseyez-vous et ne m'embrouillez pas. D'ailleurs, j'ai fini, douze tranches suffiront pour le moment. Elles ne seront pas beurrées et la faute en est à votre épouse et à sa calamiteuse serrure.

— Vraiment ze regrette, dit M. Deume, la tête baissée, coupable par procuration.

— Enfin, passons l'éponge. Ces modestes biscuits à la noix de coco, fort vieux et dépourvus de l'élasticité qui en fait le charme, et cette confiture de fraises un peu trop liquide, elle y a mis trop d'eau et pas assez de sucre, serviront de dessert démocratique. Évidemment, lorsque je vais prendre mon breakfast chez George, c'est autrement fourni! Pâtes à l'ail, aubergines fourrées, foie haché aux oignons, salade de pieds de mouton! Car George sait que j'adore les pieds de mouton en vinaigrette, avec beaucoup d'oignons. George, c'est-à-dire mon noble souverain britannique, que Dieu le garde! Veuillez vous lever en hommage! Merci, vous pouvez vous rasseoir. Quant à ce vent aventureux et long que je viens d'émettre, ne vous en étonnez point, c'est un usage de la cour d'Angleterre pour montrer à l'hôte qu'on est chez lui comme chez soi, à l'aise. Allons, mettez votre serviette, et commençons par les produits marins!

— Mais c'est que ze vais çauffer l'eau pour le thé.

— Je vois que vous n'êtes pas au courant, dit Mangeclous. Dans les milieux fashionables, mon cher, on ne prend plus de thé à cinq heures, c'est le bordeaux qui est maintenant à la mode! Il y en a plusieurs bouteilles dans la vilaine petite armoire, veuillez en déboucher une! Moi, je commence, vous me rattraperez, sourit-il, et il noua sa serviette autour de son cou, soupira d'aise. Ah, mon cher ami, comme je suis heureux de manger pour une fois dans une humble chaumière, loin de ma demeure féodale du Shropshripshire!

Ayant bu son premier verre de bordeaux, il s'attaqua aux sardines et au thon, les exterminant à grand bruit, s'interrompant pour remplir de nouveau son verre et pour inviter l'ami Deume à ne pas se gêner, à se restaurer un peu, que diable, et à boire aussi, car qui savait quel cancer généralisé leur réservait l'avenir? Ainsi encouragé, le petit père fit honneur aux hors-d'œuvre et au bordeaux. De son propre chef, il déboucha une deuxième bouteille lorsque les casseroles fumantes furent apportées et directement vidées dans des assiettes à soupe par le chef de cabinet, ceint du tablier blanc de Martha afin de préserver le grand cordon de la Légion d'honneur. Faces luisantes, les deux convives burent fort et se régalèrent de cassoulet et de tripes, joyeusement les alternant, force sourires échangeant, gaillardement chantant et amitié éternelle se jurant.

Au dessert, passant de l'exaltation à la mélancolie, M. Deume, tout barbouillé de confiture, confia à mots couverts certaines tristesses de sa vie conjugale. Sur quoi Mangeclous conseilla quelques bons coups de bâton tous les matins, puis conta des historiettes si amusantes que le petit phoque faillit s'étrangler de rire, et l'on but de nouveau, et l'on se porta des santés réciproques, et l'on s'appela par les prénoms, l'ami Hippolyte gloussant et riant sans raison, puis haranguant son verre aussitôt vidé que rempli, et même à deux reprises chatouillant ce cher milord sous le bras. Jamais il n'avait été à pareille fête et des horizons nouveaux s'ouvraient devant lui. Et si Antoinette survenait, eh bien quelques coups de bâton!

— Allons, ami, s'écria Mangeclous en l'enlaçant, buvons d'un cœur vaillant et profitons de notre temps de vie! Foin des discriminations raciales! Et même je suis prêt à crier gloire au seigneur Jésus, fils de dame Marie, à condition que de ton côté, bon Hippolyte, tu cries gloire au seigneur Moïse, ami intime de Dieu! Et bref que vivent les Chrétiens car ils ont du bon! Sur quoi, de religions différentes, mais amis jurés jusqu'à la mort, buvons et chantons et embrassons-nous avec grâce car ce jour est de fête et l'amitié est le sel de la vie!

# XXVI

En ce même après-midi, Benedetti, directeur de la section d'information au Secrétariat de la Société des Nations, réunissait à son cocktail mensuel une cinquantaine de chers amis. Des quelques idées que contenait la petite cervelle de Benedetti, la mieux ancrée était que dans la vie il importait avant tout d'avoir beaucoup de relations, de rendre toutes les invitations et de ne pas se faire d'ennemis. D'où les cocktails mensuels dans son immense salon. Immense, oui, mais une affreuse petite chambre à coucher donnant sur une courette noire. Avant tout, paraître.

Verres givrés en main et y contemplant les glaçons flottants, les invités importants étaient, selon leur tempérament, furieux ou mélancoliques lorsqu'ils étaient abordés ou happés au passage par un invité moins important et en conséquence inutile à leur ascension mondaine ou professionnelle. Le regard vague et l'esprit absorbé par des méditations stratégiques, feignant d'écouter le raseur qui, tout ravi de sa capture, faisait le charmant et le sympathique, ils n'en supportaient l'improductive compagnie que provisoirement et en attendant mieux, c'est-à-dire la fructueuse prise de quelque supérieur. Ils la supportaient soit parce qu'elle leur procurait un plaisir passager de puissance et d'affable mépris, soit parce qu'elle leur donnait une contenance et les préservait de la solitude, plus redoutable encore que d'être vu en conversation avec un inférieur, ne connaître personne étant le plus grand des péchés sociaux. D'ailleurs, causer avec un moindre ne discréditait pas si l'on savait prendre un air protecteur et suffisamment distrait, le bout d'entretien étant alors attribué à la bienveillance. Mais encore fallait-il n'en pas abuser, le terminer rapidement et se réhabiliter sans retard par une conversation avec un supérieur. C'est pourquoi les importants, tout en marmonnant de vagues « oui oui, certainement », avaient des yeux inquiets et mobiles, surveillaient la bourdonnante cohue et, sans en avoir trop l'air, la balayaient d'un regard circulaire et périodique, phare tournant, dans l'espoir du poisson de choix, un surimportant à harponner dès que possible.

Sous les rires, les sourires et les plaisanteries cordiales, un sérieux profond régnait, tout d'inquiétude et d'attention, chaque invité veillant au grain de ses intérêts mondains. Remuant le glaçon de son verre ou se forçant à sourire, mais triste en réalité et dégoûté par l'inévitable inférieur qui lui cassait les pieds, chaque important se tenait prêt à s'approcher tendrement d'un surimportant enfin repéré, mais hélas déjà pris en main par un raseur, rival haï, surveillait sa proie future tout en feignant d'écouter le négligeable, se tenait sur le qui-vive, les yeux calculateurs et distraits, prêt à lâcher le bas de caste après un hâtif « à bientôt j'espère » (ne pas se faire d'ennemis, même chétifs) et à s'élancer, chasseur expert et prompt à saisir l'occasion, vers le surimportant, bientôt libre, il le sentait soudain. Aussi, ne le lâchait-il plus des yeux et tenait-il prêt un sourire. Mais le surimportant, pas bête, avait flairé le danger. S'étant brusquement débarrassé de son actuel raseur et faisant mine de n'avoir pas vu le regard et le sourire de l'humble important, regard d'aimante convoitise et sourire de vassalité à peine esquissé mais tout prêt à s'élargir, le surimportant, feignant donc la distraction, s'esbignait en douce et disparaissait dans la foule buvante et mastiquante, tandis que le pauvre important, déçu mais non découragé, triste mais tenace et ferme en son propos, s'apprêtait, débarrassé de son casse-pieds personnel, à forcer et traquer une nouvelle proie.

Cependant, ayant échappé au danger de dévalorisation sociale, le surimportant s'approchait adroitement d'un encore plus important, un sursurimportant, hélas entouré d'une cour approbatrice. Les yeux déjà humides d'obéissance, le visage déjà passionnément modeste et tendre, il se disposait à son tour à harponner dès que possible mais dignement, non par fierté d'âme mais parce qu'il est préjudiciable de se déprécier. Il attendait l'occasion de capture, le moment où le sursurimportant se serait enfin débarrassé du cercle des adorateurs épanouis, et il détestait ces concurrents qui s'éternisaient,

233

rechauffés par le soleil de puissance. Doux et patient comme le phoque devant le trou creusé dans la glace et où va peut-être apparaître le poisson, il attendait et préparait en sa sociale caboche un sujet de conversation vif et amusant, susceptible d'intéresser le sursurimportant et de lui en valoir la sympathie. De temps à autre, il fixait ses yeux sur les yeux du convoité dans l'espoir que celui-ci le reconnaîtrait enfin, lui sourirait de loin, ce qui lui permettrait de s'approcher tout naturellement et de se joindre, à son tour fémininement jouissant, au cercle des autres vassaux. Mais les supérieurs reconnaissent rarement les inférieurs.

Comme tous les inférieurs, futurs cadavres appliqués à réussir, sentaient confusément l'ennui bienveillant (« Ah ? très intéressant, bravo, je vous félicite. ») ou distrait (« Peut-être, oui, en effet, c'est une idée à creuser. ») ou haineux (« Je ne sais pas, je n'ai pas eu le temps. ») des supérieurs qu'ils tâchaient de séduire et comme, d'autre part, ces supérieurs n'arrivaient pas toujours à lier conversation avec des sursupérieurs, soit parce que ceux-ci étaient déjà accaparés par d'autres futurs cadavres également appliqués à être trouvés sympathiques par le sursupérieur qu'ils combinaient d'inviter à leur prochain cocktail, soit encore par écœurante disette de personnalités vraiment importantes (« Décidément, disaient alors certains des invités, de retour chez eux, décidément, chérie, c'était lamentable chez Benedetti, personne d'intéressant, rien que des embêteurs, il faudra songer à couper les ponts. ») une mélancolie secrète mais profonde régnait dans cette volière striée de rires et d'aimables bavardages. Les lèvres étaient gaies, mais les yeux étaient soucieux et chercheurs.

La tristesse n'était cependant pas universelle car il y avait des égaux qui, s'étant flairés égaux, trouvaient profit à converser, profit mineur évidemment, et qui ne valait pas celui qu'eût procuré un entretien avec un supérieur, mais que faire ? Antennes en action, les deux présumés égaux échangeaient, sans en avoir l'air et comme en passant, des noms de relations importantes pour s'informer réciproquement de leur position dans le monde, de leur standing, comme ils disent. Si le résultat était satisfaisant, le moins égal des deux invitait l'autre ou essayait de l'inviter pour augmenter son capital de connaissances, mais aussi et surtout, car les sociaux sont insatiables, pour être invité à son tour chez l'interlocuteur et y connaître ainsi d'autres égaux ou, mieux encore, des supérieurs qu'il inviterait ou essayerait d'inviter dans le même but que ci-dessus et ainsi de suite.

Aucun de ces mammifères habillés et à pouce opposable n'était à la recherche d'intelligence ou de tendresse. Tous étaient en ardente quête d'importances mesurées au nombre et à la qualité des relations. C'est ainsi qu'un Juif converti et homosexuel (qui connaissait les parentés, les alliances et les maladies de tout ce qui comptait dans la haute société européenne, où il avait pu enfin entrer après vingt ans de stratégies, de flatteries et de couleuvres avalées) enregistrait avec ravissement que son interlocuteur était reçu chez une reine en exil « si adorable et si musicienne». Ayant situé sa nouvelle connaissance et l'estimant profitable et en conséquence invitable, il l'invita. C'est à ces misères que passent leur temps ces malheureux qui vont si vite crever et pourrir, sous terre puants.

En cette volière, le sexuel primait parfois, atténuant ou supprimant le social. C'est ainsi que dans un coin discret un ambassadeur chauve (qui avait été pendant quarante ans le valet flatteur de ses supérieurs afin de progressivement monter et arriver, décati et bourré de colibacilles, à de l'importance) parlait avec empressement à une jeune interprète, idiote en quatre langues, pourvue de mamelles non encore tombantes et exposant ses grotesques fesses par le moyen d'une jupe exigée étroite, et c'était son but de vie à cette mignonne qui riait, charmée de sa provisoire puissance. Car l'action du sexuel est passagère tandis que souveraine et durable celle du social.

Avide de relations et de personnalités, une journaliste grecque faisait la spirituelle et la dégourdie, disait bonjour cousine à une princesse russe pour faire intime, puis criait au correspondant du Times bonjour grand homme, j'ai adoré votre papier d'hier, puis allait rôder autour de deux ministres qui se prenaient au sérieux. L'ambassadeur chauve, ayant obtenu un rendez-vous de la porteuse de grosses fesses, écoutait gravement le porcelet Croci, un petit ministre plénipotentiaire. Haïssant cet effronté qui se laissait donner indûment de l'Excellence, il feignait la distraction pour le forcer à répéter sa question. L'ayant ainsi humilié, il répondait avec une politesse exagérée ou encore, en guise de réponse, posait une question sur un tout autre sujet. Près d'eux, sans cesser de sourire, une vache rousse et molle engueulait tout bas son mari, un long singe voûté, crépu et angoissé, lui reprochant de n'avoir pas osé aborder un haut-commissaire maintenant accaparé par Mrs. Crawford, une milliardaire américaine qui en quelques mois avait su attirer dans son salon les grands noms de la politique internationale par le moyen d'une cuisine raffinée, car il n'y a qu'à leur donner de bonnes choses à manger, et les importants accourent. La comtesse Groning montrait des dents aimables, tendait une main précise, décochait un guttural bonjour et, friande de secrets, demandait à Benedetti charmé s'il était vrai que le délégué anglais avait frappé du poing sur la table, à la séance privée du Conseil. La réponse ayant été affirmative, elle fermait les yeux de jouissance politique, dégustait le tuyau. Une grosse Libanaise acheteuse d'un mari idiot mais baron de Moustier — et présidente d'une société littéraire qu'elle avait fondée pour augmenter ses relations élégantes — racontait avec ferveur la conférence d'un duc académicien qu'elle était allée entendre afin de l'aborder à la fin de la conférence et de pouvoir désormais dire qu'elle connaissait ce cher duc si simple, si amical, et de le dire en passant, comme de juste. Ému de causer avec l'impassible Guastalla, un incapable marquis et protégé dont on ne savait que faire et qu'on avait en conséquence nommé conseiller spécial du secrétaire général, Petresco se hâtait de parler des vacances qu'il passerait peut-être chez les Titulesco, dans leur propriété de Sinaia, mais il y faisait si chaud en été qu'il n'avait pas encore décidé malgré l'invitation réitérée du ministre, ce qui amenait un sourire amical sur les lèvres de son interlocuteur. Sur quoi, saisissant l'occasion d'être originale, battant des mains pour faire enfant gâtée et gamine primesautière, Mme Petresco s'écriait qu'elle voulait aller chez son cher Titu et pas ailleurs, et tant pis s'il faisait chaud à Sinaia, chez son cher Titu et pas ailleurs, chez son flirt Titu et pas ailleurs, voilà! et continuait à battre mutinement des mains et à glapir son Titu afin de charmer le considérable Guastalla. Abandonnés par un ministre des mutilés qui devait sa carrière politique à sa jambe de bois, deux époux s'entrehaïssant mais associés d'ascension s'apprêtaient à arraisonner de conserve l'ambassadeur d'un petit État nouvellement créé, ancien journaliste pelliculeux, qui se regardait dans une glace et n'en croyait pas ses yeux. Chargée de dix lourdes bagues, une vieille poétesse anglaise méprisait, solitaire, et rajustait son consolateur chapeau médiéval à long voile noir, genre reine mère empoisonneuse et Catherine de Médicis. Apercevant

Solal, le ministre Croci s'élança, se déclarant si heureux de bavarder avec ce cher ami. En réalité, il était venu dans l'espoir de pêcher quelque éphémère secret politique pour le communiquer à Rome et s'attirer du mérite. Se faire valoir, décrocher une ambassade, monter sur l'échelle dont tous dégringolent, précipités dans le trou creusé en terre. Pour s'en débarrasser, Solal inventa un tuyau confidentiel que le petit porc enregistra avidement, pomme d'Adam tumultueuse. Après des gracieusetés, il s'en fut, fou de joie, accompagné par un cancer insoupçonné. L'ascenseur tardant à monter, il dévala l'escalier, impatient de communiquer l'important dessous des cartes à son ministre. Il tenait son ambassade! Vite chiffrer lui-même le télégramme, avec la mention Très Secret pour Son Excellence seulement! Ou plutôt non, prendre plutôt l'avion pour Rome! Bon prétexte pour un contact personnel avec le grand patron! Ayant enfin capturé l'ambassadeur chauve, la baronne de Moustier lui citait, de sa voix vibrante de nombreux polypes nasaux, une pensée de ce cher duc si simple, si amical, à savoir qu'il était aussi important d'être un bon jardinier qu'un bon duc et pair. Comme c'était beau et comme c'était vrai! salivait-elle en souriant de toute âme à l'Excellence qui, pas dupe de cette intrigante, la lâchait sans autre pour s'approcher timidement de Lord Galloway auquel, après des regards prudents en tous sens, la déléguée roumaine confiait tenir de source sûre qu'au Conseil d'après-demain le délégué italien ne parlerait pas de revendications nationales, comme l'année dernière, mais simplement d'aspirations nationales, nuance d'importance capitale et présageant un tournant de la politique fasciste, affirmait-elle, bajoues majestueuses et péremptoires, sa petite main en cantinière contre sa hanche colossale. L'entendant, un journaliste aux écoutes tressaillait et bondissait téléphoner ce scoop formidable, cognant en sa hâte un vieux professeur à l'Université de Zurich qui guettait, en vue d'un ruban rouge avant de mourir, l'attaché culturel français auquel, afin de marquer sa distinction sociale, Mme Petresco disait comment allez-vous? sans prononcer la consonne de liaison, tout comme Lady Cheyne. Contre qui s'est-il marié? demandait, pour être amusante et parisienne, la journaliste grecque à la baronne de Moustier, qui faisait une tête morose et, sans plus s'occuper de cette petite intrigante qui n'était rien ni personne, ne quittait pas des yeux l'inaccessible Lady Cheyne à qui la comtesse Groning parlait avec enthousiasme de Lord Balfour. Quel être merveilleux, ce cher Arthur, et quel grand homme vraiment, elle avait passé une semaine exquise chez lui en Écosse. Oui, elle dînait avec lui et Anna de Noailles ce soir, un génie, cette chère Anna, et quelle adorable amie!

Quatre invités, conscients de leur insignifiance, n'osaient même pas essayer de se faire des relations. Intouchables, ils restaient entre eux et parlaient à voix basse. Ils se savaient parias à jamais, mais se gardaient de se l'avouer et formaient un petit groupe persifleur et désabusé. Pour se sentir moralement supérieurs, ils commentaient ironiquement, dans leur coin de désastre, les invités brillants qu'ils enviaient. Ces tristes lépreux, cyniques malgré eux, petite tribu solidaire dans un coin près d'une fenêtre, qui faisaient les gais et se bourraient de sandwiches, étaient d'obscurs subordonnés de Benedetti : la secrétaire eczémateuse de la section d'information, l'archiviste portugais, le commis belge et une dactylo, sorte d'obèse petit rat musqué. Benedetti les avait invités parce qu'un autre de ses principes était qu'un chef doit soigner sa popularité et être aimé de ses collaborateurs, même infimes. Il n'invitait d'ailleurs les quatre déshérités qu'une fois par an et ne doutait pas qu'ils sauraient se tenir à leur place, près de la fenêtre.

Pour se consoler, la secrétaire à eczéma parlait une fois de plus de son père qui avait été consul quelque part au Japon et qui, en cette qualité, avait eu l'honneur d'héberger un académicien nommé Farrère dont, en conséquence, elle avait fait relier les œuvres complètes. Deux ou trois fois par semaine, elle sortait son consul de père et son académicien de Farrère. Chacun de nous a ainsi sa petite monture sociale qu'il chevauche dès qu'il peut, sa petite couronne rédemptrice qu'il sort le plus vite possible.

Le plus malheureux des invités était Jacob Finkelstein, docteur en sciences sociales, un petit famélique, correspondant peu rémunéré d'une agence de presse juive. Benedetti l'invitait aussi une fois par an pour ne pas se mettre à dos les sionistes dont, comme tout antisémite, il s'exagérait morbidement l'influence aux États-Unis. A chaque cocktail, Benedetti invitait ainsi un impossible qu'on ne revoyait qu'un an plus tard. De cette manière dilués, les impossibles ne nuisaient pas à ce que Benedetti, qui se piquait de littérature, appelait le climat de son cocktail.

Nul invité ne parlait à Finkelstein, zéro social qui ne pouvait être utile à personne et, plus grave encore, qui ne pouvait nuire à personne. Pas dangereux, donc pas intéressant, pas à ménager, pas à aimer ou à feindre d'aimer. Les quatre parias de la fenêtre tenaient eux-mêmes à distance ce bas de caste dégradant. Ignoré de tous et dépourvu de congénères, le pauvre lépreux faisait alors le pressé pour se donner une contenance, sa participation au cocktail consistant à fendre bravement, à intervalles réguliers, la jacassante cohue. La tête baissée, comme alourdie par son nez, il traversait en hâte et d'un bout à l'autre l'immense salon, heurtant parfois des invités et sans nul résultat s'excusant. Faisant ainsi de foudroyantes diagonales, il camouflait son isolement en feignant d'avoir à rejoindre d'urgence une connaissance qui l'attendait là-bas, à l'autre extrémité. Son manège ne trompait d'ailleurs personne. Lorsque Benedetti le rencontrait et s'il ne pouvait feindre de ne pas le voir, il le tenait à distance par un gai « ça va ? » prophylactique et l'abandonnait aussitôt à ses trottes affairées. Alors, une fois de plus, le docteur en sciences sociales et rapide Juif errant se mettait en marche, reprenait en terre d'exil un de ses inutiles voyages et se dirigeait avec la même hâte vers le buffet où l'attendait un sandwich consolateur, son seul contact social et son seul droit en ce cocktail. Pendant deux heures, de six heures à huit heures, le malheureux Finkelstein s'imposait ainsi une marche de plusieurs kilomètres, qu'il se défendait d'avouer à sa femme, en rentrant chez lui. Il aimait sa Rachel et gardait pour lui ses tristesses. Pourquoi ces infatigables traversées et pourquoi rester si longtemps parmi les méchants ? Parce qu'il tenait à son droit au cocktail annuel, parce qu'il ne voulait pas être vaincu, et aussi parce qu'il attendait un miracle, une conversation avec un frère humain. Cher Finkelstein, inoffensif et si prêt à aimer, Juif de mon cœur, je t'espère en Israël maintenant, parmi les tiens, parmi les nôtres, désirable enfin.

A sept heures et demie, Sir John Cheyne, secrétaire général de la Société des Nations, fit une apparition légèrement éméchée. Ballerine soudain, Benedetti se précipita, le visage illuminé d'amour. Cet amour n'était pas simulé, Benedetti étant social au point de sincèrement admirer et aimer tout puissant susceptible de lui être utile. On n'exprime efficacement, et par conséquent avec le maximum de profit, que les sentiments sincères. De plus, on a la conscience en paix. Trop salaud pour être malhonnête, Benedetti était persuadé, même seul devant sa glace, d'aimer le secrétaire général et de le trouver grand homme. Il avait tout aussi sincèrement aimé et vénéré le précédent secrétaire général. Mais lorsque ce dernier démissionna, il l'oublia à l'instant, trop plein qu'il était de son enthousiasme pour Sir John dont la photographie remplaça aussitôt dans son bureau celle du prédécesseur.

Sir John devisait maintenant avec Benedetti et le tenait familièrement par le bras. Cet attouchement du grand homme remplissait le subordonné d'une reconnaissance éperdue. Comme Adrien Deume, quelques semaines auparavant, il allait, vierge bouleversée, au bras du supérieur adoré, troublé par tant de bonté et de simplicité, fier et pudique, sanctifié par le bras magistral, levant parfois ses yeux vers le chef, des yeux religieux. Car sous son amour intéressé pour le grand patron, il y avait un autre amour, un amour horrible, un amour vrai et désintéressé, l'abject amour de la puissance, l'adoration femelle de la force, une vénération animale. Assez, assez de cette bande, je les ai assez vus.

## XXVII

Dans sa chambre, assise devant le bonheur-du-jour, M<sup>me</sup> Deume achevait la mise à jour de sa correspondance tout en se sustentant de craquelins cruellement croqués. Elle venait de signer sa dernière lettre, adressée à un couple ami de Lausanne, et qui se terminait par sa formule préférée, à savoir : « De ménage à ménage, nous vous adressons nos bien affectueux messages.» (Elle avait adopté ce« de ménage à ménage» depuis qu'elle l'avait lu au bas d'une lettre de M<sup>me</sup> Rampal. « C'est original, avait-elle coutume de dire, c'est concis, et ça dit bien ce que ça veut dire.» A quoi son mari ajoutait :« Et puis c'est zoli, ça rime.»)

L'enveloppe dûment léchée, elle reprit son tricot cependant que M. Deume, juché sur une chaise, posait son niveau à bulle d'air sur le dessus de l'armoire à glace afin de s'assurer qu'elle était bien d'équerre. Eh non, sapristi, pas d'aplomb! Vite, mettre une cale sous le pied de gauche! Revenu à terre, il se frotta les mains, ravi d'avoir quelque chose d'utile à faire. Arrivée à un morceau droit, facile à exécuter, M<sup>me</sup> Deume se sentit en disposition causante.

— Qu'est-ce que tu es allé faire en bas tout à l'heure, que tu y es resté si longtemps?

— C'était pour la carafe d'hier. Avec du gros sel et du vinaigre z'ai bien fait partir le vilain dépôt et puis en secouant bien z'ai donné une finition avec ma provision de coquilles d'œuf bien écrasées et un peu d'eau! Tu verras comme la carafe est venue zolie brillante!

— Décidément, tu es la femme de la maison, dit-elle avec un sourire supérieur, et elle donna une tape sur la main du petit conjoint, puis bâilla. Mercredi déjà, comme le temps passe vite, dire qu'il y a déjà trois jours que nous avons eu les Kanakis. Très réussi, ce dîner, tu ne trouves pas ? J'en garde un souvenir rayonnant.

— Ah oui alors, ça sûrement, dit M. Deume penché sur sa boîte à outils, très occupé.

— Et remarque que madame Kanakis m'a téléphoné le lendemain déjà pour me dire combien elle avait été charmée et puis d'avoir fait ma connaissance, enfin la personne comme il faut, connaissant ses règles sur le bout des doigts, on sent qu'elle a une belle âme, j'ai beaucoup joui avec elle.

— Sûrement, dit M. Deume. (Eh bien lui pas du tout, elle avait de trop grands airs, cette personne, et puis elle n'avait fait que parler de musiques que personne ne connaissait. Ah, voilà une bonne cale, juste la bonne épaisseur.)

— Et monsieur Kanakis, quel homme charmant, bien élevé, vraiment le grand monde. Tu as remarqué qu'il m'a fait baisemain ?

— Oui, z'ai remarqué, dit M. Deume, à genoux devant l'armoire.

— J'ai trouvé ça tellement jeuli, on sent que c'est un être lumineux. Enfin, on s'est bien débarrassés de ce menu de chez Rossi, sauf qu'il reste encore du foie gras et du caviar.

— Très bien, dit M. Deume, absorbé par les derniers coups mignons de marteau contre la cale de bois.

De nouveau grimpé sur sa chaise et le niveau à bulle d'air remis sur l'armoire, il constata qu'elle était d'aplomb maintenant. Parfait, parfait, murmura-t-il, et il considéra avec plaisir ses initiales qu'il avait pyrogravées la veille sur le manche de son cher marteau. Il descendit, posa le niveau sur le marbre de la table de nuit. Eh là, saperlipopette, mais la table de nuit non plus n'était pas d'aplomb! Comment avait-il pu vivre tant d'années auprès d'une table pas d'équerre ? D'autant que, enfin, bref, il aurait pu arriver des accidents fâcheux, vu que c'était une table de nuit. Allons, vite un petit coin! Non, pas un coin de bois, ça ferait trop épais.

— Dis, Antoinette, tu aurais peut-être un petit bout de carton pour mettre sous la table de nuit qui pence?

— Tu m'as fait perdre mon compte, dit-elle en s'arrêtant de tricoter. Tu es toujours à me parler quand il ne faut pas, c'est décourageant. Non, je n'ai pas de bout de carton, ajouta-t-elle pour le punir.

Il sortit sur la pointe des pieds. Revenu de même, il plaça sous un pied de la table de nuit un carton plié en deux, fit un essai qui lui donna satisfaction. Désemparé par ce rapide succès, ne sachant plus que faire, il croisa ses mains derrière son dos et considéra son épouse qui, ayant abandonné son tricotage, savourait le petit plaisir confortable — que seuls connaissent les munis, sûrs du lendemain — de couper à l'avance les pages d'un ouvrage intitulé « La Liberté Intérieure », cadeau de M^me Ventradour, et qu'elle se réjouissait de commencer ce soir à tête reposée, d'autant que chère Emmeline lui avait dit que c'était un livre tellement bienfaisant, qui faisait penser. Oui, ce soir, dans son lit et les pieds sur une bonne bouillotte. La sentant rassérénée, il osa lui adresser la parole.

— Dis, Antoinette, qu'est-ce qu'on fait pour la question du gruyère qui n'a pas de goût ?

— Tu le rapporteras à l'épicier, dit-elle sans s'arrêter de couper. Je n'ai pas envie de garder une livre de gruyère sans goût. Et qu'il te rende l'argent, deux septante-cinq.

— C'est qu'il va me regarder avec un air fâcé si ze le lui rapporte.

— Sois un peu viril, Hippolyte, s'il te polaît.

— Tu ne pourrais pas y aller, toi ?

— Non. J'ai ma rigidité qui est revenue. (Lorsqu'elle n'avait pas envie de travailler ou qu'elle préférait laisser à d'autres une tâche désagréable, elle sentait de bonne foi sa jambe droite devenir raide.)

— Alors, on pourrait envoyer cette femme de ménaze qui commence demain matin ?

— Non, tu iras, dit-elle, et elle frisotta la petite touffe de poils jaillissant du grain de beauté qui ornait son menton, puis elle soupira d'aise. Je dois dire que je suis assez contente de m'être débarrassée de cette pauvre Martha. Avec ce mal au dos, on ne sait pas jusqu'où ça aurait pu nous mener.

— Écoute, francement, moi z'aurais préféré qu'on la garde zusque qu'elle soit guérie, médecin et tout.

— Mais mon pauvre ami, elle n'aurait jamais guéri chez nous. C'est la famille qu'il faut dans ces cas-là. Mais oui, le repos au sein de sa chère famille qui l'entourera de soins, qui la cajolera, pauvre chère. Le moral est tellement important pour le physique. Si elle est heureuse moralement, ses vertèbres se remettront bien plus vite. Et puis enfin s'il faut qu'elle se fasse opérer, c'est quand même juste que ça soit la famille qui prenne ses responsabilités. L'ennuyeux, c'est qu'il faudra se contenter de cette femme de ménage jusqu'au retour de Mariette. Je dois dire que j'ai été très déçue par ce télégramme de Mariette. Il avait été convenu qu'elle prenait un long congé jusqu'au premier juillet pour soigner sa sœur. Eh bien qu'est-ce que nous lui avons demandé dans notre télégramme? De revenir une vingtaine de jours avant la date convenue, vu la circonstance des vertèbres de Martha.

— Mais c'est à cause de la pneumonie de sa sœur.

— Ces domestiques n'en font pas d'autres. Moi je dis que c'est un manque de tact et de dévouement, elle qui est soi-disant si attachée à la femme d'Adrien, qui a servi tant d'années chez cette mademoiselle Valérie d'Auble, eh bien elle aurait pu faire preuve d'un peu plus de bonté. D'ailleurs, je me demande si sa sœur est si malade que ça. Les gens des basses classes c'est tellement douillet, ça ne sait pas supporter la souffrance. Des bronchites j'en ai eu, moi, et je n'ai pas fait tant d'esclandre.

— Sauf que évidemment sa sœur c'est une double pneumonie.

— Bronchite et pneumonie, c'est du pareil au même. Enfin n'en parlons plus, ce manque de conscience ça me dépasse. Oui vraiment, parlons d'autre chose. Pour en revenir à la fameuse lettre de ce monsieur Solal, au fond elle n'était pas si aimable que ça, plus j'y pense. D'abord, elle est adressée à elle, il me semble que ça aurait été naturel qu'il m'écrive à moi, enfin, passons, mais à part ça, elle a un genre qui ne me plaît pas. Ce commencement, tu te rappelles? Excuses, simplement, sans même sincères, comme ça se fait. Et puis « les faire agréer autour de vous », c'est une allusion à moi et à toi. Il aurait bien pu me mentionner nommément puisque je lui ai parlé au téléphone. Et puis il parle d'un malaise subit, sans aucune précision. C'est cavalier, je trouve, qu'est-ce que tu en dis?

— Le fait est, dit M. Deume.

— Et note bien que pour regrets, il ne s'est même pas donné la peine de mettre vifs.

— Ça sûrement, dit M. Deume.

— Et puis il finit par des hommages, sans mettre respectueux. Évidemment, c'est une jeune femme, mais quand même. Et puis cette façon de les inviter à dîner, à son hôtel en leur fixant une date, vendredi huit juin, à huit heures, donc après-demain. A prendre ou à laisser, en somme. Qu'est-ce que tu en dis?

— Z'en dis qu'il est haut placé et que forcément.

— Je le sais bien, soupira-t-elle. Mais que veux-tu, l'éducation, c'est l'éducation. Et cette façon de ne pas nous inviter, nous, tu trouves ça normal, toi?

— Il ne sait peut-être pas que nous habitons avec Didi.

— Il le sait parfaitement! Puisque je me suis présentée au

téléphone ce soir-là, et j'ai même dit que mon mari et moi, enfin quelque chose dans ce genre. Note bien que ça m'est égal, d'abord parce que j'ai l'habitude de me sacrifier, et ensuite parce que de toute façon nous serons partis après-demain, et puis moi, la cuisine d'hôtel, merci bien, mais c'est le procédé. Enfin, il s'est excusé, les apparences sont sauves.

— Et puis c'est lui qui a fait avancer Didi.

— Il lui a rendu justice, un point c'est tout. (Pour ponctuer cette affirmation, elle se remit voracement à son tricot. Le rang terminé, elle se gratta l'intérieur de l'oreille avec l'aiguille libre.) Quant à la femme de Didi, c'était un feu de paille, et rien d'autre! Ses belles résolutions, disparues, envolées! Soi-disant faire des courses pour lui, repasser ses pantalons, et ainsi de suite, il n'en est plus question! Hier, elle a passé tout l'après-midi à prendre un bain de soleil au jardin, au su et au vu des gens qui passaient sur le chemin! Ça nous fera une jolie réputation chez les voisins! Et j'ai constaté que le « Veille et Prie » que je lui ai donné, pas une page de coupée! C'était bien la peine de lui céder ma chambrette d'en bas pour que madame s'en fasse son salon! Son salon particulier, ma chère! Et pour ça, pas de paresse, oh elle a su se dépêcher et l'installer en vitesse, son salon, avec toutes les vieilleries de sa tante que je ne les voudrais pour rien au monde! Un tapis tout usé! Elle a même fait descendre son piano! Et descendre aux frais de Didi, bien entendu! Et puis ne répondant pas quand je lui demande en souriant gentiment comment elle va au point de vue spirituel! Une mijaurée insolente! Eh bien, tu ne dis rien?

La sonnerie du téléphone retentit au rez-de-chaussée. Ravi de la diversion, il se précipita. Lorsqu'il revint, essoufflé d'avoir gravi les marches trois à trois, il annonça que c'était M^me Ventradour. Elle s'empressa.

La porte refermée, il se laissa choir sur un fauteuil. Providentiel, ce téléphone. S'il durait un peu longtemps, ça lui changerait les idées et peut-être qu'elle ne lui reparlerait pas d'Ariane. En dire du mal pour faire plaisir à Antoinette, non, il ne pouvait pas! Ariane si gentille avec lui hier, quand elle était rentrée juste après le départ du monsieur anglais, qui avait pris si bravement les choses en main, vite cacher les boîtes de conserves vides, vite mettre tout en ordre à la cuisine, vite aller en ville en taxi pour acheter les mêmes conserves, les mêmes bouteilles de bordeaux! Et puis lui donnant le bon conseil de dire qu'on avait apporté cette lettre et rien de plus. Heureusement qu'Antoinette était rentrée tard de chez la Gantet. Qu'est-ce qu'il aurait pris si elle les avait surpris, le monsieur anglais et lui, avec bordeaux et cassoulet, et puis chantant! Gentil, ce monsieur, ils avaient passé un bon moment ensemble, et puis ils s'étaient embrassés avant de se quitter. En somme, il n'avait jamais eu un vrai ami dans sa vie. Il aimerait bien le revoir, sauf que c'était un milord, trop haut placé pour lui. Eh bien, ce serait quand même un beau souvenir, ce goûter. Il se moucha, regarda son mouchoir, le plia, se força à penser à autre chose. Oui, acheter un tournevis aimanté, ça serait bien pratique. Qu'est-ce qu'elle pouvait bien raconter à la Ventradour? Il ouvrit doucement la porte, se pencha sur la rampe, écouta.

— Quel dommage, chère, que vous ayez manqué la causerie de Jeanne Gantet, c'est une personne tellement intellectuelle, toujours la repartie brillante. Elle nous a donc parlé des rapports entre la science et la religion, toutes sortes de choses auxquelles on ne pense pas, par exemple le téléphone qui nous permet de demander un soutien spirituel à une amie plus développée religieusement en cas de crise morale desséchante, et puis les chemins de fer qui permettent les congrès religieux, et puis la radio avec ses émissions réconfortantes! Nous étions toutes sous le charme. Quelle réponse aux incroyants qui prétendent qu'il n'y a pas de rapports entre la science et la religion! Enfin, je suis contente que tout aille bien pour vous. Eh bien nous, chère, nous avons eu bien des aventures ces jours derniers. Tout nous est tombé dessus! D'abord, l'évier de la cuisine bouché, il n'y a rien eu à faire avec les ingrédients chimiques, il a fallu faire venir le plombier. Et puis notre Martha qui est partie avant-hier. Pardon? Non, non, je ne l'ai pas renvoyée, elle nous a quittés de sa propre volonté. C'est-à-dire que sa colonne vertébrale lui faisait mal depuis qu'elle était tombée en voulant accrocher un tableau, vous savez comment sont ces filles, toujours à avoir de ces idées, oui donc en voulant accrocher un grand tableau, l'autre soir, lorsque nous attendions à souper, enfin à dîner, monsieur le sous-secrétaire général de la Société des Nations, un grand ami de mon Adrien. La pauvre chère n'a fait que se traîner depuis et forcément son rendement s'en est ressenti. Alors, prise de compassion, je lui ai conseillé d'aller se reposer dans sa famille, se retremper dans son bercail. D'ailleurs, dès le début, je lui avais dit que je ne l'engageais que provisoirement en attendant le retour de notre Mariette. Oh, ce n'est pas une grande perte. Outre que cette pauvre enfant était bien maladroite dans son travail, et pourtant toute la peine que je me suis donnée pour la former, elle n'avait

246

aucune éducation, je ne suis pas arrivée à la styler. Par exemple, toujours cette manie de frapper avant d'entrer au salon. Que de fois je lui ai charitablement fait remarquer que c'est seulement pour les chambres à coucher qu'une personne bien élevée frappe avant d'entrer. Et puis un manque de tact! Imaginez-vous qu'un jour je la trouve tout en larmes et naturellement je l'interroge en lui prenant les mains pour la mettre en confiance, imaginez-vous qu'elle a eu le front de me dire qu'elle s'ennuyait de ses vaches! Oh, je lui ai pardonné de bon cœur, vu que je n'oublie pas qu'elle sort d'un miyeu simple. Enfin, j'espère que les entretiens sérieux que j'ai eus avec elle lui seront en bénédiction, cette pauvre petite était si peu développée religieusement. En tout cas, j'ai fait de mon mieux pour l'élever spirituellement, surtout par la prière en commun, oui. Nous aurons quelqu'un à partir de demain, une personne qui n'a pas l'air fameuse et qui ne pourra rester que le matin, étant déjà prise l'après-midi. Avec cette difficulté de trouver du personnel, il faut être reconnaissant de ce que Dieu nous envoie comme domesticité, même si ce n'est pas de premier ordre. Naturellement, dès que cette pauvre Martha a décidé d'aller se retremper dans son miyeu, j'ai tout de suite télégraphié avec réponse payée à notre Mariette qui est donc à Paris et qui devait donc reprendre son service chez nous en tout cas le premier juillet, en lui demandant de reprendre dès à présent, vu les événements. Nous avons reçu un télégramme disant qu'elle ne peut pas vu que sa sœur qui est concierge fait une double pneumonie et qu'elle ne pourra pas venir avant début juillet. Ces domestiques n'en font pas d'autres. Enfin, nous sommes à leur merci. Mais, chère, je parle, je parle et je ne vous ai pas encore dit le grand événement! Imaginez-vous que nous partons pour Bruxelles après-demain, mes parents van Offel, du château van Offel, me réclamant d'urgence! Mais oui, hier au courrier de midi, voilà que je reçois une missive de chère Élise van Offel, donc la junior, m'appelant littéralement au secours! Sa belle-mère a eu une attaque, elle a tout un côté paralysé, ils l'ont prise chez eux, vu son état. Mais Wilhelmine van Offel senior, donc la chère malade, ne s'entend avec aucune infirmière et me réclame à cor et à cri, vu que je l'ai déjà soignée dans le temps. Moi naturellement, n'écoutant que mon cœur, j'étais prête à partir hier déjà illico, bien entendu avec Hippolyte qui ne peut pas se passer de moi, mais pas de places de wagon-lit avant après-demain. Pour un voyage de nuit, je prends toujours un wagon-lit, c'est un principe dans la famille. Nous avons donc retenu deux places pour le train de vendredi soir dix-neuf francs quarante-cinq, pardon dix-neuf heures quarante-cinq qui nous amènera à Bruxelles, Dieu voulant et sauf imprévu toujours à redouter, samedi matin huit heures cinquante. Nous resterons peut-être trois mois, peut-être moins, tout dépendra de l'évolution de la maladie, la chère malade devant en tout cas d'après le docteur s'envoler fin août au plus tard. Enfin, tout reste dans l'incertain, entre les mains de Celui pour qui tout est certain. De toute façon, je ne peux pas laisser dans l'embarras chère Élise qui était donc une demoiselle van der Meulen, les gros raffineurs. Oh oui, il y aura quand même une infirmière, moi étant là surtout pour le réconfort spirituel, et puis diriger l'infirmière. J'en profiterai pour mettre à jour tous mes tricotages et surtout les chaussettes pour mon mari qui les use, c'est terrible, je ne sais pas comment il s'arrange. Pardon? Non, moi, après le talon, je tricote les pieds en deux parties jusqu'aux diminutions, je fais deux bandes de la longueur désirée, parce que vous comprenez, le dessus du pied étant rarement usé, je n'ai qu'à refaire la bande de dessous et les diminutions lorsque la semelle est à remplacer, ça économise du temps et de la laine. Mais dites-moi, chère, j'y pense, tout à coup, j'aimerais tellement vous voir avant notre caviar, pardon la langue m'a fourché, je voulais dire avant notre départ. Est-ce que vous nous feriez le plaisir de venir déjeuner demain jeudi? Ça ne va pas jeudi? Alors au moins vendredi, jour de notre départ? Vous êtes prise à midi? Eh bien tant pis, venez pour le souper. Ah bon, je suis bien contente! Mais écoutez, chère, venez de bonne heure pour qu'on ait un peu de temps pour un bon échange, vu que notre train part à dix-neuf heures quarante-cinq, donc huit heures moins le quart. Venez à quatre heures, voulez-vous? On se mettra à table à cinq heures et demie tapantes, ce sera un goûter-souper, à la fortune du pot, vu nos circonstances. Donc à vendredi, chère, je me réjouis beaucoup, et merci encore pour la bonne idée de la taie d'oreiller pour les choses qui craignent, je l'ai déjà mise à exécution, c'est merveilleux comme protection! Voilà, alors je vous dis les bons messages d'Hippolyte qui me fait signe de vous les dire. Je vous aurais dit aussi ceux de mon Adrien s'il avait été là, mais la vérité avant tout, n'est-ce pas, chère? Enfin, disons que s'il avait été là il m'aurait sûrement demandé de vous dire ses meilleurs messages. Alors voilà, je vous laisse, chère, donc à après-demain quatre heures, je me réjouis, et en attendant, chère, un sourire bien lumineux.

De retour dans la chambre, M<sup>me</sup> Deume s'assit sur le fauteuil Voltaire, reprit son tricot, le posa presque aussitôt et regarda bleu clair son mari qui frémit et se composa un visage innocent.

— Tu as remarqué l'air que Didi avait ce matin ? Oh, il a bien essayé de me le cacher mais on ne trompe pas un cœur de mère ! Cet air, je sais bien pourquoi, va ! C'est parce que hier, elle n'a pas voulu aller avec lui à la grande réception de ce monsieur Benedetti ! Ah, c'est du joli, cette personne ! (Elle croqua un craquelin avec un sinistre craquement d'effrayant attachement à elle-même.) Je te garantis que tout à l'heure, à table, si madame daigne descendre, je te garantis que quand je lui dirai que nous aurons Emmeline Ventradour après-demain pour un goûter-souper, elle ne dira pas un mot, pour montrer que ça n'intéresse pas madame la princesse ! (Pépiements dentaires pour extraire des bribes de craquelin.) En tout cas, la campagne Ventradour je te prie de croire que c'est quand même autre chose point de vue dimension que la petite campagne de sa tante, qui nous a filé sous le nez d'ailleurs, vu que c'est l'oncle qui en a hérité pour en priver mon pauvre Didi ! Et elle a eu le front de me dire qu'elle trouvait ça juste ! Enfin, je dois l'aimer et je prierai pour elle !

# XXVIII

Réflexe du bouton pressé, miss Wilson entra avec précision et s'arrêta à deux mètres du bureau Louis XVI. Quinquagénaire, correcte, dépourvue de croupe, convaincue de la légitimité de son existence, dégageant une redoutable odeur de lavande avec des harmoniques de savon Pears, elle attendit en silence, perpendiculaire et compétente, le regard droit et vert, sans peur et sans reproche, loyal et niais.

Les yeux baissés pour ne pas voir ce regard qui lui faisait mal, regard des heureux raisonnables, il lui demanda de convoquer les directeurs. Elle eut un geste sobre d'acquiescement, déférent mais autonome, fit demi-tour et s'en fut sur ses talons plats, toujours dénuée de fondement mais bardée de certitudes, forte de son Dieu, de son roi, de son implacable probité, de son au-delà assuré, du cottage déjà acheté dans le Surrey et où, parvenue à la retraite, elle finirait ses jours, taillant ses rosiers d'un sécateur sec entre deux tasses de thé fort et non sucré, entourée de la considération de tous, amie de la femme du pasteur, impeccable et heureuse dans ce cottage qu'elle ne quitterait que pour filer tout droit au ciel, vierge et ses grands pieds en avant. Une veinarde, qui en était, et qui croyait. Lui, il n'était de rien, un homme seul, et qui mécroyait tout. Donc suicide. Mais, en attendant, la farce du rapport quotidien.

Les six directeurs attendaient dans la salle du rapport, assis autour de la longue table, des blocs-notes devant eux, fumant et courtoisement se braquant l'un l'autre des briquets luxueux, échangeant de cordiales plaisanteries et s'entre-détestant. Le jonkheer van Vries participait peu à la conversation, secrètement méprisant ses collègues, roturiers et privés des grâces sociales dont il s'estimait pourvu. (Entre autres, il était fier de ses connaissances en matière mondaine, comme par exemple de savoir que de grands noms tels que Broglie ou Cholmondeley se prononçaient d'une manière inattendue et ravissante ou encore que dans une certaine acception le mot « duché » était féminin. De plus, dire « mon dinner jacket » et non « mon smoking » lui procurait un sentiment délicieux de supériorité. Ces misères, et connaître une comtesse poétesse toujours mourante mais de grande habileté sociale et recevant beaucoup, et être reçu par une reine idiote et en exil, étaient les raisons de vivre de ce pauvre type aux yeux globuleux, toujours fortement parfumé au cuir de Russie.)

Les directeurs se levèrent lorsque Solal entra. Il les regarda, les connut. Sauf Benedetti qui intriguait en sous main contre lui, ils lui étaient fidèles, c'est-à-dire qu'ils se contentaient de sourire prudemment, avec parfois une nuance d'approbation, lorsqu'ils entendaient dire du mal de lui.

Il les pria de s'asseoir, dit que l'ordre du jour ne comportait qu'une seule question, inscrite sur la demande du secrétaire général et formulée par Sir John lui-même, à savoir « action en faveur des buts et idéaux de la Société des Nations ».

Aucun des directeurs ne savait en quoi devait consister cette action, pas plus d'ailleurs que Sir John qui attendait de ses subordonnés qu'ils lui apprissent ce qu'il voulait. Tous néanmoins parlèrent d'abondance, l'un après l'autre, la règle suprême étant de ne jamais perdre la face, de toujours paraître compétent, de se garder d'avouer qu'on ne comprenait pas ou qu'on ne savait pas.

On vasouilla donc hardiment, avec brio, sans bien savoir de quoi il s'agissait. Cependant que ses collègues, excédés par la longueur de tout exposé autre que le leur, crayonnaient de petits dessins géométriques sur leurs blocs-notes puis les perfectionnaient mélancoliquement, van Vries déclara pendant dix minutes qu'il était indispensable de préparer un plan d'action non seulement systématique mais encore concrète. Benedetti intervint ensuite pour développer deux points qu'il déclara essentiels, à savoir primo qu'à son humble avis il s'agissait d'adopter un programme d'action plutôt qu'un plan d'action, parfaitement un programme, la nuance était, croyait-il, capitale, du moins il l'estimait telle ; et secundo que le programme d'action devait être conçu comme projet spécifique, il ne craignait pas de le dire, spécifique.

Les autres directeurs acquiescèrent, reconnurent tous la nécessité absolue d'un projet spécifique. On aimait beaucoup les projets spécifiques au Secrétariat. On ne savait pas trop ce que « spécifique » ajoutait à « projet » mais un projet spécifique faisait plus sérieux et plus précis qu'un simple projet. En fait, personne ne savait la différence qu'il y avait entre un projet et un projet spécifique et personne n'avait jamais songé à s'interroger sur le sens et l'utilité de ce précieux adjectif. On disait projet spécifique avec plaisir, sans approfondir. Un projet lorsqu'il était dit spécifique prenait aussitôt un charme mystérieux fort apprécié, un prestige prometteur d'action féconde.

Prenant à son tour la parole, Basset, le directeur de la section culturelle, signala qu'il serait nécessaire d'agir en étroite collaboration avec les organisations bénévoles intéressées. Mais en jouant cartes sur table ! interrompit Maxwell, le directeur de la section des plans et liaisons, et en précisant dès l'abord que le Secrétariat garderait la haute main sur le projet spécifique ! Mais attention, s'écria Johnson, il y aurait lieu d'être prudent et de n'agir qu'en plein accord avec les Etats Membres ! A cette fin, il était indispensable d'adresser un questionnaire aux divers gouvernements, le projet spécifique de programme d'action ne devant être établi que sur la base de leurs réponses. Orlando estima que le mieux serait d'entrer en rapport avec les divers ministères de l'Éducation nationale en vue de l'établissement d'un programme de conférences scolaires sur les buts et idéaux de la Société des Nations.

Revenant à la charge, Basset — dont le nom véritable était Cohen, patronyme des descendants d'Aaron, frère de Moïse, mais qui préférait, le petit puant, se planquer en Basset — soutint que « le projet spécifique devrait comporter un programme d'action non seulement systématique et concrète mais encore coordonnée, un effort tout spécial de coordination étant indispensable, d'une part, entre les diverses sections du Secrétariat et, d'autre part, entre le Secrétariat et les diverses institutions intergouvernementales, afin de parer aux chevauchements, aux conflits de compétence et aux doubles emplois, le projet spécifique en question devant en outre avoir pour objectif final, après accord des divers gouvernements intéressés, la création au Secrétariat d'une section de promotion des buts et idéaux de la Société des Nations ». J'ai dit, fit-il, et il baissa les yeux, fier de son intervention non moins que d'être un basset. Ses collègues approuvèrent le principe d'une nouvelle section car ils connaissaient la fringale de réorganisation qui s'emparait périodiquement du secrétaire général. Tel un enfant avec son Meccano inlassablement défait et refait, le vieux Cheyne adorait démonter puis remonter sa belle boîte en supprimant une section, en en coupant une autre en deux, en en créant une nouvelle, quitte à revenir à l'ancienne structure quelques mois plus tard.

Désireux de briller devant le boss silencieux, ces messieurs s'en donnaient à cœur joie et improvisèrent avec feu, évoquant dans l'étrange langage du Secrétariat « les situations à explorer », « l'agrément général à rechercher sur la partition des responsabilités tant organisationnelles qu'opérationnelles », « les divers modes d'approche du problème », « les achèvements des institutions spécialisées », « les facilités à obtenir des gouvernements en faisant appel à leur esprit coopératif », « les expériences passées supportant largement l'urgente nécessité d'une action concrète », « les évidences à fournir sur l'utilité du programme envisagé », « les difficultés pratiquement inexistantes », « les encourageants discours récemment délivrés au Conseil ». Et ainsi de suite, le tout entrelardé de propositions confuses et contradictoires, consciencieusement notées par la sténographe qui n'y comprenait rien car elle était intelligente.

Soudain, il y eut un silence. On avait remué tant de vase qu'on ne savait plus où on en était et ce qui avait été décidé. Maxwell sauva la situation en proposant l'habituelle solution de paresse, à savoir « la constitution d'un groupe de travail qui explorerait la situation et présenterait, à une commission ad hoc, à constituer ultérieurement et composée des délégués des gouvernements, un avant-projet spécifique de propositions concrètes constituant les grandes lignes d'un programme à long terme d'action systématique et coordonnée en faveur des buts et idéaux de la Société des Nations ».

Dépité de n'avoir pas eu cette idée et soucieux de se faire valoir, van Vries proposa que sur la base des discussions qui venaient d'avoir lieu et des décisions qui venaient d'être prises une note d'orientation fût préparée « à l'intention du groupe de travail à constituer et qui en serait sa ligne directrice et ses termes de référence ». Fier de son coup de Jarnac et ravi de coller un sale boulot à un concurrent, il suggéra que Maxwell fût chargé de préparer d'urgence cette note d'orientation à soumettre ensuite à l'approbation de Sir John.

— Parfait, nous sommes tous d'accord, dit Solal, et il se

253

mordit de nouveau la lèvre. Maxwell, allez de l'avant. Messieurs, je vous remercie.

Resté seul, il imagina ce qui allait se passer. Maxwell convoquerait Mossinsohn, provisoirement affecté aux plans et liaisons, lui dirait que la sténographie de la réunion contenait tous les éléments utiles à l'élaboration d'une note d'orientation, que le travail y était en somme tout préparé et que Mossinsohn n'aurait qu'à mettre un peu d'ordre et à résumer. Bref, l'affaire d'une heure ou deux. « Allez de l'avant, conclurait-il à son tour, c'est du tout cuit, mais soyez prudent, attention aux aspects politiques du problème et aux susceptibilités nationales, de la fluidité, rien qui puisse déplaire aux gouvernements, nuancez, nuancez, et apportez-moi ça demain matin à la première heure. » Et le malheureux Mossinsohn irait de l'avant toute la nuit, à grands renforts de tasses de café. Enlisé dans les incohérences du compte rendu in extenso, désespérant d'en deviner les mystères, il finirait par inventer ce que les six directeurs avaient décidé et sortirait de son cerveau une convenable note d'orientation. Bref, ce serait le petit Juif sans protection, commis temporaire à cinq cents francs par mois, qui dicterait sa décision à Sir John Cheyne, K. C. B., K. C. V. O.

— Miss Wilson, rappelez van Vries.


Haut cheval neurasthénique et roux, à raie médiane, le directeur de la section des mandats entra, voûté et coupable d'avance, redoutant une semonce toujours possible. Solal lui indiqua un siège et, les yeux ailleurs, lui demanda s'il était satisfait du jeune Deume. Van Vries fabriqua une quinte de toux pour se donner le temps de penser à la réponse susceptible de plaire. Deume, qu'il détestait pour sa réputation de littéraire non moins que pour sa paresse et ses retards, venait d'être promu A par choix direct. Donc ce petit salaud était bien vu en haut lieu. Donc en dire du bien.

— Très satisfait. Un excellent fonctionnaire, ponctuel, plein d'initiative et très agréable de rapports.

— Donnez-lui de temps en temps une mission.

— Justement, j'y songeais aujourd'hui même, mentit promptement van Vries. J'avais justement l'intention de vous envoyer une note proposant de l'envoyer à Paris et à Londres prendre contact avec les ministères compétents. Rien ne vaut les contacts personnels pour créer une atmosphère de confiante collaboration. Par ailleurs, il pourrait nous rapporter une documentation précieuse que l'on peut obtenir beaucoup plus facilement sur place. J'ai même songé à vous suggérer de l'envoyer ensuite dans les deux territoires qui présentent des problèmes particulièrement délicats, j'entends parler de la Syrie et de la Palestine.

Ayant dit, il toussota respectueusement et attendit avec un regard dévoué. Solal approuva et van Vries s'en fut, ravi de s'en être tiré sans dégâts. Dans le couloir, il alla, le dos droit et important de nouveau. Bonne affaire d'être débarrassé du Deume pendant deux mois, non trois mois. Mossinsohn, le temporaire, un gros bûcheur, le remplacerait avantageusement.

# XXIX

— Eh bien, mon vieux, tu sais, c'était vraiment réussi, dit-il en boutonnant son pantalon tandis que retentissait le tumulte rédempteur de son water-closet préféré. Félicitations, mon cher, ajouta-t-il, et il sortit avec une envie de s'ébrouer et de courir, tel un petit chien joyeux du devoir accompli dans la bonne herbe du matin.

Dans le couloir, il se demanda ce qu'il pourrait bien faire maintenant. L'injection quotidienne de cacodylate avait été faite à l'infirmerie, le cafeton du matin avait été pris, il ne restait évidemment plus qu'à travailler. Ravissante, cette infirmière danoise. Qu'à travailler, qu'à travailler, chantonna-t-il en poussant la porte de son bureau. Aussitôt assis devant sa table, il ouvrit son journal, contempla le bon visage du nouveau pape, élu la veille.

— Dis donc, comme promotion, hein? murmura-t-il à Sa Sainteté. Enfin, moi aussi, quoi.

Le journal replié, il adora son bureau de membre A, ses pieds frottant le tapis persan pour en sentir la tendre présence, ses yeux chérissant l'armoire vitrée fermant à clef, nom d'un chien, et qu'il avait garnie de beaux volumes empruntés à la Bibliothèque, inutiles mais reliés, faisant chic.

— Et s'ils me les réclament, crotte, je leur dirai que j'en ai un besoin permanent! Faut savoir se défendre dans cette boîte!

Ravi de son cacodylate fortifiant et gratuit, tout guilleret de sa digestion parfaite, il déplaça légèrement la grande photographie de sa femme posée sur la table, s'en félicita. Ainsi tournée, il ne serait pas seul à en profiter. Tout membre B à qui il indiquerait le fauteuil de cuir la verrait aussi, l'admirerait. Dans ce cadre de vieil argent, elle faisait très aristo, légèrement décolletée, une belle femme. Sa femme, nom d'un chien, lui pouvant la toucher autant qu'il voulait. Coin, coin, coin, nasilla-t-il de bonheur, tout en pinçant ses narines entre le pouce et l'index. Bonne idée, cette photo, ça faisait haut fonctionnaire. Dommage de n'avoir pas d'enfants. La photo d'une jolie petite fille bien habillée aurait fait très chef de service. Enfin, tant pis. En tout cas, il avait rudement bien arrangé son bureau depuis qu'il était A. Suspendu au mur, le tableau non figuratif faisait fonctionnaire cultivé ayant besoin d'une atmosphère d'art. Bonne idée aussi ce coffret, en vieil argent également, faisant prestige.

— Je l'ouvre, je le pousse vers le B qui vient respectueusement me demander un renseignement. Cigarette, Carvalho ? Cigarette, Hernandez ? L'épatant, mon vieux, ça serait d'avoir une photo du S. S. G. avec dédicace manuscrite. A Adrien Deume, cordialement. Ou même peut-être amicalement. Amicalement ferait chic. La tête de Vévé entrant et lisant ! Oui, mais je le connais pas encore assez, le S. S. G. Attention, mon vieux, pas de gaffes, pas d'impatience, attendre ! La photo dédicacée dépendra de l'évolution de nos rapports personnels. Donc demain soir huit juin vendredi, dîner au Ritz, mon vieux, chez le S. S. G. ! Moi smoking neuf, elle robe du soir ! Eh oui, mon petit vieux, dîner chez monsieur le sous-secrétaire général de la Société des Nations ! J'avais une de ces envies de le dire à Vévé, il m'a fallu toute ma force de caractère pour m'en empêcher ! Non, mon cher, attendons d'être vraiment intime avec le S. S. G. D'accord, n'en parler à Vévé que lorsque j'aurai une situation inébranlable. Très convenable, sa lettre à Ariane. Faire agréer mes excuses autour de vous. Pas mal tourné, hein ? Et puis quoi, il lui a présenté ses hommages. Tout de même j'en ai fait du chemin dans ma vie. Coin, coin, coin, nasilla-t-il de nouveau. Si tout marche bien demain soir, j'organise illico un cocktail où je lui demande de venir. Ou plutôt non, une invitation à dîner, d'autant que Papi et Mammie absents dès demain soir, au moins pour deux mois. Au fond, c'est une chance qu'il n'ait pas pu venir l'autre soir. Invitation à dîner, parfaitement ! Je lui rends son invitation, quoi. Lui, Ariane et moi, dans la plus stricte intimité. Maître d'hôtel en gants blancs. Coin, coin, coin. Mais l'important pour le moment, c'est de faire bonne impression demain soir. Prendre du maxiton une heure avant, à sept heures, oui, afin de briller à fond. Moi, cultivé mais spirituel, amusant. S'il rit, s'il s'intéresse, c'est la victoire. Attention, arriver à l'heure ! Pas de blagues, hein ? Il a dit huit heures dans sa lettre. Donc à vingt heures tapantes, demain, entrée du sieur Deume, membre A, précédé de sa charmante épouse. Dieu merci, elle est bien lunée. En somme depuis que, parfaitement. Il leur faut ça aux femmes. Tout ça, mon vieux coco, c'est très joli mais faut que tu brilles et que tu intéresses. Donc, cet après-midi, rapporter de la maison toute la documentation sur Mozart, Vermeer, Proust, potasser à fond tout ça de quatorze heures à dix-huit heures, de manière à avoir vues documentées originales sur les susdits et l'épater un peu par connaissances approfondies. L'important, c'est qu'il se dise en me regardant tout à coup avec curiosité : pas mal du tout, ce petit Deume, relation à cultiver, ce petit Deume. Pas oublier de lui demander s'il est allé voir l'exposition Picasso, ça me permettra de placer mon petit topo. (Il ricana. Pas bête, son idée d'avoir appris par cœur ces trois phrases épatantes de cet article sur Picasso. Effet bœuf, ces phrases.) Mais les dire un peu lentement comme si je cherchais mes mots, enfin comme si elles étaient de moi. Nom de Dieu, et s'il aime pas Picasso ? En ce cas, je me coule avec mes trois phrases ! Tâter le terrain d'abord, voir s'il aime ou non Picasso, voilà, d'accord. Tu verras, ça ira bien. Donc conversation distinguée, fourrer des encore que, des expliciter, des assumer notre condition. De plus, faire liste de tous autres sujets idoines de conversation me donnant l'occasion de montrer culture plus esprit. Réflexions profondes mais amusantes. Oui, d'accord, le faire rire, mais par des saillies élégantes. S'il rit, on devient copains ! En ce cas, pointant à l'horizon, portrait dédicacé et promotion de conseiller ! Car tu penses bien, mon cher, que je vais pas moisir A. Parce que nom de Dieu je commence à en avoir marre d'être A alors qu'un Petresco vient d'être bombardé conseiller ! Pas étonnant, d'ailleurs, sur son bureau il a la photo de son ministre, le Titulesco. C'est dégoûtant, ce favoritisme. Un beau salaud, le Petresco. On aura tout vu dans cette boîte. Oui, mon vieux, conseiller, parfaitement, et que ça saute ! Mais pour tout ça, mon vieux, faut qu'il y ait estime et amitié de sa part. Donc conquérir estime plus amitié. La liste des sujets de conversation sur papier facile à consulter en cas de blanc de mémoire. En tel cas, vite un coup d'œil sous la table, sans en avoir l'air. Sois tranquille, mon cher, je brillerai, et puis il y aura Ariane faisant effet superfin, lui plaisant follement. Non, pas de maxiton, ça peut avoir de mauvais effets, du whisky simplement pour courage les dix premières minutes. La grande photo dédicacée, je la mettrai ici sur mon bureau, ça me fera sauf-conduit avec Vévé.

Au dîner, pas parler de promotion, pas même une allusion, ça me fera bien voir. Être désintéressé, c'est dans mon intérêt. Écoute, mon vieux, assez bavardé maintenant. Entre nous soit dit, tu n'as rien foutu ce matin.

Pris de remords et faisant rêveusement tournoyer son toton clandestin, puis jouant à entrechoquer ses billes de cornaline, puis trompant sa mélancolie en actionnant au ralenti son agrafeuse, sans nul plaisir, car son oisiveté le torturait, il se chercha des justifications. Il y avait pas à dire, c'était cafardeux de travailler un jeudi. Parce que quoi, un jeudi c'était pratiquement la fin de la semaine, on n'avait pas assez de temps devant soi, ça décourageait. Enfin il avait encore une bonne heure devant lui, fallait tout de même gagner sa pitance, question de conscience professionnelle. Après avoir remisé ses billes et son toton auprès de ses deux aimants, autre secrète possession et doux passe-temps, il ouvrit le dossier Cameroun.

— O travail, sainte loi du monde, ton mystère va s'accomplir, déclama-t-il en dévissant le capuchon de son stylo.

Mais le téléphone retentit. De rage, il dit un gros mot, revissa son stylo. Nom de Dieu, on n'arrivait jamais à être tranquille dans cette boîte! Il arracha le récepteur, dit son nom d'un ton rogue. C'était van Vries. « Oui, monsieur, fit-il avec douceur, j'arrive. » Voilà, juste au moment où il se sentait en train, où il se disposait à en mettre un bon coup, on le dérangeait! Pas moyen de faire tranquillement son boulot! Quelle sale boîte, vraiment!

— Debout, les damnés de la terre, murmura-t-il en se levant.

Qu'est-ce qu'il lui voulait encore, le Vévé? se demanda-t-il dans le couloir. Était-ce un savon? Il s'arrêta, déboutonna son veston, se gratta le crâne. Vévé avait dû le voir allant à la cafeteria avec Kanakis. Zut, il s'en foutait! Il dînait chez le S. S. G. demain soir! Il reboutonna son veston, en tira les pans énergiquement. Et puis quoi, il était A maintenant. Mais arrivé devant le bureau de son chef, il frappa doucement et entra avec une mine B.

— Asseyez-vous, dit van Vries après un preste coup d'œil oblique, sans relever la tête et tout en continuant d'écrire.

C'était son manège habituel, destiné à étayer son prestige, à satisfaire un petit sadisme et à se venger sur ses inférieurs des mortifications subies de ses supérieurs. De plus, cette insolence sans risques le consolait de n'être pas entré dans la carrière. (Ah, s'il avait pu être diplomate, que de Broglie et de Cholmondeley fréquentés sans peine et sans efforts, tout naturellement !) Lorsqu'il convoquait un des membres de sa section, il se plaisait donc à le faire attendre plus ou moins longtemps, selon le caractère ou les relations du subordonné, le prétexte étant le plus souvent une note à terminer sur la feuille-minute d'un dossier. (Les notes de van Vries faisaient l'admiration des autres directeurs et le désespoir de ses collaborateurs. Il était en effet passé maître dans l'art de ne rien dire. Atteint de circonspection pathologique, ce fonctionnaire était capable d'aligner des douzaines de phrases paraissant pourvues de signification mais qui, relues attentivement, n'en avaient aucune et ne pouvaient donc engager sa responsabilité. C'était le talent de cet imbécile de savoir ne rien dire en plusieurs pages.)

Ce matin-là, il estima prudent de n'imposer qu'une brève attente à ce petit intrigant mystérieusement entré dans les bonnes grâces de ce qu'il appelait les hautes sphères. Il posa son stylo, leva ses gros yeux malades, salua d'un sourire amical le petit salaud auquel il devait l'humiliation d'avoir vu un de ses subordonnés promu par choix direct, par-dessus sa tête, à son insu, sans même une consultation préalable qui aurait sauvé la face.

— Ça va, Deume ?

Adrien répondit que ça allait et, rassuré par cette entrée en matière, s'assit plus confortablement, tandis que la porte s'ouvrait devant la table roulante poussée par une serveuse. Van Vries lui ayant proposé une tasse de thé, il remercia. Mais cette attention de son chef n'atténua pas la tristesse provoquée par la théière dont bénéficiaient les directeurs alors que les membres de section n'avaient droit qu'à une tasse. Il décida d'en discuter le jour même avec Castro et quelques autres membres A. Oui, une note collective des A au service du matériel afin de faire cesser ce scandale et d'obtenir le privilège de la théière, un peu moins jolie que celle des directeurs, s'il le fallait, mais une théière, sapristi ! Et puis une note comme ça lui donnerait l'occasion de contacts avec des A qu'il ne connaissait pas encore et qu'il pourrait inviter à la maison.

La serveuse revint avec une deuxième tasse, versa le thé et sortit. Van Vries fit alors à son sujet une remarque humoristique, tout à fait inaccoutumée, qui provoqua de la part de son subordonné l'hommage d'un rire gigantesque. (Les rires d'Adrien Deume étaient souvent énormes, mais pour des raisons différentes selon l'interlocuteur. Avec un supérieur hiérarchique c'était pour lui prouver, par une hilarité irrépressible et débordante, combien la saillie avait été goûtée. Avec un égal, le rire bruyant avait pour but de lui faire une réputation de bon garçon cordial, copain avec tous et franc comme l'or. Avec les femmes, et avec la sienne en particulier, le rire explosif et gaillard était destiné à faire viril et force de la nature.) Ayant créé une atmosphère cordiale par sa plaisanterie, un protégé étant toujours à ménager, van Vries fit basculer son fauteuil, posa ses pieds contre la table et croisa ses mains derrière sa nuque pour faire chef très à son aise, attitude que ses subordonnés appelaient entre eux « la pose de l'almée ».

— J'ai décidé de vous confier une mission, commença-t-il d'une voix supérieure qui le persuadait de son existence. (Un temps de réflexion. Faire allusion à sa conversation avec le sous-secrétaire général ? En somme, non. Si ce petit Deume apprenait que l'initiative venait de si haut, il se gonflerait d'importance et deviendrait moins maniable. De plus, il s'agissait de garder le prestige du chef qui décide de son propre mouvement. Par prudence cependant, car tout finit par s'apprendre, il ajouta un minimum de vérité :) J'en ai parlé avec la haute direction. (Un temps d'arrêt pour savourer ces deux derniers mots qui le charmaient.) La haute direction est d'accord. Je vous envoie donc à Paris et à Londres. Réflexion faite, vous irez même à Bruxelles, bien que les mandats belges ne soient pas de votre ressort. Mais votre nationalité vous facilitera les contacts. Vous terminerez par un séjour d'études approfondies en Syrie et en Palestine, nos deux territoires sous mandat les plus délicats. La mission ne devra pas dépasser douze semaines, sauf imprévu, auquel cas il vous appartiendra d'obtenir en temps utile une autorisation de prolongation selon la procédure appropriée. Votre rôle consistera officiellement à recueillir toute documentation utile pour notre section tant auprès des ministères compétents des trois capitales que des hauts-commissariats de Syrie et de Palestine, tout en vous efforçant, bien entendu, et ce sera la partie non officielle mais non la moins importante de votre mission, d'établir avec les personnalités dirigeantes de ces ministères et hauts-commissariats des rapports personnels et cordiaux de confiante collaboration. Vous évoquerez, entre autres, avec le doigté qui convient...

Et caetera, van Vries continuant à vasouiller politiquement dans le vague et recommandant entre autres à Deume de ménager les légitimes susceptibilités des autorités nationales compétentes, d'assurer ces dernières de la sympathie avec laquelle le Secrétariat de la Société des Nations suivait leur œuvre tutélaire aussi généreuse que difficile, œuvre civilisatrice en un mot, et surtout d'aborder toutes questions avec lesdites autorités dans un esprit nuancé, en tenant compte des impondérables politiques toujours si importants.

— De la nuance, mon cher Deume, de la nuance, toujours de la nuance.

Au bout d'un quart d'heure, l'ordre de mission dûment remis à Adrien, van Vries mit fin à ce qu'il appelait ses instructions ou encore son briefing et se leva. Avec un sourire et une cordiale poignée de main, il souhaita bon voyage et plein succès à son cher Deume, se promettant en lui-même de le repincer au tournant, un jour ou l'autre.

## XXX

— Chérie, quel bonheur de t'avoir au bout du fil, j'avais peur que tu ne sois sortie! Chérie, un événement capital dans ma vie administrative! Mission de douze semaines! Mission politique demandant du doigté! Le hic, c'est que je dois partir déjà demain soir! Je n'ai pas osé protester, que veux-tu, c'est une telle chance au point de vue carrière. Une mission de ce calibre, tu te rends compte si ça va enrichir mon dossier, ça me fera un titre pour l'avenir, tu vois ce que je veux dire, enfin on en reparlera à la maison. Donc départ pour Paris demain soir déjà, mais à minuit cinquante seulement, ça fait que naturellement le dîner tient toujours avec la personne S. S, comme Suzanne, tu comprends. Je n'aurai qu'à partir du Ritz à minuit trente, ça sera bien suffisant, la gare est tout près. J'ai déjà mon ordre de mission. Je viens de passer à notre service des voyages que Vé, que monsieur van Vries avait déjà avisé. Ils sont sensationnels! Wagon-lit de première classe, single donc, déjà retenu! Appartement idem à l'hôtel George V avec salle de bains et W. C. politique, pardon, privé. Le George V, c'est ce qui se fait de mieux, super-luxe, quatre cent neuf chambres, j'ai consulté le Michelin. Et puis dis donc, monsieur van Vries est d'accord pour que je prenne congé demain, pour que je puisse faire tous mes préparatifs. Heureusement que j'ai mon fichier pour les bagages, tu te rappelles, je te l'ai montré, toutes mes fiches pour ce que je dois emporter d'après la durée du voyage. Heureusement aussi que pour le Proche-Orient il n'y a pas besoin d'injections spéciales. Je n'aurai qu'à passer au Palais demain après-midi pour prendre mes lettres officielles d'introduction, signées par Sir John, tu te rends compte, et puis mes billets Cook. Et last but not least, ma lettre de crédit que le

263

service financier a commandée d'urgence au Crédit Suisse. Ah, chérie, j'ai encore quelque chose à te dire, mais tâche de comprendre à demi-mot, écoute bien, je ne crois pas qu'une certaine personne ait osé prendre une initiative de cette envergure, malgré son affirmation, tu vois qui je veux dire, une des dernières lettres de l'alphabet. Pour moi, l'initiative vient de très très très haut. A mon avis, la source réelle doit être cherchée du côté de Suzanne, tu comprends Suzanne avec qui nous dînons demain soir. Enfin on en reparlera. A propos, j'ai oublié le plus important. Tu sais, je crois que c'est dans son appartement que nous dînerons. Je vais te dire pourquoi. D'une source bien informée, commençant par la lettre K, et à qui sous le sceau du secret j'ai parlé du dîner de demain soir, j'ai appris qu'il a un appartement complet au Ritz, complet c'est-à-dire non seulement chambre à coucher et salle de bains naturellement mais aussi salon et salle à manger! Salle à manger, tu te rends compte ce qu'il doit payer comme note de semaine! D'autre part, j'ai appris qu'il a un domestique annamite, qui ne fait pas partie de l'hôtel, son valet de chambre personnel, quoi. Je pense que ce valet doit avoir sa chambre à l'hôtel, mais sur ce point on n'a pas pu me renseigner. Enfin bref, ces deux informations réunies, salle à manger et valet de chambre personnel, me donnent la quasi-certitude que c'est dans son appartement que nous dînerons. Enfin, on sera au clair demain soir. Dis, chérie, tu vas bien? Bon, tant mieux. En tout cas, il faudra te coucher de bonne heure ce soir, pour que tu sois en grande forme demain. Dis-moi, tu n'aimerais pas m'accompagner dans ma mission? Paris, Londres, Bruxelles! Syrie, Palestine, ambiance exotique! Tu sais, avec mes indemnités de séjour et les frais de représentation, ça s'arrangerait presque sans frais supplémentaires. Non? Bon, bon, comme tu voudras, moi naturellement ça m'aurait fait plaisir, enfin comme tu voudras. Bon, alors je te quitte parce que j'ai un gros travail qui m'attend, ça fait que je resterai à déjeuner ici, mais je rentrerai de bonne heure pour commencer déjà les bagages, monsieur van Vries étant d'accord pour que je parte plus tôt cet après-midi, dès que j'aurai liquidé ce qui me reste à faire. Alors, au revoir, à bientôt, chérie.

Il raccrocha, sourit enfantinement. Nom d'un chien, depuis quelque temps il était verni, une veine de cocu! Membre A depuis sept jours, dîner avec le S. S. G. demain soir et à minuit cinquante départ en mission!

— Dans mon wagon-lit de première, j'enlève mon smoking,

je l'introduis dans ma valise-armoire pour qu'il ne se froisse pas, je mets mon pyjama et je me coule dans le lit ravissant! Et un compartiment single, mon vieux! Pas un purotin, moi! Un roi de la vie, moi!

Dans son miroir de poche, il considéra le roi de la vie, lui fit de petites grimaces d'amour, lui dit qu'il était un Adrien chéri, un vrai bandit, un réussisseur de première classe! Le seul hic, c'était les douze semaines sans elle. Ne pas la voir le soir en rentrant à l'hôtel? Enfin, trois mois, ça passerait vite. Et puis il y aurait le retour, elle dans ses bras, et lui avec le prestige du négociateur revenu du Proche-Orient, bronzé, chargé de lauriers! En attendant, son premier soir à Paris, après-demain donc, au George V, il se collerait au lit à huit heures du soir avec un roman policier et il se commanderait un dîner formidable, rien que les choses qu'il aimait, hors-d'œuvre riches avec andouille de Vire, puis pieds de porc farcis ou tout simplement grillés, c'était tout aussi bon, avec purée mousseline et sauce moutarde, et un tas d'autres bonnes choses, et un vin extra, on verrait ça sur la carte, et pour terminer, un grand gâteau aux fruits confits, le tout servi au lit, ils avaient des tables exprès, et on savourerait tout ça en lisant le roman policier! La grande vie! Il se leva, tourna deux fois sur lui-même pour mieux sentir sa mission.

— Et maintenant bouffer, je crève de faim. Allons, viens.

Dans le couloir, il alla à grands pas, léger de félicité et maître du monde. Nom d'un chien, quand une huile vous nommait A par choix direct et de plus vous invitait spontanément à dîner, il n'y avait pas à tortiller, c'était une preuve d'atomes crochus! Soudain, il se vit à la table luxueuse de demain soir, à la gauche du S. S. G., se vit brillant et charmeur, fumant avec désinvolture, admiré par le boss épaté par tout ce qu'il lui sortirait sur Proust et Vermeer. Qui sait, un jour viendrait où il lui dirait cher ami ou même Solal, tout simplement, sans autre, entre un verre de fine et un gros cigare. Dites donc, Solal. Le Vévé, on s'en foutait! Le Vévé ne dînait pas avec le S. S. G.! La littérature aussi on s'en foutait en somme! Bien plus chic d'être un diplomate en mission avec W. C. privé au George V!

Au restaurant, lèvres spasmodiques d'émoi, il s'efforça d'annoncer calmement son départ en mission à ses collègues, serra des mains. Il se sentait plein d'amitié pour ces pauvres types qui allaient rester enfermés dans leurs petits bureaux, courbés sur leurs tâches monotones, alors que lui, la grande vie des wagons-lits, des palaces et des fins gueuletons avec des personnalités! Interrogé, il répondit sur un ton discret que c'était une simple tournée d'information, mais sans développer, de manière à faire suspecter une mission confidentielle. Ce sujet épuisé, il s'intéressa fort à la question du jour, à savoir qui remplacerait le directeur de la section du désarmement, tout juste nommé ministre de la guerre dans son pays.

De retour dans son bureau, il alluma le cigare cher qu'il venait d'acheter pour fêter sa mission, tira une bouffée de victoire avec un ample geste, et décida qu'il n'avait pas la tête à s'occuper d'un accusé de réception, simple travail de routine, indigne d'un négociateur. Le faire au culot, parfaitement! Mâchonnant son cigare pour être un homme d'action, il s'empara du dossier Cameroun et inscrivit sur la feuille de correspondance intérieure : « M. Le Gandec. Pour action, s. v. p. A. D. » Parfait. Quelle heure? Deux heures quarante. Évidemment, un peu tôt pour partir déjà. Oh, et puis zut, il avait ses bagages à préparer et puis, crotte, il dînait avec le S. S. G. demain soir!

— Allez, hop, on file!

Il ferma à clef les tiroirs de son bureau, s'assura des fermetures en tirant les poignées, l'une après l'autre, et avec une force particulière celles de la léproserie et du cimetière. Après quoi, pour faire impression durable et se libérer de toute inquiétude durant les trois mois de sa mission, il déclara à haute voix, pour bien se persuader : fermé, archifermé, vu, constaté et vérifié par nous soussigné. Recoiffé et brossé, il mit son feutre de côté, genre bravache. Chic impression de filer à deux heures quarante-cinq de l'après-midi, alors que les dépourvus de mission, les forçats sédentaires, allaient transpirer sur leurs dossiers! Il jeta un dernier coup d'œil sur la table. Nom d'un chien, le mémo britannique!

— Toi, tu me fais suer, lui dit-il.

Que faire? L'envoyer aussi à Le Gandec, pour commentaires? Un peu trop fort de café tout de même, il s'en ferait un ennemi. Mais quoi, se rasseoir, rester enfermé à ingurgiter des centaines de pages, alors qu'il faisait si beau dehors? Sans prendre la peine de s'asseoir, il se pencha sur le dossier, écrivit sur la minute : « M. van Vries. J'ai lu avec un vif intérêt cet important document. Il rend compte de manière complète et satisfaisante de la situation en Palestine. En conséquence, il me paraît pouvoir être approuvé in toto par la Commission permanente des mandats. A. D. »

En même temps qu'un mot malodorant, il lança joyeusement

le dossier du mémo britannique dans le casier des sorties et s'en fut, homme libre, sa grosse canne sous le bras, chargé de mission, l'œil important, parfaitement heureux, de toutes ses fibres social et protégé, gavé d'appartenances, et ne sachant pas qu'il mourrait.

# XXXI

Boulotte, lèvres poupines, nez de perruche et yeux morts, la vieille Ventradour, introduite dans le salon par Ariane qui était allée ouvrir la porte, se précipita vers chère Antoinette, l'embrassa, puis serra mollement la main de M. Deume et fortement celle du jeune Adrien auquel elle trouvait de la prestance. S'étant assise, elle rajusta son corsage à camée et à guimpe maintenue par des baleines, reprit son souffle, s'excusa de son retard et raconta les terribles aventures qui avaient bouleversé sa journée.

D'abord sa montre qui s'était arrêtée tout à coup ce matin, juste à neuf heures dix, ce qui faisait qu'elle avait dû se rabattre sur sa montre de réserve à laquelle elle n'était pas habituée. Et puis chère Jeanne Replat qui venait donc tous les vendredis à onze heures précises parce que avant de se mettre à table elles avaient l'habitude de faire une méditation religieuse en commun d'au moins une demi-heure, voilà que pour la première fois de sa vie chère Jeanne était arrivée en retard, oh pas par sa faute, mais enfin affreusement en retard, à midi dix, ce qui faisait que la méditation n'avait pu commencer qu'à midi et quart et qu'elle n'avait duré que dix minutes, ce qui l'avait laissée sur sa faim, l'avait toute décontenancée. Et puis, naturellement, au lieu de se mettre à table à midi comme d'habitude, on s'y était mis à midi trente, enfin vingt-huit exactement, ce qui n'avait pas fait de bien aux pommes de terre rôties au four, toutes dures et sèches. Et bref, au lieu d'aller faire sa sieste comme d'habitude à une heure, voilà qu'elle n'avait pu y aller qu'à une heure trente-cinq, ce qui l'avait complètement déroutée, vraiment mise sens dessus dessous, ne sachant plus où elle en était de ses plans, tout son horaire étant désorganisé. Sans compter que son boulanger attitré ne lui avait pas fait apporter ses gressins, toujours livrés les mardis et vendredis matins, et elle avait dû envoyer vite en chercher chez le boulanger le plus proche, des drôles de gressins qui l'avaient toute étrangée. Alors, pour tirer la chose au clair, après sa sieste, elle était allée elle-même demander des explications à son boulanger, mais voilà qu'il était absent et la demoiselle n'ayant pas pu lui donner l'explication, elle avait dû attendre le retour du patron. Enfin, tout s'était éclairci, c'était la faute de la nouvelle commise, une étrangère, une Française avec du rouge aux lèvres, qui avait reçu en sa présence une semonce bien méritée.

— Antoinette, vous me pardonnez vraiment d'être arrivée en retard ?

— Mais non, Emmeline, vous n'êtes pas en retard, voyons.

— Si, si, chère, je le sais très bien. Je suis arrivée à quatre heures quarante au lieu de quatre heures comme je vous avais promis. Je n'ai pas tenu parole, j'en suis toute honteuse. Mais vous savez, j'ai en ce moment comme femme de chambre une petite Bernoise qui m'en fait voir de toutes les couleurs.

A entendre M^me Ventradour, on avait l'impression qu'elle était entourée d'une domesticité naine, toutes les femmes de chambre qu'elle avait eues étant immanquablement qualifiées de petites. Depuis que M^me Deume avait fait sa connaissance à la réunion de couture, M^me Ventradour avait eu successivement une petite Espagnole, une petite Italienne, une petite Vaudoise, une petite Argovienne et, la plus coupable de toutes, la petite Bernoise, cause de son retard. Lorsqu'elle eut achevé le récit des délits de cette dernière, elle sortit de son réticule des sels anglais qu'elle respira. Oh, ces domestiques la rendraient malade !

— Écoute, mon chéri, dit M^me Deume en se tournant noblement vers Adrien, chère Emmeline t'excusera, je lui expliquerai tous les événements, mais je crois que ta femme et toi vous devez nous laisser maintenant. Tes bagages à finir, vous habiller tous les deux, vous aurez juste le temps. Je vous expliquerai, chère.

Après avoir, pour l'épater, baisé la main de M^me Ventradour, Adrien fit ses adieux. Il embrassa M. Deume, puis M^me Deume qui le tint longtemps serré contre sa mollesse et le supplia d'écrire le plus souvent possible. « Même de courtes lettres, mais que ta Mammie sache que tout va bien pour son Didi. » Ariane prit congé des deux dames et du petit père, ce dernier fort ému de partager un secret avec sa belle-fille. Eh oui, ils s'étaient déjà dit adieu en cachette, elle et lui! Et ils s'étaient embrassés! Et même elle lui avait donné une photo d'elle, avec recommandation de la garder pour lui, de ne la montrer à personne d'autre! Il souriait à ce souvenir cependant que, le jeune couple sorti, Mᵐᵉ Deume expliquait à chère Emmeline qu'Adrien était invité ce soir avec sa femme à un « dîner de gala » chez un grand personnage et ensuite qu'il partait ce soir même « en mission de diplomatie, pour discuter des problèmes avec des personnalités ».

— Et maintenant, chère, si ça ne vous étrange pas trop, nous allons nous mettre à table. Oh, je sais bien que nous avons tout le temps, notre train ne partant qu'à sept heures quarante-cinq, mais du moment que vous étiez consentante pour un goûter-souper, j'ai sauté mon goûter et je dois dire que j'ai l'estomac dans les talons. Et puis enfin en mangeant de bonne heure nous aurons tout le temps d'une bonne causette entre dames après, pendant qu'Hippolyte fera les derniers rangements. Il est à peine cinq heures et notre taxi est commandé pour sept heures quinze. Nous avons deux heures à nous pour un bon échange.

— Mais ma voiture est là, chère, je peux demander à mon chauffeur de vous conduire à la gare et ça ne me détournera pas puisque c'est sur le chemin. Sauf que, évidemment, vos bagages pourraient abîmer le tissu de mes banquettes, mais tant pis, j'accepterai. Peut-être que je serai contente de mon sacrifice, en tout cas je m'y efforcerai.

— Merci, chère, merci de tout cœur, mais je ne me le pardonnerais pas, et d'ailleurs votre voiture est si âgée qu'elle ne supporterait peut-être pas tous nos poids. A propos, mon Didi va s'acheter une Cadillac neuve à son retour de mission. Oui, une voiture superbe. Alors, passons à table. Vous excuserez le manque de domesticité, mais je vous ai dit nos circonstances, ma pauvre Martha partie, Mariette nous faisant faux bond, et la femme de ménage de transition ne pouvant venir que le matin. C'est pourquoi tout est déjà mis sur la table, sauf le potage. Alors, si vous voulez bien, passons à la salle à manger. Hippolyte, donne le bras à chère Emmeline.

Mᵐᵉ Ventradour s'assit avec optimisme, rangea à sa droite les gressins de régime qu'elle avait apportés, ceux de confiance, pris chez le boulanger de la famille, les tapota amicalement, sourit de sa bouche poupine et lança des yeux ressuscités sur les bonnes choses étalées. Mᵐᵉ Deume s'excusa de nouveau, presque tout du froid, vu les événements, prit ensuite un ton plaisant pour prier son époux de faire un peu la femme de chambre. Comprenant sans autre, car la leçon lui avait été faite en temps utile, M. Deume s'empressa.

Revenu avec la soupière fumante, il servit le potage, s'octroyant double portion, les yeux ronds de plaisir. Mais au moment où il se disposait à tremper sa cuiller dans le potage, M^me Ventradour lança violemment sa main contre son cœur et émit un gémissement d'oiselet blessé à mort. M. Deume comprit aussitôt et baissa la tête, tout confus : quelle horreur, il avait failli ne pas attendre les grâces! Chère Emmeline, comme toujours primesautière, saisit la main de chère Antoinette.

— Oh chère, pardon, pardon! Pardon si je vous ai offensée! Oh, je ne voudrais pas vous forcer à faire quelque chose qui vous ennuierait!

— Mais, chère, vous savez bien que nous rendons toujours grâce et que ça ne nous ennuie pas du tout, bien au contraire, Dieu merci, répondit M^me Deume. C'est ce pauvre Hippolyte qui a eu un moment de distraction.

— Oh, pardon, cher, pardon! s'écria M^me Ventradour en se tournant vers M. Deume. Pardon de vous avoir offensé!

— Mais ze vous assure, pas du tout, madame.

— Oh, dites que vous me pardonnez! J'ai eu tort, je m'en accuse! (Sa voix devint meurtrie, nostalgique, voluptueuse :) Mais pour moi, c'est une si grande joie, vous le savez, n'est-ce pas, si grande, oh oui, Seigneur, de m'entretenir avec Toi. (Elle s'aperçut qu'elle obliquait vers la prière, opéra un rétablissement.) Une si grande joie de m'entretenir avec Lui, avant de manger ce que dans Sa grande bonté Il a voulu me donner Lui-même! Rendre grâce me fait tant de bien, gémit-elle d'une voix mouillée. Oh, pardon, pardon, de vous avoir tous choqués!

— Mais chère, dit M^me Deume qui trouvait qu'Emmeline allait un peu fort, il n'y a aucun pardon à demander!

Impavide et douloureuse, M^me Ventradour continua son petit vice tandis que M. Deume considérait le potage moins fumant, redemanda pardon, mais elle ne pouvait pas, ne pouvait pas se passer de prière avant les repas! Être privée de Son esprit, elle ne pouvait pas! Oh, pardon, pardon! Hoquetante, elle s'agrippa au bras du petit père affolé, ferma les yeux, entra en agonie.

— Oh, je me sens mal, pardon, mes sels anglais s'il vous plaît, mes sels dans mon réticule, sur le guéridon du vestibule, pardon, un petit flacon, pardon, sur le guéridon, petit flacon, pardon, guéridon, flacon.

Lorsqu'elle eut suffisamment flaconné et guéridonné, puis reniflé le petit flacon vert, elle revint à la vie et fit un sourire d'ange convalescent à M. Deume qui fixait sombrement le potage. (« Ze me demande si c'est la volonté de Dieu que ze manze touzours froid à cause de leurs prières. ») Par politesse, M^me Deume proposa à chère Emmeline de rendre grâce. La voix encore brisée, M^me Ventradour dit qu'elle n'en ferait rien, qu'elle laisserait cette grande joie à chère Antoinette, assura qu'elle pouvait très bien se passer de rendre grâce. Chaque fois que cette personne assurait qu'elle pouvait très bien, il fallait traduire par le contraire. En l'occurrence, elle espérait que M^me Deume lui rendrait la politesse et lui laisserait dire les grâces. Mais chère Antoinette n'insista pas car chère Emmeline avait la spécialité des grâces interminables, de vrais sermons où elle déballait toutes ses petites affaires de la journée avec accompagnement de soupirs et autres bruits suaves. Elle pointa donc son grand nez pointu sur la crème de blé vert et ferma les yeux. M^me Ventradour fit à son tour le plongeon mystique, le père Deume se prenant le front à deux mains pour mieux se concentrer car il avait quelque peine à trouver plaisir à ces continuels entretiens divins. (« Le dimance, ça va et même z'aime bien, mais trois fois par zour, non ! ») Il se concentrait, le petit malheureux, résistant à une forte envie de se gratter la nuque, se concentrait, mais n'en regardait pas moins entre ses doigts un peu écartés le potage qui ne fumait plus et qui devait être tiède. (« Et puis saperlipopette, moi ze suis sûr que Dieu s'occupe de nous sans que nous soyons oblizés de tout le temps le Lui demander, et puis Il sait tout, alors pourquoi Lui casser la tête pour Lui expliquer ? »)

M^me Deume, qui se sentait examinée par une professionnelle, fit une prière premier choix, sa boulette viandelette montant et descendant. Au bout de deux minutes, M. Deume glissa en catimini son index sous l'assiette pour en tâter la température. M^me Ventradour s'impatientait aussi, sans trop le savoir. Cette vieille bigote qui vous faisait des prières d'une demi-heure trouvait toujours trop longues celles des autres. M^me Deume faisant maintenant rapport à l'Éternel des grandes difficultés de Juliette Scorpème, M^me Ventradour, toujours spontanée, poussa un petit cri tragédien et porta la main à son cœur. Chère Juliette avait des difficultés ? Quelle horreur ! Et elle qui n'en savait rien !

— Oh, pardon, chère, pardon, continuez.

Elle referma les yeux, tâcha d'écouter de son mieux mais

une pensée revenait sans cesse à son esprit, à savoir de ne pas oublier de demander en quoi consistaient ces difficultés de Juliette. Enfin, elle parvint à chasser cette préoccupation profane, ferma plus fort les yeux et tâcha de se pénétrer de ce que disait la prieuse. Elle ne pouvait toutefois s'empêcher de penser que cette pauvre Antoinette ne variait pas beaucoup ses formules. Il n'y avait pas dans ses prières ce que M^{me} Ventradour aimait, à savoir le spontané, l'inattendu, les tournures piquantes. Son palais religieux était blasé et il lui fallait sans cesse des condiments. C'est ainsi, par exemple, qu'elle changeait de Bible tous les cinq ans afin d'avoir le plaisir de souligner à neuf les passages réconfortants, tout en hochant une tête persuadée. Au fond, il faut bien le reconnaître, cette religion quotidienne ne laissait point d'embêter quelque peu M^{me} Ventradour, sans qu'elle s'en doutât, bien sûr. Aussi recherchait-elle, dans le premier sermon d'un pasteur débutant ou dans l'allocution d'un évangéliste noir ou dans la conférence d'un prince hindou converti, le piment qui la persuadait que la religion était intéressante.

M^{me} Deume, pensant tout à coup au train de dix-neuf heures quarante-cinq, passa en troisième, remercia à toute allure l'Éternel de leur avoir donné aujourd'hui encore leur pain quotidien qui, en ce qui la concernait, s'agrémentait ce soir-là de caviar, de foie gras en gelée, d'un poulet rôti de chez Rossi, de salade russe, de fromages divers, de gâteaux et de fruits. L'Éternel fait bien les choses, parfois.

— Une jolie fortune, les Gantet, dit M^{me} Ventradour.
— Une belle fortune, je dirais plutôt, rectifia M^{me} Deume. Deux salons en enfilade. Encore un peu de poulet ? Au moins la peau ? Je trouve que la peau bien rissolée, c'est tout le charme de la bête. Alors, du fromage ? Non plus ? Bien, passons au dessert. Hippolyte, avale ta meringue et aide-moi un peu, s'il te polaît, vu que j'ai ma rigidité. Dépêche-toi, il est déjà six heures, il te reste à peine une heure quart pour tout finir, et il ne s'agit pas de faire attendre le taxi. Allons, débarrasse la table et range-moi tout bien à la cuisine, que la femme de ménage ne trouve pas tout sens dessus dessous demain matin, de quoi est-ce que nous aurions l'air ? Mets les restes au frigo, mais pas les fromages, il n'y a rien de plus mauvais, ou bien alors enveloppe-les dans du papier d'alu, ferme bien les volets de la cuisine, tous les autres sont déjà fermés, ferme aussi le compteur du

gaz, et puis vite mes bagages, sauf la valise des robes forcément, je l'ai faite moi-même vu que tu n'aurais pas la compétence, j'en suis toute courbatue. Pour le reste, toutes les choses que j'emporte, je les ai donc sorties sur le lit et sur les tables, tu me les rangeras bien comme il faut dans mes deux valises, comme tu sais le faire, mettant la place bien à profit, et attention aux fragilités, et n'oublie pas mon plaid bien plié et passer mes deux parapluies dans les courroies. Ah, écoute, avec mes fatigues de tête j'ai oublié les housses au canapé et aux fauteuils, tu les mettras. Une fois les valises bouclées, tu les descendras, ces chauffeurs réclament des pourboires insensés pour les descendre, mets-les dehors, pour nous avancer. Écoute, non, pas dehors, c'est risqué. Dans le vestibule, tout près de la porte. Allons, dépêche-toi, un peu de nerf, s'il te polaît.

— Ze dois faire la vaisselle aussi?

— En dernier, si tu as le temps, oui, mais attention de ne pas t'éclabousser.

— Tu sais, z'ai imperméabilisé les étiquettes des valises, cas de pluie. Ze les ai imperméabilisées en les frottant avec une bouzie.

— C'est très bien, va maintenant, ne reste pas à baguenauder, occupe-toi un peu. Débarrasse vite la table vu que nous avons besoin d'un peu de tranquillité pour causer entre dames. Mais tu laisseras les gâteaux. Servez-vous, chère. Encore un japonais ou une meringue? Moi ce sera un baba au rhum, c'est mon faible.

Pendant que M. Deume desservait, les deux amies engloutirent avec des sourires une quantité étonnante de gâteaux tout en causant du sermon à deux voix de dimanche passé. C'était une bonne idée pour attirer la jeunesse, dit Mme Deume. Après un troisième éclair au chocolat, Mme Ventradour approuva. C'était bien un peu osé, ces sermons à deux voix, mais enfin elle n'était pas contre les innovations raisonnables.

Le petit père étant sorti avec son dernier chargement d'assiettes et de couverts, les deux dames s'entretinrent de divers sujets intéressants. Il fut d'abord question d'une dame charmante qui avait une villa charmante dans un parc immense et charmant; puis de l'ingratitude des pauvres qui étaient rarement reconnaissants de tout ce qu'on faisait pour eux, qui en voulaient toujours plus, qui ne savaient pas recevoir avec un peu d'humilité; puis de l'insolence des domestiques de la jeune génération, « ces demoiselles exigeant maintenant un après-midi de libre en plus du dimanche, quoiqu'elles n'aient pas les mêmes besoins que nous, quand on pense à la peine que nous prenons pour les former, et elles se font de plus en plus rares, on a tellement de mal à en trouver, ces demoiselles ne voulant plus se placer, elles préfèrent aller en fabrique, elles n'ont plus la vocation de l'amour du prochain, parce que enfin une personne comme il faut qui a besoin moralement d'être servie, c'est aussi un prochain, il me semble ».

Mme Deume fit ensuite l'éloge d'une demoiselle Malassis, de Lausanne, « un beau parti, l'appartement des parents a quatorze non seize fenêtres de façade, et de toute moralité, naturellement ». Puis elle évoqua les splendeurs des Kanakis, des Rasset et de monsieur le sous-secrétaire général. Chère Emmeline ayant alors demandé comment s'était passé le dîner avec ce monsieur de la Société des Nations, chère Antoinette fit la dure d'oreille, se garda d'entrer dans des détails et se borna à dire que c'était un homme éminent et qu'elle avait eu beaucoup de plaisir à causer avec lui, sans préciser que c'était au téléphone que la conversation avait eu lieu.

Enfin, on passa au sujet de prédilection, à savoir les faits et gestes de diverses reines dont elles connaissaient l'emploi du temps, les toilettes, l'heure du lever et jusqu'à la composition du petit déjeuner, en général précédé d'un pamplemousse. Elles commencèrent par la reine Marie-Adélaïde, leur préférée, dont les enfants étaient si charmants. Charmant aussi l'intérêt qu'elle portait aux chevaux et aux courses, c'était si distingué ! Et puis, dit Mme Deume après avoir croqué son dernier quartier de pomme avec un infernal petit bruit d'égoïsme, cette chère Marie-Adélaïde avait l'art suprême de se montrer toujours souriante, simple et naturelle, une personnalité si attachante, n'est-ce pas ?

— Il paraît que quelquefois elle soulève un coin du rideau pour regarder les gens du commun qui passent, il paraît qu'elle tâche d'imaginer la vie des gens d'un autre miyeu pour être en communion avec eux, elle s'intéresse tellement aux humbles ! C'est jeuli, n'est-ce pas ? Il y a une anecdote tellement jeulie sur son fils George, donc l'aîné, qui a huit ans maintenant, mon Dieu comme le temps passe vite, il me semble que c'était hier qu'il était dans son superbe berceau aux armes royales, oui, donc le petit prince George, vous savez celui avec les cheveux bouclés, qui sera donc roi à sa majorité, elle forcément régente depuis la mort du roi, alors il paraît qu'un jour le petit prince George à la gare, attendant le train pour un de leurs magnifiques châteaux de province, il a complètement oublié qui il était, et il s'est mis à courir sur le quai comme un enfant du commun, n'est-ce pas que c'est jeuli ? Et puis il a vu le chef de gare avec son drapeau pour donner le signal de départ à un autre train, et alors il lui a dit s'il vous plaît, est-ce que je pourrais agiter le drapeau ? Oui, il a dit s'il vous plaît, c'est jeuli, venant d'un petit prince. Le chef de gare était consterné, enfin embarrassé, parce que pour rien au monde il ne doit confier le drapeau à quelqu'un d'autre, c'est défendu par le règlement, mais tant pis, il s'est dit, c'est un prince, alors il a remis son drapeau au petit prince et il paraît que le petit prince n'a pas su l'agiter comme il fallait ! C'était tellement touchant ! Tous les gens avaient les larmes aux yeux ! Et puis une autre aventure du petit prince tellement jeulie aussi. En sortant du palais royal, comme il a de qui tenir et que rien ne lui échappe, l'œil du maître comme on dit, il a vu que les lacets du soulier d'un des gardes du palais royal étaient défaits, alors il le lui a fait remarquer, alors il paraît que le garde lui a dit je regrette beaucoup, monseigneur, oui parce qu'on lui dit monseigneur bien qu'il n'ait que huit ans, je regrette beaucoup, monseigneur, mais je n'ai pas le droit de me baisser, je n'ai pas la permission, je dois rester au garde-à-vous ! Alors il paraît que le petit prince s'est baissé lui-même, s'est agenouillé, et il a noué lui-même les lacets d'un simple soldat ! Il faut vraiment être de sang royal pour avoir cette simplicité ! C'est trop beau ! Parce que enfin il aurait pu dire au soldat en tant que prince je vous donne l'ordre de vous baisser ! Il paraît que Marie-Adélaïde défend qu'on applaudisse le petit prince et la petite princesse quand ils passent en voiture dans les rues. Mais quand même malgré sa simplicité elle a sa dignité ! Il paraît qu'un grand noble lui ayant dit votre père, elle a répondu simplement vous voulez parler de Sa Majesté le roi ! Le noble était tellement confus ! Mais je dois dire que c'était bien mérité, vous ne trouvez pas ? Moi je dis qu'elle aurait même dû lui tourner le dos et le laisser tout pantois ! Emmeline, j'y pense tout à coup, vous avez lu l'histoire de cette petite Laurette dans le journal d'hier ?

— Non, chère, qu'est-ce que c'était ?

— Oh alors il faut que je vous raconte, c'est tellement jeuli ! Eh bien voilà, c'est une petite fille de douze ans, son père est un simple maçon, et pourtant elle a des sentiments d'une finesse, vous allez voir ! Imaginez-vous que lorsque le roi et la gracieuse reine de Grèce sont arrivés à Genève dans leur superbe avion, eh bien, au premier rang des personnalités venues pour les accueillir avec grand respect, imaginez-vous qu'il y avait la petite

Laurette dans une robe toute simple, avec un bouquet de roses! Alors, voilà l'explication de ce grand honneur. La petite Laurette, qui admire naturellement beaucoup la jeune reine de Grèce, a été tellement heureuse lorsqu'elle a appris la naissance d'un petit prince héritier pour continuer la dynastie, tellement heureuse qu'elle a eu l'audace d'écrire à Sa Majesté lui disant jeuliment son grand bonheur et son admiration! Alors Sa Majesté a promis à la petite Laurette de la voir lorsqu'elle viendrait en Suisse! Et alors voilà comment la petite Laurette a eu l'honneur de remettre des fleurs à une reine! C'est jeuli, n'est-ce pas? Elle a une belle âme, cette petite, malgré qu'elle soit d'un miyeu simple! Oh, elle promet! Et quel souvenir précieux pour elle, toute sa vie, d'avoir été embrassée par une reine!

Ensuite ces dames commentèrent l'idylle d'Édouard VIII et de Mrs Simpson. Une roturière qui voulait devenir reine, c'était odieux! s'écria M^me Deume. Cette personne n'avait qu'à se tenir à sa place! Qu'une princesse devînt reine, c'était juste, c'était normal, elle avait du sang royal, c'était de son rang, mais une bourgeoise, quel toupet! Et ce roi qui s'était laissé embobiner! La pauvre reine mère avait dû bien souffrir, elle si convenable, un cœur si noble! Ah, que de larmes versées en secret! Et cette pauvre petite princesse Eulalie qui par démocratie venait d'épouser un homme du commun! Oh, elle ne serait pas heureuse longtemps, ce n'était pas possible! Une princesse ne pouvait quand même pas être heureuse avec quelqu'un qui n'était pas de sang royal! Un ensemblier-décorateur, quelle horreur! Et ayant fréquenté des gens de la bohème! Mais enfin qu'avaient-elles donc ces princesses à vouloir épouser des roturiers? Ne se rendaient-elles pas compte que c'était une trahison envers la dynastie, et puis aussi envers le peuple, enfin les sujets du royaume? Leur devoir, c'était de garder leur rang, la place où Dieu les avait mises! Vraiment, elle aimait mieux ne plus penser à ces mésalliances, ça lui faisait trop mal. Aussi, passant à un sujet réconfortant, elle demanda à chère Emmeline si elle avait lu la semaine passée cet article qui relatait le geste si touchant d'une princesse héritière.

— Non? Oh alors, il faut que je vous raconte, parce que c'est trop jeuli! Imaginez-vous que la princesse Mathilde, l'héritière du trône donc, imaginez-vous qu'elle était dans l'avion qui l'emmenait aux États-Unis, ou au Canada, je ne me souviens plus, en tout cas pour une visite officielle donc. Comme de juste, on avait installé une cabine spéciale pour elle, grand luxe, avec un vrai lit, enfin une vraie chambre avec salle de bains attenante. forcément. Alors, voilà que tout à coup elle sort de sa superbe cabine, elle appelle l'hôtesse de l'air qu'on avait naturellement affectée au service exclusif de Son Altesse Royale, et elle lui dit voulez-vous que je vous montre mes robes, mes bijoux? Naturellement, l'hôtesse a accepté et elle est entrée bien timidement dans la superbe cabine, toute rouge d'émotion et de plaisir! Alors Son Altesse Royale lui a montré toutes ses robes de gala, brodées avec des pierres précieuses, ses colliers de perles et de diamants, son magnifique diadème d'émeraudes, un diadème qui appartient à la famille royale depuis des siècles forcément, lui montrant tout très simplement, de femme à femme! Il paraît que l'hôtesse de l'air sanglotait de reconnaissance. Je dois dire qu'en lisant l'article j'en ai eu aussi les larmes aux yeux, je trouve ça d'une beauté, cette princesse royale qui montre toutes ses merveilles à cette pauvre fille, après tout une sorte de femme de chambre qui n'a jamais rien vu de pareil, mais qui au moins aura eu la joie une fois dans sa vie d'être pendant quelques minutes dans une ambiance de grand monde, de raffinement, d'opulence! Oh, que c'est beau! Il faut avoir l'âme d'une princesse héritière pour avoir une idée aussi belle moralement! C'est vraiment l'amour du prochain!

Elle aurait continué son panégyrique des âmes princières et des cœurs héritiers si le petit père Deume n'était venu, tout essoufflé par le poids des bagages descendus, annoncer que le taxi était arrivé.

## XXXII

Entré chez elle après avoir boutonné son smoking neuf, il la
trouva devant la psyché, merveilleuse dans une robe du soir.
Il fit une courbette par manière de plaisanterie.

— Mes hommages, noble dame. Eh bien, voilà, tout est en
règle. Mes bagages sont enregistrés pour le minuit cinquante.
Dis donc, bonne idée que je sois allé à la gare, hein ? Comme ça
je suis tranquille maintenant. Tu comprends, je n'aurais pas
voulu avoir ce souci d'enregistrer au dernier moment. Le type
des bagages a voulu faire l'important, censément que je venais
trop tôt, et ainsi de suite. Je lui ai dit Société des Nations, ça
lui a fermé le bec. A la douane, ils n'ont rien ouvert, je leur ai
montré ma carte de légitimation, ça leur en a bouché un coin.
Ah, j'ai oublié de te dire. Tu sais, j'ai assuré mes bagages. Je
crois que j'ai bien fait. Après tout, deux pour mille, ça n'est
pas la mer à boire. Ça m'a fait quinze francs, mais je suis tranquille. Dis donc, j'ai gardé le taxi, naturellement. Il est en bas,
j'ai dit au chauffeur que nous allons descendre. Imagine-toi que
c'est justement le chauffeur de Papi et Mammie. Oui, parce que
juste quand je sortais de la gare voilà qu'eux sortaient de leur
taxi que j'ai retenu naturellement, c'est une chance, il n'y en
avait pas d'autre, et c'est le porteur de mes bagages qui a pris
les leurs ! Comme coïncidence, hein ? Dis, chérie, je ne suis pas
tranquille à l'idée que pendant des mois tu vas être toute seule
dans la villa à partir de cette nuit. Rien que cette femme de
ménage, et encore elle ne pourra venir que le matin. Ce qui
m'embête surtout, c'est à cause de la nuit. Dis, chérie, tu fer-
meras bien tous les volets le soir, hein ? Et puis la porte d'entrée
avec les verrous en plus de la clef, hein ? Dis, tu promets, hein ?

— Oui, je promets. (Hein, murmura-t-elle imperceptiblement.)

— Eh là, dis donc, sept heures trente-cinq déjà! Enfin, c'est pas trop tard. On y va, hein? Autant être à l'avance qu'en retard. Si on arrive un peu trop tôt, on attendra un moment dans le hall. Dis, n'oublie pas d'emporter ton nouvel étui à cigarettes, il est bien, hein? Tu sais, tout or massif, c'était le plus beau qu'il y avait chez le bijoutier. Tu es contente de l'avoir?

— Oui, très contente, merci, dit-elle tout en arrangeant une mèche frontale.

— Alors, on descend, hein?

— Oui, bientôt, dit-elle, toujours se considérant.

— Tu es parfaite, tu sais, dit-il dans l'espoir de mettre fin à cet examen. A mon avis, ce qui te manquerait, ce serait un tout petit peu de rouge aux lèvres.

— Je n'aime pas, dit-elle sans se retourner. Je n'en mets jamais.

— Mais exceptionnellement, chérie, puisqu'on sort. Juste un rien de rouge.

— Je n'en ai pas, d'ailleurs.

— J'ai prévu le cas, chérie. Je t'ai acheté plusieurs rouges pour que tu puisses choisir celui qui te plaira. Les voilà.

— Non, merci. Elle moule trop les hanches, cette robe.

— Mais pas du tout, chérie.

— D'ailleurs, c'est une robe à danser, elle ne va pas pour un dîner.

— Ça ne fait rien, elle est si jolie. Tu ne l'as encore jamais mise. C'est tellement dommage, elle te va si bien.

— Elle me gêne.

— Pourquoi?

— Trop décolletée. Indécente.

— Mais absolument pas, je t'assure, elle est décolletée comme toutes les robes décolletées, elle fait très habillée, voilà tout.

— Bien, je garde l'indécente, puisque tu l'ordonnes.

— Moi je te trouve éblouissante dans cette robe, dit-il pour la mettre de bonne humeur.

Elle n'entendit pas, occupée devant la glace à faire de silencieuses manigances de femme, à reculer, à avancer, à passer inutilement ses mains sur ses hanches, à mettre en avant un des escarpins, à relever un peu la robe pour voir, sourcils soucieux et lèvres en moue, si une idée moins de longueur n'aurait pas été mieux, la conclusion muette et froncée étant que non, en somme, cette longueur était exactement ce qu'il fallait, juste bien. Il remarqua que ses jambes étaient nues, jugea prudent de ne rien dire. Avant tout, ne pas arriver en retard au Ritz. D'ailleurs, les jambes étaient si lisses que le boss ne s'apercevrait de rien. En tout cas, elle était épatante dans cette robe, et puis prête à sortir, c'était le principal. Un nouvel adjectif lui traversant l'esprit, il en fit aussitôt usage.

— Tu es princière, tu sais.

— Mes seins sont découverts à moitié, dit-elle, le dos toujours tourné, mais considérant droit son mari dans la glace. Il n'y a que les pointes qui soient cachées. Cela ne te gêne pas ?

— Mais, chérie, d'abord ils ne sont pas découverts à moitié, voyons. Juste d'un tiers peut-être.

— Si je me penche, c'est de moitié.

— Mais tu ne te pencheras pas. Et puis d'ailleurs, le grand décolleté, c'est admis pour les robes du soir.

— Et si c'était admis de les montrer entièrement, tu serais d'accord ? demanda-t-elle, et dans la psyché elle eut de nouveau ce regard direct, masculin.

— Mais pour l'amour du ciel, chérie, que vas-tu chercher ?

— La vérité. Veux-tu que je les sorte lorsque je serai devant ce monsieur ?

— Ariane ! s'exclama-t-il, épouvanté. Pourquoi dis-tu de pareilles horreurs ?

— Bien, on ne lui montrera que la moitié supérieure, articula-t-elle. La moitié admise et convenable.

Il y eut un silence et il baissa les yeux. Pourquoi continuait-elle à le regarder ainsi, droit dans les yeux ? Mon Dieu, dans les bals les plus chic, des femmes du meilleur monde étaient décolletées. Alors ? Le mieux était de changer de conversation, d'autant plus qu'il était déjà sept heures quarante-deux.

— On descend, chérie ? On a juste le temps.

— Je descends, munie de mes demi-globes.

— Dis, tu seras gentille avec lui ? demanda-t-il après avoir toussé artificiellement.

— Que faudra-t-il que je lui fasse ?

— Mais être un peu gentille, c'est tout, participer à la conversation, enfin être aimable.

— Décidément, non, je n'irai pas, sourit-elle dans la psyché.

Et elle eut un brusque envol de robe en se retournant. La bouche ouverte, il la regarda, une chair de poule sur le visage. Deux mille francs, deux mille francs, l'étui à cigarettes, et elle lui faisait ce coup !

— Mais pourquoi, bon Dieu, pourquoi ?

281

— Parce que je n'ai pas envie d'être un peu gentille.

— Chérie, je t'en supplie! Écoute, ne me gâche pas ce dîner! De quoi est-ce que j'aurai l'air si j'arrive seul? Chérie, c'est toute ma carrière qui est en jeu! Il est huit heures moins quatorze, ne me fais pas ce coup à la dernière minute! Au nom du ciel, aie pitié! Reviens à toi!

Elle considéra ce demi-barbu en smoking trop ajusté qui suppliait avec des débuts de sanglots sans doute fabriqués, qui joignait ses mains, la lèvre inférieure abaissée et spasmodique, bébé près des larmes.

— Je n'irai pas, redit-elle, et avec le même désinvolte envol elle retourna à la psyché. Allons, dépêche-toi, sinon tu seras en retard et ce monsieur te grondera! Allons, va vite avoir des rapports personnels, va vite te faire donner une tape dans le dos, très forte, comme tu les aimes, un contact humain! Va vite lui glisser que tu plafonnes, va vite le regarder avec des yeux frits!

— Méchante, méchante femme! cria-t-il, et il la vit dans la glace qui le considérait, étincelante de mauvaise joie. Je te maudis! cria-t-il, et il sortit en faisant claquer la porte.

Elle se sourit dans la glace, recula pour s'y voir entière. Le décolleté était si hardi qu'un haussement d'épaule à droite puis à gauche lui suffit pour faire sortir les seins, l'un après l'autre. Les yeux mi-clos, elle les contempla, résolus et armés.

— Des yeux frits, murmura-t-elle.

## XXXIII

— Je suis bien comme ça par terre sans coussin pour la tête ça me détend plus que le lit, ma mort est-ce possible, drôle que j'aime tellement être par terre regardant le plafond la bouche ouverte et puis délirer un peu enfin faisant semblant j'adore ça, ainsi que le flot montant pénètre le sable blanc sec et léger et se retire le laissant gris lourd et mouillé, ainsi un flot de larmes montant en moi arrive jusqu'à mes yeux qui rougissent et le flot se retire redescend en moi laissant mon cœur lourd comme le sable mouillé, c'est assez bien faudra que j'écrive ça, le chic ce serait une robe du soir en crêpe blanc à effet de pèlerine encadrant un profond décolleté et le bas arrangé pour que ça fasse jeu harmonieux accompagnant le mouvement de la marche, exquis quand on dormait ensemble enlacées, jamais je ne cesserai d'aimer ma Varvara quelqu'un qu'on a aimé on l'aime éternellement semel semper, eh oui mon bonhomme je sais le latin moi vous ne pouvez pas en dire autant vous devez savoir l'arabe ou le turc, c'est vrai que j'ai été affreuse, il m'a tellement suppliée le pauvre pleurant presque et moi une vraie vipère tout ce que je lui ai dit la tape dans le dos les rapports personnels, je ne peux tout de même pas le laisser partir pour trois mois avec ce souvenir de moi me moquant, il faut réparer, donc aller à ce Ritz puisqu'il y tient tellement il sera content de me voir arriver je dirai que ma migraine est passée je serai gentille avec lui m'asseyant près de lui, avec le type je serai polie à cause d'Adrien dis chérie tu promets hein comme coïncidence hein, à en croire la Ventradour Dieu lui est secourable en toutes choses alors pourquoi ne lui envoie-t-il pas de meilleures femmes de chambre pourquoi persiste-t-il à l'accabler de petites effrontées en somme elle remercie Dieu du bien qu'il lui envoie et elle passe poliment sous silence le mal dont il ne la préserve pas fantasque et insondable qu'il est, l'Antoinette pour dire au cas où elle dit cas que, de quoi l'étrangler, oui avec le sale type je serai polie à cause d'Adrien sa carrière et caetera, ce sera un sacrifice pour me racheter, polie mais froide, le type se rendra compte que c'est pour mon mari que je suis venue, je l'accompagnerai à la gare, je le remercierai pour l'étui à cigarettes, trop lourd cet étui, mais naturellement ça ne pas le lui dire, l'embrasser plusieurs fois sur le quai juste avant qu'il monte dans le wagon, rester sur le quai quand le train se mettra en marche, faire des gestes avec la main en souriant, bref qu'il garde un bon souvenir, oui donc aller prendre un bain mais je suis tellement bien comme ça par terre pas habillée parlant toute seule j'adore parler toute seule, en tout cas j'ai bien fait bien fouet cravache sur le dos nu qui saigne ça fait relief, bien fouet de n'avoir rien dit du goujat sans ça le pauvre mari marri obligé de provoquer le goujat en duel d'où décès du pauvre Didi ça aurait été trop injuste, y aller avec un peu de poudre et rien d'autre, comment peuvent-elles se mettre du vernis rouge sur les ongles c'est sale, dire migraine passée mais rester très froide avec le type, crétin avec son déguisement, dis donc eh pas les jambes en l'air comme ça, c'est pas convenable, pauvre chou il aurait été catastrophé de partir en voyage sans avoir revu son épouse la Deume junior la Deumette, je ne sais même pas mon livret, je parle suisse quelquefois, en France ils disent table de multiplication c'est mieux, les parties faciles je les sais les deux fois trois les trois fois quatre, c'est fou ce que j'ai envie de dire des gros mots c'est parce que je suis bien élevée, ce que je ne sais pas c'est les sales bêtes de sept fois huit de neuf fois sept, alors je suis obligée de faire des additions pour m'y retrouver, quand j'arriverai le dîner sera terminé, parce que être l'invitée du soliman ben yaourt non vraiment non, c'est bien assez que j'y aille à cause du mari marri pour réparer mes torts, contente de lui avoir abîmé son œil, la mère Deume voulant faire la distinguée au dîner des Kanakis mais ne trouvant rien à dire aux Kanakis intimidants mondains et puis aussi conversation littéraire inaccessible, alors se penchant sur son assiette picorant souriante souriant d'un air fin un air de penser à quelque chose d'amusant, un sourire fin menu délicat genre summum de distinction, un sourire marquise occupée par ses propres pensées si intéressantes si badines que pas le temps d'écouter la conversation, genre se suffisant à elle-même, en réalité très humiliée souffrant horriblement de ne pas en être de la conversation animée, conversation idiote d'ailleurs, affreux les seins qu'elle doit avoir ça me poursuit, des tissus toujours très souples, les choisir unis c'est plus sûr, rester dans le noir l'anthracite le gris le blanc jamais de brun ni de beige, oui donc vite prendre un bain, puis me préparer, être en beauté pour qu'il, pour lui plaire, qu'il emporte un beau souvenir de moi dans son train, le pauvre il le mérite, vite le bain, les cavales aimées par les vents dans la Scythie la plus lointaine ne sont plus tristes ni plus farouches que vous le soir quand l'aquilon s'est apaisé, cette phrase comme je l'aime, oui lui laisser un beau souvenir, un bain avec des sels parfumés, la robe de soie blanche, bien arranger mes cheveux, et puis téléphoner pour un taxi, à Aix-en-Provence les vieilles fontaines d'eau chaude toutes moussues, les cariatides, les portes de chêne sculpté, les gouttières de bronze cannelé terminées par une petite figure grimaçante, avec Éliane quand on était petites on a creusé un trou dans le jardin de Tantlérie, c'était une cache, les repères secrets pour la retrouver on les a notés dans une Bible, tant de centimètres de longitude nord du cognassier, on a mis des morceaux de verre du papier de chocolat une vieille clef des photos de nous deux des sous une plume de paon des biscuits censément de marin en cas de famine un ours en chocolat un anneau de rideau censément une alliance pour quand je serai grande, après qu'on a refermé la cache on s'est disputées j'ai donné à Éliane un coup de poing et puis on s'est réconciliées on s'est embrassées et on a profité du sang qui a coulé de son nez pour écrire un document tragique après le naufrage du trois-mâts le Requin, on a ramassé le sang de son nez dans une cuillère, après on a trempé une plume dedans, on a écrit à tour de rôle moi j'ai écrit que j'ouvrirai le trésor de l'île déserte le jour de mon mariage et alors je remettrai l'alliance à mon cher mari et puis on a mis des résolutions écrites à l'envers pour le secret des résolutions de s'élever spirituellement c'était un mot qu'on savait bien parce que Tantlérie le disait souvent, et après on a rouvert la cache pour enterrer le document tragique, oh je m'ennuie, en Arabie il y avait, c'est vrai, un gros mais gros gros éléphant, et puis il y avait, c'est vrai, une petite mais petite, toute petite fourmi, alors Nastrine la fourmi a dit bonjour bon gros éléphant et l'éléphant petite queue grandes oreilles Guillaume je crois il s'appelait et l'éléphant a dit ô petite toute petite fatiguée monte monte sur mon dos ça ne me fatiguera pas du tout je t'assure et je te porterai jusque jusqu'à ta maison et Nastrine a dit ô bon gros gros éléphant oh merci alors tu es bien gentil tu sais et puis la fourmi a dit oh je ne sais pas ce qu'elle a dit à bas les Juifs peut-être ô le fouet qui cingle et les reins qui se creusent la tête qui rentre dans les épaules les ongles dans les paumes et le sang qui goutte lourdement la haine qui se mange elle-même et qui est peut-être amour le pied qui manque et la grande chute sans fin assez je ne sais pas ce que je dis le bain maintenant et puis y aller nu-tête avec ma robe blanche un peu déesse oui la longue ample au fond tellement plus élégante que les étroites et puis très convenable à peine décolletée austère même sauf que les bras évidemment sont nus émouvants mes bras dorés les gants blancs montant haut faisant contraste avec l'or des bras les souliers de satin blanc adorables bref sobriété perfection jamais plus des étroites toujours des longues amples soit satin soit crêpe oui le pauvre sera content de me revoir j'ai très mal agi avec lui j'ai j'ai noir de jais donc rester auprès de lui jusqu'au départ du train lui envoyer des baisers avec la main quand le train démarrera bonsoir comment allez-vous c'est juste pour vous dire bonsoir j'ai très peu de temps je dois aller rejoindre mon mari chez un affreux de la S. D. N. non écoutez ce n'est pas sage.

## XXXIV

— Deux cents francs par jour au moins, peut-être plus, tout un appartement après tout avec salon grand genre, d'après Kanakis salle à manger aussi, c'est pas vrai, il a voulu faire le renseigné, mais tout un appartement tout de même, et dans un palace super, sûrement plus de deux cents balles par jour sans compter les suppléments qui sont pas bon marché dans un palace petits déjeuners repas au restaurant blanchissage coiffeur taxes pourboires, et puis les gages et l'entretien du valet personnel et du chauffeur, le valet annamite en veste de toile blanche enfin grand chic, l'ensemble au bas mot, enfin on calculera ça à tête reposée, évidemment qu'il peut se le permettre avec la galette qu'il touche, dis donc la note du restaurant qu'il a signée sans jeter un coup d'œil hein, et le billet de cent dollars au maître d'hôtel tu te rends compte comme pourboire, en somme ça a bien marché ce dîner en bas au restaurant, mais au fond peut-être que Kanakis a raison peut-être qu'il y a aussi une salle à manger mais alors pourquoi le restaurant, évidemment que pour deux c'est plus pratique plus rapide comme service, peut-être que sa salle à manger c'est rien que pour les grands dîners officiels, enfin ça a bien marché ce dîner il a bien pris la chose quand je lui ai dit la blague de la migraine et qu'elle regrette beaucoup d'avoir pas pu venir, il aurait pu se vexer mais non un sourire en me regardant, il a dit évidemment, au fond qu'est-ce que ça voulait dire, enfin ça s'est bien passé, dîner formid hein, mais j'étais pas dans l'état d'esprit pour en profiter, il faut dire qu'il a été charmant avec moi, même cette idée de me laisser tout seul pour aller se mettre en robe de chambre, ça fait original si tu veux, d'accord, mais en même temps c'est gentil ça fait intime

287

il me traite en ami quoi, et puis tout à l'heure en bas tous les égards me demandant si j'aime ci si je préfère ça, dîner superfin tu sais, la grande cuisine quoi, à titre de revanche d'ailleurs il y perdra rien, à mon retour de mission on lui fera un dîner de première, enfin on verra on a le temps de réfléchir, en attendant j'ai trop mangé moi, c'est sa faute, il a commandé un tas de plats au fond rien que pour moi, il a presque rien mangé lui, il a fumé il a bu du champagne, mais moi j'étais bien forcé de manger, par politesse quoi.

Oui, ça ne passait pas, c'était le caviar et puis ce gratin, et puis cette caille confite, et puis le chevreuil aussi, enfin tout. Au fond, c'était surtout à cause du silence qu'il avait tellement mangé. Tout de même si elle avait été là, ça aurait aidé pour la conversation à table. Et puis, il n'avait pas assez mâché, c'était l'émotion. Oui, bicarbonate sitôt dans le wagon-lit, il y en avait dans la petite valise des urgents, demander un quart Vichy au conducteur. Tout de même il n'aurait pas dû lui dire à elle qu'elle était méchante, et puis la maudire. Ça, il était allé trop loin. C'était une femme, elle avait ses humeurs, probablement qu'elle allait être peu bien, le dragon, comme elle disait. Bon, on lui écrirait gentiment de Paris. Oui, c'était ce sacré silence en bas, mais dès qu'on était montés le S. S. G. avait été très aimable, causant. Gentil d'avoir parlé de son patelin natal. Drôle d'idée d'être né à Céphalonie.

— Le plus formid, mon vieux, c'est quand il m'a dit qu'on pourrait y aller ensemble.

Ça alors, comme rapports personnels ! Si jamais ça se réalisait ce voyage ensemble, c'est alors qu'il pourrait lui parler de la réorganisation de la section, lui dire tout ce qui ne marchait pas, surtout du point de vue documentation. Étendus tous les deux sur le sable, face à la mer, c'est ça qui faciliterait les choses. Sur le sable, il pourrait même lui sortir franchement tout ce qu'il pensait de Vévé, le manque de dynamisme, enfin sortir toutes les critiques, le boss et lui copains en train de se bronzer au soleil. Intimité, confiance, rien d'administratif. Sur le plan personnel, quoi. Eh bien, il en mettait du temps à se coller en robe de chambre. Dès qu'il arriverait, de l'assurance, briller au maximum. Mais attention, pour Picasso, y aller doucement, tâter le terrain d'abord, en dire à la fois du bien et du mal et agir selon la réaction du boss. Le cas échéant, renoncer aux trois phrases de la revue. Tout de même c'était gentil au boss d'avoir dit qu'ils se baigneraient ensemble à Céphalonie, tous les deux. Gentil comme idée, une huile et un simple A se baignant ensemble dans la mer, s'interpellant, plaisantant! Puis étendus sur le sable, compère et compagnon, devisant, faisant couler le sable entre les doigts.

— Alors là, mon vieux, bombardé conseiller à coup sûr, je te garantis!


Il se leva, impressionné par la somptueuse robe de lourde soie noire qui descendait jusqu'aux pieds nus chaussés de mules, les revers bâillant sur la poitrine nue. Sur un geste de Solal, il reprit place dans un fauteuil, artificiel et charmé, aspirant sa salive avec de petits bruissements déférents, croisant ses jambes puis les décroisant tandis que le valet annamite, avec des sourires bruns, servait le café et le cognac. Pour remplir le silence, le jeune fonctionnaire s'empara de sa tasse, but poliment, attentif à ne faire nul bruit. Il accepta ensuite une cigarette silencieusement offerte, l'alluma en tremblant, tira des bouffées tout en regardant à la dérobée, de temps à autre, son hôte qui tourmentait un chapelet d'ambre. Qu'est-ce qui se passait? Pourquoi est-ce qu'il ne parlait plus? Si bienveillant tout à l'heure, et maintenant pas un mot.

Paralysé par le silence, preuve terrible que son chef s'ennuyait avec lui, Adrien Deume ne trouvait rien à dire et en conséquence souriait. Pauvre sourire figé, refuge et recours des faibles désireux de plaire et trouver grâce, constant sourire féminin dont il n'était même pas conscient, sourire qui se voulait à la fois témoignage de soumission, démonstration de bonne volonté toute prête et signe du plaisir qu'il éprouvait en la compagnie même muette de son supérieur. Il souriait et il était malheureux. Pour exorciser le silence et le remplir, ou pour être naturel et à son aise, ou pour se donner du courage et trouver enfin quelque chose à dire, il avala son verre de cognac d'un seul coup tragique, à la russe, ce qui le fit tousser. Mon Dieu, de quoi parler? Proust, déjà fait, il en avait parlé en bas, à table. Mozart et Vermeer, idem. Picasso, il n'osait pas, trop risqué. Il ne se rappelait aucun des autres sujets de conversation qu'il avait soigneusement inscrits sur la petite feuille, en les numérotant. Il fit de discrètes grimaces de constipation pour activer sa mémoire, mais en vain. La main contre sa hanche, il sentait la feuille du salut, la sentait exister et craquer dans la poche de son smoking, mais comment la sortir sans être vu? Dire qu'il désirait aller se laver les mains et vite y jeter un coup d'œil? Non, trop gênant, et puis ça ferait vulgaire.

Le silence était effrayant et il s'en sentait responsable. Après avoir examiné d'un air profond le fond de son verre vide, il osa lancer un timide regard vers son supérieur hiérarchique.

— Vous écrivez, je crois, cher ami? demanda Solal.

— Un peu, sourit pédérastiquement le cher ami, bouleversé par la flatteuse appellation, les yeux soudain humides de gratitude. C'est-à-dire pour autant que mes obligations professionnelles me le permettent. Oh, jusqu'à présent je n'ai commis (il eut un petit sourire délicat) que quelques poèmes, à mes moments de loisir, naturellement. Une plaquette publiée l'année dernière, un tirage limité, hors commerce. Pour mon plaisir et, j'espère, pour celui de quelques amis. Des poèmes d'expression et non de communication. (Ému par cette noble formule, il aspira de nouveau un peu de salive distinguée, puis résolut de frapper un grand coup.) Je serais heureux de vous faire hommage d'un exemplaire sur japon impérial, si vous me le permettez. (Encouragé par un acquiescement, il décida de poursuivre ses avantages et de battre le fer pendant qu'il était chaud.) Mais j'envisage d'écrire un roman, à mes moments perdus, bien entendu. Ce sera une œuvre assez sui generis, je crois, sans événements et en quelque sorte sans personnages. Je me refuse résolument à toute forme traditionnelle, conclut-il, casse-cou soudain par la grâce du cognac, et il sortit sa langue pointue puis la rentra.

Il y eut un silence et le pauvre audacieux sentit que le boss n'avait pas été impressionné par son projet de roman. Il saisit son verre, le porta à ses lèvres, s'aperçut qu'il était vide, le remit sur la table.

— A vrai dire, je n'ai pas encore pris une décision définitive. Il se peut tout de même que je me rallie à une forme plus classique. Je songe en effet à un roman sur Don Juan, personnage qui me hante depuis longtemps, qui m'obsède, qui s'est en quelque sorte emparé de moi. (Un regard de contrôle vers Solal impassible.) Mais en fin de compte, ce qui m'intéresse surtout, sourit-il timidement, c'est mon travail à la section des mandats, travail vraiment passionnant.

— Un roman sur Don Juan. Très bien, Adrien.

Le jeune fonctionnaire tressaillit. Son prénom! Cette fois, ça y était! Relations personnelles!

— J'y pense beaucoup, j'ai déjà passablement de notes, dit avec feu le futur romancier, transpercé d'enthousiasme par la grandeur soudain apparue de son sujet.

Oui, ça y était! Il sentit poindre une photo dédicacée. Ne

pas parler, attendre d'être questionné. Le boss était en train de réfléchir à Don Juan, allait lui poser une question, il le sentait. Conseiller, pas tout de suite, bien sûr. L'année prochaine peut-être. En attendant, se mettre à fond au Don Juan puisque le boss s'y intéressait. A son retour de mission, rédiger quelques chapitres et les lui soumettre. Ça donnerait l'occasion de conversations amicales, de discussions même, chacun défendant son point de vue. Mais non, cher ami, pas du tout, je ne suis pas d'accord, ça ne va pas dans le caractère de Don Juan. Bref, rapports personnels. En somme, il avait bien mené sa barque, après tout.

— Racontez votre Don Juan, dit enfin Solal tout en prenant une cigarette qu'Adrien, briquet braqué, alluma aussitôt. Que fera-t-il dans votre roman ?

— Eh bien, il séduira, dit d'un air fin Adrien qui se félicita de cette réponse percutante. (Mais trop brève peut-être ? Ajouter quelques détails sur le caractère de Don Juan ? Élégant, spirituel, cynique ? Mais ça ne correspondrait peut-être pas à l'idée que le S. S. G. se faisait de Don Juan. Est-ce que sa réponse avait été jugée trop cavalière ?) Naturellement, monsieur, si vous aviez un conseil à me donner, je vous en serais très reconnaissant. Par exemple, quelque trait de caractère que vous jugeriez important.

Solal sourit au pauvre qui faisait de son mieux pour être bien vu. Allons, un petit os au chien.

— Lui avez-vous donné le mépris d'avance ?

— C'est-à-dire que non, pas précisément, répondit Adrien. (Il s'apprêta à demander : « Vous entendez quoi, exactement, par mépris d'avance ? » Mais cette question lui parut désinvolte et il opta pour une formule moins directe.) Par mépris d'avance, il y aurait lieu d'entendre quoi, exactement ? demanda-t-il avec suavité afin de corriger toute note possible d'irrespect.

— Toute femme vertueuse à laquelle il est présenté, Don Juan éprouve pour elle peu de considération, commença Solal.

Il s'arrêta, affila son nez, et Adrien se mit en posture d'audition passionnée. Son cou en avant pour mieux capter les perles qui allaient sortir, son regard aiguisé par les paupières à demi fermées pour faire concentré et buveur de paroles, son menton soutenu par sa main droite pour faire méditatif, ses jambes intellectuellement croisées, son visage vieilli d'attention, la courbe déférente de son derrière et jusqu'à la pointe de ses souliers, tout en lui manifestait à la fois une attention intense, une fervente expectative, une compréhension déjà convaincue, toute chargée d'approbation, et un délice cérébral anticipé, non moins qu'un fidèle attachement administratif.

— Peu de considération, reprit Solal, parce qu'il sait que lorsqu'il le voudra, hélas, cette convenable et sociale sera sienne et donnera force coups de reins et fera divers sauts de carpe dans le lit. Et pourquoi le sait-il? demanda-t-il à Adrien qui prit un air entendu et subtil mais se garda de répondre. Assez. Trop affreux et d'ailleurs sans intérêt.

Adrien éclaircit sa gorge à plusieurs reprises pour chasser sa gêne. Coups de reins et sauts de carpe! Il allait fort, le boss. C'était le champagne, sûrement.

— Très intéressant, dit-il enfin, et il fit de son mieux pour donner un éclat de ferveur à son regard. Très, vraiment très, ajouta-t-il dans l'impossibilité où il était de trouver une adhésion plus motivée. Ces indications que vous avez bien voulu me fournir me seront certainement précieuses.

Il faillit ajouter qu'il les accueillait avec une vive gratitude, formule incrustée en son âme et par laquelle il accusait invariablement réception des statistiques envoyées par les ministères des colonies, toujours qualifiées de très intéressantes dans ses projets de lettre et qu'il enfouissait sur-le-champ et pour toujours dans son petit cimetière, ces statistiques étant le plus souvent inexactes et comportant toujours des erreurs d'addition.

— Sans intérêt, répéta Solal. Et puis, une femme pour quoi faire? Leurs seins? Des blagues, et toujours tombantes. Dans les journaux, toutes ces réclames pour ces instruments, ces porte-mamelles, ou comment les appelle-t-on, ces outils?

— Des soutiens-gorge, monsieur.

— Toutes en portent! Et c'est un abus de confiance! Qu'en pensez-vous, Adrien?

— Eh bien, c'est-à-dire que voilà...

— C'est bien ce que je pensais, dit Solal. Et puis elles sont si pitoyables avec leurs bibis de toquées, et leurs sautillements sur leurs hauts talons, et leurs derrières moulés, et leur animation lorsqu'elles parlent costumes entre elles! « Imagine-toi qu'elle s'est fait faire un tailleur par une couturière! Une vraie horreur, j'en avais honte pour elle! C'est tellement délicat, un tailleur, surtout la veste, c'est un travail d'homme, voyons, une couturière ne sait pas couper, elle vous met des pinces partout!» Et si tu oses faire la moindre critique de sa nouvelle robe, elle devient agressive, tu es son ennemi, elle te regarde

292

avec haine, ou encore elle sombre dans la neurasthénie de persécution et veut mourir. Donc plus de femmes, je n'en veux plus ! Et puis, il y a l'obligation de rester étendu auprès d'elles après ce que Michaël appelle la chose habituelle, et alors elles roucoulent avec sentiment et elles te caressent l'épaule, elles font toujours cela après, c'est leur manie, et elles attendent le sucre de récompense et que tu leur dises des joliesses reconnaissantes et comme quoi ce fut divin. Vraiment, elles pourraient me laisser cuver ma honte en paix. Donc plus de femmes ! Me faire arracher toutes mes dents, et elles ne voudront plus de moi, et bon débarras ! Hélas, rien à faire, elle me hante, gémit-il en s'étirant. Adrien, bon Adrien, soutiens-moi avec des raisins, fortifie-moi avec des pommes car je suis malade d'amour. Non, pas d'amour, mais elle me hante. (Charmé par le tutoiement inattendu, preuve irréfutable de rapports personnels, mais affolé par les raisins et les pommes, le jeune fonctionnaire essaya de faire une tête compréhensive et sensible.) Dis, Adrien, me permets-tu de te tutoyer ?

— Bien sûr, monsieur, au contraire. Enfin, je veux dire...

— Pas me dire monsieur, me dire frère ! Frères humains, toi et moi, promis à la mort, bientôt allongés sous la terre, toi et moi, sages et parallèles ! proclama-t-il joyeusement. Allons, bois ce champagne qui est brut comme toi et impérial comme elle ! Bois, et je te dirai ma hantise de l'éborgneuse, la redoutable aux longs cils étoilés, Neiraa, la cruellement absente. Bois ! ordonna-t-il à Adrien qui s'exécuta, s'engoua et toussa. Non, mon ami, non, fidèle Polonius, d'amour seulement ivre je suis ! D'amour, et tellement que j'ai envie de te prendre par ta barbe et dans l'air te tourner une heure de temps, tant je l'aime et tant je t'aime aussi ! Oui, je sais, je parle mal car naturalisé de fraîche date je suis ! Donc ivre d'amour, sourit-il éperdument, ivre d'amour, mais le terrible, vois-tu, c'est qu'il y a un mari, un pauvre, et si je la lui prends, il souffrira. Mais que faire ? Ah, il faut que je te dise tout d'elle, ses charmes, ses longs cils recourbés, ses soliloques de solitude, l'Himalaya qui est sa patrie. Tout te dire, c'est un besoin, car toi seul peux me comprendre, et à la grâce de Dieu ! Oui, tout te dire, et l'amoureuserie qui sera nôtre, elle et moi, tout te dire, mais d'abord prendre un bain car j'ai chaud. A tout à l'heure, bon Adrien.

Resté seul, le jeune Deume fit son petit ricanement scolaire. Complètement paf, le boss. Les cadavres parallèles, les raisins, les pommes, tout ça c'était le champagne. Et d'un embrouillé ! Pourquoi l'éborgneuse, pourquoi Polonius ?

— Et cette combine de me prendre par la barbe tellement il m'aime! Il y a à rire! Complètement plein! N'empêche, il m'a dit qu'il m'aime, tu te rends compte? Comme rapports personnels, on ne fait pas mieux!

Il fronça les sourcils. L'Himalaya qui était sa patrie? Mais alors, dis donc, c'était la femme du délégué de l'Inde! Mais oui, bien sûr, elle était du Népal, en plein Himalaya! D'ailleurs, le prénom qu'il avait dit faisait bien indien. Oui, oui, la femme du premier délégué! Et en effet, elle avait du charme, beaux yeux, longs cils, c'était bien ça, la belle Népalaise! Eh bien, mon vieux, il allait lui en pousser sur le front, au délégué de l'Inde! Parce que pour être un charmeur, le boss était un charmeur, ça il n'y avait pas à tortiller. Tant pis pour le délégué! L'important, c'était que le nommé Deume Adrien était maintenant sur un pied d'intimité avec le S. S. G., et même sur deux pieds, nom d'une pipe! Des confidences d'amour, c'était une garantie de promotion prochaine! Toi seul peux me comprendre, c'était flatteur tout de même. Donc à son retour de mission, l'inviter dans un restaurant ultra-chic, eux deux seulement, en copains, pas besoin d'Ariane, un dîner de garçons, allez, hop! hors-d'œuvre suédois, saumon fumé, huîtres de Belon, pâté de bécasse chaud, ou bien foie en brioche, ou bien galantine de canard au madère, ou bien soufflé de homard, enfin on verrait, en tout cas crêpes Suzette pour finir, et confidences sentimentales diverses! Et autant de brut impérial rosé que le boss voudrait! Garçon, encore un magnum! et commander le café bien avant le dessert, un bon café fallait vingt minutes pour le préparer. Et au moment de la fine Napoléon complétant l'action du brut impérial, plaisanteries très amusantes, et alors glisser un tutoiement, lui aussi, à titre de ballon d'essai. Un type qu'il tutoierait, il pourrait bien lui dire ce qu'il pensait de l'incompétence de Vévé. Des critiques polies de forme mais terribles de fond. D'ailleurs, Vévé allait bientôt prendre sa retraite. Donc! Et s'il glissait déjà une allusion à la dernière gaffe de Vévé, dès que le S. S. G. en aurait fini avec son Himalayenne? Non, trop tôt. Chi va piano va sano. Attendre son retour de mission. Pour le moment, préparer le terrain en s'attirant le maximum de sympathie. Donc, quand il reviendrait tout à l'heure et qu'il se mettrait à lui raconter ce grand amour, l'écouter à fond, faire le compréhensif, le complice attendri, l'encourager à baratiner, un boulot pépère, quoi. Mais ne pas sourire tout le temps, il avait trop souri avant le pied d'intimité, ça n'avait pas de valeur quand on souriait tout le temps. Toutes les trois ou quatre minutes, juste un petit sourire pour montrer qu'il participait, qu'il sympathisait, mais en homme indépendant, en égal. Eh là, dix heures moins le quart! Il allait bientôt rappliquer en robe de chambre. Robe de chambre, très bien, ça faisait aussi rapports personnels.

— Dis donc, le sous-secrétaire général qui va faire cocu le premier délégué de l'Inde! s'esclaffa-t-il doucement, et il eut son ricanement rétronasal de cancre.

Peu après, la sonnerie du téléphone retentit, et Solal, entré en coup de vent, décrocha, répondit que cette dame pouvait monter. Le récepteur remis en place, il eut un rire, et il dansa, étincelant de joie, dansa, une main sur la hanche, la robe entrouverte découvrant sa nudité. Ay, mi paloma, murmura-t-il, et il s'arrêta. Tourné vers le mari, il s'approcha, le prit par les bras, le baisa à l'épaule, étincelant de joie.

— C'est mon Himalayenne, lui dit-il.

# XXXV

— Où est mon mari ? demanda-t-elle aussitôt entrée, cependant qu'il la saluait, la main aux lèvres puis au front.

— Il vient de partir pour le Palais. Je vous expliquerai. Mais vous, n'expliquez rien, je vous prie, car je sais. Je sais que horreur de me voir et que si venue tout de même, c'est pour ne pas lui faire de la peine, et que si vous ne lui avez pas parlé de mon attitude inqualifiable, c'est uniquement pour éviter un scandale nuisible à sa carrière. Tu sais, chouchou, ça a bien marché avec le boss, il me tutoie, il me dit Adrien. Ainsi vous dira-t-il lorsque vous serez seuls. Donc soyez en paix. A quoi pensez-vous ?

— Que vous êtes odieux.

— C'est vrai, dit-il, et il sourit aimablement. Maintenant je vais vous expliquer. Lorsqu'on vous a annoncée, votre mari m'a proposé de me laisser seul avec cette dame de l'Himalaya. Je l'ai prié de rester, mais il a voulu être discret, m'a assuré qu'il avait un travail urgent à terminer. J'ai insisté pour qu'il reste, mais il m'a dit qu'il se permettait de me désobéir. Que faire ? Nguyen l'a fait sortir sans que vous le voyiez. Puisque nous sommes seuls, je vais vous séduire.

— Vous êtes ignoble.

— Bien sûr, sourit-il. Mais dans trois heures, les yeux frits, comme je vous l'ai promis. Oui, séduite par les misérables moyens qu'elles aiment et que vous méritez, éborgneuse de vieillards. Le jour du vieux, j'étais prêt à vous emporter sur le cheval qui attendait en bas, mais ce soir vous me déplaisez. De plus, voyant votre considérable nez en pleine lumière, je suis épouvanté.

— Mufle, dit-elle.

— Voici, je vous propose un pari. Si dans trois heures vous

n'êtes pas tombée en amour, je nomme votre mari directeur de section. Foi de gentilhomme et sur la tête de mon oncle. Acceptez-vous ? Si vous préférez partir, libre à vous, ajouta-t-il après un silence, et il indiqua la porte. Par ici la sortie du nez, il pourra passer sans peine, j'espère.

— Goujat, dit-elle, muscles maxillaires saillants.

— Eh bien, partez-vous ou acceptez-vous le pari ?

— J'accepte le pari, dit-elle, et elle le regarda droit.

— Sûre d'elle, sourit-il. Une condition toutefois. Jusqu'à une heure du matin, vous gardez le silence. D'accord ?

— Oui.

— Parole d'honneur ?

— Je n'ai pas à la donner. Mon oui est oui.

— Et votre non aussi. Donc à une heure du matin, vous yeux frits, et à une heure quarante, vous et moi gare pour départ ivre mer soleil. A quoi pensez-vous ? Bien sûr, cela devait venir. Allons, dites ce que vous avez envie de dire. Allons, vite, pendant qu'il est temps. Car à une heure du matin tu lèveras vers moi des yeux extasiés. Allons, dites.

— Sale Juif, dit-elle, et elle eut un preste coup d'œil d'enfant méchante.

— Merci au nom de votre Christ, circoncis en son huitième jour. Peu importe, d'ailleurs. Nous méprisons vos mépris. Sois béni, Éternel, notre Dieu, qui nous as élus entre tous les peuples et élevés au-dessus de toutes les nations. Ainsi disons-nous le soir de notre Pâque. Choquée par ma robe de chambre ? En général, elles acceptent mes robes de chambre. Plus tolérantes que les hommes parce que moins sociales, surtout les jeunes. Ce qu'elles ont de bien aussi, c'est qu'aussitôt entrées en passion, elles deviennent philosémites. Vous verrez. A tout à l'heure. En attendant, poudrez votre nez. Il brille.


Lorsqu'il revint, les cheveux désordonnés, haut et svelte dans un smoking de soie blanche, il alla devant la glace, noua sa cravate de commandeur, se plut, se tourna vers elle pour voir l'effet. Comme elle restait immobile, il feignit un début de bâillement réprimé, puis posa sur le guéridon une feuille pliée en deux.

— C'est la nomination que vous remettrez à votre mari, en cas d'échec. Directeur de la section du désarmement. Il n'y fera rien tout aussi bien qu'un autre. Je vous félicite, votre nez ne brille plus. Ce smoking me va bien, je crois, n'est-ce pas ? Oui, il me va bien, merci.

Il prit une rose, la respira profondément, la jeta derrière lui. Un chapelet de santal à la main, il arpenta le salon, puis retourna à la glace, ausculta sa poitrine. L'endroit sûr était à l'angle formé par le bord du sternum et le troisième espace intercostal. Mais le moment venu, erreur possible en appuyant le canon, parce que tout de même quelque émotion de départ. Donc marquer à l'avance l'endroit sûr, s'y faire tatouer un point bleu. Soudain, la sonnerie. Il décrocha.

— Bonsoir, Adrien. Non, vous ne me dérangez pas. Oui, il me faudra aussi vos commentaires. Prenez tout le temps qu'il faudra. Non, je vous l'ai dit, vous ne me dérangez pas. Je n'ai pas encore commencé de la séduire. A propos, dans votre roman n'oubliez pas le mépris d'avance de Don Juan. Comme je vous l'ai dit, ce mépris, c'est parce qu'il sait que s'il le veut, dans trois jours ou même dans trois heures, cette fière sociale, si digne en son fauteuil, il sait que s'il le veut elle roucoulera de certaine idiote façon et prendra dans le lit diverses positions peu compatibles avec sa dignité actuelle. Affaire de stratégie. Alors, d'avance il ne la respecte pas énormément, et il trouve comique qu'elle fasse tant la convenable en son fauteuil, comique qu'elle s'offusque de sa robe de chambre. Comique, puisqu'il sait que s'il s'en donne la peine, elle fera bientôt les habituels sauts de carpe, haletante et animale servante de nuit, nue et sursautant sous lui, pauvre Juan, parfois doucement gémissante et parfois fortement remuante et toujours les yeux blancs de sainte extasiée. O celle qui ne se laissera pas séduire ou qui sera mienne pour de nobles raisons, mon front dans la poussière toute ma vie! Mépris d'avance donc, mais payé d'un regret toujours ouvert, toujours saignant.

« Étrange envie soudain de me confier à toi, cher Adrien. O les feintes et les comédies auxquelles ils m'obligent. Car il faut que je vive et pas en hagard et miteux pourfendeur. Et ils sont si méchants à qui dit la vérité qu'ils me couperaient les vivres si je disais tout haut la farce de nos travaux et la bouffonnerie de notre illustre Société. Or j'ai besoin d'argent. Non que j'aie une âme de banquier mais je suis absurdement vulnérable au point que je perds conscience dans une chambre non chauffée et que l'eau froide me donne l'onglée, même en été. De plus, je ne veux pas tomber sous leur coupe. Ils sont si ignobles avec les démunis d'argent. Je le sais, j'en ai goûté. Et surtout je reste sous-bouffon général pour ne pas devenir un pauvre, avec une âme de pauvre. La misère avilit. Le pauvre devient laid et prend l'autobus, se lave moins, sent la transpiration, compte ses sous, perd sa seigneurie et ne peut plus sincèrement mépriser. On ne méprise bien que ce que l'on possède et domine. Gœthe méprisait mieux que Rousseau.

« Quoi ? D'autres détails sur Don Juan ? Eh bien, par exemple, il écoute peu celui qui lui parle parce qu'il est en train de le connaître en le regardant, ce qui est plus intéressant. Mais pourtant, toujours cette séparation d'avec les autres, même d'avec ceux qu'il aime. Il les voit, mais il ne les sent pas réels, autres que lui. Ils lui sont des imaginations, des figures de rêve. Il est toujours seul, n'en est pas, joue la comédie d'en être. Quoi encore ? La présence continuelle de sa mort, sa manie de l'ordre rassurant, l'attrait de sa mort à trois heures du matin. L'attrait de l'échec aussi. A Londres, l'année dernière, une jeune duchesse ou quelque chose dans ce genre à qui il venait d'être présenté. Il lui a plu aussitôt. Ils sont allés dans un petit salon, loin des autres, pour causer, c'est-à-dire pour commencer ce qui finit toujours dans un lit. Alors lui, une envie irrésistible de toucher le dernier os de la colonne vertébrale de la duchesse, un os qui s'appelle le coccyx. C'est ce qu'il a fait alors qu'elle se disposait à s'asseoir. Il lui a dit qu'il a voulu sentir les restes de la queue des lointains ancêtres de cette duchesse. Elle n'a pas approuvé cet intérêt.

« Encore ? Malgré le mal qu'il en dit il n'est bien qu'avec les femmes. Avec les hommes, il doit se tenir à carreau, faire le raisonnable. Elles, par contre, ne le critiquent pas, l'acceptent, trouvent naturelles ses robes de chambre, naturels ses chapelets. Maternelles. En été, quand il va passer quelques jours chez Isolde, elle ne s'étonne pas s'il se promène dans son parc en robe de chambre de tussor à cause de la chaleur, avec casque colonial à cause du soleil, avec bottes à cause des moustiques dont il a peur, avec chasse-mouches à queue de cheval à cause des ignobles taons. Elle est indulgente, elle trouve naturel ce ridicule accoutrement de roi nègre. Mais de toutes ses femmes, la préférée est la petite Edmée, une naine salutiste aux jambes torses qui est son amie.

« Oui, Adrien, si facile de les séduire. Au point qu'en mon jeune âge, je suis parvenu à m'enlever une femme à moi-même. C'est une histoire compliquée de frères jumeaux, moi étant l'un et l'autre, l'un rasé et l'autre faussement moustachu. Je la lui raconterai demain devant la mer violette de Céphalonie.

« Expliquez bien aussi pourquoi cette rage de séduire chez Don Juan. Car en réalité, il est chaste et il apprécie peu les ébats de lit, les trouve monotones et rudimentaires, et somme toute comiques. Mais ils sont indispensables pour qu'elles l'aiment. Ainsi sont-elles. Elles y tiennent. Or, il a besoin d'être aimé. Primo, divertissement pour oublier la mort et que nulle vie après, que nul Dieu, nul espoir, nul sens, rien que le silence d'un univers sans raison. Bref, par l'amour d'une femme, s'embrouiller et recouvrir l'angoisse. Secundo, recherche d'un réconfort. Par l'adoration qu'elles lui vouent, elles le consolent d'être dépourvu de semblables. Telle est la grandeur dont la suivante et dame d'honneur a nom Solitude. Tertio, elles le consolent aussi de n'être pas roi, car il est fait pour être roi, de naissance et sans y prendre peine. Roi il ne peut, chef politique il ne daigne. Car pour être choisi par la masse, il faut être semblable à elle, un ordinaire. Il régnera donc sur les femmes, sa nation, et il les choisira nobles et pures car quel plaisir d'asservir une impure ? D'ailleurs, les nobles et pures sont meilleures servantes de lit. Antipathique, est-elle en train de penser, et c'est bon signe.

« Mais le plus important mobile de cette rage, c'est l'espoir d'un échec et qu'une enfin lui résistera. Hélas, jamais d'échec. Assoiffé de Dieu, chacune de ses mélancoliques victoires lui confirme, hélas, le peu d'existence de Dieu. Toutes ces nobles et pures qui, l'une après l'autre, tombent si vite en position horizontale, hier visages de madone et aujourd'hui furieusement langueuses et languières, lui sont la preuve sans cesse renouvelée qu'il n'est pas d'absolue vertu et que, par conséquent et une fois de plus, ce Dieu qu'il espère ne veut pas être, et qu'y puis-je ? Maintenant, cher Adrien, je te quitte car il me faut séduire celle-ci qui écoute et me hait. Mais mienne elle sera, je te le promets, et bien attrapée elle sera, car le sort m'a fait naître Solal XIV des Solal, un homme sans prénom, comme tous les premiers-nés de la branche aînée des Solal, bien attrapée en vérité, car comment m'appellera-t-elle en nos ardeurs ? Oui, petit Deume, avec la vengeresse gaîté de douleur je la séduirai, et en grand amour nous partirons vers une île fortunée, elle et moi, cette nuit même, cependant que paisiblement tu dormiras dans ton wagon-lit. Adieu donc, et pardonne-moi.

Il raccrocha, resta immobile. Si pas de tatoueur à Genève, aller à Marseille. Dans n'importe quel bar du Vieux-Port, on lui en indiquerait un. Une garantie de mort subite était ce qui importait dans la vie. Il se tourna vers elle.

— Un veinard, en somme, votre mari. Plein d'appartenances. Une patrie vraie, des amitiés, des semblables, des croyances, un Dieu Moi, seul toujours, un étranger, et sur une corde raide. Cette lassitude parfois de devoir toujours attendre tout de moi, de ne pouvoir compter que sur mon alliée, mon intelli-juiverie. Ce désir fou qui me prend d'être un humble, mais qui en est, qui fait partie, un régulier porté du berceau à la tombe par les appartenances et les institutions, ce désir fou d'être un facteur dans un village, ou un cantonnier, ou un gendarme que tous connaissent et saluent et aiment, et qui fait une belote le soir avec les copains. Moi toujours seul, et rien que les femmes pour m'aimer, et ma honte de leur amour.

« Honte de devoir leur amour à ma beauté, mon écœurante beauté qui fait battre les paupières des chéries, ma méprisable beauté dont elles me cassent les oreilles depuis mes seize ans. Elles seront bien attrapées lorsque je serai vieux et la goutte au nez ou, mieux encore, sous la terre en compagnie de ses racines et de ses silencieux vermisseaux ondulants, tout vert et desséché dans ma caisse disjointe, et elles me trouveront moins succulent alors, et bien fait pour elles, et je m'en régale déjà. Ma beauté, c'est-à-dire une certaine longueur de viande, un certain poids de viande, et des osselets de bouche au complet, trente-deux, vous pourrez contrôler tout à l'heure avec un petit miroir comme chez le dentiste, à toutes fins et garanties utiles, avant le départ ivre vers la mer.

« Cette longueur, ce poids et ces osselets, si je les ai, elle sera un ange, une moniale d'amour, une sainte. Mais si je ne les ai pas, malheur à moi! Serais-je un génie de bonté et d'intelligence et l'adorerais-je, si je ne peux lui offrir que cent cinquante centimètres de viande, son âme immortelle ne marchera pas, et jamais elle ne m'aimera de toute son âme immortelle, jamais elle ne sera pour moi un ange, une héroïne prête à tous les sacrifices.

« Voyez les annonces matrimoniales, l'importance que ces jeunes idéalistes accordent aux centimètres du monsieur qu'elles cherchent. Eh là! crient ces annonces, il nous faut cent soixante-dix centimètres de viande au moins et qu'elle soit bronzée! Et si le malheureux ne peut proposer qu'une petite longueur, elles crachent dessus. Donc, si ne mesurant par hypothèse que ces malheureux cent cinquante centimètres, j'essaie tout de même de lui dire mon amour le plus vrai, elle sera une pécore sans cœur, et elle toisera ma brièveté avec un air dégoûté!

« Oui, madame, trente-cinq centimètres de viande de moins et elle se fiche de mon âme et elle ne se mettra jamais devant ma poitrine pour me protéger des balles d'un gangster. Idem si, étant le génie susdit, je suis démuni de petits os dans la bouche!

Ces dames éprises de spiritualité tiennent aux petits os! Elles raffolent de réalités invisibles, mais les petits bouts d'os, elles les exigent visibles! s'écria-t-il joyeusement, une tristesse dans les yeux.

« Et il leur en faut beaucoup! En tout cas, les coupeurs de devant doivent être au complet! Si de ceux-là il en manque deux ou trois, ces angéliques ne peuvent goûter mes qualités morales et leur âme ne marche pas! Deux ou trois petits os de quelques millimètres en moins et je suis fichu, et je reste tout seul et sans amour! Et si j'ose lui parler d'amour elle me lancera un verre à la figure dans l'espoir de m'éborgner! Comment, me dira-t-elle, tu n'as pas de petits bouts d'os dans la bouche et tu as l'audace de m'aimer? Hors d'ici, misérable, et reçois en outre ce coup de pied au derrière! Donc ne pas être bon, ne pas être intelligent — un ersatz suffit — mais peser le nombre nécessaire de kilos et être muni de petits broyeurs et trancheurs!

« Alors, je vous le demande, quelle importance accorder à un sentiment qui dépend d'une demi-douzaine d'osselets dont les plus longs mesurent à peine deux centimètres? Quoi, je blasphème? Juliette aurait-elle aimé Roméo si Roméo quatre incisives manquantes, un grand trou noir au milieu? Non! Et pourtant il aurait eu exactement la même âme, les mêmes qualités morales! Alors pourquoi me serinent-elles que ce qui importe c'est l'âme et les qualités morales?

« Que je suis innocent de tellement insister! Elles savent fort bien tout cela. Tout ce qu'elles veulent, c'est qu'on n'en parle pas clairement, et qu'on fasse du faux monnayage, et qu'on dise des mots de grande distinction, mes ennemis personnels, et qu'au lieu de cent quatre-vingts centimètres et osselets on dise noble prestance et sourire séduisant! Donc qu'on se taise et qu'on ne me méprise plus par ici et qu'on ne chuchote plus que je suis ignoble et matérialiste! Le plus ignoble ici n'est pas celui qu'on pense!

« Et rien ne leur échappe, à ces mignonnes! A la première rencontre, tout en te parlant des Fioretti de saint François d'Assise, elles te détaillent et te jugent. Sans en avoir l'air, elles ont tout repéré, y compris le nombre et la qualité des petits os de la bouche, et s'il t'en manque un ou deux tu es perdu! Perdu, mon ami! Par contre, si tu es dégustable, du premier coup d'œil elles savent que tu as les yeux marron mais un peu verts avec quelques points d'or, ce dont tu ne t'es jamais douté. Des regardeuses de premier ordre.

« Et ce n'est pas tout, et elles ne se contentent pas d'une

302

inspection du visage! Il leur faut du tout compris! A cette première rencontre, de leur regard angélique et bleu elles t'ont déshabillé sans que tu t'en doutes et sans qu'elles s'en doutent elles-mêmes, car elles ne s'avouent pas leurs regardages. Ce déshabillage instantané, elles y ont toutes recours, même les vierges. De leur coup d'œil de spécialistes, elles savent tout de suite comment tu es viandeusement sous les vêtements, si suffisamment de muscles, si poitrine large, si ventre plat, si hanches étroites et si pas de graisse. Car si tu es grassouillet, même à peine, tu es perdu! Deux ou trois innocentes petites livres de graisse de trop sur le ventre, et tu n'es pas intéressant et elles ne veulent pas de toi!

« De plus, tenaces petits juges d'instruction et ne voulant donner leur foi qu'à bon escient, elles s'arrangent au cours d'une conversation distinguée, pleine de nature et de petits oiseaux, pour t'interroger sans en avoir l'air et savoir si tu es apte aux forts remuements du corps, et te faire dire si tu aimes la vie au grand air, les sports. Ainsi la femelle du petit insecte nommé empis ne lui donne sa foi que s'il fait preuve de sportivité! Il faut que le pauvre bougre se débrouille pour porter sur son dos un petit ballon de je ne sais quoi trois fois plus gros que lui! Authentique! Et si elles apprennent que tu fais du cheval ou de l'alpinisme ou du ski nautique, c'est une garantie, et elles te savourent, heureuses de l'assurance que tu es bon pour le combat et l'engendrement. Mais naturellement, étant d'âme élevée, parce que de bonne bourgeoisie, elles se gardent de penser bassement. Elles recouvrent avec des mots nobles, et au lieu de ventre plat et bon engendreur elles disent que tu as du charme. La noblesse est affaire de vocabulaire.

« Affreux. Car cette beauté qu'elles veulent toutes, paupières battantes, cette beauté virile qui est haute taille, muscles durs et dents mordeuses, cette beauté qu'est-elle sinon témoignage de jeunesse et de santé, c'est-à-dire de force physique, c'est-à-dire de ce pouvoir de combattre et de nuire qui en est la preuve, et dont le comble, la sanction et l'ultime secrète racine est le pouvoir de tuer, l'antique pouvoir de l'âge de pierre, et c'est ce pouvoir que cherche l'inconscient des délicieuses, croyantes et spiritualistes. D'où leur passion pour les officiers de carrière. Bref, pour qu'elles tombent en amour il faut qu'elles me sentent tueur virtuel, capable de les protéger. Quoi? Parlez, je vous y autorise.

— Pourquoi n'allez-vous pas dire votre amour à une vieille bossue?

— Haha, elle fait l'intelligente! Pourquoi? Parce que je suis un affreux mâle! Que les velus soient carnivores, j'accepte! Mais elles, elles en qui je crois, elles, mes pures, je n'accepte pas! Elles, avec leurs regards, leurs nobles gestes, leurs pudeurs, elles, découvrir sans cesse qu'elles exigent de la beauté pour me donner leur amour, seul sentiment divin sur cette terre, c'est ma torture et j'en crève! Je n'arrive pas à accepter parce que je n'arrive pas à ne pas les respecter! Ainsi suis-je, éternellement fils de la femme. Et j'ai honte pour elles lorsqu'elles me regardent et me mesurent et me soupèsent et que des yeux, oui, des yeux, elles flairent ma carapace et ses arrangements, honte lorsque je vois leurs regards soudain intéressés et sérieux, respectueux de ma viande, honte pour elles lorsque je les surprends charmées par mon sourire, ce petit morceau déjà visible de mon squelette.

« D'ailleurs, admirer la beauté féminine, passe encore puisqu'elle est promesse de douceur, de sensibilité, de maternité. Toutes ces gentilles qui raffolent de soigner et qui courent, le feu aux jupes, être infirmières pendant les guerres, c'est touchant, et j'ai le droit moral d'aimer cette sorte de viande-là. Mais elles, cet attrait horrible qu'elles ont pour la beauté masculine qui est annonce de force physique, de courage, d'agressivité, bref de vertus animales! Donc elles sont impardonnables!

« Oui, je sais, pitoyable séduction. Absurdes, mes développements sur la convenance physique et le pouvoir de tuer, et ce n'est pas fini, alors qu'il serait tellement plus malin de te parler de Bach et de Dieu et de te demander chastement si vous voulez me donner votre amitié. Qui sait, tu me dirais alors noblement oui, les yeux baissés, et tu entrerais purement dans la ratière dont le fond est toujours une chambre à coucher. Mais je ne peux pas, je ne peux plus séduire comme elles veulent, je ne veux plus de ce déshonneur!

Il s'assit, toussa une fois pour être regardé par elle, mais elle ne releva pas la tête, ce qui le vexa. Il sifflota, se demanda si ses anathèmes contre les femmes adoratrices de la gorillerie ne provenaient pas d'une rage de savoir que ces effrontées pouvaient être attirées par d'autres que lui. Oui, en somme, il était jaloux de toutes les femmes. Il haussa les épaules, dénoua sa cravate de commandeur, s'en amusa mélancoliquement, haussa les sourcils pour prendre le ciel à témoin de cette méchante qui faisait exprès de ne pas le regarder. Pour se consoler, il souleva le couvercle d'une boîte, mais à peine, juste ce qu'il fallait pour que deux doigts pussent pénétrer. Entrée clandestine du sultan dans le harem, pensa-t-elle. Les yeux ailleurs, il prit une cigarette au hasard, et elle pensa que le sultan désignait la favorite de la nuit, mais à l'aveuglette pour le plaisir de la surprise. Il frotta une allumette, oublia de l'approcher, se brûla le doigt, jeta l'allumette avec dégoût, puis la cigarette. Elle réprima un rire nerveux. Renvoi de la favorite, pensa-t-elle.

— Honte aussi de devoir son futur amour aussi à ma méprisable haute situation, acquise par la ruse et l'impitoyable écrasement. Ancien ministre, sous-bouffon général, commandeur de je ne sais plus quoi, oui, je sais de quoi, c'était pour la beauté de la chose. Un peu comédien, sourit-il gentiment. Oui, me voilà, Solal quatorzième des Solal, encanaillé sous-secrétaire général de la Société des Nations, un lamentable important de la ruche bourdonnante et sans miel, ruche des faux bourdons, sous-faux bourdon général, sous-mouche générale du coche vide. Oh, dites, que fais-je au milieu de ces mannequins politiques, ministres et ambassadeurs, tous sans âme, tous imbéciles et rusés, tous dynamiques et stériles, bouchons de liège au fil du fleuve et s'en croyant suivis, tous parloteurs et cordiaux dans les couloirs et les salles des pas perdus, tapoteurs d'épaules et encercleurs du dos du cher ami détesté, tous occupés à s'entre-nuire et à se faire valoir afin de monter sur l'échelle des importances pour en dégringoler bientôt, précipités dans un grand trou en terre, enfin silencieux dans leur caisse de bois, tous s'agitant et gravement discutant du protocole de Locarno et du pacte Kellogg, tous prenant au sérieux ces éphémères sottises, prenant au sérieux leurs grandes affaires politiques, sordides intrigues familiales et villageoises mesquineries, trouvées considérables par ces crétins qui se prennent eux-mêmes au sérieux, le regard important, les mains dans les poches, la rosette à la boutonnière et le mouchoir blanc dans la pochette du veston. Et tous les jours je joue la farce, tous les jours je feins d'en être, je discute gravement, moi aussi, je débite de catégoriques niaiseries, les mains dans les poches, moi aussi, et l'œil politique et international. Je méprise cette foire mais je dissimule mon mépris car j'ai vendu mon âme pour un appartement au Ritz et des chemises de soie et une Rolls et trois bains par jour, et mon désespoir. Assez.

Il alla à la fenêtre, contempla Genève sagement illuminée, les lumières grelottantes de la rive française et, sur le lac noir, les cygnes balancés qui dormaient, tête cachée dans le plumage. Revenu devant elle, il la considéra, sourit à la pauvrette promise à la mort.

— Dites, tous ces futurs cadavres dans les rues, sur les trottoirs, si pressés, si occupés et qui ne savent pas que la terre où ils seront enfouis existe, les attend. Futurs cadavres, ils plaisantent ou s'indignent ou se vantent. Rieuses condamnées à mort, toutes ces femmes qui exhibent leurs mamelles autant qu'elles peuvent, les portent en avant, sottement fières de leurs gourdes laitières. Futurs cadavres et pourtant méchants en leur court temps de vie, et ils aiment écrire Mort aux Juifs sur les murs. Aller à travers le monde et parler aux hommes ? Les convaincre d'avoir pitié les uns des autres, les bourrer de leur mort prochaine ? Rien à faire, ils aiment être méchants. La malédiction des canines. Depuis deux mille ans, des haines, des médisances, des cabales, des intrigues, des guerres. Quelles armes auront-ils inventées dans trente ans ? Ces singes savants finiront par s'entre-tuer tous et l'espèce humaine mourra de méchanceté. Donc se consoler par l'amour d'une femme. Mais se faire aimer est si facile, si déshonorant. Toujours la même vieille stratégie et les mêmes misérables causes, la viande et le social.

« Le social, oui. Bien sûr, elle est trop noble pour être snob, et elle croit n'attacher aucune importance à ma sous-bouffonnerie générale. Mais son inconscient est follement snob, comme tous les inconscients, tous adorateurs de la force. En silence, elle proteste, me trouve d'esprit bas. Elle est tellement persuadée que ce qui compte pour elle c'est la culture, la distinction, la délicatesse des sentiments, l'honnêteté, la loyauté, la générosité, l'amour de la nature, et caetera. Mais, idiote, ne vois-tu pas que toutes ces noblesses sont signes de l'appartenance à la classe des puissants, et que c'est la raison profonde, secrète, inconnue de toi, pour quoi tu y attaches un tel prix. C'est cette appartenance qui en réalité fait le charme du type aux yeux de la mignonne. Bien sûr, elle ne me croit pas, elle ne me croira jamais.

« Des réflexions sur Bach ou sur Kafka sont mots de passe indicateurs de cette appartenance. D'où les conversations élevées des débuts d'un amour. Il a dit qu'il aime Kafka. Alors, l'idiote est ravie. Elle croit que c'est parce qu'il est bien intellectuellement. En réalité, c'est parce qu'il est bien socialement. Parler de Kafka, de Proust ou de Bach, c'est du même genre que les bonnes manières à table, que couper le pain avec la main et non avec le couteau, que manger la bouche close. Honnêteté, loyauté, générosité, amour de la nature sont aussi signes d'appartenance sociale. Les privilégiés ont du fric : pourquoi ne seraient-ils pas honnêtes ou généreux ? Ils sont protégés du berceau à la tombe, la société leur est douce : pourquoi seraient-ils dissimulés ou menteurs ? Quant à l'amour de la nature, il n'abonde pas dans les bidonvilles. Il y faut des rentes. Et la distinction, qu'est-ce, sinon les manières et le vocabulaire en usage dans la classe des puissants. Si je dis un tel et sa dame, je suis vulgaire. Cette expression, distinguée il y a quelques siècles, n'est devenue ordinaire que depuis que le prolétariat s'en est emparé. Mais si l'usage de la bonne société était de dire un tel et sa dame, vous me trouveriez affreux de dire un tel et sa femme. Tout cela, honnêteté, loyauté, générosité, amour de la nature, distinction, toutes ces joliesses sont preuves d'appartenance à la classe dirigeante, et c'est pourquoi vous y attachez une telle importance, prétendument morale. Preuve de votre adoration de la force !

« Oui, de la force, car par leur richesse, leurs alliances, leurs amitiés et leurs relations, les importants sociaux ont le pouvoir de nuire. De quoi je conclus que votre respect de la culture, apanage de la caste des puissants, n'est en fin de compte, et au plus profond, que respect du pouvoir de tuer, respect secret, inconnu de vous-même. Bien sûr, vous souriez. Ils souriront tous et ils hausseront les épaules. Ma vérité est désobligeante.

« Universelle adoration de la force. O les subalternes épanouis sous le soleil du chef, ô leurs regards aimants vers leur puissant, ô leurs sourires toujours prêts, et s'il fait une crétine plaisanterie le chœur de leurs rires sincères. Sincères, oui, c'est ce qui est terrible. Car sous l'amour intéressé de votre mari pour moi, il y a un amour vrai, désintéressé, l'abject amour de la puissance, l'adoration du pouvoir de nuire. O son perpétuel sourire charmé, son amoureuse attention, la courbe déférente de son postérieur pendant que je parlais. Ainsi, dès que le grand babouin adulte entre dans la cage, ainsi les babouins mâles mais adolescents et de petite taille se mettent à quatre pattes, en féminine posture d'accueil et de réception, en amoureuse posture de vassalité, en sexuel hommage au pouvoir de nuire et de tuer, dès que le grand redoutable babouin entre dans la cage. Lisez les livres sur les singes et vous verrez que je dis vrai.

« Babouinerie partout. Babouinerie et adoration animale de la force, le respect pour la gent militaire, détentrice du pouvoir de tuer. Babouinerie, l'émoi de respect lorsque les gros tanks défilent. Babouinerie, les cris d'enthousiasme pour le boxeur qui va vaincre, babouinerie, les encouragements du public. Vas-y, endors-le ! Et lorsqu'il a mis knock-out l'autre, ils sont fiers de le toucher, de lui taper dans le dos. C'était du sport, ça! crient-ils. Babouinerie, l'enthousiasme pour les coureurs cyclistes. Babouinerie, la conversion du méchant que Jack London a rossé et qui, d'avoir été rossé, en oublie sa haine et adore désormais son vainqueur.

« Babouinerie, partout. Babouines, les foules passionnées de servitude, frémissantes foules en orgasme d'amour lorsque paraît le dictateur au menton carré, dépositaire du pouvoir de tuer. Babouines, les mains tendues pour toucher la main du chef et s'en sanctifier. Babouins, les attachés de cabinet sages et religieux, debout derrière leur ministre qui va signer le traité, et ils s'empressent avec le buvard, honorés de saintement sécher la signature, ô les dévoués petits babouins! Babouins, les sourires attendris des ministres et des ambassadeurs entourant la reine qui embrasse la petite fille au bouquet. Babouin, le sourire de Benedetti, l'autre jour à la Sixième Commission, pendant que le vieux Cheyne lisait son discours. Sur le gras visage de ce salaud, un sourire que l'émoi de respect rendait bon, virginal, délicat. Mais ce sourire signifiait aussi qu'il s'aimait en son amour pour le grand patron, car de cette adorable Importance qui discourait, il se sentait participer.

« Babouins, les crétins reçus par le dictateur italien et qui viennent ensuite me vanter le sourire séduisant de cette brute, un sourire si bon au fond, disent-ils tous, ô leur ravissement femelle devant le fort. Babouins, ces autres qui s'extasient devant quelque petite bonté de Napoléon, de ce Napoléon qui disait qu'est-ce que cinq cent mille morts pour moi? Ils ont tous un faible pour le fort, et la moindre douceur des durs leur est exquise, les ensorcelle. Au théâtre, ils s'attendrissent devant le vieux colonel sévère qui a une bienveillance inattendue. Esclaves! Mais un homme tout bon est toujours trouvé un peu nigaud. Au théâtre, le méchant n'est jamais ridicule, mais un homme bon l'est souvent, fait souvent rire. D'ailleurs, il y a du mépris dans les mots brave homme ou bonhomme. Et une domestique, ne l'appelle-t-on pas une bonne?

« Babouines adoratrices de la force, les jeunes Américaines qui ont pris d'assaut le compartiment du prince de Galles, qui ont caressé les coussins sur lesquels il a posé son postérieur, et qui lui ont offert un pyjama dont chacune a cousu un point. Authentique. Babouine, la rafale d'hilarité qui a secoué l'autre jour l'Assemblée à une plaisanterie du Premier ministre anglais, et le président a manqué s'étrangler. Niaise, cette plaisanterie, mais plus le plaisantin est important et plus on savoure, les rires n'étant alors qu'approbation de la puissance.

« Babouinerie et adoration de la force, le snobisme qui est désir de s'agréger au groupe des puissants. Et si le même prince de Galles oublie de boutonner le dernier bouton de son gilet ou si, parce qu'il pleut, il retrousse le bas de son pantalon, ou si, parce qu'il a un furoncle sous le bras, il donne des poignées de main en levant haut le bras, vite les babouins ne boutonnent plus le dernier bouton, vite font retrousser le bas de leur pantalon, vite serrent les mains en arrondissant le bras. Babouinerie, l'intérêt pour les idiotes amours des princesses. Et si une reine accouche, toutes les dames bien veulent savoir combien son vermisseau pèse de kilos et quel sera son titre. Incroyable babouin aussi, cet imbécile soldat agonisant qui a demandé à voir sa reine avant de mourir.

« Babouinerie, la démangeaison féminine de suivre la mode qui est imitation de la classe des puissants et désir d'en être. Babouinerie, le port de l'épée par des importants sociaux, rois, généraux, diplomates et même académiciens, de l'épée qui est signe du pouvoir de tuer. Babouinerie suprême, pour exprimer leur respect de Ce qui est le plus respectable et leur amour de Ce qui est le plus aimable, ils osent dire de Dieu qu'il est le Tout-Puissant, ce qui est abominable, et significatif de leur odieuse adoration de la force qui est pouvoir de nuire et en fin de compte pouvoir de tuer.

« Cette animale adoration, le vocabulaire même en apporte des preuves. Les mots liés à la notion de force sont toujours de respect. Un « grand » écrivain, une œuvre « puissante », des sentiments « élevés », une « haute » inspiration. Toujours l'image du gaillard de haute taille, tueur virtuel. Par contre, les qualificatifs évoquant la faiblesse sont toujours de mépris. Une « petite » nature, des sentiments « bas », une œuvre « faible ». Et pourquoi « noble » ou « chevaleresque » sont-ils termes de louange ? Respect hérité du moyen âge. Seuls à détenir la puissance réelle, celle des armes, les nobles et les chevaliers étaient les nuisibles et les tueurs, donc les respectables et les admirables. Pris en flagrant délit, les humains ! Pour exprimer leur admiration, ils n'ont rien trouvé de mieux que ces deux qualificatifs, évocateurs de cette société féodale où la guerre, c'est-à-dire le meurtre, était le but et l'honneur suprême de la vie d'un homme ! Dans les chansons de geste, les nobles et les chevaliers sont sans arrêt occupés à tuer, et ce ne sont que tripes traînant hors des ventres, crânes éclatés bavant leurs cervelles, cavaliers tranchés en deux jusqu'au giron. Noble ! Chevaleresque ! Oui, pris en flagrant délit de babouinerie! A la force physique et au pouvoir de tuer ils ont associé l'idée de beauté morale!

« Tout ce qu'ils aiment et admirent est force. L'importance sociale est force. Le courage est force. L'argent est force. Le caractère est force. Le renom est force. La beauté, signe et gage de santé, est force. La jeunesse est force. Mais la vieillesse, qui est faiblesse, ils la détestent. Les primitifs assomment leurs vieillards. Les jeunes filles de bonne famille, en mal de mariage, précisent dans leurs annonces qu'elles ont des espérances directes et prochaines, ce qui signifie que Papa et Maman vont bientôt claquer, Dieu merci. Et moi, mon horreur des vieilles qui viennent toujours s'asseoir près de moi dans les trains. Dès qu'une de ces sorcières barbues entre dans mon compartiment, ça ne rate jamais, c'est moi qu'elle choisit, et elle vient se coller contre moi qui la hais en silence, me tenant aussi loin que je peux du corps abominable si proche de la mort, et si je me lève je tâche de marcher un peu sur ses cors, par erreur.

« Ce qu'ils appellent péché originel n'est que la confuse honteuse conscience que nous avons de notre nature babouine et de ses affreux affects. De cette nature, un témoignage entre mille, le sourire qui est mimique animale, héritée de nos ancêtres primates. Celui qui sourit signifie à l'hominien d'en face qu'il est pacifique, qu'il ne le mordra pas avec ses dents, et pour preuve il les lui montre, inoffensives. Montrer les dents et ne pas s'en servir pour attaquer est devenu un salut de paix, un signe de bonté, pour les descendants des brutes du quaternaire.

« Oh assez. Pourquoi me donner tant de peine ? Je commence la séduction. Très facile. En plus des deux convenances, la physique et la sociale, il n'y faut que quelques manèges. Question d'intelligence. A une heure du matin donc, vous amoureuse, et à une heure quarante, vous et moi gare pour départ ivre mer soleil, et au dernier moment vous peut-être abandonnée quai gare, pour venger le vieux. Le vieux, vous vous rappelez ? Sa lévite, je la mets quelquefois la nuit, et je me déguise en Juif de mon cœur, avec barbe et attendrissantes boucles rituelles et toque de fourrure et pieds traînants et dos voûté et parapluie ingénu, vieux Juif de millénaire noblesse, ô amour de moi, porteur de la Loi, Israël sauveur, et je vais dans les rues nocturnes, pour être moqué, fier d'être moqué par eux. Les manèges, maintenant.

« Premier manège, avertir la bonne femme qu'on va la séduire. Déjà fait. C'est un bon moyen pour l'empêcher de partir. Elle reste par défi, pour assister à la déconfiture du présomptueux.

310

Deuxième manège, démolir le mari. Déjà fait. Troisième manège, la farce de poésie. Faire le grand seigneur insolent, le romantique hors du social, avec somptueuse robe de chambre, chapelet de santal, monocle noir, appartement au Ritz et crises hépatiques soigneusement dissimulées. Tout cela pour que l'idiote déduise que je suis de l'espèce miraculeuse des amants, le contraire d'un mari à laxatifs, une promesse de vie sublime. Le pauvre mari, lui, ne peut pas être poétique. Impossible de faire du théâtre vingt-quatre heures par jour. Vu tout le temps par elle, il est forcé d'être vrai, donc piteux. Tous les hommes sont piteux, y compris les séducteurs lorsqu'ils sont seuls et non en scène devant une idiote émerveillée. Tous piteux, et moi le premier !

« Rentrée chez elle, elle comparera son mari au fournisseur de pouahsie, et elle le méprisera. Tout lui sera motif de dédain, et jusqu'au linge sale de son mari. Comme si un Don Juan ne donnait pas ses chemises à laver ! Mais l'idiote, ne le voyant qu'en situation de théâtre, toujours à son avantage et fraîchement lavé et pomponné, se le figure héros ne salissant jamais ses chemises et n'allant jamais chez le dentiste. Or, il va chez le dentiste, tout comme un mari. Mais il ne l'avoue pas. Don Juan, un comédien toujours sur scène, toujours camouflé, dissimulant ses misères physiques et faisant en cachette tout ce qu'un mari fait ingénument. Mais comme il le fait en cachette et qu'elle a peu d'imagination, il lui est un demi-dieu. O les sales nostalgiques yeux de l'idiote bientôt adultère, ô sa bouche bée devant les nobles discours de son prince charmant porteur de dix mètres d'intestins. O l'idiote éprise d'ailleurs, de magie, de mensonge. Tout du mari l'agace. La radio du mari et son inoffensive habitude d'écouter les informations trois fois par jour, pauvre chou, ses pantoufles, ses rhumatismes, ses sifflotements à la salle de bains, ses bruits lorsqu'il se brosse les dents, son innocente manie des petits noms tendres, dans le genre chouquette, poulette ou tout simplement chérie à tout bout de champ, ce qui est dépourvu de piment et la met hors d'elle. Il faut à madame du sublime à jet continu.

« Elle est donc rentrée chez elle. Tout à l'heure, le séducteur l'entourait de guirlandes, l'appelait déesse des forêts et Diane revenue sur terre, et la voilà maintenant par le mari transformée en poulette, ce qui la vexe. Tout à l'heure, suave et charmée, elle écoutait le séducteur la gorger de sujets élevés, peinture, sculpture, littérature, culture, nature, et elle lui donnait délicieusement la réplique, bref deux cabots en représentation, et voilà

311

que maintenant le pauvre mari en toute innocence lui demande ce qu'elle pense de la façon d'agir des Boulisson qu'ils ont eus à dîner il y a deux mois, et depuis, rien, silence, dîner pas rendu. Et le plus fort de café, c'est que j'ai appris qu'ils ont invité les Bourrassus! Les Bourrassus, qu'ils ont connus grâce à nous, tu te rends compte! Moi je suis d'avis de couper les ponts, qu'est-ce que tu en dis? Et caetera, y compris le touchant tu sais chouchou ça a bien marché avec le boss, il me tutoie. Bref, pas de sublimités avec le mari, pas de prétentieux échanges de goûts communs à propos de Kafka, et l'idiote se rend compte qu'elle gâche sa vie avec son ronfleur, qu'elle a une existence indigne d'elle. Car elle est vaniteuse, l'amphore.

« Le plus comique, c'est qu'elle en veut à son mari non seulement de ce qu'il n'est pas poétique mais encore et surtout de ce qu'elle ne peut pas faire la poétique devant lui. Sans qu'elle s'en doute, elle lui en veut d'être le témoin de ses misères quotidiennes. Au réveil, la mauvaise haleine, la tignasse de clownesse ébouriffée et clocharde abrutie, et tout le reste, y compris peut-être l'huile de paraffine du soir ou les pruneaux. Dans le compagnonnage de la brosse à dents et des pantoufles, elle se sent découronnée et elle en tient responsable le malheureux qui n'en peut mais. Par contre, quelle marche triomphale à cinq heures de l'après-midi lorsque, lessivée à fond avec mise en plis et sans pellicules, plus heureuse et non moins fière que la Victoire de Samothrace, elle va retrouver à larges foulées son noble coliqueur clandestin, et elle chante des chorals de Bach, glorieuse de faire bientôt la sublime toute belle avec son intestineur, et en conséquence de se sentir princesse immaculée avec cette mise en plis si réussie.

« Dès le premier jour du mariage, les Juives de stricte observance se rasaient le crâne et mettaient perruque. J'aime. Plus de beauté, Dieu merci. Par contre, la plus belle vedette de cinéma, justement parce qu'elle se croit irrésistible et prend des poses de grande charmeuse avec son derrière, et qu'elle n'est que cela, pour la punir de sa beauté, corne du diable, je l'imagine aussitôt violemment purgée et en grands maux de ventre, et alors elle perd aussitôt sa splendeur, et je ne veux plus d'elle! Qu'elle reste sur son siège! Mais une Juive à perruque ne perd jamais son prestige, car elle s'est mise sur un plan où les misères physiques ne peuvent plus découronner. J'ai perdu le fil. Où en étais-je avec l'idiote?

— Elle s'aperçoit qu'elle gâche sa vie.

— Louée soyez-vous, remercia-t-il, et de deux doigts il

affila son nez, noble cimeterre, comme pour y aiguiser une pensée, fit soudain une tête attendrie. Et pourtant il n'y a rien de plus grand que le saint mariage, alliance de deux humains unis non par la passion qui est rut et manège de bêtes et toujours éphémère, mais par la tendresse, reflet de Dieu. Oui, alliance de deux malheureux promis à la maladie et à la mort, qui veulent la douceur de vieillir ensemble et deviennent le seul parent l'un de l'autre. Ta femme, tu l'appelleras frère et sœur, dit le Talmud. (Il s'aperçut qu'il venait d'inventer cette citation et enchaîna en douce.) En vérité, en vérité, je vous le dis, l'épouse qui presse le furoncle du mari pour en faire tendrement sortir le pus, c'est autrement plus grave et plus beau que les coups de reins et sauts de carpe de la Karénine. Louange donc au Talmud et honte aux adultères, raffoleuses de vie animale et qui filent vers la mer, le feu sous les jupes. Oui, animale, car l'Anna aime le corps de l'imbécile Wronsky et c'est tout, et toutes ses belles paroles ne sont que vapeurs et dentelles recouvrant de la viande. Quoi, on proteste, on me traite de matérialiste ? Mais si une maladie glandulaire avait rendu Wronsky obèse, trente kilos de graisse sur le ventre c'est-à-dire trois cents plaques de beurre sur le ventre, de cent grammes chacune, serait-elle tombée en amour à leur première rencontre ? Donc viande, et qu'on se taise !

« Quatrième manège, la farce de l'homme fort. Oh, le sale jeu de la séduction ! Le coq claironne pour qu'elle sache qu'il est un dur à cuire, le gorille se tape la poitrine, boum, boum, les militaires ont du succès. Die Offiziere kommen ! s'exclament les jeunes Viennoises et elles rajustent vite leur coiffure. La force est leur obsession et elles enregistrent tout ce qui leur en paraît preuve. S'il plante droit ses yeux dans les yeux de la bonne femme, elle est délicieusement troublée, elle défaille à cette chère menace. S'il se carre avec autorité dans un fauteuil, elle le vénère. S'il a le genre explorateur anglais laconique ôtant sa pipe pour dire yes, elle voit des profondeurs dans ce yes, et elle l'admire de mordre le tuyau de sa pipe et d'en sucer dégoûtamment le jus. C'est viril et ça l'excite. Que le séducteur dise de nombreuses idioties mais qu'il les dise avec assurance, d'une voix mâle, voix de basse à créneaux, et elle le regardera, les yeux exorbités et humides, comme s'il avait inventé une relativité encore plus généralisée. Elle relève tout, la démarche du type, sa façon de se tourner brusquement, de quoi son mignon tréfonds déduit qu'il est agressif et dangereux, Dieu merci. Et par-dessus le marché, pour lui plaire il faut que

313

je domine et humilie son mari, malgré la honte et la pitié que j'en éprouve. Oui, honte tout à l'heure quand je lui parlais au téléphone, honte de mon méprisable air de supériorité, à votre intention, cet air de supériorité qu'il faut prendre pour mettre le mari en état de timidité et le perdre aux yeux de l'idiote.

« Un chien pour le séduire, je n'ai qu'à être bon avec lui. La force, peu lui importe. Mais elles, non, elles en exigent, en veulent le cher danger. Oui, c'est le caractère dangereux de la force, pouvoir de tuer, qui les attire et les excite, babouines qu'elles sont. J'ai connu une jeune fille de bonne famille, une famille pleine de religion et de sentiments élevés, une jeune fille toute pure, qui avait une flamme pour un musicien de cent quatre-vingts centimètres, mais hélas doux et timide. Ne pouvant le transformer en authentique gaillard énergique, mais désireuse d'en devenir de plus en plus éprise, elle tâchait de lui injecter de la virilité artificielle pour s'en titiller et l'aimer davantage. C'est ainsi qu'au cours de leurs innocentes promenades, elle lui disait de temps à autre : « Jean, soyez plus affirmatif. » C'est ainsi encore qu'un jour elle lui offrit une pipe anglaise, très courte, genre loup de mer ou détective anglais, et elle n'eut de cesse qu'il ne se la mît au bec devant elle, jouissante et comblée. La pipe excitait cette malheureuse. Mais le jour suivant, elle rencontra dans un salon élégant un lieutenant de carrière. Alors, voyant l'uniforme et le sabre, elle tomba aussitôt en langueur d'amour, son sang battant fort à la porte ouverte de son âme, et elle sentit que la défense de la patrie c'était encore mieux que la musique. Un sabre, c'était tout de même plus excitant qu'une pipe.

« Force, force, elles n'ont que ce mot à la bouche. Force, qu'est-ce en fin de compte sinon le vieux pouvoir d'assommer le copain préhistorique au coin de la forêt vierge d'il y a cent mille ans ? Force, pouvoir de tuer. Oui, je sais, je l'ai déjà dit, je le répète et je le répéterai jusqu'à mon lit de mort ! Lisez les annonces de ces demoiselles de bonne famille, présentant bien, avec espérances directes et prochaines, comme elles disent. Lisez et vous verrez qu'elles veulent un monsieur non seulement aussi long que possible, mais encore énergique, ayant du caractère, et elles font des yeux émerveillés, comme si c'était beau et grand alors qu'en réalité c'est répugnant. Du caractère ! s'écriat-il avec douleur. Du caractère, elles l'avouent ! Elles avouent, les angéliques effrontées, qu'il leur faut un cher fort et silencieux, avec chewing gum et menton volontaire, un costaud, un viril, un coq prétentieux ayant toujours raison, un ferme en ses propos,

314

un tenace et implacable sans cœur, un capable de nuire, en fin de compte un capable de meurtre ! Caractère n'étant ici que le substitut de force physique, et l'homme de caractère un produit de remplacement, l'ersatz civilisé du gorille. Le gorille, toujours le gorille !

« Elles protestent et s'écrient que je les calomnie puisqu'elles veulent que ce gorille soit en même temps moral ! Ce gorille viandu et costaud et ayant du caractère, c'est-à-dire tueur virtuel, elles exigent en effet qu'il dise des paroles nobles, qu'il leur parle de Dieu, et qu'ils lisent la Bible ensemble, le soir, avant de se coucher. Alibi et comble de la perversité ! Ainsi, ces rusées peuvent en toute paix chérir la large poitrine et les poings frappeurs et les yeux froids et la pipe ! Pieds de porc recouverts de crème fouettée et gigots ornés de fleurs et dentelles de papier comme aux devantures des boucheries ! Fausse monnaie toujours et partout ! Et qu'au lieu de cent quatre-vingts centimètres on dise beau ou ayant de la prestance ou, dans les annonces, présentant bien ! Et qu'au lieu de redoutable et de sale type aux yeux froids qui lui fasse délicieusement peur on dise énergique, ayant du caractère ! Et qu'au lieu de riche et classe dirigeante on dise distingué et cultivé ! Et qu'au lieu de peur de la mort et désir égoïste que le cher petit nombril dure toujours, on dise esprit, au-delà, vie éternelle ! Vous me détestez, je le sais. Tant pis et gloire à la vérité !

« Rien à faire, paléolithiques, elles sont paléolithiques, descendantes des femelles au front bas qui suivaient humblement le mâle trapu et sa hache de pierre ! Je n'ai pas l'impression qu'une seule femme ait été amoureuse du grand Christ, au temps où il vivait homme aux yeux tristes. Pas assez viril, miaulaient les demoiselles de Galilée. Elles devaient lui reprocher de tendre l'autre joue. Par contre, elles étaient bouches béantes et yeux démesurés devant les centurions romains aux énormes mentons. O leur admiration, qui me fait mal pour elles, leur odieuse admiration pour un Martin Eden silencieux et moral, spécialiste du direct à la mâchoire.

« O horreur de mes amours de jeunesse, et j'enrageais d'être aimé pour les machineries animales de virilité qu'elles me forçaient de faire, qu'elles attendaient de moi. Bref, d'être aimé pour tout ce qui chez l'odieux coq plaît à la sotte poule. Pour leur plaire, je faisais donc l'insolent que je n'étais pas, l'homme fort que je n'étais certes pas, Dieu soit loué. Mais elles aimaient cela, et moi j'avais honte, mais quoi, j'avais besoin de leur amour, si mal né qu'il fût.

« Fort, fort, elles n'ont que ce mot à la bouche. Comme elles ont pu m'en casser les oreilles! Toi, tu es fort, me disaient-elles, et j'avais honte. Une d'elles, plus excitée et plus femelle, me disait même Toi tu es *un* fort. Ce qui faisait plus fort encore et me rangeait dans la catégorie divine des grands gorilles. De honte et de dégoût, j'en avais mal aux dents, honte de cette bestialité, et envie de lui hurler que j'étais l'homme le plus faible de la terre. Mais alors elle m'aurait lâché. Or, j'avais besoin de sa tendresse, cette tendresse qu'elles ne donnent que si elles sont en passion, cette maternité divine des femmes en amour. Alors, pour avoir cette tendresse qui seule m'importait, j'achetais sa passion en faisant le gorille et, la honte au cœur, je virevoltais avec énergie, je m'asseyais avec certitude, je croisais les jambes à l'extrême limite de l'arrogance et j'argumentais brièvement, en dominateur.

« Toutes ces gorilleries, alors que j'aurais tant aimé qu'elle vienne s'asseoir auprès de mon lit, elle dans un fauteuil, moi couché et lui tenant la main ou le bas de la jupe, et elle me chantant une berceuse. Mais non, il fallait faire le volontaire et le dangereux, et tout le temps avoir du caractère, et tout le temps virevolter, et me sentir ridicule, ridiculisé par leur admiration. Ce n'est pas de gaieté de cœur que je dis ces choses. Cette tendresse, j'aurais tant aimé la recevoir des hommes, avoir un ami, l'embrasser lorsqu'il arrive, rester à causer avec lui tard dans la nuit et même jusqu'à l'aurore. Mais les hommes ne m'aiment pas, je les gêne, ils se méfient, je n'en suis pas, ils me sentent seul. Alors, cette tendresse, il m'a bien fallu la chercher là où on la donne.

Debout devant la glace de la cheminée, il ôta son monocle noir, examina la cicatrice de la paupière, se demanda s'il brûlerait ses trente mille dollars devant l'Amalécite pour lui apprendre à vivre. Non, préférable de les brûler tout seul, un de ces soirs, pour le plaisir, après avoir couvert ses épaules de la longue soie rituelle, ennoblie de franges et barrée de bleu, sa tente et sa patrie. Il virevolta, s'approcha de la fille des Gentils, belle aux longs cils recourbés, qui le regardait, muette, tenant parole.

— Comme elles ont pu me faire souffrir depuis vingt ans avec leurs babouineries! Babouineries, répéta-t-il, envoûté par le mot, soudain hébété devant la cage d'un zoo. Regardez le babouin dans sa cage, regardez-le qui fait de la virilité pour plaire à sa babouine, regardez-le qui se tape de grands coups sur la poitrine, qui fait des bruits de tam-tam et marche la

316

tête haute, en colonel parachutiste. (Il arpenta le salon, martela sa poitrine pour faire babouin. Tête haute, il était élégant et naïf, jeune et gai.) Ensuite, il secoue les barreaux de la cage et la babouine fondue et charmée trouve que c'est un fort, un affirmatif, qu'il a du caractère, qu'on peut compter sur lui. Et plus il secoue les barreaux et plus elle sent qu'il a une belle âme, qu'il est propre moralement, chevaleresque, loyal, un babouin d'honneur. Bref, l'intuition féminine. Alors, la babouine émerveillée s'approche en remuant le derrière, elles tiennent toutes, même les vertueuses, à beaucoup le montrer, d'où jupes étroites, et elle demande timidement au babouin, les yeux chastement baissés Aimez-vous Bach ? Naturellement, il déteste Bach, ce robot sans cœur et géomètre mécanique à développements, mais pour se faire bien voir et montrer qu'il a une belle âme et qu'il est d'un milieu babouin distingué, le malheureux est bien obligé de dire qu'il adore cet embêteur et sa musique pour scieurs de long. Vous êtes choquée ? Moi aussi. Alors, les yeux toujours baissés, la babouine dit d'une voix douce et pénétrée Bach nous rapproche de Dieu, n'est-ce pas ? Comme je suis heureuse que nous ayons les mêmes goûts. Ça commence toujours par les goûts communs. Oui, Bach, Mozart, Dieu, elles commencent toujours par ça. Ça fait conversation honnête, alibi moral. Et quinze jours plus tard, trapèze volant dans le lit.

« Donc la babouine continue sa conversation élevée avec son sympathique babouin, ravie de constater qu'en tout il pense comme elle, sculpture, peinture, littérature, nature, culture. J'aime beaucoup aussi les danses populaires, dit-elle ensuite en lui décochant une œillade. Et qu'est-ce que c'est, danses populaires, et pourquoi les aiment-elles tant ? (Il était si pressé de dire et de convaincre que ses phrases s'entrechoquaient, incorrectes.) Danses populaires, c'est gaillards remuant fort et montrant ainsi qu'ils sont infatigables et sauront creuser dur et longtemps. Bien sûr, elles n'avoueront pas le motif de leur délectation, et une fois de plus elles recouvriront avec des mots distingués, et elles te raconteront que ce qui leur plaît dans ces danses, c'est le folklore, les traditions, la patrie, les maréchaux de France, la chère paysannerie, la joie de vivre, la vitalité. Vitalité dans l'œil de leur sœur ! On sait ce que signifie vitalité en fin de compte, et Michaël expliquerait cela mieux que moi.

« Mais voilà qu'un babouin plus long est introduit dans la cage et frappe plus gaillardement sa poitrine, un vrai tonnerre.

Alors, l'admiré de tout à l'heure ne pipe mot car il est moins long et moins frappeur. Il abdique et en hommage au grand babouin il prend à quatre pattes la posture femelle en signe de vassalité, ce qui dégoûte la babouine qui le hait aussitôt d'une haine mortelle. Tout à l'heure, votre mari pendant les silences, son continuel sourire séduit, sa salive aspirée avec distinction et humilité. Ou, pendant que je parlais, son dos plié en deux pour plus d'attention. Tout cela c'était aussi un hommage de féminité au pouvoir de nuire, dont la capacité de meurtre est l'ultime racine, répété-je une fois de plus. Idem, les sourires virginaux et attendris, quasiment amoureux, lorsque le roi pose la première pierre! Idem, les rires adorants qui saluent un mot d'esprit, pas drôle du tout, d'un important! Idem, le respect ignoble de l'attaché de cabinet buvardant avec délicatesse et scrupule la signature de son ministre au bas du traité de paix! Oh, ce duo continuel parmi les humains, cet écœurant refrain babouin. Je suis plus que toi. Je sais que je suis moins que vous. Je suis plus que toi. Je sais que je suis moins que vous. Je suis plus que toi. Je sais que je suis moins que vous. Et ainsi de suite, toujours, partout. Babouins, tous! Oui, j'ai déjà dit cela tout à l'heure, votre mari, les rires adorants, les attachés de cabinet. Excusez-moi, tous ces petits babouins me rendent fou, j'en trouve à tous les coins, en posture d'amour!

« Et tout comme moi en ce moment, le grand babouin de la cage parle fort, avec des gestes de vitalité, parle en maître à la babouine qui le contemple avec des yeux émerveillés. Il a du charme, dit-elle tout bas à une vieille copine babouine qui s'évente, il a un sourire si doux, je sens qu'il doit être très bon au fond. Et les araignées! Connaissez-vous les mœurs des araignées? Elles exigent que le mari prouve sa force en faisant des bonds! Ainsi. (À pieds joints, il sauta par-dessus la table. Honteux et se sentant ridicule, il alluma une cigarette, en expira furieusement la fumée.) Authentique, je peux vous montrer le livre. Et si le mari ne fait pas des bonds et ne tourbillonne pas tout le temps, rien à faire, l'âme de l'araignesse se détache de lui, et elle file aussitôt vers la mer avec un araignon tout neuf qui, n'étant en amour que depuis quelques jours, cabriole et pirouette que c'est un plaisir. C'est un araignon nègre! Car sachez qu'elles adorent les nègres, mais c'est un secret qu'elles se chuchotent entre elles, la nuit au clair de lune, loin de leur blanc. Et alors, devant la mer soyeuse et bruissante, le malheureux doit faire des bonds de cinq, six et même sept centimètres, ce qui fait qu'elle l'adore!

Il s'arrêta, lui fit un bon sourire car il savourait ses araignées, avait oublié le troisième espace intercostal. De plaisir, il lança haut sa cravate de commandeur, la rattrapa au vol.

— Mais soudain, tragédie! Un troisième araignon rapplique et fait encore plus de sautillés que le nègre! Alors, l'araignesse se dit que l'araignon de miracle, l'araignon de toute l'âme, est enfin arrivé! Divorce! Troisième mariage! Départ ivre vers une nouvelle mer avec le nouvel araignon! Lune de miel à Venise où l'idiote se gargarise à tire-larigot devant des pierres et des couleurs, se félicitant d'être hartiste et clignant des yeux pour mieux se pénétrer de ce pan de jaune génial dans le coin du tableau et y voir mille merveilles cependant que passe auprès d'elle un pensionnat de génisses en transhumance esthétique, et ce séjour à Venise marche bien parce que poésie, et poésie parce que billets de banque beaucoup et appartement dans le palace le plus cher.

« Mais comme au bout de six semaines le pauvre troisième mari bondit beaucoup moins, qu'il est flapi et conjugal, qu'il en a un peu marre du physiologique et pense de nouveau au social et à reprendre son travail et à inviter les van Vries, et qu'il parle de son avancement et de ses rhumatismes, elle comprend soudain, avec beaucoup d'élévation, qu'elle s'est trompée. Ça ne manque jamais, le coup de s'être trompée. Alors elle décide d'aller lui parler en grande noblesse et, pour faire solennel, elle se colle un haut turban doré sur la tête. Cher troisième araignon, lui dit l'araignesse en joignant ses petites pattes velues, soyons dignes l'un de l'autre et quittons-nous noblement, sans vaines récriminations. Ne souillons pas d'une inutile injure le noble souvenir des bonheurs révolus. Je te dois la vérité, et la vérité, cher, est que je ne t'aime plus. Ça ne manque jamais non plus, le coup du je ne t'aime plus. Feindre serait bassesse, poursuit-elle. Que veux-tu, cher, je me suis trompée. De toute mon âme, j'avais cru que tu serais l'araignon éternel. Hélas! Sache en effet qu'un quatrième araignon est devenu important dans ma vie. Elles adorent dire important dans ma vie qui fait plus noble que coucher avec. Et elle continue, la mignonne, avec des sentiments de plus en plus élevés. Vois-tu, je l'aime de toute mon âme car il est l'araignon des araignons, une âme d'élite et un caractère moral de tout premier ordre. C'est Dieu qui l'a mis sur mon chemin. Ah, comme je souffre, car le coup que je te porte est sans doute mortel! Mais que faire? Je ne puis vivre que dans la vérité et ne saurais mentir, ma bouche comme mon âme devant rester pure. Adieu donc, cher, et pense quelquefois à ta petite Antinéa. Ou encore, elle lui propose, en fin de discours, une dernière coucherie comme preuve d'affection sincère et pour lui laisser un beau souvenir. Mais le plus souvent, en conclusion, c'est le Sois fort et demeurons amis.

« Je la déteste! s'écria-t-il en frappant du poing sur la table dont les verres s'entrechoquèrent. Je la déteste, car jamais elle n'avouera que c'est parce que ce quatrième-là est tout neuf et qu'il la change du troisième. Non, elles parlent toujours du nouvel amour comme d'un arrêt du destin, d'une inéluctabilité, d'un mystère adorable, avec grande consommation d'âme! Donc, remuant son âme et son derrière, elle file en Égypte avec le quatrième qui la décevra le jour où elle s'apercevra qu'il a des coliques, tout comme un mari!

« Et l'empis! Il faut qu'il fasse de la force, lui aussi, le malheureux. L'empisette l'exige. Ah oui, je vous en ai déjà parlé. Et la serine, donc! La serine, pour qu'elle consente à avoir des émois et à pondre les petits œufs subséquents, il faut que le pauvre type fasse de l'énergie et du sport, et que je vocifère plus que les autres serins, et que je fasse l'apache avec des roulis d'épaules et des javas de gangster et des ailes pendantes menaçantes! Pauvre de moi! Et si je m'avise d'être aimable, de rage elle me crève les yeux!

Il s'arrêta. Chapelet de santal tournoyant autour de l'index, il se vit sortant de l'échoppe du tatoueur marseillais, puis dans une chambre d'hôtel, étendu à terre, à jamais flegmatique, les bras en croix sous la lampe qui resterait allumée toute la nuit, les bras en croix et un trou au-dessus du mamelon et, tout autour, les points noirs de la poudre. Non, pas un trou puisque à bout portant. Les gaz de combustion, entrés dans la plaie, provoqueraient un éclatement de la peau en forme de croix étoilée. Il se tourna vers elle.

— Les mots abominables que je dis et que je regrette après les avoir dits, paléolithiques et babouines, si je les dis et ne peux m'empêcher de les redire, c'est parce que j'enrage qu'elles ne soient pas comme elles méritent d'être, comme elles sont au fond de mon cœur. Elles sont des anges, et je le sais. Mais alors pourquoi la paléolithique derrière l'ange? Écoutez mon secret. Parfois je me réveille en sursaut dans la nuit, tout transpirant d'épouvante. Comment est-ce possible, elles, les douces et tendres, elles, mon idéal et ma religion, elles, aimer les gorilles et leurs gorilleries? C'est la stupéfaction de mes nuits que les femmes, merveilles de la création, toujours vierges et toujours

320

mères, venues d'un autre monde que les mâles, si supérieures aux mâles, que les femmes, annonce et prophétie de la sainte humanité de demain, humanité enfin humaine, que les femmes, mes adorables aux yeux baissés, grâce et génie de tendresse et lueur de Dieu, c'est mon épouvante qu'elles soient séduites par la force qui est pouvoir de tuer, c'est mon scandale de les voir déchoir par leur adoration des forts, mon scandale des nuits, et je ne comprends pas, et jamais je n'accepterai! Elles valent tellement mieux que ces odieux caïds qui les attirent, comprenez-vous? Cette incroyable contradiction est mon tourment, que mes divines soient attirées par ces méchants velus! Divines, oui! Sont-ce les femmes qui ont inventé les massues, les flèches, les lances, les épées, les feux grégeois, les bombardes, les canons, les bombes? Non, ce sont les forts, leurs virils bien-aimés! Et pourtant elles adorent Un de ma race, le prophète aux yeux tristes qui était amour! Alors? Alors, je ne comprends pas.

Il prit son chapelet, l'inspecta comme pour le comprendre, le posa sur la table, murmura un souriant merci à personne, fredonna un chant de la Pâque. Soudain, l'apercevant qui le regardait, il lui fit de la main un salut d'amitié.

— Aude qui fut ma femme. Durant les derniers temps de notre mariage, parce que je m'étais mis hors du social, parce que j'avais ôté le masque du réussisseur, parce que je n'étais plus un misérable ministre, parce que, pauvre et absurdement barbu et saint, je ne jouais plus la farce de l'homme fort, lorsque je lui disais mon épouvante de voir se flétrir son amour, mon tourment de me voir traité comme rien, moi, l'ancien seigneur de toute l'âme, ô ses silences et son visage imperméable, visage de pierre, ô ce jour où dans notre chambre de misère, j'avais voulu trouver grâce en faisant moi-même la vaisselle et que j'avais fait tomber une assiette et que je m'étais excusé, pauvre idiot, ô son horrible petit mépris excédé, mépris de femelle. J'étais pauvre, donc faible, je n'étais plus un important, je n'étais plus un sale victorieux. Tenace d'espoir absurde, je lui disais mon déchirement de n'être plus aimé, sûr que si elle comprenait elle me prendrait dans ses bras, et j'attendais des mots de bonté, j'attendais, la bouche entrouverte de malheur. J'espérais, je croyais en elle. Tu ne me dis rien, chérie? Je n'ai rien à dire, a répondu la femelle au pauvre, au vaincu. Pétrifiée, durcie parce que je l'appelais au secours, parce que j'avais besoin d'elle. Je n'ai rien à dire, répétait la femelle avec un air crétin d'impératrice lointaine, agacée par le mendiant de tendresse. Et c'était la même qui m'adorait, les premiers temps, se voulait esclave lorsque j'étais un luisant vainqueur.

Il alluma une cigarette, aspira une longue prise de fumée pour lutter contre le sanglot, sourit, refit le salut d'amitié.

— Cinquième manège, la cruauté. Elles en veulent, il leur en faut. Dans le lit, dès le réveil, comme elles ont pu m'assommer avec mon beau sourire cruel ou mon cher sourire ironique, alors que je n'avais qu'une envie, beurrer de toute mon âme ses tartines et lui apporter son thé au lit. Envie refoulée, bien sûr, car le plateau du petit déjeuner aurait singulièrement diminué sa passion. Alors moi, pauvre, je retroussais mes babines, je montrais mes bouts d'os pour faire un sourire cruel et la contenter. Malheureux Solal, elles lui en ont fait voir! L'autre nuit, après une de ces gymnastiques auxquelles elles trouvent un étonnant intérêt, elle n'a pas manqué de me roucouler une mignonnerie dans le genre mon méchant chéri qui a été si insupportable avec moi hier. Avec reconnaissance, entendez-vous? Ainsi Elizabeth Vanstead m'a remercié de lubies cruelles à contrecœur inventées, m'a remercié tout en caressant mon épaule nue. Affreux!

Il s'arrêta, haleta, les yeux fous, tigre emprisonné, cependant qu'elle le considérait. Elizabeth Vanstead, la fille de Lord Vanstead, la plus élégante étudiante d'Oxford, recherchée de tous, si hautaine et si belle qu'elle n'avait jamais osé l'aborder. Elizabeth Vanstead toute nue avec cet homme!

— Non, trop de dégoût, je ne peux plus. J'aime mieux séduire un chien. Oui, je sais, je me répète. Manie de ma race passionnée, amoureuse de ses vérités. Lisez les prophètes, saints rabâcheurs. Un chien, pour le séduire, je n'ai pas à me raser de près ni à être beau, ni à faire le fort, je n'ai qu'à être bon. Il suffira que je tapote son petit crâne et que je lui dise qu'il est un bon chien, et moi aussi. Alors, il remuera sa queue et il m'aimera d'amour avec ses bons yeux, m'aimera même si je suis laid et vieux et pauvre, repoussé par tous, sans papiers d'identité et sans cravate de commandeur, m'aimera même si je suis démuni des trente-deux petits bouts d'os de gueule, m'aimera, ô merveille, même si je suis tendre et faible d'amour. J'estime les chiens. Dès demain je séduis un chien et je lui voue ma vie. Ou peut-être essayer d'être homosexuel? Non, pas drôle de baiser des lèvres moustachues. Voilà d'ailleurs qui juge les femmes, ces créatures incroyables qui aiment donner des baisers à des hommes, ce qui est horrible.

Il eut un regard traqué car il venait d'apercevoir une mouche sur la tapisserie, une de ces atroces grosses bleues métalliques qui l'effrayaient. Il s'approcha du mur avec précaution, constata que ce n'était qu'une tache. Rassuré, il sourit à cette femme, croisa les bras, esquissa un pas de danse, lui sourit encore, soudain inexprimablement heureux.

— Voulez-vous que je vous montre comme je sais bien jongler ? Je peux jongler avec six objets différents, ce qui est difficile à cause des inégalités de poids et de volume. Par exemple, une banane, une prune, une pêche, une orange, une pomme, un ananas. Voulez-vous que je sonne le maître d'hôtel pour qu'il apporte des fruits ? Non ? Dommage.

Il alla à travers la pièce, svelte et les cheveux désordonnés, l'air faussement distrait, soignant son charme, extravagant avec sa brimbalante cravate de commandeur. Revenu vers elle, il lui offrit une cigarette qu'elle refusa, puis des fondants au chocolat qu'elle refusa aussi. Il eut un geste de résignation et parla de nouveau.

— Moi aussi je me raconte des histoires dans le bain. Ce matin, je me suis raconté mon enterrement, c'était agréable. A cet enterrement sont venus des chatons en rubans roses, deux écureuils bras dessus bras dessous, un caniche noir avec un col de dentelle, des canetons en manchons, des brebis avec des chapeaux bergère, des chevrettes en crêpe georgette, des colombes bleu pastel, un petit âne en larmes, une girafe en costume de bain 1880, un lionceau pattu qui croque un cœur de salade pour montrer qu'il a bon cœur, un bœuf musqué qui répand une gaieté franche et de bon aloi, un petit rhinocéros myope, tellement mignon avec ses lunettes en écaille et sa corne peinte en or, un bébé hippopotame avec un tablier en toile cirée pour ne pas se salir quand il mange, mais il ne finit jamais sa soupe. Il y a aussi sept petits chiens très copains en habits du dimanche, fiers de leurs blouses marinières et de leurs sifflets retenus par une tresse, ils boivent des sirops de framboise avec une paille, puis ils mettent une patte devant leur bouche pour bâiller parce qu'on s'embête à cet enterrement. Le plus petit chien en escarpins est habillé en petite fille modèle avec un pantalon de dentelle qui dépasse, et il saute à la corde pour se faire admirer par sa maman qui cause honorablement avec une demoiselle sauterelle aux yeux froids pensant à l'eau d'un étang. Cette sauterelle est très religieuse, elle adore les couronnements des reines et leurs accouchements. Tout en sautant, le mignon petit chien récite à toute allure essoufflée un petit poème pour être félicité. Quand il a fini, il s'accroche à la jupe de sa maman et il la regarde

avec passion, attendant un baiser et des compliments, mais
elle lui répond en anglais qu'elle est occupée, Mother is busy
dear, et elle ne le regarde même pas tant elle écoute les médisances de la tricotante sauterelle, alors le petit chien se remet à
sauter et redit son poème cependant que, tout près de lui et
mourant de jalousie, un petit tatou improvise à son tour un
poème pour sa tante. A mon enterrement il y a aussi, bien sûr,
des nez juifs qui circulent sur de petites pattes, une naine Nanine
qui fait des entrechats, entourée de sept petits chats, un lapin
célibataire qui récite une prière, un faon infant mélancolique,
des poussins en satin avec des hauts-de-forme trop petits, qui
discutent debout dans un autocar miniature, c'est la bande des
rabbins, le poussin le plus saint en triple satin servant de grand
rabbin. Je continue ?

— Oui, dit-elle sans le regarder.

— Il y a encore un pékinois qui pour se faire respecter dit de
temps en temps Il est incontestable ou encore Je présume, et
puis il y a un castor qui creuse le trou pour mon cœur, mon cœur
coupable d'ardeur, et puis il y a un koala en chapeau tyrolien
qui lit mon oraison funèbre et s'embrouille, et puis il y a ma
petite chatte Timie en voiles de veuve qui se mouche de chagrin
coquin, mais ses voiles se prennent aux piquants d'un hérisson
très sérieux que je connus dans le canton de Vaud et qui pleure
sincèrement tandis que ma petite chatte débarrassée de ses
voiles s'est installée sur une tombe herbue et fait studieusement
sa toilette au soleil, s'arrêtant subitement pour contempler des
poneys nains emplumés enturbannés qui, pour solennellement
célébrer, croient devoir gratter la terre avec leurs sabots de
devant puis se dresser sur leurs sabots d'arrière. Il y a encore un
petit singe en toque de velours qui joue une polka sur un accordéon pour faire l'orgue cependant qu'un chaton fou, ne comprenant rien à ce qui se passe, fait le cheval arabe pour être
admiré, est un cheval très méchant, charge courageusement
n'importe qui n'importe où, oreilles guerrières, panache au
derrière, et croit être la terreur des canetons qui échangent des
bonbons avec des fous rires. Voilà, c'est le cortège funéraire
de mon cœur qu'on enterre, c'est charmant, ravissant, très réussi.
Maintenant mon cœur est enterré, il n'est plus avec moi. Le
cimetière est désert et tous sont partis, sauf une mouche qui se
savonne les pattes de devant sur ma tombe, d'un air satisfait,
et moi debout, tout vide et pâle. A quoi pensez-vous ?

— Comment est le poème du petit chien ? demanda-t-elle
après l'avoir regardé en silence.

— Petit cien a dit à sa mamette Quand serai grand Ie défendrai le roi Aux pattes un galon d'or En tête du satin Aux dents une pipette Pour tirer des bouffées Et le bon roi dira Trois petits os Trois petits pains Pour le vaillant petit cien. Oui, il a un défaut de prononciation, expliqua-t-il avec sérieux, il ne sait pas dire chien, il dit cien, il ne sait pas dire je, il dit ie.

— Et comment est le poème du petit tatou?

— Titatou a dit à sa tante Tâte tantine sous mon veston Car j'ai mangé une bardoine Et j'ai bien mal jusqu'au menton.

— C'est une chatte pour de vrai, la petite chatte Timie?

— Oui, pour de vrai, mais elle est morte. C'était pour elle que j'avais loué la villa de Bellevue, parce qu'elle n'était pas heureuse ici, au Ritz. Oui, une villa rien que pour elle, pour lui donner des arbres où grimper, où se faire les griffes, une prairie avec de bonnes odeurs de nature, où bondir, où chasser. J'avais fait meubler le salon pour elle avec un canapé, des fauteuils, un tapis persan. Je l'aimais, petite bourgeoise à habitudes et conforts, capitaliste en son fauteuil, mais aussi anarchiste qui détestait obéir quand je lui disais de rester couchée, ange klepto-mane, petite tête sérieuse même quand elle folâtrait, usine à ronrons, petite bonne femme joufflue et foufflue, silencieuse damette aux moustaches, paix et douceur devant le feu, soudain si lointaine et digne, légendaire.

« Timie avec qui je pouvais sans inconvénient être tendre et absurde et adolescent, Timie ma mousseuse, tête soudain plus menue quand ça lui chantait de faire du sentiment, yeux qui se fermaient de complicité tendre, yeux mi-clos extasiés parce que pour la centième fois je lui disais qu'elle était gentille, Timie ébouriffée rêvant au soleil, donnant son petit nez au soleil, trouvant belle la vie, la petite vie sous le soleil, ô ses chers yeux vides. Timie si studieuse lorsqu'elle faisait, soudain inspirée, sa toilette au soleil et qu'elle léchait sa cuissette d'ar-rière relevée avec des gestes de joueur de contrebasse, s'arrêtant subitement pour me regarder avec un intérêt ahuri, cherchant à comprendre, ou pour réfléchir, distraite, petit penseur avachi par le soleil qui tapait. Quand je revenais de chez les hommes, c'était un petit bonheur, loin de ces singes méchants en vestons noirs et pantalons rayés, de la retrouver, si prête à me suivre, à avoir foi en moi, à carder mes genoux, à me faire des grâces avec sa tête impassible qui se frottait contre ma main, petite tête qui ne pensait jamais de mal de moi, ma chérie pas du tout antisémite.

« Elle comprenait plus de vingt mots. Elle comprenait sortir,

325

attention méchant chien, manger, pâtée poisson, bon petit foie, fais gracieuse, dis bonjour — qu'il fallait prononcer dibouzou et alors elle frottait sa tête contre ma main pour me dire bonjour. Elle comprenait mouche, et ce mot s'appliquait à toute la gent ailée, et alors comme ma chasseresse se précipitait à la fenêtre dans l'espoir d'une proie. Elle comprenait vilaine, mais alors elle n'était pas d'accord et protestait. Elle comprenait tiens et viens. Elle ne venait pas toujours, mon indépendante, quand je lui disais viens. Mais comme elle accourait, aimable, empressée, première vendeuse de grand couturier, si je lui disais tiens. Quand je lui disais tu me fais de la peine elle miaulait en tragédienne. Quand je lui disais tout est fini entre nous, elle allait sous le divan et souffrait. Mais je la repêchais avec une canne et je la consolais. Alors elle me donnait un baiser de chat, un seul coup de langue rêche sur la main et on ronronnait ensemble, elle et moi.

« La pauvrette restait seule toute la journée dans la grande villa. Sa seule compagnie était la femme du jardinier qui venait le matin et le soir lui préparer ses repas. Alors, quand elle s'ennuyait trop et se languissait de moi, elle faisait une sottise comme d'entailler à coups de griffes la Bible posée sur la table du salon. C'était une petite opération cabalistique, une incantation, un sortilège pour me faire magiquement surgir, pour évoquer l'ami indispensable. Dans cette petite cervelle, il y avait cette idée : quand je fais quelque chose de mal, Il me gronde et par conséquent Il est là. Ce n'était pas plus absurde que de prier.

« Quand je venais la voir le soir après la sous-bouffonnerie, quels bonds à travers le corridor dès qu'elle entendait la merveille de la clef dans la serrure, et alors c'était une petite scène conjugale. J'ai souffert, disaient ses pathétiques miaulements de contralto, tu me laisses trop seule et ce n'est pas une vie. Alors, j'ouvrais le frigidaire et j'en sortais du foie cru, je le découpais avec des ciseaux et tout allait bien de nouveau. Idylle. J'étais pardonné. La queue vibrante d'impatience et de bonheur, elle fabriquait des ronrons premier choix, frottait sa frimousse contre ma jambe pour me faire savoir combien elle m'aimait et me trouvait charmant de découper du foie. Lorsque le foie était prêt dans la soucoupe, j'aimais ne pas le lui donner tout de suite. Je me promenais à travers le hall et le salon avec des méandres, et elle me suivait partout en grande fête, avec une démarche de marquise, cérémonieusement, enfant modèle et grande maîtresse de la cour, habillée soudain de gala.

son noble panache frémissant et dressé, me suivait à pas mignons feutrés, si empressée en son menuet charmant, légère de convoitise et d'amitié, les yeux levés vers la sainte soucoupe, si fidèle et dévouée et prête à aller au bout du monde avec moi. Mon cher petit faux bonheur, ma chatte.

« Lorsque j'arrivais, si elle était dehors, à l'autre bout de la prairie, dès qu'elle m'apercevait de loin, cette course folle, cette trajectoire de petit bolide le long de la pente, et c'était de l'amour. Arrivée, elle s'arrêtait net devant moi, adoptait une attitude de dignité, faisait lentement le tour de l'ami, majestueuse, si coquette et impassible, le somptueux panache glorieusement dressé de bonheur. Au deuxième tour, elle se rapprochait, incurvait sa queue contre mes bottes, levait les yeux pour me regarder, faisait le gros dos et la charmante puis ouvrait sa petite gueule rose en délicate supplique pour demander sa pâtée.

« Le petit repas terminé, elle allait au salon faire sa sieste, s'installait sur le meilleur fauteuil, le plus griffé, et elle s'endormait, une douce patte velue contre ses yeux fermés pour mieux les protéger de la lumière. Mais soudain les oreilles de Timie endormie se dressaient, se dirigeaient vers la fenêtre et quelque bruit important du dehors. Alors, elle se levait, passant brusquement du sommeil à une attention passionnée, effrayante et belle, concentrée vers le bruit captivant, puis s'élançait. Sur le rebord de la fenêtre, devant les barreaux, elle restait un moment figée, pathétique d'intérêt, les yeux fixés sur une proie invisible, poussant de légers appels de désir félin, saccadés, plaintifs. Enfin, après les ondulations préparatoires et les déhanchements de prise d'élan, elle bondissait à travers les barreaux. Elle était en chasse.

« Elle aimait dormir avec moi. C'était un de ses buts de vie. De la terrasse, où elle prenait un bain de soleil ou guettait un moineau avec de petits rictus de convoitise, dès qu'elle m'entendait m'étendre sur le canapé du salon, elle bondissait, entrait par la fenêtre ouverte, et ses griffes faisaient un petit bruit de grêle sur le parquet. Elle s'élançait sur ma poitrine, la foulait soigneusement de ses pattes alternées, pour bien préparer sa place. Lorsqu'elle avait terminé sa petite danse rituelle de pétrissage, née peut-être dans la forêt préhistorique où ses ancêtres étalaient un lit de feuilles sèches avant d'entrer dans le sommeil, elle s'étendait sur ma poitrine, s'installait, soudain longue et princière, parfaitement heureuse, et le petit moteur de sa gorge se mettait en marche, d'abord en première, puis en prise directe, et c'était le bonheur de la sieste ensemble. Elle mettait sa patte sur ma main pour bien savoir que j'étais là, et quand je lui disais qu'elle était gentille, elle enfonçait un peu ses griffes dans ma main sans me faire mal, juste ce qu'il fallait pour me remercier, pour me montrer qu'elle avait compris, pour me dire qu'on s'entendait bien, nous deux, qu'on était amis. Voilà, c'est fini, je ne séduis plus.

— Eh bien, ne séduisez plus, mais dites les autres manèges. Faites comme si j'étais un homme.

— Un homme, répéta-t-il, soudain émerveillé. Oui, un jeune cousin à moi, très beau, qui sera venu me demander comment tournebouler son idiote! Nathan, il s'appellera. Entre hommes, ce sera agréable. Allons, commençons. Où en étais-je?

— La cruauté.

— La cruauté, donc. Oui, mon Nathan, je te comprends. Tu l'aimes et tu veux qu'elle t'aime, et tu ne peux tout de même pas aimer un chien parce qu'il vaut mieux qu'elle! Eh bien alors séduis, fais ton odieux travail de technique et perds ton âme. Force-toi à l'habileté, à la méchanceté. Elle t'aimera, et mille fois plus que si tu étais un bon petit Deume. Si tu veux connaître leur grand amour, paie le sale prix, remue le fumier des merveilles.

« Mais attention, Nathan, pas de zèle au début, avant l'entrée du cobaye en passion. Tu n'es pas encore enraciné et des méchancetés trop marquées la repousseraient. Il leur reste un peu de bon sens au début. Par conséquent, du tact et de la mesure. Se borner à lui faire sentir que tu es capable d'être cruel. Cette capacité tu la lui feras sentir, entre deux courtoisies, par un regard trop insistant, par le fameux sourire cruel, par des ironies brusques et brèves, ou par quelque insolence mineure comme de lui dire que son nez brille. Elle sera indignée, mais son tréfonds aimera. Lamentable de devoir lui déplaire pour lui plaire. Ou encore un masque subitement impassible, des airs absents, une surdité soudaine. Ne pas répondre par distraction feinte à une question qu'elle te pose la désarçonne mais ne lui déplaît pas. C'est une gifle immatérielle, une ébauche de cruauté, un petit plain-pied sexuel, une indifférence de mâle. De plus, ton inattention augmentera son désir de captiver ton attention, de t'intéresser, de te plaire, la remplira d'un sentiment confus de respect. Elle se dira, non, pas se dira, mais vaguement sentira, que tu es habitué à ne pas trop écouter toutes ces femmes qui t'assaillent, et tu seras intéressant. Il est parfait de courtoisie, pensera-t-elle, mais il pourrait être méchant s'il le

328

voulait. Et elle savourera. Ce n'est pas moi qui les ai faites. Affreux, cet attrait de la cruauté, promesse de force. Qui est cruel est sexuellement doué, capable de faire souffrir, mais aussi de donner certaines joies, pense le tréfonds. Un seigneur quelque peu infernal les attire, un sourire dangereux les trouble. Elles adorent l'air démoniaque. Le diable leur est charmant. Affreux, ce prestige du méchant.

« Donc, pendant le processus de séduction, prudence et y aller doucement. Par contre, dès qu'elle sera ferrée, tu pourras y aller. Après le premier acte, curieusement dénommé d'amour, il sera même bon, à condition qu'il ait été réussi et approuvé avec enthousiasme par la balbutiante pauvrette, il sera même bon que tu lui annonces qu'elle souffrira avec toi. Encore transpirante, et contre toi collante, elle te répondra alors que peu lui importe, que la souffrance avec toi ce sera encore du bonheur. Pourvu que tu m'aimes, murmurera-t-elle, ses yeux sincères tournés vers toi. Elles acceptent courageusement la souffrance, surtout avant d'y être.

« Lorsqu'elle est entrée en pleine passion, donc cruautés ouvertes. Mais dose-les. Sois cruel avec maîtrise. Le sel est excellent, mais pas trop n'en faut. Par conséquent, alternances de duretés et de douceurs, sans oublier les obligatoires ébats. Le cocktail passion. Être l'ennemi bien-aimé, saupoudrer de méchancetés de temps à autre pour qu'elle puisse vivre sur le pied d'amour, être toujours inquiète, se demander quelle catastrophe l'attend, souffrir, et notamment de jalousie, espérer, attendre les réconciliations, déguster les tendresses inattendues. En résumé, qu'elle ne s'embête jamais. Sans compter que les réconciliations donnent de la saveur aux jonctions. Après une froideur ou une vacherie, si tu lui souris, la malheureuse escroquée fond de gratitude et elle court vite raconter à son amie intime toutes sortes de merveilles sur toi et comme quoi tu es si bon, au fond. D'un méchant, elles s'arrangent toujours pour dire qu'au fond il est bon. Elles le remercient de sa méchanceté en le couronnant de bonté.

« Et voilà, pour qu'elle continue à t'aimer de passion tu seras condamné à te surveiller sans cesse et notamment à toujours arriver en retard aux rendez-vous, afin qu'elle frétille sur le gril. Ou même, de temps à autre, alors qu'elle t'attend, toute prête et minutieusement lessivée, et qu'elle ne bouge pas de peur de s'abîmer, tu devras lui téléphoner au dernier moment que tu es empêché de venir, alors que tu meurs d'envie de la voir. Ou mieux encore, ne lui téléphone même pas et n'y va pas. Alors elle cuit et se désespère. A quoi bon ce shampooing et cette mise en plis si réussie puisque le cher méchant n'est pas venu, à quoi bon cette nouvelle robe qui lui va si bien ? Elle pleure, la pauvrette, et elle se mouche à grandes explosions, étant seule, se mouche et se remouche dans un tas de petits mouchoirs, se tamponne les paupières enflées par les larmes et travaille de la cervelle et fabrique une nouvelle hypothèse à chaque mouchoir. Mais pourquoi n'est-il pas venu ? Est-il malade ? M'aime-t-il moins ? Est-il chez cette femme ? Oh, elle est habile, elle le flatte ! Et puis naturellement, avec toutes les robes haute couture qu'elle peut s'offrir ! Oh, il est sûrement chez elle ! Et lui qui hier encore me disait... Oh, ce n'est pas juste, moi qui lui ai tout sacrifié ! Et caetera, tout leur petit poème cardiaque. Et le lendemain, elle sanglote sur ton épaule et elle te dit Mon méchant chéri, j'ai pleuré toute la nuit. Oh, ne me quitte pas, je ne peux plus sans toi. Voilà, voilà le sale travail auquel elle t'obligera si tu veux une passion absolue !

« Et attention, Nathan, lorsque tu la verras ainsi humide et croulée, garde-toi de te laisser aller à ton naturel de bonté. Ne renonce jamais aux cruautés qui vivifient la passion et lui redonnent du lustre. Elle te les reprochera mais elle t'aimera. Si par malheur tu commettais la gaffe de ne plus être méchant, elle ne t'en ferait pas grief, mais elle commencerait à t'aimer moins. Primo, parce que tu perdrais de ton charme. Secundo, parce qu'elle s'embêterait avec toi, tout comme avec un mari. Tandis qu'avec un cher méchant on ne bâille jamais, on le surveille pour voir s'il y a une accalmie, on se fait belle pour trouver grâce, on le regarde avec des yeux implorants, on espère que demain il sera gentil. Bref, on souffre, c'est intéressant.

« Et en effet, le lendemain il est exquis, et c'est un paradis qu'on apprécie, qui vaut à tout moment et dans lequel ne poussent pas les pâles fleurs d'ennui parce qu'on craint à tout moment de le voir disparaître, ce paradis. Bref, une vie variée, tourmentée. Bourrasques, cyclones, bonaces soudaines, arcs-en-ciel. Qu'elle ait des joies, bien sûr, mais moins souvent que des souffrances. Voilà, c'est ainsi qu'on fabrique un amour religieux.

« Le terrible, ô mon Nathan, c'est que cet amour religieux, ainsi acheté au sale prix, est la merveille du monde. Mais c'est faire un pacte avec le diable, car il perd son âme, celui qui veut être religieusement aimé. Elles m'ont obligé à feindre la méchanceté, je ne le leur pardonnerai jamais ! Mais que faire ? J'avais besoin d'elles, si belles quand elles dorment, besoin de leur odeur de petit pain au lait quand elles dorment, besoin de leurs

330

adorables gestes de pédéraste, besoin de leurs pudeurs, si vite suivies d'étonnantes docilités dans la pénombre des nuits, car rien ne les surprend ni ne les effraie qui soit service d'amour. Besoin de son regard lorsque j'arrive et qu'elle m'attend, émouvante sur le seuil et sous les roses. O nuit, ô bonheur, ô merveille de son baiser sur ma main! (Il se baisa la main, regarda cette femme qui le considérait, lui sourit de toute âme.) Et plus encore et surtout, ô pain des anges, besoin de cette géniale tendresse qu'elles ne donnent qu'entrées en passion, cette passion qu'elles ne donnent qu'aux méchants. Donc, cruauté pour acheter passion et passion pour acheter tendresse!

Il jongla avec un poignard damasquiné, don de Michaël, le remit sur la table auprès des roses, regarda la jeune femme, fut ému de pitié. Éclatante de jeune force, somptueuse en sa double proue, et pourtant immobile bientôt sous terre, et elle ne participerait plus aux joies du printemps, aux premières fleurs écloses, aux tumultes des oiseaux dans les arbres, ne participerait plus, rigide et solitaire en sa caisse étouffante, avec si peu d'air dans cette caisse dont le bois existait déjà, existait quelque part. Chérie, ma condamnée, murmura-t-il. Il ouvrit un tiroir, en sortit un beau petit ourson de velours, chaussé de bottes à éperons et coiffé d'un chapeau mexicain, avec une belle expression de mélancolie. Il le lui tendit. Elle fit signe que non, ajouta un merci imperceptible.

— Dommage, dit-il, c'était de bon cœur. Sixième manège, la vulnérabilité. Oui, bien sûr, Nathan, sois viril et cruel, mais si tu veux être aimé à la perfection, tu dois en outre faire surgir en elle la maternité. Il faut que sous ta force elle découvre une once de faiblesse. Sous le haut gaillard, elles adorent trouver l'enfant. Quelque fragilité par moments — pas trop n'en faut, non plus — leur plaît énormément, les attendrit follement. Bref, neuf dixièmes de gorille et un dixième d'orphelin leur font tourner la tête.

« Septième manège, le mépris d'avance. Il doit être témoigné au plus tôt mais point en paroles. Elles sont très susceptibles en matière de vocabulaire, surtout au début. Mais le mépris dans une certaine intonation, dans un certain sourire, elles le sentent tout de suite, et il leur plaît, il les trouble. Leur tréfonds se dit que celui-ci méprise parce qu'il est habitué à être aimé, à tenir pour rien les femmes. Donc, un maître qui les tombe toutes. Eh bien, moi aussi, je veux être tombée! réclame leur tréfonds. Le chien que je séduirai dès demain, on sortira ensemble tous les jours. Il sera si content de se promener avec moi, allant devant, mais se retournant tout le temps pour me regarder, pour être sûr que ce trésor que je suis est toujours là, et tout à coup il arrivera à fond de train, il sautera contre moi avec ses pattes de devant et me salira si gentiment. Quelle femme ferait cela ?

« Huitième manège, les égards et les compliments. Si leur inconscient aime le mépris, leur conscient par contre veut des égards. Ce manège est à utiliser surtout au début. Plus tard tu pourras t'en passer. Mais pendant la séduction, elle adorera être exaltée par celui qui méprise toutes les autres, exultera d'être la seule à trouver grâce. Au mépris sous-jacent tu ajouteras donc l'admiration en paroles, de manière qu'elle se dise voilà enfin celui qui me comprend ! Car elles adorent être comprises, sans trop savoir d'ailleurs en quoi cela consiste. Interroge-la lorsqu'elle te sortira, avec une noble tristesse, la fameuse phrase sur le mari qui ne la comprend pas. Tâche de voir ce qu'elle entend par être comprise, et tu seras effaré par la bouillie de la réponse.

« Donc, au début, compliments massifs. Et ne crains pas d'y aller à fond. Elles avalent tout. Le recours à la vanité est un bon hameçon. Vaniteuses ? Oui, mais surtout si peu sûres d'elles. Elles ont tellement besoin d'être rassurées. Parce que le matin, dans la glace, elles se découvrent un tas d'imperfections, les cheveux ternes et trop secs, les pellicules ennemies, les pores trop ouverts, les orteils pas beaux, surtout le dernier, le bossu, le petit infirme avec un ongle de rien du tout. Alors, tu te rends compte du service que tu lui rends en faisant d'elle une déesse ? Jamais sûres d'elles-mêmes. C'est pourquoi leur besoin maladif de robes nouvelles qui les feront neuves et de nouveau désirables. Oh, les pauvres ongles trop longs et vernis, leurs crétins sourcils épilés, leur obéissance abrutie aux lois de la mode. Dites-leur que cette année la mode c'est une jupe avec un grand trou au bas du dos, et elles courront se mettre des jupes trouées révélant leurs orbes nus. Complimente donc tout, même l'absurde. bibi catastrophé qu'elle se colle, condamnation éternelle au-dessus de sa tête. Autant qu'une nouvelle robe, les compliments lui sont oxygène, elle respire largement et refleurit. Bref, sois le donneur de foi, et elle ne pourra plus se passer de toi, même si tu n'as pas réussi à la séduire complètement, le premier soir. Elle pensera à toi tous les matins au réveil, se redira tes louanges tout en bouclant sa toison, ce qui semble exciter son pouvoir de concentration. Par parenthèse, ne crains pas d'être scabreux de temps à autre. Cela abaisse les barrières. Une fois qu'elle sait que tu sais qu'elle a

332

une toison secrète, que cette toison tu l'imagines, blonde ou châtaine ou brune, elle a moins de défense.

« Neuvième manège, proche du septième, la sexualité indirecte. Dès la première rencontre, qu'elle te sente un mâle devant la femelle. Entre autres, par des viols si mineurs qu'elle ne pourra se rebiffer et qui, d'ailleurs, les convenances étant sauves, ne lui déplairont pas. Par exemple, entre deux phrases déférentes, un tutoiement comme par mégarde, dont tu t'excuseras aussitôt. Et surtout, la regarder bien en face avec un certain mépris, une certaine bonté, un certain désir, une certaine indifférence, une certaine cruauté — c'est un bon mélange et pas cher. Bref, l'odieux regard filtré, le regard d'emprise, ironique et calme, légèrement amusé et irrespectueux cependant qu'avec respect tu lui parles, un regard de familiarité secrète. Hosanna, s'exclame alors son inconscient, celui-ci est un vrai Don Juan! Il ne me respecte pas! Il sait y faire! Alléluia, je suis délicieusement troublée et ne puis lui résister! Tu vois combien de contradictions. Fort mais vulnérable, méprisant mais complimenteur, respectueux mais sexuel. Et chaque manège lustre son contraire et en accroît l'attrait.

« Encore ceci, Nathan. Ne crains pas de considérer avec attention ses seins. Si rien n'est dit, cela va. Elle devinera ton désir et ne t'en voudra nullement. Seuls les mots offensent. En toi-même donc tandis que de quelque convenable sujet vous causerez, muettement tu lui diras le cantique de ton désir.

« Oui, un cantique en tes yeux, cantique des seins. O seins de terrible présence, féminines deux gloires, hautes abondances, bouleversants étrangers devant toi intouchés, présents et défendus, cruellement montrés, trop montrés et point assez montrés, angéliques bombes, doux reposoirs dressés en leur étrange pouvoir, désirable récolte, tourmentantes merveilles et jeunes fiertés, l'une à droite et l'autre à gauche, ô tes deux souffrances, ô les fruits tendus de complaisante sœur, ô les deux lourds de ta main si proches.

« Ainsi lui diront tes yeux, Nathan. Par pitié qu'elle les sorte, diront tes yeux, qu'elle les sorte puisqu'elle te les montre sans les montrer et si mal les cache, si mal exprès. O la cruelle qui trop largement respire, car alors ils saillent, prospères et à point, ô la maudite et bien-aimée. Oh, qu'elle les sorte, car tu veux vivre avant de mourir, les sorte enfin et te les tende avec leurs pointes, sublimes surgis et libérés, et que tu les manies enfin et en connaisses le poids et la bénédiction. De grâce, diront tes yeux, qu'elle écarte cette étoffe, hypocrite étoffe qui les recou-

333

vre mais les révèle, fameusement armés et présomptueux, et qu'elle te les montre au moins, te les montre une bonne fois, honnêtement te les montre et assez de ces étoffes qui invitent et interdisent et rendent fou. Assez, et que cessent ces feintes. Ces arbres et ce lac que tu vois y seront encore lorsque le pâle huissier de la mort dans ses bras t'emportera, dans ses bras à jamais vers l'humide royaume des étouffements. Donc, vite ses lèvres, diront tes yeux, et toute la toucher, et sur elle t'étendre et la connaître, et en elle vivre et merveilleusement mourir, et sur ses lèvres en même temps mourir.

« Seul au monde, Nathan, privé de semblables, Nathan, elle t'est due, noble et de jeunesse ensoleillée, ô son ventre plat et même délicieusement creusé au-dessus du nombril, j'en fais serment! O belle et femme, ô jeune et concave en son ventre, ô délicieuses jambes, ô longues et suaves, ô puissance féminine, ô solides cuisses présentes sous la robe insupportable une fois de plus tirée, vraiment c'est une manie, ô florissantes hanches, ô torturantes courbes, ô giron existant, doux refuge, ô ses longs cils recourbés, ô sa soumission alanguie bientôt. Oui, bien-aimée, tes yeux lui diront, oui, je te veux et ne suis que ce vouloir, tout tendu vers toi et ton secret, ton secret présent sous ta robe, existant sous ta robe.

« Voilà ce que tes yeux lui diront, et bien davantage, cependant que de Bach honnêtement vous parlerez. Et si tu danses avec elle, ne crains pas de rendre un silencieux hommage à sa beauté. Il ne les offense jamais si les paroles restent déférentes. Ainsi dit Michaël. D'ailleurs, les meilleures s'arrangent pour ne pas trop savoir ce qui s'est passé. La danse finie, Bach de nouveau.

Sonnerie du téléphone. Il décrocha l'appareil, le mit contre sa tempe à la manière d'un revolver, puis contre son oreille.

— Bonsoir, Elizabeth. Danser avec vous? Pourquoi pas, Elizabeth? Attendez-moi au Donon. Non, je ne suis pas seul. La jeune femme dont je vous ai parlé, celle que vous avez connue à Oxford. Mais non, vous savez bien qu'il n'y a que toi. A tout à l'heure.

Il raccrocha, se tourna vers elle.

— Sache, ô cousin chéri, que le dixième manège est justement la mise en concurrence. Panurgise-la donc sans tarder, dès le premier soir. Arrange-toi pour lui faire savoir, primo que tu es aimé par une autre, terrifiante de beauté, et secundo que tu as été sur le point d'aimer cette autre, mais que tu l'as rencontrée, elle, l'unique, l'idiote de grande merveille, ce qui est peut-être vrai, d'ailleurs. Alors, ton affaire sera en bonne voie avec l'idiote, kleptomane comme toutes ses pareilles.

« Et maintenant elle est mûre pour le dernier manège, la déclaration. Tous les clichés que tu voudras, mais veille à ta voix et à sa chaleur. Un timbre grave est utile. Naturellement lui faire sentir qu'elle gâche sa vie avec son araignon officiel, que cette existence est indigne d'elle, et tu la verras alors faire le soupir du genre martyre. C'est un soupir spécial, par les narines, et qui signifie ah si vous saviez tout ce que j'ai enduré avec cet homme, mais je n'en dis rien car je suis distinguée et d'infinie discrétion. Tu lui diras naturellement qu'elle est la seule et l'unique, elles y tiennent aussi, que ses yeux sont ouvertures sur le divin, elle n'y comprendra goutte mais trouvera si beau qu'elle fermera lesdites ouvertures et sentira qu'avec toi ce sera une vie constamment déconjugalisée. Pour faire bon poids, dis-lui aussi qu'elle est odeur de lilas et douceur de la nuit et chant de la pluie dans le jardin. Du parfum fort et bon marché. Tu la verras plus émue que devant un vieux lui parlant avec sincérité. Toute la ferblanterie, elles avalent tout pourvu que voix violoncellante. Vas-y avec violence afin qu'elle sente qu'avec toi ce sera un paradis de charnelleries perpétuelles, ce qu'elles appellent vivre intensément. Et n'oublie pas de parler de départ ivre vers la mer, elles adorent ça. Départ ivre vers la mer, retiens bien ces cinq mots. Leur effet est miraculeux. Tu verras alors frémir la pauvrette. Choisir pays chaud, luxuriances, soleil, bref association d'idées avec rapports physiques réussis et vie de luxe. Partir est le maître mot, partir est leur vice. Dès que tu lui parles de départ, elle ferme les yeux et elle ouvre la bouche. Elle est cuite et tu peux la manger à la sauce tristesse. C'est fini. Voici la nomination de votre mari. Aimez-le, donnez-lui de beaux enfants. Adieu, madame.

— Adieu, murmura-t-elle, et elle resta immobile.

— Le pauvre discours du vieillard, vous rappelez-vous ? O chants dans l'auto qui vers elle me mènera, vers elle qui m'attendra, vers les longs cils étoilés, ô son regard lorsque j'arriverai, elle sur le seuil m'attendant, élancée et de blanc vêtue, prête et belle pour moi, prête et craignant d'abîmer sa beauté si je tarde, et allant voir sa beauté dans la glace, voir si sa beauté est toujours là et parfaite, puis revenant sur le seuil et m'attendant en amour, émouvante sur le seuil et sous les roses, ô tendre nuit, ô jeunesse revenue, ô merveille lorsque je serai devant elle, ô son regard, ô notre amour, et elle s'inclinera sur ma main, ô merveille de son baiser sur ma main, et elle relèvera la tête et nos regards s'aimeront et nous sourirons de tant nous aimer, toi et moi, et gloire à Dieu.

— Gloire à Dieu, dit-elle.

Et voici, elle s'inclina et ses lèvres se posèrent sur la main de son seigneur, et elle leva les yeux, le contempla, vierge devenue, saintement contempla le visage d'or et de nuit, un tel soleil. Un sourire égaré aux lèvres tremblantes, il considéra sa main baisée, la porta à ses yeux. Que faire pour lui prouver ? Le poignard de Michaël, et s'en percer, et jurer par le sang qui coulerait ? Mais alors le smoking serait souillé, et c'était son plus beau, et il devrait la laisser pour aller se changer. Tant pis, pas de poignard, et avec elle toujours, toujours, et gloire à Dieu, gloire à Dieu.

Elle le contemplait, mais elle n'osait parler, craignait de ternir une majesté, et puis sa voix serait enrouée peut-être. Croyante et jeune, elle contemplait gravement son seigneur, éperdument le contemplait, respirait avec peine, glacée, tremblante d'amoureuse frayeur, un mal de bonheur aux lèvres.

De la salle de bal montèrent des appels, guitares hawaïennes lâchant à regret leurs longs sanglots purs, sanglots venus du cœur, doux sanglots étirés, liquides tueurs d'âme, infinis sanglots des adieux. Alors, il la prit par la main et ils sortirent, lentement descendirent. O grave marche.

# XXXVI

Solennels parmi les couples sans amour, ils dansaient, d'eux seuls préoccupés, goûtaient l'un à l'autre, soigneux, profonds, perdus. Béate d'être tenue et guidée, elle ignorait le monde, écoutait le bonheur dans ses veines, parfois s'admirant dans les hautes glaces des murs, élégante, émouvante, exceptionnelle, femme aimée, parfois reculant la tête pour mieux le voir qui lui murmurait des merveilles point toujours comprises, car elle le regardait trop, mais toujours de toute âme approuvées, qui lui murmurait qu'ils étaient amoureux, et elle avait alors un impalpable rire tremblé, voilà, oui, c'était cela, amoureux, et il lui murmurait qu'il se mourait de baiser et bénir les longs cils recourbés, mais non pas ici, plus tard, lorsqu'ils seraient seuls, et alors elle murmurait qu'ils avaient toute la vie, et soudain elle avait peur de lui avoir déplu, trop sûre d'elle, mais non, ô bonheur, il lui souriait et contre lui la gardait et murmurait que tous les soirs, oui, tous les soirs ils se verraient. Secoué dans son wagon-lit, il se reprochait d'avoir été une brute, une brute de l'avoir traitée de méchante. Après tout, si elle n'avait pas de sympathie pour le boss, elle n'y pouvait rien, pas de sa faute quoi. Elle avait du bon, allez. L'autre jour, chez le tailleur, elle l'avait si gentiment aidé à choisir le tissu, elle s'y était vraiment intéressée. Elle dormait sûrement en ce moment, si mignonne quand elle dormait. Dors bien, ma chérie, lui dit-il en sa couche remuante, et il lui sourit, ferma les yeux pour dormir avec elle. L'orchestre tzigane stoppa, et ils s'arrêtèrent sans se détacher tandis que les ordinaires, aussitôt séparés, battaient des mains, battaient en vain. Mais sur un regard de Solal, Imre, le premier violon marqué de variole, cligna un sourire complice, essuya ses sueurs et attaqua avec grandeur

337

tandis que les deux étranges, observés par les assis, repartaient en gravité d'amour, bientôt suivis par Imre fioriturant à grands effets de manches flottantes et tenant entre ses dents le billet de banque donné par Solal. Traînant derrière elle des serpentins lancés, lentes algues de toutes couleurs, elle détachait parfois sa main pour rajuster sa coiffure et n'y parvenait pas, oh tant pis, et puis son nez brillait peut-être, oh tant pis puisqu'elle était sa belle, puisqu'il le lui disait. La belle du seigneur, se disait-elle, souriant aux anges. Mais il ne parvenait pas à s'endormir et il se demandait si elle avait pensé à fermer le compteur du gaz. L'embêtant, c'était qu'elle allait être toute seule dans la villa, rien qu'avec une femme de ménage le matin, puisque Mariette ne reprendrait son service que dans un mois à peu près, et il n'y avait pas que le compteur du gaz, il y avait les verrous de la porte d'entrée qu'elle oublierait sûrement de pousser le soir avant de se coucher, et puis ses vitamines du matin, elle ne penserait sûrement pas à les prendre, ah que de soucis. Joue contre joue, elle et lui, secrets, lentement virant. O elle, murmurait-il, elle, tous les charmes, alpiniste de l'Himalaya en béret écossais, reine des bêtes de porcelaine, ô son sourire de demeurée lorsqu'elle était seule, ô ses allées et venues dans sa chambre, la pointe des pieds en dedans pour s'humilier, comme lui de ses ridicules jouissant, céleste grimacière et bouffon d'elle-même, rêvassière dans son bain, amie de la chouette et protectrice du crapaud, elle, sa folle sœur. Sa joue contre l'épaule de son seigneur, elle lui demandait de dire encore, les yeux fermés, bienheureuse d'être connue, mieux que d'elle-même connue, moquée et louangée par ce frère de l'âme, le seul au monde qui la connaissait, et c'était cela l'amour adorable, l'amour d'un homme, et Varvara ce n'était rien, plus rien, pauvretés évanouies. Rejetant la tête en arrière, elle s'aperçut qu'il avait des yeux bleus et verts, piqués de points d'or, si lumineux dans le visage hâlé, des yeux de la mer et du soleil, et elle se pressa contre lui, reconnaissante de ces yeux. En mission officielle, nom de Dieu, avec les indemnités afférentes, nom de Dieu, y compris les indemnités de climat, nom de Dieu, et tout à l'heure hôtel George V, nom de Dieu, standing de diplomate, nom de Dieu. Dès l'arrivée à Paris, lui téléphoner pour les recommandations, compteur du gaz, verrous, volets, vitamines et caetera. Non, pas dès l'arrivée, il risquerait de la réveiller. A onze heures seulement, d'accord, et puis confirmer par lettre toutes les recommandations. Sur une feuille séparée, lui faire un tableau des choses à ne pas oublier, avec numéros et soulignages en rouge, un tableau qu'elle accrocherait dans sa chambre. Ou bien lui conseiller d'aller dans un hôtel chic jusqu'à l'arrivée de Mariette, le Ritz par exemple, tant pis pour la dépense, comme ça pas seule dans la villa, pas de risque d'oubli des verrous. Non, pas le Ritz, elle risquerait d'y rencontrer le boss, elle ne l'avait pas à la bonne, elle serait capable de ne pas le saluer. Murmures de leur amour en cette danse. Oui, tous les soirs de leur vie, approuvait-elle, et elle souriait au délice de se préparer pour lui tous les soirs, en chantant se préparer et se faire belle pour lui, ô prodige de tous les soirs l'attendre sur le seuil et sous les roses, en robe exquise et nouvelle l'attendre, et tous les soirs baiser sa main lorsqu'il arriverait, si grand et de blanc vêtu. Belle, lui disait-il, redoutable de beauté, lui disait-il, solaire auréolée aux yeux de brume, lui disait-il, et contre lui il la serrait, et elle fermait les yeux, ridicule, pleine de grâce, charmée d'être redoutable, grisée d'être solaire. Décidément, j'arrive pas à m'endormir, c'est ce gratin, j'en ai trop pris. Le téléphone à onze heures, pas avant, pas risquer de la réveiller. Bonjour chérie, tu as bien dormi ? Soirée très réussie, tu sais. D'abord donc le dîner, caviar et ainsi de suite. Enfin, si tu veux, je te dis le détail. Donc caviar, gratin de langouste Édouard VII, caille confite, gigue de chevreuil chasseresse, crêpes fourrées Ritz, enfin quoi, tout du superfin. Livrée et dans les bras de miracle tournoyante, elle lui demandait à quelle heure il arriverait, le soir. A neuf heures, disait-il, penché pour la respirer, et elle approuvait, ne savait pas qu'elle mourrait. Neuf heures, quelle merveille. A neuf heures, il serait là, tous les soirs de leur vie. Donc un long bain à huit heures et puis vite s'habiller. O tâche charmante de se faire belle pour lui, élégante pour lui. Mais comment, comment était-ce possible, tout à l'heure, lorsqu'elle était arrivée, les deux mots affreux qu'elle lui avait dits, et maintenant, maintenant le seul existant. Lui demander pardon des deux mots affreux ? Non, trop difficile en dansant, pas maintenant, plus tard, et alors lui expliquer. Lui expliquer quoi ? Oh, tant pis, tant pis, le regarder, se noyer dans ses yeux. Du gratin et de la caille j'en ai mangé un peu trop, du chevreuil aussi, et au fond du caviar aussi, mais c'était pour lui montrer que j'appréciais, question courtoisie, tu comprends, et puis ça faisait occupation quand il parlait pas, et puis surtout il y a eu que lui mangeait presque rien, alors ça me faisait mal au cœur de penser que les garçons allaient remporter ces plats à moitié pleins, des plats tellement bien présentés, et puis abondants tu sais, oh là, là, la caille confite, à l'intérieur il y avait une farce toute noire de truffes, tu te rends compte, ça fait que forcément j'ai trop mangé. Graves, ils tournoyaient dans la pénombre soudain bleue, elle tenant contre sa bouche la main de l'inconnu, fière de son audace. Là-haut, lorsque je parlais contre la force et la gorillerie, c'était ma force et ma gorillerie qu'elle admirait, pensa-t-il soudain. Tant pis, tant pis, nous sommes des animaux, mais je l'aime et je suis heureux, pensa-t-il. O merveille de t'aimer, lui dit-il. Quand pour la première fois ? osa-t-elle demander. A la réception brésilienne, murmura-t-il, pour la première fois vue et aussitôt aimée, noble parmi les ignobles apparue, toi et moi et nul autre en la cohue des réussisseurs et des avides d'importances, nous deux seuls exilés, toi seule comme moi et comme moi triste et de mépris ne parlant à personne, seule amie de toi-même, et au premier battement de tes paupières, je t'ai connue, c'était toi, l'inattendue et l'attendue, aussitôt élue en ce soir de destin, élue au premier battement des longs cils recourbés, toi, Boukhara divine, heureuse Samarcande, broderie aux dessins délicats, ô jardin sur l'autre rive. Comme c'est beau, dit-elle. Personne au monde n'a jamais parlé ainsi, dit-elle. Les mêmes mots que le vieux, pensa-t-il, et il lui sourit, et elle adora son sourire. Les mêmes mots, mais le vieux n'avait pas de dents, et tu ne l'entendais pas, pensa-t-il. O dérision, ô misère, mais elle m'aime et je l'aime, et gloire à mes trente-deux osselets, pensa-t-il. Oui, comme je te disais, mal à l'estomac, mais qu'est-ce que tu veux, ça me faisait trop mal au cœur, d'autant qu'au Ritz les notes sont salées, dis donc il a signé la note sans même jeter un coup d'œil, oui parce qu'aux clients attitrés on leur fait signer la note, il doit avoir un compte réglable tous les mois, enfin je suppose, pour la note j'ai pas pu voir le total, il avait le coude devant, mais ça devait être le coup de fusil, d'autant que rien que du cher, un magnum Moët brut impérial rosé, tu te rends compte, ce qu'il y a de mieux, un magnum à peine entamé, et naturellement tout ça compté sur la note, bu ou pas bu, mangé ou pas mangé, et le plus beau c'est les cent dollars de pourboire au maître d'hôtel, naturellement ils sont aux petits soins pour lui, un billet de cent dollars, je te jure, je l'ai vu, de mes yeux vu, one hundred dollars en toutes lettres, j'étais estomaqué, cent dollars, tu te rends compte le gaspillage, c'est vrai qu'avec son traitement, mais quand même, en tout cas ça me fait plaisir de leur avoir bouffé tout leur gratin Édouard VII, enfin presque, des crêpes aussi j'en ai mangé un peu trop, ça fait que ça a été difficile à passer, avec renvois acides, heureusement que j'ai pensé à emporter mon bicarbonate, c'est quand même une bonne idée mes fiches des choses à emporter en voyage, comme ça je suis sûr de rien oublier. Les autres mettent des semaines pour arriver à aimer, et à aimer peu, et il leur faut des entretiens et des goûts communs et des cristallisations. Moi, ce fut le temps d'un battement de paupières. Dis-moi fou, mais crois-moi. Un battement de tes paupières, et tu me regardas sans me voir, et ce fut la gloire et le printemps et le soleil et la mer tiède et ma jeunesse revenue, et le monde était né, et je sus que personne avant toi, ni Adrienne, ni Aude, ni Isolde, ni les autres de ma splendeur et jeunesse, toutes de toi annonciatrices et servantes. Oui, personne avant toi, personne après toi, je le jure sur la sainte Loi que je baise lorsque solennelle à la synagogue devant moi elle passe, d'ors et de velours vêtue, saints commandements de ce Dieu en qui je ne crois pas mais que je révère, follement fier de mon Dieu, Dieu d'Israël, et je frissonne en mes os lorsque j'entends Son nom et Ses paroles. Pour le bicarbonate, j'ai demandé un quart Évian au type du wagon-lit, c'est commode, ces contrôleurs des wagons-lits, on peut se faire servir comme on veut, à n'importe quelle heure de la nuit, tu te rends compte, il y a qu'à sonner, naturellement il y a le pourboire à l'arrivée, mais enfin ça vaut le coup, trois fois j'en ai pris, du bicar, parce que comme aigreurs et renvois acides, c'était du soigné, enfin là n'est pas la question, soirée réussie dès le début, tu sais. A table, conversation animée, moi très à mon aise, Proust, Kafka, Picasso, Vermeer, enfin ça s'est trouvé comme ça, sans le vouloir en quelque sorte, sur Vermeer je peux dire que j'ai brillé, biographie, caractère de l'homme, œuvres principales, avec remarques techniques et indications des musées, il a vu que je m'y connaissais. Assis à leur table doucement illuminée, ils se souriaient, et eux seuls existaient. Elle le regardait, se mourait de suivre du doigt la fastueuse courbe des sourcils, se mourait d'encercler le poignet pour en sentir l'étroitesse, mais non, pas devant ces gens. Elle le regardait et elle l'admirait d'appeler d'un geste impérieux le maître d'hôtel qui accourut, obèse et léger, écouta d'un visage charmé, retira le magnum du seau à glace, l'enveloppa maternellement, fit sauter le bouchon, remplit épiscopalement les deux coupes, puis se retira avec une aimable bienséance, les mains derrière le dos, l'œil vigilant et universel, cependant que, suivi de l'orchestre, Imre attaquait un tango infâme avec des coups de tête vainqueurs et que, l'un après l'autre, les couples s'embarquaient avec des sentiments distingués sur les belles bleues rivières du rêve. Elle le regardait

341

et elle l'admirait de répondre à peine au salut du premier délégué japonais qui évoluait cérémonieusement, avec des précautions, collant soigneusement sa rotule puis son fémur acéré contre la cuisse de sa secrétaire flattée, poétiquement souriante. Elle admirait tout de lui, et même les poignets de lourde soie. Babouineries, pensait-il, mais peu lui importait, il était heureux. La main, demanda-t-il. Noblement asservie, elle la lui tendit, la trouvant soudain si belle. Bougez la main, dit-il. Elle obéit, et il sourit de plaisir. Admirable, elle vivait. Ariane, dit-il, et elle ferma les yeux. Oh, ils étaient intimes maintenant. Et imagine-toi que Waddell dînait aussi au Ritz avec quelqu'un qui avait l'air important, mais je sais pas qui c'était, un grand rouquin, un type de la délégation britannique je pense, à mon retour je demanderai à Kanakis. Très pistonné, Waddell, conseiller spécial naturellement, ne fichant rien comme de juste, spécial quant aux mœurs aussi, si tu vois ce que je veux dire. Très snob, le sieur Waddell, ça a dû lui faire un coup de me voir dînant avec le sous-secrétaire général, et même causant, compère et compagnon. Je te prie de croire qu'avec la tapette qu'il a, tout le monde au Palais sera au courant demain. Le sieur Vévé en sera vert. Ça va me faire des jalousies, of course, mais en même temps une situation morale de premier ordre. Désormais je suis quelqu'un avec qui compter, tu comprends. Il se leva, dit qu'il allait chercher des cadeaux pour elle. Elle eut une moue tendre, lèvres rapprochées et avancées, sa première moue de femme. Revenez vite, dit-elle, et elle le regarda qui s'éloignait cependant qu'à l'orchestre une scie musicale se désespérait avec une voix humaine, voix de douce folle ou sirène abandonnée, le regarda qui s'éloignait, désormais son lot de bonheur sur cette terre. Élue au premier battement des longs cils recourbés, il avait dit. C'est vrai que j'ai de beaux cils, murmura-t-elle. Soudain, elle fronça les sourcils. Quelle robe à cette réception brésilienne ? Ah oui, la longue noire. Elle respira, soulagée. Dieu merci, c'était une des haute couture de Paris. Elle se revit dans cette robe si seyante, sourit. Donc conversation animée à table, et Waddell qui nous regardait tout le temps, il n'en revenait pas, ça lui a coupé le sifflet. Dur à digérer, quoi, hein ? Lui, le boss donc, très chic, grande allure, mais très poli avec moi, me consultant pour le menu et ainsi de suite, c'est fou le charme qu'il a, j'aime bien le voir manier son chapelet, c'est une habitude d'Orient, il paraît. Tu sais, à mon retour je me commanderai un smoking blanc comme lui, ça se fait beaucoup maintenant pour l'été, tu penses bien qu'il est au courant de ce qui se porte. Il posa les cadeaux devant elle. Son chapelet d'émeraudes, ses bagues, le petit ours en chapeau mexicain. Pour vous, dit-il avec un grand sentiment, et si ravi qu'elle éprouva une pitié de maternité. Elle ouvrit son sac, lui tendit le bel étui à cigarettes, or et platine, don de son mari. Je vous le donne, dit-elle. Il l'appuya contre sa joue, lui sourit. Ils étaient heureux, ils s'étaient fait des cadeaux. Après le dessert, on est donc montés chez lui, oh là là, tu aurais dû voir ça, un salon superbe, meubles de style, café servi par le valet personnel, mais faisant chauffeur aussi, d'après Kanakis. Lui s'intéressant à un certain projet littéraire que j'ai, un roman sur Don Juan, j'ai des idées à ce sujet, je t'en parlerai, j'ai trouvé des thèmes épatants sur Don Juan, le mépris d'avance, et puis pourquoi sa rage de séduire, enfin je t'expliquerai, c'est assez complexe, mais je crois nouveau, original. Lui donc m'écoutant avec attention, me posant des questions, enfin bref la grande amitié, atomes crochus quoi, m'appelant par mon prénom et même me tutoyant, tu te rends compte si j'ai fait du bon boulot! C'est pas Vévé qu'il tutoie, c'est le sieur Deume Adrien! Et imagine-toi que ça a été jusqu'à me confier qu'il est amoureux de la femme du premier délégué de l'Inde, il m'a dit ça à mots couverts, mais j'ai deviné d'après certains détails, enfin tu vois l'atmosphère. Entre nous, la chose faisant un peu travail du chapeau, c'est qu'il ne voulait pas séduire sa belle Indienne, moi je l'ai encouragé parce que tu comprends, le délégué indien je m'en contrebalance, il peut le faire cocu tant qu'il voudra. Murmures de leur amour en cette valse écœurante étalant ses traînes. Penché et la respirant, il lui demanda de parler, dit qu'il avait besoin de sa voix. Sortie de sa torpeur de fusion, elle leva vers lui des yeux de douce chienne, vers lui merveilleusement grand, adora les belles dents au-dessus d'elle. Dites quelque chose d'extraordinaire, demanda-t-il. Nous deux, dit-elle, perdue dans les incisives et les canines. Dites encore, demanda-t-il. J'ai les yeux frits, sourit-elle, et elle se serra contre l'inconnu. Et voilà que tout à coup le concierge téléphone pour demander si la belle Indienne peut monter. Alors moi, coup de Trafalgar, je ne fais ni une ni deux, je lui propose d'aller au Palais et de lui préparer illico un résumé du mémo britannique, le mémo, tu sais, je t'en ai parlé, le gros pavé que j'ai pas eu le temps de liquider, vu le surcroît de travail, il me dit que non, qu'il veut pas me forcer à retourner au Palais, que je peux rester, enfin par politesse, tu comprends, alors moi je lui dis carrément je me permettrai de vous désobéir, monsieur. Ça a eu l'air de lui plaire, ma repartie. Encore, demanda-t-il. Partir, nous deux, dit-elle, et elle posa sa tête sur l'épaule du cavalier lentement virant. Où partir? demanda-t-il. Loin, soupira-t-elle. Là où je suis né, voulez-vous? Où il est né, sourit-elle à une bien-heureuse vision. C'est bien, vous avez bien fait de naître. Quand partir, nous deux? demanda-t-elle. Ce matin, dit-il, un avion rien que pour nous, et cet après-midi à Céphalonie, vous et moi. Paupières battantes, elle le regardait, regardait le miracle. Cet après-midi, elle et lui devant la mer, se tenant la main. Elle aspira, sentit la mer et son odeur de vie. Un départ ivre vers la mer, sourit-elle, tournoyante, la tête sur le refuge aimé. Et voilà, je suis parti par la porte de service pour pas la rencontrer, parce que c'est un appartement grand luxe, tu comprends, avec entrée de service, et bref, j'ai filé dare-dare au Palais en taxi, et je lui ai concocté un petit chef-d'œuvre, un résumé extra, plus des commentaires personnels assez formidables, dans le feu de l'inspiration, tu comprends, moi travaillant dur, sentant que je construisais mon avenir, des commentaires très politiques, répercussions, nuances, allusions, et caetera, bref, j'ai saisi l'occasion par les cheveux. Ce coup de Trafalgar, primo parce que je me fais valoir, mes commentaires étant salement bien torchés, secundo, parce que je lui ai rendu un service personnel en le laissant seul avec sa chère et tendre, d'où gratitude et amitié, et tertio, last but not least, faire un travail directement pour une huile sans passer par la voie hiérarchique, ça vous pose, tu comprends, ça fait rapports directs avec la haute di-rection, et Vévé n'a rien à dire, c'est la malice de la chose, tu comprends, oh, il est pas bête, l'ami Adrien, il sait se défendre. Répondant à l'appel du généreux, Imre se dirigea vers leur table, mais sans hâte, en homme libre, avec des arrêts çà et là. Arrivé, il les salua de l'archet puis se remit à improviser pour son propre et privé plaisir, avec des fougues puis de subites paresses grand-ducales et des alanguissements, à la recherche d'un absolu de tendresse, sa joue amoureuse du violon d'où sortait un air moribond de tendresse qu'il écoutait, les yeux sexuellement clos. Réveille-toi, Imre, ne joue plus, dit Solal. Il obéit, sans pouvoir toutefois s'empêcher de pincer un peu les cordes. Imre cher, je t'annonce que j'enlève madame. D'un coup d'archet décidé qui glissa lentement sur les cordes, le tzigane salua la bonne nouvelle, puis s'inclina devant la dame intéressante. Le violon maintenu par le seul menton abaissé, il retroussa avec l'archet ses moustaches roulées au petit fer, demanda quel était le désir de la noble dame. Ta plus belle valse,

dit Solal. Sur ma vie ! dit Imre. L'embêtant, c'est que j'ai pas
pu lui remettre mon petit chef-d'œuvre au Ritz, en main propre,
c'est dommage, ça aurait fait intime, mais naturellement je
pouvais pas le déranger, vu sa chère et tendre, alors mon résumé
et mes commentaires, je les ai mis dans une enveloppe de circulation intérieure, avec mention du destinataire, et bien fermée
avec l'étiquette collante marquée Confidentiel, mais par surcroît de précaution, je l'ai pas mise dans ma boîte des sorties,
Vévé fourrant son nez partout et étant capable d'ouvrir l'enveloppe pour voir ce que j'envoie au boss, malgré le Confidentiel
ou plutôt à cause du Confidentiel, capable aussi de la garder
par-devers lui, ce cochon, jaloux comme il est, alors moi, pas
bête, je suis allé la déposer tranquillement, mine de rien, dans
la boîte des entrées de Saulnier, donc l'huissier personnel du
boss, comme ça ni vu ni connu et assurance qu'elle sera pas
interceptée au passage par le sieur Vévé, légitime défense, quoi.
Commandés par le grave désir, ils tournaient, stellaires. Quels
arbres y avait-il à Céphalonie ? demanda-t-elle, fille de riches,
dégustatrice des beautés de nature. Les yeux ailleurs, il récita
les arbres tant de fois débités aux autres, récita les cyprès, les
orangers, les citronniers, les oliviers, les grenadiers, les cédratiers,
les myrtes, les lentisques. Arrivé au bout de sa science, il
continua, inventa des citronnelliers, des tubas, des circassiers,
des myrobolans et même des paupelliers. Éblouie, elle aspirait
l'odeur vanillée de ces arbres merveilleux. Oui, demain matin
au téléphone lui recommander d'être gentille avec le boss si
jamais elle le rencontre. Écoute, chérie, si les Kanakis t'invitent,
comme c'est plus que probable, puisque maintenant ils nous
doivent un dîner, si jamais le boss est là à dîner, Kanakis
m'ayant dit qu'il a l'intention de l'inviter avec l'ambassadeur
de Grèce, perds pas la boule, le Kanak, dis donc, ne sois pas trop
rébarbative avec le boss, parle-lui un peu, enfin même beaucoup
si tu peux, en tout cas gentiment, tu peux être charmante quand
tu veux, parce que quoi, il a été parfait avec moi, je te garantis
que d'ici un an je suis conseiller. Une veine de cocu, quoi,
sourit-il, et il considéra avec amitié son grain de beauté au-
dessus du nombril, puis se pelotonna dans son étroite couche,
creusant du nez son oreiller et le savourant ainsi que son wagon-
lit gratuit de première classe qui l'emportait vers des bonheurs
officiels. Sur le podium, Imre transpirait et langourait avec
conscience tandis que le deuxième violon sollicitait mécaniquement à petits traits humbles que son supérieur amplifiait avec
superbe, menton relevé aux moments exaltants. Tournoyante,

elle murmurait qu'elle n'aurait pas le temps d'acheter des robes d'été à Genève, et pourtant dans cette île il ferait très chaud, et il faudrait changer de robe au moins deux fois par jour avec un tel seigneur. Les robes des paysannes de Céphalonie vous iront très bien, dit-il. Elle l'admira. Cet homme savait tout, réglait tout si bien. Nous en achèterons trente-six, dit-il. Trente-six robes, ô merveille, cet homme était grand ! Comment sera notre maison ? demanda-t-elle. Blanche devant la mer violette, dit-il, et une vieille servante grecque s'occupera de tout. De tout, approuva-t-elle, et elle se serra contre lui. Émouvante de grâce, neigeuse et tournoyante, elle se regarda une fois de plus, dansante dans les hautes glaces où elle vivait superbement, belle du seigneur, si élégante en robe de paysanne à broderies rouges et noires, servie par une vieille Grecque pieds nus, si gentille, dans une île si belle, toute de myrtes, de lentisques et de circassiers.

# XXXVII

En cette nuit, leur première nuit, dans le petit salon qu'elle avait voulu lui montrer, debout devant la fenêtre ouverte sur le jardin, ils respiraient la nuit diamantée d'étoiles, écoutaient les remuements ténus des feuilles dans les arbres, murmures de leur amour. Mains jointes, et un sang de velours dans leurs veines, ils contemplaient le ciel sublime et leur amour dans les palpitantes étoiles, bénissantes là-haut. Toujours, dit-elle tout bas, intimidée d'être chez elle avec lui. Alors, de son bonheur complice, invisible dans son arbre, un rossignol entonna sa supplique éperdue, et elle serra la main de Solal pour partager le petit anonyme qui s'évertuait, s'exténuait à clamer leur amour. Soudain, il se tut, et ce fut le silence nombreux de la nuit avec, parfois, la sonnerie tremblée d'un grillon.

Elle se détacha doucement, alla vers le piano, noble et ridicule vestale, car elle venait de sentir qu'elle devait jouer pour lui, sanctifier leur première heure de solitude par un choral de Bach. Assise devant les touches blanches et noires, elle attendit un instant, la tête baissée, respectueuse des sons qui allaient sortir. Comme elle avait le dos tourné, il saisit un miroir à manche d'argent posé sur le guéridon, considéra le visage d'un homme aimé, lui sourit. O dents parfaites de jeunesse.

O dents étincelantes, ô bonheur de vivre, ô la jeune aimante et son ennuyeuse musique en offrande. Pieusement, elle jouait pour lui, et son visage était convaincu, visité. Sur le tabouret, tandis que purement elle jouait, ses hanches pleines étaient mouvantes, émouvantes, doucement remuantes, à lui promises.

Il la regardait et il savait, et s'en voulait de savoir, savait qu'elle avait honte, bien que ne le sachant pas trop, honte d'avoir dansé trop contre lui au Ritz tout à l'heure, honte de son extase de départ avec lui vers la mer, et il savait que dès leur entrée dans ce salon elle avait confusément voulu un rachat. Rachat, la contemplation du ciel, le toujours, le chaste serrement de main alors qu'au Ritz si pressée contre lui, l'écoute respectueuse du rossignol, insupportable cliché et chanteur surfait. Rachat, le choral, pour purifier cet amour surgi, y mettre de l'âme, se prouver qu'elle était pleine d'âme afin de pouvoir goûter sans remords aux joies du corps.

Après le dernier accord, elle resta immobile sur son tabouret, les yeux baissés vers les touches, respectueuse des sons disparus. Après cet intervalle de transition, passage du céleste au terrestre, elle se tourna vers lui, lui donna sa foi avec un sourire grave, à peine esquissé. Un peu idiote, pensa-t-il. S'étant levée, elle résista à l'envie d'aller s'asseoir auprès de lui, sur le sofa de soie fanée, déposa ses hanches sur un fauteuil et attendit un commentaire sur le choral. Dans le jardin, un pic noctambule auscultait. Comme Solal se taisait, car il détestait Bach, elle attribua son silence à une admiration trop vive pour être exprimée, et elle en fut émue.

Intimidée par ce silence et parce qu'il était svelte et grand, si élégant de blancheur vêtu, elle croisa ses jambes, tira le bas de sa robe, s'immobilisa en position poétique. Chérie, pensa-t-il, attendri par cette faiblesse et ce pathétique souci de plaire. Gêné d'être regardé avec vénération, il baissa les yeux, et elle frémit en apercevant la cicatrice. Oh, baiser cette paupière, effacer le mal qu'elle avait fait, lui demander pardon. Elle éclaircit sa gorge pour avoir une voix parfaite. Mais il lui sourit, et elle se leva.

Enfin auprès de lui, enfin les points d'or si près, enfin le refuge de l'épaule, enfin tenue. Elle recula la tête pour le voir mieux, puis approcha son visage, ouvrit ses lèvres comme une fleur éclose, ouvrit pieusement, tête renversée et paupières mourantes, bienheureuse et ouverte, sainte extasiée. Fin du choral et du rossignol, pensa-t-il. Du solide, maintenant qu'elle avait fait de l'âme, pensa-t-il, et il s'en voulut de ce démon en lui. Eh oui, bien sûr, si quatre incisives manquantes, il n'y aurait pas eu de toujours concentré, pas eu de rossignol, pas eu de choral. Ou bien, si dents au complet mais lui chômeur en guenilles, pas eu non plus de toujours, de rossignol, ni de choral. Les rossignols et les chorals étaient réservés à la classe possédante. N'empêche, elle était sa bien-aimée, et assez, assez, maudit psychologue!

Sur le sofa de soie fanée, sofa de Tantlérie, bouches unies, ils goûtaient l'un à l'autre, les yeux clos, goûtaient longuement, profonds, perdus, soigneux, insatiables. Elle se détachait parfois pour le voir et le savoir, d'adoration le contemplait, les yeux insensés, et en elle-même lui disait deux mots de la langue russe, de cette langue que par amour pour Varvara elle avait apprise et qui lui servait maintenant pour dire à un homme qu'elle était sa femme. Tvaïa gêna, lui disait-elle en son âme tandis qu'elle tenait le visage inconnu entre ses mains, puis elle se rapprochait et donnait, cependant que dehors un chat et sa chatte psalmodiaient, rauques, leur amour. Tvaïa gêna, lui disait-elle en son âme à chaque arrêt et reprise de souffle, lui disait-elle en son âme pour mieux sentir, plus humblement sentir qu'elle était sienne, sienne et dépendante, primitivement sentir, paysanne et les pieds nus et avec une odeur de terre, sentir qu'elle était sa femme et servante qui dès la première heure s'était inclinée et avait baisé la main de son homme. Tvaïa gêna, et elle se redonnait, et ils se baisaient tantôt en hâtive furie de jeunesse, tantôt en élancements rapides et répétés, tantôt en lents soins d'amour, et ils s'arrêtaient, se regardaient, se souriaient, haletants, humides, amis, et s'interrogeaient, et c'était la litanie.

Sainte stupide litanie, chant merveilleux, joie des pauvres humains promis à la mort, sempiternel duo, immortel duo par la grâce duquel la terre est fécondée. Elle lui disait et redisait qu'elle l'aimait, et elle lui demandait, connaissant la miraculeuse réponse, lui demandait s'il l'aimait. Il lui disait et redisait qu'il l'aimait, et il lui demandait, connaissant la miraculeuse réponse, lui demandait si elle l'aimait. Ainsi l'amour en ses débuts. Monotone pour les autres, pour eux si intéressant.

Infatigables en leur duo, ils s'annonçaient qu'ils s'aimaient, et leurs pauvres paroles les enthousiasmaient. Accolés, ils souriaient ou à demi riaient de bonheur, s'entrebaisaient puis se détachaient pour s'annoncer la prodigieuse nouvelle, aussitôt scellée par le travail repris des lèvres et des langues en rageuse recherche. Lèvres et langues unies, langage de jeunesse.

O débuts, baisers des débuts, précipices de leurs destinées, ô les premiers baisers sur ce sofa d'austères générations disparues, péchés tatoués sur leurs lèvres, ô les yeux d'Ariane, ses yeux levés de sainte, ses yeux clos de croyante, sa langue ignorante soudain habile. Elle le repoussait pour le regarder, bouche restée ouverte après le baiser, pour le voir et le connaître, voir encore cet étranger, l'homme de sa vie. Ta femme, je suis ta femme, tvaïa gêna, balbutiait-elle, et s'il faisait mine de s'écarter, elle s'agrippait. Ne me quitte pas, balbutiait-elle, et ils buvaient à la vie, à leurs vies mêlées.

O débuts, ô baisers, ô plaisir de la femme à la bouche de l'homme, sucs de jeunesse, trêves soudaines, et ils se considéraient avec enthousiasme, se reconnaissaient, se donnaient furieusement des baisers fraternels sur les joues, sur le front, sur les mains. Dites, c'est Dieu, n'est-ce pas ? demandait-elle, égarée, souriante. Dites, vous m'aimez ? Dites, rien que moi, n'est-ce pas ? Aucune autre, n'est-ce pas ? demandait-elle, et elle donnait à sa voix des inflexions dorées pour lui plaire et être plus aimée, et elle baisait les mains de l'inconnu, puis touchait ses épaules et le repoussait pour le chérir d'une divine moue.

O débuts, nuit des premiers baisers. Elle voulait se détacher, aller là-haut, dans sa chambre, prendre des cadeaux et les lui apporter, mais comment le quitter, quitter ces yeux, ces lèvres sombres ? Il la prenait contre lui et parce qu'il la serrait et qu'elle avait mal, si bon d'avoir mal, elle lui disait une fois de plus qu'elle était sa femme. Ta femme, ta femme à toi, lui disait-elle, folle et glorieuse, tandis que dehors le rossignol continuait son imbécile délire. Bouleversée d'être sa femme, ses joues s'illuminaient de larmes, larmes sur ses joues qu'il baisait. Non, la bouche, disait-elle, donne, disait-elle, et leurs bouches s'unissaient en frénésie, et de nouveau elle reculait pour l'adorer. Mon archange, mon attrait mortel, lui disait-elle, et elle ne savait pas ce qu'elle disait, souriante, mélodramatique, de mauvais goût. Archange et attrait mortel tant que tu voudras, pensait-il, mais je n'oublie pas que cet archange et cet attrait mortel, c'est parce que trente-deux dents. Mais je t'adore, pensait-il aussitôt, et louées soient mes trente-deux dents.

O débuts, jeunes baisers, demandes d'amour, absurdes et monotones demandes. Dis que tu m'aimes, lui demandait-il, et pour mieux prendre ses lèvres il s'appuyait sur elle, s'appuyait sur une cuisse, et elle rapprochait aussitôt les genoux, se refermait devant l'homme. Dis que tu m'aimes, répétait-il, accroché à l'importante demande. Oui, oui, lui répondait-elle, je ne peux te dire que ce misérable oui, lui disait-elle, oui, oui, je t'aime comme je n'ai jamais espéré aimer, lui disait-elle, haletante

350

entre deux baisers, et il respirait son haleine. Oui, aimé, je t'aime autrefois, maintenant et toujours, et toujours ce sera maintenant, disait-elle, rauque, insensée, dangereuse d'amour.

O débuts, deux inconnus soudain merveilleusement se connaissant, lèvres en labeur, langues téméraires, langues jamais rassasiées, langues se cherchant et se confondant, langues en combat, mêlées en tendre haine, saint travail de l'homme et de la femme, sucs des bouches, bouches se nourrissant l'une de l'autre, nourriture de jeunesse, langues mêlées en impossible vouloir, regards, extases, vivants sourires de deux mortels, balbutiements mouillés, tutoiements, baisers enfantins, innocents baisers sur les commissures, reprises, soudaines quêtes sauvages, sucs échangés, prends, donne, donne encore, larmes de bonheur, larmes bues, amour demandé, amour redit, merveilleuse monotonie.

O mon amour, serre-moi fort, je suis à toi purement toute, disait-elle. Qui es-tu, qu'as-tu fait pour m'avoir prise ainsi, prise d'âme, prise de corps ? Serre-moi, serre-moi plus fort, mais épargne-moi ce soir, disait-elle. D'intention je suis ta femme déjà, mais pas ce soir, disait-elle. Va, laisse-moi seule, laisse-moi penser à toi, penser à ce qui m'arrive, disait-elle. Dis, dis, dis que tu m'aimes, balbutiait-elle. O mon amour, disait-elle, bienheureuse et en larmes, personne, ô mon amour, personne avant toi, personne après toi. Va, mon aimé, va, laisse-moi seule, seule pour être plus avec toi, disait-elle. Non, non, ne me quitte pas, suppliait-elle en le retenant des deux mains, je n'ai que toi au monde, je ne peux plus sans toi, suppliait-elle égarée, à lui agrippée.

Amour et ses hardiesses. Lampe soudain éteinte par lui, et elle, peur, pourquoi et qu'allait-il vouloir ? Seins apparus dans la nuit, douce clarté des seins, main de l'homme sur le sein luisant de lune, honte et douceur de la femme, ses lèvres entrouvertes en attente, peur et bonheur d'elle soumise, peur et douceur, visage penché de l'homme, hardiesses dans la nuit, hardiesses qu'amour commande, hardiesses acceptées par elle en abandon, livrée et bientôt approuvant, ô ses râles filés et salivés, les mêmes qu'à l'heure de sa mort certaine, ô ses sourires d'agonisante, son pâle visage par la lune éclairé, vivante morte éblouie, à elle-même révélée, confuse et béate, ses mains errantes dans les cheveux de l'homme sur son sein penché, mains finement caressantes, accompagnant son bonheur, mains reconnaissantes, mains légères qui remerciaient, chérissaient, voulaient encore. Amour, ton soleil brillait en cette nuit, leur première nuit.

TROISIÈME PARTIE

## XXXVIII

O débuts de leur amour, préparatifs pour être belle, folie de se faire belle pour lui, délices des attentes, arrivées de l'aimé à neuf heures, et elle était toujours sur le seuil à l'attendre, sur le seuil et sous les roses, dans sa robe roumaine qu'il aimait, blanche aux larges manches serrées aux poignets, ô débuts, enthousiasmes de se revoir, aimantes soirées, longues heures à se regarder, à se parler, ô délices de se regarder, de se raconter à l'autre, de s'entrebaiser, et après l'avoir quittée tard dans la nuit, quittée avec tant de baisers, il revenait parfois, une heure plus tard ou des minutes plus tard, ô merveille de la revoir.

O fervents retours, je ne peux pas sans toi, lui disait-il, revenu, et d'amour il pliait genou devant elle qui d'amour pliait genou devant lui, et c'était des baisers, elle et lui, éperdus et sublimes, des baisers encore et encore, grands baisers noirs battant l'aile, profonds baisers interminables, ô leurs yeux clos, je ne peux pas sans toi, lui disait-il entre les baisers, et il restait des heures, car il ne pouvait pas, ne pouvait pas sans elle, restait jusqu'à l'aurore et les commérages des oiselets, et c'était l'amour, lui en elle victorieusement, et elle recevant, de toute âme approuvant.

Lendemains, chers attendus, merveille toujours nouvelle de se faire belle pour lui, de se faire beau pour elle, ô retrouvailles, hautes heures, intérêt d'être ensemble, de se parler interminablement, d'être parfaits et admirés, hostiles interruptions du désir, doux ennemis se mesurant, voulant s'atteindre.

Ariane qui l'attendait sur le seuil, belle dans cette robe de lin blanc, Ariane, sa forme de déesse, le mystère de sa beauté

355

qui intimidait son amant, Ariane, son visage aigu d'archange, les commissures pensantes de ses lèvres, son nez d'orgueil, sa marche, ses seins qui étaient fierté et défi, ses moues de tendresse lorsqu'elle le regardait, les brusques envols de sa robe lorsqu'elle se retournait et vers lui accourait, soudain accourait lui demander, lèvres prêtes, lui demander s'il l'aimait.

O joies, toutes leurs joies, joie d'être seuls, joie aussi d'être avec d'autres, ô cette joie complice de se regarder devant les autres et de se savoir amants devant les autres qui ne savaient pas, joie de sortir ensemble, joie d'aller au cinéma et de se serrer la main dans l'obscurité, et de se regarder lorsque la lumière revenait, et puis ils retournaient chez elle pour s'aimer mieux, lui orgueilleux d'elle, et tous se retournaient quand ils passaient, et les vieux souffraient de tant d'amour et de beauté.

Ariane religieuse d'amour, Ariane et ses longues jambes chasseresses, Ariane et ses seins fastueux qu'elle lui donnait, aimait lui donner, et elle se perdait dans cette douceur par lui, Ariane qui lui téléphonait à trois heures du matin pour lui demander s'il l'aimait et lui dire qu'elle l'aimait, et ils ne se lassaient pas de ce prodige d'aimer, Ariane qui le raccompagnait chez lui, puis il la raccompagnait chez elle, puis elle le raccompagnait chez lui, et ils ne pouvaient pas se quitter, ne pouvaient pas, et le lit des amours les accueillait, beaux et chanceux, vaste lit où elle disait que personne avant lui et personne après lui, et elle pleurait de joie sous lui.

Tu es belle, lui disait-il. Je suis la belle du seigneur, souriait-elle. Ariane, ses yeux soudain traqués lorsque, dissimulant son amour, il inventait une froideur pour être plus aimé encore, Ariane qui l'appelait sa joie et son tourment, son méchant et son tourmente-chrétien, mais aussi frère de l'âme, Ariane, la vive, la tournoyante, l'ensoleillée, la géniale aux télégrammes de cent mots d'amour, tant de télégrammes pour que l'aimé en voyage sût dans une heure, sût vite combien l'aimante aimée l'aimait sans cesse, et une heure après l'envoi elle lisait le brouillon du télégramme, lisait le télégramme en même temps que lui, pour être avec lui, et aussi pour savourer le bonheur de l'aimé, l'admiration de l'aimé.

Jalousies d'elle, séparations pour toujours, retrouvailles, langues mêlées, pleurs de joie, lettres, ô lettres des débuts,

lettres envoyées et lettres reçues, lettres qui avec les préparatifs pour l'aimé et les attentes de l'aimé étaient le meilleur de
l'amour, lettres qu'elle soignait, tant de brouillons préalables,
lettres qu'elle soignait pour que tout ce qui lui venait d'elle fût
admirable et parfait. Lui, choc de sang à la poitrine lorsqu'il
reconnaissait l'écriture sur l'enveloppe, et il emportait la lettre
partout avec lui.

Lettres, ô lettres des débuts, attente des lettres de l'aimé en
voyage, attentes du facteur, et elle allait sur la route pour le
voir arriver et avoir vite la lettre. Le soir, avant de s'endormir,
elle la posait sur la table de chevet, afin de la savoir près d'elle
pendant son sommeil et de la trouver tout de suite demain
matin, lettre tant de fois relue au réveil, puis elle la laissait reposer, avec courage s'en tenait loin pendant des heures pour pouvoir la relire toute neuve et la ressentir, lettre chérie qu'elle
respirait pour croire y trouver l'odeur de l'aimé, et elle examinait aussi l'enveloppe, studieusement l'adresse qu'il avait écrite,
et même le timbre qu'il avait collé, et s'il était bien collé à
droite et tout droit, c'était aussi une preuve d'amour.

Solal et son Ariane, hautes nudités à la proue de leur amour
qui cinglait, princes du soleil et de la mer, immortels à la proue,
et ils se regardaient sans cesse dans le délire sublime des débuts.

357

# XXXIX

Attentes, ô délices, attentes dès le matin et tout le long de la journée, attentes des heures du soir, délices de tout le temps savoir qu'il arriverait ce soir à neuf heures, et c'était déjà du bonheur.

Aussitôt réveillée, elle courait ouvrir les volets et voir au ciel s'il ferait beau ce soir. Oui, il ferait beau, et il y aurait une nuit chaude avec beaucoup d'étoiles qu'ils regarderaient ensemble, et il y aurait du rossignol qu'ils écouteraient ensemble, elle tout près de lui, comme la première nuit, et ensuite ils iraient, iraient se promener dans la forêt, se promener en se donnant le bras. Alors, elle se promenait dans sa chambre, un bras arrondi, pour savourer déjà. Ou bien, elle tournait le bouton de la radio, et si c'était une marche guerrière déversée de bon matin, elle défilait avec le régiment, la main à la tempe, en raide salut militaire, parce qu'il serait là ce soir, si grand, si svelte, ô son regard.

Parfois, elle refermait les volets, tirait les rideaux, fermait à clef la porte de sa chambre, mettait des boules de cire dans ses oreilles pour n'être pas dérangée par les bruits du dehors, bruits que cette belle pédante appelait des réducteurs antagonistes. Dans l'obscurité et le silence, couchée, elle fermait les yeux pour se raconter, souriante, ce qui s'était passé hier soir, tout ce qu'ils avaient dit et tout ce qu'ils avaient fait, se le raconter, blottie et ramassée, avec des détails et des commentaires, s'offrir une fête de racontage à fond, comme elle disait, et puis se raconter aussi ce qui se passerait ce soir, et il lui arrivait alors de toucher ses seins.

Parfois, avant de se lever, elle chantait tout bas, tout bas pour n'être pas entendue par la domestique, chantait contre l'oreiller l'air de la Pentecôte de Bach, remplaçait le nom de Jésus par le nom de l'aimé, ce qui la gênait, mais c'était si agréable. Ou encore elle parlait à son père mort, lui disait son bonheur, lui demandait de bénir son amour. Ou encore elle écrivait le nom de l'aimé sur l'air, avec son index, l'écrivait dix fois, vingt fois. Et si, n'ayant pas encore pris son petit déjeuner, elle avait soudain un borborygme de faim, elle se fâchait contre le borborygme. Assez! criait-elle au borborygme. C'est vilain! Tais-toi, je suis amoureuse! Bien sûr, elle se savait idiote, mais c'était exquis d'être idiote, toute seule, en liberté.

Ou encore elle décidait de faire une séance de regardage à fond. Mais d'abord se purifier, prendre un bain, indispensable pour le rite, mais attention, engagement d'honneur de ne pas se raconter dans le bain comment ce serait ce soir, sinon on n'en finirait plus et ça retarderait le rite. Vite le bain et puis vite avec lui, vite la séance de regardage! A cloche-pied parce qu'elle était heureuse, elle courait vers la salle de bains. Devant la baignoire lente à se remplir, elle entonnait de toute âme l'air de la Pentecôte.

Mon âme croyante,
Sois fière et contente,
Voici venir ton divin roi.

Après le bain, c'était le même cérémonial que pour le racontage. Volets fermés, rideaux tirés, lampe de chevet allumée, boules de cire dans les oreilles. Le dehors n'existait plus et le rite pouvait être célébré. Les photographies étalées sur le lit, mais à l'envers pour ne pas risquer de les voir d'avance, elle s'étendait, prenait la photographie préférée, lui sur le sable d'une plage, la recouvrait tout entière de sa main, et c'était la fête de regarder. D'abord, rien que les pieds nus. Beaux, bien sûr, mais pas follement intéressants. Sa main remontait un peu, découvrait les jambes. C'était mieux, beaucoup mieux déjà. Aller plus haut? Non, pas tout de suite, attendre jusqu'à n'en plus pouvoir. Enfin, par petits coups, sa main se déplaçait, révélant progressivement, et elle se repaissant. C'était lui, lui de ce soir. O le visage, le visage maintenant, lieu du bonheur, le visage, son beau tourment. Attention, ne pas regarder trop. Lorsqu'on regardait trop, on ne sentait plus. Oui, le visage était tout de même le plus important, quoique le reste aussi, tout le reste, même ce qui, enfin oui. Lui, tout lui, de tout lui sa religieuse.

Elle se défaisait de son peignoir, regardait tour à tour son homme nu et la femme nue de son homme. O Sol, sois ici, soupirait-elle, et elle éteignait, pensait à ce soir, dès qu'il arriverait, leurs bouches. Mais elle n'oubliait pas, ne voulait pas oublier que c'était lui qu'elle aimait avant tout, lui, son regard. Et ensuite il y aurait ce qu'il y aurait, l'homme et la femme, poids béni, ô lui, son homme. Lèvres ouvertes, lèvres humides, elle fermait les yeux, et ses genoux se rapprochaient.

Attentes, ô délices. Après le bain et le petit déjeuner, merveille de rêvasser à lui, étendue sur le gazon et roulée dans des couvertures, ou à plat ventre, les joues dans l'herbe et le nez contre de la terre, merveille de se rappeler sa voix et ses yeux et ses dents, merveille de chantonner, les yeux arrondis, en exagérant l'idiotie pour mieux se sentir végéter dans l'odeur d'herbe, merveille de se raconter l'arrivée de l'aimé ce soir, de se la raconter comme une pièce de théâtre, de se raconter ce qu'il lui dirait, ce qu'elle lui dirait. En somme, se disait-elle, le plus exquis c'est quand il n'est pas là, c'est quand il va venir et que je l'attends, et aussi c'est quand il est parti et que je me rappelle. Soudain, elle se levait, courait dans le jardin avec une terreur de joie, lançait un long cri de bonheur. Ou encore elle sautait par-dessus la haie de roses. Solal! criait cette folle à chaque bond.

Parfois, le matin, alors qu'elle était absorbée par quelque tâche solitaire, tout occupée à cueillir des champignons ou des framboises, ou à coudre, ou à lire un livre de philosophie qui l'ennuyait, mais il fallait se cultiver pour lui, ou à lire avec honte et intérêt le courrier du cœur ou l'horoscope d'un hebdomadaire féminin, elle s'entendait tout à coup murmurer tendrement deux mots, sans l'avoir voulu, sans avoir pensé à lui. Mon amour, s'entendait-elle murmurer. Vous voyez, mon chéri, disait-elle alors à l'absent, vous voyez, même quand je ne pense pas à vous, en moi ça pense à vous.

Ensuite, elle rentrait, essayait des robes pour décider de laquelle elle mettrait ce soir, et alors elle se regardait dans la glace, se régalait d'être admirée par lui ce soir, prenait des attitudes divines, imaginait qu'elle était lui la regardant, afin de se représenter ce qu'il penserait vraiment de cette robe.

Dites, vous m'aimez ? lui demandait-elle devant la glace, et elle lui faisait une moue adorable, hélas gaspillée. Ou encore elle lui écrivait sans raison, pour être avec lui, pour s'occuper de lui, pour lui dire des phrases ornées, intelligentes, et en être admirée. Elle envoyait la lettre par exprès ou allait en taxi l'apporter au Palais et la remettre à l'huissier. Très urgent, disait-elle à l'huissier.

Ou encore, prise d'une terrible envie de l'entendre, elle lui téléphonait, après avoir renvoyé tous chats éventuels de sa gorge et fait quelques essais d'intonations dorées, lui demandait mélodieusement et en anglais s'il l'aimait, en anglais à cause de la domestique aux aguets. Ensuite, toujours en anglais et d'une voix céleste, elle lui rappelait inutilement ce soir à neuf heures, lui demandait s'il pourrait lui apporter cette photo de lui à cheval, et aussi lui prêter cette cravate de commandeur si jolie, thanks awfully, puis l'informait qu'elle l'aimait et de nouveau lui demandait s'il l'aimait, et alors, la réponse ayant été satisfaisante, elle faisait à l'embouchure du téléphone un sourire de cadeaux de Noël. La conversation terminée, elle raccrochait, sa main gauche tenant encore une touffe de ses cheveux et l'effilant comme au temps de son enfance lorsqu'elle devait, fillette gênée, répondre à une grande personne. La touffe lâchée et les ondes d'émoi disparues, elle souriait de nouveau. Oui, elle s'était bien comportée, sans enrouements et sans embrouillages de timidité. Oh oui, elle lui avait plu ! Chic, chic !

Un dimanche, alors qu'elle lui téléphonait au Ritz, sa voix s'étant soudain enrouée, elle n'avait pas osé se racler la gorge pour l'éclaircir, de peur du son ignoble qui la déshonorerait, et il l'aimerait moins. Alors, sans hésiter, elle avait brusquement raccroché, avait chassé une famille nombreuse de chats, avait prononcé quelques mots pour s'assurer que sa voix était redevenue divine, avait téléphoné de nouveau et bravement expliqué qu'ils avaient été coupés, lui avait demandé s'il avait regardé sa photographie en se réveillant, et comment était-il habillé, ah en robe de chambre, et laquelle ? Et l'aimait-il ? Merci, oh merci, moi aussi tellement, et savez-vous, aimé, tout à l'heure je suis allée dans une église pour penser à vous, une église catholique parce qu'on peut mieux s'y concentrer. Dites, voulez-vous que je mette ma robe roumaine ce soir ou la soie sauvage ? La roumaine ? Très bien. A moins que vous ne préfériez la rouge que vous avez aimée, je crois. La roumaine plutôt ? Vous en êtes sûr ? Vous n'en êtes pas fatigué ? Bien, ce sera la roumaine. Dis, tu m'aimes ?

Le téléphone terminé, elle restait immobile, le récepteur à la main, charmée par lui, charmée par elle. Soudain, je me rappelle. Une autre fois, étant en train de lui téléphoner et sentant qu'elle allait éternuer, elle avait raccroché sans plus, afin de lui cacher cet autre bruit dégradant. Bon, assez, ça suffit.

Attentes sans nul ennui, car il y avait tant à faire pour lui, tant de préparatifs dès qu'elle ne serait plus sous la surveillance de la domestique, dite l'idiote, qui partait au début de l'après-midi, tous travaux terminés. Enfin seule et libre d'agir, l'amoureuse allait aussitôt inspecter le petit salon où elle le recevrait ce soir, ne le trouvait jamais assez bien nettoyé par l'idiote. En maillot de bain, elle se mettait alors à l'ouvrage, balayait, encaustiquait, passait la cireuse, frottait en ménagère échevelée, brossait les fauteuils et le sofa, cher sofa de ce soir, dépoussiérait inutilement toutes surfaces visibles, passait l'aspirateur sur le tapis d'Orient d'un rose éteint, arrangeait les fleurs, restait à les regarder, cachait Vogue, posait deux ou trois livres ennuyeux et de qualité sur le sofa, genre Heidegger ou Kierkegaard ou Kafka, mettait à tout hasard des bûches dans la cheminée, allumait une flambée pour s'assurer du tirage, combinait un éclairage atténué propice aux tendresses, changeait les fauteuils de place, allait à la cuisine, y repassait quelque robe déjà repassée par l'idiote mais qu'elle voulait mettre ce soir, allait et venait, parfois pensant aux lettres de son mari laissées sans réponse et secouant la tête en cavale importunée par un taon, parfois chantant avec expression de niaises rengaines entendues à la radio. Parlez-moi d'amour, redites-moi des choses tendres, chantait-elle en prenant exprès une voix de midinette. Oh, tant pis, tant pis, elle aimait ça. Je suis devenue crétine, mais c'est notre vocation, à nous autres, disait-elle.

Si le bonhomme de la radio annonçait des tours d'horizon politiques et des conversations franches et cordiales qui laissaient espérer une atténuation de la tension internationale, elle écoutait, bouche bée. Ainsi donc, il y avait des gens qui s'intéressaient vraiment à ces choses, dont c'était la vie ! Bande de crétins, leur disait-elle, et elle fermait le bec au bonhomme. Oui, une seule chose était nécessaire, c'était se préparer et savoir qu'elle lui plairait. Ou bien, si c'était un sermon du dimanche à la radio, et si le pasteur disait qu'il fallait se consacrer à Son service, elle approuvait de toute âme. Oui, oui, à votre service, mon chéri! s'écriait-elle, et elle arrangeait les fleurs avec une ardeur redoublée.

Tout à coup, à propos de rien, fourrageant dans un tiroir, elle disait : alors, ça va, mon vieux ? S'apercevant qu'elle venait de s'adresser à lui, elle se cachait la bouche sacrilège, scandalisée, mais assez fière de cet exploit.

Elle s'arrêtait soudain de travailler, décidait de s'amuser, allait s'asseoir devant le secrétaire, écrivait vingt ou trente fois le nom de l'aimé, puis les autres noms, Lalos, Alsol, Losal. Ou encore, debout devant la glace, elle lui disait qu'elle l'aimait, le lui disait avec des intonations variées afin de choisir la plus réussie et s'en servir ce soir. Ou encore, en peignoir de soie noire et le cou entouré de la cravate rouge de commandeur, elle jouait à être lui, pour être avec lui. Je vous aime, Ariane, disait-elle d'une voix mâle, et sur la glace elle baisait les lèvres qu'il baiserait ce soir.

Un reste de cigarette fumée par lui hier soir, elle l'allumait, et c'était délicieux de tirer des bouffées de ce mégot sacré. Ou encore elle voulait voir la tête qu'elle avait faite lorsqu'elle lui avait baisé la main hier soir, voir si elle lui avait plu. Devant la glace, elle posait ses lèvres sur sa main tout en se penchant, ce qui lui rendait difficile de se voir, mais elle y parvenait à grand renfort d'yeux blancs. Ou encore, toujours devant la glace, elle redisait des phrases qu'elle avait dites la veille. Garde-moi, garde-moi toujours, disait-elle, et ces mots l'émouvaient. Ou encore elle écartait son peignoir, regardait ses seins dans la glace, ses seins qu'il baiserait ce soir. Félicitations, disait-elle à ses seins. Vous êtes ma gloire et mon soutien, leur disait-elle. Il en a de la chance, tout de même, le type, concluait-elle. Ou encore elle laissait tomber le peignoir, désireuse de sa nudité en face d'elle. Vraiment bien, cette personne, disait-elle. Vous rendez-vous compte de votre privilège, mon brave ? lui demandait-elle en se pinçant le nez, ce qui lui donnait la voix de sa tante.

Un après-midi, elle enfila une robe de toile écrue, boutonnée devant sur toute la longueur, ferma les volets. Dans la pénom-bre succulente, elle déboutonna sa robe jusqu'à mi-corps, en agita les pans comme des ailes et déambula, se racontant qu'elle était la Victoire de Samothrace. Ma chérie, tu me plais follement, dit-elle à la glace. Après lui, c'est toi que j'aime le plus. Prise de remords, elle se remit en état de décence, fit une révérence au roi d'Angleterre, lui indiqua un fauteuil, s'assit à son tour. Jambes croisées, elle échangea quelques mots avec Sa Majesté, lui demanda d'interdire l'affreuse chanson canadienne de l'alouette qu'on plumait, bâilla, aima ses dents, déboutonna le haut de sa robe, en sortit un sein prospère sur lequel, avec son stylo, elle écrivit le nom de l'aimé.

Soudain sérieuse et consciente de ses responsabilités, elle s'emplâtrait le visage et le cou avec une boue grise, dite masque de beauté, restait pétrifiée, en service d'amour, sans parler ni chanter, afin de ne pas craqueler la fange séchée, parfois se faisant les ongles, mais sans vernis, jugé vulgaire et catholique. Ensuite, c'était le shampooing. Ce soir, ce soir, murmurait-elle sous la mousse, les mains en action, les yeux fermés.

A huit heures du soir, c'était le dernier bain de la journée, pris le plus tard possible afin d'être un miracle d'impeccabilité lorsqu'il arriverait. Dans la baignoire, elle jouait à sortir ses orteils et à les remuer, à se raconter qu'ils étaient ses dix enfants, cinq petits garçons à gauche et cinq petites filles à droite, à les gronder, à leur dire d'aller vite prendre leur bain et se coucher, et elle les rentrait alors dans l'eau chaude. Ensuite, c'était de nouveau les récits à elle-même, et que dans une heure il serait là, si grand, avec ses yeux, et elle le regarderait, et il la regarderait, et il lui sourirait. Oh, comme il était intéressant de vivre!

Je reste encore un peu dans le bain, mais pas plus de cinq minutes, tu entends, oui, d'accord, cinq minutes, je m'y engage, et après vite s'habiller, il se rase sûrement en ce moment, ça va, ça suffit, tu es assez beau comme ça, fais attention de ne pas te couper, dépêche-toi, viens vite, allez hop, viens dans le bain, il y a de la place, s'il n'y en a pas assez on s'arrangera tout de même, je connais un truc.

Sortie du bain et encore nue, elle courait lui téléphoner de venir à l'heure. Aimé, c'est si affreux lorsque vous arrivez en retard, je pense à des accidents, et puis je m'abîme le visage à attendre. S'il vous plaît, aimé, lui souriait-elle, et elle raccrochait, allait se brosser une dernière fois les dents. Impatiente, la bouche non rincée et toute mousseuse de dentifrice, elle chantait une fois de plus, la brosse à la main, l'air de la Pentecôte et la venue d'un divin roi.

Ensuite, c'était la grande importance de s'habiller, avec ses angoisses. Ne valait-il pas mieux mettre cette autre robe, l'austère plissée, ou plutôt non, la rouge, si seyante dans cet éclairage atténué ? Mais soudain surgissait la certitude que ce soir elle ne se sentirait bien que dans le petit ensemble tussor. Eh oui, un vêtement aussi c'était un état d'âme, et d'ailleurs l'autre jour il avait aimé cet ensemble, et puis ainsi elle pourrait mettre une blouse, une blouse c'était plus commode si, et on n'avait qu'à, tandis qu'avec la robe plissée si montante et qui se boutonnait dans le dos, l'idiote, c'était toute une histoire si, tandis qu'avec une blouse c'était tout simple si, et bref, les blouses ça se déboutonnait devant.

Oh, j'adore quand, quand il, oui, me les baise longtemps, longtemps, moi fondue, eh bien vous autres, les autres, on ne vous en fait pas autant ? et si on ne vous en fait pas autant tant pis pour vous, bisquez et ragez, moi j'adore ça, oui donc tandis qu'avec une robe qui ne se déboutonne que juste un peu dans le dos c'est gênant, il faut l'enlever, et même c'est moi qui dois l'enlever, ça fait genre chez le médecin, moi toute rouge de confusion, tandis qu'une blouse ou enfin un chemisier, je n'ai jamais su la différence, il déboutonne sans trop que je m'en aperçoive, c'est plus convenable, surtout s'il n'y a pas trop de lumière, mais tout de même si Tantlérie me, en somme je me vautre dans la féminité, tant pis, c'est comme ça.

Habillée, elle procédait aux dernières vérifications d'un regard impartial, faisait trois ou quatre pas vers la glace pour faire naturel, puis reculait pour se rendre compte, puis mettait le revers de la main contre la hanche pour avoir de l'assurance, puis expérimentait des attitudes et des sourires, puis faisait des essais simultanés d'expressions et de voix, la phrase utilisée étant le plus souvent « non je ne crois pas », parce que cela faisait sûre d'elle, un peu dédaigneuse. Ensuite, elle s'asseyait, tâchait de se tenir immobile pour ne pas altérer sa perfection. Angoissée, elle guettait les bruits de moteur, allumait une cigarette pour se donner une contenance, éteignait aussitôt pour ne pas souiller ses dents et son haleine, trouvait fatigant de rester assise, et d'ailleurs ça donnerait un mauvais pli à sa jupe, mieux valait sortir. Sur le seuil, dans la nuit chaude, elle attendait, avec la peur de transpirer, et ce serait affreux car son nez luirait.

## XL

Elle aussi sans doute se savonnait en ce moment, pensait-il dans son bain. Enthousiaste de la voir bientôt, il ne pouvait pourtant s'empêcher de ressentir le ridicule de ces deux pauvres humains qui, au même moment et à trois kilomètres l'un de l'autre, se frottaient, se récuraient comme de la vaisselle, chacun pour plaire à l'autre, acteurs se préparant avant d'entrer en scène. Acteurs, oui, ridicules acteurs. Acteur, lui, l'autre soir en son agenouillement devant elle. Actrice, elle, avec ses mains tendues de suzeraine pour le relever, avec son vous êtes mon seigneur, je le proclame, fière sans doute d'être une héroïne shakespearienne. Pauvres amants condamnés aux comédies de noblesse, leur pitoyable besoin d'être distingués. Il secoua la tête pour chasser le démon. Assez, ne me tourmente pas, ne me l'abîme pas, laisse-moi mon amour, laisse-moi l'aimer purement, laisse-moi être heureux.

Sorti du bain qu'il avait fait durer longtemps pour abréger l'attente de la revoir, nu et de si près rasé, rasé pour elle, il dansait maintenant, dansait de la voir bientôt, à petits pas nobles et raffinés dansait à l'espagnole, une main sur la hanche, claquait des doigts de l'autre main, soudain tapait du talon ou mettait la main en visière pour follement apercevoir une bien-aimée, dansait ensuite à la russe, accroupi, lançait ses jambes l'une après l'autre devant lui, puis se relevait, frappait des mains, lançait un absurde cri guerrier, s'élançait, tourbillonnait, se laissait tomber en grand écart, se relevait, s'applaudissait de la voir tout à l'heure, se souriait, s'aimait, l'aimait, aimait celle qu'il aimait. Oh, il vivait, vivait à jamais!

Dans le taxi qui vers elle le menait, il chantait follement, et le moteur couvrait son chant, et il pressait le chauffeur d'aller plus vite et de mener train d'enfer, et il lui promettait des sommes merveilleuses, et même de l'embrasser à l'arrivée, puis de nouveau chantait d'aller vers elle, chantait de telle joie démoniaque qu'un soir il avait lancé sa plus belle bague dehors, dans les blés, chantait, chantait, chantait infiniment d'aller vers elle, ô chant impatient, effrayé de bonheur, ô cantique insensé, cantique de jeunesse, et il chantait, chantait, infiniment chantait sa victoire d'être aimé, et il regardait cet aimé dans la glace du taxi, glorieux de ses dents et d'être beau, beau pour elle, triomphant d'aller vers elle qui l'attendait, et voici, il la voyait au loin, sur le seuil et sous les roses, ô gloire et apparition, voici la bien-aimée, l'unique et pleine de grâce, et gloire à l'Éternel, à l'Éternel en moi, murmurait-il.

## XLI

Soirées des débuts, ravissants entretiens par tant de baisers interrompus, trêves de chasteté, délice si intéressant de se raconter à l'autre, d'apprendre tout de l'autre, de lui plaire. Animée, elle lui racontait son enfance, et les jeux avec Éliane, et la chanson inventée par elle et que les deux petites filles chantaient sur le chemin de l'école, lui racontait son oncle et sa tante et Varvara, lui racontait sa chouette Magali et sa chatte Mousson, âmes charmantes si tôt enlevées à sa tendre affection, lui montrait des photos d'autrefois et ses devoirs d'enfant, ou même lui donnait à lire son journal intime, heureuse qu'il sût tout d'elle, qu'il eût tous les droits, ou gravement lui parlait de son père, et il faisait l'attentif respectueux pour le plaisir de la voir aspirer profondément, fière de ce respect qui justifiait leur amour, l'autorisait.

Merveille, tout en parlant, de se regarder avec lui dans la glace, de savoir que c'était pour de bon, qu'elle l'avait, qu'il était à elle. Merveille de tout partager avec lui, de lui faire offrande du plus secret, ses flammes adolescentes, ses rêveries, son ermite d'autrefois, maintenant disparu, le petit bourgeois sur qui elle tirait et qui tombait dans la neige, les fracassements calmants de son corps lancé contre le mur, ô merveille de le sentir son frère de l'âme qui comprenait tout d'elle, mieux qu'elle-même la comprenait. Oui, merveille d'être aussi frère et sœur, et de rire ensemble.

Elle lui disait les musiques qu'elle aimait, parfois se levait pour les lui jouer au piano, et elle le regardait lorsqu'elle avait fini, rassurée s'il les aimait aussi, et elle lui baisait les mains.

368

S'il ne les aimait pas, elle les trouvait moins belles, s'apercevait qu'il avait raison. O ce besoin d'être unie à lui, de n'aimer que ce qu'il aimait, de connaître les livres qu'il aimait pour les lire et à son tour les aimer.

Infinis entretiens, armistices d'amitié qui la rassuraient et lui étaient preuves que leurs liens étaient d'âme et non seulement de corps, délice toujours nouveau de parler d'eux-mêmes, de briller, d'être intelligents et beaux et nobles et parfaits. Deux comédiens occupés à se plaire, se produisant et paradant, pensait-il une fois de plus, mais peu lui importait, c'était exquis, et tout d'elle le charmait, et même son sourire d'enfant modèle devant le photographe lorsqu'il lui faisait compliment sur sa beauté, et même son parler genevois le charmait, ses septante et ses nonante. Il l'aimait.

Un matin, elle l'invita à venir dîner chez elle à huit heures. Ce fut leur premier repas ensemble. Si fière d'avoir tout préparé toute seule, fière surtout de son potage à l'oseille, gravement apporté à table. Aimé, c'est moi qui l'ai fait du commencement à la fin, c'est de l'oseille du jardin, je l'ai cueillie ce matin. Charmée de nourrir son homme, émue par l'image de cette épouse et servante sagement dispensant le potage, une louche à la main. Plaisir de le voir manger. Elle se sentait femme d'intérieur et s'admirait. Elle l'admirait aussi. Good table manners, se disait-elle en le considérant. Plaisir aussi de jouer à l'épouse raisonnable. Comme il demandait une troisième tranche de gâteau au chocolat, non, mon chéri, c'est trop, dit-elle sentencieusement. Ce même soir, il se fit une très légère coupure au doigt. Si contente alors de le soigner, de mettre de la teinture d'iode, de lui faire un pansement sur lequel elle déposa ensuite un baiser, en bonne mère.

# XLII

Un soir de leur jeune amour, comme il lui demandait à quoi elle pensait, elle se tourna vers lui dans un brusque envol de robe, mouvement qu'elle sentit devoir le charmer. Je pense que je suis enchantée d'avoir fait votre connaissance, dit-elle. Enchantée, répéta-t-elle, ravie de la saveur soudaine de ce mot. Elle rit, alla et vint, se sachant admirée, sentant que sa robe plaquait bien aux endroits nécessaires. Et maintenant à quoi pensez-vous ? demanda-t-il. Je pense que j'ai pitié de moi, dit-elle, parce que toute ma vie va se passer à vouloir vous plaire, à mettre des talons trop hauts et des jupes trop étroites, à faire des rotations avec ma robe, comme tout à l'heure, genre mademoiselle de La Mole, c'est assez lamentable et je me dégoûte, je deviens une femme, c'est affreux. Elle s'agenouilla, lui baisa la main. Terrible, ce besoin de s'agenouiller. Dites, gardez-moi, gardez-moi toujours, lui dit-elle.

Comme elle était belle, à genoux, le regardant et des deux mains lui enserrant les hanches en un geste d'oraison, les hanches émouvantes d'étroitesse, hanches de son homme. Laissez-moi vous regarder, dit-elle, et elle recula pour le voir en entier, le détailla, lui sourit, ô dents parfaites de jeunesse. Elle doit peser soixante kilos, et là-dessus quarante kilos d'eau, pensa-t-il. Je suis amoureux de quarante kilos d'eau, pensa-t-il. A quoi pensez-vous ? demanda-t-elle. A Timie, dit-il. Elle lui demanda de raconter car elle aimait l'entendre parler de cette chatte exquise, hélas morte. Il raconta n'importe quoi, que Timie était parfois grosse et boudeuse ; parfois menue et angélique d'amitié ; parfois se sustentant sans cesser de ronronner, petite tête penchée sur sa pâtée ; parfois sage comme une image, les yeux levés, patiente, parfaite ; parfois rêvant à des temps anciens, immémoriale. Encore, demanda-t-elle. Alors il raconta que Ti·

mie voulait sans cesse être caressée parce que l'héréditaire peur du danger était toujours présente et que les caresses la rassuraient. Être caressée, c'était n'être pas en péril. Moi aussi je veux être rassurée, dit-elle, et elle se rapprocha. Tenue par lui, tête renversée, elle entrouvrit les lèvres comme une fleur éclose, et ils burent l'un à l'autre, soigneux, profonds, perdus, et ce fut le grave langage, soudain furieux langage de jeunesse, longue lutte mouillée, lèvres et langues unies. Plus bas maintenant, osa-t-elle imperceptiblement murmurer.

Plus bas maintenant, osait-elle parfois murmurer après les baisers, honteuse de sa demande, parfois entrouvrant elle-même le haut de la robe, et il se penchait alors sur le sein nu, elle aussitôt fermant les yeux pour avoir moins honte et ne rien savoir, ne savoir que la magique nuit où elle entrait, attentive aux suavités qui circulaient, ô elle amollie et fondue, muette aux écoutes d'une agonie exquise, parfois sortant du silence par un râle d'approbation, parfois l'encourageant et le remerciant par de lentes hésitantes caresses sur les cheveux, parfois osant lui murmurer de prendre l'autre maintenant. Je t'aime, ajoutait-elle aussitôt pour se réhabiliter, pour mettre de l'âme, et de nouveau elle râlait, les yeux fermés, privée de pensée, animale, respirant avec un bruit de salive ramenée, née du délice de lui sur l'autre sein penché. Oh, qu'il reste longtemps, qu'il ne passe pas trop vite au reste, osait-elle penser.

Lorsqu'il s'écartait pour la regarder, exposée, si belle, elle restait immobile, lèvres ouvertes et tête abattue, souriante et stupide, bienheureuse d'être impuissante et à sa merci, attendant la reprise, et c'était de nouveau la nuit de velours, l'exquise torture par son amant penché. Mais soudain, elle le prenait par les épaules, l'amenait contre elle, lui disait d'être en elle.

Nuits des débuts, longues nuits balbutiantes, incessantes reprises du désir, enlacements, secrets murmures, chocs rapides et lourds, fureurs battantes, Ariane servile, autel et victime, parfois refermant ses dents sur le cou de l'aimé en une morsure plaintive. O ses yeux blancs de sainte extasiée, et elle lui demandait s'il était heureux en elle, s'il était bien en elle, lui demandait de la garder, la garder toujours. Nuits des débuts, mortelles chairs en lutte, rythme sacré, rythme premier, reins levés, reins abaissés, coups profonds, rapides coups impersonnels, implacabilité de l'homme, elle passionnément approuvant, soudain cambrée, allant au-devant de l'homme.

Après l'ardeur, reconnaissante aux yeux cernés, elle lui caressait doucement l'épaule nue, lui parlait de ce qu'elle appelait leur union, lui disait tout bas la joie qu'il lui avait donnée, lui demandait plus bas encore s'il avait été heureux par elle. A son tour, il commentait, conscient du ridicule de cette exégèse lyrique, mais peu lui importait, et nulle femme jamais ne lui avait été aussi désirable. Il aimait ces trêves de douceur, ces caresses, leurs causeries amicales, leurs baisers fraternels. Entre humains de nouveau, pensait-il, et il se blottissait contre elle qui délicatement lui charmait les cheveux.

Ils étaient gais en ces trêves, s'amusaient de si peu, riaient si elle racontait l'histoire d'Angeline, la paysanne savoyarde qui faisait semblant de s'apitoyer sur sa vache pour que l'intelligente bête répondît par un meuglement plaintif. Alors Ariane faisait le duo, faisait d'abord Angeline qui disait : « Pauvre Diamant, on l'a battue Diamant ? » (Pour que l'histoire eût toute sa saveur, il fallait dire « pauve Diamont ».) Ensuite, elle faisait la vache qui répondait par un meuh meuh de vache martyre. C'était le meilleur moment de l'histoire quand la vache répondait. Parfois, ils mugissaient ensemble pour bien déguster la malice de la vache. Comme on voit, ils n'étaient pas difficiles. Ils étaient gais et amis, riant d'un rien, riant s'il racontait d'un petit chat qui s'amusait à avoir peur d'une chaise ou s'il disait son horreur panique des grosses mouches bourdonnantes à reflets verts métalliques, ou s'il s'indignait du cliché de trouver charmants les papillons, ces chenilles volantes affreusement molles et écrasables, toutes pleines d'affreuse lymphe, aux ailes toujours de mauvais goût, des ailes peintes par de vieilles demoiselles du temps passé. Oh, comme ils étaient heureux ensemble, frère et sœur et s'embrassant honnêtement sur les joues. Un soir qu'ils étaient couchés l'un près de l'autre, comme elle lui demandait d'inventer un poème qui commencerait par je connais un beau pays, il s'exécuta sur-le-champ. Je connais un beau pays Il est d'or et d'églantine Tout le monde s'y sourit Ah quelle aventure fine Les tigres y sont poltrons Les agneaux ont fière mine A tous les vieux vagabonds Ariane donne des tartines. Alors, elle lui baisa la main, et il eut honte de cette admiration.

S'il allumait une cigarette après une ardeur, elle en était attristée comme d'un manque d'égards, et même d'un sacrilège. Mais elle ne lui en disait rien, acceptait. Elles ont de ces délicatesses.

Il s'endormait parfois contre elle, confiant. Attendrie, elle aimait le regarder dormir, aimait veiller sur son sommeil, sommeil d'un inconnu considéré avec une étrange pitié, un inconnu qui était maintenant toute sa vie. J'ai un étranger dans mon cœur, pensait-elle, et silencieusement elle lui disait tant de mots, les plus fous et les plus religieux, mots qu'il ne connaîtrait jamais. Mon fils, mon seigneur, mon messie, osait-elle en elle-même lui dire, et lorsqu'il se réveillait, elle était prise d'une joie de folle, ô supériorité de la femme. Elle le serrait, l'embrassait si fort à l'idée exaltante qu'il était vivant, et il l'embrassait follement à son tour, soudain épouvanté par les os du squelette qu'il sentait sous les belles joues, et de nouveau il baisait la jeune poitrine que la mort figerait, et c'était le désir revenu, le désir accueilli par elle, le désir qu'elle vénérait. Prends ta femme, disait-elle.

Mon maître, disait-elle, pieuse sous lui, et de bonheur pleurait tandis qu'elle le recevait. Mon maître, redisait-elle avec un mauvais goût admirable, et il avait honte de cette exaltation, mais comme il était intéressant de vivre. Ta femme, je suis ta femme, disait-elle, et elle lui prenait la main. Ta femme, redisait-elle, et pour mieux le savoir, elle lui disait de se servir d'elle. Sers-toi de ta femme, disait-elle, aimait-elle lui dire. Transpirante sous lui, sanglotante sous lui, elle lui disait qu'elle était sa femme et sa servante, plus basse que l'herbe et plus lisse que l'eau, lui disait et redisait qu'elle l'aimait. Je t'aime autrefois, maintenant et toujours, et toujours ce sera maintenant, disait-elle. Mais si deux dents de devant m'avaient manqué la nuit du Ritz, deux misérables osselets, serait-elle là, sous moi, religieuse ? Deux osselets de trois grammes chacun, donc six grammes. Son amour pèse six grammes, pensait-il, penché sur elle et la maniant, l'adorant.

Nuits des débuts, ô leurs nobles jonctions sauvages, aimantes fureurs, ô sous lui Ariane soudain autre et en mal sacré, d'elle-même absente, Ariane égarée, effrayante, gémissant les râles d'attente terrifiée, attente précautionneuse, attentive attente de la joie s'approchant, Ariane fermant les yeux pour hâter la venue, son annonce pathétique de la joie proche, appels à l'aimé. Ensemble, mon amour, attends-moi, mon amour, donne, donne, mon amour, disait-elle, altérée, et lui en des cieux noirs tombant, seul, seul, et la mort frissonnant en ses os, et la vie enfin à saccades s'élançant, sanglot triomphal, sa vie en merveilleuse mort s'échappant, sa vie en elle enfin, en elle comblée, recevant cette abondance, en elle heureuse, serrant les battements pour mieux les sentir, et lui succombant sur elle, grande fleur sanguine sous lui épanouie. Oh, reste, reste, suppliait-elle, douce et magicienne, ne me quitte pas, et elle le serrait, l'aspirait, l'enserrait pour l'empêcher de partir, pour le garder, douce et magicienne.

## XLIII

Une nuit, lorsqu'il dit qu'il était l'heure de se quitter, elle s'accrocha, dit qu'il n'était pas tard, le supplia de rester, l'informa en français puis en russe qu'elle était sa femme. Ne me quitte pas, ne me quitte pas, implora la voix dorée. Il se mourait de rester, mais il fallait la maintenir en soif de lui, et qu'à sa présence elle n'associât jamais fatigue ou satiété. Il avait honte d'avoir déjà recours à ce misérable truc, mais il le fallait, il fallait être le regretté, celui qui partait. Il sacrifia donc son bonheur aux intérêts supérieurs de leur amour, se leva et ralluma.

Lèvres encore hébétées, elle lui demanda de ne pas la regarder, alla devant la glace de la cheminée. Après avoir réparé le désordre de sa robe et rajusté sa chevelure, elle dit qu'elle était visible maintenant, et elle lui adressa un sourire de bonne société, toutes hardiesses ignorées. Il lui baisa la main, témoignage de déférence qui fut accueilli avec gratitude, car elles adorent être respectées après les râles et les tutoiements mouillés. Après un autre sourire de classe dirigeante, elle lui rappela la coutume russe de s'asseoir avant un départ. Il s'assit, et elle prit place sur ses genoux, ferma les yeux, entrouvrit les lèvres.

Dans le vestibule, elle lui demanda de rester une minute encore. Non, dit-il en souriant. Impressionnée par ce calme refus, elle leva vers lui des yeux pénibles d'admiration, l'accompagna avec décence jusqu'au taxi dont elle ouvrit la portière. Ignorant le chauffeur, elle se pencha, baisa la main. A demain soir, neuf heures, lui rappela-t-elle à voix basse, puis elle referma la portière et l'auto démarra. Elle s'élança, cria au chauffeur de s'arrêter. Devant la vitre baissée, elle s'excusa, essoufflée.

375

« Je suis désolée, je me suis trompée, je vous ai dit demain soir, mais il est quatre heures du matin, donc c'est déjà demain maintenant, enfin je veux dire que c'est ce soir que je vous attends, donc à ce soir, neuf heures, n'est-ce pas ?» Sur la route bleuie de lune, frissonnant dans sa robe froissée, elle resta à regarder son destin qui s'éloignait. Que Dieu te garde, murmura-t-elle.

Entrée dans le petit salon, elle se dirigea vers la glace pour n'être pas seule. Oui, ce soir déjà, et tous les jours il y aurait un soir, et tous les soirs il y aurait un demain avec lui. Devant la glace, elle fit une révérence à cette belle du seigneur, puis essaya des mines pour voir comment elle lui était apparue à la fin de cette nuit, imagina une fois de plus qu'elle était lui la regardant, fit l'implorante, puis tendit ses lèvres, s'en félicita. Pas mal, pas mal du tout. Mais avec du parlé, on se rendrait mieux compte. Ta femme, je suis ta femme, dit-elle à sa glace, extatique, sincèrement émue. Oui, vraiment bien comme expression, un peu sainte Thérèse du Bernin. Il avait dû la trouver assez épatante. Et pendant les baisers de grande ardeur, les baisers sous-marins, quel genre avait-elle, les yeux fermés ? Elle ouvrit la bouche, ferma l'œil gauche, se regarda de l'œil droit. Difficile de se rendre compte. L'impression de charme disparaissait, ça faisait borgne. Dommage, je ne saurai jamais de quoi j'ai l'air pendant l'opération. Affreux, je dis opération, alors que tout à l'heure avec lui c'était si grave. En somme, pour voir comment je suis pendant les baisers intérieurs, je n'ai qu'à fermer presque entièrement les yeux et à guigner à travers les cils. Mais non, en somme, ce n'est pas la peine, puisque pendant ces moments-là sa tête est tellement contre la mienne qu'il ne peut pas me voir, donc aucun intérêt.

Elle s'assit, ôta ses souliers qui serraient trop, remua ses orteils, soupira d'aise, bâilla. Ouf, vacances et bon débarras, dit-elle. Plus besoin de faire la charmante puisque le monsieur n'est pas là, oui, enfin le type, le bonhomme, le lustucru, oui parfaitement, mon cher, c'est de vous qu'il s'agit. Pardon, mon chéri, c'est seulement pour rire, mais c'est peut-être aussi parce que je suis trop votre esclave quand vous êtes là, c'est pour me venger, vous comprenez, pour vous montrer que je ne me laisse pas faire, pour garder mon self respect, mais n'empêche que tout de même c'est bien agréable d'être seule.

Elle se leva, fit des grimaces pour se décontracter, déambula.

Exquis de marcher sans souliers, rien qu'avec les pieds, bien à plat, un peu pataude, exquis de remuer les orteils, de n'être plus tout le temps sublime et Cléopâtre et redoutable de beauté. Chic, on allait manger maintenant! Parce que, mon chéri, je regrette, mais je meurs de faim. Tout de même, j'ai un corps. Vous le savez d'ailleurs, sourit-elle, et elle s'en fut, désinvolte.

A la cuisine, elle ouvrit le frigidaire. Tarte à la rhubarbe? Non, c'était bon pour les boutonneuses des restaurants végétariens. Des protéines, ventre-saint-gris! comme disait sans doute Corisande d'Auble, l'amie d'Henri IV. Du saucisson alors, qu'elle mordrait à même, sans le couper? Non, tout de même, pas après une telle nuit. Une tartine de confiture serait plus convenable, plus poétique, mieux appropriée aux récents événements. Non, pas assez de mordant. Elle opta pour un grand sandwich au jambon, agréable compromis.

Le sandwich confectionné, elle courut le déguster au jardin, dans la fraîcheur de l'aube et les festoiements des oiselets réveillés, fastueusement allant et venant, hanches insolentes et jambes fameuses. Dévorant à solides dents, brandissant son sandwich au jambon et proclamant au soleil apparu qu'elle était la belle du seigneur, elle alla à grandes enjambées et à grands sourires, pieds nus dans l'herbe humide de rosée, et le sandwich haut tenu était un fanion de bonheur, un pavillon d'amour.

De retour au petit salon, elle éternua. Bien égal, puisqu'il n'était pas là. Au deuxième accès, elle éternua exprès à grand bruit, en prononçant distinctement un atchoum dramatique. Elle s'offrit même le plaisir de contempler dans la glace l'expression malheureuse et enrhumée qui suit les éternuements. Et maintenant, monter se moucher d'urgence! Dans sa chambre, elle se moucha devant la psyché pour s'y considérer trompetant. Agréable, mais pas très succulente. Ne jamais se moucher devant lui.

Elle dégringola l'escalier en sifflant, entra en coup de vent dans le petit salon, y fit aussitôt une ravissante découverte. Par terre, sous le sofa, l'étui à cigarettes, l'étui d'or de l'archange! Elle eut un sourire entendu. Évidemment, ils avaient beaucoup remué sur ce sofa. Chers remuements! L'étui ramassé, elle lui confia qu'on dormirait ensemble, le remplit de cigarettes, heureuse de faire quelque chose pour lui, et puis c'était déjà un préparatif pour ce soir. Dans le cendrier, les trois cigarettes qu'il avait fumées! Elle en prit une, se la mit au bec. Ariane Corisande Cassandre d'Auble, ouvreuse de portières et ramasse-mégots! annonça-t-elle.

Le mégot sacré entre les lèvres, elle examina le fauteuil où il s'était assis, chérit le creux qu'il y avait laissé. Émouvant ce creux, mais on ne pourrait pas le conserver puisque l'idiote ferait le salon dans quelques heures. Tant pis, il y aurait d'autres creux. Une vie pleine de creux s'ouvre devant nous! déclamat-elle. Et il y avait eu le sofa aussi, tous les événements du sofa. Pas de traces décelables de lui sur le sofa, trop bouleversé pour qu'on pût s'y reconnaître dans ces marques mêlées d'elle et de lui en tendre lutte, creux et bosses, vagues de leur mer. Oh, une île déserte avec lui, toute la vie, quelle merveille! Elle esquissa une génuflexion devant le sofa, autel de leur amour. Et maintenant, on allait fumer une vraie cigarette, en la tenant entre le médius et l'annulaire, comme lui!

La cigarette fumée, elle alla se regarder une dernière fois dans la glace. Cher corps, devenu si important. O mon chéri, dit-elle à son corps, je vais te soigner follement, tu verras! Elle tourna sur elle-même, cria qu'elle était une maîtresse! Ce qui lui donna l'idée de composer le numéro de la Ventradour. Déguisant sa voix, elle annonça à la vieille qu'elle avait un amant, puis raccrocha. Et maintenant, vite le bain, pour vite le lit!

Dépêche-toi, imbécile, se gronda-t-elle dès son entrée dans l'eau chaude, dépêche-toi, il va bientôt être six heures du matin, faut dormir, sinon demain tête affreuse de vieille femme de trente ans, traits ravinés genre cartomancienne, et il reculera d'horreur, maintenant voyons un peu, résumons la situation, billet donc pour l'idiote pour qu'elle ne me réveille pas, porte fermée à clef, volets du salon chéri fermés aussi, s'agit pas d'être étranglée par des bandits, indispensable de vivre, ma vie est précieuse maintenant, j'ai un corps qui sert à quelque chose maintenant, avec S ce n'était rien, c'était la tristesse d'avec le iram, mais personne avant vous, personne après vous, c'est fou ce que je peux aimer mon jeune buste, une assez belle personne, moi, je crois, les autres ont des jambes barbues et même herbues, les pauvres, vraiment je les plains, enfin qu'elles se débrouillent, dis chérie, est-ce qu'on se raconte un petit peu? non, défense, ce sera tellement plus chic dans le lit, bien fourrée, avec toutes les aises, voyons quoi encore au point de vue situation, j'ai donc pris en bas tout ce qu'il me fallait, l'étui de l'archange, le petit miroir pour cas d'urgence dans le lit, et puis on se racontera ce qu'il y aura demain soir, enfin ce soir, avec tous les détails on se racontera, comment je serai habillée, ce que je lui dirai, ce qu'il me fera, c'est fou les possibilités érotiques d'une jeune fille de bonne famille comme moi, sans parler de mon amoralité totale au fond puisque je lui ai donné le beau truc en or massif que le pauvre Didi m'a offert, pauvre Didi bien sûr mais que faire, ce n'est tout de même pas ma faute, en tout cas il ne revient que dans un tas de semaines, on a le temps.

Debout, elle se savonna rapidement. Et puis quoi, elle l'avait épousé parce qu'il le lui avait tellement demandé et qu'elle était malheureuse, et puis elle était abrutie par le poison du suicide, ce qui avait vicié son consentement. Vraiment, il n'aurait pas dû tellement insister. En somme, il avait profité de son état de faiblesse, enfin plus ou moins. Bref, ce soir, neuf heures !

En veste de pyjama, nue des hanches aux pieds chaussés de mules rouges, elle courut à cloche-pied vers sa chambre, s'y agenouilla sur le vieux prie-Dieu de sa tante. Son image soudain aperçue dans la psyché la gêna. Un peu courte, cette veste, mais pas le temps de mettre un pantalon. Tant pis, Dieu ne faisait pas attention à ces détails, et puis quoi, il savait bien comment elle était faite. Après l'amen de conclusion, elle courut vers le lit où l'attendait Jean-Jacques, l'ours pelé de son enfance, obèse et borgne compagnon de ses nuits. Installée, elle se pinça les lèvres avec l'étui de l'archange, puis bavarda.

Allons, Jean-Jacques, ne me fais pas cette tête, s'il te plaît, tu sais bien qu'il n'y a rien de changé dans mes sentiments à ton égard, donc pas de scène s'il te plaît, j'aurais dû me faire une bouillotte, il ne fait pas froid mais ça aurait fait confortable, on se serait mieux raconté avec, enfin tant pis, pour ses bouts de cigarettes je ne dirai plus mégot c'est vulgaire, je dirai le mot anglais pour mégot, je dirai stub, c'est plus digne d'une cigarette de lui même morte, faudra que je lui dise que le vrai nom de mon ours c'est à lui seul que je l'ai dit, vous savez, mon chéri, aux autres je dis que mon ours s'appelle Patrice, mais avec vous, mon chéri, je ne peux pas avoir de secrets, ça lui fera plaisir, sauf que évidemment il y a un secret que je ne lui dirai jamais, à propos dis donc le premier soir quand je lui ai joué ce truc de Bach il voyait mon profil, je me demande de quoi j'avais l'air de profil, viens chérie, on va voir.

Hors du lit après avoir rallumé, elle disposa devant la psyché un guéridon censé être le tabouret du piano, y posa son séant nu, réfléchit. Il était à sa droite, donc il avait vu son profil droit. Dans une posture peu commode, une main pianotant sur un clavier imaginaire et l'autre tenant le petit miroir, elle y guigna son profil reflété dans la psyché. Oui, ça allait. D'ailleurs son profil droit c'était son meilleur. Vu de droite, le nez était parfait, on ne pouvait pas faire mieux. Ensuite, tournant le dos à la psyché, elle considéra dans le miroir l'image de ses hanches dans la psyché. Pas mal, sauf qu'elle bougeait trop le bas du dos en pianotant. Oui, je remue trop du décolleté inférieur, faudra me surveiller. Mais peut-être qu'il avait aimé. Oui, peut-être. Maintenant se coucher. Se dirigeant vers le lit, elle donna une tape altière à l'ourson mexicain, cadeau de Solal. Ça va, Pedro ?

Bon maintenant je ne sors plus du lit, acheter une de ces gaines peut-être, non ça fait prison, et puis un peu de rotondités ce n'est pas mal, si Dieu nous les a données c'est pour qu'on s'en serve, bon on se raconte, on va tout se raconter, entre femmes, sans embêteur, mais cette fois commençons par la fin, on ira à reculons, donc d'abord la fin, tout à coup donc au milieu des délices il s'est écarté, moi suppliante, ne me quitte pas, ne me quitte pas, le tutoyant sans gêne, évidemment que dans la situation où on était, est-ce que je suis une femme perdue, non je suis une femme trouvée, parce que à un certain point de vue j'étais en somme vierge, bref donc moi supplications adorables mais rien à faire lui implacable, alors je me suis levée pour me faire convenable, heureusement qu'il ne m'a pas regardée quand j'ai remis de l'ordre dans le haut, ça m'aurait humiliée, pas mal mon astuce de la coutume russe, deux minutes de plus toujours bon à prendre, les derniers sur le fauteuil il y en a eu trois, mais très longs, très spéléologiques, puis donc accompagné jusqu'au taxi, pourquoi taxi puisqu'il a une Rolls avec chauffeur, c'est un grand personnage, peut-être parce que un taxi ça fait plus discret, c'est un grand seigneur il fait attendre le taxi pendant des heures, cette nuit de neuf heures à quatre heures, donc sept heures, de quoi est-ce que je me mêle, donc portière ouverte, ça doit lui plaire quand je fais mon salamalec de lui baiser la main, puis moi courant pour rectification pas demain soir neuf heures mais ce soir neuf heures.

Elle s'arrêta net. Coup de sang à la poitrine, chaleur au visage, respiration difficile. Gaffe sur gaffe, elle s'en rendait compte soudain. Gaffe, l'empressement à ouvrir la portière. Gaffe, sa course pour rattraper l'auto, course de boniche affolée. Gaffe, cette servilité de marcher à côté de l'auto ralentissant, cette servilité de lui parler, essoufflée, tandis que l'auto roulait encore. Une mendiante abjecte demandant l'aumône. Et pourquoi tout ça ? Pour lui dire cette merveille d'intelligence qu'aujourd'hui c'était demain. Jamais il n'oublierait. Oh, mon Dieu, n'avoir pas fait ça. Mon Dieu, il aurait été si simple d'attendre jusqu'au matin et alors lui téléphoner pour préciser. Mais non, une angoisse de folle, et alors le numéro de cirque. Découronnée. Jamais plus admirée. Le ciel regardé ensemble, le vous êtes mon seigneur, je le proclame, toutes ces noblesses pour finir en boniche galopante. « Mais non, je t'assure, tu exagères, tu te fais des idées. Tous ses mots d'amour, sa ferveur, nos baisers, tu vois bien. » Oui, mais toutes ces merveilles c'était avant le numéro de cirque. Donc ça ne comptait pas. Le numéro de cirque avait tout gâché. Oh, elle n'était pas faite pour la vie. Trop enthousiaste, trop impatiente de bonheur, une pauvre maladroite. Ce n'était pas la comtesse hongroise qui aurait couru derrière l'auto.

Non, non, ne pas perdre la tête, s'adjura-t-elle en sortant du lit sur le bord duquel, assise, elle considéra ses pieds et son malheur. Oui, réfléchir froidement. En somme, rien n'était perdu. La vie était faite de hauts et de bas. Les impressions étaient passagères. Il s'agissait seulement d'effacer la mauvaise impression, de la remplacer par une bonne, de reconquérir son estime. Ce soir être merveilleuse de grâce et de dignité, lui offrir le thé avec des gestes nobles, être un peu lointaine, très bien habillée, bref se réhabiliter. Dressée d'un coup, elle se tordit les mains. Non, non, tout était perdu! Elle tressaillit. Humectant ses lèvres séchées, elle dévala le long de l'escalier, s'élança vers le téléphone qui sonnait dans le vestibule.

Revenue dans sa chambre, elle courut s'embrasser à la psyché. O le merveilleux qui lui avait téléphoné pour entendre sa voix! Et de lui-même il lui avait dit qu'elle avait été adorable d'avoir couru derrière l'auto! C'était vrai qu'à bien y penser ça ne manquait pas de charme, cette course. Une ravissante adolescente, en somme. Primesautière, voilà. Donc prestige intact et se refourrer! D'un bond elle entra dans le lit, s'y enfonça, se borda jusqu'au cou.

Adorable, tu entends, tu vois que j'avais raison de dire que tu te faisais des idées, est-ce qu'on se le décrit un peu, oh oui s'il te plaît, attends que je me borde. mieux, voilà ça y est, d'abord il est grand, plus grand que moi, c'est comme ça que ça doit être, au fond nous sommes toutes des midinettes, mais pourquoi est-ce qu'il ne m'a pas prise ce soir, pourquoi seulement des baisers, explique-moi ça, rien que des baisers, et aussi sur mon jeune buste, moi naturellement trop bien élevée pour dire quoi que ce soit, mais tout de même, enfin espérons que demain non pardon ce soir, mais une fois aller dans une église ensemble on restera à genoux on se tiendra par la main, mais on fera du cheval aussi ensemble, du ski nautique aussi, il doit être sublime en ski nautique, tu ne crois pas? oui je crois, enfin il y a eu avant-hier soir, ça compense, deux sacres il y a eu, en somme je tiens une comptabilité c'est honteux, le petit salon à fond s'il vous plaît et passez bien l'aspirateur s'il vous plaît, j'attends une amie d'enfance elle vient de rentrer d'Australie, la faire filer tout de suite après le déjeuner pour être libre de mes manœuvres sans regards espions et réflexions intérieures, et alors perfectionner le salon, dis donc si j'allais dans un institut de beauté, non j'oserais pas, toutes ces maquillées dégourdies qui s'occupent de vous et puis elles pourraient m'abîmer, mais une fois s'il part en mission j'essayerai parce que si ça rate j'aurai le temps de me faire réparer, à bas les, mort aux, non absolument pas, au contraire, des fruits au salon, non ça fait trop préparatifs, trop obséquieux, lui demander seulement s'il en veut et alors aller les chercher, l'utilité des fruits c'est que si on les prend juste un peu avant les baisers intérieurs sous-marins, enfin bref ça fait langue délicieuse fraîche ayant bon goût quoique la mienne a toujours bon goût même sans fruits, non après quoique il faut le subjonctif, s'il fait chaud ma champêtre la rayée à décolleté carré, ou plutôt la toile de lin qui se déboutonne tout du long, la mettre à huit heures cinquante pour éviter froissements non elle fait trop matin, plutôt une robe du soir d'été mais très très simple, ou bien mon ensemble petit dîner qui fait à peine habillé, le chic c'est qu'on peut enlever la veste et alors c'est la robe décolletée, pas trop d'ailleurs, mais en se penchant un peu ça peut aller si, enfin bref, faudra que je tire au clair le problème de la comtesse, est-ce que vraiment elle est partie pour de bon, l'autre jour au Ritz quand il m'a montré le nouveau blaireau à barbe qu'il a acheté, ce regard enfantin pour m'expliquer ce blaireau extraordinaire qui ne perd pas ses poils, cet enthousiasme, je me sentais tellement adulte à côté, je l'aime absolument et pourtant une une une peur répugnance pour, enfin, le désir de l'homme, mais pas toujours, quelquefois seulement, parfois il m'en impose, femelle épatée par une intelligence dure, je me dis je n'aurais pas trouvé ça moi, les bonnes femmes c'est toujours un peu faible d'esprit, mais tout de même je suis capable de remarques secrètes, poseur va, ou même tu t'embrouilles, mais jamais avec Varvara, une grande bienveillance pour elle, lui je l'aime tellement plus, mais avec elle il y avait une entente, j'aime qu'il me déshabille, quand je désire le plus je suis pudique, je me tiens pudique dans mon coin, des fois j'ai tellement envie de ses lèvres quand il est impassible lointain, j'aime bien aussi quand il est habillé passer les bras sous son veston, le serrer fort pour qu'il sache bien qu'il est à moi, j'aime surtout quand, mais ça je ne peux pas dire à haute voix, au fond je crois que je, que pour les choses de la nuit dans le lit je n'ai aucun sens moral, c'est comme ça peut-être les femmes honnêtes quand, je crois que tout ce qu'il me dirait la nuit de faire je crois que je le ferais, mais naturellement pourvu que les mots ne, oh j'ai pitié de moi, je suis ma pauvre chérie toujours à attendre avec des talons trop hauts des jupes trop étroites, les autres pires que moi avec leurs petits chapeaux leurs pendants d'oreilles, affreux ce besoin d'humilité que j'ai, je me dégoûte, n'empêche que quand il arrivera ce soir, tout de suite me précipiter sur sa main, chienne va, chienne lécheuse, j'espère que vous ne resterez pas trop longtemps ce soir car vous m'excédez mon cher, ça serait chic de lui dire ça, oh et puis ce baiser adorateur que j'ai inventé, enfin il y a peut-être d'autres mignonnes qui l'ont inventé aussi, oh c'est vrai que le plus chic c'est quand il n'est pas là et je l'attends, et aussi c'est quand il est parti et je me rappelle, un autre baiser honteux c'est quand je le flaire genre singesse, non c'est pas honteux, pas du tout singesse, oh assez maintenant, dormir maintenant, quand je joue au piano mes hanches remuent sur le tabouret, je le fais peut-être un peu exprès, au fond je suis un être inférieur, oh j'adore le trio numéro un en si bémol majeur du cher Schubert gros gentil avec ses grosses lunettes, oui faudra que je lui demande s'il sait siffler, eh dis donc l'asticot est-ce que tu sais siffler, j'ai tout le temps besoin de lui, besoin d'être l'idiote ravie dans ses bras, je dois l'embêter avec mes téléphones, il m'a dit que le soir en s'endormant il pense à moi, ça c'est du vrai amour, l'autre soir quand je lui ai reproché cette chose affreuse qu'il avait dite le soir du Ritz que les seins c'est des blagues et toujours molles,

383

il m'a demandé pardon m'a dit que j'ai les plus beaux du monde, c'est vrai d'ailleurs, je n'en souhaite pas de pareils à ma meilleure amie, donc question réglée n'en parlons plus, oh je n'ai pas de meilleure amie, et aussi quand je lui ai dit qu'il avait dit gymnastiques auxquelles elles trouvent un étonnant intérêt et que Don Juan les trouve comiques, enfin sa réponse a été très satisfaisante, à tout péché miséricorde, cravache sur le dos et il y a des raies rouges et puis deviennent blanches en relief, j'aimerais bien, et puis je lui ai dit qu'au Ritz il avait dit qu'il n'aimait pas qu'on lui caresse l'épaule après, réponse également parfaite, en somme moi ravie qu'il n'aime pas ça avec les autres, mais est-ce qu'il aime vraiment avec moi, oui tout à fait je t'assure, quand il est venu à cheval, moi à sa rencontre, lui descendu de cheval, moi gênée de devoir marcher observée par lui, dis donc nos baisers c'est autre chose qu'avec S, je ne sentais rien avec ce pauvre homme, mais je lui dis trop que je l'aime, je ne sais pas garder mon mystère féminin être troublante, faudra avoir des indifférences, oublier les rendez-vous, lui dire je ne pourrai pas vous voir demain je regrette, avoir le genre bonsoir comment allez-vous, enfin le genre femme sachant se faire aimer, impératrice lointaine, le genre je ne sais pas peut-être, un air un peu dégoûté, le genre c'est possible, enfin des réponses lasses altières, le genre dédaigneux avec un long fume-cigarette vert les yeux à demi fermés, rêvant énigmatiquement, d'accord adopté et tu verras de quel bois je me chauffe mon petit ami, oui changer complètement, mais pas ce soir, à partir de demain soir seulement, je siffle pas assez bien, comment est-ce qu'ils font les garçons, oui ce serait agréable qu'il me plie, me mette dans une valise et quand il a besoin de moi il me sort et il me déplie, j'adore ça, être une jeune fille seule dans une vieille maison à la lisière d'un bois, une maison basse couverte d'un manteau de vigne vierge avec des plaques rouges, moi aussi je serais vierge mais sans plaques rouges, je lui ferais visiter la maison je lui montrerais la terrasse bordée par une balustrade le petit bassin le banc de pierre la pelouse le kiosque chinois la grande pièce d'eau entourée d'arbres mystérieux, je vous donne tout cela mon chéri, tout cela est à vous mon chéri et moi aussi, tous les jours de notre vie, mon amour.

Elle ferma les yeux pour le revoir, lui prit la main pour dormir avec lui, sourit à ce soir neuf heures. Les jambes disparues, elle entra dans les eaux noires, ses lèvres contre l'étui d'or. C'était son temps de bonheur, le temps de bonheur d'une future morte.

## XLIV

Le soir suivant, alors qu'elle était prête, dans une robe mise pour la première fois, il téléphona qu'une réunion imprévue le retenait au Palais mais qu'il viendrait certainement demain soir. Alors, sanglots à plat ventre sur le sofa. Tout ce travail pour rien, et cette robe si réussie, et elle tellement en beauté ce soir!

Soudain debout, elle arracha la merveilleuse robe, la déchira, la piétina, donna un coup de pied au sofa. Sale type, il le faisait exprès, c'était pour se faire aimer davantage, elle en était sûre! Le voir demain, elle s'en fichait, c'était ce soir qu'elle le voulait! Oh, elle se vengerait demain, elle lui rendrait la pareille! Sale bonhomme!

A la cuisine, demi-nue, elle se gorgea de confiture pour se consoler, des cerises noires, puisées avec une cuillère à soupe. Ensuite, dégoûtée de confiture, elle pleura, puis monta au deuxième, reniflante. Devant la glace de la salle de bains, elle s'enlaidit pour supporter son malheur, déshonora ses cheveux, se fit un visage de clown avec trop de poudre et un bâton de rouge fortement appuyé sur les joues.

A dix heures, il téléphona de nouveau, dit que la réunion avait duré moins longtemps qu'il n'avait pensé et qu'il serait chez elle dans vingt minutes. Oui, mon seigneur, je vous attends, dit-elle. Le téléphone raccroché, elle tourbillonna, baisa ses mains. Vite un bain, vite se démaquiller, se recoiffer, redevenir belle, passer une robe presque aussi belle, cacher la déchirée, demain elle la brûlerait, non ça sentirait trop mauvais, eh bien elle l'enterrerait dans le jardin! Vite, le seigneur allait venir, et elle était sa belle!

# XLV

Un soir, peu avant neuf heures, elle décida que l'attendre dehors, sur le seuil, faisait obséquieux. Oui, aller simplement ouvrir la porte lorsqu'il arriverait, mais ne pas se précipiter, aller tranquillement en respirant largement, de manière à ne pas oublier qui elle était, de manière aussi à n'être pas essoufflée. Oui, très bien, maîtrise d'elle-même, le faire dignement entrer au salon. Là, conversation, puis proposer une tasse de thé. Bonne idée d'avoir déjà tout apporté au salon pour n'être pas devant lui en posture de femme de chambre apportant un plateau. Oui, tout y était, théière avec couvre-théière, tasses, lait, citron. Donc au moment opportun se lever, verser le thé lentement, lui demander sans servilité s'il voulait du lait ou du citron. Elle essaya. Lait ou citron? Non, l'interrogation était ratée, ça faisait trop énergique, cheftaine éclaireuse. Elle essaya de nouveau. Lait ou citron? Oui, ainsi c'était bien. Aimable, mais indépendante.

Elle se précipita lorsque la sonnette retentit. Mais arrivée dans le vestibule, elle fit demi-tour. Avait-elle bien enlevé la poudre? De retour au salon, elle resta devant la glace, s'y regarda sans s'y voir. Le sang battant à ses oreilles, elle se décida enfin, s'élança, faillit tomber, ouvrit la porte. Comment allez-vous? lui demanda-t-elle avec le naturel d'un chanteur d'opérette faisant du parlé.

La respiration difficile, elle le précéda dans le salon. Un sourire immobile posé sur ses lèvres, elle lui indiqua un fauteuil, s'assit à son tour, tendit le bas de sa robe, attendit. Pourquoi ne lui parlait-il pas? Lui avait-elle déplu? Il restait peut-être de la poudre. Elle passa sa main sur son nez, se sentit dépourvue de charme. Parler ? Sa voix serait enrouée, et s'éclaircir la gorge ferait un bruit affreux. Elle ne se doutait pas qu'il était en train d'adorer sa gaucherie et qu'il gardait le silence pour la faire durer.

Lèvres tremblantes, elle lui proposa une tasse de thé. Il accepta avec impassibilité. Guindée, les joues enflammées, elle versa du thé sur le guéridon, dans les soucoupes, et même dans les tasses, demanda pardon, tendit ensuite d'une main le petit pot à lait et de l'autre les rondelles de citron. Laine ou coton ? demanda-t-elle. Il eut un rire, et elle osa le regarder. Il eut un sourire, et elle lui tendit les mains. Il les prit, et il plia le genou devant elle. Inspirée, elle plia le genou devant lui, et si noblement qu'elle renversa la théière, les tasses, le pot à lait et toutes les rondelles de citron. Agenouillés, ils se souriaient, dents éclatantes, dents de jeunesse. Agenouillés, ils étaient ridicules, ils étaient fiers et beaux, et vivre était sublime.

## XLVI

Un autre soir, comme il se taisait, elle se tenait sage et immobile, respectant son silence. Mais lorsqu'elle s'aperçut qu'il
ouvrait et refermait son étui à cigarettes vide, elle se leva, se
dirigea lentement vers le secrétaire en bois de rose. Sa démarche
était harmonieuse, car elle se voulait parfaite.

Tenant à la main une boîte de cigarettes prise dans le secrétaire, elle revint gravement vers lui, hiératique, hanches à peine
mouvantes. Pauvre chérie, pensa-t-il, les yeux baissés, mais la
voyant. Avec un sourire discret, elle posa devant lui la boîte
d'Abdulla puis l'ouvrit, élégante esclave. Il prit une cigarette
qu'elle alluma avec le briquet en or qu'il lui avait donné, le
premier soir. Ensuite, heureuse de l'avoir servi, elle regagna
lentement son fauteuil, hanches vivantes. Elle s'assit, croisa
avec grâce ses nobles jambes, tira pudiquement le bas de sa
robe, s'immobilisa en position poétique. Je t'adore, pensa-t-il,
attendri par ce pathétique souci de trouver grâce.

Assise et contemplant ses belles mains, bas de la robe de
nouveau tiré puis lissé, elle était l'image même de la perfection.
Mais voici que pour son malheur, alors qu'elle était si réussie,
voici qu'une démangeaison dans le nez l'avertit d'un éternuement imminent. Je reviens, dit-elle en se levant d'un jet, et elle
sortit en hâte, oublieuse de ses hanches.

Retenant la catastrophique envie, elle gravit quatre à quatre
l'escalier, se tenant le nez pincé entre le pouce et l'index. Arrivée
au premier étage, elle entra en coup de vent dans la chambre
des Deume, referma violemment la porte, éternua à quatre

reprises. Après quoi, à petits coups discrets pour n'être pas entendue, elle se moucha dans un mouchoir à carreaux pris dans un tiroir, et qu'elle jeta sous le lit après usage. Mais maintenant, comment expliquer son absence ? Dire qu'elle était allée se moucher ? Plutôt mourir ! Elle tourna sur elle-même, lança des regards traqués. Enfin, sur la table devant un livre intitulé « Les Mille et Un Trucs du Petit Débrouillard », elle aperçut une petite photographie d'elle encadrée de cuir. Elle s'en empara et sortit après un regard de vérification dans la glace de l'armoire.

« Je suis allée chercher une photographie de moi, dit-elle de retour dans le petit salon. Je vous la donnerai lorsque vous partirez, mais vous ne la regarderez que chez vous. Ainsi, c'est vers moi que l'auto vous conduira. » Elle aspira largement par les narines, satisfaite de sa phrase. Réhabilitée et ne se doutant pas qu'il avait entendu les vigoureux éternuements, elle se rassit en toute poésie.

## XLVII

Ils passaient parfois leurs soirées au Ritz, chez lui. Elle aimait aller le voir, être l'attendue, n'avoir pas à craindre des retards de son méchant. Dans le taxi qui la menait vers lui, elle se plaisait à rêvasser qu'elle était le Chaperon Rouge qui allait voir le loup, en faisant bien attention de ne pas rencontrer sa mère-grand.

Au petit matin, elle se rhabillait, s'agenouillait au pied du lit où il somnolait d'amoureuse fatigue, et elle l'enchantait, comme elle disait, l'enchantait par de chastes caresses, aux pieds nus le plus souvent, caresses patientes, régulières, et elle s'émouvait d'être une esclave agenouillée devant la couche de son roi. Elle ne partait jamais avant d'être sûre qu'il s'était endormi, et toujours elle lui laissait un billet de quelques lignes qu'il trouverait à son réveil. Ces messages d'une écriture incertaine, tracés qu'ils étaient dans l'obscurité, elle les laissait sur la table de chevet, pour son réveil.

« Je suis attendrie et fière comme une mère lorsque tu te laisses enchanter, comme tout à l'heure quand j'ai fait les petites passes libellules dans le dos. Aimé, je me retenais de te couvrir de baisers. Je crois quelquefois que tu ne sais pas combien je t'aime. Dors bien, mon amour. »

« Pour l'amour du ciel, mon chéri, fumez moins demain. Pas plus de vingt, je vous prie. Tourmentez un de vos chapelets à la place. Et ne soyez pas fâché si je vous recommande de déjeuner à midi. Mais pas uniquement des hors-d'œuvre, de grâce. La chevrette donne des coups de front dans le vide, mais que

peut-elle faire pour que l'aimé soit raisonnable? Dors bien,
mon amour.»

« Aimé, j'ai besoin de te dire que l'amour que tu me donnes
est un ciel profond, profond, où je trouve des étoiles nouvelles
chaque fois que je regarde. Jamais je ne cesserai d'en découvrir,
et cela va si loin, si loin. Dors bien, mon amour.»

« Aimé, tu as fait de moi une vraie femme. Tant de choses
inutiles et qui n'avaient pas de racines sont tombées de moi, et
je suis devant toi toute simple et toute unie. Crois-moi, une
paysanne roumaine, tresses pendantes et pieds nus, ne regarderait
pas son homme avec plus de confiante adoration. O Sol, Sol,
si tu savais quelle tendre folie il y a pour toi dans le cœur de ta
petite paysanne, de ton enfant. Dors bien, mon amour.»

# XLVIII

Une nuit, terrible envie de retourner la voir. Non, il ne fallait pas, il fallait la laisser dormir, se contenter de cette photo, la plus belle. Oh, les jambes, les longues chasseresses qui toujours vers lui accourraient, d'amour s'élanceraient. Oh, la robe aux broderies roumaines, horizontales au bas et à la taille, verticales le long des manches. Oh, les mains qui tout à l'heure l'avaient tenu aux épaules tandis qu'ils se buvaient. Oh, ce mystère de bonheur, un homme et une femme se buvant. Voici maintenant les seins sous la robe, cachés aux autres, à lui consacrés. Alléluia, voici son visage, son âme, elle, narines palpitantes, lèvres par lui tourmentées. Oui, dès qu'il ferait jour, envoyer un chasseur de l'hôtel acheter une loupe, une forte loupe pour mieux voir ces lèvres aux siennes complaisantes. Oui, mais en attendant, quoi ? Dormir était impossible, il l'aimait trop. Mais il ne pouvait pas rester seul, il l'aimait trop. Alors, aller à Pont-Céard voir Isolde. Isolde, comtesse Kanyo, déclama-t-il avec une feinte fierté. Isolde, Kanyo grofnö, déclama-t-il ensuite en hongrois.

Assis sur les genoux d'Isolde, il promenait son doigt sur les fines rides au coin des yeux si beaux. Vieillissante, sa chérie. Il était bien auprès d'elle, rassurante, discrète. Il caressa les cheveux, mais se tint loin des lèvres, détournant le regard pour ne pas voir les seins que le peignoir entrouvert découvrait et qui lui répugnaient un peu. Ah, comme il aimerait lui raconter les merveilles d'Ariane, les partager avec elle. Elle était bonne, son Isolde, il savait que s'il lui confiait son bonheur, il n'y aurait pas de scène, mais ce serait pire. Il y aurait le regard qu'il connaissait bien, le regard qu'elle avait eu lorsqu'il avait avoué Elizabeth Vanstead, regard de doux reproche, regard un peu fou de tristesse impuissante, pauvre sourire et regard d'une femme de quarante-cinq ans qui n'osait plus se montrer en plein soleil. Non, impossible de lui raconter Ariane.

Pour penser à Ariane dans les bras d'Isolde, il avait fermé les yeux, feignant de dormir, tandis qu'elle lui caressait les cheveux tout en murmurant en elle-même une folle berceuse. Dors, mon bonheur, mon pauvre bonheur, murmurait-elle, et elle savait qu'il la quitterait un jour, savait qu'elle était vieille, et elle lui souriait, impuissante, attendrie par le malheur qui l'attendait, mais n'éprouvant que tendresse pour ce méchant qu'elle avait encore. Elle le contemplait, presque heureuse soudain parce que, lui dormant, elle pouvait l'aimer entièrement sans en être empêchée par lui.

Il ouvrit les yeux, fit le réveillé, bâilla. « La fille de Minos et de Pasiphaé, déclama-t-il rêveusement. J'aime ce vers. De qui est-ce ? — Racine, dit-elle. Vous savez bien, Ariane, ma sœur, de quel amour blessée... — Ah oui, Ariane, bien sûr, dit l'hypocrite. Ariane, la nymphe divine, l'amoureuse de Thésée. Elle était très belle, Ariane, n'est-ce pas, élancée, virginale, mais le nez royal des grandes amoureuses. Ariane, quel beau prénom, j'en suis amoureux. » Attention, elle allait se méfier. Alors, avec des gestes vagues, il expliqua qu'il avait bu beaucoup de champagne au Donon, avec des délégués anglais. Oui, un peu ivre, sourit-il, tendre et satisfait, pensant à celle qui dormait là-bas, à Cologny. Elle l'embrassa, et il eut peur, mit ses lèvres à l'abri. « Vous avez l'air fatigué, dit-elle, je vais vous déshabiller et vous coucher, je vous masserai les pieds pour vous endormir, voulez-vous ? »

Assise au pied du lit, elle lui massait les pieds. Étendu, il la considérait, les yeux mi-clos. La fière Isolde, comtesse Kanyo, une humble masseuse de pieds maintenant, et qui s'en contentait. En robe de chambre, elle travaillait consciencieusement, variait les maniements en professionnelle, pétrissait, frottait, effleurait, passait aux orteils qu'elle vissait et dévissait. Bien masser était une des fiertés de la malheureuse qui avait même pris des leçons de massage pour mieux le servir.

Toute à sa tâche, servante appliquée, s'arrêtant pour reprendre du talc, elle le massait et le massait cependant que, les

393

yeux de nouveau fermés, il revoyait la vive, la tournoyante, l'ensoleillée, son Ariane. De remords, il mordit sa lèvre. Lui dire de venir s'étendre auprès de lui et tâcher de la baiser sur la bouche, enfin ne pas la traiter en masseuse? Tout à l'heure, peut-être. Pas le courage tout de suite. Pauvre bonne chérie. Oui, il la chérissait comme une mère, et elle lui répugnait comme une mère. Il l'avait désirée pourtant, autrefois. Quarante-cinq ans maintenant, la pauvre, ou davantage. La peau du cou granuleuse, un peu distendue. Les seins fléchissants. « Je vous masse bien ? — Oui, chérie, très bien. (Ajouter que c'était exquis ? Non, le très bien suffisait. Garder exquis pour plus tard.) — Voulez-vous que je vous les mobilise ? — Oui, chérie, ce sera exquis. »

Alors commença la mobilisation. Sa main gauche tenant la cheville, elle imprima avec l'autre main d'inutiles torsions savantes au pied nu qu'elle mobilisa et remobilisa avec, sur les lèvres, un petit sourire mécanique d'effort ou peut-être de fierté parce qu'il avait dit que ce serait exquis. Lui, il avait honte, et il haïssait son pied, et il avait pitié du noble visage studieusement penché sur cette antipathique extrémité, si idiote avec ses cinq orteils et qui ne méritait pas d'être ainsi révérée. Et elle ne s'arrêtait pas de mobiliser, pauvre déshonorée dans sa merveilleuse robe de chambre maculée de talc. Lui demander de démobiliser ? Mais que feraient-ils alors tous les deux ?

Elle leva ses yeux en amande, un peu mongols, si doux, si bons. « L'autre pied maintenant, n'est-ce pas ? — Oui, ma chérie, dit-il, heureux du possessif qui faisait variante, et même il en remit : Oui, aimée, ajouta-t-il. » Elle lui sourit, reconnaissante du dernier mot, plus satisfaisant que « chérie ». Pauvre qui se contentait de la moindre miette, la happait de toute âme, s'en réconfortait. Oh, pouvoir lui dire les mots de tendresse qui montaient à ses lèvres! Mais non, silencieusement massant, elle attendait des mots d'amour. Elle les attendait, discrète créancière, et il n'en trouvait pas sonnant vrai. Ah, ce serait si simple s'il pouvait au moins la désirer. Nul besoin de mots alors. Il la manierait sans parler et tout serait bien puisque rien ne la rassurait autant. Hélas, il ne pouvait lui donner que des mots. Mal combiné, le système masculin. Enfin, il se décida, fit une tête solennelle. « Aimée, écoute. (Elle s'arrêta de masser, releva la tête, plus émouvante qu'un chien attendant du sucre.) Aimée, il faut que je te dise que je t'aime plus, beaucoup plus qu'autrefois. » De honte, il baissa les yeux, ce qui impressionna Isolde et la persuada. Elle se pencha, baisa le pied nu, reprit son massage, heureuse, la pauvre escroquée. Oh, l'infortunée qui croyait bien faire en lui tourmentant les pieds. Heureuse, oui, mais l'effet des mots ne durait guère. Demain, il faudrait en trouver d'autres, plus intenses. Et d'ailleurs, les mots ne remplaçaient pas le reste qu'elle attendait, le maudit reste, seule preuve irréfutable. Mais comment faire le reste avec cette peau du cou toute distendue ? Malédiction de la viande. Eh oui, lui aussi aimait la viande.

Elle leva les yeux, lui demanda à quoi il pensait. « A toi, Ise. » Que dire d'autre ? Elle s'arrêta de masser, lui prit la main. Sentant venir le danger, il tendit le pied. Alors, elle se remit à l'ouvrage, mais peu après aborda le mollet. Danger. Que faire ? Lui parler de politique ? Pas le moment, à deux heures du matin. Elle en était au genou maintenant, et avec des intentions. Tragique, cette comédie. Et le plus comique était que ce besoin de maniement sexuel était moral. Elle voulait savoir qu'il l'aimait, en être sûre. Maudit système masculin, et le désir de bonté n'y faisait rien, à ce système. « Encore le pied, chérie, oui le pied plutôt, cela me délasse tellement. (Quoi d'autre pour exorciser davantage ? Le roman, oui. Tant pis si ça faisait original à deux heures du matin.) Aimée, j'aimerais que tu me lises la suite du roman de l'autre jour, c'était si intéressant, et puis j'adore quand tu me lis. Tu lis si bien, ajouta-t-il pour faire bon poids. »

Le livre dans la main gauche, le pied nu dans l'autre main qui pétrissait, elle s'efforçait de lire bien, camouflant son accent, donnant un tour animé au dialogue, changeant de ton selon les personnages. Il en avait les dents agacées. Lui demander de ne plus lire ? Mais alors, le danger ! Cet accent hongrois mâtiné d'accent anglais surfin était insupportable. Évidemment, si c'était l'autre qui avait l'accent hongrois, il la trouverait adorable. Lui proposer d'aller au cinéma ? Mais il fallait parler pendant les entractes. D'ailleurs, on ne pouvait pas aller au cinéma à deux heures du matin. Voilà ce qui l'attendait désormais lorsqu'il viendrait la voir l'après-midi, les soirées étant réservées à l'autre qui ne se doutait de rien, pauvrette, voilà ce qui l'attendait, les cinémas et leurs entractes avec obligation de parler, ou encore le massage des pieds, la lecture des romans, les paroles d'amour nouvelles à trouver, l'angoisse de ne pouvoir la désirer, et constamment deviner son attente, son humble exigence muette. Et lui, sa culpabilité tout le temps, sa pitié tout le temps. Pitié lorsqu'elle lui chantait ses mélodies hongroises, toujours les mêmes, et qu'il connaissait par cœur. Pitié, à cinq heures de l'après-midi, lorsqu'elle lui proposait de commander le thé à la domestique, le lui proposait avec un curieux espoir naïf, incurablement optimiste, comme si le thé allait magiquement mettre de la vie dans cette mort qu'elle ne voulait pas voir. Sa pauvre foi absurde dans le miracle du thé bu ensemble « en devisant », comme elle disait pour faire animé. Mais de quoi deviser ? Il savait tout d'elle. Il savait qu'elle aimait les romancières anglaises, rêveuses, décentes, distinguées, lymphatiques, lentes, charmantes, embêtantes, bref de bonne bourgeoisie, upper middle class. Il savait aussi qu'elle aimait un tas de fleurs inconnues et un Bach qui n'était pas le Jean-Sébastien mais tout aussi robot.

« L'autre pied maintenant, chérie. » Oui, bonne et douce, mais cafardeuse, dépourvue de talent. O son Ariane, gaie, un peu folle, imprévue. Cette phrase d'elle hier sur les poules : gonflées, méfiantes, médisantes, toujours pensant à des rentes viagères. Et sa description du crapaud blessé qu'elle avait soigné à la cave. Il se rappelait tout ce qu'elle avait dit de ce crapaud : ses beaux yeux dorés, filigranés, son regard charmant, timide et pourtant confiant, si reconnaissant quand elle lui parlait, et tellement mignon quand il mangeait et qu'il s'aidait de ses doigts. Et lorsqu'elle lui avait parlé du chant des crapauds, elle avait dit que c'était un chant pénétrant de nostalgie, l'appel d'une âme. Et le jour où elle avait remarqué un moineau perché sur le paratonnerre de la villa, s'égosillant, très à son aise, elle avait dit qu'il criait à ses petits copains que ce paratonnerre c'était un vrai canapé, tellement on y était bien. Et l'ardeur de ses baisers. Tandis que celle-ci, cette liseuse, si par pitié il la touchait un peu, tout de suite des yeux de madone. Et puis il avait découvert qu'elle allait dans un institut de beauté pour se faire désincruster le visage. Qu'est-ce que ça pouvait être cette désincrustation ? Peut-être que ça faisait sortir des petits vers de chaque pore. Ariane, ses joues pures, l'arc charmant de ses lèvres, et pas de rouge comme celle-ci qui ne s'arrêtait pas de lui tourmenter les pieds avec des mains aux ongles fardés, presque des griffes, des griffes ensanglantées. Ariane, son ravissement enfantin lorsqu'il louait sa beauté, sa bouche alors se faisant parfaite comme devant le photographe. Le soir du potage à l'oseille, sa fierté de le nourrir. Et l'après-midi où il était arrivé à cheval, si heureuse de cette visite à l'improviste, elle avait couru à sa rencontre avec un sourire trop épanoui, un sourire ridicule, si large et sincère qu'il en était cocasse, sourire d'enfant ravi aux anges ou de génie maladroit qui ne sait pas se maîtriser afin de faire toujours digne impression. Quand s'arrêterait-elle, celle-ci, de lui martyriser les pieds ?

« Je continue à lire ? — Oui, chérie. — Et à masser ? — Oui, chérie. » Et quand elle devenait trop caressante les trucs pour lui échapper. Le meilleur était la fausse crise hépatique. Comme elle s'animait alors, refleurie de pouvoir servir, si empressée à lui apporter des compresses horriblement chaudes qu'elle courait renouveler toutes les minutes à la salle de bains et qu'elle rapportait en galopant. Et comme elle était fière lorsque, n'en pouvant plus d'être échaudé, la peau cramoisie de brûlures, il annonçait qu'il n'avait plus mal. En somme, le seul bonheur qu'il était capable de lui donner c'était de la persuader qu'elle lui était utile. Donc faire le malade chaque fois qu'il viendrait la voir. Ainsi occupation et passe-temps pour elle, sans péril pour lui. La prochaine fois, pour varier, on essayerait d'un rhumatisme à l'épaule. Il la voyait déjà se précipitant chez un pharmacien et rapportant, essoufflée, des pommades anti-rhumatismales. Oh, pouvoir l'embrasser sans crainte sur la joue et lui parler d'Ariane, lui avouer tout, partager Ariane avec elle. Mais non, elle le voulait pour elle, le truster. Assez, maintenant. On avait suffisamment abusé de ses pieds.

« Je ne masse plus ? demanda-t-elle lorsqu'il retira son pied. — Non, chérie. — Vous devriez dormir maintenant, il est si tard. Pour que vous vous reposiez bien, je vous laisserai tout le lit, j'irai dormir dans la petite chambre. » Il savait que ces derniers mots étaient dits dans l'espoir qu'il lui demanderait de rester, de dormir avec lui. Impossible. Jamais plus. Mais s'il acceptait de la laisser dormir seule, elle ferait du cafard, et demain matin elle aurait les paupières toutes gonflées. Donc partir. Mais où aller ? Voir sa petite amie Edmée et lui parler d'Ariane ? Non, trop cruel de raconter son bel amour à une pauvre naine, et salutiste de surcroît. Tant pis, rentrer au Ritz, seul et misérable, pauvre Solal. Il lui dit qu'il avait un travail à terminer d'urgence pour Sir John, et d'ailleurs le taxi attendait. Rhabillé, il l'embrassa sur la joue. Sentant qu'elle attendait un autre baiser, il improvisa une quinte de toux pour embrouiller la situation, partit en hâte, le feutre baissé, coupable.

Dans le taxi il revit soudain les fines rides au coin des yeux. Fanée, elle si belle encore au début de leur liaison. L'injustice de l'âge, et puis cette vie solitaire à Pont-Céard, elle s'y était flétrie à l'attendre jour après jour, soir après soir. Une vieille bientôt. Oui, partir avec elle, n'importe où, cette nuit même. Oui, renoncer à Ariane. Oui, toute la vie avec Isolde. Il frappa, demanda au chauffeur de retourner à Pont-Céard. Comme elle allait être heureuse, son Isolde!

Des minutes plus tard, il frappa de nouveau, fit glisser la vitre. « Frère, dit-il au chauffeur, ma bien-aimée respire à Cologny, mène-moi vers elle, car je suis ivre d'amour, et quelle importance de mourir? O son attrait mortel lorsque pour la première fois, un soir, je la vis descendre les marches de l'Université, déesse et promise, déesse et suivie dans la nuit. En conséquence, frère chéri, à grand bruit et vélocité extrême mène-moi vers la bien-aimée, et je te ferai heureux comme jamais tu ne fus, foi de Solal, quatorzième du nom! » Ainsi dit-il, et il chanta aux étoiles frissonnantes à travers la vitre, follement chanta, car il allait la revoir, et aucune importance de mourir!

## XLIX

Jalousies d'elle, séparations pour toujours, et elle se cravachait la nuit pour se punir de penser à lui, et pendant des jours
elle ne lui donnait nul signe de vie. Attentes de lui, attentes
devant le téléphone qui terriblement ne sonnait pas, coup de
sang à la poitrine lorsque l'ascenseur s'arrêtait au troisième
étage du Ritz, et c'était elle peut-être, mais non, ce n'était
jamais elle, et enfin le téléphone sonnait, et elle viendrait ce
soir. Alors, c'était les préparatifs absurdes pour être beau.

A peine arrivée, elle s'abattait contre le méchant, voulait
sa bouche. Mais après l'ardeur, à quelque soudaine image de
lui avec cette autre, elle le questionnait. Il répondait qu'il ne
pouvait pas abandonner Isolde, qu'il ne la voyait plus qu'en
ami. Tu mens! s'écriait-elle, et elle le regardait avec haine. Oh,
avec cette femme les mêmes baisers qu'avec elle! Oh, maudit,
homme mauvais! s'écriait-elle. Oh, tu ne crains pas Dieu!
s'écriait-elle à la manière russe.

Après avoir prophétisé, subitement vertueuse, que les femmes
le perdraient, elle sortait du lit, se rhabillait avec force, en
femme d'action, déclarait que cette fois c'était fini, qu'elle ne
le reverrait plus, enfilait ses gants avec une froide résolution.
Ces fermes préparatifs de départ pour avoir un prétexte à rester
encore, mais honorablement. Et aussi pour manifester une
volonté inébranlable de le quitter pour toujours, attestée surtout par l'énergique boutonnement de la veste, sur les pans de
laquelle elle tirait ensuite à diverses reprises, jamais satisfaite
du résultat, semblait-il. Et encore, ces préparatifs résolus,
parce qu'elle espérait que s'il voyait qu'elle était vraiment

prête à partir, et si elle restait assez longtemps à se préparer, il finirait bien par la supplier de rester. Pour parfaire la comédie, lui, de son côté, approuvait cette volonté de rupture, l'engageait à partir. Les deux crânaient, chacun avec la frousse intense que l'autre ne fût cette fois sérieux et décidé, mais aussi, en même temps et paradoxalement, avec la certitude intime qu'en fin de compte il n'y aurait pas de séparation, ce qui leur donnait la force d'être menaçants et déterminés à rompre.

Lorsqu'il n'y avait plus rien à boutonner, à tirer et à ajuster, plus de poudre à soigneusement mettre devant la glace sur un visage de marbre, il lui fallait bien partir. Arrivée à la porte, elle posait la main sur la poignée, appuyait lentement dans l'espoir qu'il comprendrait que c'était sérieux et qu'il la supplierait enfin de rester. S'il gardait le silence, elle lui disait gravement adieu, pour le faire souffrir et déclencher une supplication ; ou même, plus solennellement : « Adieu, Solal Solal ! » ce qui faisait plus frappant, tous les effets s'usant vite. Ou encore elle disait avec le laconisme poli de la résolution sérieuse : « Je vous serais reconnaissante de ne pas m'écrire, de ne pas me téléphoner. » Si elle le sentait souffrir, elle était capable de partir sur-le-champ et de ne pas lui donner signe de vie pendant plusieurs jours. Mais si, souriant, il lui baisait courtoisement la main, la remerciait des belles heures qu'elle lui avait données et lui ouvrait la porte, alors elle le giflait sur les deux joues. Non seulement parce qu'elle le détestait de ne pas souffrir et de ne pas la retenir, non seulement parce qu'elle souffrait, mais encore et surtout parce qu'elle ne voulait pas partir et que les gifles lui permettraient de faire traîner les choses en longueur et de parvenir à une réconciliation, soit parce qu'elles lui fourniraient la possibilité honorable de demander pardon au giflé et de rester, soit encore parce qu'elles déclencheraient, en riposte espérée, quelque rudesse de lui, rudesse déclencheuse de larmes féminines, à leur tour déclencheuses d'une demande masculine de pardon, suivie de vives tendresses.

Parfois elle partait en faisant claquer la porte, mais elle revenait aussitôt, pleurait, accrochée à lui, sanglotait qu'elle ne pouvait pas, ne pouvait pas vivre sans lui, se mouchait. Mais le plus souvent, pour justifier son retour, elle l'insultait, haussant les épaules d'indignation, ce qui faisait saillir des seins émouvants, disait des méchancetés, et elle s'y connaissait. Mais sous sa colère, il y avait la joie profonde d'être de nouveau auprès de lui.

Parfois, c'était les dégringolades, on va expliquer ça. Pour avoir justification de rester et d'attendre le miracle que soudain tout serait bien, qu'il la supplierait de ne pas le quitter et même qu'il lui promettrait de ne plus revoir cette comtesse, elle prenait mal, tombait à terre et se relevait et délirait qu'il ne l'aimait pas ou encore, variante, qu'il l'aimait si peu qu'elle en avait honte pour lui, et elle retombait à terre, désemparée, faible, pauvre enfant.

O jeunesse, ô nobles dégringolades d'amour, ô en si belle robe du soir la merveilleuse s'abattant et se relevant et s'abattant, et lui l'adorant et en lui-même la comparant à ces petits clowns de celluloïd au derrière lesté d'un poids qui les remettait toujours debout, et cette tigresse d'amour blessée sans cesse retombant et se relevant et retombant et voulant mourir, féline et abattue, si belle en pleurs et de voix si dorée, illustres jambes découvertes, et sanglotant, et les fastueuses hanches rythmiquement s'élevant et s'abaissant, et ce qui devait se passer enfin se passant. Et voici, c'était l'aigu visage androgyne, le pur visage extasié, les yeux religieusement au ciel de jouissance. Ta femme, râlait-elle.

## L

Avec le faible sourire du malheur, elle considérait la valise qu'elle venait de remplir au hasard, comme en rêve, la même avec laquelle elle était partie le rejoindre à Paris, trois ans auparavant, au début de leur liaison, partie avec tant de joie. Allons, debout, fermer la valise maintenant. Elle n'y parvint pas, eut de petits sanglots impuissants de malade, s'assit sur la valise pour la boucler. Lorsqu'elle y réussit, elle n'eut pas la force de se lever, resta assise, mains pendantes. Apercevant une déchirure au bas gauche, elle haussa les épaules. Tant pis, pas le courage.

Devant cette vieille dans la glace, cette vieille Isolde qu'on avait voulu garder par pitié mais qu'on ne touchait plus, elle fit une grimace, déboutonna le haut de sa robe, tira sur le soutien-gorge dont les bretelles craquèrent. Eh oui, usés les pauvres. Elle se reput de leur relâchement, appuya les mains sur eux pour en accentuer la chute. Eh oui, moins fermes et c'était fini. Ils avaient baissé de trois ou quatre centimètres, fini, plus d'amour. Ramollis, plus d'amour. Elle ôta ses mains pour s'assurer de leur déchéance, remua son torse pour les voir s'en aller de part et d'autre, s'en amusa de désespoir. Tous les soirs pendant des années elle l'avait attendu, sans savoir s'il viendrait, tous les soirs habillée pour lui, sans savoir s'il viendrait, tous les soirs la villa impeccable pour lui, sans savoir s'il viendrait, tous les soirs à la fenêtre l'avoir attendu, sans savoir s'il viendrait. Et voilà, fini maintenant. Et pourquoi ? Parce que ces deux bourses en haut étaient moins enflées que celles de cette femme. Et lorsqu'il avait été malade, les nuits passées à le veiller, couchée par terre, sur le tapis, tout près du lit.

Saurait-elle le soigner, l'autre ? Lui téléphoner, à cette femme, l'avertir de cette allergie au pyramidon et à l'antipyrine ? Tant pis, qu'ils se débrouillent. Bien sûr, il avait de la tendresse pour elle, il faisait de son mieux les rares fois où il venait, il la complimentait de son élégance, s'intéressait à ses robes, lui parlait de ses beaux yeux. Toutes les vieilles avaient de beaux yeux, c'était leur spécialité. De temps à autre, des baisers sur la joue ou même sur l'épaule, à travers la robe. Une étoffe, ce n'était pas dégoûtant. Des baisers pour vieilles. Des caresses pour vieilles. En somme, elle le dégoûtait. Pauvre, si gêné lorsqu'il lui avait bien fallu avouer cette autre, si triste de lui faire mal. Triste, mais de vrais baisers le soir même, à l'autre.

De nouveau, devant la glace, elle remua ses seins. Hop à droite, hop à gauche ! Balancez-vous, vieillards ! Née trop tôt, voilà. Trop pressé, son père. Et puis les poches sous les yeux, la peau flasque sous le menton, les cheveux secs, la cellulite, et toutes les autres preuves de la bonté de Dieu. Elle reboutonna le haut de la robe, se rassit sur la valise, sourit à la fillette qu'elle avait été, sans cellulite, toute neuve, un peu peureuse, effrayée par une image d'un livre de prix, un nègre qui guettait derrière un arbre. Le soir, dans son petit lit, lorsqu'elle arrivait au nègre, elle fermait les yeux et tournait vite la page. Elle ne savait pas, la petite fille, ce qui l'attendait. En somme, ce qui lui arrivait maintenant avait existé d'avance, l'attendait dans le futur.

De ses deux mains en coupe, elle souleva ses seins. Voilà, ils étaient ainsi autrefois. Elle les laissa retomber, leur sourit. Les pauvres, murmura-t-elle. Le stylo qu'elle lui avait donné, il s'en servirait pour écrire à cette femme. Ariane, mon unique. Bien sûr, son unique puisque glandes mammaires en bon état. Ton tour viendra, ma petite. Saleté de vieux corps, elle en était dégoûtée aussi. Au cimetière, dans un trou, ce vieux dégoûtant ! Sale vieille, dit-elle à la glace, pourquoi est-ce que tu es vieille, dis, sale vieille ? Tes cheveux teints ne trompent personne ! Elle se moucha, éprouva une sorte de satisfaction à se regarder dans la glace, déshonorée, assise sur une valise, en train de se moucher. Allons, se lever, faire des gestes de vie, téléphoner.

Ballottée dans le taxi, elle regarda ses mains. C'était la première fois qu'elle sortait sans s'être lavée. Dégoûtante, sourit-elle. Pas eu la force, on était tellement seule quand on

403

se savonnait, quand on se séchait. Et puis à quoi bon ? Voilà, c'était arrivé, c'était le malheur. Punie pour crime de vieillesse. Elle se rapprocha de la fenêtre. Versoix. Ces gens dehors, déjà dans la vie, marchant vite, lavés, ayant tous un but. La jeune aussi avait un but, elle le verrait ce soir. Allons, prépare-toi pour ce soir, savonne-toi bien pour ne pas puer. Moi aussi j'ai fait tout ça pour lui pendant trois ans, chaque jour. Il serait triste quand il lirait la lettre, ça ne l'empêcherait pas ce soir de. Les deux langues qui bougent, dégoûtant. Elle ouvrit et referma sa bouche pour en sentir la pâteuse amertume, eut envie de thé. En somme, il restait des intérêts dans la vie. Une tasse de thé, un beau livre, la musique. Pas vrai. Oh, ce sale besoin d'être aimée, ce besoin à tout âge. Qu'est-ce qui se passerait à Pont-Céard, après ? Les meubles, ses affaires, qui s'en occuperait ?

Creux-de-Genthod. Des pigeons dans la rue. Deux pigeons s'aimaient d'amour tendre. Les poésies idiotes que son institutrice française lui faisait apprendre. Mademoiselle Deschamps elle s'appelait. Brins d'osier, brins d'osier, courbez-vous, assouplis, sous les doigts du vannier. J'ai deux grands bœufs dans mon étable, deux grands bœufs blancs marqués de roux. Il y avait eu quelque chose entre son père et la Deschamps. L'intendant juif de son père, son bonnet à la main, ses courbettes, une sale tête. Bela Kun aussi était juif. C'était Bela Kun qui avait fait fusiller l'oncle Istvan, le général comte Kanyo. Jamais son père n'aurait reçu un Juif chez lui.

Genthod-Bellevue. Bientôt Genève, bientôt la gare. Au début de leur amour, lorsqu'elle était allée le rejoindre à Paris, elle l'avait trouvé qui l'attendait à la gare, grand, sans chapeau, les cheveux en désordre, absurde, près de l'employé qui prenait les billets. Son sourire lorsqu'il l'avait vue, et il l'avait prise par le bras. Elle avait été étonnée de le trouver à la gare, ce n'était pas son genre de venir attendre. A l'hôtel, c'était le Plaza, il l'avait déshabillée tout de suite, la robe avait craqué en haut, il l'avait portée jusque dans le lit, et l'idiote de quarante-deux ans, si heureuse, si fière. Déjà vieille pourtant, déjà vieille à ce moment-là, alors pourquoi ? Il n'aurait pas pu la laisser tranquille ? Tous ses efforts pendant trois ans pour se faire belle. Les instituts de beauté, à quoi ça avait servi ? Les poils repoussaient sur les jambes des mortes les premiers jours. Eh bien, ça n'avait qu'à repousser, ça lui était bien égal. Voilà la gare, le départ pour nulle part. Faire encore des gestes de vie.

404

Le chauffeur fut payé avec un tel excès que, par solidarité de classe, il fit un clin d'œil de connivence à un porteur qui, averti du filon, s'empressa, s'empara de la valise, demanda pour quel train. Elle ne sut que répondre, humecta ses lèvres. « Marseille, madame ? — Oui. — Le sept heures vingt, on a juste le temps, vous avez votre billet ? — Non. — Alors, faut vous dépêcher, madame, allez vite, je vous attends au train. Première classe ? — Oui. — Allez, courez, madame, vous avez que quatre minutes, le dernier guichet, dépêchez-vous ! » Seule au monde, maîtrisant une envie de vomir, elle s'élança, le chapeau de travers, courut en se répétant Marseille, Marseille.

Une heure après son arrivée, sortie de l'hôtel, elle traversa la Canebière en courant, faillit être écrasée, s'enfila dans une petite rue, s'arrêta devant un caniche attaché à une ferrure qui attendait sa maîtresse entrée dans l'épicerie à côté, qui s'impatientait, s'angoissait, remuant de tous ses membres, tirant sur sa laisse pour essayer de voir l'intérieur de l'épicerie. Viendrait-elle enfin ? Pourquoi tardait-elle ? L'avait-elle oublié ? Oh, grande était sa peine ! Gémissant d'humaine inquiétude, tout tendu, essayant d'avancer, il tirait sans cesse sur sa laisse, tirait pour être plus près de la chère cruelle, pour la faire sortir plus vite, attendait, espérait, souffrait. Elle se pencha, le caressa. Malheureux, lui aussi. Elle traversa de nouveau, entra dans une pharmacie, demanda du véronal. L'homme aux lunettes dévisagea cette femme décoiffée, lui demanda si elle avait une ordonnance. Non ? En ce cas, il ne pouvait pas lui remettre du véronal. Elle remercia et sortit. En somme, pourquoi avoir remercié ? Parce que je suis une vaincue. Rue Poids-de-la-Farine. Bonne idée de lui avoir dit dans sa lettre qu'elle rentrait en Hongrie, ça le tranquilliserait. Pharmacie Principale. Même refus. La femme en blouse blanche lui proposa de la Passiflorine, un calmant à base de plantes. Oui, merci. Elle paya, sortit, regarda à droite et à gauche, déposa la Passiflorine contre un mur, resta à la regarder. Il n'aurait pas pu la laisser tranquille ? Aller chez un médecin pour avoir une ordonnance ? Pas la force, si fatiguée. Louer un petit appartement meublé qui aurait une cuisinière à gaz ? Mais où le trouver ? Pas assez de vie. Même pour mourir il fallait avoir de la vie. En Angleterre, dans les hôtels de province, il y avait des réchauds à gaz dans les chambres. Aller en Angleterre ?

Elle s'arrêta. Dans la devanture, sur de la paille et entre des grilles, un mignon basset s'ennuyait, triste, mordillait sa patte. Pas plus d'un an. Elle caressa la vitre. Charmé, le petit chien se dressa, posa ses pattes de devant contre la vitre, lécha la vitre, là où était la main de la dame qui s'occupait de lui. Dans le magasin, des perroquets, des singes, beaucoup de petits oiseaux, une vieille aux mèches irrégulièrement coupées et un jeune efféminé en pantoufles, cheveux en frange, foulard de soie blanche. Elle entra, acheta le basset avec un joli collier et une laisse, puis sortit, tenant dans ses bras le petit, tremblant déjà d'amour.

Une pharmacie. Elle s'arrêta. Mais oui, on ne se méfierait pas d'une femme avec un petit chien. Oui, le basset inspirerait confiance, mais aussi avoir l'air gai, le caresser, dire monsieur j'ai beaucoup de peine à m'endormir, il me faudrait un somnifère très fort, mais attention, faire la prudente, monsieur est-ce que ce n'est pas dangereux, combien peut-on en prendre, un comprimé entier ce n'est pas trop? J'en voudrais vingt parce que j'habite à la campagne. Mais avant, demander de la poudre, hésiter pour la teinte, il ne se méfierait pas si elle hésitait pour la teinte.

Tenant le basset en laisse, elle sortit, tira prudemment la langue à la pharmacie. Elle les avait eus! Il n'y avait pas qu'eux qui savaient se débrouiller. En principe, je devrais vous demander une ordonnance, mais vous avez l'air raisonnable. Mais attention, c'est très fort, pas plus d'un comprimé à la fois, et pas plus de deux en vingt-quatre heures. Elle avait su sourire, dire qu'elle n'avait pas envie de mourir. Et puis l'eau de Cologne ambrée avait fait bon effet. Je les ai eus. C'est grâce à toi, mon petit chéri. On va t'enlever ta laisse et tu vas trotter tout seul, mon petit Boulinou. Content d'être débarrassé, le mignon secoua son collier pour se rafraîchir le cou, fit un petit galop en avant, revint vers elle, la suivit avec sérieux, sûr de lui, important d'être aimé, sachant en qui il croyait. O grand cœur des petits chiens.

Il trottait de nouveau en avant, indépendant, libéré de l'injuste vitrine, de petit bonheur bourgeois remuant sa queue, mais de temps en temps se retournant pour s'assurer que cette chère amie était toujours là, car comment vivre sans elle? puis revenant la regarder et recevoir une tape sur le front et s'en délecter, puis filant s'amuser et rigoler, langue dehors, et humer d'intéressantes odeurs, puis en ayant trouvé une de premier ordre, ah que la vie était belle, se retournant de nouveau pour la prendre à témoin, puis revenant vers elle pour lui raconter l'odeur, satisfait de lui-même et du monde, puis allant et sachant qu'elle suivait, donc tout allait bien, eh dis donc, si on faisait un peu pipi, mais oui, pourquoi pas, c'est toujours agréable, d'autant que cet arbre semble tout à fait approprié, puis revenant dire son petit exploit à cette personne charmante, son idéal, et lui lançant un regard passionnément sincère, puis s'en allant une fois de plus, queue optimiste, en avant d'elle qui marchait les yeux baissés, ce qui lui fit soudain heurter un enfant. Espèce de toquée! cria la mère. Effrayée, elle courut, suivie par le basset ravi du nouveau jeu. Oh, comme on s'amusait bien avec celle-ci!

Allées de Meilhan. Elle s'assit sur un banc. Au-dessus, les feuilles de platane s'agitaient à peine. Tout ça continuerait sans elle, il y aurait des arbres, des fleurs, et elle toute seule dans de la terre. L'idéal serait de mourir sans avoir à s'en occuper. C'était de s'en occuper qui était terrible. Qu'ils y viennent, qu'ils voient comme c'est facile. Est-ce qu'il y aura mon nom dans les journaux? Oh, seulement dans les journaux de Marseille, donc il n'en saura rien. Elle se moucha, regarda son mouchoir. C'était de la vie, cette morve. Envie d'uriner. Voilà, ça continuait à fonctionner. Elle toucha son ventre, son pauvre corps qui continuait son devoir de vivre et que bientôt elle ne pourrait plus toucher. En face, deux amoureux. Embrasse, embrasse, idiote, tu verras plus tard. Passionné de dévouement, la queue ballante, Boulinou la regardait éperdument, dans l'espoir d'un mot tendre. Le mot ne venant pas, il sauta sur le banc, s'assit près d'elle, insinua sa truffe contre la saignée du bras. Mon amour, lui dit-elle.

Dans sa chambre du Noailles. Le maître d'hôtel vient de déposer le plateau de viandes froides. Jambon, poulet, rosbif. Le basset se tient sagement assis sur sa chaise, solennel, attentif, religieux, se voulant exemplaire pour mériter ces merveilles qu'il hume et fixe de ses yeux croyants. Il regarde tour à tour l'importante dame et les viandes avec une respectueuse intensité, avec la peur de n'être pas assez chien modèle, mais les pattes de devant un peu dansantes pour manifester une faim bien élevée quoique intense. Mais alors quoi, elle n'en donne pas? Qu'elle

407

n'en mange pas, d'accord, c'est son affaire, mais qu'elle ne lui en donne pas, c'est un peu fort de café, il a un de ces creux! De sa patte droite, il esquisse une sollicitation, refrénant de son mieux l'envie de se servir lui-même, car il s'agit de se faire bien voir. Ah bon, elle a compris, c'est pas trop tôt! Il happe la tranche de jambon qu'elle tend, se l'engloutit en deux temps trois mouvements. Idem avec trois autres tranches de jambon. Ça devient un peu monotone. Cette femme manque d'imagination. Il avance une patte puis l'autre, le regard fixe pour lui faire comprendre qu'il est tout prêt à s'intéresser au poulet et au rosbif. Elle sonne. Le maître d'hôtel entre, reprend le plateau. Boulinou affolé adjure du regard, dansote d'émoi. Eh là, monsieur, et le rosbif et surtout le poulet que j'adore plus que tout! C'est pas des choses à faire! Mais qu'est-ce qu'elle a cette femme? On n'a jamais vu ça! Enfin, ainsi soit-il, c'est elle qui commande. Maintenant, il la regarde en gémissant discrètement. Il a eu de quoi manger, merci beaucoup, mais son âme est insatisfaite. Il veut être caressé, sinon à quoi bon vivre? On ne vit pas que de jambon. Il se dresse sur ses pattes de devant qu'il appuie contre la chère dame. Elle recule. Elle n'a plus qu'un chien pour l'aimer. Elle l'enferme à la salle de bains.

Elle se réveilla en sursaut, regarda le lustre resté allumé, se rappela le basset rapporté hier soir au magasin. Hébétée, elle se redressa, s'assit sur le bord du lit, s'aperçut dans la glace de l'armoire, tout habillée, avec son chapeau de côté. Sur la table de nuit, la montre marquait sept heures. Rester couchée, oui. Un lit, c'était agréable, même dans le malheur. Elle se leva pourtant peu après, écarta les rideaux. Dehors, c'était la vie, les heureux. Pas belle, cette vieille dans la glace, les yeux bridés, les pommettes saillantes, les cheveux secs, les dents avec des plombages, et même un bridge au fond. Ce week-end à Ouchy, c'était tout au début de leur amour. Le dimanche après-midi, lorsqu'ils s'étaient promenés le long du lac, elle avait même osé refuser un baiser, et elle s'était enfuie en riant. Maintenant, une vieille folle toute seule à Marseille qui s'était endormie avec son chapeau sur la tête. Eh bien, sale Dieu, dit-elle à haute voix.

Elle ôta son chapeau, s'assit devant la table, plia en deux puis en quatre un papier de l'hôtel, le déplia, sortit son stylo, ôta le capuchon. Oui, laisser une lettre pour lui, lui dire qu'il n'avait aucun reproche à se faire, qu'il n'était pas responsable, qu'il avait le droit d'être heureux. Non, pas de lettre, pas risquer de le compromettre. Elle ouvrit la boîte des comprimés, les compta, reprit son stylo, dessina une croix qu'elle transforma en losange auquel elle fit des dentelures, sentit soudain qu'elle reprenait goût à la vie. Mais oui, la solution c'était de retourner en Suisse, de louer un chalet à la montagne, de vivre là tranquillement. Donc reprendre le basset, ce serait un gentil compagnon, et prendre le train pour Genève, mais y rester le moins possible, pour ne pas risquer de le rencontrer, juste le temps de prendre de l'argent à la banque. Ensuite, aller à Lausanne, là une agence lui indiquerait un chalet à louer. A Lausanne acheter des livres, des disques, une radio. Tout s'arrangera bien, tu verras. Un chalet confortable, un gentil chien, des livres, faire du jardinage. Plus d'amour, bon débarras, elle n'aurait plus à se préoccuper de ces veines bleues aux jambes. Maintenant prendre un bain, retourner dans la vie. Elle jeta les comprimés, tira la chasse d'eau.

Sortie du bain, elle se sécha en évitant de se regarder dans la glace, se frictionna à l'eau de Cologne. Agréable de sentir bon, de se sentir nette. Ça aussi, c'était une preuve du retour à la vie. Son peignoir passé, elle ouvrit la fenêtre, entra sur l'étroit balcon, s'accouda à la balustrade, et ce fut lui devant elle, grand, sans chapeau, les cheveux en désordre, la poursuivant en riant, la poursuivant pour un baiser, et elle se pencha, se pencha encore pour lui échapper, et la tablette d'appui lui fit mal au ventre et, les bras en avant, elle poussa un cri dans le vide où un nègre guettait, puis il y eut un autre cri contre l'asphalte du trottoir devant le kiosque des journaux éclaboussés.

## LI

Soucieuse de perfection, elle rédigeait d'abord des brouillons, deux ou trois, ou davantage. La dernière version jugée satisfaisante, elle se lavait les mains pour ne pas risquer d'altérer le papier à lettres, un vélin teinté, se les lavait longuement, charmée par la pensée qu'elle était une vestale se purifiant avant l'accomplissement d'un rite.

Assise devant sa table, ou même à genoux, posture peu commode mais qui lui était troublante, elle dévissait son bon stylo, celui à pointe en biseau qui donnait une écriture un peu masculine. Après une mise en train par quelques essais d'écriture noble mais lisible, elle posait sous sa main droite un buvard protecteur du beau vélin, et elle commençait sa lettre, langue un peu dehors faisant de mignons ronds accompagnateurs. Tourmentée d'absolu, il lui arrivait de déchirer une page presque terminée, à cause d'un mot mal réussi ou d'une minuscule tache soudain repérée. Ou encore elle décidait de récrire deux ou trois fois le même texte afin de choisir le mieux venu d'aspect. L'œuvre terminée, après mainte consultation du dictionnaire, elle la relisait à haute voix pour mieux la sentir, la relisait avec des intonations enchanteresses, faisant un sort mélodieux à chaque trouvaille, ménageant des temps d'arrêt pour bien savourer, s'offrant des bis en cas de phrase jugée particulièrement réussie, imaginant qu'elle était lui recevant la lettre, afin de se rendre mieux compte de l'impression qu'il en aurait.

Une fois, elle s'imposa d'écrire incommodément, allongée sur le sofa, pour le plaisir de commencer sa lettre par « je vous écris doucement étendue sur notre sofa », ce qui faisait voluptueux et Récamier. Une autre fois, après avoir écrit en sa présence un message qu'il ne devrait lire qu'arrivé chez lui, elle s'abstint de lécher le bord de l'enveloppe, ce qui eût été vulgaire, mais fit d'adorables manigances avec son index décemment mouillé puis passé sur la gomme. Elle avait fait moins de délicatesses sur le sofa quelques minutes auparavant.

De toute lettre envoyée à son amant parti en mission, elle gardait un brouillon afin de le relire au jour et à l'heure où elle pensait qu'il devait recevoir l'original. Ainsi elle se sentait avec lui et pouvait savourer l'admiration qu'il devait éprouver. Un soir qu'en pensée avec lui elle relisait une fin de lettre qui lui paraissait réussie (« Je suis contre vous et je sens nos cœurs d'un rythme unique battre l'un contre l'autre. ») elle aspira largement, artisan satisfait. Vraiment bien, ce truc des deux cœurs battant l'un contre l'autre. Ce n'était pas la comtesse qui aurait trouvé ça. Dans sa Hongrie, Dieu merci, celle-là. Et puis, l'inversion d'un rythme unique battre n'était pas mal. Soudain, elle mordit sa lèvre. Ça n'allait pas du tout, ce truc, puisqu'il était supposé être en face d'elle ! Son cœur, qui est à gauche, est forcément contre mon côté droit, donc contre mon foie, pas contre mon cœur. Pour que ça tienne, mon image, il faudrait qu'il ait le cœur à droite, moi l'ayant à gauche. Impossible, il n'est pas anormal. Que faire ? Rectifier par télégramme ? Non, ça ferait original. Oh, je ne fais que des gaffes ! Pour mieux réfléchir, elle se retroussa le nez à l'aide du pouce, parvint à une conclusion rassurante. En somme, oui, on peut soutenir qu'il n'est que partiellement en face de moi, oui, voilà, il est bien contre moi mais très de côté, bref côté gauche contre côté gauche, donc cœur contre cœur, ce n'est pas une posture impossible. En tout cas, ça peut se soutenir. Donc, ne nous faisons pas de souci. Apercevant son ourson à genoux sur le prie-Dieu, elle le traita de petit bigot, l'installa dans un fauteuil. « Quoi ? Tu veux dormir avec moi ? Non, mon chéri, ça ne va plus depuis qu'il y a le monsieur. Vraiment ça me gênerait. Tu es très bien dans ce fauteuil. Allons, détends-toi, bonne nuit, dors bien. »

Trois fois dans la journée, bien avant l'arrivée du courrier, elle était sur la route à attendre. Lorsqu'il n'y avait pas de lettre de l'absent, elle faisait au facteur un sourire aimable, la mort dans l'âme. Lorsqu'il y avait une lettre, elle l'ouvrait tout de suite, la balayait du regard. Une lecture superficielle, du bout des yeux. Elle s'empêchait d'en prendre vraiment connais-

411

sance, ne voulait pas s'en pénétrer. Il s'agissait seulement de s'assurer qu'il n'y avait pas de catastrophe, qu'il n'était pas malade, que son retour à Genève n'était pas retardé. La lecture pour de vrai viendrait plus tard, à la maison. Rassurée, elle courait vers la villa et la vraie lecture, courait, seins un peu agités, courait et s'empêchait de crier son bonheur. Ma chérie, murmurait-elle à la lettre ou à elle-même.

Dans sa chambre, l'habituel cérémonial. Porte fermée à clef, volets fermés, rideaux tirés, boules de cire pour supprimer les bruits du dehors, tous les bruits de non-amour. La lampe de chevet allumée, elle s'étendait sur le lit, arrangeait l'oreiller. Non, ne pas lire encore, faire durer le plaisir. Voir un peu l'enveloppe d'abord. Belle enveloppe solide, sans l'affreux doublage intérieur. Très bien. Et il avait collé le timbre soigneusement, pas sens dessus dessous, tout droit, juste au bon endroit, avec amour, voilà. Oui, parfaitement, c'était une preuve d'amour. Elle regardait la lettre de loin, sans la lire. Ainsi, lorsqu'elle était une petite fille, elle considérait le biscuit Petit-Beurre avant de le manger. Non, ne pas lire, attendre encore. Elle est à ma disposition, mais il faut que je meure d'envie de la lire. Regardons un peu l'adresse. Il a pensé à moi en écrivant mon nom, et parce qu'il a dû mettre madame qui fait honorable, décent, il a peut-être pensé par contraste à moi nue, si belle, qu'il a vue de tous les côtés. Maintenant regardons un peu le papier, mais du côté pas écrit. Papier très beau, japon peut-être. Non, le papier ne sent rien. Il sent la netteté, la propreté absolue, un papier viril, voilà.

Soudain, elle n'en pouvait plus. C'était alors une lecture minutieuse et lente, une étude de la lettre, avec des arrêts pour méditer, pour se représenter, les yeux fermés, et sur les lèvres un sourire un peu idiot, un peu divin. Afin de mettre en valeur des mots plus tendres ou plus ardents, elle recouvrait parfois la feuille de ses deux mains, de manière que seule la phrase merveilleuse restât visible. Elle s'hypnotisait sur cette phrase. Pour mieux la sentir, elle la déclamait, ou encore, prenant une glace à la main, se la confiait à mi-voix, et s'il lui écrivait qu'il était triste sans elle, elle était contente, elle riait. Il est triste, il est triste, chic! s'écriait-elle, et elle relisait la lettre, la relisait tant de fois qu'elle ne la comprenait plus et que les mots perdaient leur sens.

Le plus souvent, elle résistait à la tentation, savait qu'à trop lire une lettre on l'abîmait, on ne la sentait plus. Alors, elle l'enfermait, se donnait sa parole d'honneur de la laisser se reposer et de ne pas la reprendre avant ce soir. D'ici là, la lettre aurait repris son suc, et ce serait la récompense d'avoir attendu, et on la lirait, bien fourrée dans le lit. Elle souriait, rêvassait, remontait un peu sa jupe, aimait ses jambes. Aimé, voulez-vous voir encore plus ? Tout est tellement à vous. Elle relevait davantage sa jupe, regardait.

Un soir, elle trouva qu'avec les doigts ça n'allait pas bien pour cacher. Elle sauta hors du lit, prit une feuille blanche, découpa un petit rectangle avec des ciseaux, recommença la lecture. Oui, c'était un meilleur système. Par la petite fenêtre, on ne voyait que trois ou quatre mots à la fois, et c'était encore plus chic, les mots vivaient davantage. Lorsqu'elle arriva à « la plus belle des femmes », elle fit un bond hors du lit, courut à la psyché voir cette belle femme. Oui, c'était juste. Mais cette beauté ne servait à rien puisqu'il n'était pas là. Devant la glace, elle fit des grimaces enlaidissantes pour se consoler de l'absence de l'aimé. Eh là, assez de grimaces, ça pouvait abîmer la peau, ou même détériorer les muscles d'en dessous. Pour réparer le dégât possible, elle fit un sourire angélique.

## LII

Jeunes gens, vous aux crinières échevelées et aux dents parfaites, divertissez-vous sur la rive où toujours l'on s'aime à jamais, où jamais l'on ne s'aime toujours, rive où les amants rient et sont immortels, élus sur un enthousiaste quadrige, enivrez-vous pendant qu'il est temps et soyez heureux comme furent Ariane et son Solal, mais ayez pitié des vieux, des vieux que vous serez bientôt, goutte au nez et mains tremblantes, mains aux grosses veines durcies, mains tachées de roux, triste rousseur des feuilles mortes.

Que cette nuit d'août est belle, restée jeune, mais non moi, dit un que je connais et qui fut jeune. Où sont-elles, ces nuits que connut celui qui fut jeune, où ces nuits de lui et d'elle, dans quel ciel, quel futur, sur quelle aile du temps, ces nuits allées ?

En ces nuits, dit celui qui fut jeune, nous allions dans son jardin, importants d'amour, et elle me regardait, et nous allions, géniaux de jeunesse, lentement allions à l'éminente musique de notre amour. Pourquoi, mon Dieu, pourquoi plus de jardin odorant, plus de rossignol, plus son bras à mon bras appuyé, plus son regard vers moi puis vers le ciel ?

Amour, amour, fleurs et fruits qu'elle lui envoyait tous les jours, amour, amour, jeune idiotie de manger le même raisin ensemble, grain après grain ensemble, amour, amour, à demain, bien-aimée, amour, amour, baisers et départs, et elle le raccompagnait jusque chez lui, et il la raccompagnait jusque chez elle, et elle le raccompagnait, et la fin était le grand lit odorant d'amour, ô amour, nuits et rossignols, aurores et sempiternelles alouettes, baisers tatoués sur leurs lèvres, Dieu entre leurs lèvres jointes, pleurs de joie, je t'aime et je t'aime, dis que tu m'aimes, ô les téléphones de l'aimée, ses dorées inflexions tendres ou plaintives, amour, amour, fleurs, lettres, attentes, amour, amour, tant de taxis vers elle, amour, amour, télégrammes, départs ivres vers la mer, amour, amour, ses génialités, inouïes tendresses, ton cœur, mon cœur, notre cœur, importantes sottises. Amour, ancienne aimée, est-ce toi ou ma jeunesse que je pleure ? demande celui qui fut jeune. Quelle sorcière me rendra mes hymnes noirs pour que j'ose revoir l'ancienne aimée et ne plus l'aimer ? Mais il n'y a pas de sorcière et la jeunesse ne revient pas. Ah, c'est à mourir de sourire.

Les autres se consolent avec des honneurs, des conversations politiques ou de la littérature. Ou encore ils se consolent, les imbéciles, avec le plaisir d'être connus ou de commander ou de faire honorablement sauter leurs petits-enfants sur leurs genoux. Moi, dit celui qui fut jeune, je ne peux pas être sage, je veux ma jeunesse, je veux un miracle, je veux les fruits et les fleurs de l'aimée, je veux n'être jamais fatigué, je réclame les hymnes noirs qui couronnaient ma tête. Il a du culot, le vieillard. Allons, qu'on lui prépare un cercueil bien neuf et qu'on l'y fourre !

Ton souffle de jasmin, ô ma jeunesse, est plus violent qu'au temps de ma jeunesse, dit celui qui fut jeune. Tu ne reviendras plus, ma jeunesse, ma jeunesse qui était hier, et j'ai mal au dos, c'est peut-être un signe de la fin, ce mal au dos. J'ai mal au dos et de la fièvre et mes genoux sont las, et il faudra appeler un médecin. Mais j'aime mieux finir mon travail, dit celui qui fut jeune. Hâte-toi, dit-il, hâte-toi, fol et doux ouvrier, sérieux moissonneur du malheur, hâte-toi, ces sensibles oiseaux vont bientôt se taire, hâte-toi, surmonte ta fatigue car la nuit descend, rentre quelques gerbes. Courage, dit-il d'une voix faible comme la voix de sa mère. Et vous, les hommes, adieu, dit-il. Adieu, brillante nature, bientôt je vais rentrer dans le terrier éternel, adieu. Tout compte fait, ce ne fut pas drôle, ici, en bas.

Seul sur ma banquise, dit celui qui fut jeune, ma banquise qui me conduit on sait où dans la nuit, tout perclus et déjà agonisant, je bénis d'un geste affaibli, je bénis les jeunes qui ce soir s'enivrent d'aveux sous les étoiles aux infinies musiques susurrées. Seul sur ma banquise, mais j'entends toujours les chants du printemps. Je suis seul et vieillard sur une banquise, et c'est la nuit. Ainsi dit un qui fut jeune.

Adieu, rive de jeunesse qu'un homme vieillissant regarde, rive interdite où les libellules sont un petit regard de Dieu. O toi, dit-il, toi qui fus belle et noble et aussi folle qu'Ariane, toi dont je ne dis pas le nom, nous vécûmes sur cette rive et nous y fûmes frère et sœur, ma bien-aimée, toi, la plus douce et la plus rétive, la plus noble et la plus élancée, la vive, la tournoyante, l'ensoleillée, toi la haute, l'insolente, la géniale, l'esclave, et j'aurais voulu avoir toutes les voix du vent pour dire à toutes les forêts que j'aimais et j'aimais celle que j'aimais. Ainsi dit un qui fut jeune.

Il y a du silence au cimetière où dorment les anciens amants et leurs amantes. Ils sont bien sages maintenant, les pauvres. Finies, les attentes des lettres, finies les nuits exaltées, finis les battements moites des jeunes corps. Au grand dortoir, tout ça. Tous allongés, ces régiments de silencieux rigolards qui furent de vifs amants. Tristes et seuls au cimetière, les amants et leurs belles. Les râles émerveillés de l'amante stupéfaite de jouissance, soudain ondulante, ses yeux levés de sainte, ses yeux clos savourant le plaisir, les nobles seins qu'elle te donna, dans de la terre, tout ça. A vos terreuses niches, les amants.

Au cimetière de minuit, sortis de leurs niches, dansent anguleusement, sagement dansent de muets messieurs secs, camus à la bouche rigolarde mais aux maxillaires et aux grandes orbites impassibles. Sans nez, ils se trémoussent, au ralenti mais infatigablement, tarses et métatarses s'entrechoquant et claquant avec des bruits de dentiers scandant la musique de ce pipeau champêtre qu'un tout petit trépassé, à toque jaune empanachée et juché sur d'endiamantés souliers de bal, tient contre le gouffre de son ancienne bouche.

Aux sons de la Valse des Patineurs dansent ces messièurs dames et parfois sautent, maxillaire contre maxillaire, trou contre trou, dents contre dents, amoureusement, les secs, phalanges de l'un posées sur les clavicules de l'autre, rigolent tous silencieusement à la musique soudaine de Ce n'est qu'un au revoir, et l'un d'eux, coiffé d'un képi d'officier, serre de son humérus les vingt-quatre côtes de sa petite bien-aimée qu'il colle contre son sternum tandis que rit un hibou dramatique et qu'une dame squelette, qui fut Diane la vive, la tournoyante, l'ensoleillée, la plus douce et la plus rétive, l'insolente et l'esclave à ses moments de tendres gémissements, Diane, cette dame maintenant toute en os, couronnée de roses, la pauvre, essaye de sèches cliquetantes grâces derrière un buisson.

416

# QUATRIÈME PARTIE

# LIII

— Ah oui alors que j'en ai battu de l'ouvrage depuis avant-hier que je suis de retour comme que jui avais promis à la chameau la saleté d'Antoinette que je viendrais à peine que ma sœur elle aurait dégonflé mais forcément ça a duré plus que jui avais dit vu que jui avais promis début juliette d'après comme que les docteurs avaient dit mais c'est pas ma faute qu'ils se sont trompés, ils se trompent toujours mais pour vous envoyer leur facture ils se trompent jamais, ça je vous garantis faites-moi confiance, c'est pas ma faute étant que je suis toujours été de parole sauf circonstance, vu que le six d'août sitôt qu'elle a dégonflé ni une ni deux sautant dans le train, à peine arrivée vite à l'ouvrage illico que j'en ai battu depuis avant-hier que ça en avait besoin par ici, je vous garantis, asseyez-vous, restez pas debout, moi j'aime bien discuter quand même je suis seule, ça tient compagnie quand on travaille, surtout comme maintenant que je brille l'argenterie bien confortabe assise buvant un peu mon café, madame Ariane elle dit que quand je brille l'argenterie je fais des grimaces paraît comme si que j'étais en grande colère fureur de détester quelqu'un, c'est peut-être vrai vu que forcément je me regarde pas dedans une glace quand je brille mon argenterie, au contraire je l'adore bien cette argenterie vu que c'est propriété de madame Ariane héritée de mademoiselle Valérie donc, comme je vous disais de l'ouvrage j'en ai battu, allez il y a pas beaucoup de jeunettes qu'elles en auraient fait autant comme la vieille Mariette que pourtant elle a pas toujours été vieille allez, petite et boulotte que je suis maintenant et des rides qu'on dirait que je suis une pomme oubliée à la cave vu que soixante ans et plus, mais allez il y en avait pas beaucoup comme moi dans mes vingt ans belle et tout, mais maintenant

pauvre Mariette Garcin tu es bonne pour les balayures, n'empêche que de l'ouvrage j'en ai battu, fallait voir cette cuisine la
façon qu'elle avait quand je suis arrivée avant-hier, le lévier
tout noir que ça a été toute une polémique pour le ravoir propre,
les coins pas faits, les serpillières collantes morveuses de jamais
être rincées, et puis l'odeur que vous auriez dit je sais pas quoi,
et puis tout changé de place, déménagé de Saribe en Chila, tout
ça forcément la faute à la remplaceuse la Putallaz que je vous
dirai tout à l'heure, une vraie gabegie cette cuisine, quand je
suis rentrée avant-hier de retour donc de Paris ma sœur ayant
dégonflé j'ai eu les sangs en culbute de la voir en décadence
cette cuisine, moi que je la tenais fière et ordrée, une vraie
bijouterie, il a fallu mon courage et ma grande décision, net-
toyant les vitres tout de partout à la peau de chameau, enfin
tout, remettant tout en propreté, m'arrêtant pas une minute
pour souffler vu la force du désordre qui y avait, forcément
parce que quand la petite Martha a quitté c'est la Putallaz qui
l'a remplacée, une s'en foutant qui fait des ménages le matin,
je la connais, toujours la cigarette, la figure peinturée et jamais
balayant sérieux, rien que le balai coton à la va vite que ça
ramasse rien du tout, voyez conscience, poussant tout dans les
coins, si vous aviez vu ces coins, faisant ses courses en pantoufles,
restant des temps à blaguer à l'épicerie, toujours en bavarderies
qu'on l'a sûrement vaccinée avec l'aiguille à graphophone,
pensant qu'à boire et qu'à bouffer, un cimetière à poulets, et
puis sale caractère, pour un rien montant sur ses chevaux
de bois, oh je la connais allez, et le soir le cinéma ou aller
danser, à son âge qu'elle a passé les quarante, et avant la Putallaz c'était la pauvre Martha venue comme ma successeuse,
gentille mais une proparienne ayant les yeux là où les poules
font l'œuf, que j'ai essayé de la dresser avant de partir à cause
la phlébite de ma sœur, la famille avant tout forcément, la pauvre
ils l'ont mise en gouttière qu'on appelle ça, les jambes toutes
enfles, et puis ses varices éclatées qu'elle pouvait pas se remuer
toute bandagée, concierge chez l'Aga Khan, villa de vingt pièces, c'est une place ça, on le pèse en Afrique et on lui donne le
poids qu'il pèse en or et diamants, ça lui en fait des sous, même
que c'est pas juste, d'autant qu'il est gonflé pesant lourd, un
vrai popotame, paraît que ça serait comme un pape pour ses
négrillons, mais se la coule douce allez, faites-moi confiance,
tout le temps en voyage pour rigoler dans les grands hôtels,
gibus blanc aux courses des chevaux qu'on le pousse dans une
roulette, je l'ai vu en portrait sur le journal, et toujours avec

des jeunettes des théâtres, vu qu'il crache pas dessus à ce qu'elle m'a dit ma sœur, oui des jeunettes toujours, surtout l'acteuse du cinéma, celle qu'elle a une bouche comme un four, heureusement qu'il y a les oreilles pour arrêter l'ouverture, enfin la grande vie rissichime en même temps qu'il y a des pauvres diables sans rien, même pas une chambre pour dormir et pas une chemise pour changer, et leur ventre qui fait des plis tellement qu'ils ont faim, bien intentionnée la Martha, donc ma remplaceuse à moi, gentille et tout, mais pas d'idées, pas l'escient de s'organiser, toujours en épouvante de l'Antoinette, la Bon Dieu avec ses sourires de commandante, alors total, entre la Martha d'abord et la Putallaz quand la Martha a quitté ça a fait maison vilipendée, l'argenterie venue toute jaune, madame Ariane étant pas forte pour la surveillance, c'est un don, on l'a ou on l'a pas, tiens je vais me prendre une autre portion, avec le bain-marie il sera encore bien chaud, allez viens Mariette, je t'invite, c'est ma tournée, moi j'aime bien boire mon café avec des glouglous on profite mieux, madame Ariane elle dit que j'ai des yeux malins avec mes lunettes quand je bois mon café, et puis que j'ai des jolies mains, des menottes comme on dit, ah madame Ariane si vous m'auriez vue quand j'avais vingt ans, en tout cas estra ce café, y a rien qui vous remet du venin à l'ouvrage autant comme une bonne tasse de café, le docteur de Paris il m'a dit que je devais plus en boire, vingt d'intention paraît que j'ai sur le bras avec l'appareil qu'ils mettent, mais moi je m'en fous, et d'abord les docteurs ils ont des airs de connaissance mais ils savent pas grand-chose allez, sauf que vous envoyer leur facture, pour ça ils sont forts, j'aurais revenu plus tôt reprendre mon service, mais c'est que juste quand ma sœur allait quand même un peu mieux de ses jambes et puis de sa pleumonie qu'on y avait mis un tuyau dans le gosier pour garder le souffle, voilà qu'il y a eu mon fibrome que j'ai dû aller à l'hôpital, bien aimables ces docteurs de l'hôpital, surtout le petit brun frisé, m'ont tous fait compliment sur mon fibrome, tous en admiration, que paraît jamais ils en ont vu un plus gros, quatre kilos qu'il avait, alors vous voyez, paraît que quand il est gros comme ça des fois il se tord, enfin tous grand respect pour moi, les docteurs, et puis soignée comme une petite reine vu que madame Ariane quand elle a appris elle est venue à Paris exprès, un jour elle est restée, elle a voulu qu'on me mette en chambre seule, privée qu'on dit, que moi jui ai dit c'est pas la peine, mais elle a voulu, elle a tout payé les factures, pensez si elle m'aime, ça alors pour les maladies on est fort dans la famille, ma nièce tenez, celle qu'elle est mariée, elle a ses époques qui durent des quinze vingt jours, puis ça s'arrête des mois qu'on croit que ça y est, qu'elle va avoir le ballon, mais non c'est un caillot qui bouche la sortie et puis ça recommence coulant robinet, paraît que le caillot c'est des petits champignons la cause, les docteurs ont dit que faudrait y enlever la matrice et les trompes, et puis elle a aussi l'utérus rétréci, c'est la faute au mari ma sœur a dit, le bon Dieu paraît qu'il nous a faits à son image, eh bien elle est pas belle son image, faudrait nous ouvrir le ventre à toutes, ôter tout ce qui va pas, et puis mettre une fermeture éclair pour si des fois il y aurait encore d'autres frichtis à enlever, maintenant faut dire que d'un côté ça a été de la chance mon fibrome parce que sans ça j'aurais revenu plus vite et puis j'aurais dû repartir à Paris encore une fois vu que ça a regonflé chez ma sœur après qu'on avait pensé que c'était fini, et voilà encore une fois à l'hôpital, enfin maintenant elle est bien requinquée, j'espère que ça durera vu que c'est ma sœur unique, madame Ariane elle m'a fait compliment de mon crochecœur comme elle dit, moi je dis mon bouclon, c'est plus joli, juste rien qu'avec mon doigt bien mouillé je le fais, ça avantage le front, ça fait un peu gamine mais ça me va bien, maintenant pour vous en revenir à l'Aga Khan remarquez que ça se pourrait que les communistes et compagnie ça ait quand même raison dans le fond sauf que je serais pas d'accord qu'ils m'enlèvent mes économies, pensez cinquante ans travaillant à la sueur de mes jambes, alors ça c'est marqué défendu et je me laisserai pas faire allez, ce qui faudrait, moi je le sais, mais le gouvernement ils sont trop occupés à faire leur beurre, ce qui faudrait à mon idée c'est qui y ait des petits, d'accord, mais ayant de quoi vivre en bonne vieillesse, et puis des moyens, d'accord aussi, ça fait marcher le commerce, mais pas des gros gros avec des sous à savoir pas qu'en faire, Aga Khan et miyardaires d'Amérique, et princesses de ci et de ça qu'on voit sur les illustrés, ayant tout de trop, colliers et perles précieuses, et si on les vole s'en foutent, rigolent d'un air de dire moi ça me fait rien vu que j'ai de quoi et je m'en rachèterai d'autres, toujours à danser, montant à cheval d'un air de dire tout m'est dû, que c'est un crime devant Dieu bien plus qu'un voleur, vu que souvent c'est pas sa faute le pauvre, sa jeunesse de misère et le père toujours noir rentrant le soir en brutalité, tandis que les princesses qu'est-ce qu'elles ont fait de mérite dans la vie sauf que le roi une nuit il a carambolé la reine, et total tout est dû à mademoiselle la princesse, toujours aux grands bals que jamais elle vous frottera un parquet ou vous fera une lessive, même pas un petit savonnage de ses bas le soir en rentrant, que pourtant c'est vite fait, mais non, toujours à rigoler dans les châteaux, et un tapis précieux pour mademoiselle quand elle descend du train vu que tu dois chérir même ses semelles de ses souyiers, et tous à lui faire des respects comme si elle avait pas une fente en long où que je me pense, comme n'importe qui, voilà je vous ai dit mon idée, la reine de ci et de ça on dit sur le journal qu'elle attend un enfant en septembre, on le dit en grand respect, sans rigoler, mais jamais on aura l'idée de dire que c'est vu que le roi l'ayant bien carambolée en janvier, d'ailleurs vous pensez bien que si je suis revenue pour mon service ici, laissant ma pauvre sœur bien fatiguée encore, cinq médecines sur sa table de nuit, c'est pas pour la chameau Deume avec ses dents en dehors qu'on dirait la glissoire pour les enfants, la Poison comme jui dis entre moi et moi, soi-disant qu'elle prie pour vous, toujours la religion mais vous lançant des piques en perfidie avec des sourires, et se croyant une personne du grand monde, mademoiselle Valérie que j'ai servi chez elle presque vingt ans, ça oui c'était le grand monde, ayant connu la reine de l'Angleterre et lui ayant fait la révérence une fois par an que c'est un honneur, mais la Poison c'est une rien du tout sans éducation, chassant pas la différence entre verre à bordeaux et verre à vin fin, c'est pas pour elle que je me serais dérangée de revenir et pas non plus pour le Didi, son fils chéri avec le petit nez en l'air quand il passe devant moi, et son air de je suis le fils du pape, et ses guettes blanches grand orgueil qu'il se met aux souyiers et ça le fait pas plus plaisant avec sa barbette, non ça serait à cause un peu monsieur Hippolyte que c'est un agneau faisant pitié, et puis surtout à cause madame Ariane étant ma grande amitié que je suis revenue, parce que vous savez la Suisse moi c'est pas dans mon tempérament étant française parce que chez nous la France c'est varié il y a toujours du nouveau, tandis qu'ici la Suisse c'est la tranquillité ça fait monotonie, oui à cause madame Ariane ah oui on s'aime bien nous deux, je suis un peu sa petite maman pour de dire étant qu'elle est orpheline pauvre petite et il y a personne qu'elle aime autant comme moi, allez je vous garantis, pensez je l'ai vue bébé langes et tout, et puis en été y donnant des bains au jardin dans une seille avec l'eau chauffée au soleil pour la santé, quand je suis arrivée l'autre jour fallait voir comment qu'elle s'est jetée dans mes bras à peine descendue du taxi, enfin toute panouie de me revoir, ce qui me fait plaisir c'est que je l'ai

423

trouvée changée, l'année dernière, avant donc de partir à Paris pour les gonfles de ma sœur, elle était triste des fois, parlant pas beaucoup, toujours à des écritures, pour moi c'était son mariage, le Didi la contentant pas peut-être, vu que c'est pas un homme pour la femme, ah là là si vous aviez vu mon défunt, tout beauté, cent kilos d'homme, et des bras blancs que vous auriez dit une femme, tandis que maintenant, elle, grand changement, contente, chantante, ce matin pour vous dire, levée à bonne heure, venant vite m'embrasser à la cuisine, me demandant s'il fera beau ce soir autant comme ce matin, enfin changée, l'animation, chantant la vie en rose dans son bain, vous savez la chanson qui dit quand il me prend dans ses bras, j'aime bien parce que c'est la vérité de l'amour cette chanson, c'est la jeunesse, l'homme adoré, pauve Mariette que je suis parlant toute seule pour me tenir compagnie vieille folle que je suis, ah non je couche pas ici, pensez, j'aime trop ma dépendance, la gueule qu'elle avait la Poison quand jui ai dit que je me chercherais un chez-moi dans la partie village donc Cologny et quand j'étais à Paris pour les gonfles de ma sœur j'ai payé mon loyer rectal sur l'ongle pour me garder mon chez-moi à mon retour, ça fait que le soir après que j'ai servi madame Ariane puis fait ma vaisselle, campo je pars à bonne heure vu que madame Ariane elle aime aussi son quant-à-soi pour lire ses livres jouer son piano, ça fait qu'à sept heures demie je suis déjà dans mon petit chez-moi, une pièce et cuisine mais bien coquet, à faire du tricot lire le journal, la belle vie quoi, venez me voir un dimanche l'après-midi pour la goutte de café, vous verrez c'est gentil vu que mon défunt il faisait le bois découpé, tout de l'artistique, le papa de madame Ariane c'était aussi de la haute monsieur le pasteur d'Auble donc, tout ce qu'il y avait de bien et puis des sous, toujours la correction, bel homme, et puis tellement fort dans les études que le gouvernement de Genève y a demandé d'être professeur pour apprendre ses idées aux jeunes les apprentis pasteurs, c'est un honneur, la maman de madame Ariane, grand monde aussi, fallait voir le monde que y avait à l'enterrement de madame, et puis de monsieur aussi après, monsieur c'était le cœur paraît, moi je dis que c'était le chagrin de perdre madame, elle c'était la fièvre d'accouchement de mademoiselle Éliane, donc la cadette, morte à dix-huit ans, une beauté, mais moi j'ai toujours eu la préférence pour mademoiselle Ariane ça se commande pas, à moins que la mort de monsieur ça aye été le chagrin de perdre sa fortune dans une faillite de l'Amérique mais je crois pas les pasteurs étant pas portés sur l'argent, bref d'après comme j'ai compris il lui restait plus que sa paye de pasteur, mais mademoiselle Valérie elle est restée riche, quoique donnant à des mendieuses de la religion qui venaient la flatter, sévère mais juste mademoiselle Valérie, des grands dîners des fois, moi servant en femme de chambre avec bavolet et tablier brodé toute fière, et rien que des aristos à ces dîners, parlant pas fort et même si ça parlait fort c'était quand même la distinction, mademoiselle Valérie une reine au milieu, sourire ici sourire là mais rien de trop toujours sa dignité fallait la voir, c'est comme ça que j'ai passé chez elle après la mort de monsieur quand elle a pris les enfants chez elle, monsieur Jacques donc l'aîné huit ans, mademoiselle Ariane six ans, mademoiselle Éliane cinq ans, non je suis une menteuse, sept ans qu'il avait monsieur Jacques, deux ans seulement après le mariage qu'il est né, ils se sont pas dépêchés, peut-être qu'ils savaient pas y faire, vous savez chez les pasteurs on est instruit mais pas dégourdi pour la chose de l'amour, peut-être que la nuit de noces ils se sont mis à genoux devant le lit pour demander au bon Dieu de les renseigner un peu sur le moyen de moyenner et peut-être qu'il les a pas bien renseignés, taisez-vous me faites pas rire, mais pour vous en revenir à madame Ariane ça serait un peu comme ma fille, m'étant occupée d'elle depuis toute petite, laver, talquer et tout, même que jui embrassais son petit derrière quand elle était bébé, alors pensez, je finirais pas de vous raconter toutes ses amitiés, me faisant cadeau hier un sac cocodrile tout neuf, ayant coûté Dieu sait, et à peine descendue du taxi avant-hier quand je suis arrivée du train, voulant me porter ma grosse valise pensez avec ses mains de princesse, enfin l'adoration, et me disant que je dois pas me fatiguer, qu'elle veut son souper enfin son dîner comme ils disent pour six heures demie pour que je parte déjà à sept heures demie, enfin la prévenance, j'ai qu'un reproche à lui faire, c'est qu'elle a marié le Didi, ça c'est un mystère, la nièce de mademoiselle Valérie pensez, mais autrement toujours aimable, toujours la considération, maintenant qu'on est seules j'y donne à manger ce que je veux, si c'est des soles que ça me chante ça sera des soles et voilà, et si j'ai mal à l'estomac une petite blanquette, enfin tout à mon idée, et jamais une remarque, rien que de la bonne plaisance et pourtant instruite, certificats d'études et tout, et puis faut voir comme elle mange, elle fait pas de bruit comme vous et moi, elle clapote pas, c'est de naissance, c'est le grand monde, fallait voir du temps de sa tante ce qu'elle était gracieuse sur le cheval que mademoiselle y avait consenti, à dix-sept ans elle a eu un prix de monter à cheval, la plus forte monteuse de la Suisse, mais depuis son mariage c'est fini, plus de cheval, voyant plus personne du grand monde, ça me fait mal au cœur, ils me l'ont étouffée, ces rien du tout, et puis c'est la personne pas fière, des fois m'embrassant la main, pensez la personne que c'est, et pourtant y a les sous de la tante qu'elle a tout ramassé, étant sa nièce unique, alors comme propreté hygiène les bains qu'elle peut se prendre, des deux trois par jour je vous jure, mais alors ça serait pas la personne à se mettre la peinture sur la bouche, même pas la poudre, une fois j'y ai dit de s'en mettre un peu, elle m'a fait un sourire mais elle m'a pas répondu, faut voir le corps qu'elle a devant et derrière, elle est bien servie, faut voir ça, des fesses on dirait une statue, des vrais coussins d'amour, son mari je vous garantis qu'il se pique pas dans le lit, tout du rembourré, mais rien de trop, juste ce qu'il faut aux endroits qu'il faut, enfin la beauté de la femme, même que ça me fait peine que ça soye cet oiseau avec sa barbette qui se profite de tout ça, moi qu'est-ce que vous voulez, je suis la Française franc parler, je trouve pas juste qu'elle perde sa belle jeunesse avec le Didi, il est pas digne, et pour vous dire le fond de mon idée, j'aimerais qu'elle se prenne un bon ami, je crains pas de le dire devant Dieu, un bel homme qu'elle se le mérite bien allez, faudrait un aristo comme il en venait du temps de mademoiselle Valérie, mais jeune forcément, en pleine force, malheureusement c'est pas la personne à ça, elle fera jamais rien pour s'attirer un bon ami, l'homme ça aime les couleurs sur la binette, les petites manières, se tortillant le derrière, mais elle c'est pas sa manière, ou bien alors c'est que ça lui dit rien, elle est peut-être pas portée sur l'homme, vous savez les personnes instruites ça a des idées, et puis elle c'est la grande lecture, lisant dans son bain, c'est mauvais pour la santé de lire dans l'eau chaude, et puis lisant même en se savonnant, je l'ai vue une fois qu'elle mettait son livre sur le robinet et elle lisait dans la baignoire debout penchée pendant qu'elle se moussait son joli corps, croyez-moi ou croyez-moi pas, elle lit même en se brossant les dents, et elle tourne les pages du livre, et brosse que tu brosses, et ça éclabousse de rose partout, pauve Mariette que je dois tout nettoyer tout partout, bouc commissaire de tout le monde, dans son lit en le faisant j'y trouve des livres dedans des fois, peut-être qu'elle lit aussi quand le Didi lui fait sa combine dans le lit, chut taisez-vous, me faites pas rire, pour moi ça lui dit guère à elle de se faire faire la combine par son mari, mais alors pour la chose d'avoir un bon ami au lieu que le Didi, rien à faire, lecture, lecture, toujours le sérieux, le piano aussi, mais ça sera jamais du gai, rien que des airs comme l'orgue pour les enterrements, rien qui se chante, le Didi, le piano, les livres, c'est pas une vie pour une femme bien conformée, les livres remarquez je suis pas contre, c'est une distraction, j'en ai lu un à Paris à l'hôpital du fibrome, mais trop c'est trop, et puis c'est aussi la faute à la religion, moi je suis catholique forcément, mais elle, elle a été éduquée dans la protestance, alors là vous comprenez, c'est l'honnêteté, jamais la gaudriole, à propos de religion moi je dis qu'il faudrait qu'il y en ait une seule, au fond les religions c'est tout pour la même cause, et à bien réfréchir le plus pratique ça serait la religion des Juifs parce que là il y a qu'un bon Dieu, un point c'est tout, et pas d'embrouilles de ci et de ça, sauf que c'est quand même des Juifs, maintenant de ce que j'ai dit faudrait pas croire que j'ai fait des entourloupettes à mon mari, parce que c'est pas pour de dire, mais moi jamais l'idée d'un regard à un autre homme, enfin l'épouse modèle, mais c'est que lui ça valait la peine, voilà j'ai fini mon brillage, parlez-moi d'amour, redites-moi des choses tendres.

# LIV

Juchée sur une échelle et une lanterne à la main, la petite
créature s'examina avec des mines dans le miroir pendu au
mur, puis rougit ses lèvres, enfarina son visage carré, lissa ses
gros sourcils charbonneux, lécha son index pour en humecter
son grain de beauté, se sourit, descendit enfin et courut vers
l'autre bout de la cave, le long des murs suintants, hérissés
de longs clous. Arrivée devant l'homme étendu, elle se mit en
posture gracieuse, un poing sur la hanche, fredonna avec des
sourires spirituels. Il tressaillit, se souleva, s'adossa au mur,
passa la main sur son front ensanglanté.

— Bonne semaine, bonne semaine, chantonna-t-elle d'une
voix de contralto. Et dis-moi, cher homme, quel est ton nom,
et es-tu de famille honorable ?

Comme il la regardait sans répondre, fasciné par cette tête
privée de cou, elle haussa les épaules et fit demi-tour. Rejetant en arrière sa petite traîne d'une ruade, elle se promena
avec impétuosité, perchée sur ses souliers de bal à hauts talons,
imprimant de brusques envols à sa robe de satin jaune et agitant furieusement son éventail de plumes.

— Peu m'importe, d'ailleurs, car je n'ai nulle envie de me
marier, dit-elle, revenue vers lui et toujours s'éventant à grand
bruit de breloques. Mais quelle ingratitude, en vérité ! Outre
que c'est pour toi que je viens de me pavoiser, c'est moi qui
t'ai vu tout à l'heure par le soupirail, faisant le mort dans la
rue par ruse ou par vérité, et c'est moi qui ai avisé mes oncles,
et ils sont sortis lorsque les bêtes de grande blondeur ont disparu,
et vite ils t'ont ramassé et te ramassèrent ! Et voilà, tu es
à l'abri ! Ici, mon cher, c'est chez mon père le riche antiquaire
dont je suis la seule héritière, mais c'est un médecin connu que

428

j'épouserai pour remuer mon éventail dans les salons! Je le charmerai en lui chantant que dans mes bras berceurs il connaîtra la douceur du bonheur! Il y a bien ma sœur de beauté, mais je ne crains pas sa concurrence car elle est aveugle et de plus son cerveau n'est pas au point! D'ailleurs, on donnera double dot au docteur, à cause de mon dos! Ma sœur, tu la verras tout à l'heure! Elle dort encore dans sa cave personnelle! Oh, elle est belle, et je suis fière d'elle, quoique je sois petite! Mais que personne n'y touche par le regard. Elle est sacrée! Ambivalents, ambivalents, mes sentiments! J'en sais des mots! Demande-moi n'importe quel mot difficile, je te le dirai! Toutes les explications, je les connais! D'un seul coup d'œil, je comprends le caractère de la personne! C'est la peur, tu comprends? Et ma sœur est encore plus belle que toi! Bisque et rage, mon cher! Cela dit, grâce à mon mari le docteur double dot, je serai reçue dans les salons éminents, respectée, importante, et tu verras comme je m'éventerai! Oui, oui, je sais que les hommes naissent libres et égaux en droit, mais ça ne dure pas longtemps! Voilà, mon cher ami! Dans un an, dans trois ans, tu verras! Ils ne se contenteront plus de nous battre, de nous faire nettoyer leurs parquets sales avec notre langue, de nous suspendre par les bras pliés en arrière! Attends, je vais crier! De nous arracher les ongles ou de nous brûler la peau ou de nous étouffer dans l'eau! Dans un an, dans trois ans, ils feront bien plus! Leur iniquité montera jusqu'au ciel, a dit mon oncle de religion ou bien de majesté. Ils feront des choses de la grande épouvante! glapit-elle, et elle s'éventa, puis tourbillonna, puis glapit de nouveau. Toute la population les approuve! Mon oncle me l'a dit! Lis les journaux, instruis-toi, ignorant! Et sais-tu, lorsque vient le Sabbat, sais-tu ce que font mes oncles, celui de majesté et celui de commerce, sais-tu quoi malgré notre malheur? Eh bien écoute! Ils se regardent, et ils essayent de rire un peu, car le Sabbat est le jour du Seigneur, le jour de paix, et il faut être heureux! Voilà qui sont mes oncles! Donc respecte-les! Et même ils m'ont appris une prière! Je vais te la réciter à toute vitesse, écoute bien! Je commence! Mais nous, nous sommes Ton peuple, nous sommes les enfants de Ton bien-aimé Abraham auquel Tu as juré alliance sur le mont Moria ; les descendants d'Isaac qui a été offert en sacrifice ; la postérité de Jacob, Ton fils aîné que dans Ton amour et pour la joie qu'il T'a donnée Tu as appelé Israël! Sois loué, Éternel qui nous as choisis entre tous les peuples pour dépositaires de Ta sainte Loi! C'est pourquoi, à chaque matin de malheur et à chaque soir d'angoisse, nous disons combien nous sommes heureux, combien notre part est belle et notre sort agréable! (Essoufflée d'avoir récité si vite, elle s'arrêta pour reprendre haleine, mit sa main sur son cœur, lui sourit gentiment.) C'est une belle prière, n'est-ce pas? Quelquefois, quand je la dis, mon nez devient tout rouge parce que j'ai envie de pleurer tellement je suis fière! Il faudra que je rie aussi le jour du Sabbat! Je me chatouillerai sous les bras pour me faire rire dans notre cave! Belle, notre cave sombre, pleine de clous, notre cave! Des clous partout! Les grands pour les grands malheurs et les petits pour les petits malheurs! C'est mon oncle de commerce qui les a plantés! Des ongles arrachés, un clou! Une oreille coupée, un clou! C'est un passe-temps, une consolation! Il y en a beaucoup, peut-être cent! Nous les compterons ensemble! Que veux-tu, il faut se divertir, il faut oublier! Oh, j'ai envie d'un craquelin pour le croquer en courant vers toi avec des glissades et des rires pour te faire peur! Dans un an, dans trois ans! Les Allemands sont un peuple effrayant, effrayant, effrayant! hurla-t-elle soudain de toutes ses forces. Mais il n'y a que nous qui le sachions! Des bêtes, des bêtes, ils sont des bêtes! Ils aiment tuer! Oui, mon cher, habillés en hommes, mais des bêtes! Tu verras ce qu'ils nous feront, tu verras, tu verras! cria-t-elle en le menaçant de l'index. Donc frissonne! C'est parce qu'ils détestent notre Loi! Ils sont des bêtes, ils aiment les forêts et les sauts dans les forêts, comme les bêtes vraies qui se cachent derrière l'arbre et te sautent à la nuque, han! Ils n'ont pas peur dans les forêts, au contraire ils chantent dans les forêts! Nous, il y a deux mille ans, nos prophètes! Eux, il y a deux mille ans, des casques avec des cornes de bêtes! C'est mon oncle de majesté qui me l'a dit! Moi j'ai une bosse, mais je suis fille humaine! Voilà, je t'ai tout bien expliqué! Oh, dis-moi des paroles belles, dis-moi de l'espoir! Tu n'en as pas? Alors, rions, jouissons de la vie! Dis-moi bonne semaine! Montre que tu es homme d'éducation, dis bonne semaine à ton tour, car c'est aujourd'hui le saint jour! Bonne semaine, vite! cria-t-elle en faisant tournoyer son réticule de fausses perles.

— Bonne semaine, murmura-t-il.

— Très bien, et de cette manière tu trouves grâce à mes yeux qui sont grands et charmants, tu auras beau dire! Et lorsqu'on a des yeux charmants et qu'on sait faire toilette de visage on trouve toujours pointure à son pied et qu'importe qu'on soit un peu bossue et privée de cou! Un peu de bosse

augmente la perspicacité! Pointure à son pied, expression
française! Car j'ai reçu éducation de demoiselle! Gouvernante
française depuis mon jeune âge, grâce aux avoirs de mon père!
Éducation élégante parmi les richesses et les brocarts! Rien
n'a été épargné pour faire de moi une jeune fille accomplie et
plus tard une épouse modèle s'exprimant avec facilité dans
la langue de Racine! Connaissant tout, mon cher! Ainsi, sais-
tu que c'est avec leurs moustaches piquantes pointues que
les chats griffent? Non, tu l'ignores! Inutile de mentir! Oui,
mon cher, tu as dit des paroles françaises pendant ton sommeil
des frappes à la tête et c'est pourquoi je m'exprime dans ta
langue, me faisant ainsi valoir! Piano, violon, guitare avec
regards lancés, leçons de diction et regards hameçons! J'en
sais des mots! chantonna-t-elle en tournoyant, ce qui fit
ballonner sa robe et découvrit ses petites jambes torses et fortement musclées. Je n'ai qu'un mignon défaut, et c'est que quelquefois je cours en criant de peur et si la personne est sympathique je lui saute un peu dessus pour l'embrasser, mais c'est
mutin câlin! Et puis j'aime manger les cartilages, ce qui est
tendre mais qui résiste! C'est mutin aussi! A part cela, quelle
élégance! Ah, mon cher ami, si tu me voyais dans ma matinée
rose à poils de singe et pantoufles de même couleur avec bandes
de duvet de cygne! Si tu me voyais en boa de plumes, ou en
parure d'été avec canotier bien penché en avant, faux col dur
convenable et petits charmes divers! La boucle d'oreille est
encore attachée à l'oreille flottante! Et si de plus tu m'entendais
chanter les bonheurs fous et les tendres promesses!

Elle rajusta le nœud de ses cheveux, un ruban bleu ciel,
humecta ses sourcils, monta sur un escabeau, mit un poing sur la
hanche et chanta avec passion et des sourires de cantatrice, sa
grosse tête en avant : Pourquoi douter de ton bonheur — Puisque
je t'aime ? — Pourquoi garder de la rancœur — Puisque je t'aime ?

— C'était juste pour te donner une idée, sourit-elle, descendue de son escabeau. Qu'en penses-tu ? (Dans le silence, elle
croqua à grand bruit une dragée sortie de son réticule.) Tu ne
veux pas répondre ? Grand bien te fasse ! Mes grandes belles
dents, je les nettoie avec une allumette pointue et mon parfum
est le Rêve de Paris ! Car tu auras beau dire, le parfum est le
charme de la femme ! Mon cœur a pris ton cœur dans un jour
de folie, chantonna-t-elle, yeux impérialement baissés. A propos
de mon oncle de majesté, quand il est sorti l'autre jour malgré
le danger, pour diverses questions religieuses, car tu ne peux
imaginer à quel point notre Dieu est grand, c'est bien simple,

Il n'a pas son pareil, eh bien j'ai regardé par la fente et j'ai vu les bêtes qui lui arrachaient la barbe! Ils riaient avec bêtise et puissance, mais mon oncle de religion les regardait tout droit avec grandeur et silence, comme un roi! Oh, comme j'étais fière! Ils aiment aussi arracher les ongles! Ce sont des Allemands. Écoute, homme, tu seras mon passe-temps désormais, car j'adore parler dans les langues que je connais et je m'ennuie dans le sombre et la fermeture lorsque mes oncles vont par le souterrain dans les autres caves pour des nourritures, des diamants indispensables et l'étude de la Loi! Indispensables, indispensables! On peut les cacher! On peut les emporter! Deux oncles, un de religion et un de commerce! J'adore bavarder et ma langue est brodée d'intelligence! Paroles françaises à volonté! tournoya-t-elle avec un grand envol de robe jaune. Ainsi suis-je, cher homme, mutine et devineuse par un seul coup d'œil de tout ce que l'autre pense, instruite et parlant diverses langues, chacune avec le bon accent du pays, pour passer les frontières sans difficulté! Mais quel insensé es-tu d'être sorti dans les rues, et habillé en Juif, avec lévite longue et phylactères! Bien fait que les bêtes t'aient frappé et entaillé ta poitrine d'homme! Leçon! (Elle s'éventa fort.) Ne sais-tu pas que les fils du peuple élu doivent rester cachés et enfermés à cause des bêtes du dehors? En ce Berlin tout est à l'envers, mon cher! Les humains en cage et les bêtes en liberté! Paroles françaises tant qu'on en voudra! Toutes les règles de grammaire, accord des participes! Et ne sais-tu pas que lorsqu'ils défilent en bravade, ils chantent qu'ils sont contents quand le sang juif gicle sous leur couteau? Wenn Judenblut unter'm Messer spritzt! Gicle, gicle! Tu vois toutes les paroles françaises que je connais! Il y a un manque entre ma tête et mes épaules, c'est vrai, mais eux, avec leurs yeux bleus et leurs musiques, ils aiment le sang, et tu verras, ils nous tueront tous, c'est mon oncle de majesté qui l'a dit! Ils sont habillés en hommes, mais ils aiment tuer, c'est leur bonheur, et ils sont contents s'il y a du sang, mais nous, nous sommes ·des humains. Louange à notre maître Moïse! Dis aussi louange! Vite, sinon je mords! Allons, ne me fais pas mourir de rire! C'était seulement pour t'effrayer! Oui, mon cher, ils nous tueront jusqu'au dernier! Mais en attendant nous ne sommes pas morts, mais chauds et calfeutrés, et moi j'adore vivre et bavarder! Ici, c'est chez mon père, et dans ce bahut Renaissance authentique il y a l'oreille que les bêtes ont coupée pour s'amuser, en criant Heil et le nom de leur Allemand qui aboie! L'oreille garantie de ma chère maman! Je la conserve

432

cérémonieusement dans l'eau-de-vie, à côté de mon trousseau au grand complet, trois cent soixante pièces, pur fil ! Quelquefois j'embrasse le bocal pour être admirée ! (Elle fit des bruits de baisers.) Quelquefois je remue le bocal pour que l'oreille vive ! Je te la montrerai une fois, quand j'aurai confiance ! Eh oui, mon ami, c'est cher d'être le peuple de Dieu ! Indispensables, indispensables, car alors nous pouvons acheter des complicités parmi les bêtes et continuer un peu à vivre ! Allons, bavarde ! Après tout, ils ne t'ont pas tué ! (Elle fouilla dans l'escarcelle jaune pendue à sa ceinture, lui tendit précipitamment un petit miroir.) Regarde ! Rien que du sang ! Et pas beaucoup, note bien ! Mais je m'éloigne de mon raisonnement ! (Elle s'approcha confidentiellement.) Une fois je suis allée à minuit pour mes besoins et alors mon cou est entré à l'intérieur ! Il ne faut jamais aller dans les lieux à minuit car c'est l'heure des Personnes méchantes qui vous enfoncent le cou ! Peu importe, l'intelligence remplace tout ! Oh, comme je suis contente ! J'ai de la compagnie et je peux parler autant que je veux ! Tu sais, ce n'est pas le Sabbat aujourd'hui, mais que veux-tu, il faut mentir dans notre ancienne situation. (De nouveau, elle s'approcha.) C'est ma mère qui m'a faite petite par vengeance !

Elle saisit une guitare qui traînait sur une cathèdre, la gratta avec pétulance, parfois souriant à grandes dents et parfois lançant des regards malins, la remit en place et s'éventa de plus belle.

— En somme, je ne sais rien sur ton compte, et je suis bien bonne de te parler à cœur ouvert, en cachant ce qui convient. Je ne sais d'où tu viens, ni quel fut le ventre. En conséquence, ton nom, vite ! Sinon, Dieu sait ce que je vais faire ! Allons, en avant, ton nom en Israël ! cria-t-elle en frappant de son petit pied chaussé de satin. Présentation dans toutes les règles ! Le nom, vite ! Les naines sont terribles et gare à la morsure !

— Solal, dit-il, et il porta la main à son front ensanglanté.

— C'est bien, je connais ! Famille de quelque renom ! Mais sache qu'un de mes anciens parents en Russie du temps du tsar fut directeur de la Banque Russo-Asiatique, avec grade de conseiller d'État effectif, correspondant au grade de général ! Donc inutile de faire l'important avec moi ! Ton prénom maintenant, en avant ! Le gentil prénom pour celle qui t'aura en mariage légal !

— Solal.

— Tous les goûts sont admissibles et peu m'importe ! s'écria la naine en faisant bouffer ses cheveux plats qui retombaient en frange mal taillée sur le front. C'est son affaire à elle ! D'ail-

leurs, cela te passera et tu resteras avec nous! En vérité, ils
ne t'ont pas fait beaucoup de mal à toi! Oui, d'accord, ils t'ont
marqué leurs araignées sur ta poitrine, mais des marques, c'est
peu de chose! Rien pour un bocal! (Elle se pinça les narines,
nasilla :) Allons, couvre cette poitrine d'homme! Je ne veux
pas la voir! (Elle mit ses mains devant ses yeux mais regarda
entre deux doigts écartés tandis qu'il ramenait les pans de la
lévite sur son torse entaillé de croix allemandes, noires de sang
séché.) Ils t'ont entaillé, ils t'ont frappé le crâne et le nez et
les yeux, mais ce n'est rien, mon cher, tu verras l'augmentation bientôt! C'est mon oncle de religion qui l'a dit! (Elle boucla
et déboucla ses cheveux pour mieux réfléchir.) Et sais-tu quoi?
Les autres peuples ne feront rien pour nous sauver! Ils seront
contents que les Allemands se chargent du travail! Mais pour
le moment nous ne sommes pas morts mais chauds et calfeutrés! Oh, quel bonheur! (Elle cassa une noix entre ses dents.)
Et moi je suis Rachel et mon père était Jacob Silberstein, le
plus riche antiquaire de Berlin! Avant, nous étions en haut dans
un magasin superbe sublime spacieux! cria-t-elle en appuyant
sur les consonnes sifflantes. Mais nous ne sommes pas bêtes,
pas bêtes — elle bêla ce dernier mot — et quand mon vénéré
père, auteur de mes jours maudits, a senti venir le vent noir,
il a fait semblant de partir! Oui, semblant de quitter Berlin,
imbécile! Il te faudra quelques oreilles coupées pour devenir
un peu intelligent! Semblant, nous devons faire semblant,
toujours semblant! Mais avec la complicité, tu vois, j'en sais
des mots, avec la complicité du propriétaire, il est de la nation
des bêtes, mais il aime les dollars, on a tout descendu et on est
venus s'enfouir ici! Voilà pourquoi il nous faut des dollars,
beaucoup de dollars! C'est leur faute et non la nôtre! Et voilà,
on est enfouis et en hiver le poêle est grand et aimable et on
est en sécurité quand gronde le mal de la nuit! Le mal de la
nuit! ulula-t-elle en faisant des signes. A propos de lit, il faut
que je fasse le mien. Ma couche, en un mot!
    Elle cligna de l'œil, referma d'un coup sec son éventail
de plumes d'autruche et se dirigea avec importance, petite
croupe ondulante et musclée, vers un lit d'enfant en bois sculpté
et doré. Tout en secouant les couvertures et les draps, elle
chanta avec expression que Jacob Silberstein était un riche
antiquaire, et du coin de l'œil elle guetta l'effet.
    — Regarde mes biens! Tout est à moi car je suis l'héritière
directe! Meubles garantis d'époque, tableaux de maîtres avec
certificats officiels! Et si tu n'en veux pas gratis, achète-les

en payant! Je connais les prix et les valeurs! Avec mon minois je peux les chanter à ton minois, si tu veux! Mais si tu avais quelque sagesse, tu les aurais pour rien, après une conversation raisonnable avec mes oncles. (Comme il restait silencieux, elle tapa du pied.) Ils t'ont trouvé dans la rue et ils t'ont ramassé! Tu leur dois reconnaissance! Que veux-tu que je te dise de mieux? Ils t'ont ramassé! Ou peut-être est-ce moi dans un certain intérêt convenable? Occupe-toi de moi au lieu de t'occuper de toi! Le sang te va bien, c'est du velours sur ton minois. De plus, je parle plusieurs langues à la perfection, sans accent étranger, ce qui fait que nous nous débrouillerons dans n'importe quel pays avec la police! Bonne maîtresse de maison aussi! Salant et puis lavant et puis brossant la viande avant de la faire cuire! Ainsi pas de sang! Et sucrant mon thé avec de la confiture de cerises! Je t'en ferai goûter et de ma carpe farcie aussi! De plus, une bonne épouse doit savoir enlever le sang séché sur le minois de l'époux et aussi elle doit être prête à partir avec lui en cachette de la police, l'argent bien caché contre son petit corps, un bouclier contre les méchants! Cela dit, les fiançailles sont la plus belle période de la vie, et heureux qui les goûte! Attends, je vais refaire ma toilette de frimousse et tu verras!

De nouveau, elle barbouilla ses lèvres, puis poudra sa face carrée tout en lui souriant à grandes dents, masséters saillants.

— Qu'en dis-tu? demanda-t-elle, et elle lui donna une tape coquette avec son éventail. Après tout, seuls les yeux comptent! Et ne te moque pas de ma bosse! Elle est une couronne dans mon dos! Et ne t'avise pas de faire déclaration à ma sœur, la belle! Oui, d'accord, je ne suis pas l'héritière unique! Que veux-tu, il m'arrive d'escamoter selon mes intérêts! Mais si elle est belle et haute, elle est somnambule, et c'est justice! Et maintenant, attends-moi, Juif, mais parle fort pour me tenir compagnie et que je n'aie pas peur!

Elle courut vers l'autre bout de la cave, jusqu'à l'échelle, s'empara de la lanterne et revint avec un long cri. Essoufflée, sa main à son cœur, elle lui confia avec un sourire enfantin qu'elle l'avait échappé belle. Puis elle le prit par la main et ils allèrent le long des tableaux suspendus aux murs en pleurs, elle tenant haut la lanterne, nommant les peintres, et à chaque tableau lui ordonnant d'admirer, avec des coups de talon. Mais lorsqu'il avança la main pour soulever le voile qui recouvrait le dernier tableau, elle tressaillit, le saisit par le bras.

Défendu, cria-t-elle, défendu de regarder Celle avec l'Enfant! Danger de bûcher! Le tirant à elle, elle le promena le long des vieilleries, armures, piles d'étoffes, robes anciennes, mappemondes, verreries, tapis, statues, les commentant avec des moues et en disant les prix. Soudain, elle s'arrêta devant une haute statue de fer, se gratta furieusement.

— La Vierge allemande, la Vierge de Nuremberg! annonça-t-elle avec grandiloquence. Elle est creuse, mon cher! Ils nous enfermaient dedans et les longs couteaux de la porte entraient dans le Juif! Mais surtout ils nous brûlaient! Dans toutes les villes d'Allemagne, à Wissembourg, à Magdebourg, à Arnstadt, à Coblence, à Sinzig, à Erfurt, ils étaient fiers de se dire rôtisseurs de Juifs! Judenbreter dans leur langue du temps! Oh, j'ai peur d'eux! Ils nous ont brûlés au treizième siècle! Ils nous brûleront au vingtième siècle! Il n'y a pas de salut pour nous, sache-le, mon cher! Ils adorent leur méchant chef, l'aboyeur avec la moustache! Ils sont tous d'accord avec lui! L'évêque Berning est d'accord! Il a dit que tous les évêques allemands sont d'accord! C'est mon oncle qui me l'a dit, mon oncle de grande majesté! Maintenant, viens!

La tête confuse, mené par elle qui parfois se retournait pour une œillade, il alla le long des coffres, des bergères, des bahuts et des lustres gisant à terre, docilement la suivant cependant que les pendules battaient à contretemps et que les mannequins de cire souriaient, les surveillant dans l'ombre. De nouveau, elle s'arrêta brusquement, caressa un hibou empaillé aux yeux orangés et aux grands sourcils qui les regardait aussi, puis elle approcha sa lanterne d'un sarcophage où reposait une momie.

— Pharaon aussi! dit-elle. Il nous a détruits jusqu'au dernier! Ils nous détruisent jusqu'au dernier et ensuite ils crèvent!

Muet, le crâne en douleur, il souriait d'orgueil, devenait comme elle, le savait. Soudain la petite main humide le dégoûta, mais il n'osa pas s'en détacher, craignant une lubie de représailles. Elle s'arrêta devant une grille ouvragée, leva sa lanterne, fit claquer sa langue, désigna dramatiquement un vieux carrosse de cour, écaillé d'or pourri, enfumé par endroits, mais scintillant de petits miroirs à facettes et orné de chérubins tenant des torchères.

— Souvenir, souvenir! Mon grand-père, le rabbin miraculeux! Le célèbre rabbin de Lodz! Dans ce carrosse, la nuit, on le promenait dans le quartier juif! Pas de toit parce qu'il se tenait debout pour bénir! Un carrosse royal! J'ai envie de mordre tellement je suis fière! On s'en servira pour mon mariage! Je sais dire mariage en sept langues! Et si on te dit que j'ai de l'hypertension, n'en crois pas un mot! Je n'ai que des idées! clama-t-elle, et elle agita ses petites mains avec des expressions ravies et malicieuses. Et maintenant, viens voir, et ne crains rien car ils sont attachés!

Il la laissa passer devant lui, sachant tout à coup que si elle restait derrière lui elle aurait la tentation de la nuque, se mettrait à hurler de peur, lui sauterait au cou, le mordrait peut-être. Vite, dit-elle, et elle le tira avec violence. Derrière le carrosse, deux étiques chevaux dolents gisaient, attachés par un licol. La tête de l'un reposait sur la terre battue et sa langue sortait à demi. L'autre remuait sagement sa longue face humaine dont l'ombre agrandie allait en hésitant d'un mur à l'autre.

— Les chevaux de mon grand-père! annonça-t-elle. Mon père a voulu les garder jusqu'à leur mort finale! Par respect, par respect! Avant, ils étaient dans l'écurie en haut, mais maintenant ils se cachent aussi avec nous, les pauvres vieux, Isaac et Jacob ils s'appellent! Et voilà, et assez! Regarde-toi! cria-t-elle avec une farouche frénésie, et de nouveau elle lui tendit son miroir. Voilà ce que c'est de vivre dehors, écervelé! Dans la cave, Juif! Tu seras bien avec moi, mais sache que ma foi est déjà engagée à un certain baron que j'ai préféré à Nathaniel Bischoffsheim qui est trop jeune! Je les aime un peu faits, à point, que cela s'enfonce quand on appuie! De plus, l'eau-de-vie conserve les oreilles, ne l'oublie pas si un jour tu ramasses la tienne. A Lodz, il y a eu le pogrome lorsqu'elle était enceinte de moi, et alors elle s'est vengée, et je suis née petite. D'ailleurs, tout ce que tu me diras, j'en prendrai et j'en laisserai! Libre à toi, mon cher, et qui ment se casse les dents, et quelle fille voudra de toi avec des dents cassées? Ne sais-tu pas qu'on ne peut prétendre à rien sans charme de mâchoire? (Elle sourit largement pour montrer sa solide denture, mit son poing sur la hanche.) On me dit naine, mais on s'intéresse à moi! Consulte Rothschild, consulte Bischoffsheim! D'ailleurs, c'est ton sort de devenir ennuyé de la tête. Oui, mon câlin minois, ne le nie pas, tout à l'heure tu as voulu attraper l'ombre de Jacob sur le mur! Je t'ai vu et je me suis étranglée de rire! Écoute, je vais te dire un secret. Quand je suis toute seule, j'attelle Isaac et Jacob au carrosse et puis je monte dedans, je prends les rênes et je me promène dans la cave! Une vraie petite reine! Tout à l'heure, j'ai dit somnambule, c'était par délicatesse, pour ne pas dire aveugle! Ou bien, quand je suis trop seule, les autres étant allés dans diverses caves pour des achats ou des conversations, et moi étant trop petite et avec une bosse et pas de cou, alors je tâche de dormir pour ne pas penser. Chien endormi n'a pas de puces. Allons, viens, entre dans le carrosse de mon grand-père! Vite, sinon je te pince!

Elle ouvrit la portière étincelante de nombreux miroirs, le poussa à deux mains, le força à s'asseoir sur la banquette, se hissa auprès de lui, s'assit à son tour. D'aise, elle balança ses petites jambes, s'arrêta soudain, lui fit signe de se taire.

— Tu les entends dehors? Ils sont contents de marcher derrière une musique, les imbéciles! Tandis que nous, en carrosse royal! O ma cave belle, ô grand destin, ô clous chéris! Maintenant, veux-tu être gai? Nous avons des masques pour la fête des Sorts, des masques achetés avant ma naissance! Pense si je suis jeune! Veux-tu rire? Nous avons des jeux pour la fête des Sorts! Regarde! cria-t-elle d'une voix vibrante, et elle se pencha, ramassa sous la banquette une couronne de carton, ornée de faux rubis, se la posa sur la tête. A la fête des Sorts, je faisais toujours la reine Esther, j'étais gracieuse, délice de mon père! Et pour toi, voilà, un faux nez pour te réjouir! Sais-tu de quoi, ignorant? De la mort d'Aman, apprends-le! Quelquefois je fais la méchante parce que c'est triste d'être petite! Alors je dis que je les aime à point ou bien que je te mordrai, mais ce n'est pas vrai, c'est seulement la gaieté de malheur. Enfin, peut-être que je me trompe quand je dis que les autres nations seront contentes. Attendons de voir! En tout cas, je me méfie de la Pologne! Allons, ne me regarde pas ainsi, stupide comme une harpiste! Allons, mets ton faux nez!

Il obéit, et elle battit des mains tandis qu'il caressait le grotesque appendice de carton, glorieusement le caressait. Soudain, il tressaillit aux coups venus des profondeurs, trois coups, puis deux. Elle lui tapota la main avec importance, lui dit de n'avoir pas peur, que c'était des Juifs de la cave à côté qui demandaient l'ouverture de la trappe, des ennuyeux qui venaient souvent pour des nouvelles ou des nourritures. Descendue du carrosse, elle alla en se dandinant, traîne soulevée et mouvante petite croupe.

— Je vous ferai attendre et gémir, mal élevés! cria-t-elle, penchée au-dessus de la trappe. Je suis en grande occupation, riant et me poudrant! Dans une heure, je vous ouvrirai, pas avant! Silence, les Juifs!

438

De nouveau assise auprès de lui dans le carrosse, sérieuse, la naine Rachel promenait ses doigts sur une autre guitare, en tirait des mélancolies, avec parfois vers lui un regard perspicace. Lui, il la considérait et il avait pitié, pitié de cette petite difforme aux grands yeux, beaux yeux de son peuple, pitié de cette petite insensée, héritière de peurs séculaires, et de ces peurs le fruit contrefait, pitié de cette bosse, et en son âme il révérait cette bosse, bosse des peurs et des sueurs de peur, sueurs d'âge en âge et attentes de malheurs, sueurs et angoisses d'un peuple traqué, son peuple et son amour, le vieux peuple de génie, couronné de malheur, de royale science et de désenchantement, son vieux roi fou allant seul dans la tempête et portant sa Loi, harpe sonnante à travers le noir ouragan des siècles, et immortellement son délire de grandeur et de persécution.

— Je suis laide, n'est-ce pas ? demanda-t-elle, et elle porta sa petite main à sa frange avec le geste bouleversant d'un singe malade.

— Tu es belle, dit-il, et il lui prit la main, la lui baisa.

Sans plus parler, ils se tinrent par la main dans l'antique carrosse, lui avec son faux nez, elle avec sa couronne de carton, frère et sœur, se tinrent fort par la main, reine et roi de triste carnaval que les deux chevaux regardaient mélancoliquement, remuant leurs têtes chastes et professorales.

Et voici, la naine ôta sa couronne et la posa sur la tête de son frère aux yeux clos, et elle lui couvrit les épaules de la soie de prière, et elle lui mit entre les bras les saints rouleaux des Commandements. Ensuite, descendue du carrosse, brinquebalante, elle détacha les chevaux languissants, les fit entrer dans les brancards, les attela, les recouvrit d'un velours brodé d'or et de lettres antiques, rideau d'arche sainte, tandis que le cheval de gauche, le plus vieux, qui avait des tumeurs aux jointures, approuvait tristement mais avec majesté, et que le cheval de droite levait joyeusement la tête, hennissait un appel.

Alors, sortie de l'ombre, elle apparut, haute et merveilleuse de visage, vierge souveraine, Jérusalem vivante, beauté d'Israël, espoir dans la nuit, douce folle aux yeux éteints, lentement allant, une ancienne poupée dans ses bras, la berçant et parfois sur elle se penchant. Elle s'est trompée, souffla la naine, elle croit que c'est la Loi.

Soudain, il y eut de nouveau une grande rumeur dehors, et en même temps que le martèlement des bottes retentit le chant allemand, chant de méchanceté, chant de la joie allemande, joie du sang d'Israël giclant sous les couteaux allemands. Wenn Judenblut unter'm Messer spritzt, chantaient les jeunes espoirs de la nation allemande, tandis que de la cave voisine s'élevait un autre chant, chant à l'Éternel, grave chant d'amour, surgi du fond des siècles, chant de mon roi David.

Et voici, debout sous le soupirail devant quoi défilaient les bottes allemandes, revêtu de l'ample soie de prière, soie barrée de bleu, soie à franges venue d'un auguste passé, couronné de tristesse, le roi au front sanglant leva haut la sainte Loi, gloire de son peuple, la présenta aux adorateurs de la force, de la force qui est pouvoir de meurtre, l'appuya contre les barreaux devant lesquels, mécaniques et victorieux, défilaient au pas de parade les jeunes espoirs de la nation allemande, tous chantant leur joie du sang juif versé, fiers d'être forts, forts d'être nombreux, salués par les filles suantes à nattes blondes, bras niaisement levés, grosses sexuelles excitées par tant de virilités bottées.

Inlassable, fils de son peuple, il tenait haut levée la Loi vêtue d'or et de velours, couronnée d'argent, glorieusement élevait et présentait la lourde Loi emprisonnée, Loi de justice et d'amour, honneur de son peuple, cependant que dehors, fiers de leur pouvoir de mort et orgueil de la nation allemande, aux sons des fifres et des tambours, et à grands coups de cymbales, toujours chantant leur joie du sang d'Israël giclant sous leurs couteaux, défilaient les tortureurs et tueurs de chétifs désarmés.

## LV

— Pauve Mariette que je suis, je sais plus que faire je fais
que soupirer même que j'ai plus envie de café, il y a deux jours
que ça dure, elle est plus la même, silence et silence, et je sais
pas pourquoi, j'ose pas y demander la raison, avant-hier que
ça a commencé sa mérancolie, le demain du jour qu'au contraire
elle était tellement contente, oui, deux jours qu'elle est comme
ça, Madeleine au pied de la croix, prenant plus qu'un bain le
matin, elle qu'elle s'en appuyait des deux et trois, plus de goût
à s'habiller, restant au lit avec des livres qu'elle lit même pas,
les yeux au plafond d'un air d'attendre, parce que forcément
je surveille la serrure, étant que c'est mon devoir vu qu'elle
est orpheline, parlant plus chantant plus que j'aimais bien
l'écouter, maintenant dans son lit à rien faire, il y anguille
sous cloche, mais je sais pas quoi, ça serait la personne à ça je
dirais chagrin d'amour, mais je crois pas, j'aurais remarqué,
c'est comme je vous dis, toujours dans son lit et mangeant pas
que c'est affreux, ça va pas madame Ariane? jui ai dit deux
trois fois pensant qu'elle me dirait la raison, mais elle toujours
répondant je suis fatiguée j'ai mal à la tête, et c'est tout, et à
sa tête je vois bien que c'est marqué défendu d'y demander,
elle se fâcherait si je faisais la curieuse, c'est possibe que c'est
une maladie des nerfs comme son papa que des jours il disait
pas un mot, toujours réfréchissant, moi pauvrette je fais ce que
je peux, des fois lui disant des bêtises pour la faire rigoler mais
elle rigole pas, hier matin pour ui changer les idées jui fais
madame Ariane ça vous dirait qu'on aille un peu à la mer Côte
d'Azur, parce que toujours ça a été sa passion la mer, le paysage,
enfin des idées, quoique moi la mer vous savez ça m'a jamais
rien dit, on peut pas se savonner dedans, ça mousse pas, ça

441

vous dirait que jui fais, alors elle m'a fait non avec la tête et elle m'a dit qu'elle est beaucoup fatiguée, toujours la même chanson, et puis mangeant trois fois rien, tenez, pour vous dire, hier soir jui ai préparé un souper un peu fantaisie, rien que des hors-d'œuvre, pour ui faire envie, que jui ai porté dans son lit avec la petite tabe à malade, bien commode cette tabe et puis pliante quand on se la sert pas, des radis, olives, sardines, beurre et puis aussi de la jolie andouille que ma cousine de Nanteuil m'a envoyée, ferait mieux de me rembourser ce qu'elle me doit, un peu de thon mayonnaise avec de la paprique pour la gaieté, céleri rémoulade, tout bien servi, olives noires des grosses grosses, et puis des barquettes faisant bateau à l'artis- tique avec cheminée pour l'amuser et dedans fourré anchois, des œufs durs mayonnaise faisant figure de bébé pour l'amuser, avec deux câpres pour les yeux et de la paprique pour la bouche, du jambon Parme, enfin des flatteries pour le goût, plateau bien arrangé avec des fleurs, faisant mon possibe pour lui changer les idées, et puis le principal que j'oubliais, du saumon fumé que je suis vite été esprès en ville, au magasin cher, ban- dits et compagnie mais bien chalandé, faut dire ce qui est, deux cents grammes, et de l'estra celui d'en haut qu'il est pas trop salé, pas besoin de tout manger madame Ariane, juste ce qui vous dira, mais elle a rien voulu, rien que du thé elle a pris, ça fait que c'est moi que j'ai dû tout me manger dans la tristesse, pour quand même pas que ça se perde, et tout à l'heure quand jui ai porté son petit déjeuner au lit elle a même pas levé la tête, faisant des dessins avec son doigt sur la couverture, voilà un petit café au lait bien chaud, madame Ariane, attendez je vais vous mettre un autre oreiller que vous soyez bien aisée, alors me regardant comme si j'existais pas, juste un peu de café noir elle a pris, une gorgée, et ces jolis croissants, vous leur dites rien madame Ariane? non merci Mariette, j'ai pas faim, mais madame Ariane ça se mange sans faim un petit croissant, ça va pas plus loin que le gosier, c'est pas du vrai manger, non merci chère Mariette, et puis les yeux au plafond d'un air de dire qu'on me parle plus, qu'on me laisse seule, pour moi elle fait une crise de quelque chose, jui ai dit d'aller au docteur, elle a même pas répondu, on peut pas lui parler même avec des pincettes, oui, chère Mariette elle m'a dit, pauvre poupée, mais j'aimerais mieux qu'elle me dise vieille salope et qu'elle mange un peu, jui dis madame Ariane vu que jui ai toujours dit made- moiselle du temps de sa tante, mademoiselle Valérie voulant pas que jui dise seulement Ariane quand elle est venue un peu grande, question respect, enfin ça a été une habitude, d'abord mademoiselle et après forcément madame, mais quoique ça c'est ma petite chérie, étant veuve sans enfants, ça remplace, enfin un peu ma fille pour de dire, parce que mes nièces c'est des rien du tout, coureuses, bouffant tout le temps, alors ces deux c'est pas l'appétit qui leur manque, enfin on verra à midi, peut-être que ça ui dira, jui ferai des côtelettes d'agneau, peut-être que le simple ui dira mieux, avec une bonne purée et une jolie salade bien croquante avec de l'extragon, il y a rien de tel comme l'extragon pour charmer une salade, allez madame Ariane jui dirai, juste deux petites côtelettes pour vous fortifier le sang, le docteur que j'ouvrais la porte chez lui il me disait que de pas manger ça encrasse le sang et il trouve plus sa place et ça fait venir des glandes, voilà ce qu'il me procramait le docteur, alors voilà, faut que je me dépêche, sans vous froisser vous me retardez, bien contente de vous avoir vue, alors au revoir, merci d'être venue, ça fait toujours plaisir, passez peut-être me dire un petit bonjour chez moi ce soir, on prendra le café.

## LVI

— Chut, taisez-vous, je vais tout vous dire, il y a du nouveau,
elle fréquente, vous voyez, je me suis pas trompée hier que je
vous disais que y avait de l'homme là-dessous, ce chagrin silence,
c'est vrai que les jours d'avant moi bécasse je me doutais pas,
vu qu'étant la nièce de mademoiselle Valérie et puis cachant
son jeu disant qu'elle avait mal à la tête, mais après je me suis
réfréchie qu'elle me demandait si le facteur avait déjà passé,
alors je me suis dit ça sent la friture d'amour, vous vous rappelez, je vous l'ai dit, parce que c'est pas à un vieux singe
qu'elle y apprendra à faire les grimaces, alors voilà, pour vous
commencer du commencement, tout à l'heure, à huit heures,
juste que je commençais mes vitres de ma cuisine que la pluie
me les a toutes salies, voilà que ça sonne à la porte, c'était un
térégramme que j'y ai porté tout de suite comme de juste forcément, même que j'ai risqué me casser la jambe en montant
grande vitesse, alors à peine qu'elle l'a lu son térégramme, elle
a fait un saut en dehors le lit que vous auriez dit une acrobate
du cirque, et vite courir à sa baignoire, me criant qu'elle a pas
le temps de m'espliquer, qu'il faut vite qu'elle sorte, qu'elle
m'espliquera plus tard, mais d'abord elle avait mis son térégramme dans sa pochette de son pyjama que la veste est trop
courte, des fesses qu'on dirait un ange du ciel, mais alors justement elle a fait du galop pour courir à sa baignoire tellement
que total le térégramme est tombé par terre, alors moi j'ai
réfréchi, me pensant que j'avais la responsabilité de savoir ce
que y avait dedans, question devoir, étant qu'elle est jeune
orpheline, enfin la conseiller, l'aider si ça serait une mauvaise
nouvelle quoique ça en avait pas l'air vu ses cabrioles pour
aller se tremper dans son eau bouillante que c'est pas possibe

de se tremper tellement chaud, sortant rouge comme la langouste, enfin pour vous la faire courte, après que j'ai téléphoné pour faire venir le taxi qu'elle m'a crié dedans son bouillon fumant d'y faire venir tout de suite, oh là là j'aime pas téléphoner, faut crier pour qu'ils vous comprennent, ça me tourne les sangs, heureusement que j'ai passé le retour d'âge, enfin, après que j'ai téléphoné, je suis remontée doucement, et j'ai un peu lu le térégramme du temps qu'elle était dans son bain vu que c'était mon devoir, alors voilà, le pauve Didi il en porte des grosses, la chose c'est que probable il la contentait pas, qu'est-ce que vous voulez, le térégramme donc c'était du bon ami disant qu'il sera de retour le vingt-cinq, avec des mots d'amour, l'impatience me démange, et dis-moi si ça te démange aussi, voilà testuel, enfin non, pas testuel si vous voulez, disant pas que ça le démange, disant ça en poésie forcément, avec des mots de la haute, mais l'idée y était, alors tant qu'à faire, j'ai été regarder un peu aussi dans ses papiers de son tiroir du temps qu'elle était dans son bain pour que je chasse de quoi que ça retourne, vu ma responsabilité, le taxi qu'elle est partie dedans elle m'a pas dit pourquoi c'était, mais c'était clair comme le soleil que c'était pour y faire vite réponse d'amour, oh viens vite mon chéri, ça me démange, alors, pour vous en revenir au cahier que j'y ai lu dans son tiroir pour me rendre compte en tout bien tout honneur, c'était des mémoires d'amour, racontant de son bon ami, une folie comme au théâtre, je l'aime, je l'aime, mon adoré et tout ça, racontant les baisers, les folles caresses, enfin j'ai pas lu beaucoup étant que c'est écrit difficile comme les docteurs quand ils vous écrivent un remède, bref, du temps que j'étais à Paris ils ont fait connaissance, et ils se fréquentaient le soir, forcément la Putallaz partant déjà à midi ça se bécotait en tranquillité, voyez-moi ça, moi que je la croyais en odeur de sainteté, pauve Didi, malgré quoique je l'encaisse pas avec sa canne et son panetot serré et son air de deux airs, ça fait quand même pitié, pour moi il savait pas y faire, voilà, alors la chose du silence grand chagrin, c'est tout espliqué dans son cahier, c'est qu'il est parti à l'improviste pour quelques jours seulement et voilà qu'il est pas revenu le jour qu'il avait dit et pas de nouvelles et chassant pas où il était, alors elle comme folle téléphonant à l'hôtel de son chéri au bureau de son chéri et pas moyen de savoir où il était, et lui justement dans son térégramme il lui esplique qu'il peut pas lui espliquer pourquoi il est pas revenu le jour qu'il avait dit, qu'il peut pas non plus lui espliquer pourquoi il reviendra

seulement le vingt-cinq, donc dans onze jours, enfin grand
secret de la politique, et elle dans le cahier de ses mémoires que
j'y ai lu un peu en vitesse dans son cahier disant sa grande douleur, donc avant le térégramme, elle chassant plus rien de son
adoré, réfréchissant de se tuer si ça continuait, j'aimerais bien
le voir, son acrobate, doit être beau à vous donner la chair de
poule d'après qu'elle n'en dit dans ses souvenirs de son cahier,
quand même quelle cachotteuse d'avoir rien dit à sa vieille
Mariette, une vraie jésuitesse, elle m'aurait tout dit gentiment en
pleurant, je l'aurais confortée, vous en faites pas madame Ariane,
vous verrez il va bientôt vous écrire, vous savez les hommes ça
a pas la délicatesse de la femme, ça alors qu'elle m'aye rien dit
jui pardonne pas même à mon lit de mort, malgré que forcément je suis contente de son bonheur de femme, une part de
bonheur que je connais la cause, comme dit la chanson, mais
vous verrez elle gardera tout pour elle, me dira rien au lieu
qu'on cause ensemble gentiment, me demandant conseil entre
femmes, vu qu'au fond j'ai qu'elle dans la vie, mes nièces étant
des grossières, et puisque c'est comme ça je vais pas les lire,
chiche que je vais pas les lire ses lettres et puis son cahier, je
vais me faire un bon café, et puis lire un peu du roman que c'est
bien plus intéressant, et quand elle reviendra je ferai la froide,
ça ui apprendra, quelle coquine quand même, moi que je la
disais pureté des anges, remarquez que pour y donner tort j'y
donne pas tort vu que la jeunesse ça passe vite et puis qu'est-ce
que vous voulez c'est la vie, mais quelle fausse jetonne quand
même de me cacher son roman d'amour, moi au contraire ça
m'aurait fait plaisir qu'elle se change un peu les idées avec un
bel homme, elle a bien le droit vu que le Didi c'est rien qu'un
cocu d'avance, et puis le cœur c'est le petit grelot du pesant
collier de la vie, comme dit la chanson.

446

# LVII

Dans le taxi qui merveilleusement la remuait, elle relisait le télégramme, s'arrêtait aux plus beaux passages, leur souriait, les approuvait d'une voix tantôt folle, tantôt sublime. Oui, mon amour, disait-elle au télégramme, et elle mordait sa main pour arrêter les cris de joie qui voulaient sortir. Puis elle le reprenait et de toute âme le relisait, sans presque le regarder tant elle le connaissait, puis elle l'éloignait pour mieux le voir, puis le rapprochait, le respirait, le pressait contre sa joue, les yeux idiots d'extase, murmurait des mots absurdes, chic et pouf et tralala, et couac et glix et bouflala.

Lorsque le taxi s'arrêta devant la poste, elle tendit au chauffeur un billet de cent francs, s'enfuit pour n'être pas remerciée, gravit trois à trois les marches. Dans la grande salle, elle tourna sur elle-même. Où était ce bureau des télégrammes ? L'ayant repéré, elle courut, un de ses bas en accordéon, détaché de la jarretelle.

Debout devant une provision de feuilles, elle ouvrit son sac. Mille trois cents francs. Bien assez. Elle dévissa son stylo, sourit à un petit chien qui s'embêtait, emmêla ses cheveux pour être d'attaque et se mit à écrire, déjà charmée.

« Solal aux bons soins Cook Place de la Madeleine Paris
« Oh merci merci points d'exclamation mon amour j'ai tant souffert mais je ne veux pas de reproches de moi à vous puisque je sais maintenant que je vais vous revoir stop j'accepte d'avoir vécu dans l'angoisse j'accepte que ne reveniez que le 25 j'accepte que ne me disiez pas ce qui vous a empêché de retourner le 9 comme promis j'accepte que ne me disiez pas ce que vous faites et où vous irez puisque vous me dites que n'êtes à Paris que

jusqu'à ce soir je suppose que ce sont vos fonctions qui vous obligent à tous ces secrets stop je ne vous demande qu'une grâce c'est de prendre le train car trop d'accidents d'avion télégraphiez à quelle heure votre train arrivera à Genève le 25 et à quelle heure viendrez me voir en somme vous devriez venir chez moi dès votre arrivée à Genève sans même passer à votre Ritz mais vous voudrez probablement vous raser et vous faire beau ce qui est absurde vous êtes toujours beau et même trop beau stop je retire le trop stop aimerais que vous soyez chez moi à 21 heures oh oh oh stop ces oh sont des cris de bonheur stop ai tant souffert du 9 août soir au 14 août matin stop la première nuit ai téléphoné toutes les heures au Ritz et chaque fois on me disait que vous n'étiez pas de retour stop les jours suivants terribles attentes du facteur et terribles téléphones au Ritz et à la S. D. N. stop dans le taxi tout à l'heure j'ai chanté de toute âme des sottises entendues à la radio dans le genre un amour comme le nôtre il n'en existe pas deux stop merci de ne pouvoir vivre sans moi mais dans votre télégramme il y a un très devant belle mais pas devant élégante dois-je en conclure que vous ne me trouvez pas tout à fait élégante stop lorsque je ne savais pas ce qui se passait et si vous m'aviez abandonnée je n'avais pas le courage de relire vos lettres mais tout à l'heure chez moi étalerai toutes vos lettres sur mon lit les relirai étendue sans rien car il fait très chaud stop quand vous viendrez vous ferez de moi tout ce que tu voudras j'ai honte de l'employé du télégraphe qui va lire tout cela mais tant pis je ne le regarderai pas pendant qu'il comptera les mots stop s'il vous plaît tous les soirs regardez l'étoile polaire à 21 heures précises pendant trois minutes moi aussi à 21 heures je la regarderai pendant trois minutes et ainsi nos regards se rencontreront là-haut et nous serons ensemble stop l'étoile polaire naturellement s'il n'y a pas de nuages stop si nuages rendez-vous nuit suivante même heure même endroit stop aimé attention 21 heures heure suisse donc si vous êtes dans un pays où l'heure est différente de l'heure suisse regardez l'étoile polaire à l'heure du pays correspondant à 21 heures suisses stop mon ami chéri j'ai peur tout à coup que vous ne sachiez pas où est notre rendez-vous du ciel stop l'étoile polaire est située dans la Petite Ourse qui est comme un cerf-volant rectangulaire avec une queue et l'étoile polaire est tout au bout de la queue stop vous pourrez aussi la trouver par la Grande Ourse dite aussi Grand Chariot qui est tout près de la Petite Ourse stop l'étoile polaire se trouve dans le prolongement d'une ligne passant par les deux étoiles qui représentent les roues de derrière du Grand Chariot stop excusez-moi si je vous dis tout cela c'est parce que j'ai remarqué que les choses de nature vous sont parfois un peu étrangères et que je ne veux pas vous manquer à nos rendez-vous du soir stop mon chéri je vous en supplie si vous ne pouvez pas trouver tout seul l'étoile polaire ayez l'obligeance de demander conseil à une personne compétente stop si vous allez en Amérique ces jours prochains vous y trouverez aussi l'étoile polaire je me suis renseignée en téléphonant à l'Observatoire astronomique avant de sortir stop parfois je me rends compte que c'est vrai qu'il y a de l'arriérée chez moi d'ailleurs j'ai encore la fontanelle des bébés stop aimé ne fumez pas trop s'il vous plaît pas plus de vingt par jour et si les nuits sont fraîches mettez un manteau léger stop pardon de m'immiscer stop n'ai jamais porté d'alliance mais vais en acheter une et la mettrai quand serai seule et votre femme devant Dieu stop ne comprends pas du tout pourquoi vous êtes tellement de passage à Paris et que ne me donniez pas adresse d'un hôtel où aurais pu vous téléphoner ou même venir vous voir car enfin vous passez bien vos nuits dans des hôtels même si changez de ville chaque jour stop enfin demain ce sera dans dix jours et le 24 août je me dirai dans le lit je le vois demain et il se passera ceci et puis cela stop je suis à vous je suis ce que vous voudrez votre enfant votre amie votre frère et le 25 août ta femme avec de nombreux points de suspension stop j'étais si malheureuse je pleurais je restais couchée je n'avais pas faim maintenant j'ai faim mais surtout de vos bras me serreront si fort que j'en aurai des bleus merveilleux stop le 25 août il y aura du thé très bon mais je ne le renverserai pas même si à genoux comme le soir où je me suis agenouillée devant mon prince de la nuit stop télégraphiez encore et dites-moi que tu m'aimes et à quelle heure vous arriverez le 25 août chéri stop chaque fois que vous penserez à moi pendant ces 11 jours dites-vous qu'elle est en train de vous aimer et de vous attendre ce sera vrai chaque fois Ariane de son seigneur. »

Le terrible allait être d'affronter l'homme du télégraphe qui lirait ces feuilles avec hostilité car il était vieux. Affreux de rester devant lui comme une accusée tandis qu'il compterait les mots et qu'il la critiquerait intérieurement. Tant pis. Elle s'élança. S'empêtrant dans son bas gauche descendu jusqu'à terre, elle tomba en avant, se releva, vérifia ses dents. Rien de cassé. Merci, mon Dieu. Fermant les yeux pour n'être pas vue, elle releva sa jupe, fixa son bas, puis courut vers le guichet et fit un sourire ravissant au nez bourgeonné du sale vieux, pour en acheter l'indulgence.

Lorsqu'elle eut payé, rouge de confusion, elle s'échappa en courant, dévala les marches avec des grimaces de honte, entra dans une épicerie en face de la poste, en sortit avec un paquet de biscuits, fit signe à un taxi, donna l'adresse. Aussitôt entrée, elle ouvrit le paquet, informa les biscuits qu'on allait les manger. Tant pis, utiliser le malheur. Pendant ces onze jours, faire des préparatifs formidables d'élégance, d'autant plus que dans son télégramme il avait dit seulement élégante et pas très élégante. Donc revoir ses robes, se débarrasser des imparfaites et en commander une ou deux à ce nouveau couturier dont on disait tant de bien. Ainsi le temps passerait plus vite. Vingt-cinq août, confia-t-elle au premier biscuit.

## LVIII

Tout en lissant son accroche-cœur, Mariette en sa cuisine lisait Chaste et Flétrie, un roman que lui avait prêté la femme de chambre des voisins, une longue sauterelle noire, aérophage et cérémonieuse. Arrivée à la fière réponse de l'héroïne, pauvre mais honnête, elle tourna la page avec une telle ardeur que le bol de café tomba à terre. Faites chauffer la colle, dit-elle d'un ton calme destiné à proclamer son indépendance et qu'elle n'était pas femme à s'émouvoir pour si peu.

Munie d'un petit balai et d'une pelle, elle ramassa les débris qu'elle vida dans un seau, déclara que valait mieux ça que de se casser une jambe, se rassit et reprit sa lecture. Elle en était à la déconfiture du vilain marquis lorsque le grincement de la porte d'entrée lui fit refermer le livre qu'elle fourra dans sa corbeille à ouvrage, sous un tricot commencé. C'est la grande cachotteuse qu'elle rapplique, vous allez voir ce que jui dirai, elle l'emportera pas en paradis, murmura-t-elle tout en s'emparant d'un balai de justification.

— Tiens, vous êtes là, madame Ariane, je vous avais pas entendue. Ce térégramme, c'était pas une mauvaise nouvelle, j'espère ?

— Non, pas une mauvaise nouvelle. (Un silence.) On m'annonce une visite dans quelques jours.

— Ah bon bon bon, tant mieux, parce que moi je m'étais pensé que c'était peut-être un inconvénient d'arrivé à monsieur Adrien et que ça vous avait beaucoup chagrinée, vu que vous êtes partie en grande vitesse. Ça serait une dame, cette visite ?

— Non.

— Un monsieur, alors, peut-être ?

— Un ami de monsieur. Et de moi aussi d'ailleurs.

451

— Ah, voilà, bien sûr, dit Mariette qui continua son balayage étudié. Dommage que monsieur Adrien soye en voyage, ça y aurait fait plaisir de voir son ami. Enfin, vous le recevrez à sa place, ça vous fera un changement. Un ami de votre mari, c'est gentil, ça fait plaisir. Par le fait, vous êtes bien contente, ça se voit.

— Oui, en effet. Il y a longtemps que je ne l'ai vu, et naturellement je suis contente de le revoir, même très contente, je dois dire. J'ai beaucoup de sympathie pour lui.

— Bien sûr, faut de la sympathie dans la vie. C'est la nature qui veut ça. La sympathie c'est le charme de la vie. Et puis ça vous fera un passe-temps, un peu de conversation, c'est plus meilleur que toute seule dans votre lit à réfréchir. Dommage que monsieur Adrien il soit en voyage. Enfin, je ferai tout bien à fond, vous verrez.

— Merci, Mariette. J'aimerais en effet que tout soit impeccable. A propos, en rentrant, je suis passée chez Gentet. Ses ouvriers viendront repeindre les plafonds et les boiseries.

— De partout?

— Non, seulement le vestibule et mon petit salon.

— Le principal, pour de dire. Mais dites, madame Ariane, vous devriez profiter pour un coup de peinture à votre chambre aussi, qu'elle en a besoin, vous croyez pas?

— Peut-être, je verrai.

— Ces barbouillons vont tout me cochonner par terre. Enfin, je ferai bien tiptop quand ils seront partis pour que tout soye bien implacable. Il est joli, ce monsieur?

— Pourquoi cette question?

— Comme ça, pour savoir, vu que je me réjouis de le voir, ça fera un changement, alors j'aimerais mieux qu'il soit joli vu que j'aime ça.

— Il n'est pas mal, sourit Ariane. Il est surtout intelligent et cultivé. J'aime causer avec lui.

— Bien sûr, il y a rien de tel comme la conversation, surtout quand il y a la sympathie. Moi je dis qu'il faut profiter de la vie parce que quand on est vieux, c'est fini, et moi quand je serai malade lui dirai à la bonne sœur de l'hôpital qu'elle me flanque un bon coup de carafe sur la tête et que ça soye fini, et même ça me fait rien qu'on m'enterre pas. Qu'on me jette aux balayures si on veut! J'aime mieux profiter de mes sous pour me payer un plaisir, le cinéma ou un gâteau pistache kirsch, et pas qu'on achète avec mon argent une caisse que je saurai même pas que j'y suis dedans. (Elle poussa vigoureusement son balai.) Allez, allez, qu'on me balaye quand je serai morte, et qu'on la dégringole dans les escaliers, la Mariette, allez, allez, dans le ruisseau, la Mariette! Et il ferait quoi votre monsieur? Dans les écritures je pense?

— Il est un des directeurs à la Société des Nations, dit Ariane qui fabriqua aussitôt après une dissimulation de bâillement.

— Forcément, dit Mariette. Doit être calé. Le chef de monsieur Adrien donc. Raison de plus pour rafraîchir avec un peu de peinture pour que ça soye joli quand il viendra. Ça ui fera plaisir à monsieur Adrien que vous recevrez son chef comme il faut. Faut se mettre bien avec les chefs. Tiens, voilà midi qui sonne. Je sers le déjeuner à une heure?

— Non, tout de suite, j'ai faim.

— C'est le grand air, ça vous a fait du bien de sortir. Et vous mettrez quoi comme toilette pour faire figure quand ce monsieur arrivera vu que c'est un grand personnage?

— Je n'en sais rien, je vais vite prendre un bain, en attendant mettez la table, je meurs de faim, dit Ariane qui virevolta avec un brusque envol de robe et sortit, entonnant soudain dans l'escalier, à pleine voix, l'air de la Cantate de la Pentecôte.

Sur quoi, soulevant ses jupons dont les poches, fermées par des épingles doubles, recélaient son petit magot, la petite vieille improvisa un cancan effréné tout en chantant que c'était de la sympathie, de la sympathie, rien que de la sympathie. Scandant ainsi sa petite danse, tête en arrière et grasses jambettes rythmiquement relevées à la manière des chevaux savants, elle galopa longtemps sur place cependant que, là-haut, la folle d'amour en sa baignoire clamait de nouveau l'air glorieux de Bach, annonçait la venue d'un divin roi.

# LIX

Idiotes, lasses et sexuelles, la démarche impériale, le ventre en avant, l'œil perdu dans des grandeurs, les filles mannequins défilèrent une dernière fois sous l'œil sévère du petit grand couturier qui fit gracieusement demi-tour, sourit à la cliente.

— Eh bien, chère madame, je crois que nous sommes d'accord sur tous les points. (Elle baissa les yeux, dégoûtée par le chère madame.) Nous sommes aujourd'hui le quatorze. Nous aurons donc un premier essayage vendredi dix-sept et un deuxième mercredi vingt-deux, le tout devant être terminé et livré samedi vingt-cinq, à onze heures au plus tard. Ce sera bien juste mais nous y arriverons, trop heureux de vous être agréables. Les modèles que vous avez choisis sont tout à fait dans votre note, très allurés, ils vous iront à ravir. Mes hommages, chère madame.

Satisfait de lui-même, poupin et parfumé, Volkmaar s'inclina et s'en fut en ondulant des hanches, laissant à sa première vendeuse le soin de rappeler les arrhes à verser. Ce qui fut fait avec délicatesse par Mlle Chloé, une blonde platinée, de menton redoutable. Ariane rougit, murmura qu'elle n'y avait pas pensé, que sa banque devait être fermée maintenant.

— En effet, madame, les banques sont fermées à partir de cinq heures, dit la vendeuse avec une tristesse sentencieuse, imperceptiblement veinée de reproche.

— C'est très ennuyeux, comment faire ? demanda la coupable tandis que la Chloé lançait un regard interrogateur vers le grassouillet qui ferma les yeux en signe d'acquiescement, la cliente étant du genre naïf et honnête.

— Mais cela ne presse pas, madame, dit la première. Ce sera pour demain matin, chantonna-t-elle, comme si elle s'adressait à un bébé. La maison ouvre à neuf heures. Au revoir, madame. Ne vous dérangez pas, je fermerai.

Dans la rue, la tête baissée, Ariane récapitula. Donc, deux robes du soir, la crêpe blanc, très simple, et la lamé or, modèle Junon, avait dit Volkmaar, très bien, grande allure. Et puis les deux petits tailleurs en toile rustique, le blanc avec veste spencer et le bleu avec cardigan assez ample, boutons de nacre, manches trois-quarts, poches gilet. Oui, très chou ce cardigan, elle le sentait tout à fait. (Elle sourit au chou.) Épatant aussi, le petit tailleur flanelle gris clair, très classique, bien décintré, poches plaquées et col tailleur. Elle se sentirait tout à fait bien dedans. Modèle Cambridge, avait annoncé la crétine qui le portait d'ailleurs assez bien.

— Oui, mon seigneur, je vous plairai dans ce Cambridge.

Elle s'arrêta, sentant soudain que la lamé or était trop décolletée. La rousse qui l'avait portée, ses seins étaient aux trois quarts découverts et il y en avait un qui avait failli s'en aller lorsqu'elle avait fait demi-tour. Songeuse, elle alla lentement, la tête basse. Devant le lac, elle s'arrêta de nouveau, foudroyée par deux autres gaffes, bien pires. Deux essayages seulement, c'était de la folie! Une robe n'était jamais parfaite au deuxième essayage!

— Folie aussi d'avoir accepté que les commandes ne soient livrées que le vingt-cinq, le jour du retour de Sol, il y aura sûrement des choses qui n'iront pas et il restera trop peu de temps pour les retouches. En admettant que je les leur rapporte samedi avant midi, ils n'auront que l'après-midi pour réparer la catastrophe, et encore s'ils sont ouverts le samedi après-midi, en tout cas ils bâcleront le travail, et ils m'enverront des horreurs, et je n'aurai rien à me mettre lorsqu'il arrivera, enfin rien que des vieilleries. Tout ça parce que le petit porc et sa Chloé m'intimidaient. Oui, voilà, les gens vulgaires m'intimident toujours. Et puis ces deux parlaient tellement qu'ils m'embrouillaient, je disais oui à tout pour en finir, pour sortir, pour ne plus entendre le chère madame. Au fond, je suis une lâche, voilà, pas faite pour la vie. Non, non, il faut agir, il faut retourner chez le porc. Tant pis, lutter. Oui, lutter pour lui, pour qu'il me trouve élégante. O mon amour, j'ai tellement souffert, je ne savais pas ce qui était arrivé. Pourquoi avoir tant tardé à me télégraphier? Oui, lutter. Mais d'abord savoir bien ce que je dois dire au porc, avec arguments. Faire un plan de bataille, écrire un résumé pour ne pas hésiter, l'écrire dans ce café, oui, tant pis.

Mais sitôt entrée, elle perdit courage, dévisagée par les joueurs de cartes. Elle fit demi-tour, poussa trop fort la porte tournante qui la frappa au bas du dos et l'expulsa sur le trottoir où elle aperçut, venant à sa rencontre, une amie d'avant son mariage. Pour n'avoir pas à la saluer, elle se réfugia dans une papeterie où, pour justifier sa présence, elle acheta un stylo. Un petit chat s'étant approché, elle le gratta comme il se devait, sur le front d'abord, puis sous le menton, s'enquit de son âge et de son caractère, puis de son nom qui était, hélas, Minet. Se sentant en sympathie, elle échangea avec la patronne des expériences de chats, conseilla le foie cru, indispensable source de vitamines, prit congé de Minet et sortit en souriant.

— En somme, inutile d'écrire un aide-mémoire, je n'ai qu'à me dire ce que je vais dire au porc, faire une répétition générale. En somme, l'essentiel c'est d'exiger trois essayages très rapprochés. Vendredi dix-sept, mardi vingt et un, jeudi vingt-trois, non, mercredi vingt-deux pour avoir beaucoup de marge en cas de ratages. Les exiger calmement, avec certitude de réussite. Oui, tout dépend de l'attitude intérieure. Ne pas dire j'aimerais mais je désire, d'un ton sans réplique. Monsieur, je désire trois essayages et que tout soit terminé vendredi vingt-quatre au matin. Mentir, tant pis, légitime défense. Oui, lui dire que circonstance imprévue force majeure m'oblige partir déjà vendredi soir vingt-quatre août, donc un jour plus tôt que prévu. En conséquence me faut le tout absolument terminé pour vendredi matin sans faute. Attitude ferme, en regardant le grassouillet dans les yeux. Et puis ne pas accepter qu'il livre à Cologny mais dire que je viendrai moi-même prendre le tout vendredi matin. Vendredi matin, j'arrive, bon, censément pour emporter dans voiture ou taxi les robes et les tailleurs, je profite de ce que je suis dans le magasin pour leur dire tout à coup, comme si idée subite, qu'en somme je veux essayer une dernière fois. Oui, courage. Ils n'oseront pas refuser. Ça me fera un quatrième essayage sans en avoir l'air. Admettons qu'à cet essayage je découvre encore des ratés, j'exige des retouches pour vendredi après-midi, six heures au plus tard. Si des ratés encore, je remens, tant pis, et je leur dis que je retarde mon voyage jusqu'à samedi soir, et en conséquence nouvelles retouches et robes parfaites terminées pour samedi midi ou deux heures. Le chic de la blague du départ vendredi soir c'est que ça me donne vingt-quatre heures de marge pour perfectionnements. Évidemment, c'est mal de mentir. Aimé, c'est pour vous que je mens. En résumé, tenir bon, ne faiblir sous aucun prétexte. Je suis en position de force puisque je n'ai pas encore versé les arrhes. Si le petit porc ne veut pas, dire que j'annule la commande, en tel cas prendre avion pour Paris et aller dans ces boutiques de luxe haute couture où il y a des prêts à porter, après tout j'ai la taille mannequin, donc je ne suis pas à la merci du porc. Oui, encore une chose, faire supprimer le décolleté de la lamé or.

Devant la porte à baldaquin de la maison de couture, elle n'eut pas le courage d'entrer. Décidément elle avait peur des fournisseurs, ces gens vulgaires qui ne vous aimaient pas et vous jugeaient. Non, pas le courage d'affronter cette bande souriante et fausse, le Volkmaar qui croyait élégant de dire chère madame, les vendeuses maquillées qui vous critiquaient intérieurement, la Chloé qui faisait la distinguée avec sa chevalière au petit doigt, et toute la plèbe des mannequins qui faisaient les princesses fatales et voluptueuses, des filles de concierge, sûrement. Téléphoner plutôt. Davantage de courage quand pas vue.

Dans la cabine publique, elle griffonna l'essentiel de ce qu'elle allait leur dire au dos de la dernière lettre de son mari, timbrée de Jérusalem et non encore ouverte, comme les autres. Zut, les ouvrir, ou bien si pas le courage, lui télégraphier à l'adresse au dos de cette enveloppe, lui dire merci lettres si intéressantes lues et relues et caetera. Assez, on y penserait ce soir. Après avoir posé l'enveloppe devant elle, contre la paroi, elle composa le numéro, éternua, fit une grimace en entendant la voix de la Chloé.

— Madame, je suis. (Gênant de dire qu'elle était M<sup>me</sup> Adrien Deume.) C'est moi qui suis venue tout à l'heure. C'est pour vous dire que. (Elle se pencha pour ramasser l'enveloppe aide-mémoire que l'éternuement avait fait s'envoler, n'y parvint pas.) En somme je vais passer. (Impossible de dire qu'elle téléphonait d'en face.) Je serai chez vous dans un quart d'heure.

Elle raccrocha brusquement pour ne pas entendre la réponse, s'en fut errer dans de petites rues. A la treizième minute, elle fit demi-tour, décidée à l'énergie. Courage, ne réussissaient dans la vie que celles qui dédaignaient l'opinion des autres, qui écrasaient tout sur leur passage. Oui, savoir exiger, se dit-elle lorsque le portier galonné poussa la porte devant elle. Mais dans le salon parfumé aux douces lumières elle sentit l'énormité de ses deux demandes. Pour se les faire pardonner et amadouer Volkmaar, elle lui dit d'abord qu'elle voulait un autre tailleur. Il s'inclina devant la cliente en or.

— Mais avant de décider pour le tailleur, dit-elle, une vapeur chaude autour du visage, j'aimerais une petite modification à la robe lamé or. Oui, en somme, je crois que je ne voudrais pas ce décolleté, mais qu'elle monte jusqu'au cou.

— Ras du cou, dit funèbrement Volkmaar. Fort bien, chère madame, nous vous la ferons ras du cou. Et pour le tailleur, vers quel tissu nous dirigeons-nous ?

— J'ai encore quelque chose à vous demander, monsieur. Une circonstance imprévue m'oblige à avancer mon voyage et à partir déjà vendredi soir. (Volkmaar fit l'impassible.) On vient de m'en informer à l'instant. Alors il me faudrait toutes mes commandes pour vendredi vingt-quatre, le matin, enfin avant midi, parce que je ne peux pas faire mes bagages au dernier moment.

— Ah ? se borna à dire le couturier, habitué au vieux truc du départ en voyage.

— Évidemment, c'est un peu court, sourit-elle craintivement.

— Très court, madame.

— C'est que c'est un cas de force majeure.

— Extrêmement court, dit Volkmaar, sphinx et sadique.

— Je. (Dire je payerais ? Non, cela pourrait le froisser.) Je remettrais volontiers un supplément si cela pouvait faciliter les choses.

Il fit mine de n'avoir pas entendu, ferma les yeux un instant comme pour réfléchir intensément, puis arpenta le salon en silence cependant qu'elle le regardait avec anxiété.

— Ce sera un tour de force, chère madame, mais nous y arriverons, quitte à faire travailler l'atelier toute la nuit. D'accord, tout sera terminé vendredi vingt-quatre avant midi. Pour le supplément, vous vous entendrez avec mademoiselle Chloé.

Elle murmura qu'elle était vraiment très reconnaissante. Ensuite, évitant le regard du couturier, elle récita, la respiration difficile :

— J'aimerais trois essayages. Le premier, vendredi de cette semaine et les deux autres mardi et mercredi de la semaine prochaine.

Elle reprit son souffle cependant qu'il s'inclinait avec bonté, décidé à saler la cliente, classée dans le genre nouille.

— Occupons-nous du tailleur, dit-il. J'ai quelques jolies pièces à vous montrer. (Il se tourna vers une tragédienne tuberculeuse aux cils énormes.) Josyane, descendez-moi le Dormeuil qui vient d'arriver, le Minnis douze treize et le Gagnière chiné.

— Ce n'est pas la peine, cette flanelle qui est sur la table me plaît beaucoup.

— Vous avez bon goût, chère madame. Une pièce remarquable. Ce gris anthracite est ravissant. Et maintenant, pour le style ? Pour vous, je verrais assez une basque très courte, froncée avec une ceinture du même et poches hautes, ou encore peut-être de grands revers, avec large découpe soulignant la poitrine. Chloé, faites-moi venir Caprice avec Bettine et Androclès avec Patricia.

— Ce n'est pas la peine, dit-elle, pressée de ne plus être une chère madame. Vous ferez ce tailleur comme l'autre qui est en flanelle aussi.

— Fort bien, chère madame. Notez, Chloé. Un deuxième Cambridge en Holland anthracite. Premier essayage du tout vendredi dix-sept, après-midi. On ne s'occupera que de madame. Tout le reste en suspens. Mes hommages, chère madame.

Libérée, heureuse de respirer un air non parfumé, elle décida de se récompenser par plusieurs tasses de thé. Mais devant la pâtisserie, elle sut en un éclair que la robe en lamé serait affreuse en ras du cou. Absurde de changer ainsi un modèle de haute couture, très étudié tout de même. Sale Volkmaar, il n'aurait pas dû accepter. Idiot, cette idée de ras du cou. Cou de rat. En somme, un costume d'exécution capitale pour rat parricide. Sale Volkmaar. Elle donna un coup de pied à un caillou qui ne faisait de mal à personne. Une fois qu'elle aurait les robes, elle écrirait une lettre anonyme à Volkmaar pour lui dire qu'il devait avoir des mamelles très molles.

— Cette fois, je leur téléphone.

Dans la cabine publique, elle composa le numéro après avoir posé devant elle le télégramme sacré pour se donner du courage. Mais lorsqu'elle entendit la voix de Chloé, elle raccrocha et s'en fut. Devant la pâtisserie, elle s'arrêta. Mon Dieu, le télégramme ! Elle courut, s'engouffra dans la cage vitrée. Il était encore là ! Mon amour, lui dit-elle.

Courage, oui, y aller, cinq mauvaises minutes à passer. Monsieur, j'ai réfléchi, laissez la robe lamé or comme dans le modèle, donc avec grand décolleté. Ou plutôt lui dire qu'elle annulait cette robe qui serait trop chaude en été. Oui, annuler ferait moins girouette, plus raisonnable.


A minuit, ne parvenant pas à s'endormir, elle ralluma, s'empara une fois de plus du miroir. Cheveux extraordinaires, en effet. Châtains, mais d'un doré merveilleux, noisette brûlée et or. Nez extraordinaire aussi, follement beau, quoique peut-être un peu plus grand que d'habitude. Bref, très belle. Même les cygnes l'avaient regardée lorsqu'elle s'était promenée le long du lac, en sortant de chez le petit porc. Mais à quoi bon être belle, puisqu'il n'était pas là ?

— Un, la crêpe blanc, inutile puisque double emploi, drôle d'idée vraiment. Deux et trois, les deux choux rustiques. Quatre, le petit flanelle gris clair, il est boulouboulou, je me sentirai bien dedans. Cinq, le flanelle anthracite parce que je suis une lâche, complètement idiot puisque tissu d'hiver, espérons qu'il y aura des journées froides. Le baiser du premier soir, mon baiser sur sa main, a donné la courbe de nos rapports. En somme, je suis son esclave. Je me dégoûte de l'aimer comme ça, mais c'est exquis. Maintenant les robes que j'ai commandées pour me faire pardonner l'annulation de la lamé or. Six ou sept, la velours noir, pas d'opinion, on verra. Sept ou huit, la sportive, douze boutons bois tout du long devant et derrière, pas mal. Huit ou neuf, la lacée en toile de lin, je l'adore, une espèce de toile à voile très fine, très chic d'être habillée en voilier. Évidemment, j'ai fait des gaffes, il y a toujours du déchet. Alors quoi, combien de costumes ? Huit ou neuf ? Tant pis, on verra bien aux essayages. Ridicule, tout ce travail pour lui plaire. Plaire, toujours plaire, quelle déchéance. Demain ouvrir sans faute les lettres d'Adrien. Minuit et quart. Chic, un jour de passé, plus que dix jours à attendre. Oui, c'est le peuple de Dieu. Me convertir ? En tout cas, lui demander pardon des deux mots, pardon par écrit, ça me gênerait de vive voix. Aimé, venez, soupira-t-elle en se découvrant. Aimé, voyez comme je suis à vous, si prête.

# LX

Le lendemain matin, elle entra dans l'hôtel patricien de
MM. Saladin, de Chapeaurouge et Compagnie, banquiers des
Auble depuis plus de deux siècles. Après quelques mots affables
au vieil huissier qu'elle aimait bien parce qu'il avait chez lui
un corbeau apprivoisé amateur de café au lait, elle se dirigea
vers le guichet du caissier qui, l'ayant vue entrer, avait déjà
consulté le compte revenus de la nièce d'une chère cliente disparue.

— Combien puis-je prendre, monsieur?

— Quatre mille francs exactement, madame. Pas d'autres
rentrées avant le premier octobre.

— C'est très bien, dit-elle en lui montrant ses dents. C'est
amusant parce que j'ai justement quatre mille francs d'arrhes
à payer.

Elle signa le reçu, prit les billets, demanda des nouvelles du
corbeau, les écouta avec un sourire charmé, et sortit tandis que
le caissier aux longues oreilles rajustait au revers de son veston
l'œillet consolateur, renouvelé chaque jour, qui le persuadait
d'être un gentilhomme.

Sortie dans la rue, elle se dit qu'il était en somme absurde de
ne payer que les arrhes puisqu'elle savait déjà le montant total
de la commande. Huit mille cinq cents francs en tout, avait dit
la Chloé après les dernières commandes. Autant payer le tout
immédiatement et se débarrasser de ce souci. Oui, aller chez
messieurs de Lulle où elle devait avoir plus de titres que chez
les Saladin. Donc, prendre encore quatre mille cinq cents
francs. Non, en somme, en prendre davantage puisque bien
d'autres achats à faire en vue du retour du seigneur.

— Au moins quinze mille francs, to be on the safe side.

461

Tout en gravissant la rue vieillotte, elle souriait en se rappelant une réflexion de Tantlérie, maintes fois répétée à oncle Gri. « Certes, Agrippa, j'ai pleine confiance en ces messieurs de Lulle, qui sont bien comme famille et d'ailleurs du Consistoire de père en fils, mais je me sens mal à l'aise dans leur banque qui est trop moderne, trop grand genre, même un ascenseur, tss, je t'en prie. » Chère Tantlérie, si peu démonstrative durant sa vie, si tendre dans son testament. Elle se rappelait la phrase. « A l'exception de ma villa de Champel que je donne à mon cher frère Agrippa, je lègue ma fortune à ma nièce bien-aimée, Ariane, née d'Auble, que je recommande à la protection du Tout-Puissant. » Ariane, née d'Auble, oui, ainsi avait-elle écrit, la terrible Tantlérie qui, même dans son testament, n'avait pu se résoudre à reconnaître le lamentable mariage.

Devant la banque de Lulle, elle s'arrêta, sortit le télégramme de ce matin, le regarda sans le lire. Tout était clair désormais. Le vingt-cinq il prendrait le train comme elle le lui avait demandé. Il arriverait à dix-neuf heures vingt-deux, et il serait chez elle à vingt et une'heures. Hosanna! Et d'ici là, rendez-vous à l'étoile polaire tous les soirs à vingt et une heures également. Non, ne pas relire le télégramme maintenant, ne pas en épuiser le suc. Ce soir au lit, après l'étoile polaire, elle relirait les deux, celui d'hier, puis celui de ce matin.

Elle fronça les sourcils en entrant dans le silencieux hôtel de Lulle. Oui, demain sans faute ouvrir et lire toutes les lettres d'Adrien. Assez, être heureuse maintenant. Elle sourit au caissier, autre vieille connaissance, un long ascète végétarien à barbe christique, fort apprécié de Tantlérie parce qu'il croyait à l'inspiration littérale de la Bible. Ayant terminé avec une vieille cliente à tête de pékinois eczémateux qui s'en fut, une main tragiquement serrée sur la fermeture de son sac, il rajusta sa cravate à système en l'honneur de l'hoirie d'Auble, salua d'un bon regard.

— De combien puis-je disposer, monsieur?

— Sauf erreur, six mille francs environ, madame, répondit le brave homme qui savait par cœur la situation des comptes de la bonne société.

— Il me faut davantage, dit-elle, et elle sourit. (Pourquoi tous ces sourires d'Ariane en ses deux banques? Parce qu'elle se sentait bien dans les banques, endroits charmants où l'on vous accueillait toujours si bien. Les banquiers étaient des gens très gentils, toujours prêts à vous rendre service, à vous donner tout l'argent que vous vouliez. Pour Ariane, née d'Auble, l'argent était la seule denrée qu'on pût obtenir gratuitement. Il n'y avait qu'à signer.)

Le caissier coula un regard désolé par-dessus ses lunettes. Outre qu'il était toujours triste lorsqu'une cliente lui demandait plus que les « rentrées », il craignait que cette bizarre nièce ne lui demandât de faire vendre des titres. Il détestait recevoir des ordres de vente, surtout de la part de jeunes clientes inexpérimentées. Cet humble employé, de salaire modeste, plein de tics et de scrupules, avait une étrange affection pour les clientes héréditaires de ces messieurs, voulait leur prospérité, était navré lorsqu'il les sentait descendre la pente. Maigre chien de garde, résigné à son sort de médiocrité, il aimait veiller sur la richesse des riches. Il demanda donc à cette écervelée, de famille pourtant respectable, s'il ne lui était pas possible d'attendre jusqu'aux grosses rentrées d'octobre. Il prit un ton engageant pour dire qu'il y aurait alors plus de dix mille francs.

— Il me faut davantage, sourit-elle. Et d'ailleurs, je ne peux pas attendre. (Le doux caissier souleva des épaules lasses.)

— En ce cas, il faut signer un acte de nantissement ou un ordre de vente. (Le mot de nantissement déplut à la jeune femme. Ce devait être quelque histoire compliquée, genre notaire et succession.)

— J'aimerais mieux qu'on vende, dit-elle avec un sourire enchanteur.

— Pour combien, madame ?

Pour gagner du temps, elle demanda combien ses titres représentaient en (elle hésita car chez les Auble on n'aimait pas prononcer le mot inconvenant et sacré) en argent. Le caissier s'éloigna à pas désolés, puis revint en compagnie du jeune chef du service des titres, bronzé et dynamique, qui présenta ses hommages avec un peu moins de déférence que d'habitude.

— Approximativement, ce que vous avez en portefeuille représente, représente, représente. (Il ouvrit le dossier, le balaya du regard tandis qu'elle se demandait ce qu'était ce portefeuille dont elle n'avait jamais entendu parler. Ces messieurs mettaient sans doute les valeurs des clients dans de grands beaux portefeuilles en cuir. Elle demanderait une fois au gentil caissier de le lui montrer.) Représente, représente plus ou moins deux cent mille francs.

— Je croyais qu'il y avait davantage, fit-elle craintivement. Enfin, un peu plus.

— Mais madame, c'est que dans l'hoirie de mademoiselle d'Auble, il y avait une masse de titres français, et même autrichiens et sud-américains. (Ces deux derniers adjectifs prononcés avec quelque dégoût.) De plus, l'indice Dow Jones a fortement cascadé ces derniers jours.

— Ah voilà, dit-elle.

— Oui, deux cent mille francs, enfin grosso modo, il y a eu beaucoup de fluctuations ces jours-ci.

— En effet, dit-elle.

— Faut-il vendre le tout? (Le caissier ferma les yeux.)

— Oh non, tout de même.

— La moitié? demanda l'homme d'action. (Quelle génération sans respect, pensa le caissier.)

Elle réfléchit. Ce serait une bonne idée de disposer d'une somme assez importante pour n'avoir pas tout le temps à attendre ces fameuses rentrées dont ces gens parlaient toujours. D'autant plus qu'en septembre il faudrait s'occuper des toilettes d'hiver. Et puis. Mais elle ne continua pas sa pensée qui se perdit dans le vague.

— La moitié, madame? répéta l'impatient jeune homme.

— Le quart, dit la sage jeune femme.

— Alors, nous liquidons les American Electric, les Florida Power and Light, les Campbell Soup et peut-être les Corn Products, il y en a très peu. D'accord, madame? (Sa voix était martiale, presque joyeuse. Le caissier s'éloigna pour ne pas assister au carnage.) Nous liquidons également les Nestlé, les Ciba, les Eastman Kodak, les Imperial Chemical et les International Nickel! (Sa voix était d'ivresse sacrée, un chant de victoire.) D'accord, madame?

— Oui, tout à fait, merci. Alors, que dois-je faire?

— Mais signer l'ordre de vente que je vais faire préparer. Vente avec limite ou au mieux?

— Qu'est-ce qui est préférable, monsieur?

— Cela dépend, madame. Selon que vous êtes pressée ou non. (Elle ne comprit pas, mais au mieux lui parut plus rassurant.) .

— Au mieux, je préfère.

— Nous nous débarrasserons aussi des broutilles sud-américaines et du Danube-Save-Adriatique. D'accord, madame?

Peu après, elle signa l'ordre, un peu ennuyée d'avoir raté sa signature. Sans les compter, ce qui augmenta la mélancolie du caissier, elle enferma dans son sac les dix mille francs remis à valoir, et sortit. Dans la rue de la Cité, elle alla lentement, souriante. A neuf heures, l'étoile polaire. On serait ensemble à neuf heures, ce soir.

464

# LXI

Le surlendemain, à quatre heures de l'après-midi, dans la pâtisserie où elle se récompensait d'une longue séance chez Volkmaar, une certitude la foudroya à sa première gorgée de thé. Les vestes des deux tailleurs qu'elle venait d'essayer étaient trop étroites ! Mon Dieu, les tailleurs de flanelle, ceux auxquels elle tenait le plus ! Abandonnant le thé et les toasts, elle se leva brusquement, renversa sa tasse, jeta un écu sur la table et courut vers le lieu de son tourment où les deux vestes, encore informes, furent essayées de nouveau puis ôtées, puis remises, puis comparées avec le modèle, puis discutées. Le résultat d'un débat confus fut la molle conclusion tant de fois entendue par les couturiers.

— Donc, vous me ferez ces deux vestes ni trop étroites ni trop larges. (Elle articula aussi nettement qu'elle put pour être sûre d'être bien comprise. Elle était tellement à son affaire, mettait tellement d'ardeur et de sérieux à ces pauvretés, tout comme au temps de son enfance où, sur la plage, elle faisait avec passion, sourcils froncés, des pâtés de sable.) Oui, ni trop étroites ni trop larges. Mais plutôt un peu larges tout de même, sans qu'elles soient trop larges naturellement, enfin un peu ajustées mais sans serrer, sans faire étriqué.

— De l'aisance, mais de la tenue, dit Volkmaar, qui fut aussitôt remercié par un regard aimant.

— Et comme longueur, nous en resterons à ce que j'ai dit, deux centimètres de moins que le modèle. Mais je me demande si un centimètre et demi ne serait pas mieux. Oui, je crois. Attendez, je vais voir pour être absolument sûre.

Elle passa la veste du modèle, en replia le bas d'un centimètre et demi, ferma les yeux pour se virginiser le regard, les

465

rouvrit puis s'avança vers la glace à trois pans, souriant un peu pour être naturelle, pour être dans cette veste comme elle serait dans la vie, devant lui. Après quoi, elle fit marche arrière, puis alla de nouveau vers la glace d'un pas naturel, regardant ses pieds et imaginant qu'elle était en promenade, puis remonta brusquement son regard pour recevoir une impression fulgurante et irréfutable, le choc de vérité, s'attachant à effacer de son esprit que le bas de la veste était replié, à ignorer le manque de netteté de ce raccourci provisoire et à imaginer qu'elle portait cette veste « bien finie ». Elle trouva en toute impartialité que vraiment c'était tout à fait bien.

— Un centimètre et demi de raccourci, ce sera parfait, dit-elle. (Victorieuse, elle aspira beaucoup d'air avec une conviction satisfaite. Un centimètre et demi, c'était l'absolu, une dimension de Dieu.) Donc pas deux centimètres, n'est-ce pas ? (Froncement de sourcils, tête baissée, méditation, angoisse.) Vous ne croyez pas qu'un raccourci d'un centimètre suffirait peut-être ? Non, non, tenons-nous-en à un centimètre et demi.

— Absolument, s'inclina Volkmaar, décidé à faire une veste de deux centimètres plus longue. Mes hommages, chère madame.

Elle n'osa pas retourner à la pâtisserie, à cause de la tasse renversée, entra dans un café. Le thé bu, elle soupira car un nouveau souci venait de l'assaillir. Le petit porc n'avait rien noté. Il allait sûrement oublier ce qui avait été décidé. Sale bonhomme sans conscience. Elle demanda de quoi écrire, résuma les modifications convenues. En post-scriptum, elle ajouta :

« Comme il a été convenu, le bas des deux vestes Cambridge en très, très léger arrondi. En quelque sorte, un angle droit à peine adouci à la pointe. Mais je m'en rapporte à vous au cas où vous estimeriez qu'il vaudrait mieux au contraire faire très arrondi. En tel cas, veuillez ne pas tenir compte du dessin ci-dessus. »

Mais cette lettre arriverait trop tard si elle l'envoyait par la poste. Donc, courage et aller la remettre au bonhomme. Pas drôle d'affronter les petits yeux du porc. Mais quoi alors, accepter la défaite ? Elle courut, entra en coup de vent, dit au couturier qu'elle avait préparé une petite note pour que tout fût bien clair, tendit la feuille et fila. Dehors, se sentant en sécurité, elle fit une grimace scolaire, un peu abjecte, pour chasser la honte, pour se débarrasser de la peur et bien sentir que c'était fini. Elle avait fait son devoir. Au type de se débrouiller. Il avait la note.

Cependant, une heure plus tard, penchée sur une table de la poste du Stand, elle écrivit à Volkmaar de ne pas raccourcir les deux vestes Cambridge et de les laisser de la même longueur que le modèle.

# LXII

« Jeudi 23 août, 9 heures du soir.

« Ariane au Bienaimé que j'aime dans la vérité.

« Bienaimé, cette lettre est inutile puisque vous ne la lirez qu'à votre arrivée au Ritz, où j'irai la déposer demain matin. Mais j'ai besoin de faire quelque chose pour vous, d'être avec vous. Pas entièrement inutile tout de même car ainsi je serai en quelque sorte au Ritz après-demain pour vous souhaiter la bienvenue. J'aurais aimé aller vous attendre à la gare mais je sais que vous n'aimez pas.

« C'est dans mon domaine que je vous écris, un petit pavillon au fond du jardin derrière la villa, et qui servait au jardinier des locataires précédents. J'en ai fait mon rêvassoir, personne n'a le droit d'y entrer. Je vous le montrerai et j'espère que vous l'aimerez. Le plancher est moisi, défoncé, le plafond est écaillé, les papiers des murs sont décollés. Je m'y sens bien. Il y a des toiles d'araignées un peu partout mais je les laisse parce que j'aime les araignées et je ne pourrais avoir le cœur d'abîmer leurs délicats travaux. Il y a aussi mon cher pupitre d'écolier sur lequel je vous écris en ce moment. Je ne sais pas si on dit pupitre, c'est peut-être table qu'il faut dire. C'est un ensemble, la table inclinée et le banc à dossier forment un tout, vous voyez ce que je veux dire ?

« C'est sur cette table que j'ai écrit mes devoirs d'école en compagnie de ma sœur Éliane. Les deux fillettes en pantoufles rouges et petites robes semblables. Les fous rires, les jeux, les déguisements dans le grenier, les disputes, les grands discours indignés, tu es une sale fille, je ne te parle plus, les réconciliations, tu es fâchée, Éliane ? Le chant que j'avais inventé et que, se tenant par la main, les deux petites de neuf et dix ans glapissaient lugubrement sur la route les matins d'hiver en se rendant à l'école. Ce chant, je vous en ai déjà parlé, je crois. Oh, il ne s'agit que de quelques mots. Voici qu'il gèle à pierre fendre Sur les chemins Et nous, pauvres, devons descendre De grand matin.

« En face de la table, il y a l'armoire dont j'ai fait le sanctuaire de ma sœur. Sur le rayon d'en haut, ses photographies que je n'ose pas regarder, les livres qu'elle a aimés. Entre autres, le recueil de poèmes de Tagore que nous lisions avec concentration, petites mystiques de quatorze et quinze ans. Dans cette armoire que je viens d'ouvrir, suspendue à un cintre, une robe d'Éliane, la plus belle, que je n'ai pas eu le courage de donner et qui garde peut-être l'odeur du beau corps arrêté dans sa course.

« Aimé, hier soir je lisais un livre et soudain je me suis aperçue que je ne comprenais rien et que je pensais à vous. Aimé, j'ai fait repeindre mon petit salon et ma chambre. Les peintres mettront la dernière couche demain. Tant pis si je me dévalorise, mais c'est pour vous que j'ai fait repeindre. Pour vous aussi un tapis persan, un grand Shiraz, j'espère que vous l'aimerez. Les tons en sont vert, rose et or, d'une douceur et d'un éteint adorables.

« Aimé, les vêtements que j'ai commandés me donnent des angoisses. Je ne sais pas si vous aimerez ceux qui seront réussis, car il y en a dont je sais d'ores et déjà qu'ils sont ratés, mais par lâcheté je n'en ai rien dit au couturier et j'ai fait semblant d'en être satisfaite. Tant de retouches se sont révélées nécessaires que ces commandes ne seront prêtes que samedi, le jour de votre arrivée. A la grâce de Dieu! Écoutez, aimé, les robes qui ne vous plairont pas, il faudra me le dire tout de suite, en toute franchise, afin que je ne les mette pas, en tout cas quand je devrai vous voir. Merci déjà.

« Aimé, ma cheville me fait mal car je me suis tordu le pied l'autre jour en courant pour sauver votre télégramme impardonnablement oublié dans une cabine téléphonique. Mais je ne voudrais pas que vous pensiez que je suis devenue une sorte d'infirme. Je précise donc que ma cheville n'est pas enflée et que je ne boite pas. Après-demain tout sera fini et j'aurai une cheville parfaitement normale.

« Je me rends compte que je devrais être plus féminine, ne pas tellement vous dire mon désir de vous plaire, ne pas sans cesse vous dire que je vous aime. En somme, j'aurais dû vous envoyer un télégramme très court, quelque chose comme d'accord 25 août, et rien d'autre, ou mieux encore impossible 25 août. Si j'étais femme je ne vous enverrais pas cette lettre, à vous qui n'avez pas le temps de m'écrire. Mais je ne suis pas une femme, je ne suis qu'une enfant malhabile aux roueries féminines, ton enfant qui t'aime. Et moi, vois-tu, jamais je ne t'aurais dit dans un télégramme que je n'ai pas le temps de t'écrire.

« Maintenant, je vais vous dire ce que j'ai fait hier et aujourd'hui. Mercredi après-midi, après le couturier, je suis allée à Jussy voir des fermiers très gentils que je connais depuis longtemps. C'était pour leur dire bonjour mais aussi pour leur demander de me laisser conduire en champ leur vache Brunette que je connais aussi depuis mon enfance. Ils m'ont permis et j'ai pris un gros bâton, parce que cela se fait. Hue Brunette! Peu après, alors que je me baissais pour cueillir plusieurs beaux bolets, voilà que je me suis entendue murmurer machinalement, involontairement, ces deux mots : mon amour. Brunette et moi sommes restées dehors jusqu'à sept heures.

« Retour à la maison à huit heures du soir. A neuf heures moins cinq, ai couru au jardin pour regarder l'étoile polaire. J'espère que vous y étiez. Il m'a semblé le sentir. Ensuite, suis allée me promener dans ma forêt. Suis rentrée assez tard. Dans mon lit, j'ai relu vos télégrammes, mais pas trop pour qu'ils ne perdent pas leur saveur. Ensuite, j'ai regardé votre photographie par petits bouts, mais pas très longtemps. Je l'économise aussi pour qu'elle garde sa force. Je l'ai mise sous mon oreiller pour dormir avec elle. Mais j'ai craint qu'elle ne se froisse. Alors je l'ai retirée et je l'ai posée sur ma table de chevet pour que je puisse la voir tout de suite au réveil. A onze heures et demie j'avais sommeil, mais j'ai tenu les yeux ouverts jusqu'à minuit pour que ce soit vendredi et qu'il n'y ait plus qu'un jour à vous attendre.

« Maintenant ce que j'ai fait aujourd'hui. Ce matin, après le bain d'eau, j'ai pris un long bain de soleil au jardin, contre le mur, en pensant à vous parce que je n'étais pas très habillée. Mon corps étendu, aussi chaud, aussi lourd, aussi compact et dur que le mur au soleil, sentant passer sur lui les doigts légers du vent, ne savait plus, boucle légère ou hanche frémissante, lequel était le mur et lequel était lui. C'est un peu littéraire, ce que je viens d'écrire, je sais. Un essai, assez raté, pour vous plaire. Pauvre Ariane, quelle déchéance. Ensuite, je suis sortie et j'ai erré en ville, au hasard. Me suis arrêtée devant un armurier, attirée par une pile de Spratts. Terrible tentation d'entrer et d'acheter ces biscuits pour chiens, tant convoités pendant mon enfance et qui doivent être délicieusement durs. Mais j'ai résisté car on ne mange pas de biscuits pour chiens lorsqu'on est votre aimée. Alors, un peu plus loin, je me suis acheté des petits fouets en réglisse souple. Pour les manger sans être vue, je suis allée derrière le pont de la Machine. C'était mauvais et j'ai tout jeté dans le Rhône. En traversant le quai Besançon-Hugues, j'ai failli être écrasée par une auto dont le chauffeur m'a traitée d'idiote. Je lui ai dit que je ne le croyais pas.

« Qu'ai-je fait encore ? Ah oui, le chat papetier (je veux dire de la papeterie) dont j'avais fait la connaissance l'autre jour. Je suis allée le revoir car il est chou et bien élevé. Comme je lui avais trouvé une expression déprimée, je lui ai apporté un paquet de granulés fortifiants à base de foie et de poisson séché. Il a eu l'air de les aimer. Ensuite, suis allée regarder votre hôtel et les fenêtres de votre appartement. L'envie m'est venue alors de déjeuner au restaurant de votre hôtel. En entrant, j'ai failli tomber parce que je me suis accrochée au tapis. C'était très bon et j'ai pris deux desserts. Pendant tout le repas, un monsieur assez beau m'a regardée presque sans arrêt !

« Aimé, je me suis arrêtée un moment pour vous dessiner la Grande Ourse et la Petite Ourse sur la feuille ci-jointe, le point rouge étant l'étoile polaire. Gardez ce dessin, il vous servira pour vos prochains voyages en mission. En sortant du restaurant, je suis allée dire à la réception de l'hôtel que je voulais visiter un appartement censément pour renseigner une amie devant arriver bientôt à Genève. Ils m'ont dit qu'ils n'ont pas d'appartements libres en ce moment, ce à quoi je m'attendais. Alors, astucieusement, je leur ai demandé si je ne pourrais pas jeter un coup d'œil sur l'appartement d'un client absent, dans l'espoir qu'ils me montreraient le vôtre. Hélas, ils ont refusé. Fin de mon astuce. J'ai été alors tentée d'entrer dans un cinéma mais c'était un film d'amour. Le héros est toujours tellement moins bien que vous et cela m'indigne que l'héroïne fasse tant de chichis pour lui, et puis ils s'embrassent trop sur la bouche, ce qui m'agace. Ensuite, j'ai pris un taxi et je me suis fait conduire au Palais des Nations. Je suis restée à regarder les fenêtres de votre bureau. Puis je suis allée dans le parc retrouver notre banc. Mais sur ce même banc deux amoureux dégoûtants s'embrassaient devant tout le monde. J'ai fui.

« Ensuite errance morne dans des rues, plus sans vous que jamais et sac à main ballottant de tristesse. Achat d'un livre

sur les soins de beauté et d'un autre sur la politique internationale pour n'être pas nulle. Ensuite ai pris le tram pour
Annemasse, c'est une petite ville française tout près de Genève,
mais en somme vous devez le savoir. J'ai oublié les deux livres
dans le tram. Maintenant je vais vous dire pourquoi je suis
allée à Annemasse! C'est pour acheter une alliance! Je n'ai
jamais voulu en porter jusqu'à présent, mais maintenant j'en
ai envie. Cela m'a plu de l'acheter en France, c'était plus secret,
plus entre nous. Aimé, j'ai dit au bijoutier d'Annemasse que la
célébration de mon mariage est fixée au 25 août!

« A propos d'Annemasse, un souvenir de mon enfance me
revient. Pardon, je vous l'ai déjà raconté un soir, excusez-moi.
Autre souvenir qui me revient, d'adolescence, celui-là. Quand
j'avais quinze ou seize ans, je cherchais des mots défendus dans
le dictionnaire, par exemple étreinte, baiser, passion, et d'autres
mots que je ne peux pas dire. Maintenant ce n'est plus nécessaire.

« Je continue ma journée d'aujourd'hui. De retour à Genève,
alliance au doigt, je vous ai acheté une très belle robe de
chambre, la plus grande taille qu'ils avaient, et je l'ai emportée
tout de suite pour pouvoir l'étaler sur mon lit. Puis j'ai acheté
douze disques de Mozart, emportés aussi tout de suite malgré
leur poids. Puis je suis allée me peser dans une pharmacie.
Épouvantée par l'augmentation de mon poids. Devenue obèse
sans m'en apercevoir ? Mais je me suis aperçue que c'était parce
que j'avais gardé les deux albums de disques, très lourds. Suis
sortie de la pharmacie en chantant tout bas : O mon amour, à
toi toujours. C'est bête, je sais.

« Rentrée à Cologny à cinq heures et demie, après avoir ôté
l'alliance pour éviter des questions, Mariette sachant bien que
je n'en porte pas. Lu Hegel en essayant de comprendre. Ensuite
me suis récompensée par la lecture honteuse d'un hebdomadaire
féminin : courrier du cœur puis page de l'horoscope pour savoir
ce qui va m'arriver cette semaine, sans y croire, bien entendu.
Ensuite, ai essayé de dessiner votre visage. Résultat affreux.
Ensuite, ai regardé votre nom dans l'annuaire des organisations
internationales. Ensuite, comme j'ai votre photo en plusieurs
exemplaires, j'ai découpé votre tête et je l'ai collée sur une
carte postale représentant l'Apollon du Belvédère, à la place de
la tête du type. Horrible. Puis me suis demandée ce que je
pourrais bien faire pour vous. Tricoter ? Non, vulgaire.

« Je suis descendue voir où en étaient les peintures du salon.
Mariette y était et j'ai dû affronter un de ses accès médicaux.
Elle s'est mise à me décrire avec gloutonnerie diverses maladies

récentes de diverses nièces et cousines. La narration des maladies est sa fête et son sombre régal. J'ai essayé de l'arrêter en lui disant qu'il valait mieux ne pas penser à de si tristes sujets. En transe et toute à son ravissement, elle ne m'a même pas entendue et elle a continué à me décrire diverses interventions chirurgicales, tous organes familiaux déposés devant moi.

« Aimé, il y a quelques jours, mon oncle est arrivé à Genève, retour d'Afrique où il était médecin missionnaire. Pourquoi il est revenu et pourquoi il s'est remis à exercer aussitôt, je vous le dirai de vive voix pour ne pas allonger cette lettre. Je vais vous le décrire en style télégraphique pour aller plus vite.

« J'ai changé de position, je me suis mise à plat ventre par terre pour écrire, c'est agréable. Alors je commence. Agrippa Pyrame d'Auble que depuis mon enfance j'appelle oncle Gri. Soixante ans. Long, maigre, cheveux blancs tondus court, moustaches gauloises, yeux bleus candides, monocle parce que myope d'un œil seulement. Lorsque gêné, ôte et remet sans cesse son monocle, tout en agitant sa pomme d'Adam. Ressemble à Don Quichotte. Vieux costume noir tirant sur le vert. Faux col à ailes rabattues, manchettes rondes empesées. Cravate blanche mal nouée. Gros souliers ferrés, pour n'avoir pas à les faire ressemeler, ce qui décomplique, explique-t-il. Pourtant il est loin d'être avare, au contraire. Mais il a peu de besoins, ne s'occupe absolument pas de lui. Malgré costume râpé et souliers ferrés, très distingué. Le lendemain de son arrivée, je l'ai persuadé non sans peine d'acheter un nouveau complet. Il n'a pas voulu entendre parler d'un vêtement sur mesure, fidèle qu'il est à un vieux magasin de confection qui s'appelle l'Enfant Prodigue. Je l'y ai mené, agneau conduit à l'abattoir. Peu de besoins matériels, et pourtant il habite une belle villa. Il n'y a contradiction qu'en apparence. Dernier descendant mâle des Auble, il croit devoir à son nom de vivre dans un cadre digne de ses ancêtres. C'est un petit travers. Quel saint en est dépourvu ?

« J'ai oublié de dire qu'il a la Légion d'honneur et d'autres décorations. Malgré ces honneurs qu'il n'a pas sollicités, il est très timide, surtout avec les gens à esbroufe. C'est un poème de le voir tendre la main lorsqu'on lui présente quelqu'un. Hésitant, le coude au corps, il la tend comme si on allait la lui tremper dans de l'huile bouillante. Il me fait souvent penser à un enfant perdu, et pourtant, bien qu'il soit loin d'avoir l'allure et l'assurance du grand médecin, il en est un, très respecté de ses confrères. Il a découvert quelque chose d'important qui s'appelle le syndrome d'Auble. L'Académie de médecine de

Paris l'a élu membre correspondant, ce qui est, paraît-il, un grand honneur pour un médecin étranger. Dès que son retour à Genève a été connu, le Journal de Genève lui a consacré un article très élogieux.

« Je me suis remise devant la table parce que cela me faisait mal à la nuque d'écrire à plat ventre. Aimé, je me languis de vous. Aimé, nous voyagerons ensemble, n'est-ce pas ? Je veux voir avec vous les pays que j'aime. Nous irons en Angleterre, par exemple, près de Norwich. Vous aimerez ce pays vaste, le large horizon, le grand vent, les bois aux allées de cathédrale, les collines adoucies de fougères et au fond la mer. Nous rôderons au plus profond des bois, nous marcherons doucement sur la mousse épaisse et les faisans passeront devant nous et les écureuils dégringoleront des arbres. Et puis nous irons au haut de la falaise, face au large, le vent en plein visage et nous nous tiendrons par la main.

« Maintenant, je reviens à mon oncle. J'ai oublié aussi de dire qu'il a été président du Consistoire protestant et vice-président du parti national démocratique qui est le parti des gens bien. Il est profondément croyant et je respecte sa piété parce qu'elle est vraie et noble. Tout le contraire de la fausse piété de la vieille Deume. Je vais vous expliquer pourquoi il est allé en Afrique. Il y a plusieurs années, lorsqu'il a appris qu'il y avait pénurie de médecins missionnaires au Zambèze, il a décidé d'aller s'y mettre à la disposition des Missions évangéliques, à titre bénévole. A son âge et de santé fragile, il a abandonné une grande situation médicale pour aller soigner des noirs et leur apporter ce que dans son cher langage il appelle la bonne nouvelle.

« Si j'osais dire à mon oncle que je vous connais, que je vous vois très souvent, je suis sûre qu'il ne se douterait de rien. Avec un bon sourire de ses yeux bleus qui ne soupçonnent pas le mal il me dirait qu'il est content pour moi de cette « bonne amitié masculine ». C'est justement pourquoi je n'aurai pas le courage de lui parler de vous. Il n'est pas un nigaud, bien au contraire. Il est seulement angélique. Il est si véridique que l'idée ne lui vient pas que je puisse lui dissimuler la vérité. C'est un vrai chrétien, une sorte de saint, si plein de bonne volonté, si prêt à aimer et à comprendre, à être l'autre, ayant détruit tout amour de soi, préférant autrui à lui-même. Et si généreux. Des honoraires qu'il reçoit des riches — c'est à eux seuls qu'il envoie des notes lorsqu'il y pense — il ne garde que le strict nécessaire à son modeste train de vie. Tout le reste va à des pauvres et à des œuvres.

« Quand j'étais petite, chaque fois qu'il venait nous voir chez ma tante à Champel, il garnissait en catimini le tiroir de ma table d'un tas de petits écus en chocolat au lait qui étaient tellement bons, surtout en hiver lorsque je les mettais à ramollir sur le radiateur. L'autre soir, il est venu me rendre visite à Cologny. Eh bien, après son départ, lorsque j'ai ouvert un tiroir, j'ai trouvé les mêmes petits écus en chocolat !

« Chéri, soudain je me rappelle les après-midi de grand soleil bourdonnant dans le jardin de ma tante. Étendue sur la terrasse, fillette maigre de douze ans, je regardais l'air chauffé qui tremblait. Dans l'herbe, le chat posait avec précaution ses quatre capitons et le miracle naissait. La terrasse dallée de petites pierres devenait une plaine désertique jonchée de rochers effrayants, géants maudits et pétrifiés, et plus loin l'herbe était la jungle d'où sortait en formidable douceur un tigre mangeur de petites filles. Puis le décor changeait et c'était un petit monde qui apparaissait. Sous la gouttière, des caravelles chargées d'épices faisaient voile vers des villes surpeuplées, près de la chaise longue ; et des dizaines de mignons chevaux, grands comme le pouce mais très bien conformés, galopaient autour de l'arrosoir.

« Un autre souvenir me revient de lorsque j'avais quatorze ans et que mon oncle était venu passer ses vacances à Champel, dans la villa où il habite maintenant, parce qu'elle lui a été léguée par ma tante. Une nuit que je n'arrivais pas à m'endormir et que j'avais faim, je suis allée le réveiller pour qu'il me tienne compagnie, et nous sommes allés en cachette à la cuisine, lui en robe de chambre et moi en pyjama, faire un petit repas clandestin tout en causant tout bas, de peur de Tantlérie. C'était exquis. Mais voilà que tout à coup j'ai laissé tomber une assiette qui a fait un bruit épouvantable. Nous étions tous les deux pétrifiés à l'idée que ma tante allait nous découvrir. D'horreur, j'ai un peu enfoncé mes ongles dans mes joues et oncle Gri a machinalement éteint l'électricité, ce qui n'aurait servi de rien si Tantlérie s'était réveillée. Je nous revois ramassant doucement les débris de l'assiette qu'il a emportés dans sa chambre et cachés dans sa valise.

« Maintenant il faut que je vous parle de son auto. Née en 1912, buvant trente litres aux cent kilomètres, elle est de marque inconnue, son constructeur n'ayant sans doute pas osé s'en avouer l'auteur, ou peut-être, pris de remords, s'est-il suicidé après l'avoir mise au monde. Cette effarante bagnole a des lubies. Parfois elle se met à sauter sur place puis zigzague puis s'arrête pour se remettre à sauter. Il refuse de s'en défaire et d'en acheter une neuve. C'est par piété filiale, cette tarasque lui ayant été offerte par son père au début du siècle, lorsqu'il a commencé à exercer. Je sais qu'elle n'a pas très bon caractère, m'a-t-il dit, mais je sais comment la prendre, et puis j'y suis habitué.

« Euphrosine maintenant. Elle a servi comme cuisinière chez ma tante pour qui elle nourrissait une véritable passion. A la mort de sa sœur, mon oncle a estimé qu'il était de son devoir d'engager Euphrosine. Lorsqu'il a décidé de partir pour l'Afrique, elle s'est retirée chez des neveux, mon oncle lui faisant servir une rente. Samedi, il a fait la gaffe d'aller s'enquérir de sa santé. Alors, elle l'a supplié de la reprendre à son service, geignant que ses neveux lui faisaient des affronts. Pris de pitié, il a accepté et m'a placée devant le fait accompli. Arrivée d'Euphrosine à la villa de Champel dès le lendemain. Décision catastrophique. Cette sorcière a plus de soixante-dix ans et l'âge a altéré sa raison. Son service a d'ailleurs peu duré. Deux jours après son arrivée à la villa de Champel, elle s'est déclarée fatiguée et s'est alitée. Bref, depuis avant-hier, elle coule des jours heureux, les passe au lit, et c'est mon pauvre oncle qui s'occupe d'elle. En attendant de trouver une bonne, j'ai engagé hier matin une femme de ménage.

« Encore ceci et puis fini. Depuis des années, mon oncle mène de front trois manuscrits. Un livre dont le titre est « Choses et gens du vieux Genève », une traduction de l'Énéide et une vie de Calvin. Ce dernier manuscrit assez ennuyeux. Quand il m'en lit des pages je fais des yeux émerveillés et il est content.

« Encore une chose de lui. De temps à autre, il intercale une phrase en anglais, surtout s'il est gêné, l'anglais lui semblant sans doute faire écran. Mais ce n'est pas seulement de la gêne, c'est aussi l'amour de l'Angleterre. Dire quelques mots anglais le rassure, lui rappelle l'existence du cher pays. Les Auble ont toujours été anglophiles. C'était par exemple une tradition dans notre famille d'envoyer ses rejetons en Angleterre et de préférence en Écosse où la vie religieuse est plus intense. Ils y passaient un ou deux ans et en revenaient, parfois fiancés à une jeune lady, et toujours férus de l'Angleterre et de son gazon. Cette anglophilie est partagée par tout le patriciat genevois qui a plus d'affinités avec le Royaume-Uni qu'avec les autres cantons suisses. D'ailleurs mon oncle ne se dit jamais suisse mais genevois. Voilà, vous le connaissez maintenant. Aimez-le, s'il vous plaît.

« J'ai pensé longuement à vous ce matin à mon réveil, dans mon lit, trop pensé même. J'espère que vous ne comprendrez pas ce que cela signifie. Mais après, je n'ai pensé qu'à vos yeux. Ils sont parfois absents, j'adore ça. Parfois enfantins et ravis, et je les adore. Parfois glacés et durs, c'est affreux mais j'adore ça aussi. Je me procurerai demain un horaire des trains pour pouvoir vous suivre samedi. Tiens, il est maintenant à Dijon, maintenant à Bourg, maintenant à Bellegarde, chic! Darling, please do take care of yourself. Ne fumez pas trop, s'il vous plaît. Pas plus de vingt par jour! Aimé, je vous quitte parce qu'il est neuf heures moins dix. Je cours au jardin en vous aimant!

« Voilà, je suis de retour. Je suis restée à regarder l'étoile polaire de neuf heures moins neuf à neuf heures dix, la tête rejetée en arrière et la nuque douloureuse, luttant contre le vertige et considérant sans arrêt cette palpitation lointaine, notre rendez-vous céleste, y cherchant votre regard. Si j'ai couru à neuf heures moins dix et si je suis restée vingt minutes à la regarder, c'est pour plus de sécurité parce qu'il est possible que votre montre avance ou retarde et je n'ai pas voulu risquer de vous manquer. J'ai bien fait d'ailleurs parce que c'est seulement à neuf heures quatre que j'ai senti votre présence et nos regards se rencontrer là-haut. Merci, mon aimé. Mais mettez votre montre à l'heure, s'il vous plaît, elle doit retarder de quatre minutes.

« Les mignonnes perles bleues que je viens de coudre ci-contre en forme de corolle représentent un myosotis dont je n'ai pas besoin de vous dire que la devise est ne m'oubliez pas. Cela n'a pas été facile de les coudre sans déchirer le papier, bien que j'aie utilisé une aiguille très fine. Étrange, il y a quelques semaines je ne vous connaissais pas et maintenant parce que nos lèvres se sont unies un soir vous êtes le seul vivant, le seul qui compte. C'est un mystère.

« Hier soir, je suis restée longtemps devant la glace pour voir comment je vous apparaîtrai après-demain. J'aurai tant de choses à faire après-demain. Il faudra que je me lève de bonne heure.

« Je reprends la plume. Je suis allée un moment à la fenêtre écouter le silence de la nuit dans le jardin piqueté de vers luisants. Au loin, dans la partie noble de Cologny, une chatte amoureuse a imploré en vain car ses maîtres, les Chapeaurouge, attendent pour couronner sa flamme le retour d'un matou Sarasin très propre, très bien tenu et dont on peut être sûr à tous égards, mais qui malheureusement est en ce moment en séjour matrimonial chez une chatte d'Aubigné.

« Je me rends compte que tout ce que j'écris, c'est pour faire l'intelligente et la charmante, pour vous plaire. Pauvre de moi, j'ai pitié de moi. Tant pis, tant pis, pourvu que vous m'aimiez. Vous aussi, ayez pitié de moi, je suis tellement à votre merci. Je vous écris trop, je vous aime trop, je vous le dis trop. Et en plus de tout le reste, cette tendresse que je ressens lorsque dans ton sommeil tu te blottis, confiant, contre moi. Et alors en moi-même je te dis moï dorogoï, moï zolotoï. O mon amour si tu savais comme tu es mon amour ! Lorsque j'étais folle de douleur de ne rien savoir de toi, je m'étais fixé une date limite après laquelle je me suiciderais avec deux tubes de barbituriques et veines coupées dans le bain.

« Vôtre.

« Mon ami très chéri, je viens de relire cette lettre. Si je vous ai parlé si longuement de mon oncle, c'est parce que je vous ai dit passablement de mal de la vieille Deume. Or, je tiens à ce que vous compreniez, en la comparant à mon oncle, que cette personne est tout le contraire d'une chrétienne, qu'elle en est la caricature. Le vrai chrétien, c'est mon oncle qui est tout bonté, tout pureté, tout désintéressement, tout générosité. Si je vous en ai tant parlé, c'est aussi pour que vous l'aimiez et qu'en ce grand chrétien et grand Genevois vous aimiez et estimiez le protestantisme genevois, cette admirable nation morale dont il incarne si bien les vertus. Oui, il est une sorte de saint, comme doit l'être, je crois, votre oncle à vous.

« Hier soir, avant de me coucher, j'ai passé à mon doigt l'alliance secrète. Après avoir éteint, je l'ai touchée, je l'ai fait tourner à mon doigt pour mieux la sentir, et je me suis endormie, heureuse, femme de mon aimé. Les quatre mots russes de plus haut signifient mon adoré, mon trésor. Aimé, c'est exprès que j'ai écrit Bienaimé en un seul mot au début de cette lettre. Je trouve plus beau. »

# LXIII

Rousse et les ailes catastrophées, curieusement haute sur des roues désolées, elle faisait une crise de fureur dans l'avenue de Champel, sautait sur place puis zigzaguait, laissant derrière elle un sillage onduleux d'huile noire. Tantôt prise de rage et tantôt rêveuse, mais le capot toujours auréolé de fumerolles qui s'en échappaient comme l'eau de mer hors des fanons d'une baleine, elle entra enfin dans le chemin de Miremont où son maître fit de son mieux pour la persuader de s'arrêter. Après trois détonations et un cri de colère, elle consentit à stopper, se vengeant toutefois par un dernier jet d'huile qui éclaboussa un aimable petit bouledogue qui se promenait sans penser à mal.

Sec et long, le dos voûté et les moustaches tombantes, l'oncle d'Ariane s'extirpa hors de la bête encore frémissante de haine, éteignit les deux lanternes à pétrole, tapota gentiment le capot, souleva son vieux Cronstadt devant la bonne des voisins et poussa la porte d'entrée.

Dans le vestibule jonché de livres, il accentua la chute de ses moustaches, gratta son crâne tondu. Hum, oui, il était terriblement en retard. Qu'allait-elle lui dire ? Il gravit l'escalier, frappa doucement à une porte du premier étage, entra. Euphrosine ouvrit un œil, sortit son menton poilu hors des couvertures, gémit que c'était quand même malheureux de lui faire attendre son souper jusqu'à des heures pareilles. Otant puis remettant son monocle, il dit qu'il regrettait mais qu'il avait dû rester auprès de son dernier patient, gravement malade.

— Moi aussi je suis malade, marmonna la vieille en ramenant les couvertures sur son menton poilu. Me faut une omelette au fromage, puis avec quatre œufs me la faut, oui !

Lorsqu'il revint avec le plateau, elle refusa l'omelette, en exigea une autre, plus baveuse. Pour la première fois, il tint bon, dit calmement que cette omelette était très mangeable et qu'il

479

n'y en aurait pas d'autre. Elle essaya de sangloter. Puis, voyant
que cela ne prenait pas, elle se pencha contre l'assiette et s'em-
piffra, le guignant de temps à autre d'un œil malin.

Le dessert terminé, il la reborda, tapa l'oreiller et, chargé du
plateau, s'en fut à la cuisine où il dîna d'un œuf à la coque et
d'une orange, interrompu à trois reprises par la sonnerie
d'Euphrosine. D'abord parce que dans son lit il y avait des
miettes — que dans son langage de gâteuse elle appelait des
pique-pique ; ensuite pour réclamer son tilleul — qu'elle but
par le tuyau d'une théière ; enfin pour se rafraîchir le visage
avec une serviette humectée d'eau de Cologne. Après quoi, elle
se rencogna contre le mur et feignit de s'endormir.

A deux heures du matin, la sonnerie du téléphone le réveilla
en sursaut. Le récepteur décroché, il sourit à M^{me} Dardier qui
s'excusait de le déranger mais bébé criait depuis plus d'une
heure et comme on parlait beaucoup de diphtérie, n'est-ce pas ?
Vraiment elle était désolée de le déranger à une heure aussi
indue. Mais pas du tout, la rassura-t-il, cela lui ferait une petite
promenade, il faisait si beau ce soir.

— Et vera incessu patuit Dea, murmura-t-il en raccrochant.
Admirable, ce passage où Énée reconnaissait sa mère Vénus
dans la jeune chasseresse apparue. Admirable, oui, mais difficile
à rendre. En longue chemise de nuit, il resta immobile à chercher une traduction digne de l'original. Se rappelant soudain
les cris du bébé Dardier, il s'habilla en hâte, abaissa avec soin
ses longues moustaches et sortit. Debout devant sa voiture
cependant que le carillon de Saint-Pierre égrenait le pauvre
petit air du « Devin du Village », il hocha la tête en pensant aux
chers Dardier. Oui, une belle famille, nombreuse et unie. Pas
très anciens à Genève, à vrai dire, les Dardier, mais de belles
alliances. Dommage qu'il n'y eût pas eu de Dardier au Petit
Conseil, sous l'ancien régime. Cela aurait bien complété la
physionomie morale de la famille.

Après avoir allumé les lanternes, il introduisit une manivelle
à l'avant de la voiture, la tourna à deux mains. Pris de lubie
et se plaisant à faire le normal, le fantasque tacot vrombit
aussitôt. Sur quoi, son propriétaire se hissa sur le haut siège,
saisit la barre de direction, et le monstre, déjà fumant par divers
orifices, s'élança en barrissant, après un solo de castagnettes.
Fier de son exploit et se sentant émérite conducteur, Agrippa
d'Auble pressa victorieusement la vieille trompe.

— Voyons un peu. Et vera incessu patuit Dea.

Soudain la voiture monta sur le trottoir car la bonne traduction venait de surgir. Mais oui, il n'y avait qu'à dire que sa démarche la révélait déesse véritable. Parfait. Élégant et rendant bien le raccourci de l'original. En somme non, pas parfait. Le « véritable » alourdissait. Peut-être s'en passer et dire que sa démarche la révélait déesse ? Oui, mais tout de même, il y avait « vera » dans le texte. Dire que sa démarche la révélait véritablement déesse ? Il déclama la nouvelle version à haute voix pour mieux la sentir. Non, l'adverbe faisait indigeste. Dire que sa démarche la révélait vraie déesse ? Non, c'était boiteux, et puis « démarche » faisait pesant. Pourquoi pas « marche » en somme, tout bonnement ?

En sa marche ou démarche, la sursautante bagnole était loin d'avoir la grâce des déesses antiques, zigzaguait dans la rue Bellot, au petit bonheur, le latiniste cherchant la perfection. Soudain, elle fila droit car il venait de trouver.

— Et sa marche la révèle déesse ! annonça-t-il à haute voix, rayonnant d'innocent plaisir.

— Voilà ! Ne pas tenir compte du « vera » ! Savoir être infidèle ! Le « véritable » accolé à « déesse » était inutile, une déesse étant toujours véritable, du point de vue païen, bien entendu. En somme, Virgile n'avait collé son « vera » que pour les besoins de la prosodie. « Vera » n'était qu'une cheville, inutile en français, et même nuisible.

— Et sa marche la révèle déesse ! dégusta le cher homme.

Tout en sonnant à la porte des Dardier, il souriait à la déesse de merveilleuse allure. Il ne se doutait pas qu'il était amoureux de cette jeune chasseresse aux genoux découverts, apparue à Énée, et que sa consciencieuse traduction était une manière de cour respectueuse.


De retour à Champel, il n'eut pas le courage de pendre ses vêtements et il les jeta sur une chaise. En chemise de nuit brodée de rouge, il s'insinua entre les draps, soupira d'aise. Après tout, il n'était que trois heures du matin. Il avait devant lui quatre bonnes heures de sommeil.

— Car c'est à Toi qu'appartiennent, dans les siècles des siècles, le règne, la puissance et la gloire, murmura-t-il, et il ferma les yeux, entra dans le sommeil.

Allant et venant dans le grand salon d'Onex, en chapeau plat sous son ombrelle ouverte, sa sœur Valérie répéta qu'on sonnait à la porte, lui ordonna d'aller ouvrir. Il frotta ses yeux, comprit qu'elle se trompait et que c'était le téléphone. Quelle heure ? Quatre heures. Il décrocha, reconnut la voix mordorée.

— Oncle Gri, je n'arrive pas à dormir. Dites, est-ce que vous viendriez me tenir compagnie ? — Que je vienne à Cologny maintenant ? — Oui, s'il vous plaît, j'ai tellement besoin de vous voir. Mais je ne veux pas que vous veniez avec votre voiture, elle aura sûrement une panne et je serai inquiète, je vais téléphoner pour qu'on vous envoie un taxi. On causera beaucoup, n'est-ce pas ? — Oui, on causera, dit-il, les yeux fermés pour prendre encore un peu de sommeil. — Et puis je me coucherai et vous resterez près de mon lit, n'est-ce pas ? — Absolument, dit-il, et il s'assit contre son oreiller. — Et puis vous me lirez un livre en me tenant la main et ça m'endormira. Mais il faudra retirer votre main tout doucement pour ne pas me réveiller, à petits coups. — Oui, mon enfant, à petits coups. Alors je vais m'habiller. — Écoutez, oncle Gri, je suis très heureuse parce que j'ai une amie que j'aime beaucoup, elle arrive après-demain soir, elle est si intelligente, si vous saviez, si noble. — Ah, voilà, dit-il après un bâillement tant bien que mal étouffé. Elle est protestante ? — Non, pas protestante. — Catholique ? — Israélite. — Ah, voilà, eh bien, très bien. D'ailleurs, c'est le peuple de Dieu. — Oh oui, oncle Gri, le peuple de Dieu, j'en suis sûre ! Écoutez, nous prendrons notre petit déjeuner ensemble en nous regardant et je vous parlerai de mon amie. Elle s'appelle Solal. — Ah, voilà, eh bien, très bien. Solal, de Paris, est un cardiologue de premier ordre. — Dites, oncle, où en êtes-vous de votre manuscrit sur Calvin ? — J'ai fini le chapitre vingt, dit-il, subitement animé. Je l'ai consacré à Idelette de Bure, une digne veuve, mère de plusieurs enfants, que notre réformateur épousa en 1541 par l'entremise de Bucer, de Strasbourg, la candidate proposée par Farel ne lui ayant pas paru convenir. Par contre, Idelette lui plut par sa modestie et sa douceur. Ce qui est touchant, c'est qu'il s'occupa comme un père des enfants qu'elle avait eus de son premier mariage. Hélas, la fille, Judith, mariée en 1554, commit adultère en 1557 ou 1558. Un adultère, la propre belle-fille de notre réformateur, te rends-tu compte ? — Oui, c'est affreux ! — Il en éprouva un immense chagrin. — C'est bien triste, en effet. Alors, dépêchez-vous, je vais téléphoner pour le taxi. — Oui, je me dépêche, dit-il, et il sortit de son lit, long en sa longue chemise.

Vingt minutes plus tard, revêtu du complet neuf de l'Enfant

Prodigue, et coiffé d'un panama que retenait un cordonnet fixé au premier bouton du gilet, il souriait aux anges dans le taxi, se sentait dispos et tout à fait réveillé, humait l'air frais d'avant l'aurore. Déjà des merles disaient leurs petites joies, trouvaient excellent de vivre.

Il croisa les jambes, sourit à Ariane qui ressemblait à la déesse apparue à Énée, la chasseresse aux genoux découverts. Quel charmant enthousiasme elle avait eu en lui parlant de cette demoiselle Solal, une parente sans doute du cardiologue, donc d'un bon milieu. Si jolie, cette chère Ariane, tout le portrait de sa grand-mère en jeune mariée. Quel dommage de n'avoir pas pensé à prendre les dernières pages de son manuscrit. Cette chère petite y prenait tant d'intérêt. L'autre soir, elle avait beaucoup aimé le chapitre sur le dogme de la prédestination, il l'avait bien remarqué. Et tout à l'heure, ce cri d'indignation qu'elle avait eu en apprenant l'adultère de la belle-fille de Calvin, un cri du cœur. Elle était bien la fille du cher Frédéric. Certes, affirma-t-il en hochant la tête. Eh bien, faute de manuscrit, il lui lirait le chapitre treize de la première épître aux Corinthiens, si beau, si émouvant, et ensuite ils le commenteraient ensemble. Il regarda le ciel et sourit, sûr d'une sublime vérité. Cher vieil Agrippa, bon et doux chrétien, je t'ai aimé, et tu ne t'en es jamais douté. Chère Genève de ma jeunesse et des joies anciennes, noble république et cité. Chère Suisse, paix et douceur de vivre, probité et sagesse.

## LXIV

— Voilà votre café que vous en boivez pas tous les jours du pareil semblable, et mangez-moi vite ces croissants qu'ils sont chauds de mon four, mais dépêchez-vous un peu, et attention que votre barbouillance elle dépasse pas sur ma tapisserie que c'est tout soie précieuse, allez pas me l'abîmer.

Debout, petites mains croisées sur son ventre, elle resta à savourer les deux peintres, jeunes et jolis à voir, qui se sustentaient de bon cœur. Bien braves, ces deux petits barbouillons que même ils avaient apporté deux blocs à enluire pour bien briller le parquet pour quand ils auraient fini leur peinture. Lorsqu'ils se furent remis au travail, elle s'assit sur un tabouret et se mit à écosser ses petits pois tout en suivant du regard chaque coup de pinceau, physiquement charmée, ravie pour madame Ariane qui serait bien contente de voir son petit salon tout luisant qu'on dirait une bonbonnière.

A la fin de la matinée, un livreur ayant apporté un paquet dont elle devina le contenu, elle s'empressa de le déficeler, impatiente de briller par procuration. Elle en sortit un beau peignoir, l'étala contre elle.

— Tout soie de première, c'est pas vos bonnes amies qu'elles peuvent s'en payer des pareils! L'argent, c'est la puissance! Et puis, c'est pas tout, j'avais oublié, puisque vous avez fini de peintrer, venez un peu avec moi, je vais vous montrer. (Dans la salle à manger où avait été entreposé le Shiraz destiné au petit salon, elle le leur commenta, un poing sur la hanche.) Un Sirage ça s'appelle, c'est le nom, ça vient d'un pays de l'Algérie, regardez-moi la finesse du travail, du tout main, savent travailler les bicots, faut leur laisser ça. Moi à sa place j'aurais gardé le petit d'avant qu'il venait de mademoiselle Valérie, sûrement un Sirage aussi, mais c'est son affaire, qui a les moyens a le droit, comme disait monsieur Pasteur, le savant qu'il a inventé la rage, celle des chiens, parce que des sous il y en a dans la famille, et puis de la vraie haute, eh déjà midi, va falloir penser à manger, pas pour madame Ariane, elle est chez son oncle monsieur le docteur, mon picotin est tout prêt d'hier, les petits pois ils seront pour ce soir.

Invitée, comme elle l'espérait, elle trouva gentil de partager, causante et respectée, le repas des deux peintres — saucisson et thon en boîte. Ah oui alors, elle aimait bien ça, la compagnie, la conversation, un pique-nique pour de dire, ça lui rappelait sa jeunesse. Par politesse et pour ne pas être de reste, elle agrémenta le déjeuner d'un gigot d'agneau, d'une ratatouille niçoise et d'une tarte aux fraises, le tout préparé la veille à cet effet. Elle apporta même, dissimulée sous son tablier, une bouteille de châteauneuf-du-pape, orgueil d'Adrien Deume.

Après le café, l'encaustique ayant été passée par Mariette et ses deux aides bénévoles, trois blocs à reluire entrèrent en action. Stimulée par le va-et-vient des instruments, grisée par cette communion, elle entonna la chanson de sa jeunesse dont le refrain fut repris, en chœur et au rythme des blocs, par le trio, ivre de sentiments.

> Une étoile d'amour,
> Une étoile d'ivresse,
> Les amants, les maîtresses
> S'aiment la nuit, le jour.

Mais les chants stoppèrent net lorsque la porte s'ouvrit, Ariane entrant avec, sur son visage, la décence de la classe dirigeante, tandis que le prolétariat se tenait immobile et honteux. En cette heure de jour, l'esclave nue de Solal, prête à tous services d'amour, docile en la pénombre des nuits, n'était plus que sociale, une Auble bienséante, impressionnante de réserve.

Les meubles remis en place, les pourboires donnés et les ouvriers partis, accompagnés par Mariette qui avait tenu à leur faire un bout de conduite, Ariane s'enorgueillit de son petit salon. Les meubles étaient tellement mis en valeur par la blancheur des boiseries. La psyché, descendue par les peintres, faisait si bien ici, et juste où il fallait, en face du sofa. Elle et lui seraient davantage ensemble de se voir ensemble dans la glace. Et ce Shiraz était adorable. Il aimerait les subtiles harmonies de ces teintes délicates, verts et roses éteints.

De plaisir, elle aspira longuement tandis qu'au même moment un nommé Louis Bovard, ouvrier âgé de soixante-dix ans, dépourvu de piano et même de tapis persan, trop âgé pour trouver de l'embauche et seul au monde, se jetait dans le lac de Genève, sans même en admirer les teintes délicates et les subtiles harmonies. Car les pauvres sont vulgaires, ne s'intéressent pas à la beauté, à ce qui élève l'âme, bien différents en vérité de la reine Marie de Roumanie qui dans ses mémoires a béni la faculté que Dieu, paraît-il, lui a donnée « de ressentir profondément la beauté des choses et de s'en réjouir ». Délicate attention de l'Éternel.

Cependant, Mariette en sa cuisine se mouchait. Finie, la belle vie avec les deux jeunets, finies les causeries et les plaisanteries. Mais ses émois étant de courte durée quoique vifs, elle se rafraîchit le visage, refit son bouclon, ce qui lui remontait toujours le moral, et trotta rejoindre madame Ariane.

Elle la trouva qui essayait le peignoir de soie devant la psyché et en étudiait les mérites par le moyen des manœuvres habituelles, à savoir marches en avant vers la glace, reculs, retours souriants, serrages et desserrages de cordelière, divers essais de jambe écartée puis ramenée, rotations partielles puis totales, stations assises en tout genre, chacune suivie du croisement approprié des jambes, pans écartés puis ramenés, et autres pantomimes du même genre. Parvenue à la conclusion que le peignoir était bien, elle sourit amicalement à Mariette et, de satisfaction, aspira de nouveau par les narines tandis que l'eau du lac de Genève entrait dans celles de Louis Bovard.

— Ce qu'il vous va bien, vous semblez une statue avec les plis, dit la vieille bonne en contemplation, les mains jointes.

— Un rien trop long, il faudra raccourcir de deux centimètres, dit Ariane.

Après un dernier serrage à la taille et un dernier regard reconnaissant au peignoir, elle l'ôta, apparut nue, enfila sa robe en la passant par la tête. Regardez-la-moi, celle-là, se dit Mariette, pas de chemise, pas de jupon, juste son silpe comme elle dit, et la robe par-dessus, adjugé, c'est pesé, et une bonne bronchite au premier chaud-froid, enfin elle est solide, heureusement.

— On pourrait le raccourcir tout de suite en s'y mettant les deux, vous voulez, madame Ariane? Vous à un bout, moi à l'autre, mais faufiler d'abord pour être bien sûres, je vais chercher de quoi.

Lorsqu'elle revint, munie d'aiguilles, de fil et d'un mètre souple, elles s'installèrent l'une près de l'autre sur le sofa et se mirent à l'ouvrage, animées et babillantes. De temps à autre, elles s'arrêtaient de parler, mouillant le fil pour le passer, les yeux clignés, puis se remettant à leur tâche séculaire de douces esclaves réfléchies, bouche pincée sagement en suivant l'aiguille dans le silence que coupaient les bruits de salive aspirée par les couseuses pensant leurs points.

Faufilant rapidement, lunettes attentives, Mariette sentait qu'elles étaient deux amies travaillant gentiment en bonne entente, pour une même cause, alliées et complices. Et puis, elles étaient entre elles, intimes, sans les Deume pour les déranger, sans l'Antoinette surtout, la bon Dieu avec ses sourires censément bonté mais tout venin, faisant sa supérieure, une rien du tout qu'on savait pas d'où ça sortait, et puis cet ourlet à faire vite ça lui disait parce que c'était pour le peignoir d'amour, ce qu'elle serait mignonne là-dedans quand son bon ami arriverait, fallait espérer qu'il se rendait compte de sa chance, cet asticot. Elle eut envie de prendre la main de cette belle fille qui cousait auprès d'elle, de lui dire qu'elle se réjouissait de demain soir. Mais elle n'osa pas.

— Une étoile d'amour, une étoile d'ivresse, se contenta-t-elle de fredonner délicatement, après avoir coupé le fil avec ses dents.

Parfaitement heureuse, la Mariette, et quelle suite de plaisirs en cette heure de complot ! La faufilure terminée, vite vérifier l'arrondi sur madame, oh ce qu'il lui allait bien, ce peignoir, ça y collait aux fesses, chut, rien y dire. Et puis, l'arrondi bien vérifié, vite courir à la cuisine chercher des aiguilles plus fines, vite en profiter pour se refaire une goutte de café qu'on boirait ensemble, vite remplir le thermos, elle aimait bien le thermos parce que ça faisait escursion, puis vite courir pour se remettre à l'ourlet en définitif, c'était de la vie ça, de l'animation, pas le petit train-train des Deume, sang de poulet ceux-là, tout le temps occupés à de l'ordinaire, tout le temps à regarder le baromète, tandis que madame Ariane, c'était le grand béguin, les baisers les plus fous, fallait ça pour la santé quand on était jeune, pauve Didi quand même, mais quoi faire, l'amour ça se commandait pas, enfant de poème qui connaissait pas de loi, comme ça disait dans le proverbre.

— C'est une bonne idée que vous avez eue, madame Ariane, de faire peinturer, et puis ce grand Sirage, ça fait coquet, un petit nid pour recevoir gentiment, faire la conversation, ici reste plus que mes vitres, je vous les ferai bien à fond, vous voyez, j'ai déjà ôté les rideaux marquisette et puis apporté le papier journal et le vinaigre, y a rien de tel pour les vitres, brilleront comme les diamants de la couronne, et puis les rideaux aussi, aux paillettes savon je les ferai, la marquisette ça chesse en moins de rien, laissez-moi faire, vous verrez comme tout sera tiptop, la porte aussi je la laverai, la porte du dehors donc qu'il la verra quand il sonnera, mais sans savon pour pas ôter la peinture, rien qu'à l'eau chaude, mais la poussière, demain seulement, c'est pas la peine aujourd'hui, ça revient tout de suite, c'est toute une polémique la poussière, je la ferai juste avant de partir demain, contre les sept heures, et puis un dernier coup au parquet pour que tout soye bien implacable quand il arrivera pour vous faire visite, il trouvera tout en règle, allez, laissez-moi faire, je me çarge de tout, il sera content, vous verrez, conclut la petite vieille exaltée, vivant une aventure d'amour.

— Je vous laisse finir l'ourlet, Mariette, parce que j'ai rendez-vous chez Volkmaar. Il a été très compréhensif, il a accepté un essayage supplémentaire.

— Sûrement, madame Ariane. Alors, au revoir, faites pas trop courir votre automobile.


Son ourlet terminé, Mariette sortit d'un de ses jupons et déposa sur le piano la surprise pour madame Ariane, un objet d'art qu'elle avait confectionné elle-même, avec un reste de pâte à porcelaine, au temps lointain où elle travaillait à la fabrique de céramique. Elle recula pour admirer le petit vase en forme de tour en ruine, agrémenté d'un agneau à tête de porc et d'une dame obèse, incompréhensiblement à genoux devant la porte de la tour. Oui, madame Ariane serait bien contente, vu que c'était de l'artistique, tout main.

Abandonnant sa tour médiévale, elle ferma la porte, s'empara du peignoir de soie, l'enfila, déclara à un inconnu qu'elle n'aimait que son mari, un point c'était tout. Après un regard de dédain, elle chantonna qu'il était une étoile d'amour, une étoile d'ivresse. Mais lorsqu'elle se rencontra dans la psyché, elle s'aperçut qu'elle était vieille et l'inconnu disparut. Alors, débarrassée du peignoir, elle se réconforta à la manière des vieilles, en s'admirant localement par la contemplation de détails restés gracieux. Pour les mains en tout cas, elle ne craignait personne. Des menottes de poupée qu'il lui disait. Et puis le nez était resté bien fin, pas une ride. Elle humecta son index, aplatit son accroche-cœur, l'aima. Ah, c'était pas tout ça, les vitres maintenant. Elle commença à frotter avec la férocité du dévouement.

— Sont toujours comprensifs quand ils attendent vos sous, mais allez y faire comprendre à cette dépenseuse que c'est tout flatterie, son Homard, vous comprenez, elle s'en fout de dépenser pourvu que son roi de beauté la trouve mignonne, total, des mille et des mille pour l'Homard, pauvre mademoiselle Valérie si elle voyait ses sous qui s'envolent, vite acheter un peignoir qui colle de partout et qu'il le lui enlèvera tout de suite, vite un tapis de l'Algérie, vite tout repeinturer, pensant qu'à lui, même les cigarettes toutes prêtes sur la tabe, et puis les bains de soleil pour qu'elle soit bien café au lait, ils aiment ça, les jeunes à la moderne, il colle de partout, surtout aux fesses, mais chut jui ai rien dit, des fois qu'elle aurait honte, serait capabe de pas le mettre demain soir, mais faut ça pour les hommes, ça les met en idée, c'est connu, les hommes aiment ça, les fesses, c'est dans leur nature, et puis des fesses comme cette petite, y en a pas beaucoup, coussins d'amour comme je dis, j'aimais bien tout à l'heure quand on faufilait ensembe parce que je vous dirai que moi j'aime pas la routine, me faut l'imporviste, l'amusant, je sais pas si je me fais comprendre, enfin sortant de l'ordinaire, il vient à neuf heures demain soir, c'était dans le térégramme, pensez, j'ai tout vu, elle sait pas cacher les papiers, alors moi à neuf heures moins dix je me mets en face, bien cachée pour le voir un peu en vrai, chut, dites rien, et ça va barder demain soir, prépare ton matricule, la nièce de Mademoiselle vous vous rendez compte, notez que je la critique pas, c'est la nature qui veut ça, et dans le fond c'est logique que ça soye arrivé, avec sa lavette de mari, elle en bonne santé, jolie comme coquelicot au vent de l'été, bien faite et tout, la paire d'en haut que vous diriez du marbre, pauve Didi, qu'est-ce que vous voulez, il est sorti cocu du ventre de sa mère, pauve barbette, toujours à l'attention, lui apporter des cadeaux, et ma Rianounette par-ci ma Rianounette par-là, la regardant avec l'œil du chien, toujours avec des politesses et des pardons, et j'espère que tu es pas trop fatiguée, c'est comme s'il y disait je veux être cocu, fais-moi vite cocu, pauve petit, au lieu de tout le temps y demander si elle est pas fatiguée, il aurait mieux fait de la fatiguer un peu plus, elle aurait pas cherché ailleurs, faut dire que l'autre, c'est le bel homme, alors là, vous savez, il est à croquer cru, j'ai vu son portrait à cheval qu'elle l'oublie partout même à la salle de bains, un beau noiraud à vous donner la chair de poule, moi j'aime pas les blonds, c'est tout sirop, et puis sûr qu'il perd pas son temps à lui faire des politesses et demander si elle est fatiguée, sûr que c'est lui qui la fatigue en

avant en arrière, qu'est-ce vous voulez, elle a pas le genre de sa
tante, mademoiselle Valérie je suis bien tranquille qu'elle a jamais
pensé à la plaisanterie, et remarquez qu'elle a dû être jolie quand
elle était jeune, mais la religion si vous en faites tout le temps, ça
vous calme, pour vous en revenir au Didi, ça me crève le cœur
de penser quand il apprendra, parce que forcément un jour ou
l'autre, mais qu'est-ce vous voulez, préférence pour elle, je la
connais depuis bébé, même que j'y disais Ariane sans mademoiselle, des fois même Riri, mais vous comprenez, je suis été obligée de quitter Mademoiselle quand la petite avait douze ans,
rapport aux douleurs de ma sœur qu'elle pouvait plus rien faire,
la matrice à l'envers et les ovaires en balade, et quand je suis
revenue, ayant trop regret d'elle, elle était déjà sur ses seize ans,
une demoiselle, alors sa tante a voulu que j'y dise mademoiselle Ariane, commandante comme elle était j'avais qu'à obéir, et
voilà j'ai pris l'habitude, et maintenant c'est madame, mais des
fois dans mon lit c'est Riri que j'y dis, je me demande comment
ça va finir tout ça, tant va la cruche à l'eau, vous avez vu le joli
vase que j'y donne en surprise pour sa nuit d'amour ? c'est moi
que je l'ai fait, puis cuit au four, à la fabrique je faisais que l'artistique, les idées qui me venaient, c'est un don, vous l'avez ou
vous l'avez pas.

## LXV

— Des fois c'est un numéro cette petite, pour vous dire le
numéro que c'est faut que je vous raconte l'histoire de la langouste, attendez, taisez-vous, vous allez rire, le jour que je
suis arrivée de Paris, la langouste que jui ai apportée, une
surprise en cadeau, bien lourde, bien portante, qu'elle remuait
tout le temps dans son panier dans le train, quand jui ai dit
que j'allais la couper bien vivante pour y faire à l'américaine
que c'est un plat délicieux le cri terrible qu'elle a fait en fermant
les yeux, je défends je défends elle a crié, elle va souffrir, alors
moi pour la calmer jui dis que bon jui couperai la tête d'abord
pour qu'elle sente rien, et alors des cris encore comme si on y
coupait sa tête à elle, alors moi gentille patiente jui dis que bon
je la tremperai dans l'eau bouillante, vous auriez dû la voir,
une fureur, blanche comme si on allait lui enlever son honneur,
mais madame Ariane ça s'est toujours fait comme ça, pour
qu'elle soit bonne à manger faut la tuer vivante, c'est comme
ça les langoustes, c'est fait pour qu'on y coupe la tête, ou alors
jeter dans l'eau bien bouillante, comment on ferait autrement
pour les langoustes, les endormir genre hôpital au croroforme ?
et puis d'abord ça souffre pas une langouste, c'est habitué,
vous pouvez y couper la tête ça dira pas un mot, mais alors
rien à faire, fallait la voir, une trigresse et alors c'est maintenant
le plus fort, la langouste elle est allée la porter vivante en auto
à l'aréoplane qui va à Nice pour qu'on la remette dans la mer
moyennant bonne main, taisez-vous me faites pas rire, il a dû
rigoler, le chauffeur de l'aréoplane que forcément c'est lui
sûrement qui se l'a mangée à l'américaine, et puis la bonne main
en plus pour s'acheter du cacheté, elle vous comprenez c'est
la personne du grand monde, toujours à l'honnêteté, croyant

491

que tout le monde il est comme elle, total on lui prend ses sous, enfin pour vous en revenir à son bon ami, c'est un bureaucrate, oui dans les écritures de la politique, mais grand supérieur du cocubarbette, d'après ce qu'elle nen dit dans son cahier intime il serait beau comme je sais pas quoi, son cahier que j'ai un peu lu dedans c'est pas indiscrétion c'est pas curiosité, c'est seulement pour savoir, pour être au courant, vu que je m'intéresse à elle, étant comme une fille, et puis c'est la fatalité du destin que son cahier elle le laisse dedans une valise, c'est quand même pas ma responsabilité si elle la ferme pas à clef, alors on est bien forcé, surtout quand elle est dans son bain qu'elle en prend des quantités que vous pouvez pas savoir, enfin si ça lui fait plaisir de faire la poissonne elle est libre et patronne, de la manière qu'elle me parle on voit qu'elle est folle du bonheur qu'il arrive ce soir son asticot, et vous savez pourquoi elle reste tellement dans son eau bouillante, moi je sais parce qu'une femme comprend la question sentiment, c'est pour penser comment ça sera avec le chéri mignon ce soir, allez allez j'ai été jeune, c'est pas celle-là qu'elle m'apprendra les sentiments d'amour, c'est comme son idée que soi-disant elle me trouve fatiguée et faut que je parte à bonne heure aujourd'hui, à quatre heures déjà elle a dit, soi-disant gentillesse, mais ça la démange que je file, c'est tout comédie pour qu'elle ait bien le temps de se pomponner et que je soye pas là pour remarquer et puis aussi que je le voye pas lui, qu'ils puissent fricoter en tranquillité, pauvre Didi va, mais madame Ariane je pourrais venir pour servir le thé ce soir quand vous aurez ce monsieur vous serez plus à l'aise, non merci Mariette chérie vous avez besoin de repos elle me fait la petite menteuse, bon je m'en irai à quatre heures comme elle a dit, mais chut taisez-vous, juste avant neuf heures vu qu'il arrive ici à neuf heures ce soir comme c'est dit dans le térégramme, juste avant neuf heures je me cache en face pour le voir un peu son prince de beauté, Mariette chérie elle a dit, c'est quand même joli comme senti-ment, et puis, pauvre petite, c'est une orpheline, et le Didi c'est trois fois rien comme valeur d'homme.

# LXVI

Il ne restait plus qu'à essayer la robe de crêpe blanc et les quatre tailleurs. Elle fit remarquer que la robe était un peu trop large aux hanches — car elle tenait à ce que sa noble croupe fût moulée et visible mais, étant de bonne famille, elle ne voulait pas avoir à le dire ni même le savoir. Le couturier la rassura. Elle n'en crut rien mais se tut lâchement. Trop tard pour des retouches.

Un coup d'œil lui suffit pour s'apercevoir que le tailleur gris clair était raté. Elle s'arrangea pour ne plus le voir, fixa son regard sur la pendule aussi longtemps que Volkmaar fixa des épingles en vue d'une ultime retouche, inutile d'ailleurs car elle avait déjà décidé de donner à Mariette cette saleté qui faisait midinette bossue.

— Le charmant anthracite maintenant, chère madame.

Abrutie, elle regarda la veste trop pincée, les revers bêtement larges en haut, idiotement étroits en bas, et les épaules rembourrées faisant confection. Elle comprenait tout maintenant. Les modèles étaient parfaits parce qu'ils venaient de Paris, mais ce crétin n'avait même pas su les copier. Elle feignit de se laisser rassurer par le bonhomme qui disait que ce n'était qu'une question de coup de fer ou encore qui tirait là où cela n'allait pas, ce qui corrigeait les défauts pendant deux secondes. Pour l'embrouiller et l'empêcher de trop penser aux deux tailleurs évidemment manqués, il lui fit compliment sur son corps de déesse, ce qui la dégoûta. De quoi se mêlait-il, ce petit mamelu ?

— Maintenant, chère madame, les deux adorables en rustique et ce sera fini.

Docilement, elle le laissa les essayer l'un après l'autre. Encore

**493**

pires que les deux en flanelle. Protester, à quoi bon ? Il ne pourrait rien arranger en quelques heures. D'ailleurs, c'était un incapable qui ne comprenait rien au costume tailleur. Oh, n'être pas allée chez ce type ! Oh, avoir tout simplement acheté des prêts à porter ! Mon Dieu, une minute avant une gaffe on pouvait si bien ne pas l'avoir faite !

— Oui, tout à fait bien, merci, monsieur.

Volkmaar parti, elle s'assit. Pleurer n'avancerait en rien. Et puis, après tout, les robes n'étaient pas mal, certaines en tout cas. Il n'y avait que les tailleurs qui étaient un désastre. Elle les brûlerait ce soir, dès qu'on les apporterait. Non, les brûler serait compliqué et puis ça empesterait. Plutôt les couper en morceaux et les enterrer dans le jardin. Ainsi, ils n'auraient jamais existé et elle n'y penserait plus. Plus tard, elle irait à Paris et elle y commanderait dix tailleurs s'il le fallait, oui dix pour que deux ou trois au moins fussent réussis. Si on voulait s'habiller bien, il fallait accepter du déchet. Enfin, la robe lacée en toile allait bien, une sorte de toile à voile en somme, mais si fine, si légère.

— Une robe voilière, sourit-elle, ravie de cet adjectif inventé.

Elle ôta sa combinaison, son slip, ses bas, et le soutien-gorge mis à cause du porc. Oui, tout enlever, il faisait si chaud aujourd'hui, trente degrés au moins. Nue, elle passa la chère robe, exquise avec ses lacets qui s'entrecroisaient devant, si souple et blanche, largement échancrée et divinement sans manches, héroïque et sculpturale avec ces plis merveilleux. Oh, comme elle s'y sentait bien ! Oui, bonne idée de ne rien mettre dessous. Il faisait si étouffant. Et puis exquis de narguer les gens de la rue et de penser qu'ils ne savaient pas.

Elle ouvrit un carton, en sortit les sandales blanches achetées tout à l'heure, leur sourit tendrement. Jambes nues et sandales, c'était parfait avec cette voilière. La combinaison, les chaussures, le slip et les bas furent fourrés dans le carton. Bon débarras, elle dirait au rateur de tailleurs de le faire apporter à Cologny en même temps que sa vieille robe et le reste de la commande. Dans la glace à trois pans, les trois Ariane en robe voilière étaient fines et hautes, des chéries.

# LXVII

Victorieuse en sa robe voilière, elle allait dans la rue, blanche nef de jeunesse, allait à larges foulées et souriait, consciente de sa nudité sous la toile fine, sa nudité que la brise caressait de fraîcheurs. Je suis belle, sachez-le, vous tous que je ne regarde pas, sachez-le, et regardez une femme heureuse. Haute, elle allait, glorieusement à la main l'horaire sur lequel, s'arrêtant parfois, elle suivait la marche du train qui le lui amenait. O merveille d'aimer, ô intérêt de vivre.

Elle s'arrêta, prise de colère contre un chat qui traversait la chaussée si près d'une auto et qui se ferait écraser un de ces jours, le petit imbécile! Elle aussi, attention aux autos, ne pas mourir aujourd'hui, ne pas se faire abîmer. Aujourd'hui elle était précieuse. O ce soir! Elle reprit sa marche, fonça sur le trottoir. Les deux hommes qu'elle heurta se retournèrent, charmés, mais elle était déjà loin. Elle en cogna un troisième, et parce qu'il lui sourit elle comprit qu'il savait qu'elle était heureuse, allant vers un aimé à nul autre pareil. Oui, tous la regardaient, tous savaient, tous approuvaient son bonheur.

Un nuage là-haut. Si pluie ce soir, ils ne pourraient pas se promener dans le jardin, la main dans la main. Seigneur, j'y tiens beaucoup, fais qu'il fasse beau ce soir. Il me faut un ciel exténué d'étoiles. Lui offrir du thé ce soir, pas des boissons vicieuses, du thé comme à un frère revenu de voyage, du très bon Ceylan à pointes blanches. Non, ce nuage, bébé blanc et rose, est inoffensif. Petit nuage, sois sage, ne grandis pas, je t'en prie.

Une déesse devant elle, dans la glace d'une bijouterie. Elle aima la lourdeur de la lèvre inférieure et sa moue de tendre intelligence, l'inflexion des commissures pensantes, les joues dorées et comme éclairées par transparence, le grain d'or foncé sur la joue, les palpitantes narines aspirant la vie, animant de secrète ironie la face chaste. Je vous salue, Ariane pleine de grâce, le seigneur est avec vous, murmura-t-elle.

Le lac apparu, elle le salua d'une inclination de la tête. O cette tendresse lorsqu'il dormait contre elle. A la terrasse de ce café, tous ces idiots qui n'aimaient pas et lisaient des journaux, toutes ces misérables qui n'étaient pas aimées et mangeaient d'énormes glaces au chocolat avec beaucoup de crème fouettée pour se consoler. Mon Dieu, à quoi pouvait servir cette grosse vieille, avec ce pékinois camus ? Allez, au cimetière !

Trois heures déjà. Dans six heures, elle le verrait. Rentrer vite et commencer à se préparer, formidablement se préparer pour lui offrir la plus belle femme du monde. Dans une semaine, samedi prochain, le collier de barbe serait de retour. Elle secoua la tête, cavale agacée par un taon. On y penserait plus tard, aujourd'hui était jour de sacre. Un claquement de fouet la fit tressaillir, responsable du sort de tout cheval. Elle se retourna. Non, il n'avait pas été brutalisé. D'ailleurs il avait l'air bien tenu, et sans œillères, ce qui était bon signe.

Quai Gustave Ador. Longeant le lac bleu et rose, elle allait rapidement, nue sous la robe frémissante, parfois envolée en deux ailes battant au vent de la marche. Deux terrassiers s'arrêtèrent de piocher pour contempler la haute fille aux lèvres entrouvertes qui cinglait vers eux. Elle les ignora, seins hauts légèrement s'abaissant et s'élevant au rythme de l'ample allure aisée. Bien balancée, dit un des terrassiers. Elle sourit, alla plus vite.

Chemin de la Côte. Dans l'herbe, des fleurettes scintillaient. Elle allait, trouvant tout aimable. La Suisse était un chic pays et ces trois vaches dans le pré, des sœurs peut-être, avaient un charme extraordinaire. Mignonnes, leur dit-elle. Ce soir ! clama-t-elle aux peupliers de gloire et aux coquelicots dans les blés que la brise courbait. En rentrant, se brûler le bras avec une cigarette pour lui prouver. Vous voyez, aimé, c'est pour vous que j'ai souffert. Allons, vite.

Marche triomphale de l'amour et joie des foulées chasseresses. Voilà qui était simple, heureux et clair, elle le verrait ce soir, et en pensée elle le saluait déjà de l'épée, archangéliquement, et ses remerciements montaient au ciel comme un convoi de tourterelles. O ce soir! Ce soir, voir ses yeux et ses impatiences et ses voltes soudaines pour la regarder profond et chaud, et elle ne saurait plus alors et elle fondrait. O ce soir! Ce soir, prendre sa main, encercler l'étroit poignet si émouvant, et puis elle contre lui et les lèvres, et puis les seins, et puis nue et être regardée. O merveille d'être regardée et trouvée belle.

Marche triomphale de l'amour. O ce soir, ô le sacre et le poids béni sur elle, et le cher visage penché, et les trêves qui laissaient les lèvres se rejoindre, et enfin la joie et les sanglots d'elle. Sa femme, elle était sa femme et elle le vénérait, sa femme, sa religieuse, sa servante et desservante, comblée de lui donner sa profondeur et qu'il fût en elle, heureux en elle extasiée du bonheur de l'aimé en elle, moniale de son seigneur. Oh, elle aimait, aimait enfin. Sur la banquise l'églantier avait fleuri.

Marche triomphale de l'amour. Elle allait rapidement, riche et calme, puissante et pas moins heureuse que la reine de Saba. O ce soir, ô lui plaire et l'écouter, et soudain il ne dirait plus rien et elle serait folle de crainte parce qu'il serait impassible, mais après il sourirait et elle mourrait de tendresse devant cette joliesse qui était au-dessus de sa beauté. O son sourire, ô ses dents, ô le meilleur des fils de l'homme! Un peu méchant aussi parfois, ce qui ne gâtait rien. Tu seras toujours mon amour, lui dit-elle. La mort? Connais pas! cria-t-elle.

Marche triomphale de l'amour. Ces buissons étaient enthousiasmants, et cette gendarmerie aussi, et cette autre vache qui léchait son veau à larges coups de truelle. Cette forêt était troublante et ce vallon amical, et tout était enthousiasmant, elle surtout. Je suis admirable, dit-elle, et elle alla plus vite encore.

Marche triomphale de l'amour. Oui, admirable puisqu'il l'avait élue entre toutes les femmes, élue au premier battement des longs cils recourbés, lui, le plus beau et le plus fou, ô merveille de son déguisement en vieillard, le plus désespéré, ô ses paroles du soir du Ritz, flèches de méchante vérité, le plus aimant pourtant, le plus triste, ô ses yeux, le plus rieur, ô ses lèvres, le plus méprisant et le plus tendre, le plus seul, un roi sans peuple.

Marche triomphale de l'amour. Oui, oui, admirable. Insolence ? Eh bien, c'était un jour d'insolence. Il n'y avait que les laides pour être modestes. Oui, crier à la première femme qui passerait ! Mes dents sont parfaites, lui crier ! Ose montrer les tiennes, lui crier, et ose me montrer celui que tu aimes, lui crier, si tu oses n'en avoir pas honte ! Un coq éraillé apostropha au loin, et elle s'arrêta, se demanda s'il arrivait aux poules d'éternuer, eut un rire parce qu'elle aimait, et elle reprit sa marche.

Marche triomphale de l'amour. En cette heure de grand soleil, elle allait, une victoire, les lèvres entrouvertes en un sourire de statue, et ses supériorités lui arrivaient par bouffées et par chants. Les autres, que savaient-elles faire, les autres ? S'épiler, ou se mettre des soutiens-gorge avec baleines pour dissimuler leur déshonneur, ou se faire plomber les dents, ou bêler qu'elles avaient le vague à l'âme, ou se vernir les ongles d'horrible rouge pour plaire à d'horribles hommes, ou lire un roman pour pouvoir en parler et faire croire qu'elles étaient cultivées ? D'ailleurs, le plus souvent, elles ne lisaient que les critiques pour les réciter ensuite dans des salons. Et quelle femme au monde avait reçu un télégramme pareil ? O l'aimé qui ne pouvait pas vivre sans elle et qui se mourait d'attente ! Moi aussi, je me meurs, lui dit-elle. Elle s'élança, les bras écartés pour recevoir le vent, et elle cria, épouvantée de bonheur. Ma chérie ! cria-t-elle à elle-même.

Marche triomphale de la haute nymphe allant à larges enjambées, sûre de ce soir, orgueilleuse de sa servitude. Elle s'arrêta soudain, émerveillée. Elle était la femme d'un homme, sa propriété. O merveille d'être la femme d'un homme et sa proie, la fragile d'un homme. Merci, mon Dieu, dit-elle. Elle s'arrêta devant un arbre, arracha la résine qui coulait du tronc, en huma l'odeur mâle, odeur de vie, la tint entre ses lèvres, puis la jeta, eut un sourire d'énigme, puis alla sous l'énorme soleil, transpirante, heureuse. La vie, c'était la vie enfin !

Marche triomphale de l'amour, marche d'Ariane, déesse devenue le long des blés sous le vent chaud courbés. Au contour de la route, trois vierges aux tresses de miel apparurent, trois petites paysannes suisses qui allaient d'un pas hardi et incertain de bergeronnettes, chantant avec des décochements brusques, avec une miraculeuse sécurité instinctive. Mais lorsqu'elles la croisèrent, elles se turent parce qu'elle rayonnait de la majesté du bonheur, se turent et saluèrent la déesse aux ondes d'or bronzé qui sourit et passa. Ce soir! annonça-t-elle plus loin à une cinquième vache qui ne comprit pas l'étonnante nouvelle et continua à brouter. Sale vache, lui dit-elle alors, puis elle alla, menton haut levé.

Marche triomphale, marche aux côtés d'un seigneur plus grand qu'elle. Face grave et cheveux auréolés, ivre de santé et de beau temps, ensoleillée et pourvue de toutes hormones de jeunesse, sa main dans la main de son seigneur, elle allait à longue allure, belle de son seigneur, robe secouée et s'envolant en deux ailes battantes. Le bruit de sa robe secouée par la marche était le claquement d'un voilier cinglant vers une île extraordinaire, et l'amour était le vent qui gonflait les voiles. Le bruit de sa robe était exaltant, le vent sur son visage était exaltant, le vent sur son visage haut tenu.

Marche triomphale de l'amour. Elle allait, orgueilleuse et ridicule, géniale. Derrière ses yeux, il y avait tant d'idées enthousiasmantes qui faisaient la roue de paon, toutes nourries du sang du cœur et qui seraient si belles si elle voulait les voir. Mais elle n'avait pas le temps. Elle allait se faire belle, allait vers l'aimé, fière et croyante, et des chants la suivaient, dorés comme elle, leur grande sœur, heureux, absolument légers, d'une pureté printanière, ô ces fleurs blanches qui dansaient dans les grandes herbes, des chants si aimants, sûrs de leur charme, sereins et gracieux.

Marche triomphale de l'amour. Auguste, elle allait, mue par l'amour comme autrefois ses sœurs des temps anciens, innombrables dormant du sommeil de la terre, allait, immortelle en sa marche, commandée comme les étoiles, légions qu'amour conduit en d'éternelles trajectoires, Ariane solennelle, à peine souriante, accompagnée par quelle céleste musique, l'amour, l'amour en ses débuts.

# LXVIII

Étendue sur l'herbe du jardin, elle relut le télégramme cependant que les oiselets du cerisier, écoliers en récréation, échangeaient des gentillesses, que sur le toit un merle sifflotait, trouvant la campagne plus agréable que la ville, et que devant elle un moineau bouffi s'offrait un bain de poussière, ailes tremblotantes. Il sera ici ce soir à neuf heures, annonça-t-elle au petit dodu qui resta impassible. Gentil d'avoir pensé à lui confirmer sa venue dès son retour à Paris, si occupé pourtant. Des missions très importantes, secrètes sûrement. C'est un grand personnage, expliqua-t-elle au moineau qui s'était redressé, content d'être propre, et qui la regardait avec intérêt, penchant sympathiquement la tête à droite pour mieux la comprendre.

— Vous êtes mon seigneur, je le proclame.

Pour le plaisir du sacrilège et parce qu'elle était heureuse, elle répéta sa déclaration de vassalité avec des accents successivement anglais, italien et bourguignon, puis avec une voix de vieille gâteuse. Elle bâilla, alluma une cigarette avec sa dernière allumette soufrée. Sympathiques, ces allumettes françaises, on pouvait les frotter n'importe où, même contre la semelle des souliers, ça faisait paysan savoyard, et puis quand on les avait frottées, elles vous piquaient le nez, c'était agréable. La prochaine fois qu'elle irait à Annemasse, elle en achèterait une douzaine de boîtes.

Non, ne pas fumer, ne pas sentir le tabac ce soir à neuf heures, lorsque. Elle jeta la cigarette, se raconta qu'elle était une vache, mugit pour s'en persuader. Réflexion faite, elle décida qu'elle n'était pas une vache, mais l'amie d'une vache blanche et noire, très gentille, propre et bien élevée, qui la suivait partout et qui s'appelait Flora. « Allons, chérie, assieds-toi près de moi et rumine gentiment. » Elle tapota son genou, censé être le front de sa compagne, ne rencontra pas de cornes, s'expliqua que c'était une vache très jeune. « Tu sais, Flora, il arrive ce soir. » Elle bâilla de nouveau, mâchonna un brin d'herbe. Oh, cette vache qui ne pouvait pas rester tranquille, qui s'était levée pour aller brouter! « Flora, veux-tu venir immédiatement ici! Allons, viens, si tu es sage, je t'emmènerai au jardin botanique demain, je te montrerai les fleurs de montagne, ça t'instruira. »

Pour la faire se tenir tranquille, elle lui chanta un air de Mozart en italien, lui demanda si elle comprenait l'italien, vu son origine savoyarde. Non, dit la vache. Alors elle lui expliqua que Voi che sapete che cosa è amor signifiait Vous qui savez ce qu'est amour. « Est-ce que tu sais, toi, ce qu'est amour? Non? Eh bien, tu es une pauvre vache. Moi, je sais. Et maintenant, file, je t'ai assez vue. Je vais commencer les préparatifs. »

Dans le petit salon, elle se noua au cou la cravate de commandeur qu'il lui avait donnée, se fit le salut militaire devant la psyché, puis joua à tourbillonner et à s'abaisser brusquement pour faire ballonner la robe voilière. Elle alla ensuite à la cuisine voir s'il restait du chocolat. Juste une plaque. De retour au petit salon, elle décida de la faire durer en la laissant fondre dans la bouche, oublia sa décision et l'expédia en moins de deux minutes. Tant pis, chantonna-t-elle, et elle s'étendit sur le sofa, pour un avant-goût de ce soir. Quatre heures trente. Il serait là à neuf heures, donc dans quatre heures et demie. Deux cent soixante-dix minutes, deux cent soixante-dix attentes. La solution serait de faire des préparatifs très minutieux pour avoir juste assez de deux cent soixante-dix minutes. Oui, un plan d'action, avec un certain nombre de minutes pour chaque préparatif. Bain et séchage. Shampooing et séchage avec le truc à air chaud. Masque de beauté avec la nouvelle recette de l'hebdomadaire féminin idiot. Vérifications diverses du petit salon et du vestibule. Essayage de robes, comparaisons, méditations, éliminations progressives et choix définitif, le tout devant être largement calculé. Sur toutes ces robes Volkmaar qui venaient d'être livrées, il y en aurait en tout cas plusieurs de possibles. Bain supplémentaire éventuel à envisager. Divers autres préparatifs, y compris pertes de temps, contemplations dans la psyché, essais de sourires et de mines, coups de peigne, chants divers, grimaces de joie, imprévus et catastrophes.

501

Le plan d'action crayonné au dos du télégramme, elle additionna, trouva deux cent trente minutes de préparatifs. Quelle heure maintenant? Quatre heures trente-cinq. Donc il ne serait ici que dans deux cent soixante-cinq minutes. Donc solde de trente-cinq minutes à ne rien faire. Donc trente-cinq minutes de vraie attente, puisque occupée le reste du temps. Trente-cinq minutes d'attente, ce n'était pas beaucoup, elle avait bien combiné son affaire. Zut, les lettres de l'iram pas encore ouvertes. Lire au moins la dernière, on ne savait jamais.

La longue lettre était datée de Bruxelles, château van Offel, mercredi 22 août. Elle la balaya des yeux, sautant des pages entières, pêchant çà et là quelques phrases.

« Ma Rianounette adorée, arrivé à Bruxelles depuis quelques heures et installé dans la luxueuse chambre d'amis que M. et Mᵐᵉ van Offel ont eu l'amabilité de mettre à ma disposition, je me dispose à t'écrire, assis devant une table Empire authentique. » Passons. « Ainsi donc, me voici presque au bout de mon périple diplomatique. Dire qu'hier encore je me trouvais à Jérusalem! Avec les avions, il n'y a vraiment plus de distances.» D'accord, passons. « Ma chérie, merci de ton affectueux télégramme reçu à Jérusalem. J'avoue que j'aurais aimé recevoir aussi une bonne longue lettre détaillée me disant comment se passent tes journées, mais je sais que ma Rianounette déteste écrire. » Très juste, passons. « Dans mes précédentes lettres, je t'ai donné au fur et à mesure tous détails pertinents sur mes quatre semaines en Palestine. Il ne me reste en conséquence qu'à ajouter un complément d'informations sur les derniers jours, trop occupé que j'ai été par mes absorbantes obligations officielles pour t'envoyer la lettre trihebdomadaire promise, ce dont je bats ma coulpe. Eh bien non, réflexion faite, je m'abstiens de te donner ce complément car il s'agit du zénith de ma mission, de deux honneurs formidables reçus en Palestine, primo un large tour d'horizon avec Son Excellence le Haut-Commissaire et secundo un déjeuner au palais de Son Excellence. Cela me coûte de ne pas t'en parler tout de suite, si grands ont été les honneurs susdits, mais je désire qu'on puisse les commenter et les déguster ensemble. Or, si je t'en parle par écrit, cela les éventera. Et d'ailleurs, par écrit on ne peut donner tous les détails qui rendent l'ambiance. Donc le récit des deux honneurs de vive voix! J'en viens maintenant à la dernière partie de ma mission, partie tout particulièrement délicate, notre souci majeur étant de ne froisser en rien les

502

légitimes susceptibilités des gouvernements. » Passons. « J'espère que tout ce qui précède ne t'aura pas trop ennuyée, mais à qui dirais-je mes luttes et mes espoirs sinon à mon épouse, compagne de ma vie ? » Pauvre petit, passons. « Ma chère femme, tu m'as beaucoup manqué, il m'était si douloureux d'être l'objet de tant de flatteuses prévenances officielles sans toi à mes côtés pour les savourer avec moi. Et toi aussi, tu as dû broyer du noir, ma petite abandonnée pendant tant de semaines. » Passons. « Je joins à la présente une photo de moi prise à Londres, afin que mon effigie te donne un avant-goût de mon arrivée. Le jeune homme qui est avec moi est le baron de Baer, premier secrétaire à la légation de Belgique chez qui j'ai déjeuné, un homme charmant. » Passons. « Ainsi donc, ma mousmé chérie, pour les susdites raisons d'ordre professionnel non moins que mondain et familial, il me faudra hélas rester à Bruxelles encore dix jours, soit jusqu'au vendredi 31 août inclus. Donc à samedi 1er septembre le bonheur de revoir ma Rianounette à laquelle je me réjouis de raconter mes exploits, car vraiment, modestie à part, je reviens chargé de lauriers ! » Passons. « Ma chérie, dis-toi que la séparation est sur le point d'être terminée et que bientôt nous aurons l'immense joie de nous revoir. En attendant cette heure merveilleuse, je te serre contre ma mâle poitrine. »

Elle jeta la lettre dans un tiroir et, sans la regarder, la photographie. Lui téléphoner tout de suite à Bruxelles, lui dire des choses gentilles ? Non, trop affreux mélange avec les préparatifs. Plutôt lui envoyer un télégramme demain. Ouvrir les autres lettres ? Il y en avait trop. Elle rouvrit le tiroir, reprit la photographie, la considéra. Pauvre, avec sa tête ronde, si content d'être à côté d'un vrai diplomate. Terrible, ce regard de bonne foi. Terrible, sa certitude qu'il était attendu avec impatience. Elle remit la photographie dans le tiroir. Enfin, il ne serait de retour que dans une semaine. Donc sept jours de bonheur avec Sol, et puis on verrait. En tout cas, ne pas y penser aujourd'hui.

Dans la salle de bains, elle étala le dentifrice sur la brosse, commença le nettoyage consciencieux, s'arrêta pour se pencher sur l'horaire. Dans dix minutes le train serait à Bourg. Bon, elle avait tout le temps. En avant ! Brosser à fond pendant cinq minutes au moins. Brusquement, elle retira la brosse. Il y avait des trains qui déraillaient, avec des blessés gémissant sous les essieux ! Sans prendre le temps de se rincer la bouche, elle s'adressa au Tout-Puissant avec un accent rendu auvergnat par la mousse du dentifrice.

— Cheigneur, que demain tous les trains che fracachent et qu'il y ait des chentaines de morts chi Tu y tiens vraiment, mais aujourd'hui que tout che pache bien, ch'il Te plaît, très cher Dieu, ajouta-t-elle pour l'amadouer. (La bouche rincée, elle continua sa prière intéressée, comme toutes les prières, d'ailleurs.) Fais cela pour moi, Seigneur, modula-t-elle en donnant à sa voix son charme le plus féminin. Tu sais combien je T'aime. Alors, je T'en prie, laisse-moi cette soirée, veux-Tu ? Seigneur, protège le train de mon ami, conclut-elle pudiquement, ce dernier mot lui paraissant mieux approprié pour s'adresser à l'Éternel. (Elle se releva, se pinça les narines pour se donner une voix de pasteur.) Chers frères et chères sœurs, je vais prendre un bain, accompagnée de mon jeune buste quelque peu volumineux. Mais d'abord, ne vous en déplaise, encore un petit coup d'œil sur la photo du type, mais juste cinq secondes pour ne pas s'y habituer et qu'elle garde sa nouveauté bouleversante. Voilà, très bien, pas plus. Et maintenant, un peu relire son télégramme d'aujourd'hui pour me faire du bien. Voyons un peu ce qu'il raconte.

Elle déplia la feuille verte, lut à haute voix avec des effets de théâtre. Le mot merveilleux de la fin la foudroya. O joie, ô gloire et chérubins délirant au ciel sous les ailes des grands anges aux harpes sonnantes, ô homme merveilleux ! Il avait signé simplement vôtre ! Vôtre et rien d'autre ! Comme c'était beau ! Soudain, elle fronça les sourcils. Ce vôtre, c'était peut-être un mot qu'il avait mis sans y penser, comme un banquier anglais au bas d'une lettre, un yours quelconque ? Non, non et non, il y avait une intention ! Ce mot avait tout son sens et signifiait qu'il était à elle, rien qu'à elle, son bien, sa propriété. Vôtre, murmura-t-elle, et elle aspira de toutes ses forces. Le bain maintenant, faire couler l'eau chaude.

— Allons, dépêche-toi, imbécile, dit-elle au robinet.

Sur le tabouret près de la baignoire, elle déposa la photo, le télégramme, l'horaire, le petit ours en chapeau mexicain et la montre de son père. Et parce que personne n'était là pour se moquer, elle baisa le télégramme et l'horaire. Et si ça ne plaisait pas aux chères sœurs, tant pis pour elles ! L'eau tâtée et trouvée à point, elle dénoua la cravate de commandeur, laissa tomber la robe voilière, entra dans le bain, s'y allongea, poussa des soupirs d'aise, sortit un pied pour en agiter les orteils et croire qu'ils étaient ses cinq petits garçons revenant de l'école. Allons, vite qu'on se débarbouille, leur ordonna-t-elle, et les cinq petits garçons rentrèrent sous l'eau. Ensuite, elle fit des mouvements de brasse pour être dans la mer. Ensuite, du plat de la main, elle tapa le fond de la baignoire pour faire des bulles qui la caressèrent en montant entre les cuisses. Ensuite, elle sortit de nouveau son pied, agita ses orteils, leur enjoignit de rester tranquilles, de prendre sagement leur bain et puis de vite filer à l'école tous les cinq en se tenant gentiment par la main.

— Et si vous ne rapportez pas de bonnes notes en rentrant, gare!

Maintenant se savonner à fond. Ou plutôt non, pas tout de suite, se la couler un peu douce d'abord puisqu'on avait des heures devant soi. Elle rama doucement, les mains posées à plat sur l'eau verte où des ronds de soleil tremblaient, trouva jolies ces petites vagues, cadettes des vraies de la mer où ils iraient bientôt ensemble, sûrement. Changeant d'occupation, elle se raconta que deux mignonnes perruches, bleu clair, étaient perchées sur un des robinets, celui de l'eau froide, pas l'autre qui était trop chaud et qui pourrait brûler leurs petites pattes. Tiou, tiou, petites chéries, vous êtes bien, vous êtes heureuses? Moi aussi, tellement, oh tellement, si vous saviez! Grave soudain et saluant la venue merveilleuse de ce soir, elle entonna l'air de la Cantate de la Pentecôte, substituant non sans remords le nom bien-aimé au Nom sacré.

> Mon âme croyante,
> Sois fière et contente,
> Voici venir ton divin roi,
> Solal est près de toi!

Le travail sérieux maintenant. Debout et les jambes écartées, tour à tour chantant et sifflant, avec de temps à autre des regards vers la montre et l'horaire, tous deux bientôt aspergés d'eau, elle procéda à l'important nettoyage de son corps, ardemment se savonnant, studieuse et les sourcils froncés, puis se trempant, puis se relevant et se savonnant de nouveau et se ponçant fort les pieds. Promise à la mort, elle se donnait tant de peine, travaillait consciencieusement à se faire parfaite, en bon artisan, langue un peu sortie.

— Ouf, c'est éreintant d'être amoureuse, déclara-t-elle en se laissant retomber dans l'eau savonneuse.

Après avoir soufflé sur la pierre ponce pour la faire naviguer toute seule, elle vida la baignoire, la remplit d'eau pure dans laquelle, pour se récompenser, elle versa des sels parfumés. Oui, il fallait sentir follement bon, tant pis si ça faisait catholique. Étendue et délicieuse, elle pensa qu'elle était une idiote d'avoir pris ce bain trop tôt. Lorsqu'il arriverait, il y aurait sur elle plusieurs heures de destruction d'impeccabilité. Enfin, on aviserait plus tard.

— Vôtre.

Elle ferma les yeux pour mieux entendre le mot le plus beau de la terre, le prononça avec des intonations variées, s'en reput, tout en contemplant sa nudité que l'eau insidieuse flattait. Gémissant une mélopée inarticulée, elle soupesa ses seins durs et chauds, en effleura les pointes, soupira, fit couler l'eau chaude pour se réconforter, sourit aux deux fidèles perruches si chouquettes sur leur robinet, qui soulevaient si joliment leurs petites pattes l'une après l'autre, qui faisaient des exercices de gymnastique digitale pour les décontracter. Elle ferma les yeux, engourdie. rêvassa.

# LXIX

Cependant qu'à Genève sa femme rêvassait dans son bain, Adrien Deume, en gare de Bâle, accoudé à la fenêtre de son compartiment de première classe, se régalait d'être important. Se sachant regardé par les humbles du train omnibus stationné en face, il faisait le nonchalant supérieur, habitué aux voyages luxueux, prenait des airs désabusés de grand seigneur ennuyé, un mélange de Lord Byron et de Talleyrand.

Quatre tintements tristes annoncèrent le départ, et il y eut des gémissements de fers, et la locomotive poussa un long cri de séparation, et le train eut un frisson, hésita avec des chocs, s'ébranla enfin et bientôt se hâta avec une respiration appliquée, énorme écolier répétant sans cesse sa leçon. Privé d'admirateurs, Adrien Deume se rassit et feuilleta l'horaire. Le prochain arrêt était à Délémont, à dix-sept heures cinquante. Parfait. Puis Bienne, puis Neuchâtel, puis Lausanne, et enfin Genève à vingt heures quarante-cinq. En dix minutes un taxi le conduirait à Cologny. Donc à neuf heures du soir au plus tard il la serrerait contre son cœur.

Il se frotta énergiquement les mains, regarda d'un air charmé autour de lui. Très bien, ces premières. Mais attention, hein, un quart d'heure avant l'arrivée à Genève, un peu après Nyon, aller aux toilettes, se rafraîchir le visage, se brosser les ongles, se donner un bon coup de peigne à la barbe, bien brosser le veston, surtout le col à cause des pellicules, enfin bref se faire présentable. Pour donner du brillant aux souliers, on se servirait du velours de la banquette. C'était contre le règlement, mais crotte. Panpan l'Arbi, pas vu, pas pris! Quelle surprise pour la Rianounette qui s'attendait à ne le voir que dans une semaine! Pour une surprise, hein? Passant sa langue pointue sur ses lèvres, il dégusta la stupéfaction ravie de sa femme. Pour passer le temps et se donner déjà du plaisir, il prépara à mi-voix ce qu'il lui dirait après l'avoir embrassée.

— Tu comprends, chérie, je n'ai pas pu résister. Hier, tout à coup, j'ai senti que je ne pourrais pas supporter tous ces jours d'attente. Alors j'ai filé à la Sabena, malheureusement pas une seule place dans l'avion, j'ai eu beau arguer de mon statut officiel, pas moyen, tout était pris, alors tant pis, je me suis décidé pour le train de ce matin. J'ai bien pensé à te télégraphier, puis je me suis dit que ce serait plus chic de te faire la surprise, tu comprends ? Elle est contente, la Rianou-nette, hein ? Pour une surprise, c'est une surprise, hein, chou-quette ? Tu sais, ça en a fait une histoire avec Mammie, mais tant pis, après tout on a bien le droit de revoir sa légitime après trois mois de séparation! Tu es contente, hein ? Attends, je vais te montrer les cadeaux maintenant.

Il bâilla, murmura des grandeurs. Baron Adrien Deume, comte de Deume, général marquis de Deume. Il bâilla plus fort et se leva, en quête d'un autre passe-temps. A la fenêtre, il baissa la vitre et se pencha, l'air violent lui faisant cligner les yeux, ce qui lui donna un visage sévère et perspicace. Les lignes télégraphiques montèrent et descendirent, s'éloignèrent, s'espacèrent d'un seul bloc, les poteaux s'abaissèrent, se redres-sèrent, porteurs de tasses blanches, les arbres se découpèrent avec des rapidités cinématographiques et filèrent en arrière, dos courbés, rejoindre les feux verts des disques abandonnés cependant que s'enfuyaient aussi les pierres à jamais inconnues entre les rails en face, striés par des raies vertigineuses qui soudain brillaient.

La locomotive lança follement son désespoir et il rentra, s'assit sur la banquette de velours rouge, soupira d'aise, sourit à sa femme. Quelle belle poitrine elle avait. Du marbre, mon vieux, si tu voyais ça, je te prie de croire que je vais me régaler ce soir. Oui, aussitôt entré, il l'embrasserait, il la serrerait fort contre lui, et en avant vers le lit, soit chez elle, soit chez lui! Non, chez elle, le lit était plus grand. La déshabiller vite, lui dire de se coucher, et en avant, à la hussarde! Au fond, les femmes aimaient ça. Parce que nom d'un chien, il était sevré depuis trois mois, il n'en pouvait plus! Après, il se lèverait, il se payerait une bonne pipe, il adorait ça après le devoir conju-gal, et il ouvrirait la valise des cadeaux! Tableau! Elle battrait des mains, tellement elle serait contente! Et puis il lui racon-terait tout de sa mission, l'entrevue avec le Haut-Commissaire, un lord nom de Dieu, et puis le déjeuner chez le Haut-Commissaire, un feld-maréchal nom de Dieu par-dessus le marché, et puis il lui montrerait des photos de lui avec des huiles, enfin tout, ça l'intéresserait, elle serait fière de son mari.

— Ça t'intéresse, hein, chouquette ? Il faut reconnaître que je ne m'en suis pas mal tiré. Succès partout ! Je crois que ce qui a plu entre autres, c'est que je ne me suis pas borné à être le fonctionnaire même supérieur, mais tu comprends, je me suis mis sur un plan élevé, glissant des points de vue littéraires, citations latines, enfin l'homme du monde, tu comprends ? Bon, d'accord, lui raconter toutes mes prouesses en Syrie, et puis finir par le nec plus ultra, la Palestine donc, parce que là il y a eu le zénith, elle en sera comme deux ronds de flan. Commencer par les contacts avec les départements du Haut-Commissariat, les éléments de documentation recueillis, les premières invitations à mon hôtel, bien le lui décrire, formidable, tu sais, chérie, mon hôtel, le King David donc, le meilleur, de tout premier ordre. J'avais donc un appartement complet, une suite comme on dit dans les grands palaces, c'est-à-dire salon, chambre à coucher, salle de bains privée grand confort. Une suite ça fait chic parce que si quelqu'un d'assez haut placé vient te rendre visite, tu n'as pas besoin de descendre pour le recevoir dans un salon d'en bas, tu le reçois chez toi, dans ton salon, tu vois la nuance, ça a une autre gueule, tu es quelqu'un. Ça alors, je te prie de croire que tu te sens quelqu'un quand tu as une suite au King ! Oui, là-bas dans un certain milieu, on dit le King, c'est l'habitude. Naturellement, la salle de bains avec W. C., ce qui est bien commode, pas besoin de sortir dans le corridor. W. C. privé, moi je peux plus m'en passer. On est diplomate ou on ne l'est pas, hein ? Surtout qu'au point de vue fonctions digestives ça n'a pas été fameux, tous ces grands dîners de luxe, tu comprends, alors sortir dans le corridor trois ou quatre fois la nuit, ça n'aurait pas été drôle, très peu pour moi. Enfin, du problème fonctions digestives, on en reparlera demain à tête reposée, on verra un peu les mesures à prendre éventuellement, d'après l'évolution de la situation d'ici à demain, parce que déjà ça va mieux, nettement mieux, par exemple aujourd'hui trois fois seulement tandis qu'hier sept fois, tu te rends compte ! Dis donc à propos, il était bien, le plan de mon appartement au King, hein ? Enfin, de ma suite, plutôt. Il m'a donné de la peine, tu sais. Relever toutes les mesures, mettre à l'échelle, j'y ai passé toute une journée. Bon, ceci dit, j'en arrive à mes derniers jours de Jérusalem qui ont été, j'ose le dire, l'apogée de ma mission. Imagine-toi, chère madame Adrien Deume, que ton seigneur et maître a eu l'honneur d'être reçu officiellement par Son Excellence le Haut-Commissaire! Donc le personnage le plus important là-bas. Un feld-maréchal, note bien, le plus haut grade dans la hiérarchie militaire anglaise. Entretien d'une demi-heure, tu te rends compte! Atmosphère amicale, enfin pas amicale si tu veux, mais cordiale, Son Excellence très aimable, s'informant avec intérêt de mes fonctions, pas les digestives bien sûr, m'interrogeant sur les travaux de la section des mandats, enfin vraiment charmant, moi très à mon aise dans un fauteuil, conversation d'égal à égal pour ainsi dire, Son Excellence donc me disant son désir d'étroite colla-boration avec nous, close co-operation il a dit en anglais, et puis rendant hommage à l'œuvre généreuse et difficile de la S. D. N. et de plus, écoute bien, c'est très important, tu compren-dras pourquoi tout à l'heure, de plus me chargeant de ses compliments et de son meilleur souvenir personnel pour Sir John et ainsi de suite. Bref, une réussite. Sans fausse modestie, je crois pouvoir dire que j'ai fait une excellente impression.

Balourd et pressé, le train tituba, ivre de vouloir, lança sou-dain un appel de désespoir et se précipita à grands chocs dans le tunnel avec un cri fou de peur aiguë. Une paupière blanche s'abattit aussitôt sur la vitre à demi fermée et des vapeurs entrèrent dans le compartiment tandis que, victimes de l'homme, les pierres et les fers du tunnel hurlaient leur révolte à grands échos contre le mur noir suintant, martyrs rugissant leurs indi-gnations, à grand vacarme injuriant le gros traître et butor effaré qui s'affairait, tressautait, trébuchant en sa vitesse. A la fin du tunnel, les rages s'atténuèrent, quelques échos se disputant encore contre le mur enfumé qu'une vapeur blanche soudain calma, et les fureurs cessèrent avec le mur disparu.

Délivré et calmé, hors du noir et de l'enfer, le train rentra dans la douce campagne, gauche et hâtif, reprenant son rythme assidu à travers les verdoiements et l'odeur herbeuse revenue. Dans les bruits adoucis et l'allure veloutée, Adrien Deume caressa le velours rouge, sourit à sa femme nue près de lui.

— Alors, j'en viens maintenant au point culminant. Ima-gine-toi que le soir même de mon entrevue donc avec le Haut-Commissaire, je reçois par messager spécial une invitation à déjeuner chez Son Excellence, preuve irréfutable de la bonne impression que j'avais faite. Et invitation pour le lendemain, un dimanche! A ce qu'il paraît, c'est une attention particulière chez les Anglais. L'invitation sur bristol splendide, aux armes officielles britanniques, en relief doré, enfin grand genre, le texte gravé requests the pleasure et caetera, sauf mon nom naturellement, écrit à la main, mais en belle ronde calligraphiée, je l'ai gardé pour te le montrer. Tu verras, ça a beaucoup d'allure. Il y a mon prénom aussi, bien entendu. Et puis le Esq. Bon alors je continue. Donc le lendemain à treize heures tapantes je me présente au palais, habillé extra. Au gradé du corps de garde, je montre patte blanche, à savoir mon invitation, sur quoi il rectifie la position, me salue impeccablement et me laisse passer. Moi, mine de rien, je vais jusqu'aux marches et là, détail significatif, les deux sentinelles me présentent les armes! Vous voyez, chère madame, de quels égards on entoure votre époux! Ah là là, ce que j'aurais aimé que tu sois là! Ou que tu fusses, si tu préfères. Après toutes sortes d'escaliers monumentaux et de salles immenses, je suis donc introduit par un aide de camp dans un grandiose salon. Son Excellence se lève lorsque j'entre. Comme je t'ai dit, il est feld-maréchal. His Excellency Field Marshal Lord Plummer. Alors shake hand, moi m'inclinant un peu, le remerciant de l'honneur et caetera, d'un air impassible, enfin jeune diplomate habitué au protocole. Naturellement baisemain à Lady Plummer lorsqu'elle est entrée un peu après moi, moi m'inclinant profondément, enfin, tout ça très réussi. Puis cocktails, olives fourrées, conversation sur divers sujets politiques, économiques et sociaux. Enfin un majordome vient annoncer à Lady Plummer que Sa Seigneurie, Her Ladyship en anglais, est servie. En avant vers la salle à manger! Moi offrant le bras à Lady Plummer et entrant en conséquence le premier! Heureusement que l'aide de camp m'avait discrètement tuyauté d'avance. Ah là là, si tu m'avais vu entrant cérémonieusement avec l'épouse d'un feld-maréchal anglais! Salle à manger superbe, domesticité impeccable, des serviteurs arabes de deux mètres de haut, en djellabas blanches éblouissantes avec larges ceintures de soie rouge, table étincelante de cristaux, couverts aux armes britanniques officielles! On sentait la puissance d'un milieu supérieur! Je dois dire que j'étais ému. Demain, je te lirai mes notes in extenso, avec les détails, ma tenue à table, les autres convives, tous étoiles de première grandeur, et pourtant hein c'est moi qui ai donné le bras à Lady Plummer! (Il sortit sa langue pointue, la rentra aussitôt.) Enfin, je te raconterai tout bien demain, les plats servis, je les ai notés, les sujets traités, en anglais naturellement, mes reparties que sans fausse modestie je crois pouvoir qualifier de spirituelles, bien que prudentes naturellement, esprit latin et diplomatie! Et moi à la droite de Lady Plummer! Enfin, tout ça à demain, mes notes sont très complètes, je les ai tout de suite rédigées à mon retour au King pendant que mes souvenirs étaient encore frais. Juste une chose encore, mon déjeuner subséquent avec l'aide de camp, un jeune officier charmant, grande famille titrée, Eton et Oxford, parlant admirablement le français, très littéraire. Je l'ai donc invité à déjeuner le lendemain au King. Champagne du commencement à la fin du repas! Alors, au cours de la conversation, je lui ai dit en passant, sans aucune arrière-pensée, que j'étais embêté de devoir attendre encore une semaine pour avoir une place dans l'avion, enfin j'ai dit « ennuyé » naturellement. Il a eu un sourire mystérieux, tu sais réservé, enfin Anglais de l'aristocratie. Ce sourire, je l'ai compris seulement le lendemain quand il m'a téléphoné au King pour m'annoncer, tiens-toi bien, pour m'annoncer qu'une des places réservées de plein droit au Haut-Commissariat était à ma disposition dans l'avion partant le soir même! Tu te rends compte, une place pour V. I. P., ce qui veut dire Very Important Person. Sans commentaire, hein? En tout cas, tu vois comme ça sert les relations influentes, c'est le solide de la vie, on n'arrive à rien sans relations, sans contacts. Voilà, tous détails complémentaires à demain. Dis donc, à propos, tu as bien gardé toutes mes lettres? Parce que j'y ai mis des détails couleur locale dont je pourrais m'inspirer pour mon grand rapport de mission. Très bien, à la bonne heure. Parce qu'elles complèteront utilement les notes prises après chaque entretien. Inutile de te dire que je vais le concocter soigneusement, mon rapport. Il fera du bruit, je te prie de le croire! Naturellement, je mettrai un peu de broderies par-ci par-là, enfin le petit engraissage habituel. Au fond, administrativement parlant, je ne devrais adresser mon rapport qu'à Vévé, qui est censé juger s'il y a lieu de le transmettre plus haut. Protocolairement donc, je devrais ne mettre en tête de mon papelard que le nom de Vévé et rien d'autre. Mais je le connais, mon Vévé, il a horreur que ses collaborateurs brillent, surtout s'il sent en eux un danger de concurrence. Alors, si je ne mets que son nom il étouffera mon rapport parce qu'il le sentira propre à me faire valoir, il ne le passera pas aux instances supérieures et il s'assiéra dessus! J'ai beaucoup pensé à tout ça. Ce qui fait qu'après mûre réflexion j'ai pris la décision de le contrer en envoyant bravement mon rapport au sommet, par la voie hiérarchique, bien entendu, c'est-à-dire en mettant en haut du rapport son nom, puis le nom de mon ami Solal, dont dépend la section des mandats, puis Sir John lui-même! Oui, ma chérie, Sir John lui-même, parfaitement! C'est une bonne idée, hein? Maintenant tu me diras que je n'ai pas le droit d'envoyer mon rapport à Sir John puisque réglementairement les rapports de mission ne lui sont jamais envoyés! Eh bien, j'ai la réponse toute prête si Vévé tique là-dessus! Il y a cas exceptionnel! Il y a que Lord Plummer, feld-maréchal nom de Dieu, grade le plus élevé de la hiérarchie militaire en Angleterre, Lord Plummer, Haut-Commissaire en Palestine, K. C. M. G., C. B. et ainsi de suite, m'a chargé textuellement de son meilleur souvenir personnel pour Sir John! Je suis tenu de le transmettre! Je ne sors pas de là! Je suis donc habilité à adresser mon rapport de mission au supérieur hiérarchique suprême! C. Q. F. D. D'ailleurs Vévé y pensera de lui-même et il ne pipera pas mot et, sois tranquille, il aura trop la trouille pour ne pas transmettre! Lord Plummer, tu te rends compte?

Il bâilla, se leva, colla son front à la vitre. Au haut d'un talus, un cheval interrogeait l'herbe tristement, puis devant une porte une fillette tint un bébé sur ses genoux, puis un mur aussitôt disparu fit un bruit de mer furieuse devant le train trébuchant, puis des mottes de foin s'enfuirent, puis un paysan mannequin immobile fourche à l'épaule attendit devant une barrière, puis un train de marchandises passa avec ses wagons galeux.

Il se rassit, bâilla, contempla ses ongles. Les brosser dix minutes avant Genève. Elle avait dû recevoir un tas d'invitations à des cocktails puisqu'il était A maintenant. Le tout était de savoir si elle y était allée à ces cocktails, vu son genre. Elle n'en disait rien dans ses lettres. Rien non plus sur les Kanakis qui leur devaient pourtant un dîner. Peut-être qu'ils avaient attendu son retour. En tout cas, en ce qui concernait le S. S. G., lui rendre son dîner pour garder le contact, et puis sans tarder, profiter de ce que Mammie et Papi n'étaient pas à Genève. Le S. S. G. accepterait sûrement puisque après tout c'était lui qui les avait invités le premier. En profiter aussi pour inviter les Petresco qui avaient du standing. Ils ne se feraient pas prier pour accepter puisqu'il glisserait que le S. S. G. en serait. Non, en somme non, pas de Petresco, pas de concurrence, le Petresco serait capable de tenir tout le temps le crachoir à table, avec son genre mondain sûr de lui.

Mécanique, le contrôleur psalmodia le prochain arrêt d'une

513

voix inhumaine. Cinq heures quarante-cinq. Dans cinq minutes, Délémont, et dans trois heures, Genève! Après tout, c'était sa femme, quoi, et puis nom d'un chien, sevré depuis trois mois, même qu'à Beyrouth il avait eu la tentation, mais non les grues c'était pas son genre, et puis le risque d'attraper une sale maladie, non merci bien, très peu pour lui.

— J'ai une de ces envies, mon vieux, je te garantis que ce soir je vais pas cracher sur le devoir conjugal! Les ressorts du sommier vont sauter, je te prie de le croire! Dès que j'arrive, mon vieux, je commence les travaux d'approche, à la hussarde, même si elle se tient sur la réserve parce que ça a toujours été son genre. Remarque bien qu'au fond c'est peut-être pas l'envie qui lui manque, mais jamais elle ne te le fera sentir, c'est la pudeur chez elle, la réserve de la femme honnête, tu comprends, et puis la distinction de l'aristocrate parce que sans te froisser, mon vieux, ta femme et ma femme ça fait deux. Non, pas se mettre à la fenêtre because escarbilles. Paraît que bientôt en Suisse les trains marcheront à l'électricité, ça sera plus propre, on ne se salira plus. Parfait, parfait.

Cinq heures quarante-sept. Deux minutes plus près d'elle. A neuf heures, Cologny. A neuf heures et quart, Ariane nue, rien que pour lui. Cinq heures quarante-huit. Dans une minute, Délémont. Allez, mon vieux, grouille-toi, dit-il au train.

## LXX

Six heures j'ai tout le temps vôtre vôtre ô mon amour
pourquoi ne pas être ici avec moi dans ce bain chaud délicieux
on serait si bien tous les deux tant pis si pas assez de place pour
les deux on s'arrangerait tout de même on trouverait le moyen
un moyen ancien depuis Adam oui je sais je l'ai déjà dit ce truc
de venir me rejoindre dans le bain ça m'arrive tout le temps de
me répéter Ève la première idiote qui disait personne ne comprend mon Adam personne ne se rend compte de la merveille
qu'il est enfin bref ce que je dis de vous mon chéri je me demande
si les poules éternuent enfin si ça leur arrive quelquefois elles
ont tout de même le droit d'être enrhumées dans trente ans
j'aurai non c'est horrible tant pis ce n'est pas pour ce soir on a
le temps folle de tendresse quand il dort vulnérable sur son
visage une grâce rayonnant au-dessus de la mâle beauté folle
aussi quand je vois son poignet si étroit parfois soudain je me
dégoûte de l'aimer tant j'ai perdu mon fil ah oui vôtre vôtre je
me vautre dans votre vôtre oui mais s'il ne m'avait pas rencontrée il il télégraphierait peut-être un vôtre à Elizabeth Vanstead
en somme j'aimerais assez qu'elle perde toutes ses dents non
tout de même la bouche toute vide ce ne serait pas charitable
qu'elle en perde deux seulement ou même une seule de devant
enfin juste ce qu'il faut pour qu'elle soit un peu dégoûtante je
me plais trop j'aime me regarder je me désire en somme si ce
n'était pas lui ce serait un autre et si cet autre était explorateur
je me passionnerais pour l'Amazonie ou pour les mouches du
vinaigre si c'était un biologiste non pas vrai il n'y a que lui il
est le seul l'unique en tout cas le croire c'est un dogme est-ce
que les catholiques croient à tout ce qu'ils croient pourquoi
quand il y a un masculin et un féminin l'adjectif doit être mas-

515

culin c'est pas juste pourquoi est-ce qu'on ne pourrait pas dire que la mer et le lac sont belles pourquoi Dieu au masculin pas juste non plus pitié de moi tout à l'heure en me savonnant une esclave bonne qu'à plaire injuste sort des femmes toujours à attendre à espérer à se préparer qu'est-ce qu'ils ont de plus que nous ces crétins-là nous ces pauvres toujours à faire les mignonnes gracieuses faiblettes pudiquettes attendantes acceptantes et puis il en prend trop à son aise avec moi ce type qui arrive à Genève à sept heures vingt-deux et qui s'amène ici à neuf heures tout ça parce que monsieur veut plaire bain d'une heure peut-être rasage minutieux c'est d'ailleurs votre côté féminin mon cher féminins aussi vos coups d'œil dans la glace vous vous regar-dez un peu trop une faiblesse ça mon ami et puis comédien avec ses robes de chambre trop belles trop longues oui mon ami c'est ainsi que nous sommes nous autres vos esclaves nous ne disons rien nous prenons des airs extasiés mais nous remarquons tout seulement nous sommes indulgentes avez-vous compris mon bonhomme toute la peine que ce Staline se donne tout le temps s'occuper de tout se méfier de tous faire espionner faire tuer tout ça pour le plaisir idiot fatigant de commander quand il me raccompagne en voiture je baise toujours ses manchettes avant de le quitter parce que bien coupées belle soie adoration de la force qui est pouvoir de tuer vous voyez mon chéri je sais bien ma leçon j'aimerais qu'il me fouette le dos mais fort que ça fasse des zébrures en relief d'abord rouges puis blanches comme marque que je lui appartiens j'aimerais que ça me fasse mal que je crie de douleur que je le supplie de s'arrêter mais non il continue oui frappez encore mon chéri frappez aussi au bas du dos oui tout en bas après les reins oui parfaitement là très fort d'abord la joue droite puis la joue gauche c'est parce que je suis bien élevée que je dis joue droite joue gauche c'est les joues spéciales du bas du dos fouettez-les fort s'il vous plaît très fort que le sang coule oh merci merci aimé venez dans ce bain je suis votre terre et vous êtes mon maître et laboureur oh oui labou-rez-moi à fond assez assez pas sain de penser au labour surtout dans le bain non je ne crois pas qu'elles éternuent dans mon crâne il y a un petit endroit resté tendre c'est la fontanelle des bébés qui m'est restée féminin aussi qu'il ne veuille jamais que j'aille l'attendre à la gare c'est que monsieur n'est pas assez rasé en descendant du train monsieur tient à être vu dans tout son éclat tu es toujours beau va même trop quand je ne suis pas là il sera au Ritz à huit heures moins vingt au plus tard est-ce que je lui téléphone à huit heures moins vingt non entendre sa voix au

téléphone c'est déjà le voir un peu ça me priverait du choc de lui
entrant à neuf heures tout entier subitement avec voix regard
et tout le reste si je lui téléphone ça gâtera la magie de l'apparition ça sera comme de manger d'avance seulement un petit
bout du gâteau parlez-moi d'amour redites-moi des choses
tendres idiot mais ça me plaît envie de bâiller eh bien bâille oh
oh oh quand je les touche moi ça ne fait pas du tout le même
effet embêtants les anges leur musique ça doit être du César
Franck en pire des eunuques avec des ailes l'endroit où l'aile
s'attache à l'épaule c'est répugnant jamais je ne pourrai là-haut
toucher à ça ça doit être mou et dur comme l'endroit du poulet
difficile à découper elle est vulgaire l'Antoinette chez nous
oncle Gri se levait toujours quand Tantlérie entrait au salon
et après s'il voyait qu'elle voulait sortir il ouvrait la porte pour
elle et elle faisait ce qu'on appelait un acknowledgment ou une
appréciation un léger sourire ou un tranquille merci quand ces
Kanakis sont venus dîner l'Antoinette à table chaque fois qu'elle
ne trouvait rien à dire parce que le Kanakis et Didi parlaient
de livres qu'elle ne connaissait pas elle se penchait sur son assiette
d'un air amusé fin piquait avec sa fourchette d'un air spirituel
frivole marquise intéressée par des pensées à elle genre si je ne
parle pas c'est uniquement parce que je suis occupée par des
pensées élégantes qui m'absorbent front contre la vitre pour
mieux réfléchir est-ce que ça se fait pour de vrai dans la réalité
ou bien est-ce que c'est seulement un truc des personnages des
romans on a compris monsieur Kafka vous êtes un génie mais
pour l'amour du ciel n'en jetez plus trente pages de votre génie
suffisent pour qu'on se rende compte de votre génie barbant
personne n'ose l'avouer c'est le règne de la terreur je lui lisserai
les sourcils je mettrai mes mains sous son veston pour le tenir
par le dos en le sentant à fond contre moi pour qu'il ne m'échappe
pas il a des sautes d'humeur des indifférences qui me font trembler d'amour je suis sa belle il l'a dit dans le télégramme monsieur
Kafka on a compris votre cheval c'est la culpabilité sans faute
mais vous le montez un peu trop c'est monotone en somme la
culpabilité sans faute c'est le thème juif c'est la tragédie du
Juif je suis donc la belle du seigneur dans son portefeuille lui
dire de mettre en cas d'accident s'adresser à zut c'est vrai que
je m'appelle Deume tous ces chichis d'admiration pour ce
Lindbergh après tout ce n'est qu'un chauffeur de taxi volant
qui sait remuer des manettes au fond je suis furieuse de tout ce
qui n'est pas louange à mon Sol et reconnaissance de sa valeur
de son génie c'est comme ça les amoureuses idiotes elles disent

toutes mon Adam mon Toto mon Nono et elles disent toutes personne ne le comprend il n'y a que moi qui le comprenne ah quel génie mon Adam mon Toto mon Nono pauvres la grande bande crétine des aimantes Proust c'est vraiment bien mais quel affreux snobinet ses flatteries hystériques à la Noailles et puis ravi charmé par des prénoms aristos genre Oriane Basin Palamède respectueux de ces prénoms il les suce il les lèche pas écrit beaucoup à l'iram mais chaque fois très gentiment les génies savent que le génie c'est de la ténacité les crétins croient que c'est un don nous irons ensemble mettre des fleurs sur la tombe de sa chatte Sol parfaitement bien habillé and he has very good table manners le soir du Ritz quand je lui ai donné mon étui à cigarettes il l'a appuyé contre la cicatrice de sa paupière sûrement pour me pardonner le verre autrefois l'homme me faisait peur surtout une certaine chose de l'homme maintenant pas du tout pour racheter les deux mots me faire juivette il a raison comment est-ce possible que des intelligents parmi nous autres croient de telles bêtises c'est la peur de la mort qui les abêtit oh si beau si noble d'avoir voulu être aimé en vieil affreux il m'a dit que ma robe de la réception brésilienne quand il m'a aimée en un battement de paupières était très belle donc la faire recopier oh oh on gèle dans ce bain de l'eau chaude s'il te plaît ça suffit merci quand il arrivera ce soir tâcher de rester réservée un bon moment moi me tenant loin aimable mais un peu froide pour qu'il soit inquiet un peu princesse lointaine l'écouter d'un certain air pour le mettre mal à l'aise et comme réponses le genre je ne sais pas peut-être d'un air fatigué et puis au bout d'un quart d'heure après l'avoir bien angoissé être soudain très ardente ou alors ce qui serait bien aussi peut-être laisser la porte d'entrée ouverte et il me trouve assise impériale ne me levant pas lui tendant la main qu'il baise il m'impressionne moins quand je suis assise ou encore moi me promenant dans le jardin et quand je le vois dans le salon penaud de ne trouver personne je fais mon entrée avec une certaine indifférence non je saurai pas je serai trop émue j'entrerai genre canard traqué et je m'embrouillerai dans mes pieds conclusion dès qu'il entrera me précipiter contre sa poitrine et des baisers voraces paupières mourantes le premier soir déjà après le Ritz il y a eu ces baisers terribles inattendus des baisers intérieurs sur le sofa quelle horreur avec quelqu'un que je ne connaissais pas j'ai été tellement surprise pendant les premiers baisers je croyais que c'était toujours en surface dans les romans on devrait en parler plus clairement ils disent des baisers ardents et caetera mais jamais en expliquant le mode d'emploi je n'aurais jamais pensé que ça existait ce procédé je croyais lèvres contre lèvres un point c'est tout eh bien non on ouvre la bouche trois points d'exclamation et alors il y a le tumulte la confusion des langues comme on dit dans l'Ancien Testament ça alors si on m'avait dit qu'un jour j'aimerais ma j'ose pas dire mêlée à la j'ose pas dire d'un homme jamais je ne l'aurais cru mais enfin vous êtes folle j'aurais dit est-ce un procédé à lui seulement ou bien d'autres gens le pratiquent je me demande si papa et maman non sûrement pas mais les catholiques doivent le faire ou peut-être c'est seulement une invention à lui j'ai eu honte au premier moment sa j'ose pas dire mêlée à ma j'ose pas dire j'avais honte mais je continuais c'était d'une intimité folle ce monsieur et cette dame qui ne se connaissaient pas en somme et qui tout d'un coup se fouillaient les bouches s'exploraient se mangeaient en somme oui grande honte et puis bientôt je n'ai plus eu honte et j'ai trouvé de plus en plus excellent si Tantlérie m'avait vue au fond j'ai fait ça aussi bien que lui sans études préalables mes pareils à deux fois ne se font pas connaître il y en a eu un tas dès le premier soir peut-être cinq cents tous délicieux tss Ariane je t'en prie moi très vite comme un poisson dans l'eau remuant à des kilomètres de profondeur ces baisers c'est exquis mais ça donne un peu envie de rire après quand on y pense toute seule parce que ça fait tumulte idiot on pourrait en somme les appeler des baisers vous n'avez rien à déclarer parce que ça fait douanier pressé loufoque fouillant vite dans votre valise en tous sens vite vite remuant à tort et à travers pas de temps à perdre drôle de caractère que j'ai même quand mon cœur est grave faut que je m'amuse et que je parle des baisers genre douanier affolé détraqué impatient bousculant urgemment l'intérieur de votre valise pour voir s'il y a de la contrebande je crois que je mourrais s'il m'entendait quand je suis avec lui je suis différente poétique et pourtant tout aussi moi-même que maintenant encore un peu d'eau chaude s'il te plaît je me demande si c'est fréquent ces baisers souterrains si d'autres gens en font aussi ce qui serait assez pénible par exemple une reine avec son roi nous c'est bien mais pas les autres pour que ce soit bien d'abord il faut qu'on soit très beaux tous les deux imaginons par exemple l'Antoinette faisant ça eh bien ce serait affreux comment les appeler des baisers mangeurs des baisers douaniers des baisers caverneux des baisers sous-marins des baisers fruits oui baisers fruits c'est bien en somme tout est pur lorsqu'on s'aime réflexion midinette affreusement gênée ce premier soir dans l'obscurité quand il s'est penché sur mon cou enfin un peu plus bas quelle horreur c'était affreusement beau mettre des livres bien sur le sofa négligemment çà et là un ouvert genre moi lisant en l'attendant les Essais de Montaigne peut-être non ça ferait institutrice gnangnan le Kafka plutôt s'il m'interroge il s'apercevra que j'ai lu quelques pages seulement m'appuyer d'urgence tous les Kafka acheter des Heidegger et tous les autres barbants lire aussi une histoire de la philosophie ça vaut la peine de se cultiver maintenant je ne sais pas pourquoi j'ai tellement envie de me raconter notre premier soir oui racontons-nous bien le premier soir donc dans son salon du Ritz quand il m'a dit adieu moi tout à coup héroïne russe salamalec obséquieux Nastasia Philipovna et je lui baise la main fermons les yeux pour bien revoir alors il a dit gloire à Dieu tout bas on dit gloire à Dieu quand c'est très sérieux est-ce qu'il a dit ça comme ça ou bien est-ce qu'il croit vraiment en Dieu mais tout de même si je lui ai baisé la main c'est que je l'ai bien voulu s'il n'y a pas de vie future les croyants claqués n'en sauront jamais rien ils ont toutes les veines non c'est pas lui qui a dit que c'est des bêtises il est trop courtois méprisant c'est moi qui dis que c'est des bêtises d'ailleurs je retire bêtises je n'aurais pas dû dire salamalec mais mon amour je ne me moque pas je vous assure c'est mon genre vous comprenez même si je respecte follement je dis des mots comme ça quand je suis seule c'est mon genre c'est à prendre ou à laisser oh à prendre s'il vous plaît et puis vous comprenez c'est de la pudeur ensuite la danse en bas dans la salle du Ritz redoutable de beauté il a dit et puis il a dit que son âme accrochée à mes longs cils recourbés bref faisant hameçon oh au fond pas bien de lui avoir donné l'étui offert par mon iram si peu mon mais j'avais oublié que c'était de l'iram et puis après tout du moment qu'on m'en a fait cadeau il est à moi j'ai le droit d'en faire ce que je veux Didi pauvre chou c'est affreux ce qui lui arrive après le Ritz on est venus ici sa voiture chauffeur jaune uniforme blanc et bleu Rolls immense d'ailleurs m'est égal drôle qu'il ne sache pas conduire évidemment il a le genre palanquin sans cesse sortie et contemplée puis pliée et en lui renfermée j'adore le pliée c'est pas Varvara qui aurait dit ça lui c'est un méchant qui est bon les autres c'est des bons qui sont méchants drôle d'idée cette passion pour Varvara au fond insignifiante sentimentale minaudière affreux elle est morte je dois la respecter c'est pas elle qui aurait raconté les babouins les araignées avec elle tout le temps des femmeries mignonneries tout à l'heure faudra aller voir un peu ces ravissants longs cils recourbés attention jamais acheter accessoires genre ceintures gants sacs sans m'être assurée de l'ensemble relire l'Ancien Testament quoique assez embêtant une bête rose avec des rubans une jardinière avec son enfant une demoiselle avec des chats blancs eau chaude s'il te plaît tu ne me chercherais pas si tu ne m'avais déjà trouvé on s'extasie devant ça moi je trouve que pas profond du tout et même bête un petit tour de prestidigitation et pas de la vérité une petite fille Lucile toute seule dans une tente au milieu de la grande forêt d'Afrique elle avait un joli pyjama à raies rouges et vertes verticales un tout petit jaguar son ami qui lui servait de bouillotte dans son lit sa chatte à lui aurait dû s'appeler Fouffle plutôt que Timie son bébé on l'aurait appelé Foufflon j'ai rencontré un petit Foufflon qui courait en pantalons rencontra un petit mouflon qui soufflait dans un tromblon quelle insolence tout de même me dire yeux frits et moi après en dansant abjecte ravie d'avoir les yeux frits insolences chéries le verre lancé je devrais aussi demander pardon enfin tout de même je savais pas que c'était lui tant pis c'est fait maintenant les plus grands capitaines font des erreurs allez hop dans l'ombre least said soonest mended après le Ritz ici petit salon ciel ensemble moi flottant dans du miel très bien joué le choral quand fini me suis retournée joliment de son côté charmante grave sincère lui très ému je l'ai senti mais pas par une teinturerie ordinaire il y a un spécialiste pour le nettoyage du daim dans cette petite rue je remue trop au piano ça se communique au bas du dos me surveiller peut-être une gaine pour que rotondités moins visibles non ça fait prison puis mauvais pour la circulation et puis quand il me serre sa main va un peu bas enfin quelquefois pas toujours je ne voudrais pas qu'il rencontre du tissu élastique ce ne serait pas courtois oh et puis quoi un peu de rotondités ça fait cela fait partie du corps féminin les hommes aiment les enfin disons hanches moi aussi d'ailleurs je trouve beau mais les seins encore plus surtout les miens marmoréens vulgaire de dire marmoréen quand on est seule on peut être vulgairette c'est chic Solal est mon ami suprême oh quel amour point d'exclamation comme un tendre frère il m'aime oh quel amour point d'exclamation ici parents amis tout passe seul il demeure et par sa grâce de moi jamais il ne se lasse oh quel amour trois points d'exclamation donc maintenant le sofa du premier soir donc le sofa après le choral lui et moi sur le sofa lui un homme moi une femme un homme enfin une femme enfin lui smoking blanc svelte cheveux noirs en désordre les yeux clairs ses épaules un kilomètre au moins et moi en face vraiment adorable alors il s'approche et je m'approche aussi attention bien se représenter maintenant d'abord en surface puis moins en surface puis tout à fait en profondeur moi les yeux fermés faisant ça bientôt en grande habituée genre n'ayant fait que ça dans ma vie et puis enthousiaste y prenant goût voulant encore et recommençant et les bouches dramatiques se torturant merveilleusement se connaissant follement à des profondeurs sous-marines it was glorious et quand c'était fini on recommençait et pourtant autrefois avant lui quand dans un film la main de l'homme sur la nuque de la femme et elle fermant les yeux en extase je me disais que je ne pourrais jamais que ça me ferait rire eh bien je vous assure que je n'avais pas envie de rire en somme c'est drôle le goût que les femmes ont pour les hommes nos baisers ce n'était pas ce n'est pas des voluptés vicieuses c'est pour dire notre amour pour que je sois lui et qu'il soit moi attention ne pas le garder trop tard ce soir jusqu'à une heure du matin seulement je suis responsable de sa santé maintenant c'est moi que ça regarde les voluptés ça m'est égal ce qui importe c'est qu'il sache mon amour et que je sache le sien donc baisers indispensables pas seulement physiques nos âmes se cherchent se pénètrent par ce moyen oh oh oh et ensuite dans l'obscurité l'autre chose quand penché sur enfin disons mon buste c'était douceur de son amour et pas volupté quand il fume il tient la cigarette entre le médius et l'annulaire je fais comme ça aussi oh soyons franche c'était tout de même de la volupté dans l'obscurité moi donc vaincue délicieusement honteuse puis pas honteuse moi à la merci fondue indigène gratifiée évidemment c'était inattendu tout ça le premier soir déjà d'abord les baisers intérieurs et puis la chose dans l'obscurité mais si j'ai tout accepté tout de suite c'est parce que confiance absolue et puis si j'avais fait simagrées de pudeur nymphe grimacière poursuivie ça aurait été la preuve que c'était inconvenant au fond jusqu'à présent j'ai été une sorte de vierge violée de temps en temps par l'iram et je me laissais faire par pitié un peu violée par S aussi et je me laissais faire par amitié estime vanité aussi oui l'idiote fierté de constater que j'étais désirable ô Sol pardon de vous cacher cette lamentable affaire avec S mais je ne veux pas que vous pensiez que j'ai aimé un autre que vous je n'ai jamais aimé que vous je suis votre jeune fille votre vierge c'est avec vous seulement que je S ce n'était rien rien rien c'était une erreur causée par mon malheur mon mariage je ne veux pas que vous me méprisiez je ne le mérite pas je ne veux pas vous perdre l'éternité c'est chaque soirée chaque moment avec vous mon seigneur donc mourir pas important oh quand c'est moi qui les touche ça ne fait pas du tout le même effet que si c'est lui c'est la preuve qu'il y a une histoire d'âme là-dedans qu'il y a du spirituel du moral d'ailleurs pour faire tout à fait comme lui quand il quand il enfin oui faudrait que j'aie un cou flexible genre girafe pourquoi elles le cou si long c'est peut-être pour voir leurs ennemis de loin mais comment c'est venu ce cou si long par hasard peut-être il y a eu plusieurs sortes de girafes les unes avec des cous courts cous courts oui donc celles avec des cous courts elles n'ont pas pu voir à temps leurs ennemis alors elles ont été bouffées par les lions il n'y en a plus de ces girafes-là c'est seulement les à cous longs qui ont subsisté ou peut-être que c'est pas par hasard peut-être que la longueur est venue petit à petit la peur leur faisait tirer le cou qui s'allongeait toujours un peu plus de mère en fille d'ailleurs je m'en fiche retour au premier soir heureusement que jamais de soutien-gorge sinon ça aurait été assez pénible surtout pour un premier soir ça aurait fait embouteillage il aurait fallu défaire d'abord ôter genre visite médicale ou en tout cas abaisser enfin très gênant il aurait dû attendre la fin de l'opération et moi j'aurais été morte de honte pendant le déménagement et puis ça aurait fait inconvenant vulgaire du déshabillage tandis que ça s'est passé sans que je me rende compte grâce à l'absence de soutien-gorge enfin plus ou moins c'était un peu irréel et puis heureusement l'obscurité mon Dieu je voudrais ne dire que des choses nobles et je me raconte des histoires de soutiens-gorge alors que c'était religieux après tout c'est ça le vrai amour du prochain heureusement qu'il m'a pas regardée quand levée pour remettre de l'ordre dans le haut ça m'aurait humiliée tout de même il est plus grand que moi c'est bien c'est comme ça doit être de plus en plus demoiselle de magasin j'adore lever les yeux vers lui me sentir infime tant pis au fond nous sommes toutes les mêmes il n'y a que les mots qui changent mais dis chérie est-ce qu'il est beau je pense bien l'Apollon du Belvédère est un petit affreux à côté il est bon mais il peut être méchant c'est ça qui est chic zut au Ritz il a dit un tas de choses contre tant pis moi son sourire cruel me dévaste de bonheur parfois visage de marbre qui vous oblige à faire la mignonne obséquieuse pour qu'il fasse attention à vous qu'il s'humanise un mètre quatre-vingt-cinq je pense les Israélites je les imaginais tout petits une grandeur physique reflet de sa grandeur morale enfin très beau mais pas l'affreuse beauté des beaux garçons une beauté qui est noblesse de l'âme on m'a dit que toutes les

filles de la S. D. N. sont en extase qui m'a dit ça ah c'est l'iram
je crois quand il passe toutes le regardent les vicieuses la langue
dehors genre chiennes ayant soif les convenables baissant les
yeux pour résister à l'envie de le regarder les pauvres avec le
mari qu'elles ont c'est bien compréhensible quand j'étais éclaireuse je cherchais des mots dans le dictionnaire accouplement
par exemple mais ça ne renseignait guère je savais bien le principe mais il y avait des détails qui m'échappaient avant vous
jamais des baisers comme ça tandis que vous avec un tas de
femmes vous auriez dû m'attendre ça me fait mal en même
temps je suis fière qu'on l'ait tant aimé mais qu'elles n'y revien-
nent plus faudra que je me brûle un peu la peau pour me punir
des deux mots me brûler juste au-dessus du nombril non on ne
sait jamais faut que ce soit un endroit vraiment caché aux
regards donc me brûler la plante du pied avec des allumettes
ainsi ça me fera mal quand je marcherai mais ça ne se verra
pas c'est évidemment à moi que ça devait arriver cette histoire
de tomber folle d'un Israélite cinq siècles de protestantisme
pour en arriver là attention ce soir profil droit c'est mon plus
beau mais s'il s'assied à ma gauche quoi faire eh bien lui dire
que je suis un peu sourde de l'oreille gauche et qu'il se mette à
ma droite mais non tu es folle non tout de même passer pour
une infirme non et non tout simplement s'il s'assied à ma gauche
me lever censément pour prendre des cigarettes et me rasseoir
du côté favorable de manière qu'il soit à ma droite moyen simple
et élégant comme je suis bête quand je suis seule sale femme elle
dit de manière à ce que sale femme elle dit sujets pour dire
domestiques à l'avance des bûches dans la cheminée pour si
jamais le temps fraîchit en ce cas éteindre nous deux assis par
terre dans l'obscurité devant les lueurs mouvantes des flammes
les reflets dorés sur mon visage bien rabattre ma jupe j'aime
qu'il aime tant son oncle ça me rassure j'aime comme son oncle
le bénit c'est biblique j'étais émue fière pendant une trêve des
baisers peut-être vers le deux centième j'admirais ce qu'il
disait de son oncle et en même temps je me demandais s'il
n'avait plus envie mais ça a repris follement on ira dans une
église ensemble on se tiendra par la main j'aurais dû aller dans
un institut de beauté mais affronter toutes ces maquillées en
blouse bleue et puis elles pourraient m'abîmer pas oublier des
raisins des pêches au salon l'utilité c'est que oui bref tout à
l'heure essayer les Volkmaar mettre de côté les quatre allant le
mieux puis faire de nouveaux essais rien qu'avec ces quatre
écarter la moitié comparer les deux champions pour choisir le

suprême si rien ne va il y aura toujours la voilière suffisamment décolletée donc sans complications si comme il est à espérer oui bref une femme doit penser à tout mais enfin ce n'est pas ma faute il m'a après mon suicide il m'a tellement suppliée de l'épouser il a profité de ma faiblesse pas en possession de mes facultés donc consentement vicié mais quand c'est lui c'est divin donc il y a du psychique ça me rassure les baisers aussi du psychique en même temps que exquis mais soyons franche pour quelqu'un du dehors observant ça à froid ces deux bouches en révolution et affamées avec pénétrations remuantes ça fait tout de même comique et même répugnant carnassier bouche dans bouche langues inlassables s'entortillant l'une dans l'autre entrelacées comme des initiales voulant se nouer et n'y arrivant pas mais on essaye quand même et ça fait tumultes profonds chercheurs oui donc douanier pressé ou même aliéné fouillant furieusement dans la valise et mélangeant tout dans le plus grand désordre ça suffit plus de douanier mon Dieu comment suis-je faite j'adore mon seigneur et me voilà dans l'eau disant des choses sacrilèges je suis une maudite vraiment c'est ignoble ce que j'ai dit les baisers fruits sont absolument sublimes en réalité aimé je vous jure que je les reçois pieusement et que je les donne de toute mon âme donc dès qu'il arrivera ce soir baisers sublimes innombrables sur le divan moi retenue par lui penché sur moi et en avant les sublimes baisers fruits en tout genre pêches furieuses framboises soudain adoucies puis on s'emballe de nouveau et on reprend la colère amoureuse et c'est les ananas turbulents les abricots précipités les raisins désordonnés les poires passionnées les pommes démoniaques et soudain cerises et fraises gentilles ralenties tout doux tout doux ô frère de l'âme ô Djân du Djânistan moi n'en pouvant plus bouche ouverte et me laissant faire toujours sur le divin divan et puis il y aura des arrêts alors moi éreintée exquisement ma tête sur son épaule genre mignonne sentimentale et puis me prendre dans ses bras moi de plus en plus idiote fragile protégée enfin parfait bonheur et de nouveau mes lèvres contre ses lèvres et pas à sec quoique d'Auble depuis des siècles et puis lui me serrant terrible un homme contre une femme à fond et moi n'en pouvant plus et désirant tellement qu'il me déshabille complètement et qu'il me regarde chic d'être regardée nue j'adore et me laissant faire dans ma bouche c'est son domaine oh oui ailleurs aussi c'est son domaine c'est sa propriété son jardin et désirant qu'il prenne une initiative et il devinera et alors ce sera l'autre chose enfin penché sur mon buste enfin quoi sur un de mes snies s'il faut

525

tout vous dire oui snies snies parfaitement je dis les mots à l'envers quand ça me gêne de les dire à l'endroit moi donc passive reine recevant l'hommage qui fait tant de bien le suppliant que longtemps longtemps à droite puis à gauche puis à droite et moi reconnaissante râlant ronronnant avec distinction bref remerciements inarticulés et un peu le caressant mon chéri dans ses cheveux sublimes en désordre pour qu'il sache que j'approuve et apprécie fort et pour l'amour du ciel qu'il veuille bien continuer oh comme je suis rudimentaire et puis tout à coup je lui dis que je ne peux plus et qu'il me faut le sacre moi noble victime sur l'autel étendue oui son jardin étroit qu'il y entre qu'il y reste je le retiens je l'aspire oh reste toujours mon bien-aimé reste dans ta religieuse oh quand il en moi oui pas honte de le dire parce que très beau très noble oui oui quand il en moi c'est l'éternité oh quand il quand il se libère en moi se libère à pulsations que je sens en moi alors je le regarde et c'est l'éternité et j'accepte de mourir un jour un soir d'automne peut-être du cancer j'accepte puisque quand il exulte en moi je vis éternelle oh je jouis plus de la joie que je lui donne que de celle que je lui prends ô mon amour dis que tu es bien en moi oh reste reste assez ne plus continuer défense de continuer parce que ça devient véritablement odieux non pas du tout odieux mon amour mais vous comprenez insupportable surtout dans l'eau qui est complice terrible oh aimé venez être bien en moi s'il vous plaît non vraiment mettre le holà vraiment changer de sujet de conversation aussi à cause de ces deux pauvres petites sur leur robinet ça leur apprend des choses qui ne sont pas de leur âge aimé ne me méprisez pas ça vient sans que je le veuille je vous assure que j'ai honte d'être aussi physique mais vous savez je n'étais pas du tout comme ça autrefois quand je lui parlerai faudra dire ainsi et pas comme ça dites ce n'est pas mal d'être physique quand c'est par religion d'amour oh oh oh tout en gémissant une mélopée l'admirable jeune femme soupesa ses seins en effleura les pointes non pas du tout le même effet nom d'un chien s'écria-t-elle en proie à une terrible fureur et parce qu'il n'était pas là de rage elle dévora un gros savon parfumé oui en lézard noir c'est plus chic oui en passant analogies entre Pascal et Kant pour qu'il voie de quel bois je me chauffe refaire de l'équitation faut qu'il me voie à cheval une croisière en Grèce moi en blanc et bleu penchée à l'avant du navire et lui près de moi me regardant follement moi les yeux dans le lointain oh oh oh quand je le regarde je suis une indigène devant le colon ou plutôt une paysanne roumaine longues tresses pieds nus qui regarde avec adoration son homme un bon truc avaler le sucre en poudre en se bouchant le nez oui mon cher on a des hoquets nous les adorables quand on est seules le péché originel il m'a dit que c'était en réalité oh je ne sais pas enfin ça a trait aux origines animales de l'homme donc un sentiment de culpabilité d'ailleurs ça m'est complètement égal mais il faut faire semblant d'être très intéressée quand il m'a demandé des photos de moi petite fille j'ai couru femme de chambre empressée je lui ai apporté mon album il a beaucoup aimé moi douze ans en chaussettes jambes nues avec des anglaises il a trouvé Papa très beau et il a dit scrupuleux méditatif je lui ai expliqué que ma bague du petit doigt avec les armes des Auble c'est la chevalière de Papa que j'ai fait rétrécir il a baisé la chevalière Papa c'était comme s'il vous demandait la permission de m'aimer le complet flanelle gris admirablement coupé tout lui va bien à cet asticot pas de pinces à la taille cravate noire à pois blancs nous nos tailleurs ne sont jamais tout à fait bien pas précis taille trop marquée mon prochain tailleur j'aurai le courage de l'exiger pas cintré oui asticot parfaitement je n'ai pas peur de vous mon cher hier soir je l'ai appelé crétin dans mon lit mais vous comprenez mon chéri vous m'intimidez alors c'est agréable de vous insulter quand j'étais petite devant les magasins de jouets j'essayais des gestes magiques et je pensais que peut-être en rentrant je trouverais à la maison les poupées choisies plus de comtesse hongroise plus de Vanstead bon débarras je voulais lui raconter ces magies de quand petite le jour de son départ mais il s'est approché et je n'ai plus pu j'avais la bouche occupée alors comment lui parler je suis trop ardente avec lui la nuit j'ai peur qu'il me juge mal qu'il me donne des noms médicaux quand il est très attentionné enfin qu'il me baise la main au lieu de enfin bref mon conscient en est fier mon inconscient moins mais s'assurer que la comtesse restera en Hongrie au fond ce truc de nous dire vous c'est pour mieux sentir le tu de certains moments quelquefois quand il me regarde les deux pointes deviennent si dures que ça me gêne parce que ça doit se voir à travers la robe j'ai peur que ça perce le tissu c'est fou ce que je me féminise j'aimerais assez être un homme pour une certaine chose mais garder tout le reste féminin les hanches les seins ça serait en somme l'être parfait non non c'est très bien comme ça ne rien changer laisser un homme en homme une femme en femme ce qui me dégoûte c'est mon humilité ça a commencé avec mon salamalec russe il a donné la forme à nos rapports ultérieurs ça me dégoûte mais ça me plaît c'est drôle

527

je joue à la femme aimante avec lui oui je joue et pourtant c'est
sincère il est mon dieu enfant ravi tout à coup me montrant
fièrement son nouveau blaireau et moi alors entrailles de mère
et je fonds oh la nuit d'avant son départ oh d'une femme pure
on peut faire tout ce qu'on veut si elle aime nous autres les
femmes nous n'avons pas de vraie morale s'il veut que je fasse
des choses défendues je ne sais pas lesquelles d'ailleurs enfin
que je sois infernale eh bien je sais que je les ferai attention
préparer des fruits des pêches y mordre juste avant qu'il entre
indispensable vu baisers souterrains et quand il sera là de temps
à autre entre deux souterrains mordre de nouveau dans la pêche
genre distraction genre petite fantaisie féminine négligente
ravissante mutine en réalité pour conserver fraîcheur désirable
et arôme de jardin à l'intérieur non en somme pas de pêche
trop compliqué faudrait peler et puis ça salit les doigts on s'embrouille et les morceaux glissent et il s'en aperçoit et moi je perds
la face un grain de raisin de temps en temps c'est plus discret
on pourra s'en mettre dans la bouche en catimini sans qu'il s'en
aperçoive eh là six heures vingt-cinq Cosi fan tutte un peu agaçant quand tous ces mignons et mignonnes font du quart de
chanté quand je la rembourse Mariette a une petite animation
spéciale une amabilité un intérêt à vivre non qu'elle soit avide
mais recevoir de l'argent est un rite intéressant une cérémonie
charmante les gronderies de Mariette aux ouvriers peintres c'était
du flirt la coquetterie spéciale du prolétariat féminin ça commence toujours par oh ces hommes quelle engeance il a dû aimer
mon truc paysanne roumaine tresses pendantes avec le thé pas
de biscuits pour une certaine raison tant pis je la dis voilà c'est
parce que les biscuits ça peut ça pourrait laisser des petits
débris dans ma bouche et après pendant les baisers sous-marins
il les rencontrerait et ça ferait un fiasco terrible moi n'osant plus
le regarder après je suis trop réaliste je peux pas m'en empêcher
pourtant je suis tellement sa religieuse ô aimé l'autre jour je
suis allée rendre visite à Pénélope Kanakis uniquement pour
pouvoir parler de vous mais pour ne pas éveiller les soupçons
j'ai dit du mal de vous ô aimé j'ai dit arrogant antipathique
cruel alors la sale Pénélope a approuvé je l'aurais étranglée je
suis partie après quelques minutes de conversation très froide je
suis allée chez Sigismonde de Heller faire le même truc j'avais
tellement besoin de parler de vous j'ai dit en outre que vous
n'êtes pas aussi beau qu'on prétend la Sigismonde s'est récriée
elle a dit toutes sortes de merveilles sur vous décidément elle
gagne à être connue encore un peu d'eau chaude s'il te plaît

merci aimé je veux vous dire comment je vous ai eu près de moi
hier soir dans ce coin sombre à l'église comment nous avons
ensemble gonflé la poitrine à l'allégresse de la fugue ensemble
baissé le front sous les accents pesants du choral et puis nous
sommes sortis sur la place peu éclairée et nous avons marché à
pas lents et tu parlais de l'orgue et de Dieu et je t'écoutais et je
t'aimais à la radio le pasteur a dit que ton règne vienne j'ai dit
amen en pensant à votre retour vous vous rappelez cette soirée
chez vous avec un tas de gens moi censément une invitée comme
eux exquis de se vouvoyer en étrangers bien élevés et savoir
qu'on serait nus bientôt nos yeux se tutoyaient je vous ai fait
une moue de baiser sans que les autres s'en doutent exquis
d'être frôlée par vous quand vous m'avez offert une cigarette
on était des élus devant cette bande de conjugaux exquis de
prendre congé de vous et de savoir que tout à l'heure quand les
autres partis je reviendrais oh serre-moi fort je suis à toi purement toute eh là toi la femme reste un peu tranquille l'horrible
évanescent Debussy ce disque ancien de l'affreuse Yvette Guil-
bert elle roule les rrr et elle détaille finement c'est-à-dire qu'elle
fait un sort idiot spirituel à chaque mot si jamais je suis enrhumée je ne le lui dirai pas ainsi pas perte de prestige je lui téléphonerai que besoin de solitude non pas lui téléphoner lui écrire
pour qu'il n'entende pas ma voix enchifrenée je regrette mais
j'ai besoin de solitude ainsi il souffrira il m'aimera davantage
ainsi mon malheur d'être enrhumée de pas le voir me servira
un autre bon truc serait quand je dois aller le voir au Ritz lui
téléphoner au dernier moment que je ne pourrai pas venir ce
soir ou encore arriver en retard et alors pour me forcer d'arriver
en retard reprendre un bain au dernier moment oh comme il
souffrira vous vous rappelez le jour où je suis venue à une des
commissions de la S. D. N. pour vous voir en fonctions vous
étiez impressionnant quand vous avez parlé en anglais vous
vous rappelez je vous ai fait passer un billet d'amour vous l'avez
lu sévère impassible et moi je mourais d'extase de vous voir
sévère impassible mais après vous avez parlé aimablement à
ce Sir John tiens tiens je me suis dit il peut faire le gentil tiens
tiens il a un supérieur enfin ce monsieur et puis quand tu as
parlé on t'a applaudi j'ai dit tout bas c'est mon homme pour moi
seule ce visage de pierre s'anime tout à coup une idée folle
d'aller vers lui devant tous ces délégués lui demander un baiser
fruit après tout ces gens si habillés si sérieux font sûrement un
tas de choses la nuit oui c'est vrai quand il n'est pas avec moi je
l'aime encore plus parce que quand il est là il me gêne un peu

je ne suis pas assez libre pour l'aimer et puis ça devient très vite
sensuel quand il est là et alors je l'oublie un peu on gèle de l'eau
chaude s'il te plaît merci ça suffit quand je vais lui écrire une
lettre je me fais la main avant d'écrire pour de bon j'essaye des
écritures de diverses grandeurs et allures ensuite un buvard sous
ma main droite pour protéger le papier et avec l'autre main je
soutiens un sein florissant je penche ma tête sur l'ouverture de
ma robe pour respirer l'odeur de nudité qui monte dans la chaleur ne pas lui dire ça une femme ne doit jamais être impudique
en paroles surtout en plein jour aimé il faut que vous sachiez que
quel que soit l'intérêt passionné que j'y prends les choses sen-
suelles sont pour moi secondaires non pas le lui dire ça pourrait le froisser aimé à Ouchy ce week-end ensemble à cet hôtel
Beau-Rivage vous comprenez je suis la nièce de ma tante je
n'étais pas habituée à des hôtels aussi luxueux vous vous
rappelez voilà la vie qu'il me faut j'ai dit en arpentant glorieusement c'est vrai vivre toujours avec lui dans un hôtel et ne voir
personne ce serait merveilleux le jour où je l'ai aperçu de loin
dans la rue j'ai vite changé de trottoir parce que je ne savais
pas si j'étais assez impeccable oh cette nuit à Ouchy dans le lit
où je l'attendais pendant qu'il se baignait je gémissais je le
suppliais venir vite j'étais troublée par cette image d'une femme
attendant en toute impudique nature attendant son mâle amoureuse de sa propre forme qu'elle regardait en attendant oh quand
il me prend je lui dis ta servante ta femme et je pleure de bonheur hagarde géniale dites aimé le jour où vous êtes venu à
cheval quand vous avez voulu repartir j'ai tenu l'étrier femme
du baron partant pour la croisade dites aimé vous vous rappelez
la fois à trois heures du matin on venait de se séparer vous
veniez d'arriver au Ritz je vous ai téléphoné si vous pouviez
revenir vous êtes revenu avec enthousiasme faudra qu'il voie
comme je monte bien à cheval moi aussi ça lui fermera le bec
vous pouvez faire de moi tout ce que vous voulez me cravacher
le dos et même plus bas mais que ça ne fasse pas des marques
qui durent j'aime qu'il me regarde quand je suis nue quelquefois quand je suis seule j'aime me raconter qu'il me prend de
force ou bien que je suis enchaînée et lui il est pris d'une mâle
fureur je ne peux pas lui échapper il me fait subir les derniers
outrages je ne vois aucun inconvénient aux mâles fureurs ça
fait tout à fait mon affaire c'est affreux ce que tu dis là je te
méprise non faut pas me mépriser c'est pas du vrai c'est rien
que des idées je suis très pure j'aime chanter des cantiques j'ai
soif de ta présence divin chef de ma foi dans ma faiblesse im-

mense que ferais-je sans toi chaque jour à chaque heure viens mon Sol et demeure demeure auprès de moi au Beau-Rivage le matin après s'être rasé il est venu pour le petit déjeuner ensemble c'était merveilleux j'étais attendrie par le petit reste de savon à barbe derrière son oreille et puis j'ai écarté sa robe de chambre torse lisse bronzé hanches étroites et ses beaux yeux clairs en plus eh là dis donc bientôt sept heures vite sortir vite se sécher.

# LXXI

— En avant, essayage au petit salon!

En peignoir de bain et sandales de raphia, elle fit dévaler les huit cartons de Volkmaar le long de l'escalier, à coups de pied parce qu'il était sept heures vingt-cinq et que son train était arrivé, et que dans quelques minutes il serait au Ritz. Mais parvenue au rez-de-chaussée, elle se dit qu'il était absurde de se casser la tête à faire des essayages au dernier moment alors qu'il y avait la ravissante voilière, pas du tout défraîchie. Donc la voilière, et on essaierait les autres demain, à tête reposée, dans la lucidité du matin.

— D'accord, chérie? D'accord. Mais écoute, si je lui téléphonais tout de même à l'hôtel pour entendre sa voix, juste une minute? Dis, laisse-moi lui téléphoner! Non, chérie, sois raisonnable, je t'ai déjà expliqué, un téléphone serait du grignotage, un avant-goût qui abîmerait le revoir qui doit être foudroyant. Donc patience, tenir le coup et remonter les saletés Volkmaar.

Quatre cartons en équilibre sur la tête, elle gravit l'escalier, se racontant qu'elle était une jeune esclave de l'ancienne Égypte, chargée de blocs destinés à la grande pyramide. Arrivée au premier étage, elle se débarrassa du peignoir et des sandales pour faire couleur locale et être une vraie esclave, nubienne et nue, dont la démarche enflamma soudain le cœur du Pharaon rencontré par hasard sur le palier et qui lui proposa aussitôt d'être sa pharaonne et reine de la Haute et Basse Égypte. Elle remercia, dit qu'elle réfléchirait, qu'elle donnerait sa réponse plus tard, après un autre bain, un bain d'eau pure, oui, cher ami, un bain inodore, parce que les sels parfumés du bain de tout à l'heure sentaient beaucoup trop fort.

Dans sa chambre, déchargée des cartons, elle courut vers sa glace à main pour s'y vérifier un peu. Tout allait bien. Elle baisa sa main, sourit au Pharaon qui l'avait suivie, pressé qu'il était de connaître sa réponse. Elle lui dit que, réflexion faite, elle ne pouvait accéder à sa demande et redescendit, toujours nubienne, se charger des autres cartons. En somme, elle aurait dû expliquer à ce bouffi de Ramsès qu'elle avait donné son cœur à Joseph, fils d'Israël et premier ministre d'Égypte. On lui expliquerait ça en remontant.

Debout devant la fenêtre, charmé par les secousses et de sentir travailler pour lui le train qui le ramenait vers sa bonne vie de Genève, Adrien Deume contemplait passivement la fuite verdâtre des prairies, la folle débandade des blés s'engouffrant dans la tornade où s'abattaient les arbres et les poteaux télégraphiques aux lignes soudain redressées puis d'un seul coup descendues. Il abaissa la vitre et brusquement des odeurs vertes mouillées entrèrent puis des bornes filèrent et une forêt s'enfuit avec ses secrets et une rivière miroita aussitôt disparue, puis une locomotive passa en sens inverse, le chauffa au passage, folle furieuse avec des souffles désireux, suivie par les lumières saccadées de ses wagons et, piqué au vif, le train s'emballa, quatre rails luisants se précipitant vers la droite. Sûrement du cent vingt à l'heure, pensa Adrien. Sur quoi, décidant de noter une impression sur le vif pour son roman en préparation, il sortit son carnet à feuillets mobiles et son porte-mine en or. Après avoir longuement considéré le paysage sans cesse enfui, les yeux à demi fermés pour plus d'acuité observatrice, il écrivit que le train filait à une vitesse vertigineuse et referma son beau carnet.

La vitre relevée, il se promena dans le couloir. Désert, ce wagon de première, personne avec qui échanger quelques mots. Il bâilla, les mains dans les poches, fier de garder son équilibre, fredonna, alla aux toilettes pour passer le temps, en sortit, sourit au garçon du wagon-restaurant qui venait à sa rencontre, annonçant le premier service, clochette agitée, l'informa qu'il préférait attendre le deuxième service, entre Lausanne et Genève. Pour avoir davantage faim, expliqua-t-il aimablement. Voilà, répondit le garçon qui s'éloigna, ruminant la leucémie de sa fille. Drôle de bonhomme, pensa Adrien. Pour s'occuper, il traversa en titubant le soufflet odeur de suint et s'en fut observer les voyageurs des troisièmes. Le long du couloir qui sentait l'ail et l'orange, il s'offrit le plaisir moral de plaindre les pauvres bougres qui se nourrissaient de charcuteries et d'œufs durs, entassés sur leurs dures banquettes. Bien triste, soupira-t-il, heureux.

En robe voilière et sandales blanches, elle ferma les volets du petit salon, tira les rideaux pour faire solennel, alluma la lampe à abat-jour, la posa sur le guéridon, examina dans la glace à main si la lumière lui était favorable. Le résultat fut jugé peu satisfaisant. L'éclairage venait de trop bas, brutalisait son visage, épaississait ses sourcils.

— Ça me fait masque japonais.

Elle posa la lampe sur le piano, s'assit, reprit la glace, fit une moue de dégoût. La moitié du visage était seule éclairée. Tête de masque grec, maintenant. Tout en haut peut-être, cette lampe, sur le dessus de la bibliothèque? Assise de nouveau, elle s'inspecta pour la troisième fois, fut satisfaite. Cette lumière tamisée, faisant presque éclairage indirect, lui donnait un visage uni de statue. Ouf, réglé. Mais quand il serait là, s'asseoir plutôt sur le sofa, en face de la psyché. Elle essaya, pour se rendre compte. Oui, très bien, parce que de cette manière elle pourrait, sans en avoir l'air, se surveiller dans la psyché, voir de temps à autre si tout allait bien sur son visage, vérifier les plis de sa robe, la rajuster si nécessaire. Vraiment bonne idée d'avoir fait descendre la psyché. Et puis comme il viendrait sûrement près d'elle pour et caetera, elle pourrait, pendant les arrêts, jeter un coup d'œil vers la glace pour remettre ses cheveux en ordre et caetera.

— Et puis il y a un autre avantage, avec de l'astuce et un œil de côté je pourrai peut-être nous voir un peu nous entrebaisant, ce qui serait tout de même assez exquis, non?

Tout en se guignant, elle tendit ses lèvres, toute à lui, robe relevée au-dessus des genoux par la frénésie de la passion. Remise en position convenable, elle battit des mains. Chic, tout ça bientôt! Maintenant, se représenter qu'elle était lui et voir impartialement si elle lui plairait tout à l'heure. Elle se leva, se mit tout près de la psyché, s'y sourit, savoura le visage qu'il admirerait tout à l'heure. De plaisir, elle s'efforça de loucher, puis fit des grimaces affreuses pour la joie du contraste et de se retrouver belle, les singeries terminées. En somme, pensa-t-elle, elle n'avait pas tellement besoin de lui. Elle était seule en ce moment, et pourtant elle était heureuse.

— Oui, ma petite vieille, mais c'est parce qu'il existe dans son Ritz.

Elle baisa ses lèvres sur le froid lisse de la glace, admira ses sourcils, regretta de ne pouvoir les baiser aussi. Ce serait son affaire à lui, tout à l'heure. O lui, ô lui! Terrifiée de bonheur, elle pinça ses joues, tira ses cheveux, poussa des cris, bondit. Et il y aurait des baisers, fruits de leur amour! Elle retourna à la psyché, y pointa timidement sa langue, la rentra aussitôt, honteuse. Puis elle s'étira.

— Oh, qu'il vienne cet homme!

Maintenant, les choses sérieuses, commencer les contrôles. Les roses étaient bien, rien que des rouges. Trois bouquets de douze roses chacun, c'était bien assez. Davantage ferait servile. Elle passa un index sur le guéridon. Pas de poussière. Maintenant, le thermomètre. Vingt-deux degrés, température idéale pour enfin bref. Elle supprima un creux désobligeant sur le sofa, ouvrit le piano, plaça une sonate de Mozart sur le pupitre, vérifia le casier à musique. En règle, rien que de l'honorable. Les Vogue et les Marie-Claire déjà cachés à la cuisine. Maintenant, intellectualiser un peu. Elle posa les Pensées de Pascal sur le piano et, sur le sofa, un livre de Spinoza, qu'elle laissa ouvert. Ainsi, lorsqu'il entrerait, il se dirait qu'elle était justement en train de lire un livre sérieux en l'attendant. Non, pas bien, c'était un mensonge. D'ailleurs, dangereux de laisser ce bouquin dehors, même fermé. Après tout, elle n'en savait pas lourd sur Spinoza. Polissage des verres de lunettes et panthéisme, ça ne suffisait tout de même pas. Si jamais il lui en parlait, elle ne brillerait guère. Elle remit l'Éthique dans la bibliothèque.

Quoi encore? Sur le guéridon, près de la coupe qui contenait de beaux raisins, elle disposa des boîtes de cigarettes. Des anglaises, des américaines, des françaises, des égyptiennes, il aurait le choix. Elle ouvrit les boîtes, les referma aussitôt. Ouvertes, ça faisait trop empressé, trop visiblement pour lui. Bon, plus rien à faire ici. Après un coup d'œil circulaire, elle sortit.

Ce vestibule, que faire pour l'embellir? Y mettre un des petits tapis de Tantlérie? Non, car il faudrait aller le chercher à la cave, ce qui serait dangereux. Trop de risques, ongles abîmés, robe salie, entorse possible vu traîtrise escalier. S'agissait pas d'être boiteuse, ce soir. Le plus simple était de ne pas allumer dans le vestibule lorsqu'il sonnerait. Dans l'obscurité, les deumeries disparaîtraient et elle le ferait entrer tout de suite dans le petit salon.

Zut! Oublié le bain inodore! Sept heures quarante-deux déjà! Encore le temps, mais tout juste. Donc bain express, avec plan de bataille! Se savonner en comptant jusqu'à soixante, non, jusqu'à cinquante-cinq! A cinquante-six, rinçage jusqu'à soixante-six! Séchage de soixante-sept à quatre-vingts!

— Viens, chérie, je vais te laver, donne-moi la main.


De retour dans son compartiment, il se sentit membre A.

Assis sur du velours, il bâilla, sourit à sa femme, remonta sa montre qui n'en avait nul besoin. Dix-neuf heures quarante-cinq. Dans un quart d'heure, Lausanne. Pour profiter du luxe qui lui était offert gratis, il posa sa tête contre le coussin du milieu, gros boudin fixé par deux attaches. Nom d'un chien, c'était pas Vermeylen qui voyageait en première! Pauvre Vermeylen, il avait oublié de lui faire signe, il aurait eu du plaisir à lui raconter sa mission. Agréable, ce train qui se remuait pour lui, qui se donnait de la peine pour lui, pour ce cher Adrien Deume qui avançait prodigieusement sans bouger, sans s'en faire, petit roi de l'univers. Les yeux fermés et la tête délicieusement dodelinante contre le coussin, il combina à mi-voix la lettre qu'il écrirait demain.

— Chère Mammie, c'est avec un tendre baiser que je te demande de ne pas m'en vouloir si j'ai décidé si brusquement d'avancer mon retour à Genève, vois-tu Mammie il n'aurait pas été juste qu'ayant terminé ma mission diplomatique à Bruxelles hier déjà je laisse passer encore une semaine avant de revoir ma pauvre épouse qui doit passablement se morfondre dans la solitude, allons Mammie chérie fais risette à ton Didi, imagine-toi que j'ai fait une agréable connaissance, au départ de Bruxelles un monsieur chic s'est installé dans mon compartiment et j'ai senti tout de suite que j'avais affaire à quelqu'un de sympathique, sans en avoir l'air j'ai jeté un coup d'œil sur la carte de visite qui pendait à la poignée de sa valise et voilà que je vois que c'est monsieur Louis-Lucas Boerhaave directeur général au ministère des Affaires étrangères donc plus haut placé que monsieur van Offel, mon intuition ne m'avait pas trompé il y a de ces impondérables qui font qu'on reconnaît toujours quelqu'un de distingué, sous prétexte de lui demander si ma cigarette ne le gênait pas car tu penses bien que devant un tel personnage je me serais bien gardé de fumer ma pipe j'ai lié conversation et ça s'est très bien passé, voilà l'utilité des voyages en première on rencontre des gens intéressants, il faut dire que d'abord il m'a répondu avec une certaine réserve mais lorsqu'il a appris que j'ai passé quelques jours chez les van Offel qui sont socialement autant que lui changement à vue il a été très aimable m'ayant situé, naturellement j'avais glissé aussi ma longue mission, bref il a senti qu'il avait devant lui un homme du même milieu, nous avons causé agréablement de choses et autres, situation internationale littérature, j'ai eu beaucoup de plaisir c'est un homme très fin lisant Virgile dans le texte faisant des citations grecques quoique ne dédaignant pas la plaisanterie, par exemple comme on causait de séjours en Suisse il m'a dit il y a d'agréables petits trous pas chers en Gruyère mais pas des trous de gruyère, nous avons beaucoup ri, il est malheureusement descendu à Luxembourg et c'est avec regret que j'ai vu partir cet homme charmant pour lequel j'ai eu un véritable coup de foudre de sympathie, il a rang d'ambassadeur il fera aussi partie de la délégation belge à l'Assemblée de septembre en qualité de délégué adjoint tandis que monsieur van Offel ne sera que conseiller technique, nous avons échangé nos cartes et je lui ai dit que nous serions heureux de l'avoir à dîner lors de sa venue à Genève en septembre, affaire conclue, dommage que nous n'ayons pas une chambre d'amis plus grande et surtout faisant plus chic, la chambre d'amis c'est le secret des relations personnelles, si nous en avions une vraiment convenable j'aurais pu d'ores et déjà l'offrir à monsieur Boerhaave, d'où intimité, il nous faudrait même deux chambres d'amis comme les Kanakis, nous pourrions alors avoir à la fois monsieur Boerhaave et monsieur van Offel, enfin on en reparlera, ne manque pas de dire mes respectueux hommages et ma gratitude à madame van Offel pour sa charmante hospitalité ainsi que mon déférent souvenir à monsieur van Offel, emploie bien les expressions respectueux hommages charmante hospitalité et déférent souvenir, ils y seront sensibles, je compte sur toi Mammie pour ne pas laisser traîner cette lettre à cause de la comparaison sur le plan hiérarchique entre monsieur Boerhaave et monsieur van Offel ce dernier pouvant s'en formaliser, mais par contre tu pourras lui dire en passant que j'ai fait très bonne connaissance avec monsieur Boerhaave.

Bâillant fort, il se leva pour passer le temps, tituba dans le couloir, colla son front contre une vitre, contempla les poteaux du télégraphe s'abattant les uns derrière les autres, l'herbe adoucie dans le crépuscule et les montagnes profilées sur le ciel encore bleu clair. Il ferma les yeux, se tâta l'estomac pour savoir s'il avait mal. Non, mais tout de même pas de wagon-restaurant car les hors-d'œuvre de midi n'avaient pas encore passé. Dommage, ça aurait tué le temps. On mangerait quelque chose de léger à la maison. Home, sweet home again.

— Bonsoir, chérie, comment vas-tu ? Contente de me revoir ?


Affreux, huit heures neuf! Elle se leva brusquement, se savonna en comptant à toute vitesse. A cinquante-six, elle se laissa retomber d'un seul coup dans l'eau chaude qui rejaillit. Elle ferma les yeux pour ne pas voir le désastre. S'étant décidée, elle tourna précautionneusement la tête, par petits coups épouvantés, du côté de la robe posée sur le tabouret, ouvrit un œil. La voilière était toute trempée d'eau savonneuse! Déshonorée, la belle voilière! Perdue, elle était perdue! Mon Dieu, il aurait été si simple de ne pas se laisser retomber dans le bain, si simple de perdre trois secondes pour s'y remettre patiemment, de manière civilisée! Oh, un miracle, remonter le cours du temps, revenir une minute en arrière, ne pas s'être encore rincée et se baisser tout doucement!

— Sale eau!

Elle se força à sangloter, donna des coups de pied à la sale eau. Que faire maintenant? Laver vite la robe, la rincer, la repasser? Folie! Il faudrait au moins trois heures de séchage avant de pouvoir repasser! Non, tout n'était pas perdu, il y avait tout de même les autres robes de Volkmaar. Elle sortit du bain, ruisselante mais décidée à lutter, à sauver son amour.

Dans sa chambre, nue et mal séchée, elle sortit les robes et les tailleurs de Volkmaar, jeta par la fenêtre les cartons vides qui l'embrouillaient. Tant pis, pas de promenade avec lui dans le jardin puisque cartons. Zut, plus de psyché ici. Essayer tout ça dans la salle de bains. Pour se voir dans la glace, il n'y aurait qu'à monter sur le tabouret. Elle courut, chargée d'un fouillis.

Inutile de s'occuper des quatre tailleurs, tous ratés. Allez hop! Elle les lança, l'un après l'autre, dans la baignoire où ils s'imbibèrent puis lentement s'enfoncèrent. Tour à tour montant sur le tabouret et en redescendant, elle essaya les robes. La crêpe blanc était trop large, elle l'avait pourtant dit et redit à l'idiot. Allez hop! Elle la noya avec le sourire insensé du désespoir. La censément sportive boutons bois, inutile même de l'essayer, c'était la plus affreuse de toutes, elle s'en était bien aperçue au dernier essayage, lâche qu'elle avait été! Lâche chez le tailleur tout comme à la mairie lorsque le bonhomme lui avait demandé si elle prenait l'autre comme mari. Mari raté, robes ratées! Beaucoup trop courte, cette saleté, et puis un tissu idiot, rêche, ingrat, lourd, elle transpirerait là-dessous. Allez hop! Maintenant la velours noir, son dernier espoir. Horreur! Un long sac niais et pardessus le marché le décolleté bâillait même lorsqu'on se tenait toute droite! Un décolleté qui bâillait lorsqu'on se penchait, c'était dans la règle, mais bâiller debout! Sale Volkmaar! Oh, pouvoir lui couper le nez par tranches, et à chaque tranche lui montrer une de ses robes! Allez hop! A l'eau, la velours noir! Elle la regarda sombrer en compagnie des autres. Beau travail vraiment. Mon Dieu, huit heures vingt-cinq!

— Du calme. Voir les anciennes.

Dans sa chambre, elle sortit de l'armoire la robe blanche du Ritz. Rien à faire, visiblement portée, toute froissée. Mon Dieu, elle avait eu des semaines pour la faire laver et repasser ! Sale Mariette qui aurait dû y penser, elle ! Tant pis, mettre la jupe de toile blanche et le maillot marin. Non, trop lamentable. Tant de robes commandées, tant de titres vendus pour mettre à neuf heures du soir un ensemble du matin ! Elle retourna à l'armoire, bouscula les vêtements pendus. Du calme, du calme. Ah, la verte, vieille mais possible !

Une fois de plus dans la salle de bains, elle monta sur le tabouret, plaça la robe devant sa nudité, s'examina. Elle était livide dans ce vert, un vrai citron. Perdue dans son malheur, elle ne songea pas à tuer la coupable, l'emporta avec elle dans sa chambre où, plantée devant la table de chevet, elle retourna la photographie de Solal pour ne plus le voir, puis alluma une cigarette qu'elle écrasa aussitôt. Apercevant une ficelle des cartons Volkmaar, elle la ramassa, la tira pour la rompre, la tortura, la compliqua nerveusement. Huit heures et demie. Perdue, elle était perdue, elle n'avait rien à se mettre, et tout à l'heure, lorsqu'il sonnerait, elle ne pourrait pas lui ouvrir et il partirait. Elle tira sur la ficelle, son malheur devant elle, tira sur son malheur. Perdue, perdue, perdue, psalmodia-t-elle pour enchanter ou endormir son malheur, pour s'en bercer. Elle ramassa la robe verte, en prit un bout entre ses dents, tira sur le tissu qui se déchira en gémissant.

— Ça nous avance beaucoup, crétine, idiote, sale fille, grinça-t-elle, se haïssant.

Elle laissa tomber la robe, lui donna un coup de pied, reprit la ficelle et son morne jeu de stupeur, la tortura de nouveau, balbutiant des mots absurdes qui recouvraient son malheur. Elle tendit le poing vers le ciel responsable puis s'abattit sur le lit. Perdue, elle était perdue, elle n'avait rien à se mettre.

— Sale fille, sale Dieu.

Soudain, elle se souleva, sauta hors du lit, prit une clef et s'élança. Comme au temps de son enfance, elle chevaucha la rampe de l'escalier, se laissa glisser, le contact du bois contre sa peau lui rappelant qu'elle était nue. Tant pis, il n'y avait jamais personne dehors à cette heure. Elle traversa en courant le jardin jonché des cartons de Volkmaar, entra dans son rêvassoir, ouvrit l'armoire, s'empara de la robe et des sandales d'Éliane, s'enfuit, ambrée de lune.

Devant la psyché, les yeux fermés, elle passa la robe de soie, odeur d'Éliane. Lorsqu'elle rouvrit les yeux, elle frémit. Cette robe lui allait mieux que la voilière! Une splendeur, une statue grecque! Les sandales dorées maintenant! Haletante, elle les laça, sourit à ses jambes nues qui allaient si bien avec cette robe noblement drapée. O Samothrace, ô victoire, ô tous oiseaux du ciel, voletantes innocences!

Immobile devant la psyché, elle adora son âme nouvelle, cette robe de soie si mate et si blanche, puis fit des gestes pour admirer la chute des plis. O son aimé, ô elle à lui seul vouée! Enthousiaste de lui plaire, elle se sourit dans la robe qui avait recouvert le beau corps de celle qui se décomposait dans de la terre. Ridicule de jeunesse devant la psyché, elle chanta une fois de plus l'air de la Cantate de la Pentecôte, chanta la venue d'un divin roi.


Le contrôleur annonça Nyon et Adrien baissa la vitre, se pencha. Apparurent des maisons ouvrières, et une jeune fille à la fenêtre le salua de la main, et la locomotive lança un long appel hystérique, et sa vapeur eut des reflets d'incendie, et de nouveaux rails brillèrent puis se multiplièrent, et d'immobiles wagons de marchandises apparurent, solitaires morfondus, et ce fut la gare, et le train défaillit, rendit de la vapeur, puis stoppa avec un soupir et des chocs d'avant en arrière tandis que le rail protestait avec des plaintes de chien martyr. Nyon, psalmodia dehors une voix d'infinie mélancolie.

Il se leva, baissa la vitre, sourit de confort. Vingt heures trente. Juste l'heure de l'horaire, bravo. Parfaits, ces trains suisses. Ça faisait du bien, ces trains qui arrivaient à l'heure. Voilà, c'était Nyon, le dernier arrêt avant Genève. Dans vingt minutes, Genève. Aussitôt le train reparti, aller se faire présentable. Se brosser, ôter toutes pellicules, se recoiffer, se brosser les ongles à fond.

La locomotive lança sa plainte de folle et les roues gémirent puis se décidèrent après des saccades, des reculs et des bruits de fers entrechoqués, et le train repartit. Vingt heures trente et une, juste l'heure de l'horaire. Arrivée à Genève Cornavin à vingt heures cinquante! Dix minutes de taxi jusqu'à Cologny! Il se frotta férocement les mains. A vingt et une heures, dans vingt-neuf minutes, sa femme et le bonheur! Nom d'un chien, le thé qu'il lui apporterait au lit demain matin!

— Bonjour chouquette, murmura-t-il en se dirigeant vers les toilettes afin de s'y faire beau pour elle. Bien dormi, la chouquette, bien reposée? Voilà le bon thé pour la chouquette!

## LXXII

Tournant le dos aux robes naufragées, elle se perfectionna par de nombreux coups de peigne, d'abord larges et hardis, puis minuscules et subtils, circonspects, à peine esquissés, touches énigmatiques et caresses impalpables, recherches d'un absolu infinitésimal dont seule une femme aurait pu comprendre la pertinence et apprécier l'utilité. Le tout avec force mines, sourires d'essai, reculs, froncements de sourcils, longs regards scrutateurs. Déclarée ravissante après un dernier coup d'œil impartial, elle sortit de la salle de bains repourvue d'âme et sûre de son destin.

Mais dans le petit salon un nouvel examen s'imposa car c'était ici, dans cet éclairage, qu'elle serait vue par lui. Huit heures et demie, elle avait tout le temps. Elle se campa donc devant la psyché à la recherche loyale d'imperfections, inspecta son visage d'un regard profond et intime, sortit acquittée de l'interrogatoire. Tout était bien, pas d'améliorations à apporter. Lèvres excellentes, nez pas luisant, cheveux studieusement désordonnés, dents lumineuses, trente-deux rieuses solidement enchâssées, toutes présentes en grande blancheur, seins toujours à leur place, un à droite, l'autre à gauche, indispensables. Le nez un peu fort évidemment, mais c'était son charme. D'ailleurs lui aussi nez assez grand. Elle rectifia une mèche frontale, secoua la tête pour rectifier la rectification et lui donner du naturel. Ensuite, tandis que sa sandale gauche demeurait à plat par terre, elle écarta la sandale droite, en souleva la partie extérieure, le bord intérieur de la semelle reposant seul sur le tapis, le tout pour s'assurer, dans cette posture supposée avantageuse, que sa robe lui allait réellement bien et qu'elle n'était ni trop longue ni trop courte.

— Félicitations, conclut-elle, et elle se fit une révérence.

Toujours se mirant, elle essaya d'un sourire suave, le trouva réussi. Munie ensuite de sa glace à main, elle y considéra son dos reflété par la psyché, constata que tout était parfait, notamment au bas des reins. Pour le profil, attention, lui toujours à droite.

— Allons, dépêche-toi, cria-t-elle, soudain folle de joie, viens vite, espèce de petit bonhomme, oui, toi, Solal, parfaitement, un bonhomme de rien du tout !

Jouissant de son blasphème, elle porta sa main à sa bouche pour cacher un sourire scandalisé. Ensuite, après une nouvelle retouche à la mèche, suivie d'un ultime perfectionnement, elle alla et vint devant la psyché avec des coups d'œil furtifs pour s'y saisir en mouvement. La robe de la morte dessinait trop ses hanches, les fastueuses dont elle avait honte autrefois, dessinait trop, légère et de lilas odorante, la courbe arcade pubienne. Un peu gênant, trop révélée, trop exposée. Tant pis, il avait droit sur tout.

— Est-ce qu'on les regarde un peu ? Juste un peu pour voir l'impression qu'ils lui feront. Après tout, s'il a le droit de les regarder, pourquoi pas moi, la propriétaire ?

Remise en état de décence, elle consulta de nouveau le thermomètre. Parfait. Très bien de n'avoir pas à faire du feu, la chaleur risquant de cramoisir les joues. Se promener dans le jardin pour avoir des pensées de circonstance ? Non, marcher risquerait de nuire au visage. Le plus sage était de s'asseoir et de bouger le moins possible pour ne pas s'abîmer.

Elle prit place dans un fauteuil, sa glace à la main pour contrôler la permanence de sa beauté et veiller au grain en cas de changements fâcheux dans la peau. Surveillant particulièrement le nez qu'elle redoutait de voir luire par l'effet de la chaleur, elle se tint sage et droite, écolière modèle, immobile et respirant à peine pour ne pas altérer sa perfection, idole sacrée mais fragile et entourée de dangers, remuant à peine la tête, et bien davantage les yeux, chaque fois qu'elle consultait l'heure à la pendulette. De temps à autre, le regard toujours dirigé vers la glace à main, elle mettait ses lèvres en position de charme, ou disposait un pli de la robe, ou portait la main à ses cheveux pour en ajuster sans effet appréciable quelque infime partie, ou examinait ses ongles, ou chérissait les sandales dorées, ou rectifiait un autre pli, ou essayait d'un sourire plus nuancé, ou recontrôlait ses dents, ou consultait l'heure et tremblait de désembellir par l'effet de l'attente.

— Cette lumière ne va pas du tout. Trop crue. C'est la faute de l'abat-jour blanc. Je suis déjà un peu trop rouge. Quand il entrera, ce sera encore pire, genre veuve savoyarde sortant d'un gros repas.

Elle sortit, revint avec un foulard de soie rouge dont elle entoura l'abat-jour. Montée sur un fauteuil, elle regarda autour d'elle, fut soulagée. La lumière était bonne maintenant, mystérieuse et douce. De nouveau assise, elle consulta sa glace, s'y aima. Le nouvel éclairage avait supprimé la rougeur du visage, pur et pâle maintenant, du jade. Oui, très bien, ça faisait clair-obscur mystérieux et Léonard de Vinci. Huit heures quarante. Dans vingt minutes, murmura-t-elle, le souffle court d'émoi. Est-ce qu'il ne pourrait pas venir un peu en avance, ce type ? Elle était si parfaite en ce moment. Fumer une cigarette pour se calmer ? Non, risque de ternissement des dents. Et puis pour les baisers fruits fallait pas sentir le tabac. A propos, lorsqu'il sonnerait, vite manger un ou deux grains de raisin avant d'aller ouvrir, un ou deux pour que bouche savoureuse, indispensable vu les souterrains.

— Et même quand il sera là, en prendre subrepticement un ou deux, de temps en temps, sans qu'il s'en aperçoive, ou en tout cas censément distraitement, en réalité pour renouveler la fraîcheur. Mesquin, bien sûr, mais quoi, je suis une femme, je suis réaliste, c'est indispensable qu'il trouve un plaisir sans mélange à la chose. Or, j'ai la bouche un peu sèche parce que je suis émue. Le frais du raisin, il croira que ça vient de moi, une fraîcheur inouïe naturelle. C'est comme ça, il faut faire attention à tout.

Les boîtes de cigarettes toutes ainsi fermées, ça faisait magasin. Toutes ouvertes, ce serait trop, évidemment, mais en ouvrir seulement deux, ça irait, ça ne ferait pas obséquieux. Voilà, oui, très bien, ça faisait plus vivant, plus intime. Maintenant, problème important. Comment l'accueillir lorsqu'il arriverait ? L'attendre sur le seuil, à l'entrée ? Non, trop empressé et faisant boniche. Attendre la sonnerie de la porte et aller lui ouvrir ? Oui, mais quoi après ? Elle se leva, se dirigea une fois de plus vers la psyché, lui tendit la main avec un sourire mondain.

— Bonsoir, comment allez-vous ? demanda-t-elle de son ton le plus guttural et aristocratique.

Non, ça faisait cheftaine énergique. De plus, ça manquait de poésie, ce comment allez-vous. Et si elle lui disait simplement bonsoir en traînant sur le oir, de manière sauvage et douce, un peu voluptueuse? Bonsoir, essaya-t-elle. Ou bien lui tendre les deux mains en silence, genre ineffable, puis s'abattre contre lui, oiseau blessé? Peut-être, oui. Évidemment, l'avantage du bonsoir comment allez-vous de tout à l'heure, ce serait le contraste assez troublant entre le conventionnel mondain de la question et l'abattement susdit, puis le baiser vorace qui suivrait immédiatement pour profiter du raisin.

— Non, pas féminin. Attendre qu'il prenne l'initiative.

Elle mouilla son doigt, frotta une impression de tache sur sa sandale gauche, contrôla ensuite ses narines dans la glace à main, en vérifia la séduction en les faisant palpiter, puis poussa une douzaine de cheveux vers la droite. Décidément, cet éclairage était trop sombre, il ne la verrait pas assez. Trop rouge, cet éclairage, étouffant, louche, équivoque. C'était parce que la soie qui entourait l'abat-jour était en double. La mettre en simple. Juchée de nouveau, elle modifia. Éclairage honnête maintenant, sans le genre bouge et valse chaloupée.

Neuf heures moins neuf. Elle disposa mieux quelques roses, en retira une qui pendait, l'enferma dans un tiroir. Elle changea ensuite un bouquet de place, éloigna l'autre qui, trop proche du sofa, risquait d'être renversé. Neuf heures moins sept. Elle croqua deux grains de raisin, humecta ses lèvres. Parée.

Dans six minutes maintenant. Elle avait pensé à quelque chose tout à l'heure, mais quoi? Ah oui, ne pas attirer son attention sur le nouveau tapis, ne pas lui donner l'impression qu'on faisait des embarras pour lui. Il devait trouver tout exquis ici mais sans en savoir la cause. Ainsi prestige intact. S'il remarquait le nouveau tapis, faire réflexion détachée. Il vous plaît? Oui, il n'est pas mal.

Zut, les boîtes de cigarettes étaient toutes pleines. Il comprendrait que c'était pour lui qu'elle les avait achetées. Gênant de montrer si obviously qu'on était aux petits soins pour lui. Elle vida à moitié les cinq boîtes. Où mettre les cigarettes ôtées? Eh là, neuf heures moins quatre, il pouvait arriver d'un moment à l'autre! Elle lança les cigarettes sous le sofa. Non, ça n'allait pas, s'il s'asseyait sur un fauteuil, il les verrait! Elle retroussa sa robe pour ne pas la froisser, se mit à genoux, ramassa les cigarettes, une à une. Les jeter dans le jardin? Non, si tout de même ils sortaient dans le jardin, il les verrait. Les cacher en haut! La fraîcheur ressentie lui rappelant qu'elle n'avait pas de slip, elle s'élança vers l'escalier, les cigarettes dans ses deux mains. Idiote de toujours oublier le slip! Dorénavant, suspendre

544

un écriteau sur la poignée de la porte de sa chambre avec le mot slip et un point d'interrogation.

Arrivée au deuxième étage, elle tressaillit avec, à la poitrine, le choc d'un paquet de sang qui monta au visage aussitôt rougi. La sonnerie de la porte! Elle jeta les cigarettes dans la baignoire, se précipita dans sa chambre, s'empara d'un slip, perdit du temps à dire qu'elle perdrait du temps à le mettre. Tant pis, pas de slip!

Au palier du premier étage, elle fit demi-tour, remonta pour consulter la glace de la salle de bains. Oh, ce nez qui avait choisi de briller juste maintenant! Où était la poudre? Tant pis, du talc! Elle s'en frotta le nez, se trouva transformée en clown, s'empara d'une serviette, ôta le talc tandis que retentissait de nouveau la sonnerie. Crier qu'elle allait ouvrir? Non, toute la magie serait détruite.

Elle dévala l'escalier, s'aperçut qu'elle tenait un slip rose à la main, courut le fourrer dans la bibliothèque, derrière le Spinoza. Malgré les sautillements impatients de la sonnerie, elle jeta un dernier coup d'œil à la psyché, se força au calme pour s'y considérer efficacement. Pas de désastre, elle était possible.

— Voilà, ça y est, j'arrive, murmura-t-elle.

Bon, du moment qu'il sonnait, c'était qu'il n'était pas parti. Les jambes ivres, elle se dirigea vers la porte du miracle, l'ouvrit avec un sourire divin, recula. Une valise à la main et sa grosse canne sous le bras, son mari était devant elle, Adrien Deume, avec sa barbe en collier, ses lunettes d'écaille et son bon sourire.

# LXXIII

Ce même soir, assis sur l'herbe du pré proche de la villa des Deume, Mangeclous, Salomon et Mattathias considéraient en silence Michaël, adossé contre une meule de foin et une jambe repliée sous lui, superbe en ses chamarrures et ses cartouchières d'argent ciselé, qui fumait langoureusement son glougloutant narguilé, braises grésillant sur le dôme de tabac doré. Las d'attendre, Mangeclous reprit la parole.

— Eh bien Michaël, ô homme de nuisance et bourreau de nos âmes, ô monstre et progéniture de Léviathan, ô père clandestin de cent et un bâtards, parleras-tu enfin et diras-tu ce que nous sommes venus faire en cette nature monotone, à la lueur de ce feu de bois ? Crois-tu que nous supporterons longtemps encore notre sort tandis que, les yeux clos, tu fumes à la manière d'un sultan ? Allons, sors de ce silence anglais et explique! Quelle est cette secrète mission et quel complot as-tu combiné et que faisons-nous ici à dix heures et quart de vesprée, par lune pleine, et pourquoi ces deux chevaux dangereux et blancs que tu attachas à cet arbre sans nulle explication ?

— Et pourquoi avoir gardé ce carrosse mobile à vapeur intérieure, se mouvant seul mais payant et à horloge augmentante ? demanda Mattathias qui de son harpon luisant désigna le taxi stationné sur la route, phares éteints. Quelle est cette folie jamais entendue d'avoir ordonné à son homme et meneur de nous attendre ? Sommes-nous démunis de jambes ? En tout cas, sache que je ne suis pas disposé à acquitter, en quelque proportion que ce soit, même infime, les sommes suisses qui se succèdent, sans trêve croissantes, en cette horloge de l'abus!

— Allons, Michaël, ouvre ton four, révèle le secret! adjura Mangeclous.

— Oui, explique, cher Michaël, car nous souffrons de ne point savoir! supplia Salomon.

Michaël ferma les yeux en signe de refus, les rouvrit, raviva le tabac de sa pipe à eau avec un peu de braise, aspira fort la fumée qu'il rejeta ensuite par petites bouffées seigneurialement contemplées.

— Parle, il y a des antiquités que je te le demande! cria Mangeclous. Si tu veux ma mort, dis-le franchement! Crois-tu vraiment que je sois homme à supporter longtemps la vie lorsque je sais qu'un autre sait ce que je ne sais pas?

— Et moi, le pauvret, j'en sais encore moins! dit Salomon avec des gestes menus. Tout ce que je sais, victime que je suis, c'est que ce matin j'étais encore à Athènes en votre agréable compagnie, chers cousins, prêt à m'embarquer avec joie au Pirée, port d'Athènes, vers notre belle île natale, Céphalonie à nulle autre pareille, ainsi que vers mon épouse adorée, également à nulle autre pareille, me réjouissant fort de l'embrasser après tant de voyages en tant de pays, lorsque respectable Saltiel ayant eu subitement envie, par tremblement d'affection, de revoir le seigneur Solal, neveu de son âme, cet oncle de grande tendresse a en conséquence ordonné un départ immédiat par les airs et les vents! Bien, pauvre Salomon, obéis! Obéis, ô infortuné, et renonce à la vue charmante de ton épouse!

— Bien parlé, infime, dit Mangeclous. Je te rappellerai toutefois que ton épouse n'a qu'une dent, belle et solide, il est vrai. Mais continue ton babil, tu m'intéresses!

— Et alors voilà, arraché comme une fleur, et sans même faire mes chères dévotions du matin à la synagogue, j'ai dû au risque d'une grande mort galoper en machine volante avec vous jusqu'à cette Genève! Et me voici maintenant en pleine campagne noire, risquant une angine en cette fraîcheur de la nuit et ne comprenant rien, pauvre disgracié! O Michaël, ô cousin de même souche, ô Solal comme moi-même, crains que moi aussi je ne défaille dans les bras de l'ange de la mort! O ami, aie pitié de mon ignorance et explique-moi une petite explication! conclut Salomon, les mains jointes et les yeux levés vers Michaël qui bâilla pour montrer le peu de cas qu'il faisait du brimborion.

— Tais-toi, dit Mangeclous en écartant le petit bonhomme, tais-toi, ô fond de la cuillère et extrémité du macaroni! Et toi Michaël, écoute! Qu'est-ce que cette cruauté inconnue à ce jour? N'auras-tu pas pitié de moi? N'est-ce point assez du chagrin et des tribulations que m'infligea à Londres une cruelle de noble extraction? Et n'ai-je pas suffisamment souffert depuis que j'ai remis mes orteils sur la patrie de Guillaume Tell? Comptes-tu pour rien ma douleur lorsque, sortis cet après-midi du volant engin parcoureur d'espaces, nous nous aperçûmes que Saltiel, notre cousin chéri, était subitement atteint d'extrême jaunisse et que nous dûmes le déposer en la première clinique de Genève, cinquante francs par jour de pension, sans compter les redoutables factures de l'imbécile professeur médecin?

— Et le pauvre oncle nous a dit de cacher sa maladie à son seigneur neveu pour ne pas l'inquiéter, interrompit Salomon, mais au contraire de lui raconter que des affaires l'ont subitement retenu à Athènes, ce qui est vraiment très beau!

— Ferme ton orifice sans importance, ô ongle du petit orteil, ou même sa rognure! intima Mangeclous. Laisse plus éloquent parler, et qui en est capable discourir! Sur quoi, je reprends mon argumentation, la main sur le cœur. J'en étais donc au récit de mes souffrances. O Michaël, ô véritable tigre du Bengale, je te le redemande, n'ai-je point assez souffert? Comptes-tu pour rien mon humiliation lorsque, reçus par le neveu de Saltiel à huit heures du soir seulement, nous lui communiquâmes la feintise héroïque de son oncle, à savoir qu'il était resté à Athènes, et qu'alors ledit neveu nous renvoya, moi, Mattathias et Salomon, t'accordant la préférence incroyable de te garder seul avec lui tandis que, paria et penaud à l'extrême et dévoré d'humiliation imméritée qui changea mon cœur en fange noire, je partis avec ceux-ci en grande contrition et perte de face attendre ton retour que nous espérions proche et fraternel dans l'hôtel démuni d'eau courante où nous t'attendîmes, non sans avoir au préalable fait l'emplette, à ton intention autant qu'à la mienne, de force boissons et délicieuses provisions de bouche chez cet épicier et traiteur israélite de Salonique qui reste ouvert jusqu'à minuit et dont j'achetai avec grandeur et largeur de paume, la dépense m'important peu car ma mort m'est toujours présente avec agonie préalable, aggravée de spasmes, étouffements, griffures de poitrine et râles divers, et je crache sur les pièces d'or, seriatim et privatim, dont j'achetai, dis-je, tout le stock de mets préparés, y compris même de charmants calmars tout juste arrivés de Marseille et qu'il fit frire à grande friture bruyante en ma présence! Tout croustillants ces calmars, et ils vous crient : allons, mangez-nous, ô braves! Comptes-tu pour rien cette générosité qui fit que, malgré une faim dramatique, je prescrivis de t'attendre pour les manger en ta compagnie et camaraderie de parenté ? Enfin et quatrièmement, n'endurai-je point assez lorsque, lors de ton retour à l'hôtel vers neuf heures et quart seulement, moi exsangue de faim et de curiosité consumé, je te questionnai avec urbanité, bénévolence et sensibilité sur le motif de cet étrange retard, tu m'occasionnas une nouvelle perte de prestige, influence et honneur en me répondant avec insolence que tu avais fait une petite promenade avec le neveu de Saltiel, cela avec absence lancinante de détails et pour piétiner ma dignité! O injuste traitement! O fâcheux destin! O ma mère en votre tombe, pourquoi me donnâtes-vous le jour ?

En grand tragédien, il passa sa main sur son front en sueur pour en chasser l'accablement.

— Tu parles bien, ô savant, dit Salomon.

— Je ne suis pas sans le savoir et je continue ma harangue. Que se passa-t-il alors, ô Michaël ? Tu nous conviais à t'accompagner en une mission secrète que tu te refusas cruellement à dévoiler malgré mes tendres implorations, nous promettant néanmoins de tout expliquer sur le lieu de l'exécution du complot. Je me résignai! Bien plus, je m'inclinai humblement et supportai avec patience tes soins de toilette, ablutions et parfums avec chants stupides d'amour et apposition de pommade dite hongroise sur tes moustaches teintes, puis élévation et fixation de ces dernières par le moyen d'un treillis fin et ridicule accroché aux oreilles pendant de longues minutes.

— Modère tes vents, par pitié, car je t'entends à peine, dit Michaël.

— Conséquence de l'émotion, mon cher. Bref, nous partîmes, emportant avec nous les victuailles dans l'espoir d'un mangement cordial après l'explication du secret !

— Tout cela, je le sais, à quoi bon me le dire ?

— C'est l'exorde, mise en train nécessaire et partie indispensable d'un discours, moelle de l'éloquence et structure fondamentale de l'art oratoire! Donc, munis de comestibles non encore profités, nous t'accompagnâmes dans cette voiture ambulante par sa propre volonté, moi au surplus chargé de ma longue-vue marine de Londres, encombrante mais apportée à toutes fins utiles, ne connaissant pas la nature de l'expédition nocturne! Intègre et stupéfait mais fort de ta promesse d'expliquer en temps opportun, j'endurai de ne rien comprendre et notamment pourquoi cette voiture à puissance de pétrole nous conduisit, roulante, d'abord en ce lieu dit Bellevue où se trouve, nous expliquas-tu, car tu sais tout, semble-t-il, ricané-je, des circonstances et événements du neveu de Saltiel, où se trouve, redis-je, son château supplémentaire. Là, après avoir tendu à un domestique endormi un billet signé par Son Excellence, tu te fis ouvrir la porte de l'écurie où, inexorablement muet, tu sellas deux chevaux superbes mais privés de raison et, devant nos yeux interdits, toujours taciturne et sans nulle compassion pour ma faim d'explications, prenant l'un en laisse et montant sur l'autre, ô païen, tu ordonnas à l'homme de la voiture de louage de te précéder et de nous mener, y compris ton narguilé, en ce lieu présent! Bien, mon ami, nous y sommes maintenant, et je sonne du cor pour te rappeler ton serment! Allons, explique! Dis ce que je fais ici, de ton complot ne sachant rien, plus inutile qu'un ministre plénipotentiaire, plus stérile qu'un ambassadeur! Le véridique récit de mes tortures ne t'a-t-il pas ébranlé, fléchi et désarmé?

Les yeux fermés, il poussa le soupir du coureur arrivé au but, tendit une main impérieuse vers Salomon, lui réclama un mouchoir, essuya les sueurs de sa barbe fourchue, entrouvrit sa redingote pour éponger le ruissellement de sa poitrine embroussaillée de poils gris, empocha le mouchoir. Fier de son discours et des bouches béantes des cousins, il croisa ses bras et se tourna vers Michaël avec un sourire magnanime.

— Ayant ainsi résumé de manière sobre mes principaux arguments, je passe de la philippique à la péroraison, avec changement de registre et déviation vers la tendresse. Cher et aimé Michaël, préféré de mon cœur, ô fils d'une généreuse race, réponds à ma câline requête et conserve un père à ses bambins chéris! Ne sais-tu point qu'une énigme non expliquée montant à la cervelle y occasionne une turbulence mortelle dénommée méningite? Et que deviendront alors ces pauvres orphelins privés d'un père adoré? O larmes, ô sanglots, ô tressaillements enfantins! En conséquence, mon chéri, ne veux-tu pas que, loin de ces deux autres, si tu le préfères, en grande confidence et amitié, dans l'épanchement de nos cœurs, ne veux-tu pas que nous causions aimablement de ta mission cachée afin que tu profites de mes conseils et remuements de mon esprit, et que moi je puisse apprendre le beau secret et beaucoup en parler afin de m'en adoucir la gorge et dulcifier la langue? Étant bien entendu que ce cher secret partagé dans l'affection, je le garderai pour moi seul jusqu'à la tombe incluse, parole d'honneur! Et maintenant, écoute ma parole, ô janissaire! Je suis ton ami et cousin depuis plus de cinquante ans et je t'aime d'un amour infini, mais si tu ne révèles pas, au moins à moi, le but de notre présence en ce lieu nocturne, et pourquoi ces chevaux et cette automobile attendante, sache que d'abord je mourrai de curiosité insatisfaite, ce qui est dommage et tu n'as pas le droit de me faire périr en la fleur de mes ans! Sache ensuite, ô lion d'Abyssinie, que mon fantôme fera cailler ton sang et que de plus j'enverrai deux lettres anonymes, l'une au capitaine des douanes de Céphalonie pour raconter tes contrebandes, l'autre au procureur général et chrétien de notre île natale, lui exposant sans pitié tes infâmes amours avec sa fille, ce qui te conduira à l'échafaud, moi mangeant des bonbons au tranchement de ta tête, et sache enfin que je ne te parlerai plus jamais de ma vie! Donc, que faisons-nous ici et quelle est cette fin du monde?

— Allons, parle, dit Mattathias.

— Car notre naturel est de vouloir connaître les secrets, expliqua Salomon.

Ayant ainsi résumé la situation avec bon sens, le petit homme se préoccupa de la sauvegarde de sa santé. A cette fin, il releva le col de son mignon manteau en poil de mouton pour protéger sa chère gorge, noua ensuite horizontalement deux grands mouchoirs autour de son rond visage constellé de rousseurs, se déguisant en petit Targui pour se préserver de la fraîcheur nocturne, propice aux fluxions dentaires. Ainsi rassuré sur la longueur de sa vie terrestre, il attendit l'intéressante suite des événements, la bouche aimable et les mains sagement derrière le dos, surveillant toutefois l'herbe qui l'entourait et les vipères susceptibles de s'y dissimuler.

— Tue-moi, supplia Mangeclous, s'agenouillant soudain. Étrangle-moi, cher Michaël, mais parle! Oui, serre mon cou, si tu veux, je te l'offre! proposa-t-il, toujours à genoux, le menton haut levé et la gorge présentée. Étrangle-moi, ami, étrangle-moi, mais que ce soit en me révélant! Car ce secret que j'ignore me fait tourner la tête et me met des vinaigres dans le sang et je deviens plus faible qu'aucun de mes nourrissons morts! O Michaël, considère ton ami chéri qui espère à genoux!

Frémissant de sincérité passionnée, il attendit la mort en sa posture suppliante, les mains en prière et le cou toujours en offrande, bouleversé par son sacrifice et guignant l'effet sur les trois spectateurs. Après un long silence, Michaël se leva, tira de sa large ceinture un poignard damasquiné, en vérifia le fil sur l'ongle, le présenta à ses cousins.

— Compères, leur dit-il, ceci est une lame de bon aloi, et fort pointue quant à sa pointe. En connaîtra le goût en sa panse et sa graisse quiconque osera me suivre pour espionner ma mystérieuse démarche. Or donc, si telle est l'intention de l'un de vous, qu'il invoque une dernière fois l'Unité de notre Dieu.

Ayant ainsi parlé, il rengaina son poignard, sortit de sa veste soutachée d'or un billet plié en quatre, le baisa dévotement pour accroître l'énigme et intensifier la curiosité des cousins. Ensuite, le tenant dans sa main balancée, il se dirigea avec les dandinements du séducteur vers la villa des Deume, large et haut, cependant que Mangeclous, debout et le poing tendu, le maudissait avec abondance et virtuosité, lui souhaitant entre autres de vivre cent ans, mais aveugle et demandant en vain l'aumône à ses bâtards.

## LXXIV

— La première partie de ma mission ayant été accomplie, je consens à révéler le secret, dit Michaël revenu auprès des cousins. Mais auparavant, Mangeclous, tu nous donneras à boire.

— Sur mon œil et à l'instant même! s'écria Mangeclous. J'écoute et j'obéis, ami chéri!

Il déboucha promptement une bouteille de vin résiné, remplit les gobelets tendus. Pour mieux goûter le récit de Michaël, Salomon se débarrassa de ses deux mouchoirs antifluxion et de son petit manteau. Cependant, pour protéger sa gorge qu'il assurait délicate, il entoura son cou d'un de ces affreux collets blancs en chèvre de Mongolie que portaient à la fin du dix-neuvième siècle les fillettes de la bourgeoisie.

— Ma gorge est en sécurité, dit-il à Michaël. Tu peux parler, ô vaillant!

— Allons, Michaël, sors ton flot ou je meurs! cria Mangeclous. Je suis impatient aux frontières de l'impatience et j'en oublie les nourritures ravissantes enfermées dans ces couffes! Raconte vite et nous dînerons ensuite, après le contentement de la curiosité!

— Non, dînons d'abord, dit Michaël.

— Mais tu tiendras ta promesse?

— Par le Dieu vivant!

— Oh, comme je me réjouis! s'exclama Salomon. Oh, combien satisfait est mon cœur! Au dessert, nous saurons le secret!

— Non, après le dessert, dit Michaël.

— Après le dessert, d'accord! cria Salomon. O mes chers amis, après le dessert nous allons nous agrémenter l'âme par le beau secret! Vous allez voir ce que nous allons nous dulcifier! glapit-il en tricotant des jambettes.

— Tu sembles un bébé content dans son berceau, dit Michaël.

Mangeclous, qui était la complaisance même en cette heure d'expectation, s'improvisa maître d'hôtel. Otant la redingote qui recouvrait son torse nu, il l'étala sur l'herbe en guise de nappe et disposa les nourritures dont, officiant à la poitrine velue, il proclama les noms au fur et à mesure de leur sortie hors des deux couffes.

— Quatre paires de boutargues dont par droit léonin je me réserve la moitié! Pas d'opposition? Adopté! Douze gros calmars frits et croustillants mais un peu résistants à la dent, ce qui en augmente le charme! Huit pour moi car ils sont ma passion suprême! Œufs durs à volonté, cuits durant toute une journée dans de l'eau garnie d'huile et d'oignons frits afin que le goût traverse! Ainsi m'assura le noble épicier traiteur et coreligionnaire, que Dieu le bénisse, amen! Tomates, poivrons, olives grosses et oignons crus pour l'amusement! Beignets au fromage odorants et qui vous implorent aussi de les engloutir! Vingt-huit rissoles à la viande et aux pignons! Et grosses! Cou d'oie farci à ingurgiter avec amour! Saucisses de bœuf garanties de stricte observance et véritables chéries! Chevreau innocent et rôti à manger à la main avec du riz pilaf que je pétrirai en petites boules gentiment lancées ensuite au fond de mon gosier! Six bouteilles de vin à la résine, deux m'étant réservées! Beignets au miel délicieusement élastiques, loucoums et nougats au sésame pour la terminaison et les rots de satisfaction! Et enfin, pour le passe-temps, graines de courge rôties, pois chiches frits et pistaches salées augmentant le désir du vin et dont le croquement sera délicieux pendant le racontage du secret! Allons, messieurs, à table! Branle-bas de mangement!

Assis en rond sur l'herbe, près de la meule, les Valeureux se repurent à la limite du remplissage, mastiquant fort et se souriant réciproquement. Lorsque les douceurs furent liquidées, Michaël s'assit à la turque, jambes croisées sous lui, desserra sa ceinture de cartouchières, ôta ses babouches pour se sentir à l'aise, flatta ses pieds nus puis s'éclaircit la gorge.

— L'heure de la révélation a sonné en vos vies et destinées, annonça-t-il.

— Écoutez! cria Salomon.

— Silence, ô petit pois! tonna Mangeclous. Et un cancer à ta langue bavarde!

— Mais c'était pour qu'on écoute et qu'on ne parle pas! protesta Salomon.

— Forte clôture à la bouche imbécile! intima Mangeclous.

Nous sommes tout oreilles, Michaël chéri! Veuille prononcer tes paroles exquises!

— D'abord, je te demanderai, ô Mangeclous, pour quelle raison tu ne t'arrêtes de mastiquer jour et nuit.

— Vitamines, mon cher. Et désespoirs fréquents, ajouterai-je, requérant quelque consolation. Manger étant en effet besoin de mon âme plus que de mon corps! Et maintenant, ô brave, ouvre la porte du secret et dis tes paroles de bon goût et de bel ornement! En avant!

— Voici, commença Michaël. Nous étions donc ce matin à Athènes où, soudain désireux du visage de son seigneur neveu, le révéré Saltiel décida subitement notre départ en machine volante.

— J'ai cru mourir, opina Salomon.

— O moustachu paillard, que nous racontes-tu ces événements du passé que nous connaissons aussi bien que toi? s'indigna Mangeclous. Au fait! Et explique pourquoi nous sommes ici avec deux chevaux et une voiture à puissance de pétrole!

— Attends, cher Michaël, ne commence pas car il faut que j'aille faire mon petit besoin, dit Salomon.

— Un cancer supplémentaire à ta vessie inopportune, ô empêcheur de révélation! cria Mangeclous.

— Je m'éloigne pour la décence mais je reviens dans une minutette, dit Salomon, et il s'en fut après une courbette de gracieuse prise de congé.

— Ne t'occupe pas de cet incongru sans importance et commence sans lui! dit Mangeclous.

— Nous l'attendrons, dit Michaël. Pauvre petit, pourquoi le priverais-je de la jouissance du secret?

Ayant dit, il joua avec ses orteils pour passer le temps, puis bâilla une chanson d'amour tandis que, mâchant sa résine, Mattathias crayonnait des additions et que, pour se tenir compagnie, Mangeclous se divertissait neurasthéniquement avec les orteils de ses grands pieds nus.


— Voilà, c'est fait! claironna Salomon, de retour et fort satisfait de lui-même. J'ai vite fait, n'est-ce pas, amis? Et je vous assure que c'était nécessaire, ayant bu beaucoup de limonade gazeuse à l'hôtel! Excellente, cette limonade! J'en rapporterai à ma chère épouse! Ah, mes amis, je me sens léger comme une plume maintenant! Mais comme j'ai eu peur dans mon dos, tout seul derrière cet arbre et je tremblais que des personnes mortes ne viennent me faire du mal! Enfin, c'est fini, grâce à Dieu, et je suis en sécurité avec mes chers cousins!

— Allons, janissaire adoré, parle! cria Mangeclous. Prononce tes paroles délicieuses, car nos oreilles sont ouvertes en grande ouverture!

— Sachez, ô mes amis et chevreaux, commença Michaël, sachez et apprenez, vous qui m'écoutez, ô mes féaux du temps et des années, sachez qu'il s'agit d'un fait de galanterie et que le seigneur Solal est en grande passion et amoureuserie!

— Est-ce qu'elle est belle? demanda Salomon.

— Une pastèque, répondit Michaël.

Persuadé et les yeux brillants d'admiration, Salomon passa sa langue sur ses lèvres.

— Une vraie rose d'Arabie et comme la lune en son quatorzième jour! commenta-t-il. Il va l'épouser, vous allez voir, c'est moi qui vous le dis!

— Impossible, dit Michaël. Elle est en possession de mari. (De vertueuse horreur, la houppe de Salomon se dressa.)

— Bien, en grande passion, d'accord, dit Mangeclous. Mais quel rapport, cette passion, avec les deux chevaux et la voiture à détonations? Et qu'es-tu allé faire tout à l'heure, te dirigeant vers cette maison proche, avec défense de te suivre, sous peine de ventre entaillé à la japonaise?

— Accomplir la première partie de ma mission, selon des instructions reçues avec honneur, dit Michaël. J'expliquerai plus tard, chaque événement devant être conté par ordre et en son temps. Une affaire de lit donc avec une charmante pourvue d'un cornu. (Salomon se boucha les oreilles mais point tout à fait.)

— Tu l'as déjà dit! fit Mangeclous. Avance en ton propos et fais moins l'important!

— Lorsque, par privilège d'amitié, je le vis seul en ses appartements, il me confia qu'il avait rendez-vous clandestin avec la délicieuse ce soir même, à neuf heures. Je le suppliai de me laisser l'accompagner car je suis friand de telles entreprises. D'ailleurs, ne l'aidai-je point en sa jeunesse à s'emparer d'une consulesse longue et large?

— Au fait! cria Mangeclous.

— Je trouvai grâce à ses yeux car il a une grande faiblesse pour moi et il me fit la gloire d'accepter. Peu après neuf heures nous arrivâmes donc en ce lieu dans son char long et blanc se remuant avec une vitesse incroyable et je l'accompagnai jusqu'à une porte proche mais que vous ne pouvez voir, cachée qu'elle est par des arbres. Or, sachez qu'au moment même où il s'apprêtait à sonner du sonnant engin, voici que la porte s'ouvrit et la délicieuse apparut, bien pourvue en ses devant et derrière, ce qui est indispensable. Après avoir troussé et retroussé mes moustaches et fait respectueusement quelques regards passionnés à cette agréable, vraie fille de pacha, je me retirai discrètement, mais point trop loin de manière à voir de mes yeux et à entendre de mes oreilles, faisant cependant mine de sourd et d'aveugle. Il y eut d'abord un baiser qui me sembla être de la catégorie dite double colombine à renversement intérieur, mais je ne puis le garantir. Ensuite, la ravissante parla, expliqua des explications et j'entendis tout. Ah, mes amis, quelle mélodie, cette voix!

— Et que dit-elle avec cette voix de céleste musique? demanda Salomon qui avait débouché ses oreilles.

— Cette rusée, véritable fille de Satan comme toutes ses pareilles, expliqua qu'ayant perçu le bruit du char sans cheval et deviné en conséquence l'arrivée du préféré de son âme et de ses membres, elle dit aussitôt à son affreux qu'elle allait lui composer le breuvage des Gentils appelé thé. Et alors, prétendant aller à la cuisine, elle courut au jardin où nous venions d'entrer! Telle fut l'explication que j'entendis avec mine de ne point entendre, conclut Michaël, et il commença le nettoyage de ses dents à l'aide d'une allumette, afin d'augmenter la tension d'intérêt.

— Allons, vite, continue, par les prophètes! intima Mangeclous. Continue, car je suis sur un gril chauffé à blanc!

— Alors, après un nouveau baiser dont l'espèce ne me fut pas entièrement perceptible dans l'obscurité, mais qui était sans doute un dit fourré de tierce à enroulement suivi, la gracieuse dit que dès qu'elle pourrait échapper à la surveillance de son calamiteux de poix et de goudron, elle communiquerait demain avec son précieux par le moyen du conduit des paroles afin qu'ils puissent jouir ensemble de leurs corps sur une couche de soie. (Salomon reboucha ses oreilles.)

— Ainsi s'est exprimée la démone? demanda Mangeclous.

— Non, elle utilisa des mots de grande décence et poésie, mais moi je vous dis ce qu'elle avait en sa profondeur de cervelle. Ah, chers cousins, quelle ressource, ces dames d'Europe, pour un homme muni de ce qui convient pour le divertissement des nuits!

— Trêve de considérations générales! cria Mangeclous. Continue l'histoire particulière!

— Ensuite, comme elle lui demandait qui j'étais, il me fit signe d'approcher et me présenta comme son séide et affidé.

— Tu parles bien aujourd'hui, dit Mangeclous.

— C'est l'arôme de jeunesse qui me remonte à la langue.
Ainsi donc présenté, je mis genou à terre et baisai le bas de sa
robe, elle me faisant aussitôt un sourire de charme. (Oreilles
débouchées, Salomon soupira.) Oui, un sourire de grande bienveillance, impressionnée sans doute par la largeur de mes épaules
et les broderies de mon uniforme. Car, sachez-le, les dames
d'Europe aiment les apparences de vigueur prometteuse. Pour
vous la faire courte, les deux enamourés se quittèrent après de
nombreuses phrases élevées de la gracieuse, car les Européennes, sachez-le aussi, aiment dire des paroles de grande noblesse
et vertu pour recouvrir les envies et démangeaisons de la
chair.

— Tu es plus perspicace que je n'imaginais, dit Mangeclous.

— Je connais la question, dit Michaël. Apprenez maintenant
que revenu en son hôtel des richesses, je reprochai courtoisement sa patience au seigneur et fis appel à son honneur d'homme !
Comment, lui dis-je, une telle crème d'arachides, toute chaude
et suave, favorisée des quatre rondeurs nécessaires, et Votre Seigneurie attendrait jusqu'à demain pour s'en délecter ? Bref, je
lui proposai de me laisser enlever l'agréable de bonne famille et
de procéder sans lui à l'enlèvement, pour en avoir la gloire.
C'est mon affaire, lui dis-je, et cela me rajeunit. Se rendant à
mes raisons, il accepta, m'autorisant même à vous emmener,
et il me remit une lettre pour sa dame de cœur. Grande est la
faveur de mon magnifique seigneur. Je suis donc allé tout à
l'heure me poster sous la fenêtre de la chambre où elle faisait
feinte d'écouter son pauvre bœuf lui tenir des propos sérieux
au lieu de faire avec elle l'affaire principale de l'homme et de la
femme, lui contant par exemple, cet imbécile, des conversations
qu'il eut avec des directeurs et des ministres, sujet sans nul
intérêt pour une jeune dame bien pourvue et désirant du solide.
Par la fente des volets je la voyais qui mordait sa lèvre pour
bâiller en dedans, bouche fermée, puis qui reprenait son sourire
immobile tandis que le cornu lui parlait avec goût et intérêt de
ses hauts personnages. Mais tout à coup s'interrompant, il eut le
front de lui confier ses troubles de tripes et son urgent besoin
de latrines, besoin que tu dois toujours dissimuler, car rien n'est
plus refroidissant pour une belle. Ce stupide sans vigueur s'étant
donc éloigné, je frappai à la fenêtre et elle ouvrit, ne s'étonnant
point de me voir puisque je lui avais été présenté par son désiré.
Genou à terre, je lui remis la lettre me conférant pouvoirs et me
chargeant de l'amener cette nuit en un lieu de la danse et des

558

sorbets de luxe nommé Donon, la danse étant bonne préparation pour l'affaire principale.

— Quel insensé! grommela Mattathias. Dieu sait ce qu'on
va lui faire payer pour un simple sorbet!

— Dans ce billet, il a dit aussi quelques paroles sur vous
trois afin qu'elle ne soit pas stupéfaite en voyant vos apparences.

— Qu'a-t-il dit de moi? demanda avidement Mangeclous.

— Que tu as une sorte de génie, ce qui m'étonna fort.

— Pourquoi une sorte? s'indigna Mangeclous. Enfin, la
postérité jugera. Quant à tes étonnements, ô cervelle de taureau, garde-les pour toi!

— Et de moi, que dit-il? demanda Salomon.

— Silence! cria Mangeclous. Laisse parler qui a le droit!
Alors, qu'a-t-elle répondu au billet?

— Eh bien, elle me dit avec une voix délicate sa réponse que
j'écoutai dévotement, à savoir qu'elle viendrait certainement
retrouver le seigneur cette nuit, mais à une heure incertaine, ne
sachant pas à quel moment elle serait de nouveau seule. Oui,
seule, ainsi a-t-elle dit. Admirez, mes amis, la délicatesse! Une
autre aurait dit je ne sais quand je pourrai me débarrasser de
mon encorné. Ou encore je m'échapperai aussitôt que mon
détesté ronflera. Mais celle-ci est personne d'éducation. Notez
de plus que, bien qu'elle fasse avec notre seigneur l'affaire principale et les sauts dans le lit, elle lui a dit vous pendant toute
l'entrevue du jardin. Ainsi sont les dames d'extraction, princesses et duchesses, mouvementées et cabriolantes dans le lit,
mais de grande correction et cérémonie hors du lit. Donc
m'ayant ainsi donné sa réponse, elle me remit sa main à baiser
et je m'en fus après lui avoir lancé une œillade ardente, le poing
sur la hanche. Et maintenant, Salomon, verse à boire!

Assis en rond et s'étant désaltérés, les Valeureux puisèrent
des pistaches salées. Dans le silence auguste de la nuit, des
croquements retentirent tandis que s'élevait la plainte d'un
rossignol dédaigné.

# LXXV

— Mais que viennent faire ces chevaux ? demanda Salomon, toutes pistaches terminées.

— Un pour elle, et l'autre pour moi, dit Michaël.

— Mais pourquoi des chevaux ?

— Et où as-tu entendu dire, ô ignorant et fils d'ignorant, où as-tu entendu dire qu'on enlève autrement qu'à cheval en cas de galanterie, surtout si la dame est mariée ?

— Je l'ignorais, dit Salomon. Bien, désormais, je le saurai, et ne te fâche point, je te prie.

— D'ailleurs, le seigneur fut charmé par ma proposition de chevaux.

— Et moi, fit Mattathias, je ne suis point charmé, et je déclare que le neveu de Saltiel est un fou et qu'il ne mérite pas sa haute situation ni les dollars qu'il encaisse ! Un insensé, en vérité !

— Et toi tu es un sage, dit Michaël, mais cela ne t'embellit pas.

— Mais alors, pourquoi un carrosse fumant en son arrière ? demanda Salomon.

— Au cas où elle ne voudrait pas monter à cheval.

— Juste, dit Salomon. Par politesse et que la dame choisisse, selon sa volonté. Elle est très belle, as-tu dit ?

— Un savon rose. Et de plus, elle m'a semblée fort propre aux trémoussements des reins car elle est ferme et flexible comme le macaroni italien et cuit, et plus avantagée que l'éléphantesse en ses devant et derrière. Des fesses farcies comme des édredons ! Ah, le seigneur sait les choisir ! Quelle chamelle et quel morceau pour le lit ! Fille de pacha et véritable beignet au miel ! Et une bouche faite pour les baisers en arabesque superposée quadruple! (Salomon recula et ses cheveux se dressèrent.) D'autre part, guignant tout à l'heure entre les fentes des volets, j'ai vu son calamiteux et j'ai pu, par la constatation de son nez, déduire qu'il était homme de petite puissance et qu'en conséquence elle doit le haïr d'une grande haine. Car le fait est connu, la femme aime les grands nez, signe de puissance et promesse de dimension. Et soyez tranquilles, elle s'arrangera pour se débarrasser de son bœuf et d'un moment à l'autre vous la verrez arriver, ondulante en son arrière-train! C'est moi qui vous le dis par la connaissance que j'ai de l'espèce.

— Dame qui a vouloir de copuler, mari ne saurait l'empêcher, improvisa Mangeclous, et il sourit à son talent tandis que Mattathias s'arrêtait de mâcher sa résine pour cracher de dégoût et que Salomon se prenait la tête à deux mains, partagé entre son admiration pour cette dame si belle et sa vénération des Dix Commandements.

— Quelle pastèque, soupira Michaël en suivant langoureusement les méandres de la fumée sortie de ses narines.

— Pastèque tant que tu voudras, dit Mattathias, mais en attendant, à cause de cette pastèque, l'horloge du prix du carrosse à vapeur fonctionne et les francs suisses tombent dans l'escarcelle du Gentil de cette voiture du bruit d'enfer et sans cheval. Ah, c'est une belle profession! Tu attends sans rien faire devant ta roue de direction et chaque minute t'apporte de nouveaux centimes!

— Oncques ne vis-je plus délicieuse à chevaucher ni pareille conformation pour le déduit et les mouvements dans le lit, rêva Michaël. Elle me rappelle ma rousse du Céphalonie Palace, parfaite pour une certaine chose et dont le seul défaut était qu'elle me parlait anglais durant la certaine chose.

— Mais enfin, interrompit Salomon, puisqu'elle est l'épouse d'un homme, comment accepte-t-elle d'aller en ce lieu des sorbets danser avec un autre homme?

— Ainsi sont les Européennes, dit Michaël. Ah, mes amis, si tous les cornus d'Europe portaient lampions, ô miséricorde, quelle illumination!

— Assez de philosophies, bâilla Mangeclous. Quelqu'un pourrait-il me gratifier de quelques restantes pistaches, par faveur?

— Non, s'exclama Salomon, non, j'en suis sûr, elle ne quittera pas son mari! Étant belle, elle est sûrement vertueuse! Elle est mariée, que diable, et que lui faut-il d'autre?

— Le nerf de confiture, dit Michaël.

— Oï oï oï, gémit Salomon, mais pourquoi me fait-on des choses pareilles et que dois-je entendre ? N'était-ce pas assez de me faire voler en l'air aujourd'hui, et si haut que mon âme me sortit par la bouche ? Oï oï oï !

— Assez avec tes oï oï qui me font pousser des vermisseaux dans l'oreille ! dit Mangeclous.

Salomon n'en pouvait plus. Avoir accepté de voyager sur de l'air, pendant tout le voyage avoir récité des psaumes, les yeux fermés, avoir passé deux heures mortelles, les boyaux tordus, avec le pressentiment que le pilote allait s'évanouir ou que les ailes allaient se détacher, et pourquoi tout cela ? Pour entendre des horreurs pires qu'à Babylone !

— Mais alors, le pauvre mari va perdre sa femme, son délice et sa foi ? questionna-t-il, ses petites mains écartées.

— Qu'il crève ! dit Michaël en arrondissant le croissant de ses moustaches. Car tel est le dû aux maris.

— Ce n'est pas vrai ! cria Salomon.

— Et s'il fait des difficultés à la charmante, je lui arrache ses cornes et je les lui plante dans son inutile bas-ventre !

— Honte sur toi, vilain ! s'écria Salomon. Moi, je suis pour l'honnêteté ! Voilà, un point c'est tout ! Et je me réfugie en l'Éternel qui est ma force et ma tour ! Et c'est un Dieu saint, voilà ! Et vraiment, le seigneur Solal ne se conduit pas bien ! Pourquoi fait-il des choses pareilles, lui, si intelligent, fils de grand rabbin et descendant d'Aaron ? O mes amis, quoi de plus beau que le mariage et la fidélité ? Tu regardes ton épouse, tu lui souris, tu n'as pas de remords, et Dieu est d'accord ! Si tu as des ennuis, tu les lui racontes en rentrant à la maison et alors elle te réconforte, elle te dit de ne pas te faire de soucis et que tu es un imbécile. Alors tu es content. Et vous vieillissez ensemble tous les deux, gentiment. Voilà, c'est cela l'amour. Quoi de plus beau, ô mes amis, dites-le-moi ?

— D'autant plus, fit Mattathias, que toutes ces personnes adultères t'obligent à des dépenses de bouquets.

— Enfin, heureusement que le pauvre oncle ne sait rien du péché de son neveu, fit Salomon. Dieu, en sa bonté, lui a donné une jaunisse pour le tenir loin d'ici.

— Barricade aux paroles superflues ! ordonna Michaël. Ce que le seigneur fait est bien fait et la vertu n'est bonne que pour les petits nez ! Et je voudrais être à sa place car la femme est véritable souffle de jasmin et saine comme l'œil du coq !

— Plus imposante qu'un cuirassé anglais, dit Mangeclous pour la beauté de la chose et parce qu'il s'ennuyait.

— Et fraîcheur de cerise, ajouta illogiquement Salomon.

— Elle a une joue que je mangerais sans faim, dit Mangeclous, juste avec quelques concombres.

— Moi, dit Mattathias, je ne la trouve ni œil de coq, ni fraîcheur de cerise, et je préfère les concombres sans joue. Et je dis que tout cela est affaire de potence.

— Il est vrai que le mari pourrait très bien arriver avec des pistolets, dit Mangeclous à l'intention de Salomon qui se leva aussitôt, épousseta son pantalon de tennis, puis endossa sa petite pelisse en poil de chèvre.

— Amis, dit-il, j'ai un peu froid et de plus j'ai mal à la tête, ce qui fait que je vais prendre congé et regagner notre hôtel.

— O le poussin peureux! cria Michaël.

— Parfaitement, peureux et fier de l'être! rétorqua Salomon, ses deux petits poings bravement fermés. Et j'ai bien raison car c'est la peur qui m'avertit des périls et me tient en vie! Et quoi de plus charmant que de vivre? Je vous l'ai déjà dit, mes chers amis, en prison toujours mais en vie toujours! Et toi, Michaël, apprends que les craintifs sont toujours aimables et de bon cœur et plaisants à Dieu, tandis que toi, avec tes pistolets et ta corpulence de maître bœuf, tu n'es qu'un musulman, et voilà pour toi! Et d'ailleurs, sache que je suis aussi courageux que toi, mais seulement quand je ne peux pas faire autrement! Ayant ainsi répondu à ce vilain, je prends congé de vous deux, chers cousins, et je retourne en ville, où on est bien mieux qu'à la campagne!

Mais gentiment happé et embrassé par Michaël il se résigna, sentant bien que toute fuite serait impossible, et d'ailleurs comment se reconnaître, passé minuit, dans des chemins pleins de pierres et de fantômes? Mais au moins se dissimuler, car enfin le mari pouvait subitement tout deviner et courir derrière sa jeune dame, avec une escopette pour l'empêcher d'aller en ce lieu de la danse et des sorbets! Eh oui, que diable, se cacher, une balle égarée étant vite attrapée! Aussitôt décidé, aussitôt fait! S'étant introduit à quatre pattes sous un tas de branches coupées, près de la meule de foin à laquelle ses cousins étaient adossés, il pria Michaël de le couvrir avec des feuilles. Ainsi camouflé en forêt, il reprit son calme. Mais au bout de quelques minutes de silence, une petite voix sortit de dessous le feuillage.

— O Puissant de Jacob, dit la petite voix, pourquoi le seigneur Solal n'aime-t-il pas les filles de notre peuple? Ne sont-elles pas reines de maison et n'oignent-elles pas leur chevelure d'huile parfumée, le saint jour du Sabbat? Qu'ont-elles donc de plus, les filles des Gentils?

— Elles lui disent des poésies, ricana Mangeclous.

— C'est curieux, je l'avais toujours pensé, dit la petite voix après un temps de réflexion.

— Mais quand il est malade, poursuivit Mangeclous, elles ne lui disent plus de poésies parce qu'il les dégoûte quand il est malade! Alors elles mettent deux doigts dans la bouche, et elles sifflent et elles disent au domestique de l'hôtel aussitôt accouru : emporte cette charogne et ôte-la de mes yeux! Voilà comme elles font et tel est leur comportement!

— Oui, mais si tu n'es pas malade, quelles délices alors! rétorqua Salomon, surgi hors de son feuillage. Une jeune dame qui te dit des poésies toute la journée, comme c'est beau! déclama-t-il, debout, les yeux vers le ciel, ses petits poings fermés. Tu te lèves le matin et tout de suite tu entends une poésie qui est jus de pêche pour l'estomac de ton âme!

— Mangeclous, demanda Michaël, est-ce un fait de vérité ou seulement de ton esprit, cette histoire de la charogne et du sifflet? Évidemment, le seigneur n'est pas malade, grâce à Dieu, mais si un jour ou l'autre il avait quelque douleur dans le dos, ne lui ferait-elle pas un cataplasme?

— Peu m'importe le cataplasme! s'écria Salomon. Peu m'importe, pourvu que demain matin en me levant. (Mais il se souvint qu'il était Salomon, vendeur d'eau d'abricots, et il se tut.)

— Puisque cela te plaît tant, ô fourmi à tête humaine, dit Mangeclous, qu'attends-tu pour enlever au seigneur Solal sa poétique siffleuse?

— Je suis trop petit, expliqua Salomon. Elle ne voudrait pas de moi, tu comprends, ami? L'Éternel, béni soit-Il, fait les créatures selon son plaisir.

— Quel intérêt trouvent-ils tous à ces amours? bâilla Mattathias. Qu'on me parle plutôt d'un fructueux bilan de fin d'année.

— Quel plaisir? questionna Michaël agressif. Mais ne sais-tu pas, ô petits œufs, ô fils d'un père à claire semence, ne sais-tu pas les plaisirs qui les attendent en cette nuit de grande chaleur? Ne sais-tu pas, ô mulet, que mis en incendie par la danse, ils iront passer les heures de l'agrément en l'hôtel de la richesse, elle à l'état de nature, étendue sur la soie du lit, les yeux allongés de fard bleu et la gorge blanche comme neige sur sa branche, épicée d'aromates et fringante en ses quatre courbes de perdition et toute prête sur son drap à franges d'or, et alors le seigneur...

— Non, ne dis pas la suite! supplia Salomon.

— Et alors, après avoir rendu baiser mouillé pour baiser mouillé et folâtrerie pour folâtrerie, le seigneur s'étendra aussi sur le lit, n'ayant pour tout voile que ses mains, et alors elle, la bien proportionnée de bon renom, à la limite de la jubilation et en grand échauffement, ôtera en riant les mains du favori de son âme pour inspecter et savourer la richesse du mâle, la savourer avec un sourire émerveillé sur son beau museau! (Indigné, Salomon se mit en position de combat, fit tournoyer ses petits poings en guise de préparation, puis bourra furieusement les côtes du janissaire qui, bonasse et ne sentant rien des coups assenés, le laissa faire et poursuivit.) Et elle l'approuvera et le respectera d'avoir certaine partie en plus grande abondance que son encorné et elle se dilatera en son âme! (Désespéré, Salomon cessa le combat et fourra sa tête dans la meule de foin.) Car sachez-le, la certaine partie est la vie de la femme et son but du jour et de la nuit! Et sans doute son mari ne la contente-t-il pas quant à cette partie, et là est le secret des vagues à l'âme, mauvaises humeurs, mésententes, mépris et divorces, car Dieu a fait les uns comme moi, mais les autres petits et fort calamiteux et pareils à la cire que plus tu la touches et plus elle s'amollit! (Épouvanté, ne sachant où fuir, Salomon entra à mi-corps dans le foin.) Oui, elle se dilatera en voyant une telle trempe et une telle force, et elle l'applaudira des deux mains, la connaissant défonçante et enfonçante et perforante et rentrante et sortante et aussitôt rentrante, et alors ils feront le combat de l'homme et de la femme sec et longtemps, elle gente et fort approuvante et de la cadence dans les reins avec les coups en avant chercheurs de l'homme, et lui se délectant de sa rebondissante en grande sueur, et les deux faisant armistice pour manger bien et boire mieux, puis reprenant la guerre charmante et le va-et-vient infatigable, les sorties désespérantes et les entrées ravissantes jusqu'à l'aurore et jusqu'au sang, ce qui est signe, à la connaissance des connaisseurs, que l'homme le plus fort ne peut plus continuer!

— Parle encore, ô Michaël, dit Mangeclous, car ce sujet t'inspire et à la vérité te donne un talent de parole que je ne te connaissais point. C'est donc avec considération que je t'écouterai.

— Non, qu'il se taise, ce noir! cria Salomon.

— Que te dirai-je de plus, ami Mangeclous, dit Michaël, sinon que le seigneur aura bien raison de la secouer et délicieusement malmener en cette nuit d'amour parfait car en notre vie mortelle il n'est d'autre vérité que le chevauchement.

tout le restant n'étant que lanternes et fariboles. Car l'homme ne vit que durant un clignotement de paupières et ensuite c'est la pourriture à jamais, et chaque jour tu fais un pas de plus vers le trou en terre où tu moisiras en grande stupidité et silence, en la seule compagnie de vers blancs et gras comme ceux de la farine et du fromage, et ils s'introduiront en lenteur et sûreté dans tous tes orifices pour s'y nourrir. En conséquence, mes amis, je chevauche hardiment chaque soir de ma vie autant qu'il m'est donné et afin que je puisse mourir tranquille, ayant bien accompli ma charge d'homme car, sachez-le, c'est ce qu'elles attendent de nous, n'ayant que ce but en leur brève vie et cette pensée en leur cervelle. Bien plus, c'est la volonté de Dieu que nous les servions et contentions, et c'est pour cet accomplissement qu'il nous a créés et formés. Et s'il a mis en nous la faim de viande, la soif de vin et le besoin de sommeil, c'est afin que cette viande, ce vin et ce sommeil composent une semence bien épaisse et que nous en fassions don aux pauvrettes qui l'attendent! Quant à moi, mes seigneurs et cousins, n'ayant nul chevauchement en vue pour cette nuit et en conséquence manquant à mon devoir et office, j'ai grande mélancolie à cette heure, je vous le dis tout net, car qui sait combien de belles désirent l'approche du mâle en cette chaude nuit! Mais où sont-elles?

— Agréable en sa forme, ton discours appelle mes plus expresses réserves quant à son fond, dit Mangeclous, exception faite cependant du passage sur la pourriture à jamais qui était bien venu, juste, légitime, fondé en raison et fort plaisant.

— Oui, mes féaux, dit Michaël, toutes les femmes désirent le chevauchement, sec et net et de longue durée, et même les princesses royales le désirent!

— Mensonge! cria Salomon du fond de son foin. Elles sont pures!

— Elles ont toutes un derrière! rétorqua Michaël.

— Avec les annexes d'icelui! ricana Mangeclous.

— Calomnie infâme! cria Salomon. Honte à vous deux, vilains! Et orbes que deveniez!

— Écoute, ô menu, dit Michaël, écoute car je vais te conter tout ce qu'un roi fait à sa reine en la tournant de tous les côtés!

— Éloigné soit le malin! cria Salomon sorti de sa meule et tapant du pied. Je me révolte à la fin et j'en ai assez d'être le souffre-douleur de tout le monde! Ce matin, la machine volante! Cet après-midi à l'hôtel, Mangeclous qui s'est amusé à me raconter toutes les maladies que j'aurai peut-être plus tard dans mon corps, en haut et en bas et au milieu, et puis toutes les opérations que les chirurgiens me feront peut-être et comment je serai mort à la fin et les grimaces que je ferai juste avant! C'est trop injuste, moi qui suis poli avec tout le monde! Et maintenant c'est encore pire, c'est cet infâme Michaël qui dit des impudeurs dont Dieu garde! Qu'ai-je fait pour qu'on soit si méchant avec moi? Écoute, ô Michaël, ô vilain, ô nègre, ô indigne de notre sainte nation, ô déshonneur d'Israël, écoute, si tu continues tes inconvenances, sache que je m'enfuirai dans la nuit et les abîmes parmi les brigands cachés derrière les arbres et tant pis si je meurs assassiné, mais je ne reste plus à écouter tes vilenies! Vive la vertu et les bonnes mœurs et la chasteté des épouses, voilà! Bisque et rage, voilà! Et je raconterai tout à l'oncle Saltiel, et il te fera honte, et même il te maudira! Bien fait! Et sache que ses malédictions prennent car il est homme de grande sainteté, un vrai Israélite, tandis que toi tu es un musulman, voilà! Et si tu oses entrer dans notre synagogue, je t'en chasserai à coups de fouet.

— O petit homme, dit Michaël, et il arracha une tige d'herbe, et il mâchonna, souriant à des souvenirs. O vertueux, reprit-il, puisque tu es si indigné, dis-moi comment il se fait que tu aies des enfants et par quel miracle ils apparurent dans le ventre de ton épouse!

— C'est qu'on éteint les lumières, dit le rougissant Salomon, les yeux baissés. Et puis c'est l'Éternel, loué soit-Il, qui nous a dit de croître et multiplier. Alors, on est bien obligé. Et puis enfin, c'est honnête, c'est le mariage.

Après un long silence ponctué de bâillements car il se faisait tard, Mangeclous déclara que, puisqu'il n'y avait plus rien d'intéressant à discuter ni à manger, il allait faire un somme pour l'amélioration de ses poumons, en attendant l'arrivée de la païenne.

Étendu sur l'herbe, son haut-de-forme coiffant ses grands pieds pour les préserver des vipères, il s'endormit, bientôt couronné de roses par la reine d'Angleterre qui lui proposa à l'oreille de succéder à son mari en train de se promener dans le parc et sur la tête duquel tomba soudain le pot de fleurs du balcon central de Buckingham Palace.

# LXXVI

— N'empêche, dit Mattathias, il est minuit dix et la dever-
gondée, fille de Bélial, chef des démons, n'est pas encore venue,
et il y a là-bas la voiture des dilapidations qui attend terriblement. A ma dernière inspection, l'horloge des débours marquait
déjà quarante-deux francs helvétiques. Cette femme mérite
d'être lapidée. Créature sans cœur, en vérité. Quarante-deux
francs en or de dix-huit carats! Plus de huit thalers!

— Peu importe, car le seigneur m'a donné des sommes, dit
Michaël.

— L'argent dépensé me fait mal, dit Mattathias. Même
l'argent d'un autre.

— Je crois que ce qui console notre Mattathias de mourir,
c'est qu'il n'aura plus à payer d'impôts, dit Mangeclous. De
plus, je comprends pourquoi il ne stocke jamais d'épices, c'est
parce que s'il venait tout à coup à défaillir dans les bras de
l'ange de la mort et des épouvantements il resterait en sa cuisine
du sel ou du poivre et ce serait du gaspillage, de l'argent dépensé et non profité! A propos, Michaël, quel est mon rôle en
cette affaire et pourquoi n'ai-je pas été chargé des pourparlers
avec la païenne?

— Si le seigneur a préféré avoir l'assistance d'un homme
bien fait et connaisseur en œillades, qu'y puis-je?

— Mais qu'y aura-t-il à gagner pour moi en cette affaire où
je risque de perdre mon honneur?

— Le seigneur te donnera sûrement des milliers.

— En ce cas, j'en suis, perte d'honneur incluse, dit Mangeclous. D'ailleurs, qu'est-ce que que le sens de l'honneur sinon
la peur méprisable du qu'en-dira-t-on, ce qui rend un peu comiques les tragédies de Corneille! Mais s'il y a des bagages à

568

porter, je ne les porterai pas, car cela est contraire à ma dignité d'intellectuel.

Il bâilla, fit craquer les os de ses mains, médita de creuser une tranchée, histoire de résister au mari en cas d'attaque. Mais un reste de nougat découvert le rendit à l'optimisme et il entonna un psaume de sa voix caverneuse, ses grands pieds nus battant la mesure.

— Tout de même, dit Salomon en se frottant le nez, tout de même ce n'est pas bien. Si c'était une jeune fille, pour l'épouser même sans le consentement des parents, bon, d'accord! Mais elle est mariée!

— D'autant plus, dit Mattathias, que si elle hérite de quelque vieille tante, il n'en profitera pas, n'étant pas marié selon la loi.

— Il n'aura qu'à me confier le procès, dit Mangeclous.

— Et tu lui mangeras tout! dit Michaël.

Mangeclous eut un ricanement flatté et tirebouchonna coquinement sa barbe. Peut-être, oui, peut-être bien qu'il lui mangerait tout, ainsi étaient les grands avocats, que diable. Puis il s'ennuya, regarda ses mains veineuses et poilues, bâilla de mélancolie. Que faisait-il en cette position subalterne et sur ces herbages réservés à la pâture de méprisables animaux?

— La bonne chose, dit Salomon, serait que le seigneur parte plutôt avec le mari, gentiment, en amis, faire un voyage ensemble, et qu'ils se divertissent tous les deux, qu'ils passent honnêtement leur temps, voilà comme je dis, moi, bon Israélite que je suis. Quel besoin de femme? ajouta-t-il, peu soucieux de suite dans les idées.

— Il t'arrive de passablement raisonner, ô fève et féverole, dit Mangeclous. Amis, que diriez-vous si nous nous attirions du mérite moral en ramenant la jeune femme dans le chemin de la vertu à l'aide de quelque fromage odorant?

— Mais qu'as-tu dans la cervelle? s'indigna Salomon. Crois-tu qu'elle abandonnerait le précieux de son âme pour un morceau de fromage et penses-tu qu'à un seigneur si beau elle préférerait le parmesan ou même le bon salé de Salonique?

— Figure de rhétorique, dit Mangeclous avec la lassitude de la supériorité.

— Quant à moi, dit Mattathias, j'affirme que pour qu'elle oublie le neveu de Saltiel, il faudrait l'intéresser à une belle et bonne affaire de commerce ou plutôt de banque, avec arbitrage sur New York.

— J'allais le dire! cria Mangeclous. O Mattathias, ô roux,

tu m'as ôté mon idée de la bouche où elle baignait dans ma salive! Une affaire commerciale, tel était le fromage odorant auquel je pensais, je vous le jure! Ou plutôt je ne vous le jure pas puisque c'est la vérité! O compères de l'affection et du temps en ses longueur et largeur, voici ce que nous allons faire, écoutez! Dès que nous verrons arriver la friponne, ondulante et huilée d'aromates à la cannelle et le petit doigt en l'air, nous la haranguerons et lui ferons honte de ses ondulations pécheresses. Et moi, après l'avoir foudroyée prophétiquement, je me caresserai la barbe avec mon sourire satanique mais aimable, et je m'inclinerai en lui proposant, avec un ton paternel et un peu d'accent anglais pour lui donner confiance, de fonder en société anonyme un journal dont les annonces ne coûteront qu'un sou la ligne mais que nous vendrons cinq francs le numéro tant il contiendra d'annonces intéressantes! Naturellement, elle apporte les capitaux et moi l'idée, cinquante pour cent de bénéfices pour moi, vingt pour cent pour vous, et trente pour cent pour elle et le mari! C'est tout de même plus agréable que de réciter des poésies devant un amant et trois palmiers à Nice, il me semble! C'est la vie, cela! Et assez de ces répugnants baisers de tierce avec déroulements suivis!

— L'idée n'est pas mauvaise, dit Mattathias en frottant son bouc roux avec son harpon. Et je crois, Mangeclous, qu'elle s'y intéresserait encore plus si le journal percevait dix pour cent chaque fois qu'une annonce obtiendrait un résultat positif.

Assis sur l'herbe et bleus de lune, Mattathias et Mangeclous discutèrent longtemps et transigèrent à cinq pour cent. C'était donc entendu, déclara Mangeclous, dès que la païenne arriverait, il se lèverait, il lui soumettrait l'idée avec tous arguments moraux, et sûrement il la convaincrait! Alors tout serait bien et au lieu de filer sottement en passion, elle fonderait avec les Valeureux et le mari et même, si elle y tenait, avec le seigneur Solal, une belle affaire de journal avec téléphone et papier à lettres avec en-tête, et assez de ces extravagances d'amour! Les pertes éventuelles seraient naturellement supportées par le mari, et le téléphone du journal serait tout blanc puisque cette dévergondée aimait tellement la poésie! Que lui fallait-il de plus? Et même on la nommerait présidente du conseil d'administration, avec son nom gravé sur le papier à lettres, étant toutefois bien entendu que lui seul aurait la signature! De plus, on lui ferait acheter un wagon frigorifique qu'elle louerait aux divers pays européens! Des millions à gagner! Avec un timide enthousiasme, Salomon dit la sienne et suggéra que la dame pourrait être conviée à mettre les annonces en vers, ce qui ferait diversion et lui remplacerait un peu les délices d'amour. Connaisseur en féminité, Michaël chantonnait et bâillait, laissant parler ces ignorants.

— Et savez-vous ce que je ferai après que le neveu de Saltiel aura été abandonné par sa poétesse ? dit Mangeclous. Je ferai venir mes deux filles par télégramme et je lui proposerai avec des sourires charmeurs d'en choisir une comme compagne légale, n'importe laquelle, peu m'importe, pourvu qu'il m'en prenne une ! Et moi, en tant que beau-père, vous rendez-vous compte de la situation de cou d'oie farci que j'obtiendrai alors en cette Société des Nations ! Et vous verrez, je vous recevrai dans mon bureau, téléphone à l'oreille, donnant des ordres à droite et à gauche, le chapeau de côté, à la gaillarde ! Et mon bureau sera tout près du bureau de mon beau-fils !

— Imbécile, dit Michaël, crois-tu qu'il lâchera si facilement une telle pièce de lit, jeune et rebondissante et munie de toutes courbes souhaitables ? Et ne sais-tu pas que tes filles, il n'en voudrait même pas comme cure-dents ?

Mangeclous soupira, aussitôt convaincu. Eh oui, c'était vrai, elles étaient aussi pointues que bêtes, ces deux longues, ne sachant que pleurnicher, véritables endives. Tant pis, pas de position dominante à la Société des Nations. Quelle différence avec les bambins, ces deux idiotes ! Il sourit, et son âme alla vers ses trois mignons, et il sentit soudain qu'ils seraient un jour de terribles millionnaires, la coqueluche du Tout-Paris, sûrement. Oh, il ne leur demanderait rien, aucune aide d'argent, il les laisserait jouir de leurs dollars. Lui, tout ce qu'il voulait, c'était les voir tous les trois bien mariés, chacun dans sa longue automobile, et puis mourir en paix. Oui, mes perles fines, murmura-t-il, et il essuya une idée de larme. Puis il eut faim.

— Cher Salomon, fit-il, aurais-tu encore quelques pistaches salées à me bailler par aimable bonté ?

— Hélas, cher Mangeclous, il ne m'en reste plus, je te les ai toutes données.

— En ce cas que tu crèves, bâilla Mangeclous.

— Pas vrai, sourit Salomon, parce que je sais que tu m'aimes, et l'année passée quand j'étais très malade sur le point de mourir avec quarante et un degrés, tu es resté près de mon lit toute une nuit et même tu as pleuré, j'ai vu les larmes ! Donc ! Dis, cher ami, toi qui sais tout, comment fait-on pour faire comprendre un transpercement d'amour à une jeune fille de bonnes mœurs ? Enfin, quelle est la manière et la coutume ?

— En général, on l'informe par lettre recommandée avec avis de réception.

— Mais que lui dit-il dans cette lettre ?

— En général, il lui dit ceci : Adorable créature, j'ai l'avantage de vous faire connaître par la présente de ce jour que, charmé par votre sage maintien et vos réflexions judicieuses, j'accourrai ce soir, toutes affaires cessantes, vous apporter mes feux à domicile.

— Ce n'est pas mal, dit Salomon. Mais moi je lui dirais plutôt que je l'aime de tout mon cœur, en tout bien tout honneur.

— Et elle te rira au nez, dit Michaël.

— Je ne suis pas d'accord, dit Salomon. Elle me trouvera charmant parce que les jeunes filles aiment le respect d'un cœur honnête. Et maintenant je vais refaire un petit besoin, conclut-il, et il détala.

— Mangeclous, comment as-tu dit à la fin de ta lettre ? demanda Michaël.

— Vous apporter mes feux à domicile.

— Oui, à la rigueur, mais si elle est mariée, il est bon d'ajouter : à l'insu de votre encorné, pour la faire rire. Femme qui rit, femme conquise. Mais en somme, à quoi bon une lettre ? Il n'y a qu'à l'inviter à un repas de fortes salaisons, suivies de rougets avec piments forts, et elle entrera en passion avant le dessert.

— Tu n'as hélas pas tort, dit Mangeclous. Poissons et mets salés disposent à l'amour — Et dans la mer, dit-on, Vénus naquit un jour. Ainsi ai-je dit dans mon traité de poésie médicale.

— Ou bien, dit Michaël, je mords un écu d'argent devant elle et je le coupe en deux avec mes dents, et alors elle devient folle de moi. Ou encore si je danse avec elle, je lui fais comprendre par un certain effet de mon organisme que je la trouve aimable. Cela ne les froisse jamais à condition de leur dire en même temps des paroles fines et d'infini respect.

— C'est vrai que tu dois avoir du sang arabe, dit Mangeclous, soudain dégoûté par les grosses lèvres de Michaël. Maintenant, tais-toi car voilà notre petit qui revient.

— Une heure du matin, annonça Mattathias.

Il se leva, dit que c'était plus qu'un homme de bon sens pouvait endurer et qu'il était brûlé à petit feu par la dette sans cesse augmentante à l'horloge des francs helvétiques. Après avoir obtenu de Michaël promesse de remboursement, il s'en fut trouver le chauffeur du taxi, lui tendit avec dégoût la somme marquée au compteur, lui souhaita de se rompre les os en sa voie de perdition et lui donna des informations inattendues sur les mœurs de sa parenté féminine, directe et collatérale.

# LXXVII

Juché sur la meule de foin et sa redingote remise, Mangeclous assumait les fonctions de vigie, à un mètre du sol, insoucieux du danger. Tantôt la main en visière au-dessus des yeux et tantôt braquant sa longue-vue marine, il scrutait l'horizon, prêt à annoncer le débarquement de la dame.

— Terre! cria-t-il soudain d'une voix étranglée.

Sur quoi, Michaël se précipita vers la forêt où les deux chevaux avaient été attachés, cependant que le guetteur descendait prudemment de son monticule, en proie à une étrange émotion. Ainsi donc l'amour existait, pensa-t-il. Cette haute et belle forme se dirigeant vers eux bougeait vers du bonheur, docilement se remuait, attirée par du bonheur, marchait vers le bonheur d'amour.

— Garde à vous fixe! ordonna-t-il, et il lâcha un vent pour se libérer l'esprit, se sentir en forme et avoir une éloquence dégagée de tout souci matériel.

N'ayant nulle envie de se commettre avec la diablesse adultère, Mattathias s'éloigna tandis que Salomon, blanc de timidité mais obéissant au commandement, s'immobilisait en position militaire. Lorsqu'elle fut devant eux, statue de jeunesse, le petit homme vira au cramoisi, perdit la tête et fit une profonde courbette. Charmé, Excellente, osa-t-il murmurer. Quant à Mangeclous, il s'avança avec noblesse, l'œil bénévole et la main sur le cœur, évaluant déjà le manteau d'hermine qu'elle portait sur le bras.

— Sir Pinhas Wolfgang Amadeus Solal, se présenta-t-il en se découvrant largement, mon nom de plume étant Mangeclous, gentleman stylé et me savonnant souvent, ami du genre humain et humble parent du seigneur Solal que je tins sur mes genoux en son huitième jour lors de sa circoncision, sans nulle inconvenante allusion qui serait fort déplacée, et au nom duquel et par procuration implicite ou tacite comme il vous plaira je vous souhaite la bienvenue en des paroles ardentes inspirées du Cantique des Cantiques, chapitre six, verset dix, à savoir qui est celle qui apparaît comme l'aurore, belle comme la lune, resplendissante comme le soleil, mais redoutable comme des bataillons sous leurs bannières ? Bref, how do you do ? Sir Pinhas, redis-je, gentleman d'honneur et roseau pensant, noble homme en Israël et frac mondain en général, mais seulement redingote ce soir vu le séjour dans la froide nature, ancien recteur et phtisique galopant depuis l'âge le plus tendre ! (Il confectionna une quinte dramatique, la commenta en souriant : ) Preuve de la véracité de mes allégations ! De plus, en post-scriptum, douze enfants en bas âge, humblement agonisant de faim depuis de nombreuses années ! Bref, malheureux père et galant homme condamné à la souffrance !

Ayant dit, il refit une révérence, chapeau haut de forme étalé. Envoûtée, elle considéra tour à tour les deux phénomènes, le long ténébreux aux pieds nus et le rondelet figé en sa courbette comme s'il cherchait des vermisseaux dans l'herbe, jugeant sans doute que cette posture lui donnait une contenance.

— Soyez en paix, adorable Altesse, reprit Mangeclous, et que nul souci ne vous tourmente en ce qui concerne votre cher mais honorable rendez-vous au lieu charmant de la danse. Le subalterne aux moustaches est en effet allé chercher pour Votre Grâce un mode de locomotion chevaline ou plutôt un mode chevalin de locomotion pour vous conduire où votre âme désire et soyez tranquille vous aurez bientôt danses et sorbets à foison ! Donc rien ne presse, une seule chose étant essentielle dans la vie, à savoir la bienfaisance, la charité aux pauvres, triste catégorie humaine à laquelle j'ai la douleur et l'honneur d'appartenir, conclut-il avec un sourire navré de ses longues dents et tout en tendant l'intérieur de son couvre-chef en guise de sébile.

Prenant alors une pose de pudique mais digne attente, il resta silencieux tandis que Salomon, s'étant esbigné en douce, se livrait plus loin à une mystérieuse besogne, penché sur les herbes. Ne voyant rien venir et le huit-reflets restant vide de toute monnaie, Mangeclous essaya d'une autre tactique pour attendrir le cœur de cette fille des Gentils, décidément dure à la détente.

— Belle nuit, n'est-ce pas, chère madame ? reprit-il. Nuit

de velours en vérité et propre aux langueurs du cœur, ce qui m'amène à exprimer, non sans tact et en toute révérence due, des souhaits sincères pour de délicieux sorbets et d'agréables danses, et bref pour toutes joies que votre cœur à juste titre désire. (Il soupira avec sentiment.) Il faut bien que jeunesse se passe dans les délices, légales ou non, et je suis tolérant et compréhensif, dis-je avec un regard paternel. Je suis d'autant plus large dans mes vues que j'ai devant moi jeunesse à son zénith et beauté à un tel comble que je comparerais volontiers Votre Altière Hautesse à la jument attelée au char de Pharaon, ou mieux encore à un très jeune cou d'oie bien farci, avec beaucoup de pignons. (Elle mordit sa lèvre pour supprimer le fou rire.) J'ai d'ailleurs remarqué que la générosité va toujours de pair avec la grâce et la beauté ! (Il toussa, attendit. Mais qu'avait-elle donc à le dévisager, sans dire mot ? Il décida de faire vibrer la corde patriotique.) Ah, chère dame, comme je suis heureux de me trouver en votre Genève, cette Genève qui est ma troisième ou quatrième patrie et dont j'estime tant les citoyens à cause de leurs instincts bienfaisants ! Quant à quelques désagréments passagers que vous fites à Michel Servet, que voulez-vous, errare humanum est ! Passons donc l'éponge ! Pour en revenir aux instincts bienfaisants, quelle belle chose que votre Croix-Rouge, par exemple ! J'en ai des larmes aux yeux ! Inter arma caritas ! Noble devise en vérité ! J'ajouterai toutefois que la charité, à mon avis, doit s'exercer également en temps de paix ! Bref, chère amie, toutes cartes posées sur table, j'ajouterai avec franchise que si j'ai abandonné l'oncle Saltiel, râlant en son lit où le foudroya la jaunisse, et si je vins jusqu'en ce lieu éloigné de toute commodité urbaine, ce fut certes pour vous présenter les respects et petits riens charmés d'un homme d'honneur mais aussi, je l'avoue, accablé que je suis par manque de monnaie, dans l'espoir de quelque gain licite !

Il accentua ces deux derniers mots car cette païenne n'avait décidément pas la compréhension rapide. Se recoiffant de son haut-de-forme, il attendit, bras croisés et pieds nus écartés. Enfin, allait-elle se décider, oui ou non, cette avaricieuse ? Ce fut alors que Michaël survint, tenant en laisse les deux chevaux. Après avoir écarté Mangeclous, il plia genou devant la belle, baisa le bas de sa robe. Sur quoi, s'étant relevé, il la prit par la taille et, la serrant plus qu'il n'était nécessaire, la souleva et la posa sur le cheval blanc, à l'amazone.

— Je regrette, sourit-elle alors à Mangeclous, je n'ai pas d'argent sur moi.

— Qu'à cela ne tienne, chère Altesse! s'écria-t-il avec vivacité. J'accepte aussi les traites et billets à ordre qui sont moyens commodes de paiement, et j'ai humblement sur moi le papier et le crayon nécessaires! De plus, mes pauvres filles grelottent dans la froidure et le bruit de leurs dents en zigzags s'entend jusqu'à la forteresse des podestats, ajouta-t-il, l'œil aimant et la main posée sur le manteau d'hermine chastement caressé. Les malheureuses ont toujours souhaité une chaude vêture, et elles en parlent la nuit dans leurs rêves. En conséquence, chère bienfaitrice, elles béniront votre paume ouverte et Dieu vous le rendra au centuple, conclut-il en s'emparant prestement du manteau que Michaël lui arracha aussitôt et restitua à la cavalière. Maudit sois-tu, empêcheur d'hermine! cria Mangeclous. Et maudits les ossements lubriques de ta grand-mère!

Elle flatta l'encolure du cheval, s'assura des rênes et rendit la fourrure à Mangeclous qui remercia d'une main portée de son cœur à ses lèvres puis cligna coquinement de l'œil à Michaël juché sur l'autre monture, son narguilé sous le bras. Ce fut alors que Salomon surgit en petit cyclone, tenant à deux mains un bouquet de coquelicots qu'il offrit, tout essoufflé, à la belle cavalière. Ensuite, devant ses deux cousins stupéfaits, il se mit à réciter, d'une voix étranglée par l'émotion, un mignon poème de sa composition où il était question de « ces charmantes fleurs, madame, pareilles à votre âme ».

Ayant terminé, le petit chou vêtu de poil de mouton se haussa sur la pointe des pieds pour recevoir sa récompense. Penchée, elle le souleva et l'embrassa si fort qu'il crut s'envoler de joie. Remis à terre, il détala et, pour donner libre cours à son enthousiasme, se mit à courir en rond avec l'application d'un poney de cirque tandis que, suivie du janissaire, la blanche cavalière criait d'une joie si grande que c'était comme une terreur, criait un long appel de joie, un cantique de jeunesse, rênes lâchées et bras largement écartés, puis disparaissait dans les ombres et la nuit.

Alors Salomon toujours galopant cria sa fierté. Il avait été embrassé, lui, et les autres, rien du tout! Ils ne savaient pas, les imbéciles, qu'il avait préparé son coup depuis une heure et composé le joli poème en comptant bien les syllabes sur ses doigts! Les bras levés, il tricotait des gambettes et glapissait à perdre haleine que Salomon était vainqueur et que Salomon avait été embrassé, cependant que Mangeclous, le manteau d'hermine négligemment posé sur ses épaules, en refusait la

577

vente à Mattathias et combinait une action en dommages-intérêts contre Michaël pour cause de croc-en-jambe.

— Tu as vu, Mangeclous? demanda Salomon revenu de ses envols. Elle m'a embrassé!

— Comme un enfant de trois ans, et à ta place j'aurais honte, dit Mangeclous.

Sur quoi, soudain embrasé d'amour, il débarrassa ses épaules de la longue hermine, la baisa passionnément, les yeux exorbités. Lui murmurant des mots tendres, l'assurant qu'il en ferait trois jolis petits manteaux pour les bambins, et la serrant contre lui, il valsa avec elle, grands pieds effrénés et déjetés. Au clair de la lune et sous les regards étonnés de ses cousins, il tournoya longtemps avec la blanche fourrure, basques volantes, gracieusement tournoya et sauta, pieds nus entrechoqués.

# LXXVIII

Réveillé à sept heures, il s'étira et sourit d'être chez lui de nouveau, dans son bon lit, tellement plus confortable que les lits d'hôtel, un ami quoi, et puis toutes garanties de propreté. Home, sweet home again. Et tout près, à quelques mètres, il y avait sa femme! Sa femme, nom d'un chien! Il la verrait bientôt, et ils deviseraient ensemble, en amis. Oui, il lui raconterait encore de la mission.

— Si tu avais vu, mon vieux, ce qu'elle s'y est intéressée, me posant des questions sur mes entrevues, surtout avec le Haut-Commissaire, un feld-maréchal, mon vieux, tu n'en vois pas beaucoup, toi, hein? Et puis quand je lui ai dit que j'ai commencé mon roman sur Don Juan, pendant la mission donc, déjà trois chapitres, quarante pages en tout, elle a voulu que je les lui lise. Si tu nous avais vus, mon vieux, moi lisant en robe de chambre de soie, parce que je suis allé d'abord me mettre en robe de chambre, une robe de chambre de chez Sulka, mon vieux Vermeylen, achetée à Paris, rue de Castiglione, il y a pas mieux, tu sais, si tu m'avais vu, mon vieux, moi lisant en robe de chambre ultra-chic, ça faisait désinvolte, tu sais, grand seigneur des lettres, et puis elle alors, respectueuse, accrochée à mes lèvres, très emballée, participant, tu comprends. Ah, mon vieux, le mariage, il n'y a que ça de vrai. (Il émit de petits bâillements aigus, chantonna son Home, sweet home again.) Dis donc, Rianounette, deux cents kilos de documentation, tu te rends compte? Il faudra que je me débrouille pour que monsieur Solal le sache. Tu sais ce que je ferai? En annexe de mon rapport, je ferai une énumération complète de tout ce que je rapporte comme éléments de documentation, ça fera des pages et des pages en simple interligne. Bien sûr qu'il ne lira pas tout ça, mais l'effet de quantité y sera. Naturellement, tout ce qui est documentation a été envoyé directement au Secrétariat, mais si ça t'intéresse tu pourras venir une fois au Palais, je te montrerai tout ça. A propos, j'ai rapporté un tas de photos, des danses indigènes en mon honneur, et puis moi en compagnie de grands officiels, je te les montrerai. Il y en a une de Paris où un directeur au ministère des Colonies me tient gentiment par le bras, une huile pourtant, hein, un type épatant, en passe d'être bombardé directeur général, je te la montrerai, ça t'intéressera, il faut dire qu'on était un peu pompettes tous les deux, après ce déjeuner chez Lapérouse. Toutes ces photos, je les collerai dans un album ad hoc, avec légende à l'encre blanche sous chacune, avec la date aussi, of course. Alors, ça t'a plu, mes trois chapitres ? Maintenant, tu sais, si tu as des critiques à me faire, ne te gêne pas, et même ça m'intéresserait, je ne suis pas infaillible. Quarante pages, ça commence à compter, hein ? Il m'en restera encore deux cents à peu près à écrire. Quarante mille mots, j'ai calculé. Pour moi, quarante mille mots, c'est la bonne dimension pour un roman, ni trop, ni trop peu. Le titre sera Juan, j'avais pensé d'abord à Don Juan, mais il m'a semblé que Juan ferait plus original, on est tellement habitué à Don Juan. Dis donc, plus j'y pense, plus je trouve que c'est une bonne idée d'inviter monsieur Solal le plus vite possible parce que alors je pourrai lui raconter ma mission. Une conversation, c'est bien mieux qu'un rapport, c'est plus vivant, et puis un rapport, on ne sait jamais si c'est lu sérieusement, tandis qu'une conversation on est bien obligé de vous écouter. Tu es d'accord ? Pour en revenir à mon roman, tu sais, ça m'a fait plaisir que tu aies particulièrement aimé le passage sur le mépris d'avance, et puis aussi quand il parle des raisons de sa rage de séduire. C'est justement deux thèmes que j'aime bien, au fond ils me hantent depuis longtemps. Oui, ça m'a fait plaisir, parce que au fond, tu sais, c'est pour toi que j'écris. Oui, je crois que je tiens le filon avec ce roman. Ce qu'il faudrait, c'est mon transfert à Paris, à notre bureau correspondant. Avec un grand appartement dans un quartier chic et beaucoup d'invitations, je me ferais une masse de relations. D'où le Femina ou l'Interallié, tu comprends ? Le tout, vois-tu, c'est de connaître des gens, se créer des amitiés. Et maintenant, mon vieux Vermeylen, on va se lever pour lui faire du thé. Mais attention, pas de bruit, pas la réveiller avant de lui apporter le thé. Elle aime bien son morning tea. (Il sourit délicatement, rêveusement.) Elle aime tout ce qui est anglais, elle a pris des habitudes en Angleterre. Trois ans à Oxford, mon vieux, dans un collège chic, rien que des filles de la haute. Elle peut pas en dire autant ta femme, hein? Le morning tea, mon vieux, je vais t'expliquer ça. C'est une tasse de thé pour le réveil, mais je le lui ferai dans une théière, parce que des fois elle veut une deuxième tasse, et puis j'en prendrai aussi pour le plaisir de boire ensemble. Du thé très fort, un peu de lait, pas de sucre, c'est la manière anglaise. Le breakfast vient plus tard, après le bain, c'est comme ça dans les milieux chic. Et puis elle, tu sais, c'est pas comme ta femme, elle c'est pas le genre à pleurnicher sur la cherté de la vie ou à raccommoder des chaussettes. Elle, mon vieux, c'est le charme, c'est la poésie. Voilà, tu es renseigné maintenant. Allez, hop! Une, deux, trois, debout!

Il descendit prudemment, évitant le milieu craquant des marches, posant les pieds près de la rampe. Arrivé au rez-de-chaussée, il cligna de l'œil à son imperméable pendu dans le vestibule. Ah, nom d'un chien, la belle vie qui recommençait! Aussitôt entré dans la cuisine, il mit la bouilloire sur le feu, se frotta les mains, fredonna un air de Mozart.

> Par un doux hyménée,
> Au temple de l'amour,
> De notre destinée
> Viens embellir le cours.

Eh oui, en plein hyménée! Bonjour chouquette. Bien dormi, la chouquette, bien reposée? Voilà le bon thé pour la chouquette! Il aimait tellement la voir boire son thé, à moitié endormie, un peu bébé. Maintenant, si elle était d'attaque, si elle ne voulait pas se rendormir après son thé, on lui proposerait une balade matinale.

— Dis donc, Rianounette, j'ai une idée first class. Il fait un temps magnifique, tu sais ce que je propose? Tu donnes ta langue au chat? Eh bien, je propose qu'on ne traîne pas ce matin! Départ à neuf heures pour une randonnée en voiture, on ira en Savoie, qu'est-ce que tu en dis? A Talloires, il y a un restaurant sensationnel il paraît, trois étoiles dans le Michelin, c'est pas rien. Tu sais, c'est là que les grands ténors de la politique vont festiner, Briand, Stresemann et tutti quanti, ça doit être assez formidable. Dis donc, on s'offre un déjeuner gastronomique à Talloires, hein? Ça te goûte? Eh là, attention, c'est ça te dit qu'il faudra lui dire. Maintenant, si elle préfère dormir un peu après son morning tea, tant pis, on fera la balade après.

Hé là, l'eau qui bout! Ébouillanter la théière d'abord, selon les règles. Très bien, voilà qui est fait. Bravo, mon cher. Maintenant remettre l'eau dans la bouilloire, vu nécessité eau à cent degrés centigrades ou plutôt, soyons correct, centésimaux. Parfait. Vite deux grosses cuillerées de thé, non, trois, la maison ne reculant devant aucun sacrifice. Et maintenant, vite verser l'eau. Et maintenant, le cher petit cosy molletonné et laisser tirer pendant les sept minutes réglementaires. Toutes les qualités, mon vieux, s'intéressant à ma mission, si tu avais vu comme elle m'écoutait. Entre nous, j'aurais préféré que, j'avais une de ces envies, enfin quoi, sevré depuis des mois, j'aurais pas craché sur le devoir conjugal, je te prie de le croire, mais alors pour ce qui est de la bagatelle, quand j'ai commencé des travaux d'approche, elle m'a fait tout de suite comprendre qu'il n'y aurait rien à faire ce soir, gentiment mais nettement, oh c'est pas qu'elle y met de la mauvaise volonté, mais c'est le coup de la surprise de me voir arriver à l'improviste, une semaine à l'avance, le choc quoi, elle croyait que j'arriverais le trente et un août seulement, ça lui a donné un coup de pompe et puis une migraine terrible, alors forcément ça ne met pas en train pour, ça fait que pour ce qui est du jeu de la bête à deux dos, macache et ceinture, et c'est bien compréhensible parce que au fond, je m'en rends compte maintenant, j'ai été une brute d'arriver comme ça sans tambour ni trompette, je croyais lui faire plaisir, une surprise, mais une femme c'est fragile nerveusement, c'est délicat, mon vieux, tu n'as pas une idée. Enfin elle n'a rien perdu pour attendre. Aujourd'hui il n'y aura sûrement plus de migraine et alors, mon cher, les ressorts du sommier vont sauter, ça je te le garantis! Et pourtant, tu sais, elle pourrait m'en vouloir d'être arrivé comme ça sans l'avoir avertie, mais elle non, gentille quand même, ne me faisant pas de reproches, m'interrogeant. Le plus touchant, mon vieux, c'est son idée d'avoir voulu faire déjà un essai en vue du trente et un août. La belle robe, les fleurs, la lumière rouge, c'était pour se représenter comme elle arrangerait tout quand j'arriverais le trente et un août. Une répétition générale, comme elle a dit. Si c'est pas de l'amour, ça, mon vieux, qu'est-ce qu'il te faut alors? Il n'y a qu'elle pour avoir des idées poétiques de ce calibre. Et puis cette idée d'avoir transformé son petit salon en mon honneur, les boiseries repeintes, c'est pas de l'amour? En somme, on pourrait recevoir dans ce petit salon dorénavant, c'est bien mieux que dans le grand. Allons plutôt dans le petit salon, mon cher sous-secrétaire général, on y sera plus intimes.

Gros effet sur les Kanakis, ce petit salon, on pourrait les inviter en même temps que le S. S. G. Dire boudoir peut-être, ça fait plus chic que petit salon. Non, mon cher, pas de Kanakis, pure folie. Très imprudent de donner à Kanak l'occasion de relations personnelles avec le S. S. G. Inviter le S. S. G. seul, ou alors avec des gens très chic, mais du dehors, pas des membres du personnel qui ne trouveront rien de mieux, les petits salauds, que de l'inviter à leur tour. A propos, Rianounette, j'ai oublié de te dire. Hier soir, à l'arrêt du train à Lausanne, j'ai acheté le Journal de Genève, et qu'est-ce que je vois, Petresco et sa femme morts dans un accident d'auto, une histoire de passage à niveau. En somme, j'ai bien fait de ne pas les avoir invités avec les Kanakis, ça ne m'aurait servi à rien puisqu'ils sont déjà morts, comme relations ça n'aurait pas duré longtemps. Ça fait qu'il y a un poste A libre maintenant, je me demande qui l'aura, ça ne m'étonnerait pas mais pas du tout que, enfin on verra. Dis donc, c'est pas tout ça, ne perdons pas de temps, montons nous faire séduisant. Mon cœur palpite de la voir, je dirais même qu'il pilpate.

De retour à la cuisine, en pyjama impeccable, les cheveux brillantinés, le collier de barbe bien peigné et les ongles brossés, il s'admira dans le miroir de Mariette. Un vrai prince charmant. Maintenant il s'agissait de méditer un peu sur la tactique à adopter.

— Voyons un peu la politique de cette affaire. Nous entrons donc dans sa chambre, d'accord. Si elle dort, comme tout semble le faire prévoir à vues humaines, nous nous approchons tout doucement et nous la réveillons d'un tendre baiser sur le front ou sur la joue, selon la position de la tête, ou même éventuellement sur les lèvres! Fortuna audaces juvat!

Il sourit à l'idée malicieuse qui venait de surgir. Oui, la même farce que Papi à Mammie. Après le baiser, il prendrait un air sérieux et il lui dirait qu'il avait lu un article sur les bienfaits de la camomille et que, voilà, au lieu de thé, il avait cru bien faire en préparant une infusion de camomille. Elle ferait la grimace et puis, lorsqu'elle s'apercevrait que c'était du thé, ils riraient bien tous les deux. Non, en somme non, pas tellement drôle, cette farce, annoncer le thé loyalement, comme d'habitude. Voilà le thé, le bon thé pour la chouquette, le bon morning tea! Oui, adopté.

Arrivé au deuxième étage, il posa à terre le plateau, frappa doucement, ne s'étonna pas du silence. La pauvrette devait dormir profondément, donc la réveiller avec des ménagements.

Sur le front seulement, le baiser. Le plateau repris à deux mains, il ouvrit lentement en appuyant son coude sur la poignée, annonça le thé, le bon thé pour la chouquette. Sur le lit non défait, une feuille pliée en quatre. Le plateau lui échappa et le thé se répandit sur le tapis. Il déplia la feuille, et de l'urine mouilla le beau pyjama à rayures.

## LXXIX

Dans le petit salon aux volets fermés, assis sur le sofa, il bouclait ses cheveux, les débouclait. Ces fleurs, ces cigarettes, c'était pour le type. Sûrement, oui, les deux sur ce sofa, en face de la psyché qui avait tout vu. Pourtant, quoi, elle avait accepté de se marier avec lui, alors pourquoi ? Les fortifiants qu'elle achetait pour lui, et à table elle lui rappelait d'en prendre, alors pourquoi ?

Il se leva, sortit, erra dans le vestibule, effleura les revers de l'imperméable pendu, s'arrêta devant le baromètre, l'ausculta. Ils auraient beau temps pour leur voyage. En Italie peut-être, pays de l'amour. Par un doux hyménée au temple de l'amour, de notre destinée viens embellir le cours, murmura-t-il en entrant dans la cuisine.

Il s'assit devant la table, déplia la lettre, en fit un cornet, le déroula, essaya de l'aplatir, se rappela comme il recouvrait soigneusement ses cahiers de classe lorsqu'il était enfant. Il ne savait pas alors ce qui l'attendait. La bouche entrouverte, il leva la tête, considéra le fil de fer galvanisé tendu d'un mur à l'autre. Parfaitement droit, vraiment bien tendu, ce fil de fer. C'était lui qui l'avait tendu. Jamais plus il n'aurait de plaisir à le regarder.

Des biscuits devant lui. Il en prit deux d'un coup, les mâcha lentement. Cette bouillie dans sa bouche, c'était le malheur. De l'index, il désigna le frigidaire. Ils l'avaient choisi ensemble, au début du mariage, un samedi après-midi. En sortant du magasin, elle lui avait pris le bras, d'elle-même, et ils s'étaient promenés bras dessus bras dessous, mari et femme. Et maintenant avec un autre, un autre qui pouvait la toucher comme il voulait, et elle se laissait faire. Et pourtant elle était toujours sa femme, elle portait toujours son nom. De nouveau, il enroula la lettre en cornet, la déroula, la relut à haute voix.

« Dimanche matin, six heures. Mon pauvre chéri, j'ai mal à la pensée que tu dors paisiblement, sans savoir encore. Toi si bon, te faire souffrir, c'est affreux. Tout à l'heure, lorsque je l'ai quitté pour revenir ici, c'était pour te parler, pour t'expliquer, mais lorsque j'ai été devant ta porte, je n'ai pas eu le courage. Pardonne-moi de t'avoir caché la vérité hier soir, j'étais si bouleversée. Lui aussi revenait de voyage, et c'était lui que j'attendais lorsque tu es arrivé. Je voudrais t'écrire longuement pour que tu comprennes que je ne peux faire autrement. Mais je lui ai promis d'être de retour très vite car nous prenons un train très tôt, à neuf heures déjà.

« Tout à l'heure, en entrant, je me suis arrêtée devant ton imperméable pendu dans le corridor, et il m'a étrangement émue. J'en ai caressé les revers et puis j'ai vu que le bouton du milieu tenait à peine. Je te l'ai recousu. C'était doux de faire encore quelque chose pour toi. J'ai regardé dans le frigidaire. Il y a tout ce qu'il faut pour aujourd'hui. Fais chauffer ton repas, ne mange pas froid. Reprends ton travail dès demain, déjeune avec tes collègues. Le soir ne reste pas seul, va chez des amis, et surtout télégraphie à tes parents de revenir immédiatement. Pardonne-moi, mais j'ai besoin d'être heureuse. Il est l'amour de ma vie, le premier, le seul. Je t'écrirai de là-bas.

« Ariane. »

Il se leva, ouvrit le frigidaire, s'empara d'une tarte au fromage, mordit dans la pâte glacée. Il, il, lui, lui, comme s'il n'y avait que ce type au monde. Et puis cette gentillesse de lui dire qu'ils partiraient à neuf heures. Téléphoner à la gare pour savoir où allait ce train ? Même pas le droit de savoir où elle allait, avec qui elle allait. Tout de même, elle aurait pu lui dire qui c'était, ce type. Mauvaise, cette tarte. Et puis ce culot de lui dire mon chéri.

Il haussa les sourcils en jugement sévère, puis ouvrit les robinets du gaz, les referma, déambula, le bras arrondi comme le jour où ils s'étaient promenés bras dessus bras dessous, et c'était elle-même qui lui avait pris le bras, spontanément. Il arrondit davantage le bras, pour mieux se rappeler, haussa de nouveau les sourcils et alla, les pieds traînants, avec la dignité justicière des faibles offensés. S'arrêtant devant la pile de linge posée sur une chaise, il prit le carnet du blanchissage, parcourut la liste. Rien que du linge de maison. Évidemment, ses choses à elle étaient trop délicates, c'était Mariette qui les lavait. Contrôlant chaque fois sur la liste, il compta le linge, le rangea dans le buffet. Six draps de lit, c'était trop pour quinze jours. Donc, c'était pour le type. Il, il, lui, lui. Naturellement, des draps impeccables chaque fois. Tout de même, avoir fait ça chez lui, sur les draps offerts par Mammie, sur le cadeau de mariage de Mammie! Au fond, Mammie serait contente. Vraiment bien tendu, ce fil de fer. Ces nouveaux tendeurs à vis étaient bien supérieurs aux anciens à crémaillère.

Il frotta une allumette, la posa sur la table, la reprit lorsqu'elle fut sur le point de s'éteindre, la fit tourner, parvint à la raviver. Victoire, elle lui reviendrait! Mais non, cette chance de l'allumette, il savait bien que c'était une méchanceté du sort, un espoir qui serait déçu.

— A partir de maintenant, indifférence.

Il ouvrit la porte du buffet, examina le rayon des confitures. On allait passer un moment avec ces dames. Toutes ces dames au salon. Parfait, un peu d'humour. Confiture de pêches, trop doux. Confiture de pruneaux, ordinaire, pas digne d'un membre A. Confiture de griottes? D'accord, bon petit goût acide. Griottes adoptées à l'unanimité. On va vous manger mes petites. Voilà, prendre les choses à la légère, être fort dans l'adversité. Il frappa du pied pour être fort, fredonna l'air du toréador de Carmen, puisa ensuite dans le pot de confiture avec une fourchette pour faire passoire, pour ne prendre que des cerises, sans le sirop. Heureuse? Eh bien, lui aussi, voilà, et cambronne pour elle.

— Tu vois, je mange des confitures.

Il repoussa le pot, s'empara d'une boîte en aluminium, en dévissa le couvercle. Commode pour le camping, fermeture vraiment hermétique. Ça au moins lui restait, c'était du solide, ça ne trompait pas. Vingt francs pour une épaule d'agneau roulée et désossée, c'était exagéré, il allait fort, le bonhomme. Il traça deux points d'exclamation sur la facture du boucher, empocha le bout de crayon. Très bon l'épaule d'agneau, tendre, un peu trop gras peut-être. Il, il, lui, lui. Il avait bien fait de renvoyer Mariette quand elle avait sonné. Complice sûrement, cette vieille.

— M'habiller et sortir.

Une promenade, puis déjeuner en ville. Toréador, en garde. Oui, sortir. Complet fresco, cravate bleue. Quand elle lui faisait son nœud de cravate, elle lui donnait une petite tape sur la joue, après. C'était l'autre qu'elle attendait hier soir. Et lui, le couillon à lui lire son manuscrit ! Pour l'autre, les boiseries repeintes, le nouveau tapis. Trois mille francs au moins, ce tapis. Toutes ces dépenses pour rien. Lui, presque jamais il ne l'avait vue nue, et si ça arrivait, elle se couvrait tout de suite, elle disait que ça la gênait. Mais avec l'autre ça ne la gênait pas. Toute nue et elle le toucherait à un endroit et ça ne la dégoûterait pas.

— Une grue, voilà.

Et pourtant, non, elle n'était pas une grue, elle était une femme bien. C'était ça justement qui était affreux, une femme bien qui acceptait de faire des saletés avec un homme. Aller tout à l'heure à la gare avec un taxi, demander quel quai le train de neuf heures ? Peut-être qu'elle aurait pitié en voyant sa bonne volonté lorsqu'il leur passerait les bagages par la fenêtre. Il ne lui dirait rien, il la regarderait avec des yeux brillants de larmes, des yeux émouvants, et alors peut-être qu'elle descendrait du wagon. Il murmura :« Adrien, mon chéri, je ne pars pas, je reviens à toi.»

Mais non, elle ne reviendrait pas. L'autre savait y faire. C'était un amant, il la rendait jalouse, sûrement. Tandis que lui, il avait été honnête avec elle. Lui, rien que de l'affection sérieuse, des attentions. Elle l'en avait puni. Oui, de l'affection sérieuse, de l'affection de cocu, des attentions de cocu. Il se cura le nez devant la petite glace de Mariette, considéra sa cueillette, en fit une boulette qu'il jeta. Quelle importance désormais ? D'ailleurs, en qualité de cocu, il avait le droit. Monter, ôter ce pantalon mouillé qui lui tenait froid. A Florence peut-être, dans le même hôtel peut-être, l'hôtel de leur voyage de noces, près de l'Arno. Dans la même chambre peut-être, et elle se laisserait toucher, le toucherait sans dégoût. Il haussa les sourcils. Il avait toujours eu tellement confiance en elle. Pourquoi lui écrire de là-bas ? Pour lui dire combien de fois ils auraient fait leurs saletés depuis leur départ ? C'était son imperméable qui l'avait émue, mais lui, il pouvait crever, elle s'en foutait. Assez, assez.

— Je t'ordonne de monter t'habiller.

Dans sa chambre, il s'agenouilla devant le lit défait, demanda à Dieu de la lui rendre, puis se leva, regarda ses mains. Bien sûr, sa prière ne servirait de rien, il le savait bien. Il s'approcha de la table de nuit. Près de la montre-bracelet, elle souriait dans son cadre de vieil argent. Il retourna la photographie. Si content lorsqu'il avait trouvé ce cadre chez l'antiquaire. Vite rentrer à la maison pour le lui montrer, pour y mettre sa photo ! Huit heures et quart. Il mit la montre à son poignet. Si au moins il savait où elle était en ce moment, il lui téléphonerait, il la supplierait de retarder son départ, de discuter la situation ensemble, en amis, il lui dirait d'attendre, de voir si vraiment elle ne pouvait pas se passer de cet homme.

— Chérie, attends, vois si vraiment tu ne peux pas te passer de lui.

Tout à l'heure il avait trop chaud, maintenant il avait froid. Il passa un manteau sur son pyjama. Oh, le pantalon sécherait vite, pas besoin de le changer. Dans la glace de l'armoire, il se trouva minable avec sa barbe. Une tête trop ronde, une tête de mari. Il ouvrit le tiroir de la table de nuit, s'empara de l'automatique, lut l'inscription gravée. Fabrique nationale d'armes de guerre, Herstal, Belgique. Il le laissa tomber dans la poche du manteau. Elle avait eu peur lorsqu'il le lui avait montré, un matin, au morning tea. Mais c'est indispensable, chérie, quand on habite à la campagne. Alors, elle lui avait recommandé de faire attention, d'être prudent. Elle tenait à lui en ce temps-là. C'était un bon moment, le morning tea, cette tasse qu'il lui apportait au lit. Voilà le bon thé pour la chouquette! Une fois, quand il lui avait apporté le morning tea, elle lui avait cligné de l'œil pour rien, pour lui montrer qu'on était amis, qu'on s'entendait bien. Devant l'armoire à glace, les mains jointes, il lui demanda de revenir, se rappela la chanson d'un vieux disque de Papi, en chanta tout bas le refrain, ému par sa supplication : « Reviens, veux-tu, car ma souffrance est infinie, je veux retrouver tout mon bonheur perdu, reviens, reviens, veux-tu ?»

Un peu plus tard, il se retrouva dans la salle de bains. Il l'avait fait installer pour elle, cette salle de bains. Quatre mille francs. Exprès pour elle parce qu'elle voulait une salle de bains attenant à sa chambre. J'ai besoin de privacy, elle avait dit. Cette manie qu'elle avait de dire des mots anglais. Toutes ces robes, toutes ces cigarettes dans la baignoire, jamais il ne saurait pourquoi. Pourtant c'était une chose d'elle. Il ne saurait pas non plus pourquoi cette robe déchirée chez elle, par terre, la robe verte qu'il lui avait achetée, à Florence justement. Ce matin-là, il faisait beau, ils étaient sortis de l'hôtel, et elle lui avait donné la main. La même main qui, ce soir, dans le lit. Et pourtant, mon Dieu, elle était toujours madame Adrien Deume. Son passeport, moralement elle n'y avait plus droit. Qu'est-ce qu'ils penseraient, les gens de l'hôtel, en voyant qu'elle ne s'appelait pas comme le type ? Oh, il savait bien pourquoi il était dans cette salle de bains. C'était pour voir des choses d'elle, pour être avec elle. Voilà, c'était sa brosse à dents. Il l'approcha de son nez, pour la sentir, résista à la tentation d'ouvrir la bouche, de s'en frotter les dents.

— Pourtant, elle ne peut rien me reprocher.

Quand elle avait ses règles, elle n'était pas commode. Il faisait tellement attention de ne pas la contrarier, ces jours-là. Enfin, si tu crois, chérie, c'est comme tu voudras, c'est à toi de juger. Alors, elle a très mal, ma chouquette ? Est-ce que je peux faire quelque chose pour elle ? Et si tu prenais une aspirine ? Veux-tu que je te fasse une bouillotte ? Elle appelait ça les jours du Dragon. Ces jours-là, elle était mystérieuse, elle lui faisait un peu peur. Il la respectait de souffrir, il avait pitié. Le type, lui, il s'en ficherait, il ne la soignerait pas, c'était un amant. Lui, les bouillottes de caoutchouc qu'il lui apportait, bien chaudes, et puis il faisait bien sortir l'air avant de visser le bouchon. Voilà, ma chérie, ça te fera du bien à ton ventre. Le quatrième jour, il était content parce qu'elle n'avait presque plus mal. Elle devait lui en vouloir de tellement s'occuper d'elle, ces jours-là. Ça devait l'agacer quand il lui demandait où elle avait mal, si c'était au ventre ou bien à la tête. Au fond, il s'en doutait, mais il ne pouvait pas s'empêcher de s'occuper d'elle. Le type ne lui posait sûrement pas de questions quand elle était comme ça, et puis il ne lui disait pas chouquette. Alors, elle le respectait, elle l'aimait. Tandis que lui, elle le méprisait de faire l'infirmière. Et puis peut-être qu'elle lui en voulait de savoir qu'elle avait mal au ventre. Un tas de choses qu'il comprenait tout à coup. Je deviens moins couillon. Si pressée de partir qu'elle avait oublié d'emporter sa brosse à dents, son peigne, de la poudre. Ils achèteraient tout ça à Florence, dans une pharmacie, en se tenant par la main. Autrefois, elle ne se poudrait pas. C'était à cause du type, cette poudre. Les commérages au Secrétariat, les regards des collègues. Grand sûrement, le type. Où est-ce qu'elle l'avait trouvé ?

Devant la glace du lavabo, il s'empara du peigne, fit soigneusement une raie qu'il supprima aussitôt. Aller à la gare et se battre ? Mais le type serait sûrement plus fort, lui casserait les lunettes, et il serait ridicule. Mais si elle le trouvait ridicule, elle aurait peut-être pitié, et elle descendrait juste avant le départ du train. Il vida la boîte de poudre dans la baignoire, rompit en deux le manche de la brosse à dents. Dégradée pour trahison, murmura-t-il. Assez, descendre maintenant.

Dans la cuisine, il ouvrit les volets pour faire entrer du courage, prit la bouteille déposée par le laitier sur le rebord, versa le lait dans une casserole, alluma le gaz. Le jour où il lui avait apporté un lait de poule parce qu'elle toussait, elle lui avait dit qu'il était mignon, et il en avait été tout fier. Mignon mais cocu. Tous les cocus étaient mignons. Tous les mignons étaient cocus. A son type elle ne disait sûrement pas qu'il était mignon.

Il se pencha à la fenêtre. Deux amoureux endimanchés qui faisaient des saletés avec leurs bouches, puis riaient. Attends un peu, toi, tu seras bientôt cocu. Il se retourna pour ne plus les voir, s'aperçut que le lait avait débordé, éteignit, vida lentement la casserole dans l'évier. Elle avait recousu le bouton de l'imperméable, et puis elle avait filé vers les baisers et le reste. Toute fière d'avoir recousu le bouton du milieu. Mais si demain un autre bouton se détachait, il pourrait toujours courir.

Devant l'évier, il se savonna les mains pour se débarrasser du malheur, pour faire toutes choses nouvelles. Demain lundi, reprise du travail, dicter le rapport sur la mission, se faire valoir, reprendre contact avec le S. S. G. Désormais, rien que l'ambition, voilà. Il saisit une des noix du compotier, la rompit entre ses dents, sortit. Dans le vestibule, il s'arrêta devant son imperméable pendu, tira sur le bouton du milieu, l'arracha.

— Monter prendre un bain.

Mais ce fut chez elle qu'il entra, après avoir frappé à la porte. Voilà, c'était la chambre où ils avaient causé ensemble, où il lui avait apporté le thé. Par terre, la robe verte, la théière, les deux tasses, des ficelles, des souliers et le gros ourson de peluche, les jambes en l'air. Patrice, elle l'appelait. Quelquefois, quand il lui apportait le thé, elle avait Patrice contre elle, elle avait dormi avec. Sans embauchoirs, tous ces souliers. Il lui avait pourtant dit tant de fois que c'était indispensable. Par terre aussi, ses lunettes de soleil. Quand elle les mettait, elle avait l'air d'une star incognito, et lui tout fier. Sur la table de chevet, un autre ours tout petit, avec des bottes. Il ne le connaissait pas, celui-là.

Sur le fauteuil, sa robe d'hier soir. Il l'étala, en arrangea les plis. Elle aurait dû tout lui dire, avoir confiance en lui. Il l'aurait laissée continuer à voir l'autre, mais au moins elle serait restée ici, près de lui, il l'aurait vue tous les jours, elle aurait pris ses repas à la maison, enfin presque tous les repas, il l'aurait vue le soir en rentrant du travail, enfin presque tous les soirs, parce que quelquefois, bien sûr, mais personne n'aurait su qu'eux trois. Il caressa la robe, lui parla.

— Chérie, j'aurais tout arrangé pour toi.

Neuf heures moins quatre. Il ouvrit les volets, se pencha.

La route était déserte. Pas d'auto la lui ramenant. Il se retourna, donna un faible coup de pied à un soulier, ramassa une ficelle, revint à la fenêtre. Neuf heures moins trois. Déjà installés dans leur compartiment, leurs valises au-dessus d'eux. De luxe, ces valises. Elle, gantée, élégante, heureuse, tout près du type.

Debout devant la fenêtre, il manipula sa ficelle. La compliquant, la défaisant, la tourmentant avec des saccades, il regardait tour à tour la route déserte et le ciel désert. Neuf heures sonnèrent au premier étage. Le train s'était mis en marche, la lui enlevait pour toujours. Perdu, il était perdu.

— Perdu, perdi, perda, perdo, murmurait-il en tirant sur sa ficelle, murmurait-il en s'efforçant de rompre sa ficelle. Perdu, perdi, perda, perdo, murmurait-il sans cesse, car il faut essayer de se divertir lamentablement dans le malheur, affreusement se divertir en tirant sur une ficelle, en prononçant des mots idiots, se divertir pour supporter le malheur, pour continuer à vivre.

# LXXX

Grelottant dans son manteau, il vagua toute la journée, montant et descendant les escaliers, entrant dans les chambres, allumant, ouvrant et refermant des tiroirs, se regardant dans les glaces pour n'être pas seul, éteignant, sortant, s'asseyant sur une marche d'escalier pour lire au hasard dans un livre trouvé chez Papi, brusquement se relevant, de nouveau déambulant, parfois lui parlant, lui disant bonjour chérie ou bonne nuit chérie, parfois chantonnant, parfois murmurant avec un petit sourire qu'il était le cocu, le cocu errant.

A neuf heures du soir, entré chez elle, il ouvrit la porte de l'armoire, contempla les robes suspendues, mortes pendues, se pencha pour en respirer l'odeur. A Florence maintenant, déjà dans un lit avec l'autre, parce qu'ils étaient pressés. De lui, au fond, elle n'avait jamais voulu, toujours des empêchements, fatiguée, mal à la tête. Il haussa les sourcils, ouvrit la radio. Une voix bien nourrie l'informa que la souffrance était spirituellement enrichissante. Ah, bien sûr, c'était dimanche. Il éteignit le poste, ouvrit le tiroir des petits mouchoirs. Si mignonne quand elle se mouchait. Son pied heurta l'ourson de peluche gisant à terre. Il le ramassa.

— Viens, on va aller au water, j'ai envie.

Il descendit, tenant Patrice par la main, entra dans sa salle de bains. Sur le tabouret laqué blanc, face à la cuvette de faïence, il déposa l'ourson et le livre de Papi, pour avoir une compagnie. Il abaissa ensuite le siège en imitation acajou, écarta les pans de son manteau, dénoua la cordelière du pantalon, s'installa. Drôle, ce retard. En général, il était régulier, toujours le matin, juste après le réveil. C'était le choc émotif qui avait dû retarder. En voyage aussi, il se constipait facilement. Tout ce qui était inha-

bituel, en somme. Oui, faire comme si elle n'avait pas existé,
dit-il à l'ourson, et il se leva. Tous rites accomplis, il tira la
chaîne, considéra le tumulte de la chasse d'eau et la faïence
redevenir blanche et nette. Voilà, le temps cicatrisait tout.

— Je m'en sortirai, tu verras.

Installé de nouveau, il tira une feuille de papier hygiénique,
la plia à fronces parallèles, en fit un éventail, l'agita devant sa
joue. Les petits déjeuners du dimanche ensemble. Elle aimait
beaucoup le beurre. Les tartines qu'elle pouvait se faire. Et
puis on causait en amis. Il existait alors pour elle, il était son
mari. Quand elle revenait d'une cueillette aux champignons,
vite elle courait lui montrer son butin. Cette longue aspiration
d'air qu'elle avait alors, toute fière, attendant des félicitations.
Une petite fille à ces moments-là. Tout ça, ce n'était rien pour
les autres, mais pour lui c'était divin. Jamais plus. Elle heureuse
à Florence et lui tout seul sur un siège de water. Il renifla. Retenant d'une main son pantalon défait, il se leva, alla regarder ses
larmes dans la glace du lavabo, murmura.

— Je me souviens des jours anciens et je pleure.

Il se moucha dans du papier hygiénique, puis il tira la chaîne,
la tira sans nécessité, cherchant un réconfort dans le fonctionne-
ment parfait de la chasse d'eau. Pas suffisant comme but de vie.
Il s'empara du peigne posé sur la planchette de verre, alla se
rasseoir sur le siège sans nul besoin. Quand il était petit, si Mammie le grondait, il allait au cabinet pour se consoler. Il se leva.
Les jambes enchaînées par le pantalon retombé, il alla à petits
pas voir dans la glace du lavabo l'enfant qu'il avait été, qu'il
reconnut sous le collier de barbe, le Didi de huit ans, docile et
gai, bon élève en classe, qui était entré dans la vie avec espoir,
qui ne se doutait pas de ce qui l'attendait, qui s'était donné tant
de peine pour les compositions. Il le considéra avec pitié, hocha
la tête, lui sourit avec douceur, une douceur de femme.

— Pauvre petit, dit-il à la glace.

S'occuper, retourner dans le normal. Une pipe ? Non, la pipe,
c'était quand il était heureux, quand elle venait le voir au Secrétariat. Il faisait l'important alors, pauvre imbécile qui ne se
doutait pas de ce qui se préparait. Collante de partout la robe
d'hier soir. Au bas du dos surtout, collante. Collante pour
l'autre. Devant la glace, il se caressa la joue. Eh bien oui, quelqu'un l'aimait, lui caressait la joue. Il tira la langue pour voir
si elle était sale. Eh bien oui, quelqu'un s'occupait de lui. Apercevant un comédon sur son nez, il le pressa, examina le petit ver
de graisse sur son ongle, écrasa ce petit salaud. Montrer ses

fesses au type, c'était son but de vie maintenant. Il déboucha le flacon d'eau de Cologne, huma l'odeur pour se donner du goût à vivre. Puis il se savonna les mains. Qui sait, lorsque ce savon serait presque fini, tout mince, elle reviendrait peut-être. Dans deux mois, dans trois mois. Blessée, déçue, elle se réfugierait dans ses bras, et il la serrerait contre lui, il la consolerait. Tâchant d'imiter la voix disparue, il murmura :

— Il m'a fait souffrir, je reviens à toi.

Installé une fois de plus, il tira une feuille du distributeur, l'enroula en forme de tube, l'appliqua contre son œil, comme une longue-vue, la lâcha. Non, il ne changerait pas son testament, tant pis si le type en profitait. Elle verrait la valeur morale de l'homme qu'elle avait abandonné. Il tira d'autres feuilles de papier hygiénique, une à une. Un peu, beaucoup, passionnément, à la folie. A la folie, ça ressortait de la lettre. Tout le temps lui, tout le temps il en parlant du type. Tellement amoureuse qu'elle ne se rendait pas compte que c'était méchant.

Pleine de méchancetés, cette lettre. Méchant de caresser les revers de l'imperméable. A lui, on ne caressait que des revers. Méchant de lui dire mon chéri. Méchant de lui dire que dans le frigidaire il y avait tout ce qu'il fallait pour aujourd'hui. Mais demain s'il n'y avait plus rien dans le frigidaire, il pouvait toujours crever, le chéri. Le faire souffrir, elle trouvait que c'était affreux, mais ça ne l'empêcherait pas cette nuit, avec son type. Déjeuner avec des collègues, comme si ça allait tout arranger! C'était la bonté du manque de cœur, tout ça. Besoin d'être heureuse! Et lui alors, pas besoin d'être heureux?

Il déplia la lettre, souligna les méchancetés, mit des points d'exclamation en marge. Dommage de n'avoir pas le cancer. S'il avait eu le cancer, elle ne l'aurait pas abandonné, il aurait eu deux ou trois ans de bon avec elle. En bas, sur le guéridon, en face du sofa, le porte-mine en or qu'il lui avait donné. Méchant de l'avoir laissé là, témoin de ses saletés sur le sofa avec l'autre. Il haussa les sourcils, eut un petit sourire. Eh oui, d'un coup de talon il avait écrasé le porte-mine, et puis il avait craché sur le sofa. Bien fait. Voilà, tu vois où j'en suis maintenant.

— J'ai faim, dit-il à l'ourson. Viens, on va bouffer. Revenu de la cuisine, avec Patrice sous le bras, il déposa sur le tabouret un vieux numéro d'un hebdomadaire féminin, du pain et un saucisson à l'ail, mets préféré de Mariette. Le pantalon déboutonné, il s'installa, pela le saucisson, l'entoura de papier hygiénique pour le tenir commodément entre ses doigts, mordit à

595

même, sourit à l'ourson assis en face. Bouffer était une compagnie, une consolation. Dégoûtant de manger du saucisson à l'ail, assis sur le siège d'un water ? Tant pis. Personne ne l'aimait, lui. Il avait le droit.

Penché sur l'hebdomadaire, le saucisson dans une main et le pain dans l'autre, il lut des annonces tout en se repaissant. Hygiène mensuelle des temps modernes. Les tampons Femina absolument invisibles et se plaçant intérieurement. Grand pouvoir d'absorption. En tout cas, c'était pas son type qui lui ferait des bouillottes. Le plus sexy de tous les soutiens-gorge, avec armature indéformable, délicieusement ampliforme, le seul vrai pigeonnant, même pour les poitrines les plus menues, fera de vous la femme la plus courtisée. Salopes, elles ne pensaient qu'à ça.

— J'ai été trop gentil, ça m'a coulé.

Oh, il s'en doutait bien de temps à autre, alors il faisait le viril, mais ça ne durait pas, c'était plus fort que lui, il oubliait. Il était faible, voilà, tout le mal était venu de là. Des fois, quand elle était impossible, il se fâchait, mais tout de suite après il venait lui demander pardon, et le lendemain, des cadeaux. Les cadeaux de Syrie et de Palestine qu'il avait apportés pour elle, qu'est-ce qu'il allait en faire maintenant ? Il y en avait qui avaient de la chance, qui étaient tout le temps forts, sans le faire exprès, sans le vouloir. Au restaurant, le garçon ne venait jamais quand il l'appelait, il fallait recommencer plusieurs fois, est-ce que c'était sa faute ? Est-ce que c'était sa faute s'il était vite intimidé, s'il avait peur de déplaire, s'il souriait quand un supérieur lui parlait ? C'était une affaire d'hormones. Il avait des glandes qui fonctionnaient mal, elle le lui avait fait payer. Sa main haut levée tenant le bout de saucisson à l'ail, il menaça le plafond.

— Pas de Dieu, il n'y a pas de Dieu.

Fini, le saucisson. Faudrait pouvoir manger tout le temps, pour avoir moins mal. Sale goût d'ail dans la bouche. Sur la veste du pyjama il essuya sa main graisseuse de saucisson. Être sale était une vengeance. Collante de partout, cette robe. Ses fesses, c'était le type qui en profitait. Voilà où il en était maintenant, il avait des pensées de salaud. Le malheur rendait salaud. Bon, d'accord, il était un salaud, un bouffeur de saucisson. Et voilà pour Dieu. Il tira une feuille de papier hygiénique, l'appliqua sur le peigne, harmonica de son enfance, fredonna l'air du doux hyménée contre le fin papier vibrant. Par un doux hyménée, au temple de l'amour, de notre destinée viens embellir le cours. Il s'arrêta, passa le peigne dans ses cheveux, les rabattit sur le front, les ramena en arrière, recommença.

Assis sur le trône des solitaires, il coiffait ses cheveux, les décoiffait. Parfois, pour varier, il les bouclait entre le pouce et l'index, en faisait une sorte de nœud qu'il serrait fort puis défaisait brusquement à l'aide du peigne, avec la volupté d'arracher des poils, de se détériorer. Ou encore, il écartait sa veste, passait le peigne sur les poils de la poitrine tout en lisant au hasard dans le livre de Papi posé sur ses genoux, sans rien comprendre aux diverses manières d'ôter les taches. Mais de lire faisait une couverture supplémentaire sur le malheur. Ensuite, il revenait à ses cheveux.

Le peigne toujours ratissant, en avant puis en arrière, il lisait en remuant les lèvres pour former chaque mot, pour s'en pénétrer et essayer de comprendre. Elle aimait tellement la crème fouettée, et lorsqu'il n'en restait plus, elle grattait l'assiette vide avec la cuiller, comme une petite fille. Le type remarquerait-il, saurait-il apprécier ? Il se leva, fesses nues, tira la chaîne une fois encore sans nécessité, pour remplir le silence de la maison, pour entendre un bruit de réalité, pour n'être pas seul.

Réinstallé tandis que se remplissait le réservoir de la chasse d'eau, il reprit la besogne maniaque, honteusement. Mais quoi, tourmenter ses cheveux était sa seule joie. Il fallait un peu de joie pour supporter le malheur, pour continuer à vivre, il le savait maintenant, n'importe quelle sorte de joie, même infime, même idiote. Et puis, quand il peignait ses cheveux, quand il les bouclait, quand il en arrachait, il était moins seul. C'était un entretien avec ses cheveux. Il avait des rapports avec ses cheveux. Ses cheveux lui tenaient compagnie.

Assis et torturant ses cheveux, compagnons de son malheur, il remâchait les bonheurs perdus. Le morning tea qu'il lui apportait au lit, le dimanche. Il entrait avec la tasse, tout content. Bonjour, chouquette. Bien dormi, la chouquette, bien reposée ? Voilà le bon thé pour la chouquette! Elle était tellement endormie qu'elle ouvrait d'abord un œil seulement, un peu ahurie, et il l'adorait quand elle le regardait rien qu'avec un œil. Chérie, chérie. Et puis elle se redressait, ouvrait l'autre œil, prenait la tasse à deux mains, maladroite de sommeil, les cheveux en l'air comme un clown, un clown tellement joli.

— Voilà le bon thé pour la chouquette, murmura-t-il.

Oh chic elle disait en prenant la tasse, oh merci elle disait, et elle se penchait sur la tasse, et lui son cœur enchaîné à ce visage pendant qu'elle buvait. Il l'observait pour savoir si elle trouvait bon le thé qu'il avait préparé, et il attendait les appréciations. Bon, elle disait après la deuxième ou troisième gorgée, bon ce thé, elle disait avec sa voix du réveil, une voix de petite fille. Alors lui, fier d'avoir fait du bon thé, fier du petit bonheur qu'il lui donnait, qu'il surveillait sur son visage pendant qu'elle buvait à moitié endormie, un peu bébé, et lui la main prête à retenir la tasse si la tasse penchait trop. Oh chic, après je vais redormir, elle disait.

— Oh chic, après je vais redormir, murmura-t-il.

Quand elle avait fini, elle lui rendait la tasse. Je vais me refourrer, elle disait, et elle se tournait vers le mur, elle se mettait sur le côté, elle ramenait la couverture sous le menton, elle se pelotonnait, c'était bon de la voir se pelotonner. Repose-toi, chérie, dors tranquillement, je t'apporterai ton petit déjeuner plus tard, dans une heure, veux-tu? Elle disait oui, la bouche contre l'oreiller. Quelquefois elle disait ouais, tellement elle avait envie de dormir, et elle se pelotonnait encore plus. Ça lui faisait du bien à lui de la voir se pelotonner comme ça, de la voir si confortable. Avant de s'en aller, il se penchait pour regarder encore le visage, et il la bordait dans le dos pour la faire encore plus confortable. Une fois, quand il lui avait apporté le morning tea, elle lui avait dit qu'il était un bon mari.

— Alors pourquoi, mon Dieu, pourquoi? murmura-t-il, et il tortura les poils du bas-ventre, essaya d'en arracher.

Après le morning tea, quand elle avait pris son bain, c'était le petit déjeuner qu'il lui apportait au lit, heureux de la servir, et tant pis pour les regards de Mammie rencontrée dans l'escalier. Tout bien servi sur le plateau, toasts, beurre, confiture. Les tartines qu'elle pouvait se faire, et lui content de la voir mettre beaucoup de beurre, à cause des vitamines. Il la regardait manger, il aimait la regarder manger, la regarder se fortifier. Quelquefois, il lui faisait une farce en entrant, il lui annonçait que l'âne du jardinier était très malade ou bien que Mariette s'était cassé la jambe. Pour le plaisir de lui dire tout de suite après que c'était pas vrai, pour la voir sourire, pour lui donner du bonheur.

Après le petit déjeuner, elle allumait une cigarette, et toujours la fumée lui piquait les yeux. La jolie grimace qu'elle faisait. Et puis on causait en amis, mari et femme, on parlait de tout. Quand elle lui racontait de sa chouette apprivoisée, de sa chatte, comme elle s'animait. Si gentille alors, s'arrêtant de raconter pour voir s'il admirait. Ou bien elle lui lisait des histoires de bêtes fidèles. Elle s'enthousiasmait, si pure, elle s'arrêtait de lire pour voir s'il appréciait l'histoire, pour voir s'il participait, pour le prendre à témoin du dévouement de l'éléphant. Lui, il exagérait son intérêt pour lui faire plaisir. Quelquefois, elle lui racontait de son enfance, que lorsqu'elle était toute petite elle disait panthères pour dire pommes de terre. Tout ça, tout ça, on causait, on était des amis au petit déjeuner. Il était son mari, elle était sa femme, c'était beau, c'était la vérité de la vie.

— Reviens, veux-tu, car ma souffrance est infinie, chantonnat-il doucement, toujours assis sur le siège en imitation acajou, le pantalon défait, les fesses nues, les mains jointes en prière.

Mon Dieu, il aimait tellement lui téléphoner du Palais, lui dire bonjour, pour rien, pour entendre sa voix, pour savoir ce qu'elle faisait en ce moment. Et quand Vévé lui faisait une crasse, vite il lui téléphonait de venir le voir au bureau, et rien que de savoir qu'elle serait là bientôt, il reprenait courage. Jambes écartées sur le tabouret, l'ours en peluche le considérait, placide.

— Deux couillons en face l'un de l'autre.

Méchante, méchante. A quoi ça l'avançait de dire méchante ? Ça ne la faisait pas revenir. Ça ne l'empêchait pas de. Un faible, un pauvre type, voilà ce qu'il était, et rien d'autre. Bien fait, puni d'être faible. Sans se lever, il tira la chaîne, frissonna, les fesses mouillées par les éclaboussements, passa de nouveau le peigne dans ses cheveux, les rabattit sur le front, les ramena en arrière. Les forts, les dictateurs ne tourmentaient pas leurs cheveux, ne restaient pas des heures assis sur un siège de cabinet. Lui, c'était tout ce qu'il savait faire.

Abandonnant son peigne, il sortit le chargeur. Six balles. La première tout en haut, on la voyait entièrement. Si petite et pourtant, hein, dis chérie ? Le chargeur remis en place, il ôta le cran d'arrêt, tira la pièce mobile, lâcha le mécanisme. Voilà, ça y était, la première balle était logée. A la cuisine, le fil de fer bien tendu, tellement droit, agréable à voir. Il avait bien réussi à le tendre, il aimait le regarder chaque fois qu'il allait à la cuisine, c'était une réussite. Il y tenait, et voilà, il fallait le quitter maintenant. Oui, ça y était, la première était dans le canon. Bien dormi, la chouquette ? Non, bien joui, plutôt. Assez, on s'en foutait de cette femme. Après tout, elle aussi allait au water.

La solution, oui, c'était le dehors, la vie réelle, les autres. Sortir, oui, aller dans une boîte de nuit, aller au Donon, la boîte chic. D'abord prendre un bain, puis le smoking, puis le taxi, et le Donon. Le smoking neuf, celui du dîner au Ritz. Le bain, vite.

Il sourit pour avoir de l'optimisme. Il se leva, remonta son pantalon, frappa du pied pour avoir de la vitalité.

— Oui, le bain. Le bain, c'est le salut.

Dans le bain, il sentit terriblement son malheur. Tout seul dans cette eau, et se faire propre pour rien, pour personne. C'était pour elle qu'il se lavait autrefois. Tout seul dans de l'eau, alors que les deux étaient en train de dormir, l'un contre l'autre. Ou peut-être qu'ils ne dormaient pas, peut-être qu'ils, juste en ce moment. Oui, et pourtant un visage si pur, si enfantin lorsqu'une histoire de bête fidèle l'enthousiasmait. Est-ce qu'ils prenaient des précautions ? Mais son malheur, il le sentit bien plus lorsque, après s'être machinalement savonné les cheveux, il plongea la tête sous l'eau pour les rincer et qu'il y resta plusieurs secondes, oreilles bouchées, comme il avait l'habitude. Dieu, qu'il était seul dans cette eau, dans ce silence. Il étouffait de malheur sous l'eau, tout seul, entouré d'eau, les yeux ouverts. Il sortit la tête pour respirer, s'immergea de nouveau pour être au fond de l'eau, au fond du malheur.


En smoking, le pantalon à ganse de soie abaissé sur ses genoux, les fesses nues et une fois de plus trônant sur le siège en imitation acajou, il était penché sur la première photo qu'il avait prise d'elle, pendant les fiançailles. Juste avant le déclic, elle lui avait dit qu'elle le regarderait en pensant qu'elle l'aimait. La gorge durcie et les yeux secs, le collier de barbe tremblant et les mains froides, il contempla le beau visage qui lui disait son amour, qui le lui dirait chaque fois qu'il le regarderait. Téléphoner à Kanakis, le supplier de venir ? Ça ne se faisait pas, c'était trop tard, onze heures du soir, de quoi est-ce qu'il aurait l'air ? Et puis à Kanakis, ça lui était bien égal, son malheur. Après un enterrement, tout le monde allait bouffer.

— Le Donon, oui.

Mais rentrer et ne pas la trouver ? A qui dire au revoir le matin, à qui bonne nuit, le soir ? Le soir, quand ils s'étaient quittés, de sa chambre, à travers le mur, il lui criait, pour être encore avec elle, même de loin, il lui criait de nouveau bonne nuit. Plusieurs fois il lui criait bonne nuit. Dors bien, chérie, bonne nuit, bonne nuit, dors bien, à demain. C'était des cris d'amour, tout ça. Quand il y avait une belle musique à la radio, vite il l'appelait, il ne pouvait rien écouter de beau si elle n'était pas avec lui pour partager. De nouveau, il se leva. S'embrouillant dans son pantalon de smoking tombé aux chevilles, il alla devant la glace du lavabo, s'y considéra, s'y fit un sourire. Voilà, c'était ça le désespoir, se sourire tout seul dans une glace.

— Qu'est-ce que je dois faire ? demanda-t-il à la glace.

A l'école, les leçons apprises avec tant de soin, jusqu'à onze heures, jusqu'à minuit. Couche-toi, Didi, il est tard, disait Mammie. Mais il voulait être le premier à la composition de récitation, et il rallumait lorsqu'elle était partie, et le matin il se levait à cinq heures pour repasser la composition. A quoi bon ? Sa joie de commencer des cahiers neufs à la rentrée, en octobre. Avec quel soin il inscrivait les titres, avec quel amour. A quoi bon ? Herstal, Belgique. Une fois, au morning tea, elle lui avait cligné de l'œil pour rien, par amitié, pour lui dire qu'on s'entendait bien. Dans la glace, il se cligna de l'œil. Ses paupières étaient vivantes, lui obéissaient.

Une fois encore assis sur le siège, il ôta le cran d'arrêt du browning, le remit, passa ses doigts dans ses cheveux en sueur, considéra ses doigts, les essuya à la veste du pyjama. Il avait peur. Des gouttes coulaient le long du collier de barbe, venaient se rejoindre sous le menton. Il avait peur. De nouveau, il ôta le cran d'arrêt. Même pour mourir, il fallait faire un geste de vie, presser la détente. L'index qui pressait la détente, qui bougeait encore une fois afin de ne plus jamais bouger. Oui, voilà, le tout était que l'index voulût presser. Mais lui, non, il était jeune, il avait toute la vie devant lui. Conseiller bientôt, puis directeur de section. Demain, dicter le rapport. Se lever maintenant, téléphoner pour un taxi, et puis le Donon. Oui, le Donon.

Mais d'abord le mettre un peu contre la tempe, juste pour voir comment c'était quand on s'y décidait. Mais lui, non, pas si bête, il était jeune, il avait toute la vie devant lui. Lui, c'était seulement pour voir. Seulement faire le geste, pour se rendre compte, pour voir comment on faisait. Oui, c'était comme ça qu'on faisait, le canon contre la tempe. Mais lui, non, son index ne voudrait pas. Lui, c'était seulement pour voir. Lui, non, non, très peu pour lui, pas si bête. Bien dormi, bien reposée ? Une fois, elle lui avait cligné de l'œil.

Elle lui cligna de l'œil, et son index voulut. Couche-toi maintenant, il est tard, chuchota une voix à son oreille tandis que lentement il se prosternait. Le front sur le tabouret, entre les pattes de l'ourson, il entra dans la chambre chaude de son enfance.

# CINQUIÈME PARTIE

DEUXIÈME PARTIE

## LXXXI

En cet hôtel d'Agay, ils ne se souciaient que d'eux et de connaître tout de l'autre et de se raconter à l'autre entre deux unions, effrayamment fréquentes. Nuits semblables, chères fatigues, trêves charmantes, et elle laissait courir ses doigts sur l'épaule nue de l'amant pour le remercier ou le charmer, et il fermait les yeux, souriait de délice. Enlacés, ils se reposaient de leurs importants travaux, s'endormaient après de tendres murmures et des commentaires, émergeaient du sommeil pour joindre leurs lèvres, ou se lier mieux l'un à l'autre, ou confusément s'unir, à demi endormis, ou furieusement se connaître, dispos soudain. Ensuite reprenait le sommeil en symbiose, si doux. Comment ne pas dormir ensemble?

A l'aurore, il la quittait doucement, attentif à ne pas la réveiller, allait chez lui. Parfois, ouvrant les yeux, elle protestait. Ne me quitte pas, gémissait-elle. Mais il s'arrachait aux bras qui le retenaient vaguement, la rassurait, lui disait qu'il reviendrait bientôt. Ces départs du matin, c'était parce qu'il ne voulait pas être vu moins parfait, non rasé et non baigné. C'était aussi parce qu'il avait peur, lorsqu'elle irait prendre son bain, d'entendre le grondement préliminaire et terrifiant de la chasse d'eau, tumulte funeste.

Rasé et baigné, en robe de chambre, il lui téléphonait, lui demandait s'il pouvait venir. Dans quelques minutes, répondait-elle. Coiffée et baignée, en blanc déshabillé, elle allait ouvrir la fenêtre de la salle de bains pour aérer, refermait la porte, vérifiait une dernière fois le visage de l'aimée, l'approuvait, s'enorgueillissait du cerne de ses yeux, rectifiait la mèche frontale, lui téléphonait qu'elle était prête. Il entrait, et c'était la merveille de se contempler, demi-dieux en leurs robes d'amoureuse prêtrise, poétiques et nettoyés.

605

Toutes marques d'amour dissimulées, elle sonnait le maître d'hôtel qui peu après arrivait, porteur du grand plateau. C'était alors le scherzo du petit déjeuner pris avec des sourires, un gaillard appétit et tant de désir de plaire à l'aimé dont les toasts étaient beurrés par elle. Lorsque, sonné, le maître d'hôtel revenait pour emporter le plateau, les deux baissaient les yeux, lui parce qu'il avait honte d'être servi par un malchanceux en habit dès le matin, elle parce qu'elle était gênée par son déshabillé trop révélateur. Elle baissait les yeux pour n'être pas vue.

La porte refermée, elle tirait les rideaux, et c'était l'allégro du retour au lit, des baisers qui rappliquaient, des vagabondes causeries, des souvenirs d'enfance. On avait tant à se raconter. O régal des moments d'amitié sans désir. Parfois, avec un regard de tendre reproche, elle lui montrait les marques dissimulées tout à l'heure, exigeait des baisers délicats, en guise d'amende honorable, sur ces décorations d'amour dont elle était fière. Inutile de dire la suite, si intéressante pour eux.

A la fin de la matinée, elle sonnait la femme de chambre, lui faisait un ravissant sourire, la priait de faire leurs chambres. Après un nouveau message dentaire d'amour du prochain à la vieille domestique qui devait mourir quelques mois plus tard d'une myocardite chronique, elle partait rejoindre Solal qui l'attendait devant l'hôtel. Ils se dirigeaient alors vers la plage toute proche, insolents et beaux dans leurs peignoirs, ignorant la bourgeoisie qui les considérait.

Arrivée devant la mer, elle laissait tomber son peignoir et s'élançait, heureuse de se sentir admirée par lui, rapide nymphe sur le sable luisant et doux, bras écartés pour recevoir davantage d'air, puis plongeait et l'appelait. Ils nageaient côte à côte, engageaient parfois des luttes qui la faisaient rire d'enfance retrouvée, rire tellement que l'eau salée entrait dans ses narines. Alors elle s'enfuyait pour n'être pas vue se mouchant avec ses doigts, puis revenait, et c'était des concours de vitesse ou de nage sous l'eau. Les jeux terminés, ils s'ensoleillaient sur la plage maintenant déserte. Ensuite, c'était la cabine de la douche où l'eau douce tombait en pluie sur les hauts corps parfois mouvants et joints.

De retour vers deux heures, ils se faisaient servir le déjeuner dans leur salon, car ils n'aimaient pas descendre au restaurant, détestaient voir les gens de l'hôtel. Attablés devant la porte-fenêtre ouverte sur la mer éblouissante, ils riaient d'un rien, parce qu'un oisillon s'était arrêté de picorer sur la terrasse pour les considérer, tête de côté et bec étonné, ou parce qu'elle annonçait devant les hors-d'œuvre enfin apportés qu'elle avait une faim pathétique. Il l'admirait qui mangeait avec solidité et discrétion, la bouche bien close, n'éprouvant nulle gêne à satisfaire son appétit de femme saine, annonciateur des tournois à venir.

Le coude de l'amante savourait le coude de l'amant, lui disait leur amour à chaque entrée du maître d'hôtel qui semblait content d'avoir à les servir si tard. Cet empressement la charmait. Elle y voyait confusément la promesse d'une vie de bonheur. Ravie, elle attribuait cette sollicitude au charme de son amant, se plaisait aussi à penser que les domestiques de l'hôtel étaient éblouis par leur amour, qu'ils aimaient leur amour, s'en faisaient les complices, révéraient en eux des princes de passion. Elle ne se doutait pas de la vertu des grands pourboires.

Au dessert, ils unissaient leurs lèvres, aggravaient parfois ces jonctions par le partage du grain de raisin qu'elle lui tendait entre ses dents. Quelle vie exquise, pensait-elle. Entre deux baisers, elle le regardait, chérissait sa propriété, l'admirait de tout, et même de savoir jongler avec des oranges. Le servage sexuel l'abêtit légèrement, pensait-il. Mais il l'aimait, et il était heureux.

Après le café, laissant le maître d'hôtel débarrasser la table, ils se réfugiaient dans la chambre d'Ariane. Les stores baissés, elle allait se remettre en déshabillé dans sa salle de bains, en revenait, poudrée de neuf et parfumée sous les aisselles, et l'invitait du regard ou de la parole. Qu'il plaise à mon seigneur de partager la couche de sa servante, lui avait-elle dit un jour, satisfaite de cette invitation biblique. Gêné, il avait souri et obéi.

Parfois, le soir venu, un taxi les conduisait au Moscou, le restaurant russe de Cannes. Là, élégants et les yeux battus, ils commençaient par les blinis et le caviar tandis qu'à Agay, la vieille cardiaque s'affairait à petits pas pantouflés et, avançant l'heure de sa mort, remettait en ordre leurs deux salles de bains et le lit dévasté. Assis l'un à côté de l'autre, ils évitaient de se frôler, gardaient leur secret, se tenaient décemment. Le visage mondain, elle le vouvoyait tenacement. Elle tenait à ce langage cérémonieux qui exaltait en elle le sentiment de leur sacerdoce, la persuadait qu'ils étaient des amants sublimes.

Mais ils allaient rarement à Cannes. Le soir, vers dix heures, après la promenade le long de la plage où la mer battait, venant achever ses vagues sur le sable qui les buvait, ils rentraient à l'hôtel où les accueillait le sourire passionné de Paolo, le garçon de l'ascenseur, un petit Italien timide, gras et crépu, qui n'en revenait pas d'avoir une bonne place et de sa chance de travailler au Royal. Il frétillait de plaisir canin lorsqu'il voyait entrer le monsieur et sa belle dame. Affamé de dévouement, fier de les servir, il s'empressait, ouvrait la porte de l'ascenseur avec des gestes distingués. Durant la montée, il ne les lâchait pas du regard, leur offrait ses sourires ingénus et aspirait sa salive pour être bien élevé, si soucieux de plaire, si heureux de sa petite importante situation qui lui permettait de voir le grand monde, de le fréquenter en quelque sorte. Arrivé à l'étage, cet ange ouvrait la porte avec des grâces, se mettait au garde-à-vous. Elle le remerciait alors d'un de ses ravissants sourires dont elle était libérale. Puis elle l'oubliait.

Rentrés chez eux, ils trouvaient sur la table du salon, entouré de couvertures et d'un édredon pour le tenir au chaud, le dîner déposé par le maître d'hôtel. Ils se mettaient à table et elle le servait, lui versait du bourgogne, lui proposait de reprendre de la viande, s'efforçant discrètement de bien le nourrir.

Un des derniers soirs de septembre, comme elle remettait d'autorité une deuxième escalope dans l'assiette de son amant, il baissa les yeux, honteux de ces soins prodigués. Le bouchonnerait-elle tout à l'heure avec un tampon de paille ? Lui polirait-elle les sabots ? En effet, pensa-t-il, depuis quelques jours elle trouvait du plaisir à lui faire les ongles. Mais l'ayant regardée, humble et soumise, qui respectait son silence, il fut ému de tendresse. Elle était sa croyante qui avait tout quitté pour lui, indifférente aux jugements du monde, qui ne vivait que pour lui, qui n'attendait que de lui. Il la vit soudain en son cercueil de plus tard, blanche et dure, et il eut mal de pitié. Alors, il baisa ces mains qui le servaient, ces mains encore vivantes.


Un des premiers soirs d'octobre, après le dîner, elle lui parla de musique, jambes haut croisées, puis de peinture, sujet auquel il n'entendait rien et qu'il méprisait, ce qui eut pour conséquence de lui faire faire de grandes approbations chevalines, convaincues et distraites, par le moyen de l'encolure abaissée puis relevée. Se disant lasse, elle éteignit le lustre, recouvrit d'un foulard rouge la lampe de chevet, alla s'étendre sur le lit.

Dans la pénombre, les yeux mi-clos, elle le considérait, lui souriait, et soudain il eut peur de ce sourire, sourire venu d'un autre monde, monde obscur et puissant, peur de cette femme qui attendait, peur de ces yeux tendres, peur de leur lueur

608

monomane, peur de ce sourire d'un seul vouloir. Étendue, douce et magicienne, elle avait son sourire d'attente dans la diffuse rougeur sombre, silencieusement l'appelait, aimante, effrayante. Il se leva, alla vers le monde des femmes.

Possédée et sous lui, elle l'entourait et le serrait fort de ses bras et de ses cuisses repliées qui le sanglaient aux reins, et il avait peur d'être ainsi maintenu et harnaché, peur de cette inconnue sous lui en grand égarement magique, absente d'elle-même, prophétesse en mal sacré d'orgasme, le regardant soudain avec un religieux sourire de folle qui le voulait tout, dangereusement voulait tout de lui, voulait sa force et s'en nourrir, l'aspirait, aimant vampire, voulait le garder dans le monde obscur.

Apaisée et revenue au langage, mais toujours le gardant en elle, et en elle le serrant, elle parla tout' bas. Aimé, toujours ensemble, toujours nous aimer, c'est ce que je veux, dit-elle avec son sourire de folle, et il frissonna, captif d'elle qui le serrait.

# LXXXII

Un des derniers jours d'octobre, lorsqu'il entra chez elle, une voix s'éleva, pur lis surgi, entonna l'air de Chérubin. Voi che sapete che cosa è amor. Les yeux brillants, elle regarda l'effet de la surprise sur le visage de son amant, vint s'asseoir auprès de lui, et ils échangèrent des baisers tandis qu'au gramophone une cantatrice viennoise leur disait, de la part de Mozart, ce qu'était leur amour. Le chant terminé, elle se leva, arrêta le disque. Il loua l'air, admira dûment Mozart, la félicita d'avoir acheté ce gramophone. De fierté, elle aspira largement, puis le renseigna avec animation, avec la tête d'enfant modèle qu'elle prenait lorsqu'il la complimentait.

— C'est une idée qui m'est venue subitement, j'ai pensé que vous aimeriez, alors je suis vite allée à Saint-Raphaël en acheter un. C'est malheureusement un modèle à manivelle. Dans ce petit magasin, ils n'ont pas ces nouveaux tourne-disques qui marchent à l'électricité. Tant pis, n'est-ce pas ? J'ai acheté vingt disques déjà, Mozart, Bach et Beethoven. C'est bien, n'est-ce pas ?

— Magnifique, sourit-il. Nous allons les jouer tous pour fêter notre deuxième mois ici.

Elle lui tendit ses lèvres pour célébrer ce soixantième jour de leur amour dans la liberté. Elle commenta ensuite l'air de Mozart, dont elle dit à deux reprises qu'il était adorable. Pour témoigner son intérêt, il lui demanda de le rejouer. Animée, elle tourna la manivelle, souffla sur le disque pour ôter des grains de poussière, posa doucement l'aiguille. L'air adorable rappliqua, et elle alla s'asseoir et posa sa joue sur l'épaule de Solal. Enlacés, ils écoutèrent les vingt disques à double face, elle se levant fréquemment pour remonter le ressort, puis revenant auprès de lui et le regardant durant l'exécution pour partager, pour voir s'il aimait. Elle commentait chaque morceau et il approuvait.

Ce fut le Voi che sapete qui clôtura cette fin d'après-midi, en ce soixantième jour.

— Vous qui savez ce qu'est Amour, traduisit-elle à voix basse, sa joue cherchant la joue de son amant.

A sept heures quarante, elle lui annonça une autre surprise. Elle avait commandé pour ce soir un dîner spécial, un peu gastronomique, qui serait servi à huit heures. Il y aurait des hors-d'œuvre russes, et puis du homard à l'américaine, et puis d'autres choses très bonnes. Et du champagne brut! Il la félicita de nouveau. Elle demanda un baiser en récompense, dit merci lorsqu'elle l'eut reçu, expliqua qu'au retour de Saint-Raphaël elle était allée parler elle-même au chef pour être sûre que tout serait parfait et qu'il y aurait beaucoup de hors-d'œuvre, puisqu'il les aimait. Très gentil vraiment, ce chef, très complaisant. D'ailleurs, il aimait les chats, ce qui était bon signe.

Le lendemain, vingt-sept octobre, il y eut une nouvelle surprise. Pour le dîner, elle vint dans une admirable robe du soir dont le décolleté hardi plongeait jusqu'au creux des reins et qu'elle avait achetée en secret à Cannes, le matin même. A minuit, les vingt disques double face ayant été écoutés, il dit qu'il avait sommeil, prit tendrement congé. Elle lui demanda de ne pas se moquer d'elle, mais elle avait tellement envie de le laver elle-même lorsqu'il serait dans son bain. Je peux, dites? Vous permettez? Ainsi fut fait, et elle le lava avec des gestes d'officiante. Après quoi, elle se dévêtit, lui demanda la permission de le rejoindre dans la baignoire.

Durant les soirs qui suivirent, des dîners raffinés leur furent servis chez eux, spécialement commandés par Ariane, heureuse du plaisir qu'il témoignait. Après le café, retentissait souvent l'air sublime de Mozart cependant que de nobles tendresses étaient échangées, interrompues parfois par les ricanements du jazz qui faisait danser les vulgaires d'en bas. Elle s'écartait alors, attendait la fin de la basse musique.

Un des premiers soirs de novembre, comme elle venait de finir une lecture à haute voix, elle lui proposa de sortir. Il refusa avec un fugace strabisme, dit qu'il pleuvait dehors. Alors elle lui proposa de lui montrer l'album de famille qu'elle avait emporté avec elle. Photos du père, de la mère, de tante Valérie, d'oncle Agrippa, d'Éliane, de divers grands-parents et arrière-grands-parents. Il commenta, admira, et lorsque l'album fut refermé il proposa un voyage en Italie. Venise, Pise, Florence. On pourrait partir demain par le train du matin. Elle se leva, battit des mains, dit qu'elle allait commencer les valises.

# LXXXIII

Ce jour-là, après le déjeuner au salon, chacun alla dans sa chambre, s'y dévêtit et s'y prépara. Nue sous une robe de soie blanche, elle termina ses lavages et apprêts divers par des vaporisations de parfum çà et là, tandis que lui, nu sous sa robe de chambre rouge, brossait honteusement ses ongles. Peu après retentit l'air de Mozart, et il frissonna. C'était l'appel. Car elle ne lui téléphonait plus, elle mettait un disque, c'était plus poétique.

L'appel, oui. Il fallait aller à l'amour. Sa créancière le convoquait, le sommait de lui donner du bonheur. Allons, prouve-moi que j'ai bien fait d'avoir choisi cette vie de solitude avec toi, lui disait-elle par le truchement du Vous qui savez ce qu'est Amour. Vingt-six novembre, aujourd'hui. Trois mois déjà qu'ils avaient quitté Genève, trois mois d'amour chimiquement pur. Agay d'abord, puis Venise, Florence, Pise, puis Agay de nouveau, depuis une semaine. Si elle s'apercevait qu'on était le vingt-six novembre, danger de commémoration du vingt-six août par épanchements poétiques et coït superfin.

Il posa la brosse et le savon, se considéra, rasé de près, écœurant de propreté dans cette robe de chambre. Voilà, c'était sa vie désormais, être chaque jour désirable, faire la roue sexuelle. Elle l'avait changé en paon. En somme, ils menaient une existence animale, elle et lui. Mais les bêtes au moins n'avaient qu'une saison pour la pariade et les coquetteries. Eux, c'était tout le temps. Se lessiver sans arrêt, se raser deux fois par jour, être tout le temps beau, c'était son but de vie depuis trois mois.

— Oui, d'accord, je viens, j'arrive, dit-il à l'air de Mozart, bissé comme de juste.

Deux heures. Il faisait un vent aigre dehors. Par conséquent, condamné à la chambre d'amour. Que faire jusqu'à l'heure du dîner ? Quoi inventer ? Les scènes de ces jours derniers avaient mis de l'animation, avaient fait passe-temps, mais elle en avait trop souffert. Il fallait trouver autre chose.

Partir pour l'Italie de nouveau ? Pas le courage. D'ailleurs, même à Venise, ce serait eux qu'ils retrouveraient. Et puis à la fin de chaque voyage en chemin de fer, elle avait les narines feutrées de fumée. Il essayait bien de ne pas les regarder, mais il ne pouvait s'en empêcher, attiré par l'horreur de ces deux trous noirs. Bien sûr, en arrivant à l'hôtel, elle se les lavait ainsi que tout le reste, mais les dernières heures dans le train étaient insupportables tandis que, lui souriant noblement, elle exhibait ses deux ouvertures enfumées, la pauvre innocente. Cette envie folle qui lui venait de prendre un mouchoir et de lui ramoner le nez. Vraiment, elle avait des narines spéciales qui s'emparaient immédiatement des émanations charbonneuses, et lui il était allergique aux narines fumivores.

— Allons, au travail.

Entrée du paon, se dit-il en poussant la porte de la chambre des délices où, impeccable dans la robe qu'elle venait de repasser elle-même, elle l'accueillit avec un sourire divin aussitôt suivi d'un baiser sur la main. Baiser qui n'était plus qu'un rite, pensa-t-il. O le baisemain sacré du premier soir au Ritz, ce don enthousiaste de l'âme.

— Un peu de musique ? proposa-t-elle.

Ému par cette maladroite bonne volonté, il dit qu'il aimerait. Elle remonta donc le gramophone et broya le cœur de Solal. Un autre air de Mozart s'étant élevé, elle s'approcha lentement, si grave prêtresse qu'il en fut effrayé et recula imperceptiblement, retenant en même temps une envie nerveuse de rire provoquée par le cérémonial des masséters. En effet, en signe d'amour ou de volonté d'amour, lorsqu'elle se dirigeait vers lui avec des intentions, elle serrait toujours les molaires comme pour mordre, ce qui faisait saillir les muscles des joues et déclenchait en lui un fou rire tant bien que mal maîtrisé. Inspirée par Mozart elle tendit ses lèvres qu'il prit aussitôt, ravi d'échapper au spasme de triste gaieté et feignant comme elle un vif plaisir. Mais elle, elle ne savait pas qu'elle feignait. Durant le baiser qu'il prolongea parce qu'il ne trouvait rien à lui dire, il pensait qu'au temps de Genève un accompagnement musical pour baisers n'était pas jugé nécessaire. En ce temps-là, leur amour fournissait la musique.

Ces étranges succions entre homme et femme terminées, il

tourna le bouton du poste de radio dans l'espoir de quelque émission parlée. Mais, idiote de langueur, une chanteuse lui demanda aussitôt de lui parler d'amour, de lui redire des choses tendres. Il lui ferma le bec, décida de prendre cette autre femme qui était près de lui. Ainsi, une heure de gagnée puisque, l'ayant rassurée, il pourrait feindre de dormir. En avant, lui ôter sa sacrée robe et procéder aux préliminaires.

A deux heures trente-cinq, ayant reçu l'hommage dû, elle lui caressa l'épaule nue. Il haussa les sourcils, victime méconnue. Voilà, c'était le rite, le rite d'après la gymnastique à laquelle elles attachaient une si curieuse importance. Cette manie qu'elles avaient, les aimables fureurs terminées, de passer aussitôt au sentiment par le moyen de ce madrigal des doigts légers se promenant sur l'encolure de l'étalon. Oui, en somme, celle-ci flattait l'étalon, en quelque sorte le bouchonnait et le tapotait pour le remercier d'avoir fourni une course honorable. Pauvrette qui croyait devoir le charmer avec ces passes poétiques. O torture de ces douceurs subséquentes. De plus, elle était trop près de lui, et sa moiteur était collante. Il s'écarta et il y eut, provoqué par le décollage, un petit bruit de ventouse détachée. Voilà qu'elle se recollait maintenant. Par amour, bien sûr. Se décoller de nouveau serait désobligeant. Tant pis, souffrir, rester collé, être bon, aimer cette prochaine vraiment trop proche. Je suis odieux, pensa-t-il, oui, odieux car ce passage du sexuel à la tendresse est beau, et je devrais l'en respecter, mais je suis un affreux. Hier, lorsque par jeu et en somme pour lui faire plaisir il l'avait poursuivie sur la plage déserte, elle avait poussé des cris perçants de fille effrayée, courant et idiotement sautant, et agitant les bras comme des ailes disloquées, maladroitement les agitant, soudain hystérique et étrangement dégingandée, soudain une longue fille d'âge ingrat, il en avait eu de l'écœurement, une sorte de dégoût, une honte, un sentiment de déchéance, l'impression qu'il courait derrière un grand canari femelle. Un affreux, oui, et pourtant je la chéris comme jamais je n'ai chéri, cet élan d'amour vers elle lorsque sur son visage j'aperçois une trace de moindre jeunesse, annonce de sa vieillesse de plus tard, sa vieillesse certaine, et je ne serai plus là pour veiller sur elle, sur toi, mon amour, mon cher amour, et comme toi, dans mon bain, sans y penser, je dis tout à coup mon trésor, et c'est toi qui es ce trésor, mon amour, mon pauvre amour.

— A quoi penses-tu ? demanda-t-elle.

Il savait bien ce qu'elle voulait. Des compliments elle voulait, des commentaires élogieux sur leurs galops de tout à l'heure, et l'entendre dire que ce fut si et caetera, et que jamais et caetera, le tout en utilisant l'agaçant avoir de la joie, plus noble et moins technique que l'autre mot. Il s'exécuta, procéda à l'exégèse souhaitée, ce qui eut pour effet une reconnaissante application de nudité particulièrement collante. Décidé à la perfection, il supporta sans se retirer tandis qu'elle continuait son maternel manège des doigts promenés traçant maintenant sur l'épaule des slaloms engendreurs d'épouvantables chairs de poule.

En somme, le mieux était de faire semblant de dormir. Ainsi, vacances, et plus besoin de poésie. Il se mit donc en posture de sommeil, ferma les yeux, feignit de s'assoupir, ce qui la décida de le caresser plus légèrement encore. Avec des volutes et des fioritures d'artisan consciencieux, fière de son service d'amour et du plaisir qu'elle croyait lui avoir donné tout à l'heure, patiente et sentimentale, infatigable prêtresse et gracieuse servante, elle le flattait suavement pour l'enchanter et l'endormir tandis que par la fenêtre ouverte entrait l'odeur primordiale de la mer, entrait son indolent murmure.

Mais ces caresses perfectionnées étaient pires que les normales car elles s'accompagnaient non seulement de chair de poule aggravée mais encore de chatouillements violents, et il se mordait la lèvre pour résister à un rire convulsif. Pour en finir sans la froisser, il poussa un gémissement de profond sommeil dans l'espoir qu'elle comprendrait que plus n'était besoin de le charmer. Dieu merci, elle s'arrêta.

Le bras de son amant sur son épaule lui faisait mal, mais elle restait immobile pour ne pas le réveiller, le contemplait qui reposait, la joue sur son sein, et elle était fière de l'avoir endormi et de le sentir confiant contre elle. Il était à elle, il dormait innocemment si près d'elle. La crampe à l'épaule était douloureuse, mais elle ne bougeait pas, heureuse d'avoir mal pour lui, et lui caressant tout doucement les cheveux. Et si j'étais chauve, est-ce qu'elle me caresserait le crâne tout lisse ? pensait-il. Elle le regardait respirer en paix, cheveux emmêlés, veillait sur lui. Mon fils aussi, pensait-elle, et une douceur la traversait. Pauvre escroquée, pensait-il.

Soudain pris de remords, il ouvrit les yeux, fit le réveillé, se blottit contre elle. Elle n'osa pas lui parler de sa crampe, se souleva légèrement dans l'espoir qu'il ôterait de lui-même son bras. Alors, il lui prit la main, la lui baisa, et elle respira largement, émue à la pensée que cet homme, son possesseur de tout à l'heure, la respectait. Aimé, voulez-vous des fruits ? demanda-t-elle, savourant ce vouvoiement, car elle était nue contre lui.

Bonne affaire, pensa-t-il, car pour la becquée des fruits elle se tenait toujours hors du lit. Il remercia, dit que oui, il aimerait. Je vous en apporte tout de suite! dit-elle avec animation. Il affila son nez, gêné par cette hâte. Mais ne me regardez pas, s'il vous plaît, parce que je ne suis pas très décente.

Accoutumé à ces étranges pudeurs subites, il ferma les yeux, mais il les rouvrit presque aussitôt, attiré par le spectacle. Toujours, lorsqu'il la voyait de dos, nue et circulant, une pitié le pénétrait. Belle quand elle était allongée, elle était un peu ridicule lorsqu'elle marchait nue, attendrissante et ridicule d'être suave et désarmée, si vulnérable, suivie de ses deux rondeurs mouvantes au bas des reins, rondeurs de faiblesse, trop grandes comme toutes les rondeurs féminines, absurdement vastes, si peu faites pour la lutte. Envoûté, coupable, il la considéra qui se baissait pour ramasser sa robe de chambre, et il eut pitié, une immense pitié d'amour comme devant une infirmité, pitié de cette peau trop douce, de cette taille trop fine, de ces deux rondeurs inoffensives.

Il baissa les yeux, honteux de trouver risible cette douce et confiante créature, empressée à le servir. Je t'aime, lui redit-il en lui-même, et il adora les touchantes sphères, saintes sphères des femmes, bouleversantes marques de leur supériorité, orbes de tendresse, divines bontés. Oui, je t'aime, ma ridicule, lui dit-il en lui-même, et il remua ses jambes de tous côtés et en balaya le drap, pour mieux sentir une délicieuse solitude.

Revenue de sa salle de bains en état de décence et nièce de M^{lle} d'Auble, elle s'agenouilla devant le lit, lui tendit la grappe de raisin qu'elle venait de laver pour lui. Tenant prête une serviette, elle le contempla se nourrir des beaux fruits, passive mais attentive sentinelle, le chérissant et jouissant du plaisir de son grand fils, l'admirant en tous ses gestes, ce qui ne laissait pas de le gêner, et il avait envie de lui demander à son tour de fermer les yeux. Lorsqu'il eut fini, elle lui essuya les mains.


Rhabillée et recoiffée, plus que jamais Ariane Cassandre Corisande, née d'Auble, elle avait sonné pour le thé, en était maintenant à sa quatrième tasse. La regardant boire, il ne put s'empêcher de penser que dans une heure ou deux elle le prierait, avec le même sourire distingué, de la laisser seule un moment. Il déférerait aussitôt à ce désir et il y aurait, quelques instants plus tard, venu de la salle de bains de cette malheureuse, le bruit maléfique de la chasse d'eau. Bref, une vie de passion.

Dans sa chambre, par égard pour elle, il se boucherait alors les oreilles, mais en vain, car l'installation sanitaire du Royal était d'une énergie remarquable. Enfin, il serait musicalement reconvoqué par le truchement de quelque disque de Mozart ou de cette barbe de Bach, et il faudrait faire l'amour. Bref, une vie de passion.

Que faire maintenant ? se demanda-t-il devant la vitre contre laquelle s'époumonait le vent. Que faire pour donner du bonheur à cette malheureuse qui, lestée de son demi-litre de thé, attendait sagement, respectant son silence ? Commander un second thé ? Scabreux. Les capacités d'absorption de cette anglomane n'étaient pas sans limites. Eh bien, parler. Mais de quoi ? Lui dire qu'il l'aimait ne lui apprendrait rien de nouveau. D'ailleurs, il le lui avait dit trois fois tout à l'heure, une fois avant le coït, une fois pendant, une fois après. Elle était au courant. Et puis parler d'amour ne prenait plus comme du temps de Genève. En ce temps-là, chaque fois qu'il lui disait qu'il l'aimait, c'était pour elle une divine surprise, et elle faisait une tête ravie, vivante. Maintenant, lorsqu'il lui disait ce sacré amour, elle accueillait cette information bien connue avec un sourire peint, un immobile sourire de mannequin de cire, tandis que son inconscient s'embêtait. Devenus protocole et politesses rituelles, les mots d'amour glissaient sur la toile cirée de l'habitude. Se tuer pour en finir ? Mais quoi, la laisser seule ?

Allons, vite, lui parler, ne plus rester devant cette fenêtre. Mais de quoi lui parler, de quoi ? Ils s'étaient tout dit, ils savaient tout l'un de l'autre. O les découvertes des débuts. C'était parce qu'ils ne s'aimaient plus, diraient des idiots. Il les foudroya du regard. Pas vrai, ils s'aimaient, mais ils étaient tout le temps ensemble, seuls avec leur amour.

Seuls, oui, seuls avec leur amour depuis trois mois, et rien que leur amour pour leur tenir compagnie, sans autre activité depuis trois mois que de se plaire l'un l'autre, n'ayant que leur amour pour les unir, ne pouvant parler que d'amour, ne pouvant faire que l'amour.

Il guigna de côté. Assise, patiente, la douce créancière attendait, attendait du bonheur. Allons, paye, sois l'amant merveilleux pour qui elle a tout quitté, dédommage-la d'avoir abandonné une vie respectable, de se savoir responsable du malheur de son mari. Allons, débiteur, donne-lui de l'intérêt à vivre, des joies nouvelles. Allons, invente, sois l'auteur et l'acteur.

Oui, lui parler, vite ! Mais parler de quoi ? Il n'avait aucune activité. Parler de qui ? Il ne voyait personne. Lui dire pourquoi il n'avait aucune activité, pourquoi il ne voyait personne ? Lui avouer sa révocation ? Lui avouer le retrait de la nationalité française? Lui avouer qu'il n'était plus rien, plus rien qu'un amant ? Non, il ne fallait pas. Son prestige social avait été une des composantes de l'amour de cette femme, l'était encore. Et puis il ne fallait pas enlever à cette malheureuse la fierté qu'elle avait de lui. Donc continuer le mensonge du long congé. Mais elle finirait bien par apprendre la vérité, tôt ou tard. Eh bien, on verrait alors, on se tuerait.

La reprendre ? Pas envie. Il ne pouvait tout de même pas tout le temps. D'ailleurs, sans qu'elle s'en doutât, elle prenait moins de plaisir à ces jonctions. Mais elle y tenait plus que jamais. Être désirée, c'était être aimée. C'était absurde, mais ainsi étaient-elles. Si un jour ou deux sans un de ces tests, sans une de ces épreuves barométriques, sans un de ces satanés examens, elle s'inquiétait. Bien sûr, trop noble et discrète pour aborder un tel sujet ou y faire la moindre allusion. Mais il devinait son malaise. Bref, obligation de vivre en passion, avec preuves rigides, sous peine de souffrance féminine. M'aime-t-il autant, et caetera. Douce et docile servante, terriblement exigeante. Pauvrette qui ne disait rien, qui attendait humblement, qui respectait son silence. Il fallait l'occuper. Mais à quoi ? Il ne pouvait tout de même pas la désirer à jet continu. Alors que faire pour remplir les heures jusqu'au dîner ? Si ce silence continuait, elle était capable de lui proposer une promenade. C'était sa manie de vouloir se promener avec lui par vent aigre. Quel plaisir trouvait-elle à mettre en silence un pied en avant, puis un autre pied, et à recommencer, toujours en silence, car il ne trouvait pas grand-chose à lui dire durant ces terribles exercices de pattes lentes en avant par vent aigre. La faire lire était le plus simple.

— Reprends le roman d'hier, chérie. J'aimerais entendre la suite. Et puis tu lis admirablement.


Et voilà, il était le responsable, le capitaine de la caravelle, pensait-il cependant qu'elle lisait ce roman français, intelligent et maigre, s'appliquant à bien articuler, soignant les dialogues, variant les intonations, prenant un ridicule ton viril lorsque c'était le héros qui parlait, touchante de vouloir la perfection, agaçante. Oui, le responsable qui devait chaque jour mettre en scène l'interminable farce d'amour, chaque jour inventer des péripéties de bonheur. Et le pire, c'était qu'il chérissait cette malheureuse. Mais ils étaient seuls, et ils n'avaient que leur amour pour leur tenir compagnie.

Le gramophone à manivelle. Il avait frémi le jour où elle l'avait apporté de Saint-Raphaël, tout animée. C'était la première voie d'eau à la caravelle. Ils n'avaient pas eu besoin de gramophone lors de leur première nuit. L'air de Mozart, c'était une vitamine. Quand ce sacré Vous qui savez retentissait, elle éprouvait un regain d'amour. Mozart, fournisseur de sentiments que le cœur ne fabriquait plus. Autre signe funèbre d'avitaminose, le recours aux petits piments. Au début, elle était si réservée avec lui devant les autres, mais maintenant au Moscou elle lui donnait publiquement des baisers. Cet exhibitionnisme l'excitait. Et ce qui s'était passé plusieurs fois, la nuit, dans la pinède solitaire. Et les lavages dans le bain. Et les audaces devant la glace. Tout cela, des antiscorbutiques. Bon, la voilà qui reprenait son ton guerrier parce que c'était le jeune qui parlait. Cette vie d'amour en vase clos l'abêtissait. O sa vive intelligente folle de Genève!

— Reposez-vous, chérie, ne lisez plus.

Il vint s'asseoir en face d'elle, commenta sans verve le roman, vit bientôt dans les yeux de sa maîtresse le petit malheur gentil et souriant des femmes bien élevées qui ne savent pas qu'elles s'ennuient. Il se tut. Certes, elle l'adorait toujours, mais combien son inconscient s'embêtait en leur merveilleuse passion! Lui, il ne s'ennuyait pas parce qu'il avait un terrible passe-temps, il assistait au lent naufrage de la caravelle.

Il la regarda. Oh, ce sourire posé comme un dentier, cette façon d'être assise sagement, impeccablement et sans vie, tout hurlait un ennui à mourir qu'elle baptisait sans doute malaise physique ou tristesse sans cause. Elle mordit sa lèvre et il comprit que c'était un bâillement arrêté à temps. Non, pas tout à fait arrêté, elle se débrouillait pour bâiller à l'intérieur avec l'aide de ses narines écartées. Il fallait agir d'urgence, pour elle, par amour pour elle. Il la regarda pour provoquer une question.

— A quoi pensez-vous, aimé? sourit-elle.

— Je pense que je m'ennuie, dit-il. (Ajouter avec vous? Non, inutile.)

Elle devint blanche. C'était la première fois qu'il lui disait cela. Pour compléter son travail, il entreprit la fabrication d'un bâillement réprimé et d'autant plus significatif. Sur quoi, elle éclata en sanglots. Alors, il haussa les épaules et sortit.

Chez lui, il se sourit devant la glace. Elle vivait de nouveau, sa chérie. Il y avait eu dans ses yeux un éclat d'intérêt qu'il n'avait pas vu depuis des jours. Lorsqu'il lui disait qu'il l'aimait ou qu'elle était belle, elle faisait son sourire de dentier. Mais les étincelles de tout à l'heure dans ses yeux, c'était du sérieux, du tout chaud. Elle vivait de nouveau, sa chérie. Ah, si pour la rendre heureuse il avait suffi d'être bon avec elle tout le temps, avec quelle joie, derviche tourneur, il lui aurait répété du matin au soir qu'il la chérissait, avec quel enthousiasme il l'aurait gavée de tendresses et servie jusqu'à brosser ses vêtements et cirer ses souliers. Mais la tendresse continuelle, c'était monotone et peu viril, et elles n'aimaient pas ça. Il leur fallait des délices, les montagnes russes et les toboggans de la passion, des passages de la douleur à la joie, des angoisses, des bonheurs soudains, des attentes, des espoirs et des désespoirs, la sacrée passion avec son ignoble ribambelle d'émois et ses théâtraux buts de vie. Eh bien, il lui avait donné un but de vie maintenant. Désormais, elle serait constamment sur le qui-vive, le surveillerait, se demanderait s'il ne s'ennuyait pas avec elle, ce qui la désennuierait. Bref, elle prendrait sa place. Et demain, si un fort maniement charnel suivait une tendresse suivant une cruauté, le maniement serait vivement apprécié. O tristesse, devoir être méchant par bonté. Solal, le bourreau malgré lui.

S'approchant de la porte, il l'entendit qui sanglotait. Il sourit de nouveau. Elle pleurait, sa chérie, elle avait un passe-temps, elle ne songeait plus à réprimer des bâillements. Dieu merci, elle pleurait, savait plus que jamais combien elle l'aimait, savait qu'elle ne s'ennuyait jamais avec lui, elle. Sur la pointe des pieds, il retourna dans sa chambre. Sauvé, il était sauvé. Et surtout, il l'avait sauvée, elle. Peu après, on frappa doucement, et une pauvre voix enchifrenée se fit entendre derrière la porte. Écoutez, il fait beau maintenant, dit la petite voix. Il se frotta les mains. L'opération avait réussi. Elle se préoccupait de l'amadouer. Elle avait un but de vie. Et alors quoi? demanda-t-il avec une hargne voulue. Ne voulez-vous pas que nous sortions? dit la petite voix mouillée. Non, j'aime mieux sortir seul, répondit-il. Mon trésor, lui dit-il en lui-même, et il caressa le bois de la porte derrière laquelle elle vivait de nouveau.

Dehors, il déambula dans cette nature qui l'horripilait avec son ciel trop bleu, ses arbres desséchés et poussiéreux, ses pierres en profil de rasoir. Il était heureux, il donnait des coups de pied à des cailloux. Elle sentait maintenant combien il lui manquait, et elle serait si heureuse tout à l'heure lorsqu'il pourrait sans danger être bon avec elle. Chemin faisant, il imagina rencontrer un pasteur qui lui faisait des reproches, qui lui disait qu'il n'agissait pas ainsi avec sa chère épouse, lui, qu'il la rendait heureuse, lui.

— Tais-toi, frère, tu n'y entends rien, dit Solal. Si ta femme est heureuse, c'est pour dix raisons dont neuf n'ont rien à voir avec l'amour. La place dans le social qu'elle te doit et le respect dont elle est entourée, ses réunions de tricotage religieux, vos amis et vos réceptions, vos commentaires sur vos relations, vos enfants, les récits que tu lui fais de tes travaux, sa participation à ton ministère, le passe-temps de ses visites à ses chers malades, le baiser que tu lui donnes le soir en rentrant, vos prières ensemble agenouillés devant le lit. Quoi ? Elle aime faire l'amour avec toi ? Bien sûr, sociaux et habillés le jour, nus et biologiques la nuit, et pas tout le temps. Alors elle savoure, à cause du contraste et de n'être soudain que deux sexuels, les si habillés et moraux de tout à l'heure. Mais nous, les pauvres, animaux tout le temps.

Bien, elle aurait ce soir des heures vivantes quand il reviendrait tout à l'heure, il lui sourirait, et elle se précipiterait dans ses bras, et elle pleurerait de bonheur, et il y aurait des baisers de luxe, des baisers de grand mouillage, des baisers du temps de Genève, et elle lui dirait qu'elle ne s'ennuyait jamais avec son méchant chéri, et elle le croirait, Dieu merci. Bien, une soirée de bonheur tout à l'heure, de bonheur pour tous les deux. Mais demain, quoi ? Dire chaque jour à cette malheureuse qu'il s'ennuyait avec elle ?

## LXXXIV

Le lendemain, elle lui proposa de descendre déjeuner en bas, au restaurant, à titre exceptionnel, bien entendu, c'était tellement plus agréable de prendre les repas chez eux, mais pour une fois ce serait amusant de voir ces têtes bourgeoises, comme si on était au théâtre, en somme. Ils descendirent gaiement, en se tenant par le bras.

A table, elle commenta ironiquement les physionomies, supputa les professions et les caractères. Elle était fière de son Sol, si élégant, si différent de ces mangeurs, fière des regards de leurs affreuses épouses. Une femme cependant trouva grâce à ses yeux, une assez belle quadragénaire rousse qui lisait un journal posé contre la carafe d'eau et dont le petit chien était sagement assis sur une chaise.

— La seule possible, dit-elle. Anglaise sûrement. C'est la première fois que je la vois. Son petit sealyham est adorable, voyez comme il contemple sa maîtresse.

Dans le hall où le café leur fut servi, ils feuilletèrent ensemble un magazine. Près d'eux, se flairant de même espèce, deux couples nouveaux venus avaient lié conversation. Après avoir proféré d'aimables vérités premières, ils avaient sorti leurs antennes, s'étaient tâtés socialement en s'informant réciproquement, sans qu'il y parût, de leurs professions et relations respectives. Rassurés, se reconnaissant de même termitière, ils s'épanouirent et fleurirent, communièrent avec éclat, claironnèrent leur délectation : « Mais nous sommes en plein pays de connaissance alors ! Bien sûr que nous les avons connus, nous les fréquentions beaucoup ! Quel dommage qu'ils soient partis ! Des gens absolument délicieux ! »

Plus loin, deux autres maris, s'étant également humés par

l''échange de noms prestigieux de notaires et d'évêques, discutaient automobiles, sans cesse interrompus par la plus jeune des épouses, une pouponnette au visage de lune qui ressemblait à la femme de Petresco et qui, comme la Petresco, faisait sa charmante espiègle et s'écriait à intervalles fréquents, tout en sautant et en battant des mains à la manière des petites filles, qu'elle voulait une Chrysler, na, une jolie Chrysler, na et na! Tous ces gens frétillaient d'avoir des semblables, tout à la joie de cailler et se grumeler dans le collectif. Silencieux, se tenant par la main, les deux amants lisaient, nobles et solitaires. Elle se leva brusquement.

— Partons, ils me dégoûtent, dit-elle.

Dans la chambre de leur amour, ils écoutèrent les nouveaux disques qu'elle avait achetés, les commentèrent, et il y eut des baisers. À deux heures et demie, comme il dit qu'il avait mal à la tête et envie d'aller se reposer chez lui, ils convinrent de se retrouver pour le thé. Restée seule, elle redescendit.

Assise dans le hall, elle feuilleta des brochures touristiques étalées sur une table tandis que, non loin d'elle, de joyeux futurs cadavres faisaient bruyamment des projets d'excursion et que la rondelette pouponnette répétait son numéro de charme féminin. Sautant et battant des mains, plus idiote qu'une majorette américaine, cette mignonne primesautière disait de nouveau à son mari qu'elle voulait une Chrysler, na, une jolie Chrysler, na et na, ravie d'être mutine et aussi d'informer leurs nouvelles connaissances, par le moyen de ce refrain gamin infiniment bondi, qu'elle et son mari avaient les moyens de s'offrir une Chrysler. Mais elle s'arrêta de gambader et les conversations cessèrent, remplacées par des chuchotements, lorsque Ariane se leva et sortit.

Elle alla lentement le long de l'allée de gravier où se promenait aussi la dame rousse. S'approchant du petit chien à la truffe intriguée, elle se pencha et le caressa. On se sourit, on échangea des réflexions sur le charme des sealyhams, jaloux mais si fidèles, puis sur le temps, si chaud pour un vingt-sept novembre, extraordinaire vraiment, même pour la Côte d'Azur.

Enfin, on s'assit sur des fauteuils de rotin, à l'ombre d'un palmier maladif et poussiéreux. Ariane posa de nouvelles questions sur le caractère du petit chien qui, ayant pris note de toutes les odeurs environnantes et les ayant trouvées dépourvues d'intérêt, posa son menton sur ses pattes de devant, poussa un gros soupir d'ennui et feignit de dormir, un œil à demi ouvert suivant une fourmi.

La conversation s'étant poursuivie en anglais, la dame rousse s'émerveilla de la prononciation parfaite de son interlocutrice qui évoqua ses chères années au Girton de Cambridge, puis au Lady Margaret Hall d'Oxford. Une attention accrue brilla dans les yeux de l'Anglaise à l'apparition de ces deux collèges féminins, exclusifs et bien fréquentés. Elle regarda avec sympathie son interlocutrice. Le Margaret Hall réellement, comme c'était intéressant, et comme le monde était petit! Barbara et Joyce, les jumelles de chère Patricia Layton, la vicomtesse Layton, oui, faisaient justement leurs études au Margaret Hall, et elles y étaient si heureuses, un milieu charmant! En somme, sourit-elle, on pouvait bien en villégiature faire litière de l'étiquette et se présenter soi-même. Elle était Kathleen Forbes, la femme du consul général de Grande-Bretagne à Rome. Après une légère hésitation, son interlocutrice se nomma à son tour, dit que son mari était un des sous-secrétaires généraux de la Société des Nations.

Sur quoi, Mrs. Forbes devint pétulante et enchanteresse. Sous-secrétaire général, réellement, comme c'était intéressant! Paupières battantes et regard attendri, elle déclara qu'elle adorait la Société des Nations, cette institution si merveilleuse où l'on faisait du travail si merveilleux pour la paix internationale et la compréhension mutuelle! Se comprendre, c'était s'aimer, n'est-ce pas, sourit-elle, paupières plus exquisement palpitantes que jamais. Sir John était si sympathique et Lady Cheyne si brillante, si bonne! Une de ses nièces venait justement de se fiancer avec un petit-cousin de cette chère Lady Cheyne! Soudain, ses paupières devenues ailes de papillon, elle saisit la main d'Ariane. Mais oui, elle se rappelait maintenant, son cousin Bob Huxley, du Secrétariat général, que madame Solal devait sûrement connaître, lui avait beaucoup parlé de monsieur Solal l'année passée, et avec tant d'admiration! Comme c'était intéressant! Son mari serait ravi de faire la connaissance de monsieur Solal, car il s'intéressait aussi beaucoup à la Société des Nations!

Répondant à une aimable question d'Ariane, vive truite retrouvant ses eaux natales, Mrs. Forbes dit qu'elle était à Agay depuis avant-hier mais que son mari n'arriverait que cet après-midi, peut-être en compagnie de cher Bob. Oui, il avait dû faire un détour pour aller rendre visite à son cher ami Tucker, oui, Sir Alfred Tucker, donc le sous-secrétaire permanent au Foreign Office, en traitement hélas dans une clinique de Genève, justement. Un très cher ami, conclut-elle avec langueur et quelque mélancolie veinée de pudeur. Mais elle était si fatiguée qu'elle n'avait pas eu le courage de faire ce crochet par Genève. Après la vie mondaine de Rome, si exténuante, elle avait eu hâte de retrouver ce bon vieux Royal auquel elle était habituée, dont la clientèle n'était évidemment pas très sympathique ni très intéressante, sauf quelques exceptions bien entendu, sourit-elle tendrement, mais qui était si merveilleusement situé, dans un décor vraiment divin. A un certain point de vue, c'était même un avantage de séjourner dans un hôtel fréquenté par des personnes d'un tout autre milieu que le leur, ainsi on pouvait jouir de la solitude. Oui, après cette vie mondaine de Rome, si accaparante, combien elle se réjouissait de se détendre enfin, ne plus être que physique, sourit-elle intellectuellement. Oh, si elle n'écoutait que ses goûts personnels, elle abandonnerait avec tant de joie la vie mondaine pour mener une existence d'ermite dans la solitude, dans la contemplation de la chère nature, plus près de Dieu, en compagnie de quelques beaux livres. Mais c'était leur devoir à elles, épouses de personnalités officielles, de se sacrifier et d'être un peu les collaboratrices de leurs maris, n'est-ce pas, sourit-elle tendrement à sa collègue en conjugalité officielle. Et en plus de cette terrible vie mondaine si accaparante, il y avait encore la nécessité de se tenir au courant, n'est-ce pas, de tout ce qui se faisait d'intéressant au point de vue intellectuel, les vernissages, les concerts, les conférences, les problèmes sociaux, les livres dont on parlait, sans compter les affreuses difficultés de personnel lorsque, comme elle, on avait la responsabilité d'un certain train de maison. Oui, vraiment, elle se réjouissait de n'être plus qu'un corps pendant ces deux semaines, de se baigner dans cette chère vieille Méditerranée, de faire du tennis tous les jours. A propos, madame Solal n'aimerait-elle venir faire une partie avec eux demain ? Et peut-être que monsieur Solal voudrait bien se joindre à eux ?

Il fut entendu que l'on se rencontrerait devant l'hôtel demain matin à onze heures. Mise en concupiscence par la réserve et le bon ton de cette charmante épouse de sous-secrétaire général, Mrs. Forbes prit congé, dents proéminentes mais affectueuses, et s'en fut, suivie de son petit chien et ravie de sa pêche.

# LXXXV

Le lendemain, un peu avant quatre heures, ils descendirent prendre le thé dans le petit salon de l'hôtel, s'installèrent près de la fenêtre qui donnait sur la terrasse et qu'elle ouvrit pour jouir de cet air si doux. Le voyant cligner des yeux, elle tira les rideaux pour atténuer la violence du soleil. La première tasse bue, elle dit qu'on se croirait en avril plutôt qu'en novembre. Puis il y eut un silence. Pour le remplir, il lui proposa de donner des notes aux robes achetées à Cannes. La conversation démarra aussitôt et ils furent d'accord pour donner le maximum à la robe du soir dont le rose foncé était vraiment adorable. Robe du soir, pourquoi faire? pensa-t-il. Pour quelle réception, pour quel dîner prié, pour quel bal?

On passa aux autres robes et elle en discuta avec ardeur, sans se douter de la pitié qu'il éprouvait à la voir donner si facilement dans le panneau. Comme elle hésitait entre un dix-sept et un dix-huit pour le cardigan rubis, il eut envie de la baiser sur la joue. Mais non, ils étaient des amants, condamnés aux lèvres.

Lorsque toutes les notes eurent été décernées, elle proposa une promenade le long de la mer. La mer toujours recommencée cita-t-elle pour lui plaire. Peu sensible à ce genre de joliesses, il fit un sourire d'appréciation, puis dit qu'il avait mal à la tête. Elle proposa aussitôt de l'aspirine, se leva, prête à aller en chercher. Il refusa, dit qu'il préférait se reposer une heure ou deux, lui demanda d'aller en attendant à Saint-Raphaël acheter quelques disques. Il avait envie d'entendre les Concertos brandebourgeois.

— Oh, je les adore! dit-elle en se levant de nouveau. Mais j'irai à Cannes pour être sûre de les trouver tous les six. J'ai juste le temps, il y a un train dans quelques minutes.

626

Il se leva, honteux de se débarrasser de cette innocente, si ravie de se rendre utile. Enfin, il paierait en écoutant ces concertos. Pour lui donner une rumination de bonheur dans le train, il lui dit d'un ton pénétré que leur union avait été si belle tout à l'heure, chez eux. Elle leva gravement les yeux vers lui, lui baisa la main, et il eut mal de pitié, chercha quelque autre joie à lui donner, un motif d'attente, un petit but pour le retour.

— Ce soir, j'aimerais que tu essayes une fois encore devant moi les nouvelles robes, l'une après l'autre, tu es si merveilleuse dans ces robes.

Elle eut un bouleversant regard reconnaissant, aspira fort, ravivée d'être admirée, dit qu'il lui fallait se dépêcher pour ne pas manquer le train, s'élança. Il la suivit du regard qui courait de toutes ses forces, avec tant de bonne foi, la malheureuse, pour lui rapporter des disques inutiles. Enfin, il lui avait tout de même donné une occupation. Il faudrait en trouver d'autres au retour, après les essayages des robes. Déçue, ce matin, lorsqu'il lui avait appris le téléphone du Forbes renvoyant la partie de tennis. Elle était déjà en short, toute prête, si contente. Vraie, cette maladie subite de la Forbes ?

Il se rassit, but une gorgée de thé tiède, regarda l'heure. Dans le train maintenant, pensant à lui, heureuse de lui rapporter de nouveaux disques. S'extasier beaucoup ce soir lorsqu'elle essayerait les nouvelles robes.

Un bruit de voix. Il écrasa sa cigarette, regarda par la fente des rideaux rapprochés, reconnut l'Anglaise rousse, la Forbes en excellente santé, qui faisait des grâces à une longue quinquagénaire au menton démesuré, en compagnie de laquelle elle s'assit peu après sur le canapé de rotin adossé au rebord de la fenêtre. Il se rapprocha.

Mais oui, s'exclamait Mrs. Forbes, elle connaissait très bien Alexandre de Sabran qui leur avait si souvent parlé de son oncle, le colonel, attaché militaire à Berne ! Comme le monde était petit ! Qui aurait pu penser qu'elle rencontrerait à Agay la propre tante de cher Alexandre qu'elle voyait si souvent à Rome, qu'elle adorait, qui pour elle et son mari était tout simplement Sacha dear, un garçon absolument délicieux que d'ailleurs l'ambassadeur estimait beaucoup, elle le tenait du cher ambassadeur lui-même ! Oh, dès ce soir, elle écrirait à Sacha qu'elle avait eu le plaisir de faire la connaissance de sa tante ! Ainsi donc le colonel de Sabran suivait en ce moment les manœuvres de l'armée suisse ? Comme c'était intéressant !

627

Évidemment, en sa qualité d'attaché militaire, il y était bien obligé, sourit-elle, suçant un sucre d'orge social. L'armée, ah comme elle adorait l'armée! soupira-t-elle, palpitant des paupières. Ah, l'armée, l'honneur, la discipline, les vieilles traditions, l'esprit chevaleresque, la parole d'officier, les charges de cavalerie, les grandes batailles, les géniales stratégies des maréchaux, les morts héroïques! Il n'y avait pas de plus belle carrière! Ah, si elle avait été homme! Quoi de plus beau que de vouer sa vie à la défense de la patrie! Car il y aurait toujours des guerres, malgré les parlotes de la Société des Nations. Et le colonel viendrait bientôt la rejoindre? demanda-t-elle avec un regard brillant de sympathie. Dans trois jours? Son mari et elle seraient ravis de faire sa connaissance et de lui donner des nouvelles fraîches de Sacha dear.

Sur quoi, elle proposa à Mme de Sabran de se désaltérer, s'enquit de ses préférences, convoqua de l'index un valet, commanda du Chine pour madame et du Ceylan très fort pour elle, exigea des toasts brûlants enveloppés dans une serviette, le tout sans un regard vers le domestique. L'ayant ainsi informé de sa boue originelle et qu'il n'existait que pour servir les épouses d'attachés militaires et de consuls généraux, elle se tourna poétiquement vers l'attachante colonelle et baronne. Après une brève évocation du cher Sir Alfred Tucker et de la vicomtesse Layton, âme d'élite s'il en fut, elle s'apprêta à harponner. Quel bonheur d'être à Agay, de n'être plus que physique, de pouvoir enfin faire du tennis tous les jours, libérée pour un temps de cette terrible vie mondaine, si peu intéressante en fin de compte, n'est-ce pas?

— A propos, feriez-vous une partie de tennis avec nous? Peut-être demain à onze heures?

Mme de Sabran accepta avec modération et un sourire étroit, consciente de l'abîme séparant la carrière diplomatique de la consulaire. Ce manque d'enthousiasme enthousiasma Mrs. Forbes, lui fit sentir l'importance de sa capture, accrut sa concupiscence. Elle sourit amoureusement à Mme de Sabran qui se leva et dit qu'elle reviendrait dans quelques instants. Sûre de son carat social, elle sortit avec importance.

De retour, girafe altière aux yeux de glace bleutée, elle toisa de loin la pouponnette rondelette qui faisait son numéro habituel dans le hall, sautant et battant des mains. D'une main posée à plat le long de sa maigre croupe, la baronne s'assura, tout comme la mère Deume, que sa jupe était bien retombée, puis se rassit et complimenta Mrs. Forbes de sa maîtrise de la langue française. A quoi la rousse répondit modestement qu'elle n'y avait nul mérite car depuis sa tendre enfance elle avait toujours parlé français avec sa gouvernante. Cette précision amena un sourire d'approbation sur les lèvres minces de M^me de Sabran qui, après un silence, s'enquit de ce couple bizarre qui ne parlait à personne. Qui étaient donc ces gens, d'où venaient-ils, que faisait l'homme? Le concierge lui avait dit le nom mais elle avait oublié.

— Solal? demanda Mrs. Forbes, les yeux pleins d'espoir.

— Oui, c'est le nom, je me rappelle maintenant.

— A fuir comme la peste, dit Mrs. Forbes avec un sourire aimant. Mais voici notre thé qui arrive, désaltérons-nous d'abord, et je vous raconterai tout ensuite, vous verrez, c'est du joli. J'ai mes renseignements de première main. Je les tiens de mon cousin Robert Huxley, conseiller à la Société des Nations, un grand ami de Sir John Cheyne que vous connaissez sûrement. (Comme elle ne le connaissait pas, M^me de Sabran fit un visage impassible.) Bob est arrivé hier après-midi avec mon mari et passera quelques jours en notre compagnie, un garçon charmant que j'aurai plaisir à vous présenter. Oui, ces deux, à fuir comme la peste.

Il essuya la sueur de son front. Ce matin, en short de tennis, si contente, déjà prête pour le rendez-vous avec la Forbes. Dans quoi l'avait-il embarquée? Mrs. Forbes posa sa tasse vide, soupira aimablement, dit qu'il n'y avait rien de plus rafraîchissant que le thé, se cala dans le canapé, sourit d'aise et commença sa bonne action quotidienne.

— A fuir comme la peste, chère madame, redit-elle. (Elle brûlait de dire chère amie mais elle estima qu'il serait plus prudent d'attendre jusqu'à demain, à la faveur de la partie de tennis.) Le couple est irrégulier. Irrégulier, répéta-t-elle. Mon cousin m'a documentée à fond. La créature est la femme d'un de ses collègues à la Société des Nations. Tout s'est su très vite, le pauvre mari ayant tenté de se suicider le jour même de la fuite des coupables. Enfin, on a pu le sauver. Quand je pense qu'elle a eu le front de me dire qu'elle est la femme de l'individu alors qu'elle a un époux légitime à Genève, bien vivant!

— Je m'étonne qu'on accepte ça ici, dit M^me de Sabran.

— D'autant plus qu'ils ont bien été obligés de s'inscrire sous leurs vrais noms, à cause des papiers d'identité. J'ai pris mes renseignements au bureau de l'hôtel. Mais ce n'est pas tout, il y a mieux. Imaginez-vous que l'individu avait une grosse situation à la Société des Nations. Il faut dire qu'il est israélite.

— Vous m'en direz tant, dit M<sup>me</sup> de Sabran. Cette espèce s'insinue partout. Il y en a même deux au Quai d'Orsay. Nous vivons dans une drôle d'époque.

— Une très grosse situation, donc.

— La maffia, dit M<sup>me</sup> de Sabran d'un air entendu. Vraiment, plutôt Hitler que Blum. Au moins le chancelier est un homme d'ordre et d'énergie, un vrai chef. Je vous écoute, madame.

— Eh bien, j'ai été documentée par mon cousin Bob que Sir John aime beaucoup. Il y a trois ou quatre mois, l'individu a été révoqué ou plutôt forcé de démissionner, ce qui revient au même naturellement, pour conduite, comment dites-vous, disgraceful.

— Conduite infâme, dit M<sup>me</sup> de Sabran qui savoura sa salive. Il fallait s'y attendre, vu l'origine. Qu'a-t-il fait exactement ?

— Malheureusement Bob n'a pas pu me donner de détails. Il est pourtant très renseigné en général, vu les relations personnelles tout à fait charmantes qu'il a avec Sir John et Lady Cheyne. Mais l'affaire a été tenue secrète. Il paraît que seules quelques hautes personnalités sont au courant. L'individu a commis une action si grave et si déshonorante (M<sup>me</sup> de Sabran approuva de la tête) qu'on a étouffé le scandale pour qu'il ne rejaillisse pas sur la Société des Nations ! Tout ce qu'on sait, c'est qu'il en a été chassé.

— A la bonne heure, dit M<sup>me</sup> de Sabran. Une affaire de trahison probablement. D'un coreligionnaire de Dreyfus, il faut s'attendre à tout. Ah, pauvre colonel Henry !

— Donc ignominieusement chassé. (M<sup>me</sup> de Sabran salua au passage.) Et c'est alors, d'après mon cousin, qu'il est rentré en grande hâte à Genève d'où il s'est enfui avec sa complice. Il n'est donc plus rien. A nobody. Quand je pense que cette gourgandine a eu le front hier de m'inviter à une partie de tennis ! Sur son insistance, n'écoutant que mon cœur, j'ai plus ou moins accepté pour ce matin, pensant que j'avais affaire à des gens convenables, de notre milieu, présentant des garanties, ayant de la surface. Naturellement, dès que Bob Huxley nous a renseignés et édifiés, nous avons coupé les ponts. Mon mari a téléphoné ce matin à l'homme et lui a dit que j'étais souffrante. Que voulez-vous, il est trop bon, c'est dans sa nature. Ce n'est pas pour rien que la vicomtesse Layton l'appelle le consul généreux, au lieu de général ! Chère Patricia, toujours si spirituelle, avec un grain de malice !

— J'estime que la bonté ne doit pas exclure la fermeté, dit

M<sup>me</sup> de Sabran. A la place de votre mari, j'aurais mis les points sur les i.

— Il faut dire qu'au téléphone son ton a été suffisamment significatif.

— A la bonne heure, dit M<sup>me</sup> de Sabran.

Les deux honorables, l'humide et la sèche, continuèrent à commenter le sujet délicieux, exprimèrent jusqu'au dernier suc le plaisir d'une mise hors la société, plaisir accru par le sentiment d'être des impeccables, reçues et recevant. De temps à autre, communiant dans leur rectitude, elles se souriaient. On s'aime de haïr ensemble.

Lui, il songeait à son innocente, revoyait son visage animé hier lorsqu'elle était venue lui annoncer l'invitation de la Forbes. C'était la vie revenue, l'intérêt à vivre. Elle avait frappé fort à la porte, était entrée en coup de vent, plus sûre d'elle, sans la componction habituelle. Et tout de suite après, un baiser profond, pour la première fois depuis des semaines. Et adorant soudain le tennis, et trouvant sympathique l'affreuse rousse. Et vite allant à Cannes pour acheter une tenue de tennis. Elle en avait rapporté deux, la pauvre, une sérieuse à short, une frivole à jupette, les avait aussitôt essayées devant lui. Si animée qu'elle avait imité la pouponnette, avait sauté et glapi qu'elle voulait une Chrysler. Et cette nuit, ardente comme au temps de Genève. O force du social. Ce matin, en tenue de tennis à neuf heures, deux heures à l'avance, et essayant des coups avec sa raquette, lançant des balles imaginaires devant la glace. Et puis la sonnerie du téléphone, et les meules du social avaient commencé à tourner.

Après un nouveau sourire d'alliance en la vertu, M<sup>me</sup> de Sabran passa à un autre sujet agréable, à savoir le bal de charité qu'elle avait coutume d'organiser chaque année au Royal, afin de venir au secours de plusieurs chères familles pauvres d'Agay et de Saint-Raphaël, familles dont elle raconta en détail l'atroce misère, savourant de se sentir bonne et de se savoir à l'abri de tout malheur.

Oui, une charmante amie de Cannes, qui recevait beaucoup, lui fournissait chaque année une liste tenue à jour de personnes en séjour dans la région et susceptibles de s'intéresser à une action de bienfaisance. Elle allait dès demain envoyer des invitations à tout ce qu'il y avait de distingué sur la Côte d'Azur, entre autres à une Altesse Royale, actuellement à Monte-Carlo. Faire le bien en se divertissant, quoi de mieux ? Et puis, on rencontrait parfois des gens intéressants, sympathiques, dans ces bals de charité. Mais naturellement, ce n'était qu'un côté accessoire, l'important étant de faire le bien.

Mrs. Forbes s'enthousiasma, dit qu'elle adorait les bals de charité, enfin tout ce qui était philanthropie, altruisme, se pencher sur la misère. Elle se déclara donc prête à aider de son mieux Mme de Sabran pour l'envoi des invitations. Elle se voyait déjà présentée à l'Altesse Royale.

Sur ces entrefaites, le consul général et son cousin arrivèrent, tous deux en tenue de golf. Après les présentations, dents montrées, et l'évocation de Sacha dear, le ravissant Huxley compléta le récit de sa tante, fit l'éloge du pauvre mari trompé, un fonctionnaire distingué, très travailleur, estimé de ses collègues. Il s'était assez vite remis de sa blessure, la balle ayant traversé l'os temporal sans toucher au cerveau, heureusement. Il avait dû tenir maladroitement son arme ou bien sa main avait peut-être tremblé, ce qui était bien compréhensible. Vraiment un charmant garçon qui gagnait à être connu. Depuis presque deux mois il avait repris ses fonctions au Palais et tous ses collègues avaient été si heureux de le revoir, lui avaient témoigné leur sympathie, l'avaient beaucoup entouré, beaucoup invité. Son chef aussi avait été très chic avec lui, l'avait chargé d'une longue mission en Afrique, afin de lui changer les idées, et le brave garçon était parti en avion lundi dernier pour Dakar.

Passant ensuite à son ancien chef et ponctuant chaque détail scabreux d'un sourire gourmand suivi d'une langue serpentine et malicieuse, aussitôt rentrée après preste humectation de la lèvre supérieure, il raconta que de chers amis du Quai d'Orsay, alertés par la révocation du sieur Solal pour un motif tenu secret, avaient découvert une irrégularité dans la naturalisation dudit sieur, à savoir insuffisance de délai de séjour préalable. D'où retrait de la nationalité française par décret publié dans le Journal Officiel. Un naturalisé par-dessus le marché, c'était complet! s'indigna Mme de Sabran. Eh bien pour une fois le gouvernement républicain s'était conduit convenablement, elle ne craignait pas de le dire, bien que fille, épouse et mère d'officiers! Sans nationalité et sans profession, l'individu était socialement mort, conclut avec un dernier coup de langue l'ancien chef de cabinet et protégé de Solal.

Ayant dit, sensible qu'il était à la beauté masculine, ce que les Forbes feignaient d'ignorer puisqu'il n'y avait jamais eu de scandale, il dirigea prudemment un regard inquisiteur vers un ravissant adolescent qui rentrait, raquette sous le bras. Après un silence et pour le remplir, il mentionna le récent appel du physicien Einstein en faveur des Israélites allemands. M<sup>me</sup> de Sabran se cabra.

— Bien sûr, la vieille rengaine des persécutions! Tout cela est très exagéré. Le chancelier Hitler les a remis à leur place, un point c'est tout. Et que demande ce monsieur?

— Que les frontières des divers pays soient ouvertes à ces personnes pour qu'elles puissent quitter l'Allemagne.

— Cela ne m'étonne pas, dit M<sup>me</sup> de Sabran, ils se tiennent tous! Charmant vraiment, ces gens ne doutent de rien, ils se croient tout permis!

— Cet appel a été d'ailleurs fraîchement accueilli par les grandes puissances, sourit le charmant Bob.

— J'espère bien! s'écria M<sup>me</sup> de Sabran. Ç'aurait été du joli, tous ces coreligionnaires de Dreyfus venant s'installer chez nous! Après tout, ils sont allemands, ils n'ont qu'à rester chez eux. Et si on les y tient quelque peu à l'écart, ce n'est que justice.

Après un nouveau silence, on échangea de souriantes remarques cultivées, et l'on causa évidemment musique, ce qui permit à M<sup>me</sup> de Sabran de mentionner enfin une duchesse, une chère amie d'enfance, musicienne dans l'âme, avec laquelle elle se réjouissait de faire une croisière au printemps prochain. A quoi, les Forbes ripostèrent par une autre croisière en compagnie de l'inévitable Sir Alfred Tucker et de la vicomtesse Layton, ce qui permit à Huxley de dire qu'il avait rencontré la nièce de cette dernière chez une adorable et si intelligente reine en exil qu'il allait voir souvent dans sa ravissante propriété de Vevey, ce qui lui valut un regard attentif de M<sup>me</sup> de Sabran qui dit qu'elle espérait bien le voir à son bal de charité, ce qui amena tout naturellement cette dame à citer avec admiration une phrase de Tolstoï sur le plaisir moral d'aimer, ce qui donna l'occasion au consul général et généreux de dire la sienne et d'évoquer la dignité de la personne humaine.

Sur quoi, de nobles survols prirent leur essor. On se gorgea de réalités prudemment invisibles, et l'on se dit certains d'une vie future dans l'au-delà, les deux dames semblant tenir particulièrement à ce que leur âme durât toujours. Le tout avec force exhibitions d'incisives et de canines car il était agréable de se sentir entre personnes de même milieu, ayant les mêmes aspirations et le même idéal.

Dans sa chambre il errait avec la majesté des solitaires, s'arrêtant parfois devant l'armoire à glace, passant sa main sur son front, puis reprenant sa marche, sans cesse voyant le mari avec l'arme contre la tempe, le pauvre bougre qui avait souffert par lui, souffert au point de vouloir quitter cette vie, le petit Deume si désireux d'avancer. Oui, il avait péché contre lui, mais il était puni, paria à jamais et muré vivant dans de l'amour. Le petit Deume, lui, plein de semblables, bien inséré, bien entouré, maintenant en mission en Afrique, avec un casque colonial, important, officiel, ventre en avant. J'en suis heureux pour toi, petit Deume.

Bientôt elle serait de retour avec les disques, leurs pitoyables disques. Que faire pour la préserver ? Descendre, supplier la Forbes d'inviter l'innocente une fois ? Une seule fois, madame, pour qu'elle ne se doute pas qu'elle est rejetée à cause de moi. Après, nous partirons, nous irons dans un autre hôtel, vous ne nous verrez plus. Elle est tout ce que j'ai maintenant, je veux qu'elle continue à m'aimer. Ayez pitié d'elle, madame, elle n'est pas juive, elle n'est pas habituée. Au nom du Christ, madame.

Folie, folie. Il aurait beau les supplier, ces deux, elles resteraient ce qu'elles étaient, sûres de leurs vérités, fortes d'être le nombre et la règle, caparaçonnées de social, sans cœur et sans gaffes et sans angoisses, et croyant en Dieu, bien sûr. Toutes les veines, et même de se croire bonnes.

Y aller tout de même ? Les regarder, leur sourire, leur sourire avec des larmes, leur dire que leur temps de vie était court et qu'elles ne devaient pas le consacrer à la haine ? Folie, folie. Le Christ lui-même n'était pas parvenu à les changer. Assez, assez. Bientôt, elle serait de retour. Que faire pour lui cacher qu'il était un paria, un vaincu ? Que faire pour la garder en amour ? C'était tout ce qui leur restait, leur amour, leur pauvre amour.

## LXXXVI

Baigné une fois de plus, rasé une fois de plus, en noble robe de chambre une fois de plus. Oui, plus que jamais indispensable d'être beau. Un paria ne pouvait plus compter que sur le biologique. O Mangeclous, ô Salomon, ô Saltiel. Sur sa main, il baisa la joue de son oncle. Fuir, aller vivre avec eux ?

La nuit dehors. Dix heures. Toute seule depuis des heures, la malheureuse, n'ayant pas osé le déranger puisqu'il était censé avoir mal à la tête, ne l'ayant averti de son retour que par un billet glissé sous la porte, soigneusement écrit, d'une écriture qu'elle avait voulue belle. Je suis prête, je vous attends, mais ne venez que si vous vous sentez mieux. J'ai trouvé les six concertos. Toute seule avec ses disques, attendant de les lui jouer, attendant son bon vouloir. Sa chérie, sa chérie, dans quoi, dans quoi, dans quoi l'avait-il embarquée ? Son innocente, dans quoi, dans quoi ? Oui, il fallait aller, il fallait faire son devoir. Il s'arrêta devant l'armoire.

— J'ai trouvé, dit-il à la glace.

Lorsqu'il entra chez elle, un implacable Concerto brandebourgeois retentit. Debout dans une robe du soir, la main posée sur la machine infernale, la malheureuse souriante. Il fit donc le ravi et l'auditeur concentré de ces scieurs de long et pompiers de l'Éternel. Lorsque le disque eut achevé sa course, il éteignit, dit qu'il avait à lui parler. Non, rien de mal, chérie.

Dans l'obscurité, il lui baisa la main lorsqu'elle se fut étendue près de lui, puis parla. Voici, il avait décidé de rompre entièrement, pour toujours, avec tout ce qui n'était pas elle et lui, avec le dehors, avec les gens du dehors. Une seule chose importait, leur amour. Comme c'était peu convaincant, pensa-t-il, et il la serra contre lui pour se la rendre favorable.

— Tu le crois aussi, n'est-ce pas ?

— Oui, souffla-t-elle.

— Je veux que rien ne vienne nous ôter à notre amour, continua-t-il à voix basse. Le seul danger pour nous ici, c'est cette Forbes qui va bientôt revenir à la charge. J'y ai mis bon ordre. Ce Huxley, je l'ai rencontré tout à l'heure. Il m'a abordé très aimablement. (Il eut honte de ces deux mots qui venaient de lui échapper, des mots d'inférieur, de l'inférieur qu'il était devenu.) Il m'a proposé de me présenter à sa cousine. J'ai vu ce qui allait suivre si j'acceptais. Des invitations, des parties de tennis ou de bridge, du temps volé à notre amour.

— Alors ?

— Alors, je lui ai demandé de nous excuser auprès de sa cousine et qu'elle ne compte pas sur nous pour cette partie de tennis. Ai-je mal fait ? Es-tu ennuyée ?

— Mais non, pas du tout. Elle sera vexée, elle ne nous saluera plus, mais tant pis. Ce qui compte, c'est nous.

Sauvés. Il baisa les yeux de sa docile qui l'approuvait si sincèrement, et dont l'inconscient était catastrophé. Une compensation s'imposait. Il se rapprocha et leurs lèvres se joignirent dans le noir. Pas besoin de changer d'hôtel, les Forbes étaient éliminés, et elle ne ferait plus d'autres connaissances, se dit-il pendant le baiser qu'il fit long et tumultueux, faute de sujets de conversation.

Oui, désormais la divertir à fond, l'embrouiller. Dès demain, aller à Cannes, la bourrer de substituts du social. Lui acheter des robes chères, des robes de haute couture. Puis déjeuner au Moscou. Le caviar et le champagne étaient aussi des substituts du social. Pendant le déjeuner au Moscou, commenter les robes achetées. Puis lui acheter des bijoux. Puis théâtre ou cinéma. Puis roulette au Casino. Puis faire du cheval ou du canot automobile.

Ainsi pensait-il tandis que ses lèvres torturaient les lèvres de l'innocente. Et voyages aussi, des croisières, tous les pauvres bonheurs que je pourrai, pensait-il pendant l'interminable baiser. Oui, tout ce qu'il pourrait pour lui cacher leur lèpre, il le ferait, il le lui promettait en son âme. Oui, tout ce qu'il pourrait, tout pour fleurir le désert de leur amour, il le lui promettait en son âme, ses lèvres collées aux lèvres de celle qu'il voulait protéger. Mais jusqu'à quand le pourrait-il ? Pourvu que je sois toujours seul à être malheureux, pensa-t-il.

— Déshabille-moi, dit-elle. J'aime que tu me déshabilles. Mais allume. J'aime que tu me voies.

Il alluma. Il déshabilla. Il vit. Oui, la prendre, lui donner le petit bonheur d'être prise, le pitoyable bonheur qu'un lépreux pouvait encore donner à sa lépreuse, pensait-il, son beau visage au-dessus du beau visage exalté de la souriante malheureuse. Ah, dans quoi, dans quoi l'avait-il embarquée? Ma petite fille, mon enfant, lui disait-il en son âme tandis que tristement il la maniait comme une femme.

# LXXXVII

Le surlendemain, ils en étaient au café dans leur salon, où le déjeuner avait été servi. Muet, sourcils froncés, il s'absorbait dans la construction d'une flottille. Après avoir planté sur la dernière peau d'orange une cigarette fumante et deux allumettes faisant les mâts, il déposa les trois esquifs sur la crème fouettée des meringues.

— Bateaux polaires, expliqua-t-il après l'avoir regardée en silence.

Elle s'empressa de sourire, dit que c'était très mignon. Sur quoi, il lui lança un regard soupçonneux. Mais non, elle était sincère, elle admirait vraiment. O imbattable amour d'une femme, étrange pouvoir du sexuel. S'il s'avisait un jour de faire un pâté de sable ou de pousser un cocorico, elle serait capable de s'extasier et d'y voir la présence émouvante du génie.

— C'est vraiment très mignon, redit-elle. On les dirait bloqués par les glaces. (Portant sa main à son front, il la remercia par un sombre salut. Rassurée, elle ramena les pans de son peignoir, se leva avec des hésitations de courtoisie.) Je crois qu'il est temps d'aller me préparer. Vous êtes toujours d'accord pour faire un peu de cheval ?

— Je suis d'accord.

— Alors, je vais téléphoner au manège de Cannes. Vous vous préparez aussi ?

— Je me prépare aussi.

— A tout à l'heure, je n'en aurai pas pour longtemps.

Resté seul, il soupira. Il la voyait nue chaque jour, et elle croyait devoir le vouvoyer. La pauvre, elle se voulait une amante idéale, faisait de son mieux pour conserver un climat de passion.

Enfin, elle était allée s'habiller, bonne affaire. Dix minutes d'irresponsabilité. Toujours bon à prendre. Oui, mais lorsqu'elle reviendrait, elle poserait la question fatidique, épée de Damoclès, lui demanderait quels étaient les projets pour l'après-midi, après l'équitation. Quels nouveaux plaisirs inventer pour camoufler leur solitude ? Il n'y en avait pas de nouveaux. Toujours les mêmes substituts du social, les mêmes pauvres bonheurs à la portée des bannis, les théâtres, les cinémas, les roulettes des casinos, les courses de chevaux, les tirs aux pigeons, les thés dansants, les achats de robes, les cadeaux.

Et toujours, à la fin de ces expéditions à Cannes, à Nice, à Monte-Carlo, c'était le dîner raffiné cafardeux, et il fallait parler, trouver de nouveaux sujets, et il n'y en avait plus. Tous les sujets d'Ariane, il les connaissait, savait par cœur l'âme d'élite de la chatte Mousson, la personnalité charmante de la chouette Magali, et tous les redoutables souvenirs d'enfance, le petit chant qu'elle avait inventé, et le rythme de la gouttière, et les gouttes tombant sur la tente de toile orange, et les expéditions à Annemasse pour voir les catholiques, et les déclamations au grenier avec sa sœur, et tout le reste, toujours avec les mêmes mots. On ne pouvait tout de même pas rabâcher ça éternellement. Alors quoi ? Alors, on commentait les dîneurs.

Eh oui, ne fréquentant plus personne et ne pouvant plus commenter des amis, agréable occupation des sociaux, ni parler d'une activité quelconque, puisque ignominieusement chassé, comme avait dit la Forbes, il fallait tout de même nourrir la conversation puisqu'on était des mammifères amoureux à langage articulé. Alors voilà, on commentait des dîneurs inconnus, on tâchait de deviner leur profession, leur caractère, leurs sentiments réciproques. Tristes passe-temps des solitaires, espions et psychologues malgré eux.

Et quand on avait fini l'exégèse de ces inconnus désirables, inaccessibles et méprisés, il fallait trouver autre chose. Alors on discutait de la robe achetée ou des personnages des romans qu'elle lui lisait le soir. S'apercevait-elle de leur tragédie ? Non, elle était une femme bien, ferme en son propos d'amour.

Mais aujourd'hui, pas le courage de la bourrer de substituts. Tant pis, pas de Cannes, lui faire le coup de la migraine, et aller remuer en paix ses orteils chez lui jusqu'à l'heure du dîner. Non, impossible de la laisser se morfondre toute seule dans sa chambre. Mais que lui dire tout à l'heure lorsqu'elle rappliquerait noblement, aimante et parfumée, si pleine de bonne volonté ? Rien à lui dire. Oh, être un facteur et lui raconter sa tournée! Oh, être un gendarme et lui raconter un passage à tabac! Voilà qui était du vivant, du vrai, du solide. Ou encore la voir s'animer parce qu'on était invités ce soir par un sous-brigadier ou un sur-facteur. Oh, si la tendresse pouvait suffire à contenter une femme! Mais non, il avait été engagé pour de la passion. Lui faire des enfants pour lui donner un but en dehors de lui, et un passe-temps aussi? Mais non, les enfants supposaient mariage et le mariage supposait vie dans le social. Or, il était un banni, un hors caste. De toute façon, ils ne pouvaient pas se marier puisqu'elle avait déjà un mari. Et puis quoi, elle avait tout abandonné pour une vie merveilleuse et non pour pondre. Il ne lui restait donc qu'à être un héros passionnel.

— Entrez.

C'était, en surprenant veston blanc et cravate noire, le rougissant Paolo qui, après avoir failli tomber, demanda s'il pouvait desservir. Merci bien, monsieur. Non, monsieur, il ne s'occupait plus de l'ascenseur depuis ce matin. C'était un monsieur nègre qui le remplaçait. Oui, monsieur, il avait monté en grade, grâce à Dieu. Interrogé, il épongea son front. Eh bien, ses projets, c'était de faire quelques économies, et puis retourner à San Bernardo delle Acque, son village, et puis acheter un peu de terre, et puis se marier, si Dieu voulait. Il remercia encore et se disposa à partir. Mais Solal ôta de son doigt une bague dont le gros diamant lançait des feux blancs et bleus, la tendit à l'ahuri, l'embrassa, le poussa dans le corridor.

— Être Paolo.

Eh oui, il enviait le petit âne qui n'avait pas été renvoyé, lui, qui avait su monter en grade, qui était pourvu d'une nationalité, qui serait marié bientôt. Heureux Paolo à San Bernardo, estimé par ses concitoyens, peut-être maire de San Bernardo. Plus malin que Solal, en réalité, trouvant tout le monde gentil, montant en grade et croyant en Dieu.

— Entrez.

Lorsqu'il la vit en culotte d'équitation et bottes, il eut pitié. Elle avait dû procéder à tous les contrôles, y compris le fond de sa culotte, s'assurant qu'il ne faisait pas imprécis et paquet, qu'il s'adaptait correctement au postérieur et en respectait les courbes. Bon, d'accord, on ferait du cheval. Descendant d'Aaron, le frère de Moïse, il ferait l'imbécile anglais sur une bête plus venteuse que Mangeclous et qui le secouerait tandis que cette malheureuse lui ferait admirer des fleurs, ces légumes incomestibles qu'elle trouvait pleins d'intérêt, ou lui montrerait

640

quelque inutile couleur du ciel. Anathème à celui qui s'arrête pour regarder un bel arbre, disait le Talmud, se plut-il à croire. Et puis ce serait le thé au Casino et se forer le cerveau pour quelque nouveau cadeau à lui acheter, et puis le restaurant et les commentaires à voix basse sur les dîneurs, et puis trouver des mots pour lui dire combien elle était belle et élégante et combien il l'aimait, mais des mots nouveaux car les anciens, ceux de Genève, n'étaient plus assez ressentis. Et tout cela pendant que les Juifs avaient peur en Allemagne.

— Pas de Cannes, dit-il. Je regrette.

— Mais cela ne fait rien, sourit-elle. Allons chez moi. Ce sera agréable de rester tranquillement chez nous. On va s'installer confortablement. (Et causer, pensa-t-il.) Et puis on prendra le thé. (Glorieuse perspective, pensa-t-il. La malheureuse qui essayait de mettre de l'animation avec ce lamentable thé, couvre-défaite annoncé deux heures à l'avance comme un but. Qu'était devenue Isolde ?)

Dans sa chambre, chaque jour fleurie par ses soins, elle s'installa confortablement et il s'installa confortablement, la mort dans l'âme. Ensuite, elle lui sourit. Alors, il lui sourit. Ayant fini de sourire, elle se leva, dit qu'elle avait une surprise pour lui. Ce matin, elle s'était levée de bonne heure, était allée à Saint-Raphaël se réapprovisionner en disques. Elle en avait de magnifiques, surtout un choral de la Passion selon saint Jean, de Bach. Elle en parla avec enthousiasme. Ah, les premières notes, le sol tonique, répété trois fois, qui suffisait à conférer au début du choral un caractère douloureux, méditatif, et le fa dièse sur lequel la voix restait en suspens, semblait poser une question angoissée, et ainsi de suite, et il avait pitié de la malheureuse qui essayait de donner un sens à leur vie en vase clos.

— Aimeriez-vous entendre ce choral ?

— Oui, beaucoup, chérie.

Lorsque le disque eut achevé sa redoutable course, il réclama courageusement le Voi che sapete. Elle le remercia d'un sourire, heureuse qu'il eût demandé lui-même leur air, l'indicatif de leur amour. Pendant que sévissait la cantatrice viennoise, il se disait qu'il aurait pu être ministre ou tout au moins ambassadeur en ce moment au lieu d'écouter ce disque tout en se demandant quoi inventer tout à l'heure pour injecter de la vie à cette pauvrette qui aurait été si heureuse, ambassadrice et sottement respectée. Bien sûr, sans importance et même pitoyable d'être un ambassadeur, un de ces nombreux inutiles, mais pour pouvoir le penser sincèrement, il eût fallu l'être.

Important d'être ambassadeur lorsqu'on ne l'était pas. L'air de Mozart terminé, il dit qu'il adorait cette musique si tendre, comme navrée de bonheur. Il ne savait pas trop ce qu'il disait, mais peu importait. Avec elle, c'était l'intonation qui comptait.

— Encore le Voi che sapete, demanda-t-il pour faire bon poids, et il retint un triste rire nerveux en la voyant s'empresser.

Le gramophone dûment remonté, elle s'étendit sur le lit, le regarda. Alors, il s'exécuta. Muni de son long nez et de ses yeux cernés, il s'allongea auprès d'elle, ressentant avec force la misère de leur vie tandis que l'air de Mozart, leur hymne national, emplissait Ariane de sentiments, lui faisait sentir combien elle aimait son merveilleux. La cantatrice s'étant soudain mise à barytonner ce qu'était amour puis à le mugir avec une mélancolie massive comme si elle allait vomir, Ariane s'excusa de n'avoir pas assez remonté le ressort. Prompt à saisir l'occasion il l'empêcha de se lever, bondit hors du lit, tourna la manivelle avec une telle cruauté que le ressort claqua. Il s'excusa, dit qu'il était désolé. Bon débarras, morte la bête.

Revenu auprès d'elle, il ne sut quoi lui dire. La laisser parler ? Mais alors il y aurait les souvenirs d'enfance ou les histoires de bêtes. Le plus pratique était de la prendre.


Voilà elle a été prise elle dort je peux passer le temps tout seul en continuant à me raconter oui un petit cinéma rien que pour moi il balaye la salle à manger de l'auberge avec le rouleau à gazon mais c'est l'heure du petit déjeuner il carillonne pour s'appeler à table il accourt avec un étonnement joyeux il téléphone à sa vache qui arrive aussitôt soucieux de ménager la pudeur de Brunette il la trait avec tact puis il sucre le café au lait les morceaux de sucre papillons entre ses doigts son patron l'aubergiste Jéroboam arrive la Bible à la main ému par le verset dix-huit il donne un coup de pied à Charlot qui s'empare d'une tartine l'avale puis son melon sur les yeux enfile en hidalgo ses gants troués et il sort sur la route canard connaisseur tambour-major armé d'un gai gourdin voltigeur il pousse les vaches de Jéroboam il s'arrête il s'intéresse avec attendrissements à la lettre que lit cet inconnu assis sur une borne l'homme engueule Charlot qui salue et repart sautillant et haussant gentiment les épaules mais où sont les vaches il les cherche derrière un arbre derrière des roses puis attendri par ce matin fleuri il danse prince charmant avec cet œillet entre ses dents il danse roi nerveux condamné aux godillots il bondit de jeune

fille en jeune fille de rose en bouton il va il vole noir sylphe
mécanique de toute son âme levant la jambe ignorant les vaches
perdues les hommes méchants oh je m'ennuie chez Mary il passe
une heure inoubliable d'amour avec de fols envols de ses bou-
clettes ténor de gala raidissant un cou éperdu il chante une
sérénade puis flirtant délicieusement il chipe sans y penser la
broche de sa bien-aimée mais Jéroboam arrive et Charlot sort
en vitesse le courage à la moustache et la peur aux fesses
cependant qu'enflammé de vertueuse colère le patron fouette
sa nièce Mary qui se débat et sa jupe tombe et ses pantalons
à la grande indignation de Jéroboam qui fouette plus fort de
retour à l'auberge Charlot noie sa douleur dans une grande
vocation il attrape des mouches ouvrier mystique il revient à
chaque seconde avec une capture la tâche accomplie l'auréole
de gravité de sainte modestie homme de devoir les yeux baissés
il place la mouche dans la cage avec gracieuse assurance vérifie
ses biceps et s'en félicite mais voici qu'on apporte un élégant
blessé Charlot ivre de dévouement prend la montre du jeune
homme la secoue pour faire descendre le mercure la place entre
ses jolies dents puis tâte médicalement songeur le pouls de
l'homme évanoui hélas le lendemain Mary a été séduite par les
guêtres la canne à briquet du riche blessé qui sait tirer le mouchoir de grosse soie hors de la manche ô pauvre Charlot un
coude dans le saindoux il souffre des agonies mais Jéroboam
ne lui permet pas des douleurs nobles alors coups de pied
capitalistes et Charlot cavale dans un mouvement accéléré
zigzague follement avec des hésitations saccadées des méandres
aigus des cahots à travers les prés immobiles et soudain une
idée merveilleuse le fait gravement sourire brusquement voleter
papillon blanc et noir comme il est mignon avec ses yeux ma-
quillés de Tunisienne et ses cheveux qu'un soleil léger spiri-
tualise maintenant en jaquette torturé par un haut faux col
il va par son élégance reconquérir l'infidèle les mailles de l'ingénieuse guêtre chaussette se défont et le fil est tendu à travers
plusieurs rues le Simple soulève avec une candeur patiente le
pied entravé doux dandy dandinant dont les songes sont peu-
plés d'anges policemen et de boxeurs ailés ô sublime folie qui
lui fait ignorer l'entrave et lever avec persévérance ce godillot
idéaliste maintenant pour séduire éblouir Mary il tire avec
sincérité le mouchoir troué hors de la manche en lambeaux
mais malgré cette touchante canne à bout de chandelle il ne
plaît pas à Mary et soudain il la regarde et comprend et sa
moustache raidit une douleur et un sourire intellijuif écarte sa

narine gauche relève un coin de lèvre sur beaucoup de connaissance neurasthénique et il sort à petits pas solitaires cueillant
sur sa jaquette une puce qu'il caresse et gracie maintenant il
voit arriver l'agent de police qui se promène les mains placide-
ment et dangereusement derrière le dos alors pour manifester
son innocence il se polit les ongles mais le gardien de la société
avance redoutablement vers le prince idiot qui salue et recule
en esquissant des entrechats espagnols des révérences d'écuyère
comblée et enfin s'esbigne en laissant au policier histoire de
n'en pas perdre la rédemptrice habitude le souvenir d'un croc-
en-jambe le lendemain son petit chien lui rapporte un portefeuille contenant mille dollars alors napoléonien Charlot entre
dans le bar qui connut sa vie de chien confectionne dédaigneusement une cigarette entre deux doigts millionnaires et son
front est nietzschéen il boit des portos accélérés qui se succèdent
par saccades express comme des coups de poing puis à solides
dents charmeuses il sourit à la chanteuse ingénue et voilà le
bienheureux et sa chère femme sont partis en voyage de noces
les accompagnent les trois petits frères de l'ingénue et aussi
deux veuves et cinq orphelines adoptées par Charlot richissime
comme dans un rêve le bateau enfonce et remonte malgré le
mal de mer Charlot s'efforce de pénétrer le secret du transa-
tlantique pliant avec quelle bonne volonté quelle douceur il
plie déplie tourne reconstitue analyse combine rêveusement
cette chaise longue articulée trop compliquée pour les bons
isolés comprenant enfin qu'il ne comprendra jamais ces trucs
et que des travaux surhumains l'attendent demain il jette à la
mer la machine civilisée le lendemain il s'est retiré à la campagne
en chapeau bergère il sème avec son index il fait des trous dans
le champ il met un grain de blé dans chaque trou qu'il referme
avec des tapotements appliqués et des reculs artistes mais les
défenseurs des règles l'arrachent à son grand travail soulevé
par le col les pieds ballants il est traîné devant le comité de
salut que préside Jéroboam et les justes condamnent à mort
l'inutile qui remercie deux académiciens malins l'emmènent
en charrette traînée par un vieux cheval vers la guillotine alors
Charlot pardonne en termes mélodieux à Jéroboam suivi de son
petit garçon qu'il a amené pour l'exemple le condamné lève
ses beaux yeux au ciel soupire pour la forme donne un baiser
d'adieu au cheval consulte un baromètre de poche recommande
ses deux perruches au bourreau qu'il embrasse et avec un sourire de vierge marche vers la machine justicière et le couperet
siffle et tranche la tête charmante qui roule dans le panier de

son et cligne affectueusement de l'œil au blond bambin de Jéroboam voilà elle a remué elle a ouvert les yeux elle me regarde elle sourit elle se rapproche quoi faire je ne sais pas sortir peut-être non il va pleuvoir attention danger de souvenirs d'enfance oui la reprendre.

Après certaines exclamations, toujours les mêmes, suivies de certains commentaires tendres, toujours les mêmes, elle somnolait contre lui, moite et nue, tandis qu'en lui-même il résumait les événements de cette journée. Réveil, bain, rasage, entrée chez elle sur convocation de Mozart, baisers, petit déjeuner en noble robe de chambre, baisers, conversation littéraire et artistique, première jonction, exclamations spécifiques, entrecoupées d'assurances d'amour, commentaires tendres, repos, deuxième bain, changement de robe de chambre, disques, musique à la radio, lecture à haute voix par elle, disques, baisers, déjeuner au salon, café, flottille polaire, puis jonction numéro deux après retrait de l'attirail d'équitation jeté au bas du lit, puis jonction numéro trois après le cinéma privé. La regardant dormir, il conjugua silencieusement le verbe faire l'amour, au passé, au présent et, hélas, au futur. Il venait d'attaquer le subjonctif lorsque, brusquement réveillée, elle lui baisa la main, puis le regarda, bouleversante de foi et attendant de lui.

— Que fait-on, aimé ?

Mais toujours la même chose, hurla-t-il en lui-même, on s'aime! A Genève, elle ne lui aurait pas posé cette terrible question. A Genève, il n'y avait qu'à être ensemble, et c'était le bonheur. Tandis que maintenant elle voulait tout le temps savoir quelle pitance il allait lui offrir. La prendre encore ? Aucune envie. Elle non plus, d'ailleurs. Lui dire une tendresse ? Elle n'en sauterait pas au plafond. Essayer tout de même.

— Je t'aime, lui dit-il une fois de plus en ce jour, jour d'amour comme tous leurs jours.

Pour le remercier, elle lui prit la main, y déposa un baiser, curieusement petit mais bruyant. Les mots, les mêmes mots qui au Ritz l'avaient étourdie de bonheur, les mêmes mots déclenchaient maintenant un baiser nain à son intestinal.

Dehors, universelle, une inlassable pluie disait leur malheur. Enfermés dans la souricière d'amour, condamnés aux travaux d'amour à perpétuité, ils étaient couchés l'un près de l'autre, beaux, tendres, aimants et sans but. Sans but. Que faire pour animer cette torpeur ? Il la serra contre lui pour animer la torpeur. Alors elle se pelotonna contre lui. Que faire maintenant ? Ils avaient depuis longtemps dévidé leurs cocons de souvenirs, de pensées, de goûts communs. Tout leur cocon sensuel aussi. On allait vite au bout de la chair. De nouveau, elle se blottit contre l'homme de sa vie et il eut mal de pitié. Il n'avait pas répondu à sa question et la pauvre n'osait pas la répéter. Ah, ce qu'il faudrait maintenant, c'était deux heures d'adultère au Ritz ! Elle, venue en cachette le voir à quatre heures, venue avec battements de cœur et de paupières, et sachant avec douleur et joie de vivre qu'elle devait absolument le quitter à six heures. Ah, elle ne songerait pas alors à lui demander ce qu'on allait faire !

— Aimé, il pleut moins maintenant. Voulez-vous qu'on fasse tout de même quelques pas dehors ? Cela vous ferait du bien.

S'ils étaient à Genève, elle toujours vivant avec son Deume, et si elle devait être de retour à Cologny dans deux heures, est-ce qu'elle lui proposerait une promenade hygiénique ? Non, collée à lui jusqu'à la dernière minute, intéressée, vivante ! Et en rentrant à Cologny, elle serait insupportable avec le pauvre Deume, cristalliserait sur l'amant si rarement vu, cristalliserait en attendant le prochain revoir. Et quel délice de penser que le mois prochain ils profiteraient d'une absence du mari pour aller passer trois jours à Agay, trois jours qu'elle cajolerait d'avance, trois jours dont elle caresserait les petites plumes pendant les soirées mornes avec le mari. Mais c'était lui qui était le mari maintenant, un mari à qui on donnait des baisers bruyants sur la joue, comme à un bébé. Et même elle lui parlait parfois comme à un mari. Ne lui avait-elle pas dit l'autre jour qu'elle avait *sa* migraine ?

— On danse en bas, dit-elle.

— Oui, on danse.

— Comme cette musique est vulgaire.

— En effet. (Triste de ne pas en être, elle se venge comme elle peut, pensa-t-il.)

— On a affiché un avis dans le hall, dit-elle après un silence. Il y aura dorénavant danse tous les après-midi.

— Très bien.

Il aiguisa son nez. Ainsi donc, elle se tenait au courant de la vie de l'hôtel, elle s'intéressait au monde interdit, elle avait besoin des pâtures du collectif. Et pourquoi pas, la pauvre ? Elle était normale, cette malheureuse. Il l'imagina, lèvres entrouvertes devant l'avis du hall, pauvresse en convoitise devant une vitrine de pâtissier. Il la baisa sur les deux joues. Merci, dit-elle, et il eut mal de ce petit merci.

— Dites, aimé, voulez-vous que nous descendions ? J'aimerais danser avec vous.

Voilà, voilà ! Elle avait faim de social ! Si elle avait seulement envie de danser avec lui, pourquoi ne lui proposait-elle pas de tourniquer ici, dans sa chambre, aux sons de son sacré gramophone ? Mais non, elle avait besoin d'autres que lui ! Besoin d'être vue par d'autres et de voir d'autres ! A Genève, cette tête enchantée lorsqu'il lui avait demandé si elle accepterait l'île déserte avec lui ! Il résista à l'envie de le lui rappeler. Non, ça travaillerait en elle et elle finirait par s'apercevoir qu'il n'était pas le bien suprême, nécessaire et suffisant. Il y avait des vérités qu'il valait mieux garder pour soi.

Descendre pour danser ? Pour ces gens en bas, danser était un jeu sexuel légitime, un délassement dans une existence toute sociale. Mais eux, quoi, en plus des innombrables coïts, se trémousser ? Absurde. Et impossible d'ailleurs. En bas, il y avait les Forbes, il y avait le social. Avant-hier, l'épisode Forbes. En deux jours, la rousse avait dû parler à un tas de congénères. Tous étaient au courant maintenant. Bien sûr, bêtes et vulgaires ces gens d'en bas. Rien que de la moyenne bourgeoisie dans cet hôtel choisi exprès pour ne pas risquer de rencontrer des gens d'autrefois. Autrefois, il n'aurait pas daigné frayer avec cette racaille. Maintenant qu'il ne pouvait pas, ces ordinaires devenaient importants, désirables, une aristocratie.

Il se retourna. Elle attendait, soumise. Elle attendait, exigeante. Je ferai tout ce que tu voudras mais je veux du bonheur. Allons, donne-moi de la fête, invente, prouve-moi que je n'ai pas gâché ma vie en me lançant dans cet amour.

Quoi lui fabriquer pour ne plus la voir s'étioler ? Depuis des semaines à quoi appliquait-il un esprit digne de plus hautes tâches ? A l'empêcher de s'ennuyer, ou plutôt de le savoir. Quelle pitance lui donner aujourd'hui ? Cannes encore, et les achats de robes et les autres substituts ? Elle en aurait bientôt assez. Et rien ne valait une conversation idiote avec une Forbes. Refaire le truc de l'autre jour et lui dire qu'il s'ennuyait ? Pas le courage de la voir pleurer.

— Aimé, à quoi pensez-vous ?

— Au Traité de Versailles.

— Oh, pardon.

Il mordit sa lèvre. Quelle tête de respect elle venait de faire ! Idiote qui le croyait capable de penser à cette idiotie, et qui l'en respectait ! Et pourquoi si respectueuse ? Parce que ce traité, sorti d'indigentes cervelles, était du social, et parce qu'elle le croyait toujours sous-bouffon général. Pauvre honnête protestante qui l'avait tout de suite cru lorsqu'il lui avait dit qu'il s'était fait mettre en congé de dix-huit mois, ce qui faisait plus vrai qu'un an.

Cette musique d'en bas qui célébrait une communion fraternelle était insupportable. Elle n'y aurait pas pris garde, à cette musique, le premier soir d'Agay! Bien sûr, son pauvre loyal conscient adorait le bien-aimé, ne voulait que lui, n'attendait que de lui, mais son inconscient aspirait au tam-tam de la fête tribale. Pauvrette qui étouffait sans le savoir, étouffait dans la prison d'amour. La prendre brusquement comme pour la violer ? Elle aimerait peut-être. O piteuse aventure, ô déshonneur! O les temps de Genève, l'impatience de se voir, la joie d'être ensemble et seuls! Horreur, les rires des agglutinés en bas, les rires qui montaient et qu'elle écoutait, les affreux rires, rappels de leur solitude. Vite, un substitut!

— Chérie, allons au cinéma.

— Oh oui! s'écria-t-elle. Mais fermez les yeux, s'il vous plaît, je vais vite m'habiller.

Il ferma les yeux puisque la pudeur était à l'ordre du jour. Chérie, pleine de bonne volonté, immédiatement ravie. Oui, mais au temps de Genève elle aurait été scandalisée s'il lui avait proposé le cinéma plutôt que de délicieusement rester à s'entrebaiser et à se regarder et à intarissablement parler dans le petit salon. Solal d'Agay cocu du Solal de Genève.


Dans le taxi qui les emmenait à Saint-Raphaël, elle lui prit la main, baisa à petits coups le poignet de soie. Parce qu'on allait vers du changement, pensa-t-il, vers autre chose que de l'amour, vers du simili-social. Il y avait encore autre chose, et plus lamentable. Cette femme en train de picorer stupidement le poignet de lourde soie baisait l'élégance, donc la richesse, donc l'importance sociale, donc la force. Mais s'il lui disait cela, elle se récrierait et elle parlerait d'âme et elle ne pourrait jamais comprendre et admettre que ce poignet de somptueuse soie était pour elle un bout de l'âme de Solal. Trop noble et pas assez intelligente, Dieu merci, d'ailleurs. Oui, c'était le puissant social que sans le savoir elle adorait en lui, celui qui avait réussi et qui réussirait bien plus encore, pensait son inconscient, snob comme tous les inconscients, et qui mourait d'envie d'être ambassadrice. Malheur à lui de plus tard. Il tira fort sur le poignet qu'elle avait baisé et le déchira, sourit au lambeau de soie qui pendait, le porta à ses yeux.

— Aimé, pourquoi ? demanda-t-elle, effrayée.

— Moi jif, dit-il avec l'accent des Israélites polonais. Moi avoir esprit destricteur, beaucoup destricteur.

Mais pour la rassurer, il la baisa sur les lèvres, une fois de plus, une fois encore, s'étonnant en lui-même de ce procédé étrange et si répandu entre hommes et femmes. Le taxi ayant stoppé devant le Chic' Cinéma, il dit au chauffeur de les attendre, sourit mystérieusement, se félicitant d'avoir su spéculer à la Bourse durant ses années de sous-bouffonnerie générale. Être riche le vengeait. Clochard, mais de luxe. Sur le marbre du guichet des billets, il aima laisser traîner la soie déchirée de son poignet.

Entrés dans la petite salle qui sentait la sueur et l'ail, ils s'assirent et attendirent. Enfin, les antiques lampes à arc tremblèrent, agonisèrent, disparurent. Dans l'obscurité craquante d'arachides croquées, elle lui prit la main, lui demanda tout bas s'il était content. Il fit un signe chevalin de la tête, et elle se serra contre lui car le second film commençait. Un pénitencier américain. Des prisonniers derrière des barreaux. Il les envia d'avoir des hiérarchies, une vie sociale, un milieu comme ils disaient. Du coin de l'œil, il regarda son unique société, si pure de profil, attendrissante. Qu'étaient-ils venus faire dans cet affreux cinéma, odorant de pieds plébéiens ? Chercher du bonheur. Et c'était pour ce piteux bonheur d'être dans cette salle puante qu'ils avaient gâché leurs vies. Elle lui serra la main. Pour sentir qu'elle m'aime, pensa-t-il. Un serrement sans vie, une politesse. Finie, la merveille de leurs mains jointes et sublimes à la fenêtre du petit salon, la première nuit, après le Ritz.

Durant tout le film, il rumina son obsession. Condamnés à la passion perpétuelle. Les autres, les malins, faisaient de l'adultère en cachette. Alors, obstacles, rencontres rares, délices. Eux, les fous, enterrés vivants dans leur amour. Ou bien, plus malins encore, d'autres faisaient les choses convenablement. La femme se débrouillait pour divorcer. Puis les deux se remariaient, honorés de tous qui savaient pourtant à quoi s'en tenir sur le passé. Se marier avec elle ? Solution déjà rejetée.

Entracte. Les lampes à arc frissonnèrent et badigeonnèrent de lait violent les spectateurs endoloris, accommodant leurs yeux au réel revenu, puis réveillés par une huileuse commère à accroche-cœurs psalmodiant esquimaux glacés caramels mous bonbons à la menthe. Leurs mains détachées, les deux amants parlèrent du film pour échapper à la gêne du silence, en parlèrent artificiellement cependant qu'un sentiment de déchéance envahissait Solal. Ils étaient là, tous deux, assis, commentant à voix basse le film, exceptionnels, élégants, déshérités parmi la plèbe joyeuse, fraternellement babillante et sûre d'elle, salement léchant ses esquimaux. Il s'aperçut qu'il parlait à voix honteuse, comme un Juif de ghetto craignant d'attirer l'attention. Elle aussi était devenue humble, chuchotait comme lui, et il comprit que l'inconscient de cette malheureuse savait qu'ils étaient des rejetés.

Alors, passant de l'humilité à l'insolence, il parla trop haut, fit signe à la commère des friandises, lui acheta un cornet, le tendit à Ariane qui sourit, remercia, prit un bonbon à la menthe, l'introduisit dans sa bouche après avoir détaché la papillote. Et c'était pour en arriver là, la danse éblouie du Ritz, pour en arriver là, l'enthousiasme de leur première nuit, pour en arriver là, pour sucer conventionnellement, la mort dans l'âme, des bonbons à la menthe dans un sale petit cinéma, pour tristement sucer des bonbons et entendre la tournoyante belle folle d'autrefois craintivement commenter un mauvais film, gênée dans ses entournures, sa chérie, maladivement empruntée, sa chérie, et ne voulant pas le savoir. Acheter des esquimaux maintenant, pour les lécher ensemble, pour l'affreuse délectation de tomber plus bas ?

Dans l'obscurité revenue et l'odeur prolétarienne des oranges pelées, la deuxième séance commença. Elle lui reprit doucement la main et les actualités glissèrent. Des dromadaires spiritualistes se promenèrent dédaigneusement dans une rue du Caire, disparurent derrière le poste sanitaire de la Friedrichstrasse qui s'élargit en trombe de feu tordant une usine californienne bientôt éteinte par une pluie parisienne sous laquelle coururent les sportifs de l'Intran, et le vainqueur haleta, sourit sans répit, ne sut que faire de ses mains, but le champagne tendu par un reporter protecteur, et Hitler aboya, et à Rio de Janeiro des mendiants nègres rigoleurs montèrent à genoux les marches d'une église baroque, suivis par une démonstration de football au ralenti, les avants lançant le ballon dans un monde irréel sans pesanteur où toute force était languissante étirée, le lançant interminablement avec une très lente sûreté plastique, et Miss Arkansas s'affola à la pensée qu'il ne lui restait que six secondes pour plaire au jury et tragiquement se voulut séduisante, supprimée par deux locomotives canadiennes fracassées, et le sultan du Maroc monta sur la passerelle du bateau pour recevoir le maréchal Lyautey en retroussant sa robe derrière laquelle Mussolini défia, poings sur les hanches et menton près du front, et des autos dérapèrent en arc de cercle au tournant où étaient massés des gamins en sarraus noirs de chocolat Menier, et l'équipe d'Oxford battit Cambridge, et le maréchal Pilsudski inclina ses moustaches gauloises devant une longue reine de Roumanie, et un ministre français saccadé épingla une décoration sur un coussin de velours puis jappa hargneusement son discours sous un parapluie, et lui aussi, lui aussi avait été ministre, et maintenant suceur de bonbons à la menthe.

Ensuite, ce fut le premier grand film. Se tenant de nouveau par la main, deux noyés s'accrochant l'un à l'autre, pensa-t-il, ils assistèrent à l'étalage des viandes d'une jeune vedette aux lèvres bestiales, effrayantes d'épaisseur hottentote, ventouse d'énorme ténia ou gueule de monstre marin, et dont les grosses mamelles étaient le talent, ces dix kilos de graisse constamment montrés ayant fait d'elle une gloire mondiale. Au bout de quelques minutes, il se leva, et ils sortirent cependant que la petite cochonne exhibait son gros derrière et deuxième talent.

— Nous danserons à l'hôtel, lui dit-il, aussitôt entrés dans le taxi.

Elle se serra contre lui. Comme au Ritz, comme à leur premier soir, pensa-t-elle, et elle lui reprit la main, la porta à ses lèvres cependant qu'il remâchait cette malédiction d'être toujours ensemble et de n'avoir rien d'autre que de s'aimer. Partir et ne la voir qu'une fois par semaine pour lui donner la joie des retrouvailles ? Mais que feraient-ils, elle et lui, les six autres jours ?

Dans la grande salle du Royal, ils dansèrent parmi les autres couples. Lorsque l'orchestre stoppait, ils retournaient à leur table, nobles et silencieux, tandis que les sociaux s'entretenaient avec animation, tous se connaissant et aucun n'étant ouvertement l'amant d'aucune. A chaque reprise, ces messieurs du notariat, de la soierie ou de l'armée, tous gracieux en dépit des hernies ou des ulcères variqueux, venaient élégamment solliciter ces dames de l'enregistrement ou du corps judiciaire. Les unes, parfois barbues, acceptaient en vierges et se levaient avec charme. Les autres refusaient à la manière consacrée, en remerciant avec un sourire distingué, décent et mélancolique, reconnaissantes et intouchables mignonnes. Toutes étaient invitées, sauf la belle Ariane Corisande Cassandre, née d'Auble.

— J'ai un peu mal à la tête, dit-elle après la sixième danse. Voulez-vous que nous montions ?

Ils se levèrent et sortirent. Mais lorsqu'ils furent devant l'ascenseur, elle lui demanda s'il ne voulait pas jeter un coup d'œil sur les revues du hall. Il y avait là un numéro de Vogue qu'elle aimerait feuilleter. Elle ne sait pas qu'elle a peur de retourner dans la chambre, d'y être enfermée avec moi, pensa-t-il. Il acquiesça et ils s'assirent devant la table où des périodiques étaient étalés. A voix basse, elle lui demanda de lui donner la main, lui dit qu'il était tout pour elle, tout. C'est vrai, d'ailleurs, pensa-t-il, et elle aussi est tout pour moi, et cela nous fait une belle jambe.

A l'autre bout du hall, dix larges dames de bourgeoisie, fortement assises, retranchées en leurs séants et leurs fauteuils, harnachées et souveraines, tricotaient avec voracité tout en conversant activement, deux par deux. Les mains et les bouches de ces vieilles Parques de bienséance remuaient sans répit, implacables, sûres de leur droit. Penchés sur les revues, parfois dévisagés par les tricoteuses, les deux amants se tenaient par la main, feignaient de lire, écoutaient les duos emmêlés, brouillés par la musique proche et qui leur parvenaient par bouffées et fragments disparates, puissantes litanies.

De voir un maréchal de France à trois mètres de moi j'en ai eu les larmes aux yeux Voilà mon rhumatisme qui s'est réveillé Ce n'est pas tant le froid c'est le fond de l'air qui est cru Avec les Anglais on ne sait jamais En tout cas on est mieux dedans que dehors Vous en avez eu de la chance ce n'est pas tous les jours qu'on peut voir un maréchal de France A trois mètres vous m'entendez La finance internationale est vendue aux communistes c'est bien connu Quatre à l'envers maintenant Le maréchal avait un regard tellement lumineux j'en étais bouleversée ça a été la plus belle minute de ma vie Des étrangers c'est tout dire Quand je pense qu'en mil neuf cent quatorze le raisin coûtait vingt centimes le kilo Un regard d'une spiritualité on sentait l'homme d'honneur Et du raisin comme on n'en voit plus Six à l'endroit Et avec ça une tête de conducteur d'hommes mais on sentait le cœur d'or Et dans les restaurants vous aviez des menus convenables à trois francs trois francs cinquante vin à discrétion Et votre mari était là la fois du maréchal Je me demande ce qu'on aura au menu de ce soir Eh non malheureusement il l'a bien regretté En tout cas j'espère bien qu'ils ne nous donneront pas de la vieille poule comme l'autre jour Ce sont des gens charmants Vous avez vu ce soleil tout à coup Le temps est devenu fou ma parole Il n'y a plus de saisons Que voulez-vous la cuisine d'hôtel c'est toujours de la cuisine d'hôtel Nous les voyons beaucoup Ça y est je me suis encore trompée c'était six à l'envers c'est bien moi Oui mais avec les prix qu'on paye ils pourraient bien nous donner du poulet convenable Les journées deviennent de plus en plus courtes Ils ne reçoivent pas n'importe qui Enfin on peut se dire qu'on va vers le printemps Ils sont très aimés Et puis très influents On a du plaisir à les enterrer pardon à les entourer De toute façon il faut que je défasse tout je n'ai pas pris les bonnes aiguilles Ça m'arrive souvent ces temps-ci la langue qui me fourche La peau du poulet rôti bien croustillante c'est ma passion Pour les tricots d'enfant je commence toujours mes manches par le haut comme ça je peux toujours les rallonger cas échéant Les grandes inventions c'est toujours chez nous mais c'est l'étranger qui les applique Je vous dirai que je suis très constipée C'est la faute aux Juifs Moi je commence mes chandails d'été au printemps et mes chandails d'hiver en été comme ça je suis sûre de les avoir prêts en temps voulu Oui c'est toujours l'étranger qui en profite Il faut savoir s'organiser C'est les financiers qui mènent le monde Et tous des étrangers Elle a abandonné le crêpe avant le sixième mois Ce qui est affreux c'est que le paysan abandonne la campagne C'est la faute aux Juifs Et alors qu'est-ce qu'il faisait le maréchal Les usines les attirent C'est la faute aux Juifs Il souriait on sentait l'homme de cœur Et le cinéma donc Un grand soldat et un croyant ça va toujours ensemble Ces danses modernes je trouve ça révoltant De beaux yeux bleus vous savez la loyauté en personne Le gouvernement devrait les interdire Un Juif c'est toujours un Juif on aura beau dire Oh avec le gouvernement que nous avons Et puis c'était joli quand il a embrassé la petite fille la bonté même la simplicité du grand homme Cette race moi ça me donne le frisson C'était instructif cette conférence du consul anglais et puis de la prestance J'aime bien le Duce il a quelque chose de martial c'est le grand homme Et avec ça toujours le mot pour rire Sa dame est très bien aussi c'est la personne distinguée Oui très comme il faut tous les deux Pas comme certaines personnes par ici Je sais qui vous voulez dire Mademoiselle voulait le même dessert que nous Il est tombé au champ d'honneur c'est une consolation pour sa mère Moi quand j'entends la musique du régiment que  voulez-vous je vibre C'est donc le beau-frère qui a fait le monument aux morts c'est un artiste diplômé La guerre c'est là qu'on voit l'homme Le peuple c'est quand même fait pour être commandé je ne sors pas de là L'important c'est d'être respectés à l'étranger Dreyfus a trahi c'est bien connu D'ailleurs le colonel Henry avait donné sa parole d'officier C'est tout dire Un colonel c'est quand même un colonel il n'y a pas à tortiller C'est de la peinture dégénérée comme dit mon fils Nous avons été trop bons Le docteur Schweitzer c'est le grand homme Moi j'ai sa photographie au-dessus de mon lit C'est quand même drôle qu'il ne soit pas de l'Académie J'ai fini le Blé qui lève je vous le rapporterai Est-ce que ça vous a plu J'en ai beaucoup joui c'est tellement beau Je vous en prêterai un autre de René Bazin aussi la Sarcelle bleue vous verrez c'est d'une finesse Socialiste et juif c'est du pareil au même Je vous dirai que je ne lis que les romans d'académiciens C'est toujours si bien écrit c'est le joli style J'aime bien Alphonse Daudet aussi c'est toujours fin Le docteur Schweitzer Un livre d'académicien c'est une garantie Une divorcée c'est toujours une divorcée C'est des livres qui vous font réfléchir Voilà qui vous élèvent l'âme Alors vous disiez des graines de lin plutôt Vous verrez c'est radical Des gens charmants Une grosse situation On a du plaisir à les entourer Vous les faites tremper la veille et vous les prenez le matin à jeun Les tenants et les aboutissants En tout cas moi ça me réussit mieux que les pruneaux Toutes les portes leur sont fermées Je vais essayer parce qu'à vrai dire ça aurait pu être mieux ce matin Mais non ce n'est pas sa femme Et puis la petite promenade après le déjeuner il n'y a rien de tel pour faciliter Oh l'alliance ça ne veut rien dire Avec ces diminutions je me trompe toujours La finance internationale est entre leurs mains Un bon coup de balai Les vieux domestiques d'autrefois qui étaient vraiment de la famille Qui mouraient dans la famille Moi je tiens toujours registre des invitations à rendre Mussolini a un si bon sourire Tandis que ces bonnes d'aujourd'hui Moi j'inscris toujours les menus pour ne pas risquer des répétitions avec les mêmes personnes Et il paraît que le Duce joue admirablement du violon Toutes des voleuses Comme c'est joli Au fond c'est un tendre Et exigeantes avec ça Les Italiens ont bien de la chance Un immeuble c'est quand même le meilleur placement Blum est de mèche avec Staline Entre juifs on s'entend toujours Une belle propriété Des sentiments élevés Une réputation irréprochable Moi je préfère les pruneaux à jeun On dit que le pain d'épices aussi est très rafraîchissant Je vous dirai que j'aime mieux les lavements Ça m'a mis la puce à l'oreille Ils ne reçoivent pas n'importe qui Une belle âme Une jolie fortune Il a perdu sa situation par sa faute Nous

avons tout de suite coupé les ponts Je dirais même une belle
fortune Les parents sont des amis de trente ans A fuir comme
la peste m'a dit la dame du consul Consul général ma chère
c'est plus haut en grade Il faut être charitable que voulez-vous
C'est excellent aussi contre la constipation Des protestants
mais recevant et reçus Oui nous allons chaque année en Suisse
On s'abstient d'aborder les sujets religieux voilà tout Il m'a
dit Maman écoute-moi bien On ne peut pas ignorer des gens
dont l'oncle est général à trois étoiles Les banques suisses sont
discrètes La mère est charmante d'ailleurs c'est une demoiselle
Bomboin Avec ces impôts on ne peut pas faire autrement c'est
un cas de légitime défense Le docteur Schweitzer Imaginez-vous
qu'il pèse déjà dix livres Il y avait foule au mariage Et puis
ce qui m'a mis tout de suite en méfiance Il faut encore savoir
si la famille est consentante Nous plaçons tout en francs suisses
ou en dollars Nous plaçons toute notre confiance en Dieu Un
faire-part gravé Mon mari aime beaucoup les actions Nestlé
Ils ont reçu des cadeaux magnifiques Les actions au porteur
c'est plus commode pour ce que vous savez Enfin vous aurez
beau dire Les situations tout à fait en rapport Il y avait foule
à l'enterrement ça faisait plaisir à voir Et comme ça vous évitez
ces affreux droits de succession La probité en personne On sait
à qui on a affaire Un très beau caveau de famille Et puis là-bas
vous avez le système des comptes anonymes enfin numérotés
c'est très agréable Leur dieu c'est l'argent c'est bien connu Et
révolutionnaires avec ça Moi je les reconnais à dix mètres Et
puis vous avez aussi les comptes joints qui facilitent bien les
choses Je les repère rien qu'à leur nez La fortune appartenant
à la fois au père et au fils Les Protocoles des Sages de Sion
C'est seulement le père qui en dispose de son vivant Quand
on est une demoiselle Sphincter on n'épouse pas n'importe
qui Et au décès du père pas d'histoires avec le fisc Ils ne nous
ont pas rendu notre invitation c'est fini nous avons coupé les
ponts Ça poussera le jeune homme au Conseil d'État Oh il ne
se laisse pas marcher sur les pieds Communauté réduite aux
acquêts La première famille de Nîmes En tout cas c'est à eux
de faire le premier pas nous ne bougeons plus Vous avez encore
le système du coffre à la banque Espérances directes et prochaines Vous allez une fois par an détacher vos coupons Elle
a une vie spirituelle intense C'est très bon contre les rhumes Il y
a des petites cabines dans la salle des coffres avec tout ce qu'il
faut ciseaux épingles D'autant que mondainement c'est du
second ordre Après le décès les enfants n'ont qu'à aller au

coffre puisqu'ils ont la clef et la procuration ni vu ni connu
Bien sûr prochaines la grand-mère ayant eu déjà deux attaques
Un voyage en Suisse c'est quand même moins cher que ces
affreux impôts Avec dispense de jeûne et d'abstinence comme
de juste Huit mailles jersey pour une torsade Une immense
table en fer à cheval Oh avec l'appui du beau-père il passera
vite maître des requêtes Je trouve que c'est plus élégant par
petites tables Sacha Guitry a tellement d'esprit Un peu osé
mais c'est vraiment l'esprit français A la base vous trouverez
toujours la constipation La lune de miel c'est bien joli mais
après l'idéal vient le sérieux Edmond Rostand c'est tellement
fin jamais une grossièreté et puis toujours patriotique l'Aiglon
vous savez Il a tenu bon et le voilà consul Une cuillerée d'huile
de paraffine avant de se coucher La survie de l'âme C'est excellent contre la constipation Mon principe c'est de toujours
rendre service Un Grec ou quelque chose dans ce genre D'autant qu'un bienfait n'est jamais perdu Oui le fils est dans la
diplomatie ma chère Enfin ça aurait pu être un Arménien
N'empêche que le grand-père tenait une charcuterie Mais ma
chère il y a bien un cardinal qui est arménien Ce n'est pas la
même chose un cardinal c'est un cardinal Elle sort d'un milieu
simple mais enfin le mariage a recouvert tout ça Mon fils qui
est interne des hôpitaux C'est un poème de la voir manger une
pêche avec les doigts ma fille en avait le fou rire Les soirées de
jeunes c'est indispensable pour apprendre à se connaître La
caque sent toujours le hareng Il a dit je voyage en seconde mais
je n'en suis pas moins M. Bomboin Rien ne vaut l'éducation
reçue dans l'enfance Bonne renommée vaut mieux que ceinture
dorée D'autant qu'avec une bonne renommée on fait son chemin
Le père a exigé une rencontre des notaires et c'est alors qu'on
a découvert le pot aux roses Un bon immeuble en pierre de
taille c'est une garantie Quand elle a appris qu'il ne croyait pas
à l'au-delà elle lui a rendu sa bague de fiançailles La pierre c'est
toujours la pierre Oh elle a de qui tenir On imite tellement bien
la perle maintenant que ce n'est plus la peine La religion c'est
une garantie Vous aurez beau dire un diamant c'est toujours
un diamant Moi je suis pour la guillotine Oui mais ça ne rapporte
rien Il a dit j'ai vu mon roi je peux mourir N'empêche avec
ces dévaluations les diamants ne sont pas à dédaigner Donc le
beau-frère de l'amiral Et puis en cas de révolution on peut les
passer facilement à la frontière Le docteur Schweitzer Mais on
perd toujours à la revente Elle n'a même pas voulu allaiter le
bébé Avec la compensation privée vous pouvez transférer tout

ce que vous voulez La guillotine c'est plus humain Il n'y avait
que le préfet sa femme et nous Et comme ça on n'a plus à les
nourrir aux frais du contribuable Les ouvriers n'ont pas les
mêmes besoins que nous La reine d'Angleterre a quelque chose
de tellement bon dans le visage Les costumes de nos chères
provinces Ni les mêmes soucis Les danses populaires La tante
du percepteur Il n'y a rien de plus gracieux Sa mère en a eu
assez et elle lui a dit le robinet est fermé Général au Mans comme
son père je trouve que c'est touchant Il n'y a plus qu'eux pour
s'offrir du filet Rien que des meubles de famille Et puis ça
veut avoir sa voiture C'est la faute aux Juifs Avec les exemples
qu'il a toujours eus sous les yeux Ces visites du jour de l'an
quelle corvée Ce lever du soleil on aurait dit une carte postale
en couleurs Pourtant c'est bien nécessaire pour garder les
contacts L'appartement des parents ayant dix fenêtres en façade
je lui ai dit qu'elle pouvait danser avec lui Imaginez-vous que
la mienne voulait se servir de notre salle de bains Moscou
Moscou sur toute la ligne Mais c'est un ami de mon fils Pas de
ça chez nous Nous avons été trop bons L'amour du prochain
Vous pouvez être tranquille je ne répète jamais rien Elle vit
en concubinage avec son olibrius le mari n'ayant pas voulu
divorcer Dieu merci il y a encore des caractères dans notre
France Et dire que les parents étaient si comme il faut Oh
c'était à prévoir avec le genre qu'elle avait Méfiez-vous des
faux certificats Imaginez-vous qu'après la mort du père on
l'avait vue au théâtre au troisième mois de crêpe Les tenants
et les aboutissants Et notez que ce n'était même pas une pièce
classique une pièce de la Comédie-Française non madame était
allée à une de ces pièces modernes sans queue ni tête Moi je
demande des renseignements par téléphone à la précédente
patronne Elle m'a dit maman je n'épouserai qu'un officier Évidemment que c'est plus sûr on peut parler à cœur ouvert entre
gens du même milieu Les pauvres ne se rendent pas compte
de leur chance de ne pas avoir à payer ces affreux impôts
Et pendant le grand deuil elle a porté du gris Quelle horreur
Il n'y a rien de plus reposant que le sommeil d'avant minuit
Avec l'héritage qu'elle a fait du père Moi j'exige en plus un
certificat de bonne vie et mœurs Et naturellement toutes les
maisons convenables lui sont fermées Le docteur Schweitzer
Quand je pense aux réceptions du père avec préfet et tout il
y a de quoi retourner le pauvre homme dans sa tombe Dans
la vie il faut de l'idéal C'est radical contre la constipation A fuir
comme la peste m'a dit la dame du consul.

# LXXXVIII

Deux heures plus tard, après le dîner, ils s'installèrent chez elle, et il y eut un silence qu'elle remplit en lui offrant une cigarette, puis en la lui allumant avec un bouleversant souci de perfection. La malheureuse fait tout ce qu'elle peut, pensa-t-il. Tiens, elle prend une cigarette pour elle, maintenant. Pour mettre de la vie, de l'aisance. Cette robe du soir à moi seul destinée. Drôle de couple, elle en inutile accoutrement social dans le genre Buckingham Palace et moi en robe de chambre rouge et pieds nus dans des mules.

— Ces vieilles d'en bas étaient nauséabondes, dit-elle après un nouveau silence. Je ne comprends pas pourquoi nous sommes restés à les écouter. (Toi, soif de social, même sordide. Moi, dégustation du malheur.) Au fond, je me rends compte que je deviens sauvage, que je déteste les gens. Je ne me sens bien qu'avec vous. Vous êtes le seul existant. (Et le beau valet de tout à l'heure ? Lorsqu'il est sorti, tu t'es regardée dans la glace de la cheminée. Ton petit inconscient a voulu voir si tu as été trouvée belle. Tant mieux, que tu aies au moins ce petit bonheur d'avoir plu à un autre.) J'irai demain à Saint-Raphaël faire réparer le gramophone, dit-elle après un troisième silence. S'ils ne peuvent pas le réparer tout de suite, j'en achèterai un autre. (Il lui baisa la main.) J'en profiterai pour tâcher de trouver le Concerto de Mozart pour cor et orchestre, si peu connu et pourtant si beau. Vous connaissez ?

— Oui, mentit-il. La partie de cor est admirable.

Elle l'approuva d'un sourire. Le sourire terminé, elle dit qu'elle avait oublié de lui montrer une surprise pour lui, du nougat oriental qu'elle avait trouvé hier dans un petit magasin de Saint-Raphaël.

— On appelle cela du halva, je crois. (Elle prononça ralva pour faire couleur locale, ce qui agaça Solal tout autant que le cela, jugé plus noble qu'un simple ça.) J'ai pensé que cela vous ferait plaisir.

Invasion des cela, pensa-t-il. Elle lui demanda s'il voulait goûter du halva. Il dit que volontiers, mais plus tard. Alors elle annonça une autre surprise, une cafetière électrique, achetée hier aussi, avec tout ce qu'il fallait, le café moulu, le sucre, les tasses, les cuillers. Ainsi elle pourrait lui préparer elle-même du café, meilleur que celui de l'hôtel. Il la félicita, dit qu'il avait justement envie de café.

— En ce cas, j'ai droit à un petit baiser, dit-elle. (Chute de la livre palestinienne, pensa-t-il en lui donnant le petit baiser. On se donnait de plus en plus des petits baisers. Sincères, d'ailleurs, ceux-là.)

Animée, elle s'affaira, monta la cafetière selon les indications du prospectus. Lorsqu'il commença à boire, elle le regarda pour voir s'il appréciait. Excellent, dit-il, et elle aspira par les narines une fois de plus. Mais lorsque le café fut bu, il fut bu, et il ne resta rien d'autre à boire, ni à faire, et il y eut un silence. Alors, elle proposa de lui lire les deux derniers chapitres du roman commencé l'autre jour. Il accepta avec empressement.

Confortablement assise — pour mettre une atmosphère de bien-être, de naturel et de bonheur, pensa-t-il — elle ôta la mule du pied nu qu'elle se mit à lui masser tout en lisant. Comme d'habitude, elle tâcha d'animer les dialogues, s'appliquant à prendre un ton martial lorsque le héros du roman parlait. Voilà comment elle les aimait, pensa-t-il, affirmatifs et alpinistes. Voilà ce qu'il lui aurait fallu en réalité, un pasteur moderne et énergique, ou un secrétaire de légation jouant au polo, ou quelque lord explorateur de l'Himalaya. Pas de chance, la pauvre.

Lorsque la lecture fut terminée, on passa aux commentaires inutilement pénétrants du roman, tout en fumant des cigarettes chères. Puis elle proposa de commencer un autre roman, du même auteur. Il fit signe que non. Il en avait assez des romans-épures, intelligents à vomir et plus secs que caroubes. Alors, elle proposa de lui lire une biographie de Disraeli. Ah non, pas ce rusé bonhomme, sans nul autre talent que sa ruse, et qui avait su ne pas gâcher sa vie, lui. Après un silence, elle parla du temps maussade qu'il avait fait aujourd'hui, ce qui l'amena à dire qu'elle se réjouissait que ce fût bientôt le printemps, dans une dizaine de semaines en somme, ce qui l'amena à parler de l'émotion étrange, presque religieuse, qu'elle éprouvait à voir les petites pousses vertes sortir de terre, humblement désireuses de vivre. Il approuva d'un grand hochement, tout en pensant que c'était la troisième fois depuis leur arrivée à Agay qu'elle avait recours aux pousses vertes et à l'émotion presque religieuse. Pas facile de renouveler le stock. Pitié, une fois de plus, ce qui n'arrangeait rien. Elle faisait de son mieux pour partager avec lui. D'accord, partageons. Il fit donc le partageur et le compréhensif, affirma que lui aussi était ému par les petites pousses vertes. Maintenant, elle allait probablement développer le thème des corbeaux à l'intelligence si méconnue, thème qu'il se tint prêt à saluer au passage. Mais les corbeaux lui furent épargnés, et il y eut un silence.

Quoi faire maintenant ? Lui donner un baiser tumultueux, de l'espèce genevoise ? Non, danger. Si baiser passionné, auquel elle répondrait consciencieusement, sans doute par sentiment du devoir, l'inconvénient serait qu'elle se demanderait alors pourquoi pas de suite. Donc baiser sentimental sur les paupières seulement. Il le lui donna et elle lui en exprima sa gratitude par un terrible mignon merci d'écolière. Ensuite, il y eut un silence. Ne trouvant ni sujet nouveau de conversation, ni manière nouvelle de lui dire soit qu'elle était belle, soit qu'il l'aimait, et qui étant nouvelle serait ressentie par elle, il décida de procéder tout de même à un baiser ardent et de longue durée. Ce qu'il fit tout en s'étonnant, une fois de plus, de cette coutume entre les hommes et les femmes, coutume assez comique en somme, et quelle idée de se joindre ainsi avec fureur par des orifices destinés à l'alimentation. La jonction terminée, le silence revint et elle lui sourit, docile, parfaite, prête à tout, aux baisers ou aux dominos, aux souvenirs d'enfance ou au lit. Parfaite, oui, mais en jouant aux dominos l'autre soir, elle avait mordu sa lèvre pour ne pas bâiller.

— Si on faisait une partie de dominos ? proposa-t-elle d'un air enjoué. Je tiens à ma revanche. Je suis sûre que je gagnerai ce soir.

Revenue du salon avec la boîte des jeux, elle sortit les dominos qu'ils disposèrent. Mais au premier double-six posé par elle, la musique reprit au rez-de-chaussée. De nouveau, les heureux dansaient, narguaient les deux solitaires. Sa pauvrette, bannie de cette allégresse. Il dit qu'il n'avait pas envie de jouer, repoussa les dominos qui tombèrent à terre. Elle se leva pour les ramasser. Vite, n'importe quoi pour faire concurrence au social d'en bas, pour empêcher cette malheureuse de penser au contraste

660

entre leur avitaminose aux dominos et l'insultante joie qui montait, la salubre joie des idiots agglomérés qui maintenant applaudissaient et riaient. N'importe quoi, mais du vivant, de l'intéressant, du pathétique. La gifler? Ces beaux yeux qui attendaient lui en ôtèrent le courage. Le mieux et le plus simple évidemment serait de la désirer, et la suite. Hélas. Si facile à Genève. Il se leva brusquement, et elle tressaillit.

— Et si moi homme-tronc? demanda-t-il, et elle humecta ses lèvres sèches de peur.

— Je ne comprends pas, dit-elle en essayant de sourire.

— Assieds-toi, ma noble, ma fidèle amie. Tu n'as pas froid, tu es bien, tout fonctionne? L'homme-tronc, nous y viendrons tout à l'heure. Mais d'abord, réglons un autre problème. L'autre jour, avant de sortir pour faire du cheval, puisque tu y tiens tant, tu t'es approchée de moi, et tu as lissé les revers de mon veston, et tu m'as dit que j'étais beau, que le costume de cheval m'allait bien. Eh bien?

— Mais je ne comprends pas.

— Il est beau, mon aimé, le costume de cheval lui va si bien, ainsi as-tu dit, et tu as recommencé tes manigances de revers caressés. Réponds!

— Mais que dois-je répondre?

— Tu reconnais avoir dit ces mots?

— Mais oui. Quel mal y a-t-il?

— Un grand mal! Donc ce n'est pas moi que tu aimes, mais un homme, et beau par-dessus le marché! Ainsi donc, si tu ne m'avais pas rencontré, tu te serais extasiée devant un autre de même longueur et tu lui aurais dit les mêmes abominables mots! Roucoulante, la tête renversée, les yeux stupidement levés vers le blond gaillard autoritaire et la pipe au bec, lui caressant horriblement les revers, toute prête à ouvrir la bouche! Silence!

— Mais je ne parle pas.

— Silence tout de même! Et voilà le type ôte sa pipe et toi pas dégoûtée de ce sale goût de jus de tabac sur ses lèvres! Oui, je sais, c'est un conditionnel qu'il faut, mais cela revient au même! Qui ne serait pas dégoûtée est déjà pas dégoûtée! Et tu m'as dit aussi que les bottes m'allaient bien! Excitées toutes par les bottes! Les bottes, vigueur, gloire militaire, victoire du fort sur le faible, toute la gorillerie chérie! Adorateurs de la nature et de sa sale loi que vous êtes tous, vous autres! Mieux encore, pour cette païenne, les bottes évoquent la puissance sociale! Oui, le cavalier, c'est toujours un monsieur bien, un gentilhomme, un important de la tribu, en fin de compte un

661

descendant des barons du moyen âge, un chevalier, un monté à cheval, un dépositaire de la force, un noble ! Noble, ce sale mot double, révélateur de l'abjecte adoration de la force, sale mot qui signifie à la fois oppresseur des humbles et homme digne d'admiration ! Je l'ai déjà dit ? C'est possible. Les prophètes aussi rabâchaient. Bref, elle est toute cuite pour être fasciste, l'admiratrice des bottes ! Chevalier, chevaleresque, homme d'honneur, pouah ! Demandez à Mangeclous de vous dire ce qu'il y a sous l'honneur, cet honneur dont vous faites tant de chichis. Silence !

« Pauvre Deume, si bon, si doux, qu'elle a abandonné pour moi, pour moi faisant le fort au Ritz, le désinvolte gorille, et humiliant le gentil Deume ! C'est la honte au cœur que je l'humiliais au téléphone, mais il le fallait puisqu'elle exigeait d'être achetée au sale prix ! Comique, je parlais contre la force et la virilité, et c'est par la force et la virilité que je l'ai conquise, honteusement conquise ! La honte qui me mord chaque fois que je me rappelle mon brio de gorille au Ritz, ma parade de coq de bruyère, mon animale danse nuptiale ! Mais que faire ? Je lui avais offert un vieux, un doux et un timide, et elle n'en avait pas voulu, et elle lui avait lancé un verre ou je ne sais quoi à la figure ! Silence !

« Est-ce que je suis fou, est-ce que je déraille avec mon histoire d'adoration animale de la force, de la force qui est pouvoir de tuer ? Mais non, je la revois, oui, vous, oui, toi, je la revois si troublée et respectueuse devant la cage du tigre, l'autre jour, à Nice, au cirque, pendant l'entracte ! Quel éclair sensuel dans ses yeux ! D'émoi, elle m'a serré fort la main, faute sans doute de pouvoir serrer celle du tigre ! Oui, d'accord, c'est la patte qu'il fallait dire. Excitée, troublée par le tigre, oui, comme la bonne femme Europe par le taureau ! Pas bête, Jupiter, il connaissait les femmes ! La vierge Europe aux longues tresses a sûrement dû dire au taureau, les yeux chastement baissés : vous êtes un fort, vous, mon chou. Et cette autre bonne femme espagnole dans une pièce, qui dit à son chéri qu'il est son lion superbe et généreux ! Son lion ! Ainsi donc, le mot qui à cette ignoble Doña Sol de la poix et du goudron, le mot qui lui a semblé le plus aimant des mots, le plus admiratif, le plus aimable, c'est le mot qui désigne une bête à énormes canines et griffes et grand pouvoir de tuer ! Vous êtes mon lion superbe et généreux ! O immonde créature !

« D'ailleurs, celle-ci, la silencieuse devant moi, faisant la noble, n'a-t-elle pas eu l'audace l'autre jour à Nice, devant la

662

cage, de me dire qu'elle aimerait toucher le pelage du tigre! Toucher! Donc attirance sexuelle! Avec les mains commence le péché! Silence! Et qui sait, elle préfère peut-être le pelage du tigre au pelage de Solal! Et tous vos flirts avec tous les chats que vous rencontrez! Le chat d'hier, tigre en réduction, funeste aux oiseaux, vous l'avez caressé sur le ventre avec un plaisir significatif! Silence, fille de Moab! Mais les limaces, non, elle ne les caresse pas, elle s'en écarte avec dégoût! Pourquoi ce dégoût, pourquoi pas de flirts avec les limaces? Parce que molles et non érectiles, les limaces, parce que sans muscles et sans canines, les limaces, parce que faibles et incapables de tuer! Mais un tigre, ou un généralissime, ou un dictateur, ou un Solal faisant l'insolent et le dynamique au Ritz, à la bonne heure, et on fond devant lui, et on lui baise la main, le premier soir, en attendant de lui tripoter les revers! Toujours la sale adoration du pouvoir de tuer, la sale adoration de la sale virilité! Silence!

Lèvres frémissantes, il considéra la coupable, s'empara de la cravache qui traînait, en fouetta un fauteuil si fort qu'elle tressaillit.

— Et si je me les faisais enlever? demanda-t-il. Réponds!

— Je ne comprends pas, murmura-t-elle.

— Manœuvre dilatoire! Tu as très bien compris! Si donc je me les faisais enlever, ces deux affreux petits témoins, est-ce que tu me caresserais encore les revers avec amour, tu sais, l'amour Mozart, l'amour Voi che sapete? Est-ce que ton âme aimerait toujours mon âme? Réponds!

— Écoutez, aimé, ne parlons pas de cela.

— Pourquoi?

— Mais vous savez bien.

— Explique pourquoi.

— Parce que c'est une hypothèse tellement irréelle.

— Irréelle dans l'œil de votre sœur, enfin de votre cousine plutôt. Irréelle? Qu'en savez-vous, madame? Et qui vous dit que je n'ai pas la tentation d'en finir avec cette virilité?

— Aimé, ne parlons plus de tout cela.

— Bref, vous refusez de vous compromettre. Gloire donc aux deux petites pendeloques chères aux Ophélies, et conservons-les précieusement! (Il la considéra, et ses yeux brillèrent du plaisir de connaissance.) Je sais si bien à quoi vous pensez en ce moment! Esprit juif dissolvant ou esprit juif destructeur, n'est-ce pas? C'est ainsi que vous autres, la cervelle emmitouflée dans le confortable cocon d'idéal, c'est ainsi que vous vous débarrassez de la désobligeante vérité! Lucifer, l'ange porteur de lumière, vous en avez fait le diable! Mais venons-en à l'homme-tronc. M'aimeriez-vous toujours si moi devenu homme-tronc?

Soudaine pénétration de douleur. L'autre soir, à Nice, les couleurs amenées pour la nuit sur ce torpilleur français. Le drapeau religieusement descendu, et lui enviant les marins figés au garde-à-vous, enviant l'officier qui saluait tandis que dans le crépuscule lentement descendaient les couleurs. Adieu, la France, il n'en était plus. Quelques jours après leur arrivée, la lettre sur papier famélique du commissariat de police de Saint-Raphaël informant le sieur Solal qu'un décret publié au Journal Officiel lui retirait la nationalité française; que le motif du retrait n'avait pas, aux termes de la loi, à être indiqué, l'intéressé disposant toutefois d'un délai de deux mois pour faire appel; que ledit décret étant exécutoire nonobstant appel, le susnommé était invité à se présenter au commissariat pour restitution de ses papiers d'identité français et notamment de son passeport. Il la connaissait par cœur, cette lettre. Ensuite, sa visite au commissariat. Assis sur un banc ignoble, il avait attendu longtemps la bonne volonté d'un commissaire bedonnant. Le petit sourire de plaisir avec lequel ce miteux aux ongles sales avait examiné le passeport diplomatique. Et maintenant pour tout papier un permis provisoire de séjour et un titre d'identité et de voyage pour apatrides. Il n'était plus rien, plus rien qu'un amant. Et que faisait-il en ce moment? Il essayait de lutter contre leur avitaminose et il faisait souffrir une malheureuse. Humble et soumise, une fois de plus respectant son silence, sa croyante qui avait tout quitté pour lui, indifférente aux jugements du monde, qui ne vivait que pour lui, sa désarmée, ridicule de grâce et de faiblesse lorsqu'elle marchait nue, si belle et promise à la mort, dure et blanche en son cercueil. Oh, ces rires en bas, ces applaudissements qu'elle écoutait.

— J'attends la réponse. L'homme-tronc!

— Mais je ne comprends pas.

— J'explique. Si moi soudain plus beau du tout, si moi devenu affreux, si moi soudain homme-tronc à la suite d'une opération indispensable, quels seraient vos sentiments à mon égard? Des sentiments d'amour? J'attends la réponse.

— Mais je n'ai rien à répondre. C'est une idée tellement absurde.

Il accusa le coup. Fini, le respect des premiers temps. Il était un homme absurde maintenant. Il décida de saisir le prétexte de cette offense pour s'en aller. Ainsi elle viendrait bientôt lui demander pardon et il y aurait réconciliation et redorure pendant une heure ou deux.

— Bonne nuit, dit-il en se levant, mais elle le retint.

— Écoute, Sol, il faut que je te dise que je ne suis pas très bien, je n'ai pas dormi cette nuit, finissons-en, je sens que je n'aurai plus la force de te répondre, je n'en peux plus. Écoute, ne gâchons pas cette soirée. (En admettant que nous ne la gâchions pas, il y en a trois mille six cent cinquante autres à ne pas gâcher, pensa-t-il.) Écoute, Sol, je ne t'aime pas parce que tu es beau, mais je suis heureuse que tu sois beau. Ce serait triste si tu devenais laid, mais laid ou beau tu seras toujours mon aimé

— Pourquoi ton aimé si sans jambes ni doigts de pied ? Pourquoi tellement ton aimé ?

— Parce que je t'ai donné ma foi, parce que tu es toi, parce que tu es capable de poser des questions aussi folles, parce que tu es mon inquiet, mon souffrant.

Il s'assit, décontenancé. La flèche avait porté. Zut, voilà qui était de l'amour tout de même. Il se gratta la tempe, fit des grimaces de va-et-vient avec sa bouche fermée, s'assura de l'existence de son nez, l'interrogea. Puis, s'approchant du gramophone, il en tourna rêveusement la manivelle. S'apercevant soudain qu'elle tournait sans résistance, il se rappela le ressort cassé, lança un regard méfiant. Non, elle n'avait pas remarqué. Il racla sa gorge pour se donner de l'assurance, se leva. Eh non, elle mentait sans le savoir. Si elle croyait qu'elle l'aimerait même atroce et tronc, c'était tout simplement parce qu'en ce moment il était beau, honteusement beau.

Dieu, à quoi s'occupait-il ? Il y avait de par le monde des mouvements de libération, des espoirs, des luttes pour plus de bonheur parmi les hommes. Et lui, à quoi s'occupait-il ? À créer un lamentable climat passionnel, à désennuyer une malheureuse avec du tourment. Eh oui, elle s'ennuyait avec lui. Mais au Ritz, le premier soir, elle ne s'était pas ennuyée. Oh, son éblouissement de bonheur au Ritz, le premier soir. Et qui l'avait ainsi éblouie ? Un nommé Solal qu'elle ne connaissait pas. Et maintenant il était un homme qu'elle connaissait, et qui avait eu un éternuement marital, cet après-midi, après le coït, un éternuement qu'elle avait affreusement entendu dans le silence du répit. Eh oui, elle l'avait d'avance trompé avec le Solal du premier soir, le sans éternuement du Ritz, le poétique.

Solal cocu de Solal, murmura-t-il, et il tira sa crinière annelée à droite et à gauche pour faire deux cornes, salua le cocu dans la glace cependant qu'elle grelottait, les yeux baissés. Eh oui, elle l'avait trompé avec lui-même puisqu'elle avait osé l'aimer dès le premier soir! Elle avait trompé le connu de maintenant avec l'inconnu du Ritz! Le premier étranger venu, un Solal quelconque, et qui n'était pas le vrai Solal, elle lui avait baisé la main! Et pourquoi? Pour tout ce qu'il méprisait, pour d'animales raisons, les mêmes que du temps de la forêt préhistorique! Et dès le premier soir, à Cologny, elle avait accepté de coller sa bouche contre la bouche d'un inconnu! O la sans-vertu! O les sans-vertu qui aimaient les hommes! Incroyables, si fines, elles aimaient les hommes, de toute évidence elles aimaient les hommes, les vantards et grossiers, les pleins de poils! Incroyable, elles acceptaient la sensualité des hommes, la voulaient, s'en gorgeaient! Incroyable, mais vrai! Et personne ne s'en scandalisait!

Il se tourna vers elle, fut épouvanté par l'expression si pure de ce visage aux paupières baissées. Pure, par-dessus le marché, la baiseuse de l'inconnu du Ritz, un Juif sorti d'on ne savait où! Langueuse et languière presque tout de suite avec l'inconnu! Oh, elles le rendraient fou à force de n'y rien comprendre, le rendraient fou, ces madones soudain bacchantes! Des paroles si nobles quand elles étaient habillées! Et tout à coup, dans l'égarement des nuits, des mots qui te tueraient raide mort, pauvre petit Salomon!

— Écoute, chéri, ne restons pas ici, faisons quelque chose, descendons.

Une lame de malheur le transperça. Ces paroles tendres étaient une condamnation. Ne restons pas ici, faisons quelque chose! Donc être ensemble était ne rien faire. Faisons quelque chose. Mais faire quoi? Eh bien continuer.

— Revenons à notre homme-tronc. Je pose de nouveau la question, qui n'est pas absurde du tout. (Il parla lentement, savourant chaque mot.) Une gangrène gazeuse de premier ordre qui obligerait les médecins à me couper les bras et les jambes et les cuisses aussi, bref à faire de moi un homme-tronc, par surcroît pustuleux et puant par l'effet de la gangrène, sourit-il avec douceur, avec la plénitude du bonheur. Cela peut arriver, il y a des maladies de ce genre. Eh bien, si moi devenu petit tronc et immobile paquet fétide et punais, m'aimeriez-vous toujours dans le genre poétique et air de Chérubin et Concerto brandebourgeois, et me donneriez-vous des baisers sublimes et perforants? Répondez!

— Assez, assez, supplia-t-elle. Assez, je n'en peux plus, je suis si fatiguée. Dis tout ce que tu veux, je ne parlerai plus.

— Greffier, ordonna-t-il, l'index pointé, notez que l'accusée se dérobe une fois de plus ! En réalité, ma chère, moi petit tronc nauséabond, vous vous arrangerez pour trouver que je n'ai plus la même âme, qu'elle s'est détériorée, et vous ne m'aimerez plus, plus jamais ! Pas juste pourtant. Est-ce ma faute, cette gangrène gazeuse ? Pauvre petit méphitique paquet de moi sur une table, sans bras, sans jambes, sans cuisses, mais encore muni du principe de virilité pour votre malheur et dégoût, oui, pauvre de moi, tout petit, tout carré sur ma table, avec une tête douloureuse, et un coup de poing suffira pour me faire tomber et je ne pourrai plus me ramasser tout seul ! Eh, mon Dieu, même pas besoin de me faire tronçonner, quelques dents manquantes suffiront pour que votre âme ne trouve plus de plaisir à mon âme.

Il se frotta les mains, sourit au bon tour à lui jouer. Bonne idée, oui, dès demain matin se faire raser le crâne par un coiffeur, puis se faire arracher toutes les dents par un dentiste ! La tête qu'elle ferait lorsqu'il arriverait en forçat hilare, avec un grand sourire vide ! Comme hommage à la vérité cela vaudrait le coup !

— Aimé, assez de tout cela. Pourquoi vouloir tout détruire ?

(Il eut un rire désespéré. Celle-ci aussi, une antisémite !) Aimé, supplia-t-elle. (Oh, avec son aimé, celle-là, son aimé qui aurait si bien pu être un autre !) Aimé, laissez tout cela. Ne voulez-vous pas me parler un peu de votre enfance, de votre oncle que vous aimez tant. Comment est-il ? Décrivez-le-moi.

— Très laid, coupa-t-il. Rien à faire.

Cette démangeaison de beauté qu'elles avaient toutes ! L'autre jour, elle lui avait dit vos beaux yeux. Lui fallait-il maintenant être jaloux de ses propres yeux ? Vos beaux yeux, cela voulait dire plus tard, mon cher, quand ils seront ternes et chassieux, fini ! Il se leva.

— Oui, angéliques traîtresses, toutes, qui soudain découvrent avec des langueurs qu'elles n'aiment plus ! Et alors, c'est le coup de l'araignée ! Le refrain bien connu de l'araignée ! Cher homme-tronc, disent-elles au pauvre colis sur sa table, pourquoi mentir si je ne t'aime plus ? Que ma bouche comme mon âme reste pure, qu'elle ne souille point d'une inutile injure le noble souvenir des bonheurs révolus ! (Elle mordit sa lèvre pour réprimer un triste fou rire à la vision de la poétesse haranguant son amant-tronc.) Le coup de l'araignée ! Mais qui sait, continua-t-il mélodieusement, peut-être continueriez-vous à m'aimer, quoique tronc, ce qui serait encore pire, d'ailleurs. Car vous

667

seriez l'héroïne qui se sacrifie à son tronc, qui tâche de ne pas trop respirer près du tronc parce qu'il pue, qui le lave, qui le transporte, qui le dépose avec amour sur le siège du cabinet, sainte et souriante. Mais en réalité il vous casserait les pieds, ce sale tronc! Et sous votre héroïque conscient, votre inconscient plein de bon sens souhaiterait qu'il claque, cet inutile cube, et qu'on en finisse! Voilà, ma chère amie, voilà!

Sûr de lui, haut dans sa longue robe de chambre rouge, il croisa les bras en signe de défi, attendant la réplique qu'il pulvériserait. Mais elle gardait la tête baissée, silencieuse. Alors, il décroisa ses bras, prit un ton aimable et doctoral, doucereux.

— Il y a un autre problème que nous n'avons pas élucidé hier soir. Je vais me permettre de te le soumettre.

— Oh non, s'il te plaît, non, assez! Regarde-moi, je t'aime, tu le sais. Alors, pourquoi me tourmenter, pourquoi te tourmenter? Aimé, embrasse-moi.

L'embrasser, oui, sur les joues, en la serrant fort, il en avait soudain envie, tellement envie. Oui, mais après les embrassades, il y aurait toujours la musique en bas et eux deux avec leurs dominos. La tendresse n'était pas une occupation absorbante, les embrassades n'étaient pas de taille à lutter contre les applaudissements qui venaient d'éclater, le tango terminé et redemandé par les heureux. Donc il fallait continuer.

— Le problème, c'est ta sensualité, dit-il.

Hochant la tête d'un air significatif, il la considéra. Bien sûr, ces derniers temps à Agay, elle n'avait été que théoriquement sensuelle, s'était efforcée de l'être sans s'apercevoir qu'elle l'était moins. Mais à Genève, lorsqu'il était nouveau, tout neuf, elle était terriblement sensuelle! Donc susceptible de l'être avec un autre nouveau! A Genève, les baisers qu'elle aimait lui donner, tourneuse de langue en hélice folle!

Toujours la considérant, il la revit dans leurs nuits des débuts, râlant, approuvant, soudain hardie de paroles, de gestes, de reins. Et même ici, à Agay, parfois. L'autre soir, après une scène, lorsqu'il lui avait dit que c'était fini et qu'il lui avait demandé pardon, elle avait fait du vrombissement lingual, tout comme autrefois. Eh oui, une scène faisait de lui un nouveau, pour une heure ou deux. Par conséquent, murmura-t-il, et il lui lança un regard de fou. Elle humecta ses lèvres. Ne pas protester, le laisser dire, ne pas le contrarier.

— Sensuelle, donc condamnée à l'infidélité! annonça-t-il. Par conséquent, il s'en passera de belles lorsque je serai mort! Eh oui, moi disparu, il y aura le désespoir, bien sûr, et tu son-

geras au suicide, et tu retourneras à Genève en grande douleur.
Et alors là, quoi ? Là, ma chère, tu reverras sûrement
Christian Cuza, tu te rappelles, mon dernier chef de cabinet,
celui que je t'ai présenté, le beau Christian nonchalant et
rêveur, et prince roumain par surcroît. Oui, tu le reverras puisque je t'en ai parlé avec sympathie et qu'il m'aimait sincèrement. Et tu en supporteras la présence parce qu'avec lui tu
pourras parler de moi, parce que Cuza seul pourra te comprendre,
comprendre le trésor que tu as perdu. Bref, la douceur de partager ta détresse, les heures d'amitié à communier dans le cher
souvenir, les photos du défunt contemplées ensemble sur un
canapé, l'un près de l'autre, mais avec dix centimètres suspects
de vide entre vous deux, dix centimètres de pudeur qui ne
présagent rien de bon ! Qu'en dis-tu ? Tu fais la morte ? A ta
guise ! Alors, un soir d'été, avec des éclairs de chaleur dans le
ciel, puis les gargarismes du tonnerre, tu auras une crise de
sanglots en évoquant quelque geste vivant du pauvre claqué.
Alors Cuza te consolera, te dira qu'il est ton frère et que tu peux
compter sur lui. Il le croira, c'est un honnête garçon, et il
m'était très attaché. Et voilà, il te prendra la taille pour mieux
sentir et te faire sentir que tu peux compter sur lui. Et toi, en
avant les sanglots ! Et tout à coup, parce que le bon Cuza a
rapproché sa joue pour te consoler, tout à coup les baisers triple
turbine à toute vapeur, les mêmes que pour moi, mais agré-
mentés de larmes ! (Pour ne pas voir les baisers, il ferma les
yeux, puis les rouvrit.) Cette sincère crise de sanglots, ton
inconscient l'a voulue pour déclencher le Christian trop lent
à l'action ! Tu ne me crois pas ? Libre à toi ! Et le plus terrible,
c'est que tu donneras à Cuza non seulement ton corps, ce à quoi
je me résigne, mais ta tendresse aussi, ce qui est insupportable !
Mais ainsi sont-elles. Leur douceur, le plus précieux d'elles,
elles ne la donnent qu'à un manieur et si préalablement maniées !
Pauvre cadavre de Solal, si vite oublié !

Il lui lança un regard de reproche. Eh oui, sensuelle, hélas !
A preuve son maintien toujours décent en dehors de ses tourbillons lingaux, ce maintien pudique devant les autres hommes,
le maintien ne me touchez pas, signe de peur des autres hommes,
tous dangereux si en âge de servir, de la servir. Insupportable
sa réserve, insupportable cette modestie qu'elle avait en ce
moment sur sa chaise, genoux insupportablement rapprochés !
De quel droit faisait-elle la convenable puisqu'elle était la
même qui avec Cuza passerait des larmes à la confusion des
langues tandis que lui, pauvre cocu souterrain, serait tout seul

à s'embêter entre quatre planches! Bien sûr, elle aurait des tourments de conscience, tous les Auble s'en payaient, bien sûr, mais elle trouverait quelque noble justification à ses gigotages sur une tombe, et elle se débrouillerait pour faire coopérer le pauvre mort à son cocufiage! C'est lui, c'est mon Solal, c'est notre Solal qui nous a réunis, dirait-elle, et le tour serait joué, et tout de suite après elle dirait à Cuza les mêmes paroles qu'à l'ancien vivant. J'aime que tu me déshabilles, j'aime que tu me voies nue, lui dirait-elle. Oh, assez, trop pénible.

— D'ailleurs, nul besoin d'attendre que je sois mort, lui sourit-il tristement sans s'apercevoir qu'elle tremblait de tous ses membres. Si j'y mets du mien, tu sauras me tromper même de mon vivant! Je n'aurais qu'à te forcer à passer toute une nuit dans un lit étroit, nue auprès d'un jeune athlète nu, et on verra bien! Oh, ces deux allongés! Oh, ce lit si étroit! Et moi artisan de mon malheur! Bien sûr, tu résisteras à la tentation, bien sûr tu te voudras fidèle, mais ce lit sera si étroit, et par conséquent ta cuisse délicieusement contre la cuisse athlétique! Alors, que se passera-t-il, mignonne? Réponds!

— Laisse-moi tranquille! cria-t-elle.

— Que se passera-t-il?

— Je m'en irai! cria-t-elle. Je ne resterai pas dans ce lit!

Il éclata d'un rire de douleur. Ainsi donc, peur de la tentation! Ainsi donc, incapable de garder son calme à côté d'un jeune athlète! Il virevolta, considéra la spécialiste en coups de reins à lui provisoirement réservés.

— J'ai maintenant une autre question à te poser, commença-t-il avec douceur. Dis-moi, chérie, si tu devais être violée, par qui préférerais-tu être violée, par un beau ou par un laid? C'est une supposition. Des bandits qui t'auraient capturée et qui te donneraient le choix, des bandits assis en rond dans la grotte, tous velus. Alors dis-moi, par qui, un laid ou un beau? Il est absolument indispensable que tu sois violée, c'est un ordre du chef des brigands. Un ordre, que faire? Mais il veut bien te donner le choix. Alors, un laid ou un beau?

— Mais tu es fou! Quelle idée, mon Dieu!

— C'est l'idée du chef des brigands. Le laid ou le beau? Allons, mon ange, sois gentille, réponds.

— Je ne veux pas répondre! C'est absurde!

Haha, elle biaisait de nouveau! Elle ne voulait pas avouer! Soudain il eut une autre vision. Ariane et un jeune pasteur marié, échoués dans une île déserte, après un naufrage! Évidemment, elle nierait s'il lui disait qu'au bout de trois mois, elle et son pasteur, en cadence sur le lit de feuilles de la cabane construite par le pasteur! Non, deux mois suffiraient. Un mois même, si nuit d'été et brise tiède et odeur de la mer et cabane confortable et pas de rhume de cerveau et un tas d'étoiles au ciel ou un coucher de soleil cramoisi avec nuages verts et roses, elle adorait ça.

— Quinze jours suffiront!

Et même si pas d'île déserte, même si elle devait rester fidèle à jamais, elle avait tant de moyens d'être infidèle. Les coquines au moins trompaient clairement. Elles couchaient avec un autre, c'était net, presque honnête, en tout cas pas hypocrite. Mais avec celle-ci, même si jamais d'île déserte, il y avait tant de traquenards, tant de possibilités de petits adultères rusés! Un seul coup d'œil suffisait! Un coup d'œil vers une statue grecque, vers un Algérien aux belles dents, vers une danseuse espagnole, vers un régiment défilant, vers un boy-scout, vers quelque arbre d'allure virile, sans oublier les tigres! Et les chatouillants ciseaux du coiffeur, dangereux aussi! Sûrement générateurs d'agréables frissons sur la nuque! Impossible d'aimer en paix cette femme! La cloîtrer et l'entourer de bossus non coiffeurs? Il lui resterait les rêves, les souvenirs! Eh non, il n'exagérait pas! Infidèles, toutes, au moins par l'inconscient. Il était si accablé que ce fut sans conviction qu'il posa une fois de plus la question calabraise.

— L'homme laid, répondit-elle, de guerre lasse, pour en finir.

Insupportable, ce mot homme dans la bouche de cette femme! Quelle audace! Oh, la sale odeur de ce mot plein de poils dans une si belle bouche! Quoi, laid? Naturellement, elle sentait que l'homme beau était pour elle un danger, un attirant danger! Il la voyait, palpitante sous le beau Calabrais à bas verts et à souliers de feutre à pointe recourbée! Ce jeune Calabrais sentait mauvais! Mais elle, pas dégoûtée par le Calabrais! Toutes si indulgentes pour la grossièreté masculine et ses attributs! Il baissa les yeux pour ne pas voir la cantinière des brigands. Le gros nez du jeune Calabrais surtout lui était insupportable, ce nez douloureusement significatif, cet énorme nez prometteur! L'indulgence des femmes pour la virilité, pire, leur adoration de la virilité et de ce qui en était le signe et l'animale affirmation, cette répugnante indulgence l'indignait, le scandalisait. Il ne pouvait y croire, devait pourtant se rendre à l'évidence. Ces êtres si fins et si doux aimaient cela, cette grossièreté! Alors, pourquoi dans la rue ou dans les salons faisaient-elles les mignonnes avec tant de petits gestes? Cette tromperie le rendait fou. Assez!

— Allons, c'est fini cette fois. Je suis gentil maintenant. Et même je baise ta main, tu vois. Embrasse-moi. Le cou, à gauche. A droite aussi. Merci. Allons, sortons, il ne pleut plus. Oui, je garde ma robe de chambre. D'ailleurs, il est tard, il n'y aura plus personne en bas.

Marchant docilement à son côté, le long du couloir, elle se sentit piteuse, vidée de son âme, un mannequin en robe du soir. Dans l'ascenseur, elle fit un triste petit sourire au visage réconfortant du bon nègre, et Solal accepta en silence ce quart d'adultère. Puis, comme elle baissait les yeux, il se plut à penser qu'elle maîtrisait ainsi l'attrait qu'elle éprouvait. Eh oui, toutes les femmes aimaient les nègres clandestinement. Le nègre était leur idéal secret. Seul un pervertissement social, seules des habitudes héritées, les empêchaient de faire des gigotages en blanc et noir. Tant pis, c'était ainsi. Le vieil ascenseur s'arrêta enfin. Dans le hall des gens causaient paisiblement, faisaient des patiences, ne vivaient pas d'amour.

— Remontez, dit-il au nègre.


— Cette robe te va très bien, sourit-il pour être bon, assis à la turque sur le canapé. Et maintenant je t'écoute, chérie. Le roman de Conrad donc. Relis le début.

Elle prit le livre, éclaircit sa gorge, s'appliqua. Malheureusement pour elle, le roman commençait mal, car le héros était un énergique capitaine au long cours. Soucieuse de lire avec des intonations justes, elle lui donna des accents virils. Et Solal souffrit. Haha, une voix grave, une voix chaude! Plus que jamais elle avouait comment elle les aimait, comment il les lui fallait!

— Assez, glapit-il avec un fausset insupportable. Assez, je réclame un minimum de décence! Mais sois tranquille, tu peux m'aimer encore, ajouta-t-il de sa voix normale. Je peux encore tuer et engendrer mon homme! Tout fonctionne, sois tranquille, je vaux trois capitaines! Bien, revenons au naufrage. Ile déserte donc. Et si le seul rescapé avec toi était le valet de chambre de tout à l'heure, ou encore un pasteur, ou même un regrettable rabbin, et que jamais, plus jamais, toi et ton compagnon de naufrage ne puissiez sortir de votre île? Alors?

— Aimé, je t'en supplie, je suis si fatiguée.

— En effet, à quoi bon t'interroger? Jamais tu ne me répondras loyalement, jamais tu ne me donneras la satisfaction d'admettre la vérité qui crève les yeux pourtant! Je sais si bien ce qui se passera. Les premiers temps, rien, évidemment. Tu me resteras fidèle car espoir d'être recueillie par quelque navire. Donc signaux avec de grands feux la nuit, et le jour quelque drapeau hissé, un drapeau fabriqué avec le maillot du valet de chambre qu'en conséquence le soleil bronzera délicieusement. Donc les premiers temps rien. D'autant plus qu'un valet de chambre, quelqu'un avec qui on ne peut pas parler de Proust, quelle horreur! Mais quelques semaines plus tard, lorsque plus d'espoir de navire sauveur et que tu seras sûre que lui et toi à jamais condamnés à rester dans l'île déserte, à vivre ensemble, loin des hommes et des règles, alors tu commenceras à te coller des fleurs tahitiennes sur les cheveux! (Emporté par la joie de vérité, il allait et venait, ne s'apercevait pas qu'elle tremblait de tous ses membres.) Et tu lui cuisineras de bons petits plats avec les poissons qu'il aura pêchés et un tas d'herbes aromatiques que tu iras cueillir en sarong! Une vie encore innocente mais une vie d'homme et de femme déjà! Je sais tellement que je dis la vérité! On me croit fou et je ne suis pas fou! Et enfin, enfin, enfin, lors d'une nuit odorante ce qui devra survenir surviendra dans la cabane de palme, et en avant, et en arrière! Ou bien encore, poursuivit-il harmonieusement et avec un grand sentiment, ou bien encore, à la fin d'une belle journée, vous serez assis l'un à côté de l'autre, pieds nus et vous tenant la main, assis au bord de la mer indigo et grenat et vous contemplerez le soleil se coucher dans un tas de couleurs poétiques et encourageantes, et voilà, et voilà, cette femme qui ne vit que pour moi, et elle le croit, mettra sa tête fleurie sur l'épaule bronzée et luisante du valet de chambre ou du rabbin devenus l'un ou l'autre son seigneur, tout comme moi, son homme dans la nuit tiède et les senteurs des palétuviers. Tvaïa gêna, lui dira-t-elle! s'exclama-t-il, et il alla devant la fenêtre.

Le front contre la vitre et les yeux fermés, il la voyait qui avait maintenant sa tête contre une poitrine immense et lisse. Et voilà, dans son île parfumée, elle l'avait complètement oublié! Et voilà, avec le type les mêmes baisers qu'avec lui les premiers temps! Des baisers encore pires peut-être, à cause du climat, des baisers à langue que veux-tu, d'une obscénité rare! Il commençait à la désirer lorsque, se retournant, il aperçut les saccades de la malheureuse étendue à terre, qui sanglotait, la tête contre le tapis.

Il la prit dans ses bras, la souleva, la déposa sur le lit, la recouvrit d'un manteau de fourrure car elle claquait des dents.

Sur la pointe des pieds, il alla à la salle de bains, en revint avec une bouillotte chaude qu'il introduisit sous la fourrure. Il éteignit le lustre, alluma la lampe de chevet, s'agenouilla, n'osa pas lui baiser la main, lui murmura de l'appeler si elle avait besoin de lui, et il s'en fut, peu fier, sur la pointe des pieds.

Au salon, près de la porte doucement refermée, il se tint debout dans l'obscurité, allant et venant, guettant des bruits, contemplant leur pauvre vie, fumant des cigarettes et parfois appuyant le bout incandescent contre sa poitrine. Enfin, il se décida, ouvrit avec précaution, s'approcha du lit, se pencha sur l'innocente qui dormait, débarrassée de son malheur, sa femme qu'il faisait souffrir, celle qui lui avait donné sa foi, la danseuse émerveillée du Ritz, l'enthousiaste de partir et de vivre à jamais avec lui, sa naïve, sûre d'un bonheur éternel, son amaigrie. A genoux, les joues illuminées de larmes, il veilla sur son innocente qui dormait, enfantine, sa femme qu'il faisait souffrir. Plus jamais, plus jamais, plus jamais je ne te ferai du mal, lui disait-il en lui-même, de toutes mes forces je t'aimerai, et tu seras heureuse, tu verras.

# LXXXIX

Le lendemain matin, après un rasage mélancolique, il alluma une cigarette pour renaître à l'optimisme, se força à sourire pour croire qu'il avait trouvé la solution. Oui, en finir avec ce social sans cesse coudoyé qui leur rappelait leur solitude de bannis, murés dans leur amour. S'ils avaient une demeure à eux, loin des hommes, il n'y aurait plus le contraste, le rappel de la vie du dehors. Ils seraient dans leur monde à eux et, ne voyant personne, ils n'auraient besoin de personne. Et de cette demeure il ferait, essayerait de faire un sanctuaire où il pourrait lui ménager une vie d'amour parfait.

Absurde, mais l'amour était tiré et il fallait le boire, et l'important était de la rendre heureuse, se dit-il, entré en coup de vent, chapelet tournoyant pour faire enthousiaste et décidé. Il l'embrassa aussitôt sur le front, sur les yeux, sur les mains, pour la contaminer d'espoir.

— Salut à mon ange, la bien-aimée! Fini, tu sais, je suis guéri, plus de scènes, plus jamais! Toutes choses sont nouvelles et gloire à Dieu au haut des cieux! Et puis autre chose, annonça-t-il avec une exaltation bien imitée, en lui prenant les deux mains. Écoute, veux-tu que nous ayons notre maison à nous? Celle que tu as admirée l'autre jour?

— Près de la Baumette? Celle qui est à louer?

— Oui, mon amour.

Elle se blottit contre lui, eut l'impalpable rire tremblé du Ritz. Une maison à eux! Et qui avait un si beau nom, la Belle de Mai! Il la considérait, attendri par cette élasticité, ce jeune pouvoir d'espoir. Elle bondit hors du lit.

— Je veux la voir tout de suite! Laisse-moi me baigner.

Va, mon chéri! Fais venir le taxi en attendant! Je serai vite habillée!

Lorsque le taxi s'arrêta devant la Belle de Mai, elle eut le coup de foudre pour la villa adossée à une petite pinède et dont la pelouse descendait jusqu'à la mer. Oh, ces quatre cyprès! Après avoir fait, avec maintes exclamations, le tour de cette merveille, elle revint vers lui en courant, couvrit sa main de baisers, se plaignit de ce qu'il n'admirait pas assez, de ce qu'il ne disait pas avec assez d'enthousiasme que cette Belle de Mai était un domaine de féerie, déclara qu'elle s'y sentait déjà tellement intégrée, lut à haute voix l'écriteau accroché à la grille. Pour louer, s'adresser à Me Simiand, notaire à Cannes. Elle le tira par la main pour le faire aller plus vite, s'engouffra dans le taxi, baisa les poignets de soie. Imitant la pouponnette du Royal, elle chantonna qu'elle voulait la Belle de Mai, na, la Belle de Mai, na et na!

Le tirant encore par la main, elle gravit deux à deux les marches de l'escalier qui menait à l'étude du notaire. Oh, il n'y avait que cette villa qui fût digne d'eux! Elle poussa la porte avec force, s'adressa au plus âgé des employés. « Monsieur, c'est pour louer la Belle de Mai. » Le vieux principal, une longue anguille fumée à haut faux col de celluloïd, demanda ce que c'était que ça, la Belle de Mai. Elle expliqua, dit que son mari et elle trouvaient cette villa très sympathique et qu'ils aimeraient la louer. Le hochement de tête du principal l'effraya. Est-ce qu'elle était déjà louée? « Je ne sais pas, madame. » Ils s'assirent. « Et si nous l'achetions? » lui souffla-t-elle. Il n'eut pas le temps de répondre car Me Simiand apparut sur le seuil de son cabinet, bien étrillé et parfumé à la fougère royale. Il s'effaça avec cette élégante réserve qui lui valait la considération de ses concitoyens jusqu'au jour où, quelques années plus tard, il fut inculpé d'abus de confiance et d'escroquerie. Assise devant le bureau Empire, un peu tremblante, elle sortit son petit topo, fit de la propriété à louer une description ravissante qu'approuva le jeune notaire.

— Je m'y suis sentie immédiatement intégrée, redit la pauvrette. (Heureuse, toute rafraîchie d'avoir des rapports avec un autre que moi, pensa Solal.) Ces quatre cyprès qui la flanquent sont une merveille, sourit-elle mondainement. (Un

676

tout petit adultère, pensa Solal.) Ce n'est pas loué, j'espère ?

— Eh bien, nous sommes en pourparlers, madame.

Solal vit le jeu mais n'intervint pas. Le loyer en serait augmenté, mais peu importait. Donner quelques billets de plus pour qu'elle eût la joie d'un simili-entretien avec quelqu'un d'autre que le maître d'hôtel ou le coiffeur, quelqu'un presque de son milieu, ce n'était pas cher. Allons, profite, ma chérie.

— Mais rien n'est signé encore ? demanda-t-elle.

— Non, mais les aspirants locataires sont des amis personnels de la propriétaire.

Elle eut envie de lancer quelque chose d'audacieux dans le genre que les affaires étaient les affaires. Elle n'osa pas et se contenta de dire qu'elle serait disposée à offrir davantage que ces autres personnes, enfin un peu plus. Lui, il regarda sa naïve, destinée à être roulée. Qui la défendrait plus tard, lorsqu'il ne serait plus là ?

— Ce n'est pas notre habitude, madame, dit le notaire avec une froideur impressionnante. Le prix demandé aux autres personnes est de quarante-huit mille francs par an. En toute conscience, nous ne pouvons vous demander davantage. C'est le juste prix. (Il demande d'habitude la moitié et ne trouve pas preneur, pensa Solal.) Mais les autres personnes hésitent, tergiversent, discutent.

— Très bien, sourit-elle. Mais vous ne trouvez pas que c'est un peu cher ?

— Non, madame.

— Et vous êtes sûr que la maison est bien à tous points de vue ? demanda cette femme d'affaires. Parce que nous n'avons pas encore visité l'intérieur.

— Absolument sûr, madame. (Elle eut une petite aspiration satisfaite, sentit que c'était une occasion à saisir.)

— Nous acceptons, dit-elle.

Le notaire s'inclina, et elle se dit qu'en somme ce n'était pas cher. D'ailleurs, tout était bon marché en France, puisqu'on n'avait qu'à diviser par six. Huit mille francs suisses, ce n'était pas cher. Très bien, bonne affaire. Le notaire conclut en disant que la clef se trouvait chez le gérant qui habitait tout près, même rue, numéro vingt, et qui leur ferait signer l'engagement de location, étant bien entendu que le loyer d'une année serait versé intégralement d'avance.


Le gérant était un obèse bandit verbeux, dont la table était

677

garnie d'un obus de 75, du portrait du maréchal Foch et d'une statuette de la Sainte Vierge, le tout pour inspirer confiance. Le notaire venait de lui téléphoner et il savait à qui il avait affaire. Tandis que son acolyte muet et myope calligraphiait en face de lui sous le plafond enfumé et bas, il évoqua pendant plus d'un quart d'heure et à grand renfort de clichés, diverses questions immobilières compliquées qui ne concernaient nullement la Belle de Mai. Il annonça enfin que, malheureusement pour madame et monsieur, leurs concurrents lui avaient téléphoné ce matin qu'ils acceptaient le loyer de quarante-huit mille, ce que Me Simiand ignorait. Et naturellement, comme ils étaient des amis de la propriétaire. Oh, mon Dieu, murmura-t-elle. Il y aurait peut-être un moyen d'en sortir, ajouta le gérant. Oui, les concurrents se faisaient tirer l'oreille pour prendre à leur charge l'impôt foncier qui n'était pourtant que de six mille francs. Le bandit immobilier aurait articulé un chiffre supérieur sans l'attitude impénétrable du mari, dont il se demandait s'il était une moule ou s'il réservait un éclat au dernier moment.

— D'accord, dit-elle.

Le gérant introduisit son petit doigt dans son oreille et demanda à Ariane si les cinquante-quatre mille francs pouvaient être versés immédiatement. Elle se tourna vers Solal qui sortit son carnet de chèques.

— Il y aura naturellement les honoraires de rédaction de l'engagement de location, notre commission, les frais d'enregistrement et divers menus débours.

— Oui, dit-elle, bien sûr. Alors, peut-on signer tout de suite le contrat ? Parce que nous aimerions avoir la clef pour voir l'intérieur.


Elle descendit en hâte du taxi, poussa la grille, ouvrit la porte, s'arrêta, émerveillée par le grand hall et la galerie qui en faisait le tour. Oh, elle ferait de la Belle de Mai une demeure exquise où il ferait bon vivre. Et il faisait si beau aujourd'hui. Le premier décembre et un si chaud soleil ! Elle lui prit les mains et, rejetant la tête en arrière, le força à tourner avec elle jusqu'au vertige. Elle s'arrêta, soudain envahie par une tendresse de pitié. Il avait tourné maladroitement, comme un enfant qu'on initiait à un jeu merveilleux, et elle pensa qu'il n'avait jamais dû jouer dans son enfance.

Ils allèrent de pièce en pièce. Décidée, sa voix sonnant haut dans les chambres vides qui faisaient écho, elle indiqua où seraient les deux chambres à coucher, le salon, la salle à manger. Constatant qu'il y avait deux salles de bains, elle s'exclama. Vraiment cinquante-quatre mille francs, donc neuf mille francs en réalité, ce n'était pas beaucoup. Après une rapide visite de la cave et du grenier, elle décida qu'il fallait retourner à Cannes pour choisir les meubles et les tapis ou, en tout cas, se faire une idée.

— On y passera tout l'après-midi, n'est-ce pas? lui dit-elle dans le taxi. Ce ne sera pas de trop parce qu'on aura tant de choses à décider. Mais d'abord on déjeunera. J'ai une faim imposante! Dis, aimé, on n'ira pas au Moscou, cette fois. Dans un petit bistrot, tu es d'accord? Je commanderai une énorme omelette aux fines herbes pour commencer, ou bien au lard, si tu me promets de ne pas me mépriser. Dis, tu es content? Moi aussi, tellement!

Au Royal, ce soir-là, ils parlèrent beaucoup de leur Belle de Mai, en louèrent les agréments, commentèrent les meubles déjà achetés, dessinèrent des plans, s'embrassèrent fort. A minuit, ils se séparèrent. Mais peu après, il entendit timidement frapper, aperçut une feuille glissée sous la porte, la ramassa, lut. « Plairait-il à mon seigneur de venir partager la couche de sa servante? »

Une heure plus tard, tandis qu'il dormait contre elle, elle réfléchissait activement dans l'obscurité. Oui, un intérieur très noble, très beau, puisqu'ils y passeraient toute leur vie. Deux salles de bains, c'était parfait, la chambre de Sol communiquant avec la salle de bains. L'ennui était qu'il n'y avait qu'un cabinet, ce qui serait gênant. Oui, faire mettre un water-closet dans chaque salle de bains pendant l'absence de Sol. Oui, l'éloigner pendant l'installation de la villa pour pouvoir s'occuper en paix de diverses choses pas très poétiques. Oui, absolument, un water-closet dans chaque salle de bains, c'était la solution. Pas de gênantes promiscuités.

A huit heures du matin déjà, baignés et habillés, ils descendirent. Après avoir pris leur petit déjeuner dans la salle à manger, à l'étonnement du personnel, ils sortirent. Le tenant par le bras, elle reprit le vouvoiement.

— Aimé, il faut parler sérieusement maintenant. Voilà, j'aimerais que vous ne vous occupiez de rien et que vous ne voyiez pas l'installation se faire petit à petit. Vous comprenez, je veux que ce soit un coup de baguette magique pour vous, que vous ne veniez que lorsque tout sera prêt. Je vais télégraphier à Mariette pour lui demander de venir tout de suite. Elle viendra. Elle fait tout ce que je veux. Mais il ne faudrait pas que vous restiez à Agay parce que sans cela nous aurions toujours la tentation de nous voir.

Et puis, mais elle ne lui en parla pas, il y avait l'importante question des deux water-closets à faire installer, et il ne fallait absolument pas qu'il fût au courant ni qu'il vît arriver les deux cuvettes de faïence, même de loin. Et puis, aussi, elle voulait pouvoir être un peu souillon et décoiffée pendant ces jours de préparatifs et bavarder sans surveillance avec Mariette, et frotter aussi et laver, ce serait amusant.

— Alors, chéri, vous partirez ce soir pour Cannes, voulez-vous ? Vous irez au meilleur hôtel, naturellement, vous me direz lequel. Je vous téléphonerai dès que ce sera prêt ici. Je pense que dans deux semaines tout sera fini. On ne s'écrira pas et ce sera exquis quand vous reviendrez ! Maintenant, une chose très importante, chéri. J'ai décidé d'être votre ministre des finances. Je ne veux pas que vous ayez à vous occuper de choses matérielles. Maintenant que nous avons notre maison à nous, c'est moi qui réglerai toutes les dépenses.

Il fut convenu qu'il lui remettrait un chèque chaque mois et qu'elle se chargerait de tout. Mais elle ne lui dit pas qu'elle avait l'intention d'écrire à ses banquiers de Genève et de leur demander d'envoyer cent mille francs français, après avoir vendu le nombre nécessaire de titres. Ainsi, avec le truc ministre des finances, elle participerait aux dépenses sans qu'il s'en doutât. Était-ce trop, cent mille francs français ? Non, puisque divisé par six. Oh oui, de cette demeure elle ferait un sanctuaire où ils mèneraient une vie toute d'amour. Elle lui prit la main, le regarda de toute âme.

— Aimé, c'est une nouvelle vie qui commence, notre vraie vie, n'est-ce pas ?

## XC

Comme le temps passe, quatre de février aujourd'hui, février
de tous les mois le plus court et le moins courtois comme dit le
proverbe, deux mois déjà que je suis arrivée à ce Agay, pauve
Mariette on pense à elle que quand on a besoin d'elle, elle a
eu la chance que j'étais juste encore à Genève, elle m'aurait
térégraphié une semaine plus tard elle m'aurait plus trouvée
vu que je voulais aller chez ma sœur me promener un peu à
Paris étant portée sur la famille, même que le matin du térégramme je me disais avant que le térégramme arrive je me disais
Mariette faut que tu prennes quand même un peu de bon temps
rapport à l'âge que bientôt c'est le moment de me prendre les
mesures pour la caisse que des fois il me vient une mérancolie
que vous pouvez pas savoir la force qu'elle a, prête à partir
que j'étais à cause que j'avais déjà quitté de chez la Chameau vu
que monsieur Adrien bien guéri partait en Afrique en voyage de
la politique c'était surtout pour lui que je restais mais entendre
la Chameau toutes les heures du temps dire pis que prendre de
madame Ariane moralité femme de mauvaise vie ça alors non,
ça m'a fait peine de quitter pour monsieur Hippolyte lui jamais
un mot contre madame Ariane, qu'est-ce que vous voulez
l'amour ça se commande pas, l'amour est enfant de poème comme dit la chanson, mais enfin du moment que monsieur Adrien
partait en Afrique j'avais le droit de ma conscience pour moi
d'aller me promener un peu à Paris me changer les idées du coup
que j'ai eu du grand drame pensez le voyant la tête en sang,
parce que tard dans la nuit j'ai eu l'idée tant pire il faut que
j'alle voir un peu de quoi ça retourne, un pressentiment comme
on dit vu que le matin quand j'étais arrivée comme d'habitude
me doutant de rien sachant pas qu'il était arrivé il m'avait

681

dit qu'il avait pas besoin de moi madame Ariane étant partie pour toujours et il m'a fermé la porte au nez mais en tristesse pas en colère, toute la journée je suis restée à me dire j'y retourne ou j'y retourne pas mais j'osais pas vu la tête qu'il avait et puis contre les onze heures de la nuit tant pire j'y vais et alors vite je m'habille chapeau sur la tête j'ai mis mon noir le joli je prends la clef qu'elle m'en avait donné une pour pas sonner le matin, j'entre grand silence personne en bas, bon je monte, personne dans sa chambre, j'entre dans sa chambre de bain, à genoux par terre le pauvre tout cadavre la tête en sang sur le tabouret pauvre agneau, oh là là j'ai des élancements, le revolver par terre et moi chassant pas quoi faire, la police que j'ai voulu appeler tout de suite d'abord au téléphone mais c'est une sale bête la mécanique me tremblait dans la main alors vite je suis été appeler ma copine donc la femme de chambre d'à côté les voisins, vilaine comme tout mais gentille bien causante, elle tout de suite un manteau sur sa chemise de nuit courant avec moi à la maison du drame pour téléphoner à la police, oh elle est instruite espliquant bien, puis au docteur justement celui de Cologny tout près, le docteur Saladin, bel homme, enfin pour vous la faire courte le docteur a vu tout de suite qu'il était pas mort mais quand même le soigner en grande vitesse, alors vite l'ambulance, enfin c'est mon idée de venir qui l'a sauvé, vous y avez sauvé la vie madame le docteur Saladin m'a dit testuel, pensez moi l'émotion tout ce grand drame de l'amour mais ma capacité aussi d'avoir vite les idées qu'il faut disant à la femme de chambre de vite térégraphier à la Chameau de revenir subito presto, elle était en Belgique soignant une vieille riche probabe pour se faire mettre sur le testament perd pas la boule je vous garantis, mais enfin elle est arrivée tout de suite parce que faut lui laisser ça que son Didi c'est son grand amour, fallait l'entendre dire pis que prendre de madame Ariane à monsieur Hippolyte, une trigresse, forcément que j'ai dû tout y raconter à madame Ariane étant au courant de rien vu qu'on savait pas son adresse, elle à peine que je suis arrivée me demandant tout de suite comment va monsieur Adrien, enfin de l'avoir quitté, elle chassant pas le drame du désespoir d'amour, me demandant de sa santé avec l'œil de la honte mais tendresse quand même, alors qu'est-ce que vous voulez moi forcément lui disant bien tout qu'elle s'en doutait pas, la tête en sang, enfin tout complet, la balle dans la tempe, pensez, mais enfin pas entrée profond, ce qu'elle a pu pleurer, les paupières enfles, les yeux rouges que vous auriez dit arrosés avec de la paprique, la forte, se mouchant tout le temps de remords, forcément question conscience que c'était sa faute à elle, le salaire du péché comme on dit, enfin je l'ai consolée, il va bien maintenant madame, j'y ai même dit un mensonge que soi-disant il avait grossi, elle m'a dit surtout que monsieur chasse rien, rien y dire du drame, alors comme je vous disais son térégramme m'a tout changé mes plans vu que après Paris chez ma sœur je comptais me replacer rapport à l'argent forcément et puis la mérancolie quand j'ai rien à faire, que j'aurais jamais aimé être princesse, oh je vais me faire une goutte de café, et alors je me pensais qu'au retour de chez ma sœur qui a une bonne situation concierge chez l'Aga Khan je me replacerais, même qu'avant de partir à Paris voir ma sœur qu'on s'aime attachées pire que jumelles et puis pour l'affaire de l'Espagnol aussi que je voulais la voir pour discuter avec elle à cause que ma nièce s'est fait remplir par un Espagnol un garçon de café tout noir paraît qu'il est comme un Arabe et maintenant qu'il l'a bien remplie il veut pas la marier sont tous les mêmes alors me disant faut que j'y alle pour arranger les choses en l'insultant ce négrillon paraît qu'il est vilain plein de poils même qui lui sortent des oreilles, elles aiment ça, c'est la jeunesse d'aujourd'hui, si vous aviez vu mon mari, alors comme je vous disais même qu'avant de partir à Paris régler la situation de ma nièce je me pensais d'aller dire à monsieur Agrippa qu'à mon retour de ma sœur et de sa fille lâchement abandonnée, ma nièce donc, j'étais libre pour son service mais à condition qu'il balance l'Euphrosine parce que me faire commander par cette trois fois rien non alors, mais voilà que juste arrive le térégramme de madame Ariane que question préférence elle ira toujours première lui ayant talqué son derrière quand elle était bébé, à peine que j'ai reçu le térégramme je me suis pensé d'aller vite y dire à monsieur Agrippa l'adresse de sa nièce et puis je me suis pensé minute papillon premier c'est délicat vu que monsieur Agrippa c'est la correction et deuxième peut-être qu'elle veut pas que personne chasse même pas son oncle mais après elle m'a dit qu'elle avait écrit à son oncle qu'il était au courant de tout, le pauvre ce qu'il a dû souffrir dans sa correction religion et tout d'apprendre les cabrioles d'amour de sa nièce chérie, enfin pour vous en revenir au commencement avec ma capacité de faire vite, rapide comme je suis, le deuxième jour de recevoir le térégramme j'étais déjà ici aidant madame Ariane en tout pour tout, donnant conseil pour les meubles tapis fournitures, les draps qu'elle a voulu les plus fins, voyez

dépenses, alors lui pendant ce temps invisibe, vu qu'elle y a
dit de rester à Cannes, enfin grand seigneur délicat devant pas
savoir, souffrant trop de voir récurer, mais elle est allée deux
fois à Cannes, non je suis une menteuse, trois fois elle y est
allée, pour faire l'amour forcément quoique disant que c'est
pour discuter des meubes, mais pas plus de trois fois vu qu'elle
était en grande faveur de tout bien préparer ici pour son mignon
chéri, rien que la beauté, enfin théâtre, ce qui a pris le plus de
temps c'est les deux water causettes en plus, taisez-vous me
faites pas rire, je vous raconterai, moi j'aime pas ici, c'est
triste toute cette eau de la mer en hiver, heureusement qu'ils
ont le chauffage central parce que Côte d'Azur soi-disant qu'il
fait toujours chaud, c'est pas vrai, avec ce vent faites-moi
confiance qu'il fait pas chaud à ce Agay, et puis on est trop
près de la mer, moi ce bruit de la mer je peux pas m'habituer,
c'est comme les chansons des morts la nuit, c'est pour elle que
je suis venue, heureusement qu'à mon hôtel où j'ai ma chambre,
ils ont accepté rien que chambre sans nourriture, oh c'est petit,
faisant classe ouvrière, ils ont que six chambres et puis le café
en bas, heureusement que c'est un peu loin de la mer, il y a pas
ce bruit des vagues faisant musique des fantômes, c'est elle
qui a voulu que je sois pas ici la nuit, disant que y a pas la place,
oui que y aurait la place mais la vérité moi je sais, voulant
roman d'amour en grand secret avec son trésor de grande
beauté, sans personne pour les surveiller la nuit dans leur nid
des caresses, enfin rêve d'amour rêve d'ivresse, je vais tout vous
raconter, j'ai le temps ayant tout préparé, et puis sont à la
promenade, Roméo et Juillette, mais il y en a du travail ici,
même que Noël j'ai travaillé même chose que les jours habitués,
même les dimanches je viens, vu que tout doit être en majesté
pour son prince de la passion, enfin cinéma, pauve Didi on
en faisait pas autant pour toi, quoique à bien réfréchir si je
venais pas ici le dimanche je m'embêterais dans ma chambre,
ayant pas fait des connaissances à l'hôtel j'ai pas envie c'est
des ordinaires, comme je vous disais chaque jour messe d'amour
ici, deux curés d'amour, et puis aux petits soins pour lui, toujours à me dire faites anttention que monsieur voye pas ça,
chasse pas ça, faites anttention ci, faites anttention ça, que
monsieur aime pas ci, aime pas ça, ah oui alors pauve Didi on
faisait pas tant de mignonnances pour lui, toujours poli pourtant, me parlant gentiment, tandis que le prince de beauté il
me parle pas beaucoup, il me regarde même pas, vous verrez
que l'oncle, monsieur Agrippa donc, il y laissera tout à elle,

villa et tout dans son testament, la villa donc de Champel, elle la vendra vous verrez, osant pas vivre à Genève, elle en aura des mille et des mille étant que c'est la villa ancien temps grand gala et puis toute cette campagne et puis beau quartier ça coûte le terrain, mais elle en aura pas tout le prix de valeur étant que notaires banque et compagnie savent se sucrer, sont gourmands, à mon idée monsieur Agrippa il en a pas pour longtemps, maigre comme je sais pas quoi, on dirait une asperge sauvage, les longues vertes toutes minces qu'elles sont plus fines de goût que les asperges éduquées, pour moi de voir son comportement il a dû jamais toucher une femme, oui il en a pas pour longtemps, et voyez total même les docteurs ils crèvent malgré leurs airs de savoir, que quand c'est le moment c'est le moment, ah là là pauve Mariette ton tour viendra, tu as pas assez profité de ta jeunesse et maintenant des grosses jambes enfles voyez éléphant du cirque, alors comme je vous disais à peine qu'elle m'a térégraphié je suis arrivée, le quatre décembre donc, on s'y est mises toutes les deux, le dix-huit tout était tip top à force des bonnes mains à droite à gauche que je fermais les yeux pour pas savoir combien, toutes les deux travaillant pire que négresses foncées, tout bien, sauf la cuisine trop blanche faisant hôpital, j'aime pas, et puis ce fourneau électrique ça va pas tellement pour la grande friture, et puis on peut pas régler fin finet pareil qu'avec le gaz, et puis ça met du temps à venir chaud, et puis la plaque reste chaude terrible quand on en a plus besoin, non j'aime pas, enfin jui ai rien dit, qui paye commande comme disait monsieur Pasteur, le salon, la salle à manger tout bien dans le genre sérieux, mais manquant des petits riens, des biberots faisant intime un peu gai, la chambre de monsieur, tapis blanc velours blanc j'aime pas, et puis pour l'éclairage des ampoules qu'on voit pas où elles sont, et son lit tout bas que ça me fait mal au dos de me pencher pour le faire, un vrai sacrophage, grandiose qu'on pourrait y coucher deux chameaux et gros encore, faut pas chercher à comprendre, enfin le bon de cette maison c'est qu'elle est tout rez-de-chaussée, pas d'escayers, ça m'arrange pour mes varices, donc le dix-huit une heure avant qu'il arrive vous êtes contente de votre chambre à l'hôtel Mariette qu'elle me fait, taisez-vous c'était pour préparer son coup de me renvoyer, oui j'y fais mais franchise sur la langue j'y fais j'aurais préféré me loger ici d'autant que ça va vous faire des frais cet hôtel, oui mais y a pas de place ici elle me fait, moi j'y ai rien répondu mais c'est pas vrai que y a pas de place, premier y a la chambrette débarras, et deuxième le grenier qu'on aurait pu l'arranger coquet sauf que pour y monter c'est putôt échelle que escayer, allez va tu es qu'une petite tartufle jui fais dedans moi, c'est tout du soi-disant, la vérité c'est que tu me veux pas surveillant les bécots en grand secret quand il arrivera, eh bien Mariette monsieur arrive dans demi-heure alors je vous donne congé jusqu'à demain, mais je peux rester jui fais, alors elle c'est un jour spécial elle me fait, y a deux semaines qu'on s'est pas vus monsieur et moi, j'aurais pu y dire et les trois fois que vous y êtes allée, mais j'ai gardé ma convenance, très bien jui dis en dignité, vous dînerez à l'hôtel elle me fait, je suis pas pour le gaspillage jui fais poliment, vous savez mon air de grandeur, je me prendrai un bout de fromage en partant jui fais, vous comprenez blessée à l'orgueil, balancée comme une étrangère, que dans mon lit le soir, c'est mon cinéma mon lit, je m'étais pensé on sera toutes les deux à recevoir monsieur, moi un peu de la famille, bien habillée, lui disant charmée parce que par le fait je l'avais pas encore vu ce grand chéri, alors d'un coup j'ai mis mon chapeau le joli à paillettes noires qui brillent, j'ai noué fort les brides que j'ai risqué m'étrangler, elle a tout remarqué, et puis j'ai pris mon réticule des perles noires avec souvenir de l'exposition écrit en perles blanches, bonne nuit jui ai dit, d'un air d'allusion vous comprenez, affrontée que j'étais, venue toute courante de Genève à peine qu'elle m'a térégraphié, vite mettre mon chapeau et prendre le train que je l'ai presque manqué, parce que pour moi vous étiez de la famille, baignée et chessée quand elle était bébé, tapant son joli petit cul de bébé et même l'embrassant son petit cul, qu'il a fait des progrès depuis, eh bien je suis pas été traitée de la famille, me renvoyer comme une esclave de l'Afrique, un jour spécial s'il vous plaît, vu qu'on s'est pas vus depuis deux semaines, t'avais qu'à le voir tous les jours, ton marquis de l'amour, mais non, madame a voulu faire tout théâtre, monsieur grand délicat doit pas voir ci, doit pas voir ça avant que tout soye bien rectal, moi que j'avais apporté pour lui exprès de Genève mon plus fort travail du temps de la fabrique, que même le patron m'avait fait compliment, un cendrier pâte porcelaine, tout de l'artistique, avec un serpent tout autour on aurait dit qu'il était vivant et une grenouille avec sa bouche ouverte pour les cendres des cigarettes, oui chessée avec du talc matin et soir, alors pour la punir j'ai mangé en bas au café de l'hôtel, un souper fin bec pour la punir, sardines à l'huile et saucisson à l'ail pour commencer, et après des pieds de porc panés, ils en avaient justement, ils avaient aussi du poulet froid mais j'ai pas voulu, le poulet c'est fade, la bonne partie du poulet, c'est rien que le croupier, enfin c'est passé jui ai pardonné, ce qu'elle est cinéma quand même cette petite, vous pouvez pas savoir, tenez pour vous dire, il y avait deux chambres de bains, elle dit qu'on dit salle de bains, moi je dis chambre parce que c'est une chambre, une salle c'est quand c'est grand, je sors pas de delà, enfin bon, une chambre de bains pour monsieur communiquant avec la chambre de monsieur, et l'autre chambre de bains pour madame enfin luxe infernal comme on dit, seulement la chambre de bains pour madame communiquant pas avec la chambre de madame, et puis à part il y avait un cabinet, un water causette comme on dit, tout blanc grand confort tout mosaïque que vous auriez pu manger par terre, eh bien non ça lui a pas suffi elle a voulu un water causette esprès pour chacun, alors elle en a fait mettre un dans chaque chambre de bains, ça fait qu'avec celui-là à part qu'il y avait déjà et qu'on s'en sert pas, et celui-là pour le service à la cave pour moi, il y a maintenant quatre water causettes, taisez-vous me faites pas rire, et vous savez pourquoi, moi j'ai compris tout de suite, les water causettes dans les deux chambres de bains c'est pour que chacun chasse pas que l'autre est allé faire ses besoins, les grands et même les petits, croyant que l'autre est seulement allé se laver les mains au lavabo ou se tremper dans la baignoire vu que le bruit des robinets ça couvre tout, et puis c'est pas tout elle a fait ouvrir son mur pour faire porte communicante de sa chambre avec sa chambre de bains où qu'il y a donc le water causette, c'est pour cacher encore plus qu'elle va faire ses besoins vu qu'on la verra même pas entrer dans la chambre de bains, ni vu ni connu je t'embrouille je fais mes besoins sans que tu le chasses, eh bien moi je dis que y a pas honte à faire ses besoins c'est le bon Dieu qui a voulu ça, que même le roi et sa reine ils font leurs besoins et moi aussi, mon mari il savait quand j'y allais et quand même on s'aimait je vous garantis, mais elle non, ses besoins en grand secret politique et puis cette chasse d'eau des water causettes qu'elle a fait mettre spécial grand luxe faisant pas de bruit, c'est pour qu'il entende pas, c'est pour la poésie, elle aurait dû faire mettre une musique mécanique chantant une étoile d'amour une étoile d'ivresse pour quand on appuierait pour l'eau de la sache d'eau, ça aurait fait encore plus poésie, vous vous rendez compte le travail que ça a fait il y en a trois qui sont venus de Nice, même travaillant le dimanche, pensez la dépense que je fermais les yeux pour pas voir les pourboires qu'elle leur y donnait pour s'attirer leur bonté, forcément ça a pris du temps, l'ouverture dans le mur de madame pour faire porte avec la salle de bains et puis les water causettes à installer, les gros tuyaux à mettre sous les carrelages des chambres de bains, en Suisse ils disent catelles, ça veut rien dire, savent pas le français, sauf ma copine la femme de chambre que je vous disais, elle est bien instruite, quand elle vous parle c'est du miel dans l'oreille, et aussi sous le beau parquet du vestibule, et puis tout remettre en place, et tout ça pour qu'il chasse pas qu'elle fait ses besoins, comme je vous le disais chaque jour messe de la beauté cinéma, enfin paradis d'amour, ton cœur a pris mon cœur dans un jour de folie comme dit la poésie de monsieur Victor Hugo, paraît qu'à quatre-vingts ans encore il crachait pas dessus tout barbette blanche qu'il était ayant une jeunette enfermée rien que pour lui, toute sa vie il a aimé ça relevant les jupes à toutes, même que sa femme de colère elle lui en a fait porter des grosses pour le punir, c'est marqué dans un livre de l'hôpital qu'on m'avait prêté, elle a fricoté avec un qui était aussi dans les écritures, monsieur Sainte-Vache il s'appelait, drôle de nom, et puis couchés l'après-midi à faire des sauts d'amour en grand secret dans leur lit grand des kilomètes qu'on dirait la place de la Concorde et ça se dit vous comme évêque et cardinal, et ces bains toute la journée, sans compter les bains de la mer, les jours de soleil ils y vont même que c'est l'hiver, d'abord moi j'aime pas toute cette mer, on peut pas en boire on peut pas se savonner dedans le savon prend pas, ça mousse pas, oh j'aime pas ce pays, c'est tout pierre et compagnie, côte de la poussière moi je l'appellerais, et puis plein de moustiques, à quoi ça sert les moustiques, c'est venu au monde pour embêter les personnes, et puis ce vent vous entendez, ça fait que se lamenter, enfin comme dit le proverbe quand le vent oublie février il arrive sûrement en mai, les proverbes ils sont tous vrais, c'est la connaissance des vieux, moi je les sais tous, à la Saint-Crépin des mouches c'est la fin, d'un beau mois de janvier Dieu veuille nous préserver, Noël sans neige d'hiver long cortège, en décembre frimas prépare des fruits en amas, sol gelé garde le blé, chêne longtemps feuillé hiver très fort gelé, à la Saint-Simon une mouche vaut un mouton, quand octobre entre par le beau il sort dans l'eau, tous les autres je les sais aussi, je vous les dirai une autre fois, j'ai pas l'âme à ça aujourd'hui ayant le cafard comme on dit, et puis je perds la tête avec toutes ces sonnettes, elles me font maboule, oui je viens maboule dans cette maison des poupées d'amour qu'ils doivent se voir comme au théâtre, seulement quand sont bien fignolés, elle m'a écrit toutes les sonnettes sur ce carton que vous voyez là juste dessus cette sale bête de fourneau électrique, trois courtes et une longue, trois longues et une courte, deux longues, une longue, deux courtes, si elle croit que c'est commode de faire la différence quand on est pas jeune, y a des sonnettes pour moi et puis des sonnettes pour eux et des fois que c'est pour eux je crois que c'est pour moi, et je cours voir ce qu'elle veut et voilà que c'est pas pour moi, y en a pour quand le prince adoré appelle pour qu'elle vienne y parler mais seulement derrière la porte, y en a pour quand elle y demande si elle peut circuler sans qu'il la voye vu qu'elle est pas encore assez pomponnée, y en a pour quand il y répond d'accord, y en a pour quand il y dit de rentrer chez elle vu que lui il doit aller se chercher un livre au salon et qu'il est pas visibe comme ils disent, étant qu'il est pas encore rasé, alors elle sonne en réponse pour y dire qu'elle est d'accord de rentrer dans sa chambre, y en a pour y dire à elle que maintenant il est rentré dans sa chambre et que maintenant elle peut circuler malgré qu'elle soye laide vu qu'il la verra pas, et ça me fait sauter chaque fois ces sonnetteries, des fois au commencement je me fermais la bouche avec la main tellement ça me faisait peur, mais c'est pas possibe c'est la maison des fantômes électriques je me disais, mais maintenant je suis habituée, ça me fait rigoler, je me danse une polka dans ma cuisine quand il y a leurs sonnetteries, vous vous croireriez dans une fabrique des sonnettes qu'on est en train de les essayer pour voir si elles marchent bien, y en a pour quand il rentre de sa promenade, c'est le bel homme ça y a pas c'est le bel homme, et alors il sonne quatre coups à la porte d'entrée pour qu'elle se cavale se cacher si elle est pas assez empoudrée, y en a pour quand elle demande si elle peut venir y parler derrière la porte, la porte de sa chambre à lui donc, mais sans qu'il la voye parce qu'elle est pas encore assez toute belle, y en a pour quand il y répond d'accord, et ça veut dire qu'il reste prisonnier d'amour embouclé dans sa cage des fois jusqu'au déjeuner pendant que madame elle fait la patronne en blouse blanche vous diriez une infirmière de l'hôpital que jamais je voudrais mourir à l'hôpital, sont méchants indifférents au genre humain se croyant supérieurs parce qu'ils sont pas malades mais attendez un peu votre tour viendra, et puis des fois sur la figure elle se met un masque qu'on appelle, pour se faire jolie, elle me fait peur quand elle se promène avec sans parler, on dirait de la boue couleur bateau de guerre comme on en voit d'ici, moi je suis contre la guerre, ça sert qu'à faire des malheureux des deux côtés, et les gros ils restent planqués ils y crient aux jeunes allez les mignons courage faut mourir pour la patrie bravo faut être des zéros pour défendre la patrie on vous fera une belle tombe avec un réchaud à alcool dessus toujours allumé pour vous faire belle jambe, et nous les gros on se planque pépère, et puis la sonnetterie trois longues pour quand elle m'appelle pour y faire sa chambre, mais elle sans sortir pour ne pas risquer d'être vue par le chéri vu que lui il est rasé tout prêt et il y a dit qu'il est prêt et visibe mais elle pas visibe vu que pas encore assez belle de la tête, alors trois longues, et tout le reste que je me rappelle jamais, et puis si elle a le rhume de cerveau, pensez elle sort plus pour qu'il la voye pas vilaine, elle le voira plus jusque le rhume est fini, alors j'y porte manger dans sa chambre sur un plateau, elle aussi prisonnière d'amour, et puis des fois que les sonnettes marchent pas à cause l'électricité manquante, allez demander à monsieur si je peux circuler, parce que vous comprenez elle veut pas être vue pas assez pomponnée, et lui même chose, alors faut que je galope à l'un et à l'autre glissant sur mes pantoufes pareil le cheval des courses que des fois je me crie hue hue pour me courager et vite y dire à madame qu'elle sorte pas vu que monsieur doit circuler, même que des fois ça me fait du bien de glisser, ça m'enlève ma mérancolie, et puis galoper toute glissante pauve Mariette dire à monsieur que madame est d'accord de pas sortir tout de suite mais que monsieur y fasse dire quand elle pourra sortir vu que madame doit faire des courses à Cannes et bien y dire que c'est urgent étant désolée et pas oublier d'y dire étant désolée, parce que c'est tout à la politesse des rois et marquis, le matin tout le temps des entrées et des sorties, comme dans la ménagerie du cirque où ils tirent les grilles des cages pour faire sortir pour faire entrer, étant que le lion doit jamais être avec le trigre, doivent pas se causer entre lions et trigres, sont ennemis de naissance, oh des fois ce que je peux rigoler, une fois qu'elle avait à y dire une chose pressée en particuyer que ça pouvait pas attendre mais les deux étaient pas encore assez jolis vu que c'était bonne heure le matin, alors vite elle a mis sa robe d'amour et elle est entrée chez lui à reculculons pour y parler en grand secret, moi remarquant tout sans en avoir l'air forcément et regardant un peu par le trou de la serrure pour me tenir au courant, alors elle entrée à reculculons et y parlant à lui en y tournant le dos, comme ça vous comprenez elle le voyait pas étant laid et lui il la voyait pas étant laide, ou putôt il la voyait bien mais de derrière, ça se remarque pas le derrière, c'est pas aussi important que le devant, surtout la figure, mais cette manière c'est pas souvent, juste deux fois seulement, vu que vous comprenez ils aiment pas que l'autre chasse que l'autre est pas implacable comme ils disent, ça veut dire tout parfait des pieds à la tête, une autre fois je l'ai vue elle, toujours le trou de la serrure, qu'est-ce que vous voulez c'est quand même mon droit et devoir sacré de faire anttention qu'il lui arrive rien de mal à elle si jamais ils se disputeraient, et puis c'est pas toujours rigolo ici, des fois il me vient le noir, je me sens seule ignorée du genre humain comme on dit, enfin bref je l'ai vue elle avec un bandeau sur les yeux, devant y parler à lui mais pas le voir, et lui il la guidait genre une aveugle pour qu'elle s'assoye sur une chaise, un bandeau parce que cette fois elle était visibe mais c'était lui qui était pas visibe comme ils disent, et alors elle sur sa chaise avec le bandeau sur les yeux vous auriez dit une sornambule voyante des rues quand elles vous disent la bonne aventure des fois c'est vrai ça arrive ce qu'elles vous disent surtout madame Petroska elle est forte, mais alors de la voir toute sérieuse parlant avec le bandeau sur les yeux j'en pouvais tellement plus que je suis allée me rigoler à l'office dans le grand tuyau vide-ordures bien ouvert que j'ai mis ma tête dedans pour me rigoler tranquille sans qu'ils m'entendent, peut-être qu'une fois faudra aussi que je me mette un bandeau sur les yeux comme madame Petroska pour pas voir monsieur, ça sera commode pour passer la caustique et y bloquer son parquet, mais la fois qu'il est parti en voyage faites-moi confiance qu'elle s'est bien régalée avec moi à la cuisine, une bonne choucroute avec côtelettes fumées saucisses lard salé et tout qu'elle s'en est léché les babouines, mais me disant que jamais monsieur doit savoir qu'elle a mangé de la choucroute, et toujours à faire les langoustes combattantes dans le grand lit que j'entends bien les bruits, un peu ça va mais trop c'est trop, et ces draps du grand lit qu'il faut changer deux trois fois la semaine qu'on est trois moi et les deux dames du dehors à laver les jours de la lessive, et remarquez que quand on est seules elle et moi le matin elle est mignonne, on rigole copines comme cul et chemise, elle causante qu'on dirait qu'on l'a vaccinée avec l'aiguille du graphophone, pas fière, mais quand je les sers à tabe les deux, elle me regarde avec l'air de princesse me considérant moins que pelure de patate, je vous garantis qu'elle est pas commode quand son grand frisé est là, l'autre jour elle est venue rouge comme l'homard en colère montant sur ses chevaux de bois parce que jui ai dit à tabe que le plombier y avait tout bien arrangé à son water causette, m'aurait étranglée, et puis je dois pas lui dire rien à tabe, même pas qu'il reste plus d'oignons, et puis quand je sers je dois me tenir de tousser, et puis défense de venir en pantoufes pour servir, défense de dire un petit mot sur le rôti, même s'il est trop cuit que c'est pas ma faute, ils étaient en retard probable d'avoir trop sauté dans le lit impérial, enfin faire une figure comme les garçons des grands hôtels, la figure sérieuse je me la fais avant d'entrer à la salle à manger je me prépare fermant la bouche en grande tristesse que des fois au contraire j'ai une envie terrible de me bidonner que je viens toute rouge en entrant, et alors eux à tabe malgré que tout à l'heure ils ont fait les cent coups dans le lit, à tabe des politesses que ça me met en dehors de moi, des non merci, se parlant même chose que deux présidents de la république, elle mangeant des petites bouchées de rien du tout, mais le matin si on prend ensemble le café au lait elle se fait des tartines qu'elles feraient peur au popotame, et elle ferme la porte de la cuisine quand elle prend le café avec moi vu qu'elle a peur qu'il la voye en déshonneur de déjeuner avec sa vieille Mariette que j'y changeais ses langes quand elle était petite, et puis d'un coup des fois elle arrive en vitesse affolement, vite que jui repasse tout de suite une de ses robes de soie que jamais ça doit être froissé, ces robes de la passion c'est comme des chemises et en même temps comme des robes d'invitation grand honneur je vous les ferai voir, et puis en avant la musique du graphophone que ça me donne la mort dans l'âme quand ils sont enfermés dans leur chambre pour dire leur messe, mais y aura pas d'enfant, pas de danger, je sais ce que je sais et j'ai pas les yeux dans ma poche, et puis quand ça a fini ses micmacs ça dort, puis ça se réveille, puis ça prend des bains, puis ça sort faire la promenade toujours habillés du dimanche, et alors pauve Mariette va vite faire l'ordre dans la chambre impériale, et puis des fois quand je vais prendre son linge sale à elle faut que je le cache sous mon tablier crainte que le roi des rois il sorte de sa chambre à ce moment-là et qu'il voye son linge sale à elle malgré qu'il est toujours propre, pauve Didi tu avais du bon quand même, et puis si je prends le linge sale de monsieur faut jamais qu'elle le voye avant que je le mette dans la machine à laver, ces nouvelles vous savez j'aime pas j'aimais mieux les lessiveuses ancien temps c'était chrétien, il est jamais sale non plus le linge sale de monsieur, et puis faut jamais que j'y parle de linge sale à elle quand il est là lui ou s'il peut entendre, défendu de dire sale, si c'est absolument nécessaire dites linge utilisé elle me fait, et si une fois elle m'aide quelque chose pour le ménage, plier les draps ou n'importe, faut que ça soye toujours en cachette, et quand c'est pas le lit c'est le bain, marmotte, poisson et compagnie, et rien que des mots qu'il y a dans les livres, des politesses des sourires qu'on dirait qu'ils sont malades, jamais une dispute une intimité, peut-être qu'ils vont faire cinéma d'amour et reufeuleumeuleu comme ça jusqu'à ce qu'ils ayent la barbe blanche tous les deux, moi je dis que c'est pas honnête, c'est pas une vie, et pour un homme c'est malsain, un homme ça a pas la force de la femme, c'est reconnu par la médecine, et puis ce que jui pardonne pas à elle c'est qu'elle est tellement gentille avec moi quand on est seules, parlant de la maison que je sais bien m'organiser, que je fais bien la poussière, la poussière c'est une guerre qu'il faut contre tous les jours, enfin s'intéressant à tout comme une dame, mais si le trésor arrive c'est fini je suis plus qu'une créature du mépris, elle faisant tout de suite sa statue ancienne, j'existe plus, et puis ce que j'aime pas c'est qu'ils s'embrassent jamais devant moi, ça a l'air de dire toi tu es pas digne, enfin moi je m'étais imaginée autrement que ça, si j'avais pas de l'amitié pour elle je resterais pas une heure de plus, pourquoi qu'ils se disent jamais des mots gentils devant moi, au lieu que ça s'en vont faire les évêques de l'amour dans leur sacrophage, et moi toujours enfermée dans la cuisine en prison pendant qu'ils se racontent des devinettes dans la chambre du roi Charlemagne, et quand ils sont enfermés tout le temps la musique du graphophone que si jamais ils ont un enfant ça sera un grand musicien d'opéra garanti sur facture, et puis tout ce colin-maillard entrez mais fermez les yeux je suis pas visibe tournez-vous, si c'est ça l'amour moi j'en veux pas, avec mon défunt on aurait fait nos petits besoins ensemble pour pas se quitter et moi je dis que c'est ça l'amour, bon les voilà.

## XCI

Les jours d'amour noble se suivaient et se ressemblaient. Les deux sublimes ne se voyaient jamais le matin qui était consacré par Ariane aux tâches domestiques. Soucieuse d'offrir à son amant un cadre d'ordre et de beauté, elle dirigeait Mariette, veillait aux nettoyages, à la composition des repas, aux commandes, aux fleurs à disposer. Elle allait et venait en toute liberté car il avait été convenu qu'à partir du moment où, de sa chambre, elle sonnerait deux fois, il ne devait plus sortir. En réponse, il devait à son tour sonner deux fois pour confirmer qu'il avait entendu et qu'elle ne risquait pas d'être surprise en état déshonorant d'imperfection esthétique. Le plus souvent, il restait donc enfermé jusqu'à l'heure du déjeuner tandis qu'Ariane, non encore baignée et coiffée, circulait en blouse blanche, accomplissant avec conscience son travail de metteur en scène.

A la fin de la matinée, après les derniers ordres, elle se retirait dans sa chambre, y lisait une revue littéraire ou quelque roman loué par la critique ou des pages d'une histoire de la philosophie. Tout cela pour lui, pour avoir des entretiens sérieux avec lui. La lecture terminée, elle s'étendait sur le canapé, chassait de son esprit toutes préoccupations matérielles, fermait les yeux, se forçait à penser à leur amour afin d'être fluide et décantée, deux de ses mots favoris, et toute à lui lorsqu'elle le reverrait. Sortie du bain, elle allait le retrouver, coiffée et parfumée. Alors commençaient leurs heures hautes, comme elle disait. Grave, il lui baisait la main, sachant combien leur vie était fausse et ridicule. Après le déjeuner, s'il sentait qu'il était devenu moralement indispensable de procéder à une union sexuelle, il lui disait qu'il aimerait se reposer un peu avec elle, car il y fallait des manières. Elle comprenait, lui baisait la

694

main. Je vous appellerai, disait-elle, une petite victoire dans le cœur, et elle allait dans sa chambre. Là, elle fermait les volets, tirait les rideaux, voilait de rouge la lampe de chevet pour faire lumière voluptueuse, peut-être aussi pour neutraliser d'éventuelles rougeurs d'après-déjeuner, se déshabillait, couvrait sa nudité d'une robe d'amour, sorte de péplum soyeux de son invention qui n'était mis que pour être enlevé, se refaisait une perfection, passait à son doigt l'alliance de platine qu'elle lui avait demandé de lui offrir, remontait le sacré gramophone, et l'air de Mozart s'élevait, tout comme au Royal. Alors il entrait, officiant malgré lui, parfois se mordant la lèvre pour maîtriser le fou rire, et la prêtresse en sa robe consacrée renflait ses muscles maxillaires pour se mettre ou se croire en état de désir. Mon sacré, lui avait-elle dit un jour en le déshabillant doucement. Massacrée, lui avait-il répondu intérieurement. Pauvre vengeance.

Précieuse, la malheureuse. Le langage choisi qu'elle parlait, même à poil. Dans les commentaires tendres et bien connus qui suivaient ce qu'elle appelait un sacre, il fallait parler de joie, ce qui faisait noble. Oh, la gêne de Solal lorsque presque sévèrement elle lui disait : Attends-moi, ayons la joie ensemble. Il en rougissait dans la pénombre rouge, ému pourtant par ce souci de conserver intacte une grande raison de vivre, cette simultanéité qui était pour elle le signe d'un amour toujours vivant.

Oui, on faisait grande consommation de mots surfins à la Belle de Mai. Par exemple, on disait centre plutôt qu'un autre mot, jugé trop médical. Et ainsi de suite, et il avait honte. Honte aussi du baiser sur le front qu'elle lui donnait après la susdite joie, qu'en lui-même il se complaisait tristement à prononcer joâ, en imitant l'accent d'un clown célèbre. Pour qu'il soit bien entendu qu'il y a eu forte consommation d'âme, se disait-il après le baiser sur le front, et il se repentait aussitôt, demandait muettement pardon à la pauvrette qui de bonne foi voulait de l'élégance, du sentiment, de la beauté, cette beauté qu'ils mettaient là où il n'y avait plus de vie.

A la fin de l'après-midi, ils se promenaient ou allaient à Cannes. Puis ils rentraient. Après le dîner aux bougies, lui en smoking et elle en robe du soir, ils allaient au salon où ils admiraient, dans le cadre de la baie, les inutiles volutes de la mer. Tout comme au Royal, ils fumaient des cigarettes chères et s'entretenaient de sujets élevés, musique ou peinture ou beautés de nature. Il y avait parfois des silences. Alors, elle commentait les minuscules animaux de velours qu'ils avaient achetés à Cannes, les disposait mieux sur la table qui leur était réservée, les chérissait du regard. Notre petit monde, disait-elle en caressant le petit âne, son préféré. Eh oui, pensait-il, on a le social qu'on peut. Ou encore, elle lui demandait ce qu'il aimerait avoir pour les menus du lendemain. Ils en discutaient assez longuement car, sans s'en douter, elle était devenue gourmande. Ou bien elle se mettait au piano et chantait cependant qu'il écoutait, avec un vague sourire au ridicule de leur vie. Ou encore ils parlaient de littérature. C'était effrayant à quel point ils s'intéressaient à la littérature. Sombrement, il savourait la misère de leurs entretiens. L'art était un moyen de communion avec les autres, dans le social, une fraternisation. Dans une île déserte, pas d'art, pas de littérature.

Si, d'aventure, la conversation portait sur quelque sujet prosaïque, la gardienne des valeurs persistait dans le langage noble. C'est ainsi qu'elle disait photographie et non photo, cinématographe et non cinéma et encore moins ciné. C'est ainsi encore qu'elle appelait des angéliques ses petits sous-vêtements de linon, pantalons étant un mot indicible. C'est ainsi enfin que rapportant un jour une remarque d'un fournisseur — tout étant bon à rapporter dans leur existence solitaire — et ce dernier ayant dit que c'était rigolo, elle épela ce dernier mot pour ne pas en souiller ses lèvres. Elle devient idiote, pensa-t-il. Autre manifestation de cette manie de noblesse : le code des sonneries affiché à la cuisine pour l'édification de Mariette avait été écrit en caractères d'imprimerie pour ne pas souiller son écriture aux yeux de son amant si, par extraordinaire, il entrait un jour à la cuisine.

Elle se plaignait souvent de fatigue, le soir. Aussi se séparaient-ils de bonne heure. Viens vite, se disait-il à lui-même, viens vite, mon pauvre, viens te coucher, tu l'as bien mérité. Encore un jour de tiré, se disait-il dans son lit, un jour de travail sur corde raide. Enfin, ça marche pour le moment, se disait-il. Autant de pris sur le malheur.


Un des derniers jours de mai, le gong du déjeuner venait de retentir lorsqu'il battit des mains une seule fois, mais fort. Il venait de trouver. Vacances ! Pour elle aussi, d'ailleurs. Sa robe de chambre lancée sur un fauteuil, il passa une veste de pyjama, s'introduisit dans son lit, y frétilla de petit bonheur, sonna les coups de convocation. Entrée, elle lui demanda ce qu'il y avait. Il ferma les yeux, maîtrisant une douleur.

— Crise hépatique, murmura-t-il sombrement.

Elle se mordit la lèvre. C'était sa faute, c'était la langouste d'hier soir, sûrement, c'était son absurde idée de mayonnaise. Ses yeux devinrent chauds de tristesse. A cause d'elle, il souffrait. Elle lui prit la main, lui demanda s'il avait très mal. Il tourna vers elle des yeux morts, se demandant comment répondre. Un sobre assez qui ferait viril et Jack London? Il opta pour un assentiment muet, un peu hautain, et il referma les yeux, statue de la douleur supportée. Il était ravi. Deux ou trois bonnes journées devant eux. Plus de responsabilité pour lui, et pour elle une occupation intéressante. Elle lui baisa la main.

— Je téléphone à un médecin? (Un médecin qui risquerait de deviner la simulation? Et, de plus, un homme qui faisait autre chose que de l'amour et qu'elle serait capable d'admirer? Il rouvrit les yeux, fit signe que non.) Je vous soignerai, mon chéri, je sais très bien comment on soigne les maux de foie, ma tante en avait souvent. La première chose à faire, c'est des compresses, mais il faudra les supporter très chaudes, n'est-ce pas? Je vais vite vous en apporter une, sourit-elle, et elle s'élança.

Durant tout l'après-midi, elle courut de la cuisine à la chambre, renouvelant sans cesse les compresses. Doigts échaudés, elle se précipitait pour les apporter aussi brûlantes que possible. Elle était animée, vivante, toute à son affaire, ravie de l'absence de Mariette, partie pour Paris assister au mariage d'une nièce. Elle pouvait le soigner toute seule, comme elle l'entendait. Lui, il était heureux de la sentir heureuse. Les compresses trop chaudes lui valaient des ampoules, mais quelle merveille de n'avoir plus à la mettre en fête d'amour.

Ils eurent ainsi deux jours exquis, sans ventouseries buccales, rien que de bons baisers sur le front. Elle oubliait de le vouvoyer, tapotait ses oreillers, lui apportait des tisanes, lui faisait la lecture. Maintenant il jouissait de l'écouter lire car elle n'attendait rien de lui, le traitait en malade. Il était si content qu'il en oubliait parfois de faire les grimaces opportunes de douleur. Elle courait, légère, charmée d'apprendre qu'il avait moins mal. Lui, il souriait de l'entendre chantonner dans la cuisine tout en préparant les terribles compresses. Tant pis pour les ampoules et les tisanes, tant pis pour le jeûne qu'elle lui imposait. Ce n'était pas payer trop cher le bonheur qu'il lui donnait.

Mais le troisième matin, elle s'inquiéta de ces douleurs qui persistaient, le supplia de la laisser appeler un médecin, insista tant qu'il fut entendu qu'elle téléphonerait ce soir s'il n'y avait pas d'amélioration. Il fallait se résigner. Au début de l'après-midi, il se déclara guéri. La vie d'amour allait recommencer, la prêtresse aux muscles maxillaires remplaçant la gentille mère. Adieu, tisanes, chères compresses.

# SIXIÈME PARTIE

## XCII

Assis sur un des fauteuils du salon, tenant à deux mains la
Vie à la Campagne, un magazine auquel elle s'était abonnée, il
considérait mélancoliquement des têtes de bœufs et de canards
primés. Avant-hier, vingt-six août, célébration du premier
anniversaire de leur arrivée à Agay, avec baisers spéciaux,
regards exceptionnels, paroles surchoix, menu de luxe. Un an
d'amour à Agay, un an tout d'amour. C'était elle qui avait
voulu cette célébration. Elle était très forte en dates anniver-
saires, en savait un tas. Que faisait-elle ? Il se retourna. Debout
devant la baie, elle regardait la bande joyeuse qui jouait à
colin-maillard dans le jardin des voisins, les femmes s'enfuyant
avec des cris sexuels de fausse frayeur.

— Comme elles sont vulgaires, dit-elle, revenue vers lui,
souriante, et il sut qu'il fallait la réconforter, lui donner un
petit bonheur.

— Tu es belle, lui dit-il. Viens sur mes genoux.

Elle obéit avec empressement, mit sa joue en position amoureuse. Hélas, un borborygme s'éleva avec des volutes de contrebasse, mourut soudain, et elle toussa pour le détruire et l'embrouiller rétroactivement par un bruit antagoniste. Il lui baisa
la joue pour faire atmosphère naturelle et adoucir cette humiliation. Mais aussitôt, majestueux, un autre borborygme retentit qu'elle camoufla en se raclant la gorge. Contre un troisième,
d'abord caverneux, puis mignon et ruisselet, elle lutta en
appuyant sa main subrepticement mais fort, afin de le compri-
mer et réduire, mais en vain. Un quatrième survint en mineur,
triste et subtil. Plaçant tout son espoir en un changement de
position, elle s'assit sur le fauteuil en face et dit à très haute
voix qu'il faisait beau. A voix tout aussi haute, il dit que c'était

701

une journée vraiment merveilleuse, développa ce thème cependant qu'elle cherchait en catimini des postures destructrices de ces maudits bruits causés par le déplacement des gaz et des liquides dans un innocent estomac. Mais rien n'y faisait et de nouveaux venus surgissaient en grand vacarme, clamant leur droit à la libre expression. Il en guettait l'arrivée, les accueillait avec compassion, sympathisait avec la pauvrette, mais ne pouvait s'empêcher de les caractériser, tour à tour mystérieux, allègres, humbles, altiers, coquins, véniels, funèbres. Enfin elle eut la bonne idée de se lever et de remonter le gramophone, pour une fois opportun. Alors le Concerto brandebourgeois en fa majeur retentit, étouffant les rumeurs intestines, et Solal rendit grâces à cette musique, parfaite pour couvrir des borborygmes.

Hélas, le concerto pour scieurs de long terminé, un nouveau borborygme s'éleva, un beau borborygme, très réussi, élancé et divers, tout en spirales et fioritures, pareil à un chapiteau corinthien. Ensuite, il y en eut plusieurs à la fois, dans le genre grandes orgues, avec basson, bombarde, cor anglais, flageolet, cornemuse et clarinette. Alors, de guerre lasse, elle dit qu'il lui fallait s'occuper du dîner. Deux motifs à cette décision, pensa-t-il. Le premier, à court terme, filer à la cuisine et y borborygmer en paix, sans témoin. Le second, de plus longue portée, se remplir le plus vite possible l'estomac, afin d'écraser et mater les borborygmes qui, tassés et étouffés par le poids des aliments ingérés, ne pourraient plus monter à la surface pour s'épanouir et gambader à l'air libre.

— A tout à l'heure, lui sourit-elle, et elle s'en fut avec une distinction compensatrice.

Il haussa les épaules lorsqu'elle eut refermé la porte. Eh oui, c'était pour entendre des borborygmes qu'il avait gâché sa vie, et qu'il avait gâché la vie de cette innocente dont l'inconscient devait être passablement déçu et trouver que la grande passion n'était pas, somme toute, chose si remarquable. Depuis des mois, seul le conscient de cette femme l'adorait, il le savait bien. Les semaines de Genève, mortes semaines de vraie passion, avaient suscité un mythe auquel la pauvre loyale conformait maintenant sa vie, jouant en toute bonne foi le rôle de l'amante adorante. Mais son inconscient en avait marre de ce rôle. Pauvre chérie qui était malheureuse et qui ne voulait pas le savoir, ne voulait pas voir leur naufrage. Alors, son malheur sortait comme il pouvait, par des maux de tête, des oublis, des fatigues mystérieuses, un amour accru de la nature, une

702

horreur suspecte du snobisme. En tout cas, ne jamais lui dire la vérité, elle en mourrait.

Leur pauvre vie. Leur prétentieux cérémonial de ne se voir qu'en amants prodigieux, prêtres et officiants de leur amour, un amour censément tel qu'aux premiers jours, leur farce de ne se voir que beaux et nobles à vomir et impeccables et sans cesse sortis d'un bain et toujours en prétendu désir. Jour après jour, cette lugubre avitaminose de beauté, ce solennel scorbut de passion sublime et sans trêve. Cette vie fausse qu'elle avait voulue et organisée, pour préserver les valeurs hautes, comme elle disait, cette pitoyable farce dont elle était l'auteur et le metteur en scène, courageuse farce de la passion immuable, la pauvrette y croyait gravement, la jouait de toute âme, et il en avait mal de pitié, l'en admirait. Chérie, jusqu'à ma mort, je la jouerai avec toi cette farce de notre amour, notre pauvre amour dans la solitude, amour mangé des mites, jusqu'à la fin de mes jours, et jamais tu ne sauras la vérité, je te le promets. Ainsi lui disait-il en lui même.

Leur pauvre vie. Sa honte, l'autre jour à Cannes, lorsqu'il s'était vu avec elle, tous deux attablés à la terrasse du Casino, chacun dégustant en silence un énorme chocolat glacé avec trop de crème fouettée. C'était lui qui avait proposé le chocolat liégeois. Voilà, ils se consolaient de leur vie avec de la gourmandise. Sans s'en douter, elle aussi cherchait des remèdes au béribéri d'amour. Les ridicules petits érotismes, les recours à la grande glace, à la baignoire, aux étreintes dans la pinède, et toutes les autres inventions de la malheureuse. Aimé, il fait si chaud aujourd'hui que je n'ai rien sous ma robe. De honte et de pitié il en avait mal aux dents. Ou encore, tout en lui lisant du Proust, elle croisait trop haut les jambes cependant qu'il se disait qu'une conversation avec une demi-douzaine de crétins de la Société des Nations eût été autrement chargée de vitamines. Des niaiseries, mais en communion, avec le sourire du frère d'en face, frère crétin, frère indispensable. A quoi bon Proust, à quoi bon savoir ce que faisaient et pensaient des humains si on ne vivait plus avec eux ? La pauvrette lisait et croisait plus haut ses jambes. Lui, ces évaluations proustiennes d'importance mondaine lui faisaient mal, et il souffrait, rejeté, d'assister à ces stratégies d'ascension sociale, basses et salubres. Les bavardages de ce snob homosexuel m'ennuient, disait-il alors, et pour la forcer à se remettre en état de décence il lui proposait de jouer aux échecs. Alors elle se levait pour chercher le jeu et la robe redescendait. Sauvé, plus de cuisses.

Leur pauvre vie. Parfois le recours aux méchancetés forcées, sans nulle envie d'être méchant, mais il fallait mouvementer leur amour, en faire une pièce intéressante, avec rebondissements, péripéties, réconciliations. Recours aussi aux imaginations jalouses pour la désennuyer et se désennuyer, pour faire du vivant, avec scènes, reproches et coïts subséquents. Bref, la faire souffrir pour en finir avec ses migraines, ses somnolences après dix heures et demie du soir, ses bâillements poliment mordus, et tous les autres signes par lesquels son inconscient disait sa déception et sa révolte contre les langueurs d'un amour sans plus d'intérêt, un amour dont elle avait tout attendu. Son inconscient, oui, car de tout cela elle ne savait rien. Mais elle en devenait malade, douce esclave exigeante.

Leur pauvre vie. Au début de juin pourtant, peu après la fausse crise hépatique, il y avait eu deux semaines presque heureuses pendant les travaux qu'elle avait voulus pour faire plus beau encore leur inutile salon. On se rencontrait de bonne heure le matin, sans sonneries préalables et en vêtements normaux. Après le petit déjeuner pris ensemble, on allait suivre les progrès, on causait avec les ouvriers, on leur faisait servir des collations par Mariette refleurie. C'était la présence des trois ouvriers qui avait tout changé. Pendant ces deux semaines, il y avait eu du social, et un but.

Leur pauvre vie. À la fin de la deuxième semaine, les ouvriers ayant pris congé, elle et lui avaient admiré leur demeure embellie, avaient savouré la nouvelle cheminée qu'elle avait voulu étrenner en faisant un beau feu malgré la douceur de la température. Aimé, c'est bien, n'est-ce pas ? Sur quoi, pour les essayer, ils s'étaient assis sur les nouveaux fauteuils, formidables et anglais, suaves et bruns, deux grosses mousses au chocolat. C'est bien, n'est-ce pas ? avait-elle dit de nouveau, et elle avait promené un regard satisfait autour d'elle, avait respiré largement, propriétaire. Sur quoi, après un silence, elle avait commencé la lecture à haute voix des Mémoires d'une grande dame anglaise, s'interrompant pour s'indigner et dire son mépris de cette bande de snobs. Après le dîner, la sonnerie de la porte d'entrée avait retenti. Elle avait tressailli, avait dit calmement que c'était sans doute une visite de ces gens qui venaient de s'installer dans la villa voisine, une visite de courtoisie. Mèche rectifiée et arborant un sourire mesuré, elle était allée ouvrir. Revenue au salon, elle avait dit d'une pauvre voix naturelle que c'était une erreur, s'était assise sur une des mousses au chocolat, avait déclaré qu'on y était tellement plus confortable que sur les anciens fauteuils. Il avait approuvé et elle avait ouvert la Revue de Paris, avait commencé à haute voix un article sur l'art byzantin.

Leur pauvre vie. Le matin, la gymnastique secrète de la malheureuse en maillot de bain, étendue sur le tapis et ne se doutant pas que par le trou de la serrure il la regardait levant les jambes, gravement les remuant en ciseaux, lentement les abaissant, consciencieusement aspirant et expirant, puis recommençant, et par cette gymnastique cachée luttant contre une torpeur qu'elle devait attribuer à un manque d'activité physique, trop loyale pour voir la vérité, et la vérité était qu'ils s'embêtaient ensemble, que leur amour faisait eau, et qu'elle en était malade. Debout, l'exercice terminé, elle posait parfois sur sa tête un clandestin calot de vacher suisse, brodé d'edelweiss, et alors elle yodlait tout en faisant des rangements dans son armoire, yodlait tout bas un chant de la montagne, chant de son pays, autre misérable petit secret.

Leur pauvre vie. L'autre soir, après le dîner, elle lui avait une fois de plus annoncé qu'elle lui ferait un bon gâteau aujourd'hui, une fois de plus lui avait demandé ce qu'il préférerait, un gâteau au chocolat ou un gâteau au moka. Ensuite, après un silence, elle avait dit qu'elle aimerait acheter un chien. Ce serait un gentil compagnon pour nos promenades, n'est-ce pas ? Il avait approuvé parce que cela faisait un sujet de conversation et un but pour le lendemain. Sur une feuille, elle avait inscrit les diverses races possibles, avec deux colonnes, une pour les qualités, l'autre pour les défauts. Depuis, il n'en avait plus été question. Peut-être avait-elle pensé qu'un chien risquerait d'aboyer au cours d'un de leurs sacres, comme elle disait, ou encore que des promenades à trois seraient gênantes à cause de certaines habitudes canines.

Leur pauvre vie. Hier soir, à dix heures et demie, le besoin de dormir venu, elle l'avait courageusement dissimulé. Mais il en connaissait les signes. Les petites démangeaisons au nez, à peine et noblement gratouillé aux ailes. Les yeux tantôt écarquillés, tantôt fermés à la dérobée et aussitôt rouverts. Les narines écartées, les dents serrées et la poitrine soulevée pour bâiller en contrebande. Elle avait sommeil, la pauvre, mais puisqu'il parlait elle tenait courageusement à rester, tenait sincèrement à l'écouter avec intérêt car elle l'aimait, ferme en son propos, et de plus elle était polie. Elle l'écoutait donc, souriante, mais derrière ses yeux était une inquiétude, presque une folie, la crainte de devoir se coucher trop tard s'il continuait à parler encore, la peur morbide de l'insomnie assurée si elle se couchait après onze heures, dernière limite, peur tenue cachée mais confiée au journal intime qu'il avait lu en secret. Oh, ce sourire aimable, bien élevé, avec lequel elle l'écoutait, un sourire peint et immobile, posé une fois pour toutes sur les lèvres, n'en bougeant plus, entourant avec douceur des dents attentives, sourire de mannequin, terrible sourire mort qu'elle lui assenait, aimante. Alors, pour ne plus avoir devant lui cette panique souriante, il s'était levé comme tous les soirs, avait dit que c'était l'heure de se séparer. Cinq minutes encore, avait-elle proposé, magnanime maintenant qu'elle était sûre de retrouver bientôt son lit. Cinq minutes de politesse, rien que cinq minutes, pas une de plus! O leurs nuits de Genève. A deux heures du matin, lorsqu'il voulait partir et la laisser dormir, le désespoir de l'ardente. Non, reste, reste encore, lui disait-elle de sa voix dorée, une voix qui avait disparu, il n'est pas tard, lui disait-elle et elle s'accrochait à lui.

Que faire pour lui redonner de la vie? Refaire le truc de quelques mois auparavant, le truc d'Elizabeth Vanstead censément arrivée à Cannes et le réclamant sous peine de suicide, et aller comme l'autre fois la rejoindre à Cannes, censément pour passer quelques jours avec elle en tout bien tout honneur, afin d'éviter un drame. En réalité, il s'était morfondu tout seul à Cannes, tout seul dans une chambre du Carlton à lire des romans policiers et à se faire servir dans sa chambre des repas luxueux, seul réconfort. Nourriture et lecture, mamelles nourricières de la solitude. Mais le dernier soir au Carlton, ce besoin soudain de bonheur, de victoire. Alors, l'infirmière danoise. Pauvre bonheur, triste victoire. Le lendemain, lorsqu'il était retourné à la Belle de Mai, elle avait été vivante de nouveau. Les larmes, le petit mouchoir tragique, les interrogations nasillées d'humidité, les regards scrutateurs, soudain fous de certitude. Tu mens, je suis sûre qu'il y a eu des intimités avec cette femme! Dis-moi la vérité, j'aime mieux savoir, je te pardonnerai si tu me dis tout. Et caetera. Et lorsqu'il avait solennellement affirmé qu'il n'y avait rien eu entre lui et la Vanstead, qu'il n'avait accepté d'aller la voir que par pitié, parce qu'elle l'avait tellement supplié, les baisers furieux et la seconde série de pleurs. Puis, de nouveau, les interrogations. Mais alors qu'avaient-ils fait toute la journée? De quoi avaient-ils parlé? Avaient-ils des chambres communicantes? Comment était-elle habillée? Était-elle en peignoir, le matin? Et parce qu'il avait dit oui, elle avait pleuré et sangloté de plus belle, collée contre lui, et alors des baisers de plus grand style, et elle avait en conséquence senti qu'il lui avait dit la vérité, qu'il lui avait été fidèle. Et bref, le reste, la pauvrette triomphale de le sentir toujours à elle puisque, et l'enserrant entre ses jambes croisées, puis sur l'épaule nue de son homme les caresses censément enchanteresses. Extasiée, elle l'avait regardé comme au temps de Genève, précieux, intéressant. Convalescente, rassurée, elle s'était même offert le plaisir moral de plaindre la concurrente qu'elle venait d'évincer. Pauvre petite escroquée. Mais c'était pour elle cette escroquerie, dans son intérêt à elle, pour lui redonner le bonheur d'aimer.

Vivante, oui, mais pendant si peu de jours. Ensuite, la Vanstead évaporée, les gâteaux au moka et au chocolat avaient rappliqué, et les paniques du soir, après dix heures et demie. Alors, autre recours, la décision de voyager, leur lamentable tour d'Italie. Monuments et musées visités sans intérêt parce qu'ils étaient, elle et lui, hors de la communauté humaine. Tous ces distingués qui s'intéressaient aux livres, aux peintures, aux sculptures, c'était en fin de compte pour en parler avec d'autres plus tard, pour amasser un stock d'impressions à partager avec les autres, les chers autres. Ce truc de l'art interdit aux isolés, il l'avait rabâché cent fois déjà. Rumination des solitaires.

Après l'Italie, la semaine à Genève. La soirée au Donon. Elle, tâchant de fabriquer une conversation intéressante. Alors, évidemment, des souvenirs d'enfance. Bien sûr, on n'avait rien à se raconter issu du présent. Ensuite, timidement, elle lui avait proposé de danser. Aimé, dansons, nous aussi. Cet humble nous aussi, aveu de défaite, il en avait eu mal. Après la deuxième danse, lorsqu'ils étaient retournés à leur table, elle avait ouvert son sac. Je suis désolée, mais je vois que j'ai oublié de prendre un mouchoir. Pourriez-vous m'en prêter un ? Je regrette, chérie, je n'en ai pas. Alors, elle avait reniflé en douce, suavement, affolée mais souriante, cependant qu'il évitait de la regarder pour ne pas augmenter son déshonneur de nasal encombrement. Souriante, elle souffrait mille morts, et il l'aimait, aimait sa pauvrette, misérable d'avoir le nez plein et qu'il le sût, désespérée de ne pouvoir se débarrasser de cette plénitude. Pour feindre d'ignorer le drame et pour la réhabiliter par un tendre respect, il lui avait baisé la main. Après un cinquième ou sixième reniflement en contrebande, elle avait murmuré qu'elle était désolée, mais qu'il lui fallait aller chercher un mouchoir à l'hôtel. Je vais vous accompagner, chérie. Non, s'il vous plaît, restez, je serai vite de retour, l'hôtel est tout près. Il savait bien pourquoi elle voulait aller seule. Elle appréhendait une catastrophe durant le trajet, vu la plénitude et le risque d'éternuement soudain avec conséquences pendantes. Revenez-moi vite, chérie. Torturée par sa cargaison et altérée de s'en décharger, elle lui avait adressé un distingué sourire d'au revoir, ô misère de la condition d'amour, ô pauvres acteurs, et elle s'était éloignée en hâte, sans doute haïssant ce nez qui avait choisi de tant se remplir et garnir en ce Donon où, bien des mois auparavant, la nuit de leur fuite, ils avaient merveilleusement dansé jusqu'au petit matin. Dehors, elle avait dû courir vers le mouchoir de délivrance. O chérie, comme je pourrais te rendre heureuse si tu étais malade pendant des années et que tu sois ma petite fille que je soigne dans son lit, que je sers, que je lave, que je peigne. Hélas, condamnés à être exceptionnels et sublimes. Alors il s'était dit que lorsqu'elle reviendrait, il ferait le désireux en dansant avec elle, pour lui faire plaisir. L'inconvénient était que, pragmatique, elle s'attendrait à une suite concrète lors de leur retour à l'hôtel. Ah, si elle savait combien il l'avait adorée, si charmante en son petit malheur d'avoir le nez rempli. Mais voilà, il ne pouvait pas le lui dire, elle en serait mortifiée. Le meilleur de ce qu'il ressentait pour elle, il devait le taire. Ah, mon amour, pouvoir te dire des petits noms idiots, chouquette, ou chouquinette, ou pantalounette si tu es en pyjama. Mais non, défendu, lèse-passion. De retour au Donon, poétique et débloquée, voilà qu'aussitôt assise elle s'était remise à renifler. Quelle fécondité. Il lui avait offert une cigarette dans l'espoir de quelque action vaso-constrictrice. Hélas. Enfin, elle avait sorti son mouchoir. Vide-toi donc une bonne fois! Mais non, elle se mouchait à peine, avec des grâces et des subtilités de petit chat, des pff-pff mignons et inefficaces. Ça ne servira à rien, lui disait-il en lui-même, il faudra recommencer, tu ne te rends pas compte. Il avait tellement envie de lui expliquer qu'il en restait, qu'il fallait pousser loyalement, et il haïssait ce maudit besoin de beauté. Enfin, elle s'était décidée et, résolue à sévir, avait de toutes ses forces barri par le nez. Ses appels de trompe avaient grâce à Dieu provoqué décharge totale et subséquente sécheresse, il s'était retenu d'applaudir. Libérée, elle lui avait pris la main pour sentir qu'elle l'aimait, qu'ils s'aimaient. C'était triste. Bon, assez.

Et voilà, depuis des semaines, revenus à la Belle de Mai. En arrivant, sur la table de la cuisine, la lettre de Mariette annonçant son départ subit pour aller soigner sa sœur malade à Paris. Blague sûrement. La vieille en avait eu assez de leur vie asphyxiante, avait fui le malheur. Bravo, Mariette. Ensuite, le télégramme du notaire annonçant le décès de l'oncle d'Ariane. De douleur, elle s'était accrochée à lui. Pleurs, baisers, et un coït

réussi, comme au temps de Genève. Eh oui, il y avait du nouveau, de l'intéressant. Elle aimait son oncle, sa douleur était
profonde, mais il y avait enfin les vitamines du dehors. Et puis
il allait y avoir une séparation pendant plusieurs jours, il existait de nouveau. A la gare de Cannes où il l'avait accompagnée,
les baisers violents avant le départ du train. Mêmes ardeurs à
son retour de Genève. Mais quelques jours plus tard, le noble
marais, le languissant rituel de prodigieux amour.

Elle n'avait pas trouvé de domestique, même pas une femme
de ménage, avait tout pris en main, tour à tour ménagère clandestine et prêtresse d'amour. Le matin, lui plus bouclé que
jamais dans sa chambre tandis qu'elle épluchait des légumes
ou que, enturbannée pour préserver ses cheveux, elle surveillait une friture ou tâchait de guérir une mayonnaise. Puis-je
faire votre chambre maintenant ? Alors il se réfugiait au salon,
pour ne pas la voir balayeuse. Il aurait tant aimé balayer et
frotter avec elle. Mais il fallait demeurer prince d'amour. Non
pour lui, mais pour elle. Terrible, cette obligation de tout le
temps faire le faux bourdon. Mais lorsqu'elle partait pour des
courses à Saint-Raphaël ou à Cannes, vite il l'aidait autant qu'il
pouvait, balayant les chambres, savonnant et frottant le car-
relage de la cuisine, astiquant les cuivres, encaustiquant. Le tout
en cachette pour ne pas perdre le prestige d'amant, ce crétin
prestige auquel elle tenait. D'ailleurs, si distraite et hurluberlu
que, de retour, elle ne se doutait de rien. Contemplant sa cuisine
impeccable ou sa salle à manger étincelante, elle disait alors
avec une petite fierté qu'en somme elle entretenait assez bien
leur maison, sans aucune aide pourtant, n'est-ce pas, et elle
aspirait largement. Son adorable naïve.

Les besognes matérielles terminées, c'était la gymnastique
clandestine, puis le bain, puis la robe d'amour lavée la veille et
repassée de bonne heure le matin. Et enfin débarquait, hiératique et muscles maxillaires saillants, la vestale odorante d'un
parfum appelé Ambre Antique. Alors, on allait déjeuner sur la
sacrée terrasse pour jouir de la vue de la sacrée mer. Elle se donnait tant de peine pour les repas. Avant-hier, le somptueux
déjeuner pour fêter l'anniversaire. Sa chimérique avait même
calligraphié un menu, ravie de pouvoir écrire homard à l'armo-
ricaine — et non à l'américaine, pommes de terre en robe des
champs — et non en robe de chambre. Bref, poétesse et pas du
tout juive. Immangeable d'ailleurs, son homard.

Zut, le premier gong. Dans un quart d'heure il faudrait aller
sur la terrasse manger avec distinction et se faire piquer par des

moustiques, exécrables petites brutes qui non seulement voulaient son sang mais encore lui faire mal. Quel plaisir trouvaient-ils à lui mettre ce poivre sous la peau ? C'était une méchanceté tellement inutile. Bien, prenez mon sang, mais ne me faites pas souffrir ! Pensant soudain à la mère Sarles, il se plut à croire qu'elle avait fait un legs en faveur d'une maison de retraite pour vieux moustiques croyants. Oui, cette religieuse personne devait avoir beaucoup de sympathie pour les mœurs des moustiques. Ils vous chantaient une petite chanson câline et puis ils vous empoisonnaient le sang, ça enflait, et pendant des heures vous vous grattiez. Et si vous vous fâchiez, ils vous disaient Cher, nous prions tellement pour vous, nous vous aimons tant ! Entendez nos fines clarines, entendez-nous prier Dieu qu'il vous fasse prospérer afin que nous puissions vous piquer beaucoup, avec amour et des yeux rayonnants de spiritualité ! Mais si comprendre qu'un moustique ne pouvait pas ne pas vous enfoncer son petit dard de Cayenne signifiait lui pardonner, c'était de tout cœur qu'il pardonnait à la vieille Sarles, ce grand moustique de sa vie, virtuose éblouissante de la piqûre qui ne put jamais résister au plaisir de l'empoisonner jour après jour. Paix à son âme.

Ah oui, aller sur la terrasse en smoking et se faire piquer les chevilles, et parler des couleurs de la mer, et faire le merveilleux, et la regarder chaud et profond dans les yeux, et trouver des manières inédites de dire qu'il l'aimait. Et pourtant, oui, il l'aimait. Nulle femme jamais aussi proche. Toutes les autres, Adrienne, Aude, Isolde et les passagères, il s'en était toujours senti séparé. Des étrangères qu'il voyait comme à travers un mur de verre. Elles remuaient, et parfois il s'apercevait qu'elles existaient pour de bon, tout comme lui, et il se demandait alors de quel droit cette femme remuait chez lui. Mais Ariane était sa proche, sa sympathique, sa naïve. Il aimait la regarder à la dérobée, tâchait de lui cacher sa tendresse, ce délit de lèse-passion. Que de fois il avait réprimé son envie de la prendre dans ses bras et de l'embrasser fort sur les joues, vingt fois sur les joues, sur les joues seulement. Tout d'elle était charmant, même lorsqu'elle était idiote. Charmant, son ingénu menu d'avant-hier, orné de fleurettes, charmant son lamentable homard décoré mais trop salé et dont il s'était resservi pour la rassurer.

Cette femme qu'il chérissait toujours plus, qu'il désirait toujours moins, et qui tenait à être désirée, qui estimait sans doute en avoir le droit, ce qui était assez agaçant, ô leurs monotones jonctions, toujours les mêmes. A Cannes, le dernier soir du truc Vanstead, cette infirmière danoise qu'il avait fait appeler au Carlton pour un faux malaise, cette infirmière qui ne lui était rien, dont il ne savait même pas le prénom et avec qui le plaisir avait été bouleversant. Pas un mot n'avait été échangé. La volupté absolue dans le silence, sauf les halètements d'elle. A minuit, rhabillée, la muette de tout à l'heure l'avait regardé droit d'un bleu regard sans reproche et lui avait demandé, faux col empesé et manchettes empesées, si elle devait revenir demain à la même heure. Sur sa réponse négative, elle était partie sans un sourire ni un regard d'allusion, infirmière décente, talons bas et bonnet blanc sur les cheveux de lin.

Le deuxième appel du gong le fit tressaillir. Zut, il avait oublié de s'habiller. Vite aller se mettre inutilement en veste de dîner, mais elle y tenait, de même qu'elle tenait à se mettre en robe du soir, genre cantatrice. Espérons qu'il n'y aura pas un récital de borborygmes, murmura-t-il, honteux de se venger ainsi de leur vie.

Après le dîner sur la terrasse, ils s'installèrent au salon. Assis devant la baie ouverte, elle en ironique robe décolletée et lui en smoking blanc, ils assistaient sans en avoir l'air au spectacle poignant de la bande joyeuse des voisins bâfrant et discutant et s'interpellant d'un bout à l'autre de la longue table. Eux, ils fumaient des cigarettes exquises, nobles et silencieux dans leur somptueux salon fleuri, seuls et beaux, laissés pour compte, élégants. Lorsque l'auditeur au Conseil d'État revint, coiffé d'un chapeau de femme, il y eut des acclamations et des applaudissements. Sur quoi elle dit qu'elle avait acheté une marque de thé déthéiné qui n'empêchait pas de dormir. Voilà les nouvelles que nous nous donnons, pensa-t-il.

— On pourrait peut-être l'essayer tout à l'heure, dit-elle. Mais je ne pense pas qu'il soit aussi satisfaisant que le thé normal. Oh, j'ai oublié de vous montrer, dit-elle après un silence. Dans les vieux papiers que Mariette m'a rapportés de Genève, j'ai trouvé ce matin une photo de moi à treize ans. Je vous la montre ?

Revenue de sa chambre, elle lui tendit un petit carton. Très animée, elle s'assit près de lui, sur le bras du fauteuil, admira la fillette en chaussettes et sandales, charmante avec ses anglaises, son grand nœud dans les cheveux, sa courte jupe, ses belles jambes nues.

— Tu étais jolie.

— Et maintenant ? demanda-t-elle en approchant sa joue.

— Maintenant aussi.

— Mais laquelle préférez-vous ? Elle ou moi ?

— Les deux sont exquises.

O déchéance, pensa-t-il, et il lui rendit la photo. Et maintenant, de quoi lui parler ? Ils avaient déjà tellement commenté la mer et ses couleurs, le ciel et sa lune. Tout ce qui pouvait être dit sur Proust avait été dit et que l'on sentait bien qu'Albertine était un jeune homme. C'était que leur amour n'était pas assez riche, diraient des convenables. Il voudrait bien les y voir à leur place, jour et nuit enchaînés dans le cachot d'un grand amour. Lui parler d'animaux ? Déjà fait. Il savait par cœur tous les animaux qu'elle aimait et pourquoi. Parler de la guerre d'Espagne ? Trop douloureux, il n'en était plus. Lui dire une dix millième fois qu'il l'aimait, sans autre garniture ? Un social rentrant avec sa femme de chez les amis Dumardin, antipathiques mais indispensables, pouvait lui dire de manière vivante, lui, quelque chose d'aimant, par exemple que M^me Dumardin s'habille moins bien que toi, cocotte. En face, les heureux dansaient aux sons d'un piano, se payaient un tas d'adultères nains.

— A Cannes, dit Ariane, il y a une dame qui donne des leçons de guitare hawaïenne, je crois que j'irai la voir.

Après un silence, elle parla d'un couple pittoresque remarqué dans l'autocar de Cannes, en décrivit le physique, en rapporta les réflexions. Il fit le compréhensif, se força à sourire. Comme d'habitude, la malheureuse tâchait d'être spirituelle et intéressante. Elle avait bien observé, d'ailleurs. Affamés d'autrui, les laissés pour compte étaient bons observateurs. Ces deux inconnus de l'autocar, c'était tout le butin du dehors qu'elle pouvait lui rapporter. De nouveau, un silence.

La gifler tout à coup, sans explications, et puis aller s'enfermer dans sa chambre ? Ce serait une bonne action. Elle n'aurait pas une soirée morne, aurait de quoi s'occuper, se demanderait pourquoi et en quoi elle lui avait déplu, pleurerait, penserait qu'ils auraient pu avoir une si bonne soirée ensemble s'il n'avait pas été méchant. Lui donner un peu de drame, un scenic railway. Puis ce serait l'espoir, l'attente, et enfin la réconciliation. Non, pas le courage.

Ce courage, il l'avait eu l'autre soir. Une forte gifle, et ensuite il s'était enfermé à clef dans sa chambre, s'était entaillé la cuisse pour rétablir la justice. O funèbre comique de frapper par bonté une douce créature qu'il chérissait. Par bonté, oui, pour lui ôter des lèvres cet aimable sourire d'une femme bien élevée qui ne voulait pas savoir qu'elle s'ennuyait, qui croyait sans doute à quelque tristesse sans cause. Par bonté, oui, pour lui donner de la vie, pour l'empêcher de voir leur naufrage. Mais il n'avait pas pu supporter lorsqu'il l'avait vue sur la route, sa main contre la joue offensée, et il était sorti, avait couru vers elle, pardonne, mon amour, ma douce, ma bonne, pardonne, j'ai eu une minute de folie. Elle l'avait regardé comme au Ritz, les yeux croyants. Comment recommencer ?

— Oui, je crois que j'irai voir cette dame. Il paraît qu'il suffit d'une douzaine de leçons. Ainsi, le soir, je pourrai vous jouer des airs hawaïens, ils sont si prenants.

Tiens, elle n'avait pas dit nostalgiques. Ce serait pour une autre fois. Comment gifler cette pauvrette qui combinait de le charmer par de la guitare hawaïenne, qui cherchait confusément à remplacer le social ou à faire concurrence au social par des airs hawaïens ? Et puis quoi, la gifler tous les soirs ? Ce tonique n'agirait plus à la longue. Aller voir le grassouillet du Conseil d'État, le supplier de les inviter, lui offrir de l'argent ? Non, ça ne se faisait pas. Et le plus piteux, le plus injuste, c'était qu'elle l'agaçait d'être sa constante compagne de bathysphère. Ses borborygmes l'agaçaient. Ses caresses éthérées post coitum l'agaçaient. Son parler genevois l'agaçait. Pourquoi diable disait-elle fégond et non fécond, pourquoi diable arcade et non magasin ? Pourquoi une montée et non un escalier ? Et puis tous ces septante et ces nonante.

Et puis tous ces relents de capitalisme. Le jour où, avec un amusé petit mépris, elle avait dit que c'était extraordinaire à quel point Mariette aimait l'argent, tenait à l'argent, parlait sans cesse d'argent, était avide de savoir combien madame Ariane avait payé ces chaussures, ce sac, cette robe. Cette étrange avidité à connaître le prix de chaque objet, avait-elle ajouté avec l'affreux petit mépris indulgent. Eh oui, madame, vous et vos pareils pouvez vous offrir le luxe de ne pas aimer l'argent, de ne jamais en parler, d'être désintéressés. Vous n'avez qu'à passer à la banque. Et toujours cette manière aimable et châtelaine de parler aux domestiques. Et l'autre soir, comme elle s'était animée en parlant du thé, boisson sacrée de son gang, les possesseurs des moyens de production. On est très délicat pour le thé, vous ne trouvez pas, chéri ? Tout dépend des dispositions physiques. Par exemple, si on est souffrant, on le trouve moins bon. Ou encore, si on a été privé de thé pendant trois jours, on le trouve extraordinaire, n'est-ce pas ? Elle avait coupé cet extraordinaire en cinq morceaux

713

pour en dire l'importance, et il l'avait regardée avec curiosité. Changée, sa folle et géniale du temps de Genève. Et puis sa passion morbide pour les fleurs. Elle était tout le temps à en fourrer partout de ces cadavres, dans le salon, dans le hall, dans sa chambre à elle. Hier, cette tartine sur les fleurs d'automne, ses préférées, avec description complète des dahlias, des asters et autres herbages. Le dahlia qui était une fleur sensuelle, lourde, riche, qui la faisait penser au Titien, ne trouvez-vous pas, chéri ? Et cette obsession morbide des beautés de nature. Aimé, venez voir la teinte de cette montagne. Bien, il y allait, et ce n'était qu'une montagne, une grosse pierre. O sa mer Ionienne, antique printemps, tendres transparences. Aimé, regardez ce coucher de soleil. La barbe. Cette obsession aussi de la vue, obsession suisse et montagnarde sans doute. Toujours à demander si on avait une belle vue de tel endroit ou même, simplement, de la vue. D'ailleurs, elle disait depuis tel endroit, ce qui était peut-être suisse aussi. Et puis elle se fardait maintenant, ça ne lui allait pas. Et puis ce qui s'était passé au Donon se renouvelait si souvent. Elle se mouchait avec trop de noblesse, et c'était agaçant. Allons, vas-y, vide-toi, lui murmurait-il en lui-même. Et tout de suite après, honte, pitié, remords, remords à avoir envie de se mettre à genoux devant elle. Mais l'embouteillage nasal subsistait, et la voix de la pauvrette en témoignait, et c'était si agaçant. Et puis elle avait quelquefois une mauvaise haleine. Pardon, chérie, pardon. Oui, pardon, mais c'est vrai que ton haleine est mauvaise aujourd'hui, et je n'y peux rien, et je ne peux pas ne pas la sentir. Le pire, c'était parfois, tout à coup, une étrange antipathie sans cause, peut-être parce qu'elle était une femme.

Oh, la malheureuse qui sans en avoir l'air ne cessait d'observer les crétins d'en face, triste de n'en être pas, humiliée de n'avoir pas reçu leur visite. Bien sûr, depuis qu'ils étaient à Agay, sa seule forme de vie sociale avait été les petits déjeuners en cachette avec la Mariette. Nouveaux rires en face. Une mignonne s'était coiffée d'un chapeau d'homme, et on l'applaudissait, on criait un chic à Jeanne, un chic à Jeanne, un chic! Mais ici, dans le beau salon et ses fleurs admirables, silence de mort.

— Vous êtes d'accord pour les leçons de guitare hawaïenne ?

— Oui, chérie, c'est une bonne idée.

— Alors, je crois que je les commencerai dès demain. Bientôt je pourrai vous chanter des airs hawaïens en m'accompagnant.

— Très bien, sourit-il, et il se leva brusquement. Je vais préparer mes bagages. Des gens à voir pour mes affaires.

— Quand devez-vous partir?

— Ce soir. C'est urgent. Des affaires financières.

— Mais où irez-vous?

— Paris. Des amis à voir.

— Chéri, laissez-moi venir avec vous! (Comme elle avait dit cela avec feu! A l'affût d'une diversion! Elle imaginait déjà l'arrivée à Paris, des têtes nouvelles dans la gare, dans les rues, et surtout, surtout les amis qu'il verrait et qu'il lui ferait connaître. Attirée par les amis comme une mouche par le miel! D'autres que lui, d'autres que lui, c'était la devise de cette femme. Comme il la regardait, elle crut qu'il hésitait.) Aimé, je serai très sage, j'attendrai que vous ayez fini vos affaires, et le soir nous.

— Nous quoi? l'interrompit-il sévèrement. (Les yeux froids, il attendit la terrible fin — les visites du soir à des amis.)

— Je voulais dire que nous serions heureux de nous retrouver le soir, ce serait si bon, dit-elle, effrayée par ce regard fixe de fou pensant.

Voilà, elle avouait son secret désir! Être débarrassée du sacré bien-aimé au moins quelques heures par jour, le voir enfin filer et débarrasser le plancher, ne plus le voir toujours à la maison circuler avec une de ses sempiternelles robes de chambre! Elle avait raison, d'ailleurs. Une telle asphyxie de se voir tout le temps, remarquablement beaux, pour se dire tout le temps qu'on s'aimait remarquablement. En réalité, sans le savoir, elle mourait d'envie d'être la femme d'un sous-bouffon général et recevoir tous les soirs, avec des sourires gradués, de nombreux revitalisants importants crétins décorés, en habit si possible.

Dans le jardin des voisins, colin-maillard de nouveau. Eh oui, lui aussi il les enviait, lui aussi désirait être une relation d'un misérable auditeur au Conseil d'État, lui qui autrefois. Oh, les cris sexuels de ces idiots qui s'enfuyaient. Il se tourna vers elle. Pauvre petite avec sa guitare hawaïenne. Oui, il irait seul à Paris, il partirait ce soir, et il vaincrait à Paris, vaincrait pour elle, et il lui rapporterait du bonheur, enfin du bonheur pour sa chérie, du bonheur, du bonheur pour sa bien-aimée.

# XCIII

Réveillé, il pense à la malheureuse qui l'attend à Agay, l'attend patiemment, n'ose pas lui demander pourquoi elle doit lui écrire poste restante, pourquoi il ne lui dit pas le nom de son hôtel. Oui, chérie, au George V, le clochard de luxe. Retour à la vie, avait-il crié en montant dans le wagon-lit, et il avait souri à la belle voyageuse du couloir, et elle lui avait souri, et tant de baisers avec elle dans la nuit, tant de baisers avec Béatrice.

Il frotte son menton où les poils durs le démangent. Pas rasé depuis l'échec avec l'albinos, une barbe d'un tas de jours, seize peut-être. Quelle date aujourd'hui ? Il se penche, ramasse le journal, lit la date. Lundi 10 septembre 1936. Donc une barbe de treize jours. Une tête de tapir, l'albinos. Le lendemain de son arrivée à Paris, Béatrice Riulzi partie pour Londres, sa démarche, rue de l'Université. Son insistance pour être reçu par le plus important, par le directeur, insistance de malheureux, insistance juive. Lui si sûr de lui dans le train avec Béatrice, charmeur comme elles disent, sûr de lui parce que en plein sexuel. Mais devant le directeur, soudain gauche, souriant trop. Les mots couperets de l'albinos après le coup d'œil au dossier. Naturalisation irrégulière, insuffisance de séjour préalable. Il est sorti, et il a erré dans les rues, sans patrie et sans fonction, un Juif chimiquement pur.

Il regarde sa main qui bouge, la baise pour n'être pas seul. Se remettre à spéculer à la Bourse pour la vengeance d'être riche ? Spéculer reste permis à un exclus. Tout peut être interdit à un paria sauf de multiplier de l'argent par une opération de l'esprit, ultime reconfort. Non, plus le courage de spéculer. Du courage, il en a eu pourtant après l'échec. Oui, chérie, le courage d'aller mendier des protections. Delarue qu'il avait sorti de sa misère de journaliste miteux, dont il avait fait son chef de cabinet au ministère du Travail, inspecteur général maintenant. Le ton protecteur de l'ancien subordonné. Ah, mon cher, on n'annule pas comme ça un décret de dénaturalisation. Après son refus d'intervenir il a offert un whisky au déchu pas rasé, lui a parlé de son activité si intéressante de délégué gouvernemental au Bureau international du Travail. Les autres anciens amis encore pires. Tous le recevant debout dans l'antichambre. Tous au courant du scandale. Tous au courant de la révocation. Tous au courant du décret de dénaturalisation. Tous, les mêmes formules. Je n'ai pas qualité pour intervenir. Pas de faits nouveaux justifiant une annulation du décret. Que voulez-vous, mon cher, vous n'avez qu'à vous en prendre à vous-même. Quelques-uns se sont même offert le plaisir de le plaindre, tout en le dirigeant doucement vers la porte. Évidemment, mon pauvre ami, c'est bien triste. Et dans les yeux de tous la méfiance, une hostilité, une peur Les hommes n'aiment pas le malheur.

Il s'est installé dans la tiédeur du lit. Il sourit pour lutter contre son malheur. Ses pieds nus caressent les draps, en savourent la finesse, les aiment. Cela du moins lui reste, la douceur, le confort que donne l'argent. La deuxième démarche, avant-hier, rue de l'Université. Le discours préparé par écrit, la veille, les arguments appris par cœur, récités devant la glace. L'espoir que sa barbe d'un tas de jours apitoierait l'albinos. Et voilà, après des heures d'attente sur un banc, lui se récitant son discours émouvant, il a été reçu. Le bonhomme agacé par l'obstination du toqué. Vous autres, on vous renvoie par la porte, vous revenez par la fenêtre. Les vous autres, on sait qui c'est. Et puis le plaisir d'humilier un ancien ministre, un sans-défense. Vous n'avez qu'à prendre un domicile régulier en France et à présenter une nouvelle demande au bout du délai réglementaire puisque vous tenez tellement à être français. Cruauté de ce tellement, cruauté du nanti, ironie du repu qui s'étonne qu'on puisse avoir faim.

A haute voix, il imite le défaut de prononciation de l'albinos. Puichque vous tenez tellement à être franchais. Moquerie de faible, pitoyable vengeance. Le malheur rend bas, rend imbé-

717

cile aussi. Imbécile avec son discours préparé à l'avance et sa barbe pour attendrir. Voilà, il a parlé de sa solitude, de sa soif de patrie, et le bonhomme lui a répondu domicile régulier et délai réglementaire, tout en regardant les photos encadrées de ses deux enfants bien peignés et de sa femme bien légitime, montrable et sans doute bien dotée. Oh, l'indifférence des heureux. Oh, ce regard satisfait de l'assis vers les photos, regard de certitude vers ce témoignage de vie régulière. Un salaud à bonne conscience, bien assis sur le foie gras du social. Pas intelligent, mais malin. Lui, intelligent mais pas malin. Et voilà, le bonhomme s'est levé, a dit qu'il a encore du monde à rechevoir.

Il sourit à son destin. Par intelligence, il a réussi autrefois. Député, ministre, et caetera. Une réussite fragile, parce que seulement d'intelligence. Une réussite sur corde raide et sans filet. Dépourvu d'alliances, de parentés, d'amitiés héritées, d'amitiés d'enfance et d'adolescence, de toutes les protections naturelles que tisse l'appartenance vraie à un milieu, il n'a jamais pu compter que sur lui. Une gaffe généreuse l'a fait tomber. Il n'est plus qu'un homme seul. Les autres, les enracinés, un tas de fils protecteurs les relient à des alliés naturels. La vie est douce à ces normaux, si douce qu'ils ne savent pas ce qu'ils doivent à leur milieu, et ils croient avoir réussi par leur propre mérite. Le rôle que jouent les parents et les relations de longue date pour l'immense bande des veinards, conseillers d'État, inspecteurs des finances, diplomates, tous anciens cancres. Il voudrait bien les y voir à sa place, crétins protégés depuis leur naissance, doucement portés par le social du berceau à la tombe. Si le Proust avait voulu, son père le faisait entrer tout gentiment, sans peine aucune, au Quai d'Orsay, le crétin Norpois, ami du papa Proust, étant tout prêt à introduire le fiston chez les autres crétins. Eh oui, il le sait bien qu'ils ne sont ni crétins ni anciens cancres. Il dit crétins, il dit cancres parce qu'il, oh assez. Oui, une réussite sans le filet du social. Et alors sa gaffe à la réunion du Conseil de leur Société des Nations, et il s'est cassé les reins. Et le lendemain, la gaffe plus terrible d'avoir envoyé la lettre anonyme révélant l'irrégularité de sa naturalisation. Désormais, un homme seul, et comme patrie, une femme. Du tiroir de la table de chevet il sort l'enveloppe scellée de cachets de cire. Il la soupèse, lourde, attirante. L'ouvrir? Oui, il a droit à un peu de bonheur. Non, son père était Gamaliel des Solal, le révéré grand rabbin. Il renferme l'enveloppe.

Un but de vie, vite. Il sonne le maître d'hôtel, puis se lève, va vérifier si la porte est bien fermée à clef, attend. Lorsque les deux coups sont frappés, il n'ouvre pas, il commande à travers la porte un petit déjeuner complet. Trois œufs au jambon, café au lait, toasts, beurre, croissants, marmelade d'oranges anglaise. Après quoi, il se recouche, se force à sourire, à soupirer d'aise. Eh oui, mon cher, j'ai un bon lit, très confortable. L'albinos l'a interrompu, s'est levé, a dit qu'il a encore du monde à rechevoir. Alors, il a souri pour s'attirer la bienveillance de ce petit ordinaire et en obtenir quelques minutes de plus pour plaider sa cause, et il a sorti la fin de son discours, récité la veille devant l'armoire à glace, il a sorti ses arguments, maladroits, ressentis. La vie qu'il impose à la femme qu'il aime. Son amour pour la France, et même les raisons de cet amour. Mais trop français, le bonhomme, pour comprendre cette passion, ce besoin. Et voilà, son discours n'a servi de rien et le type a ouvert la porte en silence. Alors, il lui a dit qu'il est perdu. Je regrette, a dit le type.

Deux coups à la porte. Peur de voir le maître d'hôtel, un actif du dehors, un messager du normal, un veinard qui a une place dans la fraternité humaine. Laissez le plateau devant la porte, je le prendrai. Il attend que les pas se soient éloignés, entrouvre avec précaution, lance un coup d'œil à droite et à gauche. Pas de regardeurs. Il tire à lui le plateau, referme vite à double tour, retire la clef, la glisse sous l'oreiller, se couche

Assis dans son lit, le plateau amical devant lui, il sourit. Bonne odeur, ces œufs au jambon. Trois petits amis. Voilà, lui aussi a son petit déjeuner, et plus copieux que celui des veinards. Oui, mais pour les veinards, ce repas matinal est un prélude à la vie du dehors, fournit des calories pour l'action parmi des semblables. Tandis que pour lui, c'est un but de vie, un petit absolu, dix minutes de bonheur solitaire et pâteux. Il déplie le Temps, donne audience au dehors, tout en s'adonnant à la volupté triste de la nourriture. Il sait que dans un an, ou plus tard, ou plus tôt, ce sera le suicide, et pourtant il mange tranquillement ses croissants, avec beaucoup de beurre et de marmelade. Dommage qu'il n'y ait pas le pot d'origine de la marmelade, avec l'officier écossais de l'étiquette. C'est intéressant de regarder l'image de l'étiquette tout en mangeant ça tient compagnie.

Son petit bonheur terminé, il se lève. Où est la clef? Il cherche çà et là, fait le geste de tourner une clef, pour mieux la chercher. Enfin, l'ayant trouvée sous l'oreiller, il entrouvre la porte. Il regarde dans le couloir les souliers qui attendent devant les autres portes. Les pieds des heureux sont ses relations. Cette nuit, à deux heures, cette tentation idiote d'aller en emprunter quelques-uns, de les poser sur son lit. Il se penche pour mieux les voir. Comme ils sont heureux, tous ces souliers bien cirés, bien alignés, sûrs d'eux. Oui, voilà, sûrs d'eux. Leurs patrons sont à l'hôtel dans un but de vie. Lui, c'est le contraire.

Des pas. Il referme vite la porte, tourne la clef. On frappe. C'est le valet qui demande s'il peut faire la chambre. Non, plus tard. Le silence revenu, il esquisse un pas de danse devant l'armoire à glace, fait claquer ses doigts à l'espagnole. Peu lui importe de n'être pas heureux. Les heureux meurent aussi. S'étant assuré que le couloir est de nouveau désert, il dépose vite le plateau dehors, devant la porte, accroche vite à la poignée la pancarte de la Prière de ne pas déranger, referme vite à double tour, tire la langue. Sauvé!

Le lit refait avec soin, il met de l'ordre dans la chambre, ôte la poussière avec une serviette éponge. Nous soignons notre petit ghetto, notre petit ghetto doit être aimable, dit-il tout bas, comme une confidence. Il déplace deux fauteuils qui sont trop rapprochés, enferme des livres qui font désordre, dispose symétriquement les boîtes de cigarettes, le cendrier bien au milieu. Eh oui, sourit-il, au ghetto on a la neurasthénie de l'ordre, pour croire que tout va bien, pour remplacer le bonheur. Il murmure que tels, messieurs, sont les divertissements des isolés, puis il chantonne que le plaisir d'amour ne dure qu'un moment, chantonne exprès avec une voix aiguë, efféminée, pour passer le temps, pour se donner une représentation, chantonne avec sentiment afin de déverser dans son chant un amour inemployé. Eh là, de la poussière sur la table de chevet! Il passe vite la serviette éponge sur le marbre, va la secouer à la fenêtre. Ces petits humains en bas, tous pressés, tous avec un but, tous vers des semblables. Il baisse le store pour les supprimer. Il tire les rideaux pour ne pas savoir qu'il y a un dehors, des espoirs, des réussites. Eh oui, autrefois il sortait pour vaincre, pour charmer, pour être aimé. Il en était.

Dans la pénombre, il déambule, s'arrachant de temps à autre un cheveu, sourcils froncés. Banni, exclu. Comme activité dans le dehors, il ne lui reste plus que le commerce, le maniement d'argent, comme ses pères du moyen âge. Dès demain, ouvrir une boutique et s'installer prêteur sur gages, et sur la porte de la boutique, une plaque de cuivre. Faire graver Noble Usurier sur la plaque de cuivre. Non, se tenir terré dans ce George V, se consoler par une vie de confort. Ici, dans cette chambre, il a le droit de faire ce qu'il veut, de parler hébreu, de se réciter du Ronsard, de crier qu'il est un monstre à deux têtes, un monstre à deux cœurs, qu'il est tout de la nation juive, tout de la nation française. Ici, tout seul, il pourra porter la sublime soie de synagogue sur les épaules et même, si ça lui chante, se coller une cocarde tricolore sur le front. Ici, terré et solitaire, il ne verra pas les regards méfiants de ceux qu'il aime et qui ne l'aiment pas. Aller à la synagogue tous les jours ? Qu'a-t-il de commun avec ces convenables murmureurs en chapeau melon qui attendent impatiemment la fin de l'office, ne négligent pas leurs petits intérêts commerciaux ou mondains, touchent le bord de leur chapeau lorsqu'un influent passe et, à la cérémonie de majorité religieuse, s'attendrissent de voir, lisant les Prophètes, leur garçonnet habillé en petit monsieur, avec melon minuscule. Frissonnant soudain devant l'Éternel, il récite les dix-huit bénédictions de l'office du Sabbat.

On s'aime bien, nous deux, sourit-il à la glace, et il va examiner la serrure de la porte. Oui, fermée à clef. Pour plus de sûreté, il tourne le verrou, vérifie la fermeture en appuyant sur la poignée et en essayant d'ouvrir. La porte résiste. Donc on est à l'abri, en sécurité. On est entre nous maintenant, dit-il, et il entre dans le lit tiède et dégoûtant, sourit pour conjurer, et d'ailleurs il y a la pancarte qui le protège, suspendue dehors. Il tire les couvertures à lui, fait aller et venir ses pieds nus pour sentir la douceur des draps, sourit de nouveau. Les lits ne sont pas antisémites.

Il allume la lampe de chevet, reprend le Temps, fenêtre sur la vie dont il est exclu, esquive le carnet mondain et ses réceptions diplomatiques. Mais à chaque page son œil rencontre des ministres, des généraux, des ambassadeurs. Il y a trop d'ambassadeurs, il y en a partout. Un véronal pour supprimer ces malins, prudents larbins, anciens chefs de cabinet flatteurs de naïfs ministres des affaires étrangères. Il sourit, se rappelant que Mangeclous a eu les mêmes mots à propos des ambassadeurs rencontrés dans les pages des journaux. Enfin, dans trente ans tous ces malins seront des morts. Oui, mais en attendant, ils sont heureux, eux, ils vaquent à leurs importantes inutilités, dynamiques, téléphonant, ordonnant, faisant des actions bientôt défaites, oubliant qu'ils mourront.

Il ferme les yeux, essaye de dormir. Le télégramme d'hier a dû la rassurer. Rien que des mensonges, que ses affaires sont en bonne voie de règlement, qu'il reviendra bientôt. Penché sur la table de chevet, il rouvre le tiroir, en sort l'enveloppe aux cachets de cire, la regarde, la renferme. Pas sommeil, le véronal n'a pas agi. Il se lève, il inspecte la chambre. Une trace de doigts sur la glace de l'armoire. Il la frotte avec un mouchoir. Pas beau, ce lit défait. On va le refaire à fond, le refaire entre Juifs, avec amour. Bien tirer les draps et les couvertures, bien rentrer les bords, et le couvre-lit bien droit, bien net.

Le lit refait, il va demander conseil à la glace du lavabo. Devant sa tête barbue, il ne sait plus, il sourit pour se donner des idées gaies qui ne viennent pas. Il se savonne longuement les mains pour passer le temps, pour se raccrocher à de l'espoir par une petite action normale. Ensuite, il s'asperge d'eau de Cologne ambrée pour reprendre goût à la vie, pour devenir courageux. Pauvre Deume. Bien fait que je souffre aussi. Avec un canif, il racle la peau dure de la plante du pied, racle avec soin, se réjouit de voir la poudre blanche qui tombe, qui forme un petit tas. Divertissement insuffisant. Mieux vaut sortir, aller dans les rues. Oui, ayons un minimum de vie sociale. Il ricane pour être deux.

Une fois habillé, il va se dire au revoir à la glace. Affreuse, cette barbe de détenu. Pas le courage de se raser. On ne peut tout de même pas l'arrêter pour port de barbe. Et d'ailleurs son complet est de Savile Row, ça compense la barbe. Il ouvre la porte, la referme aussitôt. Que diront le valet et la femme de chambre s'ils voient le lit refait ? Ne pas se faire mal voir. Le lit défait en hâte, il entrebâille la porte, épie. Personne dans le couloir. Il s'y engouffre, un mouchoir contre sa bouche comme s'il avait mal aux dents, le feutre rabattu pour cacher les sales beaux yeux dénonciateurs. Sonner pour l'ascenseur ? Non, ils vous regardent davantage dans l'ascenseur parce qu'ils s'ennuient, cherchent un passe-temps. Moins de risques dans l'escalier. Il descend rapidement, le nez spécifique dissimulé par le mouchoir. Il traverse le hall encore plus vite, les yeux baissés pour ne pas risquer de voir des connaissances d'autrefois.

Dans la rue Marbeuf, ayant repéré une inscription à la craie, il passe devant en détournant la tête. Ne pas savoir. Mais aussitôt, invinciblement attiré, il se retourne, regarde. Que de souhaits de mort aux Juifs dans ces villes de l'amour du prochain. C'est peut-être un brave garçon qui a voulu sa mort, un bon fils qui apporte des fleurs à sa mère. Pour ne plus rencontrer de murs, il entre dans une brasserie. Dans l'espoir de happer des bouts de conversation, il s'assied près d'un vieux couple aux traits aimables, commande un double whisky. Eh oui, être gai. Il déplie l'Illustration qui traîne sur le marbre, tressaille. Non, ce n'est pas juif, c'est seulement juin. Le gentil vieux lui ayant dit quelques mots à l'oreille, sa femme prend l'air indifférent qui trahit les petits complots et balaye la salle du regard avant de s'arrêter sur le barbu bien habillé. Elle échange alors avec son mari un coup d'œil complice, connaisseur, gourmand, entendu, spirituel, pétillant de perspicacité maligne. Oui, oui, bien sûr, dit-elle en lui montrant ses dents crénelées, couvertes de mousse verte. Repéré, il se lève, laisse un billet sur la table et s'expulse, oubliant son whisky.

Dans les rues, fleuves nourriciers des isolés, mangeant des arachides rôties achetées à un semblable, un vieux Juif de Salonique aux cheveux blancs ondulés et aux tendres yeux d'odalisque, il erre, parfois s'arrêtant devant les vitrines des magasins de confection, puisant dans le cornet d'arachides dont les pellicules brunes tombent sur les revers du veston, considérant les mannequins de cire aux belles couleurs, tous impeccables et heureux de vivre, sans cesse charmés, soudain reprenant son errance et à mi-voix se parlant et parfois souriant, entrant dans des boutiques, en sortant avec des objets qui lui tiendront compagnie dans sa chambre, qui seront des connaissances à regarder, à aimer.

Dans un magasin de jouets, il achète un petit skieur articulé et des billes en cornaline. Un faux nez de carton attire son attention. Il l'achète aussi, dit à la vendeuse que ça amusera son petit garçon. Aussitôt dehors, il sort le skieur du sac de papier, le tient par le petit bras, le balance. On se promène ensemble. Une librairie. Il s'arrête, entre, achète le Mystère du Perroquet, un roman policier sorti de la petite cervelle d'une grosse vieille Anglaise. Un magasin de fleurs. Il s'arrête, entre, commande trois douzaines de roses à livrer au George V, mais il n'ose pas dire son nom. Appartement trois cent trente, c'est urgent, c'est pour un ami. Je t'aime, tu sais, murmure-t-il, sorti dans la rue. En somme, il a été bien reçu par ce fleuriste. Il tape une fois dans ses mains. Allons, amusons-nous, murmure-t-il.

Tout seul dans la grande ville, il se promène, traîne son cœur dans les longues rues, se traîne, regarde ces deux officiers qui passent gaiement, parlant fort, ayant le droit de parler fort. Pour s'en consoler et avoir une compagnie, il achète une plaque de chocolat au lait. La plaque mangée, il reprend sa marche, seul de nouveau. L'œil vague, la bouche ailleurs, il va faiblement, les pieds glissants, fredonnant tout bas mais avec expression une chanson gaie, pour remplir le vide. Il sort de sa poche le Mystère du Perroquet, lit tout en marchant, pour ne pas penser.

Une foule devant une église. Il s'arrête, met son livre sous son bras, regarde. Un tapis rouge sur les marches. Des subalternes importants ordonnent la mise en place des plantes vertes. Maintenant le gros suisse de l'église apparaît avec sa hallebarde. Un grand mariage va être célébré. Des autos de luxe. Une dame bleu ciel tend sa main à un général ganté de blanc. Humilié, il file, chantonnant pour exorciser, balançant son skieur.

Il tressaille, apercevant un agent de police à sa gauche, qui va du même pas que lui. Il sifflote faux pour lui montrer qu'il n'a rien à se reprocher, il fait un petit sourire désintéressé, pas préoccupé, innocent. Je te déteste, lui dit-il en lui-même. Lui demander d'un air honnête où est la Madeleine pour égarer les soupçons? Non, mieux vaut n'avoir pas de rapports avec la police. Hâtant le pas, il change de trottoir. Je t'ai eu, murmure-t-il, et il reprend sa marche, raclant sa gorge à coups réguliers, solitaire scandant ses pensées par des raclements de gorge.

La devanture d'un photographe. Il s'arrête pour voir des visages en état de douceur, sans la méchanceté de tous les jours. Quand les gens posent pour une photographie, ils sourient, ils sont bons, leur âme est endimanchée. C'est agréable de les regarder, on a le meilleur d'eux. Agréable, cet ouvrier en costume neuf, debout, un pied sur sa pointe, tenant un livre sur un guéridon. Assez. Il traverse, attiré par des arbres. Il s'assied sur un banc. Tous ces gens qui passent font un tas de choses inutiles, vont chez le coiffeur ou au salon des arts ménagers. Mais le sauver, lui, s'il le leur demandait, le sauver en acceptant de signer une pétition, jamais. Causer avec un coiffeur, oui, passer des heures à regarder des aspirateurs, oui, sauver un homme, non. Toutes ces femmes qui passent en croyant qu'elles seront toujours vivantes, sur les trottoirs mignonnettes allantes, des talons tapantes.

Un petit vieux vient s'asseoir sur le banc, dit bonjour. Tu me dis bonjour parce que tu ne sais pas qui je suis. Beau temps aujourd'hui, dit le vieux, mais les pluies de la semaine passée ont été terribles pour ses rhumatismes. A son âge, avec ses rhumatismes, puis l'estomac qui va pas, il peut plus faire du travail qualifié. C'est de lever les bras qui lui donne le vertige, pourtant faut ça quand on est dans la peinture, plus possible de faire du plafond, aussitôt sur l'échelle, adjugé, c'est le vertige, total, il fait plus que de la bricole. Et vous, ça serait quoi, votre profession ? Violoniste, dit Solal. C'est un don de nature, on l'a ou on l'a pas, dit le vieux. La conversation continue, devient amicale. Oui, ses amitiés seront toutes de passage, désormais. Un quart d'heure avec un inconnu, et puis fini. Tant pis, ramasser ces miettes, écouter le gâteux. Depuis plus d'un an il ne parle qu'avec elle. Remarquez que le Français est individualiste, dit le vieux. Ça aussi, c'est de l'amitié. Le bonhomme sort pour lui ce qu'il a de mieux dans sa petite tête, un mot de luxe, lu ou appris de quelque copain. Il l'exhibe, s'en délecte. C'est bon d'avoir des mots au-dessus de sa classe. Tout ça, c'est la faute aux Juifs, conclut le vieux. Évidemment, ça ne pouvait manquer. Pauvre innocent. Pickpocket à l'envers, il glisse en douce un billet de banque dans la poche du vieux qui récite ingénument les méfaits des Juifs. Il se lève, serre la main rugueuse, sourit aux yeux bleus et s'en va. Ce philosophe Sartre qui écrit que l'homme est totalement libre, moralement responsable. Idée bourgeoise, idée de protégé, de préservé.

725

Rues et rues. Soudain, deux autos fracassées, un agent de police dressant un constat, des badauds discutant de l'accident. Il écoute, il se mêle à la discussion, honteux de sa déchéance, mais c'est bon. Un groupe est anonyme, n'est pas un individu qu'on devine et qui vous glace. Et puis, c'est du social. On en est, on appartient, on dit la sienne, on est d'accord sur la cause de l'accident, on se sourit, on est des égaux, on fraternise, on dit du mal du chauffeur responsable, on s'aime.

Le groupe s'est défait. Fini, l'amour. Il reprend sa marche, traverse un square. Un bébé titube avec des gestes d'ivrogne. Charmant, ce bébé, pas dangereux, pas jugeur de Juifs. Envie de l'embrasser. Non, trop blond, antisémite dans vingt ans. Il sort du square. Un régiment. Légion étrangère puisque du blanc sur les képis. Heureux, ces types de la Légion. Obéissant, commandant, jamais seuls. Il s'aperçoit qu'il accompagne le régiment d'un méprisable pas militaire, honte du genre humain, au rythme de la musique, tout près d'un lieutenant patibulaire, à long favoris. Et s'il s'engageait ? On ne lui demanderait pas de papiers, il donnerait un faux nom. Jacques Chrétien, peut-être.

L'église de tout à l'heure. Plus de tapis rouge. Ce soir, une vierge de moins. Dommage, il n'y en a pas tellement. Les cloches de l'église sonnent, mais pas pour lui. Elles appellent les veinards, les coagulés, leur disent de venir au délicieux devoir, venir se réchauffer les uns les autres, être ensemble et au chaud, ensemble comme les gravités qu'elles lancent à volées, gravités de bonheur et de réunion, gravités se suivant et s'enlaçant. Se convertir ? Non par conviction, jamais il ne pourrait, mais pour en être, pour être accepté. Par intelligence, par passion aussi, il serait plus catholique qu'eux, sans croire à leurs dogmes. Mais leurs dogmes, il les illustrerait et les magnifierait, entré dans les ordres, devenu un grand orateur sacré, respecté de tous, et de tous aimé. Que de contacts alors, que d'amitiés. Oui, de tous aimé, surtout. Un autre agent de police le regarde avec la fixité niaise et insolente des vaches. Il change de trottoir.

Rues et rues. Il va et va, cœur affamé, œil méfiant, va et va, Juif chantonnant triste, chantonnant faux, parfois faisant des yeux exorbités de fou pour passer le temps, parfois mâchant d'autres arachides rôties, huileuses compagnes, parfois entrant

726

dans un salon de jeux pour regarder les billes cascadeuses des billards électriques, le plus souvent murmurant, ses bras largement scandant. A Pâques, aller à Rome pour acclamer le pape avec la foule. Personne ne saura ce qu'il est, il pourra crier Vive le pape avec les autres. Les haleurs de la Volga à la radio l'autre jour. Oh, un pays où les hommes seraient accueillants, le baiseraient sur les lèvres. Allons, parle, marche, ne t'arrête pas, dis n'importe quoi. Les travers d'un écrivain nourrissent son œuvre. Celui-ci, cette minutie maniaque qui lui fait attacher de l'importance à la réussite de son nœud de cravate, de cette minutie ridicule vient la beauté de son œuvre, ce grenu, cette richesse de détails. Sa peur d'attirer l'attention. Ses yeux baissés pour croire qu'ils ne le voient pas. Un suspect de naissance. Vont-ils faire de lui un antisémite ? L'est-il déjà ? Et sa fierté recouvre-t-elle une honte, une détestation ? Fier, faute de mieux ? Allons, parler, parler pour ne pas savoir son destin, vite parler, oh que des mots viennent. Ariane, comme elle écoute avec sérieux un éloge de sa beauté, elle en prend note avec une respiration de bonheur, elle fait une tête d'enfant modèle. Chérie, loyale, crédule, destinée à être trompée. Il lui aurait fallu le lord alpiniste, un imbécile à caractère. Pas de chance, la pauvre.

Encore des mots, vite, n'importe quoi, couvrir le malheur avec des mots. Sous-bouffon général, il allait tous les jours vers des succédanés de semblables et une sorte de fraternité, c'était ensemble qu'on faisait des niaiseries, cette fraternité était salubre. D'autres mots, vite, si on s'arrête de parler le malheur s'introduit. Il ne sait pas reconnaître la monnaie qu'on lui rend, ne sait pas calculer si c'est juste, alors il fait semblant de vérifier pour ne pas choquer le commerçant. Cette épicière lorsqu'elle s'est aperçue qu'elle lui a rendu trop de monnaie, elle a eu un petit rire aimable pour lui montrer qu'elle ne lui en voulait pas de ce danger qu'elle a couru. L'autre jour, la tête du type quand il lui a dit qu'il a oublié son porte-monnaie, une tête méfiante, tête d'honnête homme devant un individu louche. Être un officier, mais rien qu'un lieutenant. Obéir, commander, être à sa place, connaître sa place, avoir des rapports clairs avec les autres. Ou bien vivre avec une petite chatte qui ne saura pas qu'il est un exclu, qui sera heureuse avec lui, n'aura pas un inconscient insatisfait, jugeur, infidèle. Il la gardera dans la chambre du George V, il l'embrassera follement, il lui dira gentille adorée, on est heureux ensemble, tu n'as besoin que de moi. L'enveloppe aux cachets de cire. Tout ce soin qu'elle a mis à bien combiner. La grande enveloppe arrivée à la poste restante qui contenait l'enveloppe aux cachets et la petite lettre. Cette petite lettre, il la sait par cœur. On va se la réciter. Aimé, dans l'autre enveloppe, celle qui a des cachets de cire, il y a des photographies de moi. Je les ai prises toute seule avec un déclencheur automatique. Je vous avertis qu'elles sont un peu osées. Si cette idée vous déplaît, je vous en supplie, déchirez ces photographies sans les regarder. Si vous les regardez et si elles vous plaisent, télégraphiez-moi que je sache. Naturellement, c'est moi qui les ai développées et tirées. N'ouvrez l'enveloppe aux cachets que lorsque vous serez seul et si vous le désirez vraiment. Changer de trottoir portera bonheur. Oui, traverser. Non, feu vert, il faut attendre. Si feu rouge avant sept, signe que tout ira bien. A six, feu rouge. Il hausse les épaules, traverse. Ces maçons assis contre le mur qui cassent la croûte, qui causent tout en mâchant leur saucisson. Une communion, un rite si beau.

Rues et rues. Vite s'occuper, vite encore des mots, remplir le vide. Le malheur guette le moindre silence. Aller chez un médecin ? Après une attente dans le salon en face de la tigresse blessée à mort, il aura un ami pendant un quart d'heure, un frère qui moyennant vingt francs ou cent francs s'intéressera à lui, mettra une tête parfumée contre sa poitrine nue. Cent francs, ce n'est pas cher pour un quart d'heure de bonté. Non, le bonhomme le fera se mettre nu pour l'examiner et il verra, s'apercevra que. Les médecins sont antisémites. Les avocats aussi. Lui aussi, peut-être. Oui, en rentrant à l'hôtel il les déchirera sans les regarder. Ou bien entrer chez un coiffeur qui s'occupera de lui, le rasera, lui parlera, l'aimera. Les coiffeurs sont moins antisémites que les professions libérales, sauf si vos cheveux frisent trop. Dans le journal, ce cadavre d'enfant dans la forêt de Fontainebleau. Ils vont dire que c'est un meurtre rituel, et il n'a pas d'alibi. Le journal crié par ce beau jeune homme l'autre jour sur les grands boulevards. Demandez l'Antijuif! Un tas de gens ont acheté l'Antijuif. Lui aussi, il n'a pas pu résister. Il l'a lu en se promenant, il a heurté des gens en regardant la caricature du banquier ventru avec un haut-de-forme et un nez énorme. Guérir, ne plus penser tout le temps à leur haine. Demander à quelqu'un où est la place de la Concorde pour se remettre à avoir des rapports normaux, pour s'habituer, pour guérir. Le type renseignera peut-être gentiment. Ou bien demander du feu. Le type sourit avec bonté pendant qu'on aspire son feu pour allumer la cigarette.

Rues et rues. Avec, dans sa bouche, le goût impur et bas, la lourde tristesse des arachides mâchées, il va, le dos courbé, l'œil en stylet. Un autre square. Un chien cherche au bas d'un arbre une odeur qui l'inspirera. Heureux, ce chien. Allons, vite, des pensées, tout ce qui viendra. Comment croire à toutes leurs histoires lorsqu'on les voit du dehors ? Dieu, laissez-moi rire, murmure-t-il en regardant si on ne l'écoute pas. En réalité, la peur de la mort leur a donné une colique de cerveau, et ils en ont adoré la diarrhée. Leur patriotisme, laissez-moi rire, murmure-t-il en regardant si on ne l'écoute pas. Mourir pour la bouillotte est le sort le plus beau, le plus digne d'envie. Leur minute de silence pour honorer un mort, une minute seulement, et après on va déjeuner. A la radio, ce religieux qui parlait de la douleur, un froid qui disait des mots, il s'arrêtait pour tousser, parlait de la douleur avec une voix confortable. L'autre jour, si seul dans la rue et s'en épouvantant tellement que pour rentrer à l'hôtel il lui a fallu le secours de bouchées au chocolat achetées de boulangerie en boulangerie. Il n'y a que les veinards sociaux pour aspirer à la solitude avec des airs supérieurs et idiots. Dimanche matin, les cloches de l'église voisine, les cloches qu'il entendait, malgré la tête sous l'oreiller pour ne pas entendre ces appels, ces bonheurs.

Dans ce bistrot, près de lui, deux ouvriers. — Moi, le cinéma, c'est pas dans mes goûts, moi c'est la question instruction, les curieusetés, les musées nationaux, le tombeau de Napoléon. Au moins une fois par an, j'y vais au tombeau de Napoléon, tout seul, pour me remettre dans l'idée, mais des fois plus souvent, pour conduire un copain, y espliquer. Mon vieux, moi comme tu me vois, j'ai pris dans mes mains le chapeau de l'Empereur, je te garantis que c'est émotionnant. Son gilet aussi je l'ai touché, c'est le gardien qui m'a laissé toucher à la suite qu'on avait causé ensemble, mais l'épée de l'Empereur, j'y ai pas touché, j'ai pas voulu, par respect. Le Panthéon aussi, c'est intéressant, tous les grands hommes qu'on y a mis pour l'honneur de la nation. Pour t'en revenir à Napoléon, il a dit je veux reposer sur les bords de la Seine, près du peuple français que j'ai tant aimé. Ah, mon vieux, ça vous tire des larmes. C'était un homme! Étant jeune, je m'y suis attaché que c'est incroyable. Et puis l'Aiglon, son fils! Il a jamais eu d'officiers près de lui, autrement il aurait régné, mais il aurait jamais égalé le père, ça c'est marqué défendu, un héros comme le père ça se refait pas! Avant, il était roi de Rome, mais son grand-père l'a détrôné par jalousie du père, plus rien que duc de Réchetatte. — Dis donc, Napoléon, il pouvait s'offrir toutes les pépées qu'il voulait, hein ? demande l'autre. — Forcément, si une lui plaisait, il donnait les ordres pour, à minuit il se l'envoyait. — C'était un Hitler, quoi, enfin, dans le genre. — Non, monsieur, faut pas confondre, Napoléon a été le maître du monde! Il y a pas à chercher! Actuellement, les généraux modernes, c'est des connaisseurs, je dis pas, d'accord, mais remarque qu'avec les armes modernes c'est quand même plus facile, tandis que Napoléon, tout à l'arme blanche! — Il avait sa renommée, tout ce que tu voudras, mais il a trois millions de croix de bois sur la conscience! — Napoléon, c'est Napoléon! Mon vieux s'il avait pas eu Vélington contre lui! Et puis trahi par Grouchy! C'est le génie de l'homme qu'il faut regarder! Et puis mon vieux rappelle-toi que Napoléon c'était le grand patriote, tout pour le prestige de la France, qu'elle soit respectée, les grandes victoires! Et puis il a fait beaucoup de bien, il y a pas à discuter! S'il s'était mal conduit, il serait pas été aimé. Tous ses grenadiers qui pleuraient aux adieux de Fontainebleau quand il a embrassé le drapeau français, le serrant contre son cœur, c'était quelqu'un, je te garantis! — Je discute pas, mais il faut pas oublier que la France était le pays le plus peuplé! — Déconne pas! Napoléon, ça sera toujours Napoléon! — Il en a quand même fait tomber quelques-uns! — Mais c'est rien, mon vieux, à côté du gars Hitler, ce qu'il en fera tomber, tu verras, parce que je te garantis qu'on aura la guerre à cause des Juifs! C'est eux qui la veulent! C'est pas lui! — Ça c'est bien vrai, et c'est nous qu'on ira crever à cause de ces salauds. — Les Youpins, faut les foutre tous dehors! crie la patronne. Il obéit, paye et sort.

Mort aux Juifs, lui crient les murs. Vie aux Chrétiens, leur répond-il. Oui, les aimer, il ne demande pas mieux. Mais ne peuvent-ils pas commencer, eux, pour l'encourager ? De temps à autre, il lance un équivoque regard sur les murs, repérant de loin le souhait, et alors il baisse la tête. Mort aux Juifs. Partout, dans tous les pays, les mêmes mots. Est-il si haïssable ? En somme, peut-être, ils le disent tellement. Mais alors, venez, agissez, tuez-moi, murmure-t-il. Un papillon collé sur un tuyau de chute pluviale. Mieux vaut ne pas lire. Pour résister à la tentation, il change de trottoir. Mais peu après, il traverse, revient pour vérifier. Oui, c'est bien ça, mais il y a seulement à bas les Juifs, c'est tout de même mieux, c'est un progrès.

Il va, puisant des arachides, amies des Juifs, s'arrête soudain. Encore un Mort aux Juifs, encore une croix gammée. Ces mots méchants, ces croix méchantes, il en a peur, et pourtant il est à leur affût, il les guette, il les attend, il en est le chasseur, il s'en délecte, il en a mal aux yeux. Mais quel cœur ont-ils, ceux qui écrivent ces mots ? N'ont-ils pas une mère, n'ont-ils pas connu la bonté ? Ne savent-ils pas que les Juifs baissent la tête lorsqu'ils lisent ces mots et qu'ils feignent de n'avoir pas lu s'ils sont accompagnés par un ami chrétien ou par leur femme chrétienne. Ne savent-ils pas qu'ils font souffrir, qu'ils sont méchants ? Non, ils ne le savent pas. Les enfants qui arrachent les ailes des mouches ne le savent pas non plus. Il regarde les trois mots, s'approche, efface deux lettres avec l'index. Au singulier, c'est mieux. Mort au Juif maintenant. Le nez du banquier dans l'Antijuif. Il touche son nez. S'il y avait tous les jours carnaval, il pourrait le cacher.

Immobile, adossé contre le mur, il remue les lèvres. Chrétiens, j'ai soif de votre amour. Chrétiens, laissez-moi vous aimer. Chrétiens, frères humains, promis à la mort, compagnons de la terre, enfants du Christ qui est de mon sang, aimons-nous, murmure-t-il, et il regarde ceux qui passent et ne l'aiment pas, les regarde et furtivement leur tend à demi une main mendiante, et il sait qu'il est ridicule, sait que rien ne sert de rien. Il se remet en marche, achète un journal pour lire, pour ne pas penser. Tête basse, il lit, heurte des gens, manque de se faire écraser. Rue Caumartin. Les murs, ses ennemis, les murs crient, le traquent. Boulevard de la Madeleine. Se réfugier dans ce métro ? Debout contre un mur dans les couloirs du métro, ne plus penser à rien sous terre, se déclarer détritus, sans responsabilité, sans espoir. Non, le métro, c'est pire. Plus que les murs d'en haut, les murs des métros hurlent à la mort, demandent sa mort.

Place de la Madeleine. Une pâtisserie. Il entre, achète six truffes au chocolat, sort, reprend sa marche, balançant le carton des truffes, cependant que ses souliers majestueusement glissent sur le trottoir. Six truffes, messieurs, on aura de la compagnie. Six petites amies chrétiennes au ghetto, qui l'y attendent déjà en quelque sorte. Oui, rentrer à l'hôtel, se coucher, se coucher avec lui, avec son ami Solal, et passer le temps en lisant des méchancetés antisémites tout en mangeant des truffes. Oui, au ghetto il y a une valise pleine de méchancetés antisémites, et tout à coup la nuit il sort de son lit, il ouvre vite la valise, et il se met à lire leurs méchancetés, debout, avec avidité, continue tout au long de la nuit, continue à lire leurs méchancetés, toutes lues avec intérêt, un intérêt de mort. Non, les hommes ne sont pas bons. Mais tout à l'heure, dans sa chambre, chambre chérie quand on s'y enferme à clef, il ne lira pas leurs méchancetés, il lira un roman policier plutôt. Un roman policier, c'est agréable, c'est de la vie fausse qui ne rappelle pas le dehors, et puis il y a des gens malheureux dans les romans policiers, ça réconforte, on n'est pas seul. Tiens, il n'a plus le roman de la vieille Anglaise. Il a dû l'oublier quelque part. Le mystère du perroquet, pauvre crétine.

Quai Malaquais. Les boîtes des bouquinistes. Oui, c'est la solution. S'enfermer dans une chambre d'hôtel et lire des romans, ne sortir que pour en acheter d'autres, de temps en temps spéculer à la Bourse, et lire, passer sa vie à lire en attendant la mort. Oui, mais elle, toute seule à Agay? Décision à prendre ce soir sans faute. En attendant, acheter ce tome des Mémoires de Saint-Simon. Non, s'en emparer puisqu'il est dans un monde ennemi. Il n'a pas à obéir aux lois d'un monde qui veut sa mort. Mort aux Juifs? Bien. En ce cas, il volera. A la guerre, tout est permis. Il prend le livre, le feuillette, le met calmement sous son bras, et il va, pieds glissants, balançant le carton des truffes au chocolat.

Place Saint-Germain-des-Prés. Devant la sortie de l'église, le jeune homme qui crie son journal. Demandez l'Antijuif! Vient de paraître! Donc c'est un nouveau numéro. Non, défense de l'acheter. Il s'approche, son mouchoir contre son nez, demande l'Antijuif, paye le jeune homme qui lui sourit. Ôter le mouchoir, lui parler, le convaincre? Frère, ne comprends-tu pas que tu me tortures? Tu es intelligent, ton visage est beau, aimons-nous. Demandez l'Antijuif! Il court, traverse, s'engouffre dans une petite rue, brandit la feuille de haine. Demandez l'Antijuif! crie-t-il dans la rue déserte. Mort aux Juifs! crie-t-il d'une voix folle. Mort à moi! crie-t-il, le visage illuminé de larmes.

Un taxi. Il fait signe, entre. Au George V, dit-il. Feindre la folie pour être enfermé dans un asile? Ainsi, rester en vie, sans en être, et sans souffrir de ne pas en être. Lorsque le taxi s'arrêtera devant l'hôtel, ne pas entrer tout de suite, se promener sur le trottoir d'en face, guetter. Au moment propice, entrer dans la porte tournante, traverser vite le hall en faisant semblant de se moucher. Dans l'ascenseur, prendre un air tranquille, feindre de lire le menu qui est toujours affiché.

Le feutre baissé, le mouchoir contre le nez, il entre en coup de vent, pousse la porte, jette le livre, se laisse tomber sur le lit. Étalé, il siffle faux la Rêverie de Schumann tout en traçant le Mort aux Juifs du bout de l'index sur de l'air, puis il appuie son index entre l'orbite et le globe de l'œil pour voir tout en double, ça fait passer le temps. Assez. Il se soulève, regarde autour de lui, sourit de voir sa chambre impeccable, sans inscriptions à la craie sur les murs. De petit bonheur soudain, il se dirige vers la porte par ridicules petits sauts à pieds joints, ferme à double tour. Enfin vraiment seul. Pauvre vieux bouquiniste avec sa longue barbe secouée par le vent. Demain, on lui rendra son Saint-Simon, et on lui donnera des dollars pour qu'il ne travaille plus au froid. Un billet de mille dollars, ou plusieurs s'il n'a pas l'air trop étonné. Eh oui, spéculateur émérite, habile aux opérations de l'esprit, achetant en baisse et vendant en hausse. Avec les gains de ces derniers mois, plus de cent billets de mille dollars sur lui, un bouclier contre sa poitrine, facile à emporter en cas d'expulsion.

Il essaye le briquet acheté tout à l'heure. Ce petit chéri se porte bien, très belle flamme. Maintenant, le mignon skieur. Il le place sur l'oreiller qui fait pente neigeuse, lui fait faire des slaloms et des christianias, le trouve charmant, l'embrasse. On s'entend bien nous deux, lui dit-il. La valise maintenant. Du placard des bagages, il sort la belle valise achetée l'autre jour, en respire la bonne odeur. Demain, acheter une crème spéciale pour l'entretenir. Il fronce les sourcils car il vient de voir une tache sur la moquette. Il mouille une serviette éponge, s'agenouille, frotte. Très bien, tache partie. Eh oui, on soigne son petit ghetto. Il faut aimer pour vivre. Non, ne pas ouvrir l'enveloppe. Tout sera bien, tu verras, dit-il, et il sourit de cette devise des malheureux. Que faire maintenant ? Jérusalem ? Ou la cave Silberstein et Rachel ? Oui, mais elle, la laisser seule ? Il se regarde dans le miroir à barbe. Que de poils. Ce soir faire un testament pour elle. Oui, en brûler, ça leur apprendra. De la poche intérieure de son veston, il sort un billet de mille dollars, frotte une allumette, brûle le billet, puis un autre, puis un autre. Pas amusant.

Le faux nez, vite! Il le sort du paquet, le porte à ses lèvres, s'en orne devant la glace, assujettit l'élastique, s'admire. Voilà, plénier maintenant, intégral avec le majestueux appendice de la volonté de vivre, grandi de toujours humer l'ennemi et flairer les embûches. Portant la valise des errances, ennobli par le royal et dominateur pif de carton, odeur de colle et d'une cave, ô les Silberstein, ô sa Rachel, il va, dos courbé, bossu de Dieu, œil guetteur, pieds traînants et ballante valise, à travers les âges et les contrées déambulant, avec excès discutant, mains volantes et multiformes, lèvres s'écartant en résignés sourires de neurasthénique science, va, soudain muet aux paupières pensantes, soudain follement la sainteté de l'Éternel proclamant, soudain son buste balançant, soudain un vif regard de côté lançant, effrayé, effrayant de beauté, élu. Oui, devant lui, dans la glace, Israël.

Nu maintenant et le visage lisse, il ouvre la vieille valise, en sort la soie de synagogue, en baise les franges, en couvre sa nudité et dit la bénédiction, noue les phylactères à son bras et dit la bénédiction, puis sort la couronne de la fête des Sorts, couronne de Rachel, couronne de carton qui ne le quitte plus en ses errances, cabossée aux pierres fausses, s'en coiffe et va au long des nuits et des siècles, mélancolique et d'antique beauté, s'arrête devant ce roi solitaire dans la glace, sourit à son reflet, compagnon de sa vie, dépositaire de ses secrets, son reflet, seul à savoir qu'il est roi en Israël. Oui, murmure-t-il à son reflet, ils bâtiront le mur des rires et au temple bleu l'eau vive chantera.

Il tressaille. La police? Il demande qui est là. Le livreur du fleuriste. Il passe une robe de chambre, ôte le faux nez, entrebâille, referme vite, dépose le bouquet dans la baignoire. Que faire maintenant? Mais oui, manger, mais oui, cher ami, manger. Manger lui reste, manger ne trompe pas. Sa Majesté va manger. Il décroche le téléphone, commande des gâteaux pour n'avoir pas à attendre, pour avoir du bonheur tout de suite.

S'étant emparé du plateau déposé devant la porte, il referme vite à clef, baisse les stores et tire les rideaux pour ne rien savoir du dehors, allume, pose le plateau des gâteaux sur la table qu'il pousse tout contre la glace de l'armoire pour avoir un convive, commence à manger tout en feuilletant le Saint-Simon. Parfois, il lève les yeux vers la glace, se sourit, sourit au pauvre qui mange tout seul, sagement, tout en lisant, qui accepte son lot, qui en fait un petit bonheur. Puis il reprend sa lecture de Saint-Simon, apprend de ce petit salaud de social qu'il a été fort entouré et complimenté par toute la cour car Sa Majesté l'a honoré d'une phrase, lui a dit qu'Elle reportera sur lui la bienveillance qu'Elle avait témoignée à son père. Debout dès le matin, ces ducs et ces marquis, pour commenter l'humeur et les selles encore fumantes de Sa Majesté, pour apprendre qui est en faveur et qui en disgrâce, pour se faire bien voir de ceux-là et s'écarter de ceux-ci, et surtout pour être vus par l'Excrémenteur en sa chaise percée et lui plaire. Des chiens malins. Jusqu'à Racine battant sa coulpe au pied du trône pour rentrer en faveur. Des chiens, mais heureux.

Soudain, chantée par une foule, la Marseillaise éclate au poste de radio. Un choc de sang à la poitrine, il se lève aussitôt, s'immobilise. Au garde-à-vous et la main ridiculement à la tempe en salut militaire, tremblant d'amour et fils de France, il joint sa voix aux voix de ses anciens compatriotes. L'hymne terminé et la radio fermée, il est seul et juif dans une chambre aux stores baissés, éclairée à l'électricité malgré le grand soleil dehors.

Pour ne plus regarder sa vie, il se couche, feuillette un roman à succès dont l'auteur est une femme et l'héroïne une petite garce, fleur de bourgeoisie, s'embêtant et couchant à droite et à gauche pour passer le temps, et qui, après s'être accouplée sans enthousiasme, entre deux whiskies, avec celui-ci, puis avec cet autre, peut-être syphilitique, va faire du cent trente à l'heure, pour passer le temps. Il jette la petite saleté.

A la radio, un culte protestant. Triste en sa gorge, il écoute les chants des fidèles. O ces voix de certitude et d'espoir, douces et bonnes, bonnes en cette heure, du moins. Il se lève, se met à genoux devant le poste, à genoux pour en être, pour être avec des frères. Un sanglot dur dans sa gorge, la respiration difficile, il se sait grotesque, étranger solitaire, grotesque de chanter avec eux leurs cantiques, grotesque de chanter avec ceux qui ne veulent pas de lui, qui se méfient de lui. Mais il chante avec eux le beau cantique chrétien, ô bonheur de chanter avec eux, de chanter que Dieu est un rempart, une invincible armure, bonheur de faire le signe de la croix pour en être, pour les aimer et en être aimé, bonheur de prononcer avec des frères les paroles sacrées. Car c'est à Toi qu'appartiennent le règne, la puissance et la gloire aux siècles des siècles, amen. Recevez la sainte bénédiction de Dieu, dit maintenant le pasteur. Alors, il baisse la tête pour recevoir la bénédiction, comme eux, avec eux. Puis il se relève, seul et juif, et se rappelle les murs.

Alors, il remet son nez de carton, et il ricane. Pourquoi ne pas faire plaisir aux murs des rues? Sale vitalité, idiote envie de vivre. Jérusalem ou Rachel? Pour le moment, les truffes au chocolat, vite. On va vous manger, mes petites, leur dit-il. Excusez-moi, je vous avais oubliées. Il se regarde les mâcher dans la glace, les mâcher avec une petite joie. Mais lorsqu'il n'y a plus de truffes, le malheur est toujours là.

Mort aux Juifs. Son nez de carton le gêne, il étouffe de solitude dans cette odeur de colle et de cave, mais non, le garder, ce faux nez, son honneur. Traqué, faisant le traqué, les yeux fous, soudain capitaine français que ceux des murs vont envoyer à l'île du Diable, il se met au garde-à-vous, le bataillon derrière lui, l'adjudant justicier devant lui, l'adjudant aux longues moustaches, puant l'ail, qui lui arrache les galons, lui brise l'épée. Se regardant dans la glace, il crie d'une voix que le nez de carnaval fait nasillarde, il crie qu'il est innocent, qu'il n'a pas trahi! Vive la France! crie-t-il.

Aller apporter ces fleurs au soldat inconnu, sous l'Arc de Triomphe? Ils se moqueront. Dans la lettre, elle lui a dit de n'ouvrir l'enveloppe que s'il est seul. Bien sûr, seul, quoi d'autre? Oui, décidé, il ouvrira, il regardera. Ce sale bonheur lui est dû. Pendant des minutes, il oubliera son destin. Ce qu'il y a dans cette enveloppe, c'est tout de même de la vie, un privilège à lui seul accordé. Lépreux, oui, mais peu d'heureux ont une femme aussi belle, aussi aimante. Par amour, pour le retenir, elle a osé, dans la déchéance de solitude, elle a osé, cette fille de purs, a osé pour lui l'indignité de photos indécentes. Eh bien, très bien, il a un but dans la vie, regarder des photos indécentes, les aimer l'une après l'autre, soigneusement, la trouver désirable, et tant pis pour le Deutéronome. Oui, mon amour, soyons indignes ensemble.

Ne pas ouvrir tout de suite. Commander un bon repas d'abord. Eh oui. Le malheur rend bas, et c'est une vengeance contre le malheur. Parfaitement, un repas excellent, avec du champagne. Les cuisiniers vont s'empresser pour lui. Les photos indécentes attendront. Personne ne peut le frustrer de ce bonheur. Faute de Marseillaise chantée avec des frères, faute de Coldstream Guards présentant les armes au représentant de la France, des photos indécentes! Nous avons du bonheur tout comme vous, messieurs!

Non, pas de dîner, pas faim, dégoût. Vite, du bonheur. Il fait sauter les cachets, il ouvre l'enveloppe, il ferme les yeux, il prend au hasard. Ne pas regarder tout de suite, se préparer, se dire qu'un bonheur l'attend. Il pose la main à plat sur la photographie, ouvre les yeux. Il fait descendre lentement sa main. Oh, terrible. Il remonte la main pour ne voir que la tête. Voilà, c'est la tête d'une aristocrate, la tête d'une fille de ceux qui ne veulent pas de lui. Une tête correcte, décente, mais dès qu'on ôte la main, le contraste. D'autres photographies maintenant. Ariane, nonne ardente. Ariane, petite fille en jupe courte et mollets nus, et elle fait un geste terrible. Et cette autre, pire encore. Très bien, déchois, Solal. Pauvre chérie, détraquée de solitude, cet affreux talent né dans la fermentation de solitude. Il regarde fort les photographies, les étale toutes, les désire, désire son harem. Très bien, en plein malheur il arrive à s'intéresser, à désirer. Oh, l'albinos, si bien coiffé, heureux de retrouver sa femme et ses enfants, et qui n'a pas besoin de photos indignes pour être heureux. Il se lève, les déchire. Et maintenant que faire? L'amour! Vers Ariane, vers sa patrie! Oui, partir ce soir, faire les valises, s'habiller, aller à la gare!

Les valises mises à la consigne, il erre dans le boulevard Diderot, attendant que le train soit formé. Soudain, dans la nuit et les lumières embrumées, il les reconnaît, sortis de la gare et allant à la file, par deux ou par trois, les uns en larges feutres noirs trop enfoncés et écartant les oreilles, les autres en plats bonnets de velours bordés de fourrure, tous en noirs manteaux interminables, les vieux avec des parapluies fermés, tous chargés de valises, dos voûtés et pieds traînants, avec passion discutant. Il les reconnaît, reconnaît ses bien-aimés pères et sujets, humbles et majestueux, les pieux et de stricte observance, les inébranlables, les fidèles à barbes noires et pendantes mèches temporales, pléniers et absolus, étranges en leur exil, fermes en leur étrangeté, méprisés et méprisants, indifférents aux moqueries, eux-mêmes fabuleusement, allant droit en leur voie, fiers de leur vérité, méprisés et moqués, les grands d'entre son peuple, venus de l'Éternel et de Son Sinaï, porteurs de Sa Loi.

Il s'est rapproché pour mieux les voir et en jouir, il les suit dans les rues nocturnes, comme eux courbant le dos, comme eux tête basse et comme eux des regards en prestes stylets furtifs de côté lançant, suit les bossus de Dieu, envoûté par les dos voûtés et les manteaux noirs et les barbes, suit les barbus de Dieu, amoureux de son peuple et s'en emplissant le cœur, va derrière les âges et les manteaux traînants et les pieds traînés et les bagages éternels, va et murmure que tes tentes sont belles, ô Jacob, tes demeures, Israël, va derrière ses bien-aimés et noirs sacerdotes, pères et fils de prophètes, derrière son peuple élu et s'en emplissant le cœur, Israël, son amour.

Arrêtés devant le Kohn's Restaurant, ils discutent puis se décident, entrent et s'attablent, leurs valises en sûreté entre leurs jambes. Resté dehors, il les contemple à travers la vitre et ses rideaux, contemple ses errants aux yeux langoureux, ses bien-aimés pères et sujets caressant leurs barbes et leurs passeports, tâtant leurs reins douloureux et leurs foies surchargés, tous extrêmement argumentant, mains agiles et pensantes. D'aigus regards percent, déduisent et savent, des doigts bouclent des barbes pensives, des nez computent, des sourcils supputent, des paupières baissées concluent. Rouges de vie sous la noirceur des poils, trop rouges et charnues, des lèvres s'écartent pour de résignés sourires de neurasthénique science, puis se referment, s'angoissent, combinent en se serrant, méditent, spéculent, ruminent, délibèrent cependant que des diamants circulent dans des papiers de soie.

Têtes toujours couvertes, car les cheveux sont une nudité, ces barbus chéris mangent maintenant avec un considérable vouloir, fortement penchés sur leurs assiettes, s'alimentant sérieusement de poisson froid et farci, de foie haché, de caviar d'aubergines, de boulettes reposant sur des rondelles d'oignons frits. Au fond de la salle un vieillard à la barbe infinie, penché sur la sainte Loi, plus importante même que Dieu, lit et balance son buste.

Alors, dans la nuit noire où une pluie fine et froide lentement tombe, debout devant la vitre et ses rideaux, leur roi solitaire balance à son tour son buste, le balance au rythme immémorial, chante en la vieille langue un cantique à l'Éternel, le cantique que Moïse et les enfants d'Israël ont chanté à l'Éternel qui les a délivrés de la main de Pharaon, qui a précipité les Égyptiens au milieu de la mer, et les eaux ont recouvert les chars, les cavaliers et toute l'armée de Pharaon, et il n'en a pas échappé un seul, mais les enfants d'Israël, eux, ont marché à sec au milieu de la mer, et les eaux ont formé comme une muraille à leur droite et à leur gauche, et ils ont vu sur le rivage les Égyptiens étendus et morts, et cela était bien. Que l'Éternel soit loué, et qui est comme Lui magnifique en sainteté et digne de louanges? Chantez à l'Éternel, car Il a fait éclater Sa gloire! Les chevaux et les cavaliers, Il les a précipités dans la mer! Alléluia.

— Nous avons dîné dans notre salle à manger pour vingt-quatre personnes maintenant nous voilà installés dans notre inutile grand salon assis dans des mousses au chocolat désespérantes de confort, je fais semblant de lire pour n'avoir pas à parler à la pauvrette qui recoud un tas d'ourlets que j'ai défaits en douce pour lui donner une occupation elle m'a dit que ça va lui prendre longtemps peut-être deux heures parce que des fils à enlever d'abord et après elle veut faire un travail soigné pauvre chérie elle a dit des petits points très réguliers qui ne se voient pas et que ça ne bâille pas très bien chérie faites un travail parfait la pauvre elle doit être assez godiche en couture enfin elle a un but de vie en ce moment, défense de s'arrêter de faire semblant de lire sous peine de conversation espérons que pas de récital de borborygmes ce soir, pardon chérie mais tout de même reconnais que je fais de mon mieux depuis mon retour de Paris, si sympathique l'autre soir quand je suis entré chez elle pour lui dire bonne nuit elle était en train de lire j'ai dit allons il faut dormir maintenant elle a fermé tout de suite son livre elle a dit un oui qui m'a percé le cœur un oui d'ange un sage petit oui d'enfance bouleversant si docile j'ai fondu d'amour fondu de cette pitié qui est amour, mon enfant Ariane qui pleure si fort quand je me fâche ses gros chagrins ses paupières enflées de tant pleurer son nez grossi de tant se moucher mais si je lui dis que je regrette elle me pardonne tout de suite dépourvue de fiel et un peu plus tard je l'entends qui chante dans sa chambre fini le gros chagrin, cette pitié qui me vient pour mon enfant si vite revenue à l'espoir si prête à du bonheur, chérie ton organe me fait peur m'a fait peur quand nue tu t'es penchée pour ramasser, ce matin tu es sortie pour des courses alors seul à la maison j'ai baisé ton joli blazer gris il était pendu dans le hall plusieurs fois je l'ai baisé j'ai baisé même la doublure, je vais tout te dire sans danger de perte de prestige puisque tu ne

m'entends pas hélas oui il faut que j'aie du prestige pour que
tu sois fière de m'aimer mais une fois tout de même je t'avoue-
rai peut-être la cave Silberstein, je voulais rester longtemps
avec eux mais ils m'ont demandé de les sauver alors je suis
parti le quatrième jour j'ai échoué dans les capitales échoué
à Londres échoué à Washington échoué devant le Conseil
de leur Essdéenne quand j'ai demandé aux importants bouf-
fons d'accueillir mes Juifs allemands de se les répartir, ils ont
dit que mon projet était utopique que si on les acceptait tous
il y aurait une montée d'antisémitisme dans les pays d'accueil
bref c'est par horreur de l'antisémitisme qu'ils les ont abandonnés à leurs bourreaux, alors je les ai mis en accusation
eux et leur amour du prochain ô grand Christ trahi alors
scandale et bref chassé ignominieusement comme a dit la
Forbes renvoi sans préavis pour conduite préjudiciable aux
intérêts de la Société des Nations a précisé la lettre du vieux
Cheyne ensuite le décret annulant ma naturalisation pour
cause d'irrégularités et voilà il y a quelques jours mon idiote
tentative de faire révoquer le décret l'échec et alors le piteux
réconfort de ses photos, pauvre malheureuse combinant la
prochaine pose oui encore celle-là elle lui plaira moi nue devant
la glace ainsi il me verra des deux côtés la main gauche levée
appuyée sur la glace et la main droite passée entre les comme
pour saisir oui il aimera, pauvre malheureuse se mettant devant
le déclencheur automatique prenant vite la lamentable pose,
ensuite la décision de retourner vers elle chercher les consolations de nos pauvres corps mais soudain un espoir oui aller
d'abord à Genève, convaincre le bouffon général de me reprend-
dre, ma couseuse tranquille lève tes yeux regarde l'imbécile
Solal à Genève qui prépare une lettre pour la remettre au
vieux Cheyne quand il ira le voir une lettre de vingt pages
où il raconte son malheur notre pauvre vie une longue lettre
à lui faire lire devant moi, une lettre parce que peur d'oublier
des arguments si je lui parle une lettre parce que triste et
pas sûr de savoir bien lui parler le convaincre l'apitoyer tandis
qu'une lettre on peut la soigner, chérie regarde ton pauvre
croyant qui a passé des jours à préparer l'importante considérable grave lettre sept jours sept nuits à chercher des arguments émouvants à écrire des brouillons toujours recommencés
ensuite à taper la lettre à la machine une machine achetée
exprès une Royal l'imbécile tapant avec deux doigts enfermé
à clef dans la chambre d'hôtel préparant son pauvre grand
coup oui une lettre dactylographiée pour que le vieux puisse

lire facilement bien comprendre être dans de bonnes dispositions avoir pitié oui une lettre tapée avec deux doigts devant
une glace pour la compagnie pour que la glace tienne compagnie à l'homme seul au déraciné au Juif oui une lettre tapée
par un triste transpirant ne sachant pas dactylographier
parfois levant la tête et se regardant dans la glace en face et
ayant pitié de ce pauvre, oui chérie avec deux doigts pourtant
si bien tapée sans fautes de frappe quand je faisais des fautes
de frappe je gommais comme les dactylos avec une gomme
spéciale ronde mince elle m'a tenu compagnie pendant sept
jours cette gomme je la regardais en réfléchissant elle était ma
complice elle m'aidait à me sauver je l'aimais je sais par cœur
ce qu'il y avait gravé dessus Weldon Roberts Eraser je gommais
délicatement pour ne pas abîmer salir le beau papier oui faire
une lettre de belle présentation dactylographique pour mettre
Cheyne dans de bonnes dispositions les impondérables comptent
disent les malchanceux à force de soin d'application j'étais
devenu un dactylographe hors ligne bref mettre tous les atouts
dans mon jeu lui plaire par une lettre de fond émouvant de
forme impeccable oui la rumination de malheur abêtit, et
voilà un soir à sept heures ma visite à la villa du Cheyne moi
si bien rasé honteux entré presque de force je lui ai tendu la
lettre de forme impeccable il a lu du bout des yeux la lettre
de fond émouvant il l'a lue en tournant les pages si vite j'en
avais mal au foie juif congestionné, oui chérie en quatre cinq
minutes il a lu la lettre qui m'a coûté des jours et des nuits
il me l'a rendue en la tenant entre le pouce et l'index comme
si elle était sale ma belle lettre si belle si bien tapée avec deux
doigts il a dit qu'il ne pouvait rien pour moi, alors écoute
alors l'idiot a sorti de sa poche une autre lettre une lettre
brève préparée pour le cas de défaite une lettre de repli où
le fou de solitude a osé proposer au vieux tout l'argent qui
lui restait pauvre crétin précisant le montant en dollars oui
tout mon argent si le vieux acceptait de me nommer à un
poste n'importe quel poste même subalterne mais en être
mais sortir de la lèpre et voilà le crétin a été renvoyé avec
indignation par le Cheyne multimillionnaire en livres sterling
et incorruptible, dehors j'ai marché dans les rues traînant
mon malheur désirant l'oncle Saltiel oh le revoir vivre avec
lui mais non impossible il serait si malheureux de me voir
déchu je ne peux pas le faire souffrir m'arrêtant devant le
lac déchirant les deux lettres mes deux belles inventions mes
grandes espérances les jetant dans le lac les regardant empor-

tées par le courant, les rues les rues les rues pensant à te débarrasser de moi à te laisser tous mes dollars les déposer pour toi dans une banque moi allant vivre dans la cave avec eux, j'étais fatigué je n'avais rien mangé penché sur ma machine à écrire alors je suis entré dans un petit café je t'ai parlé devant le café crème et les croissants avec des larmes je t'ai parlé tout bas pleurant le malheur que je t'ai apporté notre amour dans la solitude amour chimiquement pur, à la table de gauche le vieux ne s'est pas aperçu que je pleurais un petit vieux avec un nez de petites groseilles il buvait du vin blanc puis le camelot tragique est entré il a crié la Tribune il a crié tragique important affairé faisant tinter de la monnaie dans sa poche il a crié édition spéciale dévaluation du franc suisse alors émotion ils ont tous acheté le journal, les trois qui sont venus à la table du vieux bourgeonné puis les autres ils se sont mis à commenter la dévaluation les uns pour les autres contre, je me suis rapproché l'apatride s'est rapproché j'ai soutenu avec feu que la dévaluation était le salut pour notre pays le vieux m'a approuvé il a dit parfaitement tous les bons citoyens doivent penser comme monsieur il m'a serré la main après ils sont tous partis pressés d'aller annoncer la nouvelle chez eux je suis sorti aussi dans la rue j'ai reconnu le vieux déjà loin j'ai couru pour le rattraper mais quand je suis arrivé tout près j'ai ralenti par honte pour qu'il ne s'aperçoive pas que j'avais besoin de lui besoin d'une compagnie d'une fraternité, on a encore parlé de la dévaluation il m'a dit qu'il y perdrait que le coût de la vie allait monter mais tant pis l'intérêt général avant tout moi j'ai redit ce qui importe c'est le salut de notre pays c'était bon de dire notre pays il s'est présenté Sallaz instituteur retraité moi gêné de dire mon nom j'ai enchaîné j'ai parlé de notre chère patrie suisse le vieux charmé m'a proposé de prendre quelque chose il a dit c'est moi qui offre un pour tous tous pour un, nous sommes entrés dans une brasserie nous nous sommes assis près d'un gros mari et sa grosse épouse dépliant leurs serviettes à l'arrivée des hors-d'œuvre riches se calant dans leurs chaises avec un contentement distingué et de gourmandise près d'être satisfaite ils se souriaient avec une amabilité insolite, le vieux et moi nous avons choqué nos verres il m'a interrogé j'ai dit que j'étais consul de Suisse à Athènes j'ai décrit le consulat le drapeau suisse arboré au balcon les jours de fête ah voyez-vous monsieur Sallaz quand on est loin du pays c'est bon de voir flotter l'emblème de la patrie il m'a demandé si le consul de Suisse était aussi bien vu que les consuls des grands pays je lui ai dit mieux vu parce que nous sommes honnêtes nous on le sait et on nous respecte il a eu un petit rire rengorgé il a dit ah nom d'un chien nous les Suisses on n'est pas des brigands comme tous ces Balkaniques alors j'ai renchéri j'ai dit chez nous en Suisse on ne fraude pas le fisc il m'a offert un cigare noir dangereux je l'ai fumé jusqu'au bout pour l'amour de la Suisse, sans indiscrétion comment vous appelez-vous monsieur le consul du moment qu'on a trinqué ensemble je crois qu'on peut demander ça je m'appelle Motta est-ce que vous seriez un parent de monsieur le conseiller fédéral Motta je suis son neveu alors il m'a regardé avec un respect une tendresse qui m'ont fait mal il a fini son demi de blanc eh bien vous pouvez être fier de votre oncle c'est quelqu'un monsieur le conseiller fédéral Motta c'est un grand Tessinois et un grand Suisse le chef de notre diplomatie comme on dit ah il en faudrait beaucoup des comme ça chez nous c'est vrai que vous avez un air de ressemblance, il a proposé un autre demi de blanc pour l'amitié on a bu j'ai exalté les libres institutions helvétiques leur stabilité leur sagesse les monts indépendants le Ranz des Vaches, savez-vous monsieur Sallaz que Louis XIV avait interdit de chanter le Ranz en France sous peine d'emprisonnement à perpétuité oui monsieur Sallaz lorsque nos soldats au service du roi entendaient le Ranz des Vaches ils désertaient si grand est notre amour pour notre patrie si grande notre nostalgie de nos montagnes de nos chers alpages, je ne plaisantais pas j'étais ému j'ai pensé à toi ma chérie quand tu chantes tout bas dans le secret de ta chambre un chant de tes montagnes, alors le vieux a entonné le Ranz des Vaches j'ai chanté avec lui des consommateurs nous ont imités après nous avons chanté le Cantique suisse à toi patrie Suisse chérie le sang la vie de tes enfants, ensuite Sallaz s'est levé en flageolant il a annoncé aux consommateurs que son ami était le neveu de monsieur le conseiller fédéral Motta chef du Département politique alors plusieurs sont venus me serrer la main on a crié vive Motta j'ai remercié j'ai connu la tendresse de semblables oui des larmes dans les yeux du descendant d'Aaron frère de Moïse, à propos monsieur Motta est-ce que vous me feriez le plaisir et l'honneur de venir demain soir chez moi manger la fondue en famille j'ai accepté il m'a donné son adresse on s'est quittés ravi d'avoir fait votre connaissance monsieur le consul alors bonne conservation et à demain soir mais je savais bien que je n'irais pas trop douloureux de manger en famille par abus de confiance, peur de rentrer à l'hôtel peur de m'y trouver alors dans un autre café ils ont parlé aussi de la dévaluation je me suis assis près d'eux le béret basque sec avec de la couperose a dit c'est les Juifs qui ont voulu la dévaluation et puis tous ces grands magasins ces prix uniques c'est tout youpin et compagnie ça ruine le petit commerce ils mangent notre pain après tout on leur a pas demandé de venir chez nous à mon idée on devrait les traiter un peu comme en Allemagne vous voyez ce que je veux dire mais quand même sans exagérer parce que quand même il y a une question d'humanité, un petit enfant comment me réjouir en le voyant sourire je suis hanté par l'adulte qu'il sera adulte à canines rusé affreusement social haïsseur de Juifs lui aussi, silencieuse discrète elle ne demande rien heureuse de coudre pour moi je t'aime j'aime tes gaucheries tes gestes enfantins, Proust cette perversité de tremper une madeleine dans du tilleul ces deux goûts douceâtres le goût épouvantable de la madeleine mêlé au goût pire du tilleul féminité perverse qui me le donne autant que ses hystériques flatteries à la Noailles en réalité il ne l'admirait pas ne pouvait pas l'admirer il la flattait pour des motifs sociaux non pas le lui dire ça la peinerait elle aime la petite phrase de Vinteuil les clochers de Martinville la Vivonne les aubépines de Méséglise et autres exquiseries, Laure Laure Laure Laure dans ce chalet cette pension à la montagne les enfants avaient vite fait connaissance avec moi m'avaient adopté je jouais avec eux au bout de quelques jours elle avait décidé de m'appeler mon oncle belle si belle elle avait quatorze ans non treize ses seins déjà ses hanches déjà oh si belle si belle si femme déjà avec la grâce d'enfance, quand nous avons dû descendre par cet éboulis de la chute des troncs je lui ai demandé si elle avait peur oh non avec vous je n'ai jamais peur mais tenez-moi fort je l'ai serrée contre moi et alors elle a dit oui oh oui et dans ses yeux levés vers moi l'amour tout l'amour, le lendemain elle m'a tutoyé elle m'a dit tout à coup tu sais je t'aime plus que on aime un oncle en général, ô Laure de treize ans les jeux avec elle on jouait à nous basculer sur une planche en équilibre pour être en face l'un de l'autre pour pouvoir nous regarder l'un l'autre longtemps sans que les autres se doutent mais nous ne nous avouions rien l'un à l'autre sur la planche qui montait descendait nous nous regardions l'un l'autre sans parler sans sourire muets d'amour sérieux d'amour je la trouvais belle elle me trouvait beau nous nous regardions breuvage l'un de l'autre mais quel plaisir trouvez-vous à vous balancer ainsi depuis plus d'une heure nous a demandé sa mère et quand sa mère est partie nous avons recommencé à nous regarder elle et moi si sérieux, avec les autres enfants nous jouions au traîneau sibérien pour pouvoir nous prendre la main sous la couverture du traîneau, nous nous aimions mais nous ne nous le disions pas nous étions purs presque purs, l'après-midi elle venait me demander de jouer à les attraper elle son petit frère et son amie Isabelle venue passer une semaine avec elle à ce chalet, Laure ô Laure elle aimait être attrapée par moi elle poussait des cris de peur quand je la saisissais essoufflée contre moi une fois elle avait murmuré c'est affreux comme c'est bon, le soir où elle avait boudé parce que l'après-midi j'avais trop attrapé Isabelle oh son regard lorsque, le soir où nous étions en retard elle et moi pour rentrer il faisait nuit dans la forêt elle m'a dit tiens-moi j'ai peur je l'ai tenue par la taille mais elle a ôté ma main de sa taille elle a posé ma main sur son sein elle a appuyé fort ma main sur son sein elle a aspiré avec un petit bruit de salive, tous les soirs après le dîner quand elle et son petit frère allaient dire bonsoir aux grandes personnes avant de se coucher le baiser de Laure à tous à tous pour sauver les apparences à moi en dernier sur la joue à peine si convenablement les yeux baissés avec un peu de peur, ce baiser pur nous l'attendions tellement elle et moi pendant tout le repas nous savions qu'il allait venir ce baiser et nous nous regardions pendant tout le repas les autres ne se doutaient de rien et au moment merveilleux du baiser nous faisions les indifférents j'avais vingt ans elle avait treize ans Laure Laure notre amour d'un été j'avais vingt ans elle avait treize ans après le déjeuner elle venait dis mon oncle jouons à la sieste allons vite au replat d'herbe là-haut on dormira ensemble ce sera chic prenons la couverture j'avais vingt ans elle avait treize ans arrivés en haut on s'étendait sur l'herbe sous le grand sapin moi elle et son petit frère son petit frère c'était aussi pour sauver les apparences mais on ne se le disait pas on ne s'avouait jamais rien j'avais vingt ans elle avait treize ans les siestes là-haut il faisait beau il y avait des bourdonnements d'été j'avais vingt ans elle avait treize ans elle voulait toujours la couverture sur nous trois alors en cachette elle prenait ma main fermait ses yeux sur ma main pour dormir feindre de dormir sur ma main ses lèvres brûlantes contre ma main mais immobiles ses lèvres parce qu'elle n'osait pas baiser ma main j'avais vingt ans elle avait treize ans ou bien elle se mettait toute sous la couverture ô les couvertures de notre amour notre grand amour d'un été puis elle posait sa tête sur mon genou censément pour dormir puis elle soulevait sa tête pour me regarder j'avais vingt ans elle avait treize ans et je l'aimais je l'aimais Laure ô Laure ô enfant et femme à la fin des vacances le matin de son départ dans la petite gare du funiculaire pendant que sa mère était au guichet des billets Laure en chaussettes Laure de treize ans m'a dit brusquement je sais pourquoi tu voulais toujours qu'on soit avec les autres qu'on ne soit jamais seuls toi et moi je sais de quoi tu avais peur tu avais peur qu'il y ait des autres choses nous deux moi j'aurais voulu qu'il y ait des autres choses j'aurais voulu qu'on soit seuls ensemble tout un jour toute une nuit adieu Laure de treize ans ô mon amour d'un été mon grand amour ô mon enfance à Céphalonie ô la Pâque le premier soir de la Pâque mon seigneur père remplissait la première coupe puis il disait la bénédiction, dans Ton amour pour nous Tu nous as donné cette Fête des Azymes anniversaire de notre délivrance souvenir de la Sortie d'Égypte sois béni Éternel qui sanctifies Israël, j'admirais sa voix après c'était l'ablution des mains après c'était le cerfeuil trempé dans le vinaigre après c'était le partage du pain sans levain après c'était la narration mon seigneur père soulevait le plateau il disait voici le pain de misère que nos ancêtres ont mangé dans le pays d'Égypte quiconque a faim vienne manger avec nous que tout nécessiteux vienne célébrer la Pâque avec nous cette année nous sommes ici l'année prochaine dans le pays d'Israël cette année nous sommes esclaves l'année prochaine peuple libre, ensuite parce que j'étais le plus jeune je posais la question prescrite en quoi ce soir est-il différent des autres soirs pourquoi tous les autres soirs mangeons-nous du pain levé et ce soir du pain non levé j'étais ému de poser la question à mon seigneur père alors il découvrait les pains sans levain il commençait l'explication en me regardant et je rougissais de fierté il disait nous avons été esclaves de Pharaon en Égypte et l'Éternel notre Dieu nous en a fait sortir par Sa main puissante et Son bras étendu, mes errances juives solitaires dans les rues de Genève après la défaite Cheyne, d'abord le café de la dévaluation puis la brasserie avec Sallaz puis le café du béret basque question d'humanité puis le troisième café les quatre prolétaires de la table voisine qui avaient fini de jouer aux cartes, c'est dégoûtant quand même s'est écrié le perdant il a jeté les cartes avec une indignation feinte voulue comique pour montrer qu'il s'en fichait d'avoir perdu qu'il était au-dessus de ça ensuite pour faire gai sans rancune il a dit au gagnant tu tombes toujours sur l'as et moi sur le bec de gaz ce qui a provoqué des rires, flatté il a continué il a dit au gagnant tu as raté ta vocation tu aurais dû te faire croupier, ou croupion a répliqué le gagnant et de nouveau gros rires de la classe travailleuse, bien sûr a dit le plus vieux on est contents de gagner ça c'est la nature humaine mais alors si on perd on est pas de ceux qui ronchonnent, yes a dit le perdant il a sorti calmement sa dette de jeu il l'a remise au gagnant il a dit oh il faut jamais se frapper il l'a dit d'un air sérieux naturel pour montrer qu'il ne dissimulait pas de chagrin le quatrième un rouquinet a dit au gagnant on va téléphoner à la banque pour qu'on vienne chercher ton argent avec une camionnette mais personne n'a ri parce que c'était un timide qui a dit sa plaisanterie sans l'assurance des forts, après je suis sorti je suis entré dans le petit café chantant je suis entré à cause de son nom le Tant Pis le petit rideau s'est levé sur la petite estrade Damien est apparu Damien diseur à voix sur le programme pauvre Damien bedonnant grosse moustache teinte les yeux faits frac trop étroit une châtelaine hors de la poche du gilet blanc digne Damien décoré de la croix de guerre il s'est savonné à sec les grosses mains rouges par élégante contenance en attendant la fin de la ritournelle puis il a chanté s'attachant à bien articuler pauvre raté consciencieux besogneux à bain de pieds hebdomadaire il a chanté une chanson sociale contre les riches qui reçoivent fastueusement, alors il a fait une bouche mondaine en cul de poule, mais pas un morceau de pain pour mes pauvres petits, alors il a mis des mains baguées désespérées aux tempes, pour nourrir mes enfants adorés j'ai cambriolé, alors il a agité des doigts bagués élégamment voleurs, la chanson finie il s'est savonné de nouveau les mains pendant que le petit orchestre introduisait la chanson suivante encore une revendication sociale le fils du riche industriel séducteur de l'honnête petite ouvrière, l'enveloppant de caresses, alors Damien s'est caressé les fesses, grisée d'amour, alors les doigts boudins de Damien se sont élevés en fumée, la pauvrette perdant la tête, alors il a mis la main à son front a fermé les yeux, ça a fini par pitié pour les filles mères pitié pour les filles perdues, oui chérie ton oui ton me fait peur, ensuite une énorme chanteuse réaliste beaucoup de blanc gras sur ses mains elle est arrivée en riant pour faire délurée elle a regardé l'assistance avec un grand sourire pour faire la sûre de son public pour en prendre possession elle a annoncé d'un air vainqueur le titre de sa chanson la cigarette valse dédiée aux fumeurs puis elle a dit chef au pianiste pour l'inviter à commencer, le dernier couplet consacré à la cigarette roulée par le condamné à mort et à la douleur de sa pauvre mère, écoute Israël l'Éternel est notre Dieu l'Éternel est Un, ô Dieu mon amour comme Tu me manques, si je t'oublie Jérusalem que ma droite m'oublie, après il y a eu Yamina danseuse orientale le filet recouvrant les seins était pour les empêcher de tomber et non pour les cacher j'étais triste je pensais à toi dans la salle les deux copines de Yamina ont applaudi avec de grands gestes mais en s'arrangeant pour que le battement des mains soit silencieux, pendant l'entracte Yamina a bu un verre avec la chanteuse réaliste elle lui a dit je payerai ce qu'il faut pour avoir une danse vraiment originale avec costume grandes plumes d'autruche et tout tu comprends ce qui ferait le succès c'est qu'on est blonds tous les deux moi et Marcel, après les rues encore les rues puis la honte d'entrer, la salle des consommations en bas les quatre malheureuses en chemise assises se sont levées non je veux rester seul je leur ai donné de l'argent j'ai bu l'alcool du nègre deux autres près de ma table assises sur les genoux des deux soldats la vieille a fait l'espiègle pour faire jeune a tiré la langue à son soldat lui a pincé l'oreille, non ça c'est le prix de la passe ça a rien à voir avec le petit cadeau les dames sont à la générosité du client faut vous rendre compte que nous avons que ce que les messieurs nous donnent vous voulez pas faire un chiffre rond allez soyez gentils et après nous serons tout à l'amour nous sommes deux amies bien cochonnes vous verrez, à Genève la lettre qu'elle m'a lue pour m'amuser une lettre que son mari Deume avait reçue de sa mère elle a osé me la lire, lorsqu'il s'agit de plaire à l'aimé elles sont capables de tout, une lettre racontant un petit Adhémar van Offel demandant à sa tante si Dieu aime les domestiques me raconter Adhémar avec sa tante non m'en inspirer seulement ce sera une scène entre la comtesse de Surville et son fils Patrice par une belle matinée d'été dans le grand salon rouge et or du château ancestral un bel enfant de neuf ans songeait près de sa mère chastement penchée sur son ouvrage pris d'une décision subite il s'approcha d'elle sur la pointe des pieds tendre mère dites-moi Dieu aime-t-il les domestiques autant que nous qui sommes de la bonne société madame de Surville plongea son visage idéal entre ses mains resta longtemps à réfléchir en silence tandis que l'enfant aux boucles blondes agenouillé tout frémissant fixait sur sa mère borgne un regard rayonnant sortie enfin de sa longue méditation la comtesse lui tendit les mains oui mon enfant Dieu aime les domestiques autant que nous répondit-elle avec simplicité étrangement pâle les paupières baissées, le coup était rude le noble enfant le supporta sans broncher mais alors qu'il essayait de sourire à sa mère on pouvait voir de grosses larmes couler le long de ses joues incarnadines, sur quoi la comtesse le serra dans ses bras enfant enfant lui dit-elle vous êtes à l'orée de la vie vous aurez maintes dures révélations mais je suis sûre que vous saurez y faire face avec courage en homme en patriote en croyant en digne fils de votre cher père mort au champ d'honneur, oui bonne mère répondit le petit Patrice en donnant soudain libre cours à son désespoir tout secoué de sanglots convulsifs je vous remercie ajouta-t-il de m'avoir assez estimé pour me dire la vérité et m'excuse mère chérie d'avoir laissé paraître si peu soit-il l'émotion cruelle qui m'a saisi à vos paroles avouez chère mère que les voies du Seigneur sont insondables, cher enfant repartit madame de Surville je vous le concède sans difficulté car les classes inférieures sont parfois bien décevantes si dépourvues qu'elles sont de spiritualité et d'effluves, je vous le concède à mon tour répondit vivement l'enfant blond j'ajouterai même que le matérialisme des milieux simples a souvent choqué ma délicatesse native le prince de Galles étant mon idéal ainsi que le maréchal Foch et que c'est en ayant recours à la prière que j'ai pu surmonter ma révolte j'ai d'ailleurs de qui tenir conclut-il finement en regardant sa chère mère qui rougit un peu, il y eut alors un long silence pendant lequel mère et fils semblèrent prendre des forces nouvelles dans une intense concentration le petit Patrice les yeux au ciel semblant écouter un chœur céleste dans lequel il lui paraissait par moments déceler la voix de Bon-Papa également mort au champ d'honneur, ayant rajusté ses boucles blondes il demanda enfin à sa mère la permission de reprendre la parole et attendit avec un sourire délicat et une timidité de bon aloi, interrompue dans ses pieuses pensées madame de Surville tressaillit porta convulsivement sa main à son cœur en poussant un gracieux cri étouffé puis acquiesça de son doux visage encadré d'anglaises, aimable mère une question encore plus grave me tourmente, serait-ce le Malin qui me la souffle à l'oreille, croyez-vous vraiment que Dieu puisse aimer aussi les naturalisés les Français de fraîche date demanda l'enfant dont le cœur battait si fort qu'il pensa défaillir, la comtesse de Surville se recueillit un moment puis regarda son fils de son seul œil valide mais lumineux prions dit-elle simplement, après avoir fait longuement monter son âme à Dieu et en ayant reçu réponse elle se leva brusquement avec une telle violence que ses cheveux se dénouèrent et que sa jupe se détacha et tomba à terre la découvrant en cache-corset et pantalons festonnés un peu longs, oui s'écria-t-elle fougueusement les joues en feu oui Il aime les naturalisés et même les grévistes leurs chefs et leurs meneurs tous venus de l'étranger Il aime aussi les gens sans feu ni lieu les apatrides et même les Israélites les gens des camps de concentration, à ces mots Patrice vint d'un bond se jeter aux genoux de sa mère dont il baisa furieusement la main, vous êtes une sainte chère maman cria-t-il, esprit juif destructeur disent-ils mais qu'y puis-je si de Lucifer l'ange porteur de lumière ils ont fait le diable et qu'y puis-je si en longue simarre les pieds nus et la lance à la main la lance où perchent la chouette de lune et tous les oiseaux de connaissance et d'émoi qu'y puis-je si l'œil gauche un peu fermé mais l'autre grand ouvert et visionnaire qu'y puis-je si je vois et connais, esprit destructeur disent-ils mais qu'y puis-je si leurs danses dans les bals sont des coïts en mineur les jeunes femelles ils se les appliquent et les mères regardent attendries plaisir pur de la danse disent-ils mais alors pourquoi toujours sexe mâle contre sexe femelle plaisir moral ajoutent-ils car on se frotte au bénéfice des chers pauvres qui n'en deviennent pas millionnaires et les épouses rentrent avec les époux après s'être collées contre divers étrangers avec lesquels dûment frottées elles ont parlé de sujets élevés, tout est bien et elles n'ont pas honte c'est un bal trois lettres suffisent à rassurer ô puanteur parfumée, esprit destructeur disent-ils mais qu'y puis-je si à la force qui est pouvoir le tuer ils ont associé une auréole de grandeur et de beauté, ô le respect babouin de la force respect témoigné entre autres par leur passion du sport par le vouvoiement qui est hommage proprement babouin vouvoyer revenant à dire au puissant tu es plusieurs tu es fort comme plusieurs tu es dangereux comme plusieurs tandis que moi je ne suis qu'un devant toi qui es nombreux et peux m'assommer et c'est pourquoi je m'incline, et les courbettes les révérences les saluts profonds des inférieurs devant les supérieurs qu'est-ce sinon un succédané et un reste de l'hommage babouin qui est posture féminine à quatre pattes devant le fort, esprit destructeur disent-ils mais qu'y puis-je si leurs grands hommes d'État admirés je les ai vus et jugés, ô pitoyable vie des politiques plaire aux foules crétines les faire rire de temps à autre pour leur être sympathique serrer des mains sales composer avec des salauds se tenir à carreau sans cesse se méfier sans cesse chercher à croître en importance à monter comme disent ces malheureux se fatiguer à des ruses tendre des embûches chercher la disgrâce d'un rival en perdre le sommeil s'intéresser à des disputes entre mortelles nations disputes aussi sordides que disputes familiales et tout cela pour être un important c'est-à-dire un respecté par des ordinaires oh cette soif vulgaire du pouvoir, esprit destructeur disent-ils mais qu'y puis-je si les disciples succèdent sans trop de douleur aux maîtres vénérés, qu'y puis-je si dans une île déserte, ça suffit on connaît l'île déserte et ses résultats, qu'y puis-je si cette épouse remarquable se met du rouge aux lèvres et des bas de soie le lendemain de l'enterrement du mari bien-aimé et elle se remariera ce qui est épouvantable, qu'y puis-je si séduite pour d'animales raisons cette pauvrette a abandonné son Deume qui était bon, qu'y puis-je si les hommes ne sont pas bons et m'empêchent de les aimer, qu'y puis-je si ces singes serviles méchants veulent entre deux cabrioles sexuelles vite grimper sur l'échelle sociale, soudain une pitié me vient pour les méchancetés les servilités de cette bande de gorilles habillés en hommes mais pleins de canines pauvres petits ils ont peur car ceci est un monde dangereux un monde de nature où il faut dévorer ou flatter les dévoreurs avoir de l'argent des situations des relations des protections leurs méchancetés leurs servilités viennent de leur peur pauvres petits, esprit destructeur disent-ils mais qu'y puis-je si tout est sans raison dans cet univers il n'y a rien dis-je avec la passion du croyant qu'y puis-je si je sais la misère des religions magies de peur et d'enfance car ils n'ont pas le courage de voir ne veulent pas voir qu'ils sont seuls qu'ils sont perdus qu'il n'y a rien nul but nulle survie et qu'y puis-je si Dieu n'est pas ce n'est pas ma faute et ce n'est pas faute de L'avoir aimé et attendu, mon Dieu que je nie tout le temps que j'aime tout le temps j'en suis fier affreusement et de longue ancienneté je suis Son prêtre et Son lévite et la soie à franges des synagogues en bouclier sur mon bras je proclame mon Dieu jour après jour malgré ma désespérée incroyance, je Te proclame Éternel Dieu de mes pères Dieu de la terre et Dieu des mers le souffle de Tes narines renversait les monts Ta droite libérait le tonnerre et les grands vents portaient Tes ordres Dieu d'Abraham Dieu d'Isaac Dieu de Jacob Tu donnais l'heureuse vieillesse à Tes patriarches et Tu vivais sous les tentes dépliées au soir dans les vallées Dieu qu'adoraient mes pères au matin parmi l'appel des bœufs des boucs et des chameaux Dieu des tempêtes et Dieu des tourbillons Dieu rancunier Dieu grondeur Tu lançais sur les villes injustes le soufre avec le feu Tu broyais les impurs Tu terrassais les méchants Éternel notre Dieu Tu nous as sortis de la Maison de Servitude Tu as châtié Pharaon de Ta main puissante Tu as fait briller de grands prodiges Tu as écarté la mer comme une femme impure afin que sorte Ton bien-aimé Israël Éternel Dieu de mes pères Tu sacrais par le feu sur les lèvres ces fous hurleurs aux carrefours qui menaçaient debout devant les rois et souffletaient les puissants et rugissaient Tes sentences Rageur d'Israël Dieu de mes pères louangeurs vêtus d'or et de fin lin qui T'offraient les agneaux le froment et le vin, mais qu'y puis-je si je n'ai pas assez d'innocente ruse pour baptiser vérité ce qui me rassure ni assez peur de la mort pour avoir besoin d'un paradis où d'irritantes vieillardes moustachues mais hélas non invisibles quoique spirituelles louent sans arrêt l'Éternel et se balancent aux fils de Sa barbe qu'Il secoue de la tête pour s'en débarrasser car Il ne peut pas les sentir, mais non me disent-ils il n'y a plus de paradis ça ne se fait plus c'est dans l'au-delà que vont les âmes à la page, ah oui l'au-delà c'est vrai j'avais oublié, l'au-delà où ne circulent que des invisibilités sans saveur ni odeur sans regards ni sourires souffles tristes et volantes anémies, ah oui la vie éternelle n'est-ce pas c'est-à-dire que je pourrai regarder paraît-il quand mes yeux seront une coulante morve, ah oui voilà les réalités invisibles qui rappliquent, très commode des réalités qui ont la politesse d'être invisibles, et moi dans tout ça qu'est-ce que je deviens moi, et qu'est-ce que je ferai dans l'au-delà parmi toutes ces invisibilités et chétives bouffées pas très captivantes, moi qui aime tant regarder et entendre regarder avec de vrais yeux tout charnels entendre avec des oreilles visibles et compliquées de trompes d'Eustache, il me semble que je suis dans ces combines d'âme assez oublié moi qui aime aimer de mes aimantes lèvres aimées, et il paraît que dans cet au-delà mes milliards de pensées et d'images et de sentiments oui j'en suis milliardaire vivront en l'air sans le support de mes yeux et des jeux de mon cerveau sous la coque vulnérable de mon crâne bientôt dessoudé, faut croire que je verrai sans yeux et aimerai sans lèvres, oh que tout cela est sauvage et sorcier et infantile, eh quoi parlons sérieusement en hommes et non en matagraboliens, la sexualité n'est-elle pas une rude composante de la personne humaine et de ce que vous appelez l'âme, où est-elle cette composante où son charnel support en vos paradis et que devient-elle en votre au-delà où les anges ne peuvent jamais s'asseoir et pour cause, et vos vaso-dilatateurs et vaso-constricteurs ne sont-ils pas condition ou cause de vos émois et affects et qu'est une âme sans affects et qu'est-ce que vivre sans corps, je les entends qui s'indignent mais angéliquement et avec beaucoup de pitié pour ce pauvre vulgaire de moi et me parlent d'yeux spirituels et d'oreilles immatérielles, eh bien blindé d'une épaisseur assez fière je dis que je ne marche pas et que des oreilles qui ne sont pas des oreilles c'est marrant et pas fort, vulgaire dites-vous, je le suis avec délices et il n'y a que les vulgaires pour craindre la vulgarité, bref messieurs des oreilles muscades et presti-digitées je ne vous crois pas, oui je sais je suis au courant ces messieurs dames des invisibilités ne parlent pas d'yeux spirituels et d'oreilles immatérielles mais d'un monde extrê-mement bien un monde fréquenté uniquement par des trucs surnaturels sans queue ni tête des principes des essences des survolances des perlimpinpins dont le propre et la substance sont de n'être pas, un monde très convenable très chic très bien fréquenté où circulent sans jamais de collisions d'innom-brables âmes impalpables petits monstres diaphanes et plé-nipotentiaires de possédants claqués, un monde très distingué très snob où il n'y a pas à voir ni à entendre mais à spirituel-lement être, assez j'ai peur d'attraper la lèpre assez de réalités invisibles j'étouffe n'en jetez plus la cour est pleine en est pleine de ces moisissures de la peur de mourir, qu'ils pensent ce qu'ils veulent et surtout que je suis trop mécréant et spiri-tuellement analphabète pour me mouvoir dans de telles finesses, oh je les vois sachant si bien mais ne pouvant expliquer à ma sordidité, parlant de forces et de sources et d'émanations et de fluides et de spirituelles inondations et avec ça Madame faut-il vous les envelopper, parlant d'expériences spirituelles c'est ainsi qu'ils appellent leurs autosuggestions, je les vois pris devant ma matérialité d'un malaise de supériorité d'une hauteur de spiritualité jamais expliquée mais toujours écra-sante, de cette spiritualité qui est une supplémentaire bouillotte et un additionnel chauffage central et aussi une morphine et aussi un alibi, leur spiritualité qui justifie l'injustice et leur permet de garder bonne conscience et leurs rentes, spiri-tualité et compte en banque, oui Dieu existe si peu que j'en ai honte pour Lui, mais cette vieille dame m'assure qu'Il l'a chauvée et qu'elle est conchtamment inondée par Cha préjenche à quoi bon lui répondre pauvre chérie laissons-la en paix et être heureuse une autre vieille mais barbue et qui a les yeux têtus implacables intimidants de la bêtise m'informe qu'il y a un plan dans la création et donc un auteur du plan et que en conséquence je dois lui payer des droits d'auteur laissons-la tranquille aussi, d'ailleurs en leur tréfonds les hommes ne croient pas en Dieu tous les hommes et même ceux qui croient en Dieu et les religieux en partance pour l'au-delà ont peur de la mort préfèrent de beaucoup l'en-deçà, ô ma gentille couseuse patiente discrète lui raconter mon histoire Rosenfeld pour l'amuser non c'est une histoire rien que pour moi Rosenfeld vous comprenez chérie c'est une histoire pas vraie il n'y a pas de Rosenfeld dans la réalité j'ai honte de cette histoire pas vraie j'en ai des remords mais elle me hante je vais me la raconter en entier avec des détails j'ai bien le temps puisqu'elle en a pour deux heures avec ma robe de chambre que j'ai bien amochée amochée exprès genre traître donc encore plus d'une heure j'ai bien le temps, si donc vous avez invité Rosenfeld invité à regret mais mettons que c'était nécessaire lorsque vous l'avez rencontré l'autre jour pour la première fois si vous l'avez prié de venir prendre le thé à quatre heures il arrivera sûrement à trois heures ou à cinq heures ce chéri-là et en smoking amenant avec lui des membres de sa famille tous inconnus de vous et que naturellement vous n'avez pas invités, maintenant description des ébats de Rosenfeld et compagnie, aussitôt arrivé il juche sur votre piano à queue son Benjamin âgé de six ans revêtu d'un petit complet d'adulte coiffé d'un mignon melon qu'il ne croit pas devoir ôter, debout sur le piano Benjamin se met aussitôt à vous dire des phrases en anglais en espagnol et en russe dont il vous informe que c'est la langue de l'avenir et les Rosenfeld se pâment d'admiration tandis que le père vous surveille vous scrute ne vous lâche pas du regard pour deviner votre impression pour voir si vous admirez aussi, quatre langues déjà je sais dit Benjamin mais je serai encore plus instruit plus tard car les langues ça vous classe un homme et on atteint les positions brillantes avec automobile domestiques mariage avec la fille du patron réception de mariage dans un grand hôtel avec saumon fumé et tous en frac, ensuite sur l'injonction de son père Benjamin toujours debout sur le piano chante une prière hébraïque suivie d'une mélodie populaire suisse d'une danse russe et d'une fable non demandée qu'il annonce en ces termes maintenant je vais vous déclamer la cigale et la fourmi de notre grand poète français La Fontaine, après l'avoir récitée il vous demande qui vous préférez Racine ou Corneille et critique aussitôt votre réponse tandis que ses tantes lisent vos carnets intimes et se tordent sur la naïveté de vos confessions puis comparent les ordonnances de vos médecins et discutent de votre constipation ainsi découverte vous conseillent à ce sujet tandis que la sœur cadette pour montrer son talent et être aussi admirée racle sur le violon qu'elle a apporté à cet effet et que la maigre aînée aux yeux de houille après avoir feuilleté les livres de votre bibliothèque les méprise ouvertement fait un exposé avec un accent roumain sur Rimbaud dont elle déclare qu'il était un jeune Dieu homosexuel ou plutôt un zène Dié homosexiel à votre mère épouvantée tandis que la placide Sarah qui a seize ans des cheveux de cirage et des seins volumineux va de temps à autre prendre un gâteau sur le buffet et les coudes sur la table la joue appuyée contre sa main mastique mollement grosse reine de Saba ce gâteau qu'elle déclare un peu vieux passe ensuite aux sandwiches qu'elle ouvre pour écarter ceux qui contiennent du jambon et qu'elle vous réserve tout en vous chuchotant il ne faut pas que la grand-mère sache qu'il y a du porc parce qu'elle serait fâchée et si vous l'assurez que vous vous êtes bien gardé de servir du porc elle fait un hochement incrédule et conciliant et dit oui oui oui ou plutôt voï voï voï cependant que Rosenfeld soupèse votre étui à cigarettes pour voir si c'est de l'or véritable ou seulement du plaqué évalue vos tapis souffle sur le thé qu'il a vidé dans sa soucoupe pour le refroidir le boit avec des gargouillis convaincus vous dit qu'il n'est pas mauvais mais qu'il serait bien meilleur si vous le serviez avec de la confiture de cerises pour le sucrer cher ami un peu de confiture dans la bouche et tout de suite vite boire il s'exclame sur votre ignorance en matière de thé lève les bras au ciel renverse une potiche chinoise de grande époque dit que ça ne fait rien qu'il ne s'est pas blessé grâce à Dieu et que d'ailleurs cette potiche était mal placée trop près des personnes quelle drôle d'idée et d'ailleurs qui vous dit qu'elle était authentique fausse mon cher croyez-moi il vous raconte à ce propos une histoire ennuyeuse qui le fait rire beaucoup une histoire d'un ministre roumain ami d'un rabbin mais vraiment très ami je vous jure que je perde mes yeux si mensonge je vous dis quelquefois même il allait manger chez le rabbin alors vous voyez il aimait beaucoup kasha tsimess tscholent essig

756

fleisch lokschen verenikas knaidlach tout ça il aimait le ministre chrétien alors vous voyez, ensuite il vous demande si vous
croyez en Dieu et quel loyer vous payez pour cet appartement
qu'il déclare de bon goût quoique donnant sur une triste
courette, ensuite il vous demande si vous déclarez au fisc
tous vos revenus et si vous dites que oui il sourit sceptique dit voï
voï voï comme sa fille, ensuite il vous demande si vous n'êtes pas
un peu antisémite ou plutôt antisimite et il essaye de vous
le faire avouer avec des branlements de tête aimables connaisseurs complices gais gentils et il conclut en affirmant que vous
devez avoir des polypes dans le nez et des végétations ce qui
vous donne cette voix triste et nasillarde qu'il imite en se
tordant mais comme il a l'âme tendre il ajoute que vous ne
devriez pas tarder à vous faire opérer par un chirurgien dont
il vous donne l'adresse attendez cher ami je vais lui parler
moi et alors devant vous impuissant dans votre propre salon
déclaré sombre et un peu petit mesquin comme il dit dans
votre salon jonché des débris de potiches cassées par cette
famille trébuchante gesticulante peu douée pour la gymnastique et cependant que les membres jeunes de la tribu lisent
cornent annotent vos livres Rosenfeld téléphone au chirurgien
discute longuement des frais de l'opération qu'il marchande
ardemment tout en vous faisant des clins d'œil copains complices il dit au chirurgien que vous êtes un ami et qu'il doit vous
faire des prix d'ami voï voï voï un ami que j'aime beaucoup
parce qu'il est bien élevé mais haha pas fort en affaires et
pas énergique un peu faïble de caractère, sur quoi sa fille
aînée vous commente et dit en ricanant que vous êtes un
introverti what do you mean introverti s'indigne une cousine
venue d'Angleterre extraverti il est lis Jung lis Stekel lis Ranck
lis Ferenczi lis Karl Abraham lis Jones lis Adler non c'est un
schizophrène crie Benjamin sous l'œil attendri amoureux de
Rosenfeld je conseille un traitement par électrochocs pré-
conise d'une voix perçante un jeune Jacob sur quoi son père
israélite grec mais de passeport turc lance un regard vainqueur à Rosenfeld cependant que son rejeton âgé de onze ans
annonce de la même voix perçante qu'il a l'intention de passer
le baccalauréat l'année prochaine vu la haute opinion qu'ont
de moi mes professeurs et je ferai ensuite de brillantes études
de médecine me spécialisant dans la gynécologie qui est de
bon rapport à cause des accouchements mais il se peut toutefois que je décide d'entrer dans la diplomatie française ou
bien dans la diplomatie turque si papa n'est pas encore natu-

ralisé français sur quoi Rosenfeld peu intéressé par les exploits d'autres que son Benjamin décroche votre téléphone et l'utilise pour quelques conversations au cours desquelles il achète puis revend une auto d'occasion cependant qu'une dispute obscure éclate entre des membres de la tribu et qu'une vieille défait ses cheveux et ulule et que le beau-frère de Rosenfeld joue sur votre guitare et qu'un enfant vomit sur votre lit et que sa mère lui prépare à grands cris une tisane et que madame Rosenfeld en robe rose dentifrice ouvre les armoires de votre cuisine s'exclame sur la maigre quantité de provisions et que l'arrière-grand-mère tout en chantant en russe qu'il n'est pas coupable d'aimer confectionne dans la cuisine des gâteaux roumains et vous explique que c'est pour apprendre à votre femme cependant qu'une cousine à tête d'ibis chevelu donne des leçons d'hygiène intime à votre fille et que des collatéraux obscurs goûtent aux fortifiants de votre armoire à pharmacie ou essayent votre lotion d'après rasage et qu'un bambin crépu surgit dans le salon en glapissant que la compagnie du gaz vous vole car le compteur qu'il vient de vérifier dans la cave est sûrement truqué et qu'un aïeul vous vante l'Ancien Testament en un langage sortant de sa barbe aussi longue que le pardessus fourré qu'il a tenu à garder et que diverses dames en bijoux et souliers à la main circulent sans chaussures en bas de soie moites et font des mouvements avec leurs orteils pour se reposer les pieds et se plaignent de cette chaleur qui gonfle leurs petits pieds gras et fatigués et une d'elles vous dit que c'est curieux que vous ayez choisi une maison aussi loin du métro mais évidemment c'est moins cher dans un quartier aussi désert et peut-être que vos moyens ne vous permettent pas un meilleur quartier ne dis pas des bêtises s'écrie Rosenfeld surgi il a des moyens plus que tu ne crois ne t'inquiète pas et peut-être plus que moi je me renseignerai par un de mes amis qui est dans la banque en tout cas ne t'inquiète pas il est riche mais il est discret moi j'aime beaucoup la discrétion et il vous tape sur le dos si fort qu'il vous fait tousser cependant qu'en robes de bal vertes et jaunes des jeunes filles dont il vous a dit à l'oreille et à toutes fins utiles les respectives dots mangent bruyamment les successives fournées d'huileux gâteaux roumains apportées de la cuisine par l'arrière-grand-mère transpirante épanouie et par des cousins muets mais frisés cependant qu'un nonagénaire s'évente en riant tout seul à une ténébreuse plaisanterie du Talmud et qu'un gnome ridé quoique jeune vous raconte à toute vapeur d'incompréhensibles histoires juives dont il meurt tout seul de rire tandis que cette foule boit bruyamment vous complimente sur votre bonne éducation mais critique votre installation sanitaire et en particulier la chasse d'eau mange la bouche ouverte les lèvres grasses parle en mangeant chacun ne parlant que de lui et sachant tout avec scepticisme et supériorité tandis qu'un tout petit centenaire futé à tête de cabri et calot rabbinique enfermé dans votre salle de bains depuis son arrivée y utilise votre exerciseur élastique Sandow pour se faire du bien et des muscles aux frais du Gentil dont il a déniché le maillot de bain aussitôt revêtu et de temps à autre ce mignon trottine au salon vous montrer ses biceps accrus et vous les faire tâter avec des allusions en hébreu et beaucoup de vitalité et de touchantes bénédictions à sa grouillante progéniture cependant qu'un de ses vieux fils s'ébat dans votre baignoire bouillante et remplit de vapeurs et de chants votre maison dans le coma à minuit heure à laquelle Rosenfeld que vous avez invité seul à prendre le thé vous propose un bon petit souper cher ami on commencera avec un bon borchtch et des piroshki ou bien des côtelettes Pojarski si vous préférez il prononce cataliettes allons cher ami ne restez pas comme ça silencieux endormi une vraie marmotte vous êtes un peu d'animation s'il vous plaît on va demander aux femmes de nous préparer tout ça aux miennes et aussi aux vôtres mais les miennes commanderont les vôtres parce que les miennes sont plis fortes en cuisine il prononce kisine et on les aidera un peu en chantant et soyez tranquille nous avons apporté aussi des provisions concombres salés gefilte fisch apfelstrudel tzibbele kugel bon foie hâché et tout le bataclan parce que c'est plis poli et on passera la nuit à causer dans l'amitié et vous mettrez des matelas par terre dans le salon comme chez nous en Roumanie en Rissie aussi ah la Rissie de avant c'était plis joli et nous dormirons très bien ne vous faites pas des soucis les pitits sont habitiés et ne soyez pas mélancolique névrastinique comme ça vous pouvez mourir demain alors il faut rire et s'amiser et pour vous dégourdir et vous égayer il vous tutoie et vous dit allons prépare ton matricule qu'il prononce matrikile, mais pourquoi pourquoi me suis-je raconté cette histoire fausse absurde sans aucun fondement dans la réalité pourquoi alors que je n'ai jamais rencontré pareille grotesque horde alors que je n'ai jamais assisté à une telle mascarade alors que c'est parmi mes frères juifs que j'ai rencontré les êtres les plus nobles de cœur et de manières, pourquoi les

759

menus travers des quelques rares Rosenfeld de la réalité pourquoi les avoir grossis exagérés à plaisir pourquoi m'être complu à ce festival oui c'est le malheur qui m'a fait dire ces horreurs pas vraies c'est peut-être pour croire faire croire que je ne suis pas un Juif comme les autres que je suis un Juif exceptionnel pour m'affirmer différent des honnis puisque je les moque pour faire croire ô honte sur moi que je suis un Juif pas juif et que tu peux m'aimer c'est peut-être un horrible vouloir caché de renier le plus grand peuple de la terre un horrible vouloir peut-être d'en sortir c'est peut-être vengeance contre mon malheur pour le punir d'être mon malheur c'est un malheur de n'être pas aimé d'être sans cesse suspecté oui vengeance contre mon beau malheur d'être du peuple élu ou pire encore c'est peut-être un indigne ressentiment contre mon peuple non non je vénère mon peuple porteur de douleur Israël sauveur sauveur par ses yeux par ses yeux qui savent par ses yeux qui ont pleuré aux insultes des foules sauveur par sa face par sa face en douleur par sa face difforme par sa face en douleur par sa face muette par sa face où coule en bave longue le rire et la haine de ses fils les hommes ô honte c'est peut-être une abominable inconsciente antipathie pour mes compagnons d'infortune convives au même cruel banquet avec moi partageurs d'offenses et je leur en veux ainsi peut-être dans la même cellule enfermés les prisonniers s'entre-détestent non non je les chéris mes bien-aimés mes tendres Juifs intelligents c'est la peur du danger qui les a faits intelligents la nécessité d'être toujours en éveil de deviner le méchant ennemi qui en a fait de sacrés psychologues c'est aussi contamination des moqueries de nos haïsseurs et j'imite ces injustes c'est peut-être aussi pour tristement m'amuser avec mon mal et m'en consoler c'est aussi contagion de leur haine oui à force d'entendre leurs viles accusations ils nous ont donné la désespérée tentation d'y croire et c'est leur diabolique péché de nous avoir donné la désespérée tentation de nous détester nous-mêmes injustement la désespérée tentation d'avoir honte de notre grand peuple la désespérée tentation de penser horriblement que puisqu'ils nous haïssent tant et partout c'est que nous le méritons et par Dieu je sais bien que nous ne le méritons pas et que leur haine est la niaise tribale haine pour le dissemblable et aussi une haine d'envie et aussi l'animale haine pour le faible car faibles par le nombre nous le sommes partout et les hommes ne sont pas bons et la faiblesse attire excite la native bestiale cruauté cachée et il est sans doute agréable de haïr des faibles que l'on peut impunément insulter et frapper ô mon peuple et mon souffrant je suis ton fils qui t'aime et te vénère ton fils qui jamais ne se lassera de louer son peuple le peuple fidèle le peuple courageux le peuple à la nuque raide qui dans sa sainte bourgade a tenu tête à Rome des Césars et pendant sept années a fait trembler le plus puissant des empires ô mes héros les neuf cent soixante assiégés de Masada tous suicidés le premier jour de la Pâque de l'an 73 plutôt que de se rendre au vainqueur romain et d'en adorer les méprisables dieux ô dans les captivités dans tant de terres étrangères mes faméliques errants traînant leur tenace espoir au long des siècles et à jamais refusant de se fondre et se perdre parmi les nations de l'exil ô mon peuple de fierté jalousement voulant sa survie et garder son âme peuple de la résistance de la résistance non pendant un an non pendant cinq ans non pendant dix ans mais peuple de la résistance pendant deux mille ans quel autre peuple ainsi résista oui deux mille années de résistance et qu'ils en prennent de la graine les autres peuples ô tous mes pères au long des siècles qui ont préféré les massacres à la trahison et les bûchers au reniement dans les flammes proclamant jusqu'à leur dernier souffle l'unité de Dieu et la grandeur de leur foi ô tous les miens du moyen âge qui ont choisi la mort plutôt que la conversion à Verdun-sur-Garonne à Carentan à Bray à Burgos à Barcelone à Tolède à Trente à Nuremberg à Worms à Francfort à Spire à Oppenheim à Mayence à travers l'Allemagne depuis les Alpes jusqu'à la mer du Nord tous mes vaillants qui égorgeaient leurs femmes et leurs enfants puis se tuaient ou qui confiaient au plus digne la mission de les tuer l'un après l'autre ou qui mettaient le feu à leurs maisons et se lançaient dans les flammes en tenant leurs enfants dans leurs bras et en chantant des psaumes ô mes pères obstinés qui pendant des siècles ont accepté une vie pire que la mort vie d'abaissement vie d'ignominie saint abaissement sainte ignominie que leur valait leur arrogance à garder leur foi en un Dieu un et saint et de cette arrogance un pape Innocent III les châtie en leur imposant le port de la rouelle leur défend sous peine de mort de se montrer dans les rues sans l'insigne cousu sur leurs vêtements insigne infamant qui les expose en Europe pendant six siècles à la raillerie et aux insultes marque visible de honte et d'infériorité toujours présente par quoi la foule est invitée à les accabler de ses outrages et de ses violences mais ce n'est pas assez et cinquante ans plus tard le Concile de Vienne estime que la rouelle n'avilit pas assez il décide de nous ridiculiser davantage nous impose le port d'un chapeau comique qui doit être pointu ou en forme de cornes et ainsi affublés nous sommes allés à travers les contrées nous sommes allés angoissés apeurés tenaces moqués insultés coriaces nous sommes allés patients grotesques sublimes en chapeaux pointus ou cornus et les foules riaient nous sommes allés marqués désignés repoussés de tous stigmatisés roués de coups cibles pour les outrages j'en ai mal au foie et brûlure aux yeux et clous dans le cœur nous sommes allés couverts d'immondices épaules affaissées dos voûtés yeux méfiants nous sommes allés en loques infectes humbles de contenance orgueilleux en notre âme nous sommes allés à travers les siècles hérauts dépenaillés et mainteneurs du Dieu vrai et les chapeaux pointus ou cornus du concile chrétien étaient nos couronnes d'élection mais ô merveille créature misérable et méprisée le Juif redevenait auguste et patriarche à son foyer donnait à sa femme et à ses enfants tout l'amour que repoussait le dehors et son foyer était un temple et la table de famille un autel et le jour du sabbat il était prince et de la nation sacerdotale heureux en ce jour de sainteté car il savait que bientôt l'Éternel le ramènerait à Jérusalem ô mon peuple vivant cependant que les uns après les autres ses puissants ennemis tombent et périssent au long des siècles morts les peuples qui nous dévoraient à pleine bouche morts les Assyriens mordus de balafres fiers en leurs larges cuirasses morts les Pharaons et leurs chars de guerre morte la matrone à croupe énorme la Dame auguste de Babylone pilon de la terre en clameurs morte Rome et ses légions en ordonnance grave mais vivant est Israël et Rosenfeld s'il existe je le revendique mien et frère je m'en pare et m'en glorifie et pourquoi non il est honnête vendeur bon père tendre époux ami prompt à rendre service enthousiaste imaginatif et de grand tempérament pas très bien élevé certes mais quand en aurait-il eu le temps quand le temps de se domestiquer et polir il y faut du bonheur et quelque enracinement et pas d'expulsions pas de continuels départs pas d'attentes du malheur à chaque génération pas de haine environnante pas de chapeaux pointus ou cornus dans le cœur l'insécurité et les humiliations ne donnent pas des manières exquises ces manières si importantes pour vous chérie et pour les vôtres et qui ne sont que singeries apprises et il suffit de deux ou trois générations de tranquillité pour que les singeries rappliquent voyez les manières charmantes de Disraeli et de certains Rothschild et d'ailleurs peu

m'importe je sais que mes chers minables sont fils et pères
de princes en humanité sont le plus magnifique fumier et
d'ailleurs pourquoi n'aurions-nous pas de minables les autres
peuples en ont aussi et leurs paysans leurs ouvriers leurs
petits bourgeois ne sont pas toujours ravissants de manières
nous avons droit à des minables tout comme les autres je
réclame notre droit aux minables et pourquoi devrions-nous
être parfaits et bref la vérité est qu'en secret j'adore Rosenfeld
et d'ailleurs Rosenfeld n'est pas plus minable que les minables des autres peuples il est seulement plus spectaculaire
plus ardent plus avide de vivre il est de plus fougueuse et
fantasque mauvaise éducation il est de plus inventive et quelque peu géniale mauvaise éducation mais quel cœur aimant
et de rapide émoi quels empressements touchants à soigner
sa femme qu'il appelle son capital et à la moindre indisposition
vite d'illustres sommités médicales pour sa précieuse ou pour
son Benjamin son fils bien-aimé et un peu son messie ô tendre
cœur juif à nul autre pareil ô Rosenfeld de mon cœur j'étais
bien avec les Rosenfeld tout à l'heure j'étais en famille et
avec les miens et je les chérissais et si je les ai exagérés si j'ai
grossi et multiplié leurs menus travers c'est peut-être par
amour et pour en jouir davantage tel l'amateur d'épices qui
en met beaucoup qui en met trop et à s'en emporter la bouche
pour les savourer davantage mais je sais que leurs travers
ainsi grossis pour mieux les sentir et aimer je sais que je dois
les vénérer car je sais que ces travers sont les bosses et les
plaies d'un peuple persécuté bosses et plaies d'un peuple
malheureux tordu par des siècles de tourments courageusement
supportés bosses et plaies tristes fruits de la fidélité imbroyable
de mon peuple et qui m'en sont les rappels rappels de sa ténacité à refuser l'anéantissement rappels de sa condamnation
à l'héroïsme de tous les jours à la vitale ingéniosité aux anxieu-
ses neurasthéniques combinaisons pour durer et survivre dans
un monde ennemi louange donc aux bosses de mon peuple
fleurons biscornus de sa couronne je veux tout aimer de mon
peuple et même les chers grands nez moqués de mon peuple
nez tourmentés par les angoisses nez flaireurs des dangers
et je veux aimer les dos voûtés de mon peuple dos voûtés de
peurs dos de fuites et courses éperdues dos voûtés pour se
faire moins visibles et plus petits dans les ruelles dangereuses
dos voûtés aussi à force de têtes séculairement penchées sur
le Livre saint et ses commandements nobles têtes du vieux
peuple sans cesse lecteur du Testament ô mes frères chrétiens

vous verrez comme il sera jeune soudain peuple libre à Jérusalem et il sera justice et courage et témoin pour les peuples qui s'étonneront et sous le soleil de son ciel il n'y aura plus de minables mes minables chéris infortunée progéniture de tourments séculaires et vous verrez comme en terre d'Israël les fils de mon peuple revenu seront calmes et fiers et beaux et de noble prestance et hardis guerriers s'il le faut et apercevant enfin son vrai visage alléluia vous aimerez mon peuple vous aimerez Israël qui vous a donné Dieu qui vous a donné le plus grand livre qui vous a donné le prophète qui était amour et en vérité quoi d'étonnant que les Allemands peuple de nature aient toujours détesté Israël peuple d'antinature car voici l'homme allemand a entendu et plus écouté que d'autres la jeune voix ferme qui sort des forêts de nocturne épouvante silencieuses et craquantes forêts et avec une ivresse d'aurore cette voix tentatrice chante sous les rayons de lune chante que les lois de nature sont l'insolente force le vif égoïsme la dure santé la prise jeune l'affirmation la domination la preste ruse la malice acérée l'exubérance du sexe la gaie cruauté adolescente qui détruit en riant mélodieuse et égarée cette forte voix chante la guerre et sa seigneurie les beaux corps nus et bronzés au soleil les muscles souples serpents entrelacés dans le dos de l'athlète la beauté et la jeunesse qui sont force la force qui est pouvoir de tuer et elle chante solitaire et folle chante et glorifie la noble conquête le mépris de la femme et du malheureux la dureté et la violence les vertus du guerrier les aristocraties qui sont filles de la force et de la ruse la vitale et superbe injustice la sainteté du sang répandu et la noblesse des armes le servage du faible la destruction des mal venus le droit sacré du plus fort et c'est-à-dire du plus apte au meurtre chante et glorifie l'homme de nature qui est un pur animal et de proie la beauté du fauve qui est noble et parfaite créature et un seigneur sans l'hypocrisie née de la faiblesse et elle chante et chante cette voix attirante et souveraine des forêts allemandes chante le los des dominateurs des intré pides et des brutaux soyez durs dit cette voix de gai savoir soyez animaux répète un écho de bacchantes et cette voix germanique de tant de voix de poètes et de philosophes accompagnée se rit de la justice se rit de la pitié se rit de la liberté et elle chante mélodieuse et convaincante chante l'oppression de nature l'inégalité de nature la haine de nature voici je vous apporte de nouvelles tables et une nouvelle loi dit-elle et c'est qu'il n'y a plus de loi évohé les commandements du Juif Moïse sont abolis et tout est permis et je suis belle et mes seins sont jeunes crie la voix dionysiaque

764

avec un rire enivré dans la forêt où commencent maintenant à grouiller les menus affairements de la création et où avec le soleil apparu tous les petits morceaux de nature s'agitent irresponsablement pour assassiner et vivre oui telle est la voix de la nature et Hitler s'attendrit sur les animaux qu'il déclare ses frères et il dit à Rauschning que la nature est cruelle et que nous devons être cruels comme elle et en vérité lorsque les hommes de Hitler adorent l'armée et la guerre qu'adorent-ils sinon les canines menaçantes du gorille debout tout trapu et pattes tordues devant l'autre gorille et lorsqu'ils chantent leurs anciennes légendes et leurs ancêtres aux longues tresses blondes et aux casques cornus oui cornus car il s'agit avant tout de ressembler à une bête et il est sans doute exquis de se déguiser en taureau que chantent-ils sinon un passé inhumain dont ils ont la nostalgie et par quoi ils sont attirés et lorsqu'ils se gargarisent de leur race et de leur communauté du sang que font-ils sinon retourner à des notions animales que les loups même comprennent qui ne se mangent pas entre eux et lorsqu'ils exaltent la force ou les exercices du corps et les viandes au soleil lorsqu'ils se vantent comme Hitler ou leur Nietzsche d'être inexorables et durs qu'exaltent-ils et que vantent-ils sinon le retour à la grande singerie de la forêt préhistorique et en vérité lorsqu'ils massacrent ou torturent des Juifs ils punissent le peuple de la Loi et des prophètes le peuple qui a voulu l'avènement de l'humain sur terre oui ils savent ou pressentent qu'ils sont le peuple de nature et qu'Israël est le peuple d'antinature porteur d'un fol espoir que le naturel abhorre et d'instinct ils abominent le peuple contraire qui sur le Sinaï a déclaré la guerre à la nature et à l'animal en l'homme et de cette guerre la religion juive et la religion chrétienne portent témoignage hosanna alléluia hosanna dans la vieille religion Dieu qui est le tempérament du prophète juif colérique et bon et si naïvement sérieux Dieu édicte sans cesse Il dit tout ce que pour se débarrasser de la tare naturelle et animale l'homme doit faire et surtout ne pas faire et l'interdiction de tuer est le premier de Ses commandements le premier cri de guerre contre la nature ô fierté dans mes os et tremblements à la synagogue lorsque le descendant d'Aaron ouvre l'arche en sort la sainte Loi la présente au peuple hosanna alléluia hosanna la religion chrétienne toute issue de mon peuple a transformé la gentilité et par elle sur d'immenses territoires l'homme est devenu humain hosanna alléluia hosanna nouvelle naissance nouvel homme Adam nouveau salut par la foi imitation du Christ grâce rédemptrice effaçant le péché originel qui est en réalité la tare naturelle et animale ces hautes notions chrétiennes procèdent toutes de la même volonté juive de transformer l'homme naturel en enfant de Dieu en âme sauvée c'est-à-dire en homme humain hosanna alléluia hosanna ainsi par d'autres voies plus intérieures le même but est atteint qui est l'humanisation de l'homme hosanna alléluia hosanna ces deux filles de Jérusalem la juive et la chrétienne en son mont d'où il aime à contempler sa chère nature Hitler les hait également car toutes deux sont reines d'humanité ennemies éternelles des lois de nature et qu'elles le sachent ou non qu'elles le veuillent ou non les plus nobles portions de l'humanité sont d'âme juive et se tiennent sur leur roc qui est la Bible ô mes Juifs à qui en silence je parle connaissez votre peuple vénérez-le d'avoir voulu le schisme et la séparation d'avoir entrepris la lutte contre la nature et ses lois hélas ils ne voient pas ne verront pas ma vérité et je reste seul et transi avec ma vérité royale hélas toute vérité solitaire et non aimée des hommes est piteuse et devient folle ô ma grande piteuse ô ma folle aimée eh bien soyons fous tous les deux et tenons-nous chaud loin d'eux, tout à l'heure dans la glace j'ai eu pitié de moi solitaire errant l'autre jour à travers Paris roi sans peuple et seul à l'aimer d'amour pitié de moi qui mourrai dans un an ou dix ans avec ma folle vérité qui mourra auprès de moi dans un an ou dix ans et pour toujours ô vous mes frères de la terre compagnons desquels je me tiens à distance compagnons de la même galère dites-moi dites tandis qu'elle coud et que je tiens une invisible coupe levée dites ce que je suis venu faire en ce médiocre banquet du fond des âges infinis je suis venu et me voici pourquoi et est-ce pour rien et n'y a-t-il vraiment rien mon heure à moi notre heure à nous infimes mobiles est venue et va ridiculement s'en aller où et pourquoi les immobiles morts savent peut-être que de savoirs enfouis pauvre Solal homme ou bête je mourrai et on m'enfouira dans de la nature à jamais et où seront alors mes joies et mes chants vers elle en nos débuts dans l'auto mes chants vers elle en robe roumaine elle sur le seuil et sous les roses en merveilleuse robe m'attendant et où ce soir exquis lorsque j'étais un écolier de dix ans et que j'avais commencé avec tant d'absurde enthousiasme et d'inutile foi un cahier neuf auprès de ma mère paisible qui regardait son petit garçon amoureusement écrivant ses devoirs sous le rond lumineux de la lampe à pétrole où dites-moi où ces bonheurs assez assez allons Solal reviens à ta folie oui j'aime que mes frères les Juifs pieux des ghettos j'aime qu'ils donnent des noms étincelants à leur Loi et qu'ils l'appellent la Fiancée la Couronnée j'aime que leurs rouleaux de parchemin où la sainte loi est tracée en caractères de mes anciens j'aime qu'ils soient surmontés de naïves couronnes qu'ils soient enveloppés de velours et d'ors gauches car ils ne sont pas doués pour les belles abominations mais leur Loi ils l'aiment de tout leur cœur ô ces rouleaux de la Loi en grave procession dans la synagogue les fidèles les baisent et de toute âme je m'incline et avec un émoi dans ma poitrine émoi devant cette majesté qui passe je les baise aussi et c'est notre seul acte d'adoration dans la maison de ce Dieu auquel je ne crois pas mais que je révère ô mes anciens morts ô vous qui par votre Loi et vos Commandements et vos prophètes avez déclaré la guerre à la nature et à ses animales lois de meurtre et de rapine lois d'impureté et d'injustice ô mes anciens morts sainte tribu ô mes prophètes sublimes bègues et immenses naïfs embrasés ressasseurs de menaces et de promesses jaloux d'Israël sans cesse fustigeant le peuple qu'ils voulaient saint et hors de nature et tel est l'amour notre amour ô mes anciens morts je veux vous louer et louer votre Loi car c'est notre gloire de primates des temps passés notre royauté et divine patrie que de nous sculpter hommes par l'obéissance à la Loi que de devenir ce tordu et ce tortu ce merveilleux bossu surgi cette monstrueuse et sublime invention cet être nouveau et parfois repoussant car ce sont ses débuts maladroits et il sera mal venu et raté et hypocrite pendant des milliers d'années cet être difforme et merveilleux aux yeux divins ce monstre non animal et non naturel qui est l'homme et qui est notre héroïque fabrication en vérité c'est notre héroïsme désespéré que de ne vouloir pas être ce que nous sommes et c'est-à-dire des bêtes soumises aux règles de nature que de vouloir être ce que nous ne sommes pas et c'est-à-dire des hommes et tout cela pour rien car il n'y a rien qui nous y oblige car il n'y a rien car l'univers n'est pas gouverné et ne recèle nul sens que son existence stupide sous l'œil morne du néant et en vérité c'est notre grandeur que cette obéissance à la Loi que rien ne justifie et ne sanctionne que notre volonté folle et sans espoir et sans rétribution oh dans la cave leur annoncer le pays de soleil et de mer notre pays donné par l'Éternel béni soit-Il leur annoncer la sortie de captivité et les montagnes éclateront d'allégresse et sous le soleil de notre ciel nous fonderons la justice à jamais alors l'oncle de majesté me bénit il me noue les cuirs de la Loi autour du bras puis sur le front et la naine sans cou aux yeux merveilleux me sacre de la couronne elle me mène par la main

au carrosse découvert écaillé d'or ancien brillant de petits miroirs à facettes oh si beau le royal carrosse allant à cahots dans
les rues glissantes oh dans les rues allemandes le carrosse de la
Loi tiré par Isaac et Jacob les centenaires chevaux barbus
sentencieux à longues ovales têtes attentives têtes pensives
tendues vers l'humain et moi debout dans le carrosse roi de la
race du défi à la nature et aux lois de nature roi de la tendre
race chérie de l'Éternel choisie par l'Éternel roi et debout dans
le vieux carrosse orné de chérubins porteurs de flambeaux
brimbalant dans les rues allemandes cabossé tanguant carrosse suivi par la naine péniblement allant sur ses jambes torses
avec sa merveilleuse sœur aveugle et l'oncle de majesté que
suivent des boiteux aux yeux rayonnants des épileptiques de
nobles vieillards des adolescents d'une étonnante beauté tous
émerveillés par le roi de rubis et de saphirs debout dans le
carrosse découvert prêtre et roi soulevant les rouleaux des
Commandements et de grande joie souriant car voici ô miracle
de la Loi merveilleusement changés en hommes les Allemands
ne chantent plus leur joie de voir leurs couteaux ruisseler du
sang d'Israël ne clament plus leur bonheur de meurtre ils
applaudissent le roi et ils lui sourient ô miracle de la Loi ils
aiment le roi des Juifs qui les salue avec douceur levant haut
la Mère et Fiancée parée d'or et de velours couronnée d'argent
sans trêve leur présentant la sainte Loi et deux enfants bossus
mais princiers aux yeux immenses palmés de bleu lui soutiennent
les bras car lourde est la Loi et parfois les deux antiques rosses
s'arrêtent tournent leurs douces têtes craintives de leurs yeux
immenses regardent leur roi avec amour puis reprennent leur
marche tremblante appliquée mais pourquoi maintenant suis-je
dans cette forêt de chuchotants effrois et les craquements me
font transpirer et des ennemis guettent cachés derrière les arbres
et j'ai peur dans mon dos et il y a des pas dangereux derrière
moi dans cette forêt de la montagne et pourquoi me clouer
non c'est moi qui me cloue à cette porte d'une cathédrale dans
la montagne moi qui perce mon flanc avec un clou de la cave
un des longs clous qu'elle m'a donnés en souvenir moi qui dans
le vent noir impérissablement clame que le jour du baiser sans
fin sera moi qui me cloue oh ces morts nus dans le lointain
étiques morts brûlés se dressant et grimaçant soudain ressuscités dans les flammes pauvres victimes ô bien-aimés et là-bas
le carrosse vide en perdition prêt à tomber mais continuant
éternellement emportant la Mère auguste des Juifs parée d'or
et de velours couronnée d'argent et les deux maigres créatures

768

vont inlassablement glissant sur leurs sabots avec des jaillissements d'étincelles tombant et se couronnant et se relevant courageusement vieux phtisiques pauvres dociles obstinés péniblement allant et parfois tournant leurs douces têtes craintives pour voir une fois encore leur roi ensanglanté et les deux sublimes carnes vont en sueurs d'agonie sur la route où le vent interminablement souffle soudain s'épouvantant et le cheval Isaac tousse une toux humaine tandis que la naine aux grands yeux feint de rire du cloué à la porte bardée de verrues puis lui essuie les joues car il s'angoisse de laisser seuls ses enfants de la terre et la naine pleure aussi ne se cache plus de pleurer lui ordonne soudain d'une voix vibrante de dire l'appel prescrit car c'est l'heure et le roi a cloué sa gorge contre la porte aux verrues et un sang coule noir rouge et il clame le dernier appel proclame l'unité Écoute Israël l'Éternel est notre Dieu l'Éternel est Un et un tressaillement le secoue et ses yeux sont à jamais blancs et levés oui mon amour je t'aime toujours plus et en moi-même je te le crie pendant que tu couds gentiment les ourlets que j'ai défaits pour te donner un intérêt à vivre je te chéris pendant que tu couds en aspirant un peu de salive comme les couseuses attentives je chéris ta respiration régulière pendant que tu couds je chéris ton visage paisible et modeste pendant que tu couds ton visage si bon qu'il me rend bon et écolier tiens un borborygme tout de même tant pis je l'accepte et même je l'honore et je lui souris puisqu'il vient de toi ma couseuse je regarde avec amour le doigt que tu mouilles pour tordre le fil pour l'amenuiser le passer à travers l'aiguille avec amour tes yeux clignés ta bouche sagement pincée qui suit la cursive aiguille avec amour ton sérieux de réflexion je me sens bien de te regarder coudre je suis chez une mère penchée sur sa sainte tâche chez une douce esclave et matrone oh combien ce travail te va bien oh combien noble et naturel ton visage mais pourquoi faut-il tout le temps me mettre sur toi pour te rendre heureuse quel dommage mon amour ma couseuse tranquille tu penses tes aiguillées tes gestes utiles ont une douceur résignée pensive et je t'adore mais pourquoi faut-il tout le temps me mettre sur toi comme une bête pour te rassurer d'ailleurs depuis une semaine que je suis ici il n'y a eu la bête qu'une seule fois le soir de mon arrivée et tu dois commencer à t'inquiéter car tu veux mon amour c'est votre manie à vous autres d'en voir la preuve dans cette escalade sur vous bien on tâchera mais pas ce soir demain peut-être bien sûr tu m'aimes et même ton conscient m'adore continue à m'adorer mais ton inconscient ne raffole

769

plus autant de moi oui ma chérie ton inconscient aimerait
tellement mieux être l'épouse bien légitime de ce lord anglais
chef de l'expédition himalayenne de retour à Londres aimerait
tellement mieux fêter avec de charmants amis importants bien
élevés la victoire montagnarde idiote du cher mari viril calme
de peu de mots sûr de lui aimé de tous ayant un idéal aimant
les animaux et le thé fort et fumant gravement un tabac aromatique dans une pipe virilement mordue une pipe de bruyère
que tu lui as offerte tu as beaucoup regardé la photo de ce bonhomme dans l'illustré vingt secondes au moins oui ma chérie
ton inconscient m'en veut d'être exotique pas du tout sportif
ne nageant pas assez parlant trop ne faisant pas assez de sauts
dans la nature mécroyant trop de plus ton inconscient déteste
mes robes de chambre trop longues que ton conscient trouve
nobles ton inconscient déteste aussi mes chapelets tournoyants
mes chaussettes de soie il aimerait tellement mieux les chaussons
épais et les souliers ferrés du lord alpiniste et puis ton inconscient m'en veut de n'avoir pas admiré cette thèse de feu ton
frère sur les deux rombières la Staël et l'affreuse Sand qu'y puis-
je si ton frère était fait pour être cuistre d'Université et surtout
ton inconscient ne me pardonne pas de te faire vivre en vase
clos bien sûr tu te tuerais si je te quittais mais ton tréfonds en
a marre de moi et qui sait il ne m'a peut-être jamais aimé de
bon cœur selon les lois de ton héritage de ta classe eh oui tu es
venue à moi parce que je t'ai forcée je ne suis pas ton genre ma
chérie c'est par l'intelligence que je t'ai eue d'ailleurs tu étais
à la merci du premier qui te sortirait de ton Deume et puis
lorsque piégé et contraint ton inconscient m'a aimé il m'a
surtout aimé contre ton mari m'a aimé dans le rôle d'exceptionnelle amante dont tu étais avide rôle que je te permettais
de jouer enfin tiens elle s'est arrêtée de coudre pour se gratter
le nez sans en avoir l'air cette démangeaison c'est peut-être un
substitut du désir de mariage avec le lord anglais désir qui se
satisfait par un grattage bien sûr c'est faux je m'amuse folâtre
par tristesse chérie que dire que faire pour te mettre dans l'état
du premier soir lorsque nous dansions au Ritz car c'est ce que
ton inconscient réclame elle est silencieuse en ce moment parce
qu'elle me croit absorbé par ma lecture et qu'elle est très polie
mais quand elle aura fini de coudre il faudra bien ne plus faire
semblant de lire et alors qu'est-ce que je vais prendre comme
conversation il y aura peut-être des réflexions poétiques genre
le sentiment pénétrant qu'elle a parfois du bonheur des arbres
nus en communion avec la terre oui elle dira pénétrant ou bien

que telle branche d'arbre lui a semblé tout à coup avoir une âme elle était intelligente à Genève ça lui a passé oh ces gémissements du vent dehors appels au secours de diverses folles apeurées folles en cheveux dénoués quand elle aura fini de recoudre cette robe de chambre amochée exprès elle me proposera peut-être une partie de dominos me la proposera avec un air gai animé dans le genre j'aimerais avoir ma revanche je suis sûre que je gagnerai ce soir terrifiant le bruit des dominos qu'elle mêle avant de commencer la partie j'en ai peur ce bruit c'est le glas de notre amour ou bien elle se félicitera une fois de plus de ce tourne-disque qui marche à l'électricité c'est tellement plus agréable n'est-ce pas aimé ou bien elle me proposera quelque nouveau disque de Bach en m'expliquant que la gravure elle dit gravure ça m'agace est tellement supérieure aux gravures précédentes tous ses sacrés disques de Bach je sais bien que Bach est un grand musicien si je le traite de robot pour scieurs de long c'est pour me venger de ce gavage antiscorbutique elle fait ce qu'elle peut la pauvre ne jamais oublier qu'elle mourra donc la chérir sans arrêt ou bien elle me proposera de me lire un roman toujours cette manie de me masser les pieds pendant qu'elle me lit qu'est-ce qu'ils lui ont fait mes pieds pour qu'elle les tourmente agaçante avec son aimé je crois que j'ai perfectionné ma technique de massage et puis ce sérieux quand elle apporte le talc d'ailleurs elle masse moins bien qu'Isolde quand elle me lit elle détaille le texte de manière vivante c'est affreux elle prend son sacré ton viril quand le héros parle c'est comme ça qu'elle les aime affirmatifs énergiques joyeux crétins sportifs elle m'agace elle m'attendrit charmante ridicule dans son imitation du mâle la massepieds la cassepieds pardon chérie je t'aime je te le dis tout seul dans ma chambre je t'aime mais je m'ennuie avec toi et je ne te désire tellement pas elle va avoir bientôt fini de coudre elle me dira voilà tout le mal est réparé et elle me fera un sourire alors je lui dirai que c'est très gentil et probablement elle exigera mutinement un petit baiser en récompense alors je le lui donnerai en ayant peur qu'elle ne cherche mes lèvres mais pour ça je sais m'arranger ensuite quelque trouvaille antiscorbutique dans le genre de me dire après un silence qu'elle croit qu'elle va se remettre à la peinture aimé j'aimerais tellement faire votre portrait mais oui chérie c'est une très bonne idée mais cela vous ennuiera peut-être de poser mais pas du tout chérie au contraire bref la barbe autrefois je charmais pour vaincre pour être aimé mais je n'en étais pas je feignais je n'en ai jamais été je n'ai jamais cru à leurs normes leurs valeurs leurs catégories toujours étranger toujours hors de communauté seul depuis toujours même quand faisant le ministre quand faisant le sous-bouffon général Solal solitaire soleil oh comme je m'ennuie oh des barques de squelettes me suivent elles rasent le fleuve le long des temples à milliers de fenêtres d'où sortent tant de petites têtes qui rient me suivent aussi des lions mitrés des brûleurs d'encens des vieilles qui élèvent sur de hauts bambous des fillettes transpercées alors j'arrache mes yeux je les jette dans le précipice où ils rebondissent en flammeroles vertes devant le palais je tire la sonnette qui fait un rire d'homme et la porte s'ouvre c'est un ascenseur qui m'emmène à des profondeurs au moyen âge on change d'ascenseur et j'entre dans la chambre de la fausse fenêtre j'ouvre les volets mais c'est toujours le paysage peint sur une toile et j'entre dans la chambre où le cheval toujours galope sans avancer où la grande femme toujours se coiffe avec son peigne qui ramasse de petits hommes verts et j'entre dans la chambre des gesticulants en pyramide les uns sur les autres dans un amoncellement de clameurs les langues lèchent les talons au-dessus pendant que les talons meurtrissent les crânes des lécheurs au-dessous et les baves descendent le long de la pyramide débordent de la vasque et derrière l'autel d'argile et de granit s'exaspère le bouc dans l'effréné coït oh cette longue impératrice à perruque blonde baise la nudité d'une esclave aux grands yeux j'ai peur de ce qui m'attend plus tard alors pour ne pas savoir je sors je vague dans les couloirs avec des douleurs devant les murs méchants quels affairements dans les couloirs des âges où circulent des actrices des danseurs des figurants de cirque des bêtes sacrées des courtisanes peintes des montreurs d'ours des reines fardées un cheval nu qui galope crinière généreuse au vent de la course suivi par deux tigres allongés embellis de pampres qui filent prestement et parfois passent avec des méandres sous le cheval superbe quels vents d'intrigues quelles révoltes dans les palais en flammes et tant de siècles passent tant de vainqueurs toujours vaincus passez races tribus empires je demeure voilà elle a presque fini lui dire que c'est l'heure d'aller se coucher et bien sûr elle va me dire non pas encore il est à peine dix heures il faudra prendre le genre paternel chérie vous avez une mine fatiguée il faut vous reposer mais surtout lui dire que moi aussi je suis fatigué c'est ça qui la convainc et aussitôt me lever et alors un baiser sur son œil non sur ses deux yeux ça fait plus aimant donc deux baisers allons-y débarrassons-nous d'elle avec une ferme bonté.

# XCV

Étendue, l'album de famille contre elle, roulant et déroulant un ruban comme une malade oisive dans son lit, elle jouait avec son ruban, seule avec le bruit de la mer, seule avec son ruban. Le jetant soudain, elle ouvrit l'album, un volume massif, bardé de ferrures, relié de cuir et de velours, le feuilleta. Assise auprès d'un guéridon festonné, une arrière-grand-mère en crinoline, l'œil dur, armée d'une Bible maintenue entrouverte par l'index. Un petit grand-oncle colonel, accoudé à une colonne torse, debout et malin devant un palmier peint sur une toile de fond, les jambes désinvoltes et croisées, un pied mutin reposant sur sa pointe. Elle à six mois, bébé bien nourri, honorable et gai sur son coussin. Papa recevant un diplôme de docteur honoris causa. Oncle Agrippa présidant une réunion du Consistoire de l'Église nationale protestante. Elle à treize ans, en chaussettes et mollets nus. Cousin Aymon, ministre à Paris, en compagnie du personnel de la légation. Tantlérie prenant le thé avec une grande dame anglaise. Une garden-party chez Tantlérie.

Elle referma l'album, assujettit les languettes d'argent, porta un chocolat à sa bouche, en laissa fondre la boueuse amertume. Toute la bonne société de Genève y était, à cette garden-party. Des gens sympathiques, distingués. Elle tourmenta ses cheveux, les boucla, les déboucla. Les coins de ses lèvres s'abaissèrent en une grimace enfantine, son diaphragme se contracta et l'air contenu dans ses poumons sortit brusquement. Bref, un sanglot. Dehors, immortelle, la mer.

O la montagne en Suisse, les séjours à la montagne en été, avec Éliane. Étendues sous un sapin bourdonnant, se tenant par la main, leur bonheur d'écouter les coups lointains, coups battus par quelque paysan sur une faux, coups martelés pour affûter la lame, coups réguliers, venus à travers l'air de diamant, clairs et sonnants dans le grand soleil d'été, rassurants. O sa montagne où tout vivait dans le grand été, les insectes travaillant sous le soleil, leur activité, les petits à nourrir, les fourmis pressées, les hommes simples et forts qui fauchaient, simples et bons avec leurs longues moustaches, qui fauchaient, travailleurs, honnêtes montagnards suisses, simples et sûrs, chrétiens.

Elle éteignit, se mit sur le côté, sentit une odeur de poussière et de fort soleil, revit le grenier de Tantlérie où, pendant les vacances, elle et sa sœur étaient en secret de grandes actrices en vieilles robes dénichées dans des malles, maigres adolescentes trop vite grandies, déclamant une tragédie avec des gestes mourants, des râles de passion, elle Phèdre rauque d'amour, Éliane loyal Hippolyte, et soudain des rires fous, rires de jeunesse. Elle ralluma pour voir l'heure. Minuit bientôt et pas sommeil. Elle reprit la photographie d'elle à treize ans, l'examina. Attirante, cette fillette avec ses boucles et son grand nœud de ruban.


Dans la salle de bains, en courte jupe de tennis et maillot moulant ses seins fastueux, mollets nus, chaussettes et souliers de tennis, elle farda ses lèvres et ses yeux, mouilla ses cheveux, se confectionna des anglaises, noua un large ruban bleu dans ses cheveux, recula pour mieux se voir dans la glace. Cette fillette maquillée était troublante. Elle s'assit, croisa ses jambes, pointa sa langue, humecta sa lèvre supérieure, croisa plus haut ses jambes.

Non, non, murmura-t-elle, et elle se leva brusquement, ôta son maquillage, défit ses boucles, se débarrassa du déguisement enfantin, s'immobilisa. Oui, aller lui parler, tout lui avouer, se libérer. Indigne de lui avoir caché cela pendant si longtemps. Recoiffée, elle passa une robe de chambre et des sandales blanches, se parfuma pour se donner du courage, alla demander conseil à la glace.

## XCVI

— Oui c'est la solution feindre la folie feindre qu'elle est
la reine ma mère et moi le roi son fils le roi avec la couronne
de la naine Rachel ma naine chérie elle me l'a donnée le jour
du carrosse dans la cave elle a voulu que j'emporte la couronne
de carton cabossée aux fausses pierres de la fête des Sorts la fête
de la reine Esther bénie soit-elle oui avec ma couronne parfois je
loucherai je ferai des grimaces pour faire vrai pour la convaincre
que je suis fou mais tout de suite après un bon sourire pour la
rassurer oui ainsi fou et fils je pourrai l'aimer à fond sans avoir
à faire l'amant le jeu animal de l'amant sans avoir à la cogner
tamponner percuter emboutir oui exempté de devoir la dominer
asservir par les télescopages des deux pauvres viandes en sueur
oui libéré de la passion sans avoir à l'humilier sans humilier
la pauvrette un fils n'a pas à coucher un fils n'a qu'à chérir
oh chérir je m'en charge ô merveille plus besoin de m'évertuer
à faire de chaque jour un premier jour d'amour un fils n'a pas
à vomir des flammes ô merveille plus besoin de faire du prestige plus besoin d'être l'amant impressionnant à regards
filtrés plus besoin de faire le ténébreux le lointain ô merveille
plus de farouches baisers à langueries où les deux partenaires
font des têtes si crétines qu'ils mourraient de rire ou de honte
s'ils pouvaient voir leurs expressions canines ô chérie chérie
pouvoir enfin être tendre sans danger sans crainte que tu ne
trouves monotone ma tendresse sans crainte que tu n'y voies
un signe de faiblesse de cette faiblesse qu'elles méprisent folles
adoratrices de la gorillerie et puis chérie tu pourras être
enrhumée autant que tu voudras tu pourras borborygmer
à cœur joie borborygmer tout ton soûl borborygmer à t'en
rassasier une mère éternuante mouchante borborygmante ou
même de forte haleine on l'adore tout autant oui tout autant
et même davantage si elle éternue gentiment ou bien feindre
plutôt une folie père et fille non fils et mère c'est mieux la

mère n'abandonne jamais son fils tandis que la fille finit toujours par filer avec un gorille emportée dans les longs bras velus du gorille et elle n'aime plus son père et le jour du mariage elle lui crache au visage elle lui crie raca et que tu crèves et en effet elle attend l'héritage et puis fils je pourrai la servir l'honorer la respecter la respecter me manque tellement oui la respecter oui fils fils à jamais ô merveille ne plus s'ennuyer avec elle l'aider en tout un fou a le droit oui balayer ensemble faire la cuisine ensemble la faire en causant de sel de poivre d'ail oui même d'ail la cuisine ensemble gentiment en amis ô merveille être deux amis et même deux amies un peu ô merveille aller ensemble au marché de Saint-Raphaël un fou a le droit d'aller au marché avec sa mère sa jolie mère oui je porterai le filet des provisions oui une fois si elle est fatiguée je lui dirai que bien que roi j'irai seul faire les courses alors pour ne pas contrarier le fou elle acceptera et aussi si elle est fatiguée elle me laissera balayer tout seul je l'exigerai car tel est mon bon plaisir madame mais je balayerai en roi toujours avec ma couronne ma couronne de carton un peu penchée de côté pour faire roi toqué mais gentil oui pendant qu'elle prendra son bain moi le roi et fils je lui ferai la surprise de faire les lits oui voilà vite les lits et bien faits avec le truc de dessus bien tiré une surprise pour la reine mère alors pour me récompenser de la surprise elle m'embrassera ô merveille enfin s'embrasser sur les joues sur les deux joues s'embrasser tout le temps sans craindre la satiété sans craindre la perte de prestige et plus besoin de faire le salaud de cher méchant pour lui plaire pour la désennuyer oui dès demain fils et mère à jamais et assez d'entreprises muqueuses et hors d'ici l'homme le bestial l'affreux le père avec qui elle m'a trompé a trompé son fils je lui demanderai si elle m'aime davantage si elle aime davantage son fils que l'homme qui a claqué elle me dira que oui je lui dirai de commander un trône doré pour moi à Cannes moi toujours digne royal royalement trônant quand elle frappera à la porte je lui dirai qu'à la cour du roi on doit gratter à la porte comme chez Louis XIV quand elle entrera je lui ordonnerai de faire la révérence certes madame vous êtes ma mère mais vous êtes aussi ma sujette allons madame les trois révérences devant votre roi aussitôt après je me lèverai et à ma dame mère je ferai à mon tour les trois révérences comme il se doit en fils aimant en fils fou oui que m'importe de vivre en fou jusqu'à ma mort si je peux enfin l'aimer dans la vérité ô mon amour je vais pouvoir t'aimer de l'amour qui ne périt point

# XCVII

La porte refermée, elle s'avança lentement, s'arrêta devant le lit. A ses poings fermés et à sa démarche solennelle, il la sentit décidée à une entreprise insolite. Les yeux baissés, l'air concentré, elle demanda si elle pouvait s'étendre auprès de lui. Il s'écarta pour faire de la place.

— J'ai quelque chose de grave à te dire, fit-elle après lui avoir pris la main. C'est un secret qui est trop lourd à porter. Aimé, ne me juge pas mal. Je n'aimais pas mon mari, je me croyais anormale, j'étais si seule. Est-ce que je peux tout te dire?

Il ne répondit pas. Un soudain afflux de sang pesait sur ses poumons, embarrassait sa respiration, l'empêchait de parler. Il savait qu'elle attendait un mot d'encouragement pour continuer, mais il savait aussi que s'il parlait elle serait terrifiée par le son de sa voix et qu'elle ne dirait plus rien. Il fit oui de la tête, lui caressa l'épaule.

— Dis, aimé, ce ne sera pas mal entre nous après?

Il fit non de la tête, lui serra la main. Mais il sentit qu'il fallait parler pour la rassurer, pour lui faire tout dire. Après avoir respiré largement pour maîtriser son émoi, il lui sourit.

— Non, chérie, ce ne sera pas mal entre nous.

— Tu m'écoutes en ami, n'est-ce pas?

— Oui, chérie, en ami.

— C'était avant de te connaître, tu comprends.

Horreur de ce corps près de lui. Mais il lui caressa les cheveux.

— Et puis cette vie triste auprès d'un homme que tu n'aimais pas.

— Merci de comprendre, dit-elle, et elle esquissa un pâle sourire, distingué et souffrant, qui le mit hors de lui.

777

— Et cela a duré jusqu'à quand? demanda-t-il tout en continuant la caresse des cheveux.

— Le lendemain du Ritz, je lui ai naturellement écrit pour lui dire que tout était fini.

— Tu l'as revu ensuite?

— Oh non! s'écria-t-elle.

Dents tremblantes, il mordit sa lèvre pour y dériver sa fureur. Elle s'offrait de l'indignation vertueuse par-dessus le marché! Tout serait payé.

— Quand l'as-tu vu pour la dernière fois?

Elle resta silencieuse, lui reprit la main. Cette noblesse l'enragea. Mais patience. D'abord, savoir.

— Je ne pouvais pas me douter, murmura-t-elle, les yeux baissés.

— Le jour du Ritz? demanda-t-il avec douceur.

— Oui, souffla-t-elle, et elle lui serra fort la main.

— A quel moment?

— Je peux vraiment te parler?

— Oui, mon amour.

Elle le regarda, eut un faible sourire de gratitude, lui baisa la main.

— Juste avant de partir de Cologny, je lui ai téléphoné pour lui dire bonsoir, pour lui dire que je devais aller rejoindre mon mari au Ritz, et il m'a tellement suppliée d'aller le voir un moment.

— Alors tu y es allée?

— Oui.

— Et que s'est-il passé?

Elle ne répondit pas, baissa la tête. Il la poussa hors du lit, et elle tomba à terre, resta ridiculement assise, les pans de sa robe écartés découvrant ses cuisses entrouvertes. Affreux, ce sexe. Ce sexe déjà utilisé, visité.

Sans se relever, elle referma sa robe, et il serra les poings, ferma les yeux. De la pudeur, elle osait avoir de la pudeur! Ainsi donc ce soir du Ritz elle avait couché avec l'autre, et trois heures après elle avait osé lui baiser la main, la main de l'inconnu qu'il était, ses lèvres encore mouillées de l'autre! Couché, elle avait couché, et trois ou quatre heures après, lorsqu'ils avaient été chez elle, dans le petit salon, elle avait fait la vierge devant le piano, elle lui avait joué un choral, une musique de pureté, et quatre heures auparavant, cuisses écartées, la joueuse de Bach! Laissez-moi aller, laissez-moi penser à ce qui m'arrive, lui avait-elle dit, cette nuit-là, en le

778

quittant, avait eu le front de lui dire la vierge coucheuse, avec accompagnement de noble minois concentré! Religieuse, intouchable, la vierge qui avait touché Dieu savait quoi cinq heures auparavant! Oh, cette robe de chambre pudiquement ramenée!

— Écarte ta robe!

— Non.

— Écarte! Comme avec lui!

— Non, dit-elle, et elle le regarda, les yeux imbéciles, la bouche entrouverte.

Elle se releva, noua la ceinture de sa robe. Il eut un rire. C'était avec lui seulement qu'on se couvrait! Lui seul n'avait pas le droit de la voir nue! Bondissant hors du lit, il tira la légère robe qui se déchira tout du long. Il en arracha les deux pans pour la voir s'enfuir avec ses fesses, déshonorée. Entré aussitôt chez elle, il eut pitié de son épouvante tandis que maladroitement elle passait une autre robe de chambre, créature de faiblesse, victime désignée. Mais quoi, l'autre aussi avait vu les fesses de tout à l'heure, les mêmes, pas remplacées. Toujours, lui avait-elle dit au Ritz, lorsqu'ils avaient dansé. Et trois heures auparavant, les cuisses hospitalières et le sourire accueillant!

— Tu as couché avec lui le soir du Ritz?

— Non.

— Tu as été sa maîtresse?

Elle secoua la tête, têtue, idiote, les yeux ronds. Gaffe de ne s'être pas maîtrisé, de l'avoir jetée par terre. Elle avait peur, elle n'avouerait plus rien maintenant.

— Dis que tu as été sa maîtresse.

— Pas été sa maîtresse.

Une bête qui faisait la morte. Il avait mal de la voir ainsi abrutie. Mais des baisers en tout cas, trois heures auparavant! Trois heures avant le plus beau moment de leur vie!

— Tu n'as pas été sa maîtresse?

— Non.

— Alors pourquoi m'as-tu dit que tu avais une chose grave à me dire?

— Parce que c'est grave qu'il y ait eu quelque chose dans ma vie.

Quelque chose? Il vit une énorme virilité, recula devant la bestiale vision. Et elle, en ce moment, ce visage si pur, ce maintien si décent! Terrible.

— Allons, développe.

— Il n'y a rien à développer. Il n'y a eu qu'une amitié un peu exaltée, c'est tout.

— Tu as dit est-ce que je peux tout te dire ? Et ce tout ne serait qu'une amitié un peu exaltée ?

— Oui.

— Tu as couché !

— Non ! Devant Dieu, non !

Cette exaltation solennelle le dégoûta. Quelle importance elles attachaient à ces vianderies ! Et puis mêler l'Éternel à ces frottements ! Les mettre devant l'Éternel !

— Venait-il chez ton mari ?

— Quelquefois. Pas souvent.

Il frémit. Oh, l'impudente qui avait osé montrer son amant à son mari ! Par contre avec lui, le premier soir, du Bach, des émerveillements devant un rossignol, des gravités, des maladresses d'ignorante aux premiers baisers, et les soirs suivants un tas de trucs sublimes quand il arrivait, des agenouillements. La même femme qui avait présenté froidement l'amant au cocu ! C'était sans doute cela, le mystère féminin.

— Tu allais chez lui ? (Elle le regarda, puis toussa. Pour avoir le temps de réflexion, pensa-t-il.) Tu allais chez lui ?

— Les premiers temps, oui. Après je n'ai plus voulu. On se voyait en ville, dans les thés.

Il fit sauter son chapelet. Oh, ces rendez-vous pris en secret, tellement plus succulents qu'une longue journée à la Belle de Mai ! Oh, elle se préparant pour aller retrouver l'homme ! Oh, son entrée dans le salon de thé, et le voyant de loin, lui souriant !

— Pourquoi n'as-tu plus voulu aller chez lui ?

— Parce que la troisième fois il s'était montré trop pressant.

Pressant ! Il l'admira. Elle en trouvait des mots, celle-là, des mots convenables, des mots qui recouvraient. Pressant, c'était innocent, cela faisait menuet, compliments, cour de bon ton, Mozart. Même dans la vianderie elle mettait des bonnes manières ! Et puis c'était une manière d'ennoblir la paillardise du type, c'était l'affreuse indulgence féminine pour la chiennerie de l'homme.

— Tu as cru l'aimer, tu me l'as dit, mais tu n'as plus voulu aller chez lui ? (Elle le regarda, puis baissa la tête. Avait-elle dit qu'elle avait cru l'aimer ?) Allons, voyons, tu te rends bien compte que c'est absurde.

Après un silence, elle releva la tête.

— J'ai eu peur de dire la vérité parce que tu aurais cru que j'ai été sa maîtresse. Oui, j'allais chez lui. Mais je n'ai pas été sa maîtresse.

— On en reparlera. Qui était-ce, cet ami continent mais pressant ?

— Mon Dieu, à quoi bon ?

— Dis son nom. Son nom, vite !

Le cœur battant, il attendit l'entrée de l'ennemi. Peur de le voir, besoin de savoir.

— Dietsch.

— Quelle nationalité ?

— Allemand.

— C'est bien ma chance. Son prénom !

— Serge.

— Pourquoi, puisqu'il est allemand ?

— Sa mère était russe.

— Tu es au courant de tout, je vois. Qu'est-ce qu'il fait ?

— C'est le chef d'orchestre.

— Un chef d'orchestre.

— Je ne comprends pas.

— Tu le défends déjà ?

— Je ne comprends pas ce que vous voulez dire.

— Parce qu'à moi on dit vous ?

— Je ne comprends pas ce que tu veux dire.

— Tu, comme à Dietsch ! Merci. Je vais t'expliquer, ma chérie. Pour toi, c'est le chef d'orchestre. Pour moi qui ne connais pas ce monsieur Verge, pardon Serge, ce n'est qu'un chef d'orchestre. Einstein, le physicien ! Freud, le psychanalyste !

Les narines écartées et une joie sur son visage, il alla à travers la chambre, les pans de sa robe volant au vent de sa marche. Soudain, il se retourna, alluma une cigarette.

— Pauvre petite, si malhabile, commença-t-il pour la mûrir.

— En quoi malhabile ?

— En ceci, par exemple, que tu demandes en quoi tu as été malhabile. Preuve que tu n'es pas sûre de toi. D'ailleurs, sans t'en douter, tu m'as dit à sept reprises que tu as été sa maîtresse.

— Je n'ai pas dit que j'ai été sa maîtresse.

— Huitième aveu ! Si tu n'avais pas été sa maîtresse, au lieu de dire que tu n'as pas dit que tu as été sa maîtresse, tu te serais contentée de dire que tu n'as pas été sa maîtresse. (Il frappa dans ses mains.) Attrapée !

— Non, non, de toutes mes forces je dis que ce n'est pas vrai ! Ce n'était qu'une amitié !

— Huit aveux, sourit-il, et il fit virevolter sa cigarette entre ses doigts. Premier aveu, quand tu es entrée, noble pénitente, tu as parlé d'un secret trop lourd à porter. Est-ce vraiment très lourd à porter, une amitié ? Deuxième aveu, lorsque je t'ai demandé si tu avais couché ce soir-là, tu m'as répondu que non. Que signifiait ce non ? Il signifiait que tu avais couché avec lui d'autres fois ! Sans cela, ta réaction aurait été, non pas de me dire non, mais de me dire je n'ai jamais couché avec lui ! Je tiens les autres aveux à ta disposition. Donc tu as été sa maîtresse. D'ailleurs, au début, ton intention était de l'avouer. Seulement j'ai fait la gaffe de te jeter hors du lit. En somme, pourquoi as-tu voulu me parler de cet homme ?

— Pour ne rien avoir de caché pour toi.

Il eut pitié. Pauvre petite, elle croyait sincèrement que c'était là la vraie raison. Oui vraiment, toutes pleines d'inconscient.

— Donc cet homme t'embrasse quarante fois, en long, en large et en diagonale, et tu te laisses faire, souriante. (Il la désira.) Recevoir et rendre des baisers de toutes sortes, et même dans le genre double colombine à renversement intérieur, comme dit Michaël, tu es d'accord, et tu le remercies à chaque colombine ! Mais qu'il devienne pressant, comme tu dis noblement, c'est-à-dire qu'il veuille la continuation normale des quarante baisers, et soudain tu t'offenses, et tu deviens vertueuse, et tu ne veux pas de cette continuation ! Allons, Ariane, laisse-moi t'estimer, avoue la vérité ! Tu as été sa maîtresse, tu le sais, et je le sais !

Il avait parlé si rapidement qu'elle n'avait pas tout compris, ce qui la persuada de la justesse du raisonnement. D'ailleurs, il avait parlé avec tant de certitude. Du moment qu'il le savait, autant avouer.

— Oui, souffla-t-elle, la tête baissée.

— Oui quoi ?

— Ce que tu as dit.

— Sa maîtresse ?

Elle fit signe que oui. Épouvanté, il ferma les yeux, s'aperçut que c'était maintenant seulement qu'il le croyait. Un homme de poils et d'organes sur sa bien-aimée !

— Mais une seule fois, dit-elle.

— On en reparlera. Est-ce que tu as ?

— Non, souffla-t-elle.

Comme elle comprenait vite, la rouée ! Il posa plus clairement sa question. Elle rougit, et il s'enflamma. De quel droit rougissait-elle ? Inlassablement, il répéta sa question et chaque fois elle répondit que non. Mais à la vingtième ou trentième fois, vaincue et en larmes, elle cria oui, oui, oui! Mais à peine, ajouta-t-elle après un silence, et elle eut honte, se sentit ridicule. Dehors, un chat énamouré déclara sa flamme. Assez, Dietsch! cria Solal. Une chatte contralto répondit. Assez, Ariane! cria Solal. Elle prit le parti de pleurer, ce qu'elle fit sans peine aucune car elle n'avait qu'à avoir pitié d'elle, ce qui lui venait sans difficulté.

— Pourquoi pleures-tu? Il a été question d'un moment de bonheur et cela te fait pleurer?

— Oui.

— Pourquoi?

Elle se moucha, larmes stoppées par cet accueil sans sympathie. Il s'aperçut qu'elle avait le nez rouge, un peu enflé. Curieux, il ne lui en voulait pas en ce moment, il regardait avec sympathie ce gros nez. Il répéta plusieurs fois son pourquoi, sans y penser, machinalement.

— Je ne sais pas ce que tu dis. Quoi pourquoi?

— Pourquoi pleures-tu?

— Parce que je regrette.

— Pourquoi? Puisque tu l'as fait.

— J'ai horreur de cela maintenant.

— Mais tu n'en avais pas horreur quand tu lui mordais la nuque. A propos, tu la lui mordais tous les jours?

— Mais qu'est-ce que tu dis? Je ne l'ai jamais mordu.

— Eh bien, c'est toujours cela. Merci. Dorénavant, je te demanderai de me mordre la nuque, puisque cela au moins tu ne l'auras pas fait avec lui. C'est d'ailleurs la seule chose que je te demanderai désormais. (Elle mordit sa lèvre pour réprimer un fou rire sans gaieté.) Combien de fois avez-vous couché ensemble? Je poserai la question jusqu'à demain matin s'il le faut.

— Je n'ai été à lui qu'une seule fois.

A lui! Ces mots lui firent broyer le verre qu'il tenait dans sa main et du sang coula. Elle s'approcha, lui demanda de la laisser mettre un désinfectant.

— Au diable le désinfectant! Pourquoi une seule fois?

— Je lui ai expliqué que c'était mal.

Il éclata de rire. Une institutrice expliquant au petit garçon que ce n'était pas bien ce qu'il avait fait, que c'était vilain! Soudain inexprimablement heureux, il mit entre ses lèvres deux cigarettes, les alluma, les fuma avec force et santé, alla et vint, charmé de lui-même. S'arrêtant devant elle, ses deux cigarettes entre l'index et le médius, il la regarda avec défi, joyeusement, et une lumière éclata entre ses lèvres.

— Encore transpirante, tu lui as expliqué.

— Non, le lendemain.

— Tu es retournée chez lui, tu l'aimais, tu as eu du plaisir la première fois, de la joie, comme tu dis noblement, tu as eu la joâ, la joâ, et voilà, tu n'as plus voulu après! D'ailleurs, une fois ou cent fois, c'est la même chose! Tu as couché cent fois?

— Je jure que non!

— Cinquante?

— Non.

— Neuf cents?

— Non.

— Quinze?

— Mais je n'ai pas compté, mon Dieu!

Il s'assit, épouvanté, s'essuya le front de sa main sanglante. Elle n'avait pas compté! Il y en avait donc eu beaucoup! Quinze fois en tout cas, quinze fois au minimum!

— Parle.

— Que veux-tu que je dise?

— Ce que j'attends que tu dises. Allons, dis-le!

— Je n'ai plus rien éprouvé après cette première fois, dit-elle après un silence.

Salie, diminuée, elle baissa les yeux. Oh, il ne l'aimerait plus maintenant. Il la regarda, intéressé. Éprouvé! Elle en trouvait des mots!

— Pourquoi?

— Quoi pourquoi?

— Pourquoi n'as-tu plus rien éprouvé puisque la première fois tu as éprouvé?

— Mais mon Dieu je ne sais pas! Je n'éprouvais rien, voilà.

— Pourquoi recommençais-tu alors?

— Pour ne pas l'offenser. Oh, laisse-moi, gémit-elle.

Il sentit qu'elle avait dit vrai, la regarda avec curiosité. Vraiment une autre race. Pour ne pas l'offenser! Où la politesse allait-elle se loger!

— Pourquoi venait-il chez vous?

— Les premiers temps seulement.

— Cela ne suffisait pas chez lui? Pourquoi chez ton mari?

— Parce que j'avais du plaisir à le voir. Parce que mon mari était ennuyeux.

Elle toussa comme une tuberculeuse, plus fort et plus longtemps que de besoin. Lui, il avait mal. Du plaisir à voir un autre homme! C'était pire que le couchage. Oh, son attente du Dietsch à la fenêtre!

— Et quand ton mari sortait du salon, vous vous embrassiez ?

— Non, jamais! cria-t-elle, et il sut de nouveau que c'était vrai.

— Pourquoi ?

— Parce que ce n'était pas bien, sanglota-t-elle.

Il fit un long tournoiement de derviche, les bras écartés, le front ensanglanté. La réponse était trop belle. Son tourbillon terminé, il alla contre le mur, y frappa de son front, y plaqua ensuite sa main blessée en comptant intérieurement. Il y eut six mains sanglantes. Mon pauvre, mon souffrant, pensa-t-elle. Oh, si au moins il la laissait soigner cette main. Est-ce que la blessure était profonde ? Oh, et ce front tout taché de sang. Son pauvre chéri, tout cela à cause de ce Dietsch. Il se retourna, regarda tristement cette femme d'un autre, et il sortit.

## XCVIII

Il versa de l'eau de Cologne sur sa main blessée, trouva belle l'estafilade, s'ennuya. Alors quoi, elle ne venait pas, elle le laissait seul ? Pour s'occuper, il pensa à sa mort, s'imagina dans son cercueil avec des détails, imposa des poses au petit ourson de velours, en fit un amoureux déclarant sa flamme, puis un dictateur haranguant la foule. Il était en train de le faire jouer au football avec une bille de jade lorsque deux coups furent frappés. Il se retourna, vit une feuille passée sous la porte, la ramassa.

« Tous les gens de mon milieu m'avaient abandonnée. Mon seul proche, mon oncle, était en Afrique. J'étais si seule, ma vie était si vide. Si j'ai accepté d'être la maîtresse de cet homme, c'était pour le garder comme ami, pour ne pas me sentir seule. Je ne l'ai jamais aimé. Il était mon refuge contre le pauvre homme qui était mon mari. Dès que tu es venu et que tu as voulu de moi, il n'a plus existé. Ne te moque pas si je te dis que c'est une vierge d'âme et de corps qui est venue à toi. Ne te moque pas, c'est vrai. Oui, de corps aussi, car les joies du corps c'est par toi que je les ai connues. Ne me quitte pas. Si tu ne veux plus de moi, je n'aurai qu'une issue. Je souffre, laisse-moi entrer. »

Derrière la porte, de petits sanglots étouffés. Il ganta de blanc sa main blessée puis l'autre, changea de robe de chambre, en revêtit une noire, pour le contraste avec les gants. Après un coup d'œil à la glace, il ouvrit. Elle était assise par terre, décoiffée, la tête contre le chambranle, un petit mouchoir à la main. Il la prit par les bras, l'aida à se lever. Comme elle tremblait de tout son corps, il ouvrit l'armoire, en sortit un manteau, l'en revêtit. Dans ce pardessus d'homme, trop large et trop long, qui la couvrait jusqu'aux chevilles, elle était menue, enfantine. Ses mains disparues dans les manches, elle claquait des dents, fragile dans son immense manteau.

— Assieds-toi, lui dit-il. Je vais te faire du thé.

Dès qu'elle fut seule, elle se leva, prit dans la poche de sa robe de chambre un peigne et un poudrier, se recoiffa, se moucha, se poudra, se rassit, attendit, regarda autour d'elle, s'étonna de cet ourson dont il ne lui avait jamais parlé, un jumeau de celui qu'il lui avait donné. De son index elle effleura le front velouté de la petite bête. Lorsqu'il entra, chargé d'un plateau, elle se remit à trembler.

— Bois, ma chérie, dit-il après avoir versé le thé. (Elle renifla, leva sur lui des yeux de chienne battue, but une gorgée, trembla plus fort.) Veux-tu des biscuits ? (Elle fit non de la tête, humblement.) Bois encore.

— Tu m'aimes toujours ? osa-t-elle demander.

Il lui sourit et elle lui saisit la main gantée, la baisa doucement.

— Tu as mis un désinfectant ?

— Oui.

— Tu ne veux pas un peu de thé aussi ? Je vais te chercher une tasse.

— Non, ce n'est pas la peine.

— Alors, bois à ma tasse.

Il but, puis il s'assit en face d'elle. Une musique de danse retentit chez les voisins en même temps que des cris joyeux. Ils n'y prêtèrent nulle attention. Il était tard, mais elle n'avait pas sommeil. On ne s'ennuie pas ce soir, pensa-t-il. Elle prit un étui sur la table, le lui tendit, lui alluma une cigarette. Il en tira deux bouffées, puis l'écrasa. De nouveau, il lui sourit, et elle vint sur ses genoux, tendit les lèvres. Le baiser fut profond. Désireuse, elle sut bientôt, comme si de rien n'était, qu'il la désirait aussi. Elles ont de ces hasards. Se rappelant soudain que ces mêmes lèvres avaient servi à un autre, il se détacha sans drame.

— C'est fini, chérie, et je te demande pardon. Mais si tu veux que ce soit fini pour toujours, il faut que tu me dises tout.

— Mais après, ce sera pire.

— Au contraire, cela me calmera, je n'aurai plus le sentiment insupportable que tu me caches des choses. Tout à l'heure, si j'ai été impossible, et vraiment je le regrette, c'est parce que je me sentais banni d'une partie de ta vie, un étranger qui n'avait pas le droit de savoir. Cela me faisait trop mal. Il lui arrangea doucement une mèche.

— Tu es sûr que ce sera bien après ?

— Après, tu seras une chérie qui a tout dit à son ami. Et puis quoi après tout, ce Dietsch, hein, quoi, tant pis, hein ? (Elle le trouva charmant, si jeune encore, tendre, un peu ahuri.) Il ne mérite pas qu'on fasse tant de mystères à son sujet. Je me rends bien compte que ce n'était pas important, ce chef d'orchestre. Et puis quoi, tu as immédiatement rompu. (Il lui arrangea de nouveau les cheveux.) Au fond, je ne suis pas pressé, l'idée que tu me diras tout tôt ou tard m'a calmé. Tu vois, je suis tout autre déjà. Si tu ne veux pas m'en parler ce soir, tu me raconteras quand tu voudras, demain, après-demain, dans dix jours.

— Autant en finir maintenant, dit-elle.

Animé, il l'embrassa, amical, tout au plaisir de l'histoire à écouter. Un enfant au cirque attendant l'entrée des clowns. Empressé, il apporta un second manteau plus chaud, en vigogne, le lui posa sur les genoux, lui offrit de refaire du thé. Plein d'égards, il la traitait comme une femme enceinte ou un génie prêt à créer et qu'il ne fallait pas brusquer. Il éteignit le lustre, alluma la lampe de chevet, lui proposa même de s'étendre sur le lit, ce qu'elle refusa.

— Interroge-moi, j'aime mieux, dit-elle en lui prenant la main.

— Comment l'as-tu connu ?

— Par Alix de Boygne, une amie à moi, la seule qui m'était restée, une femme d'un certain âge. (Entrée de la maquerelle, pensa-t-il.) Elle a été très bonne avec moi.

— Parle-moi d'elle, demanda-t-il, sympathique, appliqué.

— C'est une femme de la bonne société, mais qui a eu quelqu'un dans sa vie autrefois, un homme marié dont la femme n'a pas voulu divorcer, enfin cela a fait un certain bruit à Genève. Mais il y a longtemps de cela, on a oublié. (L'hypocrisie du quelqu'un dans sa vie le mit hors de lui, et il détesta cette vieille lubrique. Mais il tint bon, fit un nez compréhensif.) Elle est très généreuse, très large d'idées. (Et d'autre chose, pensa-t-il.) Elle s'intéressait beaucoup à l'art, subventionnait un orchestre de chambre, recevait de jeunes musiciens dans sa campagne. (Friande de chair fraîche, pensa-t-il.) Elle en voulait aux gens de notre milieu de ne plus me voir. Elle m'a entourée, gâtée.

Elle renifla, se moucha.

— Grosse ?

— Un peu, dit-elle, gênée. (Il sourit, ravi de l'obésité.) Mais très élégante. (Grâce à un corset à baleines d'acier, pensa-t-il, et la femme de chambre tirant fort sur les cordons de serrage.) Très cultivée aussi.

— Tu ne m'en as jamais parlé à Genève.

— C'est que je ne la voyais plus. Elle est partie peu avant que je, que je vous connaisse. Elle est allée au Kenya vivre chez sa sœur mariée. (Et trouver des nègres, pensa-t-il.)

— Donc c'est chez elle que tu as rencontré ce monsieur?

— Oui, fit-elle en même temps qu'un signe affirmatif mais réservé.

Ce geste décent et conventionnel l'agaça, mais il se fit une raison. Évidemment, elle ne pouvait tout de même pas faire une mimique lascive à l'évocation du bonhomme.

— Quel âge avait-il? demanda-t-il, non sans émotion.

— Cinquante-cinq ans.

Il eut un imperceptible sourire. Donc à peu près cinquante-six maintenant. Très bien. Dans quatre ans, soixante. A la bonne heure.

— Grand?

— Ni grand ni petit, moyen.

— Moyen comment? Moyen grand ou moyen petit?

— Plutôt au-dessous de la moyenne. (Il sourit avec bienveillance. Le Dietsch devenait presque sympathique.) Dites, laissons cela maintenant, n'est-ce pas?

— Non, décris encore.

— Ce sera pas mal?

— Au contraire, chérie. Je t'ai expliqué. Les cheveux, par exemple.

— Blancs, rejetés en arrière, dit-elle en regardant ses sandales. (Il lui prit les genoux, les serra doucement.) Voilà, c'est assez maintenant, s'il vous plaît.

— Et la moustache, blanche aussi?

— Non.

— Noire?

— Oui.

Il desserra l'étreinte, se ravisa, serra de nouveau. Il n'osa pas demander plus de détails. Ce Dietsch était capable d'être élancé et bien fait. S'en tenir à la tête. Pas chauve, malheureusement. Enfin, les cheveux étaient blancs, Dieu merci.

— Oui, dit-il d'un ton pénétré, je me rends compte, ce devait être assez beau ce contraste entre les moustaches noires et les cheveux blancs. (Elle toussa.) Pardon?

— Rien. J'ai la gorge un peu irritée.

— C'était beau, n'est-ce pas, ce contraste?

— Il m'avait été plutôt antipathique d'abord. (Passons à la suite!) C'était cette moustache qui semblait teinte. Mais je me suis rendu compte assez vite, je peux tout dire, n'est-ce pas?

— Chérie, tu vois comme je suis tranquille, c'est parce que tu ne me tiens plus à l'écart. Alors, tu disais que tu t'es assez vite rendu compte.

— Enfin que c'était un homme intelligent, cultivé, fin, un peu désarmé. (Pas de partout, pensa-t-il.) Nous avons causé.

— Oui, chérie. Et alors?

— Eh bien, j'étais contente en rentrant à la maison. Ensuite, quelques jours plus tard, Alix et moi nous sommes allées le voir diriger. Il y avait la Pastorale au programme.

Il fronça les sourcils. Bien sûr, on était une artiste, on disait simplement la Pastorale, ça faisait intime de Beethoven. Et de Dietsch. La Pastorale serait payée.

— Continue, chérie.

— Eh bien voilà, il remplaçait le premier chef d'orchestre, j'ai oublié son nom. (Le nom du vrai chef, elle l'avait oublié. Mais le nom du faux chef, non. Tout serait payé.) J'ai aimé sa manière de diriger.

Il vit le Dietsch faire le pantin génial, dirigeant sans baguette, et les deux crétines se pâmant et croyant voir Beethoven lui-même! On n'avait jamais admiré Beethoven ou Mozart autant que les chefs d'orchestre, poux du génie, tiques du génie, suceurs du sang des génies, et se prenant au sérieux et se croyant importants, et osant se faire appeler maître, et venant saluer comme s'ils étaient Beethoven ou Mozart, et gagnant tellement plus d'argent que Beethoven ou Mozart! Et pourquoi admirait-elle le pou Dietsch? Parce qu'il savait lire la musique inventée par un autre! A la rigueur, tout juste capable de composer une petite marche militaire, le pou Dietsch!

— Je me rends compte qu'il était beaucoup mieux que ton mari.

— Oui, reconnut-elle avec le sérieux de l'objectivité, et de rage il se mordit la lèvre jusqu'au sang.

— Parle-moi encore un peu de lui, chérie, et après ce sera fini.

— Eh bien, il a été premier chef à l'Orchestre philharmonique de Dresde. Quand les nazis ont pris le pouvoir, il a donné sa démission. D'ailleurs, il était membre du parti social-démocrate.

— C'est sympathique. Et alors?

— Alors, il est venu en Suisse et il a dû accepter le poste de deuxième chef d'orchestre à Genève, alors qu'il avait dirigé en premier le plus important orchestre d'Allemagne. (Mais elle était folle de son Dietsch! Que faisait-elle à la Belle de Mai avec un homme qui ne savait pas lire une note de musique?) Voilà, c'est assez maintenant, je vous en prie.

— Une dernière chose, chérie, et après fini. Est-ce que vous passiez quelquefois la nuit ensemble?

La question étant grosse, il lui serra amoureusement les mains, les lui baisa.

— Non, s'il te plaît. Tout cela est mort, je n'aime pas y penser.

— C'est la dernière question. Avez-vous passé la nuit ensemble?

— Très rarement, dit-elle d'une voix angélique.

— Eh bien, tu vois qu'il ne se passe rien de mal lorsque tu me réponds franchement. Mais comment as-tu pu t'arranger? sourit-il, amusé, malicieux.

— Grâce à Alix, dit-elle en lissant son peignoir sur son genou. Assez maintenant, je t'en prie.

Il tira longuement sur sa cigarette afin de pouvoir parler avec calme. Puis il fit un sourire bonasse, complice.

— Ah oui, je comprends, tu étais censée être allée chez elle alors que tu étais chez lui, et tu téléphonais à ton mari qu'il était trop tard pour rentrer et qu'elle te gardait! N'est-ce pas, petite coquine?

— Oui, souffla-t-elle, tête baissée, et il y eut un silence.

— Dis, chérie, est-ce que tu as eu d'autres hommes?

— Mon Dieu, mais pour qui me prends-tu?

— Mais pour une putain, dit-il mélodieusement. Pour une petite putain très rusée.

— Ce n'est pas vrai! s'écria-t-elle, dressée, frémissante. Je te défends de dire cela!

— Comment, tu crois vraiment que tu es une femme honnête?

— Certainement! Et tu le sais! J'étais désemparée par mon horrible mariage. (Le coup de l'araignée, pensa-t-il.) Je suis une femme honnête!

— Excuse-moi, mais. (Il simula une hésitation de courtoisie.) Mais tu revenais à ton mari un peu. (Il feignit de chercher un adjectif poli.) Un peu moite de ce monsieur Dietsch et, enfin, je pensais que ce n'était pas tout à fait honnête.

— J'ai eu tort de ne lui avoir pas avoué, mais j'avais peur de lui faire de la peine. C'est mon seul tort. De tout le reste, je n'ai pas à rougir. Mon mari était un pauvre être. J'ai rencontré un homme qui avait une âme, lui, une âme!

— De combien de centimètres?

Elle le regarda, stupéfaite, comprit enfin.

— Tu es révoltant!

Il frappa dans ses mains, leva les yeux au ciel pour le prendre à témoin. Plus beau que tout! C'était elle qui faisait cela, trois, quatre fois peut-être dans une nuit, chez le chef d'orchestre, engloutissait avec ferveur, et c'était lui qui était révoltant! Il y avait de quoi se voiler la face.

Pour se voiler la face, il tira un drap de lit, s'en couvrit. Ainsi revêtu de son blanc suaire, il déambula à travers la chambre. Tout en suivant du regard le fantôme en sa ronde, elle s'intimait de ne pas rire, se disait des mots sérieux. C'est très grave, ma vie va se décider, se disait-elle. Enfin il se débarrassa de son linceul, alluma une cigarette. Elle n'avait plus envie de rire. Oui, son sort se décidait.

— Aimé, écoute, c'est mort tout cela.

— C'est très vivant, dit-il. Dietsch sera toujours entre toi et moi. Et même sur toi. Il est là en ce moment. Il te fait des choses tout le temps. Je ne peux plus vivre avec toi. Va-t'en! Quitte cette maison!

# XCIX

Non, impossible de rester seul, il avait besoin d'elle, besoin de la voir. Si seulement elle lui souriait, tout serait fini, tout serait bien de nouveau. Il sortit dans le hall, ausculta sa poitrine, tourmenta ses cheveux, aiguisa son nez, se décida. Pour sauver la face, il s'abstint de frapper à la porte, entra en maître. Sans lever la tête, elle continua à ranger des vêtements dans la valise ouverte sur le lit, les pliant d'abord avec soin, absorbée, visage de marbre. Elle était heureuse de le faire souffrir. Voilà, il verrait bien qu'elle partait pour de bon. Pour lui dissimuler son besoin d'elle et lui prouver son indifférence, il ironisa.

— Alors, départ éternel?

Elle fit signe que oui, poursuivit ses rangements minutieux. Pour la faire souffrir et lui montrer qu'il s'attendait bien à la voir partir, il fit le serviable, lui passa une robe prise dans l'armoire.

— Cela suffit, ma valise est presque pleine, dit-elle lorsqu'il lui tendit une autre robe. Je ne prends pas tout. J'écrirai pour dire où il faudra envoyer le reste.

— Je vais te donner de l'argent.

— Non, merci. J'ai ce qu'il faut.

— Quel train prends-tu?

— N'importe. Le premier qui passera.

— Il est presque trois heures du matin. Le premier, celui pour Marseille, ne passe qu'à sept heures.

— J'attendrai à la gare.

Les sourcils froncés, le front plissé, elle fourra des souliers dans un coin de la valise.

— Il y a du mistral. Il fera froid dans la salle d'attente. N'oublie pas de prendre un manteau.

— Cela m'est égal d'avoir froid. Une pneumonie serait une solution.

Dans un autre coin de la valise, elle inséra avec force l'album des photographies de famille. Il sifflota.

— Je suppose que c'est à Genève que tu vas. Pour assister à des concerts symphoniques ?

Elle se tourna vers lui, hostile, les poings fermés.

— Tu m'as trompée quand tu m'as dit que tout irait bien si je disais tout. J'ai eu confiance, je ne soupçonne pas les ruses, moi.

Bien sûr, elle avait raison. Elle était honnête, elle. Oui, mais cette bouche honnête s'était écrasée contre des poils.

— Tu aurais mieux fait de ne pas faire du trapèze volant avec le chef d'orchestre trois heures avant de venir me baiser la main !

Il haleta. Insupportable de voir tout le temps la femme la plus aimante, la plus noble, avec une tête si pure, de la voir tout le temps incompréhensiblement sous un chimpanzé d'orchestre, tout le temps abanant sous le chimpanzé. Oui, la plus aimante. Quelle femme l'avait aimé autant que cette femme ? Le soir du Ritz, si pure lorsqu'elle lui avait baisé la main. Et ensuite, chez elle, si jeune et naïve devant son piano, si grave d'amour. Et sous le chimpazé quelques heures avant !

— C'est une honte de me parler ainsi ! Quel mal t'ai-je fait ? C'était avant de te connaître.

— Allons, ferme ta valise.

— Alors, cela ne te fait rien de me laisser partir toute seule dans la nuit, dans le froid ?

— Évidemment, c'est triste. Mais que veux-tu, nous ne pouvons plus vivre ensemble. Prends ton manteau.

Il se félicita de sa réponse. Un ton modéré était plus convaincant, confirmait la réalité de la séparation. Elle pleurait, elle se mouchait. Très bien. En tout cas, en ce moment, elle le préférait certainement à Dietsch. La valise bouclée, elle se moucha de nouveau, se tourna vers lui.

— Te rends-tu compte que je n'ai personne au monde ?

— Accroche-toi au bâton du chef d'orchestre. (Oh, si elle s'avançait, si elle lui tendait la main, il la serrerait contre lui et tout serait fini. Pourquoi ne venait-elle pas ?) Quoi, je suis vulgaire ?

— Je n'ai rien dit.

— Tu l'as pensé ! Pour toi la noblesse consiste à dire des mots surfins et à ne pas dire certains autres mots, réputés vils, mais à faire exactement et le plus souvent possible ce que ces mots vils désignent. J'ai dit accroche-toi au bâton du chef d'orchestre et je suis vulgaire, chacun de tes cils le crie! Mais toi, la noble, que faisais-tu secrètement avec le Dietsch dans une chambre fermée à clef pendant que ton pauvre mari t'attendait avec confiance, avec amour?

— Si c'est mal ce que j'ai fait avec D.

Il eut un rire amusé, douloureux. Quelle pudeur, quelle décence! Elle n'avait couché qu'avec une initiale, ne l'avait trompé, ne le trompait qu'avec une initiale!

— Oui, j'ai compris, si c'est mal ce que tu as fait avec ton Dietsch, c'est mal ce que tu fais avec moi. Comme si je ne le savais pas! Mais ce mal, moi je le paye cher!

— Que veux-tu dire?

Oui, lui au moins expiait l'adultère par l'enfer de l'amour dans la solitude, un enfer depuis treize mois, vingt-quatre heures par jour, avec l'angoisse de la sentir chaque jour moins aimante. Tandis qu'avec ce veinard d'orchestre il y avait les délicieuses rares rencontres, une fête perpétuelle, assaisonnée par la présence du cocu assommant.

— Que veux-tu dire? insista-t-elle.

Lui crier que c'était la première fois depuis longtemps qu'ils étaient délivrés de l'avitaminose, que c'était enfin intéressant d'être ensemble? Mais que lui resterait-il alors à cette malheureuse? Non, lui épargner cette humiliation.

— Je ne sais pas ce que j'ai voulu dire.

— Bien. Maintenant je te serais reconnaissante de me laisser. Je dois m'habiller.

— Cela te gêne de passer une jupe devant le successeur du chef d'orchestre? demanda-t-il sans conviction, machinalement, sans en souffrir, car il était fatigué.

— Je te prie de me laisser.

Il sortit. Dans le hall, il n'était pas sans inquiétude. Est-ce qu'elle allait lui faire le coup de partir pour de bon? Chargée de sa valise, elle apparut, en élégant petit tailleur gris, celui qu'il aimait le plus, dûment poudrée. Comme elle était belle. Elle se dirigea lentement vers la porte, l'ouvrit lentement.

— Adieu, dit-elle, et elle lui lança un dernier regard.

— Cela me fait de la peine de te voir partir à trois heures du matin. Que feras-tu dans cette petite gare jusqu'à sept heures? D'ailleurs, la salle d'attente est fermée la nuit. Le mieux est que tu partes d'ici un peu avant l'arrivée du train, ce sera tout de même moins fatigant que de rester dehors dans le froid.

— Bien, je vais attendre dans ma chambre qu'il soit six heures quarante, dit-elle lorsqu'il eut suffisamment insisté et qu'elle estima pouvoir honorablement accepter.

— Repose-toi, dors un peu, mais mets le réveil pour ne pas risquer de rester endormie. Mets-le pour six heures et demie plutôt, ou même pour six heures vingt, la gare est assez loin. Alors, voilà, je te dis adieu dès à présent. Tu es sûre que tu ne veux pas d'argent?

— Non, merci.

— Eh bien, c'est tout. Adieu.

Rentré chez lui, il ôta ses gants blancs, reprit l'ourson de velours, en remplaça les bottes par des espadrilles vertes et le sombrero par un petit canotier. Le charme dura peu. Se persuadant qu'il avait soif, il se rendit à la cuisine, sortit d'une armoire une bouteille de lime-juice, la remit presque aussitôt en place. Après être retourné chez lui pour se ganter de nouveau, il alla frapper chez elle. Debout devant sa valise, les bras croisés et les mains aux épaules, elle était en robe de chambre, ce qui le rassura.

— Je regrette de te déranger, mais j'ai soif. Où est le lime-juice?

— Dans la grande armoire de la cuisine, en bas, à gauche.

Mais elle pensa aussitôt que s'il allait se servir lui-même elle ne le reverrait pas. Elle lui proposa donc d'aller chercher elle-même le jus de limon. Il remercia. Elle lui demanda où il le voulait, chez lui ou ici? Il pensa que si elle l'apportait chez lui elle s'en irait tout de suite.

— Ici, puisque j'y suis, dit-il d'un ton indifférent.

Resté seul, il se vérifia dans la glace. Les gants blancs faisaient bien sur cette robe de chambre noire. De retour de la cuisine, elle déposa noblement le plateau d'argent sur la table, versa le lime-juice puis l'eau minérale, puis deux cubes de glace à l'aide d'une pince d'argent, mélangea, tendit le verre, alla s'asseoir. Décente, elle tira le bas de sa robe, en recouvrit ses jambes. Il vida le verre sur le tapis.

— Soulève ta robe!

— Non.

— Soulève ta robe!

— Non.

— Puisque Dietsch a vu, moi aussi je veux voir!

Tenant sa main plaquée contre ses genoux, elle commença à sangloter avec des grimaces, ce qui le mit hors de lui. Cette femme qui avait l'impudence d'éprouver de la pudeur, qui ne voulait pas lui montrer ce qu'elle avait montré à un autre! Pourquoi devait-il, lui, être le seul à qui on ne montrait rien? Il répéta longtemps la monotone demande de soulever, ne comprenant même plus le mot sans cesse redit. Soulève, soulève, soulève, soulève! A la fin, pour ne plus entendre cette voix, affolée, humiliée, elle souleva, montra ses longues jambes soyeuses, montra ses cuisses.

— Voilà, méchant, voilà, homme méchant, tu es content maintenant?

Son corps tremblait et son visage traversé par des ondes était effrayant et beau. Il s'approcha.


— Je suis ta femme, pleurait-elle merveilleusement sous lui, et il déferlait contre elle qui déferlait contre lui et qui lui disait de n'être plus méchant avec elle, qui lui redisait qu'elle était sa femme, et il adorait sa femme, déferlait contre elle. O aimante exaspération, chant des chairs en lutte, rythme premier, rythme maître, rythme sacré. O coups profonds, frissonnante mort, sourire désespéré de la vie enfin qui s'élance et fait éternelle la vie.

Dietsch aussi, comme moi! pensa-t-il, encore en elle. Dietsch en ces mêmes parages! A peine, avait-elle dit, mais ce à peine c'était du mensonge, on ne pouvait pas éprouver à peine, pensa-t-il toujours en elle. Et si elle avait éprouvé une fois, pourquoi pas les autres fois? Et d'ailleurs, si c'était vrai qu'aucun plaisir par la suite, elle n'aurait pas continué. Donc, oui, chaque fois avec Dietsch. Il s'écarta. Elle vit les yeux fous et, nue, bondit hors du lit, ouvrit la porte-fenêtre, s'enfuit dans le jardin, tomba. Clarté du corps suave, luisant de lune. Il frissonna. Nue sur l'herbe humide, elle allait prendre froid!

— Reviens! Je ne te ferai pas de mal!

Comme il s'approchait, elle se releva, courut vers la haie des roses. Dans les arbres encore noirs, les premiers petits courageux saluaient l'aurore proche, s'aimaient les uns les autres, et elle qui courait, qui avait peur de lui. Il rentra, revint avec le manteau de vigogne, le posa sur le gravier, lui cria de ne pas avoir peur et qu'il allait s'enfermer chez lui, lui cria de se couvrir.

Derrière les rideaux de sa chambre, il la guetta, la vit qui se décidait enfin à rentrer, revêtue du manteau, obéissante. Mais pourquoi ne le boutonnait-elle pas? Pauvre faiblesse aperçue entre les pans entrouverts. Boutonne, ma chérie, boutonne, mon trésor, ne prends pas froid, tu es si fragile, mur-mura-t-il contre la vitre.

Peu après, entré chez elle, il la trouva, blanche et immobile, les yeux cernés de bleu, grands ouverts sur sa vie. Alors, il eut mal de la voir souffrir, malade à cause de lui. Ignoble, il était ignoble, il était un maudit. Pour lui ôter sa souffrance, il joua une douleur qu'il éprouvait pourtant, s'assit lourdement pour attirer son attention, posa son front contre la table. Il la connaissait, elle était bonne. Le voyant souffrir, elle voudrait le consoler, viendrait le consoler, viendrait adoucir la souffrance de son aimé, et ainsi elle oublierait la sienne, se sentirait mieux. Comme elle tardait à venir, il soupira. Alors, elle s'approcha, se pencha, lui caressa les cheveux, apaisée par sa tâche de récon-fort. Soudain, il aperçut Dietsch en toute virilité. Oh, la chienne! Il redressa la tête.

— Combien?

— Combien quoi?

— Combien mesurait-il?

— Quel intérêt, mon Dieu, quel intérêt vraiment? s'écria-t-elle avec une grimace de désespoir.

— Un grand intérêt! dit-il solennellement. L'unique intérêt de ma vie! Alors, combien?

— Je ne sais pas. Un mètre soixante-sept, je pense.

Se complaisant à croire à l'abomination des attraits de Dietsch, il recula avec horreur, mit sa main contre ses lèvres. Mais quel monstre était cet homme?

— Je comprends tout maintenant, dit-il, et il se promena de long en large, les bras levés en immense stupéfaction, cependant qu'elle pleurait, riait nerveusement, se haïssait de rire. Dans quel enfer était-elle? Les damnés devaient rire dans les flammes.

— C'est affreux, dit-elle.

— En effet, cent soixante-sept centimètres, c'est affreux, dit-il. Quelle que soit ta bonne volonté, je comprends, c'est affreux, c'est trop.


Grand jour dehors. Devant elle pétrifiée, faisant la morte, traversée de frissons, il parlait depuis des heures, inlassable-ment. Debout, sa robe de chambre gisant à terre, toujours ganté de blanc mais complètement nu car il avait chaud, trois cigarettes allumées entre les lèvres, il fumait, entouré d'un nuage qui brûlait les yeux de la coupable, fumait avec force et parlait sans arrêt, sentait les sueurs de Dietsch, voyait les lèvres de son aimée touchées par les lèvres ignobles de Dietsch, oh, ces quatre horribles petits biftecks en mouvement perpétuel. Orateur et prophète, ridicule et moral, il parlait, parlait, avait mal à la tête, mal de voir sans cesse les organes des deux adultères en même temps que leurs langues frénétiques, reprochait, fulminait, disait les abominations de la pécheresse, évoquait ses décentes grand-mères aux cheveux chastement couverts d'une résille de jais, car les cheveux sont une nudité, disait le Talmud, louangeait la vertueuse incompétence sexuelle des Juives de Céphalonie pour qui le bel homme était toujours un obèse imposant. Et toutes fidèles à leur seigneur mari!

Immobile, tête baissée, elle l'entendait à travers les brouillards des cigarettes fumées, comprenait à peine, anesthésiée de sommeil et de malheur, tandis que tristement il bouffonnait sur les étreintes de Dietsch et d'Ariane, les ridiculisant pour les avilir, pour supprimer la magie de Dietsch, le lointain, le désirable. Enfin, elle se leva, décidée à fuir. Non, pas la force de prendre un train. Aller au Royal. Ne plus savoir, ne plus l'entendre, dormir.

— Laisse-moi partir.

Il s'approcha, lui pinça l'oreille, sans conviction. Il n'avait nulle envie de lui faire du mal. Mais quoi, la supplier de rester? Impossible. Le bras mou, les doigts irréels, il lui pinça de nouveau l'oreille dans l'espoir que la scène continuerait et qu'ainsi elle resterait.

— Assez! Ne me touche pas!

— Et lui, il ne te touchait pas?

— Il me touchait autrement, murmura-t-elle, idiote de sommeil et de fatigue.

Autrement! Oh, l'ânesse rouge! Et c'était à lui qu'elle disait cela! Il se retint de frapper. S'il frappait, elle partirait. Le réveil sonna. Six heures et demie. L'empêcher de penser au train de sept heures.

— Répète ce que tu as dit.

— Qu'est-ce que j'ai dit?

— Tu as dit autrement.

— Bon. Autrement.

— Que veut dire autrement?

— Qu'il ne me pinçait pas l'oreille.

— Pourquoi? demanda-t-il machinalement, l'esprit vide, mais il fallait tout de même continuer.

— Quoi pourquoi?

— Pourquoi est-ce qu'il ne te pinçait pas l'oreille?

— Parce qu'il n'était pas vulgaire.

Il se regarda dans la glace. Donc lui, vulgaire, malgré les gants blancs.

— Comment est-ce qu'il te touchait alors ?

— Je ne me rappelle pas.

— Dis comment il te touchait.

— Mais tu le sais ! (Il se retint de frapper.) Mon Dieu, mais tu ne vois pas que tu salis notre amour ?

— Tant mieux ! D'ailleurs, je t'interdis de parler de notre amour. Il n'y a pas de notre amour. Tu t'es fait trop dietscher.

— Alors, laisse-moi partir.

— Est-ce que tu lui disais aussi que tu étais sa femme ? En allemand sans doute ? Ich bin deine Frau ?

— Je ne lui disais rien en allemand.

— Et en français ?

— Je ne lui disais rien.

— Pas vrai. Vous n'étiez pas muets tout le temps. Dis ce que tu lui disais à ces moments-là.

— Je ne me rappelle pas.

— Donc tu lui disais des mots. Il faut que je sache lesquels.

— Mon Dieu, mais pourquoi me parles-tu tout le temps de cet homme ?

C'était vrai, de lui en parler tellement, d'en évoquer les étreintes, il en avait en réalité augmenté le prestige, la lointaine magie, le lui avait rendu attirant, appétissant. Voilà, hantée maintenant par le Dietsch, revivant les joies passées par la faute du cocu rabâcheur, elle allait peut-être avoir envie de recommencer les gymnastiques d'antan avec le Dietsch, redevenu nouveau, excitant. Tant pis, tant pis. Savoir.

— Dis-moi ce que tu lui disais, scanda-t-il.

— Je ne sais pas. Rien.

— Tu lui disais bien-aimé ?

— Sûrement pas. Je ne l'aimais pas.

— Alors pourquoi est-ce que tu te laissais faire ?

— Parce qu'il était doux, bien élevé.

— Bien élevé ? Avec les coups qu'il t'assenait quelque part ?

— Tu es ignoble.

— Qu'on lui assène ces coups-là, c'est bien élevé ! s'écria-t-il, hors de lui. Mais qu'on le lui dise, c'est ignoble, et c'est moi qu'on méprise, et c'est lui qu'on estime ! Tu l'estimes ?

— Oui, je l'estime.

L'un et l'autre tenaient à peine debout, machines détraquées, aveulis de fatigue et d'incohérence. Dehors, tous les oiseaux chantaient maintenant leurs petits hymnes au soleil. Hébété, toujours nu et fumant, il considérait l'incroyable créature qui osait respecter un homme avec qui elle avait fait des immondices. Le bras malade, il la repoussa à peine, comme en rêve. Elle tomba aussitôt, mais les mains en avant pour amortir la chute. A plat ventre, elle resta immobile, le front contre son bras. La légère robe s'était soulevée, la révélait jusqu'à la courbe des reins. Elle poussa un long gémissement, appela son père, sanglota. Mouvante, sa croupe s'abaissait et se relevait au rythme des sanglots. Il s'approcha.

# C

Sa valise déposée sur un banc, il arpenta le quai, s'arrêta devant le distributeur automatique, introduisit des pièces de monnaie, tira les manettes, regarda tomber les petits paquets, sifflota, déambula de nouveau, les yeux au ciel. A onze heures, l'inquiétude le gagna. Allait-elle lui faire le coup de ne pas venir l'empêcher de partir? Le train pour Marseille serait là dans huit minutes, s'il n'avait pas de retard. Enfin, une auto qu'il reconnut, c'était l'autre taxi d'Agay. Elle en descendit, sa valise à la main. Leurs regards se rencontrèrent, mais chacun parvint à maîtriser son envie de rire, une envie mécanique, sans nulle gaieté.

— Tu pars aussi? demanda-t-il en fronçant les sourcils, les yeux baissés.

— Je pars aussi.

— Et où iras tu?

— Là où tu n'iras pas. Où vas-tu, toi?

— A Marseille, dit-il, les yeux toujours baissés pour ne pas risquer de rire.

— Alors, je prendrai le train suivant.

— As-tu fermé là-bas? Le compteur du gaz?

Elle haussa les épaules pour signifier qu'elle ne se préoccupait pas de telles vétilles, alla s'asseoir sur l'autre banc. Assis à deux mètres l'un de l'autre, chacun avec sa valise, ils s'ignorèrent. A onze heures cinq, il se leva, alla au guichet des billets, demanda deux premières pour Marseille, revint sur le quai, resta debout, valise à la main, évitant toujours de la regarder. Enfin, la locomotive entra en gare avec indignation, expira, et les wagons rendirent de petits voyageurs. Il monta, guignant de côté. Si elle ne suivait pas, il sauterait sur le quai au dernier moment.

— Qu'est-ce que tu viens faire ici, toi ? lui demanda-t-il lorsqu'elle entra dans son compartiment.

— Voyager.

— Tu n'as pas de billet.

— J'en achèterai au contrôleur.

— Va au moins dans un autre compartiment.

— Il y a de la place ici.

Il y eut des sons de cloche, et le train gémit, protesta, s'ébroua avec des souffles de vapeur et des bruits de fers, puis recula, puis se secoua, puis avança suavement, puis se décida et fonça, se ruant gros avec ses wagons enchaînés et torturés, scandant les cadences de ses roues obsédées. Lorsqu'elle se leva, il la laissa hisser seule sa valise sur le filet, constata avec satisfaction sa maladresse. Tant pis, elle n'avait qu'à se débrouiller. La valise enfin en place, elle se rassit sur la banquette d'en face. L'un et l'autre avaient les yeux baissés car ils savaient que s'ils se regardaient en gardant leur sérieux, ils ne pourraient s'empêcher de sourire, puis de rire, et ils perdraient la face.

Dans le couloir ballotté, s'entrechoquant avec des rires discrets, des Anglais passèrent, suivis par de cacophoniques gosses américains, crétinets virils, mastiqueurs bariolés, assurés de leur importance et nasillards maîtres du monde, suivis par leurs sœurs dégingandées en chaussettes écossaises, sexuelles et déjà maquillées, s'exprimant également par le moyen de l'arrière-nez vibrant, triomphantes vulgarités ruminant leur chewing gum, futures majorettes.

Les deux continuaient à s'ignorer tandis que dehors les arbres courbés se découpaient avec des hâtes, que les poteaux télégraphiques filaient en sens inverse, brusquement s'abaissant puis se redressant, qu'une cloche de village tintait, qu'un chien montait une pente verte avec des efforts rigoleurs, langue dehors, que le train brusquement titubant criait un effroi, que les cailloux luisaient entre les rails, qu'une locomotive haut le pied passait avec des halètements obscènes, qu'un garde-barrière faisait le mannequin, qu'un yacht joujou blanc coupait au loin la soie méditerranéenne.

Entrèrent trois adolescentes en bourgeons. Après des fous rires, car elles trouvaient beau ce monsieur, elles caquetèrent avec des mots forts pour avoir du caractère et être originales, et lui plaire. L'une dit d'un chanteur qu'il était fabuleux, une autre parla de son rhume fantastique de la semaine dernière, la troisième dit qu'elle aussi, oh elle toussait comme elle ne savait pas quoi. Il se leva, sortit du compartiment, traversa le grand accordéon odeur de mouton. Entré dans un wagon de troisième classe, il ouvrit la porte du dernier compartiment, s'assit.

Ivre de vitesse et sans cesse manquant de tomber, le train effaré, gauche et rapide, pénétra dans un tunnel en hurlant son effroi, et des vapeurs blanchirent les vitres, et ce fut le pandémonium ferreux contre les murs suintants, et soudain la campagne apparut de nouveau et ses calmes verdures. De temps à autre, silencieux, les voyageurs observaient l'étranger bien habillé, puis les conversations reprenaient. L'ouvrière fardée aux bas de soie reprisés méprisait le paysan qui lui parlait en se caressant le menton hérissé pour chasser la timidité. La grosse mémère à béret alpin et col de lapin répondait à sa voisine, puis bâillait pour cacher un mensonge, puis essuyait la longue morve de son chérubin de trois ans, puis engageait avec lui une conversation artificielle, endimanchée, pour l'édification des spectateurs, le questionnait avec une insolite amabilité afin d'en tirer des reparties surprenantes et adultes, destinées à l'admiration de l'assistance que son œil en coulisse surveillait, tandis que son petit affreux, sentant une indulgence inusitée, en profitait pour hurler à tue-tête, taper des pieds, saliver, et vomir du saucisson à l'ail. Deux fiancés, isolés au bout de la banquette, entremêlaient leurs doigts rouges aux ongles fourrés de noir. La fiancée était munie d'une plaque de boutons sur le front. Le fiancé avait un nez minuscule, un veston à carreaux marron clair, un col dur, un pull à fermeture éclair, des souliers vernis, des chaussettes violettes. A la pochette du veston, un porte-mine et un stylo agrafés, un mouchoir bordé de dentelle et une chaînette avec un 13 dans un rond. Il murmurait des questions à sa chérie, bourdonnait des requêtes amoureuses auxquelles, charmée, elle ne répondait que par des rires étouffés ou par des hein? enjôleurs. En règle avec le social, légitime et sûr de son droit, il pelotait le derrière de la demoiselle qui s'en enorgueillissait et, pour l'enchanter, fredonnait la Chapelle au clair de lune tout en posant délicieusement sa rangée de boutons frontaux sur l'épaule virile fortement rembourrée.

Saint-Raphaël. Des reculs, des secousses, et les roues protestèrent avec des glapissements de chiots martyrisés, et le train s'arrêta avec un long soupir de fatigue, des spasmes, des borborygmes de métal, des chuchotis, un dernier soupir. Irruptions audacieuses de nouveaux, accueils méfiants des installés. Une famille pénétra, conduite par une vieille rougeaude à voiles noirs, et le train repartit, sans fin haletant son asthme, tant de.

métaux s'effarouchant. Au loin, une rivière brilla d'un éclat solitaire, s'éclipsa, et la vieille tendit au contrôleur les billets de la bande avec le petit rire satisfait de qui est en règle et fait partie d'un groupe. Elle entra ensuite en conversation avec la mémère au béret alpin, à laquelle elle déclara qu'elle ne pouvait pas voir souffrir les bêtes, puis avec la fiancée toujours pelotée qui lécha sa lèvre ombragée avant de répondre à la dame importante. Après quoi, les fiancés se restaurèrent de fromage de tête et de cervelas, elle aspirant avec distinction et des pépiements suprêmes les fibrilles logées entre les dents. Le casse-croûte terminé, elle pela avec l'ongle du pouce une orange qu'elle remit à son mâle qui s'en reput, penché et les jambes écartées pour ne pas se salir, puis éructa, s'essuya les mains au mouchoir qu'elle lui prêta, puis fit des effets avec la fermeture éclair de son pull neuf cependant que le train s'emballait, trébuchait, avançait prodigieusement. Rouge de vin et transpirante, la fiancée trouva spirituel de dire adieu adieu adieu à des gens sur la route, avec force gestes, ce qui fit rire l'assistance. Fier du succès de sa chérie et passant à l'amour, le fiancé lui bécota l'oreille ornée d'une boucle en forme d'ancre marine, ce qui provoqua le fou rire de la charmante qui s'écria Tais-toi tu m'affoles, puis cria N'en jetez plus, la cour est pleine! Le jeune congestionné persistant dans sa notification de passion, la mignonne aux boutons lui assena une gifle mutine puis lui tira la langue qu'elle avait chargée et, d'un œil de houille, regarda l'effet sur le public. Solal se leva. Assez frayé avec le prolétariat. Retourner chez les riches puisque les trois idiotes étaient descendues à Saint-Raphaël, caquetantes et pouffantes.


De sa voix d'enfant modèle, elle lui dit qu'il s'était trompé en pensant qu'un train pour Marseille s'arrêtait à Agay de bon matin. D'après l'horaire que les jeunes filles lui avaient prêté, le premier train de la journée pour Marseille c'était justement celui-ci. Bien, fit-il sans la regarder, et il alluma une cigarette pour faire barrière. Après un silence, elle dit que ce train était très rapide et qu'ils seraient déjà à Marseille à treize heures trente-neuf. Bien, fit-il. Après un nouveau silence, elle dit que c'était dommage d'avoir pris ce train à Cannes puisqu'il s'arrêtait aussi à Saint-Raphaël. C'était la faute du premier chauffeur de taxi qui l'avait mal renseigné, peut-être exprès, pour faire une plus longue course. Il ne répondit pas. Alors, elle se leva, vint s'asseoir auprès de lui. Je peux? demanda-t-elle. Il ne répondit pas. Elle passa sa main sous le bras de son grand honteux, lui demanda s'il était bien. Oui, dit-il. Moi aussi, dit-elle, et elle baisa la main blessée, posa sa tête sur l'épaule aimée.

Lorsque le train s'arrêta en gare de Toulon, elle se réveilla en sursaut, murmura qu'elle avait fermé le compteur du gaz. En veste blanche, un garçon du wagon-restaurant passa avec sa clochette, annonça le deuxième service. Elle dit qu'elle avait faim. Il dit que lui aussi.

# CI

Ils venaient de rentrer à l'hôtel après un après-midi de flâneries, la main dans la main. Elle avait tout aimé de Marseille, la bruyante rue Longue-des-Capucins aux victuailles étalées et criées, la halle aux poissons et ses gaillardes fortes en gueule, la rue de Rome, la rue Saint-Ferréol, la Canebière, le Vieux-Port, les étroites rues patibulaires et cordiales où circulaient dangereusement, déhanchés, des messieurs félins et grêlés de variole.

Contente parce qu'elle l'entendait fredonner dans son bain, elle se sourit dans la glace. Bonne idée d'avoir pensé à emporter les jolies mules et le collier de perles qui allait si bien avec cette robe de chambre. Avec le même sourire, elle inspecta ensuite le dîner froid qui venait d'être servi sur la table, se félicita d'avoir commandé la sorte de repas qu'il préférait. Hors-d'œuvre, darnes de saumon, viandes froides, mousses au chocolat, petits fours, champagne. Bonne idée aussi, ce chandelier à cinq branches qu'elle avait fait apporter. Ils dîneraient aux bougies, c'était plus intime. Tout allait bien. Il avait été très gentil depuis leur arrivée.

Elle se disposait à ouvrir le paquet des bougies, pour garnir le chandelier, lorsqu'il entra, merveilleux dans cette robe de chambre en soie écrue. Elle rectifia sa mèche frontale, désigna la table avec un geste gracieux de pédéraste.

— Regardez les jolies couleurs de ces hors-d'œuvre. Il y en a des suédois et des russes, c'est moi qui ai eu l'idée. Ces petites choses blondes s'appellent des supions, c'est une spécialité provençale, m'a dit le maître d'hôtel, il paraît que c'est très bon, mais il faut les tremper d'abord dans cette sauce verte. Dites, aimé, vous savez quoi? Vous allez vous mettre au lit et moi je vous servirai le repas. Et pendant que vous goûterez à ces bonnes choses, moi je vous lirai. Voulez-vous?

— Non, on dînera ensemble à table. Tu liras après le dîner, quand je serai couché. Pendant que tu liras, je mangerai des petits fours. Mais je t'en donnerai, si tu en veux.

— Oui, mon chéri, bien sûr, dit-elle avec la moue de l'amour maternel. (Comment lui en vouloir ? pensa-t-elle.) Maintenant, je vais allumer ce chandelier, vous verrez, ce sera très doux. (Elle ouvrit le paquet, en sortit une bougie.) Elle est bien grosse, dit-elle, je me demande si elle pourra entrer.

Il se redressa, léopard alerté. Oh, cette main qui serrait, si pure ! Oh, cet atroce sourire angélique !

— Laisse cette bougie, je te prie, dit-il, les yeux baissés. Pas de bougies, je ne veux pas de bougies, elles me sont antipathiques. Cache-les, je te prie. Merci. Écoute, je vais te poser une question, une seule, pas gênante. Si tu me réponds, je te promets que je ne me fâcherai pas. Est-ce que tu prenais une valise, le soir, lorsque tu allais passer la nuit. (Il ne finit pas. Dire avec Dietsch était épouvantable.) Une valise, le soir ?

— Oui, dit-elle, tremblante, et il leva les yeux péniblement, soudain chien malade.

— Petite, la valise ?

— Oui.

— Bien sûr. Petite.

Il vit le terrible contenu de la valise. Un très joli pyjama en soie ou peut-être une chemise de nuit transparente, aussitôt enlevée d'ailleurs. Le peigne, la brosse à dents, des crèmes, des poudres, le dentifrice, tout l'attirail pour le réveil du matin, réveil heureux. Oh, les baisers du réveil. Ignoble Boygne. Et puis sûrement quelque livre qu'elle avait aimé et dont elle voulait lire un passage au type après les remuements. C'était son genre de vouloir partager. Et puis cette lecture distinguée en commun rassurait sa conscience, recouvrait de noblesse la saleté adultère. Est-ce qu'elle lui disait Serge ? En tout cas, chéri comme à lui, aimé comme à lui, et les mêmes mots secrets dans l'ombre de la nuit. C'était peut-être du type qu'elle les avait appris. Et puis dans cette valise peut-être une petite boîte de cachous pour faire croire à une haleine éternellement embaumée. De temps en temps, subrepticement, entre deux baisers de taille, vite elle prenait un cachou, sans avoir l'air de rien, vite elle le mettait tout au fond de la joue, à gauche, près de la dent de sagesse pour éviter toute rencontre avec la langue du chef d'orchestre.

— Tu en mettais un ou plusieurs dans la bouche ?

— De quoi ?

— De cachous.

— Je n'ai jamais pris de cachous, soupira-t-elle. Écoute, dînons. Ou bien sortons, si tu veux.

— Une dernière chose, et après je ne te poserai plus de questions. Une fois arrivée chez lui, te déshabillais-tu immédiatement ? (Sa tension artérielle monta à vingt-deux. Elle, se déshabillant avec des impudeurs ou, pire, avec des pudeurs, et la langue de Dietsch pointant déjà de convoitise!) Réponds, chérie. Tu vois, je suis calme, je te prends la main. C'est tout ce que je veux savoir : est-ce que tu te déshabillais sur-le-champ, aussitôt entrée ?

— Mais non, voyons.

Oh, l'ignominie de ce voyons! Ce voyons qui voulait dire je suis trop pure pour me déshabiller tout de suite, ça ne se fait pas, il y faut des progressions, un strip-tease séraphique avec regards survolants et fortes doses d'âme. Bien sûr, toutes les saletés idéalistes de sa classe. Il lui fallait les transitions sentimentales, la crème fouettée, la crème recouvrant les pieds de porc! Hypocrite, c'était tout de même pour se mettre à poil qu'elle y allait!

Assez, assez, ne plus penser, ne plus voir surtout. Avoir pitié de cette malheureuse, blanche de mort, dont les genoux tremblaient, qui attendait le verdict, la tête baissée, n'osant pas le regarder. Penser qu'elle mourrait un jour. Penser à ce jour de pluie à la Belle de Mai alors qu'il avait demandé s'il restait il ne savait plus quelle douceur, elle était allée en chercher à Saint-Raphaël sous la pluie torrentielle, et à pied parce que pas de train et pas de taxi. Onze kilomètres à l'aller, onze au retour, six heures de marche en tout. Et lui ne sachant rien parce qu'il était allé dormir. Le billet d'elle à son réveil. Je ne peux pas supporter que vous n'ayez pas ce dont vous avez envie. Oui, c'était du halva. Dans quel état elle était rentrée le soir, et c'était alors qu'il avait appris qu'elle était allée à pied. Oui, mais c'était cela qui était terrible, une femme qui l'aimait si absolument et qui avait pu laisser la main poilue de Dietsch déboutonner la blouse. Oh, ces cheveux blancs, oh cette moustache noire qu'elle aimait!

Elle leva les yeux vers lui, suppliants, beaux yeux d'amour. Mais alors pourquoi avait-elle autorisé la main poilue ? Et de quel droit lui avoir dit la première nuit à Cologny, lorsqu'il avait pris congé d'elle, de quel droit lui avoir dit qu'elle n'allait pas dormir, qu'elle allait penser à ce qui lui arrivait, à ce miracle ? La dietschée n'avait qu'à rester avec son dietscheur.

— Mon seul étonnement, commença-t-il mélodieusement, en faisant faire de dangereux méandres à la petite nef d'argent qui contenait la sauce verte pour les supions frits, mon seul étonnement, c'est que tu ne m'appelles jamais Adrien, ni Serge. C'est curieux, tu ne confonds jamais malgré l'encombrement, tu m'appelles toujours Sol. Mais cela ne t'ennuie pas, toujours le même nom? Le chic serait de m'appeler Adrisergeolal, tu ne crois pas? Tu aurais ainsi tous les plaisirs à la fois.

— Laisse, je t'en supplie. Tu n'es pas méchant, je le sais. Reviens à toi, Sol.

— Ce n'est pas mon nom. Si tu ne me dis pas mon vrai nom, jamais plus je ne t'embrasserai, jamais plus je ne t'adrisergeolerai. Ou plutôt appelle-moi monsieur Trois.

— Non.

— Pourquoi?

— Parce que je ne veux pas te déshonorer. Parce que tu es mon aimé.

— Je ne suis pas ton aimé. Je ne veux pas d'un mot qui a servi pour un autre. Je veux un mot rien que pour moi, un mot vrai. Allons, collectionneuse, un peu de vérité! Dis-moi monsieur Trois!

— Non, dit-elle en le regardant droit dans les yeux, belle, intimidante.

Il l'admira. Aussi songea-t-il à lancer la saucière et son contenu contre le mur. Mais cela ferait des histoires avec l'hôtel. Il renonça donc et tourna le bouton du poste de radio. L'affreux Mussolini parlait et tout un peuple l'aimait. Et lui, que faisait-il? Il torturait une femme sans défense. Si au moins elle pouvait tout à coup lui crier son dégoût de Dietsch et que jamais elle n'avait eu du plaisir avec cet homme. Mais les seuls mots, même menteurs, qui l'auraient calmé, elle ne les disait pas, ne les dirait jamais, trop noble pour renier ou salir ou ridiculiser son ancien amant. Il l'en respectait, il l'en haïssait.

— Reviens à toi, dit-elle en lui tendant les mains. (Il fronça les sourcils. De quel droit le tutoyait-elle?) Sol, reviens à toi! redit-elle.

— Pas mon nom. Je reviendrai à moi si tu me le demandes correctement. Allons, courage!

— Monsieur Trois, revenez à vous, dit-elle tout bas, après un silence.

Il se frotta les mains. Enfin un peu de vérité. Il la remercia d'un sourire. Mais soudain, en habit et cravate blanche, le chef d'orchestre déboutonna la blouse de soie. Oh, la moustache

noire sur le sein doré! Oh, elle tourterellante sous la bouche du
bébé moustachu à crinière blanche qui tétait, tétait avec
d'ignobles hochements de tête affirmatifs gloutons. Oh, la
pointe emprisonnée par les incisives et la langue qui tournait
autour de la pointe! Et celle-ci devant lui qui osait faire la
sainte en ce moment, la décente, tête baissée! Et maintenant
le bébé d'orchestre desserrait ses incisives et passait sa langue
poilue, sa langue de bœuf sur le mamelon plus pointu qu'un
casque allemand! Et pendant que le taureau léchait, elle souriait, la pianoteuse de chorals! Oh, la main poilue qui soulevait
la jupe maintenant! D'horreur, il tressaillit, lâcha son chapelet
d'ambre. Elle se pencha pour le ramasser, et le haut de sa robe
de chambre s'entrouvrit, découvrant ses seins. Les mêmes,
pas remplacés, les mêmes qui avaient servi pour l'autre! Tout
y était! Il ne manquait plus que l'autre et ses poils!

— Est-ce qu'il avait des manières allemandes spéciales pour
copuler?

Elle ne répondit pas. Alors, il s'empara de la coupe de mousse
au chocolat, en lança le contenu sur la copulée, en visant mal
exprès pour ne pas l'atteindre. Mauvais calcul, car il était peu
habile aux jeux du cirque. Le coup porta donc juste et la mousse
au chocolat éclaboussa le beau visage. Elle resta immobile,
éprouvant un plaisir de vengeance à laisser couler les traînées
brunes, porta ensuite sa main à sa joue, contempla sa main salie.
Voilà, c'était pour en arriver là, sa marche triomphale, le jour
où elle attendait son retour. Il s'élança vers la salle de bains,
en revint avec une serviette, passa le coin humide sur le visage
déshonoré, l'essuya doucement. A genoux, il baisa le bas de la robe,
baisa les pieds nus, leva les yeux vers elle. Couche-toi, dit-elle, je
viendrai près de toi, je te caresserai les cheveux, tu t'endormiras.


Dans l'obscurité, soudain réveillés, ils se tenaient par la
main. Je suis un ignoble, murmurait-il. Tais-toi, ce n'est pas
vrai, tu es mon souffrant, disait-elle, et il lui baisait la main,
lui mouillait la main de ses larmes, lui proposait de se mutiler
le visage tout de suite, de se taillader avec un des couteaux
de la table, pour lui prouver. Tout de suite, si elle voulait!
Non, mon chéri, non, mon souffrant, disait-elle, garde-moi ton
visage, garde-moi ton amour, disait-elle.

Brusquement, il se leva, alluma le lustre puis une cigarette,
aspira fort, fronça ses arcs, arpenta la chambre à grands pas,
haut et mince, lançant de la fumée par les narines et du poison

par les yeux, secouant les crêtes de ses cheveux, serpenteaux révoltés. Archange de colère, il s'approcha du lit, fit avec la cordelière de sa robe de chambre un mouvement menaçant de fronde.

— Debout, dit-il, et elle obéit, se leva. Demande Genève, et téléphone-lui.

— Non, je t'en prie, non, je ne peux pas lui téléphoner.

— Mais puisque tu as pu coucher! C'est pire que de téléphoner! Allons, téléphone-lui, tu dois savoir son numéro par cœur! Allons, rappelle-lui des souvenirs!

— Il n'est plus rien pour moi, tu le sais.

Le foie douloureux, il la considéra avec horreur. Alors, elle passait ainsi de l'un à l'autre, osait annuler un homme avec qui elle avait eu la plus grande intimité! Mais comment étaient-elles faites? Oh, elle osait le regarder, la regardeuse de Dietsch! Et tout à l'heure, elle avait osé lui prendre la main, la manieuse de diverses parties de Dietsch!

— Allons, téléphone!

— Je t'en supplie, il est passé minuit, je suis si fatiguée. Tu sais la nuit que nous avons eue hier à Agay. Je suis brisée, je n'en peux plus, sanglota-t-elle, et elle se laissa tomber sur le lit.

— Pas sur le dos! ordonna-t-il, et elle se retourna, abrutie, se mit à plat ventre. Encore pire! s'écria-t-il. Va-t'en, va dans ta chambre, je ne veux plus vous voir tous les deux! File, chienne!

La chienne amaigrie fila. Décontenancé, il regarda ses mains. Il avait besoin d'elle, son seul bien. Il la rappela. Elle se présenta sur le seuil, immobile, blanche.

— Voilà, je suis là. (Il aima les deux petits poings fermés.)

— Allais-tu à la saillie l'après-midi?

— Mon Dieu, pourquoi vivons-nous ensemble? Est-ce cela l'amour?

— Allais-tu à la saillie l'après-midi? Réponds. Allais-tu à la saillie l'après-midi? Réponds. Allais-tu à la saillie l'après-midi? Réponds. Je te le demanderai jusqu'à ce que tu me répondes. Allais-tu à la saillie l'après-midi? Réponds.

— Oui, quelquefois.

— Où?

— A la saillie! cria-t-elle en s'enfuyant.

Pour la faire revenir sans avoir à la rappeler, il prit l'encrier de bronze, le lança contre la glace de l'armoire. Puis il extermina des verres et des assiettes. Elle ne bougea pas, et il s'en indigna. L'explosion de la bouteille de champagne contre le mur eut plus de succès. Elle revint, épouvantée.

— Qu'est-ce que tu veux encore, toi? Va-t'en!

Elle fit demi-tour et quitta la scène. Déçu, il arracha les tentures, puis regarda autour de lui. Pas belle, cette chambre, trop de désordre. Tous ces débris par terre, cette glace tuée. Il emmêla ses cheveux, sifflota le Voi che sapete. S'ils pouvaient se réconcilier, ce serait bien. D'accord, réconciliation. Il frappa doucement à la porte de communication. Oui, dès qu'elle entrerait, il lui dirait qu'il allait immédiatement signer un engagement de ne jamais plus lui parler de cet homme. Chérie, c'est fini, jamais plus. Après tout, c'est vrai, tu ne me connaissais pas. Il frappa de nouveau, s'éclaircit la gorge.

Entrée, elle se tint debout devant lui, digne et faible, victime courageuse. Il l'admira. Noble, oui. Honnête, oui. Mais alors, pourquoi avait-elle menti sans arrêt à son mari? Oh, cette Boygne, grand-mère cacochyme qui ne pouvait plus cabrioler et qui s'en consolait en facilitant les cabrioles de la jeune! Et lorsque le pauvre Deume téléphonait le matin pour parler à sa femme, cette vieille menteuse lui disait aimablement qu'Ariane dormait encore, puis vite téléphonait chez Dietsch! Oh, cette vie romanesque, variée, qu'elle avait eue avec Dietsch et qu'elle ne connaîtrait jamais avec lui! Et puis sûrement beau, ce Dietsch avec ses cheveux blancs. Qu'était-il, lui, avec ses cheveux noirs, noirs comme tout le monde?

— Voilà, dit-elle. Je suis là.

De quel droit avait-elle un visage si honnête? Une provocation, ce visage.

— Dis que tu es une prostituée.

— Ce n'est pas vrai, tu le sais, dit-elle calmement.

— Tu le payais, tu me l'as dit!

— Je t'ai seulement dit que je lui ai prêté de l'argent pour l'aider.

— Il te l'a rendu?

— Je ne lui en ai pas parlé. Il a dû oublier.

Indigné par cette indulgence féminine pour l'ancien copulateur, il la prit par les cheveux. Que cette idiote se fût laissé rouler le mettait hors de lui. Oh, prendre l'avion et faire rendre gorge au souteneur musical!

— Dis que tu es une grue.

— Ce n'est pas vrai, je suis une femme honnête. Lâche-moi.

Tirant les cheveux, mais pas trop fort car il avait pitié, ne voulait pas l'abîmer, il fit aller la belle tête de part et d'autre, enragé de la constater dupe par gratitude sexuelle, enragé de se sentir impuissant à lui faire comprendre que le bonhomme était un escroc. Jamais elle ne voudrait l'admettre! Oh, cette indulgence bien connue! Oh, les idiotes qui se laissaient rouler par tout mâle armé et satisfaisant! Je suis une femme honnête, et lui aussi était honnête, répétait-elle, la tête secouée, les yeux fous, les dents claquantes, belle. Elle défendait son rival, lui préférait son rival! La tenant par les cheveux, il frappa le beau visage. Je te défends, dit-elle de sa merveilleuse voix d'enfant. Je te défends! Ne me frappe plus! Pour toi, pour notre amour, ne me frappe plus! Pour couvrir sa honte par une honte plus forte, il frappa encore. Sol, mon bien-aimé! cria-t-elle. Il lâcha les cheveux, bouleversé jusqu'au fond de l'âme par cet appel. Mon amour, non, il ne faut plus, sanglotait-elle, ne me fais plus cela, mon amour, pour toi, pas pour moi, mon amour! Laisse-moi te respecter, mon amour, sanglotait-elle.

Une fois de plus, il la prit dans ses bras, une fois de plus, il la serra contre lui. Jamais plus, jamais plus. Les deux visages mouillés étaient collés l'un à l'autre. Infâme, il était un infâme d'avoir frappé cette faiblesse, sainte faiblesse. Aide-moi, aide-moi, suppliait-il, je ne veux plus te faire de mal, tu es ma chérie, aide-moi.

Il se détacha, et elle eut peur de ses yeux qui voyaient. Un autre l'avait bien plus déshonorée et elle le respectait pourtant, le déclarait honnête! Dietsch lui avait porté des coups plus ignominieux et elle n'avait pas pleuré en les recevant, elle n'avait pas supplié Dietsch de s'arrêter, elle ne lui avait pas dit je te défends, ne frappe plus! Tant de mois ensemble, elle et lui, et elle avait su si bien lui cacher! Et surtout, surtout, ces maladresses de vierge les premières nuits à Genève, elle qui avait touché, touché le Dietsch!

— Touché, touché, touché! cria-t-il, et il la poussa.

Tombée à terre, les mains au visage meurtri, elle ne pleurait plus, elle regardait, jonchant le tapis, les débris d'assiettes et de verres, les bouts de cigarettes, regardait sa vie. Son amour finissait dans l'abjection, l'unique amour de sa vie. Oh, le jour où elle attendait son retour, oh, la robe voilière claquant au vent de la marche. Et maintenant, une femme que son amant frappait.

A terre, accoudée à un fauteuil, elle ramassa le collier de perles qui s'était détaché, le beau collier qu'il lui avait offert. Le regard d'enfant ravi qu'il avait eu en ouvrant l'écrin. Elle enroula le collier autour d'un doigt, le déroula, le posa sur le tapis, en fit un triangle, puis un carré. La douleur l'insensibilisait et elle était une petite fille qui jouait. Peut-être jouait-elle aussi par comédie, pensa-t-il, pour montrer à son bourreau combien le malheur la rendait hagarde.

— Va-t'en.

Elle se leva, retourna dans sa chambre, le dos courbé. Alors, il s'épouvanta de sa solitude. Oh, si elle pouvait revenir d'elle-même et avoir un geste de pardon! L'appeler, oui, mais sans lui montrer ce besoin qu'il avait d'elle.

— Chienne!

Elle entra, élégante, lasse, grelottante.

— Voilà, dit-elle.

— File!

— Bien, dit-elle, et elle sortit.

Il se détesta, jeta une cigarette commencée, en alluma une autre, l'écrasa, sortit de sa valise le poignard damasquiné, cadeau de Michaël, le lança haut, le rattrapa, le remit dans sa gaine, appela de nouveau.

— Putain!

Elle revint aussitôt, et il pensa qu'elle se vengeait par de la soumission.

— Voilà, dit-elle.

— Fais de l'ordre!

Que la chambre fût en ordre ou non lui importait peu. Ce qu'il voulait, c'était revoir le visage adoré. Agenouillée, elle ramassa les cigarettes écrasées, les éclats de la glace, les débris d'assiettes et de verres. Il avait envie de lui dire de faire attention, de ne pas se couper. Mais il n'osait pas. Pour cacher sa honte, il feignait de la surveiller avec des yeux froids de terroriseur minutieux. Oh, cette nuque docile. La jeune femme fière d'autrefois, la piaffante de Genève, ramassait des mégots en posture de femme de ménage, ramassait à quatre pattes. Il se désenroua.

— Ne t'occupe plus de mettre de l'ordre. Tu es trop fatiguée.

Toujours à genoux, elle se retourna, dit qu'elle aurait bientôt fini, se remit à la besogne. Avec l'espoir de le désarmer par sa bonne volonté, pensa-t-il. Pauvre enfant pas encore atteinte par la vie, prompte à l'espoir. Peut-être aussi tenait-elle à faire un peu la martyre. Mais surtout elle lui était reconnaissante des quelques mots de bonté qu'il venait d'avoir, voulait l'en remercier en ramassant. Toujours agenouillée et les mains en avant, elle ramassait avec zèle. Oh, soudain, l'agenouillée de Dietsch! Oh, ce visage d'enfant et de sainte, mais d'une sainte qui recevait des chocs! Non, non, assez.

— J'ai tout de suite fini, dit-elle avec une voix de bonne

élève, très sage et qui a toujours de bonnes notes de conduite.

— Merci, dit-il. Tout est en ordre maintenant. Il est une heure du matin. Va chez toi, va te reposer.

— Alors, au revoir, dit-elle après s'être relevée. Au revoir, répéta-t-elle, mendiante.

— Attends. Ne veux-tu pas emporter quelque chose à manger ? demanda-t-il en suivant du regard la fumée de sa cigarette.

— Je ne crois pas, dit-elle.

Il devina sa gêne à emporter de la nourriture et qu'elle ne voulait pas être jugée superficielle. Mais elle devait sûrement mourir de faim. Pour lui sauver la face et préserver sa dignité de femme souffrante, pour qu'il fût entendu que ce n'était pas elle qui voulait se nourrir mais lui qui l'y forçait, il lui dit d'un ton sans réplique :

— Je désire que tu manges.

— Bien, dit-elle, obéissante.

Prenant ce qui lui parut le plus sain, il lui tendit l'assiette des viandes froides, la salade de tomates et deux petits pains.

— C'est bien assez, merci, dit-elle honteusement, et elle referma la porte derrière elle.

Il regarda la trouée dans la glace, l'amas de débris dans un coin. Du joli, la passion dite amour. Si pas de jalousie, ennui. Si jalousie, enfer bestial. Elle une esclave, et lui une brute. Ignobles romanciers, bande de menteurs qui embellissaient la passion, en donnaient l'envie aux idiotes et aux idiots. Ignobles romanciers, fournisseurs et flagorneurs de la classe possédante. Et les idiotes aimaient ces sales mensonges, ces escroqueries, s'en nourrissaient. Et le plus lamentable, c'était la raison véritable de l'aveu du micmac Dietsch, de ce grand accès de loyauté. Il savait si bien pourquoi elle avait voulu, en toute mauvaise bonne foi, se libérer de ce fameux secret trop lourd à porter. Ces jours derniers lorsqu'ils sortaient se promener, il ne trouvait rien à lui dire, ne parlait pas. Et puis une seule intimité physique depuis son retour, le premier soir, et ensuite plus rien. Et puis hier soir, à Agay, il l'avait quittée de trop bonne heure. Alors, dans ce petit inconscient, la volonté de se revaloriser, de provoquer une jalousie, oh pas trop forte, une petite jalousie de dépit, convenable, policée. Juste ce qu'il fallait pour redevenir intéressante. Prête à avouer quand elle était entrée chez lui, mais de manière vague et noble, sans nul détail physique, dans le genre un autre homme dans sa vie. Pauvre petite. C'était dans une bonne intention.

Deux coups à la porte, mignons, polis. Elle entra. D'une

voix minable, pauvre chaton mouillé, elle dit qu'elle avait oublié de prendre une fourchette et un couteau, les prit, s'en alla, tête basse. Elle n'osa pas revenir pour demander une serviette, également oubliée. Un linge-éponge de la salle de bains en tint lieu. Tout en lisant la page féminine d'un vieux journal découvert dans un tiroir, elle mangea de bon appétit. Pauvres de nous, frères humains.

Un peu plus tard, il lui demanda à travers la porte si elle ne voulait rien d'autre. Elle essuya ses lèvres avec le linge-éponge, porta la main à ses cheveux, dit que non merci. Mais peu après, la porte fut entrebâillée et, sur le tapis, fut poussée une assiette où des petits fours étaient assis en rond sur une dentelle de papier. Pas de mousse au chocolat, on s'en est déjà servi, murmura pour lui-même le fournisseur invisible. Sur quoi, la porte refermée, il s'assit, croisa ses jambes et, avec le poignard damasquiné sorti de sa gaine, se taillada lentement la plante du pied droit.

# CII

Un peu avant trois heures du matin, il entra chez elle, tout
habillé, s'excusa de la réveiller, dit qu'il ne se sentait pas à
l'aise dans sa chambre, inconfortable avec ces tentures arra-
chées, ces débris de verres, cette glace crevée. Antipathique,
cette chambre. Le mieux serait de changer d'hôtel. Il y en avait
un tout près qui s'appelait le Splendide. Mais comment expliquer aux gens du Noailles tous ces dégâts ? Elle se redressa, se
frotta les yeux, resta un instant silencieuse. Si elle disait non,
pas le Splendide, il devinerait et il y aurait une autre scène.
Blanche, les yeux cernés de bleu, elle le regarda, dit qu'elle
s'occuperait de tout, qu'il n'avait qu'à la précéder à ce Splendide, elle l'y rejoindrait aussitôt que possible. Elle lui sourit
faiblement, lui demanda de mettre un manteau, il devait faire
froid dehors à cette heure.

Il s'exécuta avec empressement, heureux de lui obéir, s'éclaircit la gorge pour dire que alors, voilà, il partait, et qu'il avait
laissé son portefeuille avec de l'argent pour l'hôtel, alors, au
revoir, merci, à tout à l'heure, et il s'en fut, peu glorieux, les
yeux baissés et le feutre rabattu, boitant un peu car son pied
tailladé lui faisait mal. Gentille, courageuse, prête à tout arranger, murmura-t-il dans le couloir du quatrième étage.

Infâme, il avait été infâme, oui, infâme, insista-t-il en descendant les escaliers. Au troisième étage, il se donna deux gifles,
puis un uppercut sous le menton, si violent qu'il dut s'asseoir
sur une marche. Ayant repris ses sens, il se releva, descendit
prudemment. Au premier étage, il s'arrêta, se rendit compte
qu'il avait été ignoble de l'avoir laissée se débrouiller toute
seule avec les gens de l'hôtel. Indigné, il s'assena un formidable
direct sur l'œil droit qui se pocha. Arrivé au rez-de-chaussée,

où ronflait le concierge de nuit, il s'esbigna en douce sur la pointe des pieds, traversa la Canebière presque déserte, faisant de grands gestes d'orateur et toujours claudiquant. Mon pauvre enfant, mon pauvre fou, murmura-t-elle, accoudée à l'étroit balcon d'où elle le surveillait. Qu'y avait-il, pourquoi boitait-il ? Sois gentil, ne sois plus méchant, murmura-t-elle.

La fenêtre refermée, elle téléphona au concierge, dit qu'ils étaient obligés de partir d'urgence pour cause de maladie, lui demanda de préparer la note. Valises bouclées, elle fit plusieurs brouillons, recopia au net, relut à voix basse. « Monsieur, nous vous remettons cette indemnité avec nos sincères excuses pour les détériorations survenues par suite de circonstances indépendantes de notre volonté. » Ajouter des remerciements ? Non, ces milliers de francs suffisaient. Elle introduisit la lettre et les billets de banque dans une enveloppe sur laquelle elle écrivit : « Personnel. Pour monsieur le directeur de l'hôtel Noailles. Urgent. »

Elle n'osa pas sonner l'ascenseur, descendit les quatre escaliers, chargée des deux valises. Arrivée au rez-de-chaussée, elle sourit au concierge, lui remit un gros pourboire pour s'en attirer la bienveillance, profita de ce qu'il acquittait la note pour glisser furtivement l'enveloppe sous un journal étalé sur le comptoir.

Taxi. Un vieux chauffeur flanqué d'un loulou blanc. A la gare, s'il vous plaît, monsieur, dit-elle à l'intention du concierge qui venait de charger les valises. Ainsi les gens de l'hôtel ne sauraient pas où les chercher lorsqu'ils découvriraient les horreurs de la chambre. Deux minutes plus tard, elle se pencha, frappa à la vitre, dit au chauffeur qu'elle changeait d'avis, lui demanda de la conduire au Sordide, pardon, au Splendide, merci, monsieur.

Une douleur lui traversa la poitrine et il lui sembla qu'il lui était arrivé une aventure pareille, dans une autre vie, une aventure terrible, la police la poursuivant et elle changeant d'hôtel, faisant des crochets de traquée. Seuls au monde, elle et lui. Lui, un point à un endroit de la grande ville, et elle un autre point dans un autre endroit. Deux points liés par un fil si ténu. Deux destins qui allaient se rejoindre. S'il n'était pas allé à cet autre hôtel, comment le retrouver ? Pourquoi ne reprenait-il pas ses fonctions à la Société des Nations ? Pourquoi avait-il fait renouveler son congé ? Que lui cachait-il ? Voilà le Splendide. Mais que pouvait-elle faire ? Elle ne pouvait pas dire non, il aurait compris. Elle descendit, paya, caressa le loulou blanc, demanda s'il avait déjà eu la maladie des jeunes chiens. — Oui, madame, il y a douze ans, répondit le vieillard d'une voix impubère.

A cinq heures du matin, s'étant rappelé qu'à Genève elle lui avait dit qu'elle connaissait Marseille, il entra doucement, se pencha sur la dormeuse qui dégageait une odeur chaude de biscuit. Non, la laisser tranquille, l'interroger plus tard, lorsqu'elle serait réveillée.

— Avec qui es-tu venue à Marseille ?

Elle ouvrit un œil, puis l'autre, puis une bouche stupide.

— Voilà. Qu'est-ce que c'est ?

— Avec qui es-tu venue à Marseille ?

Elle se souleva, s'assit sur le lit, porta gauchement sa main à son front, du même geste bouleversant que le chimpanzé malade du zoo de Bâle, le jour où il y avait conduit Saltiel et Salomon, du même geste que la naine Rachel.

— Non, murmura-t-elle, idiote.

— Avec Dietsch ? demanda-t-il, et elle baissa la tête, sans plus la force de nier. Pendant une mission de ton mari ?

— Oui, souffla-t-elle.

— Pourquoi Marseille ?

— Un concert qu'il dirigeait ici. Je ne te connaissais pas.

— Un concert qu'il dirigeait, c'est admirable ! Admirable qu'il sache lire les notes de musique inventées par un autre ! Comment dirigeait-il, avec ou sans braguette ? Pardon, baguette. A quel hôtel êtes-vous descendus ? Vite, réponds ! ordonna-t-il et, de nouveau, elle porta sa main à son front, fit la grimace d'avant les sanglots. Ici ? Cet hôtel ? Habille-toi.

Elle écarta la couverture, posa ses pieds nus sur le tapis, passa en somnambule une combinaison, des bas, mit du temps à accrocher ses jarretelles, ne parvint pas à fermer la serrure de sa valise, boucla les courroies. Mon Dieu, elle était avec un dément, un vrai dément qui s'était donné lui-même des coups, qui était fier de son œil meurtri, enflé. Lui, il la regardait de son œil valide. Donc dans ce même hôtel avec Dietsch, peut-être dans le même lit, les deux carpes idéalistes faisant leurs sauts, et le sommier craquait, et l'hôtelier était venu, les mains jointes, les supplier de ne pas lui abîmer son matériel ! Et comme ils continuaient leurs bonds, l'hôtelier les avait chassés ! Dévastateurs de sommiers, destructeurs de matelas, repérés par tous les hôteliers de Marseille, inscrits sur la liste noire des hôtels de Marseille ! Sur quoi, elle éternua deux fois, et il eut pitié, aiguë pitié, pitié de cette créature fragile, promise à la maladie et à la mort. Il la prit par la main.

— Viens, chérie.

Ils descendirent les escaliers, se tenant par la main, chacun portant sa valise, lui en manteau recouvrant son pyjama, elle en combinaison sous son imperméable. Au rez-de-chaussée, elle posa sa valise, releva d'un geste machinal ses bas qui retombèrent, accordéonnés, cependant que le concierge ne comprenait pas pourquoi ce client aux cheveux en désordre lui disait, une cravate à la main, que le Splendide était trop vieux à son goût, qu'il voulait un hôtel aussi jeune que possible. Un billet de banque le persuada d'indiquer le Bristol, tout récent.

— Construit quand ?

— L'année dernière, monsieur.

— Parfait, dit Solal, et il lui tendit un autre billet.

Les valises furent chargées sur un taxi. C'était le même grand-père avec son loulou blanc. De la valise d'Ariane sortait la moitié d'un bas et une forte odeur d'eau de Cologne. Du coin de l'œil gauche il la regarda de nouveau. La quitter, la débarrasser de lui ? Mais que ferait-elle alors ? Leur amour était tout ce qui restait à cette infortunée. Et puis, il l'aimait. Oh, leur merveilleux premier soir. Épargnez-moi, lui avait-elle dit ce soir-là. Mais Dietsch, lui, l'avait-il épargnée quelques heures auparavant ? Il ne le saurait jamais. Tvaïa gêna, lui avait-elle dit ce soir-là, tvaïa gêna, alors que quelques heures auparavant sa bouche contre la bouche d'un type à cheveux blancs. Et ondulés, par-dessus le marché ! Oui, sa bouche à elle, cette même bouche à côté de lui dans ce taxi, exactement la même bouche. Elle tremblait, sa petite, elle avait peur de lui. Comment faire pour ne plus la faire souffrir ? Comment lutter contre ces deux, leurs girons unis, leurs poils emmêlés ? Tâcher d'avoir horreur d'elle ? Imaginer ses dix mètres d'intestins ? Imaginer son squelette ? Imaginer les aliments qui circulaient dans l'œsophage, qui entraient dans son estomac ? Et puis le reste, y compris le côlon ? Imaginer ses poumons, mous, rougeâtres, bas morceaux de boucherie ? Rien à faire. Elle était sa belle, sa pure, sa sainte. Mais sa sainte avait touché avec sa main, sans dégoût, l'horreur d'un homme, le bestial désir d'un homme. Qu'y pouvait-il s'il la voyait tout le temps avec son mâle, tout le temps sa sainte avec un singe mâle qui ne la dégoûtait pas. Qui ne la dégoûtait pas, et c'était sa stupéfaction, son scandale. Oui, gentille avec lui, bien sûr, gentille, aimante, et faisant des kilomètres à pied pour lui rapporter du halva, mais tout de même se savonnant fort le corps avant d'aller voir son singe mâle, et frotte que tu frottes et savonne que tu savonnes pour être savoureuse et dietschée à fond, mais oh, tant pis, tant pis, ne plus y penser, oui, promis, parole d'honneur.

Hôtel Bristol maintenant, murmura-t-elle, assise sur le bord de la baignoire, toujours en imperméable, sans force pour se déshabiller. Vilaine, cette salle de bains. On était mieux au Noailles. Imbécile, ce concierge qui avait mis leurs bagages dans la salle de bains. Serge, faible, un peu veule, mais doux, attentionné. Une mouche se posa sur elle, et elle tressaillit. Elle renifla, chercha dans son sac à main, n'y trouva qu'un petit mouchoir déchiré, inutilisable. Elle se pencha, ouvrit sa valise. Pas de mouchoirs. Oubliés au Noailles. Tant pis. Elle se moucha dans une serviette raide et glacée qu'elle jeta sous la baignoire. La porte s'ouvrit. Entra, claudiquant, le seigneur à l'œil poché, enflé et à demi fermé. Elle eut un frisson. Pourquoi boitait-il ? Oh, tant pis, tant pis.

— Il y a un homme dans tes yeux. Cache-les.

Ne pas résister, faire ce qu'il voulait. Avec quoi se cacher ? Il attendait, terroriseur inexorable. En réalité, il espérait un miracle, une réconciliation merveilleuse. Elle déplia une autre serviette, la posa sur les cheveux d'or chaud. Le tissu empesé se balança.

— Pas suffisant. Les lèvres sont visibles, je ne veux plus les voir, elles ont trop servi.

Elle prit un grand linge-éponge, s'en couvrit la tête. Merci, dit-il. Alors, à l'abri sous sa tente blanche, elle eut un accès douloureux de rire qu'elle camoufla en sanglots pour donner le change au fou qu'elle guignait par un interstice et qui, de son œil en bon état, surveillait le linge hoquetant, déçu qu'elle eût accepté si facilement. Qu'allait-il faire maintenant de cette femme en linge-éponge ? Il ne pouvait plus lui parler puisqu'il ne la voyait plus. Pour commencer une conversation, faudrait-il d'abord lui dire allô ? Les faux sanglots cessèrent enfin. Cette créature voilée et silencieuse l'impressionna. Il se gratta le front. Allait-elle rester longtemps fantôme sous son burnous ? Et pourquoi ne bougeait-elle plus ? Il était intimidé, perplexe, se sentait roulé. Comment sortir de cette impasse ?

— Est-ce que je peux l'ôter ? demanda une voix étouffée.

— Si tu veux, dit-il d'un ton indifférent.

— Nous sommes si fatigués, dit-elle après s'être débarrassée de son suaire, mais sans regarder son surveillant borgne pour ne pas risquer un nouvel accès d'affreux rire. Ne veux-tu pas aller dormir ? Il est plus de six heures du matin.

— Il est soixante heures du matin. J'attends.

— Qu'est-ce que tu attends ?

— J'attends que tu me dises ce que j'attends que tu me dises.

— Mais comment veux-tu que je le sache ? Dis-moi ce que tu veux que je dise.

— Si je te le dis, cela n'aura aucune valeur. Je veux que ce soit spontané. Donc j'attends.

— Mais je ne peux pas deviner!

— Si tu es celle que j'espère encore, malgré tout, tu dois deviner. Ou devine, ou ne parle plus.

— Eh bien, je ne parle plus, ça m'est égal, tout m'est égal, je suis trop fatiguée.

Il la considéra, de nouveau assise sur le bord de la baignoire, tête baissée, qui regardait ses bas affalés sur ses chevilles. Idiote qui ne devinait pas, qui ne devinerait pas que ce qu'il attendait d'elle, c'était l'entendre dire que Dietsch la dégoûtait, qu'il était laid, qu'il était bête, qu'en réalité elle n'avait jamais eu de plaisir avec lui. Hélas, elle était trop bien. L'idée ne lui venait même pas de renier son chef d'orchestre, ce pou des génies de la musique, se nourrissant de leur sang, et saluant à la fin de la symphonie, comme s'il était l'auteur!

Cherchant des cigarettes dans sa valise, il trouva son monocle noir du temps de Genève. Il l'ajusta aussitôt contre l'œil meurtri, enflé et à demi fermé, lança un regard vers la glace, s'y plut alluma une cigarette, soupira. Comment continuer à vivre avec elle ? Pas un mot qu'elle n'eût dit à l'autre ou appris de l'autre. Puisque l'autre était, paraît-il, si cultivé, un tas de mots pédants qu'elle aimait venaient de l'autre sûrement. Intégration, décalage, exemplarité, l'odieux expliciter des cuistres, tous ces mots venaient du Dietsch. Chaque expliciter lui serait désormais une arête dans la gorge. Oui, cultivé, le type. D'ailleurs, hier dans le train, lorsqu'ils étaient en bons termes, elle lui avait avoué que Dietsch faisait en plus un cours d'histoire de la musique à l'Université de Lausanne. Bref, le pou complet. Et il y avait pire, il y avait les gestes faits devant l'autre, les manières amoureuses apprises de l'autre. Elle avait tout fait avec l'autre. Elle avait mangé avec l'autre, s'était promenée avec l'autre. Ne plus manger avec elle, ne plus se promener avec elle! Il se gratta le front. A la rigueur, il pourrait la faire marcher à l'envers, les mains par terre et les pieds en l'air. Elle n'avait sûrement pas fait ça avec Dietsch. Mais quoi, la faire tout le temps marcher à l'envers ? En tout cas, ne plus jamais la prendre. Tout avait été fait par ces deux. A moins que dans une grande corbeille accrochée au plafond ? Ce ne serait pas commode.

— Tu as l'air si fatigué, viens dormir avec moi, allons dans ma chambre, dit-elle, et elle le prit par la main.

Chez elle, il s'assit, alluma une autre cigarette, aspira profondément la fumée, eut un moment de bonheur inexprimable puis se rappela. Le plus terrible, c'était qu'avec lui elle avait connu et connaîtrait des heures ternes, pas adultères du tout. Et l'idiote poétique, regretteuse comme toutes ses pareilles, assoiffée d'ailleurs, comme toutes ses pareilles, comparerait inconsciemment. Du Dietsch, par le sortilège du lointain, elle ne se rappellerait que les belles heures. Et lui, imbécile et devenu mari, en lui parlant tellement du Dietsch, il s'en faisait l'entremetteur, en redoublait le charme, en devenait le cocu rétroactif. Oh, les combines avec la Boygne! Oh, comme c'était intéressant d'aller retrouver en catimini le Dietsch, de passer la nuit en contrebande avec lui! Et puis le lendemain matin, la Boygne qui lui téléphonait chez le pou de Beethoven. Chérie, votre mari vient de me téléphoner de son bureau, je lui ai dit que vous dormiez encore, que je n'osais pas vous réveiller, mais tâchez de lui téléphoner pour qu'il ne rappelle pas encore chez moi. Saleté de Boygne! O infortuné Solal, monotone cocu, incapable d'offrir de palpitantes nuits en contrebande, concurrent malheureux d'un chef d'orchestre auréolé d'absence! Un seul moyen pour l'en dégoûter, lui ordonner d'aller le retrouver à Genève et de vivre avec lui pendant des mois. Ainsi lui, Solal, redeviendrait l'amant. Oui, lui dire de partir tout de suite pour Genève.

Mais relevant la tête et l'apercevant qui se mouchait, il fut attendri par la modestie des expulsions nasales qu'elle faisait discrètes, au détriment de l'efficacité. Pauvre nez brillant, un peu gros en ce moment, pas très beau. Pauvres paupières, un peu enflées par les larmes. Il eut envie de l'embrasser, mais il n'osa pas, intimidé. Pauvre petit mouchoir déchiré avec lequel elle faisait ses mignonnes évacuations. Oui, lui en donner un plus convenable.

Revenu de la salle de bains avec un beau grand mouchoir de pur fil, pris dans sa valise, il s'approcha pour le lui remettre, la trouva touchante. Oh, ce regard vers lui, humble, mendiant. Soudain, il fit un pas en arrière. En somme, si les mains du chef d'orchestre avaient eu le pouvoir de tatouer indélébilement, elle serait en ce moment bleue des pieds à la tête, bleue partout, sauf sous les pieds peut-être. Alors quoi, condamné à se contenter de la plante des pieds ? Il empocha le beau mouchoir.

— Sais-tu à quoi je pense ? demanda-t-il après avoir ajusté son monocle noir. Eh bien, je vais te le dire puisque tu ne me le demandes pas. Je pense qu'en somme, par ton obligeant intermédiaire, j'ai eu des rapports intimes avec ce monsieur. Mon amant en quelque sorte. Qu'en dis-tu ?

— Je t'en supplie, assez, assez, gémit-elle, et elle lui prit la main, mais il se dégagea aussitôt du contact des organes de Dietsch.

— Qu'en dis-tu ?

— Je ne sais pas, je voudrais dormir. Il est six heures et demie.

Il s'indigna. Une vraie horloge parlante, cette femme. Il alla se vérifier devant la glace, se trouva chevalier de mer et redresseur de torts avec ce monocle noir, revint se camper devant elle, jambes écartées, poings aux hanches.

— Et avec lui, il ne t'arrivait pas d'être réveillée à six heures et demie ?

— Non, à six heures et demie, je dormais.

Le rire du seigneur corsaire stria la chambre. Elle dormait, et elle osait le lui dire, l'effrontée ! Bien sûr, elle dormait ! Mais auprès de qui, et après quoi ? Oh, l'attribut canin de l'autre ! Et elle avait accepté cela ! Et elle avait accepté pire, même ! Oh, ces mains suaves !

— Tu aimes les hommes, n'est-ce pas ?

— Non, ils me dégoûtent !

— Et moi ?

— Toi aussi !

— Enfin ! sourit-il, et il affila son nez avec satisfaction, car voilà qui était simple et net.

— Mon Dieu, si tu savais comme c'était peu de chose avec ce Dietsch !

— Vraiment ce ? Et pourquoi ce ? Pourquoi cette animosité soudaine contre un homme que tu allais voir avec ta valise, dans un certain but ? Qu'as-tu dit ?

— J'ai dit que c'était peu de chose avec monsieur Dietsch. Monsieur, en parlant d'un homme qui se mettait tout nu sur elle ! Il la prit par l'oreille, apitoyé pourtant par le visage pâle, bleu de cernes.

— Monsieur, en vérité ! Monsieur, vraiment ! Monsieur, j'écarte mes genoux, ayez l'obligeance d'entrer ! Je vous en saurai gré, monsieur !

— Vilain, tu es un vilain ! cria-t-elle, petite fille surgie du passé. Je n'aurais pas accepté de lui ce que j'accepte de toi !

— Qui lui ?

— Dietsch !

— Je n'accepte pas que tu me parles de lui comme s'il était mon ami. De qui parles-tu ?

— De D.

— Tu ne lui disais pas D ! Dis Serge.

— Je ne lui disais pas son prénom.

— Alors comment l'appelais-tu ?

— Je ne me souviens pas !

— En ce cas, appelle-le monsieur Sexe. Tu vois, je suis gentil, je pourrais te faire dire pire, mais monsieur Sexe me suffit. Allons, monsieur Sexe !

— Je ne dirai pas. Laisse-le en paix.

— Qui ? Qui ? Qui ? Qui ? Réponds. Qui ? Qui ? Qui ?

— Mon Dieu, mais tu es fou ! s'écria-t-elle, et elle comprima ses tempes, exagérant son effroi. Je dois passer toute la nuit avec un fou !

— Je te ferai remarquer qu'il fait jour dehors. Mais peu importe, et admettons. Donc tu préférerais passer la nuit avec un raisonnable ? N'est-ce pas, putain ?

— J'en ai assez ! cria-t-elle. Je déteste tout le monde !

Elle souleva l'encrier de verre, se retint de le lancer contre le mur, le remit en place, exerça sa haine sur le sous-main qu'elle essaya de tordre, puis sur du papier à lettres de l'hôtel, qu'elle déchira en petits morceaux.

— Qu'est-ce qu'elles t'ont fait, ces feuilles ?

— Ce sont des putains !

— Il en reste encore une, ne la déchire pas. Écris que tu as couché avec Dietsch, et signe. Prends ce porte-plume, ne le casse pas.

Elle obéit, signa Ariane d'Auble, trois fois. Il lut avec satisfaction. C'était sûr maintenant. Plus de doute. Il plia le papier et le mit dans sa poche. Il avait la preuve. Gentille tout de même, pensa-t-il. Une autre aurait fichu le camp depuis longtemps. Elle s'étendit sur le lit, claqua des dents, le regarda avec hostilité, toussa plusieurs fois, sans besoin. Alors, il se força à tousser aussi, toussa longtemps, très fort, comme une bête malade.

— Qu'est-ce que tu as ? demanda-t-elle. Pourquoi est-ce que tu tousses tellement ?

Il toussa plus fort encore, toussa des sortes de rugissements, quintes de lion tuberculeux, avec une telle persistance qu'elle comprit qu'il le faisait pour l'affoler. Elle se leva.

— Assez ! ordonna-t-elle. Tu entends, assez ! Ne plus tousser !

Comme il continuait cette toux exaspérante, elle s'approcha, le gifla. Il sourit, croisa les bras, étrangement serein. Tout redevenait normal.

— Une aryenne, bien sûr, murmura-t-il, satisfait.

— Pardon, dit-elle, je ne sais plus ce que je fais. Pardonne-moi.

— A une condition. Que nous allions à Genève et que tu couches avec lui.

— Jamais!

— Mais puisque tu l'as fait! tonna-t-il. Ah, je comprends, sourit-il après un silence, je comprends, tu as peur d'y trouver du plaisir! Eh bien, tu le feras, j'y tiens! Je tiens à ce que tu couches avec Dietsch, afin que nous puissions vivre dans la vérité, tous trois! Et aussi afin que tu te rendes compte qu'avec lui ce n'est pas aussi remarquable que tu t'imagines. Coucheras-tu, oui ou non? Notre amour en dépend! Réponds, coucheras-tu?

— Oui, d'accord, je coucherai!

Elle s'approcha de la fenêtre, se pencha. Elle n'avait pas peur de mourir, mais du vide, et de savoir, en l'air, durant la chute, que lorsqu'elle arriverait en bas, sa tête se casserait. Elle posa le genou sur le bord de la fenêtre. Il s'élança. Elle fit un balancement éperdu, en avant puis en arrière, pour lui laisser le temps de la retenir. Dès qu'il l'eut saisie, elle se débattit, maintenant décidée à se tuer. Mais il la tenait fort. Elle se tourna vers lui, face contre face, haineusement. Il résista au désir de baiser ces lèvres si proches, ferma la fenêtre.

— Alors, tu te crois une femme honnête?

— Non, je ne suis pas une femme honnête!

— Pourquoi ne m'as-tu pas averti alors? Pourquoi ne m'as-tu pas dit au Ritz qu'avant de continuer à nous voir il serait plus prudent de faire faire un Wassermann à mon prédécesseur? Car enfin j'ai risqué gros.

Elle se jeta à plat ventre sur le lit, sanglota, le visage contre l'oreiller, hanches remuantes et reins remuants. Oh, ses remuements d'amour avec Dietsch, atroces remuements d'une femme honnête et qui l'aimait. Il ne le savait que trop qu'elle était une femme honnête et qu'elle l'aimait, et c'était là sa torture. Cette femme qui devant lui faisait d'infâmes mouvements avec l'autre était une femme honnête et qui l'aimait, était l'innocente qui lui avait raconté avec un ravissement enfantin l'histoire de cette paysanne savoyarde qui faisait semblant de plaindre sa vache Diamant et qui lui disait pauvre Diamant, on l'a battue, Diamant? et alors l'intelligente vache répondait par un meuglement plaintif, et cette même femme dont les reins et les hanches, oh les reins et les hanches qui accompagnaient les reins et les hanches du type aux cheveux blancs, un de la race des tueurs de Juifs, cette même femme savourait tellement son innocent récit, il se rappelait si bien comment elle racontait, oui, pour faire vrai elle disait pauve Diamont, comme disait la paysanne, pauve Diamont, on l'a battue, Diamont ? et ensuite son adorable petite fille Ariane faisait la vache qui, pour répondre oui, qu'on l'avait battue, faisait meuh meuh, et c'était le meilleur moment de l'histoire, et le plus exquis de tout c'était lorsqu'elle et lui, à Genève, faisaient meuh meuh ensemble, pour savourer ensemble le sel de l'histoire et la malice de Diamant. Oh, comme ils étaient nigauds et gais et amis alors, frère et sœur alors. Et c'était cette même sœur, cette même petite fille qui avait donné asile à l'horreur virile d'un autre, qui l'avait aimée !

— Debout, ordonna-t-il, et elle se retourna, se releva lentement, vint devant lui. Allons, bouge ton âme !

— Que veux-tu encore de moi ? demanda-t-elle.

— La danse du ventre !

Elle fit signe que non, le regard droit, les poings fermés. De rage tremblante, il se mordit la lèvre. Ainsi donc, s'il demandait une modeste danse du ventre, une danse simplement du ventre, fin de non-recevoir ! Mais avec l'autre, la danse du giron dès que l'autre voulait, autant que l'autre voulait ! Oh, les allées et venues compétentes de ses reins et de ses hanches sous le chimpanzé à crinière blanche, et elle s'accrochait à cette crinière ! Oh, les deux ignobles ! Oh, cette chienne et son chien, ces deux bêtes ahanantes, leurs transpirantes collisions, leurs odeurs, leurs sécrétions.

Elle toussa, et il la vit. Si lamentable, l'ancienne chienne pantelante, la jouissante de Dietsch, blanche et amaigrie debout devant lui, mortellement lasse et les poings fermés, pauvres petits poings de courage, si lamentable avec son imperméable, sa combinaison, ses bas écroulés, son nez grossi, ses paupières enflées de larmes, ses beaux yeux cernés de bleu malade. Sa chérie, sa pauvre chérie. O maudit amour des corps, maudite passion.

# SEPTIÈME PARTIE

# CIII

Lugubre, le lustre était resté allumé dans la chambre où le soleil de midi filtrait à travers les rideaux tirés. Immobile dans le lit, les yeux grands ouverts, il écoutait les bruits des vivants du dehors, suivait les petites ombres actives circulant à l'envers sur le plafond, au-dessus des rideaux, les pieds en haut et la tête en bas, minuscules silhouettes allant vers des tâches honnêtes. Voilà, de nouveau à Genève, de nouveau au Ritz.

Attentif à ne pas la toucher, il se pencha pour la regarder, absurde fillette fardée dormant à son côté, ou feignant de dormir, gavée d'éther, lamentable avec sa petite jupe de tennis à mi-cuisses, ses jambes nues, ses chaussettes, ses pantoufles pour se faire petite, ses anglaises enfantines, son nœud de ruban rose.

Il prit le flacon d'éther qu'elle tenait contre elle, le déboucha, aspira. Elle se retourna, murmura qu'elle en voulait aussi, aspira à son tour, plusieurs fois, lui rendit le flacon. Ne me regarde pas, murmura-t-elle, et elle se rencogna, ferma les yeux. O les vacances à la montagne avec Éliane, le chalet, les bruits des faux martelées. O ces sons clairs venus de loin, sons purs dans l'air de diamant, sons de l'été, sons de l'enfance.

Elle se redressa, veillant à ne pas le toucher, regarda le petit réveil, décrocha le téléphone, demanda le déjeuner. Non, pas de table, un plateau seulement, merci. Elle raccrocha, lui reprit l'éther, aspira longuement, les yeux fermés, toute au froid sucré qui entrait. Hier, dans la rue, la Kanakis l'avait regardée avec curiosité, sans la saluer. L'autre jour, la cousine Saladin avait fait semblant de ne pas la voir. Elles avaient joué ensemble quand elles étaient petites. La poupée que je lui ai prêtée, elle ne me l'a jamais rendue. Lui téléphoner pour la lui réclamer ?

— Laissez le plateau devant la porte, je le prendrai.

Elle se leva, ouvrit, prit le plateau, le déposa sur le lit, se recoucha. Se tenant loin l'un de l'autre, ils mangèrent sans mot dire dans la pénombre étouffante cependant qu'une lourde mouche insistante zigzaguait idiotement devant eux, bourdonnant avec un insupportable sentiment de supériorité, furieuse et butée, insolente, assurée de son droit, ravie d'être importune. Dans le silence, fourchettes et couteaux parfois crissant, un verre parfois tintant, les deux mâchaient avec les petits bruits humiliants du broyage. Devant eux, une barre de soleil, où cérémonieusement dansaient de lentes poussières diamantées, frappait un couvre-plat argenté qui la renvoyait contre le mur. Elle remua le genou pour faire bouger le plateau et transporter le rond de lumière au plafond. Éliane, les jeux de leur enfance. Avec des miroirs de poche, elles s'amusaient à s'aveugler l'une l'autre, appelaient ça des batailles de soleil.

Toujours attentive à ne pas le frôler, elle se leva, fausse écolière au maquillage défait, posa le plateau à terre tandis que, resté dans le lit, il repoussait sous la courtepointe le soutien-gorge de dentelle oublié par Ingrid Groning.

De nouveau dans le lit, elle heurta sa jambe qu'il retira aussitôt. Blottie du côté du mur, elle ferma les yeux. La cache avec Éliane dans le jardin de Tantlérie, censément le trésor de l'île déserte. Le trou qu'on avait creusé, près d'un arbre, avec des repères secrets notés dans la Bible d'Éliane. On avait enfoui des morceaux de verre, du papier de chocolat, des sous, des bonbons, un ours en chocolat, un anneau de rideau censément une alliance de mariage pour quand elle serait grande. Après, on s'était disputées, elle avait donné un coup de poing sur le nez à Éliane et puis on s'était réconciliées et on avait profité du sang qui avait coulé du nez pour écrire un document tragique censément après le naufrage du trois-mâts le Requin, on avait ramassé le sang dans une cuillère à thé, on avait trempé la plume dedans, et on avait écrit à tour de rôle. Elle avait écrit qu'elle n'ouvrirait le trésor de l'île déserte que le jour de son mariage et qu'elle remettrait l'alliance à son cher mari. Et puis il y avait des résolutions écrites à l'envers pour les rendre indéchiffrables, des résolutions de s'élever toujours plus spirituellement, des engagements de vie noble pour l'avenir. Voilà, l'avenir était arrivé, l'avenir c'était maintenant, et c'était elle qui avait appelé Ingrid, cette nuit, qui avait voulu ce qui s'était passé. C'était pour te garder, dit-elle en elle-même, ses lèvres formant en silence les mots, sa tête à demi enfouie sous l'oreiller.

Il prit la coupe des douceurs, la plaça entre elle et lui. Dans la pénombre, ils puisèrent, elle des fondants, lui des loucoums lentement mâchés tandis que, parfois respirant de l'éther, il revoyait leur vie, leur pauvre vie depuis plus de deux ans. Neuf septembre aujourd'hui. Deux ans et trois mois depuis le premier soir du Ritz. Presque un an depuis les jalousies Dietsch. Sincères, ces jalousies, mais voulues aussi, car il se complaisait aux visions torturantes, les appelait, les développait, s'en fouettait pour souffrir et la faire souffrir, pour sortir du marécage et fabriquer une vie de passion sans plus de langueurs. Une aubaine pour leur scorbut. Plus d'ennui, du drame. Le charme affreux de pouvoir faire enfin sincèrement l'amour, elle redevenue désirable et désireuse. Les scènes à Agay, puis à Marseille. Au retour à la Belle de Mai, les jalousies avaient continué. Ensuite, l'intermède des veines coupées par honte de la faire souffrir, le transport à l'hôpital. Ensuite, la pneumonie d'elle. Soignée par lui seul, sans infirmière, contre l'avis du médecin. Jour et nuit, pendant des semaines, il l'avait soignée et lavée comme une enfant, avait mis le bassin violon sous elle plusieurs fois par jour, avait vidé le bassin et ses puanteurs. Douces semaines. Finies les jalousies, finies à jamais par la grâce du bassin émaillé. Il y avait des images et des odeurs qui ne s'oubliaient pas. Douces semaines. Il regardait sa malade, et il était heureux que ce pauvre corps souffrant, déshonoré par la maladie, eût connu de petits bonheurs avec ce brave Dietsch, devenu sympathique. Hélas, avec la convalescence et la santé revenue, il avait senti chez elle des intentions amoureuses, avait aperçu des regards de douce sorcière. Alors, il avait bien fallu refaire le coq à regards filtrés, elle ravie courant se recoiffer, et mettre un déshabillé inutilement voluptueux, et voiler de rouge patibulaire la lampe de sa chambre pour faire sensuel, la malheureuse espérant l'indiscutable test d'un coït réussi, croyant l'avoir obtenu et lui faisant aussitôt les affreuses caresses sentimentales sur la nuque ou dans les cheveux, effrayantes araignées de gratitude, insupportablement accompagnées de questions tendres et de tendres commentaires appréciatifs. Et de nouveau, plusieurs bains chaque jour, et deux rasages au moins, et expressions poétiques à trouver pour louer la beauté de l'aimée et les diverses parties de sa viande, et en trouver chaque jour de nouvelles parce qu'elle était insatiable et qu'il la chérissait, et qu'il aimait la voir de satisfaction aspirer longuement par les narines. Et de nouveau les redoutables disques de Mozart et de Bach, de nouveau les couchers de soleil et les couchages inutiles, suivis des sempiternelles exégèses avec grandes consommations d'âme. Ensuite quoi ? Ensuite, les voyages. De temps à autre, il lui avait confectionné de petites jalousies Dietsch par pure bonté, pour lui faire plaisir, puis il s'était lassé, et il n'avait plus été question du Dietsch, et paix aux organes du Dietsch. Au retour d'Égypte, la décision de s'installer à Genève, dans la villa de Bellevue. L'enthousiasme de la chimérique, une fois de plus refleurie par la préparation d'un cadre harmonieux. Non, aimé, il vous faudra cette chambre qui est de plus belles proportions et d'où la vue est si étendue. Achats de tapis persans et de meubles espagnols d'époque. Une vingtaine de jours vivants. Mais la noble installation terminée, l'étouffement inavoué, le besoin d'autres, d'autres à tout prix, d'autres autour de soi, même inconnus, même non fréquentés. A la Belle de Mai, leur amour était plus jeune et ils avaient résisté plus longtemps à cette existence de gardiens de phare. Mais à Bellevue, dès la troisième semaine, l'asthme de solitude avait été insupportable. Avec une honte dissimulée, leur retour au Ritz. Oh, leurs tristes étreintes, elle feignant le plaisir, oui, sûrement, par bonté, la pauvre. Oh, les recours des deux malheureux aux pitoyables moyens, leurs accords tacites. Leurs recours à la glace. A certains moments leurs misérables recours aux mots vils, fouetteurs. Leurs recours aux livres. Aimé, j'ai acheté un livre un peu osé, mais plein de talent, ce n'est pas mal que nous le lisions ensemble, n'est-ce pas ? Et elle en avait apporté d'autres, encore plus osés, comme elle disait, pauvre descendante d'une austère lignée. Et puis, peu à peu, les pratiques auxquelles elle trouvait goût, ou feignait de trouver goût. Parfois, pour se rassurer, elle lui parlait à voix basse dans la pénombre des nuits. Dis, ce n'est pas mal, n'est-ce pas, que je sois un peu infernale, que je fasse cela, dis, quand on aime tout est beau, n'est-ce pas ? Elle aimait dire infernal, adjectif qui avait succédé au timide osé et qui donnait des reflets de flammes à leurs pauvres trucs. Ensuite quoi ? Ensuite, les rêves d'elle, rêves inventés sans doute, qu'elle lui racontait la nuit, dans le lit, tout contre lui, à voix basse. Aimé, j'ai fait hier un rêve si étrange, je vous appartenais, et une belle jeune femme était près du lit, assistait. Quelques jours plus tard, un autre rêve, plus hardi. Puis d'autres, pires, toujours racontés la nuit, dans l'obscurité. Honteux, désespéré, il écoutait les pauvres inventions. Aimé, j'ai rêvé que j'étais aimée par deux hommes, mais chacun de ces hommes était vous. Cette dernière précision pour sauver les apparences et rester fidèle tout en étant infernale. Ensuite, le retour d'Ingrid Groning au Ritz. L'amitié subite des deux femmes. Elle lui parlant trop de la beauté d'Ingrid, des beaux seins d'Ingrid. Hier soir, le déguisement en fillette. Puis, à minuit, elle proposant d'appeler Ingrid. L'horreur. Sois pur car notre Dieu est pur, lui disait le grand rabbin après la bénédiction du sabbat, la lourde main encore sur sa tête. Pardon, seigneur père. O la synagogue de son enfance, les degrés qui menaient à l'enceinte entourée par une balustrade de marbre, et au centre était le pupitre du chantre officiant. En haut, la galerie des femmes, clôturée par des treillages, et des formes s'agitaient derrière. En bas, sur une sorte de trône, son père, et lui debout, près du révéré grand rabbin, fier d'être son fils. O douceur d'entendre l'officiant chanter dans la langue des ancêtres. Au fond, face à l'enceinte, les velours et les ors de l'arche des saints Commandements, et il était en Israël, avec des frères.

Entrée dans leur salle de bains, elle rabattit le siège laqué blanc, se ravisa. Non, il pourrait entendre. Tiens, je songe encore à ne pas lui déplaire. Un peignoir sur son déguisement de fillette, elle sortit dans le couloir, poussa la porte d'une des toilettes communes, tourna le verrou, releva le bas du peignoir, s'assit sur le siège laqué blanc, posa à terre le flacon d'éther qu'elle avait emporté, se leva, actionna la chasse d'eau, resta à regarder la petite cataracte dans la cuvette de faïence, se rassit, tira une feuille de papier hygiénique, la plia en deux, puis en quatre. O le jardin de Tantlérie, les petites lampes roses du cognassier éphèbe, le mirabellier fendu, la résine acajou qui en sortait et qu'elle pétrissait avec ses doigts, le banc près de la petite fontaine qui coulait toujours un peu et où les mésanges venaient boire, le vieux banc vert délavé par la pluie, c'était exquis d'enlever les écailles vertes. O le jardin de Tantlérie, le vieux wellingtonia indulgent qui se berçait lui-même, les trois branches de l'abricotier fleuri qui s'inscrivaient légèrement au carreau de la fenêtre, l'oiseau annonciateur de la pluie qui répétait son cri monotone. O les pluies d'été dans le jardin, le rythme de la gouttière lorsqu'il pleuvait, l'eau qui tombait du chéneau sur la tente de toile, la large tache qui s'était formée là, ô ce bruit largo et bien rythmé qui se détachait sur le long bruissement de la pluie d'été ainsi que le solo d'un grand orchestre, et elle restait longtemps à l'écouter, à écouter la pluie, heureuse.

— J'étais heureuse, murmura-t-elle, sur son siège assise.

Elle tira une autre feuille de papier hygiénique, en fit un cornet qu'elle jeta, puis elle se leva, se regarda dans la glace. Elle n'était plus une petite fille. Ces deux plis esquissés à partir des commissures. Elle se rassit sur le siège laqué blanc, se baissa, ramassa le cornet. Tss, je t'en prie, Ariane, ce sont des manières de gamine du peuple. Tantlérie lui avait dit ça lorsqu'elle avait voulu acheter un cornet de frites dans la rue, lui avait dit ça aussi la fois où elle avait voulu mettre des pièces de vingt centimes dans le distributeur automatique de la gare Cornavin. O son enfance. A treize ans, sa flamme pour le jeune pasteur Ferrier qui était venu remplacer le pasteur Oltramare au caté-chisme. Lorsqu'on entonnait son cantique préféré, au lieu de Gloire à Jésus, gloire à jamais! elle chantait Gloire à Ferrier, gloire à jamais! et personne ne s'en apercevait. Au lieu de Jésus est mon ami suprême, ô quel amour! elle chantait Ferrier est mon ami suprême, ô quel amour! et personne ne s'en apercevait. A la fin de l'instruction religieuse, elle lui avait envoyé une lettre qui se terminait par Grâce à vous je suis convertie, et elle avait simplement signé Une catéchumène reconnaissante. Tout cela, et cette nuit, Ingrid. Absurde de rester si longtemps sur ce siège. C'est parce que j'ai peur. Une des premières photos d'elle, un bébé édenté dans un baquet d'eau sous un arbre du jardin, souriant de toutes ses gencives. Une autre photo à deux ans, un peu bouffie, assise dans l'herbe, à demi cachée par les marguerites plus hautes qu'elle. Une autre, à cheval sur le gros saint-bernard des Candolle. A sept ans, le petit cousin André qui la battait. Mariette lui avait dit de se défendre, qu'elle était aussi forte que son cousin. Le lendemain, elle s'était dé-fendue, avait battu André, était rentrée à la maison, la robe en lambeaux, victorieuse. La photo d'elle et d'Éliane déguisées en mauresques pour ce bal d'enfants chez les cousins de Lulle.

— J'étais heureuse, murmura-t-elle, sur son siège assise, et elle se pencha pour prendre le flacon d'éther, aspira, sourit à l'air froid entré. Voici qu'il gèle à pierre fendre, chantonna-t-elle sur l'air d'autrefois, air de son enfance, et elle eut un sanglot sec, voulu, affreux. O les jeux avec Éliane. Quand on jouait à la persécution des Chrétiens, elle était sainte Blandine, livrée aux lions par les païens, et Éliane faisait le lion, rugis-sait dans un entonnoir. Ou bien elle était une héroïque vierge chrétienne, attachée à la rampe de l'escalier, à l'étage du grenier, et Éliane en soldat romain la torturait, lui enfonçait une épingle dans la jambe, mais pas beaucoup, et après on mettait de la teinture d'iode. Et puis les jeux à se laisser tomber. On se laissait tomber de la balançoire pour se casser un peu, ou bien on montait sur une table, puis sur une chaise et on atteignait l'œil de bœuf près du plafond, on passait avec des efforts à travers l'œil de bœuf et on se laissait tomber dans la salle de bains. Une fois, elles avaient rempli la baignoire, et elle s'était laissée tomber tout habillée dans l'eau. J'étais heureuse, je ne savais pas ce qui m'attendait. Plus tard, à quinze seize ans, les déclamations au grenier devant la vieille glace vénitienne un peu moisie. O le grenier de Tantlérie, l'odeur de poussière et de bois chauffé par le soleil, le cher refuge pendant les vacances d'été, elle et sa sœur y étaient de grandes actrices déclamant des tragédies avec des râles. Éliane faisait toujours le héros, et elle l'héroïne, et elle prenait des airs tour à tour éplorés et impérieux, mais le grand genre, qui leur paraissait le summum de l'amour, c'était de porter la main au front et d'agoniser. Éliane, ma chérie. Leur chagrin lorsqu'elles avaient appris qu'un cousin étudiant s'était enivré. Dans la nuit, elle était allée réveiller Éliane, et elles s'étaient agenouillées, avaient prié pour lui. Seigneur, fais qu'il soit un homme de bien et qu'il ne boive plus de spiritueux. Tout cela, et cette nuit, Ingrid. Plus tard, à seize dix-sept ans, les naïves soirées de danse avec les amies. On mettait tant de foi à danser bien. On ne disait pas bien danser, on disait danser bien, en appuyant sur bien. Ces soirées, on les voulait parfaites, une œuvre d'art. Idiotes, mais heureuses, sûres d'elles, des jeunes filles de la bonne société genevoise, estimées. Tout cela, et cette nuit, Ingrid. C'était pour lui, pour le garder. Allons, debout.

Dans sa chambre, étendue sur le lit, une boîte de chocolats contre elle, elle porta un fondant à sa bouche, déboucha le flacon d'éther, aspira, sourit au glacé chirurgical qui entrait. A Genève, au début de leur amour, la représentation de bienfaisance organisée par les gens du Secrétariat. Il lui avait demandé d'accepter un rôle dans cette tragédie, avait dit qu'il aimerait être dans le public, comme un étranger qui ne la connaissait pas, qu'il aimerait la voir étrangère et lointaine sur la scène et savoir qu'après la représentation elle serait à lui toute la nuit, et personne dans la salle ne s'en doutant. A la fin de chaque acte, lorsque les spectateurs avaient applaudi et qu'elle était venue avec les autres saluer, c'était lui qu'elle avait regardé, c'était devant lui qu'elle s'était inclinée. O aigu bonheur du secret. Avant la représentation, elle lui avait dit qu'au premier acte lorsqu'elle descendrait les marches, sa main se poserait près de l'aine, pour prendre de l'étoffe et soulever un peu la robe, une robe d'un bleu profond, un bleu si beau, et ainsi par ce geste il saurait qu'en cet instant, étrangère et lointaine, c'était à lui qu'elle pensait, à leurs nuits.

De son index, elle appuya sur une narine pour la boucher et de l'autre narine pouvoir tirer plus fort les vapeurs d'éther, en avoir davantage. Elle prit deux fondants, se les mit dans la bouche, les mâcha avec dégoût. Le jour du retour de l'aimé, sa marche triomphale. Elle allait, nue sous la robe voilière qui claquait au vent de la marche, marche enthousiaste, marche de l'amour, et le bruit de sa robe était exaltant, le vent sur son visage était exaltant, le vent sur son visage haut tenu, son jeune visage en amour. Elle aspira encore, sourit, larmes sur le visage enfantin, visage vieilli, larmes étalant les couleurs du maquillage.

Brusquement, elle se leva, alla lourdement à travers la chambre suffocante, le flacon d'éther à la main, lourdement tapant du pied, pataude exprès, vieille exprès, parfois grotesquement faisant un saut ou tirant la langue, soudain marmonnant que c'était la marche de l'amour, la marche de son amour, la sale marche de l'amour.

## CIV

Tard le soir, elle entra, s'approcha du lit, demanda si elle pouvait rester. Il lui fit signe de venir à son côté, s'empara du flacon qu'elle tenait, le déboucha, aspira longuement. Sans ôter son peignoir, elle s'étendit auprès de lui. Il éteignit, lui demanda si elle voulait l'éther. Dans l'obscurité, à tâtons, elle prit le flacon, aspira longuement, aspira encore, et soudain de la salle de bal montèrent des appels, guitares hawaïennes lâchant à regret leurs longs sanglots purs, sanglots venus du cœur, doux sanglots étirés, liquides tueurs d'âme, infinis sanglots des adieux. C'était la musique du premier soir, la même musique, et elle s'était inclinée, et elle l'avait regardé, glacée, tremblante d'amoureuse frayeur. Elle resta à écouter, le flacon contre elle, tenu comme un enfant.

Elle aspira de nouveau, ferma les yeux, sourit. Maintenant c'était une valse en bas, leur première valse. Solennels, ils dansaient, d'eux seuls préoccupés, goûtaient l'un à l'autre, soigneux, profonds, perdus. Tenue et guidée, elle ignorait le monde, écoutait le bonheur dans ses veines, parfois s'admirant dans les hautes glaces des murs, élégante, émouvante, exceptionnelle, femme aimée, belle de son seigneur.

Il lui prit le flacon d'éther, l'approcha de ses narines. Les premiers temps, le bonheur fou de se préparer pour aller la voir, la gloire de se raser pour elle, de se baigner pour elle, et dans l'auto qui le menait vers elle il chantait sa victoire d'être aimé, regardait cet aimé dans la glace de l'auto, heureux de ses dents parfaites et leur souriant, heureux d'être beau et d'aller vers elle, vers elle qui en grand amour l'attendait sur le seuil et sous les roses, l'attendait dans la robe blanche aux amples manches serrées aux poignets. A quoi penses-tu? demanda-t-elle. A ta robe roumaine, dit-il. Tu l'aimais, n'est-ce pas ? demanda-t-elle. Elle t'allait si bien, dit-il, et dans l'obscurité elle respira largement, comme autrefois lorsqu'il la complimentait. Je l'ai toujours, elle est dans ma malle, dit-elle, et elle alluma pour le regarder, effleura du doigt la ligne des sourcils.

Elle reprit le flacon d'éther, aspira, sourit. Le premier soir, lorsqu'elle dansait avec lui, elle reculait la tête pour mieux le voir qui lui murmurait des merveilles qu'elle ne comprenait pas toujours car elle le regardait trop. Mais quand il lui avait dit qu'ils étaient amoureux, elle avait compris, avait ri à demi de bonheur, et alors il lui avait dit qu'il se mourait de baiser et bénir les longs cils recourbés. Et maintenant, maintenant.

Elle aspira de l'éther, sourit au doux froid qui entrait. O le petit salon du premier soir, son petit salon qu'elle avait voulu lui montrer tout de suite, après le Ritz. Debout devant la fenêtre ouverte, ils avaient respiré la nuit d'étoiles, avaient écouté les remuements des feuilles dans les arbres, murmures de leur amour. Toujours, elle lui avait dit. Ensuite, le choral qu'elle avait joué pour lui. Ensuite, le sofa, les baisers, premiers vrais baisers de sa vie. Ta femme, elle lui disait à chaque arrêt et reprise de souffle. Infatigables, ils s'annonçaient qu'ils s'aimaient, puis riaient de bonheur, puis unissaient leurs bouches, puis se détachaient pour infiniment s'annoncer la merveilleuse nouvelle. Et maintenant, maintenant.

Elle aspira de l'éther, sourit. O les débuts, leur temps de Genève, les préparatifs, son bonheur d'être belle pour lui, les attentes, les arrivées à neuf heures, et elle était toujours sur le seuil à l'attendre, impatiente et en santé de jeunesse, à l'attendre sur le seuil et sous les roses, dans sa robe roumaine qu'il aimait, blanche aux larges manches serrées aux poignets, ô l'enthousiasme de se revoir, les soirées, les heures à se regarder, à se parler, à se raconter à l'autre, tant de baisers reçus et donnés, oui, les seuls vrais de sa vie, et après l'avoir quittée tard dans la nuit, quittée avec tant de baisers, baisers profonds, baisers interminables, il revenait parfois, une heure plus tard ou des minutes plus tard, ô splendeur de le revoir, ô fervent retour, je ne peux pas sans toi, il lui disait, je ne peux pas, et d'amour il pliait genou devant elle qui d'amour pliait genou devant lui, et c'était des baisers, elle et lui religieux, des baisers encore et encore, baisers véritables, baisers d'amour, grands baisers battant l'aile, je ne peux pas sans toi, il lui disait entre des baisers, et il restait, le merveilleux qui ne pouvait pas, ne pouvait pas sans elle, restait des heures jusqu'à l'aurore et aux chants des oiseaux, et c'était l'amour. Et maintenant ils ne se désiraient plus, ils s'ennuyaient ensemble, elle le savait bien.

Elle aspira de l'éther, sourit. Lorsqu'il partait en mission, les télégrammes qu'il lui envoyait en code si les mots étaient trop ardents, ô bonheur de déchiffrer, et elle ses longs télégrammes en réponse, télégrammes de centaines de mots, toujours des télégrammes pour qu'il sût tout de suite combien elle l'aimait, ô les préparatifs en vue du retour sacré, les commandes chez le couturier, les heures à parfaire sa beauté, et elle chantait l'air de la Pentecôte, chantait la venue d'un divin roi. Et maintenant ils s'ennuyaient ensemble, ils ne se désiraient plus, ne se désiraient plus vraiment, ils se forçaient, essayaient de se désirer, elle le savait bien, le savait depuis longtemps.

A quoi penses-tu ? demanda-t-elle. A rien, dit-il, et il lui baisa la main, la regarda. Cette nuit, l'entrée de la petite fille, la lamentable espièglerie de lui dire bonsoir mon oncle, de s'asseoir sur les genoux de son oncle, cuisses nues, de lui dire à l'oreille que si elle n'était pas sage, il pourrait la corriger. O tristesse, ô niaiserie, et pourtant en ces deux grotesques, une grandeur, leur pauvre passion en révolte contre son agonie, l'idiote obscénité, dernier recours de leur pauvre passion. A minuit, la proposition d'appeler Ingrid, et il avait accepté, accepté par désespoir, parce qu'elle le voulait, pour mettre de la vie dans cette agonie. Pauvres damnés du paradis. Elle lui prit la main.

— Aimé, veux-tu ? demanda-t-elle.

Il lui serra la main, fit signe que oui, il voulait. Alors, elle se leva, sortit.

## CV

Dans sa chambre, elle prit le livre qui était sur la table, l'ouvrit, lut des lignes sans comprendre, le remit à sa place, défit la cordelière de son peignoir, la laissa tomber. Transpirante, elle la ramassa, en joua à saccades, égarée et souriante, la lâcha de nouveau, se toucha les joues. C'était elle, ses joues étaient chaudes, ses mains pouvaient bouger, elle pouvait les commander. O amour de moi en moi sans cesse enclose et sans cesse de moi sortie et contemplée et de nouveau pliée et en mon cœur enfermée et gardée. Tant aimée, cette phrase, qu'elle l'avait écrite pour ne pas l'oublier. Un soir, il était entré dans le petit salon, et de si grand amour tous deux foudroyés, ils s'étaient brusquement agenouillés l'un devant l'autre.

Assise devant la table, elle sortit de leur boîte les cachets, les compta. Trente, trois fois plus qu'il n'en fallait pour les deux, puisque le pharmacien de Saint-Raphaël lui avait dit de faire attention, que cinq de ces cachets, c'était déjà une dose mortelle. Elle les mit en rond, puis en croix. Oh, et lui qui attendait. Commencer, il fallait commencer. Elle se leva, se gratta les joues, égarée et souriante. Oui, dans la salle de bains, oui, tous les cachets, pour plus de sûreté.

Devant le lavabo, elle ouvrit le premier cachet en déchirant la mince enveloppe. Quand elle était petite, elle réclamait les feuilles blanches qu'il y avait sous le nougat, c'était un petit miracle, elles fondaient toutes seules dans la bouche. Elle ouvrit les cachets, l'un après l'autre, en vida chaque fois le contenu dans un verre d'eau, remua avec le manche d'une brosse à dents pour répartir les paillettes transparentes, versa la moitié du liquide dans un autre verre. Un verre pour lui, un verre pour elle.

842

Sortie du bain, elle se recoiffa avec soin, se parfuma, se poudra, revêtit la robe roumaine, la robe aux larges manches serrées aux poignets, robe des attentes sur le seuil et sous les roses. Belle dans la glace, elle souleva les deux verres, les rapprocha l'un de l'autre pour voir si les parts étaient égales. Elle rapprochait aussi les verres pour voir si on lui avait donné autant de sirop de poire qu'à Éliane. Souvent, elles le buvaient pur, c'était bon. Ce sirop de poire, jamais elle n'en avait vu ailleurs, ce n'était que chez Tantlérie qu'on en faisait, c'était bon, un petit goût de girofle. On en buvait surtout en été, avec la bonne eau froide du puits. Le murmure des abeilles en été dans la grosse chaleur. Boire d'un coup, sans réfléchir. Elle faisait tant d'histoires pour boire un médicament, Tantlérie l'encourageait. Allons, décide-toi, bois vite, sois sage, tu seras contente après.

Elle porta le verre à ses lèvres, goûta à peine. Il y avait des paillettes au fond. Elle remua avec le manche de la brosse à dents, ferma les yeux, but une moitié, s'arrêta avec un sourire effrayé, entendit des abeilles dans la grosse chaleur, vit des coquelicots dans les blés agités, remua encore, avala d'un trait le reste, toute la beauté du monde. Elle a été sage, elle a tout bu, disait Tantlérie. Oui, tout bu, il ne restait plus rien dans le verre, elle avait avalé les paillettes, elle les sentait amères sur la langue. Vite, aller le voir.

## CVI

Gentil coquelicot, mesdames, chanta une voix ancienne lorsqu'elle entra chez lui, l'autre verre à la main. Il l'attendait, debout, archange dans sa longue robe de chambre, beau comme au premier soir. Elle posa le verre sur la table de chevet. Il le prit, regarda les paillettes au fond de l'eau. Là était son immobilité. Là, la fin des arbres, la fin de la mer qu'il avait tant aimée, sa mer natale, transparente et tiède, le fond si visible, jamais plus. Là, la fin de sa voix, la fin de son rire qu'elles avaient aimé. Ton cher rire cruel, disaient-elles. La grosse mouche de nouveau zigzaguait, active, pressée, sombrement bourdonnant, se préparant, se réjouissant.

Il but d'un trait, s'arrêta. Le meilleur restait au fond, il fallait tout boire. Il agita le verre, le porta à ses lèvres, but les paillettes du fond, son immobilité. Il posa le verre, se coucha, et elle s'étendit près de lui. Ensemble, dit-elle. Prends-moi dans tes bras, serre-moi fort, dit-elle. Baise les cils, c'est le plus grand amour, dit-elle, glacée, étrangement tremblante.

Alors, il la prit dans ses bras, et il la serra, et il baisa les longs cils recourbés, et c'était le premier soir, et il la serrait de tout son amour mortel. Encore, disait-elle, serre-moi encore, serre-moi plus fort. Oh, elle avait besoin de son amour, en voulait vite, en voulait beaucoup, car la porte allait s'ouvrir, et elle se serrait contre lui, voulait le sentir, le serrait de toutes ses mortelles forces. A voix basse et fiévreuse, elle lui demandait s'ils se retrouveraient après, là-bas, et elle souriait que oui, ils se retrouveraient là-bas, souriait avec un peu de salive moussant au bord des lèvres, souriait qu'ils seraient toujours ensemble là-bas, et rien que l'amour vrai, l'amour vrai là-bas, et la salive maintenant coulait sur son cou, sur la robe des attentes.

Et voici, ce fut de nouveau la valse en bas, la valse du premier soir, valse à la longue traîne, et elle avait le vertige, dansant avec son seigneur qui la tenait et la guidait, dansant et ignorant le monde et s'admirant, tournoyante, dans les hautes glaces s'admirant, élégante, émouvante, femme aimée, belle de son seigneur.

Mais ses pieds s'alourdissaient, et elle ne dansait plus, ne pouvait plus. Où étaient ses pieds? Étaient-ils allés les premiers là-bas, l'attendaient-ils là-bas dans l'église en forme de montagne, l'église montagneuse où soufflait le vent noir? Oh, quel appel, et la porte s'ouvrait. Oh, grande la porte, profond le noir et le vent soufflait hors de la porte, le vent sans cesse de là-bas, le vent humide odeur de terre, le vent froid du noir. Aimé, il faut mettre ton manteau.

Oh, maintenant un chant le long des cyprès, chant de ceux qui s'éloignent et ne regardent plus. Qui lui tenait les jambes? Le raidissement montait, s'étendait avec un froid, et elle avait de la peine à respirer, et des gouttes étaient sur ses joues, et un goût dans sa bouche. N'oublie pas de venir, murmura-t-elle. Ce soir, neuf heures, murmura-t-elle, et elle saliva, eut un sourire stupide, voulut reculer la tête pour le regarder mais elle ne pouvait plus, et là-bas une faux était martelée. Alors, de la main, elle voulut le saluer, mais elle ne pouvait plus, sa main était partie. Attends-moi, lui disait-il de si loin. Voici venir mon divin roi, sourit-elle, et elle entra dans l'église montagneuse.

Alors, il lui ferma les yeux, et il se leva, et il la prit dans ses bras, lourde et abandonnée, et il alla à travers la chambre, la portant, contre lui la serrant et de tout son amour la berçant, berçant et contemplant, muette et calme, l'amoureuse qui avait tant donné ses lèvres, tant laissé de fervents billets au petit matin, berçant et contemplant, souveraine et blanche, la naïve des rendez-vous à l'étoile polaire.

Chancelant soudain, et un froid lui venant, il la remit sur le lit, et il s'étendit auprès d'elle, baisa le visage virginal, à peine souriant, beau comme au premier soir, baisa la main encore tiède mais lourde, la garda dans sa main, la garda avec lui jusque dans la cave où une naine pleurait, ne se cachait pas de pleurer son beau roi en agonie contre la porte aux verrues, son roi condamné qui pleurait aussi d'abandonner ses enfants de la terre, ses enfants qu'il n'avait pas sauvés, et que feraient-ils sans lui, et soudain la naine lui demanda d'une voix vibrante, lui ordonna de dire le dernier appel, ainsi qu'il était prescrit, car c'était l'heure.

*Reproduit et achevé d'imprimer*
*dans les ateliers de la S.E.P.C.*
*à Saint-Amand (Cher), le 4 octobre 1985.*
*Dépôt légal : octobre 1985.*
*1ᵉʳ dépôt légal : juin 1968.*
*Nᵒ d'imprimeur : 1690.*
ISBN 2-07-026917-5/Imprimé en France.